U1018422

Best Time

白马时光

扶摇皇后

FUYAO HUANGHOU

第一卷·上

天下归元 著

百花洲文艺出版社
BAIHUAZHOU LITERATURE AND ART PRESS

图书在版编目（CIP）数据

扶摇皇后 . 第一卷 / 天下归元著 . — 南昌 : 百花洲文艺出版社 , 2018.1
ISBN 978-7-5500-2414-4

Ⅰ . ①扶… Ⅱ . ①天… Ⅲ . ①长篇小说－中国－当代
Ⅳ . ① I247.5

中国版本图书馆 CIP 数据核字（2017）第 209564 号

扶摇皇后 · 第一卷

FUYAO HUANGHOU DI YI JUAN

天下归元 著

出 版 人	姚雪雪
出 品 人	李国靖
特约监制	何亚娟　燕　兮
责任编辑	游灵通　程　玥
特约策划	大　俊
特约编辑	黄　悦　黄紫橙
封面设计	小　贾
版式设计	王雨晨
封面绘图	长　阳
封面题字	Kyrja
出版发行	百花洲文艺出版社
社　　址	南昌市红谷滩世贸路 898 号博能中心 I 期 A 座 20 楼
邮　　编	330038
经　　销	全国新华书店
印　　刷	北京中科印刷有限公司
开　　本	710mm × 980mm　1/16
印　　张	57
字　　数	1070 千字
版　　次	2018 年 4 月第 1 版第 1 次印刷
书　　号	ISBN 978-7-5500-2414-4
定　　价	108.00 元（全三册）

赣版权登字 05-2017-361
版权所有，侵权必究
发行电话 0791-86895108
网　址 http://www.bhzwy.com
图书若有印装错误，影响阅读，可向承印厂联系调换。

目录

上册

一　风起太渊

第一卷

目录

第一卷

目录

第一卷

一

风起太渊

扶摇皇后

楔子

“三十三天宫，离恨天最高；四百四十病，相思病最苦。”

“我不相思。”

“哦？那你的那个印记，却又是为谁而刻？”

“为生命里不可错过之人。”

“那不就是相思？”

“不，人生苦短而相思漫长，红尘不尽生死一刹，天知道等待我的将是邂逅或是错过，怎能立于原地，任光阴被日日消磨？”

“那你将如何？”

“红尘有她，我去红尘。”

“红尘将乱。”

“红尘乱，我挡；地狱开，我去；四海怒，我渡；苍生阻，我覆。”

“何苦？”

“但为她故，不惧十丈软红，颠倒磨折之苦。”

序章

墓室吹灯

“头儿，这墓穴里怎么阴森森的？有点邪气啊！今天出门看了皇历没？”黑黢黢的耳室里，挪动着几个灰头土脸的影子，其中一个擦擦汗，半直起腰冲着里面的主墓室喊。

“看了。”孟扶摇嘴里叼着个微型手电，半跪于地，头也不抬地刷着墓穴里那具巨大的青色石棺上的浮灰，难得说话还口齿清楚，“今日黄道吉日，宜入殓、除服、移柩——你看，移柩就是搬棺材，真巧，都和死有关。”

“呸！你能不能说点吉利的？”先前喊话的胖子翻翻白眼，一抬头看见壁顶形貌诡异的牛头人身壁画，在灯光的映照下笔触鲜活，仿似随时能走下来，不禁有点心惊地缩了缩。

孟扶摇根本懒得理他，专心干着自己的活。浮灰渐渐被刷尽，现出三头双身独角的异兽图腾，背生双翼、凶睛怒目，看在孟扶摇眼里，别有古文明圣物的狞厉之美。

孟扶摇眉开眼笑地抚摸着图腾，手一伸，“尺子！”

有人赶紧递过软尺。

“胖子，来，和皇帝棺椁来张亲切合影。”孟扶摇一把扯过胖子，“你那边，我这边，报数！”

“别啊，老大！你为啥总抓着我不放？”胖子小袁死命挣扎。

“因为你是菜鸟，”孟扶摇对他露齿一笑，“菜鸟就是用来给老鸟蹂躏的。别磨蹭，快点！赶紧把这个墓给搞定，今年我评教授职称的论文就有料了。”

“疯子！工作狂！才22岁就快评上副教授了，你这种人的存在，简直是考古界精英们的耻辱……”胖子咕哝着，就着手电读数，“完整，长2.18米，宽0.94米，高0.66米。”

“OK！”孟扶摇一拍棺前石兽，震得四面浮灰一阵飞扬，她满意地看着棺材，想着评上职称之后工资会水涨船高，医院里老娘的透析费用支撑起来就不那么艰难了，不禁心情大好。

想着老娘的病，孟扶摇有点开小差，就没注意到她刚才那一拍，棺底发出沉闷的回响，穿透连接着幽长墓道的墓室，再从远处的墓门处反弹回来，余音阵阵，悠长阴森，像是远古巨人从地下蹒跚走来时的脚步声。

明明是密闭的地下，却不知道从哪里吹来一阵冷风，吹得人人都打了个哆嗦。墓室内光线微弱，映得每个人脸上都是一片惨青之色，望去如同鬼魅。

这支考古队来自江苏考古研究所，到这西南边陲之地发掘这座据说比曹操墓还要早上近百年的无名大墓。从发掘的第一天开始，队里事就没断过，先是吃错了山间野菜，人人拉肚子拉得前赴后继，免费为云贵高原的贫瘠土地提供了来自富庶城市的宝贵肥料若干；再是队员小李早上钻出帐篷时莫名其妙地被一条守在门口的毒蛇给咬了；更糟的是，今早打开墓门时，根本就没打算下去、只是赶过来送工具的队医小王生生被一块突然掉落的梁石砸破了头，捂着脑袋光荣地倒下了。

事情发展到这个地步，按照盗墓贼的逻辑，有点诡异，不宜再探；按照考古队的规矩——其实也差不多，不过一个是私营，一个是公办，但干的都是挖祖宗坟的活计，禁忌自然也一样。

队员们齐声要求封存墓穴、打道回府，将接下来的事交给神圣的国家机器去搞定。

可惜，此次带队的是所里号称“红发魔女”的孟扶摇孟大小姐。这位大小姐什么都好，堪称新时代红旗下长大的德、智、体、美、劳全面发展的标兵人物，唯一的缺点就是脑筋有点不正常。

当然，这个不正常，仅限于她挖坟掘墓时的无限热情和疯魔状态，以及遇见非一般事态时完全不同常人的另类选择。

总而言之，孟大小姐是绝对不会因为什么拉肚子啊、蛇咬啊、石头砸啊之类的纯概率性事件便放弃她所热爱的扒坟事业的，对于一个曾经抱着自己挖出来的第一具古代湿尸欢喜得睡上一天的非人类来说，这点事实在不配叫事。

“铁锹、锤子、洋镐！”红发一甩，黝暗的空间里顿时刷出一道亮丽的色彩，孟扶摇摩拳擦掌，目光亮得像苍穹之上不灭的星火。

工具却没有被第一时间递过来。孟扶摇皱眉回头，看见队员个个神情虚弱，畏缩不前。

“怕？别告诉我代表着神圣和正气的国家正规考古队也迷信鬼神！你、你、你……”她一指指地点过去，“党员啊、精英啊、马列主义毛泽东思想熏陶长大的三好学生啊，拉几次稀就拉跑了你们满脑子的科学理论了？”

孟扶摇噔噔噔大步过去，在背包里哗啦啦一阵乱找，翻出几根蜡烛。她翻着白眼，不耐烦地在墓室四角各点上一根。幽幽烛光在四角摇曳，看起来竟带了点绿色。

“老大……你这是干什么……”

“《鬼吹灯》看过没？”孟扶摇啪地打了个响指，笑吟吟道，“既然你们认为有鬼，我就从善如流——喏，蜡烛如果熄了，咱们就撤，如何？”

“真的？”胖子贼眼兮兮地看着那蜡烛，等一下直接吹熄了先……

他还没来得及靠近，魔女已经开始分派任务了，一群人被支使得围着棺椁团团转，哪里还顾得上四角的蜡烛，以致突然贴地起了阵旋风，西南角的蜡烛颤了几颤后突然熄灭，也没有人能及时发觉。

棺盖很重，千年来石缝内的分子不断活动，部分连接处已经弥合，几人费了好大力气，才勉强推开一线。孟扶摇高高地站在一块墓石上，双手撑膝，大声喊号子：“一、二、三！”

一阵轰隆声响过，砰的一阵巨响，棺盖被推开，露出了里面的内棺。

“兄弟们，干得好！”孟扶摇大力鼓掌，一脚跨上石棺边沿，一边用手电照内棺，一边得意扬扬地唱着自编的小调，“再过两千年，我们再相会，送到博物馆，装进玻璃柜，你一柜、我一柜，别分谁和谁，不怕盗墓贼围着我们追……”

一众干活的苦力翻着白眼，只恨自己抽不出双手来捂耳阻挡某人五音不全的魔音穿耳。

胖子蹲在外棺棺盖上，隐约看见棺盖背面好像有铭文，赶紧用刷子刷了几下。

铭文用朱砂填了，千年过后依然鲜明。朱砂里不知道掺了什么东西，散发出一种甜腥的味道，闻着令人不安。

“上天苍苍，地下茫茫，死人归阴，生人居阳；生人有里，死人有乡，至此且住，不得……相妨。”

手电光晃来晃去，鬼火似的乱窜，胖子的脸色变了。

孟扶摇埋头对付内棺，漫不经心地说道：“哦，是汉代风格的镇墓文，最后一句有点不一样啊，说什么来着？”

胖子张了张嘴，还没来得及说话，眼角突然看见那支熄灭的蜡烛，嗷的一声跳了起来，

"风紧，扯呼！"

"你爷爷的，当咱是山大王啊！"孟扶摇笑骂一句，正要站起。

轰！

身后突然传来一声巨响，整个墓室都开始摇晃。七八个人齐齐站不住脚，葫芦似的滚成一堆。随即又是一声裂响，如同巨人带着裂天拔地之力重重跺脚跺裂了大地，墓室的地面突然开始倾斜，棺椁轰隆隆地倒滑，狠狠撞上墙壁。西南角的砖石被簌簌震落，在地上砸出一个个拳头大小的坑。几个人抱着头满地乱滚地躲避着，胖子肉多不灵活，滚得不够精巧，被砸得嗷嗷乱叫。外面的响声，却一阵比一阵地紧起来。

孟扶摇在一片鬼哭狼嚎声里勉力抬起头，一把抓过滑到身边的背包顶着头，大叫："大概山崩了！最近暴雨多！出去！立刻！"

靠近墓道的人翻滚着探头一看，叫声里立刻带了哭腔："墓道被泥石堵住啦！"

"哭个屁啊！哭就哭通了？"孟扶摇在满地碎石里打了个滚，抬头看看穹顶，大叫，"先前这里有个盗洞，从这里出去！"

"那个洞没挖完，还堵着半截尸体呢！"

孟扶摇将背包系在脖子上，一跃而起，还没站直，一阵巨震又把她给震趴下了。孟扶摇干脆也不起来了，龇牙咧嘴地一把抓住一柄铁镐，骨碌碌滚到先前那个盗洞前，竖起铁镐拼命捣起来。

先是哗啦啦掉下一条腿，血肉模糊地落到孟扶摇身边，孟扶摇看都没看一眼。然后是身子，砸下来的时候孟扶摇让了让，那一截东西带着一道血线，哧溜溜滑向了倾斜下一半的墓室西南角。

孟扶摇身子刚让出来，一个干瘪的脑袋紧接着砸了下来，正砸在她肚子上。孟扶摇一把挥开，"去！别打扰我干活！"

砰的一声，一大捧黄灰色砂礓土漏下来，眼前出现一点天光。孟扶摇被撒了个灰头土脸，却咧着嘴得意地笑道："没死的都给我过来！有路了！"

队员们连滚带爬地过来，孟扶摇揪住一个衣领就要往洞里塞。那人忙按住她的手，"你先！"

"走！"

"你是女人！"

"我是队长！"

轰隆声还在继续，地面倾斜几成直角，墓室里只有他们现在立足的这一块还是平地，但也即将不保，何况还有神出鬼没、快如利箭的飞石。

那家伙挺在洞口不肯上，死活要让孟扶摇先走。这个时候玩义气那叫一个不义气，孟扶摇的眼睛都快和头发一个颜色了，牙齿咬得咯咯响，抡圆了就是一巴掌，打得那懂得谦让女士的绅士眼冒金星、神情呆滞。

就这么一呆滞的工夫，孟扶摇把那家伙一把塞了进去，顺便还踢了他屁股一脚，“再叽叽歪歪，扇死你！”

这一巴掌着实很有效果，后面几个家伙极其顺溜地爬了出去。孟扶摇伸手去抓最后一个胖子，却抓了个空。

她一转身，看见胖子已经快滚到塌陷的那半边了，正拼命扒着地面上一切飞速倒退的物事，试图稳住自己的下落之势。他身后，大片大片的乱石正龇着嶙峋的利牙卷了过来。

胖子嗷嗷叫着，已经无法正确表达一句标准汉语言文字。

孟扶摇回头看看，一脚钩住石壁上一处突出的铜地灯，倒身在地，伸长手臂，在胖子掉下地洞的那一刻终于抓住了他肥厚的手臂。

胖子眼泪涟涟地哭喊：“姐姐啊……啊，我就说不要开棺的啊，啊……”

“去死！”孟扶摇一把揪住这家伙厚嗒嗒的颈皮，送他“去死”了。

爬到一半，胖子屁股太大，卡在盗洞口上不去。孟扶摇转头去找铁镐，喃喃道：“戳！”

“别戳我菊花！”胖子号叫一声，一运气，立刻上去了。

孟扶摇哈哈一笑，正要爬上去，眼睛忽然一亮。在她前方不远处，不知道是哪里被震裂了，现出一座青玉小鼎，正摇摇晃晃地似要落下。

孟扶摇立即手疾眼快地一把捞过，哈哈大笑，“好！好东西！”

这可是实打实的汉代文物，现今出土的文物中，唐代以前的都很少了。这次来几乎血本无归，有了这东西，对发掘墓主人的生平身份和研究当时的历史风俗都有帮助，也算是个交代。

头顶上胖子的脸在晃动，他大喊大叫：“上来，上来！”

青玉鼎镶了金，有点重，孟扶摇费力地托起，没注意到鼎离地后，地面隐约红光一闪。

脚下立足之地还在不断塌陷，只余脸盆大小。满脸是汗的胖子从洞顶探进脑袋，看见的却是青玉鼎，急得大骂：“不要这个，要你！”

“我呸！轮到你要我？”孟扶摇笑骂，将鼎举上去，“拿着！不亏！”

胖子无奈，只得伸手接鼎，喃喃地骂道：“这个只记得研究的死女人……”

鼎太重，他双手去接，孟扶摇舒了口气，正要向上爬。

轰！

一道刺目的红光血锦般亮起，瞬间包围了孟扶摇全身。她脚下一空，乱石飞砸，最后那点立足地彻底塌陷。

“啊！”

刚腾出手去接孟扶摇手臂的胖子捞了个空，“老大！”胖子连声音都扯破了。

一阵奇异的怪声响起，似琴似箫、似凤鸣又似龙吟，响声里隐约听见孟扶摇的声音，她挣扎着说了一句：“兄弟！别忘了打报告追认我为烈士……”

第一章

十七年后

“第三个！”

孟扶摇脚踩身下人的胸膛，支肘于膝，微微倾身，就着密林中碧绿枝叶间透出的阳光，饶有兴致地端详着掌中的物件。

那是一方黑色六菱形的符状物体，花纹古朴，质地非金非玉，右下方那个棱角比其余几个棱角略微大些，打磨得尤为尖利，似一枚乌青的獠牙，在日光里森森闪耀。

孟扶摇的手指轻轻抚过那突出的棱角，露出一丝意味难明的笑意，将黑符在掌心抛了抛，吹了声口哨。

她仰起的下颌在碎金般的日光里划出华丽的弧度，延伸出整张脸精致得恰到好处的线条，洁白的额上，两道十分秀逸的眉舒舒展展地展开去，越发显得眉下那双黑湛湛的眼睛亮得肆无忌惮、收敛不住，如同名剑待出的锋刃。

“嘿！天煞皇朝的通行符！好运气！”孟扶摇拍拍手，随随便便将黑符往怀里一塞。塞进去的时候，隐约发出金玉之物交击的细微脆响，那里，已经有了两块类似的符牌，只是形制略有不同，分别代表不同的国家。

孟扶摇仔细听着那交击声响，扬眉一笑。集齐了天下七国通行符，便可以……

“扶摇！”

身后传来有人穿花拂叶走过来的脚步声。孟扶摇眯了眯眼，手指一拂，点了身下那人的穴道，一脚将他踢入了前方的灌木丛中。随即站直回首，看见来人，她的笑意在唇角漾开，眼神晶莹明亮，不自禁地流露出几分欣喜与关切，“惊尘！”

走过来的青衣少年俊秀挺拔，肤色明润，从衣着气质都看得出家世优越，尤其嘴角一抹微笑，温醇亲和，令人如沐春风。

玄天剑派最优秀的弟子、出身燕京门阀世家的贵介公子、剑派里最受女弟子们爱慕的燕惊尘。

“你又在后山贪玩。”燕惊尘在孟扶摇身侧三尺远处站定，嘴角噙着一抹温文而略带责怪的笑容，“不好好练功，明日比武又是倒数第一，挨骂的滋味好受？”

孟扶摇满不在乎地笑笑，随意掠掠鬓发，“没事，输啊输啊的，也就习惯了。”

她漫不经心地重复着两人常有的对答，没有注意到今日燕惊尘眼神中的矛盾和犹豫，更没有发现，燕惊尘在听见这般回答后，面色又微沉了几分。

“扶摇，”燕惊尘盯着她看了半晌，终于忍不住上前一步，低声道，“你便不能多下点功夫好好学武吗？我们五洲大陆，实力为尊，一个学武毫无进境的人，将来行走天下，会举步维艰，到处受人冷眼。你……就不曾想过要改善现在的处境？”顿了顿，他又接了一句，“哪怕，只是为了我？”

哪怕，只是为了我。

孟扶摇心中一动，抬眼看向燕惊尘的眼眸，他眼底深处的犹豫、不安以及隐隐的疼痛令她心底也生出微痛。她想起来，最近，惊尘这种失望的眼神好像越来越常见了。

孟扶摇张了张口，一瞬间，她几乎想将自己深藏于心的秘密说出来。她想告诉他，自己根本不是学不好武功；想告诉他，自己之所以不肯修炼玄元内功，是因为这种内功和本门破九霄功法冲突；还想告诉他，只要再给自己点时间，总有一天会让他为自己骄傲地微笑，而不是像现在这样，因为自己而被讥嘲羞辱，害他也尊严受损、尴尬为难。

只是……不能。临别时师父的叮嘱言犹在耳：“永远不能在任何门派中显露你本来的武功。”她立了重誓，不能违背。

惊尘忠于师门，痴迷武学，如果告诉了他真相，玄元门主迟早都会知道。

孟扶摇深吸口气，掀起密密的长睫。她的眼神清亮干净，照进燕惊尘因为长时间等待已经微微带上失望之意的眼眸。

“惊尘，我，已经尽力了……”

燕惊尘定定地看着她，良久，缓缓嘘出一口长气。听到这个回答，他眼神里的紧张和失望都突然淡去，生出一种尘埃落定的浅浅无奈。

他突然换了话题，“一年后在天煞都城磐都举行的‘真武’大会集齐七国贵族武者，考校武技、兵法、策略，争夺天下前七，胜出者可掌各国军武大权。师父说了，玄元剑派由我和裴瑗师妹代表参加，明天我就要先期赶回家族备战了。”

他说这话时语气淡淡的，身后远山外的夕阳自树叶之上远远投射下浅黄的光斑，落满背光而立的燕惊尘全身，令他看起来斑驳而遥远、神情模糊。

孟扶摇心中震了震，勉强笑道：“你们是剑派中最杰出的一对弟子，太渊国主都给你们赐了‘珠璧双剑’的名号，玄元剑派不派你们，还能派谁？”

燕惊尘深深地看着她，语气听起来有些怪异，“扶摇，其实我更希望‘珠璧双剑’这个称号指的是我和你。”

孟扶摇笑得更勉强了。

她何尝不希望如此？一个女人再大度，也不会愿意自己喜欢的人和别的女子并称，并被所有人认为郎才女貌、珠联璧合。

夕阳落得很快，刚才还是漫天深紫嫣红、一片烂漫晚霞，转眼间便只剩一层薄薄的红，光线穿过那深翠的树叶，映得三尺之外一直没有走近的燕惊尘的身影有些虚化。

孟扶摇心底突然涌起一阵莫名的慌乱，脉搏时松时紧地跳起来，那种强烈的不安令她忽然觉得，有些话必须现在说，不说……也许便再也没有机会了。

“惊尘，我要告诉你……”

“扶摇，我要告诉你，”燕惊尘突然截断了她的话，他说得很快，好像怕自己慢一点便再也说不出来了一样，“家族给我来了信，说已经帮我向裴家求了亲。裴家收了聘礼，真武大会后，我……便要和裴瑗成亲了。”

第二章

贵宾名犬

孟扶摇欲说出口的话，突然便哽死在喉中。

她抬眼，定定地看着燕惊尘。燕惊尘却不看她，眼睛盯着前方一朵半残的花，把话说得飞快："扶摇，你的情况，家族不会允许我……和你在一起。裴家是皇族一脉，便是我的家族，身份与之相比都差上一层。这次求亲，原本没有希望，听说是阿瑗亲自答应的。裴家既已应下，再无悔婚之理，我们燕家也得罪不起裴家……"

孟扶摇突然打断了他的滔滔不绝，"别你们燕家、你们燕家，说你自己！"

"我……"燕惊尘顿了顿，眉目间罩上一层沉郁之色，半晌才道，"扶摇，我的夫人，将来在五洲大陆也是有地位的，容貌才学、武功地位，缺一不可，尤其不能资质太差，否则，会令我家族蒙羞……"

"说你自己！"

燕惊尘被孟扶摇这么一喝，也激起了贵介公子的骄气和怒火，大声道："我，我受够了你的不争气！受够了因为你被人嘲笑的感觉！"

孟扶摇退后一步，怔怔地看着因为破脸大喝而显得有点狰狞的燕惊尘。

暮色一层一层地涌上来，灰暗的颜色涂满天地，叶色的翠绿被映成了灰绿，看起来污浊不洁、令人窒息，浮在这灰暗背景里的那个温和少年，那扭曲的眉眼，显得陌生而单薄。

天地间只剩下了风拂卷衣袂的动静，猎猎有声。

半晌，孟扶摇突然笑了。

她一笑，像花开在暗色的寂静里，有点凄清，但更多的是决然、灿烂而惨烈的美。

“好，好！”她对着燕惊尘拂拂衣袖，那姿势，像是在把袖上的尘灰连同燕惊尘一起拂了去，淡淡道，“我明白，你不能忍受你的夫人是一个学武毫无天分的蠢材，你不能忍受带着这样的蠢材出席国宴聚会被人当面或背后讥笑，你更不能忍受你完美无缺的贵公子生涯的那份完美因为一个不相配的夫人而被破坏了……燕惊尘，相信我，裴瑗会是个十全十美的夫人，你带着她，就像贵妇牵着贵宾犬，到哪里都会身价百倍、相得益彰。”

她笑着，眼睛里却毫无笑意，声音沉而冷，像一截欲待拔出、寒光在鞘的刀锋，“恭喜你，你找到了你的‘贵宾犬’。”

说完，她看也不看燕惊尘，转身就走。

“扶摇！”燕惊尘突然冲上来，伸手攥住了她的衣袖。

他的声音里多了几分无奈为难的苦楚，低声道：“扶摇……其实我是喜欢你的……”

“留着你的喜欢，去讨好你的‘贵宾犬’吧！”孟扶摇笑得森然，手指一抬，一道寒光突然出现在她的指缝中，抬指间流光如电，直直劈向那截被攥住的衣袖。

刀光未至，寒气已迫人，燕惊尘起初以为孟扶摇不会下狠手，犹自紧攥着不想放，然而孟扶摇连停顿都没有，反手一撩，便撩向他的五指。

燕惊尘吓得立即缩手，却还是慢了一步，五指被划开一道整齐的红痕，初始泛着肌肤的白色，半晌，有鲜红的血细细浸润而出，无声滴入漆黑的地面。

“你……”

“我！”孟扶摇头也不回，背影挺直，在渐浓的夜色中勾勒出不折的轮廓，“我要你记得，有些错误，就像你刚才的那道伤口，一开始什么都发现不了，时间久了，便会令你疼痛流血。”

她背对着燕惊尘，轻轻一笑，笑意凉如新升起的那轮上弦月，“相信我，燕惊尘，你会痛，迟早。”

这一夜，月色森凉。

孟扶摇盘膝坐在地上，出神地望着那一轮清瘦的月，觉得在她有生以来的记忆中，似乎这夜的月最冷，周边一道青色光晕，看得人心都发寒。而星光闪烁得诡异，飘摇不定，如变幻翻覆的人心。

依稀想起初见他那一日，风雨交加，她一个头重重磕在泥泞里，求拜林玄元为师；想起风雨里山门前，林玄元身边那谦谦少年的和煦微笑；想起那天雨中少年向她伸出的手，修长洁净、温暖如春……

“扶摇，其实我是喜欢你的。”

“扶摇，在五洲大陆，没有实力是要一辈子被人瞧不起的。”

“扶摇，你得努力点，你这样……以后怎么办？”

“扶摇，你什么都好，可惜就是……天赋太差。”

呵……她早该发现了啊，却一厢情愿地沉浸在那少年携手的温暖中，不曾觉醒。

好在……我也没真的想过要做你的“贵宾犬”。

孟扶摇讥讽地笑了笑，挥蚊子一样大力挥手，将那些不愿再想起的回忆赶开，闭目运功。

不久后，她头顶起了蒸腾的雾气，身周也微微发出淡碧的光，那光缓缓上升，在胸口处停滞不动。

破九霄功法，她那真正的师父、死老道士的“不传之秘”。

当初孟扶摇挖墓挖得太狠，硬把自己给挖穿了，穿了之后又莫名地丢掉了在这个世界五岁之前的记忆。而从五岁开始，她便被一个死老道士摧残着苦修了十年。十年中，共分九层的破九霄功法才练到第三层的巅峰状态，此时上行真气凝气成碧，主攻一切阴柔技法。

这一练便过了漫漫长夜，又过了日光喷薄的上午，等到孟扶摇睁开双眼，已经是午后了。

一睁开眼，孟扶摇便皱眉叹了口气。第三层巅峰已经半年之久了，始终没有突破。如果一直停滞下去，她拿什么去参加真武大会，拿什么叫人家“迟早会痛”？

这也就罢了，更重要的是，自己心底那个愿望，想要实现，只怕更加遥遥无期了。

孟扶摇咬了咬嘴唇，起身大步下山。算算时间，今天燕惊尘应该已经走了。

走了，也好。

孟扶摇现在一刻也不想在这里多待，她准备收拾包袱，马上走路。

下到半山，穿过一处隐秘的山坳，依山而建、飞檐斗拱、连绵宏伟的，便是玄元山庄。

还未走近，便听见一阵喧哗。一片吵嚷声里有人尖声大叫：“玄元剑派号称太渊皇朝三大剑派之一，怎么连个像样的弟子都没有？”

接着便响起师父微带尴尬的干咳声，还有一众师兄弟姐妹不忿的反讥之声，夹杂着长剑纷纷出鞘的清越声响，热闹非凡。

孟扶摇皱眉，五洲七国武风浓烈，各门派之间常相互挑战，八成又是谁家砸场子来了。

孟扶摇掏出怀里的易容工具，匆匆对着溪水给自己化了个猥琐妆。一直以来，她的真正容貌只在燕惊尘面前展现过。

进了山庄，穿过演武场才能回到她的房间。玄元剑派的演武场是太渊排得上号的顶级大型演武场之一，占地广阔、气派宏伟，平日里根本不会启用。孟扶摇不动声色地从场门进来，原以为可以顺利离开，眼角一瞄，倒吃了一惊。

今日演武场居然挤了上百号人，穿着各色服饰，在场中各据一角，看样子竟然是几家门派同时前来向玄元剑派挑战。

孟扶摇甚至在人群中发现了几位神完气足、目光沉敛的男子，气度绝非寻常人可比。

玄元剑派门下弟子除了燕惊尘全数到齐，此刻正围成一团，神情慎重而担忧，有些师兄弟好像还受了伤，拄剑恨恨地吐着血沫。

空气中，充满了凝重不安的气息。

第三章

拔剑相向

演武场一侧的看台正中，盘坐着门主林玄元，看样子他已经比过一场，好像还没讨到好。林玄元脸色微微灰白，静坐调息，场中正在比试的是一个黑衣人和玄元剑派的大师兄。

那黑衣人剑势极快，星光万点，盘龙飞舞，剑凝海波，气象万千。由于变化极多，看久了，甚至会令人微微生出眩晕之感。

孟扶摇听见自己一个师兄低声道：“那是无痕剑，太渊十大剑客之一，也是来历最神秘、性子最古怪的一个，天知道，白山派是怎么请得动他的？”

“我说怎么一年一度的太渊十大剑派试剑会突然提前举行，原来白老狗找到这个帮手，这是存心来踩我们玄元了。”

“他一个人挑我们全派，好大的煞气！”

“那又怎么样？人家有这个本事！没见大师兄到现在也只勉强和他战个平手吗？”

“唉……今天咱们只怕真的要被踩了……”

孟扶摇无动于衷地继续前行，还未走出几步，忽听啊的一声惨叫。

前方带着血腥气的罡风烈卷，一条黑影突然倒飞而出，重重地向她砸来。孟扶摇急忙跳开，那人偌大的身躯带着一溜鲜艳的血珠划过天际，重重地落在她面前。

飞溅的鲜血落上场边的兵器架，半晌，一滴滴浓稠的血珠滴落在白石地面上，红白交映，触目惊心。

满庭无声，在场的所有玄元剑派的弟子以震骇的目光紧紧盯着抱着右手腕挣扎翻滚的男子，那是他们中武功最出色者之一的大师兄。

半晌才有人想起抢上将他扶起，随即发出一声惊叫——大师兄右手鲜血淋漓，手筋已经断了。

好毒辣的剑法！

玄元剑派一片静默，场中其他人的狂笑声因此听来越发刺耳。

只有那黑衣人无动于衷，立于场中，冷冷地擦拭着染血的剑身。

他擦剑的布看来有点眼熟，竟是大师兄右手的半截衣袖。玄元剑派的弟子们都露出愤怒之色，只有孟扶摇，眉梢跳了跳。

好快的剑！只是那一霎间，不仅废了对方手腕，还齐齐整整地割了一截衣袖，而他的对手还是个应变极快的一流高手！

白山掌门的狂笑还在继续，玄元剑派人群里却响起了低低的唏嘘之声。看来，今日玄元剑派是要在太渊皇朝大丢面子了。

现今世道，各国强横势力相互之间争斗不休，并以获胜次数的多寡来奠定自己的地位。玄元剑派作为太渊三大剑派之一，在试剑会这样一个重要场合，车轮战都战不胜对方，传出去，地位定然会一落千丈。

此时场中一片寂静，目光都集中在孟扶摇身前的伤者身上，孟扶摇反而不好动作。她试探着动了动脚，场中那黑衣少年立即目光冷冷地转过来。他依旧面色死板，像是戴了面具，眼光却清冷迥彻，如钢钉般锋利，一下子便钉入了孟扶摇眼底。

那目光深黑幽邃，宛如千仞沉渊，遥遥不可见底，而最幽深之处的一点诡异星火，不灭飘摇。那点星火在孟扶摇疑惑的视野里，不断飘游、旋转、升腾，然后，在孟扶摇眼底霍然炸开。她仿佛听见脑海里铿然一声巨响，炸出漫天满眼的璀璨星花。

孟扶摇脑中顿时一晕，踉跄一退，撞到身后的廊柱。背部冰凉的触感令她一醒，她骇然抬头看向那人。

那是惑心绝技，“幽瞳”！

这人什么来历？他眼底满是恨意，根本不是来切磋武艺的！

孟扶摇转身想退开，身后却突然响起白山掌门刺耳的声音，“你们玄元派不是还有个燕惊尘的吗？”

林玄元怔了怔，答：“惊尘昨夜已经回京。”

“怕是风闻咱们要来，落荒而逃吧？”几个掌门齐声大笑。

“还有这个！”其中裁云剑派掌门一边笑一边指着欲待溜走的孟扶摇，“这个呢？我记得她也没出战过。怎么，也想学燕惊尘，脚底抹油跑路？”

林玄元变了变脸色，默然不语。他身侧一个弟子立即伸手推了孟扶摇一把，“尽戳在这里做什么？没本事就不要出现在人前，没的害得师父难办！还不滚回你自己房里去！”

孟扶摇长眉一挑，目中怒色涌起，半晌，吸了一口气，握握手指，默然走开了。

不和势利人等计较，没的降低自己的格调。

混迹异世这许多年，她吃过那许多苦，那些虚浮的躁性、那属于那一时代红发魔女的张扬，虽未磨平，但已懂得收敛。

然而她刚迈步，便听得身后有人声音娇脆，如玉珠落于银盘，“这位在敝门中也就是个烧火丫头，别拿她和我燕师兄相提并论，否则燕京裴家和河源燕家会同时视为侮辱。”

燕京裴家、河源燕家，意味着太渊皇室和官场，这句话里的意思，数位掌门都听得出其中的分量，当下都沉默下来。

孟扶摇回身看着后方那个红衣女子，她比扶摇大一岁，身姿已经完全长成，曲线不似扶摇还带点青涩的玲珑，而是饱满处直欲喷薄，纤细处娇柔将折。她又喜穿红色紧身长裙，越发显得风姿妖娆。偏偏她一张脸容色端庄，眼角处微微上挑，如飞凤般璀璨华贵。

裴瑗。

见孟扶摇看过来，裴瑗递过一个含着冷意的轻蔑眼神，随即漫不经心地转开眼光，“诸位掌门若有意，不妨将来去天煞磐都，真武大会上，燕师兄自然会让各位看见我玄元门下第一弟子的风采。”

她瞟了孟扶摇一眼，侧首向众多掌门微笑，“至于这位，连站在我们身侧都觉得她脏了咱们的地，哪里配让各位掌门提起呢？！”

哄然大笑声起，连林玄元都捋须微笑点头，觉得这个女弟子知情识趣，十分会说话，既推托了刁难，也不失剑派面子。

哄笑声里，孟扶摇直立不动。眼前浮光掠影、幕幕飞旋，是风雨里温存伸出的手、是春日里山花中欢笑的追逐、是月下相视微笑的眼波、是雪地里展开的貂裘拢紧她冻僵的脚……

是一个头重重磕在泥泞里，是隐瞒武功次次倒数被逐出演武场，是寒冬里挎着全门的衣服去冰冻的河水里洗，是午夜做完杂事回来厨下啃干硬的冷馒头……

那些过往的、有笑有痛的时光……

笑声还在继续，没有人知道，那背身而立的女子深埋于心的愤激之气，终于因为这一场肆无忌惮的笑被点燃，漫卷成燎原之火。

孟扶摇再吸一口气，突然冷笑了起来。

够了！

世事如此沉凉，直教人欲拔剑弑天大干一场！

她原本背对场中，突然一个转身，随手捡起刚才大师兄掉落的长剑，大步走到那黑衣人对面。

场中突然沉寂了下来。

风从连绵的玄元山脉奔来，挣脱山体树林的束缚，在巨大高旷的白石场地上狂笑着呼啸，夹着沙石的猛烈山风将演武场的十二巨铜柱撞得铮铮作响，也将人们的视野撞击得倾斜摇晃。从那样的视野里看过去，铜柱浮雕上凶睛怒目的四足巨兽仿佛刹那就欲奔腾而下，噬杀世人。

而立于铜柱下的孟扶摇，清瘦、坚刚、脊背笔直。

明明单薄得似可立时被风吹去，却又令人觉得沉着悍然，与身后千万年不可撼动的巨柱浑然一体。

众多含义不明的目光灼灼射来，孟扶摇却谁也不看，抿着唇，刺啦一声撕开自己一截衣袖，绑住了眼睛。

掌中长剑光华冽冽，如一泓秋水，载着午后灼亮的日光，在数百人惊愕至难以置信的眼神中，向着黑衣人缓缓挑起。

第四章

剑震玄元

整个演武场一片诡异的寂静，只有场中一直闭目等候的黑衣少年突然抬头，深深看了孟扶摇一眼。

他这一眼尚未来得及收回，下一瞬眼前黛影一闪，一道身影已如飞电般掠来。因为动作和力度过快过大，以至于空气中甚至隐约响起噼啪爆裂的炸响。

人未到，雪白的手指已经破空递出，指尖上一柄黛色短剑暗光闪烁，有凌厉的劲风卷过，直袭他的双眼！

只一招，快、狠、准俱全，出手角度之刁钻狠毒更是难以想象。挑战者还不怎么样，玄元剑派上下却齐齐倒抽一口气，都呆住了。

这一招，力度、角度和速度完美融合，剑派上下，除了师尊，只怕无人能够使出……

场中那少年冷笑一声，足跟一移，已如流水般后退三步，反手一掣，青钢长剑自他腋下如灵蛇般穿出，直射孟扶摇的胸膛。

双剑交击，铿然声起，震得全场的人都颤了颤，震得连猛烈的风都似乎停了停。

剑风将发髻打散，黑发如雾般散开，孟扶摇一甩头，将一缕长发咬在红唇白齿之间，惊心地鲜明与艳丽。

对面的黑衣少年目光一闪，长剑斜挑，一颤间闪现出无数雪色电弧，前冲的孟扶摇的发丝竟被拽直，再无声无息如青烟般飘落。

发丝飘落，那柔软的弧在空中弯了一弯，突然凭空消失了。

全场惊呼，几位掌门却露出了然惊讶之色。发丝消失，看来是被不避不让、飞扑过来的孟扶摇的浑身劲气瞬间绞碎。向来坚刚之体易毁、阴柔之物难摧，这女子练的是什么内功，竟然可以劲气外放、毁物无形？

白山掌门终于开始正视场中清瘦的女子，不过神色间依然没什么担忧。看得出来，这女子虽然剑法出众，功力却略有不足。虽然这般年纪有这等成就令人汗颜惊愕，但是和屡有奇遇、对敌经验丰富、成名江湖多年的无痕剑比起来，还是差了几分火候。

想赢？想得美！

他舒舒服服地在座中挪了挪身子，微笑捋须。

场中，第一轮不分上下的对招之后，转眼间一黑一黛两条人影已然缠战在一起。两人动作都极快，围观的人只觉得劲风扑面、窒人呼吸。那一对身影缭乱如穿花蛱蝶，黑黛之色翻翻滚滚，在阔大的白石地面上旋舞出一道道斑斓的流光，所经之处，完整光滑的地面不断延伸出细微的裂缝，交织纵横，像一幅诡异的图画。

看见孟扶摇明显比玄元剑派更高妙、更具威力的剑法，其他门派的人的惊讶之色渐渐浓厚，玄元剑派的人却早已瞪掉了眼珠子。

这是那个次次与本门比剑都倒数第一的孟扶摇？这是那个因为资质太差连玄元内功都没被批准学习的孟扶摇？这般剑法，轻灵高妙、意境非凡，便是本门也有所不及，她从哪儿练来的？

刚才搡了孟扶摇一把的七师兄倒吸了一口气，喃喃道：“第一百招！刚才大师兄在那人剑下，连十招也没撑过……”

他身边的六师兄咕咚一声咽了口唾沫，声音响得自己都吓了一跳。

惊呼哗然声里，裴瑗的脸色变幻不定。她刚刚将孟扶摇踩在脚底，一转眼孟扶摇就展示出了连她也远远不及的实力，她眉间不禁渐渐笼上一层铁青色的阴霾。

相比之下，只有林玄元神色最为淡定，他手指轻轻敲击着座椅的扶手，神情中微带思索。

场中的比试却已到了尾声。青钢长剑突然突破那层黛色光幕，无声无息地贴近孟扶摇的手腕，流水般轻轻一划，便划向孟扶摇的心口。

罡风如线，欲了结对方性命。

孟扶摇却突然对着欺身而近的黑衣少年一笑——她等的，就是这一刻。

皓齿突然咬上红唇，绽出艳如珊瑚的一点血珠，孟扶摇噗地运气一吹，圆润的血珠融合瞬间提升的第三层破九霄功力，电射而出。

四周的空气立时变得湿润沉重，凝成一片微白的雾气，再被那点血珠染成淡红，呼啦一下罩在黑衣少年眼前，如网般扭曲飞舞，遮住了他的视线。

只是这惊电般的一刹那，孟扶摇五指一翻，掌心里的短剑滴溜溜灵活翻转，剑芒突然暴涨，唰的一声拉开一道扇形的瑰丽光幕。炫目得令人惊艳的光幕里，一道几乎肉眼难见的细长白光如流水般泻出，冷芒一闪，咻的一声，射向对方胸膛！

破九霄剑法第三式，“碧落流电”！

如苍穹之上电光突绽，刹那间穿越沧海八荒。

极近的距离、极强的力道，那道冷芒将以常人无法避开的速度，攫杀生命！

风声极厉，杀气如锋，空气被大力摩擦，发出鬼啸般的利音。

惊呼声乍起，白山掌门等人霍然自座中站起。正在椅子上若有所思地磕手指的林玄元也被这厉杀之势惊得一顿，手指磕在了空处。

一个站得比较近的弟子哎哟一声捂脸倒退，半晌，指缝间有细细的血流下来——他被外溢的真气之锋伤了面门。

这样凌厉凛冽、几乎难以逃脱的必杀一招，令惊立而起的人们面面相觑，心生寒意。

那少年眼力和反应却是十分超卓，冷芒方起，尚自隐在光幕之中，他已急急后撤，黑影一闪，怒龙般翻身而起，一个倒仰便蹿出三丈。饶是如此，他依旧慢了一步，一片静寂里嚓的一声轻响，白芒穿过他的肩骨，一朵硕大的血花在他有些单薄的肩背后灿烂绽开。

少年落地，身形踉跄不稳，孟扶摇微笑整袖，于猎猎风中矗立原地。

孟扶摇，胜。

白山掌门脸色大变，试剑会有规矩，不得倚多为胜，他算准了玄元剑派门下弟子中没有谁能是那黑衣少年的对手，所以诸家掌门中实力最强的青城剑派掌门对战林玄元输了一招后，他已有恃无恐，不想却被这突然冒出来的丑女搅了局。他不由得暗恨自己先前为什么要嘴贱，不然那丑女早已离开，哪里能出此奇变？

演武场中一片寂静，玄元剑派的弟子怔怔地看着孟扶摇。日光下，那女子长发与黛衣飘飞，微微仰起的下颌翘起一个精致流畅的弧度。她含着讥诮的笑意环视一周，那一瞥间飞掠的眼风，竟比日光还灿烈几分。

有些先前嘲笑过她的人，在她的目光扫过来时，都不由自主地向后缩了缩。

孟扶摇噙着一丝冷笑，将短剑啪地一扔。咔嚓一声，剑身入地三寸，白石地面裂出长达尺许的裂缝，看上去像是那冷而讥讽一撇的嘴角。

剑上的红缨在风中猎猎飞舞，肆意张扬，灼痛了那些意味难言的眼神。

演武场齐整精致的白石地面被孟扶摇大喇喇刺破，全场却无人开口。

那黑衣少年头也不回地走到门口，突然回身，清冷的眼神正正撞向解开布巾抬起头来的孟扶摇。

双目交视，少年的眼底神光变幻，如沧海之上波浪层叠，不住翻卷。

孟扶摇平静地回看着他，目光清亮，如海上明月初生。

少年突然露出一丝古怪的神情，抬眼向孟扶摇身后看了一眼，随即转身大步离去。

孟扶摇有点纳闷地回首，发现林玄元不知何时已然无声无息来到自己身后。

孟扶摇吓了一跳，赶紧退后，脑中突然一晕。

一股带着腥气的罡风突然卷起。

砰！

第五章

人在月中

一弯铁青的月镶嵌在藏蓝的天幕上，月色森冷，照得山林一片幽翠。风从高高低低的树梢间掠过，擦动树叶的声音呼啸若吟。不知道从哪座遥远的山头传来凄厉的狼嗥，带着令山林震颤的肃杀隼利气息，穿越浩瀚无穷的星空，穿越茫茫大行山脉，传入山洞里重镣在身的人耳中。

山洞阴暗潮湿，遍布青苔，深且狭长，风从洞口过，便响起幽幽若鬼哭的嘶吼，洞深处隐约有点白光闪亮，仔细看去，却是肢体零落的白骨。

孟扶摇蜷缩在潮湿的地面上，衣衫褴褛，遍体鳞伤。

她被关在玄元剑派这个秘密死牢洞里已经快七天了。

那日，她力战后，林玄元竟然不顾身份偷撒迷药迷晕了她，随即骤下杀手，一掌将她击飞，并当众怒斥她“偷学本门珍藏武艺”。众弟子顿时“恍然大悟”，对“偷学绝技”的孟扶摇好一顿侮辱。随即，林玄元便将她关入了这死洞之中。

七天内，林玄元每天都来，逼问她的来历，并要她交出那天对战黑衣少年时使用的剑法。

当今天下，武力为尊，一门绝技对于一个势力的兴盛具有非同凡响的重要意义。林玄元眼光高妙，早已看出那天这个擅长伪装的女弟子所使的剑法虽因功力不足未臻完美，剑法本身却是绝学，所以，他势在必得。

孟扶摇却只是咬牙沉默。她知道这条老狗十分狡猾，几句言语，自己的剑法便成了他的“秘门绝技”，将来玄元剑派多了一种绝世剑法，也就成了顺理成章之事。而自己这个交出剑法的“偷艺者”，最后的下场定然是被灭口。

孟扶摇不想死在这里，她还有很多重要的事要做。可是一个人身受重伤又时时被严刑拷问，再加上没有任何食物时，要如何生存下去？

孟扶摇喘息着，透过洞口用来封锁她的石头阵看向远处的月光。那月色在她泛起血丝的眼底看来，越发模糊妖异，遥远而不可触摸。

那自由的月光，洒遍五洲大地的月光照上那老狗安眠的枕前，却照不上沉溺于黑暗中七天七夜的她的身。

嘴角浮现出一丝浅淡的苦笑，孟扶摇闭上眼睛，感受着自己体内消散大半的真气。自己的破九霄功法本已练到第三层顶峰，今日一劫，功力倒退大半，一年多来的苦修全白费了。

据死老道士说，破九霄是震古烁今、惊世骇俗的绝顶功法，越往上越难练，练到第九层可谓独步天下。孟扶摇对此嗤之以鼻，认为死老道士八成是在吹牛，只是这功法难练是真的，她练了十年才到第三层。就这速度，死老道士已经大赞奇才，如今生生倒退一层，孟扶摇真真大恨！

夜色更沉，一丝隐约的水声渐渐响在安静的山洞内。

孟扶摇挣扎着爬起身，一点点蹭着地面挪过去，精铁的镣铐撞击着嶙峋的地面，发出呛啷的声响。

孟扶摇好半天才挪到山壁边，重重地往壁上一靠。已用尽力气的孟扶摇不顾山壁脏湿，将脸颊紧紧贴上正在缓慢渗水的山壁，一滴滴地等那救命的水源。

这七天，她就是靠这每天半夜会准时出现的水源才活了下来。

喝了几口水，喘了口气，孟扶摇摸了摸脸，发现自己脸上的假伤疤都已被水冲去，不过没关系，反正这洞中一时也没人会来。

喝了水，精神好了些，孟扶摇倚在山壁上，无意中向洞外一看，突然眼神一凝。

前方是一座突出的孤崖，如一刃被天神劈裂的剑锋，斜斜曳出在山体之外。那轮淡银色的月亮正正挂在那绝崖之上，圆而光亮，看上去像是被陡峭的绝崖之尖钩住了一般。

月色森凉而柔润，山巅明月里有人正在作飞天剑舞。

那人衣袍宽大，被山风吹得猎猎飞舞，于峰巅高处飘荡的薄云淡雾间若隐若现，若在九天。举手投足间飘然欲举潇洒灵动，长剑撩点裁云镂月、风华迤逦。明明只是一个遥远的影子，起伏转折之间却生出林下之士的飘逸风度和灵肌玉骨的神仙之姿。

瑶台之上坠落明珠，蓬莱之境荡舟欸乃，那诸般景致都是极美好的，却不及此刻那月中舞剑之影，迅捷与优雅同在，刚劲与曼妙共存。

星河浩渺无垠，皓月烟笼寒沙，浅黑的剑舞之影镀上玉白的月色，鲜明如画，而斯人一剑在手，不谢风流。

不知不觉间，孟扶摇已经看痴了去，以至于洞口突然覆上一层斜长的黑影，暗处传来有人悄然走近的细微声响，她一时竟也没发觉。

第六章

真是可惜

裴瑗站在洞口许久，看见隐在黑暗里一身憔悴的孟扶摇呆望着远处某个方向，始终没有动静，忍不住轻咳一声。

听得这一声，孟扶摇霍然转首，不禁怔了怔。

裴瑗？这大半夜的，她过来做什么？

孟扶摇心里疑问方起，又有点舍不得刚才那美妙的一幕，眼波又忍不住向方才那个方向掠去。

只是这么一转首的瞬间，那使剑作舞的影子已经不见。

孟扶摇心中一阵怅然，随即自我宽慰：也许那真的是仙人舞剑，凡人哪有那么好的风姿？

裴瑗没有发觉她的魂不守舍，发觉了也只以为她奄奄一息、神志不清。她就着手中的火折子打量着孟扶摇，神色间突然浮出几分惊讶。

火光一照才发现，这个她从来没有正眼看过的师妹竟生得十分好姿色，容颜竟比自己还要精致几分。

她怔怔地看着孟扶摇，一时竟忘记了自己的来意。

月光浅淡，密林里被勾勒出一片深深浅浅的暗绿，四下寂静无声，连虫鸣声都不闻，只有偶尔掠过草尖的风在林中割出细碎的声响，那声音若有若无，反衬得整座山林更幽深了几分。

如此安静，无人经过。

裴瑗注视着一丈之外的少女，看着她窈窕的身姿被月光透露的光影勾勒出动人的曲线，一笔一笔，俱是造物所钟、风姿美好，小巧晶莹的下巴在一片深暗里看起来越发如玉般光润玲珑。她心底突然生出强烈的不安。

她喜欢燕师兄已经很久，别人不知道他和孟扶摇的私情，她却多少看出点端倪。她一直没想明白燕师兄为什么会喜欢那个无用的丑女，也从没放在心上过。她有美貌、有天分，有地位、有智慧，普天之下，谁能胜过她？

燕师兄是聪明人，他会不明白娶到她，对他将有多大的帮助？除了她，还有谁能配得上他的优秀？

果然，燕家提了亲；果然，燕师兄还是选择了她。

当男人可以有更多选择时，他为什么不选择那个更好的？

只是，那个女人竟然不是蠢材，竟然这般美丽，她直觉对方是个威胁，是对她以后幸福完满路途的一个威胁，她怎么能允许自己铺设好的灿烂路途被一个潜在的威胁摧毁？

但凡有一分可能，也不允许！

裴瑗眼神森然，面上却微微浮出笑意，“孟扶摇，你走吧！离开这里，永远不要回来！”

孟扶摇怔了怔，抬头看她。裴瑗居高临下地睨视她，语气高傲，“想必你已经知道了惊尘和我的婚约，如果不是碍于礼教之防，我本来那夜就应该和他一起回燕京。孟扶摇，惊尘将是我的丈夫，我不希望你以后再出现在他面前。”

孟扶摇仰首一笑，“正好，我也一样。”

裴瑗嘴角扯起一个轻蔑的弧度，淡淡道：“希望你不是死要面子，口不应心。既然你也不想见他，那就给我走远点，别再纠缠他！”

她蹲下身去解孟扶摇的锁链，手指却悄悄暗扣了地面突起的一处山石。

“师妹！”身后突然传来低唤。裴瑗手指一缩，回身，在附近负责看守孟扶摇的四师兄大步过来了。

裴瑗怔了怔，转身时腕上金刚镯的链扣不知怎的扯住了孟扶摇的袖口，哧的一声轻响，孟扶摇一截袖子被撕开，露出光洁的手臂。

裴瑗啊了一声，急忙道：“四师兄，别上前来，非礼勿视！”

四师兄斜眼瞟了一瞟，很听话地止住脚步，微笑道：“师妹，听说贵客将至，师父让你去见客呢！”

裴瑗惊喜道：“是无极皇朝太傅大人到了吗？太傅大人是无极太子殿下的授业之师，有幸拜见太傅，想必也可遥想绝世无双的太子殿下的风采了。”她想了想，又道，“师妹衣衫不整，这山地风大，莫要着凉。”说着俯身蹲下，脱下红色披风，先去裹孟扶摇光裸的手臂。

红色披风在半空中旋出一片艳丽的彩幕，悠悠罩上孟扶摇的手臂。

裴瑗执住披风边缘的手突然无声无息地伸入了披风底，那手指触上孟扶摇的肌肤，孟扶摇只觉得她指尖冰凉。

孟扶摇抬头，正俯首看她的裴瑗刚才的满面微笑早已无影无踪，双眉间满是煞气。她森然地看着孟扶摇，低声道：“我的人，你也敢抢？”

孟扶摇一怔，未及回答，忽觉抓住自己手臂的指尖一滑，转眼间连点右臂数处大穴，半边身子连同哑穴立即僵麻。

裴瑗随即一声惊呼：“哎呀！扶摇师妹，你要做什么？你衣袖里怎么还藏着匕首？啊！”

她自导自演，在披风底下弹动手指，披风抖动剧烈，看起来像是两人在迅速交手。

四师兄疑疑惑惑地上前，偏头看去，却什么也看不见。

裴瑗却觉得戏已做足，眼神中掠过一丝杀气。她单指一扣，孟扶摇身后一方紧闭的山石突然移开，现出一处隐秘的悬崖。裴瑗双手狠狠一抖，一个毫不犹豫的抛掷。

哗啦一声，人体滑落之声响起，孟扶摇连一声惊呼都没能出口，身子已经直直落下！

崖下传来碎石滚落之声，良久方休。

崖上，风声寂寂。四师兄怔在一丈之外，瞪着裴瑗的背影，眼底神色变幻。

裴瑗却已姿态优美地转身，红色披风旋开烂漫霞彩。她以手掩口，瞪大美眸，一声迟来的惊呼冲口而出，语气中却毫无惊讶之意：“哎呀！我真该死！没能抓牢，扶摇师妹……掉下去了。”随即又蹙眉哀叹道，“唉！我好心给她披衣，她却趁机暗算我，这……这叫人怎么说！”

“是吗……”四师兄目不转睛地看着她，“那是她咎由自取。”他探头对崖下望了望，崖下深黑一片，不辨景物。四师兄摇摇头，喃喃道：“真是可惜！这崖这么高……”

裴瑗似笑非笑地看着他，不语。

“不过我更担心师妹你有没有受伤？”

“没有。”裴瑗笑意于暗沉的夜色中如春花怒放，娇俏地转首看向山崖之下。

她语气轻快如唱歌，声音消散在黛色的夜风里，“真是可惜！”

第七章

我很寒冷

夜色深浓，这漫长的一夜，似乎永远不会过去。

刚才孟扶摇落下去的山崖依旧寂寂无声，崖边缘偶有碎石滚落，很久很久才发出撞击到底的回声，听得出，崖很深。

崖边的乱草突然动了动，随即，一道黛色身影突然自崖下浓得化不开的黑暗里缓缓升起。

身影完全无视地心引力，仿佛被什么隐形的物体神奇地牵引着，缓慢地在半空中划了个半圆，稳稳地定在崖边。

那纤细的身影一抬头，月光洒上她寒气隐现的双眸。

孟扶摇。

嘴角浮出一抹没有笑意的笑容，孟扶摇手腕一转，一道肉眼难以分辨的黑光唰地掠过半空，缩进她的衣袖里。

“想害我？没那么容易！”孟扶摇轻轻抚摸着腕间的黑色细鞭，那是她用作腰带的软鞭。发现裴瑗神色不对，她已将这鞭子扣在掌心；扯她衣袖时行为古怪，她更是早已留了心；红色披风罩住裴瑗手下把戏的同时，也罩住了她将软鞭缠上洞边山石的动作。

裴瑗点穴时，她提前调动残余的破九霄功法，护住了挨着裴瑗手边那半边身子的穴道，裴瑗披风底下认穴略有偏差，力度也不够，几乎在坠下的刹那，她便借着冲力解开了穴道。

而她被推落时，软鞭扯住了她的身体，她一动不动地直等到那两人走远，才从崖下爬上。

孟扶摇立定崖上，看着前方的黑暗，仿佛看见黑暗尽头那曾经庇护过她的巍峨雄伟的山庄，还有那曾经给过她极为宝贵温暖的少年。

崖顶大风鼓荡，面色苍白的少女站得笔直，脸上没有表情。当初想起那少年时会不由自主浮现的笑意，此刻在她脸上已荡然无存。

那些为情意所惑、一时心动的日子，不过是她生命里一段走了歧路的探险，她在那般葳蕤华盛的丛林里看见了温情的美，以为是自己好不容易寻获的伊甸园，然而很快她就被驱逐出境了。不过没关系，这世道有吃不完的亏，也有还不完的账。

孟扶摇弹了弹缠了金丝的软鞭，软鞭发出铮然之声，在山谷里隆隆地传开去，有如号角被清越吹响。

孟扶摇笑了笑，从怀里摸出几根墨绿色的草，草尖却是白色，看上去像积了晨间的霜。

她满意地端详着那草，觉得自己运气很好，坠个崖居然都能发现这崖壁上生着的“一指霜”。这种药草治疗内外伤很有疗效，还有固本培元的效果，真真是因祸得福！

她小心地扯了一根草，正要放入口中，突然顿了顿，随即缓缓睁大了眼睛。

不对啊……刚才数过这草，明明是六根，现在怎么只剩下五根？

草一直抓在自己手中，四下无人，好好的，草怎么会失踪？

瞬移？空间错乱？鬼？

最后一个猜测让孟扶摇浑身一奓，前世看过的鬼片画面立即齐刷刷地不请自来。那些极尽恐怖声色的光影技术效果，立时在孟扶摇脑海里翻来覆去、鬼哭狼嚎。

孟扶摇穿越至今已有多年，不同寻常的际遇也算锻炼成了不凡的心志，然而此刻空山绝崖之上草木寂寂、山风呼号，四面的树木随风摆舞，如同鬼影憧憧，本就有几分阴森之气，掌中药草再莫名其妙消失，百思不得其解的孟扶摇激灵灵打个寒战，一声“有鬼”几欲脱口而出。

突然想起那个老家伙曾说过：世间本没有鬼，猜的人多了，也就有了鬼。

这般一想，孟扶摇胆气壮了些，长鞭一抽，啪地炸出一道脆响，大喝：“谁？”

没有人回答，唯有风声呼啸。

孟扶摇等了半晌没有动静，只好悻悻地收了长鞭，想将那草收起，目光落在草上，突然浑身一震，再次呆住。

草又少了一根！

孟扶摇呆呆地看着掌中剩下的四根草，实在没有办法控制自己不往鬼魅的方向想，可是这个鬼不现身、不伤人，总偷自己的药草做什么？

咬了咬牙，孟扶摇发狠，突然一把将剩下的四根药草全部塞进了自己嘴里，怒道："叫你偷！叫你继续偷！"

飘荡的山风隐约卷来一声轻笑。

听见这笑声，孟扶摇反倒不怕了，管他是人是鬼，看来没有恶意。放下心来的孟扶摇干脆席地坐下，大喇喇地闭目调息，很随意地挥挥手，"那个……看起来你很闲，如果实在没事的话，麻烦帮我护个法！"

又是一声轻笑，声音低沉动听，带着几分清凉与优雅。音节碰撞间有种奇特的韵味，让人想起最北方狄洲绵延的雪山之上，风吹过琼楼玉树发出的琳琅之声。

四野沉寂，初秋的草木香被夜色蒸腾得馥郁，草木香里，隐约有一丝特别的淡淡香气氤氲，不同于任何花草之香，更加纯粹而高贵。

孟扶摇却好似没听见也没闻见，当真合起眼，自顾自调息起来。

第三声笑声响起，这回近在耳侧。与此同时，轰然一声，一道火光在孟扶摇身前地面上突然燃起，橘红色跳跃的火焰，将本就偷偷睁开眼缝的孟扶摇眼前映得一片温暖的红。

火光那头，一株孤松上斜斜地躺着衣袂宽大的男子，淡色的衣襟垂落，绣着银线暗纹，纹彩在暗处看不清图样，随着他的身子起伏，不断闪烁着粼粼的微光。

他斜躺在细而脆的树梢末端，明明看起来身材高颀，却令人感觉轻得像一团云；明明姿态闲淡，却令人不由自主地仰望，如对巍巍玉山。

树枝悠悠地晃着，他悠悠地抛掷树枝——每抛出一根，都准确地掷进火堆，落入先投进去的树枝之下。随着树枝的增多，渐渐形成了一个拱形的柴堆，使得那火堆燃烧得越发旺盛。

他手掌移动间，隐约露出右手心一点印记，颜色比肤色稍深，却因为隔得远，看不出形状。

孟扶摇目光扫来扫去，最终落在那构架完美的火堆上。她双手撑地，悄悄挪移了一步。

用手指猜也知道，这家伙就是刚才那个"鬼"！别的不说，他一身轻功已是绝顶，扔个树枝也那么牛，万一他起点歹心，自己那双短腿根本不够逃的。

她还没来得及把屁股移开，对面，那人说话了："姑娘，夜寒露重，我很冷。"

第八章

元宝大人

孟扶摇差点没把嘴里没咽尽的草药给喷出来。

你很冷……

这初秋天气，南地山野，夜风虽烈却远远谈不上刺骨，何况这底下还有好大的一堆火，鬼才相信你是真冷！

眼见那人高卧树端，闲闲托腮，眼光在她身上瞟啊瞟啊瞟，大有和她采取“最原始取暖方式”的打算，孟扶摇往火堆后又退了退。

虽说这人看起来气韵尊贵优雅，不像是逼奸犯的猥琐德行，可是这世道，谁知道好皮囊底下会不会藏着一颗龌龊的心？就像……裴瑗。

她乌黑的眼眸在火光掩映下流光溢彩，看向那男子的神情戒备，浓密的睫毛在有些苍白的脸上投下淡淡的黑影，看起来有点像处于紧张待战状态的某种小兽。

对面的男子饶有兴味地看着她，又道：“姑娘，你冷不冷？”

很好，一切都在按既定剧本完美进行。

孟扶摇不服气，一边屁股继续后移，一边叛逆地回答：“好热！”

男子微笑，笑得好生雍容华贵、轻描淡写，“那就脱了吧！”

……

已经挪到一丈之外的孟扶摇突然狼窜而起，一个翻身，就打算过到对面的短崖上去。

那男子看她飞蹿，动也不动，只闲闲地按了按自己的衣襟，轻轻一笑。

随着他的动作，他的衣襟突然开了一线，滚出一个火红的果子来。

还在翻跟斗的孟扶摇眼睛立刻亮了。

这个，这个这个——色泽热烈而香气清冷，好像是疗伤圣果“麒麟红”？

果子骨碌碌滚来，被头下脚上的孟扶摇看了个清楚，果然是狄洲雪山之上的特产圣果！这东西据说只生于雪山深谷，等闲人根本找不着。

砰的一声，孟扶摇跟头翻到一半，又栽下来了。

她栽下来立刻爬起，一脚踩住果子，眼角瞄了瞄对面，好像没什么意见？赶紧伸手去拿。

咻！

眼前白光一闪，快如奔雷，一团小小的风倏地卷过来，直直地撞到孟扶摇手上。孟扶摇哎哟一声，手一松，那白光半空里腾地一个翻跃，一个拉风的劈腿之姿，恶狠狠地蹬在了孟扶摇的鼻子上。随即再一个翻滚，姿态轻盈、四爪朝天，正正迎上从孟扶摇掌心跌落的果子，砰的一声，将果子抱了个满怀。

这所有动作只发生在刹那之间，孟扶摇只觉得风一卷、鼻子一痛、淡淡的果香一飘，疗伤圣果就换地方待着了。

孟扶摇怔怔地抬起手摸了摸鼻子，从鼻尖上拈下一根手指长的白毛——这是个什么玩意儿?

她目光呆滞地看向地上，一团粉白正踮起小爪子，得意地托着那枚火红的果子，单腿后跷，颠颠地递给男子，居然是个经典的芭蕾造型。

孟扶摇盯着那个巴掌大的东西——兔子？比兔子小；松鼠？比松鼠白；荷兰鼠？比荷兰鼠还要肥，贼亮贼亮的黑眼珠、雪白的漂亮长毛、肥硕得辨不出三围的身材，完全是哈姆太郎的现实版。放在前世，这样的可爱小东西，一定会引起宠物爱好者的尖叫。

不过抢起东西来，太穷凶极恶了。

感应到孟扶摇的眼光，那只荷兰鼠立即转头对着她龇出雪白的大门牙，火光里大板牙亮得似两把小刀。

孟扶摇被这充满威胁的眼神一盯，不禁生出几分愤怒。最近实在有够倒霉，被背叛、被刑讯、被推落悬崖，现在连只肥鼠也来鄙视自己，做人做到这个地步，简直太郁闷了!

心情不爽之下，孟扶摇也一扯嘴角，对着那只肥鼠龇牙——按体积算，我的牙比你的大！

火堆前一人一鼠龇牙对峙，虎视眈眈。

扑哧一声，对面一直带笑注视这边的男子终于忍不住笑出声来。他饶有兴味地看了看孟扶摇，对着那小东西伸手一招，唤道："元宝。"

那只肥鼠扭了扭屁股，不理他。

"元宝大人！"

元宝大人立即跳起，抱着那只果子颠颠地蹿了过去，两只小爪子谄媚地将那果子向男子一递。

男子摇头，手指了指孟扶摇的方向。

"吱吱！"语气充满抗议。

"嗯？"

元宝大人慢吞吞地抬起头，万分不情愿地磨蹭半晌，才慢吞吞地将果子转了个方向。它悲伤地凝视着果子，眼神里尽是生离死别的缠绵。

孟扶摇看见它的悲伤，越发心情大好，得意扬扬地伸出手，一把将那果子抢了过来，顺便在元宝大人的屁股上揪了一根毛，以报鼻子被蹬之仇。

"吱吱！"元宝大人愤怒地跳起来，半空里又是一个三百六十度旋转，看样子是打算再次施展它的"前手翻直体前空翻转体一百八十度"。

孟扶摇怎么可能再被一只鼠蹬鼻子上脸？身子一扭，避了开去。

元宝大人眼看蹬鼻不成，立即改换战术，哧一声跳上那只果子，恶狠狠地吐了口口水。

孟扶摇立刻一把拎起那肥硕的身子向外一扔，元宝大人滴溜溜飞了出去。刀光一闪，那块被吐过鼠口水的果子皮被干净利落地削了下来，孟扶摇手一甩，果皮正盖在元宝大人的脑袋上，随着它一起砸到了它主人怀里。

人鼠对战三回合，孟扶摇胜。

吱吱声响成一片，白色的影子在男子身上上蹿下跳，揪着他的衣襟吱哇乱叫，大抵是在愤怒地控诉。那男子闲闲倚树，捏着元宝的小鼻子，一声声和它对着话。

"叫你先欺负人……"

"吱吱！"

"你也不吃亏，你蹬了她一脚……"

"吱吱！"元宝大人转身，悲怆地把肥屁股亮给男子看。

"你屁股上足有千把根毛，我怎么能看出少了哪根？"

"吱吱！"元宝大人努力地扒，扒啊扒啊扒……

男子忍无可忍，一把揪住它的脖子让它正面站好，"好好说话！你昨晚没有洗屁股！"

"吱吱！"

"好了……不就是你的零食嘛……让给她，下次我补给你……"

"吱吱！"

"你越发坏脾气了，都是她们惯的你。"男子的好耐心终于被磨光，却依旧不见一丝怒色，只是微笑着去怀里摸索，"嗯……那么多零食，我带着好累，都扔了吧，啊？"

"吱……吱……"元宝大人偃旗息鼓，蹲到一边画圈圈去了。

男子拍拍它的脑袋，转身正要对孟扶摇说话，目光触及孟扶摇鼓鼓囊囊的嘴，突然怔了怔，"你……把麒麟红吃完了？"

孟扶摇拼命地嚼，三口两口将果子咽下肚，然后干脆利落地答："是，吃完了！"

不趁你们两个斗嘴赶紧把好东西下肚，难道还要等那家伙到我嘴里来抢吗？

那男子好笑地盯了她半晌，突然摇头，"看来你不知道，麒麟果遇上一指霜，只能用一半分量，否则会中毒。"

"啊？！"

第九章

九天之鸾

孟扶摇瞠目结舌，那男子无奈摇头，随即一个飘身，如一团软云般下了树，也不见他怎么作势，突然便到了孟扶摇身前，微笑道："姑娘，看你瑟瑟发抖，想必也冷得很，咱们……一起取暖吧……"

无耻！孟扶摇瞪着他，明明我是被吓的！

正面相对，先前一直沉在阴影里的容貌显露，那般容光，如明月自碧海尽头缓缓升起，刹那间辉映无上苍穹。

孟扶摇立时被惊得晕了一晕，晕完了立刻醒神，在心里骂了自己一万遍花痴。她将身子继续后缩，面上依然做出惊慌的模样，手指却已悄悄摸上了自己的软鞭。还没触上鞭梢，指尖突然一震，似被无形的力量弹开。对面，含笑的男子收回手指，摇头道："姑娘，不是什么时候伪装都有用的。"

月色清凉，那男子长衣飞散在夜风中，带着点不经意的笑，姿态甚至有点散漫地缓缓前行，宽衣大袖飞卷如云，让人想起九天之上飞翔的鸾鸟。

有一种容颜，叫圣洁；有一种风情，叫魅惑。却很少有人能将圣洁与魅惑如此流水无痕般融合在一起，化为独特的气质和风华，高华里生出散漫、温暖中隐含深沉。

砂石发出细碎的声响，一种淡淡的奇异香气弥散，那男子姿态优雅却又毫不客气地坐到近前来。火光下，他微微侧脸，孟扶摇的呼吸立刻窒了窒。

他飞扬入鬓的眉带着流逸超然的弧度，让人想起三月碧泉边的柳，承载着明丽流芳的春光。而那如神祇般线条精致的侧面，好似天地间的光彩都集中在了他的眼底。

超越凡尘之美，会让人失去语言的能力，孟扶摇现在就觉得自己不会说话了。

男子却自如地微笑着，随意掸了掸身下的浮灰。看地面好像一时也弄不干净，他便不再管，突然伸手揽住她的肩，拉着她睡了下去。

孟扶摇霍地一个翻滚，咕咚一声滚到了湿地上，喝道："你……你干什么？"

男子以臂枕头，也不起身，微微侧首看她，一朵优昙般的微笑绽在唇角，"干什么？夜寒露重，我很冷，一个人睡觉更冷，所以我决定和你一起。"

孟扶摇脸红，"那个，我不能乘人之危……"

"我喜欢乘人之危。"男子衣袖一抬，用长长的袖子卷住孟扶摇的腰，毫不客气地将她拉了过来，"嘘！乖，要听话。"

他身上淡淡的奇异香气馥郁如酒，衣袖翻卷间醉人的气息弥散，像火种般，轰的一下点燃了孟扶摇的理智。孟扶摇一时竟不知该如何应变，僵在那里不敢动弹。隐约听得他的低笑声响在耳侧，呼出的气息拂在耳郭上，微微发痒。那般的痒似是痒在了心里，如猫儿抓挠般。孟扶摇听见自己心跳得飞快，脸上腾腾地烧起来，烧出几分飘浮的眩晕。

孟扶摇伸出双手，拼死抵着他的胸膛，刚想大力挣脱，突然掌心一热，随即一股暖流突然涌起，如大江破堤，顺着两人身体接触的部位潺潺前进，汇入孟扶摇微微堵塞的四肢百骸、奇经八脉，所到之处，如春阳、如温泉，温暖醇厚，雄浑悠长。

那暖流似一双温柔的手，在孟扶摇体内施展着神奇的手法，她受伤后残损的经脉被逐一细致修补，毒素被一一驱除，连带丹田内消散得所剩无几的内力都被渐渐归拢来凝聚成形，甚至隐隐浪飞涛卷，更胜以往的充沛。

苍白的脸色渐渐恢复红润，孟扶摇惊异地睁大眼睛看着那闭目含笑的男子，原来他是在用这样的方式帮她疗伤？他是谁？怎么会知道她的状况，又为什么要帮她？

她的目光忍不住在男子身上睃巡。五洲大陆男子喜爱佩戴象征身份等级的各种佩饰，看配件也能看出个大概。然而这人明显行事作风不同常人，身上除了质地不菲却并不张扬的浅色衣袍，其余什么都没有。

孟扶摇的眼光最后落在男子缓缓收回的右手掌缘上，那里，她先前看见的那个印记更清楚了些，依稀像朵花瓣。

感应到她的目光，男子并未睁开眼，突然轻声道："我借给你的内力三个时辰内有效，你若想用，得抓紧了。”

孟扶摇怔了怔才反应过来他刚才说了什么，霍然跳起，骇然瞪着他，半晌口吃道：“你是谁？你怎么知道我……怎么知道……”

“你应该知道‘一指霜’服用过量会伤及经脉，却一口气吃了四根，又赶不及地调息恢复，不是要着急报仇又是为什么？”男子坐起，微笑着挑眉看她，“不过我先提醒你一句，裴瑗背后的家族势力非凡，你确定你要继续？”

“她又不能背着家族行走四方。”孟扶摇一笑，笑容中微露几分狡黠和傲气，“有仇，必报！至于将来的事，她不动我便罢，动我，我逃；她懈怠了，我回头再咬一口。你要知道，”她眨眨眼，“庞然大物，有时未必有我一个流浪者来得自由。”

男子瞟她一眼，笑吟吟赞道：“好，很好！”

孟扶摇优雅微笑。

“很无赖。”

……

不看黑着脸的孟扶摇，男子又道：“可惜玄元剑派上上下下那么多人，裴瑗武功也不弱，你先前的状况胜她都难，要想不惊动他人地惩治她，谈何容易？”

孟扶摇瞪着他，想着这人早已在这山崖上，必是将先前那一幕都看了清楚。这般一想，她立时怒气涌起，恨恨道：“那是我的事！你先前不曾出手，现在却来做什么好人？”

“先前我不在这峰上，只远远看见那两人的动作而已。”男子并不生气，“要不要？不要我收回去了。”

孟扶摇怔了怔，想了想才明白他是指借出的内力，没好气地大声道：“我要！”

话音刚落，便听男子一声低笑，他目光流转，光彩如星河烂漫，声音里有藏不住的戏谑，“嗯……你要？”

那个嗯字说得绵长柔软，满蕴挑逗。孟扶摇话刚出口已经惊觉失言，腾的一下脸色涨红，还没想好怎么反击，那男子已经微笑着来拉她的手，“既然你要，那我就从了你吧……”

第十章

快意恩仇

明月在天，清风在侧，山野无人，美男投怀——天底下还有比这更香艳、更幸福的事吗？

幸福的孟扶摇脸色在刹那间经历了爆红、大红、深红、浅红诸般色彩，飞速转换，终于转回正常颜色。她瞟了瞟对面那个死不要脸的美人，正色坐直，肃然道：“既然你要从，我就勉为其难吧！”手指一翻，扣上几枚钢针，明晃晃地掩在指缝里。

你敢摸，戳死你！

……

两手将握、两颊将接，肥鼠出世，左推右挡——天底下没有比这更煞风景、更无耻的事！

孟扶摇还没来得及推倒之并戳死之，唰的一声，元宝大人突然不知道从哪个角落飞奔而来，腾地跳起，一个“团身后空翻分腿一百八十度劈”，四爪大张，分别蹬在了两人脸上。

孟扶摇立即啪的一掌将元宝大人打落，顺便一退三丈。

元宝大人掉落在男子伸出的掌心里，立即翻了个身，抱住他的手指吱吱地哭。

孟扶摇鄙视地瞪着那家伙，虽然感谢它为自己解了围，但那占有欲也太变态了吧？

她的眼光越过那只撒娇卖痴的肥鼠落在那男子身上。飘荡江湖这么多年，孟扶摇自认有几分眼力，眼前这人虽然句句都在开着香艳的玩笑，眉梢眼角却不涉狎昵情欲，风流蕴藉，气度高华，眼神里根本没有邪念。

他真的只是因为看见裴瑗暗害自己那一幕才出手相助的？

玄元剑派在太渊皇朝地位不低，往日里不少高官贵客往来，这人这个时候出现在这里，是不是和玄元剑派有关？如果他是玄元剑派的朋友，又为什么要相助自己和玄元剑派作对？

孟扶摇深吸一口气，不想再去纠结这个暂时无解的问题。看得出，这人不是简单角色，问也问不出什么，他要想伤害自己，手指一拈就行了，根本不用绕这么大弯子。倒是眼前，有必须要解决的事。

孟扶摇不为无能为力的事纠结，也不会让伤害自己的人逍遥。

调匀气息，收拾袖囊，孟扶摇将浑身上下扎束得利落，还顺手从怀里掏出点东西涂在了随身匕首上。

那是一种由产自青洲扶风国的“不伤花”提炼出来的汁，这种汁水没毒，但是一旦进入伤口，会导致伤口溃烂，缠绵难愈。

孟扶摇将匕首在掌中抛了抛，有点惋惜自己身上没有毒药。不过，裴瑗，你自负姿容绝世、容色如雪，多少男人如蜂儿般绕着你，唤你玉娃。如果玉娃身上多了几道散发着腐臭气味的伤口，将那些蝶儿、花儿熏走，你是不是还会保持你那贵族式的虚伪微笑呢？

孟扶摇冷笑着，将那匕首细细地涂了一层又一层。

男子双手抱膝，微笑地看着她，目光里掠过隐隐的激赏。

他见孟扶摇准备停当，站起身来，指着玄元山庄方向笑道：“你大概不知道，你们剑派还有处秘密通道。从那里进去，你可以避过山庄很多守卫，而且，”他神情突然有点古怪，“你师父和其他师兄弟姐妹此时都在前厅款待无极国太傅大人，你可以先潜伏进裴瑗房里。”

“你怎么知道？”孟扶摇斜眼看他，“你是谁？”

“你可以叫我昭诩，元昭诩。”元昭诩含笑的眼神像春风一抹，目光流转间，逝水似可倒流，积雪刹那间消融。

“元昭诩？”孟扶摇将这个名字喃喃念了一遍，没来由地觉得熟悉，似乎在哪儿听过，一时却又想不起。她点点头，沿着元昭诩指出的方向大步而去。

她的身影渐渐消失在崎岖的山道上，背后，元昭诩微笑着负手而立，深深凝注着她的背影。他宽大的袖袍飘逸在风中，载满碎银般的月光。

他身后原本是一块山石的地方，不知何时悄悄浮出一道瘦长的黑影。那黑影立于元昭诩身后三尺远处低首俯身，姿态恭敬，“太……”

元昭诩轻轻回首，只一个眼神，对方立即悚然一惊，急忙住口。

“不用催我，我马上过去。”元昭诩似是知道对方打算说什么，摆了摆手。他想了想，又偏头对站在自己肩上的元宝大人道：“喂，跟她去看看？”

元宝大人转了个身，把屁股对着元昭诩。

“回来后给你吃夜宵，三个麒麟红。”

元宝大人依旧保持着头也不回、屁股朝天的姿势，却乖乖地从他肩上爬了下去。

“不许公报私仇，否则我扣你三天麒麟红。”元昭诩追着元宝大人叮嘱了一句。那只肥鼠晃晃短尾巴作为回答，也不知道答应了没有。

黑衣人愕然看着那一团白色消失在夜色中，着实不理解主子的举动。元宝可不是普通的牲畜玩物，而是生于狄洲穹苍皇朝最神圣之地长青神殿的“天机神鼠”，百年才出世一只，寿命极长，极具灵性，那智慧可不比人低，且有趋吉避凶之能。它一旦认主，一生不移，等闲人等见都没见过，更别说拥有，若非主子身份实在特殊，也是不能的。

这么一个宝物，主子就这么随随便便地给派了出去？刚才那姑娘……难道……可是主子的命数不是说……

黑衣人心思百转千回，面上却一点也不敢露。跟随主子多年，他十分清楚主子的水晶琉璃心肝，在那明慧迥彻的目光前，自己多动一根眉毛，都有可能被主子猜出心思。

饶是他这般小心，元昭诩却已像是发现了什么，半转身浅笑着看了黑衣人一眼，直看得对方更深地弯下腰，退入黑暗中去。

元昭诩回身，眯眼遥望黑暗尽处。那个敢爱也敢恨、敢接受也敢面对的女子的窈窕身影已经完全淹没在夜色里。她怀剑，束发，携着一身利落和杀气，奔向那个外表道貌岸然、内心龌龊自私的堂皇门第，奔向给自己造成了伤害和侮辱的人们，准备着，刀起，刀落。

“人生多羁绊，世事苦磨折。快意恩仇事，又能有几人……”良久，一声轻叹，淡淡散于迤逦的夜风之中。

“太傅老当益壮，风采令人心折哪！呵呵呵……”

“林门主一代剑宗，更是高人风范哪！哈哈哈……”

牛油蜡烛高烧的玄元山庄正厅，一对老头含笑相对，揖让文雅，言来语去，满嘴跑着没有营养的客气话，一来一往数百回合，仿佛完全没有看见深浓的夜色和底下接连不断打着哈欠的弟子。

“来来……太傅，再试试玄元山特产的碧春茶！”

林玄元悄悄掩袖，借着斟茶之机，打了个不着痕迹的哈欠。他已经陪客陪了很久，无极国的太傅大人虽然年纪老大一把，却精神矍铄得很，硬是东拉西扯了几个时辰，三更已过，居然也不思睡眠。

林玄元衣袖掩着面，眼光不耐烦地在底下睃巡，突然捕捉到从厅侧门溜进来的四弟子，不禁一怔。

这小子，不是叫他去看守孟扶摇的吗？怎么这么神色仓皇地回来了？

林玄元一个念头还没转完，边门处红影一闪，出现的是裴瑗。她依旧神态高贵骄矜，倚着门框缓缓整理自己的衣袖，面色如常。可是老狐狸林玄元却觉得这女弟子双眉之间隐有戾气。

他将茶盏举得更高一点，挡住自己的眼神，在心中暗自嘀咕：刚才发生什么事了，怎么两个徒弟都神色不对？

不过此时不是询问的时候，何况以裴瑗的身份，就算林玄元也不敢过多教训。当下他只有打起精神，继续陪客。

白发苍苍的无极国老太傅是名重一时的帝王之师，更以惊采绝艳的无极国太子之师身份而闻名天下，按说这么大年纪精神应该不济，可老太傅顶着黑眼圈，始终对着哈欠连天的主人滔滔不绝。

“青、夷、衡、明、狄五大洲，分天煞、无极、扶风、穹苍、太渊、璇玑、轩辕七大国，天煞好战、无极重才、太渊尚武、璇玑重智、扶风重德、轩辕精擅上古奇术，穹苍……”

不知道从哪里忽然吹来一阵风，地下的烛影动了动，老太傅突然住口，打了个哈哈，喝了口茶，好像突然才想起来般道：“哎呀，老夫和门主谈得有兴，竟然忘了时辰……”

林玄元赶紧站起身来，“是，是！太傅大人见识高卓，在下听得入神，竟然忘记安排大人休息，罪过，罪过！来人，带大人前去内院宿处……”

“呼……”底下传来一阵解脱般的吐气声。

老太傅摇摇摆摆地离开，弟子们立即作鸟兽散。林玄元负手立于庭上，目光变幻，突然道：“老四、瑗儿！”

正想溜走的两人步子一僵，转过身来。裴瑗眼波一撩，向着疑惑地盯着她的林玄元坦然一笑。

窗外突然掠过一道闪电，电光一亮间，灿白的强光照上她突然回首的脸，将那一笑扭曲得有些狰狞，带着些鬼魅般的阴森之气，倒将林玄元吓了一跳。

他转过头，看着厅外刹那间瓢泼而下的雨，有点诧异地喃喃道：“下雨了……”

第十一章

风雷如怒

下雨了。

夜半的雨来得突然猛烈，像是扯了天倒了海，哗啦啦地向下浇，地面瞬间就汇聚了千万条细流。

裴瑗从正厅出来，撑着一柄油纸伞，在丫鬟的侍候下蹚水回了自己的兰亭居，另有个丫鬟给她提着灯笼照路。风雨猛烈，纸灯飘摇，那丫鬟用自己的油衣一路小心护着，灯还是在一阵突然涌起的带雨狂风的扑打下灭了。

丫鬟还没来得及请罪，裴瑗反手就是一巴掌，尖利的指甲在丫鬟脸上划开鲜红的印痕，鲜血涔涔而下。那孩子却哭也不敢哭，抱着灯缩在雨里。

“蠢！一盏灯都照顾不好！”裴瑗抬眼看看风雨漫卷的黑沉沉天幕，一阵烦躁没来由地袭来，她皱眉掩了掩披风，快步进了自己僻静的院子。

“你们不许上廊来，别脏了我的地！”裴瑗厌恶人打扰，又有洁癖，连住处都选的是最清静最雅致的兰亭居，这些习惯门中人人尽知。丫鬟们都低声应了，远远退到廊下。

门外是如天神之鞭抽打大地的暴风雨，门内是沉凝寂静一无波动的黑暗。

裴瑗去推门。吱呀声里，门缓缓开启，裴瑗眼光漫不经心地下垂，突然觑见木质地板上一道淡淡的水迹。

裴瑗心中一动，反应极快，立即飞身后退。

然而已经迟了。

嚓!

黑暗里白光一闪，隐约可见一道黑影抢身而出挥刀疾刺。这一刀无声无息，快捷如流光飞电，只一刹那，便到了裴瑗面门!

哧!

血肉肌肤被划开的细微声音惊心动魄地响在裴瑗耳中，她只觉得左额上一凉并一痛，随即左眼前便是一片血红。

鲜艳的红色遮挡住视线，裴瑗看不清黑暗中伏杀自己的人是谁，只知道此刻只有自救才能保住性命。裴瑗咬牙忍痛，哐一声拔出长剑，剑尖一振，抖开漫天星芒，光芒灿然，夺人眼目。当此紧急之时，她连师父秘传给她的压箱底宝贝剑法“长空之剑”也使了出来。

对方似也知道这剑法厉害，并不硬接，身子一转，游鱼般从她身侧滑了出去，错身而过的那一霎反手狠狠一撩，裴瑗右额上又是一痛，鲜血如奔泉般流下来，一道血瀑横空出世，遮没了她最后一点清明的视野。

厉杀之刀，快若奔雷；含怒之袭，利若惊电，刹那之间，对方快狠准地在裴瑗脸上画了个叉。

双目被奔涌的鲜血所浸，不能视物，裴瑗使剑已再无章法，脸上撕裂般的疼痛令她急怒攻心，不知道脸上这两下到底伤到什么程度，但从流血量来看，这张脸定已被毁。对方下手毒辣，用心阴狠，竟像是和自己有深仇大恨。

绝色女子向来视容貌重于生命，裴瑗这一刻痛不欲生，不杀此人誓不甘休。她干脆不去管那两道伤口，横剑一掣，将掌心的鲜血往剑身一抹。剑身突起红色光芒，在一片黑暗中如血般诡异流动，那流动的红色里，渐渐泛起蟹眼般的泡沫，一点点色彩斑斓，像是无数毒蜘蛛在剑身上瑟瑟爬动，望上去令人牙酸肉麻。

这时若有太渊皇朝皇族子弟在场，只怕就要惊异地大叫出声——“祭血神功”，皇族秘而不宣的神功，如今裴瑗使出来，是拼着要鱼死网破了。

她想拼命，对方却未必肯，那人一见那诡异的红光亮起，立即一声不吭地大步冲出，靴尖在门框上一踢，一个旋身脱开红光的笼罩范围。暴雨中黑色身影如鹰似鹞，转瞬间已经飞出三丈，消失在连绵如墙的雨幕里。

裴瑗掣剑便追，她神功已经完备，抬脚起势快如闪电，掌中长剑光芒丈二，几乎只要一抬手便可以立即到达黑影后心。

然而她的手将抬未抬之时，忽觉有什么滑腻的东西从身边掠过，带起一股不大的风声，随即手指一痛，长剑哐啷落地。

裴瑗大骇之下以为室内还有敌人，拼命睁大眼看去，血红的视野里只隐约看见一团圆影刹那出没，随即脚下一软，仿佛被什么东西绊了一下。裴瑗一个趔趄，脸上两道伤痕此时开始发作，一时麻痒无比，仿佛有无数小虫在伤口中爬动。

裴瑗大惊之下顾不得再去拼命，赶紧去摸伤痕，却越摸越痒。一片血红里她什么也看不见了，急得尖声大叫起来："来人！来人！打水给我！叫太医，叫太医！"

没有动静。

她刚才怕污着地面，将那些丫鬟赶到雨地里，此刻她们依旧抱着熄灭的灯，木讷而冷淡地看着她。她们木然地站在雨里，看着平日里高贵跋扈的女子暴雨之中披散长发、满脸满手鲜血，她张开双臂在桐木长廊之中凄然呼叫，脸上两道交错而过的伤痕被划成一个狰狞的叉，鲜血从那狠厉的笔画中滴落，滴落在她从不许人跨入的长廊上，将光亮洁净的地面染得一片血色污浊。

"来人啊……来人啊……"

没有人动，没有人说话，目睹刚才那一场残杀的下等婢女近乎冷酷地站在雨地里。

大雨被风卷成一片片的水晶墙，隔绝了她们因被整日摧残而带着恨意的眼神。

"来……人……啊……"

裴瑗的惨呼被暴雨声淹没，渐渐消至无声。她疯狂地在廊上狂奔，却因为时时撞到柱子而再添伤痕。脸上的麻痒越发剧烈，她的力气却已渐渐耗尽。

雨从廊上垂挂的深红帐幕里透进来，浇得那颜色如血，雨幕后红衣浴血的裴瑗旋转着，悲呼着，渐渐软倒下去。

她身子落在台阶上，黑发垂落入廊下雨地，在汪了水的地面上迤逦如蛇。她的手努力前伸，似是想要够着某个脱离噩梦的希望。

然而，她已永远够不着了。

夜未央，风雷如怒。

一声不解而疼痛的低吟，响在隆隆的雷声里，"你们……为什么……不救我……"

第十二章

后山遇伏

夜色深沉，所有的鲜血都浸在黑暗里，所有的呻吟都掩在暴雨中。

裴瑗脸上被画上十字的那一刻，远处屋檐上一人衣衫飘舞，经雨而不湿，负手微笑看着下方动静。他身后，一名黑衣人垂首于三步外侍立。

“等会儿你去裴瑗那里做点手脚。”元昭诩吩咐黑衣人，“在燕京，裴家和相府云家是世仇，也是政敌……你知道该怎么做了吧？”

黑衣人无声俯首，身形一闪，已经原地消失。

元昭诩笑笑，再次看向下方。他的语声在倾盆暴雨里凝而不散，语气悠悠，“画起叉来干脆利落，这女人……”

孟扶摇躲在一处隐秘的墙角匆匆收拾了一下身上的血迹，拍拍肩头的元宝大人，笑道：“谢了！”

元宝大人嫌弃地一让，乌溜溜的黑眼珠里满是鄙视，大有“你爪子很脏，不要污了我的雪白的毛”之意。

“臭屁的肉球！”孟扶摇暗骂一声，大步走了出去。

她并不知道，在她走后，一道闪电如天神战斧劈开黑霾，自九天之上，直贯五洲大地。

电光里，躺倒昏迷着的裴瑗的室内骤然大亮，森白的色彩里，隐约有更亮的冷电一抹，随即，鲜红溅起。

这是个注定不平静的暴雨之夜。

林玄元刚睡下没多久就被匆匆叫起，他赶去看见裴瑗的情况，脸色难看得难以形容。

昏迷不醒的裴瑗脸上，伤痕这转瞬之间已经烂得见了骨头，鲜血和白骨交织成凄厉的容颜，昔日的绝世容光注定永生不能再见。

林玄元怔在原地，不知如何是好。别的弟子不清楚裴瑗的来历，他却明白。裴瑗的出身他也招惹不起，如今出了这事，他要如何向裴瑗背后的势力交代？

他将她的仆人和婢女都审问了个遍，但这些人都咬定自己只看见一个黑影蹿出主子房门，其余的什么都不知道。

这场来得突然的大雨，掩盖了太多痕迹。

林玄元脸上的皱纹一夜间深了许多，他仰首缓缓向天，在心中喟叹："莫非，天要亡我玄元？"

目光掠过客房黑沉沉的房舍，林玄元心中突然掠过一个念头，"无极国太傅一来就出了这事，会不会……"

转眼他便否定了自己的怀疑，太傅大人很少出门，和玄元剑派向来交好，根本没有杀人动机，何况看过裴瑗伤势的大夫已经认出来，裴瑗右手小指被削去半截，那伤痕偏斜，自下而上，反撩而起，正是裴家政敌死仇云家的"惊风剑法"起手式会造成的伤痕，看来应该是云家派人上山暗伤了裴瑗。

只是，裴瑗在玄元剑派学艺，是隐瞒了身份的……林玄元皱着眉，云家下手实在狠毒，这事要好好和裴家说清楚。

"今夜所有人都不要睡了，全部给我出去找人！我已经启动了各个关隘的机关大阵，雨这么大，凶手不可能赶到山下，你们一定把人给我堵在山上！"

弟子们轰然应命，林玄元看着前方未歇的雨势，森然道："记住，此事关系我玄元剑派存亡绝续，人，一定要捉到，生要见人，死要见尸！"

"是！"

一道黑色身影如离弦之箭，穿透茫茫雨幕，因为速度过快，以至于经过的地方竟像留下淡淡的残影。

人影直奔后山，玄元剑派依山而建，山庄之后，是防守相对薄弱的地方。

后山平静一如往常，人影停也不停，迅速自一道偏峰攀缘而上。她曾经逛遍全山，知道这座山峰后面有个谷地，穿过谷地的一个山洞，就可以从另一面脱出玄元山的范围。

她脚程极快，奔行中按在腰畔剑鞘的手指下微微透出淡碧色的剑气。

碧色剑光，破九霄功法第四层的独属色彩，破一切阴劲绵柔的内力。

元昭诩一番内力相助，不仅帮孟扶摇恢复了原本的功法层次，甚至帮她冲破了一直停滞不前的第三层关隘，进入了第四层境界。这使得她刚才的出手速度快了一倍，才能在裴瑗已有警觉的情形下犹自给她脸上画上一对漂亮的叉。

可惜裴瑗势如疯虎，想和她拼命，孟扶摇不想和对方同归于尽，只好沾手即走，即使知道也许会留下后患，她也顾不得了。

前方，淡黑色的山峰在望，山上丛生的树木杂草被雨水冲得东倒西歪，看起来没有人经过的痕迹。

孟扶摇轻轻吐了一口气，露出释然的笑意，迈步上前。

铿!

脚下突有异感，像是踢到了一颗小石子的感觉。孟扶摇却绝不会觉得这真的是颗石子，立刻抽身暴退!

那些低伏的草叶突然如蛇般昂然而起，仔细一看，却是丛木之后覆了一面巨网，将草木连泥拔起。满天都是飒飒之声，那些隐藏在乱草、树枝之后的惨青色光芒自网眼里爆射而出，铺天盖地地向孟扶摇袭来!

“糟了，这里居然也有关卡！”孟扶摇暗骂林老狐狸动作快速，更诧异自己以前为什么没发觉这里也不是缺口。

巨网翻飞，笼罩范围足有十丈，孟扶摇借来的内力已开始消散，以她现在的体力，便是大罗金仙也无法在刹那间逃脱。眼看黑色巨网如霾罩落，网上倒钩的光芒乌青闪烁，孟扶摇绝望地闭上了眼睛。

第十三章

惊艳之破

“喂，睡着了？”低而优雅的声音带着笑意响在耳侧，孟扶摇惊喜地睁开眼。

前方，元昭诩整洁尊贵优雅得像是刚刚步入殿堂，暴雨袭身而衣衫不湿。他遥遥立于一片油绿之中，山崖背后立即像突然升起了一轮新的明月。

他站得那么远，神态还那般不急不忙，按说此时他便是想救孟扶摇也已然来不及，然而孟扶摇一见他便没来由地觉得安心，似乎眼前这生死一刻的泼天大难也不再值得惊恐，嘴角忍不住微微翘起。

孟扶摇笑意还没来得及展开，就见刚才还静若处子的元昭诩亦对她一笑。

笑意未散，他突然动了。

这一动便动若雷霆，仿佛玉山之摧积雪之崩，一片灿亮地奔卷平铺过来，将夜色风雨都搅动得壮阔凌厉。地面的草叶被这无与伦比的疾行劲气带动，俱呼啦啦连根拔起，直立成墙，满目叠翠地向巨网罩落的方向飞来。

元昭诩的身子几乎是贴地飞行，瞬间闪到孟扶摇身前，手一伸便放倒了孟扶摇。他一手揽住她的身子继续贴地前飞，另一手衣袖一卷，宏大激荡的劲风将那“草墙”打散。夹杂了他真气的长草树枝宛如无数飞镖小箭，呼啸旋转着迎向巨网。细微的撞击之声不绝，转眼间巨网便被那些有如利刃的草叶割得支离破碎，不成形状。

最后一点带着幽光的巨网，恰恰落在了元昭诩的靴跟处，瞬间被他身后的雨无声地打入泥土。

元昭诩微笑着，点尘不惊地撑起双臂，看着自己身下的女人，“看见我，感觉如何？”

感觉如何？

孟扶摇眨眨眼，望向上方。

元昭诩居高临下，带着笑意的眸光深邃黝黑，神光离合，醉人如酒。一阵淡而奇异的香气弥散，即使是这不绝的暴雨也无法冲淡。

四目对视，一时俱无话，元昭诩不再戏谑，孟扶摇也忘记反唇相讥。此刻，危机初解，大雨未休，笼罩在元昭诩独有的气息中，她忘记了言语，也不知如何言语。

这个看起来很遥远的人啊，自相遇那刻便近在身侧，短短数个时辰，他救了她两次，孟扶摇甚至都不明白他为什么要帮自己。

她看着他，心底有暖流涌起，因一夜淋雨攻杀而冰凉的身体，似乎突然也有了几分热度。

那相视的一瞬，心底有根细细的丝弦，这许多年因为风霜磨折人心冷漠早已生锈的弦、因为那人的背弃欲待断裂的弦，突然于这目光交接之时，于这喧嚣的风雨和相拥的沉静之中，被轻轻拨响、微微接续，发出细微却惊心动魄的颤音。

仿佛，于无声处听惊雷。

孟扶摇颤了颤。

她的手指突然抠紧了潮湿的地面，那些生着尖刺的不知名的草戳进手指，洁白的指端立时滚出大而圆的血珠，瞬间被雨冲去，浸入黑色的泥土。

孟扶摇吸气，指端的刺痛令她眸光瞬间清明，她下意识地缩了缩。这个动作刚做了一半，一直凝视着她的元昭诩突然调开眸光，伸手一抄便将她抄起，一折身飞了出去。

孟扶摇愕然地在他怀里转首，元昭诩笑道：“你想在这里对我献身吗？可我怕着凉。”

他语气里笑意轻松，从孟扶摇的角度看不见他的神情。见他没有异样，她倒也心安，只是不知为何，听着他漫不在意的语气，突又生起淡淡的惆怅。

心底呸了一声，孟扶摇暗骂自己“琼瑶”，搞什么，自己一个心理年龄都快四十的老鸟，还玩纠结吗？

她转了转头，想从元昭诩怀里下来，冷不防元昭诩手指一按将她按下，低声道：“别动！”

话音未落，前方五丈开外突然出现无数黑色人影，在雨中持弓搭箭严阵以待。当先一人远远看见人影，立即空弦急弹，弹出的嗡声悠长若吟，在一道明若烟火的闪电中拔地而起。随即，一丛草木突然齐齐倒伏，现出一方空地。空地后是十余株树，上半截荫翠如故，下半截却被剥去，露出白惨惨的树身。

看那树木的排列方式，孟扶摇立时想起死老道士提到过的五行白木大阵，正想提醒元昭诩小心，却见他停也不停，单足一点，直直地对着那阵心飘了过去。

元昭诩轻功之高，为孟扶摇生平仅见，抱着一个人依然足不点地，轻若无物，快得连孟扶摇阻止都不能，转眼便到了阵眼。

孟扶摇心一沉，只得闭上眼，默算了一下自己身处的位置。打算按照自己胸中所学，先毁了左侧三步那株树再说。五行白木大阵千变万化，生门死门交替刹那而过，她只有百分之五十的概率逃出大阵可能有的地底暗箭和巨木齐砸，但不管怎样，总比元昭诩直奔死路来得好。

她刚要动作，不防元昭诩突然飞足一踢，生生将阵眼那棵巨树踢断。偌大的树身拔地而起，直飞而去，呼啸声里，一阵机簧咔咔作响。嗡的一声轻响，仿佛地底突然飞起一丛密集的蜜蜂，又或是堆积的树叶被飓风卷起，乌压压一片，刹那卷地而来。

那是埋在地底的匕首，铁色乌黑，于漫天雨水泥屑纷飞中刺破空气，在树木间横冲直撞，不断撞在各个角度的树上，被那撞击之力弹回时刹那改变方向，先前向着眼睛里的此刻向着胸口，先前向着后心的此刻向着天灵，千变万化，无从躲避。

元昭诩却根本不理会那逼人的杀着，在半空中衣袍飞卷、穿行渡越，如一道道烈风卷了彤云浮动，又或者是电光于云雾中忽隐忽现，在暗色苍穹里一次次乍起又歇，所经之处，罡风如隐形之刀，刀刀都断合抱之树。衣袖卷掠间，轰隆之声不绝，他每一出手必有树断，穿掠在刀光和巨木之间的身形快如闪电，轻若鸿羽，每每都在间不容发之际从最细微的缝隙处闪过，明明应对的是最狂乱、最没规律的攻击，动作却精确细腻得好像事先演算过无数次。

像是大神通之力的仙者，以江河为线、烈电为针，在布局复杂的沧海八荒之锦上，密密地绣上一幅迷踪图。

巨树在一棵棵倒下，看似倒得杂乱无章，然而每棵树的断裂位置都略有不同，一棵比另一棵更高一点；力度也有所变化，以至于每棵树倒下时，都恰好架在前一棵树上。这般一折折如多米诺骨牌一样推倒下来，竟然始终没有一棵树落地，到得最后，所有的树皆倒伏成一个起伏山峦般的形状，而那些胡乱弹射的匕首，也无比精准地被那些按不同角度倒下的树木全部挡了回去，齐齐落入地下。

孟扶摇倒抽一口冷气，简直不会呼吸了。这阵法她知道破法，但从来没有想到这世上居然有人能够这样破阵。这种完全借力打力的破阵之法，需要何等精准至恐怖的计算，那许多树、那无数飞刀和每柄飞刀弹射的角度变化，必须计算拿捏到精妙至毫巅，才能全部毫发无伤地弹落。那样的计算，孟扶摇觉得就算现代计算机只怕还要用上几秒，何况身处大阵之中、面对绝杀凶猛攻击之时的元昭诩？

这……这还是人吗？

巨木全倒，匕首弹落，元昭诩衣袖一振，带着孟扶摇直飞而起，虚空蹈步如踏飞云，一步便踏上了最高一株树的树端。大片大片的雨水被他浑身流动的真气激飞而起，他飞越长空的身姿直似神仙中人。

立足树冠之高而脚下翠叶不惊，元昭诩负手微笑，施施然遥望那群依然弓在手、箭在弦的埋伏者。那些人都以和先前一般的动作呆呆地僵在原地，张大嘴惊愕地看着树梢上那神仙般的男子，看着他在刹那之间手挥目送便毁掉了门主精心布置、多年来无人能破的白木大阵；看着他轻描淡写、用一种最离奇最不可思议的方法须臾破阵；看着他点尘不惊，出入厉杀绝阵如入无人之境，遥立树冠的身姿飘逸漫然，一时竟生出凛然畏惧如见神祇之感，哪里还记得操弓射箭？

元昭诩似笑非笑，抬袖一掷，底下人齐齐跳开，却什么都没看见。随即便听到半空一声长笑，两道黑影惊鸿般电射而去，在长空雨幕中划出一道凝而不散的黑色雨线，所经之处树叶激飞，树木齐齐向两边分开。地面的积土被阴柔而巨大的真力卷起，四散飞溅，咔嚓咔嚓之声连响，箭折地裂，水涌火熄，白木大阵之后的黑水、黄土、烈火、青金四阵刹那间齐齐被破。

四阵连破的连锁机关一阵乱射，登时将玄元剑派的卫士射死不少。惊呼声里，人群更加纷乱地散开。

奔行过速，风声猛烈，孟扶摇从元昭诩怀里勉强探头，有点可惜地看着已经不成模样的大阵。她也懂破法，却因为头顶这人太过剽悍，始终英雄无用武之地。她百无聊赖地玩了玩元昭诩的衣襟，又百无聊赖地叹了口气。

元昭诩的声音低低地响在她头顶上方，他说话时胸膛微微震动，撞击着她贴在他胸口的脸颊，那相触的一点灼热的温度渐渐弥漫至全身，温暖得令奔波一夜、已经无比疲惫的她昏昏欲睡，“这阵法实在太寒酸，咱们不如换个方式逃命吧……”

好吧，逃命吧，拖着你一起。

孟扶摇闭上眼睛，睡着了。

第十四章

我在地狱

仿佛只是一个悠长的梦，梦里有霞飞水涌的背景，那是湛蓝的纳木错。无云的、高远的天和银白的雪峰倒映在湖面上，光彩皑皑，像是凝固的银色波涛，时不时有鱼儿跃波而起，阳光下泛着七彩的鳞光一闪。

母亲站在她身边，依稀还是未病时的模样。风将头发吹乱，母亲的手指穿过她耳畔替她拢紧，是熟悉的温暖的触感。

恍惚间想起，这是唯一一次母女出行。自她幼年父亲离家出走后，母亲便带着她在这对穷人来说分外逼仄狭小的尘世间为生存挣扎。所幸母亲是个豁达明朗的人，她可以为了十块钱加班费苦干通宵，也可以为了女儿一个跨越高原的梦想花去十年积蓄。

站在纳木错湖前，高原旷朗的风跌宕不休，自利剑般直指苍穹的冰峰间穿过，呼啸着奔向苍茫大地。云天之外，有隐约的低喃，似吟唱、似佛偈，与低飞的苍鹰一同在她头顶盘旋。那一刻，她仿佛听见心深处有些沉积的阴霾和执念被带着冰雪的风撞碎的声音。

自纳木错回来后，她选择了考古和历史专业。

选择相伴那黄沙漫天的荒漠、千年沉默的巨佛、久无人迹的荒村、深邃神秘的峡谷、吊着悬棺的绝崖……

一转眼她走进了阴沉幽长的甬道，青花瓷长明灯火熠熠闪烁，宽阔巨石铺就的地面被她的行军靴踩出空洞的回响。石面上每三步雕刻着一朵巨大的莲花，步步金光，品字形的地宫在她眼前逐渐袒露，耳室里的翡翠巨兽沉默相望。

依稀又响起那似吟唱、似佛偈的声音，无迹可寻却又无处不在，喃喃地响在她耳侧。她按捺着怦怦乱跳的心，凭直觉向着主墓室前行。

是的，就是那里。

那般高阔巨大，超过人脑可以想象的雄伟神奇。洁白的石柱上，瑞兽的图腾升腾欲起，金黄的穹顶数十颗夜明珠熠熠闪光，仿佛另创了一层九重天。

她的眼睛只看着那金色的棺椁。

那里，谁在安静沉睡？

黄金巨棺上雕刻着图案，依稀是人面。

她一步步上前去。

“扶摇！”身后的呼唤亲切而又哀婉，熟悉的语调，不熟悉的语气。

她霍然转身，“妈妈……”

不知从哪里打下一束白光，白光里的母亲身体单薄，纸人似的，白底蓝条的病号服刺痛了她的眼。

“扶摇，你好不好？”

她僵立原地，泪水涌上眼眶，扭转身便要奔向那白光汇聚之处。

那里是她的母亲、她的牵挂、她漂泊之后唯一能停靠的港湾，她的……家。

转身的刹那，身后那莫名的低低吟唱突然更加响亮了，一声比一声拔高，化为巨大的声波，扩散至整个殿堂，直到如狂涌的浪一潮潮奔来，仿佛欲挽留般，将她包围。

“扶摇……”

“你若转身，我便在地狱。”

……

“天亮了。”

低沉优雅的男声响在耳侧，听来有几分熟悉。有那么一霎间，孟扶摇以为梦里的声音重现，而自己再次跨越时空，去了宿命中必须得去的地方。

她怔怔地睁开眼，还有些模糊的视线动荡摇晃如水波，倒映出风华绝俗的容颜。孟扶摇怔了好一会儿才想起来，自己刚才居然在那个危险逃命的时刻，在一个只见过两面的男子怀里睡着了，还做了个有点诡异离奇的梦。

真是此生未有之新体验。

微红着脸起身，孟扶摇四下张望，发现自己身处一间静室中，看布局装饰，分明是玄元山庄的客房，换句话说，现在他们还在玄元剑派内。

元昭诩已经换了一件衣服，却是普通布衣，可惜这人气质太过出众，布衣穿在他身上半点也不能掩其风华，反倒令那平平常常的衣服平白多出几分高贵素朴的韵致。

他闲坐椅上，轻轻用茶盖拨着盏内茶梗，元宝大人意态睥睨地蹲在他肩上，等那茶凉得差不多了，脑袋凑过去就是一口。

元昭诩微笑，似乎不以为意，元宝大人偷袭成功得意扬扬，元昭诩不动声色地拨完茶梗，突然将茶盏盖往元宝脑袋上一盖。

偌大的沉重瓷杯盖啪地顶上了元宝大人雪白的脑袋，立时将它整只罩在杯盖下。元宝大人猝不及防被巨物罩顶，又没练过铁脖功，立时被压得一矮，顶着杯盖如喝醉酒般在元昭诩肩上转了三圈，砰地栽到地上。

爬起来的元宝大人不敢找主子报复，撅着屁股去墙角画圈圈了。元昭诩好像什么都没发生般，笑意微微地问看好戏的孟扶摇：“梦见谁了？”

孟扶摇怔了怔，隐约想起刚才那个梦，心神有些恍惚，又生出些微的窒闷，面上却勉强笑道：“没什么，梦见一些旧事。”

元昭诩抿了一口茶，从盏沿上抬起眼帘。他的睫毛浓长细密，密密地遮着幽邃深黑的眼眸，“哦？旧事？那你抱着我不放做什么？”

“嗄？”

“你抱着我的衣袖，喊妈妈。”

“嗄！”孟扶摇脸色瞬间爆红。

元昭诩放下茶盏，斜斜靠在椅上，眼神似笑非笑，“妈妈？是指母亲吗？你对尊亲的称呼，似乎和五洲大陆人氏有点不同。”

孟扶摇先是尴尬，随即微微生出心惊，想了想，哂然一笑，“阁下说得好像对五洲大陆所有种族都有所了解一样，却不知道我们炎黄族呼唤母亲，都是叫妈妈的。”

“炎黄族？”元昭诩声音平静，根本听不出讶异。

“是的。”孟扶摇面不改色，“衡洲边远小族，世代居于深山之中，不与外人交道。我是自小被远亲带出大山，别的都不记得了，但这对母亲的称呼还有些印象。”

她眨眨眼，伸出手，落落大方地微笑，“我是孟扶摇，感谢你连救我两次。”

元昭诩目光缓缓落在她伸出来的雪白的掌心上，微笑，“这也是你们炎黄族的礼节？”

孟扶摇直视着他的眼睛，“在我们族的风俗里，当女性向你伸出手时，你置之不理是非常失礼的。”

“是吗……”元昭诩尾音拖得很长，低沉优雅，像沉在梦寐里的叹息。他缓缓伸出手，似要去握孟扶摇的手，却在手指将触之时突然反掌一拉，一把将孟扶摇拉入自己怀中。

他的低笑响在孟扶摇头顶，淡淡的奇异香气瞬间无孔不入地包围了有些愕然的孟扶摇。

“在我们无极国的风俗里，当女子向你主动表示亲近时，你不把她收了，是非常愚蠢的。”

第十五章

对我负责

收了？

……

这人的字典里有没有“见好就收”“谦谦君子”之类的词？

孟扶摇握掌成拳，竖在心口，坚决抵制那个温暖而香气魅惑的胸膛，坚决不去看头顶那双带笑下望的眼眸。这人的眼神，春水做成，春光酿成，春风化成，一身风华和他的武功一样强大，但凡有想抗拒的，统统弹指间灰飞烟灭。

可惜，用脚指头想也知道，这个男人一定很危险，像金风里摇曳的曼陀罗，看起来美丽无害，实则伤人于无形。孟扶摇全身每个细胞都在告诫自己不要贪恋他的温度，她孟扶摇活了这么多年，再为区区美色温情所迷，那就真是活到狗肚子里去了。

孟扶摇柳眉倒竖，拳头一推便想将他推到安全距离，不防元昭诩突然手一紧，原本轻按在她后心的手突然加力，抱着她旋了个身。孟扶摇原本从床边坐起，被这一按，立时向床内倒去。

下一瞬淡色衣袍悠悠罩落，元昭诩竟然也翻身上了床，手一伸，帐帘垂落，细碎的珠帘碰撞有声，晃出一色迷离的炫影。

孟扶摇见他居然上得床来，大惊之下就待跃起，元昭诩却在枕上转首对她一笑，轻轻道："嘘——"

他转目看向窗外，那里隐约有淡黑的影子一闪。

孟扶摇瞟了一眼，无声做了个立掌下劈的姿势。

元昭诩微笑，翻个身背对窗户，凑过头在她耳侧轻轻道："女孩子不要杀气这么重，影响风度……"他说话时气息温醇，带着微微的热度，柔柔地拂在孟扶摇耳侧，似丝弦被轻柔拨响，低而迷离，字字醉人。

孟扶摇的脸没来由地一红。

那点红晕乍起又歇，还没消尽，刚才那个叫人不要杀气那么重的家伙突然漫不经心地弹了弹手指。

啪的一声轻响，倒映着疏影横斜的淡白窗纸上刹那间绽开几朵艳红的梅，再慢慢洇开，与那些浓浓淡淡的花影交织在一起。

一声压抑到极致的闷哼响在墙根下，瞬间远去。

孟扶摇听着那声响，忍不住摇头，"叫人家好风度，自己却连人家耳朵都刺聋了。"

"他如果不贴窗纸那么紧，那根冰针哪能伤得了他？"元昭诩流荡的眼波像一个氤氲的梦，梦里满是摇曳的烟光，"凡事自有因果，自作孽，不可活！"

孟扶摇挪挪身子要起身，皱眉低笑，"这就是你们无极国人的道德观？"

元昭诩笑而不答，孟扶摇挪了挪身，突然发现自己动不了。她愕然回头一看，才看见枕上元昭诩居然又挪近了几分，正笑吟吟地撩起她落于枕上一缕长发把玩。见她看过来，笑容越发炫目，他将头发凑近鼻端，闭目深深一嗅，随即浅笑，"好香！"

孟扶摇立即把头发扯回，用目光大力杀他。

元昭诩就当没看见她的目光，以手撑颊，又捞过一缕长发继续把玩，顺便还把一缕散开的头发压在身下。孟扶摇挣脱不得，对他咧嘴一笑，笑得白牙森森，"我今夜滚了草地、落了悬崖，还泡了一夜的雨。"

"还好，不算太臭。"

"我有虱子。"

"更好，我帮你捉。"

……

孟扶摇默然半晌，突然笑了。元昭诩抬头看她，从这个角度看去的容颜实在让人眩晕，孟扶摇一把扯过被子盖住他的脸，随即吱吱嘎嘎地大力摇床。

床危险地晃起来，带着珠帘垂帐光泽流荡，看上去着实旖旎得可疑。

元昭诩拈起被角，眉一挑，随即明白了她要干什么，忍不住一笑。

噌噌噌！

几乎是摇床声发出的同时，一团肥白的影子从墙角蹿了出来，噌噌爬上床，半空里又一个“前空翻转体三百六十度”，四腿大劈，准备劈开那貌似在做床上运动的两只。

呼的一声，那两人有志一同地齐齐翻身，“恋主癖”的元宝大人咕咚一声落在床上，砸在两人中间。被褥很软，元宝大人深陷旋涡，头下脚上，试了几次后空翻，才勉强挣扎脱身。

好不容易摇摇晃晃站稳，无良主子手指一弹，元宝大人又栽了下去。

元宝大人抱住被子吱吱地哭，孟扶摇咬着被子笑得快抽风了。

窗外却突然响起轻响，接连三声，随即一条黑影如淡烟般飘了进来。

元昭诩迎了上去，他的背影挡住了黑衣人的面目，两人低低对话几句，黑衣人随即退去。

元昭诩转身时，孟扶摇已经从床上坐起，从帐幕里探出一双乌黑的眼睛，灼灼有光地盯着他。

“你师父留太傅多盘桓几日，说多年不见老友，要好好叙旧。”元昭诩的笑容里若有深意，“太傅本来今日要告辞的，现在，自然不能走。”

“林玄元向来是只老狐狸。”孟扶摇耸耸肩。

“我本来打算带你跟着太傅一起下山，现在我们要改变计划了。”元昭诩手指轻轻搭起，支住下巴，成一个优美的姿势，“林玄元已经通知了裴瑗的亲族，近日他们就要赶来。他留住太傅，其实就是怀疑太傅涉及今夜之事，把太傅拖住直到裴家来人。到时候有什么冲突，也是裴家得罪太傅——他打的好算盘！”

“你说太傅到底有没有涉及今夜之事呢？”孟扶摇笑嘻嘻地看着他，“比如，你对我的帮助，他老人家知不知情？”

“你还是操心一下自己怎么离开这里比较好。”元昭诩不上当。

孟扶摇不说话，爬起来自己整束衣裳，把头发高高扎起。

元昭诩坐着不动，看她的动作，眼神里掠过一丝笑意，“嗯？”

“我还是不要继续留在这里的好。”孟扶摇快速束好袖口，检查了一遍自己身上的武器，“你已经帮了我两次，够义气了。我再依赖你，就会给你和太傅都带来麻烦，做人不能这么不自觉。”她摆摆手，很潇洒地做了个告别的姿势，“再会！”说完便头也不回往外走去。还没走到门边，咔嗒一声，门闩自动合紧，孟扶摇停步回身，偏头看着元昭诩。

天色将明，晨曦从门窗缝隙中淡淡洒落，将她倚着门框的身影勾勒得笔直鲜明，似一株柔曼而又不失刚劲的柳。

淡淡的晨曦里，元昭诩眸光明灭，眼底的意味说不清、道不明。

半晌，他将手中茶盏轻轻放下，瓷底接触黄杨桌面，那声音，清越里有着几分含蓄，像是某些难以言说的心情。

“女人不要这么自立倔强，”元昭诩的笑意沉在粉紫嫣然的朝霞艳光里，连那霞光都被逼退了几分，“那会让男人觉得英雄无用武之地。”

“哦？那么英雄，”孟扶摇倚上门框，双手抱臂，微笑地看着他，“你打算怎么用武？”

“林玄元布下天罗地网等你上门，你就这样撞上去，那我救你也就白救了。”元昭诩慢步上前，手指轻轻抚上孟扶摇光华细致的脸颊肌肤，“我救了你，你的命有一半也该算是我的。既然有我的份儿，那么你是不是应该对我负责？”

第十六章

各怀心思

对你负责？

你救了我，我对你负责？孟扶摇眨眨眼，这话听起来，逻辑怎么这么奇怪？

这个元昭诩，说起话来，偷换概念、颠倒常理的本领实在高超。孟扶摇自认为不是对手，只好退后一步，离开他淡香弥散的蛊惑范围，摸摸鼻子转移话题，“其实我有个想法，只是有点冒险……”

“那就按你的想法做吧。”元昭诩问也不问，很随意地答。

孟扶摇瞪着他，“你知道我想的是什么？”

“你想的是栽赃陷害，以其人之道还治其人之身。”元昭诩笑得笃定而可恶。

孟扶摇扯着嘴角定定看着他，半晌骂：“蛔虫！”

初秋的深山之内已有了几分冬意，枫叶早早地挂了霜红，在越发清冷的月光里红得妖艳而诡异。

玄元山庄听风小榭内今日住进了一批特殊的客人，客人身份尊贵，是太渊皇室三皇子齐寻意。裴瑗被重伤，按说不够惊动皇子亲自前来，不过齐寻意不同，他的母妃是裴瑗的姑姑，他是裴瑗最亲近的表兄。

齐寻意占据了一座独院，和他一起过来的还有位尊客，住在听风小榭东阁。那人早早地进了房，不要任何人侍候，看起来有些特别。

林玄元白日里将客人迎进山庄，先陪他们去兰亭居探望了裴瑗，随后一直在听风小榭里待到三更后才告辞。他踩着凉夜霜白的月色往自己寝居走去时，神色中有几分忧虑。

他走后的听风小榭恢复了安静，灯火一盏盏灭掉，不管明日将要发生什么事，觉还是要睡的。

夜静，夜无声。

上弦月冷冷地镂在浮云顶端，光芒如流水迢递。

呼！

冷光里一道黑影如断线风筝般飘过庭院，飘过天井，飘过前堂，飘上第二进院子里那座飞檐画角的小楼。

黑影如落叶般悠悠地挂在二楼檐角，在檐下荡了荡，身形化为一道黑烟，荡入听风小榭里最高的西阁楼。

如此轻，如此快，如此安静，连小楼旁一株榕树上一只闭着眼睛打瞌睡的鸟儿都没惊动。

黑影飘入珠帘，穿入内室，黑色面罩下露出一双明光璀璨的眸子，属于孟扶摇的眼睛。

“谁？”黑影刚刚闪进门内，黑暗中立时传来一声沉冷的低喝。室中男子语气冷静清醒，毫无夜半被惊醒的人应有的困意。

眼底掠过一丝厉光，孟扶摇不声不响猱身直进，衣袖一抖，一柄黑得毫无光泽的匕首无声无息地从袖底滑出，如毒蛇般一闪，便到了床上那人的心口。

男子冷笑一声，衣袖一拂，明明只是柔软的寝衣，一拂间却如钢般坚硬玉般光滑，铿然一声，匕首撞上衣袖竟然一滑，直直滑向床沿。

孟扶摇应变也是超卓，匕首滑脱，立时一个倒翻，呼的一声如大鹏般从那人头顶翻了过去，落到床的另一边，落地后头也不回地反手便是一刀，直戳对方后心。

男子似也起了怒气，突然平平地自床上飘起，如一匹雪白的软缎般诡异地叠了几叠，躲过了那狠厉的一刀，随即一道雪亮的剑光自腰间如明月般升起，室内刹那间辉光大盛，将孟扶摇的身形映得纤毫毕现。

属于女子的纤细身体被剑光勾勒出美妙的轮廓，如水波般流畅的曲线，下颌处是精致的流泉，丰盈处则是涌起的一簇波浪，到了腰间又成了一汪魅惑的旋涡，看得人心跳了又跳，想要不顾一切地溺入。

御剑的男子似是为这丽影所惊，手下一缓。

沐浴在剑光中的孟扶摇立即趁这机会抱头直奔窗户，似是根本不敢和对方打照面。身后一声冷笑却带着凌厉的杀气突然响起，“想去哪儿？”

声音在后、动作在前，剑光刹那间成一直线，如一道割裂空气的闪电，直追“抱头鼠窜”的孟扶摇后心。

剑势之速，再直线疾奔一定会被穿在剑上，孟扶摇无奈之下一个铁板桥霍然后仰，后脑贴地，剑尖擦着她的鼻尖飞过，她的脸突然无声诡异地裂开，齐整整地分成两半，落在地上。

那人一震，挥手一招，剑光倒转，剑柄撞在孟扶摇肩上，将她捣得栽倒在地。

月光从窗缝透入，照上地面那灰白色的“脸”——是一张人皮面具，在夜风里轻轻抖动。

面具被剑光割开的孟扶摇惊惶回望着室中人，月光照上她的脸，照见那脸上因为惊吓也在蠕动的硕大狰狞的疤。

那疤看了叫人心底起了瘆，只一眼便难以忘记，不愿再看。

如果仅仅是一张疤脸也就罢了，偏偏却拥有那般起伏转折皆如诗的美好身材，这般上下一连贯起来，直叫人慨叹世事不如意，上天没有成人之美。

男子眯着眼睛看了一眼，神色间也露出了惊怔惋惜之色。

只这么一怔神间，孟扶摇突然如幼豹般弹身而起，脚尖一点，翻越长窗，如一段黑色的柔韧性极好的弹簧，瞬间弹出了窗外。

她掠过榕树之端，带起万千枝条摇曳飞舞，哗啦啦一阵细响。

一片落叶飞得很高，飘过被撞开犹自微微摇晃的窗，落向男子的剑尖，相隔还有尺许，突然顿了顿，随即在半空消散，化为一小堆苍绿色的齑粉。

男子始终没有动过。

他的剑光凝定如海波，万千粼光映着他的容颜，乌发如墨、长身玉立，一双丹凤眼华光明灭，带着几分邪气和几分风流。

他拂了拂袖，那堆苍绿色的粉末立即化成一片绿雾，缓缓地在寂静的空间升腾。

风吹动珠帘玉幌，男子身后，一处通往东阁的门突然无声开启，门内一点白影淡淡，沉在模糊的黑暗里。

看见那白影，男子眼底的阴鸷之色立即散去，转头时已经恢复了平静无谓的神情，语气中也带了几分尊重和刻意的亲切，“宗公子，抱歉，惊扰了你。”

“三殿下不必客气，”白衣人自黑暗中走出，出神地看着窗外激飞的树叶，眼底有思索的神情，“我本来也没睡。”

他转目望向桌面，有点犹豫，齐寻意立即道：“这些茶具我都没动过，你尽管取用。”

白衣人抱歉地笑笑，这才取用茶具给自己倒了杯茶。他的动作轻巧稳定，手掌洁净修长，室内没点灯，月色光影里的他侧面柔和，眸色和唇色都略淡一些，令人想起初春新绽的浅樱。

他轻轻用茶水润了润唇，若有所思地看了看那些落入泥土的树叶，轻声道：“这些叶子……本来不该现在落的……”

齐寻意不以为然地看了窗外一眼，极其轻微地皱了皱眉，随即笑道：“宗公子医者父母心，连草木尚且怜悯，寻意十分敬仰。”

“叫我宗越就好。”宗越淡淡地笑了，放下茶盏，“我生来喜爱花草，见花草不应时而落，不免有点伤情，倒叫三殿下见笑了。”

“你也叫我寻意就好。”齐寻意爽朗地大笑，“名字起了就是给人叫的，何必公子、殿下的这么麻烦呢！”

他笑容豪爽，目光却不住闪动。宗越别开眼光，浅浅一笑不语。

齐寻意盯着他的眼睛，缓缓道：“刚才那一幕，你想必也看见了。”

宗越神情没什么变化，只微微颔首。

“你说这是谁派来的呢？看那身法，倒像……”齐寻意欲言又止，目光灼灼。

宗越沉默半晌，展颜一笑，“殿下号称才识天下第一，学究天人，这恶客一番动作，殿下一定早已洞明在心，可惜宗越愚笨，看不出什么来，不然也好替殿下解忧分劳。”

齐寻意目光一沉，随即微笑挥手，“宗公子太谦了，其实小王也不敢拿这些繁杂俗事来烦扰公子。公子还是早些休息，舍妹的伤还得拜托公子呢！”

“瑗郡主伤势不轻，尤其伤口中还有蚀骨散令伤口加深，要想治愈容易，完全恢复容貌却很难。”宗越目光中露出淡淡的遗憾，“不过我会尽力而为。”

“拜托公子了！”齐寻意浅浅一躬。

宗越无声还礼，飘然而去。

他的身影刚刚消失在边门之内，齐寻意脸上的潇洒雍容之态立刻消失了干净，他盯着宗越消失的方向，目光阴沉，半晌，狠狠地对着地面一啐，低骂：“混账！”

第十七章

计毁玄元

“啊！”

一声女声尖叫冲破沉滞的黑夜，叫声里充满愤怒、绝望、恐惧、疯狂，如一把带血的刀，将阴沉的天色割得支离破碎。

哐啷一声巨响，垂重帘燃沉香的华丽室内，雕有八重莲的精致铜镜被重重推落在地，镜面四分五裂。碎裂的镜面映出蛾眉修鼻的云鬓花颜，却有两道深可入骨的伤痕狰狞地交叉刻在腻脂般的肌肤上。

容颜之美与伤痕之丑惊心交织，令人生出世事难全的叹息。

一群恭敬侍立的侍女潮水般涌上来，再被那镜中人凶狠怨毒的眼神逼得叉手躬身，再如潮水般退了下去。

裴瑗摇摇欲坠地倚在妆台前，单手瑟瑟发抖地撑着台面，拼命咬着嘴唇，却不能阻止自己浑身抖如筛糠。

完了……都完了……

她引以为傲的容貌、她在太渊皇室独领风骚的绝顶姿容，那一夜莫名的刀光一闪，便全完了。从此后她将沦为太渊皇室的笑柄，从此后那些姿容不如她、一直被她隐隐轻蔑的皇室姐妹将会用最怜悯的眼光、最温存的言语来川流不息地抚慰她。想起那样看似温暖实则酷寒的怜悯，她便如坠冰窖，直欲发疯！

“出去！都给我滚出去！”

室内很快空荡无人，被人流行走带起的帘幕静静垂落。青玉灯透出荧荧灯光，映上纱幕，照见隔间里靠着妆台缓缓软倒在地、掩面低泣的影子。那影子单薄的双肩不住耸动，呜咽低微，若断若续，哭声低沉如一个永远不可惊醒的梦魇。

半开的长窗吹进夜半的凉风，悠悠地在室内迤逦，风声里，隐约传来极低的轻喃，轻，却利，像磨利了的钢丝或者千年冰川之巅的冰锥，带着寒冷而不灭的恨意和杀气，“如果我知道你是谁……必杀之……不死，不休……”

那一声尖叫钢锥般戳破了整个玄元山庄的寂静，所有人都已听见，却反应各异。

齐寻意目光深邃，翻腾着算计、局势、计划……种种般般，唯独没有对表妹悲剧的怜悯。

宗越负手立于窗前，面对一望无际的黑暗，然而他看着虚空的目光并不空茫，仿佛落在实处，看见掩藏在午夜微雾背后人生里一些寒悚的命运。

听见那声尖叫，他慢慢伸出手，做了个划开薄雾的手势。奇怪的是，他的眼底，居然也没有怜悯。

而远处的一处山巅上，宽袍大袖的男子闲闲地倚着山石，把玩着一面形状古怪的镜子，眺望着下方的玄元山庄。

他膝上蹲着白毛迎风飘扬的元宝大人，和主子保持着同一个方向，注视着前方的黑暗。

它目光很凝重，它姿态很端肃，它已经陪着主子看了半个时辰——它其实什么都没看见。

元昭诩偏头，很嫌弃地看了看自己装模作样的宠物，突然站了起来。

元宝大人立即骨碌碌滚下去，四脚朝天，肚皮粉红。

听见主子微笑道：“真蠢！”元宝大人双爪扑地，准备开哭。

不防主子又淡淡地接了一句：“我说，齐寻意。”元宝大人破碎了一地的玻璃心立即合拢完整。

身后传来快捷的脚步声，一阵风似的掠了来。树叶簌簌摇动，女子清脆的声音响起：“啊哈！刚才那声尖叫分贝真高，适合练高音。”

黛色人影一闪，孟扶摇爬了上来，将元昭诩一把推开，自己一屁股坐下去，龇牙咧嘴地揉着膝盖悻悻道：“那家伙好厉害，我使尽全部力气才逃掉，腿撞上树都没感觉——

哎呀，现在歇下来，倒觉得痛了。”半晌又道，“这人什么来头？裴家的身份好像很厉害啊！”

元昭诩倚着山石给元宝喂果子，元宝已经忘记了刚才被欺负的惨痛，张大嘴心满意足地等着嗟来之食。听见孟扶摇问话，元昭诩笑笑，答非所问：“你叫了这半天苦，可是要我亲自给你揉揉膝盖？”

这一答话，手下喂食的动作稍慢，元宝立即对孟扶摇怒目而视。

孟扶摇鄙视地瞪回去，又瞪了元昭诩一眼，嗤笑一声，“你还是去揉那家伙的肚子吧，我看它消化不了，胀死就糟了。”

元宝立即对着孟扶摇龇牙，孟扶摇这回根本不理它。元昭诩笑笑，取布巾擦擦手，道：“皇室。”

孟扶摇眼神一凝，语气也沉了下来，“皇室？”

元昭诩目色光华流转，笑吟吟道：“后悔了？”

孟扶摇长眉一挑，唇角微翘，“我只后悔那天没有刺她个对穿！”

元昭诩盯着神采飞扬的孟扶摇，目光闪动，半晌微微笑道：“知道你刚才去夜袭的是谁吗？”

“谁？”

“太渊皇三子齐寻意，”元昭诩笑得神秘，“也就是五洲大陆七公子之一的公子意。”

“公子意？‘一曲杏花润烟雨，三千红颜舞星阑’，那个号称天下文采第一、风流第一、荒唐第一的公子意？”孟扶摇愕然，想起那毒蛇般潜伏、暴风般突现的剑光。

元昭诩瞟她一眼，“我幸亏没把他的身份提前告诉你，不然你先前在听风小榭只怕就跑不动了。”

“胡扯！”孟扶摇白他一眼，“我是看见美色就跑不动腿的人吗？”

元昭诩煞有介事地俯身拍拍元宝的脑袋，“元宝大人，你说她是不是？”

“吱吱！”元宝的语气听起来着实赞同。

孟扶摇大怒，恶狠狠道：“我要真的是色女，我第一个扑倒你……”话到一半，她突然惊觉失言，呃的一声，赶紧住了口。

可惜好耳力的元昭诩早已听见，长眉一扬，笑吟吟地看过来，“嗯？”

孟扶摇霍地跳起，大声道：“走了！”

她三步两步奔下山石，当真动如脱兔，隐约听得身后男子一声低笑，近在耳侧，“固所愿也，不敢请耳。”

正如元昭诩、孟扶摇所料，事情在第二天起了变化。

按说齐寻意在玄元剑派内遇刺，应该第一时间通知林玄元商讨对策，然而齐寻意并没有这么做，反而沉默了整整一天。这一天里，他派出了人手多方查探事务，接触了一些门中弟子，到了晚上，他去拜访了林玄元。

两人到底商谈了什么，没有人知道，只隐约听见林门主勃然大怒。齐寻意微笑着下令，玄元剑派门主涉嫌和云氏家族勾结，重伤郡主裴瑗，带往燕京审问；玄元剑派上下俱派重兵看守，嫌疑未去，诸弟子不得外出山门一步。

玄元剑派在太渊国也是数得上号的武林门派，门中弟子也多为豪门贵族出身，按说齐寻意没经过当地官府查审也没请旨便自作主张羁押一门上下，实在有些草率恣意，可惜这位皇子向来行事便是这个风格，全天下都知道他放纵不羁、荒唐第一，他行事不出格才叫奇怪。

齐寻意将玄元剑派关的关、押的押，随即便去拜见了在此做客的无极国太傅，代太渊朝廷致了一番歉意，命令立即给太傅一行人放行。

孟扶摇便优哉游哉地跟在太傅的队伍中，行出了玄元剑派的范围。

“我总觉得有些奇怪，”孟扶摇若有所思地想了很久，终于在元昭诩耳边嘀咕，“我虽然想着要栽赃，但也只是想混淆一下视线趁乱逃出。齐寻意应该知道这件事有些蹊跷，没那么容易上当，但现在看来，他好像是一定要对林玄元下手。不要和我说这是因为他出名地荒唐，就那天晚上我和他打的那交道便可以看出来，这人所谓的放纵荒唐八成是个幌子。”

“女人太笨不好，太聪明也不好。”元昭诩含笑看她，“逃出来不就好了，管那么多做什么？”

“说啦！”孟扶摇发急，一把扯住他的缰绳，做出要放马的样子。

“各国武林势力参与政争，你是知道的，玄元剑派以前一直中立，近年来却有向太渊皇太子靠近的势头，而齐寻意这个皇三子和皇太子一直面和心不和。”元昭诩手指一撩，便夺回了缰绳的控制权。

孟扶摇恍然大悟，“原来如此！所以齐寻意只需要一个借口，哪怕那个借口错漏百出，他也可以借此动手。难怪你关照我去刺杀时，一定要使用玄元剑派的武功。而林玄元面对齐寻意的质问，就算想到那刺客是我，也无法交代出我这个‘已死弟子’的下落，更不能说清我是怎么死的，自然百口莫辩。”

她眼角一瞟，目光落到元昭诩收回缰绳的手上，那里，掌心一朵莲花色泽微白、惟妙惟肖。她不禁扬眉笑问：“你掌心那是什么，胎记？”

元昭诩手指顿了顿，衣袖一振，再次垂落盖住了手心，淡淡笑道：“大约是吧。”

他神色如常，孟扶摇却觉得他好像有些不快，知道自己大约触犯了他的忌讳，笑了笑，也不再说话。

元宝大人从元昭诩怀里探出脑袋，嫉妒地盯了那朵莲花一眼，磨了磨牙，大有想把那印记啃掉的样子。

此时队伍行到玄元山下一条溪流边，一行人停下来休息饮水，齐寻意的护卫队伍在他们身后一步，不多时也到了。就见齐寻意的马车鲜亮招摇，一色的漂亮侍女小厮跟随，车子四角金铃丁零作响，香风散了一路。

马车里传出低回奢靡的乐声，绮丽幽柔，夹杂着女子的娇笑，那音调听起来有几分熟悉。孟扶摇还在苦苦思索，却见太傅其他属下对望一眼，脸色都古怪尴尬。

孟扶摇想了半天才想起，那好像是十大色情小调之一《弄紫竹》，而且还是最低等娼寮里最卑贱的妓女才会开口唱来博得下等恩客的欢喜，稍微有点生意的青楼女子都不屑吟唱。

本应传出端庄贵重皇家韶乐的皇室马车里传出这等一般人都不好意思公开听的靡靡之音，实在不够搭调。

太傅的属下都露出了“实在荒唐”的神色，孟扶摇冷眼旁观，想起昨夜警醒如豹、剑法如龙的邪气男子，眼底掠过微微的冷意。

齐寻意这种人，还是离他远点比较好。孟扶摇远远地避了开去，在上游找了块地方正要喝水，冷不防身后有人噔噔走来，尖声道：“让开让开！”

孟扶摇回身，就见几个小厮各自捧着玉盆、盥巾、香胰子，有一个手中的金托盘上还有块明矾石，看样子是准备给齐寻意打水净脸。

太傅的属下又齐齐露出“实在奢侈”神色。

孟扶摇看了看那泉水，清亮干净，这本就是无污染的古代，泉水都可以直接饮用，齐寻意洗个脸也要用明矾沉淀，不嫌做作得太过了吗？

看孟扶摇站着不动，小厮眉间掠过一丝怒色，伸手就去推她，“你傻呵呵地站这里做什么，小心污了上游的水！去下游喝去！”

孟扶摇正在沉思，冷不防被这一推，脚下的石头上青苔滑脚，她立时斜斜地向水里滑去。

第十八章

碧水飞袖

“小心！”

温和干净的声线，听起来带着点淡淡的疏离。随着声音，一条白影霍地如练掠开，悬空一展，唰的一声搭上了孟扶摇因为将要跌落而下意识地四处乱抓的手。

孟扶摇的身形立即被危险地定在了半倾斜的位置，和脚下的石头成四十五度角，身下不远处是一湾碧水。她的长发垂落水面，有些稍长的发丝在碧水中迤逦，一个摇摇欲坠却又美妙的姿势。

因为袖子被扯得紧，她的衣服都贴紧了身体，便显出那些精致得恰到好处的凸凹，如柳腰身下衣袍散开，舞裙般飞扬，纵然穿的是男装，也掩不了那身材的天然好韵致。

溪边那许多人的目光都忍不住定住了，空气里有一刹的寂静。

齐寻意的队伍里，中间那辆马车的帘子突然被掀开一线，面纱遮面的裴瑗眼神阴沉地看着碧水之上一看就知是属于美人的身体，目光里露出因嫉妒而生的阴毒杀气。

而第一辆马车里，一双明光四射的眼眸一转，发出一声淡淡的咦声。

孟扶摇自己却没发觉这一拉令她身形已露，她急急地借着那卷住自己的腰带，一振腰身直立而起，这才来得及看向那位及时伸出援手的好心人。

午后的秋阳自翠荫间洒落，清溪边微黄的草尖被细碎的阳光镀得越发金光灿烂，草尖上白袍散开，温和而疏离的男子秀逸修长、眉目清洁，有着比常人更淡一些的唇色和眸色，笑起来的时候，令这秋日的金风都似突然成了樱花开谢的春风。

他因为飞袖掷出腰带，衣袍都已散开，却并不令人觉得不雅或邋遢，反令那本有些疏离的气质中多了几分自然和随意。

孟扶摇怔了怔，一边想着最近自己是不是走了桃花运，见着的男子大多美色出众，一边顺手将那腰带递了过去。

正想说几句感谢的话，谁知对方很平静地笑了笑，轻声道："这腰带本已有点脏了，姑娘顺手扔了吧。"说完还很礼貌地点点头，转身而去，径自上了齐寻意后面那辆马车。马车驰去另一边停下休息，留下孟扶摇呆呆地站在石头上，攥着条腰带发怔。

这腰带明明还是新的好不好，白得豆腐看见都会羞愧而死，他居然就说脏了？这人性子还真奇怪，说他清高嫌弃人吧，他礼貌周全、斯文谦和，不要腰带还给个绝对不伤害自尊的理由；说他随和吧，他明明又不是那么好说话，连条腰带被自己抓过，都立刻弃之如敝屣。

孟扶摇发了半晌呆，恨恨地拿那腰带给自己擦了擦手，反正那家伙不要了！

擦完仔细看看，才发觉这是天蚕丝掺和白金丝织就的腰带，中间缀着同色的羊脂玉，价值不菲而又低调，就像他那个人一样。

孟扶摇想了想，把腰带揣在怀里。

元昭诩先前一直避在一边，这时不知从哪里冒出来，眼神很古怪地看孟扶摇将那男人的私密物件塞进怀里，半晌道："你留着这个做什么？"

孟扶摇理所当然地答："这个很值钱，留着，哪天我衣食无着了，当了换生活费。"

元昭诩微微皱眉，"这个不值钱，你别要了。你缺银子，我给你。"

"忽悠我吧你？"孟扶摇撇一撇嘴，"你当我看不出这玉的价值？还有，姑娘我很有骨气，不受人施舍。"

元昭诩瞟她一眼，似笑非笑，"是，你不受人施舍，你捡人家不要的破烂儿。"

"你！"孟扶摇气结，转目看见元宝正从元昭诩怀里探出头来，看来对她吃瘪极为欢喜，吱吱地欢叫个不休。孟扶摇大怒之下施展"一指弹"，弹得元宝吱哇乱叫，张嘴就咬。孟扶摇早已大笑着逃了开去。

奔出几步，过了一个转角是一处树荫，前方不远是齐寻意的队伍，孟扶摇正要退开，却听有人道："喂，你！"

孟扶摇回头一看，正是刚才推了她一把、差点害她跌下水的那个小厮。孟扶摇看见这人，原不想和他计较，谁知那人望见孟扶摇，突然眼睛一亮，招手道：“喂！你过来。”

孟扶摇怔了怔，眯眼看了看他，道：“叫我？”

“就是你！”那小断毫不客气，“我们郡主侍候的人手不够，你来帮个手。”

他看了看孟扶摇脸上啼笑皆非的神情，不耐烦道：“不会白用你。”说着从袖子里摸索出一串铜钱，啪啦往地上一扔，傲然道，“喏！一百文，够你在燕京肉羹铺吃上半个月了。”

孟扶摇低头看了看脚边的铜钱，半晌，笑了笑，捡起来，还吹了吹钱上的灰。

小断露出得意的神色，递给孟扶摇一个铜盆，道：“去！去溪边打点水来。要上游的水，端过来后向第二辆马车边的锦烟姐姐要点玫瑰汁和芙蓉露，兑了再送进马车内——记住，不要让你的脏手碰上水！好了，就这样，我去侍候殿下换衣服。”

他将铜盆塞给孟扶摇，一脸找到替死鬼的庆幸之色。孟扶摇用手指想也知道，裴瑷毁容后一定心绪极差，她本就是跋扈的性子，侍候她的下人一定更加遭殃，对她的差事一定能躲就躲，否则怎么肯花钱买人侍候？

小断铜盆递出，见孟扶摇没有立即去接，不耐烦地将盆抖了抖，“喂！傻了？”

孟扶摇挑眉，看着那铜盆，突然笑了，随即缓缓去掏袖囊。

小断皱眉，骂道：“白痴——”他的话语突然顿住，随即眼睛慢慢睁大。

面前，孟扶摇掌心稳稳托着一枚金叶子，成色极好，不下二两重。按照太渊币制，一两黄金可以兑换二十两银子，而一两银子可以兑换一千文钱。一两黄金，他在齐王府里干上三年也挣不着。

小断倒抽一口凉气，傻了。

孟扶摇将金叶子往小断面前一晃，笑得亲切，“认得吗？”

小断盯着那黄金，脸色一阵青一阵白，怔怔道：“是黄金……”

孟扶摇微笑，“对，这是二两黄金，够你去燕京最好的天香楼摆开燕翅全席，吃上一个月！”她笑着，手指突然一松，金叶子落地了。

小断下意识地蹲下身去捡，孟扶摇靴子一移，金叶子被踩住。

孟扶摇俯下身，将铜盆往怔怔抬头看向她的小断手里一推，“麻烦你，去溪边打点水来，要上游的水，端过来后向第二辆马车边的锦烟姐姐要点玫瑰汁和芙蓉露，兑了再送给我，记住，不要用你的脏手碰到水！好了，就这样，去吧！”

她将铜盆往脸色全黑的小断面前凑了凑，姿势一模一样地抖了抖，微笑，“喂！傻了？”

她脚尖微松，那枚金叶子在尘灰里金光闪闪地诱惑着贪婪的目光。

小厮手抖了抖，咬了咬牙，突然一把接过铜盆，大步奔向溪边。

孟扶摇立于原地，无声地挑了挑眉，半晌低声道："可惜……"

她脚尖一挑，金叶子飞起落入掌心。不急不忙将金叶子揣进怀里，孟扶摇轻轻摇头，"如果你有骨气点拒绝我，这枚金叶子也许真的会送给你，现在……你不配！"

她晃了晃指尖，吊在指尖上的那串足够在低廉的肉羹铺子吃半个月的铜钱被晃得旋飞而起，啪的一声落入刚才金叶子掉落的地方。

"还给你，自己去吃肉羹吧！忘记告诉你，燕京肉羹铺子为什么那么便宜，据说那是老鼠肉！"

哈哈一笑，孟扶摇转身就走，轻捷的步子很快消失在这一处背阴的树木后，如一道清爽的风瞬间掠过。

她身影消失的地方，草木寂寂，四野无声。半晌，树木后却突然出现了一抹淡淡的影子，那人白衣清洁，唇色如樱。

他负手看向孟扶摇的方向，平静的神色中微含兴味，突然轻轻道："委屈你了。"

他这话说得没头没脑，却立即有人应声："少主吩咐，万死不辞，何况受点委屈。"

那人低首俯身，脚下一只铜盆熠熠闪光，竟然是刚才那势利的小厮。只是他此刻神情宁和，气度平静，哪有半点刚才那种低俗势利的模样？

白衣人默然半晌，又道："如何？"

那人想了想，道："少主，我先前撞她下河，您那飞袖一拉，难道没有探出什么吗？"

"有。"白衣人仰首，神情间有思索之色，"裴瑗脸上的伤口角度、力度，出自的功法绝非寻常。这女子虽然隐藏得好，但那一拉间，我还是感觉到了一些。不过，"他淡然一笑，"刚才那番试探，我终于确定了她不是齐寻意的人。"

"为什么？"

"齐寻意手下，怎配有她这样的人物？"白衣人悠悠一叹，声音悠长，带着点淡淡的笑意，"是个妙人啊……"

第十九章

脱衣御敌

孟扶摇刚才奔逃开去，元昭诩看着她轻盈的身影如飞鸟般融入秋季山峦的浅黄叠翠之中，无声地笑了笑，随即漫步向太傅的马前踱去。

“您车驾慢慢走，和齐寻意拉扯着去燕京。我带她先走，省得总处于那些人的视线范围内，再惹出什么事来。”

老太傅眯着老眼看着元昭诩，神色宛如看待自己十分满意的子侄，捋须微笑，“去哪里？”

“也是燕京。我此来就是借着您出使太渊给太渊皇帝庆寿之机，和齐寻意打打交道，怎么会错过这个机会？”

“呵呵……由您！”

“而且我听说，这次庆寿，他……也来了。”

“啊？他不是一直被软禁在天煞京城内吗，天煞皇帝肯放他出来？”

“蛟龙困于野，不过一时，但有契机，必将腾起。”元昭诩转身，若有所思地看向天际之西，神色里几分向往、几分笑意，越发神采光耀，“卷掠五洲、扶摇四海之大风，已将起……”

“我们为什么要脱离大部队？”孟扶摇动作麻利地支起火堆生火，将猎来的野鸡利落地用匕首剥了皮，“还有，我为什么要和你一起走？”

元昭诩倚在一株老树下，舒舒服服地躺着，身下垫着洁净的落叶，元宝大人撅着屁股，还在吭哧吭哧地扒拉落叶，不住地讨好地往主子身下堆。

它扒拉的姿势古怪而恶劣，面对着元昭诩，将树叶往他身前推，肥短的后腿将破败的叶子和灰土向后蹬，它后面坐着的是孟扶摇。

孟扶摇一开始不想总是和一只小心眼的宠物计较，连吃了几口灰之后发觉某些动物不懂见好就收，胆子太肥，脑子太瘦，于是从野鸡上撕下一条腿肉，趁元宝不注意，恶狠狠地往它嘴里一塞。

于是某素食动物立刻狼奔到河边漱口去了，火堆旁终于清净了。

元昭诩这才回答她的问话：“如果你愿意整天被几条狼盯着，也可以选择慢慢走。还有，我好像没说要你和我一起走，是你自己跟过来的。”

孟扶摇想了想，好像真是这么回事，不禁讪讪道：“谁叫从玄元山去燕京的路只有一条。”

元昭诩含笑瞟她一眼，不想提醒这个自欺欺人的家伙其实还有别的路可以去燕京。

火堆里树枝燃烧得噼啪作响，映得两人的脸色酡红如醉。空气中有一种热烈的因子在蒸腾，令得远处树梢上高挂的清冷月色都似乎温暖了几分。

对面，含笑的男子长眉微挑，眼眸和头发都黑得华光潋滟，一线红唇却比那火光更为灼红，眉目鲜明如画，美得令人神魂颠倒、含恨九泉。

孟扶摇含恨九泉地端坐着，眼观鼻，鼻观心，不想总是被绝色诱发心律失常，尤其当那绝色总用满含兴味的眼光在自己身上一次次睃巡的时候。

坐了一阵，觉得实在憋闷得难受，孟扶摇霍地站起来，道：“我去散步。”

元昭诩抬头看看夜色，再看看四周黑沉沉的树林，实在不忍提醒她，这个散步的借口有点滑稽。

孟扶摇被他带着笑意的了然眼光看得不爽，大声道：“我去唱歌！”

这回元昭诩挑起眉，眼神疑惑，孟扶摇得意扬扬地一笑，去“唱歌”了。

因为不想“唱”得太响被元昭诩听见，孟扶摇在安静的林子里走了好远，才找了个地方蹲下来。裤子脱了一半，手突然一顿。

午夜的树林安静得奇怪，除了一点风声游荡，连夜枭都哑了口。平日里或有秋虫轻鸣的声响，此时也不再闻。

树梢上一轮碎裂的月亮射下来，将她的影子长长地投射在地上，那影子被身后树木山石的黑影分割成一段段，不过还能勉强分得出轮廓。

孟扶摇半蹲着身子，维持着裤子脱了一半的姿势，手指悄无声息地一点点往上移，试图将裤子拉起，眼角斜斜地分辨着自己的影子——脚、手、颈项……头！好吧，头那里，旁边那个方形山石上凸出的那个半圆，是什么？

手心里浸出汗来，湿湿的黏着裤子，孟扶摇的心一阵紧一阵松地跳起来，怦怦地将这静夜敲响。

那是……人的头顶。

手指紧紧攥住裤子，孟扶摇暗恨自己为什么要一个人跑这么远来嘘嘘，眼下山石后不知道有几个人，八成是想等自己裤子解下来了再顺势动手。

此时解裤，再不可能；此时拉裤，受制于人。孟扶摇半蹲着，腰已经酸了。

身后山石上那个半圆微微动了动，似有点不耐烦。

孟扶摇盘算了一下时间，绝望地发现，按这个距离，自己如果选择拉裤子、系裤带，双手抽不出，定然来不及应付对方的攻击。

极度的紧张带来极度的沉静，她渐渐能听得见远处溪水潺潺，或是夜鸟渡潭时翅尖掠过的微响。夜色中，孟扶摇黑眸乌光流转，突然恶狠狠地磨了磨牙。

她眼神厉烈明亮，带着寻常女子不能有的煞气和决断。

风从树林那头掠过来，带得树影晃了晃，山石后的头顶也晃了晃。

孟扶摇突然松手，放开裤带。

裤子立即垂落，长袍同时唰地落下遮了羞。孟扶摇一个后仰，如大鸟般倒翻过山石，柔韧性极好的身躯如一截弹簧，刹那间弹到了山石后，双腿一蹬，裤子掉落，正正罩了山石后两人一头。那两人不防孟扶摇突起发难，刚刚跃身而起便被肥裤罩顶，黑暗中看不清楚那是什么，慌忙伸手撕扯。

撕扯未毕，孟扶摇已如鬼魅般出现在他们背后，宽大的男袍中雪色长腿一闪，瞬间绞住对方的脖颈，身子一转，悬空狠狠一扭！

就听见黑暗中惊心动魄地嘎吱一声响，那人的头颅立即软软垂下。

目中闪过厉色，孟扶摇并不后悔自己下手狠辣，就在刚才翻过山石的刹那，她一眼看见那两人手中淬毒的网，那毒的颜色呈暧昧的粉红。孟扶摇当年被死道士铁血训练，所学极博，更有常人难及的非凡长处，一眼就认出了那东西是流传于五洲大陆、专供上层贵族掳掠或对付良家女子所用的“酥香散”。

这东西不知道毁了多少良家女子清白、害了多少人一生幸福，手中有这东西的都是丧尽天良的下作人，孟扶摇今日看见，怎肯放过？

另一人见孟扶摇竟然脱裤袭敌，下手既快又狠，转眼间同伴已经死在她的双腿一绞中，大惊之下将裤子一抛撒腿就跑，还没跑出几步，就听见身后一声冷笑，“看了我的大腿，想走？”

第二十章

春光乍泄

平地上卷过一道黛色的风，孟扶摇手中鞭子一甩，搭上了对方的咽喉，横臂一勒，想将对方拖过来。不想那人武功并不低，先前不过是裤子罩头失了方寸，反手一甩间，一道金光亮起，拉开灿亮的星芒弧线，直袭孟扶摇的胸襟。劲气凌厉，逼得孟扶摇含胸后缩。那人一蹿便是数丈，眼见便要逃开。

孟扶摇跺了跺脚，正要扑上去，忽见前方男子脚下突然歪了歪，仿佛踩了石子或者崴了脚，身子一倾，随即一个跟斗栽了下去。

孟扶摇大喜，霍地跳上去往那人背上一坐，得意扬扬地跷起二郎腿，“我说你走不掉！”

她双腿一跷，突然觉得有点不对劲，头一低才想起自己裤子已经脱掉了，只剩外袍罩着下身，腿这样一跷，春光大泄。

浓黑的夜色里，黛色长袍下露出的修长双腿洁白、笔直、圆润，似一双名匠雕琢的玉柱，倒映着月色如银的辉光，摄人眼目。

暗色中传来似有若无的低笑。

孟扶摇黑着脸，赶紧左抓一把右拢一把，用袍子遮好腿，暗自安慰自己，幸亏没有真的像这个时代的男人那样裤子底下什么都没有了，幸亏有穿自己设计的亵裤……呃，刚才他看见没有?

抬起头，孟扶摇瞪着对面，悻悻道：“喂，躲树后面做什么，做贼啊？”

轻笑渐止，树影后缓缓浮现出浅色的轮廓，宽衣大袖的男子双手抱胸，闲闲微笑着倚树而立。他肩头站着白毛飘扬的某肥，倚着主子的脸颊，一模一样地双爪抱胸、双腿微错。

“见你久久不来，以为你需要手纸，我们来送纸。”面对恼羞成怒的孟扶摇，元昭诩笑得无辜。

元宝大人立即躬身弯腰，双爪举起一张皱巴巴的纸，恭敬地高举过头。

孟扶摇一看就知道这家伙是在寒碜她，它会这么客气？它摆明了是嘲笑她咧!

孟扶摇越想越恨，屁股更用了几分力，坐得底下那家伙唉哟惨叫。孟扶摇点了他的穴道，鞭子一甩，将裤子钩过来，然后裤子抓在手里，抬头正色看着对面那两只。

那两只坦然看着她，一动不动。

孟扶摇瞪瞪眼，再看。

那两只依旧坦然地和她对面而立。

孟扶摇只觉得自己头发都在噌噌地往上竖，半晌，咽了口唾沫，无可奈何道：“喂，转过身去可不可以？我要换衣服。”

元昭诩眨眨眼，居然答：“不行。”

“嗄？”

“别人可以看，我为什么不可以？”元昭诩答得奇怪。

孟扶摇怔一怔，突然一跃而起，单手一捞，雪色一闪，她的修长双腿已经落入了宽大的裤腿中，手指一错，裤带系紧，再一扭身，已经扑向身后的树丛。

与此同时，白光一闪，元宝大人从元昭诩肩上扑出去，动作极其轻巧，所经之处，树叶不颤。

“啊！”

刹那之间，一声大叫炸响。身后树丛里突然蹿出个灰衣人，捂着鲜血淋漓的耳朵狂蹦乱窜。耳朵上挂着一团雪白，随着他颠抖甩掼的动作不住地颠簸起伏，却死死地咬着耳朵坚决不松口。

灰衣人一边拼命去拽元宝，一边发狠大叫：“兀那小子，敢动你爷爷！你知道爷爷是谁吗？爷爷一根小指头……”

“爷不动你的脚指头，爷动你的猪头！”

喝声里，孟扶摇身子一弹电射而出，黑铁般的匕首划出一条比夜色更黑的线，刹那间顶上那人的喉咙。

匕首尖触及肌肤，感觉像是叉子戳上水底的游鱼，滑不溜秋，那人身子诡异地一转，不知怎的已经脱离了匕首所及的范围。

孟扶摇却根本不浪费时间诧异，匕首不中便直接扑身而上，肘击、掌拍、腿顶、肩撞，一连串快捷狠厉的近身攻击，闪电般不容对方喘息。虽然对方全身像抹了油一般滑腻，但是短时间内那种暴风骤雨般的攻击还是让他连连中招，每三招都有一招中奖。以孟扶摇当初铁血训练出的爆发力和速度，直揍得他不住地后退，惨叫连连。

你这浑蛋！居然一直躲在树丛后，老娘岂不是从头到尾给你看光了？

孟扶摇越想越怒、越揍越狠，目光发亮、拳势如雨，泼风般打得痛快。

元昭诩立于原地微笑地看着，衣袖下暗扣的手指终于渐渐松开。

那边一边倒的战斗已经接近尾声，孟扶摇一拳击出，那倒霉男子昏头涨脑，下意识地来挡，谁知孟扶摇突然又将拳头收了回去。男子一怔，举在半空的手滑稽地定在那儿。

砰！

孟扶摇趁他这一怔神间立刻恶狠狠再次击拳而出，一声闷响。

“卑……鄙……”灰衣人目光发直，砰然倒地。

孟扶摇潇洒地吹了吹拳头，笑嘻嘻道：“卑鄙是卑鄙者的通行证，愚钝是愚钝者的墓志铭。”

孟扶摇将那灰衣人绑在树上，上下打量一番，摇头，“瞧这人瘦的，像是被两扇门板挤过。”

元昭诩凝目一瞧，忍不住失笑。灰衣人确实生就异相，分外瘦高、体形狭长，连脸也是窄窄的，像是一条鳗鱼。孟扶摇对刚才对战时他身上特别滑溜十分好奇，仔细看了半天，觉得这人除了肌肤特别苍白点，也没什么异常。

转头看见元昭诩眼神里的淡淡怜悯，她不禁一怔，“你认识他？”

“不，我认识的是这个种族。”元昭诩道，“扶风海岸之疆，‘匿鲛’一族。”

“匿鲛？”

元昭诩嗯了一声，道：“扶风国有鄂海，鄂海最危险、礁石群最密集的海域是罗刹岛，相传在那片海域曾经沉没过一个上古国家，所以海底有无数珍奇。只是那是一片礁林地带，还有一条极其狭窄的海沟，寻常海客根本下不去，只有土生土长于罗刹岛的匿鲛族可以。这个种族的人，在孩子三岁时便带其下海，不断练习在狭窄的缝隙中辗转腾挪的本领，直到水性精奇、身法如鱼才算成了。这些孩子由于自小练习这类身法，又长年生活在水下，导致身形、皮肤发育异常，而且海底有异形海兽时常出没，这些人又练得隐匿身形气息的技巧，所以被称为‘匿鲛’。这个种族的人，因为这些技能，同时也是一流的小偷和杀手。”

“哦，难怪刚才这人潜伏在附近我居然都没察觉。”孟扶摇恍然大悟，笑道，“这个匿鲛等一下再问，先把这浑蛋解决了。”她抓起地上那个先前被自己坐扁的男子，啪啪两个耳光打醒。

那人刚一睁开眼，就听见孟扶摇劈头盖脸的问话。

“你爹叫啥？”

“你妈贵姓？”

“你几个姐姐？”

“你几个弟弟？”

“你第一次尿床是几岁？”

“你洗澡穿不穿衣服？”

“你洗脸喜欢用皂荚还是胰子？”

……

“你是谁的属下？”

一系列不需思考答案东拉西扯的问题如暴雨般砸下来，男子早已晕菜，下意识地逢问就答，对最后一个问题自然也毫无防备，“齐王府仪卫舍人方大人所属……”

话说完男子才惊觉自己说了什么，倒抽一口气瞪大了眼。孟扶摇很开心地笑了起来，拍拍他的脸，道：“乖！”

第二十一章

烈王北野

"你说这人该怎么解决？"孟扶摇啪地又是一掌把人家打倒，回身问元昭诩，"齐寻意是不是怀疑我了，所以派了这两人来解决我？"

元昭诩目中掠过一丝异色。他自然知道白日碧水上孟扶摇那一倾身，身形已露，定然会被齐寻意看在眼里，以齐寻意那性格，一定会探查一下。但他怎么会没有防备？齐寻意派来跟踪他的人早被他的近卫给带开了，还顺便故布疑阵，引开齐寻意的注意力。那么这两个人又怎么会出现在这里？

元昭诩拍开那人的穴道，一番话问下来，才知道那仪卫舍人方大人是齐寻意颇为宠爱的属下，很善于谄媚巴结。白日里齐寻意盯着孟扶摇的身形目泛异光，他便认为王爷看上孟扶摇了，为了给主子一个惊喜，他偷偷飞鸽联络了前方齐王府等候迎接的属下，意图在玄元山到燕京的两条道上截下孟扶摇。

元昭诩的护卫将精力放在了带开后面追踪的人上面，没想到前方还有人守株待兔。

孟扶摇知道始末，不禁大怒，又一脚将他踹闭过气了，随即犹豫道："喂！杀他嘛，罪不至死；不杀嘛，又会给我留下后患，怎么办？"

元昭诩笑笑，俯身，修长的手指在对方头顶上轻轻一弹，随即道："行了。"

"嗄？"

元昭诩云淡风轻地道：“他的记忆从今晚开始会出现混乱，所以你放心，他不会拿自己都想不清楚的事去向主子回报的。”

孟扶摇瞪着他，知道他是用重手法伤了对方的百会穴，永久损伤了对方的记忆。这种手法看来简单，实则高超，轻一分、重一分都可能出现相反的效果，自己若破九霄练到第六层大约也可以，但绝做不到他这么举重若轻。

这人真是越相处越觉得神秘。

她眼珠乱转，在那里揣摩，元昭诩却已转身走向那被捆住的灰衣人，走了几步突然微笑道：“哎，很美。”

“什么很美？”孟扶摇呆呆地问。

元昭诩和元宝大人对视一眼，后者立即露出雪亮的大白牙，跷起自己的肥腿对孟扶摇示意。与此同时，元昭诩悠悠答道：“我说，大腿。”

“叫你偷窥！叫你窥！窥！窥！姑娘我揍得你飞流直下三千尺，不见瘀血誓不回！”孟扶摇砰砰砰地拿那倒霉灰衣人练拳，顺便指桑骂槐、含沙射影。

被骂的那棵“槐树”微笑如故，一点惭愧的自觉都没有。

灰衣人硬生生被打醒，刚一睁开眼睛，立即惊惶地大叫：“我没偷！我没偷！”

“我知道你没偷，”孟扶摇冷笑着打量他，“你身上的东西都被我偷了。”

她将那些乱七八糟的东西扒拉了一阵，毫不客气地将值钱的都揣到自己包袱里了。灰衣人看得脸色一阵青一阵白，半晌才哀求道：“我东西都给你们了，放我走吧，我还要逃命呢！”

“逃命？”孟扶摇怔了怔，“你刚才潜伏在那里鬼鬼祟祟，不是为了偷袭我们？”

“我哪儿来那个闲工夫偷袭你们？”灰衣人瞪着死鱼眼，额上青筋直冒，“你们有财吗？有色吗？值得我堂堂神掌帮帮主去偷袭吗？”

孟扶摇看了看自己，又看了看元昭诩，觉得自己两个人怎么说也该算美人吧，这人眼睛怎么长的？真让人纳闷！

“哦，大帮主，那你在那儿蹲着做什么呢？”

灰衣人呸了一口唾沫，“晦气！”

说了半天孟扶摇才明白，灰衣人现在正在被天煞国的人追杀，说他偷了皇子侍从叶不弃大人的随身物件。灰衣人从燕京一路逃过来，都没能将对方甩脱。

“呸！我运气不好，联系了暗魅为我挡一阵，约好了在这树林里碰面，谁知道那家伙影子都没见！”灰衣人说到郁闷处，愤愤地又是一口唾沫。

“暗魅？天下第一杀手？”孟扶摇瞪大眼，“你好本事，居然请得动他！换句话说，你偷了叶大人的什么宝贝，令得对方这么不死不休地追你？”

灰衣人脸色一变，神情间掠过一丝犹豫，半晌道：“暗魅不是我联系的，我有个朋友以前送给他一个人情，他才答应出手。至于那个宝贝……听说是天煞通关令。”

最后几个字出口，孟扶摇心跳了跳，下意识地伸手入怀，手伸到一半立即缩回。

元昭诩倒好像没有在意她的举动，笑道：“你没偷天煞通关令？”

“没！”

“哦！”元昭诩居然不再问，牵了孟扶摇转身就走，“那你就待在这里，等会儿和战北野好好解释吧，希望他能相信你。”

他头也不回走得干脆，灰衣人脸色变了又变，眼见他居然真的准备走路，想到自己被绑在树上，等那个煞星过来还是死路一条，无奈之下咽了咽唾沫，仰着脖子大喊：“站住，站住！”

那两人施施然前行，仿佛一霎间都聋了。

“放开我！你们先放开我！”

“没有诚意的人，咱们没有为他浪费时间的理由。”孟扶摇巧笑嫣然地答，头也不回。

“我说，我说！”

孟扶摇唰的一声弹了回来，笑嘻嘻地拍拍他的脸，“这才听话！”

灰衣人苦着脸，沮丧地道：“偷……好像是偷了，不过不是我下的手，是我的一个手下。但是，他就在这附近失踪了，东西……也没了。”

孟扶摇瞟他一眼，又瞄了瞄元昭诩，很担心他会问出那句：“在哪儿失踪的？”

好在灰衣人没说，元昭诩也没问。孟扶摇悄悄嘘了一口气，按了按自己怀里的东西……她一直都在怀疑那么个小角色为什么居然能拥有出现最少的天煞通关令，原来是这么一回事。今夜误打误撞，倒证实了这东西的真实性，真是不小的收获。

当下两人将灰衣人解下来，一番询问才知道这人叫姚迅，确实出身匿鲛族，手下居然还有个颇有名气的“神掌帮”，其实就是偷儿大集合，三只手组织。

姚迅虽然长相怪异，心思倒是海边汉子的风格，简单直接，说不了几句便道：“你们既然知道天煞国烈王战北野，想必身份也不寻常，你们要是能帮我打发了这批追兵，以后神掌帮上下供你们驱策！”

元昭诩一直若有所思，瞟他一眼，突然问：“你不是在等暗魅吗？他这人言出必践，定然会出现的。”

“指望他我早死了……”姚迅一句话说了一半，突然面色一变。

与此同时，三个人都静默了下来。

远处突起马蹄之声，似是有马队快速接近，来势之疾，无与伦比，听上去犹如突起了一阵狂风暴雨，鞭子般抽打在人的心上。

尤有一匹马奔得更急，呼风啸日，雷霆万钧，刹那之间便到了树林边。

马势太急，到得林边依然收势不住，直直地便要冲入，马上骑士霍然振臂勒马，缰绳被扯成笔直的一条线，微颤不休。骏马仰首长嘶，双蹄踢腾，人立而起，马上骑士却腰背笔挺，动也不动。

他身后，一群骑士卷土而来，落后他一个马身，齐齐挽缰勒马。嚓！数十声落蹄声如同一声。

骑术精绝。

此时云破月开，清辉无限，当先那一人一马，被月色勾勒成沉黑的剪影。

月光更远地铺开去，铺到那人脚下。那人高踞于马上，一身黑衣与夜色融为一体，森冷、肃穆，浑身散发着杀伐决断的窒迫感和存在感。晚风拂乱他的衣袂，连同漆黑的头发一起狂野飞舞。

隔着这么远，也能感觉到，他在“俯视”，俯视着林中三人。

一片静默里，那人突然沉声一喝：“天煞，战北野！”

第二十二章

三人夜战

“好大的威风！”孟扶摇嘀咕，“知道你是战北野……喂，战北野是谁？”

姚迅早已失了先前的镇定，抖着嘴唇直往树后面缩，“这个魔王追来了……”

元昭诩目光闪动，突然从怀里摸出两张人皮面具，给自己和孟扶摇各贴了一张。

对上孟扶摇疑惑的眼光，元昭诩扬扬眉，“你也不希望给一个难缠的家伙盯上吧？”

孟扶摇忙整整脸，手一抬起，便觉得一道利剑似的目光直射过来，钉子似的戳得人一惊。与此同时，一声低喝霹雳般炸响，喝声未尽，黑暗里乌光一闪，一点劲风劈破夜色，奔雷般直奔三人。

孟扶摇啪的一掌拍倒姚迅。

姚迅倒地，那乌光已到近前，浮光掠影中依稀辨出是一杆去了刃尖的铁黑长枪。那枪上灌注真气，雄浑充沛，远远地便带起一阵烈风，竟然不是直射，而是劈头盖脸横扫三人。

好嚣张的打法！

孟扶摇扑身向前，抽剑横拍，想以四两拨千斤的巧力将长枪拨飞。人未扑前，长枪带起的劲风已经吹得她长发后扯如旗，连眼睛都睁不开。孟扶摇立刻闭眼，还是不避不让，长剑狠狠地对扫过去。

铿然一声，黑暗里火花四溅，火花里一人长笑，笑声冷而烈，“谁敢学我？”声到人到，黑色衣袂怒卷如龙，如箭般飙来。

孟扶摇和那长矛对撞，矛上的狂猛气息立时如狂潮巨浪般扑入她的胸臆。她胸中一窒，噔噔噔连退数步，一口气吸不上来，手足立即酸软，哪里还举得起剑。对方来势汹汹，她正心惊，却听一声低笑，浅紫衣袍一闪，元昭诩突然飘了出去。

那是真正的飘，孟扶摇从来没有见过那般灵动清逸的身法，宛如九天仙人长空蹈舞，曼妙潇洒、难以言说，却又不似一般的好看招式难以保证速度，而是快得追光掠电，仿佛千万光年外星光一亮，刹那便至眼底，他刚才还在丈外，身形一动，便已到了战北野身前。

他单手一转，一个流畅的弧度，半空里立时银光一亮，雪光点点，宛如下了一场暴雪，将如黑旋风般腾腾而来的战北野罩在当中。战北野霍然抬头，在那般灿亮的剑光里，他的眸光依然亮得怕人，像是极西天际第一颗升起的星，灼灼如火。

“好！”

战北野语气里带着棋逢对手的兴奋，横臂一招，长枪唰地飞回他掌中，手心一抖，雪亮的枪尖已经装上。他振臂一挥，长枪光芒暴涨丈二，后发而先至，和那万点碎雪撞在一起。

轰！

空气都似被震得微微爆裂，那万千雪光激飞、溅开，打在周围的树木上，啪啪啪立时出现了无数个小小的深坑。一道无形的罡气唰唰唰如地龙般贴地飞蹿，所经之处草皮爆飞、泥屑四溅，地面如被巨剑犁开般出现了一条深沟，直撞出数丈外方才停止。

半晌，碎雪歇，枪风静。

雪光笼罩范围内的元昭诩根本没有退避，微笑着立于一截树枝尖端，明明风声猛烈，他和他脚下的树枝却根本不曾动弹分毫。

战北野拖着长枪傲立树下，那些被罡气激飞的泥屑也没能沾上他一星。

孟扶摇立于数丈外，目光发直，心神激荡地想着刚才那一招。她隐约觉得自己借助元昭诩之力突破的破九霄第四层用起来总有些虚浮，她知道这是因为借力终究不如自练来得踏实，一直苦恼未解，如今却仿佛因今夜这强者对敌的一招突然看见了曙光透露的出口，那般圆润、光明、霸烈却又收放自如的出手，不正是第四层“圆转”的真谛？

她想得浑浑噩噩，心神一动间全身真气已经自动开始顺着经脉流转。正在半入定的状态，隐约听得战北野长笑道：“好，痛快！再打！”

孟扶摇一震，赶紧凝神想要再观摩，忽觉身边风声一紧，眼前一黑，仿佛有什么东西极快地掠过，她甚至能感觉到擦肩时有种淡淡的松香气息一掠而过，脸颊像被什么软而滑的东西一拂，如绸缎般微凉。

有人从身边过去了？这么快？是人是鬼？

孟扶摇下意识地伸手就抓，却抓了个空。对方身形如鬼魅，奇异而又神秘，一转身已经到了战北野身前，孟扶摇隐约只听见一个字："走！"

下一瞬，那人已经对着听见动静霍然转身的战北野攻出了十招。

孟扶摇张大嘴，看着那人比姚迅还要灵活迅捷的身法，快得好像整个树林里全是他的身影，整个人化成一缕烟一团雾，无处不在。他根本不用手握剑，一柄极细极长、造型诡异的剑一直横在他的肘下，只在肘端露出半寸长的乌黑剑尖，随着他游走的身形如毒蛇般不断吞吐。他根本不用任何劈砍的大开大合招式，所有的招数都在肘下方寸之间，所有的杀手都由近身完成，点、戳、刺、刮，行云流水，凌厉无伦。

战北野似对这种怪异的打法一时没有适应，被人近身撞入后长枪也失去了作用，几乎就在刹那间，那淡淡的黑影一个悍然前冲，与战北野错身而过，肘底光芒一闪。

血光飞溅。

暗红的血液飞洒在沉黑的树林里，激得人眼睛发红。

战北野的眼光却更加亮了，他眼底燃起熊熊烈火，突然一掌劈出，狂猛的掌风令那人也不敢硬接，退后三步。这一退间，战北野振臂一甩，长枪被远远甩开，哐的一声钉在地下，入地三尺。

嗡嗡的震动声里，战北野缓缓舔了舔臂上的鲜血，突然沉静下来，微笑，"太渊竟然卧虎藏龙！"笑容未毕，喝声又起，这回什么武器也不用，战北野以身作剑，狂飙卷进！

呼的一声，元昭诩从树枝上飞驰而下，左右一抄，将看打架看得目眩神驰的两个人拽了就走。孟扶摇还不甘心，频频回首，"干吗，干吗？"

"人家不是叫你走了？还赖在这里！"

"精彩对战啊，错过可惜！元昭诩，你不要拦我，我再看看，说不定我的功法就大进了。"

元昭诩不反驳，微笑伸手，那姿态像是要抚摸孟扶摇，孟扶摇果然立刻把脑袋转了过来。

元昭诩这才接话："你再留，等战北野抽身又是麻烦。你不要以为暗魅伤了战北野就胜券在握，他不了解那个人，战北野愈挫愈勇，谁令他见血，他必战个不死不休，暗魅今夜讨不到好的。"

"你又知道……"孟扶摇不满地咕哝，说到一半突然瞪大了眼睛，愕然道，"暗魅？

那就是暗魅，天下第一嗜血杀手？他来了？”

元昭诩微微回首，这一刹那他的眼神里突然多了点奇怪的东西。半晌，他轻轻道：“该来的，早已来了……”

第二十三章

大风将起

自从那晚摆脱了战北野，接下来几天倒是平安无事，姚迅倒也说话算话，老老实实地跟在他们身边。不过孟扶摇想，他肯留，大概也是因为那晚看见元昭诩的武功，指望着找个保护伞吧。

这天已经到了太渊燕京近郊，三人找了客栈歇下，孟扶摇一住下就急急地开始练功。这几日勤奋巩固，她自己觉得，破九霄第四层功法将要圆满了。

沙漏里的沙子无声流下，三个时辰后，孟扶摇睁开眼，目中异彩一闪，取过桌上的剑，运气一按，剑身立起碧色华光，正是第四层的光芒。比起前几天，今天的光芒越发华丽柔和、色泽纯正。

“大功告成！”孟扶摇笑嘻嘻地跳下床，“该找谁亲个嘴儿呢？”说完立即啪地揍了自己一下，“不许胡乱联想！”

她舒舒服服躺下来，摸出怀里那三个宝贝，仔细摩挲。

这是她很花了一番心思弄来的通关令。

五洲大陆一直流传着一个秘密的传说：集齐七国的七种符牌，便可穿越各国，通行五洲大陆一路向北，直到最北端的狄洲，在狄洲穹苍皇朝最神秘、最难以进入的长青神殿之上，有大神通大智慧者，可解天下一切疑难困苦。

孟扶摇没有需要人救助的困苦，却有一件莫大的疑难事，指望着神通之力去解决。

然而到达那祭台又谈何容易？五大洲原本是五国，一国占据一洲之地，后来各国征战，疆土争争夺夺，到了近三十年，五国已经分成七国，将五洲之地割得支离破碎。现今各守疆域，虽然保持了表面的和平，但彼此之间虎视眈眈，大多陈兵边境，禁止与他国交通。据说天煞皇朝的一根鸟毛落在邻国的轩辕王朝境内，都会被立即绞成齑粉。

好在这个世界尊崇强者，并为其大开方便之门。三十年前，除穹苍外，其余六国于大陆中心衡洲无极国会盟，集齐各国标志性令符，给当时五洲之上最为强大的十位强者发了“六国令”，持此令者可通行六国、一路畅通无阻，直达五洲除穹苍之外及各国皇宫外的任何一个地点。

其实那只不过是个卖好的姿态，以那十位强者的本事，不拿那个令牌，也是哪里都去得的，拿了以后反而碍着面子，不好再去人家内宫看太监给妃子洗内裤了。

当然，以孟扶摇现在的本事，那个令牌想都不要想。

此路不通另有别路，由于五洲大陆各有出产，各国之间商业、军事、民生所用互有依赖，这些年来，各国渐渐知道了商业流通对于国力经济发展的重要作用。五年前，在无极国那位惊采绝艳、名重天下的无极太子的一力促成下，七国开始在一定范围内发放通行符，供本国及他国上层官吏、商贾来往于交好国家之间时使用，以达到政治和商业上的互通有无，算是一个外交通行证，享有一定的通行权和官方保护。

这种通行权甚至不受战争影响，即使两国突然开战，这些持令的巨商也会被客客气气地送出国境，然后再摆出架势打架。

只不过为了防范和戒备，这种发放是严格控制的，只集中在各国具有垄断地位的大财阀和巨商以及上层出使官吏手中，并且需要该国朝廷有司出具担保证明，才能拥有在他国领域内的安全通行权。

没有这种东西，出行他国会遇到很多麻烦，等同于现在的偷渡。但是这个时代可没有遣返之说，那是要直接刀斧伺候的。

各国之间局势复杂、关卡重重，通往长青神殿之路遥远难行，孟扶摇不可能一路杀到神殿去，她需要尽可能多的庇护，好让未来冒险之路能走得更远一些。所以她在得到这个消息后，便开始打起收集各国通行令符的主意。

两个月前，璇玑皇朝的一个巨商来太渊皇朝发展木材生意，带着几十车货物，包下了整个客栈，又请了当地最具实力的武林门派出动弟子护法，彪悍的护卫站满了走廊，客栈一夜灯火未熄。到了第二天早上，巨商依然被扒了个精光，通关符失踪。

一个月前，走水路出使轩辕皇朝的朝中重臣司马睿，乘坐好大一艘漂亮楼船在沅江之上一路招摇，船上红粉艳舞、丝竹不绝，一路上收获无数艳羡目光。可惜第二天，一声惊叫几乎把楼船震塌，众目睽睽之下司马睿狂奔而出，大叫：“我的通关符不见了！”

楼船上顿时乱如开锅的粥，司马睿迅速调兵包围江面，派兵搜查岸边渔村。无数人接受了盘查，结果却一无所获。在江上待了三天的司马睿怕延误出使时间，最后不得不向朝廷请罪，灰溜溜地离开了沅江。

随行的士兵倒没那么沮丧，兴致盎然地谈论着搜查中遇见的船娘，人长得不怎么样，却烧得一手好鱼羹。

鱼羹味美、活鱼新鲜，可惜腾腾的热气里，鱼腹里藏了什么，谁也没看见。

至于前些日子在玄元山上的收获，倒是碰巧。孟扶摇无意中在山上遇见了那个落单的慌张喽啰，一个起疑打翻了，在他身上搜出了天煞的通关令。

现在已经有了轩辕、天煞、太渊三国的令符，将来去长青神殿，七国令牌集齐，也许能等同“七国令”，换得神官们相助的可能性也更大些。

由于各国之间邦交程度不一，不是对每个国家都发通行令，这就需要孟扶摇做个排列组合筛选。孟扶摇画了个各国关系图，仔细盘算了一阵，又想到那个凶神恶煞追索天煞令的战北野，觉得前途颇为渺茫，不禁叹了口气。

一口气叹了一半，忽听梁上也有叹气之声。

孟扶摇这一吓非同小可，手指一动，已经将桌上的三枚通关令扫入了自己的衣襟，心口怦怦乱跳一阵，暗恨自己大意，怎么梁上有人也没发觉？

转念一想，不对啊，梁这么矮，根本藏不住人，自己怎么可能发觉不了？

一抬头，果然，横梁上“哈姆太郎”正对她龇出雪白的大板牙。

孟扶摇大怒，骂：“好端端的学人叹什么气？不知道鼠吓人会吓死人吗？”

元宝大人根本不屑于理她。

孟扶摇骂了一阵，突然觉得不对，喃喃道：“没听过动物会叹气啊……啊！”她仰头瞪着元宝大人，“说！你刚才是不是在排放有害气体？”

元宝大人牙龇得更大了。

孟扶摇黑着脸瞪着在上风处肆意排放有害气体的无耻肥鼠，元宝大人当没看见，摇摇摆摆地转个身，弹了弹屁股。一长条纸卷突然从它尾巴后垂下来，悬空呼啦展开，飘飘摇摇的纸上字迹小而潇洒，上书：“爬墙、登房、晒月，人生得意，莫过于此。”

孟扶摇扯下那字条，看了又看，忍不住一笑。

她匆匆添了几个字，对着元宝大人晃晃。元宝大人探头看看，对她那一手赖字着实鄙视，随即扭过屁股等她把字条再拴上来。孟扶摇霍地把字条收了回去，一弹它的鼻子，大笑着一跃上房。

屋顶上，懒洋洋晒月亮的某人以臂枕头，单手把玩着白玉杯，姿态闲逸。

夜风清甜，三秋桂子混合新菊的香气，馥郁而又清淡。从苍青的檐角望下去，庭院里种了一排桂树，米粒大的嫩黄花朵在夜色中珍重半歇，却又不忍辜负芳华，将那魅香散得无处不在。偶有一些碎花被风带起，落上元昭诩的面颊，更衬得他肌肤如玉般光润。

风掠起元昭诩宽大的浅色衣袍，他天生气质雍容风流，静默不动也带着几分飘逸之气。孟扶摇静静站在檐角，遥遥地看着他，想起玄元后山洞中那一夜，狼狈的自己透过洞口看见的在月中舞剑的人影。

孟扶摇微微在风中笑了笑，一朵桂花般细小的笑容，在闪现的一刻便刹那消逝了。

她突然重重地顿了顿脚，大步跨了过去，一把抓起元昭诩身侧的酒壶，咕噜噜就灌了下去，顺手把字条塞给元昭诩。

元昭诩展开，扬眉一笑。

“挖坟、盗墓、吹灯，人生悲惨，莫过于此。”

孟扶摇大口喝着酒，想着墓室惊魂一夜，想着胖子保护菊花的号叫，想着一别多年，五洲大陆的时空不知道和自己那个世界是否平行，而妈妈现在也不知道怎么样了……

想到这里，心口便是一痛，似有什么东西堵在了喉咙口，孟扶摇赶紧大口大口地把酒灌了下去。

元昭诩声音低沉，“你挖过坟？”

孟扶摇醉眼迷蒙地转过头来，微笑，“嗯，算是吧，经常和死人骨头亲切会见。”

元昭诩的声音里有着沉思，“你生计很困难吗，要知道五洲贵族的坟茔？机关重重，你一个女子，怎么挖的？”

孟扶摇一惊，心说果然喝酒喝糊涂了，可不能什么都说。她赶紧岔开话题，问：“喂，你为什么要帮我？”

一霎的沉默。

孟扶摇也不催他，自仰头看向天际明月。月色静好，光洁如玉，就是看起来有点冷。

“我看见那一幕，”元昭诩说得含糊，当然两人都知道指的是什么，“不过真正令我出手的，是你在崖下出现的那一刻，脸上的神情。”

一瞬间的沉默，元昭诩微笑着举杯就口，清冽的酒液里，他看见那一刻少女的眼神，明锐、森凉，带着不属于这个年纪的如淬冰般的沧桑。那样的沧桑……那般细微又那般深重，在那么年轻娇嫩的脸上是如此不协调，令人心底如被绞扭般，轻轻一痛。

那一刻他甚至还很诧异，自己居然会为一个陌生人的眼神，生出微痛的心情。

“哦……”孟扶摇的回答半晌后才响起，她的声音听起来有几分古怪，“那谢谢你了！你的恩情，孟扶摇终有一日会报答的。”这一句话，她灌了四口酒，分三次才说完。

元昭诩一直转动酒杯的手微微一顿，随即又恢复了转动。他雍容的眉目看不出什么表情，连语气都没有变化，“嗯，好。”

一直惴惴不安等他回答的孟扶摇怔了怔，不禁愕然转头——就这么简单？完了？

她的头扭到一半立即又大力扭回去，用力之大，连自己都听见颈骨的咯咯声——不能给他看见自己的惊愕，不然这成什么了？

这样……最好。

孟扶摇微笑，大口喝酒。

一壶酒很快下去一半，手突然被按住，元昭诩沉声道：“别喝了。”

孟扶摇偏头，“嗯？”

她长发乱在风中，酒后脸颊微酡，平日里明亮清醒的目光此刻烟波迷离，整个人看起来如烟笼雾罩、带露芍药般姿态亭亭。

元昭诩看着她，目光里亦有些微荡漾，随即便恢复了平静，笑道：“看。”

孟扶摇懵懂间转头，顺着元昭诩指示的方向，便看见客栈外面的街道上，数骑快速驰过。马上骑士去势甚急，如箭般破开黑暗，转眼消失在街道尽头。

孟扶摇趴在屋檐上，低声问：“什么人？”

“齐寻意的暗部，专司为他联络各处势力及传递命令所用。”

“你一个无极国人，为什么连这个都知道？”孟扶摇转头看元昭诩，黑暗中目光变幻。

“我是无极太子上阳宫幕僚，专司情报。”

“无极太子？”孟扶摇一笑，“我自从来到五洲大陆，这人的名字都快听烂耳朵了！什么天降帝子、绝世神童、风华无双、智慧天人……那还是个人吗？”说到这里，她心中微微一动，隐约想到了什么，然而那念头一闪即逝，快得捕捉不住。

元昭诩微微一笑，答得言简意赅：“是人。”他顿了顿，语气忽转凝重，道，“扶摇，燕京大乱将起，进京之后，我未必能和你在一起，你确定，你能保护好自己吗？”

孟扶摇转身看元昭诩，他很少这般神色慎重。然而孟扶摇是不可能放弃燕京一行的，太渊皇帝庆寿，各国都会来使，达官贵人云集，是个获得通关令的好机会。有些国家来使需要越境，比如扶风要想到达太渊，需要经过无极国，运气好的话，借这个机会就能把各国通关令弄个七七八八了。

“我从来没想过一辈子依赖你。”孟扶摇拍拍衣服的灰向下走去，“放心，我能搞定。”

她走得干脆而无畏，身后，元昭诩久久地凝注她的背影，若有所思。

更远的天际，一线薄红微微跳跃，晨曦将起。

第二十四章

犬寿无疆

晨曦将起，风雷却将要劈落。

孟扶摇牵着马走进燕京城门时，心里还隐隐有着几分紧张，然而看见宽阔的长街上那些兴奋而平静的人流，突然便镇定下来。

怕什么？！太渊皇室再怎么翻覆，和她一个升斗小民有什么关系？

因为皇帝五十大寿的临近，普天同庆，京师与各省都各建道场并诵经祝诵，匠人们在主街两侧饰以彩画绢布，整个燕京看起来富丽繁华、锦绣满眼。

元昭诩在进城前十里处便和她分了手，孟扶摇心里有数，他的事她若掺和，对自己未必是好事，当下很干脆地独行在前。

元昭诩告别她时神情如常，深海般的眼眸里笑意淡淡，看不出心绪如何。元宝大人却着实高兴，上蹿下跳、得意扬扬，大有终于甩脱了跟屁虫、心情十分舒畅的模样。孟扶摇看得十分郁闷，一怒之下又拔了它屁股上的三根毛，美其名曰临别纪念。至于那只会不会怀恨在心，孟扶摇可不管。

找了家客栈住下，孟扶摇便出去逛街，这边买个面具、那里捏个糖人，纯粹打发时间。

东西很快堆满了一手，孟扶摇嘴里叼着个面人往回走，一眼看见姚迅在人堆里挤进挤出，八成又在“开工”，她忍不住一笑。

这一笑便有些分神，走过拐角时也没看路。忽听蹄声大作，白影一卷，拐角后突然奔出一匹马来，来势极急。那马性烈，看见前方有人挡路，腿一抬便踢向孟扶摇。

满街惊呼声里，马上人急声呵斥：“白电！打住！”

孟扶摇一抬头，白马的长蹄已在眼前，孟扶摇下意识地便要重手断马蹄，眼角余光一瞥，发现这马神骏，直觉可惜。手一缩，飘身而起，唰的一声抱着那包东西就跳上了马背。

马上人原本心事重重地出门，一路开着小差，才导致马奔过快险些伤人。正在懊悔，却见马下那女子突然跳上马来，稳稳地坐在他身后，不禁惊得啊了一声。

他下意识一扭头，又是啊的一声。

与此同时，孟扶摇也啊了出来。

马上少年温润清秀，风度翩翩，不正是自己那个即将娶“贵宾犬”的初恋？

孟扶摇眯起眼，暗自慨叹真是人生处处恨相逢，瞧燕惊尘这红光满面的模样，最近日子一定过得很好。

燕惊尘如果知道她此时的心声，八成会吐血。明明他面容憔悴、心不在焉，今日又被父亲暗含威胁地告诫了一番。他想着孟扶摇，想得心神恍惚、险些惊马，到了她眼里，就成了满面红光。

孟扶摇可不管这些，她一向认为，分手了你绝对不能过得比我好，你过得比我好我就心情很不好！眼见身前燕惊尘神情惊喜，孟扶摇看得十分不爽，一转身就要下马。

还没动，手腕突然被人捉住，孟扶摇偏头，不看燕惊尘，只看着自己的手腕，冷声道：“放手！”

燕惊尘犹豫了一下，想起当日玄元山上孟扶摇下手的狠辣，讪讪地收回了手，低声道：“扶摇……”

孟扶摇理也不理，燕惊尘急了，手一伸拦在她面前，咬牙道：“扶摇，你听我一言再走，否则，你便砍了我的手吧！”

孟扶摇皱眉看了看横在自己面前的手臂，又看了看四周的人群，冷笑道：“燕小侯爷，你好心机啊！叫我在这大庭广众下砍你的手？我不是自找晦气吗我！”

“我不是这个意思！”燕惊尘收回手，紧紧地盯着孟扶摇，“扶摇，我们找个地方坐下来谈谈好吗？”

“有屁就在这里放！”孟扶摇爬上马身，往马背上一蹲，摆出不肯和他并骑而坐的架势。

满街人齐齐扭头，看着马背上旁若无人蹲着的少女，不住地指指点点，孟扶摇只当没看见。

燕惊尘看着她那诡异古怪的姿势，无可奈何地叹了口气，缓缓策马过了那条街，进入一条罕有人过的小巷子，才低声道："扶摇，家族要我娶裴瑗，我心里何尝愿意？这些日子，我心里如同在油锅里熬煎……"

"就这个？听完了！"孟扶摇打断他，作势便往马下跳。

"不是！"燕惊尘一急，不敢再表白，把话说得飞快，"我父亲要我娶裴瑗，主要是因为裴家的雷动诀是名动天下的一流功法，父亲希望我拿到雷动诀，再和自家的惊风剑法结合起来，将来好在真武大会上出人头地……"

"那跟我有什么关系？"孟扶摇打了个哈欠。

"所以……"燕惊尘咬咬牙，声音放得更低，"父亲其实还有层想法，裴家既然有雷动诀，说不定就能有破九霄。雷霆再烈，终来自九霄，纵然力能开山劈海，也大不过这浩瀚苍穹。只是破九霄太过珍贵，裴家也许秘而不宣，我和她成亲后，裴家也许就能拿出来……扶摇，太渊重武，各大势力明争暗斗，我是家族的继承人，身上又背负着家族的全部希望，真武大会的胜出，对我很重要……"

"破九霄是吗？"孟扶摇原本有一句没一句地听着，突然笑了笑。

燕惊尘只觉得她那一刻的眼光古怪而怜悯，带着一抹淡淡的讥诮。但那神情转瞬即逝，很快她又恢复了那种懒散的态度。

"扶摇……"

"我明白，我理解，我懂得！"孟扶摇突然伸手，用力拍了拍燕惊尘的肩膀，"你说完了？你的心事也已经倾诉了？你那无处释放的委屈和压力已经散去了？那好，我听见了，雷动诀、破九霄、真武大会，加起来等于你的婚姻！"她笑起来，眸子亮如星辰，"你爹的猜测真是很有见地，破九霄我看十有八九就在裴家，快去娶她吧，祝你神功得练，不必自宫！"

"扶摇！"燕惊尘咬牙拉住她，急急道，"扶摇，我知道你心里难受，我知道你伤心我离开你，你不必故意气我，更不必说这些话来伤你自己……"

"啊哈！我难受？我伤心？我故意气你？我故意伤自己？"孟扶摇指着自己的鼻子，眼睛瞪成了斗鸡眼。

燕同学，你也太自恋了吧？是，俺们是有过一段，俺也喜欢过你，可是别说那还未必上升到爱情阶段，就算是爱情，我孟扶摇也不可能矫情到这个地步啊！

敢情你以为我是以退为进，对你旧情还在？敢情我的放手潇洒到你眼里就成了故作姿态？孟扶摇仰首望天，无限郁闷。

她的沉默看在燕惊尘眼底更成为“孟扶摇伤情”的佐证，他眼底不禁火花一闪，接下来的话便有勇气说出来了：“扶摇，你且等等……等我和裴瑗成亲，拿到雷动诀和破九霄，之后的事情……便由不得她了。我对你发誓，我绝不沾她的身子，将来……将来，燕家是我们的！”

……

好！好心机，好算盘！我以前怎么没发现你这么有潜力和想象力咧？

孟扶摇无语半晌，笑了。

她蹲在马背上，笑得十分温存诚恳，虽然姿势不雅，却只令人看得见她的皎皎风采、风华无限。

“燕小侯爷，相信我，这辈子，燕家是你的，是你和你的‘贵宾犬’的！永远不会有别人取代你的‘贵宾犬’，因为那实在是个倒霉差事。”

她在怀里搜了搜，抓出先前自己啃了一半的面人儿，就手捏了捏，捏成某动物状，递进怔怔地看着她的燕惊尘手中，“祝你们夫妻百年好合，犬寿无疆！”

她噌的一下跳下马，顺势一脚狠狠蹬在马腹上，骏马吃痛，狂奔而去。

马上的燕惊尘急急控缰，好不容易才将爱马安抚下来。他停在路中怅然回望，伊人芳踪早已杳杳。

燕惊尘无声地叹了口气，想着刚才的扶摇。完全脱去了当初在玄元剑派伪装的她，越发美丽璀璨、神采照人，似一朵火红的风信花。那朵花，原先盛开在他的视野里，因他的微笑而摇曳出万千丰韵；如今那般盛放依旧，鲜艳更胜往日，却已不再是独属于他一人的美丽。

花开堪折直须折，他错过了最美的季节，错过了将那朵花撷于掌中的机会，就注定此生立于一隅看她为他人开谢吗？

不……不能……她会原谅我……

燕惊尘握紧手掌，似要以那般力度平复自己乱成一团的心情。这一握，才想起临别时孟扶摇塞到他掌心的东西。

他低头，看向掌中差点被捏扁的物事——一对面捏成的丑狗。

第二十五章

当街追男

“这贱人，绣花皮囊烂草心，我当初怎么会喜欢他的？”孟扶摇一边嘟囔一边往回走，有点郁闷自己当初的眼光好像实在是不怎么样。

她回想了一下当初的燕惊尘，温厚而有风度，虽然过分好胜，看重荣誉，但作为大家族的继承人，自小所受的教育和熏陶如此，也怪不得他。但是他如今居然想出这个馊主意，实在是将孟扶摇和裴瑗都作践了。孟扶摇越想越含泪凝噎，脉脉无语。

当晚孟扶摇练功，破九霄功法运行一周天，周身碧光如玉，浸得眉目温润似水。碧光里孟扶摇若有所思，想起白日里燕惊尘所谓的苦衷，不禁冷冷一笑。

第二天，齐寻意的车马也回来了，一路招摇，载满歌舞伎的车子不时传出莺声燕语、丝竹琵琶之声，迤逦满街，一派荒唐风流之态，令路人齐齐侧目。

孟扶摇站在街边吃面条，挤在人群里看荒唐皇子的热闹，眼光却慢慢溜过那些载着杂耍歌舞伎的车子，无声一笑。

她的笑容在看见车队中间的宫轿时微微淡了几分，那是裴瑗的轿子。

宫轿右侧，有一匹白色骏马陪侍。孟扶摇开始没有注意，眼光一扫，眼神里立即露出一丝讥诮。

那马上，不是燕惊尘是谁？

这么殷勤，不知道迎出多少里才接回了未婚妻裴大郡主？

这几天她已经搞清楚了裴瑗的身份：仪安长公主和大将军裴世勋的娇女。裴世勋的妹妹早年入宫为妃，现在是齐寻意的母妃琳妃。裴瑗受封明成郡主，皇室都称她瑗郡主。仪安公主只此一女，最是娇宠。

孟扶摇静静看着深垂帘幕的轿子，再看看轿子之侧有点心不在焉的燕惊尘。

燕惊尘，你现在这条“贵宾犬”，可带得出去吗？

没兴趣多看那两个人，孟扶摇头也不回地转身回了客栈。这客栈和酒楼是连在一起的，经过酒楼时，听见一群食客正在高声议论。

“听说没有？裴家最近对云家大肆攻击，在朝在野都撕破了脸皮。就这几天，就暗中派人砸了云家三家钱庄、五家当铺、七家绸缎庄，连允川城的田庄佃户倒佃，据说都是裴家砸了银子买动的，还串联了一批人在御前告状，啧啧！闹得真凶！”

“这两家不是明争暗斗好多年了吗，一直没闹出大动静，怎么突然搞了这么一出？”

“听说是云家先下了暗手，不过具体做了什么不知道……”

“啊！话虽如此，但云家就这么被动挨打不还手？”

“云家这几年大不如前，云老爷子原先掌管全部宫禁事务，那可是陛下身边最亲近的位置，可惜……得罪了人，所掌管的宫禁范围越来越少，最后竟然只管了个信宫，还是个冷宫。”

“得罪谁了？”

人群中夸夸其谈的人突然沉默了，以手指天不语，众人露出了心领神会的表情。

孟扶摇笑笑，想来，市井有些消息准确度还真的挺高。

她穿过人群，想上楼回房，不想刚到楼梯中段，忽听外面一阵大响。随即，女子尖厉的声音遥遥传来，还隔得很远，就已经盖过了酒楼里的喧嚣，“喂，你别走！喂！”

酒楼里的人纷纷回首，便看见一条黑龙似的旋风突然从长街那头卷过来，带着漫天的烟尘，直撞得街道四周人仰马翻，路边小吃摊的馒头、鸡蛋滚了一地。姚迅正在摊子上吃面条，一口面汤还没来得及喝下去便被撞飞了。姚迅大怒着去抓，那旋风啪地砸下一锭银子，正正卡在姚迅张大的嘴中，将他的怒骂生生堵了回去。

姚迅赶紧伸手去抓银子。银子太大，卡在嘴里一时抠不出，好容易抠得有点松动，呼啦一声，身后突然又卷来一道彩色旋风，砰的一下撞到他身上。他嘴里的银子顿时被撞了出来，啪的一声带着黏糊糊的口水和半颗牙齿砸到地上。姚迅昏头涨脑地爬起来，便见那彩色旋风已经踩着一地馒头、蛋黄跑远了，一边跑还一边叫嚷：“喂！别跑！”

听见她叫，前面那黑色旋风停也不停，一路直奔酒楼而来。酒楼里的人眼见那人炮弹似的撞进来，生怕自己被撞扁，急忙纷纷起身避开。就见那道旋风呼的一声撞开大门，停在了酒楼正中。

他一站定，飞扬的黑发和黑衣齐齐静落，先前的狂猛如飙刹那间便转为渊渟岳峙，飞掠时似暴风，沉静时如磐石。

他刚刚站定，那彩色旋风也跟着到了，笑嘻嘻地在门口站了，手一招，先凌空拖过一条长板凳，往门口一卡，自己往板凳上一坐。看那样子，像是生怕前面那人逃跑，要抢先堵住门一般。

阳光从全开的大门射进，照耀得坐在阳光中的女子明亮绚丽，吸引得酒客纷纷看过来，却又被她身上大胆鲜明的颜色刺激得眼睛一眯，随即惊声一叹。

真没见过一个人身上可以有这么多颜色的！

桃色上衣、绯色下裳，裙子撩起来扎在腰上，露出的裤子竟然是彩色的，一只裤腿绿一只裤腿紫，靴子是金色的，而且不是太渊的样式，鞋头微微翘起，坠着红绿宝石，颗颗硕大如拇指，亮得炫目。

那女子看起来还未足及笄年纪，一张小巧的脸蛋、微微上翘的鼻、色泽鲜明的唇，双眸微褐，和那晶莹明润的蜜色肌肤十分相配。虽然年纪小，倒也看得出是个美人坯子，却不似太渊女子纤弱白皙，反带着几分海风般鲜亮湿润的野气。

她头发颜色奇异，微呈褐红色，没有绾髻，扎了七八条辫子，叮叮当当缀了很多奇形怪状的首饰。看见众人诧异的眼光看过来，也不羞涩，反倒得意地仰首一笑。

她是对着堂中那穿着镶赤色边黑锦袍的男子笑的，“可给我逮着你了！喂，我又不是鄂海里的海兽，你跑这么快做什么？”

那男子皱眉回首，怒哼：“雅兰珠，你还是个女人吗？这样当街追人！”

他一回过头，众人也看清了他的模样，这人五官深刻，眉眼都十分黑，乍一看似乎觉得线条过于硬朗了些，再看他通身气度，凌厉狂野，又觉得就该长成这样的。

他目光扫过来，所有人都觉得好像迎面拍过来一面沉黑的刀刃，又或者天地一合、凌空卷了猛烈的雷霆来，划裂九天，锋锐逼人。

楼梯中段，孟扶摇轻轻吸了口气。

这个人，她认得——战北野。

那日深夜树林里一会，战北野忙着和这个打和那个打，根本没注意到孟扶摇，孟扶摇却将他看了个大概。这人的容颜本就是那种鲜明得恨不得一笔笔画到你眼睛里的类型，再次出现在阳光下，想叫孟扶摇不认出都难。

看见战北野，孟扶摇立即想跑，但是此时堂中一片寂静，一个人有动作反而更显眼，她只好按捺住不动。

底下的对话还在继续。

“喂，你跑什么跑？”

“你追什么追？”

“我高兴追！”

“我练轻功！”

扑哧一声，不知谁听了这飞快的对话忍俊不禁，那少女的大眼睛立刻恶狠狠地瞪了过去。她眉毛生得极有英气，边缘如刀裁，却又纤细精致，像两把线条优美的小刀。可惜年纪太小了些，瞪不出杀气，倒显得可爱。

酒客们看着好笑，忍不住搭腔：“喂，姑娘，你高兴追，也得有个理由啊！”

“就是啊，在我们太渊，大姑娘追男人，可是头一回！”

“我就是头一个！”那孩子高傲地仰起下巴，“我爹说了，抢就要抢第一个，后面的都是歪瓜裂枣！”她伸手一指正在冷笑的战北野，“我就是要追他！我要他做我的男人！”

话音落地，店堂里一阵震惊的沉寂，随即轰的一声，酒楼上下大笑声起，后面酒客们纷纷往前挤，想看清楚这个惊世骇俗、公然在太渊京城酒楼要男人的女子，顺便看看那个艳福不浅的好运男。

孟扶摇微笑，觉得这个女子和战北野真是绝配。一转眼看见姚迅偷偷摸摸地闪进来，她对着姚迅做个手势，姚迅却脸色一变，摇了摇头。

孟扶摇怔了怔，她看这女孩子像是扶风国人，想叫姚迅偷偷看她有没有通关令，不想姚迅竟好像很畏惧那女孩子，不敢出手。

孟扶摇想了想，趁着人群轰动，抽身后走。不想底下战北野像是再也不耐烦这般追逐游戏，突然道：“雅兰珠，你爹是不是还告诉过你，女人要做男人的第一个？”

“是！”

“那很好。”战北野狡黠地一笑。他这么一笑，刀锋般的凌厉之气尽去，倒多了几分红尘温暖，像个俊朗的大男孩。

“我的第一个位置给人占了，你迟到了！”

“谁？”雅兰珠瞪大眼，噌的一下跳上凳子，开始捋袖子，“谁！谁？”

战北野头也不回，手臂随意地在半空中划了一个圆，最后落在了某个点上，“她！”

第二十六章

多谢侍候

满堂酒客齐齐扭头，然后哗的一声。

雅兰珠的大眼睛转向那个方向，随即危险地眯起。

姚迅怔怔地张大嘴，半晌反应不过来，由于嘴张的时间过长，啪的一声，一大滴哈喇子滴了下来。姚迅下巴霍地一收，看看四周没人在意，赶紧讪讪地抹了抹嘴，做了个“自求多福”的姿势，缩头溜开。

战北野却始终没回头。

他本就是胡乱一指，刚才进店时惊鸿一瞥，看到上方一处浅红衣角，确定是个女人。是女人就成了，管她是谁！至于那个被他钦点的倒霉女人会遇上什么麻烦事，他更不想管。

孟扶摇僵在楼梯中段，手抓着楼梯栏杆，笑得尴尬——被那么多含义不明的眼光直愣愣盯着的感觉，果然不太好受啊！

战北野，你这浑蛋，光天化日的，乱指什么！

雅兰珠的眼刀子飞了过来，刮骨般将孟扶摇上上下下打量一番。孟扶摇今日没化丑妆，只简单地用姜汁涂得脸色微黄，眉眼还是很出众的。

雅兰珠看了半晌，嘴一撇道：“你糊弄我是吧？这明明就是个痨病鬼！”

战北野双手抱胸，向墙壁一靠，道：“那又如何？我喜欢就行！”

“我杀了她！”

“杀了她，你还是老二，填房！”

雅兰珠蹦起来，纤腰一扭，手臂一甩，霍地从身后拔出一柄镶满七彩贝壳的小腰刀。她嚯嚯嚯舞了一个刀花，雪亮的刀尖反射着阳光，亮得逼人。

她横刀指向战北野，大喝：“去！杀了你那第一个，挪出位置给我！”

“喂，谁是他那啥第一个？”清亮的女声突然从上方传来，唰的一下，众人的目光再次回到楼梯中段。孟扶摇俯身在栏杆上，脸色已经恢复正常，正扬眉看着下方那两人。

“嗯？”战北野这回终于转身，大喇喇地看了孟扶摇一眼，不过那眼光也是一掠即过，毫不在意。

“他骗我？”雅兰珠盯着孟扶摇，目光一亮。

孟扶摇清脆地打了个响指，望向杀气腾腾的雅兰珠，“没啊！”

这回战北野仔细地看了她一眼。

雅兰珠张大嘴，“啊？”

“他好像是把我当第一个，”孟扶摇叹气，“可那是他一厢情愿啊！姑娘我早已有了心上人，哪里看得上这个莽夫？”

战北野脸色黑如锅底，雅兰珠目中却大放异光。

“有些事是不能勉强的。”孟扶摇拍了拍手，“这位公子，你虽然长得差强人意，脾气却不合我意。女人是要拿来爱护尊重的，你这样在大庭广众之下昭告对我的爱，你叫我还怎么嫁人？”

她不去看快要气得冒烟的战北野，很诚恳地鼓励雅兰珠：“珠珠，我们家乡有句话，‘烈男怕缠女！’不要理会他说了什么，只管你自己做了什么！去吧，革命尚未成功，同志仍须努力！”

雅兰珠嗨哟一声，很听话地扑了上去。

战北野哐啷一声，把刀拔了出来。

人群轰的一声，都兴奋地躲到桌子后面去了。

孟扶摇趁这一乱间，咻的一下从楼梯上消失了。

“走！收拾包袱，走路！”孟扶摇一进门就吩咐姚迅，“快！”

“孟姑娘，你不是解决了那事吗？”姚迅愕然。

“谁知道还会发生什么？！趁战北野被那丫头缠着，赶紧走！”孟扶摇利落地收拾东西，姚迅摇摇头道："你这可是得罪战北野了，真不知道你怎么想的！"

孟扶摇停了手，奇怪地看他，"你不知道女人比男人难缠吗？男人嘛，相对来说度量总归要大些的。刚才那种情况，宁可气死战北野，也不能让那丫头盯上我，否则永无宁日。"

她三把两把将包袱背上肩，推开窗户就跳了下去，结果跳进一个坚硬厚实的怀抱里。

"嗞！"孟扶摇揉脑袋，"这谁啊？肌肉生得这么强悍，跟铁似的！"她抬头讨好地对肌肉的主人微笑，"麻烦您，借个道！"

上方，在很高的高度，黑发飞舞的男子用比头发更黑的眸子居高临下地俯视着她，唇线抿得像是一柄薄薄的刀。

孟扶摇的心抽了抽，无可奈何地想：这世上就是有一种人，做什么都抢在人前面。不晓得轮到死的时候，是不是也要抢？

战北野黑漆漆的眼珠不错眼地盯着她，突然从腰间解下一个精致的水囊，哗啦啦对着孟扶摇脸上便倒。

"喂喂！你干什么？呜……"孟扶摇冷不防被浇了个劈头盖脸，顿时大怒，伸掌就去拍战北野的手。战北野双指一夹，铁钳似的叼住她的手腕脉门，随即伸掌，极其不温柔地在她脸上一阵乱抹。

孟扶摇怒喝："喂，你的手干净不干净？喂，别碰我的嘴！喂……"

战北野突然停了手。

眼前的少女，十六七岁的年纪，清水洗去了那层伪装的姜黄，渐渐绽出脂玉般光洁莹润的白，那白上又隐隐透出淡淡的红，如朝霞映雪；眸光却澄净似月射寒江，两道秀丽而英气的眉飘飞欲举地飞扬开去，如九天玄女掌中飞起的丝带。

一霎间目光相对，少女脸颊上生出恼怒的嫣红，眼底光芒却越发亮了，胜似星辰，灼得战北野都怔了怔，只觉得这女子目光中自有威仪，下意识地松开手。

他松完立即觉得不对，伸长手再一捞，这一捞便捞在了腰上。入手只觉得腰肢柔软里自有练武女子的柔韧力度，偏偏又细得惊人，令人明明是手扶了上去，却忍不住心也一动。这般一动，思绪便有些不集中，随即便觉得手底一滑，什么东西一颤，嚯嚯有声地缠了上来。

战北野身经百战，反应自然一流，下意识地立掌便劈。

这一劈却劈在软处，半空中黑色长影一荡，黛色纤细身影随着那条从腰上飞出的长鞭荡了出去，一个倒翻便翻到屋檐另一角，危险地立在檐角的螭兽上，回眸向他一笑。

一笑间朗月清风。

随即她头也不回地电射而出，很随意地挥挥手，“多谢阁下侍候本姑娘洗脸，赏钱请找后面那位收取。”

战北野怔了怔，下意识地回头，便见姚迅的身影背对着自己，从另一面的窗户一闪即逝。

调虎离山之计？

战北野不上当，立即回头去找孟扶摇，可惜孟扶摇早蹿得远了。她背着个小包袱，一起一落，如登萍渡水般，从屋檐的大海上消失成流星般的一小点。

长风寂寂，黑袍披散的男子久久未动。今夜屋顶上没有月亮，令人忽视了那般沉凝的存在，他渐渐与黑暗融为一体，再被发白的晨曦剥离出轮廓。

清晨的第一颗露珠落在他的眉梢，他轻轻抬手撷了，像是不认识般在掌心内端详。那点小小的露珠在他掌心滴溜溜滚动着，清亮得像昨夜那女子的眼神。

霞光吞吐，彤云万丈，漫天锦绣里，男子抬起头来，突然一笑。

孟扶摇背着包袱逃出三里地，才在城南一处破庙和姚迅会合。孟扶摇问起雅兰珠的来历，姚迅苦笑道：“你知道，我们扶风是没有皇帝的。占据扶风的是三大部族，其中发羌势力最大，扶风的中心大风城就是发羌族长的驻地。雅兰珠正是发羌族长的女儿，她在扶风的身份，大抵相当于太渊的公主了。”

“难怪你畏她如虎。”孟扶摇一晃一晃地跷着二郎腿，叼着个草芥嘲笑姚迅，“大帮主，你的胆子可小得很，竟连这么个娃娃都怕！”

“我可不是怕她，”姚迅涨红了脸，愤愤道，“我是不愿意被邪术控制。扶风三大族里最擅巫蛊之术的就是发羌，据说一根发丝落到他们手里，都有可能被他们控制。尤其是发羌世代相传的巫女，身份还在族长之上，更是动动眼神都会置人于死地。死还不可怕，据说还有更离奇的手段。你说，咱好端端的要得罪这种人干什么？”

“哦！”孟扶摇笑了笑，眼珠子却骨碌碌地转。姚迅皱眉看她，“喂，不会我说得这么清楚你还在想歪心思吧？”

孟扶摇咬着草芥不答，突然道：“喂，那雅兰珠怎么会缠上战北野的？这两人八竿子打不着啊！”

“我怎么知道？”姚迅挠挠脑袋，纳闷道，“我倒隐约听说过，雅兰珠是许配给天煞国六皇子战北恒的，怎么会和这个姥姥不亲、舅舅不爱的五皇子战北野对上的？真是奇怪……”

“姥姥不亲、舅舅不爱？”孟扶摇偏过头，“怎么，战北野不受宠？”

“何止不受宠，”姚迅撇嘴，“地位连个普通郡王都不如。当初在他后面的六皇子和七皇子都封王了，他依旧没有封赐。还是他的老外公、前朝老周太师老泪纵横地在玉阶前陈请三次，他才勉强被封了个郡王，封地居然还是在天煞葛雅沙漠。那里和西域摩罗族接壤，全境不过四百里，穷山恶水，还备受骚扰。战北野也好本事，三年间在边境峡口修筑戎城，在沙漠中设置黑风军，控制交通要道，将边境拓展了一千五百里。从此摩罗的兵马再也没法来侵扰州城，他又屯田、募民耕种土地，以往葛雅地区的谷子和小麦每斛值几千个钱，后来一匹细绢就可以换到数十斛粮，积存的军粮可以用几十年。他把葛雅治好了，他大哥又不放心了，硬生生地调他来王城，放在眼皮底下看着。堂堂皇子，居然在磐都就管个通行令司，每日坐在堂上看人批令牌，啧啧……”

“我问你一句，你说这么多！”孟扶摇皱眉，“那是你二大爷还是你舅，这么不吝惜口水？”

“我这不是替英雄人物可惜嘛！全天煞谁不知道，战北野文武全才，比他那只会玩权术的皇帝大哥强了不知道多少倍。可惜他母亲是前朝废后，身份特殊，还曾闹出刺杀天煞老皇的事故，母子皆不受宠，连带误了战北野一辈子。唉……帝王家事，一言难尽啊……”

孟扶摇双手抱膝，淡淡道：“帝王家，本就是世间最龌龊的地方。要想在那里活下去，要么自己更龌龊，要么用血洗去那龌龊，没有别的办法。”

她漫不经心而言，却不知道庙外一株树后，有个身影突然微微一震。

“你这话说得好，倒让我想起另一句话。”姚迅眼睛一亮，兴致勃勃，如吟哦般道，“蛟龙困于野，不过一时，但有契机，必将腾起……”他还没背完，孟扶摇已经昏昏欲睡了。

姚迅愤然，啪啪地拍桌子，“喂，你醒醒！你听见这话不热血沸腾吗，不血脉偾张吗，不激情鼓荡吗？这可是无极太子说过的话！无极太子啊……”

“吵死了……”孟扶摇挥挥手，“无极太子跟我有什么关系？能吃吗？能用吗？能当被盖吗？”

“你这个不解风情的女人！”姚迅一脸唾弃地看着她，“长孙无极名动天下，正常女人听见他的名字都会尖叫，没见过你这样还会睡觉的！”

孟扶摇懒洋洋地睁开眼，嗤笑一声，指了指自己的鼻子，“和那些只会尖叫的正常女人相比，我宁可做个更会杀人的变态女人！”

她闭上眼睛，懒洋洋地翻个身，好像准备睡觉了，却突然伸掌一拍地面，整个身子如箭般倒射出庙。人在空中，腰间长鞭已经荡开一个黑色的圆弧，带着凌厉的风声，嚯嚯卷向树后，“出来！”

与此同时，姚迅瘦窄的身子立即一晃，转眼便消失在原地，下一瞬，他已经溜出三十丈外。

孟扶摇身在半空愕然扭头，想着这人真是无耻得要命，不仅和自己一样会装，还很没义气地见到敌人就逃。

这一分神，手下准头稍差，树后那人冷哼一声，随随便便一踏，孟扶摇的长鞭顿时被他踏在脚下。

孟扶摇低头看着那双火焰般镶边的黑色靴子，咧了咧嘴，突然手一松，鞭子也不要了，转身狼奔。没奔出几步，后领便被人狠狠揪住了。孟扶摇惯性未去，原地踏步好几步，惹得头顶那人哈哈一笑，动作很糙地将她往地下一蹾。

孟扶摇悻悻然大骂：“你老跟着我做啥？讨吃啊？”

“你说话真不讨人喜欢！”战北野皱眉看着她，“这么没教养，怎么作为我的女伴参加宫宴？”

“你才没教养！”孟扶摇铁了心撒泼，她可记得战北野看见泼辣的雅兰珠就逃，八成不喜欢性子剽悍的女子，干脆泼得更上一层楼，“你全家都没教养！”

“你说对了，”战北野一笑，这人笑起来不似元昭诩风流天成，却炫目得好像阳光直射，“我全家确实都没教养，除了我。”

他脚尖一挑，挑起长鞭，三把两把捆住孟扶摇，拎在手上，还顺手掂了掂重量，“还好，不重。”

“喂，你干吗？”孟扶摇被他抓在手上一荡一荡，吃了一嘴土。

“去参加太渊皇帝的寿辰宫宴啊，顺便追求你。”战北野叹了口气，“本王有生以来从未被拒绝过，也从未失败过，自然不能让你做这第一个。”

他手掌一翻，捆得粽子似的孟扶摇被他轻轻巧巧地翻到眼前，倒立着跟他大眼对小眼。

于是，头下脚上、头晕目眩、头大如斗的孟扶摇，以生平最诡异的姿势，听见了生平最诡异的告白。

“听着，女人！”战北野牙齿亮得令孟扶摇不得不闭上眼，“我将征服你！”

第二十七章

金蝉脱壳

孟扶摇满头金钗，一身珠翠，着一件造型嘻哈风的洞洞装，僵坐在征服者战某人的身边。

战王爷今日英俊得令人发指：团龙王袍黄金冠映衬得乌黑的眉目逼人生光，一般男人穿起来很艳俗的绯色，穿到他身上就是令人觉得眼前一亮，不得不慨叹一下，衣服也是看人穿的，从不会辜负好色相和好身材。

今日是太渊皇帝齐皓正寿，午时在庆云殿开寿宴十六席，由本国文武高官作陪，专程招待各国庆寿使臣。太渊皇帝好像身体不佳，只在午时正出来了一会儿，对着众使臣举了举杯子，说了几句客气话便摆驾离开了，留下其他人继续享用宫宴。

天煞是第一大国，出使的又是皇弟殿下，因此位次最尊；而品貌气质非凡的战北野，自然是众人目光洗礼的对象。

作为优秀的战王爷的女伴，孟扶摇知道自己必然会有幸被观摩，于是姜汁脸、满头钗、渔网装齐齐上阵，十个手指各套戒指两个，手臂上黄金手环一边一打，一路走过来叮叮当当，特意挑选的香粉是夜市上一个铜子一盒的，芳香袭人，经过哪里，哪里喷嚏就打成一片。

孟扶摇的渔网装更是拉风，一件好好的湘妃紫百褶金蝶长裙，被她把所有的蝴蝶都给挖了去，只留下一个个蝶形空洞，透出里面的白色布裙。要不是害怕被太渊御林军以亵渎皇室为名拖出去暴打，孟扶摇原本是打算内衣外穿的。

庆云殿金碧辉煌，孟扶摇五颜六色，诸使臣面色发紫，战北野若无其事。

孟扶摇等皇帝一走，立即招手呼唤宫人："Waiter！"

Waiter 茫然不知应对，孟扶摇顶着厌弃和愕然的眼光，义正词严地要求："给我来份鲞鱼！"

满殿里顿时哄然一声，窃语声响成一片。鲞鱼就是臭咸鱼，是十分下贱的食物，七国下等百姓和苦力才会吃的东西，稍微有点地位的人都不屑于提起，更何况现在是在太渊皇帝国寿的庄严场合。

太渊司仪官面色青黑地盯着战北野，战北野一杯酒搁在唇边，毫不停顿地一饮而尽，重重地将酒杯一搁，长眉一挑，目光一扫，锋锐之气立刻如刃逼来，"大人看着本王做什么？堂堂太渊，连一条鲞鱼都舍不得拿出来待客？"

司仪被战北野这么一扫，只觉得被铁木撞上般心头一跳，背上立时出了层冷汗，这才想起这位王爷杀人不眨眼的煞神名声。据说和他封地接壤的摩罗族这些年都被他打怕了，战北野瞪瞪眼也能吓得他们尿裤子，如今看来果然不错。何况战北野这话说得刻薄，传出去着实难听，司仪赶紧连声地命令宫人出宫采买那臭鱼去。

鲞鱼送上来，金盘银盏配着发黑的鱼实在不搭调，御厨特意撒上香料，还是不能阻止臭气那强大的穿透力。殿两侧的贵宾们纷纷皱眉捂鼻扭身，屁股底下像安了针毡，怎么也坐不稳。

孟扶摇左右开弓、大嚼特嚼，不住地让着战北野，"来，来一块！下等人的食物，有时反而有真味。不是你们这种没机会的皇子皇孙，一般人我还不给他吃！"

战北野盯着那色香味都十分抽象的臭咸鱼，眼光变幻、面色复杂。

孟扶摇笑嘻嘻地等他发作，闹吧，生气吧，掀桌吧！这里是太渊国宴，就算你是他国亲王之尊，太不像话了也一样会被逐的。最不济，把自己这个放荡女逐出去也成啊！

孟扶摇眼光恶毒地在战北野命门要穴上转悠，很有一指戳过去的冲动。要不是战北野锁了她的真气让她跑不掉，她用得着吃这臭烘烘的东西吗？她最讨厌鱼了！

战北野盯着咸鱼半晌，又看了看一脸挑衅不羁之色的孟扶摇，突然伸手将臭鱼接了过来。

众目睽睽之下，一片倒抽气声中，尊贵的烈王殿下旁若无人地吃完了那块咸鱼。完了还仔细回味了一下，点头道："不错，是有真味！"

孟扶摇黑着脸，悻悻然道："我刚才没说完，其实是厕所味。"

战北野眼光刀子般在她脸上划了划，半晌道："你吃得比我香！"

……

坐了不一会儿，孟扶摇的要求又来了，"我要解手。"

我解手你总不能跟着吧？孟扶摇得意地微笑，这主意虽然烂俗，但还是很好用的。

战北野一扬手将杯中酒喝尽，非常自然地答："一起去。"

……

一起去就一起去，我还不信你能跟进女厕去！孟扶摇僵了一秒，笑逐颜开地答："好，一起！"

烈王殿下和女伴双双去解手，穿行在一众古怪的目光中，坦然往外走，自有小太监分别带了他们去男女净房。孟扶摇一见那净房就暗道不好——男女净房居然是面对面的，墙壁上有雕花隔扇，隐约可以看见头部。换句话说，自己要想翻窗，战北野定然能看得见。

一转头看见战北野的神情，她顿时怒从心起。瞧他那八风不动的样子，一定早就知道太渊皇宫厕所的设置！

孟扶摇愤怒地一撩裙子，大步跨进厕所。说是厕所，其实就是一间普通屋子放了恭桶，一边的漆箱里装了干枣。孟扶摇在恭桶上坐下，沉思着该如何逃脱。一边沉思一边下意识地抓起干枣就吃，吃了很久后才想起，好像这东西是用来塞鼻孔防臭气的。

这一想起，孟扶摇赶紧将一个啃了一半的枣子丢开，眼光瞄到枣子上好像有点颜色可疑的颗粒状物体，一股恶心立即泛起，跳起来就对着恭桶哇哇地吐。

没吐几口，便听见有人惊声道："这位夫人怎么了？"

孟扶摇抬头，看见两个宫女从一处小门转了出来。这门掩在屏风后，稍不注意就发现不了。从开启的门缝里看去，隐约可以看见一排排的恭桶，那里大约就是宫中的大净房了。在那些恭桶后面，还能看到一扇半开的天窗。

孟扶摇眼珠一转，主意来了。

"这位姐姐救我！"孟扶摇一个大转身，从恭桶上爬起来，眼泪涟涟地扑过去，"救救我的孩子！"

第二十八章

狭路相逢

半个时辰后，孟扶摇裙子扎在腰上，鬼鬼祟祟地翻出了大净房的天窗。

就在刚才，厕所内、马桶旁，孟扶摇对着仅有的两位观众，哭诉了一个“苦情女寻夫万里却被逼王府做妾，身有孕饱受王爷摧残将被堕胎”的凄切动人、可歌可泣、催泪无数的爱情故事。孟扶摇将这个故事演绎得十分到位，感情饱满、叙述生动，情节细致，刻画入微，将丈夫失踪的悲、带孕跋涉的苦、被掳入王府的惨、恶劣男主的虐、可怜小妾的痛皆表现得淋漓尽致，导致此故事的两位聆听者热泪涟涟，立即自告奋勇地要助她脱离魔爪。

于是一位宫女代替她坐上了恭桶，另一个则坦然出门回复前来催促的战北野：“夫人肚子不好，稍候便来。”

听过那出狗血大戏的宫女面对着家庭施暴案的男主角，那眼神和语气自然有些诡异，男主角自然也觉得有些奇怪，不明白人家的敌意从何而来。却想不到，自己已经在不知不觉间被冠上了“强夺民女，勒逼堕胎”的绝世衰人名号。

败坏他人名誉的孟扶摇，自然毫无忏悔的自觉，她从后窗爬出后，一路快奔，见人就躲，见门就钻，很快就脱离了庆云殿范围。然而走了一大截子之后，孟扶摇发现转来转去，所有的宫殿都差不多，却找不着正门在哪儿。

她迷路了！

眼看着面前一座空置的宫苑，孟扶摇蹲在地上揪头发，暗骂太渊皇宫不按规矩办事，以她前世学历史和考古的经验，皇城三重，以正殿为轴心，沿着庆云殿直线向外走，就能走出宫门，然而现在看来，她好像走到内宫来了。

她现在穿的是宫女衣服，那两个宫女在净房内有备换衣裳，借给她穿了一套，一时倒没什么人盘问。孟扶摇正打算找个地位低的小太监问问路，忽然闻见一股熟悉的幽香，自一处回廊拐角迤逦而来。

这香气十分熟悉，像是牡丹混合着芍药，再加上上好的冰片制成。孟扶摇仔细嗅了嗅，脸色忽然变了——这好像是裴瑗常用的香气！

孟扶摇暗叫不好，转身就想避开。身后环佩叮当，回廊拐角转出一个红衣人影来，身侧还有一个人。那人边走边笑道："郡主要去信宫，老奴给您带路。"

"不必了。"果然是裴瑗冷而傲慢的语气，比以往更多了几分森然和肃杀。

她淡淡道："不劳金总管亲自去，叫个宫女就成了。"

孟扶摇心中暗暗叫苦，僵着背试图将自己隐入一丛花木后。刚动了动身子，身后金总管已经大声呼喝道："喂，你过来！"

孟扶摇定在原地，一霎间心底转过千万个念头：逃，还是不逃？逃的话，自己真气已经被战北野那个天杀的封住，根本跑不远；不逃，被裴瑗认出来，她见自己没死，立即就会猜出脸上的毁容事件是她干的，到时候，她想好好地死只怕都不容易。

孟扶摇磨了磨牙，暗恨自己干吗要现在逃出来。战北野虽然禁锢她的自由，但最起码不会伤她性命。现在好了，小命难保。

这么一犹豫，看在裴瑗眼底，已经引起了她的怒火。面纱外双目一冷，她寒声道："金公公，你手下这些宫人越发没个规矩了，连你这内廷总管呼唤也敢不理！"

金公公在郡主面前失了面子，也是勃然大怒，脚一跺，尖声道："那小蹄子，你哪个宫里的？这么没规矩！自己去敬事房领三十杖！"

叫我去挨杖？

孟扶摇一听大喜，赶紧躬躬身应了，拔腿就要走。还没迈出两步，忽听身后裴瑗冷冷道："慢着！"

孟扶摇无奈站定，指尖扣进掌心，掌心里微微渗出汗来。

裴瑗突然不再说话，四周沉静下来，有如实质的目光落在她背后，如刀子般劈开一切伪装，将她穿肉搜骨地探索了个遍。

孟扶摇背心里也渐渐浸出汗来。

也不知道是那目光的冷，还是因为深秋的风如此凉，一层层的寒意无声潜入，孟扶摇只觉得背心里似有蛇爬动般，湿冷里带着毒液般的腥气。

身后，裴瑗突然笑了一下，随即对金公公道："金总管，这宫女看来有几分愚钝，又不懂规矩，但倒也不至于杖责，就让她将功赎罪，侍候我一场。你且办你的事去，今儿陛下寿辰，等一下要从乾安宫起驾赴宴，少了你不成。"

"郡主慈心，老奴自然依您。"金公公谄笑着退了下去。这处废置宫苑内，只剩下裴瑗和孟扶摇两人。

孟扶摇吸了一口气，摆出一脸的谄笑，回过身来。

一句"见过郡主"还滚在舌尖上未及出口，对面，裴瑗双手负在身后，脚步微提，如浮云般飘了过来。

孟扶摇一看她连师门飞云渡身法都用上了，心顿时沉了沉。

果然，裴瑗在她身前站定，笑意盈盈地看着她，眼底却寒光暗隐，如隐藏在乌云之后即将穿透苍穹的闪电。

她微微偏头，字眼咬在舌尖，一字字轻快而又锋利地道："孟、扶、摇！"

第二十九章

嫁祸栽赃

手指在袖内无声地搓了搓，将指尖的汗水搓掉，孟扶摇看着裴瑗杀气毕露的眼睛，笑了笑，道："裴、瑗！"

"果然是你！"裴瑗目光像刷子似的将她浑身一刷，森然道，"我看着这身形就觉得熟悉……孟扶摇，你没死！"

"你没死，我怎么敢死？"孟扶摇笑，"我还没来得及报仇呢！"

裴瑗本已跨前一步，听见这话反倒顿了顿，想了想，冷笑道："你装什么蒜，你的仇不是已经报了吗？我脸上的伤，你敢说不是你的杰作？"

"我有什么不敢说的？"孟扶摇不退反进，也跨前一步，目光一抬，直直地射入裴瑗眼底，她清亮的眼神在裴瑗杀气森凉的目光面前毫无退避，"我倒真的很希望你脸上那精彩的伤疤是我的杰作，瞧那叉叉，画得真是大快人心！"

"你！"裴瑗浑身微微颤抖，面纱里齿缝间咯咯作响，目中的疑惑之色却越发浓了。孟扶摇出奇地坦然，倒令生性多疑的裴瑗举棋不定。她咬牙沉思半晌，突然目光一厉，疾声道："不对！你落崖之后我们没有再相遇，而我现在面纱遮面，你怎么知道我脸上是个叉？"

孟扶摇等的就是这一句，脸上却露出失口慌张的神情，退后一步不语。裴瑗此时怎肯甘休，快步逼前，“说！你怎么知道的？”

孟扶摇手拢在袖子里，偏头看了看她，突然道：“喂，裴瑗，你靠我这么近，不怕我出手杀了你？”

裴瑗心急之下失态，被孟扶摇这么一提醒，才想起对方武功在自己之上。她犹豫了一下，微微后挪一步，冷笑道：“若是在别的地方，我倒要小心你，可惜现在是在太渊皇宫。三十步外便是值守的御林军，我一个招呼，你就会化成肉泥——孟扶摇，你还是小心你自己吧！”

孟扶摇双手抱臂，闲闲地往廊柱上一倚，“来吧，捣我成肉泥吧！或者就像你上次一样，不动声色地杀了我吧！然后，恭喜你，你就永远也不会知道毁你一生的真正仇人是谁了。”

“我的真正仇人就是你！”裴瑗目光闪烁，上下看着孟扶摇，“在我面前，你还是别白费心思玩花招。”

孟扶摇斜眼看看她，忽然笑了，一挺腰站直身，轻佻地勾勾手指，“裴瑗，你其实在疑惑是吗？要不你早动手了，还用得着废话？你不是笨人，你自然知道那晚我本就重伤在身，就算落崖侥幸不死，也不可能那么快恢复功力去刺杀你，对不对？”

裴瑗目光一缩，这正是她心中疑虑之处。然而那晚她结仇的只有孟扶摇一个，随即她便被重创，如果不是她，哪里还有这么巧的事？

“实话和你说，”孟扶摇时刻观察着她的表情，早已看出她的心思，笑得越发无所谓，“那晚我被人救了，而救我的那个人本就是你的敌人，救我是顺带的，杀你是必须的。”

“是谁？”

“我为什么要告诉你？告诉你之后让你杀了我？”孟扶摇靠着廊柱，大力摇头，“裴瑗，你当我和你一样，脑容量不足？”

裴瑗听不懂孟扶摇说什么，却直觉不是好话。她双眉一竖，怒道：“我先擒下你！”

孟扶摇手一摊，“来，来啊！你相信不相信，在你呼唤护卫那一刻，我绝对来得及帮你再画一对叉！”

裴瑗的声音欲待出口突然定住，她张了张嘴，一霎间突然犹豫。

对面，孟扶摇笑得张狂不羁，眼底是满满的自信，张开的手掌间，小指微翘、三指平摊，一个十分古怪的起手式。裴瑗从没见识过这种手势，更为孟扶摇无所谓的态度镇住，一句“来人”愣是在舌尖滚了数次都没有出口。

孟扶摇始终在笑，笑容在日光下亮得像一匹在风中飞卷的璇玑国上品雪缎，纯粹洁净，舒展如云。那样的笑意流淌在太渊皇宫色彩浓重的深紫木槿和明黄帝皇菊中，像一段流泉，所经之处，万木葱茏。

没有人知道，她摊开的手指缝间，早已生出了细细的汗，风一吹，从指尖凉到脚底。

裴瑗心性本就狠毒，就算一时相信孟扶摇不是凶手，还是一样会想着把她擒下。以她现在的变态心态，难保不会也送孟扶摇一对叉。

孟扶摇只能拼命装大尾巴狼，寄希望于她的谨慎多疑。

裴瑗的目光一刻也没放松过孟扶摇的神情，她目光闪动，脚下却终于微微动了动——她退后了一步。

孟扶摇磐石样站着，按捺住自己见裴瑗后退便欲待飞奔的冲动。

裴瑗盯着她那个奥妙无穷的破九霄掌法起手式，目光变幻，再退，又退，渐渐行出了两人可以互相威胁的范围。

孟扶摇无声地舒了口气，不动声色地动了动身子。她后背的汗黏住衣服，簌簌地痒。

裴瑗冷冷地看着她，道："你告诉我伤我的人是谁，我发誓此生不动你。否则今日我拼着受伤，也不会让你全身而退。"

孟扶摇眨眨眼，"真的？"

"当然。"裴瑗傲然道，"本郡主说话，就没有不算话过。"

"你发誓！"孟扶摇笑，"如果你反悔，你脸上的叉叉再分叉，你全身都是圈圈叉叉，你全家都被圈圈叉叉。"

"你……"裴瑗气得一个倒仰，咬牙半晌，居然真的照样发誓了。孟扶摇听见那句"我全家都被圈圈叉叉"，肚里一阵狂笑，面上却肃然道："哎，我告诉你，你可别说是我说的。那简直不是人，我可不想得罪它。"

"谁？"裴瑗的问话从齿缝里蹦出来，似闪着火花。

"此人姓元，名宝。"孟扶摇正色答道。

远在某处的元宝大人忽然打了个喷嚏。

"元宝？"裴瑗皱眉重复，低声道，"这名字……"

"山野高士，名字不过是代号，我听说那是你们家政敌云家请来的世外高手，等闲人可没听过它的名字。"孟扶摇微笑，元宝啊元宝，叫你欺负人！咱家栽个赃给你，反正你确实不是人；反正裴瑗的伤，你确实也有份。

裴瑗听她说辞，倒是渐渐信了，目色阴狠道："管他什么世外高人，此仇不报，誓不为人！"

她有些不甘心地看着孟扶摇，想起燕惊尘虽然还不知道她容貌已毁，但和她在一起时依旧心神不属，看得她暗自生恨。可惜这女人武功比自己高，惊尘又在附近，没把握一击杀之，不然……

她念头尚未转完，远处一道身影掠风声起，一人声如金石，微怒低喝：“孟扶摇！你能逃！看来我不该只锁住你的真气，我该打断你的腿！”

第三十章

一触即发

声音传来，裴瑗面色一变，孟扶摇暗叫不好。

该死的战北野，怎么偏偏这个时候出现，一句话就戳穿了她苦心经营的骗局!

孟扶摇连思考都没有，脚步一滑就要逃窜。

可惜裴瑗反应也不差，战北野的话声入耳，她目中顿时蹿起满溢杀气的野火，手一伸，十指指甲如十柄匕首霍然弹开，风声呼啸，插向孟扶摇的双肩。

与此同时，她厉喝一声："你敢骗我！来人！"

喝声里，她的身影卷成一道红色的旋风，金步摇在半空中闪烁成一道逼目的金光，丁零之声不绝。一地花叶被她的劲风带起，悬空一散，再一收，瞬间化为深紫橘黄的粉末，悠悠散落。

扑哧!

长而尖锐的十指指甲深深插进孟扶摇的肩窝，鲜血飞溅，裴瑗目中凶光一闪，手指用力向后便拖，大有借这一插剖开孟扶摇背脊之势。

孟扶摇闷声不吭，身子一矮，双腿向前一跪，滑地三尺，生生地将裴瑗十指拔离。

裴瑗怎肯罢休，上前一步，双手抓向她的天灵。身后忽有怒喝霹雳般响起："放开！"

一道黑红相间的人影卷掠而至，快得令人看不清轮廓。人未到，手中金光一闪，一柄细剑带着沉重的风声悍然上挥，极其准确地架住了裴瑗的杀手。

裴瑗被那剑上的劲气震得倒翻一个筋斗，落在三丈外，不住冷笑。

大批卫士拥了上来，刀出鞘，箭在弦，乌黑的箭尖酷厉地瞄准了战北野。

裴瑗尖喝："此人闯宫谋刺，给我擒下！"

战北野立于当地，黑袍怒卷，衣角赤红火焰似欲腾飞而起，周身煞气若刀锋出鞘，灼然逼人。但这也不及他眉目之间惊人的怒气，碧空下他黝黑的眼瞳如深海乌铁，带着火花，撞向红衣跋扈的裴瑗，"谁敢动我？！"

这一声里带了沛然的真气，震得花木瑟瑟、绿叶离枝。冲在最前面的侍卫手臂一阵酸软，有些功力弱的手指一松，弓箭武器都应声落地。

裴瑗面色变了一变，此时她才定下心来仔细看了看战北野。对方衣着气度明显身份不低，再联想到今日皇帝寿辰大宴宾客之事，不禁暗暗皱了皱眉，伸手止住了侍卫的动作。

她这里萌生退意，战北野却不肯干休。他在净房外等了很久，渐渐发觉不对，不顾阻拦的宫女，一脚踢飞了女净房的门，一眼看见假扮孟扶摇的宫女从恭桶上惶然跳起，顿时便知道自己被那丫头给糊弄了，当下便忍着怒气去找孟扶摇。他对宫中路线也不熟悉，今日太渊皇宫的布防似乎也有些异常。他一路乱走，看见孟扶摇方自一喜，还没来得及逮到她，便见有人对她下了杀手。

战北野这一怒非同小可，甚至他自己都不明白怎么会这么愤怒。孟扶摇肩上鲜血溅开，他顿时觉得心都被那热血烫了一烫。

我抓的女人，我还没欺负，轮得到你？

战北野抓着细剑逼上前来。今日进宫不方便带着他的韦陀杵，这不是他趁手的武器，但不妨碍他将之舞出杀气腾腾。长剑一挑，直逼裴瑗双目，战北野冷声道："你欠我十个洞！"

裴瑗怔了一怔方才反应过来他说的是孟扶摇肩上被手指挖出来的洞，冷笑道："那又怎样？有本事你来挖！"

战北野嘴角一扯，道："当然！"

他手指一抬，细剑咻的一声飞射，金光一线，拨水分浪般逼得裴瑗身前侍卫左右翻跌开去。那点金光呼啸而来，裴瑗只觉得眼前极度一亮，有什么东西在迅速放大逼近视野。她还没来得及抬手去挡，突觉眼前一黑、面上一凉。

她手指下意识地一捞，一片轻薄之物飘落掌心，触手柔软冰冷。脸上却没有痛感，只觉得扑面的风冷。裴瑗手指一搓，心知不好，低头一看，掌心里是一块圆得十分标准的红色锦缎，正是自己面纱的质料。

裴瑗怔怔地抬手去摸自己的脸，眼波一转，看见四周的侍卫突然露出惊骇神情，便知道面纱定然被画了个洞，露出了自己的疤脸。

裴瑗眼前一黑，一口血险些喷了出来。

毁容后她一直戴着面纱，对外谎称是得了风疹不能见光见风。这张被毁的脸没有人亲眼看见过，她一直寄希望于宗越的救治。这位名满天下的医中之圣虽然年轻，却师承传奇人物医仙谷一迭，医术通神，可妙手回春，在五洲大陆享有极其崇高的地位。裴家费了好大力气才请来宗越，指望这位圣手治好她的疤脸，将来还可有再以绝色容光见人的那一日。

今日这个狂野男子居然一剑在她面纱上画了个洞，将她苦心遮掩的容貌尽皆袒露人前！

这个洞仿佛挖在了她心上，戳痛了血淋淋、未曾痊愈的旧伤，裴瑗的悲愤和怒火一波波蹿上来，几欲将她淹没。她尖叫着，连声音都变了调，破碎得如钢丝般，戳破了窒息和震惊的宁静，“杀了他！杀了他！”

战北野长剑一横，大笑，“下一个洞，戳你这张只会乱叫的嘴！”

“给我射！”裴瑗一退三尺，退入侍卫群中，红袖一甩，前排侍卫噔噔噔冲上去，屈膝搭弓，万箭如簇，对准战北野的前心。

弓弦被吱吱嘎嘎拉满，在寂静的空气里听来很是瘆人，仿佛死神正阴冷地微笑，等待着一场鲜血的盛宴。

战北野扶剑，仰头，冷笑，看也不看那肃杀的箭阵。

一触，即发。

“射！”

第三十一章

拔剑相逼

“慢着！”

随着喝声，远处飞快掠来两名男子。当先一人身材高大，穿着禁卫统领服饰；另一人浓眉重髯，锦袍华服。

裴瑗看见后一人是自己的未来公公、都尉燕烈，脸色一变，急忙撕下一截衣袖挡住了脸。

喝声是先前之人发出的，他驰到近前，皱眉喝道：“都收起来！胡闹什么？”

侍卫们见顶头上司发话，都讪讪地收起了武器。裴瑗双眉一挑，缓缓转身，森然道：“铁大统领，你是在责怪我胡闹吗？”

“不敢！”禁卫副统领铁苍漠不卑不亢地躬身，音节铿锵，“郡主驱策，不敢不从！只是郡主下令我属下刀枪所指的人，不是属下能动得的。请郡主看在我等性命也是命的分儿上，稍敛怒气。”

“他？”裴瑗转身，斜斜地瞟着战北野，嘴角扯起一抹讥诮的笑意，“他算个什么东西？”

铁苍漠微低着头，轻轻皱眉，语气却依旧平静，“郡主，这是天煞国烈王殿下，是陛下的贵客，您失礼了！”

“你……”裴瑗被他堵得呛了一呛，有心发怒，却犹豫了下。此人为人耿直，更是太渊皇宫第一高手，极有原则，得罪了他，难免不好下台。

一转眼看见燕烈已经走过来。这是她未来公公，裴瑗不愿在他面前肆意发怒，忍了忍气，怒瞪铁苍漠一眼，过去给燕烈见礼。

燕烈的目光在她裹得紧紧的面罩上掠过，随即转开眼光，立于原地微笑捋须，受了裴瑗的礼。裴瑗直起腰，素来高傲的她并不因为这不合身份的一礼而不快，反而露出一丝笑意。燕家老爷子受了她的礼，岂不是板上钉钉地承认了她这个儿媳妇？

燕烈注视着她，温声笑道：“郡主，今日陛下圣寿，莫要在等闲事上纠缠，误了大事可不妥当。”他语气平静，笑容却若有深意，“大事”两个字，咬得尤其重上几分。

裴瑗听得心中一跳，这才想起此来的目的。她皱皱眉，有点懊恼自己为什么看见孟扶摇就忘记了正事。这一想才想起，好像刚才一直没听见孟扶摇发出声音？刚才好像看见她一个翻滚滚到了阶下花木中，之后便没再出现过。随即和战北野对峙、铁苍漠赶来一番言语交锋，她倒将这个女人忘记了。

战北野此时也想起孟扶摇，冷哼一声，顺着先前孟扶摇一路滚下的血迹转过花丛，浓眉突然一挑。

花丛后血迹斑斑犹在，哪有孟扶摇的人影？

身后一声冷哼，裴瑗一阵风似的卷过来，看见孟扶摇踪影全无，脸色十分难看，恨恨道：“有我在，你逃不了多远！”

战北野霍然转身。他动作过猛，带得衣袂一甩，啪地甩在了裴瑗脸上。裴瑗只觉得脸上如被铁板扫过，竟至眼前一黑。战北野语气森冷如冰，“我警告你：还有九个洞，本王看见一次追讨一次！你再敢动她一根指头，我在你全身戳一百个窟窿。本王不杀女人，但可以为你破例！”

他一拂袖，厉声道：“本王现在没空和你啰唆，这账，记着！”

裴瑗捂着脸抬起头来，刚要反唇相讥，战北野再次一拂袖，又是一阵罡风，啪地击在她的右脸上，打得她一个趔趄。而战北野身形一闪，已经去得远了。

“喂，喂喂……”

“你轻点！轻点——”

“咝……你是救人还是宰人？”

黑暗中嘟囔声不断响起，隐约有两双精光闪耀的眸子在暗处发着光，其中一双，正是倒霉蛋儿孟扶摇的。

她刚才滚下台阶，滚入花丛，还没来得及爬起身，突然被一双钢铁般的手一拉，随即身子一坠，坠入一处黑暗的深井之中。

孟扶摇大惊之下便要反抗，对方一把捂住她的嘴，摇头示意她不可声张。他手掌虎口处微微粗糙，明显是练武男子的手，微凉的掌心里却有属于贵族男子才能用的淡淡的沉香气味。孟扶摇用眼神示意对方自己不会轻举妄动，那男子才松开了手。

孟扶摇四望了一下，发现这里是一间密室，猜测那里原先大概有口枯井，连接着某处密道，后来被封了，在上面种了花，自己滚入花丛，躲在井中这人顺势拉了自己下来。

感觉到对方没敌意，孟扶摇才舒了口气。男子突然扳过她的肩，哧哧地撕了几条自己袖子上的布条，三下五除二，动作既快又狠地将孟扶摇肩上的伤口转眼便裹扎完毕。

孟扶摇猝不及防，痛得一阵乱叫。还没叫完，那男子已经松开手，默不作声地转过身去。

他的背影清瘦笔直，沉在黑暗中像一棵玉树。见孟扶摇安静下来，他走前几步，一点淡淡的光线透进来，勾画出男子的身形，宽肩细腰，还是个少年。

孟扶摇盯着那个背影，觉得有点眼熟。

她抬头四望，皱了皱眉。不知怎的，她向来不喜欢幽闭的空间，直觉地想要逃开。

男子却突然回首，一张极其卓然俊朗的脸，眼睛如古泉般幽深清澈，脸色微微苍白，让人想起极远穹苍皇朝积雪不化的山川。那目光沉黑幽邃，清冷迥彻，如千仞深渊的深、漫天星火的亮，极度的黑与冷里，却又奇异地跳跃着闪烁的星光。

孟扶摇突然倒抽了一口气。

这眼睛……她见过！

玄元剑派，燕惊尘和她分手的第二日，她回剑派时举剑挑战的黑衣少年！那一回首的惑心幽瞳，一点不灭的星火曾炸开于她眼底，她一直记得。

不想今日居然在太渊皇宫某处密道中遇见他。

那少年看着孟扶摇，突然道：“我刚才救了你的命，你现在帮我一个忙。”

他声音清冷，像是冰池里互相撞击的薄冰，凉，且拒人千里。

“嘎？”孟扶摇睁大眼。这家伙什么逻辑，她的命哪里需要他救？战北野根本不会坐视她被人所杀，是她倒霉，被他一把拖下暗井，结果就成了欠他救命之恩了？再说他鬼鬼祟祟地躲在这里，神色凝重，说明需要人帮忙的一定是会被杀头的大事，她孟扶摇又不是傻子，喜欢做炮灰！

那少年抿着嘴，看了看她的神情，二话不说，铿然一声，长剑明光一闪，已经架在了孟扶摇的脖子上。

剑锋寒气凛冽，剑刃明若秋水，剑上杀气如飞散的利针，刺得孟扶摇几欲闭上双眼。

“我不求人，也不喜欢说第二遍。不去，我杀了你！”

第三十二章

宫变前夕（上）

孟扶摇低头，看看颈间寒光闪耀的长剑，又看看对面少年苍白的脸，半晌，笑了，“同志，暴力是解决不了问题的，尤其当你根本无力施展暴力的时候。”

她微笑着轻轻推开剑尖，那原本磐石般稳定的剑，居然当真被她一推就开，而剑光一荡的那一霎，少年突然无声地倒了下去。

孟扶摇毫不意外地一伸手，接住了他落下的身体。

“唉！”她叹气，“明明伤重，还逞什么能呢？”

孟扶摇借着镜面的微光打量着少年。他双目紧闭，眉峰蹙起，脸色白得近乎透明，额间渗出细细的汗，无声滚入鬓发间，那黑发因此更黑，衬得神色如雪。

孟扶摇摇摇头，毫不客气地一把撕开他的衣襟，果然见他胸口有一处草草包扎的伤口。孟扶摇皱着眉把那布带解开，浓厚的血腥气立时冲入鼻端。映入眼帘的是一道狰狞的、皮肉翻卷的伤痕，像是宽刃的利器造成，微见青蓝色，显见有毒。伤口附近还有一道擦伤，带着烟火熏燎的痕迹，虽然不重，却看得孟扶摇目光一缩。

火枪！

记得元昭诩曾经说过，整个太渊只有一支火枪队，装备了五洲大陆目前最先进的武器火枪，一直掌握在皇太子齐远京手中。掌管这支火枪队的是太子的亲信，如今这少年明明对齐寻意麾下燕、裴两家有敌意，应该是太子的人，为何又会受太子属下火枪队所伤？

不过现在不是质疑的时候，孟扶摇抿着嘴从袖囊里取出一个小瓶，有点可惜地看了看，小心地倒出一颗紫色药丸，喂进少年的口中。

她喂完越想越不甘心，啪地一拍少年的脸，将那药丸打下他的喉咙。那手势，明显超过必要的力度。

没办法，她心痛啊！瓶子里是死老道士给的“九转还魂丹”，死老道士吹嘘说可生死人、肉白骨，除了当年天下第一的帝梵天“武功冢”里的宝贝，其他什么都比不上。如今给了这个连朋友都不算的家伙，她实在心疼得很。

药丸服下，没多久少年的呼吸便舒畅了许多。孟扶摇把了把他的脉，知道虽然不能将毒除尽，但已经可以保住他的命。她当下站起身来，四处寻找出口，准备离开。

她在四壁敲敲打打，这种“镜关”其实是一种阵法，利用的是反射和折射的原理。敲了一阵，手底声音突然一变，不再沉闷，变得清脆明亮。孟扶摇心一喜，正要去推，忽听身后有人道：“如果你想被箭射成刺猬，你就推吧！”

孟扶摇转身，看着地下半坐起的少年，挑挑眉，“你就这样对待你的救命恩人？”

少年手搁在膝上，低眉垂目，试探着自己体内的气息。听见孟扶摇说话，他抬起头，幽瞳里微光一闪。那眼睛深邃而美丽，仿佛隔着雾气看见明月碧海之上冉冉升起无数渔火，迷蒙幽远，不可捉摸。

他的容颜说到底只算清秀悦目，那双眼睛却令人惊艳。看着那样的眼睛，就像坐于黄昏的花丛之中，看前方河流中河灯盏盏顺水漂流，清冷中有种宿命的安宁。

孟扶摇有些失神，这样一双眼睛，为什么要去练那疯狂而诡异的幽瞳？

还没想清楚，便听得那人淡淡答道：“如果可以，我还希望我的刀能架在你脖子上。”

孟扶摇忍不住笑起来，一边笑一边摇头，半晌道：“好吧！你说，要我做什么？”

“齐王今日带了杂耍班子进宫献艺，于今晚酉时乾安宫家宴上给太渊皇帝祝寿。届时将在席上刺杀太子，逼老皇退位。与此同时，齐王的爪牙燕家和裴家也会动手。燕家借宴请外国使臣之机，调动宫内侍卫关防；裴家会指挥五万京军攻打宫城。我们要做的，就是赶在齐寻意发动之前，通知皇太子。”

“你从哪儿知道这些最上层的隐秘的？”孟扶摇好奇地看他。

“有人告诉我的。”少年的嘴巴立刻抿得很紧，看样子不打算再说。

孟扶摇仰头想了想，道：“好！”她笑得无畏，也有点小得意，“哎，让裴瑗不爽的事，我都想做做看。何况今日这宫中，我不和你一起想办法，也很难从裴家掌中逃走。”

少年微微皱眉，心事重重，“先前我赶去信宫给我们家主报信，想让家主通知太子，不想在仪门外遭遇太子的火枪队。当时我还不知道他们已背叛主人，否则……”

“否则你不会受伤，被迫在这里躲藏，还要抓我帮忙？”孟扶摇瞟他一眼，“你是云家的人？”

“云痕，云家养子。”他答得简单。

孟扶摇转转眼珠，想着云家和裴家交恶，很大一部分原因是元昭诩和自己栽赃嫁祸干的好事，不禁有点心虚，赶紧转移话题，“齐寻意好本事啊！”孟扶摇弹弹手中云痕给他的宫禁方位图，“他不是不掌兵的皇子吗，哪儿来的掌控局势的力量？”

“我也不知道。”云痕眼神中有思索之色，“我只怀疑齐寻意背后有人相助。”

“谁？”

云痕又是一阵思索，半晌，才缓慢而凝重地答道：“长孙无极。”

第三十三章

宫变前夕（下）

孟扶摇惊愕地挑眉，“他一个别国太子，管太渊的事做啥？”

“轩辕国这两年厉兵秣马，有扩张版图的打算。”云痕冷然道，“但是和它相邻的天煞国有战北野在，他的手下败将轩辕不敢动天煞，目标很有可能是无极国。而要偷袭无极，必须从太渊借道，直击无极国边境。目前太渊皇太子妃是轩辕国的公主，所以，长孙无极一定很愿意看见皇太子换人来做。”

“换了皇太子，就一定对无极国没野心？”孟扶摇撇嘴，“都说长孙无极智慧天人，现在看来也不怎么样嘛！”

“长孙无极没你想象的这么简单！”云痕摇摇头，“如果真是他，他一定有别的打算。”

“你说得这人好神。”孟扶摇目光闪了闪，忽然问，“他长什么样子，有什么特征？”

云痕摇摇头，“听说很丑，很少以真面目示人。”

孟扶摇哦了一声，摇摇头站起，道：“走吧。”

外间日光射进来，一束刺目的光线被微凸的镜面凝聚，化为白色光柱，照在那方空心的墙面上，墙上渐渐显出浮雕的花纹。孟扶摇过去，手指顺着纹路顺时针绕了一圈。

墙面传来轧轧声响，一扇暗门缓缓开启。

门开了，没有飞箭射出。孟扶摇刚松了口气，忽然黑光连闪，数柄长枪如毒蛇般，直直地从门外捅进，直袭她的面门！

孟扶摇直觉地往后便倒，忽然想起身后还有一个云痕，自己一让，他便要首当其冲。

这一犹豫，先机尽失，长枪已到面门。

风声呼啸，激得人眼睛酸痛。

咔嚓！

身后忽有人游鱼般一转，一步便抢上前，双臂一张再一夹，便将长枪齐齐夹在腋下，身子一转，长枪嚯嚯横扫出去，噼里啪啦打在人身上，立时响起几声惊呼。

出手的自然是云痕，他一招间扫倒埋伏者，再不犹豫，滑步上前，身影如魅，卡住一人脖子便是一扭。咔嚓声未尽，他已滑到了下一人身侧，又是一卡一扭。瘆人的声响不断响起，听得人心底发凉。剩下一人何曾见过这般狠辣的杀人手法，早已吓呆，眼见人快死光了才反应过来，喊了一声便要逃。

云痕冷笑，横剑一掣，掣飞灿烂流金的日光，单手一投，一剑穿喉！那人喉咙间的鲜血泼喇喇洒出来，犹自带着惯性前奔了几步，才痉挛着缓缓倒地。

云痕剑气一收，拄剑喘息。孟扶摇怔怔地看着他，这少年武功并非绝顶，但是杀人之利落精准可谓登峰造极。移步换位，行云流水，杀人夺命于须臾之间，简直杀成了艺术。

连杀数人，云痕也已力竭，拄剑不住喘息。有细微的水滴滴落，在手背上溅开艳红的痕迹，白红相映，惊心刺目。

孟扶摇快步过去，皱眉看了看，“你的伤口裂开了。”

云痕直起身，苍白的面色上突然涌起了点红晕，声音也有点嘶哑，“无妨，快走！”

孟扶摇自然明白他急切的原因，这里既然埋伏了人，说明他先前闯火枪队的事已经有人告诉了齐寻意，宫中警戒已经加强，不会任他们安全到达乾安宫。

“我们这样过不去的。”孟扶摇摇头，“云痕，你应当看得出来我真气被锁，而你重伤在身，我们两个现下的状况根本走不出几步远。与其冒着生死危险去闯重兵看守的乾安宫，不如想办法让皇太子自己走出乾安宫。”

云痕目光一亮，随即皱眉，“陛下圣寿，太子当恭奉在侧，这个时辰，他是不能出宫的。”

“假如有人造反呢？”孟扶摇笑得悠然，“按照惯例，这该由谁处理呢？”

云痕霍然转首，连声音都变了，“你的意思？”

“我说，造反！”孟扶摇一字字道，“抢在齐寻意之前造反，惊动太子，逼他出宫！”

太渊皇朝圣德十八年九月二十三，太渊皇帝圣寿之日，太渊都城爆发了一场奇特的内乱，史称“燕京之乱”。然而，五洲大陆史学家私下却将之称为“双反之乱”。

这是一次十分奇异的事变，短短一夜之内，分属敌对阵营的两大势力突然先后造反作乱，燕京皇城一日遭受了两次洗劫。

一刻钟前流过天街的鲜血，一刻钟后被另一批人的鲜血再次洗了一遍。

历史上从未有过这样的先例——一天之内，一个皇室被反了两次。

这次奇异的事变，看起来完全是太渊皇太子和齐王之间的储位之争，却没有人知道，“双反”之乱的背后，隐藏着一个女子的身影。她微笑启唇的一个想法，提前引发了皇储之争，撬动了整个太渊皇朝的根基，更影响深远、牵连广阔，隐隐改变了五洲大陆最终的政治格局。

彼时，她还是小人物，在七国风云人物谱中，毫无她跻身在内的可能。

然而，当鸾凤展翼于太渊之域，卷掠惊动七国之大风，未来一代奇女子波澜壮阔的传奇史诗，终将由此开端。

第三十四章

山雨欲来

夜幕降临，沉沉罩于皇城上空。今夜微星淡月，层云翻滚，毫无秋日的舒爽之气。

天色不好，太渊皇城却越发显出璀璨华美来。满宫都飘满彩带宫灯，所有的树上都绑了锦绸，每隔三步便是一盆怒放的皇菊，上悬一色深红的宫盏，晕红的光芒照得花色更形艳丽，五色迷离，炫花人眼。

乾安宫殿前的水亭上，玉带浮桥，碧波生漪，满池飘着红莲灯；亭顶上悬着夜明珠，案几上千鲜果品、水陆珍馐多已齐备，只等酉时皇帝上完香就席。

诸皇子此时都已到了乾安宫，在侧殿等候陛下驾到。他们彼此之间谈笑风生，和乐融融，一派天家敦睦景象。

齐王寻意斜斜地倚着靠椅，拈起颗葡萄慢慢吃着，一边吃一边斜眼看看琉璃瓶里的沙漏。

此时，申时方过。

离乾安宫有段距离的西六宫，相比正殿显得冷清许多。老皇妃嫔不多，宫阙很多空置，黑沉沉的，不起灯火。虽然也应景地做了些装饰，却总透着几分陈黯凄清。风将檐下挂着的彩灯吹得飘摇，那点红色光晕浸润在暗夜里，看起来凄艳如血。

一对黑影正匆匆往信宫方向前行，看服饰是一对太监宫女。

两人行色匆匆，常常在侍卫队伍经过时闪躲进各处角落。两人身形轻巧，一路过来倒没惊动什么。

行到宣德殿前，两人停住了脚步。

前方，过了前朝老太妃居住的宣德殿，就是冷宫信宫。过了信宫永巷，就是皇城西门，俗称“死门”，被幽禁而死的妃嫔以及犯事被打死的宫中婢仆，尸首都从这个门拖出去。传说永巷长年不见日光，阴风惨惨，所以很少有人来这里或是从这里经过。

然而，今天不同。

宣德殿和信宫之间的宫墙前兵戈如林，铁甲生光，一队队侍卫如黑蛇般盘踞在窄巷之间，川流不息地来回巡视，看守得密不透风，连只老鼠都钻不过去。

两人对望一眼，都在对方眼睛里看见了忧虑之色。

信宫宫墙就在前方，这短短的数十米距离如今却成了天堑，连飞渡都不可能。

云痕焦心地抬起头，望了望层云密布的天色。南方十月尚有夏意，风雨欲来的时辰，连风都刮得低沉压抑。那样潮湿的风打在脸上，似乎紧攥住就能攥出水来。

还有三刻钟，便是皇室家宴。

云痕脸色铁青，死死盯着前方。那些侍卫奔流不息的脚步在他眼底渐渐幻化，一些深潜于记忆里的画面，度过多年岁月、渡过忘川，再次奔到他眼前。

也是杂乱的腿，晃过他高仰的视角。那些匆匆的腿在他眼前踏出漠然的脚步，他喘息着伸出手，试图抓住可以依靠的东西，却被不知谁的靴子踩住。他疼痛地仰起头，那靴子却缓缓一碾。

那夜的乱葬岗，夜枭从林端树梢上飞过，羽翼擦着瑟瑟的树叶，发出细碎如鬼泣的呻吟。他趴在潮湿的地上，看见雪亮的铁铲。被翻出的带血的泥土溅落在他脸上，挡住了他的视线，他看不清、看不清那坑里的……

云痕的呼吸渐渐急促起来。

那些沉在岁月深处的梦魇，何时才能寻到最后的救赎?

一点星火在眼底飞旋，如烈焰炸开，云痕突然紧了紧腰间的剑，便要一步跨出，却突然被人拉住。

回首，云痕盯着拉住他的孟扶摇，冷冷地甩开她的手。他目光里星火旋转跳跃，似乎随时都将飞越而出。

孟扶摇也被他突如其来的森冷锋利目色惊得一怔。她见云痕好像有单挑的冲动，赶紧拉住他，好心地不想他送死，他怎么还这么愤怒?

孟扶摇扁扁嘴，不打算在这个时候和他吵架，只是快速地打了个手势，示意他转过身去。

云痕目中闪过疑惑之色，但看见孟扶摇的笃定神情，还是依言而行。

孟扶摇退后一步，悄悄从身边一株花树上削下一截树枝，握在手中，仔细削了削，做成某长圆状物事，又掂在掌中看了看，随即很猥琐地揣在袖中。

天色暗淡，可也遮不住她脸上忽然闪过的一抹可疑的薄红。

那东西握在掌心，圆而粗长，糙糙地磨着手指，孟扶摇的脸色阵阵发烫，扯着嘴角，无奈地一笑。

真是一时冲动搅入浑水，老娘这辈子的清誉，就葬送在这见鬼的太渊皇宫里喽！

申时，二刻。

明烛高烧的乾安殿内，齐寻意正在大谈淮左第一杂耍班“武家班”的高超技艺，口沫横飞，滔滔不绝。

他微笑着对皇太子伸手一引，皇太子很配合地凑过头去，齐寻意低声道：“太子，那班子里有位娟娟姑娘，还是个黄花，腰肢如绵，姿容无双，着实销魂，销魂……”

皇太子哦了一声，也轻声道：“既然是黄花，三弟又怎么知道她‘腰肢如绵’的？莫不是……”

兄弟俩对望一眼，俱哈哈一笑。

申时二刻，乾安殿值戍房。

禁卫铁副统领正准备出门巡查，门帘一掀，他的顶头上司都尉燕烈进了门，“老夫和你一起去。”

两人把臂前行，忽见前方有纤长的影子倒映。铁统领一抬头，裴家郡主巧笑倩兮，临风而立。铁统领立即上前参见“偶遇”的郡主，裴郡主微笑虚扶。

虚扶的手上突然多了一把剑，剑光一闪，便插入了铁统领的心窝。

铁统领下意识地想反击，他身边的燕侯爷微笑着，突然伸臂，衣袖一卷，已将铁统领歪斜的身子夹在腋下。铁统领的头颅在他腋下不甘地挣扎，蹭得他满身鲜血。

燕烈微笑如故，手臂一扭。

铁统领的头颅立即诡异地歪到了一边，颈骨折断的嘎吱声响被森冷的夜色掩盖。

将尸首往地上一扔，裴瑗和燕烈相视一笑。

申时二刻，宫城三重门。

夜风如铁，蹄声踏碎深红宫门前惨白的月色，太渊皇城三重宫门前，卫士如标枪挺立，淡淡的黑影交错于地面，一动不动。

有快马惊破夜的寂静，泼风般驰来。马上人锦袍佩剑，从者如云，正是掌管宫值戍卫的燕家父子。

“陛下口谕，长宁、广安、长信三重宫门紧急换防！”

兵戈映射寒光，铁甲相碰，声响铿然。天边层云飞动，一重重如鱼鳞般堆积，压上一角皇城。

燕烈高踞马上，冷眼等待换防。长信门戍卫小队长是铁苍漠的亲信，犹豫着伸手要铁统领的手令。

燕烈森然一笑，道：“有！”

劈手一个头颅砸过来，生生将那队长的头颅也砸得粉碎，鲜血混合着脑浆，缓缓流过地面的纹路，画出一幅狰狞的杀戮图。

滚落的人头血污天街，瞬间便被训练有素的亲兵擦去。

申时二刻，京郊大营。

京军统领方明河召集诸将，宣读齐王手令，称太子谋逆，京军速速进宫护驾勤王。他麾下裨将五人，其中三人立即轰然听令开拔军队，两人提出了异议。

方明河平静地倾听了对方关于京军无圣旨不可妄动的意见，平静地点了点头，然后，挥了挥手。数十柄长矛突然刺入牛皮主帐之内，将那两员将领穿出十七八个洞。

鲜血飙射，一道道射上帐篷，交错飞舞。方明河背后的太渊舆图一片血染，那位置，恰恰正在皇城。

同一时辰，燕京某处隐秘的别业。

碧纱窗里珠帘玉幌，明珠荧荧，映出雍容男子的修长背影。

“杀三十一人。”他竖起手指，优雅微笑，“人，不是杀得多才有效果，只有杀得精准、杀得必要，才是真正的杀。”

“去吧。”他轻抬掌心，隐约间白色印记一闪，瞬间被宽大的衣袖覆盖，“这是我送给齐寻意的第一件礼物。”

话音方落，黑影自室内如烟般射出，射向偌大燕京的各处角落——他们去的地方、他们要杀的人，也许不起眼，也许看起来无关紧要，却将真正影响关键局势，使燕京城在事件爆发后政令不畅、信息阻碍，第一时间陷入瘫痪状态。

那三十一人的名单，由飘逸潇洒的字迹写在了洒金墨笺上。

燕京府府尹、部分拥有私募家兵的王公贵族、兵站和驿站的驿丞、烽火台的看守卫兵、皇城专司向外发布消息命令文书署的值班小官……

这些人的死，将会使整个燕京一旦出事无人可调、无信可发。

躬身读着名单的男子眼中露出敬佩之色，却仍有些犹疑，“禁卫军还掌握在皇太子手中，这些年他私下扩充，人数已超编制，有八万之众。您看……”

“他来不及的，”男子笑意微微，“除非他能逃掉齐寻意的杀手，并在戌时前赶到大营。”

一阵沉默，谁都知道，不可能。

“其实我倒不介意他们打起来，太渊这些年不太老实，该用鲜血洗洗脑子了。”男子立于疏梅淡月的屏风前，衣袖轻扬，乌发散飞，笑容若优昙花开，语气间却有淡淡的寂寞，如居于四海之巅俯视天下，再无对手。

“可惜，齐寻意不会给齐太子一点机会，此刻燕京上下，应该没有谁能够翻转齐太子败亡的颓势了……”

他负手立起，眼光深邃而邈远，似是透过黑暗，看见某些早已注定的结局，微笑重复道：“可惜！”

第三十五章

“野”鸳鸯

同一个时辰，申时，二刻。

宣德殿副都总管太监劳安从殿中走出，探头望了望远处的繁华胜景，捶了捶腰，蹒跚着向殿后自己房内走去。他这里是西六宫所在，偏僻幽静，接近冷宫信宫，是以今日纵然是宫中盛事也和他无关。年近七十的老太监瘪瘪嘴，一摇三晃地回房了。

路过一处僻静的回廊时，老太监突然停了脚步。

前方，一对男女分别着太监和宫女服饰，正闪过一座假山。

“谁？”

巡行过宣德殿的侍卫在门外停下脚步，关注地看过来。

那对男女惊慌地转过身来，皆是陌生的眉眼。宫女脸色姜黄里透出微红，忸怩慌张地将手往后缩了缩。

老太监人老眼不老，看见那女子手里一个圆柱状物事，怔了怔，随即明白过来——这又是一出假凤虚凰的好戏！

老家伙咂咂嘴，想起自己在宫中的“对食”翠环，不禁猥琐地嘿嘿一笑，挥了挥手，示意那对赶紧走，又对侍卫摆了摆手。

侍卫掉了个方向离开了。

那两个低着头，却磨蹭着不走。老太监负手走了几步，诧异地转过身来，嗯了一声。

“公公，救救我们！”那宫女突然扑前，声音哽咽。老太监眯眼看着她，皱起眉。

“公公……我们是信宫的宫人……现下……现下不敢回去了……”那宫女抬起头来，脸色虽然微黄，眉眼却秀丽。含泪的神情楚楚动人，一线蛾眉飘逸扬起，纵然是哀婉的神情，也带了点顾盼神飞之气。

老太监可惜地看着她，觉得这姑娘就是肤色不好，一看就出身寒微难以出头，不然这等人才，妃子也做得，用得着待在冷宫和太监做假夫妻？这么一想，便有了几分怜香惜玉的恻隐之心，犹豫着望了望对面。

那里，士兵来往不休，盘查得很紧，难怪这对野鸳鸯不敢回宫。自己作为副总管太监，倒确实可以为他们遮掩一下，只是凭什么要为不相干的人冒险呢？

老太监拢着袖子，老眼昏花，神态迷糊，望着天。

云痕和孟扶摇对望一眼，孟扶摇挑眉，用下巴对云痕点了点。云痕皱眉，从鼻子里低低哼了一声。孟扶摇立即捣他的腰眼，下手很狠。云痕无奈，从怀里摸出一个袋子，递给孟扶摇。

孟扶摇眉开眼笑地接过来，双手奉给老太监，低声道：“公公辛苦，一点心意。”

老太监直着腰，将袖子对孟扶摇摆了摆。孟扶摇立即聪明地将沉甸甸的袋子塞进了他的袖囊。老太监赞赏地看了孟扶摇一眼，又瞟了云痕一眼，笑道：“你这木头倒好艳福！”目光猥亵地在孟扶摇掌中那物事上扫了扫，示意两人在侧殿各取个盘子端了，跟他走。

云痕沉着脸，将盘子捏得很紧，目光瞟见孟扶摇正将那圆柱状物体往怀里塞，脸上不禁一阵发红，好在夜色深浓，无人发现。

孟扶摇讪讪地咳了咳，仰头看天，再次把这笔账记在了战北野身上——要不是你锁我真气，我用得着连这种道具都用上吗？

老太监劳安刚带着孟扶摇和云痕迈出宣德殿往信宫方向走，立即便有披甲侍卫上前来，眼光在三人身上一瞄。看得出来他是认得劳安的，微微笑了笑，问：“公公这么晚了去哪儿？”

“喏！”劳安下巴对着信宫抬了抬，眼神里透着不耐，“那宫里的沈采女又闹毛病，说是感了风寒，打发了人来向我要棉布做冬衣。”

“那点子事，值得劳动公公亲自跑一趟？”对方眼神锐利，目光如鹰。

“哎，你不知道，”老太监踮起脚，附在他耳边神神秘秘道，“我不是怕采女犯病嘛，便跟他们过来瞧瞧。沈采女那个毛病，你听说过没？嗯……听说沾了不太干净的东西……”

他咳嗽一声，住口不语。

风从狭长冷寂的永巷那头穿过，卷起地面的落叶，枯脆树叶摩擦地面的声音听起来似是女子轻巧的步伐，一步步移了来。地面升起一层淡白的雾气，凝而不化，让这沉肃而幽深的夜色冷巷里，平白多了一份鬼气。

那侍卫队长动了动嘴唇，脸色微变。他也久在宫中，自然知道这信宫附近出入的都是宫中犯罪黜落者，抬出去的都是暴死者的尸首。可以说每个角落都沾过鲜血，每处空间都盘旋着冤死者的灵魂。兵戈之人，常年刀头饮血，反而更迷信些。那队长摆了摆手，回身示意侍卫让开路途。

嚓的一声，如林的刀枪齐刷刷一收，一条笔直的路自布满重甲侍卫的巷子中间空出。

孟扶摇和云痕对视一眼，云痕冷然一笑。孟扶摇眼光无意间一掠，突然看见云痕袍子的胸口处透出一点血迹，并慢慢扩大。

孟扶摇脸色一变，对云痕努努嘴示意，云痕不动声色地将托盘托高了点，挡住了那血痕。

孟扶摇忧心忡忡地看着那洇开的血迹，向云痕靠了靠。此时前方那队长伸手一引，用带着点刁难的笑意看着三人。他倒不是不相信谁，只是存心想看看这些阉人弱女有没有胆量穿越刀枪剑戟的铁色丛林。

老太监脸色有点发白，咽了口唾沫，心里有点后悔。可惜谎已经撒了出去，自己不走这趟反而不成了。

那队长见他尴尬，倒有点过意不去，笑道："对不住劳公公，这巷子窄，兄弟们散不开，只能堵在这里。您若怕兄弟们手脚粗惊吓了您，在下陪您过去便是。"

劳安喜出望外，一连声答应，那人过来，和劳安并肩而行。

孟扶摇暗叫不好，云痕的伤口裂开了，血越流越多，血腥气一旦被这人嗅见，必然会惊动所有人。而眼前这一段刀枪如林的道路，一旦走在其中，侍卫们只要将武器一递，自己两人就会被立刻搠死，连逃的可能都没有！

然而走到这里，已经是孤注一掷、回头无路，孟扶摇无奈地想，书上都说什么"便是刀山火海也在所不辞"，如今可不是正要穿越刀山？

天色深黑如铁，穹窿倒扣，一切都压在沉沉的、窒息般的黑暗里，唯有那长而狭窄、仅容两人并行而过的枪林之路笔直地通向前方。火把倒映着枪尖刀刃深青色的锐光，再照上侍卫肃杀冷漠的神情，无声也森然。

走过这样一条路，需要勇气。

走完这样一条路，需要运气。

孟扶摇仰首望天，深吸一口气，迈步而出。

千人队安静如无人，唯有火把在燃烧，掩去天地间一切声响，如虫鸣、如低泣、如液体缓缓浸润的声音。

沾染过鲜血的杀器，天生有令人恐怖的力量，老太监原本想找几句话来缓解一下枪林中行走的紧张感，然而张了张嘴，只觉得咽喉似被某种肃杀的力量逼迫、扯紧，竟然发不出声。

杀气沉沉压下，一路行来，逼得人冷汗湿了又干、干了又湿。

无声行至中途，云痕突然将托盘再次往自己胸前拉了拉。与此同时，那侍卫队长一偏头，突然嗅了嗅，道：“什么味儿？”

此时，申时，三刻。

齐寻意的杂耍班子已经在乾安殿阶下偏殿就位等候。

燕烈换防已经至最后一重宫门。

方明河点将完毕，大军开出大营。

暗杀队的黑衣人翻掠摇落，流光电影，出没于燕京各个角落。

宽衣大袖、雍容风流的男子斜倚榻上，含笑品了一口香茗，取出一块西域婆罗国的金表看了看时辰，道：“走！”

第三十六章

如此伪装

申时，三刻。

信宫门前，侍卫队长狐疑地嗅了嗅鼻子，他嗅见了一股似有若无的血腥气息。

他嗅鼻子的刹那，孟扶摇霍然抬头，随即不着痕迹地抢前半步，走在了云痕的前方。

此时那队长正好回头，问："什么味儿？"

他的眼神扫向后方低头端盘的云痕，眼神慢慢森冷，忽然缓缓道："你把托盘放下来。"

嚓的一声，原本高举向天的刀枪齐齐落地，刀尖枪尖斜斜一偏，刃尖如网，指向云痕与孟扶摇。四周森冷如死，风里有铁锈般的气息。

云痕脸色如霜，目色变幻，半晌后，手缓缓下落。

那队长紧紧盯着，目光隼利，如盘旋高空争欲择食的鹰。他此时注意力全在云痕身上，等着托盘放下的那一霎。

孟扶摇的手立即借着托盘的遮挡放了下去，衣袖一振，一柄小刀已经滑落掌心，手指一转，小刀毫不犹豫地透过垂落的衣袖扎入自己大腿内侧。

鲜血涌出。

与此同时，云痕的托盘已经放下，露出胸口那一抹血痕。

侍卫队长的眼睛，如同遇见强光般，危险地眯了起来。

“给我……”“拿下”两字未及出口，孟扶摇突然向前一扑，扑向侍卫队长的枪尖，“大人！大人！那血……是我的！”

侍卫队长愕然转首，目光掠向满脸羞红的孟扶摇，没有注意到刚才那一霎，云痕的手突然缩进了袖中。他的指尖拈住了一枚精钢刺，冰冷如此刻打算同归于尽的杀机。

然而杀机被孟扶摇打断，云痕愕然转首，便见普天之下第一厚脸皮的某人正羞羞答答地扒住侍卫队长雪亮的刀尖，含羞带悲道：“大人……是奴婢……奴婢不好，奴婢先前和小痕子私会于宣德殿……一不留神，奴婢月事……月事突然来了……沾了他的袍子……大人千万不要误会！”

侍卫队长一愣。他自然知道宫中宫女寂寞，很多都和太监结成“对食”，玩些假凤虚凰的把戏。他的眼光不禁下落，看见宫女略微散乱的下裳间，确实隐隐有血迹。

他目光又瞟向老太监劳安。劳安原本被吓了一跳，此时却在举袖捂嘴窃笑，凑过头附在侍卫队长耳边说了几句。侍卫队长听着，渐渐露出古怪猥琐的表情。

于演戏一道极有天赋的孟扶摇，立即演技精湛地含羞低头，脚尖蹭地，忸怩不语。

云痕怔怔地看着她，看着她那含羞的神情，看着她裙间那隐隐的血迹，这一霎眼神翻卷变幻，深沉如海，从最初的惊愕、愤怒、不甘渐渐转为震撼、迷茫。那鲜红的血迹刺着他的眼，也刺上他的心，如一道红色的浪潮，洗去冰封的阴鸷，化作这一刻无言的感动。

这一路，她陪上的，何止是风雨欲来之际孤身面对万军的奇险？还有身为女子最宝贵的尊严与矜持。后者，对女人来说，更重过生死。

他与她今夜之前素不相识，她却能为他牺牲如此，云痕仰起头微微舒了一口长气，仿佛要将万千翻滚的心绪舒出胸臆，之后，却觉得心底越发沉重，犹若千钧。

他的眼神渐渐宁定下去，生出一种执拗不悔的孤清。

孟扶摇自是不知道他此刻的震惊和心路历程，她只知道没什么比小命更重要。何况她来自现代，性格奔放，这些事虽然难免羞赧，但和生死大事比起来实在微不足道，顶多就是大腿内侧那一刀着实疼痛罢了。

所以她打定主意，逃出去以后一定要这家伙赔营养费，瞧这人一掏就是一袋金子的阔气，营养费可以狠狠敲上一笔。

可惜云痕不知道她此刻的心理，不然八成想吐血。

夜风似铁，敲打刀枪丛林，丛林中侍卫队长的眼睛一眨不眨地盯着“羞得”双手捂面、小声低泣的孟扶摇，鹰豹般的眼神渐渐绵软下来，露出了几分啼笑皆非的神色。

那一缕浓重的疑惑已经渐渐淡化，如清水盆中一丝血痕，欲将散去。

他突然道："原来是这档子事。"然后转头笑睨云痕，突然一拳重重打在他的胸口，豪迈地大笑道，"你小子！人不大，胆儿却不小。"

那一拳重重击出，带着有意放上的几分内力，靠得很近的孟扶摇甚至能感觉到自己的鬓发被那拳风击得微微散开，不禁心中怦地一跳。

云痕的伤……如果他下意识还手……

砰！

拳头击上胸膛，皮肉相触的沉闷声响，听得孟扶摇眉抽了抽。

云痕噔噔噔连退数步，险些一屁股栽到地上。他赶忙伸手抓住身边一个侍卫的长枪，稳住身子，红着脸道："大人取笑了，大人好功夫！"

"这算什么功夫？！"对方的毫无抵抗令侍卫队长满意地大笑，最后一丝疑虑都已打消——学武之人对于突然的攻击都会下意识地防卫或反击，这人如果真的有伤，又怎么会一点疼痛的神色都没有？

他笑得愉快，还带点色眯眯的猥亵之意，在两人身上扫来扫去，又是神秘一笑，挥挥手道："走吧！"

嚓的一声，倾斜而向的刀枪再次收回，高举向天。

孟扶摇无声地吐出一口长气，松开了一直藏在衣袖内的匕首。

她转头，微笑着看向云痕，用眼光示意他往下看。云痕头一低，看见孟扶摇露在衣袖外的大拇指正对他高高翘起。

云痕并不懂得这个手势的意思，但也隐约知道是在赞许自己。他眼光飘开，看见孟扶摇所经之处鲜血滴落，点点绽开。

他心底一抽，一种陌生的疼痛将他席卷，骄傲清冷的坚刚少年在衣袖内攥紧了手指。

你可以牺牲如此，我便不能忍一时之痛之辱吗？成大事不拘小节，丈夫之志，怎可不如女子？

刀枪之林终于走到尽头，前方，暗青色的信宫宫墙在望。

侍卫队长注视着信宫那头，眼中露出一丝冷笑。云老儿，容得你活上一个时辰，等齐王那边得手，你等着被收尸吧！

云痕抬头看了看信宫的匾额，坚冷如冰的神情中，微露暖意。

此时，酉时正！

酉时正！

乾安宫皇帝驾到，宴席正开。满园水灯荡漾，倒映着火树银花，皇子们轮番敬酒，推杯换盏。

方明河的大军安静而整肃地行出京郊大营，如一条迤逦的黑蛇，向京城进发。

三重宫门已换防完毕，燕烈在马上回身，注视着身后的宫城，露出一缕万事已定的微笑，吩咐燕惊尘："为父负责最里面那道宫门，裴将军父女第二道，你就在最外面这道。"

燕惊尘躬身应了。燕烈走出几步，又不放心地回头嘱咐："你这里是极重要的一关，你得千万守好，不然王爷大事毁于一旦，你我都担负不起。"

"父亲放心，孩儿知道利害。"燕惊尘应了，看着燕烈离开，抬头，微微嘘出一口气。

前方黑暗里突然走来浅色衣袍的男子，姿态飘逸端雅。燕惊尘回首正要喝问，来者衣袖垂落，掌心里一枚青色玉牌微露一角。

燕惊尘目光一闪，挥手示意侍卫开门。

那人宛然一笑，飘身而过。在他经过燕惊尘身侧时，燕惊尘嗅见一股奇异的淡香。

燕惊尘怔怔地看着那背影，突然想起自己刚才完全被他的风姿所惊，竟好像没看见他的脸。

思索良久，燕惊尘回头，正要转身时突然目光一凝，从地面上拈起一样东西。

那是一根约有手指长的白毛。

燕惊尘拈着那根毛，露出了诧异的神情。

第三十七章

烈火皇城

酉时正。

信宫内，终于在值戍房胜利会师的孟扶摇，注视着面前儒雅平和的男子，有点诧异，屹立太渊朝廷、历经多年逼迫而不倒的云家家主云驰竟是这样一个温文得近乎柔弱的男子。

云驰一直在沉思，思考着孟扶摇大胆而疯狂的提议，今晚信宫被无声包围，他自然清楚，但情势未明，他也不敢有所动作。如今要他先动手，作为太渊官场的老政客，他自然知道这样做的后果实在太严重。云驰那么沉稳的人，也不禁额上冒出冷汗。

孟扶摇反倒笑嘻嘻地毫不在意，自己倒了茶喝了，跷着二郎腿哼曲儿："我总是钱太少、钱太少，数了半天还剩几张毛票。我无怨无悔地说着无所谓，其实我根本没那么坚强……"

《心太软》要钱版唱完了，又唱《笑脸》要钱版，"常常地想，现在的你，就在我身边数着钞票。可是可是我，却搞不清，你的口袋里还有多少。但我仍然、仍然相信，你送我钻戒一定可以。书上说有钱人千里能共婵娟，可是我现在就想帮你把钞票管。听说过许多山盟海誓的表演，我还是想看看你，银行存折的数字……"

云痕和云驰都愕然地看着她，只觉得这女子真是个奇葩。这时风雨欲来，宫杀正烈，眼见生死危机逼近眼前，她还有心情唱这些乱七八糟的东西？

孟扶摇却已经不耐烦了，桌子一拍，问："还不造？"

云驰苦笑，沉吟道："孟姑娘，这个……这个……"他终究是不敢将"造反"两个字说出来，只得含糊道，"人手我是有一些，进不去乾安宫，确实可以在这里闹出点事情。只是兹事体大……"

"很好！"孟扶摇一仰头将茶水喝干，站了起来，"就是要闹大！不闹大怎配惊动你家主子？"她环顾四周，笑道，"听闻太渊皇宫前身是夷国神宫，灭国之前，夷国皇室挖了很多密道暗室，我先前已经见识了一个，现在我想再见识一个！"

她站着，手中茶杯突然重重往桌面一墩，咔嚓一声，花梨木的桌面突然下陷了几分。仔细看，才发觉下陷的是桌子下那一方地面。孟扶摇笑着，不顾云驰惊骇的目光，抬腿便是一踢。轰隆声响，地面突然一分为二，现出暗门。

"带上你信宫的所有护卫和信宫里的人下密道，然后，放一把火烧了这冷宫。"孟扶摇说得干脆，"这场火一起，你要做什么都会方便得多。"

"放火烧宫？"云驰眼角跳了跳，"这是株连九族的大罪！"

"我现在知道你为什么节节挨打，接连被削权了，"孟扶摇讥诮地看他，"你实在想得太多，做得太少，根本没搞清楚成王败寇的道理。齐王若杀了太子，你云家没罪也有罪，不诛也得诛；太子若灭了齐王，放火烧宫、试图谋逆的就只会是外面燕家的御林军，与你这勤王功臣有什么关系？"

云驰脸色变了变，云痕已经抽身向外走去。

"你干什么去？"

"孩儿带人去放火。"云痕头也不回，冷然道，"不仅这里要放，别的地方也要放！"

"你……"

"信宫是冷宫，仅是这里起火，未必能惊动太子，何况外面人这么多，转眼间火就会被扑灭。"云痕语气清冷坚执，听起来像是浮冰交击，带着宁为玉碎的寒意，"父亲是先朝夷国老臣，手中握有夷国皇室最大的秘密。那整个皇宫的密道图，您为什么不拿出来？

"那是先王御赐！非宫城倾颓、帝王受难之时不能动用！"云驰赶到云痕身边，顿足，"为父发过血誓！"

云痕转首，袖子动了动。

"誓言算个屁！"孟扶摇突然飞快地接口，"亏你还是个政治人物，不知道誓言就是政治家用来满嘴胡放的吗？"她手背在身后，走到云驰身边，突然一伸手，用手上一个茶壶狠狠地砸在了云驰的脑袋上。

哐啷一声，云驰应声倒地。孟扶摇拍拍手，微笑，“很好，倒得很合作。”

云痕目中掠过惊讶之色，却并不愤怒，只轻轻叹口气，“你又何必？”

孟扶摇撇撇嘴，摇头，“你打算亲自动手揍倒你‘忠于大节，不肯从权’的义父，然后背上不孝的罪名和所有罪责？值得吗？不如我这个外人替你动手。”

云痕默然。孟扶摇俯身在云驰怀里一阵搜索，很快摸出一张布帛。展开一看，孟扶摇连连冷笑，“太渊皇宫地下密道图！这么重要的东西，你爹居然带在身上，你还敢说他真的不赞同我们的疯狂想法？”

云痕掉转头去，明显不愿回答这个问题。孟扶摇越看越郁闷，她可以帮别人，却不喜欢被人当傻子利用。云驰老奸巨猾，明明自己心里打算和他们一样，连密道图都故意放在怀里等着他们去拿，嘴上却推托犹豫，好让自己那个坚刚忠诚的义子“鲁莽出手，挟持义父，抢走秘图，意图作乱”，将来万一有人追究罪责，他便可以推得一干二净，把大逆不道的义子推出来做替罪羊。云痕明明知道，却装作不知，还真的打算自己背负全部责任，看得孟扶摇气闷。

因为心情不好，她下手便狠了点，特意选了黄铜的茶壶。她真气被锁，筋骨却劲力未失，这一下下手极狠，估计云驰要得个脑震荡。

打成傻子才好咧，叫你个贱人装！孟扶摇恶毒地想。

此时，酉时一刻。

齐王微笑着提起了名动太渊的杂耍班子。

方明河的大军正在叫开城门。

“烧，用力烧！”孟扶摇满地乱窜，指挥信宫的侍卫。她踢开门，顺手掀开一个侍卫的被窝，把人家光着屁股揪起来，“还盖什么被子？拿去点火！三十二个火头，我要你们立刻烧起来，否则我就把你们推到外面去！”

外面是三千敌对的御林军，等着乾安宫放出信号便斩草除根，信宫侍卫们都知道今晚将有大变，生死存亡关头，居然没有人对此大逆不道的命令提出异议，都沉默而快速地准备着易燃物，提出菜油，准备火把……

信宫里的宫人都被从暗门送走，送到西六宫闲置的宫室躲藏。皇帝妃子少，西六宫闲置屋子很多，孟扶摇另派了一批侍卫分散过去，嘱咐他们见到空屋子就放火烧，然后自己找地方躲藏。

“好了，现在能做的只有这些了。”孟扶摇拍拍手，微笑，“只要太子能冲出宫，他麾下八万禁卫军就在京中，比从郊外赶来的京军更具有地利。到那时双方大战一场，齐寻意多半讨不了好。”

“就怕太子冲不出宫。”云痕的目光里有些担忧。孟扶摇摇头，笑道：“咱们已经做到了这个地步，他还不能把握时间觉察危机，那死了也活该！”

云痕默然，清冷的眼神里有莫名的光彩闪动。

身后窗纸突然一阵红光闪耀，接着红光大盛，各处火头都已燃起。因为是处心积虑放火，腾腾的火焰之龙几乎立刻便呼啸着穿越了整个信宫，在各处宫墙廊柱之间肆虐。

窗户瞬间变形、廊柱渐渐扭曲、艳红的火光上冲云霄，映红了皇城上空铁青的苍穹。

隐约能听得信宫外御林军惊呼声起，号令声、踹开大门声随之传来。

孟扶摇一把将云痕推下地道，自己也跳了下去，地面暗门关闭，御林军冲进门前那一霎，她突然伸出手指，比了一个得意扬扬的手势。

两指分开，形若剪刀，“胜利！”

第三十八章

杀机一线

酉时，二刻。

乾安宫水亭内，老皇龙体欠安，照旧简单出了场，便留下皇子们自己玩乐。

齐寻意拍拍手掌，杂耍班子上殿来，当先的女子腰肢如蛇，微露雪白紧致的小腹，着金色的飘逸长裤、深红镶明珠的裹胸，双峰如雪，饱满偾起，一抹雪色和那精致的腰肢相互呼应，艳丽中带着原始诱惑的野性。

皇子们见惯中规中矩的名媛贵妇，对这样的野味儿都觉得新鲜，纷纷丢下酒杯，太子也含笑看了过来。

杂耍班的人都一身轻巧的好功夫，节目到了一半，是一个空中抛人的把戏，数十人一个叠一个，一个比一个向外倾斜，叠成人形高塔。皇子们仰头看着，对艺人们身体的柔韧十分惊叹，没有注意到那人塔叠得一直向殿心迫近，步步靠向上座，只差一人多的距离，便可以靠着皇太子。

皇太子也没注意，因为齐寻意突然掏出一件东西请他赏玩。皇太子一看就眼睛发亮了，那是一幅璇玑图，横三十六字、竖三十六字，正读、反读、起头读、逐步退一字读、倒数逐步退一字读、横读、斜读都可以成句，内容却并不是诗词，而是兵法概略。

“这是不是传说中无极国太子十三岁时给他未婚妻的聘礼？据说内含奇妙阵法、兵法三十二策，一直珍藏在深宫之内，你从哪儿得来的？”

“这自然是拓本，”齐寻意微笑，“小弟知道太子殿下喜爱兵法，苦心寻来孝敬您的。”

“哎，真是宝物！”皇太子接过，爱不释手地痴迷研读。

齐寻意抬首，目光一闪。

那娇媚女子立即一个翻身，乳燕投林、穿水掠波般轻盈而起，脚尖连点，金光闪烁、环佩琳琅旋舞出绚丽的风，瞬间旋上了人塔之巅。

高高的人塔，伸手便可触及穹顶，舞姬到了顶端，人塔突然一倒！

“啊！”

满殿惊呼声里，人塔却霍然停住。

这杂耍班确实好功夫，并没有因为这剧烈的高难度、大幅动作而散落，倒至与地面倾斜成角时险险停住。处于人塔之尖的舞姬身躯倒仰，正倒在皇太子身前。黑发如瀑垂落，挡住了殿中位置靠后的侍卫的视线，眉目如春的娇靥和鲜艳如火的红唇都近在皇太子眼前，那媚色盈盈的笑意，似乎随时等待着皇太子伸手采撷。

而她妖娆舞动的纤纤玉指也是轻轻一伸，便能抚上皇太子的喉咙！

酉时，二刻过半！

信宫外正乱成一锅粥，三千侍卫挤在一起，拼命向信宫里拥，又拼命意图救火。

方明河的大军在城门处遇见阻碍，本来已将开门，不知道从哪儿冒出一队人来。当先一人白衣如雪，唇色如樱，说方明河矫诏乱命，城门不可开。对方不和大军接触，却一连杀了好几个方明河安排开门的内应，将五万大军暂时堵在了城门外。

二刻，过半。

齐寻意倾过身子，殷勤地和太子讨论璇玑图的读法，他的身子遮住了太子，眼风向舞姬一扫！

舞姬的双手，突然抬起！

“报！”一声高叫惊破这一刻有意对无心的杀机，“信宫走水！”

皇太子霍然抬头，舞姬双手一缩。

这一抬头，众人才发现，从居高临下俯瞰全宫城的乾安宫水亭看去，宫城内突然绽开了无数火红的小点，跳跃狂舞着，渐渐连成火红的一片，还在继续蔓延。最远处的信宫更是整个宫阙都被包裹在腾跃的红光里，像一团巨大的彩霞，照亮了整个西北角的天空！

火光照亮周围，隐约看见信宫外人头攒动，如黑蚂蚁般一团团向里挤。众皇子看着，脸色都变了。

信宫冷僻，夜半火起，御林军哪有可能那么快赶到救火？除非——他们原本就在那里！

夜半集军，这意味着什么？诸皇子出身皇家，自幼学的便是帝王心术，玩的便是权谋手段，立刻便想到了一个惊悚的可能。

众人的目光齐刷刷向皇太子看去。皇太子目光沉冷，面色平静，有人细心地发现，他攥着璇玑图的手指，指节发白。

他身侧，齐寻意脸色铁青，目光闪烁。然而不待他说什么，皇太子忽然搁下璇玑图，衣袖一甩。荡在半空的舞姬立时被他狠狠甩出去，跌落地面，一滑数尺，喷出一口鲜血。

“宫中走水，这女人还在这里晃得心烦！”皇太子拂袖而起，大步跨出，“来人！随本宫去看看！”

“太子！”站起的是齐寻意，“陛下圣寿，按我太渊规例，为人子者当日应侍奉在侧，您是太子，不当由您破这个例，还是我去吧！”

“三弟，”太子看着他，温和一笑，“事急从权，父皇那里不会怪我。不过你倒提醒了我，我既然离开，这里你最年长，诸家弟弟侄子便拜托你代为照应了。”

他说完，不待脸色铁青的齐寻意回答，匆匆下阶，在东宫侍卫的簇拥下一阵风地去了。

齐寻意呆立水亭之中，咬牙不语，半晌对着亭外打了个眼色，立即有人转身去通知燕烈和方明河。

齐寻意站在那里左思右想、烦乱不已，怎么也想不明白在自己如此布网下，宫中竟然还能起火惊动太子，令其醒觉，危机下脱身而去。

正烦躁间，忽见一个亲信上前来，附耳对他说了几句。

齐寻意目光一亮，回身勉强笑道：“我去更衣，各位弟弟自便。”说完匆匆向后便走。

他走的方向依然在乾安宫范围内，却是乾安宫最后面的一个偏堂，四周重兵把守，不许人出入。

齐寻意快步入堂，身后大门立即合起。院子里极其幽静，没有任何人进入这隐秘的属于他的地盘。

他在一间静室前停住，故意咳了一声。

室内，正负手观赏墙上字画的男子微笑回身，脸上虽戴了面具，却不掩其目色流动光华，如玉泉倒映明月，波光潋滟，却又能感觉得到那般幽邃的深。

同一个时辰，酉时二刻许。

齐寻意刚才进入的偏堂左边偏厦内，一座屏风突然缓缓移开一半，随即一双滴溜溜转动的眼睛探出地面，灵动得像是满地乱滚的水银。

黑水银转了几转，突然被人一顶，顶出地面，蹿出猥琐的某人，身后跟着脸色苍白、眼神如夜的清冷少年。

“这是什么地方？”孟扶摇黑水银般的眼珠乱滚，好奇地打量着四周。

云痕皱眉看了看四周，他也不认识。太渊皇宫密道很多都是单向的，能进不能出，两人在信宫密道里选择出去的道路，哪里都觉得不合适，唯独这里没有任何标注，孟扶摇便决定了这条路。如今看这里的布置，倒像是走到了皇宫中心。

他静静站着，忽然对孟扶摇打了个手势，“有人在附近说话。”

长窗半掩，云痕从缝隙中看向主屋，那里忽然起了灯火，映出两个对谈的人影，其中一个宽袍大袖，俯仰之间姿态风流。

第一个金冠长袍，应该是齐寻意；后一个……云痕嘴角露出一丝含着杀机的冷笑，想必就是隐在齐寻意背后助他实施这次逼宫杀兄计划的那位吧？

他招招手，示意孟扶摇过去看。

第三十九章

此刻相逢

孟扶摇却懒懒地挥手拒绝，低声道："我脚步重，别给人听见。"

云痕眉头蹙起，沉思着齐王在此，四面都有侍卫把守，等一下要怎么出去？

孟扶摇翻了个身，背对着静室。

静室内，男子平静地注视着齐寻意。

他目光宁和雍容，却又深邃无垠，明明一言未发，然而那般光彩博大的眼神笼罩下来，齐寻意突然觉得心神摇曳，恍惚间，竟有低头施礼的冲动。

身后的亲信低咳了一声，他才恍然发觉自己差点做了不合身份的事。对方不过是无极国的一个联络人，如何能当自己的礼？

齐寻意一边心中疑惑刚才那奇异的感受，一边伸手让客。还没坐定，他便急不可耐地直入主题，"刚才失败了，他已经离开了。"

"哦？"对方一挑眉，"那王爷如何还坐在这里？"

"啊？"齐寻意怔了怔，"宫外我已布置好，我觉得现在更重要的是我要在父皇身边……"

"布置好？"对方微笑，笑意却怎么看都有几分讽刺，"这世间事，如流水奔泻，瞬息万变，没有什么事是一定不变的。"

"你给我的璇玑图，他亲手接了。"齐寻意皱眉，"舞娘虽然没有动手，但那图上的毒，已经入了他的手……”

他话未说完，愕然停住，因为对方已经站了起来。

男子轻轻俯身，微笑看向齐寻意，说出来的话却一点也不柔和，“两个选择：一是我走，你留在这里等你‘十拿九稳’的成功，然后也许我看在一番交情的分上，帮你收尸；二是你和我现在就走，直奔宫门，追回齐远京，我们替他收尸。”

齐寻意看着他的眼睛，那一双极其光辉灿烂的眼眸拥有极度的雍容和高华，以及万事笃定在心的深沉，令看进那双眼眸的人不敢对那眼神包含的内容有丝毫怀疑。

齐寻意咬咬牙，霍然站起，道：“走！”

两人匆匆出门，那男子落后一步，忽然按了按胸口，斜身对左偏厦看了一眼。

身侧，齐寻意一边上马一边勉强笑问：“未请教先生贵姓？”

“免贵姓元。”男子淡淡答道。

他单手挽缰，突然回身看了看重兵把守的偏殿，道：“殿下，你这些亲信卫士不妨都带走，事情既然到了这个地步，终不免一战，身边护卫你的人越多越好。”

“好！”齐寻意立即传令，将守卫在偏堂附近的侍卫集结成队，跟随离开。

“宫中御林军都是燕烈属下，此时全数掌握在我手中。太子就算前去信宫，也是寸步难行。我已经下令给信宫外的御林军，看见太子，一律射杀！”

“是吗？”男子微笑，手一抬，一只羽鸽哀鸣着栽下，一头撞在了他的掌心上。男子手指一弹，羽鸽被弹飞，掌心却留下一卷小小的纸卷。

齐寻意脸色一变，随即舒了一口气，喃喃道：“先生真是好功夫，幸亏你把这传信的鸽子打了下来……”

“齐王以为这信鸽就一只吗？”男子笑意里带着淡淡的讥诮，“我和你打赌，就在刚才，太子出水亭那一刻，这宫中四面八方最起码飞出了几十只信鸽。光凭我，是打不完的。”

“啊？”

“我让你稍等半月，先将宫中各方势力所属理清，寻机撤换清洗之后再动手，为刺杀失败做第二手准备，你为什么不听我的建议？”男子瞟了齐寻意一眼，眼底掠过淡淡的鄙视，“成大事者，怎可急躁如此？”

“你懂什么！”齐寻意被他一再逼迫，眼中闪过一丝羞恼。他自认为礼贤下士，一再相让，这人却一点面子都不给，实在太不知上下！他忍了又忍，终于没忍住，王侯尊贵骄矜之气终于爆发，“你一介布衣谋士，顶多做些阴微把戏，懂什么时势大局！父皇重病在身，太医私下告诉我，他很难熬过这个寿辰，他如果驾崩，皇位就是太子的。半个月？再等半个月，说什么都来不及了！”

男子默然，被齐寻意呵斥了一顿，他眼底并无怒意，反而渐渐生出淡淡的怜悯。

他于马上浅浅躬身，微笑，“那么，如你所愿。”

酉时，三刻。

皇太子带着东宫侍卫千人队，根本没有奔向起火的信宫，而是直接驰向宫门。在离宫门不远处的正仪殿附近，他被头包成粽子的云驰拦住。云驰将皇太子带入乾安宫偏殿下的分支密道，直接将皇太子送出了宫。

那个没有标注的乾安宫偏殿下的密道，本就是唯一一条通往宫外的路。屏风移开一半，是到达偏殿之内，移开全部，就出现了另一条密道，直通宫外。

孟扶摇如果知道这事，只怕要后悔得恨不得把那肇事的黄铜壶给啃了。云驰本想等他们“挟持逼迫”，再顺理成章地告诉他们这个秘密，结果她下手太狠，生生砸昏了人家，导致明明有密道，却因疏忽，擦身而过。

与此同时，宫中各处都飞起信鸽。当那些信鸽飞出宫城的刹那，被埋伏在那里的一批黑衣人齐齐射杀。

此时，被堵在城门外的方明河正带着大军在城门口处焦躁不安。正犹豫间，一道旗花火箭带着咻咻的长音冲天而起，在苍穹绽开七色绚烂的烟花。

“齐王得手了？”方明河大喜，手一挥，“攻！”

城楼上，白衣如雪、唇色如樱的男子转身，看着火光冲天的宫城西北，又看了看城下不顾一切开始用檑木撞门的方明河的军队，微微一叹，“今夜局势，处处出人意料啊……”

“少主。”

宗越回首，看着属下请示的眼神，半晌，突然笑了笑，“咱们就是来搅浑水的，如今这水已经不需我搅，我们可以收手了。”

他飘身而下，身后，最后一根檑木终于撞翻城门，厚重的城门缓缓开启。守在门口的士兵，最终只看见一个飘然而去、不染尘埃的背影。

乾安宫内左偏厦内，云痕探头望了望，道：“外面那些侍卫居然全撤走了，我们正好可以离开。我要去追太子，他应该直奔宫门，出宫召集在京的禁卫军。”

“我留在宫里，装个宫女混过去。”孟扶摇瘫在地上，不想动弹。

“不成！”云痕拉她起来，“齐王多疑，方明河残暴，万一他们得手，一定会对宫中进行大清洗。你失了真气，留在宫里太危险，还是追上太子。宫中还有一批忠于太子的侍卫力量，跟着他还安全些。”

“哦。”孟扶摇懒洋洋地爬起来。

看看她有些疲惫的神色，云痕想了想，扯下一截腰带，虚虚绑上孟扶摇的手腕，另一头拴在自己手上。

“你做什么？”孟扶摇愕然，“你不怕活动起来不方便？”

“拉住我，让我保护你。”云痕答得言简意赅。

孟扶摇笑笑，半晌后，她无耻道：“那万一你要是死了，我不就得被你拉着一起死？”

云痕默然，孟扶摇一刀斩断腰带，吸了一口气，笑道：“那么，冲吧！”

夜，酉时，三刻许。

燕烈在第一重宫门前转个不休。他也看见了宫内的火起，却一步也不敢离开，万一皇太子要出宫，他必须要在场拦截！

黑暗中有马蹄声驰来，燕烈眼眸一缩，手一招，御林军箭上弦刀出鞘，严阵以待。

来人的身影渐渐在黑暗中浮出轮廓，却是带着侍卫的齐王寻意。

燕烈松了口气，挥手示意侍卫开门。齐王紧抓缰绳，目光闪动，看似平静，手指却勒得发白，胯下马也在烦躁地打着响鼻。

倒是他身边的男子，闲淡从容，姿态风流，令燕烈也不禁多看了两眼。

第一重宫门缓缓开启。

远处的淡红灯光也如扇面般拉开，映得地面一片血色。

咻！

不知从哪里射来一枚暗箭，无声无息地穿透黑暗，一下就射断了齐寻意座下骏马的扣环！

骏马受惊，长嘶人立而起，齐寻意猝不及防，向后便栽。他竭力要稳住身体，冷不防一抹黑影顶风射来，快得像黑暗中原本就有的一束光，横肩一撞，将他撞下马。黑影正想将他拎起，齐寻意身侧男子突然手一抬，滚落的齐寻意便被拉到了一边，避免了被挟持的命运。

黑影回首，在火把的映照下，眉目幽深，正是云痕。

一招未得手，云痕怒哼一声，翻身上马，单手一掷，另一条纤细的影子随着这大力一掷翻飞而起，直撞向齐寻意身侧的男子。

那后起的黑影身形窈窕有致，翻飞间头巾散开，一头乌黑的长发飘散在淡红的远灯之中，宛如神魔之界横空出世的神女。

她身在半空手指一伸，掌间一柄匕首寒光熠熠，直取马上人双眼，“下马！”

女子的低喝响在空气中，肃杀而森冷，马上人却突然一抬眼，笑了。

空中、马上，四目对视。

她的眼眸清亮如九天之上未被云遮雾罩的月色，他的眼眸深沉如八荒之间纵横奔流、翻卷不休的江洋。那月色照上江洋，照上原本平静、此刻却无声翻涌的波心，四海八荒都似有长歌唱起，于心上撞击出无限回响的隆隆之音。

此刻，刀光将至。

他突然启唇，刹那间，唇动，无声，“扶摇，别来无恙？”

第四十章

一箭惊心

别来，无恙?

没有声音的问候，如巨雷响在心底。

孟扶摇曾经幻想过很多次自己和元昭诩的重逢，也许在某个节会的场合，也许在某个贵族的邀宴之所，也许在他国……但她从未想过，她会在太渊宫变之夜和他再次相遇，而相遇时，他站在她的敌人身侧，而她的刀指着他的心。

他被她的刀子指着心，依然微笑如故，甚至还问候殷殷。

孟扶摇定在马头，身子倒翻，刀子还亮着，心却莫名其妙地软了，尤其在读懂这句唇语的时候。

元昭诩怀中突然一动，钻出个雪白的大脑袋。大脑袋转转黑眼珠，看见那刀光，突然飞快地拔了根毛，横毛一挡。

它以为它屁股上的毛是干将、莫邪名剑吗?

孟扶摇突然想笑，笑意未出，又有点想哭，结果她没笑也没哭，气一泄，直接栽了下来。

这一栽，她心中暗叫糟糕。无论如何，元昭诩现在是齐寻意的帮手，自己抢马过关失败，云痕定然不肯独自逃脱，却是自己害了他。

她栽落，落入一个温暖的胸膛。他衣领外露出的肌肤和他的缎质长袍一般光滑，带着奇异的淡香。她后颈的肌肤微微蹭上他的胸，只觉得全身都似在一霎着了火。那火焰绕身而行，却不觉灼痛，只觉得温暖而迷幻，如浸入融融温泉，从手指到脚趾都是舒展的。这一夜惊险迭起、奔波劳苦，都似瞬间被温柔扶起、抚平，再被云淡风轻地拂去。

身后男子的气息温醇得像个令人迷失的美梦，又像是从四季如春的轩辕国飘来的春风，抑或是太渊最美的莲池里荡漾一池幽香的碧水，柔软、魅惑，无处不在。

他的唇离她如此近，近到马背移动间时不时擦过她的耳郭，透心地痒。灼热的呼吸拂过脸颊，轻软湿润，如同一个细腻的吻。孟扶摇僵着背不敢动弹，全身却一寸寸软下来，软成帛、成雾、成网，横也是丝，竖也是丝。

这一霎只若星火一闪，这一霎又似漫长千年。

恍惚里听见那人的声音低低响在耳侧，带着微微的笑意。听见那般的笑，便觉得四季的花，都在一刹那开了，“我真想吻你……”

孟扶摇颤了颤，有点恍惚地想，这人的声音是不是也被下了蛊？再简单不过的字眼，由他说出来，每个字便都似下了金钩，一起一伏，钓着聆听者的心。

她摸摸脸，好像也烧着了。

那声音顿了顿，再次漾起时，已经多了淡淡的惋惜，“可惜……现在不能。”

话音刚落，身后一空，温暖的源泉突然散去，孟扶摇的心似也空了一空。她霍然转首，便见宽衣大袖的男子飘身后退，让出了身下的马。

他落地，如浮云飞卷般一翻身，手中已经多了张弓。

朱红弓弦，深黑箭翎，铁质箭头幽幽闪光。他轻笑着，手指翻飞，轻轻巧巧搭箭拉弓，弓成满月，在满面惊色的燕烈的目光中、在被扔下马后怒极追上的齐寻意的惊诧中、在身后黑压压一片侍卫追逐而来的步声中，指向孟扶摇。

箭矢森寒，从未如此刻般森寒。

孟扶摇于马上回首，怔怔地看着那如鹰隼之眼般紧盯着她的箭矢，以及，弯弓搭箭的雍容尊贵男子。

这一刻，空气突然沉静下来，静得听见火把燃烧的声音和因为紧张而显得压抑的呼吸声。火光里扭身回首的女子面容平常，目光却清亮干净如远山之上不化的雪。那目光中一点点浮现的，是惊讶、疑惑、震撼、不解……是千言万语、所有欲说不能说的心事。

那样复杂至不可言传的目光，如重锤般敲击在众人心底，一时间，大家都忘记了动作。

唯有那目光所向的男子，依旧浅浅微笑着毫不动容，执弓的手稳定如山。弓弦拉得过满，在他掌下吱吱低吟，听起来像是意蕴深长的叹息。

他手指一寸寸后挪，箭在弦上，必发！

咻——

第四十一章

雷霆忽至

利箭割破空气的声音听起来从未如此令人绝望过，那一支箭，分光掠影，蹑影追风，以肉眼无法捕捉的速度，直射孟扶摇！

轰！

与此同时，第一重宫门处突然爆发出一声大响，呐喊声随之如潮水般涌来。当先的将领黑甲黄巾、两道长眉长得连在了一起，正是方明河。

齐寻意喜动颜色，大呼：“明河，你来了！”

方明河朗声大笑，带上内力的声音远远传来，“恭喜殿下得手！”

听见这话，齐寻意反倒怔了怔，还没来得及说话，方明河已经捋袖笑道：“咱们一路过来，杀了个痛快！”

这最后的三重宫门相距足有里许远，纵然隔了这么远的距离，依然可以闻见士兵铁甲上鲜血的气息和踩踏人头走过的冲天杀气！

可以想见，就在刚才，方明河的大军以为齐王得手，冲破城门一路杀进京城时，有多少尸体横陈，有多少人头落地，有多少火光燃起，有多少生命哀哭！

方明河意气风发，憧憬着自己成为从龙重臣的美好未来，却没有注意到齐王变色，他身侧的元昭诩微笑摇头。

元昭诩的目光并没有看向前方拥进的大军，他看的是被他一箭飞射的孟扶摇。

箭至半空，呼啸飞驰，却在将要接近孟扶摇的半空突然拐了个方向，箭头啪嗒一声诡异掉落，箭身撞上孟扶摇的马。

骏马吃痛，狂嘶一声，人立而起，随即发疯一般乱窜乱跳，一路向前狂奔。

孟扶摇被颠得身子不住起伏，咬牙死死抓住缰绳，不让自己被颠下马。剧烈的奔腾晃得她全身骨头都似要散架般。

孟扶摇咬唇，挣扎着将缰绳绕在手腕上，勉力在马上回首，回望元昭诩。

她一回首，散开的黑发甩出一道墨色的锦，掩住半张脸。那丝缕发丝间露出的眼神复杂而意味难明。

那目光如桥，刹那间穿越纷乱的人潮，如渡天堑、踏越忘川，直达彼岸。

她身前是奔涌的铁甲大潮，身后是追逐的齐王侍卫，其间是依旧微笑的元昭诩。他衣袖飘扬，立于当地，一抬眼迎上孟扶摇含义复杂的目光，嘴唇动了动。

一丝传音传入耳内，是属于那人泰山崩于前而色不变的淡定语气，“小心。”

孟扶摇的心撞了撞，随即便觉得身下又是一颠。刚才那箭落地后居然再次弹跳而起，极其精准地又一次击打上马背。骏马怒嘶，一扬蹄，载着孟扶摇闪电般奔了出去。

孟扶摇如身在海浪之中，起伏皆不由自主，被马驮着直奔第二道门。她看着前方因为方明河闯宫半开的宫门，看着衣甲齐备、列队森严的上千侍卫，看着执剑守在宫门前的裴瑗，一丝惨淡的心情油然从心底生出——唉！这样怎么可能闯得出去?

她努力回首望向元昭诩，自己都没发觉眼神里有了一丝难得的凄惶。

元昭诩抬眼，定定地看着她，因素来刚强勇烈的孟扶摇在危机一霎间露出这样的眼神而心弦一颤。他笑意淡了几分，目色里却多了几分缱绻柔和。

她怕的，不是死吧……

骏马前冲，后方，齐王一挥手，侍卫们便要追。元昭诩淡淡道：“王爷，太子看样子没从宫门走，你要加紧搜宫了，人手就别全堵在这里了。”

齐寻意脸色铁青，犹豫不决。元昭诩又道：“你亲自带人搜捕太子比较妥当，至于这里……在下可以为你分忧。”

齐寻意瞟他一眼，觉得这人也不是那么可靠。然而此时方明河要带兵，燕家、裴家要守门，再无其他人可用。自己的兵力如今大多都在这里，这区区一人也翻不出什么浪花来。他当下便应了，亲自带人去搜宫，又赶紧发信号让方明河派一队人，在前往禁卫军大营的所有道路拦路阻截。

“那么拜托先生了，这两个可疑男女，请务必擒下。”

元昭诩一笑，答：“放心！”

齐寻意离开后，元昭诩突然抬头对着城楼笑了笑，随即手一挥，带着侍卫去“追”孟扶摇了。

前方马上，云痕整个身子都缩在马后，不住地拨飞前方的飞箭，护住孟扶摇。然而他看着半开的门缝间逐渐接近的大军和堵得严严实实的二道门侍卫，也不禁在内心发出一声近乎绝望的叹息。

原来太子没有从宫门走，是自己害了她。不管怎样，便是拼了这条命，也得保住她。

对面，裴将军注视着冲来的男女。那么清瘦的一对人，在长而广阔的天街之中看来只是微薄的一小点，而自己身后的千军万马，似乎只是轻轻一挥手，就可以将他们碾压而死。裴将军和裴瑗轻蔑地笑着，却依旧不肯疏忽放纵，猛然挥手！

嗡！

箭矢如暴雨，从远处二道宫门处爆射，化为黑压压的一片乌云，在半空呼啸若鬼泣，刹那间跨越长空，穿裂层云，直射甬道间孤零零的男女。

骏马惨嘶，刹那间被射成蜂窝，齐齐倒毙。

一声清叱，云痕跃起，身姿在空中跃出飞鱼般的半弧。舞剑如流光，凝成浑圆的光墙，牢牢将孟扶摇护在当中。他御剑成诀，将自己舞成一团飞旋的风，那风不掠不卷，始终围绕着身侧那一人，无处不在，无处不挡。

三道门守门的燕烈和二道门守门的裴将军都是武学名家，目力极好，一眼便看出这少年临危拼命，使出的竟是武学剑术中至高的驭剑之术，化剑成气，坚若金铁。两人都不禁露出惊异之色，随即，一丝冷冷的笑意浮现在嘴角。

谁都知道，长期以真气驭剑，完全是不要命的打法，轻则功力大退，重则毁功丧命。

燕烈的眼底露出一丝讥诮——这么拼命，找死！他冷冷地笑着，漫不经心地扭过头去。

云痕此刻却已什么都不再想，只剩下一个念头：保护她！她是被他拖下水的，不能任她在这宫门之间被万军射杀！

悲风怒吼，淡月倾斜，那些嗖嗖飞射而来的黑色箭矢，被再次嗖嗖飞拨而去，四面八方迸射向苍青的天空，将浮云炸得四处飞散，将苍穹炸出无数疼痛的缺口，再在那些缺口中绽射出无数星光来。

星光下，少年容色如雪，白齿咬唇，唇色艳得像一滴血。

他挥剑、舞剑、御剑……完全没有了自己的意识，那支手臂已经酸痛得失去了知觉，一切都只剩下了本能和机械。

他全部心神都在孟扶摇身上，无法再分心看顾自己，一支冷箭歪歪扭扭地射了来，被劲气逼得一斜再斜，擦过他的罡气，哧的一声射入他肩上，插在骨缝中，轻轻一动，便是钻心的痛。

孟扶摇一直被他的气息压制，此时霍然抬头。这一抬头，她的脸色比云痕更白几分，素来清亮刚强的眼神，微光晶莹。

那晶莹被破云而开的月色照亮，刹那间仿佛绽开了漫天的光辉。

云痕一低头，便看见那素来刚强无畏的女子眼底晶莹带泪的光芒，心微微一颤又一痛，仿佛那里也被冷箭射中。

他咬牙，不看孟扶摇，霍然回剑一砍，将箭头砍去，满肩鲜血飞溅，他却好像完全没有知觉。那飞旋的风刹那间便带了几分血色，似一幅移动的淡红色的幕，欲将一切杀机和伤害牢牢地挡在幕外。

然而他拼尽全力，也只能护得孟扶摇穿越前方的箭雨，后方追兵却再也无法顾及。百忙中回身一瞟，眼角瞟见后方侍卫已经在那个男子的带领下追来，相距不过几步距离。

前方因为路程的接近，弓箭队突然撤后，一队锦衣士兵快步抢前，蹲跪于地，人人平肩端着一柄乌黑的长枪，黑洞洞的枪口森冷地对着云痕和孟扶摇。

火枪队！

云痕心中一沉，下意识地扑过去，挡在孟扶摇身前。

当事不可为，唯有以血肉当之。

云痕的心黯了黯，看着孟扶摇的目光却光芒迸射，亮如星辰，异彩纷呈。

在他心底一黯的刹那，天突然也暗了一暗。

云痕一惊，以为自己力竭眼花，即将昏晕，忽听头顶一声低喝，沉而猛烈，像一个惊雷在九霄之外炸响，转瞬间便到了头顶。那灼灼电光、萧萧暴雨，刹那便来！

云痕头一仰，便觉得头顶一黑，一团乌云从城楼顶如暴风般突降，雷鸣般的隆隆声响里，一声喝声比雷声更响，“我来杀人！”

第四十二章

当众论胸

“我来杀人！”

一声大喝惊天动地，惊得前方士兵枪支齐齐一抖。那人手掌一抖，一大把石子如漫天花雨般撒了出去，劲风咻咻有声，却不是向着人。士兵们正在愕然，便见石子飞旋呼啸着如黑电般奔来，嚓的一声塞入枪管，将枪管堵死。更有石子进入得深的，直接导致炸膛，砰的一声，在士兵肩上炸开，血肉碎末一阵飞溅。

那人撒出石子，看也不看，翻身一滚，黑色披风贴地一旋，元昭诩身后的齐王侍卫便骨碌碌哀号着滚了出去。

元昭诩低喝：“何方来客？”举掌迎上。

两人砰地对了一掌，元昭诩似是稍逊一筹，噔噔噔连退数步。他身后的侍卫因为那人一出现便死了一大批兄弟，又见元昭诩吃亏，一时都被惊住，犹豫不前。

那人大笑，此时才答：“杀人客，要来便来！”一个翻身落在孟扶摇身前，伸掌一按，将欲挣扎而起的孟扶摇按倒，手指一挥，低笑道，“女人，对不住，真气还给你。”

那人的声音如他的胸膛一般沉厚，带着山野间松木般畅快爽朗的气息，孟扶摇一听便知是战北野到了。其实她不被他拉入怀中也知道是他，除了他，还有谁说话这么牛？

与此同时，孟扶摇浑身一松，那种隐然被绳索捆绑的感觉消去，属于自己的熟悉真气再次在丹田涌起，飞快地运行一周天。孟扶摇心中一松，极度的欢喜之后又是极度的愤怒。她忍不住一回身，砰的一拳揍在战北野的鼻子上。

战北野哪里想到这个女人翻脸不认人，这一下被揍得鼻血长流，顿时成了大花脸。孟扶摇看着他的狼狈样儿忍不住大笑，才笑出声便又敛了，转头看看半身浴血的云痕，又看看身后的元昭诩，神色一黯。

元昭诩抬眼对她一笑，随即回身，正迎上满脸厉色追上来的燕烈。元昭诩突然一倾身，似是刚才对掌后力有不支，栽向他的方向。

燕烈不得不去扶，手刚伸出，对方突然微微一笑。这一笑间光彩灿烂，有如满天月色、星光摇曳，摇曳出满天梦般的幻境，幻境里春草如烟、水岸沙汀，溪水的波光倒映日色，闪耀万千银粼。

那般的摇曳，华彩万丈至炫目。燕烈看着那样的笑容，只觉得脑中的意识似也一层层摇曳荡漾起来，荡成了软云微雾，荡没了自己。

他突然倒了下去。

侍卫们跑上来相扶，元昭诩从他身上淡淡地跨过去，淡淡微笑，道："唉！可惜，都尉好像中了刚才那杀人客的毒。"

战北野护着孟扶摇和云痕向前冲，他的目光落在孟扶摇肩上。那里的伤口因为一路奔波再次裂开，血迹殷然。

他的目光再次下落到孟扶摇的裙间，那里点点血迹也很刺眼。战北野皱皱眉，眼底掠过一丝懊恼。他想了想，从怀中掏出个精致的玉瓶，伸手就去撕孟扶摇肩头的衣服。

孟扶摇立刻恶声恶气地大喝，"你干什么？"

战北野举着瓶子的手僵住，孟扶摇一转眼看见他手中的东西，手一伸抢了过来，更加恶声恶气道："这都什么时候了你还想着替我裹伤？东西我收了，算接受你的赔礼。"

战北野眼睁睁看着她毫不客气地将那瓶天煞皇室内贡、连皇子都很难拿到的极品金疮药收进怀里，有点无奈地摸了摸鼻子，这一摸就是一手血。战北野怔怔地看着自己沾血的手，突然觉得自己好像有点贱。

唉！自从见到这个女人后就有点乱套，事情不是事情，他战北野也不是战北野了。

眼见孟扶摇还在不住回头，战北野没好气地道："你看什么看？"

孟扶摇立刻答："关你屁事！"

战北野咧咧嘴，鼻中鲜血凝结，看起来着实有点滑稽。他悻悻道："不用看了，我承认我和他在演双簧。”

孟扶摇撇撇嘴道：“就知道你没那么神奇！”她看见元昭诩已经回过身去，背在身后的手却对她挥了挥，也不知道是什么意思。

孟扶摇心中一酸，想道：这人真是不可捉摸，所有人的行动都好像在他的算计中，这么可怕……

一个念头还没转完，三人已经冲到第二道门。来势极急，长弓已经失去效用，裴将军手一挥，侍卫们刀枪齐齐一架，铿然一响。

裴瑗尖声笑道：“你们冲到这里又如何？这里五百侍卫还不够收拾你们？再说，还有方将军的大军呢……”她说到这里突然一怔，父女两人对视一眼，才想起注意力一直放在射杀这对男女身上，竟然没发觉方明河的军队没有继续进门。

裴瑗霍然转头，自开了一道缝的宫门看出去，隐隐看见大军骚动。本已打开的第一道宫门突然再次关闭，却一时辨不清到底发生了什么。

她这里一转头分神，后方战北野突然身影一掠，掠向裴将军，裴瑗大惊之下急忙去救。战北野却是佯攻，呼地一转身，衣袖一卷，已经换了方位，倒变成了裴瑗自己扑向他手中。

战北野大笑着一把卡住裴瑗的喉咙，道：“喂，你这女人，怎么一次比一次蠢？”

裴将军错误估计形势，以致爱女被掳，气得眉毛都飞了起来。他正要喝令侍卫救人，身侧黑影鬼魅般一闪，孟扶摇的鞭子已经霍霍有声地缠了上来。她也不靠近，隔着老远，左一鞭，右一鞭，黑色鞭风幻化出无数鞭影，令人分不清哪是虚、哪是实，只得拼命躲避个不休。裴将军被孟扶摇有意逼得越跳越远，远远离开了裴瑗。

云痕则护在他们身前，长剑舞得水泼不进，生生阻住了蜂拥而来的侍卫。

战北野黑眉扬起，似利剑出鞘，大笑声几里外都能听见。他卡住裴瑗的喉咙，硬生生拖着她走，笑道：“真晦气！本王真不想碰你这婆娘！”

裴瑗气得脸色惨白、几欲晕去，哀恳地看着裴大将军。奈何孟扶摇上蹿下跳，鞭子甩得霍霍有声，裴大将军几次欲抢进也不可能。

孟扶摇一边挥鞭一边大笑，“开门！门开大点！不然你家郡主的尺寸就要被挤小了！”

那两个男人对望一眼，立刻黑了脸，觉得孟扶摇这个女人不仅说话百无禁忌，还挺恶毒。太渊宫门前、千万士兵中，她大肆谈论未嫁的裴郡主，叫人家以后还怎么做人？

虽然这两个男人不关心裴瑗怎么做人，也不认为她算人，但还是觉得孟扶摇好无耻！

孟扶摇清亮的笑声穿透几道宫门，负手回身的元昭诩突然一顿，随即微笑。他长长的睫毛垂下，雾一般遮住了深沉变幻的眼神。

他怀里，元宝大人突然探出头吱吱一声，回望了一眼，眼神极其鄙视。元昭诩低头一看，立时知道了元宝大人此刻心中所想。

他十分赞同地点点头，若有所思道："你说的对，其实她的胸，也挺小……"

第四十三章

宫门之逼

第二道宫门缓缓开启，三高手联手，又抢去了先机，五百侍卫再也阻不住他们的脚步。而前方，第一道宫门在望。

一百多米长的青石甬道尽头，守在第一道宫门前的千名侍卫严阵以待，只是碍于郡主被制，没人敢放箭。

没有箭雨的威胁，三人走起来轻松了许多，孟扶摇的姿态甚至像闲庭信步，拎着鞭子跟在战北野身后摇摇摆摆地走着。

其实她根本不想走得这么没气质，但是大腿上的伤因为鲜血凝结和裙子黏在一起，一走动便撕裂地痛。现在又不是处理伤口的时辰，孟扶摇只好歪斜着走路，用以掩饰。

身侧那个粗心王爷却突然转头看了她一眼，目光在她裙间掠过。看那样子，如果不是还卡着裴瑗的喉咙，他很想再亲手去撕孟扶摇的裙子。

孟扶摇没注意到诡异的战王爷，她正眯眼看着守在宫门前、脸色青白的燕惊尘。燕惊尘不看别人，只死死盯着她。孟扶摇撇撇嘴，知道自己身材太好，就算这张脸易容过，还是瞒不过熟悉的人，比如元昭诩，比如燕惊尘。

“哈罗！”她挥挥手，“燕小侯爷，我把你的‘贵宾犬’给你牵来了，你要怎么谢我？”

燕惊尘的脸色又白了几分，黑暗中看起来像是涂了霜，昔日的温文风采已不复见。

半晌他道："你放了郡主。"

"行啊！"孟扶摇点头，"你开门。"

一阵沉默，半晌，燕惊尘道："你留下，我便放他们过去；否则，我便下令围攻。"

裴瑗霍然转头，震惊得连瞳孔都在放大。她突然浑身轻轻颤抖起来，似是怎么也想不到燕惊尘会这般作答。她抖成了风中落叶，那叶子无助跌落，瞬间枯萎。

孟扶摇也瞪大了眼睛，不胜寒冷地从齿缝里咝了一声。真是没有最惊悚，只有更惊悚，上次邂逅时她已经觉得他那见鬼的提议够惊掉眼珠了，这次居然当着裴瑗的面说出这种话。

战北野早已勃然大怒，手指一错，裴瑗颈骨咯咯作响。他拧眉瞪着燕惊尘，道："小白脸，本王不需要女人牺牲来逃生，你敢留下她，我就敢留下你的命！"

云痕什么也没说，只是上前一步，将孟扶摇护在身后。

燕惊尘脸色变幻，从战北野和云痕面上缓缓掠过，目中霍然升腾起炽烈的野火，将他素来温文的神情烧得有些狰狞，火把光芒妖异地燃烧，他的脸也似在那炽烈的火光中扭曲。半晌后，他似是下了决心，默不作声地向后一退，对着战北野，手掌向下一劈！

裴瑗立即哇的一口血喷了出来。战北野袖子啪地一甩，怒道："吐就吐，不许将你的脏血溅到本王身上！"

身后，赶来的裴大将军怒喝："燕家小子，你！"

"岳父！惊尘镇守最后一重宫门，事关重大，不敢因个人私情误了大事！"燕惊尘不看裴将军，腮帮上青筋微突，眼中泛起血色的红。

孟扶摇看着燕惊尘的手势，竟是冲着战北野和裴瑗去的，将自己撇在一边，不禁抱臂冷笑。

上千利刃指向战北野与云痕，燕惊尘铁青着脸，望着孟扶摇，道："你过来！"

孟扶摇望天，不理。

燕惊尘吸了口气，他今日守在第一重宫门，眼见前方有变、太子脱身，知道夺宫之变只怕很难有预计的收场。裴、燕两家的荣华美梦将成泡影，此时顾全裴瑗已无意义，又眼见孟扶摇和战北野"卿卿我我"，心底被妒火烧灼得似要炸裂，怒极之下竟一改常态，决心要借这个机会留下孟扶摇。

留下她，哪怕捆住她的翅膀，也好过看她和他人遨游江湖，在他人怀中爽朗微笑。

燕惊尘咬牙，字眼从齿缝中迸出，"你过来！不然我拼着死却千人，也要将他们砍成肉糜！"

孟扶摇转头，斜眼看了他一下，半晌淡淡道："我宁愿和他们一起做肉糜，只要你吃得下。"

她语气清淡却话音铮铮，云痕转头，目光复杂地看了她一眼，星火璀璨的眼眸里星火更密。战北野则仰首大笑，"好！好女子！我决定，我娶定你了！"

孟扶摇愕然，这人脑子什么做的？他知道她家住何方、今年几岁、个性怎样、喜好如何、罩杯多大、鞋码几何、爸爸是谁、妈妈贵姓吗？就这么随随便便地说出这话，开玩笑吧？

孟扶摇想了想，决定，这确实是在开玩笑。

她不知道，这声大笑传开，传到了第一重宫门处正待离开的元昭诩耳中。他正要上马的身形一顿，低头对怀中的元宝大人道："喂，有人要和我抢女人。"

元宝大人双爪一挥，大概意思是：抢女人啊？是不是孟扶摇啊？好啊好啊！赶紧给他，皆大欢喜！哈哈哈哈……

元昭诩挑眉，"你不觉得这样我很没面子？"

元宝大人吱吱连声，十分兴奋地展露胸膛，又龇开它自认为很漂亮的超级大龅牙。

元昭诩美丽的眉毛高高挑起，古怪地看着它，半晌才道："抱歉，我对你没兴趣。"

……

第四十四章

绝世之约

战北野的大笑尚回荡在数重宫门间，燕惊尘的脸色已经一层层青灰起来。

他紧攥的手指似要攥出掌心的汗水般绞扭在一起，连额头上的青筋都在突突跳动，眼眸里浮上如网的血丝，横一道竖一道，如妖异的绳索，欲捆住爱而不得的女子。

对面那女子昂首向天，下颌在火把的光影里镂刻出坚定而不屑的弧线。她身后，战北野撇嘴冷笑，云痕眼眸森冷，却没有一个人肯多看他一眼。

只有裴瑗，攀着战北野纹丝不动的手虚弱地挣扎着，用愤怒和绝望的目光死死盯着自己的未婚夫。她挣扎间，颈骨发出咯咯的低响，响在这一刻千军刀剑出鞘、如临大敌的窒息寂静里，听起来令人心寒。

燕惊尘避开她那样悲愤得近乎疯狂的目光，满怀希冀地盯着孟扶摇。似乎很久以后，他终于缓缓松开紧攥的手指。

掌心里，被指甲掐住的月牙状伤痕立时缓缓浸出血来，再被汗水稀释成淡红色，一滴滴无声滴落在青石地面上，转瞬消逝不见。

燕惊尘眼底渐渐生出破釜沉舟的决裂杀机，半晌，他厉声道：“给我……”

最后一个“上”字还没出口，忽听砰然一声大震，四面一阵嗡嗡作响，似是有什么沉重的物体撞到了黄铜宫门上，撞得门体微微震动。

那声音沉闷，倒像是肉体撞上实物的声音。少顷，青石门槛上微微流出鲜血来，蜿蜒扭曲如蛇，向着门内缓缓流进。

所有人都下意识地低头盯着那蔓延至脚下的鲜血，明明并不是很多，却令人看了突然心生寒意，仿佛有什么意料之外的事情发生，必定是惊悚的、凛冽的、热血飞溅的，瞬间窒息了人的呼吸。

黑暗里，无数目光闪烁，转向那被撞击到的宫门。

过了一会儿，又是一声大响。与此同时，黑暗中传来呐喊和厮杀声，血腥气上冲云霄，在半空腾出粉红色的血雾，有人大呼："挡我者死！"

有人惨叫："啊！禁卫军——"

人喊声、马嘶声、惨叫声伴随着火光腾起，一阵阵黑烟杂糅着黏腻的血腥气息，自高阔的宫门前越过，飘进宫门这边的人鼻中。人体重重撞上宫门的声响不停地传来，随即又有东西四散飞撞声，可以想见那是被撞散的四肢再次弹落在了宫门上。

可以想象，明日宫门上每个巨大的黄铜钉上都会挂满丝丝缕缕的血肉，用最真实的血色，来记录这一夜纷乱火影中的太渊宫城杀戮史。

这一刻，外间喧嚣如沸腾的粥锅般热烈，里间的沉寂肃杀却安静如死。

太子不仅逃过了寿宴上的杀手，还安全出了宫，终于在戌时之前赶到了驻扎京中的禁卫军大营，踏着一刻钟前方明河大军杀戮过的血路，再次杀了回来。

一片寂静里，忽听蹄声嘚嘚，却是元昭诩骑马赶来。他衣袍散飞，姿态在这般紧急时刻依旧从容。他声音不高，却清晰地传到了每个人耳中，"开门！"

"你疯了？"燕惊尘骇然转头，"现在开门，就是死！"

元昭诩仰头，浅浅微笑，缰绳在手指上绕啊绕，竟然是一副不想和这人说话的架势。倒是战北野突然大笑道："你不开才是傻子，八万蓄势而来的禁卫军，对五万没有防备的京军，一起堵在广场上，谁揍谁？开了宫门，集齐你们这边的侍卫和火枪队，又是一股力量，然后将战场引入宫内，道路众多，施展不开，禁卫军很多战阵武器都用不成，又不如侍卫熟悉地形，到时胜负之数，谁可预料？"他又转头看元昭诩，浓眉一挑，道，"你是个人才，本王希望有朝一日能和你决战沙场，狠狠揍你！"

"你我心愿一同！"元昭诩扬手，笑意温醇。

两人的目光在半空中交锋，空气中竟似隐然有铿然之声。苍穹上忽然风云雷动，有电光如蛇舞出没于天际，远处隐隐响起闷雷之声，一声声逼近四海八荒。

属于绝世人物的，注定会影响五洲大陆版图格局的铁血约定，一言既出，上应天象。

目光再次狠狠一撞，两人先后转身背向而行。

战北野一声长笑，眉宇间尽是吞吐风云的战意与斗志；元昭诩怀里却突然钻出个雪白的肥球。肥球噌噌噌爬上元昭诩的肩，大力撅起屁股，对竟然敢挑衅主子的狂妄小辈，噗的一声，放了个屁……

宫门终于轧轧开启。

孟扶摇盯着那缓缓开启的门，自己都觉得很有运气、很神奇。明明两个人傻兮兮地追错了方向，在宫门前意图挟持齐寻意逃出宫门时也被元昭诩破坏，看着三重门前重重叠叠的侍卫几乎完全没有了希望，不想却奇峰突起、异军忽来，大胆烧宫的举动终于获得了应有的回报，救了自己一命。

宫门开启，战北野低头看了看还被自己卡住喉咙的裴瑗，皱眉道："真想杀了你，但是这样杀一个没有反抗能力的女子……唉，本王做不来！"

他转头求助地看向云痕，云痕瞪他一眼，转过头去。

战北野无奈，悻悻道："不过本王觉得，其实你活着也是生不如死，这样更好。"他一撒手将裴瑗扔了出去，裴瑗身子在半空中如落叶般跌落。

尚未落地，战北野突然拔剑，剑光一闪。一声惨呼，鲜血如细剑般从裴瑗肩上射出，射了下意识地上前接她的燕惊尘满脸。

一个齐整的血洞出现在裴瑗左肩，洞中血肉全无——她的琵琶骨，被战北野穿了。

"第二个洞！"战北野厉喝，黑发拂动，眼神锋利，"还有八个！"

没心肝的孟扶摇不知道那个十个洞的誓言，笑嘻嘻地抄着袖子看着，道："哎呀！王爷，你好淫荡！"

战王爷气得立即黑了脸。

第四十五章

狼奔豕突

宫门开启，孟扶摇立即惊得啊了一声。她前生今世，从未亲眼见过十几万人于一地混战的场面，如今亲眼见着，只觉得果然想象是有限的，现实才是最残酷的。

前方，一片无边无垠、黑压压的人头涌入眼底，阔大的天街广场倒映得宫阙如山、月光如水，却是肌骨的山垒、血水的海洋，一堆一堆野兽般挣扎起伏着。风在互相砍杀的人们头顶嘶吼，那吼声中也带了几分血气和杀气。红甲黄衣的禁卫军紧紧包围了黑甲金袍的京军，双方犹如一红一黑两条巨蛇绞扭在一起，所经之处号叫和肉屑同飞、热血与长天一色。

战北野和云痕却是久经战阵的高手，不像孟扶摇没见过世面的惊讶。他们看也不看一眼，只管护着孟扶摇向外冲。三人不停拨开纠缠的人体、踢飞倒落的断肢，又顺手将杀昏了冲过来砍人的士兵刺死。没冲两步，已是满身浴血、满脸都是溅飞的碎肉。

孟扶摇百忙中回首看向宫门内高踞马上的元昭诩，他静静高坐，不看宫外的混乱大战、不看身后集结的齐王御林军，只看着她。

那一袭沉在黑暗中的素袍，衣襟飘动，悠然若飞，染上月色星光，似九天之上的仙人衣袂，而他于战场的腥风血雨中微笑挽缰的姿势依旧优雅如前、尊贵如斯。

孟扶摇被人流裹挟向前，离他越来越远，只觉得那一线目光飘摇如柳丝、若飞絮，牵牵扯扯，飘飘悠悠，始终落在自己背上，灼得她心也烫了烫，有点细微的疼痛。

咬咬唇，孟扶摇有点郁闷。这人帮人也帮得太彻底了吧？这都什么时候了，为什么还不走，还在替齐寻意筹划？她并不怨恨元昭诩站在自己的对立面——这是政治选择，不关个人情感的事，从某种角度来说，还是自己坏了他的事呢！

张张嘴，孟扶摇很有种想大叫他赶紧跑路的冲动，但想了想，沮丧地罢休了。元昭诩那个人，凡事都有自己的决断，不是她说了就可以改变的。

孟扶摇轻轻叹息一声，无奈地转头，眼角忽然瞥见元昭诩怀中钻出个雪白的肥球，很欢欣地对她摆了个“好走不送”的姿势。

孟扶摇黑了脸，大骂：“死耗子！”

战北野立刻瞪她，“好端端骂人做什么？”

“哎，你还不如那个死耗子！”孟扶摇无名火噌噌噌地冒，倒霉的战北野愕然地看着她，不晓得她哪里吃错了药，竟然和耗子过不去。

三个人穿行于混乱的杀戮场，只要见有人扑过来，不管是谁就是一刀。以三人的武功，这些士兵已经无法伤到他们。眼看着渐渐出了广场，还有很多京军和禁卫军占据着街道在混战。孟扶摇舒出一口气，刚要说话，身边的云痕突然无声无息地倒了下去。

“哎呀！毒发了！”孟扶摇伸手接住他，发现少年如雪的脸色更苍白了几分，连额上细细的血管都能看见，长睫下一层淡淡的黑气氤氲，是毒气上行的征象。

孟扶摇给他把了把脉后，把他推给了战北野，“他原本就有伤，一直撑着口气在坚持。先前宫门前为了护我耗损过巨，早已是强弩之末，得赶紧去救治。”

“去我的驿馆吧，我那里有上好的药，也可以叫人去买些得用的药来。”战北野扶起云痕。孟扶摇点点头，往战北野手里塞了颗药丸，道：“先喂他吃一颗。”

战北野接过，给云痕喂药。刚刚转过头去，便见孟扶摇一个猛子蹿了出去，几步便蹿到广场南侧一个巷子里，跑得那叫一个狼奔豕突。

战北野大怒，喝道：“你这奸诈的女人……”一把负起云痕抬腿便追。孟扶摇头也不回，风一般掠过巷中混战的士兵身侧，大喊：“兄弟们，将军传令，那个追来的黑衣人是个奸细，谁生擒他赏黄金万两，杀了他倒扣白银一两！”

利令智昏、重赏之下必有勇夫，本就打得昏头涨脑的士兵还没辨清这个“将军”到底是己方的还是敌方的，便下意识地挥刀而上，很快堵住了巷口。闪亮的刀光在夜色中挥舞出一条条雪色弧线，拥挤着要“生擒奸细”！

战北野追到巷口，生生被他们堵住，不禁大怒，衣袍一掀，抬腿便啪啪啪踢飞了七八个，飞出的士兵在半空中喷出鲜血，在黑压压的头顶上空下了一阵血雨，惊得众人呼啦一散，空出一条道来。然而这么一耽搁，轻功原本就相当不错的孟扶摇早已去得远了。

战北野怔怔在巷口站了许久，半晌，恨恨一喝：“女人，你逃不了的！天涯海角，本王要定你！”

第四十六章

星辉将升

孟扶摇上蹿下跳，在士兵头顶上穿行。眼见缠战在燕京中心的京军、禁卫军渐渐少了，而京军似乎在经过一段时间的混乱之后重新得到了强有力的指挥，开始有秩序地反攻并撤退。孟扶摇看准一个巷子里没什么人，便冲了进去。刚奔了几步便觉得眼睛一花，一道游鱼般的身影从自己身边滑过，隐约看见灰白的长脸。那人步伐极快，游鱼般一转便冲过她身侧。孟扶摇头也不回，反手一抓，笑道："叛徒，哪里走？"

那人惶然回过头来，果然是前两天在城北破庙里没义气地扔下孟扶摇逃窜的姚迅。此时他一脸惶急，浑身青紫，打摆子似的抖个不休。看见孟扶摇，他先是吓得浑身向上一蹿，随即又露出喜色，哭兮兮道："姑奶奶，是你啊……救我，救我！"

"救你？"孟扶摇斜睨他，"等你再一次背叛我？"

"那是我一时糊涂！"姚迅急得连连打躬作揖，"孟姑娘，你帮帮我，以后我定然死心塌地给你办事！"

"呸！相信你我才是白痴！"孟扶摇一把甩开他就走。还没迈开腿，前方突然一阵丁零声响，随即一道彩光刺眼地卷了来，远远就听见脆得像水晶珠串落地一般的声音，带着得意，带着嚣张，还有点小小的怒气，"你还想往哪里跑？"

孟扶摇一脚将姚迅踢到一处巷子拐角后，自己拦在巷子口，斜倚墙壁，似笑非笑。果然声到人到，雅兰珠像一朵被琉璃镜照得五颜六色的云朵般飞了来，“人呢？人呢，人呢！”

孟扶摇嚼着墙缝里的草芥，懒洋洋道：“你说刚才过去的长脸汉子啊？前面打仗，人手不够，被拉壮丁了。”

“真的？”雅兰珠半信半疑地瞪大眼，忽然偏头看了看孟扶摇，道，“喂，你脸熟。”

孟扶摇吐掉草芥，笑，“那是！我是你邻居的姑姑的表哥的姨妈的大姐的奸夫的情妇的妹妹的老师。”

雅兰珠睁大眼睛，掰着手指仔细盘算着这段错综复杂的关系，想了一想，突然大怒，小刀似的眉毛一扬，“你耍我！”话音未落，手刀便劈了过来。

孟扶摇手指一抬，三指如戟正对她掌心的穴道。雅兰珠急忙缩手，孟扶摇却已变了手势，行云流水般一滑。破九霄第九式“神幻”，轻轻巧巧按上了雅兰珠的脉门。

孟扶摇轻声一笑，抬手将她一扔，扔出三百六十度，落地时居然没栽倒，还是稳稳的手臂上抬的姿势。孟扶摇笑眯眯过去，一刮她翘翘的鼻子，曼声道：“妞儿，我罩的人，我欺负，你边去！”

孟扶摇哈哈一笑，招呼姚迅，“走喽！”

姚迅畏畏缩缩闪出来，看见扶风国尊贵的公主一动不动被单手上举定在原地，倒抽了口冷气，赶紧颠颠地跟着孟扶摇跑。

两人一路趁兵荒马乱出城，跑出好远孟扶摇才问：“你什么事得罪她了？”

姚迅苦着脸道：“她不知怎的知道了我擅偷，要我去偷战北野的贴身小衣。”

孟扶摇噗的一声笑了出来，捂着肚子半天才问：“偷了？”

“我找死啊我！我死活不应，便被她追杀喽！”姚迅悻悻答，突然狡黠一笑，从怀里掏出个东西对着孟扶摇晃了晃，“不过我也没吃亏，我们神掌帮的，哪有雁过不拔毛的道理？”

淡青玉牌上，浮雕着代表智慧和威权的权杖，“无极”二字只有对着日光，倾斜到一定角度才能看见。

无极国的通关令。

“哈，好东西！”孟扶摇一把抢过来，拍在手心掂量半晌，仰头沉思。

天色已经微明，远处的喊杀声传到这里已只剩淡淡的如呻吟般的哀声。风带来血腥的气息，肃杀沉重，拂开少女鬓发时却依旧是温柔的。遮住容颜的乱发被撩开，那张脸虽经易容，轮廓却依旧秀气得惊心，风因此越发温软，宛如蹈舞。

有一种美丽是造物所钟，万物也因此对其分外仁慈。

孟扶摇的笑意这一霎有点像元昭诩，雍容邈远，有种万事笃定的沉着。

“我说……”她突然淡淡地开口，目光向着陆地东南，“太渊这里闹成这样，还是走了好。轩辕国又乱，天煞国我想真武大会时再去，如今，有了这通关令，我们……去无极国吧！”

太渊皇朝圣德十八年九月二十三，一场失败的刺杀后，“燕京之乱”爆发，整个太渊京城陷入一片血火之中。京军、御林军、禁卫军三大拱卫京城和皇城的武装势力混战成一团，短短数日之内，便为金砖铺地的御道天街添了上万尸体。那些喷洒出的血液将御河和太液池染得通红，那些落入御河之内的尸体，很多天后还在不断地浮出……

这是一场奇特的内乱，原本胜券在握的齐王突遭太子反攻，围住宫城的方明河京军反而被包了饺子。太子的禁卫军围住京军一阵大杀，几乎瞬间便将局势翻转。然而眼见太子将要大获全胜时，京军又突然得到有力指挥，更有一批武功高强人士突然加入，刺翻禁卫军统领，局势再次被扳回。

瞬息万变，变幻千端，因为有心势力的参与和某些意外因素的发生，一场本来很简单的宫变，竟然由伏击遭遇战变成了缠战，战场由宫内移向整个燕京，煌煌都城，生灵涂炭。

因为信息的瘫痪和封锁，京内的大战始终没能在第一时间传往燕京附近城市驻扎的地方军队，使得齐寻意的军队在和太子斗了个旗鼓相当之后，能够及时向北撤出。太子要拱卫京畿，不敢追击。

齐寻意率军一路北上，兵锋直指，连克数省。两个月后，齐寻意在太渊之北的甘州称帝，建立上渊国，年号长安，治下黔、安、黄、甘、定五洲之地。至此，太渊分裂。

风云之变惊动七国，七国高层人士齐齐将目光凝聚于血火之中的太渊。

很久以后，慧眼人士史海钩沉，分析此事得益最大者，不是齐寻意，更不是国土被倒霉地分去一角的齐太子，而是无极国那位做事永远都令人失声的无极太子。

因为齐寻意打下的地盘在无极和太渊交界地带，那处地盘紧连轩辕国，如果轩辕国有偷袭无极的打算，必然要从这里借道。如今这块地盘换了主人，而齐寻意和轩辕国摄政王有过节，这个道，是无论如何借不成的。

是以有人猜测，太渊一场内战打得莫名其妙，是不是有人有心推动。这般猜测的人，都将目光投向陆地中心，露出震惊并畏惧的神色。

七国凛栗的目光笼罩向大陆中央那块富饶的国土，国土之上，那位独享世人众多猜测的长孙太子对此事表现出了合理的淡定和应对。

无极政宁十五年冬月，无极太子昭告天下，祝贺上渊新皇齐寻意登基，并格外大方地将两国交界处一直没有确定归属的南羌部落赠予新皇。

齐寻意喜出望外，恭敬拜受。又有慧眼人士背后大骂其傻鸟，理由是：长孙无极给的东西，能要?

倒霉的太渊老皇于九月二十四凌晨，在听见太子和齐王内乱的消息后，一急之下一命呜呼。驾崩之后的皇帝尸体留在乾安宫内无人去管，所有的皇子和大臣都在忙着站队，所有的太监和宫女都在忙着偷盗逃亡。两个月后，等尘埃落定之后的太渊朝臣想起老皇，派人去收殓尸体时，尸体早已烂成了腐肉一堆，整个乾安宫内爬满了蛆虫。老皇烂成窟窿的双眼空洞地望着天空，烂出颗颗牙齿的嘴角似在微笑，永恒地笑着这世间的贪欲、争夺以及因此带来的富盛王朝的毁灭。

事后有人慨叹，齐王明明准备充分、把握十足，最后却没能一举夺得天下，反落得僻居一地、最终做了无极国的儿皇帝。有人将之归结为时运不济，并振振有词地寻找例证，“你看那场火，若不是信宫那场莫名其妙的大火和纷乱，太子早已死了，哪里还有后来的燕京之乱？”

是的，那场关键性的、决定整个太渊国势走向的冲天烧宫大火!

没有人知道，那场火以及导致太渊分裂的原因，只是一个女子突然生起的一个主意。而她的大胆、无畏、敢作敢为，于圣德十八年九月二十三夜，第一次真正绽放出了无限灿烂的光芒，照见了一个国家暗淡的未来。

正如孟扶摇当时也不知道，虽然她现在还是个小人物，觉得自己一不小心就会被人碾死。但她的每一步，都在走向七国政治旋涡的中心。属于七国的青史黄卷，最终要空出留白等待她挥毫，那些注定充满阴谋、权欲、争夺、杀伐的传奇，始终要等待她来谱写，没有别人可以代替。

圣德十八年冬，孟扶摇逃窜于途，窜入了太渊的邻国无极。

她进入无极国境之后不久，无极国太傅一行返回国内。

星辉将升起于五洲大陆中心，属于他们与她的故事，此刻终于开端。

而更远的征途，才刚刚开始。

二

无极之心

扶摇皇后

第四十七章

劫财劫色

无极国政宁十五年，冬。

无极南境，红石山。

山势从极远处奔来，在苍茫大地上绵延奔腾、起伏不休，至红石平原上一个收束，刀锋般戛然而止。

那戛然而止处便成了一段嶙峋的绝崖，将风剪得支离破碎，从高崖下望，地平线极远之处，巍峨城池赫然在望。

五洲大陆地势中心，也是隐然的政治中心，无极国都城，中州。

虽然隔得远，却依然能感觉出城池巍巍、城墙如铁，占地之广、屋舍之密令人惊叹，便是远眺也让人不得不屏了气息，近乎膜拜地看着这五洲大陆出名的大城。

一声狼般的号叫，惊破了庄严屏息的寂静，“给我给我一个男人吧！让我欢欢喜喜、痛痛快快抱回家……”崖顶上某人迎风而立，怀抱大张，张嘴大唱，满面神往，神往着“把男人欢欢喜喜抱回家”。

身后的姚迅捂住耳朵满脸悲惨，再一次萌生出背叛这个正在狼嚎的家伙的念头。

唱歌不可怕，最怕走调号，要想活长命，远离孟扶摇。

孟扶摇号完，拍拍衣服，对自己的第一个小弟道：“哎，中州虽然近在眼前，但是跑起来还挺远。咱们的盘缠都花完了，你去借点来。”

“这荒山野岭的，到哪儿去借？”姚迅哭丧着脸，“难道你偷我，我偷你？”

“呸！”孟扶摇啐了一口，看向下方的眼神突然一亮，“那不是来了辆车子？走，打劫去！我劫色，你劫财！”

她把自己捆捆扎扎，照样习惯性地扮作姜汁脸，用黑布蒙了，噌噌噌跳下去。

“此山是我开……”蜿蜒的长路上，孟扶摇双手叉腰，中气十足地大喝以吸引注意力。强盗二人组的另一成员姚迅偷偷摸摸闪向马车后。

“这座红石山是被开过，先无极神武皇与璇玑国武烈皇征战于此，遇山阻挡，神武皇下令开山迎战，八十万将士一月开山。所以说，此山不是你开的。”马车里传出的声音沉静、温和，带着点淡淡的疏离。

孟扶摇呛了呛，再次大喝：“此树是我栽……”

“红石平原临近红江，红江年年闹水患，水土流失严重，八年前无极太子下令，迁移城郊百姓到红石山脉，在红石平原和山脉上栽树。所以说，此树也不是你栽的。”

……

接连被呛了两次的某人终于不耐烦了，大喝：“此山非我开，此树我懒得栽，要想从此过，奉上财色来！”

静默半晌，车帘一掀。阳光下，孟扶摇突然眯起了眼。

风很冷，冰刀似的削过来，似乎呼出一口气就能立即听见细小的冰碴子瞬间凝结并跌落的声音。身后红石山上结了淡霜，石头上天生的红反倒更艳了几分，石缝间长青的树木绿得更翠。

这是一个南地寒冷的冬日，所有的景物皆被寒气侵袭，虽勉强维持着鲜艳，却艳得生硬僵木。唯有那光线昏暗的车内的男子，纵然形容看不甚清楚，那一袭白衣如雪、半点唇色似樱，却令人觉得恬静的软，连割面的风也似突然将寒气收敛了几分。

孟扶摇偏着头，喃喃道：“最讨厌穿白衣服的，装纯！”

车内的白衣人似在微笑，突然手一抬，也没看见他怎么动作，车后方的姚迅便哀号着栽了出去。

“姑娘，就凭这，让在下奉上财色，好像有点说不过去吧？”

孟扶摇不动声色地站着，咧咧嘴，“后面那个人我不认识。我突然觉得，你的色不怎么样，你的财我也看不上，那就这样吧，大家一拍两散，拜拜！再会！”

她拍拍屁股，转身就走，也不管车后面正跌跌爬爬的姚迅。

“天气寒冷，最需暖身之物，姑娘就算看不上在下的财色，对‘一斛春’想必也没什么意见吧？”声音随风飘来，没有诱惑的语气，孟扶摇却觉得很诱惑。

“一斛春”啊，驰名五洲大陆的极品佳酿，寸滴寸金！就算等闲王公贵族也不可得，得了也是藏在自家酒窖里，一般老百姓更是听都没听过。孟扶摇之所以知道，还是拜死老道士那个酒鬼所赐，他酒瘾一发就会去各国游荡，翻箱子、倒柜子、撬门扒坟地找这酒，孟扶摇因为好奇喝过一次，自此印象深刻。

那般极品的绵软与醇烈，在舌尖以极致的口感爆裂，送你缠绵上天堂。

唉……天冷，弄壶好酒喝着，真是享受……

孟扶摇开始微笑，转过身来已是一脸怡然的笑容，抬腿就往车上爬去，“哎呀，公子厚赐，却之不恭。其实我看你挺有财，色嘛……也不错。”

“谢姑娘夸奖！”男子微笑，见孟扶摇进来，下意识地挪身要避，不知怎的动作做到一半又停住了。

孟扶摇见这车中装饰朴素却精致，三面有座位，中间有小桌，空着的两边座位上一边放着件雪貂大氅，毫尖银芒灿烂，十分华贵，另一边却用棉袄包着件东西。孟扶摇嫌碍事，伸手就去推棉包。

那棉包却突然飞起来落入男子手中，棉袄散开，露出的竟是一盆叶片深紫的花草。

孟扶摇瞪大眼，半晌才道：“你给花草穿棉袄，坐马车？这是什么极品奇花？”

“普通的紫草而已。”男子将盆小心放好，道，“不知谁家扔在村落之外，快要冻坏了，我看见便捡了来。花草有知，也会畏惧寒冷的。”

孟扶摇啼笑皆非地摇摇头，目光一抬，看清了男子的面容，不禁心中一跳，这不是那日玄元山下跟随齐寻意的那个很有洁癖的白衣人？自己怀里现在还揣着他的腰带呢。

孟扶摇下意识地摸摸自己的脸，想起当初在玄元山下戴了面具，现在脸上也易了容，不怕他认出来，遂坦然笑道：“公子贵姓？”

“免贵姓宗。”宗越静静地看着她，眼底光芒闪耀，取过酒，亲自给孟扶摇斟了，“请！”

孟扶摇不接，一笑道：“我还有同伴呢。”

宗越微微偏首，马车外人影一闪，随即姚迅便被扔上了后一辆马车。孟扶摇眼瞳缩了缩，盯着宗越笑得越发可亲了。

她举起酒杯，杯中酒色鹅黄，正是正品“一斛春”。这种酒因为酒色奇异，极难下毒，一掺入杂质便会出现混浊，如今酒色醇和如三春碧水之上水鸭子嫩黄的嘴缘，又像是山石间大片大片开放的迎春，自然不用怕被下毒。

孟扶摇心情大好，连干数杯，最后喝得不过瘾，干脆连壶端了过来。她伸手时险些触及对方的手指，宗越的手急急一缩。孟扶摇只当不知道，很快将自己灌醉，然后在马车里转圈唱歌。她唱的时候马夫时时颤抖，马车连连颠簸，极有翻倒的危险。孟扶摇唱完了翻出所有衣裳口袋给宗越看，大着舌头道："兄弟……没钱……了……就……跟……大哥……你混了……"

她晃了三圈，左脚踩到了右脚，站立不稳，最后干脆砰的一声栽到了宗越的座位上。

孟扶摇顺势打了个滚，摊手摊脚往座位上一靠，仰头幸福地吐出一口长气，马车里顿时酒气熏腾。

宗越微微皱着眉，俯视着恨不得将自己摊得越远越好的孟扶摇，无声地退开几步，又将那盆花小心地抱到一边，避免被某人粗手粗脚给砸了，这才去开窗。

窗子架起，清爽的冷风扑进来，酒气立时散了几分。就这么一动作，再回身，就见某人已经霸占完了三个座位，头在他的褥子上，脚架在另一边，还顺手盖上了他的银狐氅。

她脏兮兮的靴子将座位上的锦垫蹭得一片污脏，宗越无奈地盯着那座位，犹豫了一会儿，终于转身下车，去了后面一辆马车上。

他刚刚下车，下一瞬孟扶摇就立即睁开了眼，眼神清亮得像极地山脉上无人用过的山泉，哪里还有一丁点醉意？

她一个翻身滚下座位，手指砰砰砰快速而低沉地在垫子上敲过去，突然停住，随即手探入垫子下，慢慢向外抽。

车帘突然被人一掀，一线亮光打在某贼仓皇的背影上，同时也打上马车上镶的铜镜，镜中映出白衣修长的人影，手里端着一个托盘。

孟扶摇心怦地一跳，手僵在了褥垫下。

第四十八章

谁调教谁

此时抽手已经来不及了，孟扶摇手指一蜷，干脆狠狠地抓住褥垫一拽，一个大仰身，生生地将褥垫抓掉，滚落在地。

孟扶摇将垫子往身前一抱，满面幸福地用脸颊蹭了蹭，腿跷上马车壁，翻个身，双手抱胸继续“呼呼大睡”。

她隐约感觉宗越蹲下身，将褥垫从她身下抽走。抽褥垫时他的手突然一顿，好像看见了什么，随即一阵沉默。

孟扶摇闭着眼，思绪却在飞快运转——他在看什么？哎呀，不好！那腰带还在怀中，刚才动作太大，他抽去褥垫时是不是看见了？还有刚才车板下那薄薄的一条到底是什么？可恨的宗越，回来得这么快！

趁宗越转身，孟扶摇眼角瞄了瞄，倒也没看见什么，这才放下心来。酒意上来，困意上涌，不多时，她竟然真的睡着了。

一觉好睡，再睁开眼时天光已经大亮，晨曦从霞影纱的窗纸透进来，打在对面盘坐的宗越脸上，映得他如樱的唇色更增鲜艳，肌肤透明，宛如脂玉。

他一身白衣，趺坐于一张纯白得毫无杂色的狐皮上，如玉池堆雪、月照浮云，干净纯粹得像是未经采撷的高山雪莲，有种极致的圣洁与光明。

元昭诩尊贵优雅、风华无限，战北野鲜明厉烈、气度凌云，云痕颀长如玉树、幽瞳似星火，都是天下少见的好男色，孟扶摇以为自己运气好，最美的类型都见过了，此生不会再为谁惊艳，今日晨曦下，宗越那种自肌骨里透出的无瑕与晶莹，却依旧令她忍不住惊叹。

叹完了，欣赏完了，孟扶摇摇摇头，轻手轻脚地爬下车。身后忽有人道：“去哪儿？”

“宗兄，在下还有要事，不便同行。”孟扶摇回身，肃然道，“昨晚厚赐，多谢多谢！就此告辞。”

宗越抬眼看着她，忽然慢条斯理一笑，“既然知道是厚赐，如何仅仅谢上一句便走？”

“啊？”

“一斛春很珍贵。”宗越突然道，“世人多半不知，这酒还有入药功能，和雪莲、血首乌、玉蝉封存，冬月埋于地下三个月，来年开春取饮，可治经脉瘀枯之症。”

“那又怎样？”孟扶摇挑眉看他，心中隐隐觉得不对。

“昨晚咱们喝的那壶酒，就是中州德王托人给我的，他练功走火入魔，气血淤积，百治不愈，无奈之下找到了我。如今我刚刚为他寻齐那三物，准备带回中州给他泡酒。”他伸出纤长的手指，指了指桌上空壶，“但是，就在昨天，我遇见拦路打劫者，无奈之下，这用来救命的稀世名酒被抢劫了。”

……

孟扶摇咬牙切齿地盯着宗越——刚才是哪个傻帽觉得他“干净”“清洁”“晶莹”“无瑕”的？

宗越神色不动，平静坦然。

孟扶摇想了想，突然笑了，“壶是空了，但俺可没看见什么一斛春，更没看见劫匪——俺是你昨晚收留的流浪客，你见过把打劫者请进马车同行的吗？”

她清脆地说完，拍拍手，转身就要下车，“至于你的酒怎么不见了……去问问你的肚子吧！”孟扶摇哈哈一笑，伸手去掀帘。

“德王性情暴戾，睚眦必报。”身后，传来宗越不急不忙的声音。

“那又怎样？”

“如果他知道自己的救命神酒被人喝了，定然会勃然大怒。嗯……听说他麾下的赤风队精擅追踪和刺杀……”

孟扶摇掀帘的手顿在半空，半晌，她狠狠地将帘子一甩，霍地转身，大声道：“你玩这么多花样，不就是想留下姑奶奶我吗？成啊！”

她大步回身，大马金刀地一坐，顺手拉开小桌的暗屉，从抽屉里翻出糟鱼、火腿、笋干、芙蓉酥，一齐堆在自己面前，又毫不客气地取出玉杯银筷，下筷如飞，大吃特吃，一边吃一边道："留下我，就要养得起我！以后每天我要求不低于这一餐的供应，还有这玉杯银筷，我不嫌弃你用过，就配给我了；还有衣服，你那件银貂倒好，但我不喜欢肉麻兮兮的白色，你给弄件黑的来！好了，暂时就这样。"

宗越把玩着那盆紫草，淡淡道："行啊，可是你也不能干吃饭不做事吧？瞧你胖得还有人形吗？"

……

孟扶摇张口结舌——我胖吗？我胖吗？我胖吗？我身材正点，曲线玲珑，该凸就凸，该凹也绝不凸。你眼睛怎么长的？

这人给人的感觉干净晶莹得像雪似的，怎么说起话来这么恶毒呢？整整一个毒舌男！他不觉得很对不起他那装纯的白衣服吗？

孟扶摇怔了半晌，将悲愤化为食欲，把几盘小菜都吃完才冷笑答道："我胖死也与你无关！"

"有关。"宗越还是那副不动声色的样子，"我的小厮，不能太丑，不能太胖，不能太傻，也不能太漂亮。"

"你的小厮？谁？"孟扶摇眯起眼睛。

宗越不答她的话，上下将她打量一番，不太满意地点点头，道："还好，你不漂亮，不聪明却也不算傻，至于胖……可以减的。"

……

孟扶摇把牙齿咯咯咯咬了半晌，忽然笑起来，点点头，道："还好，你也不漂亮，不聪明，有点胖，明明是个猥琐毒舌男，还偏偏要把自己往玉树临风上打扮，以为自己是西门吹雪。还性格恶劣，满嘴谎言，仗势欺人，栽赃陷害……虽然你毛病很多，但是我相信，还是可以改的。"

她笑得令人毛骨悚然，慢吞吞道："俺会费点心思，调教你的。"

"那好。"宗越居然毫不生气，点了点头，道，"那么就看，谁调教谁吧！"

第四十九章

行宫之贼

“我不是一般的小厮，我要求和我本人优秀素质相匹配的待遇！”孟扶摇蹲在中州城东角巷德王府德馨院门前，抓着件小厮衣服，摇晃着抗议。

屋内毫无动静，姚迅斜眼看看孟扶摇，拉她，“唉！孟姑娘，你喝了人家价值万金的酒，做小厮抵债也该当。这个这个，再要求什么，好像有点过分……”

“你懂个屁！”孟扶摇将他堵回去，“我这不是在烦他吗？这人好静，好干净，我就要烦到他自愿服输！”

她噌噌噌去爬窗子。

窗子闭得很紧，孟扶摇便去戳窗纸。我戳，我戳，我戳戳戳……扑哧、扑哧、扑哧！窗纸很快变成了马蜂窝。

夜里寒风从这全是洞洞的窗纸里透进去，再呼呼地吹在某人身上，那该是多么美好的场景！孟扶摇笑得十分开心，我戳，我戳，我继续戳……哎哟！指尖突然一痛，仿若针刺，孟扶摇急匆匆地收回手，指尖已经绽出浑圆的血珠。她不禁大怒，骂道：“小人恶毒，竟至于此！竟然有埋伏！”

呼啦一声，窗扇被拉开，宗越一身白衣如雪，趺坐窗前，身后是白锦绣枫叶的大幅锦屏。那些色泽深红的枫叶锯齿上镶着微微的黄，鲜明艳丽里有种经霜的沧桑，衬得这枫图前的宗越眉目清淡而神秀。

他指尖拈着一枚中空的针，若有所思地看着针管里流动的细细血液，淡淡道："我曾经在扶风遇着神空圣女非烟大人，她和我说，如有十七岁、练大无上心法的童女子，便是绝世难逢的祭血之体。她寻觅多年都不可得，如果我遇见，一定要通知她一声。"他沉思着晃了晃手中的血针，不看孟扶摇，喃喃道，"非烟大人要的祭血体，我试了好多人都不合适，不知道这个是不是？"

孟扶摇蹲在窗下，气极反笑，喃喃道："你这辈子除了威胁、敲诈、压迫、陷害之类的事情，还会干些别的什么？"

宗越抬眼，隔窗扔给她一个篮子，道："我现在就给你看看我会什么——麻烦将园圃里那些七叶草的嫩尖都摘下来，在药釜里磨碎了，我要用——记住，要细如粉末，要最嫩的嫩尖。"

孟扶摇鼻孔朝天，袖手不动，反倒是姚迅上前接了过去，拽着孟扶摇就走。

"你接了你去采！"孟扶摇踢踢踏踏地向外走，眼角看到路边的草，突然道，"欸，这草和七叶草很像啊，一模一样哦——喂，你去采，磨碎了给宗越。他不是让我看看他的本事吗？我看他看不看得出来。"

不待姚迅回答，她挥挥手，道："我去逛街。"

中州不愧是五洲大陆排名第一的繁华大城，和传说中高墙厚城、古朴沉肃的天煞都城磐都不同，中州富丽繁华，民风闲散，处处透着盛世之民所独有的满足和悠然，从卖花少女雪白的裸足、茶馆里一泡半天的茶客、会馆里高谈阔论的士子、集市上互市货物的各国商贾、青楼上迎风招展的红袖、弥漫着脂粉香和酒肉气的赌馆，都可以看出这个城市的兼收并蓄、博纳广容。

据一位著名的吟游诗人很浪漫的说法，磐都如同一位高壮威猛的男子，气度端凝、不动如山，而中州则是峨冠博带、宽衣广袖的翩翩玉郎，放纵与斯文共存，华丽与浪漫同生。

孟扶摇漫无目的地在街上走着，随意买些小玩意儿。她现在有钱了，宗越虽然不是个好东西，但是对她这个小厮的供给还算不差。要不是看在找到这么个负责食宿的免费金主的分儿上，孟扶摇早就想办法拔腿逃跑了。

一路乱晃，孟扶摇渐渐过了主街道。人烟逐渐稀少，道路逐渐宽阔，而前方，精巧华丽的建筑群在目，看样子又不像宫城，围墙矮得孟扶摇一抬腿就可以跨过去，四周还散落着民居。孟扶摇拉住一个路过的老人问，老人和善地笑着看她，道："姑娘是外地人吧？

这是太子殿下的行宫。”

“太子行宫？”孟扶摇愕然，“只有皇帝才可以有行宫吧？”

“无极太子是一般的太子吗？他早就执无极国大权，只差登基而已。”老人怫然不悦，“照你这么说，尊号只有皇帝才有，无极太子不照样有尊号？”

“哦？什么尊号？”孟扶摇漫不经心地问，看来长孙无极在本国内很得民心爱戴啊！

“太子尊号岂是我们这些人配提起的？”老人匆匆前行，“姑娘就在这里看看吧！太子很少过来，这行宫是个清静之地，看今天的样子，太子肯定不在。”他又指了指那低矮的宫墙道，“看见那矮墙没有？行宫外的花园里种了许多药草，方便没钱治病的百姓取用，翻个墙进去拿就是了。其实想见太子没那么难，只是大家自觉不去打扰罢了。”

孟扶摇哦了一声，嘀咕道：“一点不设防，小心刺客混进去。”她转啊转，果见药圃里有很多药草。孟扶摇突发奇想：偷点出去卖，不就是钱吗？

一刻钟后，蹿进药圃的孟扶摇鬼鬼祟祟地直起腰来，怀里鼓鼓囊囊好大一堆。孟扶摇识得药理，选的都是比较值钱的药材，盘算着等下带回去卖给宗越，一定要狠狠宰他一笔。

偷了半天，孟扶摇有点热，手上也沾了不少泥。她左顾右盼，想找点水洗洗手，一眼看见前方一座假山后隐约有清池一泊，清池对面隐约有一株铁红色的树，开着黑色花朵。孟扶摇皱皱眉，觉得有点像死老道士提过的青彤神树。这东西的树皮是上好的固本培元之药，对自己的破九霄功法也很有帮助，她顿时起了觊觎之心，偷偷摸摸靠了过去。

还没接近，假山后突然转出一对金甲侍卫，双枪交叉一拦，道：“往后是太子行宫外殿之所，有来采药草的，请止步于此。”

“哦！”孟扶摇转转眼珠，嬉笑道，“我不过去，但是兵大哥，可不可以让我爬上假山看看行宫的样子，回去也好说给我那口子听。”

时常有百姓出于对太子的仰慕有此要求，侍卫也就见怪不怪了。两个侍卫对望一眼，宽容地笑了笑，道：“那你上去看一眼，莫要失足。”

“哎，谢了啊！”孟扶摇颠颠地去爬山，经过他们身侧时手指一翻，两名侍卫应声倒地。

“哎，长孙无极将这些兵调教得真好，素质真高啊，叫他们倒就倒，真乖！”孟扶摇四面看了看，一望无际，居然什么人都没有，真的空荡荡的，无人看守。她不禁大喜，噌噌三两步爬上假山，根本就没去看行宫长什么样子，二话不说就往下跳去。

长空之下，假山之上，黛色身影直直蹿起，如乳燕投林般向着假山后的池水扑落，“自由泳预备式，我来也！”

第五十章

湖心美人

孟扶摇身在半空，手指一弹，先前摘的一片阔叶草被飞快地弹出掠过水面，孟扶摇一个翻身，如大雁般横波掠起，脚尖点在了阔叶草上。

这么冷的天，傻子才会当真跳水哩。

孟扶摇笑嘻嘻地足蹬草尖环顾了一下四周，假山后果然别有景致，先前只见一角的池水，如今看来竟是不小的一个人工湖。湖水澄碧如玉，倒映着四周的玲珑怪石，大片大片的茶花芬芳正艳，深红、粉红、淡红、素白，夹杂着开得清丽的素心蜡梅、开得娇艳的杜鹃，色彩鲜明，夺人眼目。

在湖心正中，有白玉之亭连接翠绿长廊，仔细看来，那长廊竟然是翠竹制成，架于碧波之上。也不知道那清幽纯粹的碧色是如何保持的，淡碧竹色倒映着水晶般的湖水，真是极为清澈舒爽的视觉感受。

有风掠过，湖水层层叠起优雅的褶皱，白玉亭中金铃丁零之声不绝，亭间白纱丝幔被风拂起，一层层如梦似幻。纱幔间隐约有人影正低首抚琴，琴音清越琳琅，似一串串玉珠滚落湖心，却不知是出自谁家美人之手。

孟扶摇吸了一口气，胸臆间顿时充满了冬日夹杂着花香的清爽空气，忍不住喃喃着骂一声：“真好享受！”

她指间阔叶草不断飞出，人也一步步接近湖心亭。行到一半，她突然一顿，感觉四周的空气中似有杀气。那种杀气无形无质却又无处不在，似潜于花木中，又似伏于风月里，随着花木起伏，风过月映，一步步逼了来。

这里明明静得除了琴音没有任何声音……

孟扶摇的思绪突然顿了顿，对！为什么除了琴音没有其他任何声音？那些天地中自然发出的声音呢？那些风吹草动、夜虫之鸣呢？

她身子飞掠，思绪却有些凝滞，将全身的感应放出，只觉四面杀气浑浑然，唯独前方亭中人全身毫无异常，是这沉滞气息中唯一一个突破口。

这位，想必是位不会武功的太子美姬吧？这行宫虽然没人，却像是设有上古大阵，既然撞了进来，只有从这里出去了。孟扶摇打定主意，直掠向前。

此时隐在纱幔后的人儿似也发现了她，微微抬头，按在琴弦上的手指突然一顿，随即一松，半空中一道邈远的琴音便滚滚而过，音色沉厚而深远。

四面的杀气突然散了去，孟扶摇顿时浑身一松，仿佛捆绑被解般，十分畅快。她不禁看着湖中那个朦胧的影子笑得猥琐，美人！你也知道我对你没恶意啊……嘿嘿！

她甩出最后一片阔叶草，算计着距离，正好可以到达亭中，眼见纱幔后美人绰约、按琴不语，似在抬目向她看来，孟扶摇笑得越发开心。

近了……近了……

纱幔突然一掀，掀帘的却不是美人的纤纤玉指，而是一团肥白，那家伙噔噔噔走出来，爪子抱着个极小的弹弓，重重地将弹弓往亭栏杆上一顿，一只脚爪踩住弹弓，一只前爪拉开皮筋，姿势剽悍，白毛飞扬，目光憎恨地拉弓！

啪！

一枚石子飞弹而出，落在那阔叶草上，将那草打得转了转，却因为水的浮力而没有下沉。

孟扶摇此时并没有抬头看亭中动静，她眼光下落，正准备落于草尖上，不想那草被打得转开去，离开了她计算的范围。孟扶摇大骂："哪个兔崽子捣乱？"边骂边在半空翻个身，欲再次落上那草尖。

不想那石子上居然涂了腐蚀性极强的毒，那草一沾上即开始缩卷腐烂，转眼便烂没了。

孟扶摇一个跟斗翻下来，视野里却没了那片可以落足的草，连翻两次真气已竭，一怔之间，呃了一声，扑通一声落入湖水中。

亭台上某大人扔掉弹弓，捧着肚子鼠心大快地吱吱笑，哧溜一声又溜回了纱幔中。

哗啦一声，孟扶摇湿漉漉地从湖中冒出头来，黑发湿漉漉地贴在额上，脸上的姜汁黄被洗去一半，还剩一半，花里胡哨得如同水鬼。她竖着眉毛大骂："哪个？哪个鼠辈暗算我？出来！出来！"

鼠辈在纱幔内吱吱笑了一声。

孟扶摇狐疑地竖起耳朵，哗啦啦游了过去，扒着亭栏杆便要往上爬。纱幔突然一掀，一人笑道："扶摇，为什么每次见你，你都这么狼狈呢？"

第五十一章

活色生香

声音低沉优雅，带着永远不变的笑意。

孟扶摇一怔，抓住栏杆的手一个控制不住，啪的一声，栏杆断了。

她仰起脸，上方，纱帘被侍女卷起，亭中人手按琴弦，浅笑吟吟地看着她，乌发同浅紫衣袍一同散在风中，优雅如静水明月，飘逸似高空流云，光华无限、举世无双。

果然是个美人，男美人！

美人推琴而起，曼步走过亭台，微微俯身，一张近看越发让人心跳加快、呼吸窒息的脸缓缓凑近，近得快要靠上孟扶摇花猫似的脸，长长的睫毛几乎扫到孟扶摇，呼吸间，松兰似的清郁之香和着湖上的凉风扑过来。

孟扶摇几乎要和这湖水一般荡漾了，喃喃道："我这不每次都是被你害的吗……"话音未落，她很不雅、很煞风景地打了个喷嚏。

元昭诩微笑，伸出洁白修长的手，递向孟扶摇。

孟扶摇目光落在他掌心，肌肤光滑，纹线分明，哎，智慧线又直又长，绝世聪慧……感情线挺深，就是有点纠缠……姻缘线几条？一……

她不合时宜地胡思乱想着，头顶那人忽然一笑，手指轻轻一牵，孟扶摇顺势飞起，在半空划过一道黛色弧线落入亭中。她落地的方向正对纱幔背后，目光一转便看见了踩在某鼠辈脚下的弹弓，立即找到了真凶。

真凶见她爬了上来，撒腿就跑。孟扶摇狼扑过去，恶狠狠地抓住它，不待那家伙挣扎，便拼命把脸往它毛茸茸的身上蹭，一边蹭一边哭诉：“哎呀，元宝！哎呀，宝宝！哎呀，我的元宝大人，我可想死你了……”

可怜的元宝大人拼命挣扎，依旧不能摆脱她的魔爪。它挣扎着，哀怨地回首向元昭诩求救，元同学袖手微笑旁观，和刚才看孟扶摇落水时一个德行。

等孟扶摇抒发完她对元宝的痴情、爱戴、仰慕和相思，浑身雪白、血统高贵的天机神鼠元宝大人已经变成了毛色一块黄、一块白疑似低等仓鼠的湿鼠——孟扶摇已经把自己的脏花脸在它身上擦干净了。

孟扶摇这才微笑着放开肥鼠，顺脚把那见鬼的弹弓踩碎了。

元宝大人奔到亭角一颗明珠前，照见自己的尊容，发出一声惨绝人寰的尖叫。

扑通！

水面上溅起一朵小小的浪花，逼人下水的元宝大人自己下水洗澡去了。

报复完元宝大人，孟扶摇转过身，倚在亭台上的元昭诩笑着看她，突然一扬手，淡紫外袍如一朵云般悠悠罩落，将孟扶摇裹了个严严实实。

他拍拍手，侍女姗姗而来，其中一个端上一座精巧的小烘炉，将纱幕后一层厚锦帷帐用压石压了，四面遮挡，亭中立时暖意如春。另一个侍女送上一套干净衣服，元昭诩亲自接过搁在几案上，亲自翻了翻，也不知道在看什么，看完才将衣服递给孟扶摇。

孟扶摇喜道：“你难得这么体贴。”正要进去换衣服，忽听他道：“介不介意一起换？”

“啊！”孟扶摇大骇转身，正要严词拒绝这般香艳的要求，却见元昭诩将手指伸向水面，然后某个湿漉漉的肥鼠顺着他的手指爬了上来，也在阿嚏阿嚏地打着喷嚏。

孟扶摇被那故意曲解的家伙气得脸色一黑，看见元宝的狼狈模样又一阵开心。某大人裸奔的样子实在不如平时优美，白毛一团一团凝在一起，湿答答地滴着水，肚皮那里一大块粉红。孟扶摇伸指就弹，元宝大人张嘴就咬，孟扶摇大笑着一把抓过元宝大人，奔入帷幕中。

元昭诩似笑非笑地斜倚亭栏，听着帷幕里那天生冤家的一人一鼠不停地斗嘴。

“喂！洗澡爽吗？”

“吱吱！”

“喂！你能不能说人话？”

“吱吱！”

“哦，我忘记了你是鼠辈，说不了人话。对不起，对不起……”

“吱！”

元昭诩微偏头听着，眼里渐渐浮起一层笑意。和他平日有些烟水茫茫、飘忽不定的笑比起来，这一刻他的神情真实而温暖。

他微笑着看向纱幕——烘炉火光微红，在明黄的帷帐上映出的影子颈项优美，双臂修长如精致的玉竹，到了腰间是一处惊人的收束，流畅而美好，再往下，便是倒放琵琶一般的动人弧线，一起一伏，皆是造物主所钟。

元昭诩将眼光慢慢转了开去，看向湖心，忽地微微笑了笑，道：“里衣可合适？”

“啊！”

帐幕上那影子惶然一跳，随即便见她滑稽地一阵团团乱窜，大抵是在寻找元昭诩到底从哪里偷窥到的，居然连她在穿抹胸都知道，转了一圈后发现帐幕严丝合缝，随即大概想起来是怎么走光的了，赶紧灭了烘炉的炭火。

火光熄灭，帐幕随之一暗，元昭诩却在微笑——这炭火不是等闲的取暖之火，而是用穹苍雪山上的铁树所化之炭，所生之火凝气固神，但火气阳刚霸道，等闲人消受不起，她武功底子虽好，再烘下去也不成，现在，正好。

他懒懒地坐下去，执起白玉杯，仰头向着天青的苍穹，等着。

果然，少顷，帐幕被恶狠狠一掀，孟扶摇大步跨出来，满脸郁卒的表情，乌黑的大眼睛恨恨地瞪着元昭诩。可惜某人视而不见，径自对她举了举杯，道：“穿着还合适吗？”

孟扶摇黑着脸答：“嫌大。”

元昭诩慢条斯理地啜了一口酒，不说话。孟扶摇正在得意，忽听他喃喃道：“我亲自把握过的尺寸，怎么会嫌大呢？难道你最近又小了？”

……

孟扶摇无奈望天，决定不和这个居心叵测的家伙在这个问题上斗嘴。她一屁股坐到他身侧，不问自取地拿过酒壶酒杯给自己斟了一杯，恨恨道：“你真卑鄙，看见我落水也不救。”

元昭诩微笑答道：“人间最欢喜事，莫过于美女在眼前落水，可饱眼福，可共穿衣服，还可一起向火。如果美女因此伤风，还可以问候于病榻，侍候汤药茶水。一番殷勤，何愁芳心不系于我？我又不是傻子，为什么要错过这样的大好机会？”

孟扶摇一开始听他语气调侃，就准备去掐他，听着听着却红晕上脸，只觉得元昭诩语气半调笑半认真，说到那句“何愁芳心不系于我”时，眼光流荡，似笑非笑，满湖碧水烟波渺渺，似都倒流进了他的眼波中。

孟扶摇的心也因此漏跳一拍，突然想起太渊宫变那夜，宫门前元昭诩微笑凝视的眼神，也如这般若有深意，然而这般深意总似蒙了层纸，朦胧模糊，带着点令人不敢戳破的神秘。或者，是她自己不愿戳破。

孟扶摇无声地吸了一口气，将杯中酒喝尽，搁下酒杯时转移了话题，“你怎么会在这里？”

她不是没想过来无极会遇见元昭诩，但没想到会这么快、这么巧，倒像某人算准了自己会来，特意在这里等她一般。

这个念头在脑海中一闪便逝，孟扶摇觉得根本不可能。元昭诩怎么知道自己要来无极，又怎么能猜到自己会到这个行宫来？今天自己出现在这里，完全是临时起意嘛！

她这里胡思乱想，那厢元昭诩闲闲答道：“我本来就是无极太子的上阳宫幕僚兼这个沧阑行宫的总管。”

“哦，元总管！”孟扶摇笑眯眯地看他，“不邀请我参观一下这座行宫吗？”

“以后有的是机会。”元昭诩牵起她的手，“现在陪我去一个地方，我想你一定很有兴趣。”

“哪里？”

“青楼。”

第五十二章

买醉青楼

这世上有一种人，说出的话、做出的事永远与众不同。

比如元昭诩。

孟扶摇自认为没见过哪位男子对着自己心仪的女子能够堂而皇之地说要去逛青楼。

好吧……孟扶摇有点寒碜地想，是自己自恋吧，元昭诩什么时候正式说过心仪她了？

好吧……孟扶摇对自己说，虽然自己对元昭诩很有好感，但是其实并不希望谁去心仪谁——她没打算谈恋爱呢。

那还郁卒什么呢？孟扶摇百思不得其解，越想越烦躁，抬手啪地揍了自己一下。

元昭诩含笑，仿佛没看见她诡异的动作。

元宝大人听见声音，从元昭诩怀里钻出头来，看见孟扶摇，顿时目光一亮，忽地一蹿而出，啪地也揍了孟扶摇一下。

孟扶摇猝不及防被扇，顿时大怒，元宝大人对她一龇牙，吱吱连声。元昭诩自动帮她翻译："它的意思大概是，这样对称，更美。"

孟扶摇默然，突然伸手，闪电般在元宝大人嘴边各拔了一根胡子，随即微笑，"好，对称美。"

……

一人一鼠还在没完没了地对峙，元昭诩却已抬头，目光深深，看着前方精致楼阁的匾额——春深阁。

春深阁，中州首屈一指的销金窟风流窝，美酒最美，老鸨最俏，歌舞最佳，美人最多。

春深阁的主人却不是中州本地人，而是自海那边高罗国远道而来的大商贾托利。他携带大量黄金渡海而来，以重金叩开中州各级官吏的门，来了没几个月，春深阁便轰轰烈烈地开张了。开张第一日，便以高鼻、深目、肌肤如雪、发丝似金的西域舞娘吸引了中州百姓的目光，自此便日日生意爆满、时时满阁春深。

据说春深阁这个名字也不是这个外国人起的，而是他先后上门十余次，送上无数名品、古董、精致金表，才请到太子侍从白大人给写了匾额。

在无极国，任何东西只要和“太子”两个字沾边，那就是身价百倍、人人艳羡，托老板有了这个宝贝名字，更觉得腰杆都直了几分。

一进大厅，肉香、酒香、脂粉香夹杂着口臭、汗臭以及辨不明的各种混浊味儿扑面而来，更有一阵阵谑笑的浪潮此起彼伏。一楼穿梭着红巾翠袖，二楼跳着西域肚皮舞，三楼赌坊呼卢喝雉，四楼……四楼上静悄悄的。

龟公过来殷勤相问，元昭诩笑笑，道：“寻个新鲜的，嫩些的。”

龟公立时眉开眼笑，重重一躬，“您四楼请！”

元昭诩拉着男装的孟扶摇便走，孟扶摇用指甲恶狠狠掐他的掌心——你好像是常客啊，连暗语都会！

掐了半天，某人终于回首微笑，俯首在她耳侧轻轻道：“你是在吃醋吗，扶摇？”

他那“扶摇”二字轻轻上挑，听起来有股调笑的意味。孟扶摇红了红脸，嘴硬地答：“我是想问你，什么叫‘嫩些的’？”

元昭诩听见这句倒敛了笑，淡淡道：“稍候便知。”

孟扶摇虽然对元昭诩邀请自己逛青楼直觉有些郁闷，却也知道他绝不是真的要逛青楼，于是乖乖随他进了四楼雅阁。雅阁装饰极为富丽，不下王侯之家，小厮流水般送上酒菜，不多时元宝大人就喝醉了，左拥右抱着两枚扶风大枣睡着了。

孟扶摇一直和元昭诩对饮，她一向自诩酒量甚豪，发誓要把元昭诩灌倒，好让这个从来都占了自己上风的人输一回，不想元昭诩连酒量都深不可测，一杯一杯喝下去，竟然越喝越清醒，越喝目光越亮，越喝越让孟扶摇崩溃。

孟扶摇从来就不是个肯轻易认输或不战而溃的人，她越喝越起劲，越喝越嚣张，从凳子上喝到桌子上，从桌子上喝到酒坛堆里。精致的雕花小酒坛在脚下堆成小山，孟扶摇犹自举坛对着元昭诩敬酒，“喝！宁可胃上……烂个洞，不叫感情……裂条缝！”

元昭诩从头至尾都斜倚着椅子，喝得举重若轻，连抓着酒坛的姿势都那般优雅，越发对比出此刻两人气质上的巨大差别。

等到门帘一掀进来数位娇怯怯的女孩时，孟扶摇正大着舌头拉着元昭诩的袖子，贼兮兮要求，“你换女装给我看看好不好？一定是个绝顶伪娘……”

那几个女孩对望一眼，都向两人福了福。孟扶摇一抬头，哈的一声笑，醉醺醺地用手一指，“谁家的……萝莉……跑错门子……了吧……”

搞错没？孟扶摇怎么看，都觉得那四个女孩加起来还没有四十岁，最小的那个身量未足，稚气犹在，竟像才六七岁光景，这到底是托儿所还是青楼？

孟扶摇打了个酒嗝，捧着沉甸甸的、仿佛一个变成两个重的脑袋，晃动着光怪陆离、五颜六色的视野，看见幔帐是飞旋的、美人是颠倒的，随后又看见元昭诩微笑着踱过去，拉着最小的那个孩子问了些什么，又说了些什么，那些孩子先是摇头，随即不知怎的都哭了起来，扑通通都给元昭诩跪下了。

童妓……

这是孟扶摇醉得钻到桌子底下时最后一个念头。

第五十三章

悠悠我心

所有的景物都在旋转：深红的幔帐在转，象牙的床榻在转，飞龙舞凤的藻井在转，幽光闪烁的珠帘在转，元昭诩那张美得人神共愤的脸也在转。

孟扶摇眯着眼，试图在那些转得乱七八糟的一堆东西里抓住那个最美的美色，全身却软绵绵的，不得劲，抓了几次都抓不成功。她遗憾地叹口气，喃喃道："娘的，每次都这样。"

隐约间身边衣声细碎、暗香淡淡，似有人坐在自己身侧，声音低沉而温柔，"每次都怎样？"

有微凉如玉的手指伸过来，一点点拨开黏在脸上的头发，接着又是一块散发着淡淡香气的面巾，沾了温热的水，细细地在脸上揩抹，那温度恰到好处，原本因为酒醉出汗有些黏腻的肌肤变得清爽洁净。午夜的凉风吹过，每个毛孔都舒适地张开，体验着那熨帖的感受。孟扶摇舒服地哼了一声，有点贪恋地一把抓住那将要移开的手，恋恋地在掌心蹭了蹭，呢喃道："我想要的，不能要……"

"你想要什么？"那个声音沉在迷离的梦境里，比梦境更迷幻、更令人沉溺。

"我要……"孟扶摇低低说了一句，她极度渴睡，酒醉得口齿也呢喃不清，那句话说得极其含糊不清，使得身侧的人不得不俯下身来凑向她耳边，想要听得清楚些。

这一俯身，原本应靠近她耳后，原本侧身朝里的孟扶摇突然一翻身，脸转了过来，恰恰将一张娇艳欲滴的红唇送上。

元昭诩有一刹那的僵硬，随即微微柔软下来。他微笑着俯下身，伸出手指，轻轻抚上孟扶摇细腻光滑的脸颊，指尖细细地在她眉目姣好的容颜上勾勒出精致的轮廓，眉、眼、鼻、唇……

身下女子依旧在无意识地呢喃，元昭诩轻抚的手指令她觉得微痒，她忽然轻声一笑，双臂一伸，捏住元昭诩的脸，闭着眼睛扯，一边扯一边嘟囔："喂……你为什么总是赢呢？多没趣！能不能输个什么东西给我啊？"

元昭诩眼波顿时摇光乱影般流荡醉人，只是被这女人扯着脸，有点破坏形象。他似笑非笑地瞟着醉态可掬的孟扶摇，半晌，低低道："能。"

"什……么啊？"

元昭诩笑意更深，却笑而不答。他轻轻拉下孟扶摇的魔爪，将被子给她掖好，凝视她半晌，才轻轻开口。

窗外疏梅淡月，假山上流过潺潺的泉水，泻入翠玉般的池中。月色卧在那一池清漪里，娟娟如静女。

这夜如此静好，如此温醇。

元昭诩的声音如这夜半从窗缝里掠过来的风一般，低而柔，"这个答案，终有一日你会知道。"

第五十四章

废园惊心

不知道哪里吹来的风，携了自己悠悠荡荡地晃；远处山坡上隐约有古刹，飞檐斗拱的一角刹那又不见了……身下很软，看得见藤条和锦绣的褥子……四面烟波渺渺，人在水中。

有苍老的手伸过来……低声怜悯的叹息……忽又见着昏暗的、幽闭的空间，一点紫光洒进缝隙……突然感觉惊恐，无限惊恐……一点刀光劈落，光明大现，光明里隐约有眉目清淡的脸……下一瞬又开始飘荡，如被风吹过高高山冈的蒲公英……有什么落在脸上，簌簌地痒。

痒……

孟扶摇伸手，胡乱地在脸前拨拉——哎，怎么这么痒?

她迷迷糊糊睁开眼，便看见一个雪白的屁股。那屁股正贴着她的脸，蹭啊、蹭啊、蹭啊蹭，一点小短尾摇啊、摇啊、摇啊摇，在她脸上扫啊、扫啊、扫啊扫……

那痒，便是由此而来。

孟扶摇懒洋洋地伸手一拨拉，将那团东西拨拉下去，喃喃地骂："你别掉毛掉我脸上。"

又眯了一会儿，她迷迷糊糊中忽觉不对，元宝那家伙有这么好心，会来叫她起床？然后便觉得脸上有点东西黏黏的，似乎还有点不好的气味，伸指一沾，指尖上，是一点可疑的、发黄的、暧昧的物质。

“这是什么？”孟扶摇眯着眼问。

元宝大人远远地蹲坐在桌子上，眼神暧昧地看着她，看起来十分猥琐。

孟扶摇坐起身，晃晃沉重的头颅，正想爬下床洗脸，门突然开启，元昭诩披着一身明媚的阳光进来，身后跟着两个侍女。

他先是对孟扶摇笑了笑，随即对见他就想溜的元宝道：“彩袖儿说你今早大解没等她给你拭干净就跑了，你跑那么急做什么？”

大解……没擦干净……自己脸上的可疑物质……

难道这家伙刚才把自己的脸当成了卫生纸，用自己的脸蹭了它大解过的屁屁？

“啊——”孟扶摇爆发出一声怒吼，跳起来就找自己的匕首，“我宰了你这耗子做汤！”

元宝大人早已爪下生风，哧溜一下奔向窗户。孟扶摇手一挥，被子飞出去砸在窗框上，啪啪啪砸碎了三个花瓶，元宝大人早已鸿飞冥冥。

孟扶摇余怒未消，跳下床便要去追，忽然被元昭诩拉住，“小心！”随即身子一轻，已被元昭诩抱了回去。孟扶摇怔了怔，突然发觉自己穿的是亵衣，而且是非一般意义的贴身亵衣——她自制的小背心、大裤衩。

背心很小，将身体裹得呼之欲出；裤衩很大，飘飘荡荡，十分风凉。

这身装扮，别说在这个古代，便是前世的现代也是非礼勿视的，何况现在某人的手正毫不客气地贴着她的腰，温热的掌心如同小火炉，贴到哪儿，哪儿就腾腾地燃烧。

元昭诩眼神里似也有火焰在燃烧，眼前的少女身体饱满而又不失细致，修颈、玉臂、长腿、纤指，无一处不美好，无一处不精致，奇形古怪的衣服不仅没令她失色，反倒将那出众的身材勾勒得恰到好处。

如此颜色，清纯与妖艳共存，烂漫同诱惑并在，如四季烂漫的熏风，携着炫人双目的华彩扑面而来，以至于淡定尊贵的元昭诩也不禁稍稍乱了呼吸。

孟扶摇抬头看见他的眼神，虽然不明白他的神情怎么如此奇怪，更记不得自己昨晚的非礼罪行，脸却下意识地红了。她赶紧伸手将他一推，唰地向后一跳，还没落地又被元昭诩拉住。只一刹那间，他的眼神已经恢复了清明，淡淡道：“地下有碎花瓶，小心！”

他语气清淡，眼光却毫不避让地从孟扶摇所有裸露的部位掠过，看得孟扶摇哧溜一下钻进了被子，大力挥手，“回避回避，我要更衣。”

元昭诩笑笑，带上了门出去。他修长的身影飘过窗扇，随即窗外一阵轻响，啪的一声窗扇被拉开，某球被骨碌碌扔了进来。

“元宝，偷偷摸摸在外面看很丢我面子，要看就光明正大地看！”某人的声音自窗外飘过，淡定，尊贵，优雅，波澜不兴。

可怜的被主人出卖的元宝大人在半空中惊惶地睁大了眼睛，眼睁睁地看着自己落向孟扶摇的方向，而前方，床上，死敌兼情敌孟扶摇正满脸奸笑，张开双手，等待着它的掉落。

元宝大人的脑海中一刹那掠过十大酷刑……

“吱吱！”一声惨绝人寰的尖叫自尊贵的天机神鼠元宝大人口中突然迸发——孟扶摇微笑着擤了把鼻涕，微笑着擦在了元宝大人雪白的毛上……

一大早，德王府围墙外的道路清清静静的，无人打扰。阳光洒上王府西南角的墙头，墙头上一簇草动了动，冒出了个脑袋来。

脑袋东瞅瞅，西望望，看见下方的德馨院十分安静、门窗紧闭，想必好梦正酣，不禁微微舒了一口气，快手快脚地爬过了墙。

这个白日爬墙的家伙自然是孟扶摇。她在沧阑行宫酒醒后，想起自己一夜未归，怕是要被姚迅和宗越认为失踪了，赶紧往回走去。走之前她想起那几个童妓的事来，元昭诩却说此事另有缘由，让她不必理会，孟扶摇只好悻悻地回来了。

就在一抬腿跨过墙、另一条腿将落未落之时，忽有平静的声音淡淡传来，“门开着。”言下之意是大可不必爬墙。

“酒醉他处，彻夜不归”的孟扶摇，原本自己觉得有那么一点点不好意思，而要想进入自己的房间，必须要经过宗越的屋子，所以才打算走墙路，谁知道被不合作的宗越一口叫破。

叫破就叫破，孟扶摇干脆不走了，维持着一腿在外一腿在内的姿势跨坐在墙上，双手抱胸，仰头感叹：“今儿个阳光真灿烂啊……”

天上落下几滴冰雨，冷飕飕的，一点雪片子悠悠地飘落下来。

雪片子里，孟扶摇陶醉道：“温度真合适啊……”

将天气、温度、风景统统赞美一遍之后，孟扶摇不急不忙地从墙上下来，坦然走过宗越门前。

她突然在门前停住，凑头过去嗅了嗅，道：“这药味可真难闻。”目光一转，发现宗越依旧趺坐在地。透过一窗横斜的早梅看他，他的脸色有点苍白，而他身侧桌上，有一只残汁未干的空盏，药味正是从那里散发出来的。

发现孟扶摇看那药碗，宗越目光一缩，衣袖一挥，窗户啪地关上，险些撞上孟扶摇的鼻子。

孟扶摇摸摸鼻子往回走，想着宗越这是在配药呢还是自己受了伤，这毒舌男神神秘秘的，还是离他远点好。

孟扶摇进了自己屋，才梳洗干净，姚迅就来敲门，搬了食盒来吃早饭。孟扶摇闹了半夜正好饿了，不管三七二十一，风卷残云般吃完一抹嘴，才问："这青米粥味道特别，是用上好香草泡的米吧？"

姚迅耸耸肩，"我也不知道，这粥是宗公子吩咐你回来后给你吃的。"

"啊？"孟扶摇跳了起来，赶紧运气一周天，没发觉什么异常，她却不放心宗越的人品，坐在那里苦思冥想，突然道，"昨天你弄的那假冒的七叶草，后来给宗越了没有？"

"给了啊！"姚迅有点得意地道，"我倒是想老实地弄七叶草，谁知道七叶草太韧，哪那么容易捣碎？倒是你说的那草，一捣就烂。我给了宗越，他竟然没发现，哈哈！堂堂医圣，不过如此！"

孟扶摇没听完就奔了出去，姚迅疑惑地跟了出去，便见孟扶摇正蹲在一丛草前哀号："这是阴阳草啊……我这眼睛怎么长的啊……"

孟扶摇趴在地上，撅着屁股，眼睛瞪得有算盘珠子大，在地上吭哧吭哧地挖啊挖，一边挖一边不住地在脸上摸——阴阳草的最大功效就是颠倒阴阳，阳人夜间吃这草可治虚亏之症，阴人白天吃了这草却会阳火上升、满脸冒痘痘，看起来很青春，但如果不吃解药，这痘痘便会越来越大，不可收拾。

孟扶摇搬起石头砸了自己的脚，只好趴在地上找解药——解药就是阴阳草的草籽，这东西极小，散落在地很难找，孟扶摇找了半天，分量还不够一次用药的。

唉声叹气地直起腰后，孟扶摇咬牙切齿地用目光向宗越的屋子放飞刀，放了半天才想起宗越已经去给德王治病了，根本看不见，只得悻悻地低头找。她突然想起前几天路过一处废园子，那里阴阳草很多，找草籽应该容易些，赶紧拽着姚迅过去。

那处废园在王府西北角，老远看过去，墙壁剥落，飞檐残缺，围墙却造得结实，挂着些年深日久的蜘蛛网。树木的枝丫越过围墙，在风中瑟瑟颤抖，那枝干也是枯败的，在这冬日微寒的阴霾里，透着阴沉的死气。

孟扶摇和姚迅在园外果然找到了阴阳草，挖了半天，好容易才凑够了数量。正要走，姚迅突然狐疑地停住了脚步，道："孟姑娘，你看，这园子竟然住了人。"

孟扶摇回首，这才发现一处树枝上挂着件白色的衣服，大概是被风吹起挂上去的，她不禁怔了怔。这富丽华贵的德王府，有这么一处颓败的所在已经很奇怪了，这里居然还有人住，就更引人诧异了。

孟扶摇上前几步，下意识地去推门，门是锁着的，门锁已经生锈了。她想了想，转身去爬墙。姚迅想拉她，被她一脚给蹬了下去。

孟扶摇跳下墙，园子里的景象比外面看见的还要破败，满地枯花、遍生野草，正对庭院的门半掩着。孟扶摇一步步过去，四面很静，她能听见自己呼吸的声音。

她的目光突然落在了门环上，那不是一对普通门环，而是一对小金铃，精巧细致，有着花纹华贵的雕刻，只是那刻缝里此刻塞满了泥垢，线条乌黑。

风吹过，金铃却不响，以至于四周安静如死，地面的枯叶相互摩擦着，发出蛇吐信般的咝咝声。

一声凄厉的高叫突然惊破了这一霎如死的寂静，“长孙无极！你这血统不正、窃位谋权的阴鄙小人！”

第五十五章

天下之杰

叫声高亢，似是有人刺啦一下撕破了带血的布帛，再霍然扬手掷向天空，于是满天满地都是那充血的色彩，呼啦啦遮住了人的全部视觉和知觉。

刺啦一声，孟扶摇身侧的窗户窗纸突然破裂，里面闪电般伸出一双枯瘦乌黑的手，唰的一下抓住了孟扶摇的左臂！

与此同时，刚才那破碎而尖厉的女子声音更近地响起，“你来了！你来了！我们同归于尽，同归于尽！哈哈哈哈……”

孟扶摇眼瞳一缩，看见掐住自己手臂的手瘦得青筋毕露，尖利的指甲内是满满的泥垢和草屑，手背上还有点褐色的斑痕。这双悍厉而又虚弱的手其实连她的手臂都抓不稳，不住地在风中瑟瑟颤抖，却拼命将指甲往她肉里掐。

孟扶摇手指一弹，一缕劲风飞射，那鬼爪般的手霍然缩了回去，伴随着一声嘶哑的惊叫，撞在空寂的室内阵阵回响。声音未散，孟扶摇已经推门走了进去。

室内果然比她想象的还要破败，一看就是个疯子居住的房间：满地东倒西歪的用具，地面的灰尘足有几寸厚，那女子着一身破烂得看不清颜色的衣服缩在墙角，满头乱发披散下来遮住面容，身周散发着腥臭酸腐的气味。

孟扶摇眼光落在地铺一样的破床上，被褥稻草上有一块块深黄、浅黄的斑痕，气味熏人，走近一看，才发现竟是排泄物的痕迹。

那女人惊惶地看着她，乱发间双眼疯狂迷乱，眼神里闪烁着青紫暗沉而又火花迸射的光，那眼光四处跳跃，溅到哪里，哪里便似着了妖火。

“长孙无极……你这妖物……”细若游丝的声音飘荡在寂静的空间里，鬼气森森而又满含恨意，一字字分金碎玉，从齿缝里磨了又磨，令人不禁相信，只要长孙无极在这里，这女人一定会扑过去把他撕成碎片，再一口口吃下去。

孟扶摇眼底闪过一丝疑惑，这个女人是谁？怎么会这般模样被禁锢在德王府的一个破院里？又怎么会和无极国最尊贵的太子结怨？既然这是个危险人物，胡言乱语地诋毁当朝太子，按说德王应该会好好管束，可他为什么连看守的人都没派，放她在那儿自生自灭？

她下意识地向前一步，想看清这女子，身后却突然传来一声轻咳。

孟扶摇停住，眯眼望进那疯女瞪大的瞳仁里，那里映出的人影身材颀长、白衣洁净，是宗越。奇怪的是，宗越明明对着她轻咳示意，却不是看着她的背影，从疯女的眼神里，可以看出，他的目光直直地落入了疯女的眼中。

孟扶摇的目光再次从疯女背后掠过，突然笑了笑，慢慢退了出去，出门前，她还小心地把门关好。

转过身来，宗越正平静地看着她，语气也很平静，出口的话却让孟扶摇的火气腾腾地冒起，“纵然只是我的小厮，也该懂得基本的礼仪，比如，不要在别人家乱跑。”

孟扶摇的目光立刻如刀子般亮了起来，磨了磨牙齿，自己觉得比那疯女还锋利些，才阴恻恻道：“纵然只是头自大的沙猪，也该知道，有些事很卑鄙下流，比如，跟在女人身后偷窥。”

宗越淡淡地看着她，“你是女人？哦，你是女人。抱歉，我总是想不起。”他居然还弯弯腰表示了歉意。

孟扶摇气得鼻子都快冒出烟来，半晌将胸一挺、腰一收，一言不发地从宗越身边走了过去。擦身而过时，她突然横肩一撞，宗越好像正在出神，不曾提防，竟然被她撞得一歪。

孟扶摇立即回过脸来嫣然一笑，她沐浴在阳光下经过易容的脸姿容平常，一双眼睛却华彩闪烁，光芒摄人，“哎呀，怎么一撞就倒了？你确定你是男人？抱歉，我一直以为你是男人，原来你不是！”

她弯弯腰，一个装模作样的道歉礼还没做完，便大笑着跑了开去，留下宗越若有所思地立于风中。

冬日的风沉稳凝重，风里有女子未曾散去的处子淡香，那香气似有若无，不仔细去闻便再也闻不着，却令人直觉得心情愉悦。

半晌，宗越淡淡地笑了，想起刚才她坏心的一挺胸，阳光从她美妙的身段上滑过，飞红溅绿般溅开去，溅进他的眼睛，竟然迷惑得他一时失神，才让他这个从不让人近身的人，竟被撞了个趔趄。

宗越的笑，一分分如这冬日的花，不张扬却夺目地亮了起来，“其实，你确实很女人……”

夜幕降临，今夜微星淡月，东角巷尾一座酒楼的灯光远远照射过来，将孟扶摇的影子拉得长长的，镀在地上。

孟扶摇面纱蒙着脸，抱着一堆宗越要买的药草从集市上回来，一路目光呆滞，若有所思。

她在想昨日姚迅提起的长孙无极的事。

遇见疯女后，当晚德王那里就来了人，不知和宗越说了什么，宗越再三警告她不要再接近那个院子。孟扶摇原本对这件闲事没多在意，这下反倒被激起了兴致，忍不住问消息灵通的姚迅，知不知道这女人提起长孙无极的内幕。谁知姚迅一听这事和长孙无极有关，立即说了一大堆话，孟扶摇被逼着听了一整晚太子殿下的丰功伟绩。

他七岁时绘无极国军事舆图，将无极国两线兵力兵制改革调整，硬是将原先区区十万的军队扩展成七十万，分别钳制临疆三国。

他十岁时无极国南疆叛乱，南戎和北戎部落为争夺肥沃草野爆发战争，祸及周边各州百姓，还是少年的长孙无极千里驱驰，只带着十名护卫深入乱区。所有人都以为这少年有去无回，不想三天后，微笑的少年左手牵着南戎族长、右手拉着北戎族长走出大帐，两个彪悍的汉子，当着千万士兵的面一个头磕下去，生死仇敌从此成了生死兄弟。

当时十岁的少年负手微笑，莽莽草原上他身躯最矮，却令十万戎兵在他脚下齐齐矮身屈膝，无人敢高他一头。

他十三岁时临江王叛乱，计划先斩杀长孙无极，设宴邀请太子，长孙无极轻衣简从应邀而至。酒过三巡，临江王按规矩来敬酒，端着无色无味的毒酒，身后跟着改装过的名刺客疏影。长孙无极将毒酒一饮而尽，将酒杯放回托盘时，搁下杯子的手突然就穿过了正在得意的临江王的胸膛，生生抓出了疏影的心。

满堂震惊的目光里，长孙无极慢条斯理地收回手，将含在口中的那口毒酒喷在了临江王脸上，指着脸部立刻溃烂的临江王的尸体，微笑道：“你定然无脸再见我长孙氏皇先祖，侄孙替你省事了。”完了脱下如同皮肤的手套，扔到地上扬长而去。从头到尾，他连一滴血都未曾被溅着。

从此后，长孙皇族上下再无人敢有丝毫异心。

十五岁时长孙无极出使扶风。也不知道怎么回事，他去扶风转了一圈，扶风两大部族突然就开了战，三年战争后，两大部族裂为三大部族，再无余力窥视邻国无极。后来各国差点将长孙无极列为拒绝往来户，因为被这样一个人惦记着、关心着，实在是件很可怕的事。

好在十五岁后长孙无极突然沉静了许多，再没动不动就做件大事来惊世骇俗，他甚至从未参与过各国政治争斗，对版图扩张好像也没什么兴趣，始终甘于位居天煞之下，做五洲大陆的第二大国。也幸亏他终于低调了，否则只怕各国暗杀团都会抢先惦记他，他在暗杀名单上的名次只怕也要往前挪挪了。

正因为长孙无极惊采绝艳，于国有巨大贡献，所以无极国皇帝特意以国号赐名长孙太子，在五洲大陆，这是至高无上的莫大荣耀。

姚迅最后用一句极其感叹的话语结束了自己的长篇大论——长孙无极，天下之杰！

孟扶摇眯着眼，回想着姚迅夸张的语气，不禁一笑。

笑意未去，突然眼前一暗，砰的一声，低头走路的孟扶摇撞上了别人的胸。

这一撞，触感很诡异——额头下似硬又软，隐约还有吱哇一声乱叫。这一声叫让孟扶摇若有所悟，赶紧抬头，却已经迟了一步。

对方胸前衣服里立即钻出个雪白的球，抚着被撞扁的肚子，恶狠狠地一爪击出，虎虎生风。

可惜击到一半，爪子里突然被塞了一个果子，某大人反应也极快，立即缩回“鼠爪拳”，抱着果子啃去了。

这厢孟扶摇抬头，便迎上一双明光荡漾的眼眸。

那样的眼睛，在冬日的寒风里瞟过来，四季便永恒是春，除了元昭诩，别人再不能拥有。

“这是在想什么呢？”某人嘴角弯弯，眼眸弯弯，虽然戴了面具，但就凭那双眼睛便足够醉人了。

“想……你……”孟扶摇转转眼珠，笑嘻嘻地拖长调子，等着看元昭诩脸红。结果那个强大的人眼睛也不眨一下，笑看着她，等她的下文。

“的主子长孙无极。”孟扶摇悻悻地快速说完。

听见后几个字，元昭诩反倒有些诧异，侧首看了看她，问："怎么会突然想起太子殿下？"

孟扶摇没有立即回答他的话，而是左右张望，突然鬼鬼祟祟一牵元昭诩的手，拉着他便转到了德王府西南围墙外。

她心中有事，没有注意到自己的动作，元昭诩只是微笑，乖乖地任她拉着走。元宝大人从元昭诩怀里探出头来，恶狠狠地盯着孟扶摇的手，似乎想用目光将这只讨厌的爪子盯掉。

孟扶摇拉着元昭诩蹿上墙，姿势极为不雅地蹲在墙头上，伸手抓了个石子，远远地对着下方黑沉沉的院子一掷。

"长孙无极，你这个血统不正……"

女子的尖叫声果然立刻响起，但只说了半句便似乎被人捂住了嘴，与此同时，火把次第燃起，一阵杂沓的脚步声远远传来，德王府的侍卫被惊动了。

孟扶摇咦了一声，愕然道："昨天还没有守卫，今天怎么就有了？"她回头看元昭诩。元昭诩负手立于墙头，注视着下方黑暗破败的园子，眼底渐渐浮出奇异的神情。

远处有侍卫的呼喝声，元昭诩一拉孟扶摇，退出德王府外墙，一直退到王府外一处巷子里。还没站定，突然听见利箭飞射的声响。

第五十六章

月下拈花

那声音来得极快极凶猛，几乎刹那间便穿透黑暗，如狂风之刃劈自九天般戳来，极短、极低促的一声利响。

咻！

孟扶摇和元昭诩脚尖前立即齐刷刷插上一排箭，箭排得极其整齐，像是有人用尺子丈量过一般，箭上如血的红羽半晌后犹自微颤不休。

那箭紧贴着两人脚尖，差一点便戳破孟扶摇的靴子，可以想见，如果对方愿意，在孟扶摇脚上射个洞也是完全可以的。

对面，德王府高墙之上不知道什么时候出现了一个人影，抱弓而立，冷笑下望，一双眼眸在暗色中闪着睥睨的光。

看见底下孟扶摇和元昭诩抬头看来，那人缓缓拉弓，弓弦吱吱声响，有意无意地响出步步紧逼、杀气凌人的气氛。

弓满成月，一弦四箭齐齐对准底下两人，那人高踞墙头冷笑道："哪里来的一对胆大包天的男女，竟敢夜惊德王府！刚才那一箭是我客气，你们再敢前进一步，我的箭就要招呼你们的白痴脑袋了！"

孟扶摇慢慢仰起头，对上那人居高临下的目光，眼瞳紧缩——她不喜欢被人警告！

她这一抬头，对方立刻抬手又是一箭，箭风破空直向她的眉心，与此同时，那人森然道："擅闯德王禁地者，杀无赦！"

这人不仅箭法出神入化，隔了这么远语声凝而不散，明显内力非凡，但是孟扶摇可不认为这就代表着自己必须得接受这个动不动就下杀手的人的警告。

她霍然一个铁板桥，后背贴地，羽箭贴着她的鼻尖擦过。孟扶摇半卧于地，突然硬生生扭腰一转，抬脚一踢，入地半尺的羽箭被踢起，半空中一翻滚已经换了方向，风声呼啸，直奔墙头人影。

黑暗中那人目光似也一闪——孟扶摇这一脚看起来容易，做起来难，羽箭入地半尺，插得极深，在那种倒卧的姿势下不曾起身便想不折断它并完整地将之踢起，需要何等强大的腰力和精妙的使力？

他冷笑一声，也起了好胜心，伸手一招，半空中羽箭突然一折为二，掉转箭头，再射孟扶摇。

孟扶摇蹦了起来，突然大力呸呸连呸两声。

啪啪连响，那分成两半的羽箭竟然被孟扶摇用口齿间喷出的真气呸成了四段，折回头飞射向墙头那人。

墙头那人似也没想到孟扶摇如此无赖剽悍，忍不住哈哈笑了一声，笑声方出，那箭忽地断成八段，又回头射向孟扶摇。

长箭成了八段，每截只剩巴掌长短，再想劈开已经很难。那人抱胸而立，扬扬得意地笑道："我看你还怎么分……"

话音未落，他便瞪大了眼睛——孟扶摇根本就没看那八截羽箭，突然一弯身拔起剩下的两杆羽箭，一个腾身直接奔向围墙。人在半空，羽箭被她如标枪般大力投射而出，直袭那人腰侧，她大笑道："傻鸟，又不是比劈柴，你以为我会继续劈啊！"

她来得突然，冲得极快，又是半空里全力投掷，那人全副精神都在等她的十六截断箭，哪里想得到她这么卑鄙地突然拔箭投射，猝不及防之下，羽箭已经飞近。那人武功确也非凡，箭将至身也不急，远远横掌一劈，羽箭便生生地给他的真气逼落。

那人舒了一口气，偏头对底下的护卫笑道："鼠辈胆大不知死活，怎配和本将军……"话未说完，忽觉背后风声一厉，随即腰侧一凉，再然后……他的裤子突然掉了下来。

墙头冷月居高临下，裤子无声掉落，瞬间堆在那人脚下，从孟扶摇的角度，正好将那两条毛茸茸的光腿看得清楚。

"啊哈，罗圈腿！"孟扶摇一个跟斗落回元昭诩身侧，仰首大笑。

她手中把玩着一条丝带，刚才拔箭飞掷时，她用丝带钩住了箭头，那人劈落羽箭，自恃孟扶摇不是他的对手，漫不经心地回头说话，却没提防她趁机反手一抽，羽箭飞回割破了他的裤带。

孟扶摇笑不可抑地看着那个自负的家伙手忙脚乱地拎裤子，一个响指打得又亮又脆，“刚才那两箭是我客气，你再嚣张，我割断的就不是你的裤子，而是你家宝贝了！”

她笑着去拉刚才一直隐在黑暗里没有动手、只是微笑旁观的元昭诩，“走吧。”

刚一转身，忽听墙头上那男子一声满溢杀气和怒气的冷哼，随即一声低响，天空之上仿佛突然炸开了万千星辉，华丽的、灿烂的、从极远的苍穹升起再奔向无限破碎虚空的永恒的光，分水拨浪般划裂黑暗，快得肉眼不能捕捉，刹那笼天罩地，充满了宇宙洪荒！

孟扶摇只是眼角捕捉到那般的光，便觉得心头震了一震，那光辉灿烂充斥着瞳孔，令人心神巨震间忘记了所有动作。

只一震的刹那，星辉已到眼前。

星辉方起，元昭诩霍然转身。他一直静如处子，动起来却比那快得难以形容的星辉还要迅捷几分。身形团团一旋，衣袂飘卷，乌发飞散，黑暗里白光一闪，惊风暴雨般的呼啸忽止！

一阵死寂般的静默。

月光从墙头泻下来，照见那一处小巷，巷子死角处伸出一只修长的手，手指玉白，指间拈花般拈着一朵奇形的五角花。

花朵晶莹如冰雕成，每个角都闪烁着无数星光，美丽得摄人心魄，却不如那只拈花的手，如玉琢般精致。

黑暗的角落掩去了人的全身，唯有拈花的手沐浴在月光下：一只洁白、修长、以美好姿势拈着杀人花的手；一个优雅、恒定、波澜不惊而又睥睨天下的姿势。

此刻，月下，拈花无声。

万物沉在绵延的寂静里，却有五角花惊起的风，被拈花指间巨大的真力瞬间逼停，两股真气相互碰撞，原地起了阵小小的旋涡，旋涡卷起盘旋的风。

风轻轻一扬，将孟扶摇的面纱吹开，月光瞬间亮了一亮。

漫天的星光都如海水般涌入少女明亮的眼眸，那眼眸包容万象而又纯净如清泉，转动间光华万丈，似可照亮这红尘万千、沧海无垠。而她飞扬的眉，扬出世间最细致美好的弧度，有腾云驭月、九天飞舞之姿。

这一刻，黑暗的小巷仿佛冉冉升起了新一轮明月。

墙头那人的目光凝住，狭长的眼眸中闪过贪婪和惊艳的神色，被元昭诩一招拈花破掉了他纵横天下的撒手锏，竟也一时忘记了。

在墙头上那人震惊的视线里，那只拈花的手突然动了。

手指一甩，一个轻俏如飘风的手势，那朵五角花突然飘飘摇摇地飞起，在半空中划过一道诡异的弧线，炸开一朵巨大得遮没半个天空的花朵，瞬间将那人笼罩。

那人大惊，他自然知道自己这个撒手锏一旦被全力施展开来是个什么效果，惶急之下再也不顾身份，直挺挺地向后便倒。

稍后，墙后传来重物栽落的声音，可以想象得到，对方狼狈得连身形都没能控制得住。

元昭诩收回手指，月色下他指端刚才夹着五角花的地方隐约有青黑之色一闪，瞬间被他垂落的宽大衣袖遮盖了。

元宝大人从元昭诩怀里探出头来，仰头对他吱吱一声。元昭诩微笑摇头，元宝大人悻悻回首，瞪了孟扶摇一眼。

孟扶摇莫名其妙地看着它，好好的生啥子气，更年期提前了？

元昭诩回首看她，眉微微一皱。他没想到向来喜欢易容的孟扶摇，今天面纱下居然是真面目。

孟扶摇讪讪一笑，摸了摸脸道："前两天中了点暗算，脸上生了疹子，不敢再易容伤了皮肤，所以就……"

元昭诩笑了笑，拉着她离开小巷才道："你遇上麻烦了，以后尽量不要以真面目示人，尤其是别给刚才那个人看见。"

"那是谁？"

"建武将军郭平戎，本国数一数二的悍将，掌无极国对南蛮部族征伐事。他出身寒微，原先是德王麾下赤风队队长，后来机缘巧合，被天下十强者之中排名第九的'星辉圣手'方遗墨收为弟子。'星辉圣手'的'天地之辉'是武林中很少有人能完全接得下的传奇暗器，在上一届'真武大会'上，郭平戎靠这个名列第四，直接脱去奴籍，授将军职。所以，现在论武功，郭平戎在无极乃至天下，也能排前十了。"

"那你呢？"孟扶摇一偏头，嘴角噙着一抹调皮的笑意，"你一伸手就破了他的'天地之辉'，你该排第几？"

她偏头间的笑意如午夜间开放的一朵奇花，幽香四溢、芬芳甜蜜，神情里奇异地杂糅着小女儿的纯真可爱和成熟女子的大方明朗。元昭诩看着她，素来深邃的眼神中多了几分星光般的柔和，却依旧微笑不答，只轻轻牵起她的手。

孟扶摇怔了怔，望着两人交握的手，脸情不自禁地有点红，顿时忘记了刚才自己问的是什么。

元昭诩语声温柔如春夜的和风响在她耳侧，“小心，郭平戎心胸狭窄，而且有寡人之疾……”

“寡人之疾……”孟扶摇呆呆地重复了一遍，说完了才想起来那指的是什么。她还没反应过来，便听那可恶的人语气更加荡漾地附耳道：“夜好深了，我们去睡觉吧？”

第五十七章

李代桃僵

午夜的小巷，寂静无声，却突然炸出一声带着笑意和微怒的低喝：“流氓！”

月光投入墙角，隐约见到娇俏的少女抬脚，虚踢了对面男子一脚，随即轻快地跑开，如蝴蝶般在月下翩翩飞去。

她走后的小巷中，元昭诩的笑意淡淡散去，身后却有黑影突然浮现。黑衣男子微微躬身，低声道：“主子……您的伤……”

元昭诩抬起手，只刹那间，他的手指已经全部染上一层青灰之色。他神色宁定，淡淡道：“无妨。”抬眼看着孟扶摇消失的方向，元昭诩神色不豫，“郭平戎越发不成器了，不问缘由便拿‘天地之辉’这样几乎可以算得上神器的暗器来对付一个女子也罢了，居然还淬了毒，这也是十帝门下有身份的高徒所为？”

他背影挺立如竹，衣袖却无风自动，黑衣人下意识地退后一步，腰更深地弯了下去——主子很难得生气，他也曾以为这世上没什么事能令主子生气，不过现在从主子身上散发出来的冷肃之气看来，郭平戎的举动，竟然是触了主子的逆鳞。

想了想，他苦笑道：“郭平戎毕竟出身不好，街巷流氓的根子注定了他行事阴邪，只是此人作战倒是一把好手。和德王殿下一般，他对朝廷还是忠勇的。”

元昭诩微微一笑，没有回答，半晌道：“派人注意着，尽可能保护她。”

“是。”

“只要她能处理的，都让她自己解决。”

“是。”

“我这几天要闭关，方遗墨的‘天地之辉’非同小可，我也不能掉以轻心。外面的事，你们自己处理。”

“是。”

元昭诩说完，轻轻回转身，久久地看着孟扶摇远去的方向，半晌，一笑离开。

留下黑衣人伫立原地，目光复杂地看着前方，突然想起很久很久以前，主子说过的一句话：“我希望看见优秀的女子，在海阔天空的搏击中自由成长，可以与男子以同样的高度共同飞翔，而不是被强势的羽翼层层保护的金丝鸟，永远不知在风雨中穿行的快感，永远不懂如何去追逐自己的信仰。”

孟扶摇很明显地发觉这几天德王府气氛有点不对劲。

其实就是郭平戎自那晚之后频频出现在德王府，不知道他和德王说了什么，德王令人带着他满府乱转，一双精光四射的狭长眼眸在每个人身上扫来扫去。宗越要求孟扶摇不要出门，孟扶摇当然知道利害，难得听了他一次话，不仅没出门，还特意在身材上做了伪装，现在她就是一个平胸、脸黄的瘦小子，一点也不起眼。郭平戎几次遇见她，都目不斜视地走了过去。

这日孟扶摇到宗越的药圃里去取药，一路走一路盘算着，看郭平戎那不肯干休的架势，似乎认定了那晚脱他裤子的人就在这王府中，看样子自己还是早点跑路的好。唉！早就应该走了，不就是贪图德王府免费又精致的食宿嘛！

其实还有个理由孟扶摇是不会承认的——元昭诩几天没出现了，她有点怕自己撒丫子跑路后，这家伙找不着她。虽然孟扶摇自己也知道那人神通广大，正常情况下不会发生这等事故，但是……但是万一呢？

孟扶摇神游物外地抓出药铲，一铲子没下去，突然听见一声清脆的破裂声响。与此同时，女子惊惶的低呼自药圃外小花园的花亭处响起。

孟扶摇探头去看，隔着花荫，看见外院侍女巧灵正蹲在地下，慌乱地收拾满地破碎的瓷片。上方，郭平戎神色阴沉高踞座上，他对面的德王沉着脸呵斥：“笨手笨脚的蠢丫头，滚下去！”

巧灵吓得浑身瑟瑟发抖，飞快地往后退。孟扶摇无声地叹了口气——郭平戎最近心情烦躁，谁遇见谁倒霉，说起来，还是自己连累了巧灵。

巧灵背过身悄悄抹泪，含泪的小脸在孟扶摇的视野里一闪即逝。孟扶摇看着她，忽然愣了愣。这姑娘一向长得好，巴掌大的小脸上一双秋水明眸，平日里也没多在意，如今这眸子被泪水洗过，水光盈盈，不知怎的，看来有几分熟悉。

孟扶摇还没想出哪里熟悉，就听见郭平戎嗯了一声，忽然上前一步，一伸手卡住了巧灵的下巴，将她的脸硬生生转了过来，面对着自己。

他眯着狭长的眼，目光剔肉搜骨般将巧灵上上下下看了一遍。十六岁的巧灵什么时候被年轻男子这般放肆地看过？何况郭平戎身躯高伟、面色如铁，一双上挑的狭长眼眸看人时总带着三分邪气，多少也算是个有魅力的男子。巧灵羞得连脖子都红了，倒更添了几分风中娇荷的韵致。

孟扶摇看着郭平戎的目光，想起元昭诩那句“寡人有疾”的评语，心中暗叫不好。她忽然想起来刚才巧灵的眸子看起来像谁了——像自己！那孩子的眼睛虽没她明亮，但微微盈了点泪的时候，竟然有几分自己的神韵！想必，就是这双眼睛吸引了郭平戎的注意。

郭平戎确实在盯着巧灵的眼睛——那夜居高临下，暗器之风激开那少女的面纱，黑暗里看不分明颜容，唯有一双眼睛明若秋水、华光璀璨，有种惊心的、带着煞气的秀与艳。

那一刻他险些忘记愤怒，脑海里只留下惊鸿一瞥的震惊。那一刻，纵横中州的他放弃了先前想要将孟扶摇乱刀分尸的打算，开始认真考虑将这个胆大而又狡黠的美丽女子掳获，如果她那双慧黠的眼睛只对着他微笑，如果她用清亮细脆的嗓音在他身下婉转呻吟，如果她那双纤长有力的腿绞住了他的身……那该是何等销魂！

男儿傲行当世，要的不就是醒掌天下权、醉卧美人膝？

至于那个接下他暗器并逼他落墙的男子……郭平戎冷笑着，“天地之辉”是那么好接的？上面的南疆剧毒沾着肌肤便即刻攻心，这人现在想必已经是死尸了吧？就算他好运没死，也只会落得更倒霉的下场——只要让自己找出他是谁，必将其碎尸于刀下，让他知道，十强者的弟子，不是什么阿猫阿狗都配招惹的！

他心思千回百转，面色便阴晴不定，握住巧灵下巴的手指下意识地使力，痛得巧灵啊的一声叫了出来。听见叫声，郭平戎松了手，再次淫邪地上下打量了巧灵一阵子，转头对德王道：“想不到，王爷府中便是一个粗使丫鬟也有这般的好姿色。”

坐在主位的德王身架高大、气度沉雄，坐在那里也有一人高，容貌本也是不错的，却有一道狭长的伤疤斜贯额头，生生地破了相。据说当年临江王叛乱时，长孙太子计杀名刺客疏影，疏影的妻子兼搭档乱梅为报夫仇刺杀太子，当时是德王一力接下她玉石俱焚的一剑，从此留下了这道永远的疤痕。这位在无极朝野以忠勇著称的王爷此刻正微笑着看向出身于自己麾下的爱将，不以为意道："你这眼高于顶的，难得看上谁，既然喜欢，带了去便是。"

"真的？"郭平戎目光一亮。

德王大笑，道："不过一个侍婢而已，本王还舍不得给你？"

"王爷看她是个侍婢，我看却是个宝。"郭平戎回身打量着巧灵，若有深意地一笑，"难得遇见自己中意的，也是个缘分。我可不想委屈了她，这就带她回去，开脸做妾吧。"

"你既然这么抬爱这个丫头，倒是她的福气。既如此，我府中也不好随便怠慢了建武将军的第一个爱妾。"德王大笑，"来人，带巧灵姑娘下去。告诉王妃，给巧灵姑娘准备嫁仪，明日风风光光地送进将军府！"

郭平戎微笑相谢，命人将又惊又喜的巧灵送下去准备。孟扶摇看着那孩子满脸恍惚地进了后院，恨恨地一拳击在掌心，"糟了！"

第五十八章

“悲情”小厮

深夜的德王府，灯火一盏盏灭去，除了例行守夜的侍卫，再无人声。不知道什么时候下起了小雨，游丝飘絮般的冬雨沙沙地落在青石地面，反射出更远处暗淡的灯火，将来往侍卫的影子涂抹得更加森冷模糊。

一条更纤细、更灵活的影子自那些房屋道路中穿行而过，她的影子反射在油亮的地面上，只是一抹灰黑的光，刹那便自巡行队伍中穿过。

月黑微雨潜行夜，只为棒打鸳鸯来。

孟扶摇来之前已经打听过郭平戎的事，这人哪里是没有侍妾，凡是在他身边待过的女人都自杀了，巧灵深居王府大院不知内情，外面的人可是传得沸沸扬扬，好人家的姑娘都绕着郭府走。如今巧灵因为一双像自己的眼睛便被郭平戎看中，追根溯源，郭平戎绝不可能善待巧灵，自己这根大棒，不挥也得挥。

孟扶摇黑衣蒙面，一路快奔。凭着自己的轻功和对地形的熟悉，她很快就奔进了德王府后院。

巧灵姑娘一朝飞上枝头变凤凰，今日已经搬进了后院的藕香居，准备明日从王府出嫁。许是要做新嫁娘满怀激动，此时三更已过，藕香居内灯火犹自未熄。

孟扶摇一抬腿，云般穿过半掩的窗扇，轻轻落地。

坐在窗边妆台前的少女吓得一惊，霍然抬头。灯光下她云鬓花颜，赫然是已经换了妇人装束的巧灵。

她看见孟扶摇，惊声要叫，孟扶摇一个箭步过去捂住了她的嘴，低声道："别叫，我是来救你走的。"

巧灵愕然睁大眼，盯着这个好端端要来"救她"的夜行人，忽然想到什么可怕的可能，浑身颤抖了起来。

"哎哎，你怕什么？"孟扶摇又好气又好笑，"我没兴趣劫你的色，你又不是美男。"她一拍巧灵的肩头，道，"长话短说，你赶紧和我走，不能嫁给郭平戎。"

巧灵却突然一把拉开她的手，瞪着她道："为什么不能嫁？"

"唉！这叫我怎么说？"孟扶摇发急，"那家伙不是好东西。"

"嫁鸡随鸡，嫁狗随狗，何况郭将军是当朝二品大员，你怎么可以这样诋毁我的夫君？！"巧灵柳眉一挑，忽然生气了。

"你的夫君？"孟扶摇挑高一边的眉毛，不是吧，这么快就进入状态了？

她哭笑不得地看着巧灵，道："你不要告诉我，今日一见，你就真的死心塌地准备嫁给郭平戎了？"

"为什么不嫁？"巧灵挥开她递过来的手，竖起蛾眉，"我不过是德王府一个最下等的粗使丫鬟，五岁便被卖进王府，整日早起晚睡地侍候差事，一个月不过三钱银子，还要省出一大半送回家里。我时常饿着肚子应差，里衣缝了又缝，几乎无法遮羞！在府里，一等主子使唤我，二等嬷嬷欺压我，三等仆妇敲诈我，连外院小厮遇见了也可以给我们点颜色。"她伸出手臂，给孟扶摇看手腕上的瘀痕，"你看见这些伤疤没有？嬷嬷捏的！如今我就要脱离苦海了，二品将军的第一个女人，这是我几辈子都修不来的福气，我疯了才会不嫁！"

孟扶摇默然，一时不知道如何和这个女子说清楚。巧灵说的也没错，她这样最下等的丫鬟，如今有了这个攀龙附凤改变命运的机会，有什么理由放弃？可是让孟扶摇眼睁睁地看着她怀着憧憬的欣喜去面对心怀叵测、据说还是个性虐狂的郭平戎，面对将来未可知的命运，而这命运还是由自己一手造成的，孟扶摇当真做不到。

想了半天，孟扶摇只好拿出最后一个她认为必杀的撒手锏，"你不知道，郭平戎是个……虐待狂！"

"虐待狂？"巧灵睁大眼，想了一会儿才明白孟扶摇这个现代词的大概意思，她忽然变得羞涩起来，轻轻低了头，手指扭着腰带，满面飞霞，"我娘教过我，女人出嫁从夫，男人在床第之间的事……我们女人要婉转顺从点，忍一忍……也就过去了。"

……

孟扶摇满面郁卒地望着天。她怎么忘记了古代女子和现代女子在婚姻和家庭观念上的巨大差异！

"唉，不管了！"孟扶摇牙一咬，和她废话什么，打昏背走算完！就算她恨自己，终归也是拯救了她的命运，自己良心上过得去就成。

她正要伸手点穴，却听对面巧灵突然抬起头来道："你是宗先生那里的孟小哥儿吧？"

"啊？"孟扶摇惊愕地望望自己，我的伪装这么差劲？

"我从小就善于听人的声音，"巧灵道，"你的声音突然故意改得低沉了些，我还是能听得出。"她忽然叹了口气，"孟小哥儿，我知道你……喜欢我，只是，我们是不可能的。"

……

孟扶摇瞬间石化，伸出去点穴的手指都成雕塑了。

这都什么和什么啊……

"你时常到小厨房来和我搭讪，还看着我笑……其实我都知道……"巧灵侧着头不看她，满面遗憾地低声道，"我也挺……喜欢你的，如果不是将军大人看上我，我还想过和你……只是如今……孟小哥儿，你还是死了心吧！"

妈妈咪呀！俺经常去小厨房，是为了趁你们不注意偷点心啊！俺对着你笑，俺对谁不笑啊……

孟扶摇今晚给打击得惨了，打击得巧嘴里也说不出词了。她仰天长叹，看在巧灵眼里，活脱脱又是一个"爱人即将出嫁，想挽留又留不得"的悲情小厮了。

巧灵眉尖微微一蹙，忽然提高了声音，斩钉截铁道："嫁给将军是我的福气，孟小哥儿，你不要再拦阻我的幸福，否则我会恨你！"

"他娘的，恨我吧……"孟扶摇郁卒地咕哝一句，二话不说伸掌就拍，掌风呼啸，笼罩着巧灵的大穴。看着她惊惶中隐然有着希冀的眼神，孟扶摇忽然心中一动，隐隐觉得有点不对。

这半夜三更，明日就要出嫁的巧灵为何不睡？她梳的发髻，为何已经是妇人发髻？还有她刚才突然提高的声音……

啪！

孟扶摇突然一蹿而起，半空中一个翻身，黑燕子般灵巧地翻出三百六十度，转眼间已经到了窗外。

“哪里走？！”

一声低喝自内室响起，低喝声里，内室的珍珠门帘突然散开，碎成华光闪耀的珍珠瀑布，唰地散开，再被无形之手狠狠收束般霍然一紧，幻化成珠鞭，啪的一声砸向孟扶摇的后背。

珠鞭未至人已至，郭平戎连声招呼都没打，人已经贴近孟扶摇后心。

孟扶摇头也不回，伸手一捞，手中已经多了一条长鞭。长鞭碧影淡淡，横勾竖甩，哗啦啦，珍珠再次散了一地。

珍珠满地乱滚，有一些滚入身后追来的郭平戎脚下，顿时将他绊得歪了歪身子。孟扶摇心中恼恨，低喝：“看掌！”

她突然不逃了，一回身便对郭平戎挥出一掌。郭平戎心中一喜，他一向以掌力见长，如今敌人竟然要和他对掌，正合他心意，手掌一扬便即迎上。

孟扶摇指间突然多了几枚乌黑的钢针。

郭平戎立即缩手，不想孟扶摇缩得比他更快，对掌完全是虚招，钢针根本没打算用。手未出腿已经扬起，半空中一个倒筋斗，长腿狠狠扬过自己的头顶，啪的一腿，将一个黑乌乌的东西踢了过来。

与此同时，她大笑，“接我一弹！”她修长的腿倒踢紫金冠，踢出飞鹤凌云一般的身姿。一团乌黑的东西被她呼啸着踢过来，那句“一弹”让郭平戎和赶来的侍卫下意识地想到火弹之类的东西，赶紧抽身后退。

噗的一声，那团东西落地，臭气四溢、黑泥飞溅。

那是宗越专门用来培育血首乌的花肥“臭泥”，加过一些熏人的药料，孟扶摇藏了一小包，本想臭昏元宝大人玩，如今正好送给郭大将军。

“香不香？多吃点，别客气！”孟扶摇大笑着，流星般在屋檐上飞越而过，等郭平戎躲过黑泥欲待去追，她早已跑得远了。

她奔出德王府，没注意到远处一些伏在屋檐之巅、仿佛和黑暗融为一体的黑衣人在她走后互相对视一眼，也悄无声息地离开了德王府。

郭平戎立于风中，注视着那一地黑泥，想着刚才那少年倒踢之时纤细的腰和修长的腿，眼底闪过一丝嗜血的光芒。

第五十九章

绿珠之会

中州西南，有山名“绿珠”，和中国古代史上那位美妾同名的绿珠山，也和美人绿珠一般娇小玲珑、云鬟雾鬓、翠黛当风，盈盈脉脉于碧水之间。

绿珠山顶有层叠的平台，望之有如美人髻，平台侧溪水淙淙、游鱼如梭，是极佳的好景致。

孟扶摇跷着腿躺在平台上，嘴里叼着一根草芥，若有所思地想心事。

昨晚逃之夭夭后她没回德王府，怕巧灵万一告诉郭平戎她“孟小厮”的身份会连累宗越，直接奔到这里睡了一觉。

突然身侧光影一暗，有人比她姿势更悠闲地在她身边躺下。他躺下后，某雪白肥球噌噌噌爬出来，在他身侧以一模一样的姿势躺倒。

一排三个，躺得整齐。

孟扶摇没有转头，依旧晃啊晃地注视着天上的浮云，眼底却浮上闪烁的笑意。

这个人，总是能在最不可能的地方和她“不期而遇”。

到了这时候，再说什么“哎呀，好巧”就是矫情，元昭诩很明显知道她的落足处，他这么个深沉人儿，既然愿意玩“邂逅”的把戏，她陪着就是。

几天不见，孟扶摇突然觉得很喜欢他这样突然出现的方式。就是元宝大人脸色不太好看，鼠脸挂得像个番薯。当然，孟扶摇从来都不认为自己需要理会不相干的鼠辈的意见。

某人闲淡地躺在她身侧，长长的睫毛在他眼下覆出一道优美的弧线。今天他看起来脸色有点苍白，精神也是懒懒的样子，倒更显出几分乌衣子弟的风流气质。他半闭着眼睛支肘躺着，手中还拿着一根和他气质很不相符的树枝。

孟扶摇侧过头来，含笑看他准备搞什么幺蛾子。元昭诩明明躺在她身边，面对着她背对着微微结冰的溪水，却头也不回，反手嚓地一戳。

水珠飞溅，银鳞闪烁，树枝上立即串起一尾活蹦乱跳的鱼。

孟扶摇瞪大眼，看着元昭诩背对溪水随意地一插又是一条，动作快捷准确，转眼地上就是一堆乱蹦的鱼。

这是冬日，溪水结冰，元昭诩仅凭听力就能背对着冰层听见水下鱼游动的轨迹，并准确地将那滑得要命的东西一叉一个准，不说武功，光这听力和准确度只怕也是天下少有了。

“这绿珠泉里的细鳞鱼到了冬日越发肉质肥美，你我今日有口福了。”用高深武功来叉鱼的某人刚回过头，就看见行动力超强的孟扶摇已经蹦起来去收拾鱼了。

孟扶摇捋着袖子蹲在溪石边杀鱼，想了想，问元昭诩：“那晚那乱叫的女人到底是谁？看样子和你们太子有仇怨。你不是太子的近侍吗，该知道的吧？”

元昭诩盘坐在枯草之上，这人无论什么姿势都不掩优雅风流。他闻言微微地笑了，上挑的眼角越发华光摇曳，道：“那是德王妃。”

“啊？”孟扶摇愕然地抬起头来。

“德王妃是临江王长女，临江王当年意图谋逆被杀，满门被诛，只有这个长女因为当时已经是德王妃，没有受到牵连，但遭此巨变也疯了。”元昭诩语气轻描淡写的。

“那她为什么说你们太子血统不正、篡位窃权？”

“无极国皇族之间有个传说，”元昭诩很合作地答，“太子幼年曾经失踪过一段时间，有心人便编造流言，说现在的太子不是长孙后裔，其实已被人李代桃僵。”

“荒谬！”孟扶摇嗤之以鼻，“无极老皇又不是蠢人，自己儿子是真的假的会分不出？”

“这也难说，世人愚钝，真假莫辨的事从来都有。”元昭诩依旧神色淡定，见孟扶摇将鱼收拾完毕，不急不忙地从袖囊里掏出个五颜六色的小布包似的东西，上面有很多口袋。

孟扶摇好奇地凑过来，“这是什么？”

她长长的眼睫毛刷啊刷，几乎要刷到元昭诩手上，元昭诩微笑着用手指一捏，“嗯，好齐！”

“啊！”孟扶摇跳开，狠狠瞪他。

元昭诩若无其事地开始从刚才那个花花绿绿的袋子里往外掏东西，红色口袋里倒出白色小瓶，绿色口袋里倒出黑色小瓶，黄紫青蓝各色瓶子很快堆满一地。瓶子极小，都是整块水晶雕成，十分珍贵。

本来还装淡定的孟扶摇看见这些可爱的瓶子，立即忘记了刚才的事，兴致勃勃地凑过来，“什么好东西？”随即一脸黑线地看见元昭诩慢条斯理地把各个瓶子里的东西往鱼身上抹，从气味可以闻出来是盐、梅子、酒、姜汁、酱、醋，甚至还有胡椒。

孟扶摇呆呆地看着某人奢侈的烤鱼方式，一时忘记了反应。这些作料，对现代人说来简单，然而这是在古代，尤其在五洲大陆，这些东西很珍贵难得，特别是后三种。醋在五洲大陆叫作酢，非达官贵人不能享用；胡椒更是西域高昌国才有的特产，五洲各国还没有种植。这七种作料齐全，向来只在国宴上才有可能，如今却被这人随随便便拿了出来，用来烤溪水里随便叉的鱼！

奢侈啊！浪费啊！暴殄天物啊！

什么人出门游荡还把这些东西带在身上啊？还有这花花绿绿、七个口袋巴掌大的东西，是个什么东西？

孟扶摇拎起那件“疑似袍子”，眼神里有一个大大的问号。

“那是元宝的袍子。”元昭诩很好心地解惑。

孟扶摇呆滞地转头，便见元宝大人蹲在不远处很欢喜地等着元昭诩给它穿“作料袍”。

“它……平时都是带着这些东西的？”

“偶尔。”

“不嫌重？”

“反正它肉多，耐扛，而且它喜欢水晶。”

“那它以前怎么没穿？”

“这不是天凉了嘛，它要保养肚皮。”

孟扶摇不说话了，有其主必有其宠，习惯就好了。

瓶子极小，作料分量也有限，只涂满了一条鱼便没了。鱼肉很快在火堆上翻烤得吱吱冒油、香气四溢，直接勾起了孟扶摇前世吃烤肉的回忆，她忍不住吸了吸鼻子，又摸了摸突然觉得很空的肚子。

孟扶摇很自觉，知道这些作料的珍贵，鱼烤好，她眼光飘啊飘地不去看，直接去拿另一条。

眼前突然出现一条香味浓烈的烤鱼。抬起头，对面，含笑的男子长眉挑出亮丽的弧度，眉下深邃的眼睛、挺直的鼻子和微抿的唇都精致得令人想泪奔，那种美像是漫山枫叶将红未红、深红的底色上一点明艳的微黄，清艳中有种恰到好处的华贵与端凝，所见者不仅眼目皆醉，神魂也足够颠倒的。

孟扶摇按住自己的心，哎，不要乱跳啊，给人听见真丢人！

元昭诩依旧含笑看着她，眼神平静，孟扶摇清清嗓子，坦然地去接烤鱼，催眠自己——看得出来他经常享受这种作料齐全的伙食，不像咱，穷兮兮地在这古代流浪，除了盐就是盐，嘴里都淡出鸟来了。

任何事情，带着心绪去做都难免会有些失常，孟扶摇抓着烤鱼，啃得面目狰狞、形象全无，牙齿磕在骨头上咯咯地响，让蹲在一边优雅吃野果的元宝大人鄙视得不住地挪屁股，只想离这个粗人远点、再远点。

风卷残云、狼吞虎咽地啃完，孟扶摇将骨头一扔，摸摸撑胀的肚皮，喃喃自语：“美人赠我烤鲜鱼，何以报之……”

“报什么？”“美人”耳朵很尖，立刻笑吟吟地问。

第六十章

谁的初吻

孟扶摇捡回那条被啃得支离破碎的鱼骨，眨眨眼睛递回去，“鱼骨头。”

“挺好。”元昭诩面色不变，微笑着接了在掌心反复端详，“嗯，啃得狠辣利落、寸肉不留，杀气腾腾、毫无牵绊，实在是好牙法。”

说完居然真的取出一块方巾齐齐整整地叠了，准备将那鱼骨头收起。

孟扶摇脸色爆红，那骨头上还有自己的牙印和口水呢，她递骨头过去不过是开玩笑，想着这人气质这么尊贵讲究，一定碰都不肯碰。谁知道元昭诩行事永远比她高出一头，她猜得到开头，愣是猜不到后果。

她赶紧移身过去，一把抓住骨头向后一甩，拍拍手道：“下次我啃个漂亮点的，签了名再送你珍藏。保不准隔上三五十年，这就是绝版藏品，你还可以靠这个发财。”

元昭诩微笑着收起手帕，将一条烤鱼像玩儿似的吃了几口，突然道：“扶摇，最近几天还好吗？”

“好啊。”孟扶摇大眼睛转过来，好坦荡地对着他笑。

“没发生什么事吗？”元昭诩不看她，将手中一条鱼翻了个身继续烤。

“没有！”孟扶摇回答得又快又干脆，一点也不心虚。

“那么……接下来有什么事需要我帮忙吗？”元昭诩将烤好的鱼放到孟扶摇面前。

“不用。”孟扶摇长睫毛眨啊眨的，好无辜。

答完才发觉这句话有语病，她赶紧加上一句，“我能有什么事需要你帮忙的？你帮过我很多次了，都帮得我不好意思了。”

元昭诩笑笑，没有作答，火光将他本有些苍白的脸色微微映红，浓密的睫毛在眼底画出浅浅的弧影。他细心地将烤鱼剔了大骨刺，递给孟扶摇。孟扶摇接过，趁机看看他的表情，却什么表情都没看出来。

闷闷地咬着鱼肉，孟扶摇这回却没吃出滋味。虽然元昭诩什么异常都没有，可她就是觉得元昭诩好像有些不快。

唉，听他的口气，好像是知道了什么。但是孟扶摇实在不想遇事就习惯性地去依赖谁，她将来要周游列国，要远赴穹苍，要面对危险而未知的未来，这些事都是她自己的，没有理由指望谁去一路替她挡下。她必须学会自己面对敌意和风雨，学会自己解决问题，学会在一路前行中照顾自己并提升实力。

这也是死老道士一脚将她踢出师门，要求她历练江湖的原因，破九霄功法必须入世修炼，在大千世界和无数次生死对战中经受经验的打磨，才有可能真正攀上高峰。

那就从郭平戎开始，让她完全自己解决吧！何况，如果元昭诩知道昨天晚上发生的事，知道她受此挫折依旧贼心不死还想着虎口夺人，八成不会同意她的傻子计划。孟扶摇斜眼瞄了元昭诩一眼，又一眼……哎，他会不会觉得大男人的自尊受伤什么的？

她瞄的次数太频繁，引起了元宝大人的不满。它忽然蹿上来，在她面前做了个“踺子后手翻转体一百八十度接前直空翻五百四十度”。

孟扶摇一边吃鱼一边偷瞄元昭诩，本来就在分心，眼前突然一阵眼花缭乱，肥白的影子团团一转，看得她脑袋一昏，下意识地咽了口口水，随即嗓子一痛，被鱼刺卡了。

孟扶摇啊的一声跳了起来，抓起根鱼骨头就去追杀恶毒的元宝大人，我插！我插插插！

元宝大人如风逃窜，孟扶摇还没追出几步便被一双手拉住。她回身，身后元昭诩半侧着身，笑意如山间岚气浅浅地罩上来，道：“卡着个鱼刺追元宝，不怕鱼刺越卡越深吗？”

他微微用力，孟扶摇身不由己地坐下来。对面，元昭诩微笑倾身，抬起她的下巴，道：“张嘴。”

孟扶摇呆呆地张嘴，张开嘴才发觉自己这姿势很傻，随即又想，难道他要伸手帮我去取鱼刺吗？这……这……这……这……这太暧昧了吧？

一个念头没转完，忽觉眼前一暗，淡香微袭，某人惊艳绝伦的脸已经压了下来。浓密的长睫在她脸上刷下一小片阴影，他眼眸里一抹似笑非笑的神情，四周气息如醇酒般流动。孟扶摇僵在那里忘记动弹，怔怔地看着那点带着淡香的阴影在自己眼前不住放大……

咕嘟。

在唇与唇即将接触前零点零一厘、在肌肤与肌肤即将相接前零点零一秒，孟扶摇终于因为震惊太过，很煞风景地狠狠咽了口唾沫。然后，孟扶摇嗓子里的鱼刺被咽下去了……

几乎是立刻，无限放大的美貌容颜再次恢复成正常角度，光影一亮，淡香散去。孟扶摇还没回过神，元昭诩已经微笑着坐回火堆，漫不经心地拨着火苗，问："你还愣着做什么？很失望？"

孟扶摇自然死也不能承认，她直了直脖子，跳起来色厉内荏、先发制人地指控，"我被你吓着了！你意图夺去我的初吻！"

元昭诩好整以暇地将下一条鱼放在火上烤，若无其事地对脸红脖子粗的孟扶摇答："那我的初吻早就被你夺走了，我该怎么办？"

"啊？"孟扶摇睁大眼，没有吧？没有吧！我啥时候尝过你我自己会不知道？骗我的吧？骗我的吧？不过瞧这家伙的神情，不像是在说谎啊……不会吧？不会吧……

元昭诩却不再继续这个话题，只是更加细心地将手中烤鱼的鱼刺一一剔掉，直到确定所有的大刺小刺一个不留，孟扶摇完全不会再有被卡的可能，才道："张嘴。"

孟扶摇还沉浸在刚才的震惊思绪中没出来，下意识地张嘴，嘴里突然被塞进绵软香酥的烤鱼肉。

那人微笑而起，衣袍细碎之声里他淡淡道："既然你的大事不用我管，那么剔鱼刺这样的小事，我还是可以帮忙的吧？"

第六十一章

独闯重围

孟扶摇伏在建武将军府的外墙沿上，满脸郁卒和烦躁的表情。

烦躁的原因一：某人好像真的生气了，那天塞了她一嘴鱼肉居然就那样拍拍屁股走路了，连元宝大人走的时候都故意对着她撒了泡尿，以示鄙视。

烦躁的原因二：巧灵嫁进将军府已经三天了，她有心不去管这个一心攀龙附凤的丫头，也许郭平戎会对她例外，那自己何必多事？再说郭平戎已经有了防备，再想有什么动作只会自投罗网，自己还不至于傻到这个地步。谁知道今日在将军府外恰巧遇上几个出门采买的婆子，从她们的言谈中知道了将军府新姨娘的惨烈近况。孟扶摇听完后，怔怔地在墙角画了半天圈圈，最终叹着气做了些准备，今夜三更不到，便趴上了郭府内堂的屋檐。

夜风从檐角呼呼刮过，即将进入腊月，晚来天欲雪，苦命的孟扶摇却没有红泥小火炉、绿蚁醅新酒的享受，人在高处不胜寒，四面沉沉的风携着森然的雪意旋转逼来，孟扶摇趴的时辰久了，连睫毛上都结了一层淡白的霜花。

然而她一双眼睛在黑暗中亮如星辰，如钻石般光芒闪耀，毫无倦意与怯意，甚至还有些兴致勃勃。

屋檐之下隐约有细碎之声传来，声音虽低，在这寂静的寒夜里却具有极其强大的穿透力，那是女子哀婉的呻吟哭泣、男子动情的喘息，那一点淡红霞影纱的窗纸依稀映出交缠的男女身影，模糊却又暧昧，可以想见室内炉火熊熊、温暖如春，锦榻玉帐间正被翻红浪，那些相触的体肤、混合的汗水、腻开的胭脂和体液的微腥气息，都化为骚动而缠绵的节奏，打乱了这夜里原本平静的脉搏。

屋中人翻覆颠倒、彻夜不休，孟扶摇趴檐听墙根听得不亦乐乎。反正她衣服穿得厚，宗越前几天给了她一件贴身薄袭，看起来薄，穿上却极其轻便暖和，只是衣领上有淡淡的药味，不过宗医圣拿出什么东西来都会带点药香的，孟扶摇也就不计较了。

深夜突降大雪，梅花般的雪片子从乌黑的苍穹不住洒落，不多时伏在屋顶的人儿身上便落了一层雪，远远望去如一座雪铸的雕塑。

四更时分，底下屋门一响，郭平戎锦袍重裘开门出来，廊下等候的侍卫立即迎上前去，递上油衣打起伞，护持着他一路去了。

看着那几行迤逦在雪地上的脚印远去，四面又渐渐恢复寂静，孟扶摇这才掀起几片瓦，如一朵雪花般从屋顶飘了下去。

她落地抖抖雪，对正趴在榻上哭泣的巧灵笑道："我又来了。"

巧灵霍然抬头，含泪的眼眸盯着她。孟扶摇耸耸肩道："上次我运气不好，撞上你男人正在你房里提前过洞房夜。这次我看着他走了，该不会再次相见欢了吧？"

巧灵支起身子，怔怔地看着她，半晌，眼泪又瀑布般流了下来。

孟扶摇叹了一口气，也不想说什么了。她眼尖，巧灵一支起身便看见了她全身上下惨不忍睹的瘀青和伤痕，可以想见，掩盖在被子下的又会是怎样的惨状。

孟扶摇却没有立即上前，而是走到妆台前举起黄铜镜照了照，又将镜子放回，笑道："这雪打得我脸上全湿了。"顺手拿起桌上一块手帕擦了擦脸和脖子。

擦完脸她才回身走到巧灵身前，掀开她的被子，眼光落到她下身，忍不住倒抽了一口气，随即转开目光，取过斗篷给她披了，背对着她蹲下身。

巧灵呆呆地抓着斗篷不知道该做什么，孟扶摇不耐烦道："你不会还不想走吧？"

对面妆台上的黄铜镜被孟扶摇放下时已经调整了角度，正映出身后的巧灵，她的惶然看起来很真实。

孟扶摇看着镜子——她不是傻子，身为游荡江湖多年的人，不要将自己的后背亮给他人是永远不会违背的信念，哪怕在背后的人毫无武功。

今夜明知山有虎、偏向虎山行，孟扶摇自然步步为营，如果为了救人傻到把自己搭进去，那就太跌份儿了，元昭诩知道了也会鄙视死她的。

巧灵终于怯怯地趴上她的背，吸了吸鼻子，低声道："孟小哥儿……是我错了……"

“这世上谁没错过？只要有机会弥补，都不要紧。”孟扶摇将她背好，用绸带把她紧紧绑在自己背上。

巧灵的眼泪一点点濡湿她背上的衣服，声音低而哽咽，“他不是人……他不是人……”

孟扶摇默然，心底有种哀切的凄然。她原本对巧灵有几分防备，随时准备抽身便走，然而看见她那般惨重的伤，顿时明白这姑娘八成是受了难以挽回的伤害，就算苦肉计也不能做到这种程度。她叹息着，伸手拍了拍巧灵的背，道：“你来了几天，对道路熟悉吗？”

巧灵摇摇头，含泪道：“我一直被关在屋里。”

孟扶摇嗯了一声，正准备按原路走，忽听巧灵道：“不过听服侍我的婆子提起过，因为将军本身就是高手，所以将军府守卫不多，好像南边节堂那里守卫多些。西边下人们住的西园人很少，据说还有一条后门便道可以直接出门。”

“她们为什么和你说这些？”孟扶摇回头看她。

巧灵呜咽起来，“我不知道，不过她们看我的眼神很怜惜……孟小哥儿，我日日……盼着你来……”

孟扶摇又嗯了一声，忽然道：“我今天在街上听说，郭将军曾经说过，只要谁能赢他，可以对他提任何一个他能做到的要求。”

不待巧灵回答，她突然一指点了巧灵的软麻穴，一脚踹飞门，拖了张椅子跳上去，大喝：“郭平戎，出来，你我一战！”

啪！啪！啪！

黑暗中突然响起掌声，郭平戎从一处廊角转了过来，冷笑道：“好！好耳力，居然知道我没走远！好胆气，居然要跟我单挑！”

孟扶摇哈哈一笑，道：“你等我很久了，怎么舍得走？我只要一出门，立刻就会被你偷袭。毕竟这世上能脱了你裤子的人能有几个，你自然想要好好招待我来着。”

郭平戎脸色一变，他素来心高气傲、睚眦必报，那日当着众卫士的面被孟扶摇暗算脱裤，是他此生从未有过的莫大耻辱，如今孟扶摇毫不躲闪，公然提起，更激起了他的怒气。

“我就猜是你，果然不错！”郭平戎深吸一口气，面色如铁，一掀衣袍，人若飞星，刹那奔前！

孟扶摇抬脚，一脚踢飞脚下的椅子，椅子劲风厉烈，旋转着飞向郭平戎。郭平戎横掌一劈椅子碎成无数片，孟扶摇已经趁着这一霎跃出了窗外。

跃出窗外便见四面突然拥出一队侍卫，前面一队齐齐一跪，长弓利箭对准了两人。孟扶摇哎呀一声，突然绊了一跌，惊惶大叫："这么多人？"

随着她那一跌，她怀里突然滚出个包袱，包袱散开，一地黄金珍珠滚了出来，滚到那些护卫的脚下。孟扶摇更加惊慌地叫起来，扎着手去追，"这是我下半辈子的倚靠，别动它！"

黄金金光灿烂、珍珠颗颗圆润，在黑暗的雪地里熠熠闪光，操弓的护卫看着这东西，眼睛都亮了。

他们一个月的月银才不过五两银子，如今这少年怀里包袱滚落的却是一笔偌大的财富。他们不知道孟扶摇来做什么，看样子倒像是救这个新姨娘一起私奔的。这包袱里也不知道是从哪个府里偷来的宝贝，此时不捡，更待何时！

此时郭平戎已经冲到，他注意力全在孟扶摇身上，并没有看见地上的金银，厉声喝道："犹豫什么？给我射，射她下盘！"

护卫们眼睛却还盯着地面，互相提防地乱瞟着。一个精瘦的护卫犹豫一霎，终于抵受不住黄金的诱惑，举弓刹那，手指悄悄一蜷，紧紧抓住手边一锭黄金。

他这样一动作，别人再也忍耐不住，纷纷捡起了地面的珠宝。

此时郭平戎才看见他们手中的珠宝，脸色大变，喝道："放下！"

噗！

一声极轻的破碎声响在雪夜之中，比落雪的声音大不了多少，所有人的脸色却都在刹那变了。

声音是从那个最先捡起金子的护卫手中发出的，他激动之下抓得过紧，"黄金"竟然在他掌中碎了。

嚓！

碎裂的黄金中突然迸射出一股黑水，喷溅开来，在朦胧的雪色中，惊心动魄地溅出夺命的弧度。

"啊！"

那护卫和他身边几个护卫身上立刻被溅上黑水，那东西哧哧地烧起来，瞬间便烧没了衣服、烧黑了肌肤，几个人惨呼着倒下去，那些发黑的肌肤接触地面，立时皮开肉绽，在地面拖曳出一道道血色的印痕。

与此同时，更多捡了珠宝的人惨叫着在地上滚成一团。郭平戎气得脸色铁青，一眼看见孟扶摇冷笑着一团风般蹿过去，她的声音在这落雪的寒夜里珠子般跳跃，一声声敲击着夜的森冷和寂静，"黄金有价毒无价，取一赠一不吃亏！人心本贪谁能免？你就是个大傻瓜！郭大将军，你给你员工开的工资好像太低了些，不然我这毒黄金怎么也抢着捡？哈哈！”

她的身影在一株树前晃了晃，却不跑，原地抖着腿，挑衅地抱胸看着郭平戎。

郭平戎低喝一声，铁色衣袍在飞雪中卷成一道坚实的铁板，唰的一下就横扫过前方空间。孟扶摇看他刹那逼近，才撒腿就跑。

郭平戎追到树前，一抬头看见树上竟然不知什么时候挂了幅画，画上一个面容猥琐的锦衣男子抱弓站在高墙上，上身衣裳华贵，下身的裤子却褪到脚腕，露出两条光光的长毛的罗圈腿。

只看得这一眼，郭平戎便觉得脑中一昏，热血上冲堵在胸臆之间，气得眼前都黑了一黑，随即爆发出一声怒吼。

吼声冲得这黑夜都颤了颤，却连孟扶摇脸上的微笑都没能惊动。打人一定要打脸，骂人一定要揭疮疤——这是孟扶摇的人生格言。

郭平戎盯着那羞辱人的画，再也抑制不住自己的愤怒，恶狠狠伸手，拳风如虎，一拳将那画打烂。

轰！

冲天爆裂声突然响起，树上炸出一团夹杂着火光的黑烟。黑烟如龙，瞬间裹住了郭平戎的手臂，裹挟着被炸碎的纸屑和血肉腾腾乱飞，将树周的人笼罩在一片黑灰的烟气里。

郭平戎的痛呼声惊破了这沉寂雪夜，远处的野狗汪汪着叫起来。

刚才那画下面还藏着火弹子，郭平戎被刺激得怒发欲狂，一拳击出，火弹子立即爆炸，炸伤了他的手。

孟扶摇的连环毒计至此成功：毒元宝杀伤侍卫引开郭平戎的注意力——趁机在大树上贴上藏了火弹子的猥琐宣传画——郭平戎见画果然怒气爆发，出拳毁画——火弹子爆炸。

火弹子爆炸的刹那，孟扶摇再不停留，大笑着比了个中指，背着巧灵一路向西，直奔下人们住的西园。

迎面的雪粒子冰凉地扑在面上，激得人眉目舒爽。孟扶摇背着一个人却越跑越快，风一般卷过重重屋宇，将那些惨呼浓烟和血肉远远地抛在了身后。

前方出现了一些错落的房屋，孟扶摇四面看了看，果然看见一处院落后有段围墙上似乎有异，看上去好像有个小门，她毫不犹豫地抬腿直奔过去。

那处院落无人看守，四面空寂，一道道台阶延伸上去，隐约看见尽头的堂屋黑而幽深，像一张大张的嘴。堂上最尾端有匾额隐隐闪光，却因为隔得远，看不清匾额上的字。

孟扶摇眯起了眼，脚步缓了缓，凝声道：“这是什么地方？看起来不像下人房啊……”

话音未落，耳后突然一麻，随即全身的血液都似突然流缓停滞不动，意识也一分一分地模糊，而那漫天的雪片都旋转着、放大着，如磐石般沉沉地压了下来。

声音此刻听来有些遥远，像是隔了三层牛皮去听人说话一般，隐约能听出是巧灵的哭叫，带着惊惶、愧疚、无奈、悲切的哭叫：“对不起，对不起……将军答应我，只要擒下你，他就会待我好……我的终身……求你成全！”

有更远的声音飘过来，带着杀气、得意、阴冷和淫邪，是郭平戎的声音，“竟敢擅闯将军府节堂，须得报知太子，全家满门抄斩！”

随即停了一歇，他有点惊诧道：“太子竟然从上阳宫起驾过来了？什么事这么急，是不是南疆又不安分了？”

一阵静默，孟扶摇渐渐飘远的意识里听见郭平戎阴冷邪笑的声音，衣带佩剑被一一解下的声音如摇曳的水波，似近似远响起，“正好！先享用了你，玩够了再以擅闯军事重地罪交由殿下发落！”

第六十二章

你心我心

朦胧的视野在摇晃，所有的景物都如浸在水波之中，叠加幻化，层层摇曳，那些歪斜的景物里，有衣裳半解的男子握着滴血的手掌，狞笑着上前来。

那笑容如鬼魅、如妖物，淫邪而阴沉，那脸是歪的、眼是横的、大张着的嘴是黑洞洞的，看得见所有白牙如利齿般闪着光。

身后有女子嘤嘤低泣之声，听来令人心烦。孟扶摇挣扎着伸手拔出后颈上那一枚针，霍然向后一插。

低泣立止，对面的男子却露出惊异之色，骇然道："你还能动？"他再不迟疑，大步上来，先将孟扶摇身后的巧灵解下扔在一边，随即一把抓住孟扶摇，打横抱起，一脚对墙上一踢，墙壁立时轰隆隆移开，现出一间暗室，郭平戎抱着孟扶摇钻了进去。

孟扶摇的神志微微飘荡，却奇异地没有晕去，隐约间嗅见似有若无的药香。香气清锐凌厉，利剑般穿透混沌的大脑，那些星火般散飞向四周的意识立即又飞旋着聚拢来，一点点聚沙成塔般凝固堆积，渐渐拼凑出完整的蓝图。

她耳边突然听见衣料撕裂的声响，随即便觉胸前一凉，一双滚热的手带着血腥气息靠了过来，触上肌肤，两人齐齐一颤。

郭平戎并不知道孟扶摇此刻的变化，他充血的眼睛正死死盯着眼前的春光，孟扶摇脸上易容的东西已经被擦去，现出那夜惊鸿一瞥的容颜，长睫微微颤动，而唇色饱满如榴花……

郭平戎低吼一声，一挥掌灭了室内的烛火，喘息着伏下身去。

室内光线骤然沉暗，越发显出空间狭小逼仄。外间不知道是谁点起一盏灯，颜色却是不多见的淡紫色，一点幽幽的紫光自墙壁缝隙间漏了进来。

孟扶摇突然震了震。幽闭的空间、自缝隙透露而出的紫光……这幕场景如此陌生而又如此熟悉，好似在很久很久以前，曾经这般见过……

“啊！”

脑海中宛如被重剑狠狠一劈，剧烈的疼痛瞬间贯穿了全部意识，摇曳的视野重重一震，天摇地晃中，一些深藏于记忆深处不愿开启的久远往事突然剥落一角，一些场景飞旋出现：狭小的动弹不得的空间、一盏远处高悬的紫色宫灯、中年大叔涎笑的脸、伸向自己身体的青筋毕露的手……

噩梦般的旧事重演，唤醒了被封印潜藏的记忆，最后一丝涣散的神志刹那聚拢，一点久伏的悲愤的星火被刹那激发，全身真气骤然自丹田爆涌，如泄洪冲堤般横冲直撞，直欲裂胸而出！

孟扶摇突然直直地跳了起来，一仰头，一口鲜血樱雨般喷出，再泼喇喇落下来，落了郭平戎一头一身。

郭平戎骇然爬起，拎着裤子急速后退，他惊骇地看着孟扶摇，怎么也想不明白已经中了自己“锁魂针”的孟扶摇是怎么脱离钳制恢复正常的。

孟扶摇一跃而起，血雨喷出，灼艳的红光里她的愤怒也如烈火般熊熊燃起，她低头看看自己衣衫不整的前胸，霍然回首，盯住了郭平戎。

她目光森冷而灼热，像是火焰中燃烧的曼珠沙华，散发着属于黄泉彼岸的杀气和死气。她盯住郭平戎的神情，就像用目光的铁链刹那间捆住了郭平戎的灵魂，然后将他绑上地狱之火，瞬间焚化成灰！

郭平戎被这目光一盯，后背竟然霍然出了汗。他下意识地手一伸拔剑而出，连退三步。

连他自己都不知道自己为什么要退，明明这少女武功未必能对他造成威胁，然而这一刻她的眼神太过可怕，他有生以来从未见过这般利剑般锋锐、似乎一个目光便可杀人的眼神！

哦，不，其实他还见过一次，很多年前，还是少年的太子殿下在听闻那个消息之后，也曾露出过一模一样的眼神，令在场的他当时就软了腿……

事隔多年，在另一个人眼中，他竟然再次看见了这种带着无限黑暗杀气的目光！

郭平戎横剑一掣，名动天下的星辉剑法起手式刚刚摆出，对面黑发披散的孟扶摇便如怒虎般扑了过来。

她扑过来时全身的真气都在鼓荡，带动得室内桌椅翻倒、帐幕飞扬，啪的一声，桌上粘在瓷碟里的蜡烛被齐齐折断，黑暗中垂帘呼地一卷，孟扶摇已如一朵黑云般飞至，顺手抓起一个锦墩，狠狠地对着郭平戎当头砸下！

郭平戎的瞳孔顿时缩成针尖大小——这女子何时功力大涨如此？这一击竟有劈天裂地之威！只是，自己作为十强者的弟子，怎么能临阵退缩？又怎么会畏惧一个女子的含怒一击？

郭平戎长剑怒卷，卷出一片惊涛巨浪，一波波竖起一人高的水晶墙横矗在自己面前。一声微哧自水晶墙中分水而出，化为一线锐芒，直击孟扶摇空门大开的前心。

漫天星芒，一线流光，快得有如彗星横扫天际，目光所见处，尽是星芒光辉。

星光笼罩孟扶摇，孟扶摇一声大喝："破！"

孟扶摇手腕一振，一道碧光涌起，刹那间手臂宛如碧玉铸成，那碧色越来越亮，雄浑凝固，如一柄坚不可摧的碧玉杵。

破九霄第五层，"光明"！

平日里孟扶摇不能使出的真力，在今日一番强烈刺激下，终于被她不顾一切地全力使出，这一条手臂顿时无坚不摧，生生一划便划裂了郭平戎精钢似的罡气光幕，直直抓向他的咽喉。

郭平戎低喝一声，剑势一横，挡住孟扶摇，猱身而上，刹那间剑势一改，绵绵密密抽丝织茧般在半空中划出一道道剑影，将孟扶摇密密裹起。

两人瞬间缠战在一起，黑暗的室内没有剑风，没有呵斥，没有桌椅翻倒声，没有物件碎裂声，甚至连最初的低喝声也不闻，只能隐约看见两条人影翻腾起伏、听见因为身形移动过于快速带动空气的咻咻声响、闻见挥洒于空气中的汗水和鲜血的气息。

这是一场无声的惨烈搏斗，那条纤细的身影一次次被逼出，再一次次翻身而起再度扑上，被突然惊破的混乱噩梦旧事逼迫缠绕的孟扶摇脑海中几近一片空白，唯一仅存的思绪便是：杀了他！杀掉这些让我害怕的记忆！

第三十招……第一百招……第三百招！

郭平戎额上浸出汗水，反光得油亮亮一片。

这女子疯了！他从未见过有人这般打法，从未见过有人可以这般不顾一切地去作战！

交战至今，孟扶摇在他身上留下了七处破裂带血的伤痕，他在孟扶摇身上则留下了更多的剑伤，足足有十二处！

他自幼打熬的好筋骨，年岁也大了孟扶摇许多，孟扶摇给他的伤暂时还不能钳制他的行动，但是他的剑哪怕只是轻轻擦过，孟扶摇也会爆出一片血光！

正因为如此，郭平戎才越战越心惊。他熟知人体疼痛的界限忍受力，他的下手都在最疼痛的关节部位，正常人在这样恶毒的剑伤下早已丧失战斗力，可这个看起来有几分清瘦的少女竟有这般强大的爆发力和忍耐力！

让郭平戎更心惊的是，对方越打越起劲，自己却越打越衰弱，不是心理上的气势衰退，而是实力的倒退。他此刻心里才明白，那张脱裤图何止是要激怒他出拳毁画伤了手，更阴险的目的是走窜他的真气。

他练的武功是至刚一路，任何极阳或极阴的武功都易走火入魔，他被一再激怒，又心生邪念，真气不知不觉间便走了岔路，一番快打快攻下来，情况越发不妙。

这个女子好生厉害，居然仅从接他一箭的手法便判断出他的内功，居然算准他的性格和每一步举动，有备而来，步步算计！

郭平戎气势渐退，目光震惊，孟扶摇却在冷笑。

这点伤痛算什么？

如果一个人自五岁开始便得接受无穷无尽的挨打训练，没日没夜地在山谷具有腐蚀性的泥浆水中摸爬滚打，和山谷中各种猛兽生死搏击，为练破九霄的纯净真气曾经将自己埋在地坑里闭关数月，饿极了连蚯蚓都吃，这点苦还算个屁！

大无上心法，只有在和高手搏击的生死之境才最容易突破！

一流高手算什么？只要被人察觉了武功脉络，对症下药，一样可以被比自己弱的人攻其不足、狠狠打倒！

如今便拿我的血和你的剑，来造就我的再一层进境！

第五百招！

满身浴血的孟扶摇突然抢身直进，横臂一挥，用自己的手臂拦下了郭平戎暴起的一剑！

长剑刺入肘部，自肘底穿出，剑锋穿过骨头，发出令人牙酸发冷的咯咯之声。

郭平戎不可避免地被这以血肉之躯御剑的冷血应招惊得怔了一怔。

只这一怔，孟扶摇便不会再给他拔剑的机会。她突然横步一跨，穿剑而过的手臂一扭，穿骨而出的长剑立即被生生拗弯一百八十度，咔嚓一声，戛然断裂！

断剑飞起，剑身上鲜血四溅，孟扶摇一跃而起，身如飞凤，一仰头，一声厉啸冲口而出，那啸声清亮如凤鸣，穿云裂电，上达苍穹。啸声里碧光大亮，孟扶摇半空中抬腿一踢，将断剑直直地踢向郭平戎的下身！

带血的剑光来势如飞电，刹那便闪入郭平戎无限放大的惊惶的双眼。郭平戎警觉到孟扶摇的意图，惶然怪叫一声，火箭般急忙蹿起。

可是已迟了一步。

断剑擦着郭平戎下身而过，半空中，郭平戎用尽全部武功死命一扭，一声轻微的哧响，一点血光细线般蹿了出来。

“啊！”

郭平戎从半空中栽下来，死鱼般在地上蹦了蹦。他颤颤地伸出捂住裤裆的手，掌心里全是鲜血。

孟扶摇挥剑欲待再补一刀，刚走上一步便觉得脑中一昏，脚步一个踉跄。她知道自己失血过多，想要一鼓作气杀人，已是不能了。

她摇摇晃晃地过去，举着剑，准备慢悠悠地给郭平戎补一剑，如果郭平戎挣扎，再打一场就是。

远处却突然传来悠长的传报声，“太子驾到！”

那传报声明明还很远，却有脚步声快捷而来，脚步声一听就是高手的，轻捷得几乎没有声音，一刹那便到了不远处。

孟扶摇摇摇晃晃回首，她此刻全身又是血又是汗，早已脱力，近乎半昏迷状态，所中的那枚针上附着的药物也有点脱离她的准备和控制，竟然有些影响她的神志。她只隐约听见最后两个字，并从逼近的脚步声里感觉到自己不能抵抗的高手正在接近，还有更多人围拢了过来。

孟扶摇恨恨地跺了跺脚，吸了一口气，一蹿而起，一脚踢开密室门，自后窗扑出。

就在她身影消失在窗外的同时，密室门再次被人打开，一线天光从门外涌进，天亮了。

和天光一起涌进的还有两列锦衣侍卫。和寻常的王府护卫不同，这些侍卫神情冷峻、目光隼利，往那儿一站，便有浑然气势外放，一看便知个个都是高手。

他们身上都佩戴着碧色镶金的如意玉牌，上有篆书“上阳”二字——无极太子上阳宫专属侍卫队、名动天下的上阳飞骑。

这些等闲事务不会出动的顶级侍卫，今日一来就是一队之多，一来就将将军府护卫驱散到一边不许乱走，其余全数拥入节堂，迅速找到密室，在门边雁列成行，齐齐躬身。

昨夜下了一夜的雪，四更时分天色便已亮了，从节堂里看过去，庭院里玉树琼枝，洁白如毯，点缀红梅如血。

雪地里众人拥卫中，渐渐行来修长的人影，看起来步子不快，却刹那到得近前。淡紫镶银龙边的长衣微微飘拂，披一件比雪更纯白的银白狐裘，腰间碧玉腰带色泽温润纯正，那般醇和的碧色，给漫天雪野忽然添上了一点春意。

那行来的男子虽然一半脸上遮着面具，但发若乌木、面如莹玉，在银狐裘光芒灿烂毫尖掩映下的那双眸子似海深沉，波光明灭，教人一看便仿佛被摄了魂魄去。

看见这个男子，那些骄傲的、冷肃的、看谁都目中无人的上阳侍卫都极其尊敬地深深躬下身去。

当世之杰、龙中之皇，享受着国人最崇高的爱戴，十五岁便监国辅政将无极国治理得富盛强大名动七国、令七国高层凛然畏惧不敢轻攫其锋的长孙太子——长孙无极。

雪地里，绝代风华的长孙太子冒风顶雪，尊贵优雅、点尘不惊地一路行来，他所经之处，连雪片都不曾被踏破一丝。

节堂一夜落雪，台阶上极其湿滑，侍卫队长上前来迎，长孙无极却连停顿都没有，一掀衣袂便到了节堂内。

队长僵在那里，有点诧异地扭头看着太子的背影。不知道为什么，今日太子有些不对劲，明明步伐、神情都没异常，但跟随他多年的老人却发觉，太子好像有些心急，素来深邃得看不出心意的眸子里也似有隐隐的焦虑，甚至有些……怒气。

队长在那里揣摩，长孙无极却已经直接行入被打开的暗室门口。他在门口停下，一直抄在狐裘内的手缓缓放下，扫视了室内一周，深吸了一口气。

侍卫更低地低下头去。

室内，桌椅翻倒，一片凌乱，满地血迹淅淅沥沥地从这头淌到那头，看起来触目惊心。还有一小件东西，汪在一处厚厚的血泊里，大家都眼尖地发现了那是什么，震惊地抬头看去。

室内尽头，郭平戎目光呆滞地捂住下身，他并没有伤重到完全失去战斗力，然而宝贝被毁的打击实在是太过突然，他竟一时没能反应过来。

长孙无极的目光扫过那东西，眼瞳一缩，突然缓缓向前一步。

他这一步行得轻描淡写，但是随着这一步跨出，室内所有物件，包括桌椅、帐幔、蜡烛等物，突然全部无声诡异地化为齑粉，簌簌扬扬地飘落地面。

护卫们对望一眼，目中露出惊诧之色。这些东西原来竟然早已毁了，只是勉强维持着原形，外力一激便化为灰。可以想见刚才在这暗室里发生了怎样一起惊天激战，以至于所有东西都被拿来做了武器，然后被真气摧毁。

长孙无极的眼睛却只盯着那一地的血，目光在郭平戎身上扫视一番，立即确定，仅凭郭平戎身上的伤痕绝对流不出这么多血。这一霎，长孙无极眸光变幻，似有浪潮刹那卷起，却又瞬间消逝。

他抬了抬手，侍卫立即无声退下。

暗室的门再次关上，雪光很亮地从半掩的门缝里透进来，映得太子眼眸神光变幻，如苍穹之上风云叠卷。

郭平戎此时已经恢复了神志，伏在地下深深地向太子磕下头去，哽咽道："殿下……殿下……"

他伏在满是血腥的地面，嗅见那鲜血的气息，有他自己的，也有孟扶摇的，他想着那个既机变百出又霸气豪烈的女子，她将流满她鲜血的断剑刺进他的身体，从此毁了他一生。

他在这样血腥森冷的气息里不住地发抖，只觉得自己灿烂而辉煌的前半生都好似在这一刻结束，如烟花易冷、美梦易碎，刹那间便出乎意料地做了无奈的终结。

"殿下……我要报仇……"

眼前血泊映出光影浮动，倒映出一袭淡紫华贵袍角。袍角在他面前停住，郭平戎仰起头，满怀希冀地看着自己尊崇并畏惧的太子殿下。

他看着那双熟悉的眼睛，那双眼睛一向和若春风，虽深沉却永远笑意微微，然而这一刻，那眼底的神情他竟然觉得无比陌生。他看着那样的神情，就像看见九天之上飞龙在冷然下望，注视着胆敢闯入自己不容侵犯的领地的凡人。

遥远、逼迫、森冷而杀气微微。

他的必杀誓言瞬间破碎在喉咙里，全身不由自主地开始打战。

对面，长孙无极轻轻蹲下身，蹲在一地淋漓的血色里。他注视着那些热血，眼底如有火焰燃起，淡淡道："平戎，你犯错了。"

郭平戎愕然抬头，不明白太子殿下为什么突然说出这样一句话，又为什么不叫太医替自己诊治。

"你错在睥睨自大、自以为是，你出身底层，成名前吃了太多苦，飞黄腾达之后便管不住自己的性子，睚眦必报、心胸狭窄。你曾一夜奔出三百里，将当初吐过你一口唾沫的人全家灭门；你曾命人伤害你的嫂嫂，只因为你在寒微之时她没给过你好脸色；你曾因为夜间醉酒被人于小巷子擦撞，你一怒拔剑杀了那人，连那人的朋友、好心来扶你劝架的无辜之人也一并砍杀了。”

郭平戎听着这些自己以为一辈子都不会有人知道的秘事，全身都在微微颤抖。他抬头看着深不可测的太子，不明白太子为什么会在这个时候提起这些旧事，既然知道这些事，当初为什么一句不提？

“我用的是将，不是圣人。”长孙无极似看出了他的疑惑，淡然俯视他，“将，不需道德文章，只要杀气凌人。只要你善战勇武，能御敌能杀敌，能为我守住南疆一向不安分的十八部族，能为无极朝廷建功立业，你个人德行有亏、私节不谨，又与我何干，与朝廷何干？”

他负手而立，衣袂无风自动，扬出一股奇异的淡香。

“但是，平戎，你今天做了我不能忍受的事。”

迎上郭平戎越发疑惑的目光，长孙无极突然没有笑意地笑了笑。他俯下身，轻轻在郭平戎耳侧说了几句话。

郭平戎的脸色立即变了，像是突然吞下一个火炭，整张脸都被极度的震惊扯扁。他张开嘴，好像突然接不上气般急促地喘息着，又似想努力蹦出字眼来，然而无论他怎么努力，都无法再顺利说出一个字。

他瞪着长孙无极，浑身都在颤抖，神情由最初的震惊渐渐转为后悔、不解、绝望等等诸般情绪，最终他大叫一声，膝行于地，一路爬过去死死拽住长孙无极的袍角，“殿下！饶我！”

长孙无极手拢在袖中，看着自己这个因为失衡的人生扭曲了心性的爱将，眼眸里没有任何情绪。

“还有件事——托利的那个青楼春深阁能用上童妓，是因为你吧？”长孙无极笑意淡淡，“你真会玩，也真是玩得肆无忌惮！你真以为那些童女是中州乡下贫苦人家的孩子？那是南疆十八部族的女孩，被托利掳来堕了这风尘。你这个掌管南疆征伐事的将军，居然自己先挑衅了桀骜不驯的南疆——平戎，你真令我失望！”

郭平戎怔怔地松开满是鲜血的手，不可思议地瞪着长孙无极。他不明白日理万机的太子怎么连春深阁十分隐秘的童妓也知道，更不明白托利为什么要骗他。他绝望地看着长孙无极，却无法在对方眼睛里找出答案。

“不……”郭平戎突然发疯般跳起来，号叫着便向门外冲，“要我束手就死，办不到！我是建武将军！我是真武大会第四名！我是十帝中排第九的星辉门下！我……”

他的声音突然凝结在咽喉里。

门外微雪未休，细碎的雪花从未全掩的门窗处透进来，翩飞着扑向热力散发的人体，却在相隔尺许处如同遇上无形的阻碍，略顿了顿，飘然落下。

天光大亮，照见室内凝定着的一立一跪的人影，照见几朵雪花落在一根手指上，那手指纤长如玉，点在半跪着的那人的额头。

只是那么一个轻轻的姿势，疯狂如虎而又实力超卓的郭平戎便再也无法冲过长孙无极身前一尺。

郭平戎的意识突然旋转着混乱起来，脑海中有很多横的、竖的、斜着的线，一根根交叉纠缠、绞扭成绳，那绳子吱吱收紧，压榨并扭紧了他的记忆和清醒，直至绞成乱麻。

他缓缓地歪下去，脑海里突然跳出最后的清醒的意识，“自己的师父在十帝中排第九，而长孙无极……悔不该得罪错了人……”这个念头没能转完，他已经委顿在地。

长孙无极缓缓收回手，再次将手拢回狐裘中。

他微微仰首，偏头看了看窗外的天光。他那一偏首间，眼眸的神情难以描述，像是看见一朵珍视的花突然被风雨打斜，而他伸手欲待呵护，那花却刺了他的手。

他默然良久，突然抬脚极其轻蔑地踢了踢郭平戎，“我不杀你……只是从此后你就真的只是个机器了，这个手法，我本来不想真的用在我的臣属身上……你能成为第一个，那是你的荣幸。”

他转身拂袖而去，侍卫小跑着迎上来，更远处，将军府护卫跪满一地，大气也不敢出。

长孙无极头也不回地上了御辇。车帘垂下的那刻，他淡淡吩咐：“传我令。”

“是。”

“南疆十八部族有异动，不臣者，当伐之；着德亲王改封戎王，封地戎、镇、离三州，永镇南疆；着建武将军听令戎王麾下，为平夷前驱，即日就封。”

“……”

“嗯？”长孙无极目光一转。正因为这个钧令而震惊犹疑的侍卫队长立时惊出一身冷汗，赶紧嚓地一礼，大声应：“是！”

眼见着御辇轧轧离开，侍卫队长眼底渐渐涌上一阵不解和阴霾。半晌，他抬头看看雪后犹未放晴的天空，那里层云涌动，如浪潮般迭起不休。

半晌，他一声低叹，散在雪后清凉的空气里，“要出事了啊……”

砰！

孟扶摇一身冷汗地扑在一棵树上，树身上立时沾满了她一身的血和汗。冷风从身后呼呼地刮过来，孟扶摇后背冰凉，前心却灼热如被火烧。

她勉强翻了个身，张嘴喘了口气，按住前心，努力盘膝而起，想要调匀体内真气，然而那里有如无数条火蛇在纠缠、拥挤、翻滚，所经之处，全身经脉都似着了火，都似变成了一条条火蛇。

那见鬼的针里面有什么奇怪成分？似有什么东西在撩拨着她的欲望，一旦动情又觉得内腑刺痛。若不是衣领处散发的清锐的药香时不时在逼她清醒，又调动了全部的破九霄真力来压制，孟扶摇早已失态。经过这一场耗尽真元的激战，她身受重伤，哪里还控制得住。

孟扶摇意识蒙眬地傻笑一下，模模糊糊地想，自己还是低估了郭平戎啊，十强者的弟子，即使人品再差，实力也不会差到哪儿去的，她有备而来，步步小心，还是差点着了道儿。

千防备、万防备，注意力都集中在强者身上，对“受害者”因为习惯性的同情而戒心不足。其实她也防备了，一开始就点了巧灵的穴道，却没有想到被点了软麻穴的巧灵竟然一直将毒针含在齿间，等她奔到节堂，竟狠心对她下了手。

虽然她也算因祸得福，和郭平戎全力一战，她的破九霄果然好像又有突破，只是她还是没想到，那件薄裘里的辟毒香、医圣宗越亲自调配的可解百毒甚至连春药效力也能隔挡的奇药，居然没能完全抵挡得住那见鬼的针里的毒力！

“妈的！”孟扶摇低声骂，“赤脚医生！江湖郎中！庸医！”

眼前突然黑影一闪，有人在接近。孟扶摇立即挣扎而起，抓住自己身前的匕首。

来人在她面前停住了脚步。他面容平凡枯槁，赫然是元昭诩身边那个时不时出没的黑衣人。

他犹疑地看着孟扶摇，目中有后悔之色。主子闭关休养，他奉命保护孟扶摇，却因为一件意外事故分散了注意力，导致她出了事。如今人在眼前，他却不敢近前，因为孟扶摇两腮桃红，明显异常，此时他哪里敢接近？

立于原地犹豫半晌，忽听身后有人掠来的风声。黑衣人霍然回首，却见白衣男子立于身后，平静地看着他。

舒了一口气，黑衣人躬身道：“先生来了，最好不过。”

“交给我吧。”宗越简单地打发走黑衣人，走上前去看孟扶摇。孟扶摇迷迷糊糊仰起头，在混乱的视野里辨清了是熟悉的人，咧嘴笑了一下，伸手去推他，“你……离我远一点……”

宗越不语，蹲在她面前，伸手要去把她的脉，孟扶摇手一挥避免他的碰触，喃喃道：

“庸医，我好像居然……恶俗地……中了药了……”

宗越笑了笑，道：“历来中药的都应该是美人，你怎么有这个资格的？”

孟扶摇无力地笑了笑，已经没力气和这个毒舌男斗嘴，懒懒道：“治得了不？治不了趁早……滚蛋……别和我说什么阴阳交合、不药而愈……要是靠那个才能解决……我就……鄙视你一辈子！”

宗越突然笑了笑，他虽然看起来温和，却很少笑，这一笑便如日光从云层后温柔遍洒，悲悯而温存。

他轻轻道：“其实我不介意你一辈子鄙视我……”他一伸手将孟扶摇抱起，孟扶摇如被电击，浑身一颤便要挣扎，宗越却淡淡道，“这里已经是德王府后门，你已经撞回来了，难道连从这里坚持到府里的定力都没有？”

孟扶摇低骂：“你明明可以点我的穴，偏要我忍……”

宗越一低头，看见她红霞上涌的脸，眼波熏人如醉，那是三春柳、是四月桃花、是五月碧水、是六月满池莲，是这个世间最当时令的最美好事物的总和。

他看着这样的容颜，素来稳定的手也不禁微微一颤。孟扶摇突然睁开眼睛，她眼底微红，目光却明净，像是隔着清澈的溪水看得见水底澄净的白沙，历历分明。

宗越垂下眼帘，不再说话，抱她回到自己的院子。他先点了她的穴，喂了她一颗药丸，给她推宫活血、包扎伤口，这一切都是他亲自动手。忙完后他久久站在窗前，负手沉吟不语。

孟扶摇醒来时，第一反应就是检查自己的衣着，看有没有在某种特殊情形下干了坏事。随即觉得那燎身的火蛇好像已经缩回了自己的洞穴，缩成一团不再肆虐，丹田深处却突然多了一处燥热感，盘桓不去。她运气试了试，若有所悟，盘膝坐起道：“这药力你居然也不能根除？”

宗越回身看她，皱了皱眉，“你中的是‘锁情’，用了万年鸨母的精血。中者欲望强盛，但是每一次交合都会戕害身体，如此三个月，必死无疑。”

“提前预支生命来燃烧欲望？”孟扶摇喃喃道，“谁这么缺德，搞出这个东西来啊？”

“郭平戎的师父，星辉圣手方遗墨。”宗越神情里有点异样，“据说方遗墨年轻时爱上了一个女子，那女子却在他出游四方时在家和人私通。方遗墨回来后就弄出了这个东西，让那女子和那奸夫日日春宵、通宵达旦，直至两人血脉枯干而死。”

孟扶摇倒抽一口凉气，摇头叹气，“难怪郭平戎那么不上道，原来他师父也不是什么好东西。”

宗越淡淡道：“郭平戎这几年被酒色掏空了身子，修为不及乃师三成，而且……方先生很护短。”

他看看毫无惧色的孟扶摇，叹了口气道：“用七叶草配出的辟毒香熏染过的裘衣是真的百毒不侵，你原本应该安全无事，可是我刚发现，你体内竟然早早潜伏着和锁情成分相辅相合的暗毒。这毒毫无踪迹，平日也没有症状，在遇上有些毒物时却会致你于死地。万幸的是前面十七年你居然没遇上那些毒引，今日要不是辟毒香，仅凭锁情和你体内的暗毒一起爆发，你须臾之间便会暴毙……”

“说了半天，你还是怕我喊你庸医，特地告诉我，我中毒不是你的药不好，而是我自己有暗疾。可是我听你的口气，你对这个毒也束手无策？”孟扶摇斜挑眼角看着他，“不会吧？医圣啊！”

“我没有办法，别人自然更没有办法。”宗越平淡的语气里自有一股傲气，“但是我有减轻药效的办法。”

“什么？”

“一是用药，将之转化为真正的春药，只要你肯和男子……”宗越话还没说完，孟扶摇就穿鞋下榻向外走去。

宗越苦笑，待她走到门边才道：“还有一个办法，这药是春药和毒药的合体，既能转为春药自然也能转毒药，我可以将这药力转化为毒力，但此毒一日未解，你便一日不能动情，否则立即七窍流血而亡——你自己选吧。”

孟扶摇走回来，满不在乎地盘膝一坐，道：“我选哪个，还用问吗？”

宗越立于窗边看她。他的容颜沐浴在浅白的天光里，比常人更淡一些的眸色和唇色似被光芒涂白，看起来有点飘浮不定而又心事微生。半晌他道：“你……确定？”

孟扶摇很直接地挥手，“你啰唆！”

“你真以为你自己能一生不动情？”宗越看着她，“你正当妙龄，青春少艾，有什么理由去抗拒感情的到来？”

“我的爱情的方向，本来就不应该在这里。”孟扶摇抿紧唇，神色间突然多了层怅惘，“如今中了这东西，就当多了个防护盾，正好提醒我自己收心养性——哎，挺好！”

她仰头笑了笑，笑容中有微微的遗憾和惆怅、有对世事无情的抗拒和无奈接受，最终她轻声却坚决地道：“就这样吧。”

无极国政宁十五年冬，无极国南疆叛乱，无极太子一纸钧旨，德亲王长孙迦受命封为戎王，率军二十万远赴南疆平叛，建武将军郭平戎为前锋。

因为德王有旧疾在身，一直未曾痊愈，是以重金礼聘医圣宗越随行。宗越听闻南疆多奇花异草，便于入药，欣然应下。

孟扶摇和姚迅作为宗先生的“小厮”，自然也跟随大军前进。孟扶摇在出城时，经过春深阁，发现这个昔日车水马龙的销金窟已被查封，当日风流如今云散。孟扶摇站在空荡荡的妓院门前，不知想到了什么，嘴角一抹微笑渐渐漾起，却又渐渐淡去。

她默立良久，终于转身，忽听得身后墙角有细微的呼吸之声，伸手一抓，却抓出个小人儿来。

那孩子不过六七岁年纪，小脸上却化有浓妆，只是污脏得不成模样。被孟扶摇抓出墙角，那孩子惊惶地瞪大眼睛，却没有哭。

孟扶摇只觉得这孩子面熟，打量了半天才想起来竟然是那日和元昭诩逛妓院时看见的童妓。她不禁皱眉问：“不是说春深阁擅自掳劫南疆部族少女才被查封，而你们都被朝廷收容了吗，怎么你一个人落单在这里？”

那孩子一双微带褐色的大眼睛盯着她，半晌道：“小刀，要回家。”

这孩子说话简短，声音里有种少见的金属之质，听起来有种掩藏不住的锋芒。孟扶摇挑起眉毛，有点担心这孩子是不是屡遭磨难被吓得精神不正常了。那个叫小刀的小姑娘死死攥紧她的衣襟，一遍遍重复：“小刀，要回家。”

孟扶摇几次想走，却无法硬生生拽开那孩子枯瘦的手，她又不愿用武功强行拉开对方，最后只好拖啊拖地拖回去。姚迅看她衣服后面拖着个孩子回来，诧异地挑高眉毛，还没问，孟扶摇已经没好气地答：“小刀要回家。”

于是队伍中便多了个叫小刀的小厮，小厮很沉默，目光永远紧盯着南方。

大军出城时，孟扶摇回首望了望沧澜行宫的方向，微微绽出一丝笑意——那里，某个深沉的“美人”和某只自恋并恋主的肥鼠，是不是正在享受今日这难得的冬日暖阳？肥鼠是不是睡在主子掌心，露出它萌了个萌的粉红肚皮？那屋檐上刚化的初雪滴落的雪水，是否正一滴滴流入沧澜湖晶莹的湖心？

她没有去和元昭诩告别。

选择跟随德王离开，一是因为德王分管南疆及附近几州一切事务，包括对相邻无极南境的国度发放通行令，孟扶摇指望着有所收获；二是她还是想找机会在据说像突然变了个人的郭平戎那里拿到解药；第三，则是为了离开元昭诩。

因为接近，所以离开。

她本就不该在这异世大陆为诸般红尘情爱羁留，那是对旧日往事的凌迟割舍。穿越后，从一开始的焦虑焚心到后来接受现实，她经历了惊涛骇浪般的心路历程，当如海般奔涌的心情恢复平静，代表的绝不是放弃，而是甘于蛰伏，甘于和时间、机遇永久作战的蛰伏。

她相信，只要她一路前行，总有触摸到终点的那一日。

然而人的生命中总会出现变数，那样的变数随着不可抗拒的命运接近，她几乎已经看见了那样的变数会带来怎样的后果，她来这里十七年的全部坚持和梦想都会因此而功亏一篑。

她希望在元昭诩还没能完全成为那可以颠覆、燃烧她全部执念的变数之前，亲手掐灭那点萌发的火焰，将来便不必因为有所亏欠或有所挂念，而在最后的关键时刻踌躇。

她希望自己能风过无痕，不在这个本不属于她的世界留下任何改变自己或他人命运的痕迹。和郭平戎一战，破九霄因祸得福接近第五层的同时，也沾了这要命的怪毒，孟扶摇觉得这就是冥冥中的天意——助她以更强的实力闯关前进，并以命运的慧剑斩断某些暗处生发的缠绕的丝。

她在城门前徘徊良久，终于在宗越一次若有意若无意的回首中毅然拍马，急急追上。

黑发扬在风中，她纤细的背影镀上一轮硕大鲜红的夕阳。远处晚霞满天，天色一层层丰富而鲜艳，策马而去的女子，背影渐渐淡入一色微金深红之中。

她却不知道，她所看向的那个方向，沧阑行宫最高的折春楼巅，衣袖当风的尊贵男子久久伫立，高楼上的风吹得他长衣鼓荡、乌发散飞如墨，那些飞舞的发丝掩住了他的眼神，只有一缕若含深意的笑，嵌在唇角。

他看着城门的方向，半晌侧头对肩头的某动物道：“她就这样一声招呼都没打便走了，最狠妇人心哪……”

某动物很高兴地摊开爪，抓紧机会表白：我永远不会这样对待你……

表白还没完，便听主子似笑非笑地喃喃道：“没关系，你不来就我，我去就你。”

第六十三章

有所必为

东风吹，战鼓擂，南戎十八部族的好汉要打围。

久已臣服无极国治下、信服人头鸟身的格日神的南戎和北戎，这次不知道被触了哪根虎须，在安定十二年后，携手进行了叛乱。彪悍的两戎壮汉如潮水般涌出山谷和山寨，迅速占领了邻近的平城和黄县，并扬言要攻入中州，让长孙无极跪迎出昌安门。戎王派郭平戎的前锋军队驻扎荆城，自己的主营则盘踞于与荆城相隔三十里的潍水，两军遥相呼应，成掎角之势，围住了平城和黄县。

孟扶摇却和宗越离开大军到了离平城最近的姚城。据说在姚城郊野和戎族接壤的莽莽山林里生长着全五洲大陆数量最多、品种最少见的各类草药异兽，宗越身为大夫，自然不会错过。而孟扶摇也指望他突然人品爆发，能替自己研究出解药来。

姚城作为最邻近戎族的城，城中戎汉杂居，一直以来，朝廷为示安抚之意，在姚城设置了一正一副两位掌事人。主官在朝廷户部的文选清吏司官员名册中被称为县令，但在本地按戎人风俗称城主，负责实户口、征赋税、均差役、修水利、劝农桑，集行政、民政、财政于一身，由戎人担任；副县执掌仓储、刑狱和文书，是中州汉人。看起来戎人是最高行政长官，极具权势，却又将一县护军分离出来，设都护将军，率兵三千驻扎在离姚城二十里的白亭村，和姚城主官们不相统属。无极国朝廷对于彪悍又难以管束的戎人部族，可谓恩威并施、双管齐下，用足了心思。

在来之前，从当地负责引导宗神医前往姚城的向导口中，孟扶摇早已为姚城勾勒出了图像——美丽、祥和、戎汉和睦杂居，遍地开满大朵大朵色彩艳丽的花。

然而走进姚城，孟扶摇突然倒抽了一口冷气。

街巷残破，到处可见被烟火焚烧过的焦黑房屋，到处是被踏碎的花低伏在泥土里，到处是冬日里依旧裸着半个胸膛、穿着大花彩裤的戎人，雪亮的弯刀大摇大摆系在腰后。随着横冲直撞的步子不断晃动，他们横着眼神睨视着四周，满眼腾腾杀气，似乎一块石头挡路也会立即拔刀砍碎。

本地国人则大多神情畏缩、目光躲闪，连走路都避着那些一看就很想惹是生非的戎人。

空气里充满暴戾、杀气、挑衅、火药桶般欲待爆裂的不安分张力，令每个身入其中的人都不自觉地嗅见了危险的气息。

孟扶摇几个“异类”一进城，立即感受到四面八方射来的充满敌意的眼光，所有客栈酒楼甚至都不对外地汉人开放，孟扶摇和宗越原本可以凭着德王信物直接住到县衙里去，两人却嫌不自由，想寻家民户住下。不想找了几户人家都无人敢给他们借住，直到很晚了，才有一户老人收留了他们。

当晚在老人家里吃了简单却干净的饭菜，老人的儿子十分木讷，媳妇挺着大肚子快要生养了。一盏小油灯下，老人不住地给两人夹菜，满脸笑意如菊花，“山野小城，没什么好东西，吃，吃！”

孟扶摇坐在满是裂缝和黑泥的小桌前，抱着个碗发呆。十七年，十七年了，她没有和谁一起坐在桌前，享受着家庭般的晚宴。她没有享受过这小屋暗淡却温馨的灯火，没有人给她夹过菜，没有人陪她在一间类似于家的屋子里吃过哪怕一餐粗茶淡饭。

死老道士只逼着她练功、练功再练功，做他徒弟十年，每餐都是边练功边胡乱啃几口，某些属于前世的、温暖的家的记忆，早已远得像天际那抹淡云，风一吹便了无痕迹。

有那么一瞬间，她恍惚了一下，好像看见那双苍老的、夹菜的手，变成了一双细瘦的、青筋绽露的病人的手——属于母亲的手。然而那幻觉刹那消失，她依旧坐在陌生的、异世的小城某间屋子的灯下，看着属于别人家的团圆。

孟扶摇坐在那里，盯着满碗的菜，突然很想流泪。

她立即飞快地低头扒饭，一滴眼泪却突然滴落在青菜上，孟扶摇毫不犹豫地夹起，准备吞下属于自己眼泪的味道。

一双筷子突然横空出世，夹走了那筷青菜。

白衣如雪的宗公子本来是在用自己的碗筷，夹了几筷子菜远远地站在窗边象征性地吃，不知怎的突然走过来，好像也不嫌弃那青菜沾过她的筷子，慢条斯理地将青菜夹走，道："有虫子。"

孟扶摇无语，接着便满脸黑线地见他姿势有点不习惯地夹了一筷菜放进她碗里，"你太胖，吃这个容易瘦。"

孟扶摇盯着那筷野菜，露出古怪的神情，半晌扑哧一声笑出来，"你能不能不要这么毒舌？明明好心，也能给你说坏了。"

她眼底犹自含着一点泪意，盈盈晃荡，那本就如黑珍珠般的眸瞳中更多了几分晶莹的莹润之光，倒映着这一室灯火、屋外寒霜。

宗越的筷子在半空凝了凝，随即调开眼光，去看窗外的月色。

他眼神微微动荡，侧影这一刻看来有些孤寒，像是一株经过秋风打磨的竹，坚挺而萧瑟。

孟扶摇看着这个神秘而年轻的一代医圣，有些出神。想来，他虽因身份重要而享尽各国礼遇尊荣，然而内心依旧是寂寞的吧？

因为寂寞，所以懂得她的寂寞。

孟扶摇抿了抿嘴，夹了一筷子韭菜到他碗里，还恶作剧地将菜拼命往他饭里摁了摁，混在一起，坏心眼地笑道："这个好，壮阳草。"

……

人至厚黑则无敌。

毒舌男宗越碰上无耻的孟扶摇，也只好甘拜下风。他当作什么都没听见，低头吃饭，连饭碗不是那么干净也不计较了。

孟扶摇只顾自己吃饭，没注意到埋头吃饭的宗越嘴角有一抹淡淡的笑意。

几天住下来，孟扶摇已经和这家人混熟，也爱上了这种白天带着小刀和宗越出门采药、晚上回来吃饭体验家庭氛围的平静生活，将这南疆乱地的日子过得挺有风味。

不过孟扶摇的命不太好，平静安谧的日子一向享受不了太久，这天她出门时经过一条街，听见有喧嚣声，探头一看，好几户人家门上不知何时挂上了彩布。那些住户正在打点包袱、关门锁户，一副要逃离的样子。

孟扶摇愕然看着，道："怎么了？花花绿绿的，搞得像殖民地一样。"又指着房上挂着的彩布道，"这是什么？万国旗吗？"

"小哥儿别说笑，"有个路人低声道，"这是戎人寻仇的标记，若有平日结怨的人家，需要了结的，便挂上这布，警告不相干的人不要再来拜访这户人家，免得误伤。”

“这么嚣张？”孟扶摇眯起眼，“不是说这些年戎族和汉人和睦共处吗？怎么现在这么多彩布寻仇？”

“所谓和睦相处，也得看在什么情形下，”姚迅突然接口，“戎族天生是个好斗而骄傲的民族，一生里追逐自由和霸权，如果遇上比他们强的，他们会臣服但不会永远忠诚，只要一有机会，他们都会反叛并抗争。在无极国的历史上，这个民族反叛过十三次，有七次险些被灭族，依旧不改血液里天生的不羁，因此和已经划分给上渊国的南羌部族一样，被无极国人称为‘流动的战车’。”

他指了指那彩布，道：“这许多年戎汉杂居，看起来和睦无间，可是对于戎族这样一个骄傲得近乎变态的民族，一点点小事都有可能成为流血械斗的理由。汉族作为大族，拥有与生俱来的优越感，有时难免言语举止上有失当处，这些戎人记恨了，却因为朝廷管束放在心里，轮到如今十八部族联合叛乱，他们便认为报仇的时机来了。”

孟扶摇摇摇头，骂道：“什么骄傲不羁，完全就是欺软怕硬。”她倒也没在意，和宗越继续上山，傍晚下山，离老汉家还有段距离，走在前面的宗越突然住了脚。

远远地，老汉家有哭叫之声传出，尖厉而凄厉，随即翻箱倒柜声、人体撞上桌椅等物的沉闷之声、狂笑声、叱骂声、女人尖叫、孩子惊哭之声一连响起，闹嚷得不可开交，四面的邻居凝神听着，都露出了同情和愤怒的神色，然而愤怒过后，却都赶紧匆匆关紧了自己的屋门。

满街的戎人在狂笑，有人顺手抓过一家沽酒铺子的酒壶，咕嘟嘟一阵猛灌，喝了一半将酒壶啪地砸在那家房顶上，大笑，“烧！烧！”

更多人仿佛被这一声惊醒般，捋着衣袖围拢来，兴奋得手舞足蹈，呼声如潮。

“烧！烧！”

孟扶摇立在街心，眼瞳缩了缩，她一眼看见了老汉家门上突然多了一幅彩布。

老汉一家那么老实巴交的，也会得罪戎人？孟扶摇一把扯住一个悄悄上街倒水的邻居，问：“怎么回事？”

“他家那浑小子，三年前在集市上被一个戎人撞了，骂了人家一声‘夯货’！这下好了，人家来报仇了。”邻居鬼鬼祟祟说完，赶紧挣脱她跑了。孟扶摇骂了一声：“这也是烧家报仇的理由？”

“看来这城中戎人按捺不住，想闹事了。”宗越走过来，站在她身侧道，“你伤还没全好，不要插手。他家如果被烧了，咱们帮衬点银子另寻住处就是，这城中戎人势大，正愁没有挑衅起事的由头，你不要惹事。”

孟扶摇深吸了一口气，握紧双拳，勉强按捺下自己出手的冲动。种族之争历来延祸深远，是历朝历代都难以解决的难题。她熟读历史，怎会不知？相较于战争大势，个人意气有时确实要不得，一时冲动救人倒不要紧，但如果激怒了全城的戎人，将事端闹大，只怕死的人会更多。

她攥紧了小刀的手，退开一步。那孩子不住回头看，唇线抿得很紧，眼神中有种狂热的兴奋。孟扶摇低头看着她的眼睛，皱了皱眉，道：“小刀？”

小刀转过头来，眸子亮得妖异，她口齿清晰地道：“该杀。”

孟扶摇一怔，停住脚步，有点不敢相信地问：“谁该杀？”

小刀手一指老汉家，“全杀了。”她一字字都说得极其清楚，还有种不属于这个年纪的森然的杀气，听来感觉像是钢钉慢慢钉入乌黑的棺木，血腥而铁硬。

姚迅咝的一声，道：“这什么娃娃啊……”

宗越却突然淡淡地一瞥小刀，神情间若有所思，随即道：“是吗？”他唇边浮起一抹森凉的笑意，伸手慢慢去拍小刀的肩。

那孩子不明所以地看着他，看着他气质干净光明，神情平静温和地伸出手来。

那只修长洁净的手突然被另一双飞快伸过来的手架住。孟扶摇抬着手，挑高眉毛，直视着宗越，“不过一言之失，罪不至死。”

“言为心声，”宗越不让步，“这孩子太危险。”

他言语简单，眼神里却分明还有内容。孟扶摇抬眼，只觉得心口突然一紧，她分明在那眼神里读出了“留在你身边太危险”几个字。

这毒舌男居然还有这份关心，孟扶摇感动了一秒钟，手却丝毫不让，只抬头执拗地看着他。

雪白的衣袖一分分沉下来，孟扶摇的手停在半空，额上微微绽出了汗，却一动不动，一字字道：“最起码她现在手无缚鸡之力，她还是个孩子，我做不到。”

“你只需要让我来做。”宗越看着她，神情似冷似热，“你刚强聪慧，杀伐决断，唯一的缺陷便是心地过善。就像那次，若不是看不得那个巧灵因为你陷身郭府，你何至于明知有诈还不得不冒险去救？在这弱肉强食的五洲大陆，你这样心软，要如何生存？”

孟扶摇沉默，半晌道：“有所不为，有所必为，但为此故，虽死无悔。”

长街寂寂，少女身姿立得笔直，长风从她发间掠过，将言语的铮铮之音更远地传开去。那些属于热血、属于执着、属于信念的坚持刚硬的字眼，一次次如利锥，敲破世俗寒冷的藩篱，透过明亮的天光。

宗越雪白的衣袖似乎微微一震，他出神地凝视着孟扶摇，眼神如琉璃光华流转，半晌一笑，收回手，道："但望有朝一日你莫要后悔。"

孟扶摇放下手，掠掠鬓发，回望一直沉默注视着他们对峙的小刀，一笑道："我相信人性本善，我相信本善的人性纵然因为命运的拨弄而走斜了道路，但最终会有机会被引回光明的境地。如果我们一点机会都不曾给他们，只用杀戮作为解决问题的唯一手段，那最终成魔的，会是我们自己。"

她豪迈地伸手一拍宗越，笑道："放心，我不是那种不舍得杀人的人，该杀的，我一个都不放过！"

"一个都不放过！"仿佛在为她这句话做呼应，身后突然一阵大响，一群男子暴声大叫，伴随着女子凄厉的惨呼："不要动我的孩子！"

轰然一声，身后突然飞过一扇门板，重重地砸落在街心，激起漫天灰尘，险些砸到小刀。孟扶摇手一伸，将她拽到安全地带，回身看见半幅门扇歪歪斜斜地挂在门洞里，像缺了牙的黑洞洞的嘴。门洞里爬出衣衫带血的老汉媳妇，艰难地挪动着身子，一次次地想爬过门槛，却一次次因为力气不足扑倒，身后亦步亦趋跟着一群看好戏的戎人，抱臂冷冷地看着。

一个身高足有丈二的戎人紧抿着唇，倒提弯刀，弯刀上犹自滴血，在地上蜿蜒出一路如蛇的血线。他一步步跟在地上蠕动的妇人身后，每行一步，手中弯刀便轻轻一挑，刺啦一声挑破妇人身上的衣服。

衣服的碎片如蝴蝶般不断飞舞，随着妇人艰难挣扎前行，她身上衣服碎裂的地方越来越多，露出的肌肤也越来越多。那一点点闪耀的雪色，衬着地上零落的衣襟和鲜血，那种原始脉动般的鲜艳对比，如同薪火般，点燃了那些如兽男子野性的眼眸。

老汉媳妇腹部高高隆起，孩子已将足月，她拼命护着肚子，艰难地在地上爬行。怕伤着孩子，她不敢脸朝下爬，只得仰面朝天艰难地拖动着身体，一寸寸挪移。

那戎人不急不慢地跟着，一步一刀，一刀一片破碎的衣花。

只一会儿，妇人衣衫尽碎，看得见裸露的肚腹上因为怀孕后期浮现的淡淡青筋。

那戎人蓦然大笑道："胡本道，你看着，你媳妇和你的小崽子，就要被我这不小心撞了一下你媳妇的夯货给挑了！"

戎人轻蔑地笑着，刀光一闪，挑向那妇人的肚腹。

四面的邻人们，面露不忍之色，叹息着转过头去。

被其余几个戎人紧紧按住的老汉和他儿子，撕心裂肺地大叫：“环儿！”声音冲破云霄，在寂静的四面激荡出悲愤的回音。

刀风劈下，杀气四溢，毫无怜悯，那撑得薄薄的肚皮早已不堪重负，眼看就要在刀锋之下裂开，换得一尸两命的惨烈结局。

铿!

极细的微响在屏息的寂静中听来十分清晰，随即一人清晰而又明锐地道：“堂堂男子，当街欺凌孕妇，这就是你们戎族的骄傲和高贵？”

自忖必死、早已心胆俱裂的妇人只觉得那扑面的刀风突然一歇，随即面上发痒，睁开眼便见自己的发丝被刀风割断，正扫过面颊，缓缓落地。

她抬眼，看见自己身前有一双洁白而有力的手指，捏住了离腹部只差毫厘的刀尖。

满街寂然，都在盯着那手指，那手指轻描淡写地捏住了戎人的刀尖，那精钢铸成的长刀便再也不能下沉一分。那戎人用力将刀往下劈了劈，刀却纹丝不动，他惊骇地将目光顺着手指上抬，便看见对面目光冷然地看着他的黛色衣衫的清瘦少年。

那自然是孟扶摇。

有所不为，有所必为；有所必忍，有所不忍。

有些事，终究是有底线的。如果她能任这凶残的戎人在这长街之上、众目睽睽之下挑破那跃动生命的肚腹，她就不是孟扶摇!

迎上戎人惊愕和闪烁着凶光的眼睛，孟扶摇突然深吸一口气，大骂：“滚你丫的！”

咔嚓一声，她恶狠狠地捏断了戎人的刀尖，顺手将那碎裂的刀尖反手一扔，啊的一声惨叫爆起，一个正提刀偷偷逼近她的戎人立即惨呼着倒栽出去，手背上明晃晃地插着断刀。

“格日神在上！哪里来的找死的浑小子！”那被夺刀的高大戎人一声怒吼，赤手空拳扑了上来。拳风猛烈，居然是个练家子。

可惜遇上孟扶摇，一堆这样的练家子也没用。

孟扶摇冷笑，负手，跨出了一步。

只一步。

这一步恰好踩在掉在地上的半截刀的刀把上，刀把翘起，刀旋转着飞了出去，恰恰迎上那戎人钵大的拳头。那戎人急忙缩手，缩手时拳风带动气流涌动，刀也被卷得方向一变，一个翻滚啪地击上他的鼻子。

哗啦一下，那戎人鼻血长流，额头青肿，五颜六色，噔噔后退。

宗越一直默然站在一边，看见孟扶摇手都没动便将人收拾了，眼底掠过一丝赞赏。孟扶摇不仅所学功法非凡，更兼悟性极高，虽说现在还不能跻身顶尖，但总有一天，五洲大陆武学的巅峰位置，将会是她的。

击退戎人，孟扶摇转身去扶起老汉媳妇，把一把她的脉象，知道胎儿无虞，欣慰地点点头，道："你家不能住了，无极国每城都有收容无家可归及苦难人士的护民堂，你们去找县尉大人寻求庇护吧！"

那妇人抬起一张惊魂未定满是泪痕的脸，哽咽道："多谢……"

老汉和他的儿子连滚带爬地冲过来，满脸是泪地扶起自家媳妇，又连连感激地朝孟扶摇作揖，暗自庆幸自己一时好心收留，关键时刻竟救了命。

孟扶摇摆摆手，回身看着宗越，道："你先走，我送他们去护民堂。"

宗越眼中露出奇怪的表情，却什么都没说，只是站着不动。孟扶摇瞟他一眼，刚要走，忽听身后风声一荡，孟扶摇头也不回，猛然一个后踢，扬起的长腿在阳光下划出一个超越人体柔韧极限的漂亮弧度，砰的一声，踢上了偷袭者的胸膛。

"啊！"来人偌大的身子被这看似轻飘飘的一脚踢得直线般飞出去，重重落地，发出一声惊破天的惨叫，身子在地上扭了几扭，不动了。

半晌，他身下流出猩红的血液，渐渐扭曲着积成一摊，浓郁的血腥气立即蹿入所有人的鼻端。

"杀人了！"

一声惊呼将已经走开的孟扶摇定在原地，她一转头便看见那高大的戎人躺在血泊里。孟扶摇快步过去将他身子一翻，他身下插着半截断刀，正是先前被自己捏碎又插入另一个人手背，然后被那人拔出扔在地上的刀。看起来像是自己刚才一脚将那家伙恰巧踢到了断刀上，送了他的命。

不对！

孟扶摇端详着那刀，心中一跳。她记得自己的刀插上那个戎人的手背，那人拔刀后刀随便往地上一扔，如今却是竖起的——是谁动过了这碎刀的位置？

她霍然抬头，便见一个身影匆匆挤进了人群。

孟扶摇飞身要追，却有更多的人拥上来。那些跟随来寻仇的戎人突然都发了狂，挥舞着长刀拼命地冲过来，大叫："杀人啦！他杀了罕木帖！"

"抓住他！抓住他！"

无数竖起的长刀反射着日光，如一道道雪色泉水般泼洒过来。泉水奔腾，疯狂混乱，欲待淹没那人群中央的清瘦少年。

叫声更远地传开去，极其有穿透力地穿过重重的屋宇，穿过街道。

四周的汉族百姓也慌乱起来，在家的赶紧砰砰砰地关紧房门，互相告诫着："千万不能出去，要出大事了！"

在街上的人们，靠近孟扶摇的赶紧跳开，大声申明："我不认识他！不认识！"

更有一些人在后退的同时捋起袖子，讨好地对愤怒的戎人大喊："戎家兄弟们，这个小子侵犯了格日神的尊严，杀了戎家兄弟，咱们也看不过去，咱们去通报县令……"

街上闹哄哄的，顿时乱成了一锅沸腾的粥。

孟扶摇一把将那戎人的尸体扔回地面，冷笑："众生相！众生相！"

宗越不动声色地站在她身后，道："现在不是你感叹众生相的时辰，你要紧的是不要将事态进一步激化。"他说得轻描淡写，孟扶摇却听得目光一闪。

不将事态激化，不让这戎人被杀的消息传出引发全城戎人暴动，导致更多的人死亡。唯一要做的，就是将在场的戎人全部杀掉！

风雷隐隐、干戈将起，一旦城中占绝大多数的戎人暴动，等待姚城人的将是一场浩劫！

想着那样的后果，孟扶摇的眼色变了，眼底渐渐浮上一层如网的血丝，她霍然抬头。

迎面操刀冲来的戎人呼啸着举刀奔来，随即便看见对面那个清瘦少年眼神一瞬间变得极为可怕。如果说刚才还是一柄出鞘的锋利的刀，现在刀沾了血、杀了人，成了真正可置人死地的杀器！

那样的眼神，让他们看见了决心……和死亡！

打头的男子和这样的目光相遇，没来由地便觉得心中怦然一撞，下意识地发一声喊便向后退去。他退得突然，后面的人还在埋头猛冲，顿时砰地撞在一起，引起一阵不满的大骂。

骂声未毕，孟扶摇突然动了。

她一掀衣袍，突然如炮弹般直冲了出去。

身形在半空中冲击过快，拉出一条黑色炮弹般的长线，几乎在那黑色人影刚刚摄入人群瞳孔的刹那，孟扶摇已经冲到了戎人的人群中心，二话不说便拔刀。

锵！

刀光在浅淡的阳光下闪耀如白虹，只一霎，便到了众人头顶，刀光盖过日光，泼水一般罩下！

刺、戳、挪、劈！

身起、肘出、腿踢、厉踹！

人体和人体接触的时间短如星火，一碰即分，一分开便有大蓬大蓬的血花绽放开来。这里的血花刚刚怒放，那里的擦撞再次发生，发生的刹那又是一蓬艳丽的血花。

孟扶摇冲入人群的身姿如同一道黛色的飓风，穿行于长刀与肌肉的堡垒之中，所经之处，带出左右纷飞的血雨。她出刀和收刀一样快，收割生命和收割稻草一样简单。

当断不断，反受其害，该杀的时刻，孟扶摇不会给自己时间犹豫。

这是一场无声的屠杀，孟扶摇每刀出手都顺手点了对方穴道，以免惨叫传到巷子外，引来更多的人，刀身不断入肉再拔出的声响沉闷却惊悚，一具具尸体无声地倒下去。

这种沉默的死亡只会令人更加心生恐怖，在第十三个人被割完“稻草”之后，所有人都停住了脚步，拔刀的拖刀后退；逃开的呆在原地；捋袖子要帮忙的抖着腿，裤裆出现可疑的潮湿；砰砰砰关门的将偷看的眼睛从门缝移开，虚软的背贴上门板，这一贴，才发现满背心都是冷汗，冰凉的。

孟扶摇重生以来从未杀过这么多人，也从未这般杀人却毫不手软。作为一个穿越客，她并没有鲜明地分出戎汉种族，但她知道，妇人之仁不适用于乱世，而以杀止杀有时候是扭转大局的唯一办法。她不惮于以少量鲜血的流出，来阻止火药桶般的姚城被有心人挑起的火种引爆，阻止姚城苍生之乱、血流漂杵的结局。

眼见还有三个戎人要逃，孟扶摇腿一抬，如乌云般从他们头上卷过，落在他们前方，劈手夺过最前面那个人的刀，反手一掷。

刀如穿麻花一般将三个同方向逃窜的戎人钉入地下，最后一个被巨力撞得脱离刀身，摇摇晃晃着前冲几步，趴倒在街边一条水沟旁，鲜血将半条沟都染红了。

何止是半条沟，整个一段街面上，鲜血已流成沟渠，横七竖八地缓缓流过青石路面，像是无数条巨蛇在扭曲蠕动。

满街泥塑般的人僵在那里不知道动弹，孟扶摇一人立于血泊当中，仰首向天，一叹。叹完了两手在衣服上擦擦，很爱惜地还刀入鞘。她一般用三种武器，小匕首藏在肘弯或袖里，方便偷袭或自卫；长鞭拴在腰间，用于逃生或不想杀人时的对敌；只有这把刀，她佩在身后，这是许多年来第二次使用，用来大批量杀人。

刀名“弑天”，死老道士传给她时，神色慎重，称这刀中有莫大的秘密，不过孟扶摇从未发现过那秘密到底是什么，然而刀确实是绝品，明锐得就像一流杀手对敌时的眼神。

她仰头看看天色，不知何时，阳光已经淡去，起了一层层鱼鳞样的霾云。

身后，一直堵在巷子口引开路过的人注意力的姚迅和宗越的手下松了口气，抹抹因为这场惊心杀戮而渗出的冷汗，看孟扶摇的眼光都不同了。老汉一家，早已瘫在地上说不出话来了。

只有虽然没有插手，却一直站在孟扶摇最重要的后背位置有意无意掠阵的宗越平静如前，甚至还微微笑了笑，道："该是我派上用场的时候了。"

他上前，取出一个小瓶，在每具尸体上撒了撒，那些伤口立刻狰狞地扩大，发出肉体焚烧的滋滋声响，血肉逐渐消融，骨骼逐渐软化，最终化成了一摊细碎的骨屑，被风一吹，便飘散在天地间。

一个人在这世间的全部痕迹和存在，便在弹指间被消弭。

老汉噔噔噔奔过来，急急地拽宗越和孟扶摇，"快走，快走！戎人经常在外游荡，有群人要过来了！"

孟扶摇扶起老汉媳妇，道："这批人失踪，定有他们的同伴寻上你家门来，你们赶紧和我走。"

她匆匆离去，宗越本想留着看完这些尸体全部化尽再走，忽然眉心一皱，脸色一白。他伸手抚了抚心口，侍候他的属下赶紧上来，拥着他离开。

当这场杀戮的制造者全部离开，巷子中的人才如梦初醒般从震惊中醒过来，他们惨白着脸互相望了望，都在对方眼中看见了深切的恐惧。然而那目光一碰就掉开，所有人都擦擦身上被溅上的血迹，默不作声地走开了，回家，将门闩牢牢闩紧，将门用顶石顶上。

他们虽然在生命威胁之前有直觉的趋利避害之举，然而到了这时，也会自觉地维护孟扶摇所造成的局面，都准备沉默地将这个下午发生的事情永久地埋在心里，直到危机真正过去。

危机真正过去了吗？

昏黄的夕阳降下去，暗沉的月亮升上来了。

今晚的月亮像是蒙了一层雾气，模模糊糊得看不清楚，那些街巷、小道、树木、建筑，都朦朦胧胧地被罩在一片灰色的、流动的雾里。

小巷里的水沟里，先前漂在水里的鲜血已淡去，水面反射着一层粼粼的光，水沟旁生着暗褐的野草，形状有点怪异。

水沟里伏着的先前那最后被孟扶摇一刀穿身的"尸体"，突然动了动。

第六十四章

步步紧逼

月色惨青，照上沟渠。

沟渠里漫生野草，将那尸体掩在当中，良久，那具“尸体”手指一蜷，抓住了沟侧的野草，挣扎着缓缓支起身体。

他喘息半晌，一点点从泥浆里爬起来，满身的鲜血和淤泥不住从衣角往下跌落。

他背后一道狰狞的伤口足足好大一个洞，翻出血肉，露出白骨，在深浓的夜色里，看上去令人惊心。

那是孟扶摇最后一刀穿三人捅出的伤口，其实原本没有这么大，中刀刹那这人借着冲力前冲跳进沟里，背心里的伤根本不致命，但是宗越的化骨散帮了忙，将伤口蔓延开来。

至于为什么没有继续蔓延，没像那其余十几具尸体一样化为骨屑飘散，宗越如果在这里，看见沟边那奇形怪状的草，就会明白了。

钩草是宗越化骨散里一味主要成分的最大克星，这草一般生在峭壁边，如今竟在这沟中出现，这人跌落时压碎钩草，断草落入水中，又被溅起的水花带起，冲入了他背心的伤口，阻断了化骨散进一步腐蚀的效力。

难得使用的化骨散居然遇上了钩草，数量很少的钩草居然生长在这小城陋巷的水沟旁，又恰巧救了这落入水沟的戎人一命，使他成为这场灭口杀戮里的漏网之鱼，这世事之奇巧，只能说，冥冥中自有天意。

天意要让密织的秘密之网撕裂一道缺口，来造就一场乱世烽火，成全一个女子的绝世之功。

那戎人挣扎而起，在惨淡的月色下一阵喘息，粼粼的沟渠死水倒映着他的脸，脸上满是不甘的戾气。他摇摇晃晃站直了身体，弯着身，扶着墙和树，一点点挪出了小巷。

月色下，小巷的青石板路上，留下两行沾着鲜血和泥浆一路远去的脚印。

月色降临的那一刻，孟扶摇正扶着胡老汉媳妇，敲响了县丞苏老爷的官署的门。他们原本先去了护民所，不料所丞不同意这一家人入住，需要城主或县丞的亲笔命令才可以。孟扶摇只好带着他们去县衙，反正她和宗越原本也是要去那里拜会城主的。

不料县衙大门紧闭，孟扶摇敲了半天门，才有一个衙役懒洋洋出来道："都什么时辰了，敲什么敲？惊扰了大人休息，有你好看！"

孟扶摇忍了忍气，不想和这狗仗人势的势利小人计较，尽量平和道："这位官爷，麻烦通报，这妇人一家被戎人欺负，连屋子都被烧了，需要老大人手令，求护民所庇护……"

话没说完那衙役就变了脸色，连连挥手道："戎汉私人械斗纠纷，本署一概不受理，回去回去！"

孟扶摇怔了怔，怒道："不受理？这是你的意思，还是城主的意思？"

"你傻了吧？"那衙役一脸新奇地看着她笑，"城主大人不在县衙的，他在城东自己的庄子里，衙里是县丞大人，这自然是大人的意思。"

"那给我传报县丞。"

"你算什么东西？"那衙役斜着眼，"你说报就报？我告诉你，这种事苏大人绝对不会管，别在这儿啰唆了，早点滚蛋吧你！"

孟扶摇抬眼看看他，突然笑了。

她这一笑，老汉一家人看这衙役的眼色就像看个死人，这家伙不知上下，竟然敢惹这杀神！

孟扶摇却突然一扭身，大步走到官衙前的登闻鼓前，抓起鼓槌，狠狠一敲。

嗵！

一声巨响。

那声音巨大得令人震惊，如巨雷滚滚，瞬间穿透黑暗，震散浮云，啪的一声，登闻鼓从前到后突然穿出一个洞，鼓槌从洞中飞出，重重地砸在官衙的大门上，又是一声轰响。

轰响声里孟扶摇清晰地道："登闻三击血沾襟，这烂鼓居然一击就破，那么下一击我只好敲大门，大门敲完我敲人的脑袋，到时候我的衣襟会溅上谁的血，我可就不保证了。"

衙役呆在原地，他呆滞地看了看原本很结实、现在破得一塌糊涂的鼓，再看看被飞出的鼓槌砸出一个坑的包铜的大门，抖着手摸了摸自己的脑袋，赶紧道："我去通报，我去……"

"不用去了！"一声冷叱传来，大门忽然打开，一个尖脸老者已经站在了门后，他身后跟着大批衙役。守门的衙役急忙小步奔过去行礼，"大人！"

县丞苏大人铁青着脸一挥袖，怒道："什么人胡作妄为？竟然毁坏登闻鼓，辱我堂堂公廨威严！当真置我无极朝廷于无物吗？"

孟扶摇瞟着他，这就是一县副官苏老爷？就是身负守牧一方重责、明明是个汉官却置万千汉民于不顾、任他们被戎人欺凌任他们陷于水火的苏大老爷？

孟扶摇盯着他，下意识地在磨牙，磨了半天却突然把锋利的牙齿一收，笑眯眯地上前，做了一个温文尔雅的长揖，"见过苏大人，小子失礼了。"

"你现在知道失礼了？可惜惊扰本官的罪由不得你区区一句话便可罢休！"苏县丞愤怒地看着这个前倨后恭的小子，越发肯定他是被自己的浩浩官威所折服，很威严地一甩袖子，"来人，拿下他！先枷号三日，叫这些刁民看看不知进退的下场！"

衙役轰然应了，上前去拿孟扶摇。孟扶摇眯着眼，毫不抗拒地任他们绑了。宗越一直平和地站在一边看着，也没有干涉的打算，只在看一个衙役手脚粗鲁并碰着孟扶摇的肩头时，眼神才微微跳了跳。

孟扶摇被一堆衙役推搡着向里走，衙役的手狠狠卡在她纤细的肩头上。宗越的眉梢又跳了跳，突然道："慢着。"

孟扶摇哀怨地回头看他——你太没耐性了，我还想玩呢。

宗越不理她，只是袖手温和道："苏大人，这个人你不方便枷号。"

"嗯？"苏县丞皱眉看着宗越，"你以为你是谁？可以在这堂前对本官指手画脚？"他鼻孔朝天，看也不看宗越，不耐烦地一挥袖，"带走……"

他话音突然顿住——对面，宗越伸出的掌心，一块黑色令牌静静躺着，上面浮雕的金色"德"字熠熠生光。

德王令牌，象征皇族贵胄，德亲王亲临。

"在下姓宗，单名越。"宗越语气温和客气得如对挚友，娓娓和煦，"在下不才，蒙德王殿下抬爱，赐王府及封地任意通行之权。别说苏大人这七品县令的大堂，便是德王殿下的虎威堂，在下若想站在堂上说几句，想来也是可以的。”

苏县丞僵在了原地。

宗越！这是个几被神化的传奇男人。

出身神秘无人能知，自幼师从医仙谷一迭，天资颖悟青出于蓝，二十岁开始行走五洲大陆，活人无数。五洲大陆崇尚武学，皇族都会武，伤病是难免的事，伤病这东西也不会因为谁地位高便不降临，因此大夫一向地位超然，更何况宗越这种巅峰人物，更是各国君主都曲意笼络的人。他早已得五洲大陆诸皇族特许，见君主不必拜，各国王公想见他一面还得辗转请托，各国贵族欠他活命恩情者不计其数。虽然只是个大夫，但是他的地位和号召力远超一般王公，可谓登高一呼，万众景从。

如果说长孙无极是政治领域的神，宗越就是生命领域的神，前者收割领土、势力和人命，后者拯救伤痛、疾病和人命。

像苏县丞这种身份，平日里连宗越的衣角都摸不着，他瞪着对面白衣如雪、光明清洁的年轻男子，说不出话来。

宗越却只是微笑着指了指孟扶摇，客气地道：“可以把我的朋友放开吗？”

“啊，可以可以！”苏县丞急忙挥手命令放人。

他要放人，孟无赖却不依了，唰地一跳让开前来解她绳索的衙役，“解什么解？我还要枷号呢，边去！”

“不解！就是不解！”孟无赖灵活地左蹿右跳，坚决拒绝衙役解绳索，“枷号啊，枷号我啊！放了我，还怎么让姚城百姓看看‘不知进退’的下场？”

她一边嚷一边三避两让地便蹿进了大门，一路从青石甬道上蹦进内堂，“枷呢？站笼呢？快上啊！莫要浪费时间！”

衙役们看她这小人得志的嘴脸，都无奈地放开手，求助地看向苏应化。苏大人怔了半晌，悻悻地一跺脚，快步上前，亲自伸手去解孟扶摇的绳索，“小兄弟，是老夫唐突，你莫见怪……”

孟扶摇身子一侧让开他的手，正色道：“草民是安分良善之民，坚决遵从老大人教化，老大人说枷号就一定要枷号、说站笼就必须要站笼，草民不折不扣，坚决执行。”

“你……你……唉！”苏县丞脸色铁青地呆了半晌，才尴尬道，“是老夫不是……老夫给你赔不是……”

孟扶摇等的就是这句话，笑嘻嘻转过头来，道：“老大人真要给我赔不是？”

“是老夫唐突失礼……”苏县丞抹了一把汗。他向来是个能屈能伸、八面玲珑的琉璃蛋儿，要不然也不会给派了来这戎汉杂居的复杂地盘给戎人城主做副手。他来了之后发现戎人城主阿史那性子刚厉彪悍，就越发做小伏低，将“调和”戎汉关系的重责发挥得淋漓尽致。凡是戎汉之争，必偏戎人；凡汉人有所抗争，必镇服汉人，才换得在阿史那强权下的安稳日子。如今德王大军就在三十里外，宗越又是德王礼遇的贵客，打死他也不敢得罪宗越的朋友。

“那好。”孟扶摇笑得比他还客气，“老大人那么有诚意地赔不是，我怎么好意思不接受？既然诚心要赔礼，那么老大人放不放我不要紧，先将那家子安顿了吧！安顿了他们，我心情就好了；我心情好了，就决定不枷号了。”

苏县丞悻悻地盯着她，进堂写了个手令交给一个衙役，命他带老汉一家去安置。看着那家人离开，孟扶摇这才伸了个懒腰，啪啪两声，捆得紧紧的绳索随着她这一懒懒的动作全部断裂，一截截落在地上。

苏县丞瞪着那轻描淡写被挣断的绳索，脸色铁青，眼底却闪过一丝怯色，赶紧微笑让客，“后堂请，请！”

孟扶摇却站着不动，“苏大人不必客气了，现在也不是客气的时辰。”她神色慢慢沉静下来，眉宇间生出凛然之气，“大人，危难在即，百姓将堕于水火，你当真一点打算都没有吗？”

苏县丞愣了一愣，上下打量了她一眼，一边猜测着她是不是朝廷派下来的观风使，一边斟酌着答：“这个……戎人势大，性子又刚烈彪悍，撩拨不得。当徐图缓之，徐图缓之……”

缓你个毛！孟扶摇的火气噌噌噌上来，上前一步道：“老大人现在‘缓之’也可以，就怕将来轮到刀刃加身的时刻，再想‘缓之’，还来不来得及？”

“小兄弟何必这么危言耸听？”苏县丞笑得难看，“戎汉一家，已经在姚城和睦共处几十年，何至于刀兵相见呢……”

“我呸！”孟扶摇在心中恶狠狠吐了口唾沫，脸上却强自按捺了，缓缓道，“大人愿意自欺欺人，也由得你，只是大人牧守姚城，将来姚城汉人若真有难，朝廷雷霆震怒，大人也是难辞其咎吧？”

苏县丞笑不出来了，沉着脸道：“这与阁下何干？”

孟扶摇注视着他，摇摇头，道：“无干。”不等苏县丞讥笑，她便一字字接了下去，“只是本着一个人基本的良知而已——眼见灾难在即，眼见百姓将陷兵戈之火，眼见无辜之人遭劫掠欺辱，生而为人，无法坐视不理。”

她冷笑瞟着苏县丞，“大人身为姚城之主，能够安之若素，坦然至今，在下也是佩服得很。”

“那你又要怎样？”苏县丞给她挤对得紫涨了脸，半天才愤然道，“我一介书生，手无缚鸡之力，如何和豢养私兵的城主作对？我一人之力，又如何保护这万千子民？”

“对敌三策，以智为上。”孟扶摇盯着他，朗声道，“大人可以用的办法，其实很多。”

“哦？”

“庇护汉民、集结兵卫、邀护军进城驻扎、武力镇服戎人，此下策。”

“荒谬！别说本县无权请调白亭护军，就算他们来了，大军一旦入城，戎人便会立即暴动，到时便是一场无谓的干戈！”

孟扶摇瞟他一眼，一个“原来你也不算白痴”的眼神，若无其事道：“以德王殿下征丁为名，召集汉民青壮年男子集结操练，这民团说起来是要离开姚城派入德王军中的，戎人必然不会阻挠，必要时，这便是一支民团军，此中策。”

苏县丞不说话了，目光闪动，拈须沉吟。

“大人这就动心了？”孟扶摇微笑着凑近苏县丞，低声道，“还有不费一兵一卒，自取戎人的上策呢……”

“哦？”

孟扶摇低声地在苏县丞耳边说了几句，苏县丞眉梢一阵急速跳动，目光变幻，半晌却道：“你疯了！”

孟扶摇冷笑看着他，不语。

“阿史那的庄子警备森严，阿史那本人也是高手，你想软禁他，谈何容易！”

“那是我的事。”孟扶摇淡淡道，“大人甚至不须出面，借几个衙役给我充个场面混过关就成。”

苏县丞怔在当地，目光变幻，似在将关系利害在心中迅速分析剖解，半晌一咬牙，重重一跺脚，道：“好！给你！”

“大人心系子民，不惜冒险，在下佩服。”孟扶摇目光一亮，微笑大赞。

“唉……”苏县丞叹息一声，悠悠道，“小兄弟，你定然是因为先前本县所为而有所不满，其实本县但能尽微薄之力，何惜此身？只是一直被强权压制，无可奈何罢了。”他转头，招手唤过几个衙役，道，“你们随着这位兄弟，去城主庄子一趟。”

“那怪不得大人，大人不过韬光养晦以待时机而已，如今救民重任，舍你其谁？”孟扶摇笑得十分灿烂，“如此，多谢大人仗义！”

她轻轻一礼，随即从苏县丞身边走了过去，苏县丞下意识地还礼，腰刚刚弯下去，忽觉后心一凉，仿佛背后突然被开了个缺口，然后塞进了一把冰冷的雪。

他艰难地扭过头，便见那清秀少年慢条斯理地从他后心抽出一柄黑色的匕首，匕首上鲜血淋漓，不住跌落，那少年平静地轻轻一吹，将鲜血吹落。

那血……是我自己的……

这样一个念头还没转完，苏县丞突然觉得撕裂般疼痛。那疼痛以后背为中心，烟花炸裂般炸开，瞬间遮没了他最后的意识天空。

他喘息了一声，如一段朽木般沉重地倒了下去。

出手的自然是“孟吹血”孟姑娘。

孟扶摇平静地看着苏县丞死不瞑目地倒在血泊里，将匕首收回，摇摇头道：“别总当别人是傻子，以为我和你一样智商为零啊！”

苏县丞连庇护汉民都坚决不肯，会这么爽快地答应她这个大胆计划？

这么机密的议事，他让衙役站在一边听候？

招手唤衙役，眼睛干吗还眨个不休，抽筋啊？

孟扶摇最恨吃里爬外、泯灭天良、不认祖宗、助纣为虐的人渣，留下这个熟悉衙门和全城事务的老油条，肯定挡不住他通风报信。很明显他和阿史那是利益共同体，那么他迟早会挨无极朝廷一刀，她孟扶摇比较积极，提前帮着砍了。

宗越的眼神瞟过来，有询问的意味。孟扶摇明白他的意思是在问她：“你确定现在就对城主动手吗？”她轻轻点了点头。不知道为什么，她心中一直有隐隐的不安，先前虽然将戎人全部杀人灭口，但她脑海中总在不住闪回那柄原本平放、后来却莫名其妙竖起来的刀，以及那个匆匆挤进戎人人群的身影。正是这个身影鬼魅般始终浮现在她眼前，激起她的不安，她才想先下手为强，掌控目前的局势。

苏县丞愿意出面帮她最好不过，不愿意，她只好送他永远休息。

苏县丞眨眼间变成尸体，惊呆了那几个衙役，孟扶摇不急不忙过去，汉人衙役一人嘴里弹了一颗药，戎人衙役则各自在后颈点上一指。

“药是长生大补丸。”完了她袖手笑嘻嘻道，“也没什么，如果没有解药，你们就真的长生了，灵魂不灭嘛！”

“后颈那一指嘛，”她斜瞄着那几个明显神情不服、眼光闪动的戎人衙役，“更没什么，不分筋也不错骨，我知道你们不怕死，你们最怕的是亵渎真神，所以我只是截了你们的穴，十二个时辰后如果不用独门手法解开，抱歉，你们会头脑昏聩、神志迷乱，什么拿刀砍城主啊、放火烧城楼啊，甚至对着你们伟大的格日神撒尿啊，都有可能做一做。”

不去看齐齐脸色死灰的那几个衙役，孟扶摇笑容可亲地挥挥手，道：“现在，就请诸位陪侍着在下，至城主府走一遭吧。”

夜色沉肃，星子明灭。一线黑云如铁，压上城东一座古怪的庄园。

说古怪，是因为在这建筑风格等同内陆诸城，白墙青瓦、层层院落的小城之中，突兀地出现了一座完全是戎人风格的寨子。寨子除了围墙大门还是汉人风格外，里面的房子都是最原始的杉木树皮房，南疆特产铁线木的廊柱上毫无装饰，隐约可以看见牛角形状的风灯在房檐角上悠悠晃荡，一线微黄的光，很远地晕染开来。

很明显，建起这座和城中风格极不协调庄子的主人一定固执而坚持，有着对自己出身的最深沉的信仰和膜拜。

深夜，庄子很安静，一些起于青萍之末的风还没有刮到这个方向来。

“城主大人！”一声带着哭音的号叫却突然惊破了这一刻的寂静。声音未落，门上铜环已经被人拼命叩响。

“什么人在此喧哗？”几乎是立刻，明明看来一片安详的庄子内便爆出警觉的沉声大喝。

那层层叠叠的树皮楼上，也隐隐约约有些森黑的东西在闪着光，戒备森严地对准了夜半来客。

“属下是郭二，听差班的班头！”那人拼命叩着门环，“城主大人，出大事了，出大事了！”

“大人夜间不见客！你昏了头了，半夜来惊扰！”那声音不放行，“滚回苏应化那里去！”

“苏大人遇刺了！”一声高喊石破天惊，门内那个沉雄的声音也顿了顿，似在消化这个惊人的消息。

随即庄子里响起一阵杂沓的脚步声，半响后声音再度响起，却不是先前那沉雄的声音，而是一个带点厉气的金铁之音，“怎么回事？”

“属下也不明白……有刺客……刺客还在苏大人尸身上留了一封信！”郭二站离门一步，让那门内透出来的灯光照上自己的脸，将一封书信高高地递过头顶。

门内一点灯光缓缓地转出来，扫过郭二，扫过他身边几个面貌熟悉的戎人衙役，随即移开。半晌后，有人低低嗯了一声。

超过寻常厚度的大门终于开启。两盏牛角灯漂移出来，在一群人的拥卫下，一个中年男子步伐稳定地出来。按照戎族风俗，冬日里依旧半裸着胸，披件七彩毡袍，并不如寻常戎人般高壮，居然是个中等个子。一双眼睛眼珠微褐，转动时凶光一闪而逝。

他一抬头，看见前方独轮车上草席盖着的苏县丞的尸体，不禁一怔，道：“怎么连尸首都拉了来？”

“大人！”郭二弯下身去，“苏大人就是在这附近遇刺的。他听闻城中汉民有异动，赶来向您通报的时候出了事，属下们没法子，只好……”

阿史那皱了皱眉，道：“附近？”他突然想起了什么，道，“我看看伤口，也许能知道凶手的来路。”

郭二躬身递上信，阿史那一皱眉，身边一个护卫立即呵斥：“别用你的脏手靠近大人！”然后将他搡到一边，夺过手中的信递上。阿史那这才顺手接过，一边拆一边向独轮车走去。

苏县丞一张惨白的脸暴露在月光下，死鱼般的眼睛翻向天空，看起来诡秘而阴冷。

阿史那自然不会惧怕死人，他不急不忙地拆信，手中的信封口却粘得很紧，他盯着苏县丞的尸身，无意识地舔了舔封口，用唾沫将封口濡湿，刺啦一下撕开了。

信撕开的那一刻，他也走到了苏县丞的尸身旁。

他一边去掀盖着尸首的苇席，一边瞄过从信中抽出的那张薄薄的纸。

纸薄软，纸上的字迹大而凌厉、龙飞凤舞，“借我挟持一下。”

几乎在眼光刚刚触及那纸的刹那，阿史那便立即醒悟，反应极快地向后暴退，可惜已经迟了。

一双手，一双沾着血色却形状精致的手突然从苏县丞胸中穿出，刹那间穿过苏县丞的尸首，掐向阿史那的咽喉！

那手快得像一抹追蹑星光的闪电，半空中一弹一点，阿史那要避，突然觉得胸中气息一窒，脚下莫名其妙地一软。这一软，那手已经到了他的咽喉，钢铁般捏住了他的气管。

那手指一捏上来，阿史那立即心中大叫一声我命休矣！虽然只是一双手，但对方指力间透出的稳定和劲气坚如磐石，令人觉得一旦被抓住，便永不可甩脱。

那手指弹了弹，弹飞指间的肉屑，随即，苏县丞的尸身慢慢坐了起来。月色清冷，尸体惨白，尸体的胸前破了一个大洞，洞中伸出一双手，手掐在阿史那的脖子上，怎么看都是一幅恐怖而诡异的画面。

有人已经吓得腿软，啪的一声，一盏牛角灯掉落地上，迅速燃烧起来，却也没人呵斥，没人说话。

一片惊心的窒怖中，却有银铃般的笑声响起，“长孙无极的法子就是好，可惜我没有透明的手套。”

笑声里苏县丞的尸体突然软软地落在一边，一个黛色人影从独轮车上坐起，手仍旧卡在阿史那的咽喉上，笑吟吟道：“多谢城主，你真大方！我讲借，你就借了。”

阿史那盯着这陌生少年，吸气道：“你……是谁？”

那少年不答他的话，偏头嗅了嗅自己身上的尸臭，恶狠狠地对着远处黑暗看了一眼，道：“懒人，苦差事我都做了，你还不出现！”

有人低低笑了一声，随即白影浮现。淡淡的唇色、笑意温和，正是宗越。

那少年自然是孟扶摇，她手一伸，推着阿史那往回走，“来来，城主大人，这半夜三更的，何必在门口吃风呢！”

她推着阿史那向门里走，一路大摇大摆地登堂入室，衣袖一拂将房门关上，随即拖过一张纸，道：“我说，你写。”

她刚刚说了几句，阿史那便变了脸色，怒道：“不成！”

他话音刚落，远处突起喧哗之声，听来像是人的呐喊号叫，轰然如雷，远远听来便有拔城之威、开山之势，呐喊声里隐约还有刀剑铿然声响，一波波地逼了来。

孟扶摇脸色一变，仔细聆听，身侧宗越突然道：“大群的人向这里过来了，也许……消息走漏了。”

随着他的话声，急如乱雨、快如抽鞭的擂门声起，没擂几下，大门便被冲开了，一群花花绿绿的汉子呼啸着冲了进来。领头的手中拎着几个人头，鲜血在地上沥了一条长线。

“城主大人，这家汉民勾结外人杀我格日神子孙，我们已经宰了他一家！请城主大人发兵去捉那杀人凶手！”人头在凶悍的戎族头人手中晃荡，鬓发苍老、满面伤痕，看眉目赫然是胡家老汉。

已经退入门楼内的孟扶摇一眼看清那人头，立时脸色大变。宗越靠得她近，听见她牙齿咯咯微响，全身都在控制不住地颤抖。他担心她暴怒之下真气走岔，将掌心轻轻按上她的后心。

孟扶摇却根本没有注意到他的举动，只觉得浑身灼热而又手脚冰凉，胸腔里仿佛被沸腾的水狠狠烫到，大片大片地灼痛。那疼痛放射性地迅速传遍全身，将她的心都快撕裂了。

是她安排胡老汉一家进了护民所，是她没能将戎人全数灭口才会导致胡老汉一家被报复，是她大意，以为消息不会走漏而使胡老汉一家离开了自己的保护，是她，无意中做了凶手！

全家灭口，三尸四命！我不杀伯仁，伯仁却因我而死！

激越的愤怒刺激得孟扶摇眼前发黑，手下的力道也控制不住。她卡在阿史那脖子上的手指微微抽搐，阿史那只觉得脖子上的手掌越卡越紧，他拼命挣脱却无力挣脱，脸色涨成了红紫色，眼看就要窒息而死。

宗越眼看不好，赶紧一指点过去，孟扶摇神志一轻，手掌一松，阿史那大口大口地喘气，拼命直着脖子呼吸。孟扶摇转头，眼底刹那全是血丝，她森冷地看着阿史那，那眼光令以刚厉著称的阿史那也不寒而栗。

孟扶摇却只是慢慢地、一字字地道："人都到齐了吗？很好，你这做主人的，还不快请？"

无极政宁十五年腊月，一个微冷的冬夜，无极南境戎汉杂居的姚城，迎来了它建城以来的第一场动乱。

事端起于一次普通戎人寻仇之举，却因为一个女子的介入而引发了一场灭口血案。其中唯一逃生的戎人纠结了族人前往城主府求城主主持公道，却被那女子守株待兔，抢先一步杀了县丞挟持城主，逼迫城主阿史那"宣诸位头人入庄议事"。诸位戎人出于对城主的尊敬，解剑入庄。进庄之后，其中几人被"宣召单独相见"，兴冲冲地进了内室。

没有人知道其后发生了什么，只知道那几个人从此失踪，他们留在这个世间的最后痕迹，就是事隔多日后一个仆役透出的口风，称那间内室的门槛下端，有一些鲜红的痕迹始终擦拭不去，像是曾经被鲜血浸透。那门槛中血痕的位置在离地面一脚背深的地方，换句话说，除非有盖过脚背深的鲜血汪满了地面并长久浸润了木质坚硬的门槛，才会留下这样鲜明的血痕。

那该会流出多少鲜血？那鲜血又是谁的？

那几个戎人的离奇失踪从此成为姚城历史上永远的谜团，连同那夜某个清瘦的影子，带着杀气的行走如风的步伐，滴血的刀尖乍现又隐，漫过地面的大摊血泊一起，被时光永久掩埋。

除了这几个知道自己遭遇了什么的倒霉蛋，其余人都被请到正堂等候城主，这些人一边羡慕着"被城主请去单独议事"的同伴，一边高谈阔论地喝着几上的茶，茶没喝几口，齐齐倒地。

等他们醒来，已经和尊贵的城主大人一同被囚在了城主府的地牢的隔间，头人们同仇敌忾，决定至死不向敌人屈服。谁知敌人根本不出面，很殷勤地送上食物和水，头人们不知怎的特别饿与渴，算准对方不想杀他们，放心吃喝，吃完喝完却开始闹肚子，赶紧找恭桶——地牢里是有恭桶，可惜恭桶上刻着他们信仰的格日大神像。

打死这些人，他们也做不到对着格日神像拉屎，而且那恭桶还十分缺德地把神像的嘴当作开口。这恭桶谁要敢用，这辈子也别想活了。

当着大家的面公然在地上解决？大家都有头有脸，也实在做不来，所谓饿可忍、屎不可忍，不过一天下来，从阿史那到诸头人，都被折腾得奄奄一息。

此时一张纸摆到他们面前，有人高叫着——按要求写字吧，给你拉屎的自由。于是诸位不怕死、不怕刑讯却至死不敢亵渎尊神的头人乖乖写了手令，交出了本族所有的刀剑武器，以后需要取用，须得由县衙配发，并对着格日神像立了血誓，发誓永生不会再起背叛之心。

唯一不肯屈服的是阿史那城主，他死死地蹲在墙角，三天三夜没挪窝，生怕一挪窝就把满裤裆的臭气泄露出来，这般毅力倒也令人佩服。于是他继续把牢底坐穿，头人们则继续奔向排泄的自由。

一场原本足够席卷全城、毁灭全城汉民的大祸事于是便被这种近似无赖的手段消弭于无形，而始作俑者、那横空出世的女子，很快便将一纸盖上县令官印的文书昭告全城：城主因病不能视事，县丞暴病身亡，现由其代任城主，掌管姚城境内军政民政全部事宜。

这是发生在无极南疆小城姚城的一场不算牵连甚广的动乱，本应如泡沫瞬间消逝于史卷和时间的长河中，然而正如锋芒在囊，无论如何也不会被掩盖其应有的光华一般，一些七国高层人士仍然从这场局部动乱之中，嗅见了一些不同寻常的气息。

“阴谋手笔，杀戮之锋。”璇玑国主凤旋斜躺在寝宫里一盏淡紫宫灯前，漫不经心地把玩着榻前垂落的流苏，微笑着如是说。

“因势而为，占人机先，造事者，非凡也。”轩辕国摄政王细细读完本国飞骑密报，淡淡地赞了一声。

扶风国神空圣女非烟倚在她那全扶风最高的高楼之上，透过飘飞的金色纱幕和浮云，眼神蒙眬地看向南方，良久，手指一抬，空空如也的指尖突然出现一枚黑色晶石。她沉默地和那眼睛般的黑石对视，半晌，轻轻道：“神的旨意，她的方向。”

天煞国烈王立马于葛雅沙漠，于浩瀚黄沙之中遥遥看向无极国的方向，他比常人更黑的眼眸此刻幽光闪烁，跳跃着炽烈而兴奋的火焰，如同这沙漠之上那轮永远燃烧的炽日。

“女人，是你吗？”

烈王殿下突然仰头大笑一声，扬鞭策马，骏马喷地打了个响鼻，扬蹄长嘶，泼风般驰去，留下一道深深的蹄印，一路向南、向南。

姚城城门处，浅紫衣袍雍容优雅的男子，微笑着看了看城门口的布告，喃喃道：“我不过略迟一步，你连我的城都抢了……”

他扬眉，看向城主府的方向。那里，那个笑意明朗如骄阳、身姿柔曼如春柳、行事却雷霆万钧霹雳风范的女子，此刻正在做什么？是否会想起，某个被她不打招呼就扔下的人？

此刻，城主府内，新番城主孟扶摇并没有想到被她无情甩下的元昭诩，更没有想到小小姚城的动作会引起七国高层的反应。她正蹲在城主府地牢内，目光呆滞、难以置信地盯着地上那具尸体。

姚城数万戎人尊奉的大头人、姚城戎人的实际领袖、在戎人中拥有绝对威望，一旦真正出事就会引发动乱的姚城前城主阿史那，突然死了。

第六十五章

无极之心

“早不死晚不死，在最不该的时候要死！”孟扶摇哭丧着脸蹲在阿史那绝无伤痕的尸体前，啃着指甲喃喃地咒骂。

现在她这个代城主看上去当得风生水起，其实也就是一个走钢丝的活儿。她忙得团团乱转才算稳定了局势，首先由宗越去信德王，详述了此间事由，得了德王的默许，做了这个便宜城主；其次筛选了县衙里比较危险的戎人，重新招募了汉民衙役，又开始组练民团，强化人数较少的汉民的自保力量，重新划分户籍，将以往习惯聚居的戎人打散，和汉民掺杂居住。又斩了几个最凶悍、挂彩布最积极的戎人，现在城中虽然暗潮难免，但是还算安定。

这些事她独木难支，都是宗越不知道从哪儿找来的人手，帮她从小做大，取得熟悉当地情况的汉民信任，实现以民护民的策略。他甚至在孟扶摇这个不懂政务的城主对着文书抓瞎的时刻，一边毒舌地讥讽她，一边顺手便将诸般千头万绪的事务给处理了。他处理事务行云流水，信手拈来，如庖丁解牛切中肯綮，堆得山高的文书瞬间便消失了。孟扶摇惊叹之余，越发觉得宗越的出身绝不寻常，哪有大夫这么擅长政务的？有一次问起，宗越当作没听见，第二天继续去采药，拒绝管她了。孟扶摇只好从此闭嘴，两人一番合作，倒也做得似个模样。

可是这全部的努力，眼看都要随着阿史那的暴毙化为流水。姚城戎人十分爱戴这位城主，如果阿史那身死的消息传出去，好容易按捺下去的暴动的星火又会立即熊熊燃起。

很明显，姚城内一定有为戎军做事的细作，专门煽风点火，以便里应外合，甚至不费一兵一卒地拿下姚城。

而她这个空降城主，是不太可能将县衙内所有下属都清洗掉的。孟扶摇摇摇头，懒懒地站起来，对一直平静地看着阿史那尸体的宗越道："化掉吧。"

宗越皱皱眉，道："化掉阿史那的尸首，你以为戎人就不会和你要失踪的前城主大人了？过几天就是戎人的敬神节，各地戎人都会有庆典，这种场合阿史那不出现，你根本无法交代。"

孟扶摇哀号一声，正在犹豫，忽听前堂登闻鼓响。那声音十分怪异，砰砰砰敲得不急不缓，一点也没有喊冤者的悲愤急切，却浑长悠远，一声声一直传到地牢里，甚至还有点和鼓点不合的杂音，细小地传了来。

那点杂音，听起来倒像什么柔软的东西在撞鼓面。

孟扶摇疑惑地起身，喃喃道："咦，居然有人敲鼓鸣冤？我孟青天治下，不是应该安定祥和、绝无冤案吗？"

宗越瞟她一眼，露出一丝无可奈何的笑意。孟扶摇这个人神经线基本就是铁铸的，这么糟糕的状况，也没能让她中止开玩笑。

孟扶摇踢踢踏踏地向外走，先将倒霉事抛开，满怀兴奋地期待着她城主生涯里的第一次升堂。衙役们站班威武完毕，孟扶摇抖抖特制的袍子，人模人样地往位置上跨，听见那鼓还在擂，不耐烦地转头喝道："还敲什么？老爷我升堂了！"

这一转，就看清了敲鼓的人是谁。

孟扶摇呃的一声，一个踉跄，从案几后栽了下来。

前方，从格栅看出去，登闻鼓前淡紫衣袍的男子举着鼓槌，不急不慢地敲着，姿态优雅，气质尊贵，把喊冤鼓击得像在敲击乐器，一堆大姑娘小媳妇围着，痴迷地盯着日光下他滑落的衣袖中露出的精致的手腕。

更让人无语的是，鼓下方，一只雪白的毛球蹲在鼓架上，砰砰砰地用脑袋撞着鼓。主子每敲三次，它必撞一次，频率精准，态度殷勤。

不是那对无良主宠，又是谁？！

孟扶摇嘴张得足可以塞下元宝大人了，愣在座位上不知道该一拍惊堂木还是赶紧溜。一个念头没转过来，那个击鼓的男子已经优雅地放下鼓槌，不急不忙地整整衣袖，还面面俱到地对四面的姑娘媳妇微笑点头，随即在一片惊艳的倒抽气中漫步而来。

某肥球蹲在他肩上，目光凝重，顾盼自雄。仔细看，还可以从肥球眼底看见一丝不屑——这官袍好丑！

孟扶摇黑线了半晌，突然吸吸鼻子，昂起头，给自己打气。

唉！不就是有人跑来告状吗，就算这个人比较特殊那么一点点，告状的真实目的不太可信一点点，但是完全可以当他是个真的来告状的普通人嘛！

只是……为什么总有点心虚呢？

孟扶摇目光不住地乱飘，飘上横梁，飘过桌案，飘下地面就是不肯飘到正对面。她摸摸文书，摸摸袍子，摸摸头发，就是不肯摸那惊堂木。

她脸上明明白白写着“我没良心，我很心虚”，看得对面浅色衣袍的男子忍不住莞尔，元宝大人却翻了翻白眼。

堂外站满了百姓，都想看新城主怎么审案，想看这个风华绝代的男子到底有何冤情。众人灼灼的目光盯着堂上年轻俊秀的新城主，再看看堂下风姿韶秀的告状人，怎么看都觉得两人神情怪异。新城主尤其古怪，屁股底下好像放了火盆，磨来蹭去地扭个不休。

沉默得久了，百姓开始窃窃私语，孟扶摇被逼不过，只好爪子挡着脸，有气无力地拍了一下惊堂木，哑着喉咙道：“堂下何人？因何告状？”

她目光鬼鬼祟祟瞟着元昭诩，不知道他要出什么幺蛾子，眼见元昭诩抬眼一笑，曼声道：“老大人……”

孟扶摇抖了抖。

元昭诩还不罢休，一撩袍子，居然准备下跪。

孟扶摇骇得直跳起来，刚要大叫阻止，对面元昭诩不过是虚晃一枪，膝盖弯一弯又立即站直，拍一拍脑袋，笑道：“哎呀，老大人，在下忘记了，在下有功名在身，见大人不需跪的。”

孟扶摇牙痒痒地瞪着他，突然就不心虚了。心虚什么？这家伙从来一点亏都不肯吃，迟早要还给她，那她何必过意不去？

她立即直起腰，恶狠狠一拍惊堂木，大喝：“递上状子来！”

元昭诩微笑着从怀里掏出一块绢布，临时师爷姚迅上前去取过，手指一撩看见绢布里的东西，立即就露出想笑不敢笑的表情，抿着嘴忍着笑，小碎步将绢布送上。

孟扶摇疑惑地接过——这家伙还真有状子？展开一看，绢布里卷着一个完整的鱼骨头。

孟扶摇一脸黑线地盯着那宝贝，认出那东西就是绿珠山上自己啃过的那条鱼的遗骸。

哎，不是被自己扔掉了吗，他什么时候捡回来的？真是另类的“状纸”啊……

还没想清楚，便听下面那人不疾不徐道：“晚生元昭诩，状告太渊国人氏孟氏，始乱终弃，置我不顾，辜情负义，薄幸无心……”

……

孟扶摇险些一口血喷出来——这叫个什么事啊？

元昭诩元同学，这是公堂，这是无极治下姚城行政中心，你这话也说得出口？

我……始乱终弃，置你不顾，辜情负义，薄幸无心？

她抖着手指，很想拎起那条鱼骨头扔到元昭诩身上去，无奈这毕竟是公堂，这个脸实在丢不起！想起元昭诩那个“始乱终弃”，脸色不禁爆红，悻悻地盯着元昭诩半晌，奈何那人一脸正经，和他肩膀上的白毛耗子一般，毫无愧色。

孟扶摇只好压低声音，恶狠狠道：“阁下这状纸好像不合规范。”

“是吗？”元昭诩微笑，指了指那绢布，“老大人不妨把状纸给民众看看，晚生觉得还是挺规范的，甚至连定情信物，晚生都在状纸中附上以示证明了。”

八卦是任何时代任何人民都拥有的本性，一听见“定情信物”，底下百姓们都哗然一声，拼命向前挤，想看看是什么宝贝，神秘兮兮裹在状纸里。孟大老爷却对着那鱼骨头欲哭无泪，好吧……定情信物。

她三把两把赶紧将“定情信物”收起，顺手捏碎，肃然道：“你说的也有道理，本县已经看见了。既然这样，这状纸本县受理，只是这里是无极国境，你状告太渊人氏，非我所能管辖，你还是去太渊告状吧！”

说完很为自己的捷才沾沾自喜，想着元昭诩这下该没话了，挪挪屁股准备退堂，谁知道那人又是一笑。

孟扶摇看见他笑就发毛，屁股挪了一半立刻定住，果然听见他道：“大人，此女虽是太渊人氏，却喜好东游西荡，近期潜伏于我无极境内，就在这姚城之中。而且她骗财骗色，难保荼毒了我之后，不会再危害他人，请大人念在苍生黎庶，早日将此女捉拿归案。”

“骗……骗……骗财……财……骗……骗……色……”孟老爷开始口吃，“骗什么……什么财……什么……什么色……”

“骗走家宠臀上毛一根，家宠之毛非等闲之毛，日常有佣仆打理，每根价值千金。”元昭诩肩上那只“毛值千金的绝世家宠”立即背转身，翘起肥臀给大老爷展示“被惨烈拔走的绝世之毛”——当然，基本上是不太可能辨认出来的。

“至于色嘛……”元昭诩微笑，垂下长长的眼睫，眼眸流光溢彩，水般荡漾道，“晚生不好意思说了，老大人心知。”

……

真是没有最无耻，只有更无耻，这一对擅长“二人转”的主宠搭档，实在欺人太甚！孟扶摇勉力挣扎了半晌，突然蹦起来，一拍惊堂木，大喝：“鉴于此案案情特殊，涉及绝世奇毛及私人隐秘，现中止公开听审。来人！关门，放狗！”

大门轰隆隆关上，隔绝了百姓们兴味盎然的好奇眼神，有人还不肯罢休地扒着门缝想偷看，猜测着“新老爷和这个奇怪的苦主之间一定有奸情”云云，孟扶摇命人从门缝里往外泼水，成功泼走了八卦强人。

随即孟大老爷连踢带打地又赶走了一直窃笑的姚迅和目光亮亮地戳在那里看戏的小刀，瘫在座位上哀号：“好吧……元公子、元大人、元爷爷，我求饶！你别玩我了好不？”

元昭诩慢步过来，俯身看了看孟扶摇，微笑道：“城主大人气色倒好，看来过得坦荡滋润。”

“我不坦荡，我不滋润。”孟扶摇有气无力地答，“我忏悔，我有罪。”

元昭诩目光一闪，有点诧异孟扶摇居然这么好说话，随即微微笑开。这丫头看起来心狠手辣，其实骨子里还是太正直，不然何至于心中负疚步步退让？他原以为她要跳起来对着干呢！孟扶摇在别人面前，可没这么好说话。

元昭诩心情很好地拍拍她的肩，道：“城主大人，不打算招待你远道而来的旧识吗？”

“哦，”孟扶摇死狗一样爬起身来，道，“没有多余的院子了，介意和宗越挤一挤吗？”

“宗先生去睢水了，”元昭诩漫不经心地答，“德王病发，请他过去治病。”

孟扶摇回头盯着他，“你和宗越，什么关系？”

“利益之友，说不准哪天利益相争了，就是敌人。”元昭诩答得爽快。

“你很闲啊！”孟扶摇继续盘问，目光贼亮贼亮地盯着他，“太子幕僚可以随便乱跑吗？”

“太子派我来南疆监军，我这是公务。”元昭诩含笑看她，“你还想知道什么吗？”

“我还想知道你心有多黑、肚子里弯弯绕有多少……”孟扶摇咕哝。

元昭诩只当没听见，随着她步入后堂。两人在小花园中穿行，南疆气候湿暖，花园里长着冬日的九重葛，苞片硕大、姹紫嫣红，大片大片地长着，有种激烈而奔放的美丽。

远远看过去，浅紫衣袍宽衫大袖的男子和黛色衣衫一身利落的少年相偕而行，姿态隽雅，本身也是一道难得的美景。

孟扶摇从花丛穿过，手指抚在丝缎般的花瓣上，心中突然起了难得的静谧和宁静。到姚城以来的一系列事端，那些杀人流血、夺位镇服，风烟血色地闯过来，她一直提着一股劲，如今却突然觉着累了，有一种疲乏从血脉里被唤醒，瞬间遍布全身。

她偏头看了看身侧的男人，是因为他吗？仿佛只要他在，她便会没来由地放松，从灵魂深处开始释放自己，安适而恬静。这个男人，这个可以牵动她内心情绪、对她影响不可谓不大的男人，真的是在几个月前，才刚刚认识的吗？

她这一刻含笑凝睇的神情，流露出自己都未曾发觉的小女子的芬芳柔雅。元昭诩察觉了，侧首对她一笑，突然弯身采了一朵九重葛，取下她的官帽，作势要给她插上。

孟扶摇脸一红，下意识地一侧身，突然白光一闪，某情敌趁她这羞赧一侧间蹿了上来，龇牙兴奋地迎上那朵花。

大红花啊……主子给戴啊……青春啊……荡漾啊……元宝大人牙龇得已经看不见眼睛，全身的白毛都在激动地飞扬。

那只拈花的手却突然侧了侧，随即元宝大人眼前一黑，一个巨大的玩意儿突然兜头罩下来，将它罩在其中。

元昭诩不动声色地帽罩爱宠，手一捞将它兜起往旁边树上一挂，随即微笑如前，将花轻轻插上孟扶摇发间。

发色青黛、花红如火，衬着少女天生璀璨的明眸，人间丽色，摄魂夺魄。

风声细细，有幽香散淡而来，元昭诩负手花间，细细端详眼前人儿。他的眼色深沉翻卷，有旧事更替而过，半晌道："我还是比较喜欢你女装戴花的模样。"

他说话时语气悠悠，若有深意，孟扶摇听得心里一跳，直觉这话有哪里不对劲，一时倒忘记了羞涩。刚要问，元昭诩已经转身前行，而身后，元宝大人扒着官帽，悲惨地呼叫救援。

孟扶摇没好气地拎起那帽子，系在手上晃啊晃，直到把元宝大人晃飞出去，扑入主子无情的怀抱。

"你既然是监军，应该在睢水，跑来这里做什么？"元昭诩步子不大，却走得很快，孟扶摇很辛苦地在后面赶啊赶。

"姚城难道不算前沿吗？"元昭诩头也不回，"这里戎汉两族聚居，是戎族和内地的交界之地，真正的军事重地……"他话说到一半突然伸手，一把从身侧一棵树后捞出一个小小的人来，"嗯？这里风景很好吗？看起来特别漂亮？"

那偷听的孩子被他突然拽了出来，吓了一跳，却瞪着小兽般的眼睛不语，正是小刀。她抬眼看进元昭诩的眼眸，毫无惧色。孟扶摇暗赞一声，她可是知道元昭诩的目光威力，难得小小孩子，竟然不为所动。

元昭诩低眉看着这孩子，目光中掠过一丝深思。他微微闭目，似在从记忆中搜索着一些什么，随即睁开，一笑。

他的笑意看在孟扶摇眼里，忍不住撇撇嘴，唉！这人就是会装深沉！

原以为元昭诩会对小刀的存在发表点意见，元昭诩却什么都没有说，放开了那孩子，非常主人翁地问孟扶摇："靠花园的这屋不错，我让人给收拾一下？"

孟扶摇呆呆地哦了一声，随即便见元昭诩很自如地招呼婢仆去收拾，还听见他更加自如地吩咐："城主住后进？不，城主要搬了，就住这隔壁，对，给她换一下。"

孟扶摇满脸黑线地看着满院子的佣仆非常听话地被元昭诩支使得团团转，转眼间就给自己住处换了地方，愕然道："换地方干吗？"

"我要把你放在我眼睛看得见的地方。"元昭诩牵着她走过去，"省得一不小心你就又不见了。"

他语气中有淡淡的惆怅，孟扶摇讪讪地左顾右盼，咕哝道："不就是没打招呼走开一次嘛，连无极国都没离开的，这么小心眼！"

元昭诩笑而不答，此时孟扶摇突然想起地牢里那具尸体，不禁愁眉深锁，忍不住问元昭诩该如何处理。元昭诩随她去地牢看了，蹲在阿史那的尸体前，他沉默了一会儿，突然笑笑说："这个容易，这世上不是有人皮面具这种东西嘛！"

孟扶摇无语地看着他——这是无极国的官员啊，是你的属下啊，你就这么没良心地拿人家的脸来做面具？我都没你这么没良心！

元昭诩看懂她的目光，笑睨她一眼，"你有良心，那就给阿史那大人全尸吧！敬神节会出什么事，咱们也不用管了，天塌下来，有你撑着！"

孟扶摇哀怨地瞪了这个又会读心术又会釜底抽薪的家伙一眼，着手安排姚迅去找和阿史那体形相似的人。元昭诩把门关起来，半个时辰后交给她一个盒子，道："风干上几天，便可以用了。"

孟扶摇打开看了一眼，半晌道："这世上还有什么事是你不会做的？"

"有。"元昭诩答得很快。

"哦？"孟扶摇睨他，以为他会说些比较艰难的事。

"我不会做的事，"元昭诩看着她，一直看到孟扶摇心底发虚，才悠悠道，"我从来不会不打招呼就把关心我的人给扔下。"

孟扶摇在心底悲号。

妈的，这辈子再也不要得罪这个男人！

南疆腊月的冬夜，有一种深入骨髓的湿冷，窗纸上结了一层淡霜，瞬间被燃起的炭火烤化。孟扶摇咬着被角坐在床上，无心练功，没办法，隔壁就是某人，听说他在洗澡。

洗澡啊……

水声哗哗地响着，灯光从墙缝里透进来。

对，墙缝。

这房子比较特别——阿史那城主的房子结构是半汉半戎式的，全木制造，做隔板的全是原木拼装。有的木头缝还挺大，基本上，如果对着墙上的一排木头缝做快速移动，大体可以将隔壁一个人的春光全部采集。

孟扶摇的床的位置正对一个较大的木缝，她正襟危坐，坚决阻止自己的眼睛往正对面某个方向瞟。看了会长针眼……俺是个正经人。

正经人眼观鼻鼻观心，听着哗哗的水声练功。

还没气走丹田，眼光突然一滑，瞥见最大的那个木缝里有白色影子——奇怪，刚才还没有啊，什么东西？

好奇心很足的孟扶摇立即为自己找到了个偷窥的光明正大的理由——看看那是什么！

她赤脚跳下床，蹑手蹑脚靠近，走到那缝隙前，眼睛凑过去，突然被一根逸出的白毛刺了一下眼皮。

毛？

……

孟扶摇愣然看着那木缝——一只穿着白兜兜的肥球正四爪大张地摊开身体，死死地堵在那缝前，白影正是它。

感觉到有人接近，未雨绸缪的元宝大人转头，乌黑的圆眼珠对上偷窥者的眼睛。两只大眼瞪大眼，元宝大人眼神中立刻传达了自己全部的鄙视：“就知道你会偷窥！”

元宝大人悲壮地用自己的肥身子堵在唯一一个可以勉强看清主子洗澡的缝隙前，比那堵枪口炸碉堡的谁谁谁还富有正义感还要正直无私。

主子只能给我看！

孟扶摇无语地看着它，内心深处充满了对元宝大人执着的、近乎变态的占有欲的极度膜拜。她决定，把这膜拜化为实际行动，好好地和心中的偶像做个沟通。

对着元宝大人露齿一笑，孟扶摇突然伸手，一把破开了缝隙，抓出了元宝大人。

后者立即吱哇乱叫着拼死挣扎，既要捍卫自己的安全，又要捍卫主子的春光，好一个手忙脚乱！孟扶摇笑嘻嘻道："没事，我不看你家那位，我就和你谈谈心。"

抓了元宝刚要走，听得缝隙里突然传来某人带笑的语音，"你说不看，刚才抓元宝的时候眼珠子拼命在缝里找什么？"

孟扶摇揉揉鼻子，大声道："我看见一只臭虫溜隔壁去了，我帮你找一下。"

"是吗？"某人笑意如故，突然轻轻哎哟一声，声音极为诱惑地道，"真的有臭虫，好痒！扶摇，来给我挠挠背。"

"……"

少顷，一枚散发着古怪气味的东西自缝隙间闪电般弹出，直射向隔壁的澡盆。

与此同时还伴随着某人杀气腾腾的大喝："杀虫丸，买一送一，保证药效，一杀就死！居家聚会旅游洗澡之必备良品！"

"哎，元宝大人，其实你真的没有必要堵在缝隙口的，你看，你身材这么差、体重这么重，堵在那里，你累不累啊？"

元宝大人慢条斯理地转了个身，屁股对着孟扶摇以示不合作，孟扶摇立即伸手把它转过来。

"我觉得吧，咱们之间有误会。而误会这东西，沟通才是王道——来吧，不要藏着掖着了，把你对你主子的乱伦之恋、暗恋、不伦之恋、跨物种之恋的所有情感，统统向我发泄吧！"

元宝大人伸出爪子，痛苦地遮住了脸，为孟扶摇的不懂含蓄而感到羞耻。啊……主子为什么会看上这么个活宝啊……

"你不和我说，那我就先和你说了？"孟扶摇今晚嘴碎得要命，顺手从床板下摸出一壶酒，重重地往桌上一墩。

"我心烦，想说话，可是又不知道对谁说，咱哥俩关系比较好，我不怕你泄露出去。来！感情深啊，一口闷啊……"

元宝大人愤怒失控之下，险些拔掉自己的一根绝世奇毛——谁跟你哥俩啊？我一百年才出一个，你十个月就搞定了，好比吗？

"我苦闷啊……"孟扶摇砰砰砰地拍胸膛，咕嘟咕嘟地灌酒，"我矛盾啊……"砰砰砰又拍，又灌，"我不知道怎么办啊……"砰砰砰……

元宝大人张大嘴，瞪着面前那个酒疯子——这是怎么了？孟扶摇这蟑螂不是一向比正品蟑螂还打不垮、揍不扁吗？今晚这是怎么了？没看见主子洗澡，有这么伤心欲绝吗？

善良的元宝大人有点不忍了，开始慎重思考，是不是恩准孟扶摇去缝隙那里看一眼。

嗯……就一眼……也许可以？反正主子应该洗完了。

孟扶摇哪里知道这只白耗子根本和她不搭线的思维，她纯粹是为自己郁闷。来姚城之后一直过得很紧张，胡老汉一家被杀的愤怒和自责让她自觉担下了保护这个城的责任，忙碌之下，她也没时间去想那些有的没的，而元昭诩突然出现，却如巨石突然投入勉强恢复平静的波心，她先是尴尬，随即有隐约的欢喜与安心。然而欢喜过后，她突然便觉得自己被郁闷的大潮给淹没了。

她头晕，发昏，手脚发热，烦躁不安，内心涌动着喜与忧交织的矛盾浪潮，放纵自己的呐喊和劝诫自己的理智交互而来，剪不断、理还乱。

唉，不会毒发了吧？孟扶摇拍拍自己的脸，喃喃道。一转眼看见元宝大人好奇地盯着她，乌亮的黑眼珠湿润晶莹，像一对上好的玛瑙珠子。

“唉！我知道你听得懂人话，但是，你不可能还会认字吧？”孟扶摇狡黠地笑了，伸手去抚摸元宝大人。后者立即嫌弃地一让，孟扶摇也不介意，她心神恍惚地趴在桌上，一遍遍蘸了茶水在桌上写字。

元宝大人扭扭屁股，原本准备跑路，脑袋一低看见桌子上的字，爪子突然一顿，想了想，对着孟扶摇一屁股坐了下来，从兜兜里掏出一小块果子，有滋有味地慢慢啃。

孟扶摇看见元宝大人居然做出一副准备听她倾诉的姿势，不禁哑然失笑，转念又想耗子毕竟只是耗子，不能把它想得智商太高，也许它就是贪图这里风凉呢？不过，不管怎样，哪怕就是只耗子坐在对面，孟扶摇也憋不住了。

今夜月色清凉，花香浮动；今夜长风如许，人在天涯，宜将心事尽诉。

“幸亏你是只耗子，不然我还真不敢说。”孟扶摇笑眯眯地看着元宝大人，“我就不信你能把我写的字都翻译成吱吱，吱吱着说给你家主子听。”

元宝大人咔嚓咔嚓地啃果子，头也不抬。

“你家主子，唉……”孟扶摇愁眉苦脸盯着隔壁缝隙里透出的微光，那神情好像看见宝藏却不能进去拿一样，她慢慢在桌子上写字，“我好像有点喜欢他了，怎么办？”

咔嚓一声，元宝大人啃得越发凶猛，一口下去，果子就见了核。

“不要这么愤怒，”孟扶摇微笑看着它，“跨物种恋爱是不会有好结果的。元宝，我奉劝你，你还是把你荡漾的春心收起来吧！你家主子就算不是我的，也不会是你的，你整天忙着替他挡桃花，累不累啊？”

元宝大人立即一扬爪，爪子中果子核很精准地射进孟扶摇大笑的嘴里，孟扶摇不防这家伙报复得这么快，差点被卡死。她恨恨将核吐出来，大骂：“你这精虫上脑的耗子！”

她骂了一阵，突然又泄下气来，把下巴搁在桌子上，半死不活地写字，“唉，不会是我的……所以我不能喜欢他，不能！”

元宝大人鄙视地盯了孟扶摇一眼，大有“你真是个懦夫”之意。

“你懂什么？”孟扶摇懒洋洋挥挥手，写，“你以为我是那种想爱不敢爱的矫情女人？我只是不想害他而已，既然我注定要离开，那么我为什么要惹上一堆情债，害他一生？”

她痴痴看了天边月半晌，忽然一拍桌子，抓过桌子上的酒壶就拼命灌。

万千心事，一怀愁绪，这些不应该属于豪放潇洒的孟扶摇的东西，她不喜欢，一定要用烈酒给冲下去。

她仰头咕噜咕噜地喝酒，清冽的酒液顺着下巴流下，将衣襟染湿。

连干三壶，孟扶摇终于醉了。

“元宝……元宝……”孟扶摇打着酒嗝，醉眼迷离地找那只耗子，“听我说……咦，你去哪里了？咦……”

隔壁灯火荧荧，元昭诩梳洗完毕正在灯下看书，忽听声音细碎，缝隙里有东西挤啊挤，元宝大人慢吞吞地爬了进来。

它直奔元昭诩面前，老远元昭诩就闻见一点淡淡的酒气，不禁放下书，笑道：“你又偷喝酒了？”

“吱吱！”

“不是你？”元昭诩扬眉，“她？”

元宝大人直立而起，晃了晃短尾。

“你有话要告诉我？”元昭诩盯着元宝大人，手一伸，那只肥鼠乖乖爬上他的掌心，“你要说什么？”

元宝大人搔了搔头，觉得将看见的孟扶摇画出的东西表达给元昭诩好像有点困难，他认得那字的形状，却没办法将之翻译成元宝语，急得在元昭诩掌心乱转。

元昭诩看着它，若有所思，半晌笑道：“我记得有段时间，我们曾经玩认字游戏来着。”他拍了拍手，立即有个黑衣人出现在窗外，元昭诩道，“元宝的玩具。”

黑衣人从袖囊里掏出个盒子递过来，随即消失在了夜色里。

元宝大人大喜，立即爬上去翻。小盒子里装满小纸片，仔细看却不是纸片，而是精心制作的茯苓薄饼，上面印了字。这是当初元昭诩一时兴起教元宝认字的玩具，为了引发那只馋嘴的兴趣，特意用食物制成，认一个字，啃一块饼。

元宝跳进盒子里，一阵好翻，好像没找到需要的字，急得团团转。元昭诩微笑，道："不用找，这里没有'孟'字，这个字不常用，我没打算给你学。"

元宝大人哀怨地回首，元昭诩轻笑道："'孟扶摇'三个字都不必找，我知道你这么急跑来一定是关于她的事，她有点不对劲，是不是和你说了什么？"

"吱吱！"元宝大人转过身去，一阵乱翻，半晌叼出一个"离"字，过一会儿，又翻出一个"开"字。

元昭诩眼底的笑意散去，他注视着那两个字，默然不语。

元宝大人继续翻，这个其实它能表达，但就是不想表达。过一会儿，它翻出了"喜""欢"两个字。

元昭诩目中幽光一闪，元宝大人却不再翻了，它双爪抱出个"你"字，气鼓鼓地看了半天，愣是不想拿给元昭诩看，想了半晌，一口口恨恨地啃掉了。

元昭诩注视着那两个字，半晌，向椅背上一靠，招手唤过别扭的元宝，轻轻抚摸着它顺滑的白毛。

他靠在椅上，微湿的长发没有束起，散漫地披了一肩，更多了几分诗意和风流。然而微黄的灯火下，他的眼神凝定而晶莹，变幻闪烁如星光。

良久，他负手而起，踱到窗前，看向遥远的某个方向。风将他的头发吹起，招展如旗。

灯火将他的背影投射在板壁上，一个修长沉稳、似乎永远不会被人世间的阴谋阳谋、跌宕繁复、风云变幻所吞没的身影。

灯火照过那面板壁之后，暴饮的女子终于大醉，一伸手直直推倒酒壶，骨碌碌栽倒在地上。烛火熄灭，月光清清凉凉地洒了进来。

寂静中板门突然吱呀一声，一条修长的人影轻轻走进来，在烂醉如泥的孟扶摇身前停住，伸手要抱她起来。

孟扶摇却不依地翻了个身，一把将人一拽。黑影正在重心下倾，不留神被她拽得向下一歪，孟扶摇立即八爪鱼一般缠上去，死死抱住，咕哝道："这被子真暖和……真好！"

黑影定住，并没有拉开她恶形恶状的手。隔壁的灯火泻进来，照亮他天神般的眉目，绝代风华的元昭诩，这一刻眼神温柔。

他就势躺了下去，躺在微凉的木板地上。斜侧身，以臂支肘，元昭诩就着泻进的灯火，细细端详着孟扶摇恬静安宁的睡颜，听着她的呼吸和自己的呼吸，缠绵不可分地交织在一起。

这一刻光阴静好，而前方花圃里，一朵花悄悄凝上露水。

良久，元昭诩轻轻伸手，替孟扶摇拨开脸上的乱发。

他低而优雅的语声，在静谧的空间低低散开，“扶摇……一切都会好的。”

番外一

孟扶摇相亲记

时间：2010年12月25日21时05分。

主持人：梦非。

二十四位女嘉宾：孟扶摇、雅兰珠、裴瑗、太妍及花瓶甲、乙、丙、丁、戊、己、庚、辛……

五位男嘉宾（按出场顺序）：战北野、宗越、云痕、长孙无极、元宝……

亲友团：燕惊尘、云魂、月魄、德王、元皇后、战南成、老周太师、恭静太妃、轩辕韵、纪羽、姚迅、铁成、死老道士。

音乐声起，台下亲友团齐齐侧耳。

“欢迎来到五洲卫视，随心而乐，处处高音乐手机，非诚勿扰，有请主持人——梦非！”

梦非：“欢迎收看处处高音乐手机《非诚勿扰》，大家好，我是梦非……谢谢，谢谢你们……欢迎乐家老师、黄寒老师……有请今晚美丽的二十四位单身女生，欢迎她们——”

德王竖眉，“单身女生？长孙无极还没娶到她？这是什么速度啊？当初阴我时，怎么快得很？”

元皇后仪态端庄，阴阴地剔指甲，“这种女人就该一辈子单身！”

战南成立即凑过来，殷切地点头，“对，断子绝孙！”

元皇后大怒，一记九阴白骨爪招呼过去，“贱人！咒我儿绝后！”

战南成抵挡，“也许绝后的是我弟弟……”

恭静太妃目光迷茫地注视着互相抓挠的皇后和皇帝。纪羽、姚迅、铁成大怒，欲待奔上，老周太师一手抓住一个，将他们拖到一边，眼神平静，意味深长。

云魂和月魄在专心地互相玩头发。

死老道士岿然不动，顺手将一泡鼻涕涂在了奋力抓挠的元皇后的袖口。

其余亲友团呼啦一下散开……

台上音乐灯光起，二十四位女嘉宾分两队出场。

裴瑗红衣如火，傲然当先而出。燕惊尘大力鼓掌，众人怒目而视。

太妍着一款仙气飘飘的白裙出场，居然身高逼近正常，众人不解，死老道士挖鼻孔，“高跷。”

众人恍然道：“哦……”

两队美女走完，众人伸长脖子，“咦咦，孟扶摇呢？雅兰珠呢？”

梦非：“欢迎二十四位女孩，欢迎……啊？”

门内鬼鬼祟祟地冒出两只，前一只花花绿绿，后一只……看不见。

“这见鬼的裙子，为什么这么短？为什么这么短？”孟扶摇躲在雅兰珠的身后，拼命地揪自己上不遮胸、下不遮腿的短裙礼服，“为什么我只是去五洲大陆旅游了十几年，回来后女人们的裙子就没有布料了？”

雅兰珠被她推在前面，不耐烦了，“拜托你快点，这件布料已经很多了，你看前面那位。”她指着冷笑回头的裴瑗，“32A 的胸还好意思穿抹胸礼服，你好歹也有 34B，谁怕谁？”

孟扶摇崩溃，“咱们讨论的重点是胸吗？是胸吗？”

雅兰珠忍无可忍，一闪身跳开去，“你在浪费时间，有没有！非诚勿扰的姑娘伤不起啊！”

挡箭牌光速消失，灯光打下，孟扶摇唰地站直，手指一拎领口，刹那间放弃了对大腿的保护，选择捍卫胸的半完整，随机目不斜视，款款而过。

底下呼哨声起，姚迅、铁成大声叫好；恭静太妃热泪盈眶（她并不知道自己为什么要热泪盈眶）；燕惊尘盯着大腿（不是自己的）；德王目光复杂；轩辕韵打瞌睡；死老道士和老周太师对望一眼，撇嘴。

不过是因为发现了那台子可以挡住腿而已……

云魂和月魄在专心地互玩头发……

梦非擦汗，致欢迎词："欢迎二十四位女嘉宾，我们的奖励政策不变，男女嘉宾牵手成功后，将获得——"

砰！！！

巨响声震得全场齐齐一跳，男嘉宾出场的金属门轰然破碎，一人大喝道："磨磨叽叽做什么？我来了！"

碎门开处，场记踉跄奔出，大呼道："暴徒抢劫——"全场尖叫奔走，众女嘉宾狼狈鼠窜。

唯有来自五洲大陆的女嘉宾及亲友团全员，岿然不动。

雅兰珠双手托腮，四十五度角地明媚叹息："世人愚昧，不知北野之帅也！"

孟扶摇飞快地将领口再次往上拉拉。

闪烁的灯光及破碎的金属门中，黑衣战北野昂首大步走出，越过定位红点，直奔孟扶摇的 18 号站台。

梦非踉跄，奋起直追，"嘉宾！嘉宾！位置错了！"

战北野傲然回首，"我的位置，在她身边。"

雅兰珠眉开眼笑，"18 号她的身边也就是 17 号我的身边。"

孟扶摇凉凉地望天，"好啊，本期节目，二十五位女嘉宾，你正好二五。"

梦非狂奔而上，冒死拽住战北野，"男嘉宾，你站上去就没有牵手心爱女孩的机会了！"

战北野站定，沉思，半晌一甩手，将梦非甩个踉跄，站到红点处。

梦非抹汗，"请……请自我介绍……."

"战北野！"

全场寂静，梦非等候。

……

梦非再次抹汗，"男嘉宾，请详细介绍……"

战北野睨视，"知道我的都该知道，不该知道的，我说了干吗？"

梦非："……"

全场："……"

老周太师热泪盈眶，"吾家佳儿！"

雅兰珠捧心，"太帅了！"

……

梦非不动声色地站离战北野更远点，递过选号器，"请嘉宾选出心仪女生。"

战北野不动，继续睨视，全场嘘声起——还用选吗？

梦非勉强微笑，"二十四位女生对今晚第一个亮相的战北野印象如——"

"把灯都给我灭了！"战北野气吞山河地挥袖一指，"除了孟扶摇。"

孟扶摇咚的一声立刻灭灯。

……

战北野大怒奔上前去，孟扶摇电光石火间抬手灭掉所有的灯，黑暗中一阵碰撞及游走声响。纪羽拔剑而上，铁成横刀而拦，姚迅试图去偷纪羽的裤腰带，误偷了燕惊尘的里衣；战南成偷偷摸摸地靠近，被老周太师绊倒；死老道士大力抠鼻；元皇后和德王处有可疑声响；轩辕韵继续打瞌睡。

云魂和月魄在黑暗中互玩头发……

一个小时后，灯光重新亮起，战北野、纪羽和战南成都不见了，裴瑗的位置原本在 12 号突然到了 16 号，并且指甲断裂，发髻歪斜。太妍的高跷失踪，她手撑着台子飘着。雅兰珠口红掉了半边。孟扶摇额头多了半个口红印，颜色和雅兰珠唇上的一致。

乐家和黄寒灯灭前已失踪，梦非换了件衣服，扯着一脸僵硬的笑容站在台上。

"有请下一位男嘉宾！"

音乐声起，众人屏息等候破门声响，修好的金属门缓缓开启，一人衣衫胜雪、清洁光明地迈步而来。

唇色如樱，发色略浅，笑意温和而柔软，目前最流行的韩派美少年的风姿，惊艳得女嘉宾席欢呼声一片。

轩辕韵终于睡醒，目光灼灼。

雅兰珠开始打瞌睡。

孟扶摇拼命擦脸上的口红印，责怪雅兰珠，"劣质口红用不得，我脸上都过敏了。"她抬头招呼，"喂，宗越，带防过敏药没有？"

宗越淡定地掏出一个瓶子抛过去，女嘉宾席上发出哀怨的长叹声。

孟扶摇四处点头微笑，“放心，放心，这位比刚才那位正常。”

梦非继续先前没来得及讲完的奖励，“……男嘉宾亮相的时候，第一轮获得 22 盏，或者 22 盏以上的亮灯……”

宗越：“我拒绝 22 盏以上亮灯。”

梦非：“……”

宗越眼也不抬，“4 号女嘉宾，你有脚气；9 号女嘉宾，你胃气不调，定有口臭；11 号女嘉宾，请问你的胸是真的吗？13 号女嘉宾……”

4 号、9 号、11 号、13 号女嘉宾痛苦奔下，梦非狂奔去追，轩辕韵欢欣鼓舞，裴瑗冷笑，“正常，太正常了，疯子看疯子，当然正常。”

宗越淡淡地看她，“请问你想把不正常的 32A 变成更不正常的 32A——吗？”

裴瑗：“……”

梦非拽着四位梨花带雨的女嘉宾回来，掏手绢擦汗，直接省略自我介绍的环节，递过选号器。

“请选择心仪女生。”

“可以选择最讨厌的女生吗？”宗越不接。

梦非抽搐，点头，宗越接过选号器，输入数字。雅兰珠咬孟扶摇耳朵，“你说是谁？”

孟扶摇望天，“我。”

梦非好奇地看选号器上的号码，宗越淡定地示意 18 号，“她。”

梦非开始流汗，脱外衣，忘记流程台词，询问：“18 号孟小姐是非常优秀的女生，请问你讨厌她什么？”

孟扶摇望天，“从假牙到伤疤，都讨厌。”

宗越：“从假牙到伤疤，都讨厌。”

梦非将外衣继续穿上，目光呆滞，“为什么……”

孟扶摇望天，“她粗鲁、暴躁、好斗、不驯，是五洲大陆最出名的惹事精……”

宗越：“她粗鲁、暴躁、好斗、不驯，是五洲大陆最出名的惹事精……”

梦非咳嗽，“……请亮灯——”

女嘉宾们唰的一声齐齐灭灯，孟扶摇身怀绝世武功都慢了一步。梦非欢欣鼓舞，“抱歉，您失败了——”

“失败什么？”宗越上去牵孟扶摇，“她为我亮灯了啊！正好，就她一个亮灯。”

梦非再次下意识地脱外衣，“可是她是您选择的最讨厌的女生……”

宗越淡定地回首，“我就要牵手最讨厌的。”

梦非踉跄，以手扶壁，“这不合流程……”

轩辕韵大哭冲上，“阿越哥哥！”

孟扶摇再次抬手灭灯，黑暗中游走声响，淡淡雾气升起，隐约无数咕咚倒地之声，死老道士继续抠鼻。

云魂和月魄在黑暗中互玩头发……

一个小时后，灯光重新亮起，宗越和轩辕韵不见了；太妍装回了高跷；雅兰珠睡醒；孟扶摇胸口染满眼泪、鼻涕；裴瑗的位置上，不知何时多了一个满身衣服绣莲花的端庄女子。孟扶摇凝神一瞧，“切！！！”

雅兰珠黑了脸，大骂道：“偷梁换柱！”

莲花稳稳地站着，目不斜视，令人发指的端庄模样。

女嘉宾们气若游丝地被救醒。

梦非扶墙，声音微弱，坚持着敬业精神，视死如归地召唤道：“有请下一位……”

音乐声起，金属门开启，云痕步出。

众人屏息等候，一切正常。

梦非目光一亮，这个看起来靠谱。

孟扶摇松了一口气。

雅兰珠觉得自己开始犯酒瘾……

裴瑗冲上来，“我是你嫂子，帮我杀了她！”被莲花温柔地挤下去。

云痕听而不闻，对主持人微笑，梦非热泪盈眶——终于可以顺利说完奖励台词了！

“男嘉宾亮相的时候，第一轮获得22盏或者22盏以上的亮灯并成功牵手女嘉宾的……”

“我没打算牵手扶摇。”幽瞳如星火的少年，笑意清空如竹。

梦非：“……那你来干吗？”

“我是来为她加油的。”少年笑得腼腆，“我从未奢望占据她身边的位置，却希望能亲眼看见她的身侧，站上最合适的人。”

孟扶摇热泪盈眶，太妍若有所思，莲花眼神闪烁，雅兰珠咕哝，“我要不要移情别恋呢……”

德王含泪拉住元皇后，“清旖，我们私奔吧！”

云魂和月魄在互玩头发……

梦非扶墙不语。

“作者要求男主、男配都出场增加噱头。”云痕无奈地摇头，“我不出现她觉得没面子。”

梦非：“……变态！”

云痕微笑着鞠躬退场，女嘉宾们若有所思，世纪好男人为什么都是炮灰啊……

孟扶摇望天，“真不习惯安静地退场……下一个是谁？”

雅兰珠附耳过去，“那位！那位！”

孟扶摇呆滞，随即捂胸鼠窜而起试图逃奔，工作人员拼死拦住。孟扶摇百忙之下发现太妍的长裙完全没必要那么长，伸手过去撕下一截，披在肩上。

雅兰珠瞅瞅头上一点红、身披纱衣的孟扶摇，点头。

“活脱脱一个印度舞娘。”

太妍张牙舞爪要扑，突然定住，随即台上女嘉宾们惊呼声一片。

长孙无极出场。

太子目光流转，微微一笑，女嘉宾立即有一人晕倒，有两人心脏病发作被送去急救。孟扶摇喃喃怒骂，“永远都这么骚包。”

太子浅浅微笑，“只要你吃醋，我愿意骚包。”

孟扶摇：“……”

雅兰珠：“太子威武！”

梦非在一侧观察良久，感觉似乎终于出现了靠谱人物，壮着胆走上。

“男嘉宾亮相的时候，获得22盏或者22盏以上的亮灯并成功牵手女嘉宾的，将获得伊利果汁优酸乳提供的‘夏威夷甜蜜水果浪漫之旅’五日游……”

梦非一边匆匆念台词一边泪奔……不容易啊，好歹给我说完了。

太子微笑，“五日游吗？”

梦非大力点头。

“那家铺子快倒了吗？”太子问得充满同情，“五日游能做什么？”

本宫追孟扶摇，都花了N年了……

梦非绽青筋，咬牙，“私人之旅！无人打扰！大船海上！房间狭小！”

绝世聪慧的太子立即恍然，满意颔首。

孟扶摇切齿，“堂堂主持，竟拉皮条！”

“请自我介绍。”梦非把台词念得飞快，巴望着今天早点过完堂。

太子仪态翩翩，“在下长孙无极，年纪二十有六，五洲无极国人氏，薄有资产，学识尚可，谢谢。”

孟扶摇翻白眼，“虚伪！富有一国叫薄有资产？！”

她眨巴眨巴眼睛向四面看了一圈，那 24 盏灯亮得够呛，立即表情有那么点不对味。

身侧的雅兰珠慨叹，“浅薄，浅薄啊，一盏灯都不肯灭！”瞟瞟孟扶摇，又叹气，“算了，好歹给你点面子，谁叫我是你倒霉的闺蜜呢！”

她抬手灭了自己的灯，孟扶摇拉不下脸，嘴硬，“做作什么的最讨厌了！灭灯！灭灯！”

她刚要抬手，一只手伸了过来，有人温存地道：“我帮你。”

孟扶摇定睛一瞧，殷勤的莲花正对她笑呢！她那赶着不走打着倒退的犟驴脾气立即发作，一趴身护住自己的灭灯按钮，“干吗！干吗！谁说我要灭灯的？呸！”

太子好整以暇地微笑，心想，临时通知凤净梵化名莲花赶来参加节目真是明智之举。

“来，我们看看 4 号男嘉宾的基本资料……”

无极国太子不需要搔首弄姿，随随便便几个片段便足以颠倒众生。女嘉宾们的惊叹声此起彼伏，元皇后得意，“我的儿子！”

德王冷笑，“却害死他亲爹！”

死老道士抠鼻孔，“该死！”

“你说谁？”德王大怒转头，目光灼灼。

“我说……”死老道士举起手，黝黑的爪子上黏个恶心兮兮的小虫子，“不知死活钻我鼻孔的，该死！”

燕惊尘遥望着孟扶摇，黯然长叹，被铁城、姚迅吐了一口口水……

云魂和月魄在互玩头发……

23 盏灯光依旧不屈不挠地亮着，太妍宣告，“我今天来，就是来看长孙无极的笑话的，看他配个什么玩意儿！”

孟扶摇戟指骂，“总比你个掌中宝要好！”

凤净梵安详微笑，“本宫路过，路过。”

孟扶摇嗤之以鼻，“长孙无极的路，你都要过。”

梦非冷汗滴滴地岔开话题，“……6 号女嘉宾，你有什么问题？”

6 号含羞带喜，“请问长孙先生，您在视频中说，此生心有所属，那为什么还要来参加《非诚勿扰》？”

长孙无极优雅地微笑，“她在哪里，我便在哪里。”

“您对未来的那一半，有具体的描述吗？”

长孙无极注目于某人，深情款款。

“她放纵，却绝不放肆；她粗鲁，却绝不粗暴；她随意，却绝不随便；她自我，但绝不自私，”他微笑，伸手比了一个圆，“她的世界无限大，囊括天地；她的世界无限小，只我一人。”

雅兰珠嫉妒地挠孟扶摇，“这情话给力啊！”

孟扶摇还了一记白眼，“我会在无限大的现代世界，记住五洲大陆中他这个人！”

凤净梵突然斯斯文文地举手提问：“本宫想问问男嘉宾，如果你家中已有未婚妻，还来参加《非诚勿扰》，不知道算不算违规欺骗？”

满堂轰然，众人交头接耳。梦非疑惑地注视着长孙无极。孟扶摇跳起却被雅兰珠拉住。长孙无极笑容依旧，不为所动，“是吗？那么我的未婚妻是谁？”

凤净梵娇羞地微笑，磨磨蹭蹭地出示那张《璇玑图》。

孟扶摇叹息，“该图真是居家旅行骗人忽悠参加《非诚勿扰》之必备良品……”

“这是什么？”太子好学地发问。

“您的定情聘礼啊！”凤净梵不胜凉风中的娇羞。

“如何在你那里？”

“我是您的未婚妻啊！”

“哦，那你打算现在和我解除婚约吗？”太子问得依旧客气有礼。

“山无棱，天地合，乃敢……”

“主持人，”长孙无极不等某人表白完，彬彬有礼地转身面向梦非，“此女有未婚夫，且并不打算断绝关系，依旧前来参加《非诚勿扰》，违背节目规则，请予以驱逐。”

梦非大力点头，呼唤：“保安！”

凤净梵被拖走，临走前哀怨大呼：“那他也该被驱逐！”

长孙无极微笑，“你有未婚夫，但是我没有未婚妻啊！”他风度翩翩地转身，面对镜头，“……各位，本人现在此正式公告天下，取消与凤净梵的婚约，请诸位作证。”

梦非抹汗、扶墙、解衣襟扇风……

利用完就随手解决了凤净梵的长孙无极，心情很好，难得地诚恳解释：“二十一世纪婚姻自由，嫁娶之事任何人不得干涉。在下来之前，认真攻读过《婚姻法》。”

雅兰珠慨叹，“知己知彼，百战不殆，五洲大陆第一奸名不虚传……”

梦非："赶紧播放朋友评价……《非诚勿扰》是相亲会，不是拆婚会！"

大屏幕飞速上了视频短片，太子一向没有朋友——他只有臣民和情敌。所以工作人员只好临时抓了刚才的几位男嘉宾。

屏幕上出现战北野怒气勃发的脸。

"那个人？那个人阴柔奸诈，城府深沉，操心的事情比头发还多，女人永远不会被放在第一位……等等，你在干吗？这个话等下要放给全天下听？那你给朕去掉，去掉！朕从不在背后说人坏话！那个人朕不认识！就这样！"

孟扶摇长叹，"知识出现断层是一件多么悲哀的事啊……"

接着出现的是宗越，大夫一向没什么道德感，评价也十分专业，只清清淡淡的两个字，"毒药。"

孟扶摇抽抽鼻子，嘟哝，"总比你风油精要好——看着清爽，碰着辛辣！"

短片放完，灯……依旧不屈不挠地亮着。

7号女嘉宾含泪捧心，"男人不坏，女人不爱……"

话音未落，除孟扶摇外，所有灯齐灭。

众女愕然，随即便见几条灰影神出鬼没地飘过，太子露出满意的微笑——隐卫：居家旅行杀人放火参加《非诚勿扰》剪电线之必备良品。

梦非热泪盈眶地舒出长气——好歹顺利搞完一整套。

"请男嘉宾选择，是上去牵手离开，还是……"

话音未落，黑影一闪，连带着拖拖曳曳的白色破纱飘得满台都是。众人手挥目送，一阵胡乱抓挠，等停歇下来才发现孟扶摇跑了。

死老道士大骂道："混账！为师什么时候教过你临场逃跑？"

元皇后鄙薄，"没气质！"

太妍跳起来追出，"我的长裙赔我！"

铁成舞着刀花跟了上去。

燕惊尘舒了一口长气，欢欣鼓舞。姚迅阴险地盯着他，举了举手中的某件衣物，燕惊尘面色大变，夹紧了裤子。

云魂和月魄在互玩头发……

梦非挠墙……

太子好整以暇地看着孟扶摇消失的方向，慢条斯理地整整袖子，这才举步追去。

梦非在后面追，"那个，别跑，留下联系方式我好寄奖品……"

“×× 市 ×× 区 ×× 街道 ××× 弄 ××× 号，或者可以来电……”太子答得顺溜，身影很快远去。

雅兰珠呆滞，“这好像是孟扶摇在这个世界的家里的地址和电话，他咋知道的？”

太子半空回眸一笑，施施然。

“这个时空有个奇门绝艺，叫‘人肉搜索’。”

“……”

尽管跑掉一对，接下来的还得继续。梦非回到台上，气息奄奄，“有请 5 号男嘉宾……有请 5 号男嘉宾……有请 5 号男嘉宾……有请 5 号……”

他连叫三遍，金属门开了又关关了又开，依旧不见人影。梦非愕然，刚转过身，突然被“回旋侧身一百八十度翻转体”狠狠地、金星四射地招呼了有点塌的鼻梁。

白毛飞起，英资飘扬。

5 号男嘉宾元宝大人，站在定位红点上足足十分钟，被粗心的主持人忽略，它愤怒之下，元氏体操伺候。

元宝大人十分拉风地向美人们挥爪，装满糖果的粉红肚皮一颤一颤的。

台上一片惊艳之声，元宝大人收获了今晚以来最多的粉红心。

“卡哇伊！”

“我要——”

美人们眼神痴迷，灯光却在咚咚咚地灭——跨物种恋爱的勇气，从五洲大陆到二十一世纪，也唯有特立独行的元宝大人敢于挑战也。

等到梦非挣扎着拨开挡住眼睛的白毛，寻找是否有硕果仅存的灯亮时，他一眼看见 17 号台前，灯光照亮的花花绿绿的小姑娘的脸。

元宝大人跳下。

一人一鼠，张臂、仰头，背景金光灿烂，慢动作向对方飞奔。

雅兰珠和元宝大人胜利会合。

梦非倒地不起。

本期《非诚勿扰》，正式成就一对牵手“男女”——雅兰珠和元宝大人。

……

德王挥拳，愤怒，“我买了门票！”

元皇后拉他的衣角，“气质，气质！”

死老道士摇头，“死徒弟真是没出息……”

燕惊尘忙着向姚迅索要某件衣物，来不及做任何感慨。

云魂和月魄放开玩了一晚的头发，转目四顾，诧然，“节目完了？”互相笑笑，“那走吧。”

老周太师一头黑线，“你们是来干吗的？”

“我来，和她在一起。”月魄媚然一笑，慢吞吞地答，“如果你曾在爱情门口浪费了三十八年光阴，那么如今你唯一要做的——就是抓紧一切时间，爱！”

灯光渐灭，幕布落下，故事暂且收场。

而爱情，非诚勿扰！

一旦相爱，便请尽欢，趁早。

Best Time

白马时光

扶摇皇后

FUYAO HUANGHOU

第一卷·中

天下归元 著

百花洲文艺出版社
BAIHUAZHOU LITERATURE AND ART PRESS

第六十六章

诉情之夜

腊月十三，戎族“敬神节”。

按照风俗，这一天是戎族祭神的日子，从凌晨开始就要起身，沐浴净身，做粑粑，敬神，出门狂欢，举办一系列的比箭、摔跤活动；到了晚间再燃起大堆大堆的篝火，年轻男女各展才艺、互诉衷情。

孟扶摇蹲在位置上，对着一厚沓请帖名单发愁，喃喃骂：“发羊痫风了！这么多家一起邀请，我跑断腿也跑不过来啊！”

“如果你跑漏了随便一家，”元昭诩元公子闲闲地坐在一边喂元宝，头也不抬地道，“你就得对‘藐视伟大的格日神治下高贵的戎族子民尊严’做出解释了。如果我没猜错的话，按戎人的习惯，一般用刀剑或鲜血来寻求解释。”

孟扶摇瞪他，“为什么我觉得你好像在幸灾乐祸？”

元昭诩转过眼，微笑地看着她，“有吗？”他起身过来，修长的手指抚过她的脸颊，“我只是对我们伟大的、善于处理一切危难、十分英明睿智的城主大人特别有信心而已。”

孟扶摇偏头看他，总觉得元同学今天看起来怪怪的，难道是因为被她看洗澡比较不爽？或者是，没被她看洗澡比较不爽？

从他的人品来看，后一种比较有可能。

孟扶摇猥琐地嘿嘿一笑，将请柬一推，道："前城主阿史那已经因治下不力被德王殿下削职，他们不服气，想找岔子为难我呢。今天事一定多，一个不成，还有下一个。"

"兵来将挡，水来土掩，戎人来了统统揍翻。"她伸了个懒腰站起来，目光亮亮地吆喝一声，"一直被模仿，从未被超越！想刁难我？回娘胎重新练习吧！"

自从孟扶摇到任，一直处处受到掣肘的姚城戎族七大头人原本打算今天好好刁难一下新城主。七家都对城主下了请帖，请城主大人"纡尊降贵，与民同乐"，七家都把时辰定在午时，七家都备了丰盛的节日宴席，大开正门，盛装以待。七家都把阵仗架势搞得要多隆重有多隆重，恨不得让全天下都知晓：他们非常盛情地邀请了城主大人赴宴。

这样，假如那个小白脸城主有一家没到，他们就有理由挑起事端——敬神节的宴席代表神的恩赐，一旦拒绝，便是对神的最大藐视。

因为节日中有比箭比武节目，他们事先已经申领了武器，到时候一番煽风点火，激起全城戎人怒气，就算不杀了那个小白脸，扶持阿史那城主重归城主位，恢复姚城戎人主宰全城的状态，还不是十拿九稳？

抱着这样的如意打算，七家头人稳坐钓鱼台，连等一下孟城主不能来时自己该如何表达"尊严被践踏"的悲愤都研究好了，还对着镜子练了半天。

七家的小厮相互串连四处奔走，随时报告着消息：酉时……城主没出门；戌时，县衙大门紧闭；戌时三刻……城主还是没出门！

七家头人开始坐立不安了，城主一家都没去？他疯了？

不去更好！等着吧！

临近午时，在诸方带着猜测、焦虑、不安、期待的目光中，一直紧闭的县衙大门突然开启，大门里走出一队精神百倍的年轻衙役，各自上了马，往城中各个方向而去。

半刻钟后，七家头人同时收到了来自县衙的一封烫金请柬。请柬措辞客气，称自己年轻识浅，初到贵地，万万不敢当诸位耄宿隆重宴请，理当小辈做东。如今正逢佳节，且在城东千金楼聊备薄酒庶馐，恭请诸位头人光降。

请柬同时表达了对格日大神的敬仰之意，称希望各大熟知大神神迹的头人务必成全他的渴慕之心，到千金楼一会，给他这个教外虔诚人士一个了解尊贵的格日神的机会云云。

这封请柬在送到各大头人手中之前，已由那些送信的衙役在大门前高声宣读，几条街的人都听得明白，百姓们纷纷赞新城主谦恭礼敬。戎人听闻城主对格日神也十分尊崇，也露出满意的神情。七大头人想搞点什么幺蛾子来，也不成了。

城主反客为主，如此盛情邀宴，连格日神都搬了出来，他们如果不去，倒成了他们理屈。

午时，县衙大门再次开启，一袭便衣的少年微笑出门来，今日他穿得素净，白衣纤尘不染、浅紫腰带色泽柔和，衬着他飞扬的眉、明亮的目光、明珠美玉般的资质。

他身侧浅紫衣袍的男子宽衣大袖、姿态风流，半张脸上戴着面具，露出的眉目依旧光华璀璨得令人惊艳。

这两人正是孟扶摇和元昭诩。

孟扶摇根本没在意满街的人，一边走一边和元昭诩闹别扭，“喂！我去喝酒，你跟着做什么？县衙里又不是没你喝的酒。”

“就是因为你喝酒，我才要跟着。”元昭诩悠然答道。

“这么关心我？”孟扶摇皱皱鼻子，“没事啦！我很有数，我不会喝醉的。”

“我不怕你喝醉，”元昭诩微笑，“我就怕你不喝醉。”

“啊？”孟扶摇愕然转头看他，这人良心是不是有问题？

元昭诩微微俯身，靠近她耳侧，他说话间的热气拂过来，一阵微痒。孟扶摇忍不住要笑，想起这是在街上，又拼命忍了。

“你一喝醉便要占我便宜，第一次亲了我，第二次睡了我，我很想看看第三次会是什么样儿……”

“去死！”

大街上突然爆发出一声肺活量惊人的怒吼，惊得满街目光正盯着这边的百姓齐齐一跳。

随即看见白衣少年一阵风般卷上了马，那淡紫衣袍的男子浅笑着跟了上去。

百姓们面面相觑，半晌，露出恍然大悟的眼神——原来是断袖！

“请，请！各位头人千万不要客气。”孟扶摇举着酒杯穿行于各席之间，酒到杯干，笑容油滑，不时在某桌前停下来，挤在席上和人家夸夸其谈，“媚娃阁的香儿姑娘好哇！体软如绵、浑如无骨，默缀大头人可喜欢？不喜欢？哎呀，真是可惜！本县还一直想着买下这姑娘送给大人……哎呀……其实你是喜欢的？你喜欢早说嘛……我给她赎身后没地方送，已经打发她回老家啦……”

“塔木耳大头人，你脸上的疤是咋啦？哦哦，你家猫性子野……哎，就是呀，塔木耳大头人，猫这东西一旦养在后院，养多了，争风吃醋起来很麻烦的啊，难得你家十七房姨娘人手一猫，不容易，不容易啊……”

“毕力大头人，您高堂好啊？您令尊好啊？您令尊的高堂好啊？您令尊的高堂的头号夫君好啊、二号夫君好啊、三号夫君好啊……”

“司雷大头人……”

“木当大头人……”

她一圈酒敬下来，眉飞色舞、八卦乱飞，七大头人脸色发青、背心汗湿，这小子，怎么连各家最隐秘、最不愿为外人道的隐私都知道得清清楚楚？

孟扶摇笑着，眼眸在明烛的照耀下光芒狡黠，像一只奔驰如电、诸多算计的灵狐。

知道这许多八卦，说起来还是沾了宗越的光。宗先生是个大夫又绝不像个大夫，身边随时侍候有人，随时有消息报送，各国的都有。他也不避着孟扶摇，有时还说给她听，孟扶摇趁机请他给自己探听一下这姚城有势力者的底细。宗越这毒舌男倒是大方，直接分了一条情报线给她，孟扶摇给了擅长打听消息、出没市井的姚迅管理，当初姚迅还不明白为什么连人家十七个小老婆爱吃醋以及祖奶奶喜欢红杏出墙这样的事也感兴趣，孟扶摇却知道，这些戎族头人的面子比性命要紧得多。

惹我？我揭你家的遮羞布！连内裤什么布料我也给你记着！

各大头人一身大汗地勉强应酬着，心中一直打着小九九，新城主缺德啊！看样子没什么廉耻啊……很明显是看穿了他们想要挤对他的意图，这是要报复了。虽然城主年轻得超乎想象，但他这人连格日神像马桶都做得出来，连毕力家祖奶奶有三个情人都知道，还有什么不敢做的？

头人们都提着一股劲，等着孟扶摇接下来的发难。

一直轻松喝酒的只有元昭诩，他笑意清浅，倒映在清冽的酒液中——这丫头，在红尘里摸爬滚打，沾了一身痞气，也不知道是谁带坏她的……

酒过三巡，孟扶摇搁下酒杯，清了清嗓子。

众头人心中一紧——来了！都下意识地放下酒杯，坐直了身子。

“司雷大头人！”孟扶摇一旦不笑，眉梢间便生出了戾气和睥睨之意，再无先前的油滑浪荡、谁都可以开玩笑的模样，竟是天生的霸气和尊贵，镇得头人们立即哑了声。

她稳稳地坐在主位，睨着被她点名的人。

被点名的司雷大头人紫红脸膛、一双棱光四射的眼，从入席开始一直很沉默，听见孟扶摇叫自己，手缓缓按在桌子上，抬头嗯了一声。

孟扶摇盯着这个姚城大头人中真正的话事人，这个极有威望的大头人一定也是这次请客事件的主使。

“司雷大头人很忙啊，”孟扶摇笑，笑意很淡，“昨天晚上睡得好吗？”

众头人面面相觑，不知道孟城主怎么突然问出这么一句风马牛不相及的话来。

司雷的脸色却立即变了，他目光闪动，半晌小心道："不错。"

"嗯，"孟扶摇点点头，道，"本县听阿史那大人说过，司雷大头人有失眠症，如今看来可是好了。"

司雷怔了怔，似是悄悄松了口气，道："多谢大人关心！"

"阿史那前城主很挂念你呢，"孟扶摇漫不经心地道，"他今日身子大好，等会儿要出席庆典，托我给司雷大头人带句话，请大头人赴城主府一叙。"

她笑吟吟一伸手，道："大头人快点过去，完了本县还等着你一起去参加庆典呢！"

司雷脸色变了又变，眉宇间浮上惨青之色，半晌字斟句酌地道："既然等一下阿史那大人要出席庆典，我还是等庆典之时再去拜会大人吧！"

"这样不好吧？"

"有什么不好的？"司雷傲慢冷笑，言语间不掩对孟扶摇的轻鄙之意，"既然等会儿就能见着，何必一定要我跑上这一趟？"

"也好。"孟扶摇不经意地挥挥手，毫不介意地结束了这个话题，又带点醉意地端起杯子，摇摇晃晃地行到毕力大头人那里，举起酒杯笑道，"来……各位头人，咱们为格日神的光荣与尊严，喝一杯！"

众头人连同噙着一抹冷笑的司雷纷纷举起酒杯。

孟扶摇的酒杯举到一半，突然手腕一振，嗡的一声疾响，酒杯化为一道金色的光影，电射而出。

司雷的酒杯刚刚举到唇边，突然眼前一黑，有什么东西奔雷闪电般掠来，迅速在他视野里放大。他下意识地要躲，然而已经来不及了，耳边突然听见啪的一声，脆得像一块玉石被一击两半的声音，随即眼前的一切突然变成了一片烂漫的血红。

那血红无限扩大，连同钻骨的剧痛一起钻入他的脑髓。他的意识如被重击，突然就星辉般散开，不断崩裂，在那样崩裂的剧痛里，他绝望地叫出来："啊！"

痛吼声传遍寂静的酒楼，所有头人都被这毫无预兆的雷霆一击惊得定在了位置上，只有元昭诩仍旧不动声色地自斟自饮，而孟扶摇在笑。

她的笑在眉宇之间不在眼底，笑意里话声一字字蹦出来，如刀般锋利，"司雷大头人，晚上睡不好不是因为失眠吧，是因为和戎军细作商量得太晚吧？"

轰然一声，众头人相顾失色——司雷和戎军联系上了？

孟扶摇一直冷笑，观察着众人的神情。她其实并没有查出七大头人中谁和戎军细作有勾结，因此先前敬酒时她故意试探，大抖隐私、胡言乱语后也有意无意地开了阿史那几句无伤大雅的玩笑，别人都在忙着为自己隐私泄露紧张，唯独司雷露出了愤怒之色。

他为什么愤怒？仅仅是出于尊敬，还是知道阿史那已死，觉得那是亵渎？

而阿史那之死是现今姚城最大的隐秘，除了孟扶摇等寥寥几人，只有那个暗杀阿史那的戎军细作知道。

于是接下来孟扶摇单独点名，假托前城主相召，如果司雷真的知道阿史那已死，必然会怀疑城主府相会是场埋伏，一定会断然拒绝。结果，他的反应印证了孟扶摇的怀疑。

确定了司雷的问题，孟扶摇再不犹疑，一杯酒送他上路了。

元昭诩微笑着看孟扶摇暴起杀人，眼底有思索的神情，像是想起了某些旧事，微微露出一丝奇异的神色，随即指尖微弹，送出暗号。

潜伏在他身边的暗卫立即领命而去，去司雷的宅子准备守株待兔。

司雷的鲜血慢慢在楼板上洇开，戎人头领们自震惊中渐渐恢复过来，有人目中露出了愤怒之色，正要奋起说话，孟扶摇突然再次微笑着举起酒杯。

“各位，”孟扶摇看也不看地上的尸首，“给大家通报个好消息——前几日本县上报朝廷，我姚城戎族各头人勤勉治事，多年来管束族人，对我姚城颇有贡献，因此朝廷特许，在姚城戎族族民上缴税银粮米中截出部分，作为各大头人的‘治事奖’。自今日起，姚城戎族的大头领们，可按朝廷律令，在完成国家税收后自行截留……哦，司雷大头人的那份，由各位自行商量如何划分吧，相信各位会给我个满意的答案的。”

又是哄然一声，这回却再不是愤怒的浪潮，而是惊喜的涌动。姚城是边疆小城，戎人和汉民一起耕作，和山野间戎族至今实行狩猎族居的生活模式已经不同，所以各头人也分享不到什么战利品，日子过得大多一般般。如今这个什么“治事奖”，等于朝廷放权给他们在自己族中收税，更何况，还有最有权势大头人司雷的那一块！

那些粗黑的脸庞立即亮了起来，一张张脸上霎时洋溢着兴奋和憧憬的色彩，先施大棒后递糖果的城主大人孟扶摇平静地看着，眼神里有一丝讥诮。

有了利益，才有争斗，从古至今的历史，那些驰马四野、逐鹿天下，说到底不都是因为利益？如今七大头人因为居住在城中，从无明确的族人划分，相互之间势力交错，再加上司雷那份，她故意不定接替人选……争吧！争得你们自乱阵脚、自毁威望，省得害老爷我不省心！

孟扶摇高高地坐在城中专门用来庆典的广场高台上，人模人样地俯视着下方的人群，自我感觉良好。

她又有点醉了——没办法，孟姑娘爱喝酒，也爱醉，逢酒必喝，逢喝必醉。

不过她今天醉得不深，还能让她记得自己的身份和使命——等一下的庆典中，有比箭骑术，她要为最优秀的小伙子和最美丽的姑娘祝贺。

“阿史那”城主在先前已经由姚迅扶出来和民众见了一面，他“突患重疾，又被削职”，精神极为不佳，孟扶摇很谦恭客气地迎接了，在姚城百姓面前上演了一出前后城主友好和睦的戏文。

她一边演一边暗赞，元某人就是个牛人啊，一个人皮面具做得真得不能再真，只可惜本人却不怎么真。

“前城主”精神欠佳，六头人正忙着消化喜讯，盘算接下来如何争取自己的利益，谁也没有仔细注意台上的人，这事便这么轻描淡写地混了过去。

孟扶摇心情大好，自己觉得运气不错，元昭诩同学实在是个免费送上门的好用品，居家、旅游、篡位、夺权之必备良品，她眯着眼，色眯眯地看着元昭诩，屁股却往外挪了又挪。

元昭诩懒懒倚着椅子，很有兴味地看着她，道：“城主大人。”

孟扶摇眉开眼笑地看他，“元大人。”

“为什么我觉得你最近有意无意地都想避开我？”元昭诩用极其散漫的语气单刀直入，也不看孟扶摇的神情，“你移情别恋了吗？”

“呃……”孟扶摇张口结舌，一时对这个答案有点混乱，想了半天，狠狠心道，“你猜对了，姑娘我最近遇见了个好男人，想嫁人了。”

“哦？”元昭诩神情看不出喜怒，凑近了看她，长睫如羽，几乎要扫上她光洁的脸颊，“谁？战北野、宗越、云痕？”

孟扶摇瞪着他，这个人不要这么可怕好不好，这世上还有他不知道的事吗？前两个他认识也罢了，后一个，太渊国某个世家的养子，他凭什么也都知道？

不过这不是关键问题，关键是现在在问的这个问题。

“是啊……“孟扶摇转过眼来，春情荡漾地对着元昭诩笑，“这三个都不错啊，姑娘我正在犹豫该选谁——哎，元大人，给参考一下？”

“是不错。”元昭诩眼睛一眨不眨地看进她的眼睛，“烈王勇武，一代英杰；宗先生是个大夫，很适合你这个毛病特别多的女人；云家那个小子嘛，复杂了点，但对你不错，总之，都是好的。”

孟扶摇抬眼看着他，一时竟看不出他深邃如常的眼眸里到底是什么情绪。她张张口，突然觉得嗓子有点涩，那点涩味泛进口腔里，比回过味来的酒还要苦上几分。

面上却更加灿烂地笑了，干脆凑近来，亲亲热热地搭了元昭诩的胳臂，“看不出，你还真的挺为我打算的啊？”

“如果你心不在我这里，我苦苦哀求又有什么用？”元昭诩淡定地喝茶，看不出有“苦苦哀求”的迹象，“如果我跨越半个无极国从中州赶到姚城来，却只得到你这非人的几句话，我不死心收手，又能怎样？”

孟扶摇说不出话来了，瞪着眼像个死鱼，他……他这是生气了吗？

她怔在那里，元昭诩也不说话，两人都沉默下来，生出一种淡淡的窒息感。

元昭诩手指轻轻在扶手上弹动，仔细听来那节奏竟像一首曲子。他微微仰起下颌，看着天际微金淡红的浮云，想着很多很多年前自己弹奏过的一首曲子，一生里那首曲子就弹过那么一次，却不知道以后还有没有机会再弹给人听。

他微微笑着，眼神却一点点冷了下来，那眼神有玉石般的质感，坚定里生出淡淡的凉意。

那眼神让孟扶摇又有点心虚，讪讪地别开头去，突然听得底下一阵欢呼，随即看见一道黑影立于马上，风驰电掣般绕场而驰，马上骑士操弓搭箭，不停地做出各般花样速射，正射、侧射、倒射、翻下马腹射、跳上马头射……花样众多，技巧娴熟，无论从怎样刁钻古怪的角度去射，箭箭都正中靶心，引得众人一阵阵欢呼。

十箭全出，那骑士傲然驻马，一转脸，眉目英气、身躯魁梧，是个刚猛少年，他扬起手中的弓，突然对着孟扶摇一晃。

孟扶摇以为人家在对她致敬，很大人物地笑嘻嘻挥了挥手。

对方又是一扬。

孟扶摇再挥手，这回挥得有点诧异：哎，太殷勤了吧？还有，底下的眼光怎么这么奇怪？

那少年眉毛竖起，重重地哼了一声，将手中的弓高高举起，对着孟扶摇第三次有力一挥。

孟扶摇手举到一半终于发觉了不对劲——这不像致敬啊……

身侧元昭诩突然懒懒道：“这是戎人挑战的意思。”

孟扶摇瞪了元昭诩一眼，心情很不爽地站起来，怒道：“什么歪瓜裂枣都敢来挑衅！”

她大步下台，看也不看那傲气十足的少年一眼，直入广场正中。百姓顿时都兴奋起来，这少年铁成是姚城第一神射手，号称射遍天下无敌手，很得姚城戎人敬重。戎人们用挑剔并鄙视的目光看着清瘦的孟扶摇——这么个瘦弱的小白脸，靠朝廷王爷才做上的城主，也敢不自量力，接下他们神射手的挑战！

想着这小白脸城主即将在他们的神射手面前弃弓认输、颜面大失，戎人们都兴奋起来，拼命向前挤，以便在第一时间近距离侮辱孟扶摇。

铁成盯着孟扶摇，丝毫不掩饰目光中的兴趣和轻蔑，大声道："尊敬的城主大人，我铁成参加敬神节庆典以来从没输过，你要是能让我输一次，这辈子我的生命和灵魂就输给你了！"

呀呀个呸的，谁稀罕你的生命和灵魂啊！满脸郁卒表情的孟扶摇丝毫不理会，停也不停地直入人群中心。台上元昭诩俯身看着，挥手示意，立时有一些普通装扮的汉子混入人群，随时保护。

孟扶摇大步行到那少年面前，二话不说，抬手就抢过他手中的弓。箭囊里还有最后一支箭，孟扶摇将那箭搭上弓，站在地上，中规中矩地瞄准。

立即有人开始大声窃笑——铁成可是马上移动射箭，难度比原地射箭难上百倍，这个汉民文弱城主仅仅一个姿势，便已输了。

孟扶摇充耳不闻，她此刻心中郁郁，莫名烦躁，那些壅塞的悒郁之气，似乎也化成了一柄利箭，堵在了她的心口。她冷笑着慢慢拉弓，在一片窃笑吵嚷中，对准靶心。

镶铁的箭头在前方视野里成一直线，微小的靶心在不断放大。直线尽头，孟扶摇目光凝聚，心神却突然微微散开。

人生亦如长空一箭，射得穿风刀霜剑，射得穿流言攻击，却射不穿横亘于道路前方的命运的山石。

天意为何玩弄人如此？

那么，射吧！射掉犹疑，射掉彷徨，射掉生命里所有的无奈，射掉这一刻堵在胸口的大石！有些事她不允许改变，有个人她不允许软弱，那就是，孟扶摇！

咻！

箭出！

那是极其凶猛的一箭，一箭射出，带动四周气流都在咝咝作响，靠得近的百姓头发飞扬直直扯起，一柄细长的箭，竟然卷出了猛烈的大风！

箭如最快的流光，以目光无法追及的速度电射向靶心，那巴掌大的靶心已经被先前的十支箭挤得满满的，根本无法再插得下任何箭矢，只在最正中的地方有半个小指甲盖的地方，大概婴儿的手指可以伸进去。

孟扶摇的箭，却在刹那间到了这个位置。

啪!

极其轻微的声响，那箭射入那细微之地，所有人都张开嘴，一声惊呼将出未出，却见那箭突然弹了出来。

失手了？原以为能够看见神奇箭术的铁成露出了失望和鄙弃的神色。

在众人不知是失望还是放心的啊哦声中，孟扶摇那一箭进入中心后突然弹出，却并没有如众人所想般掉落，而是突然闪电般一退，随即，啪的一声。

原先插在靶心的一支箭，立即被孟扶摇那支箭撞到裂开，颓然落地。

啪啪啪……

那箭仿如有生命般，在靶心箭丛中忽进忽出，铁成的箭纷纷落地，转眼间，十支箭便在靶心消失，孟扶摇那支箭最后一弹，直入靶心!

破九霄功法第三层，回旋!

广场上一片死寂的沉默，孟扶摇在那片震惊的沉默里将弓一扔，大踏步走回去。

身后却有大喝响起，“好!”

孟扶摇头也不回。

“我喜欢!”

孟扶摇僵了僵，随即安慰自己，对于这个一看就是个粗人的家伙来讲，这大概是个不具有任何其他意义的中性表达词。

“我得娶你!”

哄然声里，孟扶摇恶狠狠转头，叉腰大骂：“娘的！你长眼睛没？老子是男人，男人!”

“他们说你是个……断袖!”

呃，断袖？这是从哪个世界冒出来的八卦？还有，小说中被折服的豪杰不都是愿意成为永远的忠心属下的吗，为什么这个人这么特别？

“老子就是袖子断了也不找你!”孟扶摇大吼，“手下败将，只配做属下!”

“不做你的属下!”铁成吼声更大了，“我一看你就喜欢你，你能赢我，当然更值得我要！不能得到自己想要的东西的男人，不是真正的男人!”

“老子不是东西!”吼!

“不是东西我也要!”吼回来。

“等你赢了我再说这话!”继续吼。

“我会赢你，在这之前，你要答应我！”

“呸！”

“不许呸！”

……

一场严肃的比箭，最后落得对骂收场，告白的和被告白的都形如斗鸡，两眼充血、张牙舞爪，就差没扑上去互咬喉咙。

孟扶摇最终败阵——她吼不动了。捂着充血的喉咙，她一溜烟奔回高台，一边奔一边挥手，“拦住！给我拦住！”

衙役和卫军长枪一搭，阻止铁成追过来。铁成也不硬冲，找了个最靠近她的位置席地坐下，死死地盯着她。

孟扶摇满腔哀怨无处诉，想了半天，好像自己带怒下场和元昭诩有关系，忍不住恨恨地看向他。元昭诩还在慢条斯理地喝茶，微笑道：“城主大人桃花真多。”

“你就不能安慰我两句吗？”孟扶摇没好气地道，“又不是我要的桃花！”

元昭诩挑眉，“其实我觉得他有句话说得挺好。”

“哦？”

“不能得到自己想要的东西的男人，不是真正的男人。”

孟扶摇立刻又沉默了，清清喉咙，老老实实坐回位置，等着底下的最美姑娘评选。

那最美姑娘选得倒不像比箭那么没争议，各花入各眼，拿着花儿准备投票的百姓们争执讨论不休，一直到孟扶摇等到昏昏欲睡，才有人上来报说，已经选出了最美丽的姑娘。

孟扶摇立时兴致盎然地看过去，果然是个标致女子，秾纤合度、眼波如晕，行走间天生有种妩媚的风致，偏生容貌里还有几分少女的青涩和羞涩。傍晚的晚霞照上她的脸，一片娇嫩明艳的粉色，是个难得的美人坯子。

这个选出来的姑娘，会是今夜篝火盛会中的女神，四面八方的优秀男儿齐聚，等着她玉手相牵，成就一段最美丽的姻缘。

孟扶摇笑眯眯地看着她，听说历届敬神节庆典中选出的最优秀射手和最美丽女子成婚的比例很高——也是，英雄配美人，千古不移的惯例嘛！哎，这位胡桑姑娘肯定会看上铁成那个傻小子的，这么绝顶的美色，铁成那小子血气方刚的，也不可能拒绝的，到时候……哈哈哈！黏人的家伙便打发喽！

孟扶摇打着如意算盘想得开心，没留意到那胡桑姑娘含羞带怯的眼神一直似有若无地往台上瞟。

夜幕降临，篝火在广场上燃起，跳跃的深红火光映出狂欢者泛着油光的脸，火堆上滋滋烤着猎来的各色野味，不时有大颗油脂滴落，哧地一响。

穿着最繁复花裙子的少女和裸着胸、披着彩袍的少年结成圈跳舞，舞步简单却欢快，歌颂着神的恩慈和赐予，祈祷着来年的继续护佑。

孟扶摇席地坐在火堆旁，轻轻地打着拍子，陶醉地笑道："少数民族的歌舞，总是纯朴诚挚的，正因为如此，才分外动人。"

元昭诩抱膝看着歌舞，淡淡地问："什么是少数民族？"

孟扶摇呃了一声，转了转眼珠道："就是人数较少的民族。"

"扶摇，你时常冒出些奇怪的话来，"元昭诩转头看她，"听起来不像五洲大陆的语言。"

"我自创的啊！"孟扶摇大言不惭道，"我比较有智慧，比较与众不同。"

"你从来都这样……"元昭诩这句话声音很轻，孟扶摇没听见，突然来了兴致，道："想不想学我自创的舞蹈？很优雅的，我觉得特符合你的气质……"话没说完，忽然听见欢呼声响，随即看见那美丽少女胡桑攥着一块锦帕，含着羞喜的笑走近了来。

孟扶摇盯着她，不知道为什么，心底突然有点不对劲的感觉。

胡桑姑娘却不看任何人，带着满脸梦幻般的神色，在众人含笑期待的眼神里，走向孟扶摇……身侧。

她羞涩地笑着，轻轻躬下身，将锦帕扔进元昭诩怀里。

欢呼声起，刹那间，连喧腾的火光都抖了抖，胡桑姑娘含着羞怯而又幸福的笑容，伸手去牵元昭诩。

她的手指伸在元昭诩面前，根根晶莹如玉。

孟扶摇盯着那手指，只觉得嗓子干得冒烟，咕嘟一声，咽了口口水。

她下意识地将目光扫上元昭诩的脸，面具外露出的眉目依然是平静的，并没有意外或震惊，甚至带着微微的笑意。

火堆前，月色星光下，交视的美丽男女，真的是一幅很美的画面。四面的欢呼声渐渐静了下来，人们有点着迷地注视着这对漂亮的人儿。

孟扶摇却将眼光错了开去，不去看元昭诩，也不去看那锦帕。她知道，只要此刻元昭诩收下这锦帕，就着佳人玉手起身翩翩起舞，这门亲事就算成了。

这样……也挺好的吧？

孟扶摇坐在那里，似热似冷，手指都在颤抖。她满脑的混乱思绪里，突然冒出了一个大胆而疯狂的念头，这个念头她隐隐抗拒，却又如魔鬼般，始终蛊惑，缠绕着不去。

如果他接受……如果他接受……

身侧，元昭诩慢慢扫过少女的指尖，那手指伸出的时间好像已经过长，却依旧羞涩而坚定地维持着那个姿势，仿佛只要元昭诩不回应，她便会一直等待下去。

少女已经露出了些微尴尬的神色，脸色不知是被火光映红还是怎么的，酡红醉人。她微微垂着眼帘，眼中有些光芒晶莹闪烁，那是因为长时间等待而充盈的泪意，她在这样水晕般的视线里，近乎痴迷地看着元昭诩，这个天神般风华绝俗的男子，气质尊贵而优雅，她相信自己不会看错。

元昭诩终于动了动，却不是去接那手，而是慢慢拈起了那锦帕，所有人都紧张地盯着他的手，猜测着他到底是会收下锦帕还是会扔开。

一只手突然伸了过来。

一人朗朗脆脆道："哎，真美丽的姑娘啊，我大哥一定会喜欢！哥哥，不要害羞，兄弟我知道你的意思，来，收了！"

说话的自然是孟扶摇，她大大咧咧地一把抓过那锦帕，看也不看，便往元昭诩怀里一塞。

欢声雷动，胡桑姑娘眼底立即射出狂喜的光。

元昭诩的身子颤了颤，这个一直静水深流的男子终于有了认识以来第一次不算镇静的举动——他霍然扭头，直视孟扶摇。

第六十七章

心事封缄

他的眼眸这一刻比天色还黑，沉沉地压着乌云、闪着青色电光，电光下是涛飞浪卷的无垠大海，激浪横飞，扑面而来。

孟扶摇第一次看见他这样几欲吞没人的眼神，记忆中的元昭诩雍容淡定、八风不动，泰山崩于前他顺脚就把泰山给踢了，她以为她这辈子永远不会有机会看见他变色。

然而这一刻，对着这样的眼神，孟扶摇的心刹那间便沉了沉。她窒了窒呼吸，目光垂了垂，下意识地转开头，手指抠紧了地面的草皮，转眼又吸了口气，昂起头直视着元昭诩。

恨我吧！讨厌我吧……我逃不开你的势力笼罩，那么只好逼你自己抽身离开……

元昭诩只是盯着她，没有动作，没有表情，甚至连一开始眼神里的波浪滔天也没了。

他就这么凝定在火堆前，火光将他侧脸的弧线细细勾勒，长睫微垂，静如处子，然而所有人都觉得，四周的气息突然变了。

仿佛有人突然在空气中泼了一盆糨糊，瞬间胶粘了原本爽朗洁净的冬夜，层云有所感应似的，更沉地压了下来，原本毕剥作响的火光都似弱了许多，燃烧得悄无声息。

欢呼声渐渐弱了下去，胡桑姑娘的狂喜变成了惶惑，她失措地僵在那里，一会儿看看元昭诩，一会儿看看被元昭诩盯住的孟扶摇。

令人窒息的静默里，元昭诩终于动了。

他不动则已，一动便如雷霆，他手一伸便将呆呆看着他的孟扶摇拽起，毫不客气地一把扔了出去。

孟扶摇在半空被抛出一条抛物线，啪的一声，屁股朝前脸朝后落在人圈外的一匹马上。孟扶摇还没来得及惊呼，眼前紫影一闪，元昭诩已经落在马上，和她面对面，看见她张嘴要呼叫，手指一戳哑穴便点上了，随即一拍马，骏马扬蹄便驰。

这几个动作雷霆万钧，一气呵成，快得令人目光追不上。众人眼前就觉得两个人影此起彼伏地一闪，城主大人就被华丽丽地“劫持”了。

胡桑姑娘大惊，追上来哭叫：“大人……您收了我的锦帕！”

元昭诩头也不回，他怀里却突然蹿出个肥球，肥球噌噌噌爬上他的肩，对着身后追来的胡桑姑娘爪子一拉，展开一方绣着鸳鸯柳枝的锦帕。

火光里元宝大人龇开雪亮的牙，用得意的眼神看着主子的求爱者，爪子中锦帕连同白毛一起潇洒地飞扬。

要不是我时刻准备着，我家主子早就被那无耻的家伙给卖了……

扑通！

求爱求到耗子处的悲惨的胡桑姑娘，晕倒了……

孟扶摇从没想到元昭诩居然也会这么极速得近乎疯狂地奔驰，那策马的速度几可媲美现代车速，风声如刀从耳边刮过，她的包头巾被扯开，长发散在风中，有一些和马辔绞在了一起，被扯得生痛。孟扶摇不避不让，狠狠一拽，一缕青丝如烟般悠悠掉落，像是一场红尘遗落的大梦。

孟扶摇看也不看那头发一眼，抿紧唇看着四周景物飞速倒退，那些树啊、人啊、屋舍啊瞬间从眼前消失，宛如浮光掠影、时光倒流。如果时光真的能倒流该有多好！回到最初，回到原点，回到清清静静的那个孟扶摇，相见争如不见，有情不如无情。

她还僵在马上，元昭诩扔她上马的手法一点也没客气，她像块木头似的被栽在那儿，穴道被点，她控制不了自己，随着马匹起伏颠簸、歪歪斜斜，元昭诩一手策缰一手握着她的腰，隔着那么厚的冬衣，她居然也能觉察到他掌心的冰凉。

从孟扶摇的角度，只看得见他的下颌，线条精致而坚定，一抹薄唇抿得比她还紧。元昭诩总是微笑的，笑得从容，笑得尊贵，笑得睥睨四海江山。孟扶摇习惯了他的笑，不习惯他嘴角那一抹近乎冷峻的弧度。她下意识地伸手想去抹平，手抬不起来才想起自己的软麻穴都被封了。

一骑长驰，穿越空旷而寂静的街道，街道旁溪水静静流淌，有些戎人在放着色彩艳丽的河灯，那些灯闪烁着五彩的光晕悠悠飘过，再被风卷起……戎人愕然抬起头来，看着那对在佳节放马狂驰的人影倏忽而去，看满城深红的九重葛被飙风惊散，再飘飘洒洒地落在两人身上。

落花浮灯，石路微霜，这一夜，多少人同喜悦，狂欢彻夜；这一夜，一对人共沉默，月色无声。

蹄声嘚嘚，敲击夜的沉凉，城门已经在望，元昭诩顺手从孟扶摇怀里掏出令牌，往前来盘问的兵丁手里一扔，“城主大人有紧急军情，开门！”

兵丁二话不说开了门，元昭诩疾驰而去，孟扶摇愕然抬头，问：“出城干吗？”

元昭诩不看她，好像根本没打算理她。孟扶摇碰了一鼻子灰，只好讪讪地闭嘴，半晌却听他道：“你需要被洗洗脑子。”

“啊？”孟扶摇没有听懂，却知道今日元昭诩真的被她惹毛了，想完尸而归，还是老实点比较好，她只好缩了缩脖子不语。

对面，元宝大人突然从元昭诩怀里挣扎出来，砰地弹了一下孟扶摇的脑门，它眼神极其鄙视，孟扶摇竟然神奇地读懂了：你真蠢！

是啊，真蠢！可是不这么蠢，也许以后我会做更蠢的事……

孟扶摇吸吸鼻子，仰头看向那轮朦胧阴沉的月。在另一个时空，母亲在做什么？她还有钱支持透析吗？研究所有没有给她烈士补贴？她每次去医院都是自己骑自行车驮着的，现在还有谁驮她呢？

十七年，五洲大陆已经过去了十七年！她真的很害怕这个世界和那个世界是平行的，害怕母亲等不了她十七年，可是有些事不能因为害怕便被放弃，如果这两个世界的时间不一样呢？如果长青神殿的大神通者能助她回到某个过去的时间呢？如果，如果母亲一直在等她呢？

孟扶摇抬起头，让带霜的风更狠厉地刮过她冰冷的额头、刮过她大睁的眼睛，那风如此之冷，她听见眼眶里某些液体结冰的声音。

身子突然一震，连同那细碎的冰晶一起被震碎，孟扶摇浑浑噩噩地抬起头，却见元昭诩已经停了马，身前是一片连绵的山脉，苍翠如盖，山脉脚下延伸出大片的平原，一望无际地奔腾开去，风嘶吼着从平原上冲过来，在石山上穿行，发出凌厉的哨音。

孟扶摇不认识这是什么地方，元昭诩却像是很熟悉。他下马抱起孟扶摇，孟扶摇等他给自己解穴，元昭诩却根本不理她，拎着她便直奔上山。

他脚程极快，蜿蜒危险的山路在他脚下却如履平地，被他拎在手上的孟扶摇被颠得头晕眼花。她不哼不哈，无声苦笑：看吧，原来再温柔大度的人，被惹怒了也会像头狂狮。

好在元昭诩很快停了下来，孟扶摇晃着沉重的脑袋，还没抬头便嗅见浓厚的硫黄味道，眼角还看见似乎有腾腾的白气，不禁怔了一怔。

她还没想清楚，身子突然腾空，随即，砰的一声。

“啊！”

水花炸开激飞，如碎珠乱琼，孟扶摇身子突然落到水中，身周水流不冷反热，喧腾地冒着白气，冲得她一个踉跄栽到水里，爬起来的时候才发现，自己的穴道不知何时已经解开了。

手撑着一块半露出水面的石头，孟扶摇抹了一把脸上的水，浑身尽湿地四下一望，这才看清楚这是个依山而生的天然温泉，刚才，自己被元昭诩扔了进来。

她怔怔地立在水中，遥望着岸上沉在暗影里的元昭诩，被热水冲得脸色发红、头脑发晕，一时竟不明白他要做什么。

元昭诩的容颜半边显在暗沉的月色中，半边沉在昏黑的山影里，只一双眼眸明光辉映，平日里的温润雍容都化为此刻的清冷如玉。他静静地看着水中的孟扶摇，道：“洗！好好洗，洗清楚你的脑子，洗明白你自己想要什么和该做什么！”

孟扶摇怔在水中，满头满身的水，狼狈得像只无家可归的狗。对面的男子玉树般立在那里，声音冷静而稳定，一字字如玉与石交击，字字都如玉碎。

“我给你一夜的时间好好洗，洗掉你心里那些本不该属于你的自私、放纵和轻狂，一直洗到你懂得不能恃宠生娇，将别人的宽容当作放肆的理由；懂得你可以拒绝、逃避，但没有权利亵渎别人的尊严和干涉别人选择的自由。”

孟扶摇发着抖，在热水里发抖，她慢慢地蹲下去，蹲在水里。

“喜欢你、追逐你是我的事，正如逃避我、拒绝我是你的事，如果不想见我，你可以明白和我说，永不相见，元昭诩从此会永远消失在你眼前！扶摇，你要吗？要的话，现在就说！”

孟扶摇抬头看着他，湿漉漉的脸上水珠横流，她张了张嘴，却一个字都没说出来。

元昭诩居高临下地看着她，语气冷静，眼神悲哀，“扶摇，你有心事，你的心事从不愿和我分享。我不是不能接受拒绝，但我不能接受你这样毫无理由地排斥和放弃，甚至想将我塞给别人。扶摇，你如此自私残忍，你珍重地保护好自己的心，却将别人的心弃如敝屣。”

孟扶摇捂着心口，挣扎半天，终于挤出了一句话，“你……到底为什么喜欢我？”

元昭诩突然沉默下去。很久以后，他轻轻接起风里一片落叶，淡淡道：“我遇见一个女子，她和我心底某个影子重叠，我因为想要看清楚她而接近她，却在这样的接近中渐渐忘却了自己最初的目的。我一生予取予求，从不明白争取和珍重的滋味，却因为这个女子有了珍惜的心情，珍惜到……我忘记了那个影子，只想看见她的存在。”

他对着孟扶摇，第一次完全摊开自己的掌心，迷蒙的月光照亮那朵姿态宛然的莲花，“我很希望，她能像这朵生于我血肉体肤之中的莲花一般，永远伴随在我身侧，直到跨越生死和时间，照见我和她同时湮灭成灰的末日之终。”

孟扶摇怔怔地站在水中，从眉眼到口鼻都是僵的，很久以后，她突然一屁股坐到水中，号啕大哭。

“元昭诩，你能不能不要这么煽情？”

“元昭诩，我没你说的那么自私，我就是太不自私了！”

一波波奔涌的情绪如这滚热的温泉水一般侵袭了来，冲刷着她情感的堤岸，有什么爆裂开去，在血肉涌动的五脏六腑里炸了个四散横飞，她的意识和肉体仿佛在这一瞬间都被炸碎，化为这夜暗淡的星光，飞升上了苍穹。

剧痛铺天盖地般卷来，黑色的、乌青色的，露出狰狞的锯齿，一点点磨碎神志和思维，她咬牙忍着，一口口咽下那泛起的血，那甜腥的气息却似乎激起了她久伏于心中的不甘与愤怒。

她近乎放纵地号啕，挣扎着用双手拼命地拍打水面，激飞水浪丈许，再哗啦啦倾倒下来，浇了她一头一身。她近乎尖厉的声音，也如钢刀般疼痛地戳破这山林间夜的寂静，“我不怕爱人的折磨和被爱的惶惑，我畏惧短暂的相聚和永久的离别！

“我在这里的所有日子都是借来的，借来的，你懂不懂？如果我有一天拍屁股走了，元昭诩，你那时是不是一样要骂我‘毫无理由地放弃，将你的心弃如敝屣’？

“我的爱情不该在这里，我约束自己，我推开你，我只是不想伤你！你懂不懂、懂不懂……”孟扶摇满脸水泪横流，浑身发抖，口齿不清，突然大力蹦了起来，一把扑上岸，恶狠狠地拽下元昭诩。

元昭诩正震惊地盯着她的失态，冷不防被她这暴起一拉，顿时被拉入水中，刹那浑身尽湿。孟扶摇不管不顾，拼命把他往水里摁，一边摁一边大哭，“消失！你给我消失！你给我消失！从现在开始，我不再怕你，我刚才牙痛才说不出话来，现在我说给你听——对，我不要你，我不要你！你就按你刚才说的，永远消失在我面前……”

“我改变主意了。”被她拼命往水里摁的元昭诩突然开口了，语气里先前的森凉已经散去，取而代之的是近乎温和的平静。

他从温泉中央站了起来，手一挥便将孟扶摇四处乱挥的手抓住。他攥得很紧，孟扶摇顿时一丝一毫无法动弹，两人湿漉漉地在温泉中央面面相对，元昭诩看着她的眼睛，静静道：“你刚才没说，现在说已经迟了，不算！”

“你说不算便不算……呜……”

一双冰凉而柔软的唇突然轻轻堵上了她的唇，孟扶摇震惊得连自己是谁都忘了。

她呆呆站在水里，以一种古怪的、一只手还作势要打人的姿势僵硬地站着，神情迷茫，仿佛在做着一个豆蔻女子在月上柳梢头的小楼中做过的最美的梦。

那样的梦境迷离而氤氲，如雾如风般包围了孟扶摇，她的心突然被熏软了。

月色倒映在波心，池心里开出并蒂莲花。风从水面掠过，一笔笔写着自己的诗行，那诗也是缠绵温柔的，字字动人。空气中气息芬芳，翠色的藤蔓从水池上垂下来，交颈而缠，相偕飘摇……

孟扶摇在浮云般的飘荡中，听到元昭诩突然低声道：“此刻心事，以吻封缄。”

以吻封缄……何等美好的字眼，只是，真的能封住这一刻静好，坚持到山河亘古、沧海桑田吗？

孟扶摇只觉得不知道哪里又开始疼痛，她手臂颤了颤，元昭诩放开了她，他眼眸中倒映着月色水波，是另外一泊更为美妙的碧水。

孟扶摇脸色微微发红地转开目光，眼珠无意识地向下一掠，正看见元昭诩宽衣半解……

孟扶摇呆呆地看着，突然觉得鼻子一热，头一低便见水面晕开一片红，她脑中轰然一声，暗道：“糗大了，糗大了！这看美人看得流鼻血了，以后该怎么见人……”念头还没转完便觉胸中也是一甜，有什么东西，无遮无拦地从口中喷射了出来。

孟扶摇下意识地一仰头，便看见天空中突然下了一场凄艳的血雨，将那轮惨淡的月色染得通红，那血雨扑簌簌落在她和元昭诩脸上。她看见元昭诩满面血迹中震惊的眼神，同时很神奇地看见自己慢慢倒了下去。

“万幸！不是我贪恋美色流鼻血……”孟扶摇倒下去时，很宽慰地冒出最后一个毫不相干的念头。

一线火光，跳跃在闭合的视野中，食物的香气和火光的温暖，潜入无声。

孟扶摇睁开眼时，便看见山洞深黑嶙峋的穹顶、看见耀红的火堆、看见火堆旁的元昭诩，正有点不熟练地翻烤着衣物。

衣物……衣物!

孟扶摇脑海里意识瞬间回归，惊得直跳起来，赶紧一摸自己全身，呼……还好，内衣还在!

抓起自己身上的覆盖物，那是元昭诩的外袍，孟扶摇轻轻摩挲着，隐约想起先前的事情，不禁面红耳赤。

她眼光四处一溜，看见元宝大人正在洞角落里画圈圈。咦?毛没湿啊，难道先前元昭诩下水时它不在他怀里?那它郁闷什么?

元昭诩回过头来，火光里睫毛和眼珠都黑得莹润，他看着孟扶摇，半晌道："宗越居然没有告诉我，你中的是锁情。"

孟扶摇咧了咧嘴，虚软无力地向后一靠，道："现在你明白了?"

"错!"元昭诩摇头，"什么样的毒终究都有法子解开，最难解的其实是自己的心——扶摇，不要找借口。"

孟扶摇默然，半晌道："好吧，我错了，可是我觉得我错得对。"

她这古里古怪的话元昭诩竟然听懂了，他凝目注视着孟扶摇，突然伸手轻轻抚了抚她的头发，道："你这固执的小东西……"

孟扶摇等他生气，揍吧，揍我一顿吧，我自己也很不爽咧!

元昭诩却起身过来，将她扶起。她的长发先前一番挣扎厮打已经散开，因为没有向火，湿漉漉地贴在背后，被山石揉得一塌糊涂。元昭诩坐在她身后，将她的头发轻轻揽起，仔细握在掌心，用手指理顺了，一点点就着火堆的热度烤干，淡淡道："头发湿着，你现在又在毒发期无法自保，小心留下病来。"

孟扶摇攥着手指不说话，身后男子清新而魅惑的异香传来，他拨弄她头发的手指轻柔而灵巧，微痒而酥麻的感受一波波如过电般传遍全身，她舒服得如同坠入云端，眼底却渐渐含上了一包泪。

她宁愿他扔她、掼她、甩她、去池子里骂她，也不想面对这般无可抵挡、无可逃脱的温柔!

元昭诩却一直不说话，头发渐渐烤干，他似乎思索了一会儿，竟然给她结起了辫子。

孟扶摇纵然满腔纠结也忍不住扑哧一笑，道："你不要告诉我，你无所不能到了连女人辫子都会结。"

元昭诩不答，将她的头发结起解开、解开结起，似乎在回忆什么扎辫手法，半晌淡淡道："宿昔不梳头，丝发披两肩。婉伸郎膝上，何处不可怜……"

他低沉而优雅的语声吟哦着这婉转悠长的句子，缱绻而温柔。孟扶摇颤了颤，一根头发被无意间扯落，她急忙掩饰地笑，"哦，好痛！"

元昭诩的手顿了顿，突然放开了她结成的辫子，道："我想我还是不会梳。"

孟扶摇伸手去头上摸了摸，隐约觉得好像是盘了一半的童髻，不禁失笑，正要取笑元昭诩一句，忽听他道："你是个固执的小东西……但是，我会等你。"

"扶摇，明月易低人易散，当得珍惜。"元昭诩轻轻在她身后道，"我等你想明白的那一日。"

火堆里突然炸出一星碎屑，有烤熟的松子香爆了出来，一颗松子爆到了孟扶摇的掌心里，她伸手紧紧地攥着，像是攥住了一颗滚热的心。

火光照亮洞穴，映着身后那人的身影。他不算魁梧雄壮，却总是恰恰好地温存地将她覆盖。孟扶摇怔怔地看着那个影子，看着自己泻落的长发落在了他的膝上。

山洞里气氛沉静，两人都不言语，氤氲着难言的心事，便将四野的声音听得越发清晰。风从山洞口掠过，微微起了咆哮之音，那肃杀的音节里，隐约有些什么异样的声响传了过来。

那声音，有扑落，有喘息，有草木摩擦，有刀剑无意中相撞的微响，一点点接近。

孟扶摇坐直了身子，凝神倾听，身后元昭诩立刻一抬手灭了火焰，淡淡道："西南方向，有人被追杀，正冲这里过来。"

孟扶摇回头看他，问："这到底是哪里？"

元昭诩难得地沉默了一下，半晌才道："我以前来过一次，这是昊阳山，已经接近戎军大营地界。"

孟扶摇愕然地看着他，不明白睿智神武的元昭诩如何竟会带着自己来到这么危险的地方。元昭诩毫无愧色地看着她，道："我一路奔驰，忘记了。"

孟扶摇默然，半晌揉了揉鼻子，知道始作俑者还是自己。元昭诩这个人，若不是被自己气昏了一阵放马乱驰，根本不可能在夜里跑这么远。

探头从洞口向外望去，不知何时，漫山都起了火把，星星点点，如漫天星光降落，人数阵势惊人，武器撞击声音不断传来。有人在不远处的山头上挥着火把沉声吆喝："抓住闯进来的奸细！"

孟扶摇低声道："这么厉害，都知道我们闯进来了？哎呀，都怪你，温泉里打水动作太大！”

她恶人先告状，元昭诩不和她计较，凝目注视着黑暗，缓缓道：“这处山洞之下有个断崖，是内缩进崖壁的，有藤蔓遮着，等一下我放你下去。”

孟扶摇霍然转头，道：“你要干什么？”

“戎军被惊动了。”元昭诩淡然一指那些星星点点的火把，“好像问题不是出在我们身上，而是有人闯了他们的大营。人太多，你又毒发不能动弹，我先把你送到更安全的地方。”

“不行！”孟扶摇断然拒绝，“你别想甩下我逃跑。”

元昭诩转眸看她，今晚第一次在眼神里浮起淡淡的笑意，“扶摇，你什么时候能改掉你口不应心的坏毛病？”

孟扶摇正想反唇相讥，忽听一阵脚步杂沓声响，随即一道小小的黑影从洞前踉跄着冲过来，一边跑一边惶急地回头。回头间，月光洒上她血迹斑斑的小脸。

竟然是小刀！

孟扶摇一声呼唤几欲冲口而出，却立即捂住了自己的嘴。然而下一瞬她便看见小刀因为一边跑一边回头，脚下突然踩空，随即身子一歪，从洞前断崖处栽了下去。

“小刀！”

孟扶摇的身子立刻扑出山洞，扑向崖下！

第六十八章

在此调情

扑出一半的身子突然被人拎住，孟扶摇挣扎着，却没有力气前进一步。她低喝：“去救她啊……”话音未落，眼前突然人影一闪，有人从上方崖壁掠了下来，比她更快地扑了出去。

孟扶摇眼角只看见对方紫蓝二色的彩袍一荡，随即崖下伸出一条健壮的手臂，扒住石缝，单手一甩，小刀被抛了上来。

孟扶摇上前接住，那孩子眼睛瞪得极大，却依旧没有哭。孟扶摇叹息一声，问她：“伤着没？你怎么会在这里？”

小刀抿着唇不回答，眼光看向崖下，那里腾地跳上个彩袍男子，两道眉又粗又黑，赫然是那个号称要“娶城主”、和孟扶摇广场对骂的铁成。

他气哼哼地立在崖上，也不管底下的追兵已经发现了这里的动静纷纷冲了过来，站在洞口竖眉盯着洞里的孟扶摇骂：“你没信用！”

孟扶摇愕然道：“你说什么？”

“你没信用！”铁成指控，“你是我的人，却和别人欢爱！”

孟扶摇呛了一下，霍然抬头，怒道：“你跟踪，你偷窥！”

“那又怎样？”铁成梗着脖子，“我要娶你的！”

孟扶摇磨牙，声音嘶嘶地道："我没答应！"

"我答应就成！"

孟扶摇盯着这个愣头青，实在觉得和他对骂完全是不智的行为，追兵将近，还胡搅蛮缠什么！身后元昭诩淡淡道："吵完没？吵完记得跟上来。"

他抱起一直用异样的眼神盯着他的小刀，一伸手拉过孟扶摇，道："跟着我，无论如何不要离我左右。"

铁成大骂，"我偏不跟你……"

元昭诩头也不回，"我没把你算进去。"

今日搜山的戎人是戎军的一个副将，今夜三更时分有人潜进大营，胆大包天地居高临下射出了一支火箭，竟然险些烧掉了主将的大帐。戎人迷信，战前毁帐被视为不祥，震怒的戎军主将派他点兵来追，无论如何要将那个夜半惊营的恶客抓回来碎尸万段。

这位副将算是个谨慎人，明明看出逃掉的那人身形娇小，武功底子也极薄，只是仗着地形熟悉才逃出那么远，却依旧点齐数千兵马，一直追到了昊阳山。

小刀坠崖被救，被戎人士兵看见，一番传哨，所有火把都聚拢过来，层层紧缩，包围了这座山头。

戎人副将亲自上山，前后左右都是护卫，他倒不是忌讳小刀，而是看见救小刀的男子身手不错，至于扑得软歪歪的孟扶摇和始终没有现身的元昭诩，他根本不知道两人的存在。

走到那座山崖附近时，前方突然闪过一团小小的白影，副将低头一看，隐约看见是只肥白的似兔又似鼠的动物，一闪便过去了。他也没有在意，继续步步紧逼地向上封锁。

他不知道，那团肥白的影子直奔山下，找到先前骑来的马，刺溜蹿了上去，爪子揪住马鬃，嘿哟嘿哟地直拽。

马儿不是经过训练的上阳宫名驹，不知道元宝大人骑马的固定爪势，纹丝不动。元宝大人急了，主子今夜出来时严令侍卫不许跟随，它肩负着传递消息的重任，这只该死的蠢马，不知道元宝大人骑马的姿势比较特别吗?

愤怒兼郁闷之下的元宝大人跳起来，恶狠狠对着马脖子一咬，骏马吃痛，一声长嘶，扬蹄直奔，元宝大人嘴刚刚松开便险些被颠飞，赶紧死死揪住马鬃，东摇西晃地一路飙了出去。

那夜早起劳作的村民都看见这样一幕诡异的画面——一匹无人驱策的马在旷野上飞奔，马鬃上大幅度飘荡着一只肥白的球。

元宝大人一路长奔去做自己该做的事，副将全然不知这只耗子的大用处，他的眼睛还盯着山崖，猜测着对方藏躲的方向。

士兵们的长矛不住地在草丛中拨打，期待着发现他们的藏身之地。一无所获之后，副将的目光集中在那个浅浅的山洞中。他眼中闪过一丝疑惑，刚才那几个人明明可以逃，为什么不逃？躲在这洞中，柴堆一架，烟一熏，不是自寻死路吗？

洞内黑暗无声，熄灭的火堆里时而翻出点暗红的火星，却不如洞顶几人的目光明亮。孟扶摇被元昭诩不由分说揽在怀中，他淡淡的异香连同清新的水汽一起钻入她的鼻中，是一种令人舒适的味道，孟扶摇不安地动了动身子，却被元昭诩揽得更紧了。

孟扶摇吸吸鼻子，手指悄悄在元昭诩掌心写："我们为什么不走？"以元昭诩的实力，想逃很容易，哪怕带着两个累赘。

元昭诩也悄悄在她掌心写："既然他们来了，就一起杀了，省得以后费事。"

孟扶摇撇了撇嘴，"好大的口气！一人杀三千？"

两人脸颊相贴，孟扶摇感觉到元昭诩似乎在微笑，黑暗中他目色晶莹，更慢地在孟扶摇掌心写："我一人可杀三千，你一人可杀我，还是你厉害些。"

孟扶摇忍不住要笑，又觉得掌心痒痒的，元昭诩落指太轻，不像写字倒像搔痒，她偏偏是个怕痒的，拼命咬着嘴唇防止自己笑出来，唇色越发鲜艳如血。

忽听得头顶一声冷哼，却是蹲在他们上方岩石上的铁成。他愤怒地盯着两人，竖指在石壁上刻，"大敌当前，还在调情！"

孟扶摇噎了噎，对"调情"这两个字有点适应不良。然而她始终不习惯在铁成面前吃亏，立即手指在半空虚画，"关你屁事！"

铁成怒极，一跃身便想跳下，元昭诩突然挥了挥衣袖。

一道紫光倏忽而过，空气突然薄了薄、冷了冷，铁成只觉得膝盖似被冰块冰了一下，便僵在了那里。

他惊骇地瞪着元昭诩，元昭诩却扭头看着墙壁，眼底忽然闪过一丝笑意。他伸指抹了抹，又刻了几个字。铁成的刻字立即变成了一句话，"政宁年腊月十三夜，微云将雨，昭诩与夫人在此调情。"

孟扶摇一回头看见，脸轰的一下烧着，烧得焦黑，越发显出白牙锋利，很想啃某人一口的样子。

不过她还没来得及啃下去，洞外，有脚步声传来。

戎军副将的脚步最终停在了山洞前，这四周全部查探过，那几个人不可能插翅而飞，一定是在这里。

黑压压的士兵聚拢来，城墙般堵得山洞水泄不通。蜿蜒长达数里的队伍竖着铁阵般的武器，在月下长蛇般闪着青色的磷光。

没有人可以凭借一人之力踏越这兵器密集的阵形，哪怕是一人给一掌，也能活活累死人。

"给我烧！"副将叉腿抱胸注视着山洞，森冷地下令，白牙在暗夜中闪烁如兽齿。将军说要将那毁帐的人碎尸万段，他带具焦尸回去给他砍便是。

柴堆已经架起，洞中依然全无动静，副将冷笑着，手重重往下一劈。

一名士兵举着火把要去点火，架成塔状的柴堆突然塌了下来，最上面的一根粗树枝掉下来，砸破了他的头。

其余人都有点变色，下意识地向后退了退——戎人战阵规矩多，其中挺要紧的一条，便是未战先伤，不吉。

副将仔细打量那柴堆半晌，又回忆了刚才山洞里明明没有任何东西射出，想来只是巧合。他皱眉哼了一声，手一挥，身后的亲卫举着火把再次上前。

这次亲卫走到一半，突然无声无息地腿一软，随即骨碌碌滚倒在地，滚着滚着，头颅突然就另外滚开了。

那只头颅在数千双眼睛的注视下平静地滚开，没有鲜血流出，没有惊呼发起，甚至头颅还保留着先前那种小心窥探的神情，看起来甚至不再像头颅，而像一个被踢开的皮球。

月夜下，深山里，山洞前，一个倒下的人头颅突然无声掉下，滚落在自己脚下，那会是什么样的感受？

最起码那个副将就差点疯了，他嗷的一声叫了起来，下意识地抬腿踹开那头颅。

啵！

一声极低的声响，听起来就像一个人于空旷寂静中发出的叹息，那头颅忽然炸了开来，霜白的月色下飞出无数血肉之末，红的白的，都已经凝成了细小的固体，旋转呼啸着，覆盖了四周密集的人群。

被天天同吃同睡的伙伴的血肉沾满全身是怎样的感受？惊悚、恶心，最勇猛的战士也永生难解的噩梦。

副将惨呼着倒了下去，只这一瞬间，他的身子所有被沾到的地方都哧哧地冒着烟，烂出一个个深可见骨的洞。

“诅咒！恶魔的诅咒！”

山洞前刹那间横七竖八倒了一地尸体，死得莫名其妙、惨不可言，早已惊呆了这些少见世面的戎人士兵。他们抖着手举着刀剑，不知道敌人到底在何处，却坚持着不肯逃开。

戎人军规严厉，临阵逃脱者斩全家，是以这些戎人心胆俱裂却不敢离开，有人甚至试探着，想远远地将自己的火把掷过来。

山洞里孟扶摇目光流转，若有所思地注视着元昭诩。他刚才用什么手法杀人，连她也没看出来，那感觉，竟然不像是武功，却说不清到底是什么。

元昭诩的武功风格在五洲大陆很少见，非正非邪，光明处华彩万丈，诡异处落血无声。孟扶摇师从老道士，遍识天下武学，却看不出他的路数。

而他这一手，伐将伐心、夺神夺志，正是兵家上谋，玩的是心理战术。只是戎人执拗不肯退兵，他们面对的，依旧是一个死局。

她抬眼，看见山洞外，一只火把旋转飞来，将要落向干燥的柴堆。

嚓！

紫影一闪，快如流光，先前一直玩阴的的元昭诩，突然动了。

他身子一掠便到了洞外，脚一踢柴堆四散，粗大的树枝根根如利箭直射四面八方，真正的无差别覆盖，那些树枝砰地撞上人体，再余势未歇地挟着人体一撞再撞，士兵们顿时像多米诺骨牌一般倒下一串。每根树枝足可击倒四五人，刹那间便割稻子似的倒下一大串，漫天都是喷出的血雨和胆汁。

铁成也跟着元昭诩冲了出来，他没有元昭诩惊世绝伦的内力，却是近战的好手，元昭诩冲入敌群杀戮，他便拔出腰刀守在洞口。那些不敢和元昭诩对敌的士兵意图绕道进山洞，被他来一个捅一个，来两个捅一双。

元昭诩一脚踹飞树枝死伤的几十人，却并不乘胜追击，身形一闪又回到原地，从铁成身边擦过，顺便吩咐：“劳烦，你就守在这儿。”

铁成一刀狠狠戳进一个扑过来的士兵心口，抹一把脸上的血怒道：“那你干什么？”

“我累了。我没你英勇。”洞内传来元昭诩闲闲的回答。

铁成气得几乎要吐血，只踢了一脚就死伤几十人，还会累？他回身怒骂：“你发什么疯？还不赶紧趁这个缺口冲出包围，不然我们会被活活累死，一个也逃不掉！”

元昭诩干脆不理他了，铁成恨得提刀就往回走想砍他。又有士兵扑了上来，他只好反身铿然架上对方的刀，继续他永无休止的劳作。

孟扶摇忍不住摇头，喃喃道：“遇上他是你倒霉，遇上他谁都倒霉……”

元昭诩刚好回到她身边，微微一笑，道："遇上你我最倒霉。"

他倚着山壁，竟然又生了一堆火，招呼孟扶摇和小刀去烤火，任由铁成在外面打得势如疯虎。孟扶摇看着有点不忍，道："哎，不帮帮他？"

"想要娶你，哪有不付出代价的道理？"元昭诩若无其事，"不然我也不甘心哪！"

孟扶摇苦着脸，道："从现在开始我不和你说话了，每说一句你都能堵得我没话可说。"

元昭诩笑笑，正在拨柴火的手突然一挥，一根半焦的带着火星的木棍刹那飞了出去。正好铁成打得脚软，身子一斜露出空当，眼看就要被人砍上一刀，那燃烧的木棍便神奇得恰到好处地出现了，啪的一声撞上那武艺不错的戎兵的脸，顿时揍了对方个脑袋开花。

铁成顿了顿，不情愿地回身想要谢救命之恩，那厢元昭诩淡淡道："专心打架。"

铁成又想骂，锵的一棍砸过来，他只好拼命去接，没空和占尽上风的元昭诩斗嘴。

孟扶摇哈的一声笑，道："我发现了，你在培养他的属下意识。"

"这少年武功不弱，性子也忠诚勇悍，就是个性太烈太唯我了一些。"元昭诩找出一些埋在火堆里的松果递给孟扶摇，"杀杀他的锐气，养养他的归附感，将来也多一个人保护你。要知道，姚迅那人太油滑，靠不住的。"

孟扶摇默然，垂下眼帘看元昭诩递在她掌心的剥好的松子。吹去瓤皮的松子光洁明润、颗颗如玉，玲珑而光滑，像是珍重捧出的爱护的心。

她慢慢地将滚热的松子焐在脸上，那些接触体肤的温暖，一直暖到了心底。

眼前光影一闪，元昭诩又飘了出去，他总是在铁成力不能支的那个时刻，"正好"出去一下，抬手杀上几十个人，将那些勇悍的士兵镇得退了一退，给铁成一个喘息的机会，然后便又回到洞里"累了休息"，多一分力气都不肯出。

铁成打得头发披散、气喘吁吁，元昭诩揍完人回来经过他身边时还会不急不忙、风风凉凉地说上几句。一开始铁成还气得两眼发花，要不是惦记着洞里的人和自己的责任，他就想和元昭诩拼命了，慢慢地铁成若有所悟，开始学着按元昭诩那些言语来对敌，渐渐地便觉得运气充足、精力使用合理，招式也更精辟纯粹了。

孟扶摇远远地看着，羡慕地说了一声："这小子好运气。"元昭诩淡淡一笑。

月亮下了西山日头上了东方，再慢慢地往西爬下，山洞里的光影从暗至亮再至暗大半个轮回，激战了整整一天的铁成终于手软。远处，一声尖厉的哨音传来。

一直闭目养神的元昭诩睁开眼，道："可以走了。"

孟扶摇早已看出他在拖延时间，也知道元宝大人不在一定是使坏去了。她也不多问，由着元昭诩扶起。元昭诩单手将她揽起，道："抱住我。"

孟扶摇别扭，道："我自己走。"

可惜元昭诩的询问只是个客气话，不待她别扭完已经掠了出去。孟扶摇砰的一声撞上他的胸膛，没奈何，她只好抱紧。

元昭诩这次出去，杀人风格大异先前，一步一个血印，一步一具尸体，他淡淡微笑中伸出的手势，像是九天之上神祇召唤生命的结印，所经之处，那些鲜活的人体如木桩般齐齐倒下，每具倒下的尸体都是眉心一个血洞，全身骨碎、软若游蛇。他微笑着，揽着孟扶摇，衣袂飘飘地走进人群，再在一地的鲜血与尸体中漫然走出，淡薄的月色照下来，浅紫衣襟不沾丝毫污垢。

一步杀一人，千里不留行！

同伴们诡异的死状、元昭诩杀人的漫不经心和寒气十足，令得凶猛勇悍的戎人终于开始胆寒。尤其那扭曲如蛇的尸身，崇拜人面蛇身的格日神的戎族，不由自主地联想到尊敬的神祇——眼前这个男人，这个毁灭生命如草芥的男子，莫不是格日神在人间的化身？

"他不是人！"有人发一声喊，开始逃窜，"他是格日神的使者！"

更多的人立即下意识地随着逃开，"神怒在天，降使者来惩罚我们！"

围满山崖死不退却的戎人终于开始四面逃窜，却被早已精心算计好的元昭诩逼入用一天一夜时间拖延预设的陷阱。

逃跑的人慌不择路，山崖下有三条勉强可以行人的道路，戎人们下意识地往最宽阔的一条石路上冲去，那里是修葺过的山路，整齐而一望无遗。

最先冲到的戎人却突然住了脚，他看见前方一颗孤零零的头颅在滚动。

只是一颗头颅而已，然而那戎人士兵立即想到了先前那颗诡异的会炸开的头颅、被莫名炸死的主将和同伴以及那些至今沾在他们身上的肉碎。

发出一声惊骇的叫喊，那士兵看见鬼一般逃离了正路，逃入了旁边一条蔓草丛生的小道，更多的士兵潮水般涌了进去。

那是一条"死亡之道"。

用一天一夜时间，元昭诩属下的暗战精英，掘坑、下毒、布网、设伏，使那条布满安静的藤蔓和草木、看起来毫无异常的小道，成了戎军近三千人最后的生命终结者和灵魂归宿地。

这是一场一个人对三千军的战争，从一开始，战争的节奏便完全掌握在元昭诩的手中，从任凭大军包围到人头之爆，从先灭主将夺其士气，到分散而击、抗敌于原地，直到一切布置妥当，才悍然出击，不出手则已，一出手霹雳雷霆，将三千人生生逼逃，最后利用一开始的人头之爆给士兵们造成的阴影，逼得他们放弃无法设伏的大道，自己选择了落入死亡陷阱。

这些相扣的环节，早不得也迟不得，错一步便是全盘皆输，这是久经战阵的大将经过精心思考和沙盘推演，要精研士兵心理，并且敢于以自身为饵才会采用的战术。元昭诩却从一开始就漫不经心地将三千军士，按他的计划一步步收入囊中。

孟扶摇倚在元昭诩身前，看前方密集藤蔓间隐隐有人影闪动，爆炸声和惨呼声接连不断地响起，一蓬蓬血花飞溅在碧绿的丛林中、溅上深黑的山石，画出凄艳的图画。不远处，晨曦将起，山林中起了薄薄的雾气，像是不忍这血色一幕，掩上了温情的面纱。

“非人哉……”良久，孟扶摇喃喃道，以她的骄傲固执，也不禁脱口而出，“这辈子我不要当你的敌人！”

元昭诩掸掸衣袍上根本不存在的灰，浅笑看着她，“这辈子，你可以选择当我的亲人。”

孟扶摇眨眨眼睛看着他，觉得他自从把话说明后，说话越发直接。她自负牙尖嘴利，对这种话题却一直应付不来，没奈何只好当没听见，转过头去。

她一转头，一直沉默着紧紧靠在元昭诩背后的小刀突然满面凶光地从靴子里拔出一柄刀，狠狠地、以寻常孩子根本无法达到的力度和速度，刺向元昭诩的后心！

第六十九章

倾世浪漫

如此近的距离、如此凶猛的一刀，孟扶摇惊得脸色都变了，下意识地举臂，想用自己的血肉挡住那一刀。

刀却在接触到元昭诩后心时突然一滑，随即哧的一声，竟然贴着元昭诩的衣服滑了下去，就好像那衣服不是衣服、衣服下面也不是血肉，而是滑不溜秋的油一般。

小刀的手一滑，元昭诩已经转身。

他一转身，不管小刀在做什么，先拉开了孟扶摇，以免她动作控制不住真的撞上小刀的刀。随即他手指一夹，咔嚓一声夹断了那枚匕首，最后他一抬脚，踢飞了小刀。

小刀的身子砰地撞了出去，正撞上赶过来的铁成。铁成抱着她噔噔噔连退数步，撞到石壁才停下来，一停住便立即狠狠扔开她，大骂："背后对同伴使刀子，恩将仇报，你是人不？"

小刀扶着墙壁慢慢咳嗽，咳出一点血丝。她拽着墙上的藤蔓，不肯回头，手指被藤蔓上的刺刺出了血，这孩子却一声不吭。

孟扶摇盯着她，半晌，慢慢掣出腰后的刀。

小刀有危险，她知道；小刀心思阴沉，她也知道。但她始终认为那是因为这个孩子命运多舛，是以才对人世充满仇恨和不满，只要给予时间，总会慢慢淡化。因此她不惜为了小刀和宗越对抗，争取了小刀活下来的机会。

可是，她不怕小刀的暗箭，不怕小刀会伤害她；却绝不代表她会看着小刀伤害她身边的人，会接受小刀给除她之外的人带来危险！

孟扶摇盯着她，像盯住一条幼小的猛兽——小刀今夜出现得极其诡异，是不是所谓被追杀、惊惶失足都是做戏，而那三千戎军，根本就是她引来的杀着？

她的刀拔出一半，晨曦里闪着跳动的光，她的手虽然依旧虚软无力，但是绝对可以毫不犹豫地砍下小刀的头！

元昭诩却突然笑了笑，拦住她，“对于明显的敌意，我们什么犹豫都不要有；对于有疑点的敌意，却不妨多想一想。”

他负手，看着始终在咳嗽的小刀，突然道：“刀奈儿？”

听见这声呼唤，小刀突然浑身一抖，抬起头难以置信地看着元昭诩。

元昭诩看着她的神情，眼中突然涌起了回忆，半晌缓缓道：“察汗而金，现在还好吗？”

小刀颤抖得更厉害了，元昭诩微微笑起来，道：“老察汗而金生了八个儿子，一生最大的愿望就是得个草原凤凰，看来，如今这个愿望终于实现了。”

小刀霍然转头，厉声道：“你有脸提他？你有脸提他！”

元昭诩注视着她，神情平和，淡淡道：“看来老察汗真的将你当成宝了，你才几岁？他居然连这事都告诉了你。”

“我为什么不知道？”小刀看着他，口齿清晰，目光如刀，“我自从记事起，我阿娘便抱着我，一遍遍告诉我：原本我们有丰富的草场、遍地的牛羊，我们的帐篷像洁白的珍珠遍撒北戎草原，我们的牛羊比天上的星星还多，我的父亲英武勇壮，是北戎最尊贵的王，所有的勇士都对他低头，跪在地上吻他的脚趾。然而现在我们住在破帐篷里，守着几头瘦羊过着被放逐的日子，我父亲亲自劳作，本该举着马奶酒的手攥着粗糙的鞭——这些，都是你造成的！是你让北戎的王相信了南戎的王，让北戎的王以为真的草原男儿是兄弟，让南戎的奸细因此混进了北戎，并最终将他们尊贵的王放逐！”

孟扶摇怔怔地看着目光亮得像妖火的小刀，这孩子，口才真厉害！这说的是什么事？南戎和北戎的内战？听起来有点熟啊……

“你阿娘为什么没有告诉你，作为一个掌握并负责无数牧民兄弟命运的王，你的父亲是不是不该仅仅会作战、会骑马、会对着啸月的狼扬起弯刀？不该只记得喝油茶、吃耙耙、和勇士们摔跤练武？你阿娘为什么没有告诉你，当年南北戎重归于好，南戎王臣服朝廷后第一件事就是派使者奔赴中州，向朝廷祈求学习中原文化和礼仪？而你们尊贵的北戎王那个时候在做什么？打猎，还是在喝马奶酒？”

元昭诩微微仰首，清晨的阳光干净而纯粹，他沐浴在金光之中的眉目如玉山之朗，湛然若神。

“我们汉人有句话‘智取永胜力敌’，还有句话‘成王败寇’。”元昭诩淡淡道，“你阿娘为什么没有想过，为什么使诈放逐了你们的是南戎王，为什么就不能是你们先下手为强？”

小刀瞪大眼看着元昭诩，似懂非懂。她小小的心里，一直只盘旋着阿娘说过的话，一遍遍回忆着阿娘说过的那人的形容——天神般的少年，超越于所有人之上的风华。阿娘告诉她，那个人，是她父亲真正的仇人！没有他，北戎说不定已经在当年的南北戎战争中战胜南戎，成为草原共主。因为他的出现，逼使南北戎族长一个头磕下来，成为“兄弟”，而兄弟最终卖了她父亲，夺去了他们的北戎。阿娘告诉她，那个人，她看见就会认出来，没有人可以替代。

第一次见他，青楼之内，她疑惑地瞪着他，却因为人太多，什么都不能做。

第二次见他，花园之中微笑的男子，和某个在心中勾勒的形象渐渐重合。

她疑惑着，直到昨日，她怀着满腔仇恨偷偷出城，用自制的火箭惊乱了南北戎的军营，然后，她看见了这个男子的出手。

那扭曲如蛇的尸体……阿娘说过，很多年前，他也这样杀过人。

那漫不经心的风度——她知道，是的，她认出他了！

她要为失去权柄的阿爹报仇，为美貌却因为多年流浪劳苦而早早憔悴的阿娘报仇，为族人失去的那些草场和牛羊报仇！

她不后悔自己所做的一切，唯独有点不敢面对孟扶摇的目光。在她小小的心里，世人皆恶，但孟扶摇……好像没那么坏的。

她记得青楼外孟扶摇牵过她冻僵了的手时掌心的温暖，记得一路行来孟扶摇会在夜里给她盖被子，记得孟扶摇细细给她全身被老鸨打破的伤痕上药时的神情，记得孟扶摇在那个白衣服男人让人不舒服的眼光下架起的手臂……她不明白他们当时在做什么，但她小小的心里，依然能直觉地分辨出杀气和好意。

而这个人，是孟扶摇喜欢的人吧？孟扶摇经常故意不看他，但是偶尔掠过他背影的眼神，和阿娘看阿爹时一模一样。

小刀咬着唇，想起寒冬腊月里赤脚放牧的阿娘，想起那片贫瘠而荒漠的沙石地，那是他们族人现在唯一栖身的地方，没有人可以吃饱肚子。

若不是因此，她何至于被贪心的族人偷出来卖给了人贩子，流落到那肮脏的地方？

她的心，再次硬了起来。

“我会杀你！”她镇静地宣告，一字字铁钉似的砸出来，梆硬生脆，她努力回忆着草原上勇士们决斗后说的话，“你如果害怕，可以现在就杀了我。”

孟扶摇噗的一声笑了出来。

虽然依旧有点愤怒这孩子的不知好歹，但孟扶摇实在没办法对着她那天真而又执拗的表情板着一张脸。看着这样一个小小的孩子发着这样老气横秋的誓，她好像看见固执的自己。在很多很多年前，她奔到太渊某个深谷的尽头，对老天大喊：“总有一天老娘要回去！有本事你就让我再穿一次！”

她突然微微湿了眼眶，为那些年少的梦想，为那些命运的多变，为那些始终坚持却根本不知道值不值得那么坚持的誓言。

元昭诩也在微笑，他突然走了过去，从腰侧解下一块玉牌，递进小刀手心，“你父亲的遭遇，我不同情，不能保护好自己和族人的王，不是真正的王。刀奈儿，你觉得你能做南北戎真正的王，替你的父亲夺回属于他的草场吗？”

刀奈儿攥紧掌心的玉牌，抬眼直视他，清清楚楚地大声道：“我能！”

“很好！”元昭诩微笑，“南北戎终将归于一统，也许有个女王也是不错的事。但在这之前，你只是刀奈儿，一个被放逐的王的小女儿。想要得到你想得到的东西，你需要重新开始。”

“我能等！”

“有耐心的人，是最后成功的人。”元昭诩话中若有深意，他微微笑着，笑容如天际流云，“到得那时，你，刀奈儿，如果依然想杀我，带着你的南北戎来吧！在此之前，你不配和我一战。”

“我会来！”

无极政宁十五年腊月十三，发动兵变的南北戎联军遭受了正式开战以来的第一次重大损失——主帐被烧，负责追击的三千军莫名其妙消失，三千条人命如同一簇泡沫般，毫无声息地永远消失在时光的长河里，连一簇浪花都未曾惊起。仿佛那不是三千个走出去可以站满一个偌大广场的人，而是一朵花，说谢就谢了。

那一夜，是戎族敬神节之夜，神的子民，没有得到神的护佑。

这个战例后来为众多史学家和军事学家所孜孜研究，始终未曾参透其中奥妙。如果他们知道，这三千人的消失只是因为遇见了他，也许便不会这么大费脑筋、引为奇迹了。

对于有些人，不存在奇迹，因为他们本身就是奇迹的缔造者。

世人不知道的是，就在那一日，草原上未来的主宰，因为她的勇气和坚持，得到了真正的王者的亲自加冕。

历史在轰然向前奔行，而那些注定要在青史中留下轨迹的人，正向着各自的路途，行去。

孟扶摇最近很过了一段好日子。

那日锁情复发后，她被元昭诩勒令休养，休养中她惊喜地发现，锁情这毒里不知道有什么奇怪的成分，每发作一次，体内经脉受到冲击，反而耐力见涨。真气恢复得虽然缓慢，却比原先更为坚实。

元昭诩每夜都会溜进她的房间——当然不是为了“嘿咻”，孟扶摇也不知道他到底做了什么，只知道他来了之后自己无论在做什么都会立即倒头就睡，一夜无梦；早晨醒来极其腰酸背痛，要不是衣物基本完整，她会以为自己每夜都和元昭诩大战了三千回合。有时看元昭诩也有点憔悴，她又在怀疑是不是自己把元昭诩摧残了三千回合。

她也问过元昭诩到底都干了什么，并且严令元同学不得对其鼻子以下、膝盖以上部位做任何直接的肌肤触摸，可惜元同学微笑答她：“你先管好你自己有没有对我鼻子以下、膝盖以上部位做过肌肤触摸之后，再来要求我吧！”

孟扶摇十分疑惑，并对自己的人品产生了怀疑。她坚信自己在清醒状态下不可能对元昭诩鼻子以下、膝盖以上产生任何非礼行为，但是睡着后……也许会当他是元宝大人所以摸了呢？也许是元昭诩拉着自己的手去摸的呢？

想了很久，孟扶摇终于想通了，她极其哲学地认定，不管谁摸谁，我不知道，便不存在！

于是，好吃好睡不烦恼的孟城主最近被养得白白胖胖，有向元宝大人无限靠拢的态势。

这期间元昭诩出去了一趟，将小刀带走了，好像又去找了郭平戎。孟扶摇没有问小刀去了哪里，她相信她终究会遇见这个孩子，而那时小刀必已脱胎换骨。

元昭诩回来时的神情，也让她明白了郭平戎那里没有解药。当夜，元昭诩难得地没有一进门就放倒她，而是温柔地抚着她的头发，道：“扶摇，我会为你找到解药的。”

孟扶摇没心没肺地啃着蹄髈，答：“我自己去找方遗墨，顺便教训他一下，徒不教，师之过。”

元昭诩微笑，“那我是不是也该去找你师父，好好教训他一下，怎么教导出这么个一根筋？”

“你才一根筋！”孟扶摇跳起来，用油腻腻的蹄髈骨砸他，“你从头到脚就一根筋，黑筋！”

被啃得狼藉的骨头乱飞，孟扶摇大笑着又跳又砸，愣是将元昭诩砸出了门。

门一关上，孟扶摇便背靠上房门，长长地嘘出一口气，一霎前的笑颜如花，一霎后的黯然若伤。那些横亘在两人面前的沉重，她努力用轻松笑谑来掩盖，却一日日觉得力不从心。

她的背靠在门板上，不知道门板那边，元昭诩长身而立，看向陆地之北，露出微微的忧色。

进入腊月，汉民准备过年，戎人却只把敬神节作为一年中最重要的日子，对年很淡薄。街上的戎人越发多了起来，到处游荡着闲散青年，天生好武、精力充沛而又无处发泄的戎人青年一向是装满炸药的火药桶，何况人多的地方总会有摩擦，打架闹事的也更多。

孟扶摇现在也是个闲散青年，咬着指头想该如何排遣掉这些精力旺盛壮年汉子的荷尔蒙，一转眼看见元宝大人抱着个球在玩。球大，元宝小，滚来滚去的，也不知道是元宝玩球还是球玩元宝。

孟扶摇看着痛苦，想去掺一指头，元宝大人立即抱着球噔噔噔走开了。它最近一副“大姨妈”每月来两次的惨样，对孟扶摇深恶痛绝。

孟扶摇无趣，只好自己乱想。想她来之前，世界杯正要开赛，她赌阿根廷夺冠，其实不过是比较垂涎梅西罢了。唉！现在也不知道最后到底是哪只脚将关键性的一球射进亚军的门。

反正无论哪只脚，都不会是国足的臭脚……孟扶摇胡思乱想，想着想着突然跳了起来，随即立即召来姚迅，一番比比画画。姚迅满头雾水地去了，过了几天说都安排好了，在广场西侧划了一块场地，按孟扶摇的吩咐布置了，又在戎族青年中召集了22人，分成两队。姚迅按照孟扶摇的吩咐，特意选了两个比较不和的大头人手下的戎人，个顶个的彪悍。

孟城主骑了马去讲话，第一句话就是：“戎族人民，五洲大陆第一支足球队，成立了！”

第二句话是：“以后凡是输了的队，一概叫‘中国男足’！”

第三句话是：“以后请称我为‘五洲大陆洲际足联主席’，简称主席。”

不得不说孟主席玩足球的点子不错，不得不说足球作为最为风靡现代的热门运动必然有其独特魅力，最起码精力特别充沛的戎人终于找到了人生的乐趣所在——以塔木耳大头人长子铁成为首的“铁牛队”，和以木当大头人长子木木哈为首的“巨木队”，整天在赛场上拼得你死我活，更兼有孟主席组织的美貌戎人少女啦啦队着鲜艳的裙装满场助威，美人们在哪个时空都会将严肃的比赛看成美男展示赛和八卦研讨会，于是英俊而有肌肉的铁成风头大盛，而铁成和木木哈有一次比赛时你掐了我的宝贝、我掏了你的裆也被美人们议论了很久，并得孟主席作词以纪念，词曰：“穿过你的裆的我的手，最是那一捏的温柔……”

足球运动如火如荼，队伍不断扩充，两大球队技术逐渐娴熟精彩，孟扶摇把场地一封，开始对看球看得起劲、急得抓耳挠腮的看客们卖门票，又玩起了赌球和赞助，将几个痴迷足球的大户的私囊掏了又掏，那些钱顺手拿去办了几个学堂，戎人、汉民、小孩统统赶进去读书，又拨银子修桥造路，开了几个官办药铺。

姚城的日子新鲜而热烈地展开，城中人在新锐孟城主的带领下，过着属于自己的丰富的、此山深处不知归的安稳日子。那是属于他们的难得的平静和和睦，没有了寻仇的戎人、没有了被焚的民居、没有了混乱的街景，姚城渐渐安静，忘却了世间风云翻覆。

但作为现在的姚城的缔造者，孟扶摇却没有忘记将目光投得更远一点。她掌中的军报随着时光的推移日渐加厚，被突然灭去三千军的南北戎联军终于按捺不住，正月初七，南戎攻德州隆城，三战而不下，陷入僵持；正月初十，北戎的一支军队突然分兵出现在睢水附近，欲待渡河时被发现，偷袭计划失败。

接连受挫的戎军被德王拒在大军之外，奇怪的是，两军至今没有展开决定性大战，一向用兵勇猛的德王，这次风格极其稳重。

孟扶摇将军报叠成扑克状，慢慢地一张张打，神情沉吟。南北戎军队都在附近活动，自己要当心些呢……嗯，年不知不觉就过去了，过年的时候自己还在养伤，和元昭诩、元宝大人团团围着吃了顿火锅就被他放倒了，什么年味都没找着。不管怎样，元宵这个团圆而特别的日子，得找个特别的法子庆祝……

正想得专注，身后突然传来开门的声音，有人微笑，“想什么这么专心？”

孟扶摇放下军报，回首看见元昭诩倚门而立。他今天难得没有宽衣大袖，穿着一套五洲大陆常见的骑装，这种骑装和现代的很像，利落干练，夕阳从元昭诩身后射过来，勾勒得他周身线条英挺迷人，迥然不同平日的散漫气质，却一样拥有致命的吸引力，看得孟扶摇心都颤了颤。

这一颤间突然有了个想法，她将军报一扔，笑道：“哎，我想到今年元宵的庆祝方式了。”

正月十五，元宵佳节。

五洲大陆的节日确实和原先世界差不多，这使孟扶摇常常一身冷汗地冒出“果然是平行时空”这个想法，但是今天她不想想这个问题，今天她忙碌得很。

她要办一场五洲大陆从没有过的舞会。

现代那一世，她虽然是个疲于奔命的工作狂，然而大学年代是和普通学生一般轻狂激扬的。考古专业深邃奥妙，在那个故纸堆里翻腾久了，会期待些鲜亮明润的东西，所以舞会开得频繁，孟扶摇就是其中一个积极分子。

说起来奇怪的是，豪迈洒脱的孟扶摇喜欢的却不是比较激越的拉丁或探戈，而是稳重优雅、轻盈飘逸的华尔兹，喜欢到华尔兹很多曲子她都记得清楚。

那日看见夕阳下着骑装的元昭诩，她突然想起了华尔兹，元昭诩的尊贵典雅、舒展大方、华丽多姿、飘逸欲仙，不正是一曲舞到最酣畅处的华尔兹吗？而他着骑士装的英挺，不是华尔兹中最优雅的绅士吗？

何况，元宵这日，还是元昭诩的生日。

这个日子，自然没有人告诉她，她眼尖，那日元昭诩递给小刀玉牌的时候，她看见了上面的部分刻字。这几天元宝大人兴奋而神秘，整天不知在捣鼓什么，八成也在准备给元昭诩的寿礼。

孟扶摇这几日忙着找人、选场地、制服装、找最好的乐师、教曲子，忙得不亦乐乎。元昭诩有几次问起，她都神神秘秘地笑笑，坚决闭紧嘴——秘密说出来，还叫什么惊喜？

舞会在县衙花园里举行，事先孟扶摇按西式酒会的规矩备办了菜式，长台餐桌上以瓷瓶盛满怒放的九重葛；洁白的台布上，银盘子里盛着精美的菜肴；银烛架上华烛高烧，繁星般一路排到园门前。园门用花朵装饰了，芬芳在三重门外都能闻见。厨师一身洁白地现场烤牛排，操练了三天，终于烤得似模似样。孟扶摇监督烤制顺便偷吃，准备把她吃过的烤得最好、肉质最美的那块留给元昭诩。

她事先已经通知了元昭诩，要他着骑装入夜到花园来，元昭诩含笑应了，看她的眼光颇为奇异。

夜幕降临，烤肉的香气和脂粉的香气远远传了开去，精心挑选的城中淑媛三三两两被接了来，穿着在她们看来“有点古怪但实在美丽”的拖幅舞裙。层层叠叠的刺绣和代替蕾丝的霞影纱，连同那纤腰玉臂高耸的酥胸，一起缔造了这夜空前绝后的华艳与风流。

这所有的美丽和心思，都只为一个人的真心欢喜。

孟扶摇费尽心力举办这场舞会的心思十分简单——不为表白，不为邀宠，什么都不为，只为他给予的呵护和帮助，只为他近日的憔悴，只为她所欠下却难以偿还的恩义。

遇见自己，元昭诩不快乐吧？她想他真正快乐一次，那么如果有一日自己真正离开，他再想起她时，也不会总是郁结的画面，而会有些美好的东西值得回忆。

孟扶摇微微笑着，等着元昭诩的到来。她今日依旧男儿装扮，不过，在花园旁侧的一间雅室里，她准备了一套裙子和一支舞。如果元昭诩愿意，她会教他一支舞，就像敬神节那夜她没来得及说完的那句话：“想不想学我自创的舞蹈，很优雅的……”

那不是她自创的舞蹈，那是她在那个世界最喜爱的唯一的娱乐，那是她所爱的，优雅的、华丽的、飘逸的、和元昭诩气质一模一样的，华尔兹。

女子的娇笑和窃语声突然停止，人群里有惊艳的抽气声，火热而兴奋的空气，出现了一瞬间的沉静。

孟扶摇抬起头，前方，元昭诩正向她行来。

第七十章

惊世一舞

这一夜的月色很成人之美，月光亮得像是成色为百分之九十九点九的纯银，灿烂光明、圆满如盘；苍穹蓝得澄净，如一匹精织的丝缎，星子散落，从几千万光年外射出明灭的光来。

前不久下了一场雪，空气清凉而舒爽，远处群山莽莽，俯瞰着这一刻小城里灯火辉煌的盛会。

元昭诩含笑向她走来。

孟扶摇的目光慢慢地从一地九重葛中行来的深黑镶银边长靴，移到被黑色长裤包裹的修长的腿，移到银色腰带勒得紧致的腰，移到宽窄适度、多一分少一分都不如此刻线条完美的肩，移到噙一抹淡淡笑意的唇，移到风华瞻朗、仙气浩然的眉目，最后看进他华光荡漾、似海深邃的眼眸。

对着那样的眼眸，她扬起自己最为明丽的笑容。

真是令人无限度惊艳的元昭诩啊……

记忆中他很少穿浅色衣袍以外的颜色，孟扶摇更是第一次看他穿深重的黑色，却觉得世间再难有人能如他这般，将黑色穿出难以比拟的贵气、华丽、精致和高华，劲装利落的他，较平日的潇洒优雅更多了几分风姿英秀，令满庭闺秀齐齐失态地乱了呼吸。

而他脚下，深红的九重葛开得卖力，折了枝依然不灭鲜艳，一路迤逦低伏，有种自愿垂到尘埃里的谦卑。

满庭闺秀用遮面的绢扇半掩住脸，从扇子后红着脸瞧他，元昭诩却只看着孟扶摇。

依旧是少年装扮的孟扶摇很清瘦，虽然最近有拼命给她补养，在他看来她依然是薄薄的，男子衣装裹住了她的好身段，却依然能看得出细腰、长腿、英气逼人。她秀眉飞扬，一双眼睛大而明亮，看一眼，就像望进一泓最清澈的碧泉。

她笑，笑得比九重葛还亮丽几分，和平日里总会时不时掠过一丝忧色的笑容比起来，她笑得从未如这一刻这般纯粹。

风里飘荡着牛油蜡烛混杂着食物的气味，有点烟熏气，像是人微微焦灼而又微微躁动的心情。

孟扶摇微笑着迎了上去，一个标准的宫廷绅士礼，轻轻道："我的贵客。"

元昭诩深深看着她，半晌道："扶摇，你这身男装很漂亮，不过，有和它相配的女装吗？"

孟扶摇笑而不答，打个手势，命姚迅好生给元昭诩解说，自己上前致辞。

举起特制的水晶杯，可惜葡萄酒来不及现酿，这也不是酿酒的季节，孟扶摇只用中州名酿"梨春白"代替。杯中酒液清冽，倒映着孟扶摇含笑的眼神，庭中气氛渐渐沉静下来，人们学着她，端起酒杯，看着这个年轻而神奇的城主。元昭诩远远坐着，指尖轻轻转着杯子，听那少年开口说话，声音明朗而清脆。

"我到这里十七年了，这是第一次过元宵，唉！上一次过元宵，还是上辈子的事。"

底下一片善意的哄笑，都觉得爱开玩笑的城主又开玩笑了。只有元昭诩没有笑，他放下酒杯，凝视着孟扶摇。

"我以前觉得，这十七年真是糟糕的十七年，我丢掉了我最珍贵的东西，来到了一个我不想来的地方。然而最近我突然发现，老天夺去你一些东西，必然还会给你一些补偿，比如，我看见一些很好的人，遇见一些很好的事，比如我遇见你、你们。"

她微笑举杯，底下开始鼓掌，孟扶摇的眼波，透过水晶杯身，看向元昭诩。

我遇见你。

元昭诩抬眼迎向她，他的手指缓缓摩挲过光滑明润的杯身，温存而细致，像是在摩挲某些细腻体贴的心意。

"这是一个团圆的节日，我曾经遗憾过我的团圆被拆散，也许以后我的团圆依旧要被命运拆散，可是我想，拥有过这一日，大抵可以弥补那许多永久的残缺。"

她微微地笑起来，笑意里有盈盈的、难以被人发觉的泪意，“我想借这个机会，感谢我想感谢的人，感谢那些相遇、相助、护持和给予，感谢那些珍惜、陪伴、理解和宽容。因为有了这些，让我觉得倒霉的我没有被老天完全放弃，却又惭愧于自己的自私接受和无能回报，所以我拉了你们这么多人来，想借用你们的祝福，一起来加宽我这份感激的厚度。”

底下有人在笑，更多的人若有所思。孟扶摇垂着眼睫不看那个角落，只觉得那道目光远远射来，热度深沉，灼了她的意志。

她的声音突然沉缓下来，“我想感谢的这个人，大抵他的人生也是寂寞的，像是高楼之上望尽天涯路，什么都看尽了，也就什么都不存在欢喜的意义了。这是他的命运和天赋，我无能为力，并不祥地预感到也许有一日我的存在还会为这寂寞雪上加霜，所以我提前弥补，送上我的礼物——这是一份热闹，我送出的、属于你的热闹；是你一生无论拥有什么也绝对没有经历过的特别的热闹；是欢欣、饱满、独一无二、有着红尘凡俗里最普通也最亲切气息的热闹。”

她举杯，闭上眼，叹息一般道：“但望你喜欢。”

庭院里一片寂静，红男绿女们动容地看着这个平日里嬉笑爱闹而又手段心机非凡的城主，眼神里有陌生、震惊以及对这几句话里包含着的深意和忧伤的不解。那些善感的闺秀开始唏嘘，她们不明白孟扶摇到底说的是什么、到底指的是谁，只觉得心底没来由地沉甸甸的，沉重里却又生出一种难言的感动，心上面起了薄薄的雾气，像凝了一层冰清的露珠。

她们举起杯，参差不齐而又十分诚挚地道：“但望你喜欢。”

那些柔和的祝福声浪像是卷起了一阵小小的风，元昭诩的手，从来都稳定如磐石的手突然抖了抖。水晶杯在手心一滑，险些滑出掌缘，一些酒液溅在掌心，再顺着肌肤的纹理滚落。

姚迅正在他身旁，见状急忙递过一方汗巾，元昭诩接了，却拿去擦根本没有溅上酒的桌子。

姚迅瞪大眼看着元昭诩，不敢想象元昭诩居然也会出现这种抽离状态，但是事实就是发生了，并且这位依旧一副神情镇定、平静从容的样子。

姚迅突然也有点心酸，突然明白了孟扶摇最后一段话的意思。像元昭诩这样的人，除了天生的性格沉稳之外，只怕从小的环境和教育也是和别人不同的吧？有什么人生来就是这般雍容无波的？而达到这样的淡定和把握一切、从不失态的从容，又需要怎样的付出和牺牲？他的人生，必然不会有普通百姓的丰富和喜乐哀哭。

姚迅唏嘘着，孟扶摇看起来大大咧咧、粗得不得了，内心竟然也是细致如斯。

他们互相懂得，何其难得！

姚迅叹息着，悄悄地退了下去。他想去看看静室里的鲜花是不是被蜡烛熏得枯萎了些，不然就再换几朵，这是个精心准备的完美的礼物，不要让任何瑕疵来破坏它。

元昭诩掌间的酒液渐渐干了，他看着孟扶摇对他举杯，一饮而尽，随即缓缓举起自己的杯子，却没有立即喝下去，而是一口口，仿佛喝完这一次便再也不能有下次般，珍惜地小口喝完。

舞会已经开场，新学了舞步的少男少女双双对对地下场，那些精致的骑装、那些飘扬的舞裙、那些团团飞舞的灵动的弧线，那些红尘凡俗缔造的衣香鬓影、七彩迷离。

那些属于他的、她苦心孤诣珍重捧出的，热闹。

手指间有淡淡的酒香，迷离的、幻化的，像是一个美丽的醺然的梦。

他没喝酒，却已醉。

对面，灵动的少女举杯盈盈而来，依然有些粗鲁地一屁股坐在他身边，笑道："我口才不错吧？"她脸色熏红，笑容里有点不自然，还是有些不好意思自己的煽情。

元昭诩答非所问："酒很美。"

孟扶摇有些愕然地看着他，觉得元昭诩有些异样，却又看不出哪里异样。她正想着怎么措辞勾引他去跳舞，忽听门口处有人喧哗。

孟扶摇探头去看，一条倩影一闪而过，居然是那个胡桑姑娘。胡桑姑娘自敬神节那夜后病了一场，病好了依旧日日来县衙找元昭诩，元昭诩自然从来不见。孟扶摇这次舞会为了避免出问题没有请她，再说她也不敢再一次面对元昭诩的怒气。不想这姑娘如此痴心，竟然还是来了。

孟扶摇眼尖，看她居然也穿了一身礼服舞裙，看得出来是自己缝制的，有点不伦不类，却很聪明地保留了所有显示身材的设计，腰细得不盈一握，酥胸饱满，随行走起伏跳跃，如一对欲待起飞的鸽子。

她在花园门口被拦下，不依不饶地要进去，守卫将为难的目光投向孟扶摇，孟扶摇为难地鼻孔朝天。

唉，她不敢啊……

元昭诩淡淡道："扶摇，一份热闹……这就是你的礼物？"

"啊？"孟扶摇愕然转头，"我这么煽情，自己都快把自己讲哭了，你居然还不满意？"

元昭诩只是微笑，目光突然转向一丛花掩映后的静室，那里窗扇半掩，一朵花娇艳探出。

孟扶摇笑了起来，摇头道："我说你的人生没趣吧……"她站起身，双手拉过元昭诩，"愿意和我去一个地方吗？在那里我可能会把你给卖了，去不去随便你啊！"

元昭诩任她拉着走，微笑，"你别把你卖给我就成了。"

两人偷偷摸摸从花丛后溜进静室，也不管外面的胡桑姑娘了。一进门，元昭诩就怔了怔：这屋子里比外面明亮许多，壁上镶嵌了水晶琉璃，点着一排铜灯，灯光映着水晶，别有光芒璀璨的效果。巨大的浅紫幔帐从承尘上垂下来，飘逸流动如水。地上则铺着同色的地毯，织着精美的花纹。屋里到处装饰着鲜花，用洁白的瓷瓶盛着，越发显出花瓣和枝叶的艳丽娇嫩。

孟扶摇精灵似的在屋中一转，道："先给你献上别的礼物，然后我的礼物是压轴戏。"

她笑着对着墙壁指了指，挤了挤眼睛，示意元昭诩自己找。

元昭诩目光略略一扫，早已发现有一处有暗门，伸手轻轻一击，啪的一声弹出个抽屉，再啪的一声抽屉里弹出个盒子，再啪的一声盒子里弹出个更小的盒子……

孟扶摇落下一滴冷汗……

好在终于啪完了，最后一个盒子啪地弹出来，元昭诩正要去揭，那盒子里的"礼物"却已经被迫不及待的自己顶了起来，爬出高贵的、绅士的、肥硕的、穿着黑色小燕尾服的元宝大人。

全宇宙最小号的燕尾服似模似样，全宇宙最拉风的元宝大人神情比衣服还要庄重。

今天是个隆重的日子，今天是它很重要的日子！

元宝大人扯扯燕尾服，遮住自己的圆肚子和肥屁股，觉得自己英姿卓然，和主子完全是一个版本。

这衣服当然不是它自己做的，而是由孟扶摇赞助的。某日元宝大人莅临视察孟扶摇都在干些什么，却见孟扶摇正在画图样给针线妇人，其中孟扶摇随手画着玩的一件燕尾服被元宝大人看中，觉得那尾巴非常符合它的神圣气质，于是扯着孟扶摇对那图拼命指。孟扶摇看在它最近每月"大姨妈"都来两次的倒霉份儿上答应了，于是元宝版燕尾服诞生了。

当然这不是重头戏，重头戏是元宝大人的礼物。

元宝大人嗨哟嗨哟地从盒子里拖出一长条纸卷来，以迅雷不及掩耳盗铃之势在元昭诩面前的桌上迅速铺开，得意扬扬地往边上一坐，骄傲地等待着主子的"惊喜感动，自此倾心"。

孟扶摇好奇，不知道这只耗子神神秘秘搞了很久一直不肯给她看的到底是什么玩意儿，探头一看，眼珠子顿时掉了下来。

一份……情书。

满纸贴着乱七八糟的茯苓小薄饼，有的饼子啃了洞，有的饼子上有字，依次排在一起，虽然贴得歪歪斜斜，但连起来看，勉强算是封情书。

“我（啃了一个洞的饼）喜欢你，每天晚（洞洞饼）想和你（洞洞饼），不要理（洞洞饼）（洞洞饼）（洞洞饼），我才是最（洞洞饼）你的……（洞洞饼）日快乐……”

“耗子，你真聪明！”孟扶摇惊叹，“你的关键字全是啃了洞的饼，多么含蓄而另类的表白啊！”

元宝大人翻了个白眼，我怎么知道要用到哪些字？很多都被我吃过了！

被表白者元昭诩，神色莫测高深地端着下巴，仔细看着那封“饼子情书”，元宝大人眼睛眨巴眨巴地看着他，一颗少男心扑通扑通地乱跳。

半晌，元昭诩终于看完，慢条斯理地将纸卷折起来，收进袖囊，元宝大人的目光立刻惊喜地亮了。

“元宝啊……”

元宝大人竖起耳朵。

“认字认得有进步啊，最近找人补课了？”

元宝大人含羞地点了点头。

“写得挺好。”

元宝大人眼神迷醉……

“下次写个三千字的来，我就考虑。”

……

凉凉地打发完伤心欲绝的元宝大人，元昭诩请它去盒子里继续补课了。孟扶摇用怜悯的眼神欢送完元宝，取过一条汗巾，在手中啪啪啪地扯，笑道：“嗯，下个节目，小萝莉要扑倒大灰狼了……”

元昭诩伏在椅子上，懒洋洋地看着她，黑白分明的眼眸在流光璀璨的灯光下亮得惊人。

孟扶摇邪恶地笑了半天，发现元同学根本不在意，只得悻悻道：“蒙上眼睛，变个戏法给你看。”

元昭诩笑道：“你今天花样真多。”

孟扶摇耸耸肩，“做就要做全套，这都是和琼瑶奶奶学的。”她蒙上元昭诩的眼睛，笑道：“等我一下。”随即便钻入一扇暗门后。

元昭诩蒙着眼，微微仰头，嘴角浮现出一抹似有若无的笑意。他是何等人，一幅薄布根本挡不住他清明的五识。他听见隔间有细碎之声，那是衣物被轻轻脱下的声音，是光滑的软缎摩擦过同样光滑的肌肤的声音，是长发悠悠如梦飘落再拢起的声音，是清脆的鞋跟敲击地面的声音。还有个声音他没听懂，那是一个悠长的滑音，听起来像是什么在被拉拢，伴随着孟扶摇轻轻的吸气声，那吸气声如此荡漾，听得人心也微微一颤。

可惜这一颤很快被某人煞风景的咕哝给打断了，“这么紧！要减肥了……这领口……这领口……天杀的姚迅……这是鞋子？这是挤脚机！”

元昭诩忍不住一笑，随即便听见裙裾在地毯上拖过的声音，一双手伸过来，轻轻解开了布带。

春光涌入，怒放的九重葛刹那失色。

孟扶摇直起身，退后两步，展开群裾，对着元昭诩施下一个优美的宫廷礼。

璀璨的水晶光芒里，现出更为璀璨的人儿：火红烟华锦缎刺绣的宫廷舞裙，上身收紧，缀着黑色珍珠流苏，衬托出细腰挺胸、身姿颀长；裙摆从腰部开始打褶，更衬得腰肢纤纤欲折，底下散开大幅的裙裾，每一层褶上都以珠光暗线刺绣出繁复的图案，行动间裙裾翻飞光芒闪烁，像一个层层叠叠散开的风情万种的梦。如云黑发用式样简单却贵气的玛瑙簪优雅绾起，只在额前微垂卷翘着一缕发丝，更衬出洁白如玉的光洁前额。

孟扶摇微微笑着，一身的艳光压下了这满室的水晶璀璨华光缭乱，神秘、高贵、优雅、华丽万方。

她那般适合火红那种热烈的颜色，无论是她象牙白的肌肤、纯黑的长发和眼睛，还是她血液中与生俱来的鲜明亮烈气质，都让这一切相得益彰、趋近完美。

元昭诩看着她，就像看着一座被纱幕长久遮掩而突然尘尽光华生的女神像。

他轻轻吸气，半响才极低地道：“扶摇……”

“嗯？”

“这衣服……”

孟扶摇紧张地看着他，他是不是嫌这衣服太古怪太丑？

元昭诩的目光稍稍一抬，从她露出的一片雪色颈项上掠过，才道：“可不可以只穿给我看？”

孟扶摇挑眉，笑了，“见鬼！你以为我很喜欢穿这个？不就是为了跳舞嘛！哎，穿这个累死人，我晚饭都没敢吃，我是不会没事找罪受的。”

她眨眨眼睛，优雅地倾身，递出手，“尊敬的先生，我能请你跳支舞吗？”

话音刚落，隔间丝竹管弦声起，优雅诗意的旋律，曲调却是熟悉音律的元昭诩陌生的。

“《蓝色多瑙河》，”孟扶摇仰起头，带点怀念的迷离之色轻轻道，“小约翰·施特劳斯的经典，虽然有点走样，可是我没听这曲调已经很多年……”

元昭诩看着她的神情，这一刻的她看起来忧伤而遥远，眼神里的东西像是隔着一层远山，朦胧不清。他目中掠过一层晦暗之色，却只是微笑着执起她的手，“女王陛下，我等着你的教导。”

孟扶摇回过神，一笑，凝神听着音乐，细细一步步教元昭诩，前进、后退、横移、并脚、反身、摆荡、倾斜……

时间静静流过，元昭诩学什么都快得惊人，小半个时辰后，他放开孟扶摇，轻轻笑着，按着先前孟扶摇教他的华尔兹礼仪，彬彬有礼地微微弯腰，一手背后，一手伸向孟扶摇，“美丽的小姐，我可以邀您共舞吗？”

孟扶摇微笑，轻轻抬起自己的手放进他的掌心，“我的荣幸。”

月色如银，越过重重屋脊，越过那些珠光重辉，照见万重光芒中艳色照人的男女，照见那些相执的手指、轻扶的腰身、飘移的舞步，和相视的微笑。

音乐温柔如水，丝带般在室内游移，在如水的韵律中轻柔相拥，感受身体的曲线之美，感受这沉静而烂漫的一刻彼此舒缓而又激越的心跳，感受那些轻快翻飞的裙裾翩跹回旋、起伏连绵，每一起落摆荡，都是一幅华光炫影的画。

元昭诩的手掌轻轻落在孟扶摇的腰间，掌下的肌肤随着飘移，像一尾游动的鱼，这个精灵般神奇的女子，也像鱼一般游进他生命的江河。她如此灵动跳脱，倏忽不见，他用全部的自己来包容，不想放她完全走出自己的疆域。

遇见她之前，他以为这一生万事都将无趣地掌握在自己手中，如同高楼独望，江山一览无遗。然而她给他的惊喜，是纵然穷尽他此生智慧也不能再得的惊喜。

人间天上，风华一现，今夜共此沉醉。

便醉了也罢，他从来就不想在那些牵萦内心的细微心情中解脱。

元昭诩醉了，二十五年来他清醒如一日，却在这个永生难忘的生日里找到了醺然的感觉。二十五年来他第一次完全关闭了自己的五识，不想让任何不相干的人和事打扰这一刻奢侈的温馨。

正因为如此，他没有发现，外间花园里起了纷扰；没有发现胡桑姑娘冲进了花园，没有发现她因为礼服臃肿绊倒了自己，正好将遮挡住这间静室的花丛推倒。于是，趴在地上的她，连同全花园歌舞正酣的宾客，都看见了窗户半掩的静室里的一幕。

他们看见那里满室灯火荧荧，丝幔垂落欲飞、鲜花盛开于洁白的瓶中、水晶璀璨于壁，这一切都很美，却还不是真正夺人眼目的那一幕。

他们看见眉目如画的男子怀中清丽娇艳的女子，看见他英姿挺秀的流畅舞步，看见火红的舞裙舞出连绵的旋影，那重重叠叠散发着香氛的精美群裾间，华丽的花纹涛走云飞，看见那些如波叠浪无休无止，轻盈地旋转摆荡，看见那些仿佛汲取了月光精华和日光神采的各种造型，看见划出优美弧度的玉色手臂载着满室星子辉光，飞扬如诗。

看见男子微微俯首凝视，而女子含笑仰起精致的下颌，看见交视的目光澎湃，看见她在他怀中不停地旋转飞跃，像一尾在碧海中飞跃的鱼，看见他们彼此曲线契合的身体，和彼此在这一刻无人可以超越的绝代风华。

胡桑姑娘始终保持着那样狼狈的姿势趴着，她已经忘记了起身，她一直痴痴地看着窗中的那两人，在那不停的旋舞中，她的自尊和自信也被全数绞扭粉碎。这个姚城最美丽的姑娘，过去很多年享尽了族人的追捧，她以为她配得起这世间所有的人，然而今日，她终于明白，有些人她永远都无法追及，之间的距离就像深谷到苍穹那般遥远，如他，还有她。

她就那样趴着，突然开始哭泣，为自己尚未开始便已注定夭折的爱情。

没有人注意到她的哭泣，甚至没有人记得拉起她，所有人都维持着一开始的姿势，定定地注视着那扇长窗，看着那相拥的绝艳男女，看着这夜惊涛骇浪般的重重新奇，看着这长风里、月色下、辉光中的，惊世一舞。

这一刻，时光凝定，万物无声。无人知道，数里外，一骑卷过漫漫黄土道，蹄声嘚嘚，踏碎关山冷月，飞驰而来。

向着，姚城。

第七十一章

苦痛抉择

永远的圆舞曲。

一舞惊世，一舞摄心。

遥望着窗内那一舞的姚城少年少女，从此将那震魂摄魄的一幕永恒记录。

以至于后来，当足球和华尔兹风靡五洲大陆，成为五洲大陆贵族最为追捧的高雅运动和娱乐，几乎人人都会、几乎每年都举办盛大华尔兹比赛并选出舞王和舞后的时候，姚城人也始终认为，这世间最美的舞蹈空前绝后，发生于无极政宁十六年的正月，一个雪后鲜花不败的夜晚，从那以后再无人可以超越。

然而，仿佛世间所有的绝艳之美都注定不能长久一般，这场惊世之舞，竟然没能跳完。

那夜，丝竹管弦版本的《蓝色多瑙河》一直在静静流淌，隔了一个时空和数个世纪的经典音乐，将其不变的魅力发挥得淋漓尽致。满园寂静，经过控制的呼吸轻得像午夜游荡的风。

快马飞蹄惊破了这夜的寂静。

马上骑士闷声不吭，行到县衙前勒马，墙头上立即人影一闪，闪出黑衣精悍的卫士，马上骑士将一封书信双手递上，立即拨马返回。

黑衣人注视着信封上特殊标记的火漆，犹豫了一下，终究还是返身入了县衙花园。

他的身影极快地从屋檐上掠过，最终伏到了那间静室的屋顶，伸指叩叩叩微弹三响。

元昭诩突然轻轻一震。他抬起眼帘，这一霎飘荡迷离的眼神变得清醒而锐利。

三声叩响，紧急军报。

孟扶摇发觉了他的异常，下意识地身子一滞，乱了脚步。

啪的一声，隔间突然有丝弦断裂声传出。

一直出神入迷地注视着这场旋舞的琴师们，因那眩惑舞姿分外投入，孟扶摇这一乱，他们呼吸与手指也一乱，仿如正在潺潺奔流的泉水忽然为飞石溅入，打断了一路向前的顺遂与流畅。

孟扶摇叹了一口气，缓缓放开了手，退后一步，示意琴师停奏。

她抬眼，微笑看着元昭诩，道："国人崇尚中庸之道，所谓强极则辱，太完美的东西总是不能长久，这曲《蓝色多瑙河》停在这里，也挺好。"

元昭诩静静看着她，半晌道："扶摇，我希望终有一日我能和你跳完它。"

孟扶摇笑而不答，世事如水奔流，变化万千，谁敢给明天一个承诺呢？

就如这平静美好的夜晚，照样有十万火急的军情来破坏这一刻的温馨。

元昭诩一挥手关上窗扇，展开军报的时候，脸色竟然微微一变。

孟扶摇看着他，如果什么事能让元昭诩变色，那一定非同小可。她不问，不说话，不打搅，给元昭诩思考的空间。

半晌后，元昭诩手指一揉，军报化为碎屑，他站起，道："扶摇，北线邻国高罗国作乱，纠集五十万军从海路进攻，我得赶回中州。"

孟扶摇惊得跳了起来，两线作战！这对任何国家来说都是灾难！

元昭诩伸手安抚地在她肩上一拍，道："高罗一直臣服我国，谨小慎微，近几年朝中权力更替，出现了一批野心人物和新锐将领。前段日子查封的开妓院的高罗商人托利，其实就是他们的细作，春深阁被查封后，我预计他们迟早要有动作，果不其然。放心，没事的，只是我终究要回去一趟。"

孟扶摇若有所悟，"你原本就料到高罗可能有异动，是不是？按说你一直就该坐镇中州的，但是你赶了来……"

元昭诩侧首一笑，灯辉下眼神华光流溢，"我做我认为值得的事，我想我是值得的。"

他站起身，向门口走了几步，又回身，"扶摇，我但望我是那种为追随佳人身侧不惜弃国弃家的男子，但是很抱歉，我做不到。"

孟扶摇眨眨眼睛，看着他，道："有责任心的男人才是真男儿，这责任，可不仅仅包括对朋友，家、国亦在其中。”

“你总是这般让我感叹。”元昭诩深深看着她，“扶摇，你因为你的苦衷想推开所有感情，却不知道只要你存在，你所随意表现的一切，都是对有些人无可抗拒的莫大吸引。”

孟扶摇默然半晌，苦笑道：“那是因为我的存在原本就是个错误。”

“执拗的小傻瓜……”元昭诩并不气馁地一笑，突然倾身上前，在她额上印下羽毛般轻盈的一吻，“可我依旧觉得，遇见你，我不虚此生。”

他行动间散发的淡淡异香，和着这黎明微凉的夜风一起飘散在水晶光耀的静室里，氤氲出轻逸而恬静的气息。远处早醒的鸟儿扑扇翅膀，婉转低吟，一声声传了来，像是给这夜作个美好的续曲。

“扶摇。”

“嗯？”

“今晚你真美。”

元昭诩数骑快马匆匆离开了姚城，临行前他给扶摇留下了一封信，孟扶摇看完了沉思半晌，将信烧了。

同时被留下的还有倒霉的元宝大人。第一百零八次求爱被拒后元宝大人又去疗伤了，等它疗完伤颠颠地回来找主子，遇上的却是笑得见牙不见眼的情敌。情敌非常幸灾乐祸地告诉它，主子把它送给她了。

元宝大人五雷轰顶，悲痛欲绝，当即撒丫子就追出县衙。刚刚跳上一匹马，就被情敌一把抓了下来，嫌弃道：“你别折腾我的马了，上次那匹被你啃得满脖子是伤，到现在还没养好呢！”

元宝大人求爱不成又被“转送”，伤心得每月“大姨妈”来了三次。孟扶摇也不管它，反正这耗子疗伤能力超小强，你看它整天捶胸顿足、如丧考妣，但从来就没有少吃过一顿饭。

基本上，孟扶摇认为，任何不影响食欲的伤心，都是假伤心。

她现在每日就待在县衙里，偶尔看看足球。那晚那个空前的舞会后，她的女子身份不可避免地曝光了，那晚参加舞会的少年很多为她倾倒，求爱者络绎不绝。孟扶摇不胜其扰，只好经常化了妆溜出门去——她搞姚城建设搞了一阵子，突然想到自己终究是要离开的，周游诸国银钱也是必不可少的，得为自己挣点钱。于是便和城中大户接触，商定集资开办俱乐部，仿造现代的会所实行会员制。物以稀为贵，把胃口先吊起来，再慢慢发展姚城的娱乐业。孟扶摇特意在姚城的青楼里寻了身段姣好、肢体灵活、悟性也高的女子来做舞女，和她们签订合同，卖艺不卖身，同时享有一系列的福利待遇。一时姚城人趋之若鹜，孟扶摇更煽情地在会所招牌上大打广告：爱情之舞，贵族华尔兹，你们值得拥有！

于是，觉得自己“值得拥有”的人络绎不绝，险些踏破了会所的门槛。

日子平静流过，孟大亨的国际舞推广事业如火如荼，整日里梦想着自己数钱数到手抽筋的美妙日子，却不知危机正在无声地悄悄逼近。

渔阳鼙鼓动地来，惊破霓裳羽衣曲。

无极政宁十六年正月二十八，如往常一般平静的姚城。天色湛蓝，晨曦方露，冬日南地早晨的风有点寒气，赶车出城的刘家老板缩紧了脖子。

他赶着去邻县贩布料，最近姚城风靡舞衣，连带绸缎布料紧俏，开绸缎店的刘老板很会抓住商机，起了个大早去进货，是当日姚城最先出城门的人。

他出城行不过十里，便见远处腾腾冒起一阵黑烟，铺天盖地，如一只巨鹰展开双翼，俯冲而来。

刘老板睁大眼睛仔细辨认了半晌，终于隐隐约约看清了前方突然出现的阵列，看清了那些彩衣皮甲、飘扬的双头蛇旗帜和反射着阳光的弯刀。

他的手一哆嗦，马鞭子掉在了车上，怔了半晌，才发狂般喊起来，一边喊一边拼命往回跑，“戎人打来啦！”

正月二十八，年节方过，铁骑风烟突然毫无征兆地出现在姚城的地平线上，南戎和北戎的军队明明在睢水两翼合围，准备和德王麾下大军决战，却突然改变路线，密渡睢水，出现在姚城的正面，包围了姚城。

接到消息时孟扶摇正在看球，闻言愣了愣。她明明一直提防着，并派出斥候每日不间断地侦查军情，为何戎军逼近到离城十里，竟然没有接到任何消息？

不过此时已经不是追究这个问题的时候，孟扶摇当机立断下令派出两队人，一队立即至德王处求援，一队驰出三十里，请驻扎在白亭的姚城护军救援。随即紧闭城门，命令所有士卒上城防守。

好在姚城的武器库里各式武器齐全，孟扶摇来了不久，怕戎人闹事，收集了他们的武器，用足球掏了大户的腰包后，也拨银子对仓库里原先已经生锈霉烂的武器披甲做了更换和修理，甚至准备了一系列守城工具。只是城内守军实在太少了，只有一千人，其中还有空额，满打满算不过八百人。而据刘老板目测，那一大队戎军足有五万，八百对五万，怎么打？

守？如果能调动全城勇猛精悍的戎人来守城，说不定能坚持到援军到来。可是，用戎人来守城？那孟扶摇得把自己挂在门闩上，才能保证他们当中不会有人半夜偷偷开了城门，“放兄弟进城”。

铁成一得到消息便来找孟扶摇，把胸脯拍得山响，“给我武器，我自己找人给你守城！”

孟扶摇心情正不好，一脚把他踢出了门。

踢出门后她洗了把脸，化了化妆，一脸精神地去上班。姚城人心正惶惶，看见美丽的孟城主居然毫无惶急之色，而是风姿更胜往昔地去坐堂，一时都安定了不少。

姚城汉民和戎人基本各占一半，汉民自然是最不愿意城破的，戎人虽说顾虑少些，但是兵家凶危，谁能保证那些杀红了眼的“兄弟”进城后，不会将他们的脑袋也顺手给砍了呢？杀人的时候，没人会问你是汉人还是戎人，这是孟扶摇前段时间灌输给他们的道理，这让原本期待着戎人兄弟占领本城的姚城戎人安定了许多。

人心虽然还算稳定，战事却不可避免地开始了。

第一天，刚刚扎营，戎军便开始攻城。

戎军前锋兀哈带领三千人为攻城前锋，兀哈是戎军中少见的双膀有千斤力气的勇士，性格也豪放霸烈。他在军前立下军令状，一定会首战功成，拿下姚城，如果不能提姚城城主的头来见，他便献上自己的头！

三千戎军，彩袍彩甲，佩刀带弓，如一大片青紫深蓝的阴霾之云，挟着隐约的电光隆隆而来。当先的秃头将领，用的居然是金刚杵这样的重型武器，轻轻一挥，地上便烟雾腾腾，卷起一层地皮。

第一战对双方军心都十分重要，城楼上的守军都如临大敌，孟扶摇却笑嘻嘻地不甚在意，睡饱了才来。来的时候带了一堆工匠，命人在城楼上架起高台，大家都不知道她要玩什么幺蛾子，也没见过在城楼上架高台抗敌的。

兀哈按照惯例在城下喊战，戎族好斗，攻城前喊战是必经程序。孟扶摇根本不理，等高台搭好，在众目睽睽下，孟扶摇爬上高台，手臂一挥。

两队打扮利落的足球队员夹球上场，踢球。

不会吧……足球守城？

前来协助守城的汉民百姓仰头看着这另类的守城方式，全都惊出了口水。

城楼上，哨声阵阵，你争我夺；城楼下，喊战的兀哈看呆了，这是个什么阵势？那城楼上飞的圆圆的是什么东西？巫术？

足球此起彼伏，队员喊声震天，三千戎军看呆了眼，兀哈看得忘记自己站在什么地方，一开始还防备着那球是什么新式武器，可是看了半天，那球只在对方城楼上飞来飞去，带兵出战的兀哈被晾在那里没人理，骂阵好像没人睬他，退回去又折了军心，没办法只好继续待着，看球。

那球突然被铁成抢去，一个假动作身子一躬，抬脚便欲射门，对方却缠战过来，足下一钩，铁成啪地倒地，足球不受控制地飞出了城墙。

铁成跳起来大骂："犯规！犯规！"

兀哈已经隐约看出些门道和好处，看见这招忍不住哈哈大笑道："那傻小子，忒没防人之心咧！"看着那足球旋转着直落城下，便觉得脚痒，大叫，"看爷爷给你们踢个漂亮的！"

他跳起来，半空中一个利落的翻身，抬腿一踢正迎上那球，看得入迷的戎兵一起喝彩："好！"

轰!

一条腿突然飞了出去，那球，阴险地爆了。

兀哈的腿被连根炸断，鲜血如泉水般咕嘟咕嘟涌了出来，黄土地都湿透了，地上一摊惊心的血迹，兀哈哼都没哼一声就昏了过去。

远处观战的戎军哄然大乱，一着未攻折损主将，他们以前从未遇见过这等情形，赶紧鸣金收兵，一边怒骂着一边将兀哈抬了下去。

城楼上足球队哈哈大笑，铁成大叫："爷爷这招偷梁换柱玩得怎样？"他身后步出男装的孟扶摇，黛色衣衫，飞扬的眉下目光剔透。她一脚跨上城墙，大笑着拍打着城墙上的砖，对着戎军做了个极其轻蔑的手势。

风吹起她的黑发，少女的眼睛黑如玛瑙，毫无怯色。

那样的目光对上远处戎军将领迎上来的目光，明亮无畏的眼波看进凶横阴冷的眼睛，一分一毫也不退让。

孟扶摇嘴角噙着一抹冷笑，居高临下。

她研究过戎人的性子，既凶悍好斗、暴烈蛮横，也欺软怕硬、心思无定，她这里先声夺人，抢尽上风再大加羞辱，换别人的军队定然怒极下令攻城，戎人却未必，他们会思量、会掂量，会犹豫着要不要看清楚对方的实力再说。

何况戎军主帅，孟扶摇打听过了，正是当年潜伏入北戎协助北戎王弟弟篡夺王位的那位南戎奸细，这些年因功升迁地位尊荣，这种做过奸细的人，行事会越发谨慎。

果然，当日戎军没有继续进攻。

姚城内一片欢腾，拎着一颗心的百姓见居然用玩足球这样的方式便神奇地杀掉了对方将领抗过了第一波攻击，轻易令戎军退兵，不禁欢欣鼓舞。躲进家里的人们重新走上街头、茶馆、酒肆，口沫横飞地大谈“城楼一球退万军”的新编故事。

“哎！铁少爷那一脚，着实漂亮！那足球不是一直在踢着吗，先前怎么没爆炸？”

“哎，说你笨你还真笨，没见铁少爷有个弯身动作？球就是那个时候被换掉了，要不然戎军将领怎么会放松警惕动脚去踢嘛！”

“这下好了，只要抗过今日首攻，咱们便可保安全无虞了。白亭军就在附近，德王大军也不远，一日之内尽可赶来，等到明天，也许就能看见德王殿下的旗帜啦！哈哈……”

满街都是兴奋的人群，灯火一盏盏次第亮开，点缀着满城的繁华。满街的人们从各个场所中进进出出，再奔向各自该去的地方，直到夜色深沉，那些各色的灯盏又被人一盏盏吹灭，小心地收了回去。

姚城牛角巷里杏花茶馆的王老板正在灭灯，忽然看见灯光暗处有个影子。他吓了一跳，举着灯凑过去看，才看见居然是孟城主立在墙角望天出神。

“孟城主……你怎么会在这里？”王老板疑惑地看着孟扶摇的神情，城主……看起来有点不对啊……

“哦，没事，出来逛逛。”孟扶摇如梦初醒般回头，对他一笑走了开去。

她掌心里有一封军报，粗粝的纸张磨着细嫩的肌肤，她捏得很紧。

自从收到这军报，她已经在街上茫然无目的地游逛了很久，直到被这人惊醒。

白亭军已经在数天前被德王抽调至睢水编入虎贲营，而虎贲营在睢水之外的镇州驻扎，据说是为了对戎军形成全面包围之势。

这是向白亭军求援的人传回来的消息，而德王那里……孟扶摇隐隐觉得，她大概是等不到援军了。

这满城的繁华还可以看见多久？这些蒙在鼓里的兴奋的百姓又要怎样面对接下来一日甚于一日的失望？

这个没有月亮的夜晚，孟扶摇在暗影里站了很久，直到夜露湿遍全身，才缓缓松开手。

一些破碎的纸屑，从她掌间如蝴蝶般翩翩飞去。

援军果然没有来。自那日开始，姚城陷入了苦守。

不得不说孟扶摇已经算是极为谨慎的城主——换成别的城主，大军就在旁侧，临近还有护军的情形下，必然因有恃无恐而防备松懈，可孟扶摇没有。她始终居安思危，不曾放松过姚城的军备防御，在短暂的城主期内，甚至还加固了姚城的城墙和瓮城。

作为戎族和内陆之间一个过渡性的城池，姚城很少见地拥有瓮城，这使孟扶摇有了用武之地。她在相隔三十米的城墙与瓮城之间足足设置了六道城防：铁蒺藜、鹿角木、陷马坑、拒马墙、护城壕，最后才是城墙。

戎军因为条件所限，骑兵本就宝贵，第二次进攻时，孟扶摇直接放戎军入瓮城，两边门一关，上有瓮城上女墙四侧弩台不停歇地攒射，下有六道城防步步凶危，三千骑兵进去，出来的时候只剩得两千不到。遭此重创，戎军安稳了几天。

第三次进攻时，戎军看准风向，准备火攻，孟扶摇啪啪啪砸下无数个简易版足球，吓得点火的戎军连连后退。却不料那是猪尿泡假冒版足球，里面全是水，掼裂了以后打湿柴火，火攻计划夭折。

第四次进攻，一员猛将身先士卒，悍然带领士兵以钩索飞梯强行攀城，被孟扶摇三十米外一箭生生射穿，钉死在城墙上，戎军再次哗然败退。

连克戎军，本因为援军迟迟不来而恐慌的姚城百姓又恢复了几分士气。

铁成悄悄问孟扶摇，戎军会不会退兵。彼时孟扶摇抬起头，遥望着天边某个方向，半晌，淡淡道："不，事情远远没有结束……我们最艰苦的时刻，终于要来了。"

事实再次被她不幸料中。当戎军发现姚城是块啃不动的硬骨头之后，便猥琐地采取了正常军队在这种情况下都会采取的战术——围城。

姚城的粮草不多——本来应该很多的，前几天德王来信，负责运送军粮的华州等地因为今冬干旱河道干涸，运粮船无法航行，至今未将补给送到。前锋营不可一日无粮，德王从姚城抽调粮草，答应等华州粮草一到便即送还，现在看来，等还回来也没有肚子去吃了。

粮草还可以支撑十天左右，但是现在最危险的不是粮草，而是这个戎汉杂居的城。就如一个时刻怀揣着火星的火药桶，稍不注意便有可能被内里的人给爆了。而仅仅靠八百卫士，要外抗强敌不时的骚扰就已经疲于奔命、筋疲力尽，还要怎么防备这内里的重重阴火？

向元昭诩求援？他此时应该已经远赴海岸东线，穿越几乎整个无极国需要大半个月时间，一来一回，还等得到吗？何况他那里何尝没有战事？孟扶摇不想不切实际地依赖他，她的姚城，她自己保护。

孟扶摇瘦了，瘦得颧骨都微微突了出来，面色也有点憔悴，唯有一双眼睛依旧亮得像凌晨的启明星。她下令姚城的粮食进行配给制，首先克扣了自己的口粮，每天只吃两个馍馍，并严词拒绝铁成送来的食物。不过各类果子蜜饯什么还是会收下——元宝大人失恋被甩已经挺倒霉的了，不能让它再强制减肥。

她却不知道，关于她的打算，有一批人曾经仔仔细细地争执过，那是元昭诩留下的他的专用暗卫。元昭诩带走一半，留下了一半，他走时唯一的指令便是：保护她！

护卫们的意见分成两派，一派要快马驰援飞报主子，一派不同意，认为此时两方军力悬殊，戎军随时有可能攻破姚城，到时要在五万大军中保护好孟扶摇便是他们的责任，所以他们无论如何都不可以再分散力量。后一种意见最终占了上风，那些隐身在孟扶摇左右的黑衣人继续沉默地隐身下去，等待某些惊涛骇浪的时刻。

姚城百姓等了许多天，早已丧失了援军到来的期望。他们每日排队到县衙前，沉默地领取食物，再麻木地分吃掉，街头巷角，渐渐有抢夺食物寻衅打架的人，有走在路上突然不堪压力砰砰砰拍自己脑袋的人。绝望的、被抛弃的阴郁气氛，像一场来去无声的黏湿的雨，无声无息地在姚城蔓延。

孟扶摇将自己关在县衙里，什么人都不见，除了例行上城指挥守城安排守卫之类的事，几乎足不出户。她眉宇间浮躁不安之气渐去，取而代之是破釜沉舟的决然与沉静。第九天，她突然叫姚迅送了食物来，姚迅送上清水馒头，孟扶摇手一挥，“肉，老娘要吃肉！”

姚迅瞪大眼看着她，不明白这个最近像苦行僧的家伙怎么突然转性了。孟扶摇也不解释，风卷残云般吃了，嘴巴一抹起身就走。

走到一半她突然回身，道：“姚迅，你最近神色不对，有什么心事吗？”

姚迅正在出神，冷不防被她问这一句，吓了一跳，期期艾艾答：“没，没有……”

“跟着我，委屈了你。”孟扶摇不看他，自顾自道，“你好歹也是个神掌帮帮主，盗窃是你的主业，跟着我做个管家实在浪费你的才能，现在姚城岌岌可危，没必要绑着你一起，你想走，便走吧！”她说完，不待张口结舌的姚迅回答，大步走了出去。

清晨的阳光从天际无遮无拦地射下来，烂漫而直接。孟扶摇举起手挡住阳光，眨眨眼，笑了。

她伸出手，薄薄的掌心被淡白的光线照得一片透明。她慢慢握起拳，像是握住了那一片阳光。今日之后，她也许便不能再见到这般美好而纯粹的日色了。

那些即将要做的事、那个即将要去的地方，也许会如黑洞般吞噬掉她所有的未来，而在到达那里的路途上，也许还有更艰难的事在等待她。

可是，又有什么关系呢？人生在世，做自己认为应该做的事，在独属于自己的坚持和寂寞中顶风前行，一样是痛快而潇洒的吧？

虽千万人，吾往矣！

啪！

孟扶摇一脚踢开县衙大门，大步走了出去。

门外聚集着很多汉人百姓，扶老携幼，眼巴巴地看着她。

城中粮草已经快要告罄，百姓们等着她拿出新主意。在他们心中，这个带来足球、华尔兹、俱乐部和各种新奇娱乐的城主，是个行事新鲜而不拘常规的聪明人，他们相信她会想出巧妙而又有力的抗敌妙计。

孟扶摇看着这些殷切的眼光、看着那些饥饿而又惶恐的眼神，突然心中一堵，张了张嘴，原本想好的话突然说不出口了。

她闭了闭眼，仰起头，向天。

淡淡的风掠过来，风里有细微的清甜气息，春天快要到了……

不论春天来得多迟，那些开在田野上的花朵，总是会生长出来的……

孟扶摇低下头，睁开眼，目光清亮而坚决，“父老乡亲们，姚城危殆，难以支撑，城破只在须臾之间。所谓识时务者为俊杰，如若顽抗到底，城破之日，便是姚城生灵涂炭之时，本县不欲以数万父老性命，一意孤行葬送戎军之手，这城……不守了！”

一语出而石破天惊，如霹雳炸进人群，足足炸得百姓们齐齐失声。

赶过来的姚迅和铁成都震惊地看着孟扶摇，不敢相信这样的话竟然出自她的口，孟扶摇谁也不看，紧紧抿着唇，默然不语。

半晌，突有尖厉的号啕响起，如钢刀般，戳得惊呆的人群齐齐颤了一颤，“你这自私无耻、卑鄙恶毒的女人！你要卖了姚城！”

有人在怒骂：“疯了！你疯了！你是要拿姚城汉人百姓的性命去保你自己一条命！”

有人捡起石头就砸，“砸死你这贱人！”

更多人开始号啕大哭，冲上来苦苦哀求：“我们能战！我们一起去守城！我们扒了房子上城楼！城主，不要献城……德王殿下会来的！”

那些还未长成的孩子哭泣着爬过来，从人缝里死死攥住孟扶摇的衣角，抱住她的腿哭泣，眼泪一点点落在她的靴子上，“城主……城主……不能……不能啊……你一降，他们会都杀了我们……求求你！求求你……”

那些老人伸出枯瘦得毫无血色的手，颤巍巍地在人群中跌下爬起、爬起又跌下，老泪纵横地抖手望着她，“城主……”

人群慌乱失措地拥上来，如被暴烈的风卷起的旋涡，翻腾着、喧嚷着、拥挤着、纠缠着，而孟扶摇就在这旋涡的中心。那一波波的前冲都冲在她身上，那些撕心裂肺的哀求和哭泣的眼泪都洒在她身上，她清瘦的身影裹在其中，像波涛怒卷的大海中一叶随时将要淹没的小舟。

孟扶摇始终立得笔直，苍白的脸上没有一丝泪痕，甚至连表情都没有了。她一直微微抬着头，看向极远的方向，半晌，她缓缓地伸出一直背在背后的右手。

那手上提着一个包袱，孟扶摇慢慢打开。

哭声、喧闹、疯狂戛然而止，人群里是一片死寂的沉默。

包袱里，是姚城城主的官印、姚城户簿、姚城刑司案卷……是姚城县衙里所有代表统治权力的证明。

孟扶摇提着那包东西，面无表情地对着人群慢慢晃了一圈。

决心已定，不容更改。

看见这包东西，汉民百姓最后一丝希冀被打击得灰飞烟灭，他们怔怔地瞪着那个包袱，就像瞪着自己被人砍下的头颅。

孟扶摇不再理会他们，对赶来的姚城大头人们道："诸位都听见我的话了吧？我今日要去投降献城，诸位陪我去吧！"

大头人们看着她的眼神，都觉得心里颤了颤，不自觉地点了点头，孟扶摇没有笑意地笑了笑，提着包袱缓缓行下台阶。

她全身的真气都已放出，寒锐逼人，有如刀锋，一些想要冲上来的汉民，远远地便被撞跌开去，孟扶摇每前进一步，百姓都不得不退后一步，路，慢慢地被让了出来。

更多的汉民赶了来，在长街之上排成左右两行长长的人龙，所有人都沉默而死寂地看着她在戎人的护卫下走来，握紧拳头，目光狰狞而狠毒。那些恨意如箭般根根射出，每根都将她射个透心穿，血肉淋漓地穿过这日疏凉的风。

这是一条漫长的道路，一条耻辱的路。

几乎孟扶摇每走过一步，她身后的汉民都会爆发出一句辱骂，就着手边的东西狠狠地扔向她的背影——也许是根烂菜，也许是半个梆硬的馒头，也许是块淤泥沟里的石头……

孟扶摇腰背挺直，头也不回，她的束发乱了，被无数石头砸歪，有点滑稽地挂在那儿，她的袍子上很快溅满了污秽，还沾上许多孩子跑过来快速吐的口水、擤的鼻涕，那些黄黄白白的东西挂在她的衣襟上，她看也不看。

路再长，总会走完的……

"不！"身后突然爆发出一声嘶喊。

是铁成。

他再也无法忍耐这一刻的压迫和窒息，无法忍耐就那样眼睁睁看着孟扶摇在那样一条万夫所指的道路上走下去。看着她满身的污垢和稀脏，看着她一步步离去的单薄瘦削的背影，他便觉得这世界都混乱了、颠倒了，那些呼啸而去的脏石头和烂菜叶，都似一点点砸在了他心上，轻轻一砸，四分五裂。

他狂吼出声："不！她不会！不是！不是！"他语无伦次地吼着，拼命奔上去阻拦那些愤怒的人，"她不是这种人，她不是，她不是，她不是！"

"你被美色迷昏了头！"有人大声讥笑，"你瞎了眼睛，没看见那官印？"

有人冷笑，"你不是说要娶她？你们明铺暗盖早就在一起了是不是？可恶的戎人，和你那个贱人一起吧！"

那人手一挥，一块石头呼啸而来，准确地砸中他的额头。鲜血飞溅，铁成抹了一把血，怔怔地看那个砸石头的青年——前几天他们还在一起踢足球，是最亲密的队友。

他低头看着自己满手的血，突然明白了这一刻孟扶摇的心情。

这一瞬间他忽然又想起这段日子所看见的孟扶摇，那个鲜明、亮烈、敢作敢为、不惜一切、坚定如磐石的女子，她黑白分明的眼神常常带着忧思看向睢水的方向，或是午夜灯火不灭间默默沉思，想起她喃喃自语："置之死地而后生……"电光石火间，他突然读懂了她。

她是要诈降！这姚城百姓的愤怒和攻击，就是她用来向敌营表示自己诚意的投名状！她诈降之后要做什么？一人对五万军，她能干什么……

铁成怔在那里，忽然浑身打了个寒战，返身就去追孟扶摇。然而人们的愤怒已经被他挑起，此刻为孟扶摇辩白的人，便也是他们的仇人，注定要被一同绑上耻辱柱，被怒火吞噬！

他们扑上去，用手撕，用牙咬，用头撞，他们无法靠近孟扶摇，但是他们能够靠近铁成！铁成很快便被人群淹没，他挣扎着，不顾那些明拳暗揍、死命踢打，在那些飞石烂泥当中拼命挣扎着扑向孟扶摇的方向，"她不是！她不是，她不是，她真的不是！孟扶摇，不要，不要，不要！不要啊——"

最后一声他拖得极长，声音长长的，带着滴血的余音穿越人群，声音里满是绝望和无奈。那是眼看尊敬崇拜的人走向绝路自己却无能为力的绝望和无奈，那是眼看着自愿走上祭坛的人被不知真相的世人噬咬仇恨自己却不能说明的绝望和无奈；那一声凄厉绝伦，像是被族人抛弃而独立高崖对月长嘶的狼嚎。

那一声越过喧闹的人群，清晰地传进孟扶摇的耳中，她头也不回，一步步向既定方向迈出。最后她停在城门前，手一挥，示意戎人开门。

关闭了多日的城门轰然开启，城楼之上，忽有飞箭射下来，愤怒的汉人守军，终于将他们的箭对准了他们的主官。

孟扶摇一抬手，接下了所有的箭，随手折断就地一掷，长箭入地一尺，在地上凿出深长的印痕。

她昂头，日光射过来，被深阔的门洞分割，一半亮白、一半深黑，孟扶摇就站在这黑白的交界之地。

她昂起头，抬脚，轻轻迈出。这一步迈出，便永不可收回；这一步迈出，也许她将永远回不了姚城，甚至，回不了原先她流连过的所有地方。而那些承诺要等候她的人，注定将再也等待不到一个结果。

她抿紧了唇，以一种近乎自虐的力度，那样的力度令唇间生起火辣的痛，但是和心底的感觉比起来，微不足道。

她抬脚，轻盈而又毫不犹豫地迈出。

身后突然传来一声大喝："扶摇——"

那一声极具洞穿七札力度的嘶吼，如沾了血色、饰了铁叶的撞车，呼啸而来，狠狠地撞向她这一路来早已摇摇欲坠的忍耐与坚持。

她终于，泪流满面。

第七十二章

险厄相逼

高大的城门，缓缓走出单薄的人影，在那些深青色的巍巍城墙的映衬下，黛色的少年薄得像一枚风一吹便可以扬起的柳叶。然而没有人可以知道，那样的纤细里，蕴含着风刀霜剑、人心世事都不可摧折的无双坚硬。

孟扶摇抬起头，在阳光下微微眯起了眼。

她始终没有眨过眼，只让冬日的暖阳晒干自己的泪水。如果带着一双红肿的眼去戎人的军营，她会立即被砍成肉泥。

铁成最后那声撕心裂肺的呼唤她听懂了，知道铁成懂得了她的用意，这让她多少有些安慰——那样千夫所指的路走过来，坚刚如她，也不能不心生苍凉。还好，在这样滔滔的敌意和仇恨里，还有一个人的真心懂得来温暖她。

孟扶摇提着那一包代表姚城行政权力的东西，走向了戎军的军营。

那是五万人的营帐，连绵的帐篷如深灰色的海浪一波波起伏，一眼看过去没有边际。和这庞然大物比起来，孟扶摇像是大海中的一滴水，瞬间便可以被淹没。

她毫无惧色地走过去，对着瞬间竖起的刀枪之林、对着戎人士兵戒备和敌意的目光，扬了扬手中的包袱，“姚城城主，前来献城。”

刀枪嚓的一声往地下一顿，戎人士兵愣愣地看了她半晌，回去通报。过了一会儿一员将领出来，隔着辕门，目光隼利地注视着孟扶摇，尤其在她狼狈的全身上下扫了扫，粗声道："既然投诚，为什么不大开城门相迎，反倒是你自己跑来？"

"我若大开城门相迎，敢问各位一定敢进去吗，不怕我有埋伏？"孟扶摇挑起眉毛，"还有什么比本城主孤身一人入你大营更有诚意？"

那将领窒了一窒，他们这些日子来和这位不按常理出牌的城主多次交手，是领教了孟扶摇的手段的，以区区八百兵力对抗五万大军，不仅没有在第一波攻击中崩溃，还先后杀了他们三位将领。这样的人开门相迎，他们确实不敢进去。

但是如今人家自己来了，区区一人，能在五万大军中玩出什么手段？那是绝无可能的。

"跟我来！"他思量了半晌，粗声道。

孟扶摇见到戎军主帅图贴睦尔时，已经前后经过了三道盘查。

最后一关，图贴睦尔的亲卫将孟扶摇上上下下都摸了一遍，摸完了无声退开。孟扶摇安静地等他摸完，转首很客气地问他："完了？"

那人怔了怔，一抬眼遇上她的目光，只觉得心底寒了寒，孟扶摇已经头也不回地走了进去。

从光线猛烈的外面走进暗沉沉的内帐，孟扶摇有点不适应地眯起眼睛，随即便觉得角落里有针刺一般的目光戳了过来。

她下意识地转头，那坐在角落里的人却偏过头去。

她目光一阵环扫，满帐高高低低坐着彩袍将领，除了正襟危坐的主将图贴睦尔，其他人都在或吃肉、或喝水、或大大咧咧地抠脚丫子，满帐里飘荡着油茶、牛肉、羊毛和男人汗臭混杂的怪味。

在主帐中抠脚丫？全天下没有谁会这样治军，这是故意给她下马威，表示轻鄙。

她还没看完，正面坐在主帐里的人却语气轻藐地发话了："你是姚城城主？"

随着他的语气，众将都目光寒冷地看过来，满帐杀气腾腾，无形的压力逼来，如嗜血之兽，鼻息咻咻。

孟扶摇转过头，不说话，慢慢摊开手中的包袱。

黄澄澄的铜印灼亮了满帐将领的眼睛，他们的眼睛睁大了。一片低低窃语声中孟扶摇清晰地道："我，姚城城主孟扶摇，特来献城。以城主之印，替诸位铺平进入姚城乃至进入无极国腹地的道路。"

"好大的口气！"面色萎黄、双目深陷的主帅图贴睦尔盯着孟扶摇，语气和神色都阴沉窒怖，“姚城小小一城，探而取之如囊中之物，何须你献？又何来铺平道路之说？”

“好大的口气！”孟扶摇笑得讥诮，“姚城小小一城，八百守卫、十天粮草，无高墙利炮、无百炼之军，却将阁下这五万虎贲生生阻隔了近半月之久，这个探囊取物，也实在探得太久点、取得太难了点！”

“你！”

“废话少说！”孟扶摇将手中包袱一晃，竖眉厉目，“老子是来献城的，姚城久攻不下，你这三路大军之一的平姚大帅如何向南戎北戎两王交代，你又有何面目去见其他几路连战连克的元帅？你又如何挽回逐渐溃散沮丧的军心，令他们在接下来的战争中继续为你拼死冲锋？而姚城的主动献上，是重塑你的军心的最好办法——老子是来帮你的！你，明白？”

最后二字舌绽春雷，霹雳也似的一声大喝，震得满帐故作轻慢的将领齐齐一跳，丢了牛肉、油茶，放了脚丫子盯着孟扶摇看，孟扶摇却突然把包袱捆捆扎扎，向背上一甩，转身就走，“老子是英雄，从没输给了你！要不是有人作祟，老子会和你们的尸首说话！来献城，不过是心灰意懒、另寻明主，也好给我麾下子民谋个出路。你们这些只长肥肉不长脑袋的戎蛮子轻慢我？老子不侍候了！等着在姚城城头，被我的箭手们一箭箭射死吧！”

她背着包袱，噔噔噔撞开身后想上来劝和的戎族头人们，毫不犹豫地向回就走。

“慢着！”身后传来沉声一喝。

孟扶摇停住脚步，背对着帐中，扬出一抹得意又微微哀伤的笑容。

果然我是对的，你们这些欺软怕硬的家伙……

来之前，孟扶摇想了很久，是继续忍辱卑躬屈膝、不顾一切地取得戎军主帅的信任，还是跋扈嚣张、寸步不让地张扬个性镇服他们，最终她选了后一种。她相信，以她对戎族的了解，这一番雷霆霹雳、以攻为守、不给对方思考机会的办法，她不会错。

事实证明，她赌对了。

身后，图贴睦尔再也不稳坐帅帐了，一撩衣襟，急急步下座位，“孟城主且慢，且慢！是将军们不晓事，怠慢了你……”

孟扶摇理也不理，继续走。

“城主，今日你来投诚，本帅极为欢喜。来人，给城主看座！来，来，孟城主，我给你介绍……”图贴睦尔拉住孟扶摇，态度转了一百八十度的弯。

刚才他一直仔细观察孟扶摇，这个城主，虽然出乎意料地年轻，但是天生霸气勇烈、气势夺人，明明是来投降的，居然一言不合便要卷包袱走路。他这里浩浩威压，众将领熊熊杀气，都没能令他变色分毫。何况他字字句句，竟然对戎军形势了如指掌，句句都说中了他的为难之处。这样的人才，便是不带着姚城一起来，也值得接纳。大王若是见了，也定然欢喜，多少也算自己一份功劳。

至于孟扶摇是不是诈降，这疑虑他只是一闪而过。笑话！诈降的人能这般毫不心虚、转身就走？以他和这位孟城主交手几次的经验看来，如果他忍辱委屈、卑躬屈膝，他倒要多防备几分了。

“孟城主，”他客客气气地伸手引孟扶摇，“刚才是我们不是，本帅和你赔礼。来，来……”

孟扶摇转过身来，扬了扬眉，道：“大帅信我了？”

图贴睦尔笑得尴尬，连声道：“自然，自然！”

孟扶摇慢慢解开包袱，将官印托出，先在自己手中掂了掂，随即交给图贴睦尔，笑道：“既如此，请大帅将官印给众位将军看看，省得以后说我弄个假印来糊弄人！”

“怎么会呢？”图贴睦尔接过，“不过既然如此，你们这些没长眼睛的都给我看看孟城主的诚意！”

官印依次在将领手中传递，孟扶摇负手立在帐篷的暗影里，嘴角噙着一丝淡淡的笑意。

有的将领认真看了，有的随意瞄了一眼就扔开，还有人咕哝道：“汉人蛮子就是这么稀松软蛋！”

孟扶摇瞟了他一眼，微笑答：“汉人的英勇，你大概没机会再看见了。”

传到先前那个角落的时候，那看过孟扶摇一眼的男子手似乎顿了顿，孟扶摇的眼光似有若无地瞟过去，便即收回。

“大帅，我已经表现过我的诚意了，”等官印看完，孟扶摇淡淡道，“您是不是也该表现一下您的诚意？”

图贴睦尔犹豫一下，一招手，唤：“来人，准备盟誓用具。”

黄杨木盘很快端上来，瓷碗中盛着清水，旁边有两柄尖刀。

孟扶摇眼底露出一丝笑意，森然的，不带任何感情。

戎族的盟誓，不是普通的刺破手指，而是取心头血，以示此心坚执。

托盘送上来，孟扶摇上前一步，按照规矩，这时候图贴睦尔应该和她并肩而立。他犹豫了一下，稍稍站在她后面一步。帐外的两名护卫，立即跟了过来。

孟扶摇根本没有看他，旁若无人地取刀、刺心，刀尖拔出，带着一缕鲜红的血，滴在碗中的清水里，丝丝缕缕漾开。

随即她微笑着后退一步，离开图贴睦尔身边。

图贴睦尔松了口气，上前取刀，刀尖一转，轻轻刺入自己的心口。

就在刀尖接触心口肌肤的一刹，孟扶摇的手，突然出现了！

她明明刚才还在图贴睦尔一臂之外的距离，她的身前还挡着护卫，可是不知道为什么咔嚓一声骨响，她的手臂突然伸长了一截。

她的手，刹那间便抓住了图贴睦尔握住刀柄的手，轻轻一送。那柄只打算在胸口浅浅掠过的尖刀，立即无声地直没入柄！

血花飞溅！

图贴睦尔一声狂吼直上云霄，几乎冲破大帐。

孟扶摇的手没有放开，她继续微笑，笑得寒气森森。抓住刀柄的手狠狠一绞，所有人都似乎听见了血肉骨骼瞬间被绞碎的声音。

大量的鲜血连带着碎肉喷出来，喷了孟扶摇一头一脸。图贴睦尔的第二声凄厉惨呼已经叫不出口，在咽喉中咯咯咯咯地摩擦着，他痉挛着倒了下去。

孟扶摇温和地笑着，噌地拔出尖刀，手腕一挥，图贴睦尔的头颅已经给她砍了下来，她顺手一边一刀捅死那两个拔刀的护卫，拎起图贴睦尔血淋淋的脑袋往腰上一挂，大笑，“这就是汉人的英勇，给你临死前看上一次！”

她笑得悲愤而狂放，嘹亮得像是冲上云霄的鹰，那声音钢铁碎玉般在血腥气弥漫的大帐内横冲直撞，如剑如戟般，中人即伤。

满帐被惊呆了的将领此时才反应过来，眼见那遍地鲜血中图贴睦尔无头的尸首犹自微微蠕动，而孟扶摇鲜血披面，仰首大笑，顿时都发了狂。

“杀了她！杀了她！”他们纷纷拔出武器，踩着鲜血狂冲而上，有人连靴子都没穿，赤着脚、挥舞着刀就冲了上来。

孟扶摇脚踩图贴睦尔的尸首，冷笑着睨视他们，突然横身一旋，黑光一闪，身后弑天流线般被拉出。她双手执刀，跃起半空，像一只翱翔九天的凤，展翼间寒气逼人，黑色匕首在半空中划出一道道带血的印痕，劈、砍、刺、戳！

鲜血激飞，头颅乱蹦，断肢在偌大的营帐中四处飞起，撞到牛皮帐篷上再弹落在地。孟扶摇这段日子以来郁积在心的愤怒与刚才行过那段耻辱之路的痛苦此刻终于全数爆发出来，换了这些倒霉的将领去承受。长刃如血、杀气如锋，鲜血一滴滴从她的刀尖滴落，洒遍她黛色的衣袍。

这是一场一面倒的杀戮，中了官印上软麻散的将领们，无一人是孟扶摇一合之敌。

只是刹那之间，遍地尸首横陈，一帐鲜活的生命都变成了尸首。这样凶横暴烈的杀戮，终于让天生勇悍的戎人将领也开始恐惧，有几个中毒较轻的将领看着杀气腾腾、狰狞如魔的孟扶摇，本已发软的手脚越发抖得举不起刀，拼命嘶吼挣扎着向帐外奔去，“救命——救命——来人——杀人了——”

哧！

一线冷电在幽暗血腥的空间一闪，那个跑得最快、即将冲出帐篷的将领背心突然多了一把刀。

不是孟扶摇的匕首，是一把戎族将领专用的缠金丝的弯刀。

被杀的人骇然转首，指着那个背后出刀的男子，喉头咯咯作响，半晌挣扎道：“沙马，你……”

那个叫沙马的男子正是孟扶摇进帐时和她对视的男子，他平静地收回自己的刀，对霍然转身看着他的孟扶摇躬身，“孟城主，在下沙泓。”

“你是汉人？”孟扶摇眯起了眼。

“是。”沙泓在一地鲜血狼藉中面不改色，“上阳精骑十八分队第六队暗隐所属。”

孟扶摇看着他，慢慢收刀回鞘，“难怪你能够看出我官印上涂了软麻散。”

沙泓笑了笑，道：“在下接到主子命令，如果遇见您，无论何时何地，务必全力相助。”

孟扶摇看着他，又看了看杀戮一开始就被自己点倒的姚城大头人们，轻轻道：“你潜伏在这里，必然还有你的任务，没必要为我坏了你的事。”

沙泓正要说话，忽然目光一转，惊道：“不好，我怎么才发觉，这里少了一个人！”

话音刚落，便有重重的脚步声传来，有人在帐外笑道：“关键时刻闹肚子！大帅，听说姚城来投诚了？也让我老哈见见！”一边说一边掀开帘子。

还有一个漏网的！

孟扶摇眼神一厉，无声道：“对不住！”刀背一拍将沙泓头破血流地拍昏，随即轻巧地蹿到帐篷后，掣刀在手，静静等待。黑暗中，眼神亮如一双欲待捕捉猎物的兽眼。

只要他一进门，这一刀便能要了他的命！

门外的汉子，手指已经掀开帘缝一线。

孟扶摇蓄势待发。

那手指却突然缩了回去。

接着是一阵难挨的静默，静得能听得见辕门口士兵查问暗号的声响。

帘外那人呼吸逐渐粗重，隔着厚厚的牛皮帐篷，听得见他似乎在喘气，紧张的、不安的、内心充满惊疑的喘气声。

孟扶摇的眼神，一寸寸冷了下来。

事情已不可挽回，一举灭掉所有将领、全身而退的计划，功亏一篑。

天意如此，天意要灭她孟扶摇。

不过，要灭她，还要看她愿不愿意！

孟扶摇静静地用衣袖拭去剑上糊住的血肉——接下来有硬战要打，得保养好自己的剑。

能隔着帐幕便发现里面情形不对并且判断出她的存在的男子，必然不会像他言语中表现出的那般粗犷，这应该是个久经沙场的老将，对鲜血和死尸气味无比熟悉。这样的人，会是个棘手的对手。

帐篷外，那个叫老哈的将领突然一个跟斗倒翻出去，人还在半空，已经沉声下令："有刺客！弓箭队集合！"

他话音未落，黑影一闪，主帐中蹿出一条纤细的身影。来人快速如风，单手一挥，人在丈外，刀光已经到了他的心口！

碧色刀光映青了那将领惊骇的眉眼，他话也来不及说，拼命侧身后退，却还是逃不过孟扶摇夹上破九霄内力的利刃。

一条膀子被无声无息卸落，骨碌碌滚到尘埃里，将满地沙土染红。

相距太远，一刀未能灭敌，孟扶摇想再补上一刀已经迟了，层层叠叠的士兵已经在受伤的将领的指挥下如黑压压的食人蚁群般涌了上来。

兵甲如海，人群如山。

血海，刀山。

这是杀戮的时刻，这是收割生命的时刻，这是血肉成泥的时刻，这是尸骨遍抛的时刻。

到得这一步，孟扶摇已经将全部思绪放空，逼着自己成为杀人机器。她跃身投入那武器刀光血肉的海洋，黑色短刀如闪电般不停地刺进戳出。她如摩西分裂红海，所经处左右纷飞，绽开鲜血的波浪。在那样的波浪中，她已化为黛色追光一抹，携着午夜猛烈的风，携着激飞的血雨，携着漫天的肉屑，如一条呼啸的血线般穿裂彩色的士兵之洋，每前进一步，便是一个血脚印，每前进一步，便是一具残肢断臂的尸首。

她不知道自己结束了多少生命，也不知道自己身上添了多少伤口，那些进不了包围圈的士兵，隔着人群用长矛胡乱攒刺，那样密集的攻击，总有刺中她的时候，只是在那样拼搏得近乎麻木的战斗中，她已经不知道痛的滋味了。

死了多少人？不知道。只知道后来脚下不平，一具具全是尸首。她只得一边杀人一边将尸首踢出去，踢出去的那些尸体在半空爆出血雨，再将那些重重叠叠冲上来的人撞飞……

永无止境地杀。

《国史·神瑛皇后本纪》第一卷第三节：

政宁十六年初，戎军乱，困姚城。时后为姚城城主，以八百士对五万兵，守城半月杀敌三将，四战连胜，灭敌数千，戎军不可得之……后为姚城汉裔存亡事，孤身忍辱诈降，时为万夫所指而不改其志。于戎帐夺主帅之威、立歃血之盟，尖刀割心，暴起杀人，杀戎将七，伤一，为戎军所困。后陷重围不改其色，剑指弑天，浴血踏尸，所经之处，血流漂杵……此役，后以单人之力灭敌近千，自神武永烈皇始，百年之下，未曾有也……

那是怎样一场惨烈的杀戮，惨烈到孟扶摇踩着那些尸首，恍惚间，那些断掉的肢体都化为血色的藤蔓，从黄土沙地上破土而出，竖成了藤蔓之林，痉挛着、呼啸着，死死缠住了她……

孟扶摇杀累了——连番不断地杀杀杀，她便是铁人，真气也将耗尽。来之前即使早有准备干掉了一大碗肉，也架不住这般无穷无尽的包围和消耗。她抬眼一望，人头好像一点都没减少，依旧数量惊人地黑压压倾倒过来，而自己先前杀掉的那些人，却好像只是倒掉了大海里的一滴水。

孟扶摇手臂已经酸软，剑要挥不动了，拿来自杀的力气却还有。她苦笑着，惯性地一剑捅进一个士兵的心窝，正在考虑着是不是给自己一剑，忽然听见前方有异动。

那声音听来和自己这方很像，竟然也是人被杀的时候发出的惨叫声、跌落声、骨头和骨头的碰撞声、血肉和血肉的挤压声。而那瘆人和密集的声音竟然不是在一处发起的，而是同时发生在三处。把脚踮高，甚至还能看见前方人群突然发生骚动。靠近辕门处有三个地方像是被尖刀突然刺进，血肉横飞地混乱着，原本一直攻击着孟扶摇的士兵都愕然地转过头去。

孟扶摇压力一松，跳上尸首张目一看，那是十几个黑衣人，正在用毫不弱于她的杀气和手段杀人。这十几人分三处，每处五人，呈尖刀阵形突然插入人群，刹那间便极其有效地破开阵形，并最大效力地惊动了整个庞大的队伍，造成了骚乱——看得出来，他们绝对是经过铁血训练的百战精英。

这个时候，哪儿来这么一批人救援自己？孟扶摇愕然地看着，她从未亲眼看见过隐身在元昭诩背后的暗卫，自然不知道他们的存在。

那冲到最深入的一个黑衣人已经看见了她，远远地向她做了个手势，是“向我靠近”的意思。孟扶摇深吸一口气，打起最后的精神，再次挥刀。

又经过整整小半个时辰的砍杀后，她和黑衣人才艰难地会合在一起，两人都是一身鲜血和碎肉，孟扶摇的眼睫毛都快被血糊住了，黑衣人身侧的四人也只剩下了两人。

几人一碰面，黑衣人目光中露出喜色，二话不说疾声道："孟姑娘，我等奉主子之命保护您，请务必信我们……"

"我有什么理由不信你们？"孟扶摇笑着，一口截断他的话，"我们，冲吧！"

她累得摇摇欲坠，浴血全身，靠剑支撑着才能勉强站稳，却依旧笑容干净、目光明澈。黑衣人看在眼底，心底有小小的感叹，突然想起出现在主子身边的另一个女人，两相对比，他在内心摇了摇头，随即将这个念头赶紧掐灭。

他转身扶起孟扶摇，道："走！"

一夜冲杀。

当孟扶摇在那个逐渐缩小的队伍的保护下杀出重围、一路驱驰，终于看见姚城的城墙时，天色已经微明。

从身后刮来的风带着浓烈的血腥气息，戎人士兵在那个断了臂依然十分凶悍的将领的驱使下，策马追杀，不死不休。孟扶摇环顾身侧，只剩下稀稀落落的四个人，接到她的时候，这些人已经死伤三分之一，这一路追杀下来，战死的、力竭的，那些陪着她从尸山血海中杀过来的人，一个个从马上跌落，再瞬间被呼啸而来的骑兵踩成肉泥。孟扶摇只能含泪伏在马上向前冲——她的缰绳握在领头的黑衣人手中，他用自己的身体为她挡住来自身后的暗箭。

终于看到了姚城城门，孟扶摇松了一口气，无论如何总算到了，如果这十五人因为她而全数阵亡，她真的觉得自己难以面对元昭诩。

这一松懈，便觉得全身的伤口都叫嚣起来，骨头都似乎立刻要散架了。孟扶摇挣扎着，策马上前对城上喊话："开门！我回来了！"

彪悍的铁骑在以每刻钟数十里的速度飞快地接近，孟扶摇已经听见领头的马嘶声，城楼上却毫无动静，守城的士卒从堞垛后面木然地看着她。

孟扶摇若有所悟，赶紧取下腰上系着的人头，举起来给他们看，"我是诈降！这是敌军主帅图贴睦尔的人头！戎军将领几乎死尽，三日内一定退兵！开门，快开门！"

依旧一片死寂，这回城墙上的士兵干脆走开了。

身后大片马蹄踏地之声响起，如一阵雷鸣轰然而起，天边起了一阵黑云，腾腾地包卷了天地。

戎军追到近前了！

孟扶摇猛地一扬鞭，快马冲到城门前，一鞭将城墙砖打得粉碎。激起的烟尘里她心急如焚地大喝："开门！追兵马上来了！你们要害死我们吗？"

"谁认得这是谁的人头？"城墙后探出一张冷漠的脸，那脸冷漠地对着她，高声道，"开城门，让你这个卖城贼带戎兵进来杀我们吗？"

孟扶摇心底一沉，眼前黑了一黑，身子一晃，险些从马上栽下去。她身后的黑衣人急忙扶住她，随即便听见他一声闷哼。

孟扶摇回头，便看见他肩上明晃晃地插着一支箭——追兵到了！

身后那断臂追来的老哈将军突然大笑道："孟城主，你说的能叫开门呢？你失信了，大帅会不高兴的！"

孟扶摇霍然回首，死死地盯着他，老哈对上她这样的目光也不禁惊得颤了颤，然而他那带上内力的笑声已经远远地传了开去，别说城楼上的人，就是城内的人也已经听见了。

砰的一声，城内的铁成撞上了城门，他是被一群汉民踢上去的，那些人指着城外的方向，疯狂地笑着，"你这到死还说贱货无辜的戎狗，这下你听见了吧？你去开门啊！给你的女人、你的主子开门啊！"

铁成满脸是血，一条腿已经被打断，诡异地拖在身后。他咳嗽着，一口血沫吐在尘埃里，愤然怒骂："我说不是就不是！"

他当真支起身子去开城门，立即有汉民冲上来要踢打他，一群戎人也冲了上去，城门口顿时混战成一团。

铁成什么人都不理，他已经听见外面的冲杀声，心急如焚地去拔门闩，城门上却不知何时多了一道银色的、暗光闪耀的锁链，铁成用上真力也拽不断，想了想，拔出刀。

锵！

百炼精钢的刀在半空光芒亮烈地落下，落在锁链上，却连一道印痕都没留下。

铁成怔住了，忽然觉得身后有一道静而冷的视线烙在背上。他霍然转头，便看见混战一团、喧嚷不已的人群外，胡桑姑娘面色苍白，正静静地看着他。

铁成又是一呆，这才恍惚想起，胡桑姑娘的父亲好像是这城中有名的打铁匠。

"这是用我父亲珍藏的一块千年明铁打造的锁链，"胡桑讥诮地看着铁成，一字一字道，"你砍不断的。"

"为什么？为什么？"铁成狂吼，"你为什么要这样？"

"她该死，"胡桑从眼神到表情再到身体的每个细节，都透露着她对孟扶摇的疯狂嫉妒和厌恶，"她该死！"

铁成呆呆地看着她，从她眼中看出了深受刺激的绝望和疯狂。他怔着，心一分一分地沉了下去。

砰!

人体撞上城门的声响闷得像夏天天边的闷雷，鲜血从门缝里溅进去，溅到铁成的手指上，他低头看着——这是不是孟扶摇的血?

那点淡淡的红——他想起孟扶摇离去时微红的眼睛，寂寞、苍凉、无奈而又坚决，那般的温和里，有着不容抗拒的坚持，坚持里又生出青烟般袅袅的沧桑。

那样的眼神，不应该属于一个十八岁的少女。

流血又流泪的命运，不该属于这个勇于承担一切的女子!

铁成突然跪了下去。

这个长到十九岁，别说软过膝盖，便是脖子也没软过的青年，突然就在城门前、尘埃里，对着胡桑跪了下去。

他砰砰砰地给胡桑磕头，"求求你，放过她，她是无辜的……"铁成跪在尘埃里，一脸的血和泥土交黏在一起，再混上额头的青肿，几乎不辨眉目。他不管不顾地磕头，此生第一次下跪，生平第一次这样苦苦哀求，还是为了一个甚至不算朋友的女子。但和全城人对她的亏欠相比，他却觉得自己的付出不够补偿她万一。

"求你，救她! 钥匙，钥匙呢? 给我钥匙，我用我全部家产来换……"

胡桑冷冷地看着他，眼底全是憎恨，半晌，她转身走开了，"没有钥匙。"

铁成怔怔地跪在地下，脑海中一片空白，身后突然又是砰的一响，不知道是谁的身体又撞上城门，又毫无声息地跌落城下。铁成不敢回头从门缝里看那尸首，他害怕那具尸体是他所尊敬崇拜的那个女子，害怕看见那个女子永远不能睁开那双明亮而坚定的眼睛，害怕这一错便是永远，而自己，眼睁睁看着她孤身而去，浴血厮杀，最后并不曾死在敌手，却死在自己人的猜疑和私心中。

"啊!"铁成突然仰头，发出了一声惊破苍穹的泣血号叫。

"啊!"又是一声惨叫，倒数第二个黑衣人，死在了新一波凶猛的攻击下。

戎军始终没有放箭，他们冷笑着，以一种猫捉耗子般的心态，看着孟扶摇在自己的城门前不得其门而入；看着这个凶悍地杀掉他们无数儿郎的少年终于遭受了自己人的背叛，身边人一个个死伤殆尽；看着城门上的士兵始终无动于衷地看着，并认为这仍然是孟扶摇的苦肉计。

他们笑得十分痛快，孟扶摇却已经沉默了下来。

她静得像一株经了霜、落了叶却始终笔直的树，冷得像一泊覆了雪、结了冰却恒定如初的水。

她靠着那扇已经不可能为她打开的城门，满身的血在城墙上一靠便是一道斑驳的印痕，那印痕是她留给这个城最后最鲜明的纪念。就在这里，在这个城门口，在她满身浴血、身侧遍地横尸却依旧不能让姚城守军解除疑虑和愤怒的城门前，她没有了未来。

孟扶摇的目光，缓缓扫过面前那片满是血迹的黄沙地。

那里，地上零落着三具尸体，尸骨不全，而身边的人，只剩了领头的那个黑衣人，他也受了重伤。

这支身经百战、精英的暗卫队伍，因为她几乎全军覆没。而身边，这支队伍的首领挣扎着拔出近战匕首，摇摇晃晃地走上前，准备用自己最后的血肉去为她面对这浩浩汤汤的嗜血大军。

孟扶摇的手指深深抠进了城墙，指尖沁出艳红的血。

这是心头血。

而这座城，这座她住了两个月的城，这座她真心喜欢过、得到过温暖的城，她喜欢那些晨昏里的问候、带笑的关怀，喜欢那些她过去寂寞人生里未曾体验过的红尘之暖，她珍惜并留恋。而正因为那些喜欢和温暖，她才在最艰难的时刻担下了她原本可以不必去理的责任，却从不曾想到，会换来这样一个结果。

她为之付出牺牲的，他们将她拒之门外；她从无丝毫惠及的，他们为她抛却生命。

这世间的账，叫个什么道理？而这样颠倒的账，有什么理由继续？

"啊！"铁成在城门内悲愤泣血的号叫直冲天际，冲入孟扶摇的耳中，随即她听见铁成绝望的号哭。

孟扶摇深深吸了一口气，仰着头，云端之上，隐约看见微笑展开的容颜，宁静、和煦、包容、博大，如同那些永远飘游在她前路之上的梦想。

她突然湿了眼眶。

那个遗落的故乡、那个坚持的执念、那些飘荡在梦境中的希望，一直在召唤她。而今日这个结束，是不是能够帮助她回归原点？

如果已经注定逃不掉一死，何必苟延残喘，拖着别人送命？

这样……也很好。

"先生，"她突然一伸手，拉住一瘸一拐上前的黑衣人，"不用去了。"

黑衣人愕然地看着她，孟扶摇看着他的眼睛，平静地道：“他们要的是我死，我死了他们不会再动你，我不能再拖累你。”

“姑娘，你在说笑！”最初的惊愕过后，黑衣人开始微笑，“你认为他们会放过我吗？我杀了他们那么多人。”

孟扶摇沉默半晌，道：“好吧，那我们就一起死。我本来有句话想托你带给他，现在看来也不可能了。我只有一个要求，你在我之后死，毁掉我的尸身，不要让我落在戎人手里。”

“好。”黑衣人盘膝坐下来，双手按在膝上，“主子的命令是要我保护你，无论生或者死，我都完成任务了。”

孟扶摇对他笑笑，又弯下身敲敲城门，对着门缝道：“铁成，我知道你尽力了，不要哭。”她顿了顿，又开口时，声音有些不稳，“请原谅……欠你的情，我只有来世再报了。”

来世再报，来世再报!

那些在意过、停留过、回眸过、感谢过的人或事，请原谅这一刻我不得不弃你们而去，至于来世……但望能有。

孟扶摇闭上眼，缓缓拔刀。

名刀弑天，今夜之前，收割了千数生命，如今，轮到她自己来收割她自己了。

薄而雪亮的刀身，照映着她苍白而坚定的面容。

嚓!

第七十三章

绝处逢生

城门下，血染的黄沙中，黛色人影孤独伫立，剑芒耀眼，横在雪颈之间。

两军无声，漠然地等待一个女子被迫入绝路的死亡。

孟扶摇缓缓闭上了眼。

该告别的都已告别，不能告别的，唯有留存心间。

从没想过自己这场异世人生会在十八岁、心愿尚未完成时结束，然而事到临头，孟扶摇心情突然宁静，如静水一泊，汇入死亡的源头。

就这样吧！

单手一掣，剑光横掠。

嚓！

“孟扶摇！你敢死！”

一个红色物体带着一道腥臭的风突然呼啸而来，狠狠地撞上孟扶摇的刀尖。

那东西似乎很软，来得虽凶猛，势头却不足，然而早已衰弱至极的孟扶摇根本经受不得任何外力，刀尖啪的一下被撞开，凌厉的锋锐之气却依旧在颈上划开一条血线，鲜血慢慢沁出。

孟扶摇垂下眼帘，虚弱地看着刀尖，那里竟然穿着只血肉模糊、软歪歪的耳朵，刚才就是某人把这个东西掷过来救了她一命。

“真狗血……就不能玩点有新意的……”孟扶摇支住身子，喃喃地骂，“是哪个混账行子阻止我舍身就义？”

“你才混账行子！”黑红二色的飙风卷了过来，手一伸便夺过孟扶摇手中的刀，再一捞将她捞上马，重重地往马鞍上一墩，“女人，我一刻不看着你，你就出问题！”

孟扶摇趴在马上咳嗽，没心情理会横眉竖目的战北野，喃喃道：“你一个人来的？逃命去吧，别再为我死人了……”

“你怎么不看清楚你面前的人是谁？”战北野不满，“我是那些三流卫士能比的吗？”他撕下一截衣袖，胡乱地将孟扶摇的脖子一裹，又看看她满身的伤，皱着眉撒开手，觉得就算把自己的衣服撕光也不够包扎的，不禁怒从心起。

霍然转头，黑眸如夜、气质却如烈火的天煞烈王厉声下令：“黑风骑，给我通通杀！能拍碎就不要拍扁，能拍扁就不要只戳个洞！”

“黑风骑？”孟扶摇眩晕中听得这一句，忍不住要笑，“你想哄人也不能这么瞎咋呼，这好像是你的百炼强兵吧？这是在无极，不是在你天煞……”

话音未落，便听见整齐如一的马蹄之声，迅猛、利落、有力、刚硬，仿佛从蹄声中便能听出森然的杀气和浩浩的军威。

孟扶摇抬起头，以为自己累昏了，居然看见一片黑色的浪潮神奇地突然出现在城西侧一处高坡。当先者长刀一扬，漫天烟尘里，一色黑衣黑、甲刀光雪亮的健骑，立时如黑潮一般隆隆泄下，瞬间就一往无回地冲入敌阵。这些人提缰放马，驰骋来回，放箭如飞雨、杀人似割菜，狠厉中有种睥睨天下、旁若无人的特别气质，一看就很有战北野的风格。

可是……这怎么可能？

天煞国烈王麾下第一等强兵黑风骑名扬七国，虽然只有数千骑，却个个是以一当百的战场霸主，战功彪炳、威名赫赫，是西域摩罗国闻风丧胆的煞神之军。这样的军队，怎么可能渡过无极国国境，又怎么可能突然出现在这里？

身后战北野冷声大笑，紧贴着她后背的胸膛微微震动，“我早就来了，半路折回去等我这些兄弟。过无极国境的时候，我直接用闯的。”

孟扶摇无语，这人……总有一天死都不知道怎么死的。

战北野接着又自言自语道：“说起来奇怪，无极边境的边军追了我一阵就不追了。我给他们七追八追，不知怎的就被追到了一座该死的山里，好不容易走出来，居然离你这里很近。”

他眯眼注视着前方打得猛烈的战场，喃喃道："可恶！又给这家伙顺手用了一次……这个场子，我一定要找回来！"

孟扶摇疑惑地转头嗯了一声，战北野看着她被血糊住的脸，连睫毛上都挂着血屑，满身伤痕、伤口多得他都不敢碰，衰弱狼狈得像头受了重伤的小兽，他突然沉默下来。

看这样子，她不知道血战了多久。以她的性子，若非山穷水尽、走投无路，又怎么可能有自尽之举？什么人能逼她到这个地步？

而那个人，他又干什么去了？好吧……他有两线战事不得抽身，但是他无论如何也不该任她在自己的势力范围内落到这个惨状！

还有自己……战北野恨不得抬起手揍自己一下。若不是自己这个路痴加武痴在深山里弄错了路，又偏巧撞上了十强者中性子最古怪的雾隐，还干了一场架惹怒了对方，愣是被对方将一座山都设置了障碍，多费了许多周折今日方到，自己早就该提前半个月到达这里的，那根本就不会出现这个状况了。

天知道，他刚才看见孟扶摇要举剑自刎的时候，突然脑子就空了，原本该一剑把那个拦路的兵的脑袋给砍掉，结果只削下了耳朵。他情急之下，剑势反拍，就把耳朵那么给拍出去了。

这一掷他又是一身冷汗，他拍得太慌张，来不及灌注真力，孟扶摇那样的功底，那一耳朵八成打不掉她的刀。万幸的是孟扶摇已经是强弩之末，那一耳朵终于撞开了她的刀。

只差那么一点点……只差那么一点点，她就要死在他面前！

战北野懊悔得恨不得撕一把头发去堵住那些汩汩流血的伤口。他看着那些狰狞的皮开肉绽的伤口，实在觉得堵心，想了想，脱了自己的大氅，小心地给孟扶摇裹上，道："你忍着点，等我一下！"

孟扶摇把头往他的大氅里一缩，不理他，她现在没心情理会任何人。

战北野看着她累得发青的脸，怒火又上来了，一转头，目光隼利地紧紧盯住了对方军中一看就是主将的断臂老哈。

老哈正被戎兵围在当中小心护持着向后退。想逼死孟扶摇已经不可能，而突然出现的这群黑甲骑士，战斗力可怕得令人像在做噩梦。昨天孟扶摇和那十五个卫士已经恶魔般诛杀了他们几千人，这些骑士的杀气手段丝毫不逊色，比那些卫士还更擅战阵。这些人驰骋如闪电，刀出似飘风，刀光每次掠起，都能飘出不止一个血雨飘洒的人头。他们在戎兵渐渐散乱的阵形中不断呈纵深队形冲杀穿刺，看似毫无章法，实则步步紧逼。他带出来追杀的五千兵马，居然就像一块木头般，被残忍而又毫不停息地渐渐削薄。

更糟糕的是，他突然觉得心中一寒，背上像是被虫子爬过般麻了麻，全身的汗毛都立了起来。

他在拥卫他后退的人群中惶然回首，看见远远的，数百步外，着镶赤色边黑衣的男子端坐马上，对着他的后心缓缓挽开一柄赤金大弓。

那男子隔着那么远，居然杀气透体，仅仅一个目光，便有如实质，似要将他的背心凿出一个洞来般狠狠刺过来。

老哈吓了一跳，随即放宽了心——开什么玩笑，他已经冲出了几百米，这么远的距离，什么人的臂力和眼力可以射及？当然，天煞国那位号称箭术天下第一的烈王殿下也许可以，可人家是天煞亲王，怎么可能出现在这里……

他的思绪突然顿了顿。

天煞、黑甲精骑……不动如山、侵掠如林的第一骑兵……那些骑士胯下马腹上的火红仙掌花标志……黑风骑！天煞烈王的黑风骑！

老哈突然怪叫一声，扬臂拼命打马，声嘶力竭地大喝：“快、快！退、退！”

他反应不可谓不快，可惜已经迟了。

咻！

一支赤红重箭，一团火般自那柄更红的大弓上突然绽开，像一支烟光四射的火箭，刹那间穿越过漫长的距离，穿越马蹄扬起的黄沙和漫天遍洒的鲜血，穿入了拼命逃离的那具身体的后心。

如火的箭刹那穿透肌骨，自前心穿出，带出如火的血液，那血液如曼陀罗花般摇曳出细长的枝叶，在半空中溅出惊艳的画面。

老哈还在维持着拼命奔逃的姿势，单手还扬在半空拼命催马，那只高高上竖的手突然被那绝无可能的一箭定格，就那么滑稽地定在了死亡的永恒。

他喉间咯咯一响，发出一声似哭泣似轻叹的怪音，似在叹息自己命运不济，偏偏遇上了战北野，又似在哭泣自己为何一定要追出来，为何没能抓紧时机杀掉孟扶摇，最终赔上了自己的性命。

他就那样举着手栽了下去，栽在了千军万马中，和那些用生命护卫了孟扶摇的黑衣人一样，瞬间被踏成了肉泥。

孟扶摇伏在马上，眼含热泪地看着，心底不住盘桓着四个字：报应不爽！报应不爽……

就算战北野不出手，只要她留得命在，那些账，她都会一笔笔索回的！

老哈一死，戎兵无主，顿时乱成一团。原本就不是对手，这下更成了黑风骑掠夺生命的杀戮场。黑风骑像赶猪猡似的将没头苍蝇般四处乱撞的戎兵驱赶在一起，然后不温不火却又毫不迟疑地，杀！

惨叫连同奔跑声、肌骨断裂声、马嘶声、刀枪撞击声交杂在一起，一阵阵撞向姚城，城墙上的士兵早已看呆了。他们原本认定了孟扶摇无耻卖城，勾引了戎兵前来破城杀人，如今看到这血淋淋、活生生的大战，摆明了不是那么一回事，不禁都呆了。

孟扶摇被拢在战北野的大氅里，自始至终没有回头看过他们的表情。那些混乱的喊杀声只让她觉得无比疲倦，疲倦得什么都不愿意想。

身后突然传来轻微的咔嗒的一声，那声音在这杀声隆隆的战场上，如此清晰地传入她耳中。她霍然回首，便看见先前死也叫不开、她差点溅血其上的姚城城门开了。

厚重的镶铁巨门缓缓开启，拉开一道亮白的弯弧，弧度正中，站着满面血汗、歪歪倒倒的铁成；站着神情羞愧、手中抓着一把简易钥匙、脚边还有个小包袱的姚迅。

只一眼，孟扶摇便明白了。

姚迅原本是准备再一次背弃她的吧，却不知道为何留了下来。而赶制出一把简易钥匙打开城门，除了天下第一偷姚迅，这姚城之中，还有谁能做到？

她淡淡地看了一眼，转过头去。

先前拼死奔去的方向，先前铁成苦苦哀求都没能叫开的门，先前身边卫士一个个死去、陷入绝境被逼自刎的她那般惨状都依然没能为她开启的门，却在这尘埃落定、万事已矣的时刻打开了，真是个颇为讽刺的笑话。

这个笑话，她现在还不想面对。

前方，一场局部战事已近尾声，孟扶摇从大氅中探出手，抓住缰绳，狠狠一抖，马儿放蹄奔去，扬起的灰尘落在姚城的城门上。

“你要去哪里？”

“不知道，反正我现在不想看见姚城。”

“你到底打算在这山里住多久？”战北野双手枕头，躺在草地上看星星，“我的黑风骑还需要进城补给呢。”

“你让他们进城就是。”孟扶摇闭着眼睛，漫天星光洒下来，照见她苍白的脸、乌黑的眉，“姚城没粮草了，你们可以顺便到戎军大营里去补养一番，这时候那里一定混乱得很。”

“你说的很对，”战北野笑得牙齿比月色还白，“我已经派他们去了。”

他坐起来，抱着膝，有点可惜地道：“哎，要是我高兴，把戎军夺下来的平城和黄县也抢过去，无极国不就有块地盘是我的了？”他想了想，又道，“算了，昭诩那家伙没这么容易给我割地的，可惜现在还不是我乘人之危揍他的时辰。”

孟扶摇突然睁开眼，“昭诩？”

战北野奇怪地看着她，道：“干吗？”

“你一个大男人，叫得这么亲热做什么？”孟扶摇古怪地看着他，“不会是断背吧？”

“什么叫断背？”战北野皱眉，“你自杀过一次怎么就不正常了，说话古古怪怪的听不懂。我叫长孙无极的尊号，有什么不对？你别和我说，你不知道昭诩是什么。”

孟扶摇呆了呆，半天才道：“啊？”

“啊什么？”战北野又好气又好笑，伸手要来摸孟扶摇发烧没，被她打开了。

她有点混乱，坐起来，抱膝咬唇不语。

原来，昭诩是他的尊号。

怀疑他的身份，是早就开始的事。她当初问过云痕，云痕的答案一度让她打消了疑虑，毕竟一国太子跑到别人国家生事，这胆子也实在太大了些。可是当来到无极国后，行宫里的邂逅又让她生出了疑虑。

她可不认为区区一个太子幕僚可以那么随意地使用行宫里的事物，好歹她是学考古和历史出身，古代社会等级之森严，岂是可以随意僭越的？

真正确认，却是小刀事件。

南戎和北戎内战，十岁的长孙无极千里驱驰深入草原，一番说合，斗得正凶的南北戎从此一个头磕下去成了兄弟，这段姚迅说给她听的故事，她可记得很清楚。

而小刀要杀“说合南北戎、害父亲被放逐”的元昭诩，这个时候再不知道他是谁，孟扶摇就不是孟扶摇，而是孟猪头了。

不是不郁闷，孟扶摇只是觉得元昭诩不够坦诚，好在她不是个钻牛角尖的人，自己咬着被子想了很久，想起当初相遇，长孙无极实在不方便透露真实身份，何况，自己不也有许多事瞒着他吗？

何必计较那么多呢，一个时刻打算离开的人，实在没有资格要求别人那么多。

舞会之后，他离开之前终于比较明确地坦白了他的身份，孟扶摇自己觉得，足够了。

如今从战北野口中正式证实了元昭诩的身份，孟扶摇虽然心中明白，还是忍不住怔了半晌。突然想起一件事，她问：“长孙无极的母后姓什么？”

“元皇后嘛！”战北野毫不犹豫地答，“挺厉害的一个女人，长孙无极八成像她，肚子里全是弯弯绕。”

随母姓，尊号昭诩，孟扶摇低头想了想，忍不住释然地笑笑。唉！长孙无极没有隐瞒过她啊，这么明显的化名，等于告诉她自己是谁了。是她这个小白只潜心练武，对五洲大陆的事情孤陋寡闻，才会很久都没想到他的身份。

看着她有点恍惚的神情，战北野脸色有点不好看。他转开话题，伸手去掀孟扶摇身上的大氅，“你死死地裹着这个干吗，脱了，我给你治伤。”

孟扶摇唰地一让，裹着他的大氅爬起来，伸手推战北野，“边去！我要去洗澡，你走远点，不许偷看！”

“你洗什么澡？”战北野跳起来，“这寒冬腊月的，你满身的伤，洗澡！洗澡！”

他竖眉怒目，气得语无伦次。孟扶摇根本不理他，拖着他长可及地的大氅走到一条小溪边，二话不说，扑通一跳。

“哎，你穿着大氅不怕被淹死！”战北野冲过来，孟扶摇手一甩，大氅洒着水珠飞出，砸到战北野身上。等他放好大氅，孟扶摇已经脱完衣服潜了下去。

她水性很好，和鱼差不多档次，可以在水中闭气很久。

月亮沉静地升上来，将这山谷里的一泊池水照得碎银万点。水下的世界依旧是静谧的，一丛丛水草无声飘摇，银色的小鱼从脚底游过，簌簌地痒。

这是个宁静的、无人打扰的世界，是孟扶摇现在想要的世界。

她浮在水中，长发散开，丝丝缕缕如水草般漂荡，身上的伤口被水冲刷着，一些凝结的血块被冲开，淡淡的血色洇开，将身周的水微微染红。

那些早已麻木的、细碎的疼痛，被这森冷而巨大的刺激唤醒，孟扶摇全身都开始痉挛，缩成一团。这是一个自我保护的姿势，如同在娘胎里的胎儿，用原始的姿势护住自己的要害，护住自己的心。

孟扶摇深深蜷缩，手按在心口的位置。那里，今日遭受了最大的戕害，那巨大的疼痛，超过了今日身体上所有疼痛的总和。可是她不准备记住它——带着疼痛的记忆上路，以后的每一步都会带着记忆新鲜的血痕，如同走在刀尖之上，步步疼痛，步步退缩，最终会走歪了原本笔直的道路。

孟扶摇捂住心口，仰起头，在透明的水中，做出一个看不见泪水的哭泣姿势。

哭吧！她允许自己软弱地哭一次，将那长街受辱、城门被拒、被逼自刎的种种委屈和苦楚都化作泪水，和这里的千滴万滴水珠，永远融合在一起。

今夜，只有昊阳山谷中这一泊池水会记住她这一次流泪，而她亦会记住这一刻被水波激起的浑身伤痛，记住那些在背后翻云覆雨、赐予她这般疼痛的始作俑者。

池水清澈，月色极具穿透力地射进去，照亮那一方碧色中长发飞散的少女，照见她女神般的玲珑躯体、苍白容颜、紧闭双目，照见她微微翕动的长睫。

那些不愿让人看见的泪水，都流在了碧水中央。

月色无声，泪落无声。

却有男子的声音，清清楚楚地穿进来，“孟扶摇，你还活着吗？”久久不见孟扶摇出来，开始心急的战北野趴在水上对着水底喊话，“你被憋死了没？憋死了回我一句话啊！”

孟扶摇差点呛了一口水，这叫个什么话！

她一转身游了开去，不想理这个霸道的家伙。战北野等不到她回答却已发急，大喝道：“你不答我，我下来了啊！”

扑通一声，烈王殿下也扑入了冬季寒冷的池水中。

他刚刚跃进池中，入水的刹那隐约看见雪白的身体一闪，如一条游鱼般滑过淡蓝的水波，瞬间从他的视野中消逝。战北野一急便要追过去，头顶却传来有人上岸的声音。

战北野又赶紧浮上来，只看见月色下身影一闪，闪入浓密的树荫后。池塘边的青石上，留下了一排纤巧的脚印。

战北野泡在水中，盯着那排脚印，想着刚才她从水中冒头刹那的惊鸿一瞥……他怔怔地立着，泡在水中的身体冰凉，掌心却灼热，他下意识地伸手虚虚向前一握，似想要握住一个精灵般飘走的身体，最终却只握着一手流动的水，从指缝里缓缓泻尽。

战北野撤开手，默然往上爬，眼光再次扫过那几个脚印。脚印旁淡淡的粉色血迹攫住了他的目光，他知道那是孟扶摇身体里流出来的血，那些狰狞的伤口，写满如花的生命……他立在青石上，心底突然如被石块砸了一下，四分五裂地痛了起来。

这是自己的错吧？自己来迟了……长孙无极破例默许他带着黑风骑闯入自己的国境，也许就是希望在自己分身乏术的情形下有人能够帮助孟扶摇，结果他却因为那个见鬼的决斗延误了时辰，差点害死她……

铿！

战北野突然拔出长剑，恶狠狠地对着青石一劈，碎裂之声在寂静的山谷中远远传了开去。

“我，天煞战北野，此生若非有人挑衅，绝不再寻人动武！若违此誓，有如此石！”他的吼声声声激荡，惊得夜鸟扑棱棱飞起，冲散了一天祥和的月色。

在树后换好衣服的孟扶摇被吓了一跳，不晓得这个二百五好生生地发这个乱七八糟的誓做什么，从树后探出头来骂：“夭寿啊，半夜三更地号什么丧？！”

……

孟扶摇和战北野在这山谷中死耗着，待了三天。

死耗着的其实是孟扶摇，她坚决赖在山洞里不肯走。战北野说山间阴湿、缺医少药，她伤重于调养不利，又说姚城百姓一直在找她，连元宝大人都被姚迅带来吱吱过几次。无论他怎么劝说，孟扶摇理都不理，盖着个大氅呼呼大睡。可怜战北野费尽唇舌，还得心惊胆战地为她守夜。

第一夜，孟大小姐半夜做梦和人厮杀，跳起来踢飞了大氅，拳打脚踢一番后又直挺挺倒下去继续睡。大氅落在火中险些烧着，幸亏守在洞口睡觉的战北野闻见焦味，奔进来一番抢救才避免孟扶摇成为烤乳猪。可惜直到他把陷入厮杀梦魇的孟扶摇抱到安全的地方，那家伙都没醒，还顺手一拳，赏了战北野一个大乌眼青。第二天一大早看见他的黑烟圈，她还很无辜、很好奇地问他：“王爷，你昨晚整夜自摸了？瞧你脸色难看的……”

第二夜，孟扶摇直接把自己滚到火堆里去了，好在战北野有了防备，直接睡在了她和火堆之间。孟扶摇滚过来时他眉开眼笑，正准备把主动投怀送抱的软玉温香抱进怀，孟扶摇却一个翻身，把她几天没洗、血迹未去的臭靴子一把甩到了他怀里……

第三夜，孟扶摇开始发烧咳嗽，战北野一夜没睡，命人连夜去抓药，又守在她身边降温、拭汗、喂水、喂药，忙得不亦乐乎。结果早上孟扶摇醒来看见他满眼血丝，十分同情地道：“王爷，你该娶老婆了，瞧你这欲求不满的，要不要我给你介绍一个……”

战王爷忍无可忍，啪地用果子塞住了孟扶摇的嘴，顺手点了她的穴道，怒道：“好好的城不回去，非要本王和千骑儿郎陪在这儿风餐露宿，你这冥顽不化的死女人！”

孟扶摇用眼神回骂：“又不是我要你陪的！”

战北野瞪着她烧得通红的脸，二话不说，手一颠将她扛上肩，“该算的账要算，该讨的债要讨！”他扛着孟扶摇大步往山下走，“我们回城！”

第七十四章

回归姚城

战北野扛着孟扶摇下山来的时候，受到了姚城百姓的夹道欢迎。

城门早早大开着，等候的姚城百姓从门内一直排到城门数里外。战北野带着麾下骑兵远远驰来的时候，姚城百姓有轻微的骚动——毕竟在无极国土上看见异国军队，心理上会习惯性不安，然而当他们看见被战北野抱在怀里的孟扶摇时，立刻安静了下来。

那是他们的孟城主，一个十八岁的纤细女子，在姚城风雨危急的关头，孤身忍辱，以男儿也不能有的胆识和智慧独闯敌营，杀掉了几乎所有的戎军将领，却在自己的城下，险些被自己的子民逼死。

此等风骨，男儿不及；此等冤屈，无颜以对。

战北野放慢了马速，从人群中穿过。姚城汉民百姓沉默地注视着战北野怀里瘦了一大圈的孟扶摇，看着她那红得不正常的脸颊、那几天之内便高高突起的颧骨，还有那露出衣袖的细瘦手腕上的累累伤痕，有人渐渐红了眼眶，有人开始低声呜咽。

一个青年忽然扑通跪了下去，他是那日用石头打破铁成脑袋的青年，也是当日孟扶摇出城时扔泥巴扔石头扔得最起劲的一个。

他沉默地垂头跪在硌人的沙地上，任正月里带了春意的风吹乱他的头发挡住他的眼睛，风里似乎还盘旋着些微血腥的气息，那是前几天大战留下的最后的痕迹。

那些侵略的生命掠过无痕，某些留存在心上的印记却永难消除。

更多的人随着跪了下去，将自己的身子矮在姚城的少女城主面前。他们的心底被自责和歉疚胀满，声音堵在喉咙里，说不出任何解释或道歉的话来，能做的，只有屈下尊严的膝。

在正义和良知的光辉面前，所有的自尊都不堪一击。

战北野很骄傲地抱着孟扶摇缓缓前行，自己觉得选中这样一个女人，实在很有眼光、很有面子。

前方城门口跪着姚城守军，这些甲胄在身、连天子都可以不跪的士兵，为那日射下的一箭、为那日紧闭的城门，跪在了尘埃里。

战北野不理会百姓，却在这些士兵面前停住了马。他低头看了看孟扶摇，她眼睫微微颤动，明显是清醒的，只是一直不愿睁开眼睛罢了。感觉到战北野的目光，她抬起眼帘，摇了摇头。

目光相碰，战北野一笑，这个女子，果然和他想的一样。

"你们起来吧。"战北野注视着那些满面羞愧的青年，"孟城主不怪你们，你们没有做错。作为姚城守军，没有随着城主弃城投降，而是选择保护百姓、坚持守城到底，从责任上说，你们尽到了你们能尽的职责。拥有你们这样的士兵，是每一个城主的福气。"

孟扶摇翻翻白眼，想着自己的福气确实是好，幸好还有战王爷。他看起来万事不在乎，可煽动和收买人心的本领倒是一流的。

果然，那些流血不流泪的青年士兵开始低低啜泣，砰砰砰地在沙地上磕头，低沉而诚挚的誓言在风中不断回荡，"愿为城主效死！"

"愿为城主效死！"城里城外，更多的人随之低喝，渐渐汇成一片激荡的潮流，随着这南疆之城带着血气的风卷过。

战北野满意地环顾四周，频频点头。孟扶摇忍无可忍，狠狠掐了一把战北野——求求你不要再煽了，看着一群大男人对着自己哭很舒服吗？

可惜战北野的肌肉铁似的，被掐了一把他好像连感觉都没有，还低头厚颜无耻地对孟扶摇笑，悄悄道："你怎么感谢我？这可是收买人心的最好机会，以后这姚城就实实在在是你的了！"

我稀罕吗？孟扶摇掉转头去，这个城主当得太亏本了！

战北野驰进姚城，县衙前也全是人，最前面的是铁成，拄着根拐棍满面喜色地等着。他算是姚城中唯一可以毫无愧色地迎接孟扶摇的人，这小子精神百倍，瘸着个腿也眉飞色舞。

战北野抱着孟扶摇进门的时候，睨了他一眼，道："小子筋骨不错，就是水准太差了点，这么差怎么当护卫？从现在开始，每天来和我打一个时辰的架。"

铁成吓了一跳，他可是看见了战北野那杀掉老哈的惊天一箭的，和这样的杀神打架，岂不是找死？铁小子苦着脸，想着那些得罪孟扶摇的还没受惩罚，自己这个唯一的拥护者倒先倒了霉。唉，没天理！

孟扶摇瞟他一眼，这傻小子有傻福，先后得到长孙无极和战北野的青睐，将来只怕是个限量版高手。唉！羡慕！

她又忘记了，限量版高手的制造，还不是为了她？

孟扶摇回到自己的房间时，受到了元宝大人的"热烈欢迎"。

元宝大人扑向包得跟个粽子似的孟扶摇，捧着她的脸左看右看，不住地摇头，啧啧有声，"吱吱！"

孟扶摇很愤怒，"挪开你的爪子！你爪子上什么东西？"

元宝大人缩回爪子，将那块糖舔干净，又偏头看看孟扶摇，越看越眉开眼笑，随即噔噔噔搬过一面镜子来，正对着孟扶摇的脸，自己往旁边一站。

孟扶摇看着镜子里鬼似的自己，再看看搔首弄姿的元宝大人，若有所悟，"你是在说我变丑了，没你美了，没你有竞争力了？"

"吱吱！"元宝大人乐得见牙不见眼。

孟扶摇阴恻恻地盯着它道："提醒你一句——即便再丑，我也是人。"

……

耗子又去墙角画圈圈了，孟扶摇舒服地躺了下来。哎，自己的床就是爽！

战北野双手抱胸，盯着她，道："舒服了？软和了？你这犟丫头，好房、好床不睡，偏要拖着我们陪你风餐露宿，不揍你一顿，你就是不开窍！"

孟扶摇瞟了一眼死要面子的战王爷，懒洋洋道："嗯，战王爷揍得我好痛啊！对了，靴子香不香？眼圈还肿不？"

战北野怔了怔，怒气腾腾地便上来了，"你都知道？"

孟扶摇撇撇嘴，不理他。她敢不知道吗？虽说战王爷人品好像没那么差，但是她和男子单独在山间露宿，不防备着点怎么成？

小战同学可是发过誓要娶她的，这人看样子就不是会拿终身大事开玩笑的，如果他真的认为她迟早是他的“王妃”，先上车后补票怎么办？

孟扶摇赶蚊子似的对战北野挥手，“除了这间房子，阁下可随意在县衙中寻找睡觉的地方。好走，不送！”

“我就睡这间。”战王爷坦然答，不待孟扶摇开骂就往外走去，“大夫快来了，叫他给你好生调养，我还有事要办。”

他能有什么火烧屁股的事，要这么急着出去？孟扶摇好奇，可是精神实在太差，喝了点姚迅送上的参汤后，很快就进入了梦乡。

孟扶摇醒来时，天边艳光四射，已经烧起了晚霞。她睡得太久，一时有点恍惚自己身在何处。好像刚才还在戎人军营里遍身浴血地大开杀戒，随即又觉得山洞里的山石硌着自己，伸手想摸出石头，却抽出了一根人的腿骨。

她摸出床头的汗巾，拭去额头上的虚汗，拥着被坐起来，在一室夕阳昏黄的光影里，沉沉地想着刚才梦里的一个片段。

梦里是元昭诩，哦，不，是长孙无极，不赞同地看着她，道：“我留了信要你离开，你不听话。”

梦里自己还振振有词，“你既然叫我离开，姚城一定有问题，危难之际，我怎可弃城先逃？”

梦里长孙无极在叹息，随即轻轻地靠过来……

打住！孟扶摇面红耳赤地将被子往脸上一蒙，想什么呢？幸亏那个梦断了。

被子罩下来，营造了一个黑暗而安静的空间，被褥上的松香气息淡淡的，孟扶摇嗅着那样的气息，心思渐渐沉静下来。

长孙无极为什么要她离开？以他的智慧和手段，不可能看不出德王在这次对戎战争中的猫腻，那么，姚城是他的弃子？

不！孟扶摇立即否决了这个想法，姚城如果真的是他的弃子，长孙无极一定会绑也要把自己绑走。应该说，姚城是长孙无极不能确定的一个危险地。

如果南北戎和德王真的有勾结，双方做了利益划分，会被划出去给戎族的，根本不应该是可以俯窥内陆的姚城，那等于把自己的门户交给了戎族。德王如果脑筋没坏掉，是绝不会这样做的。

所以长孙无极才没有一力拽着孟扶摇离开，但就算是这样，他也给孟扶摇留了信，很小心地留下了暗卫，又顺手给战北野透露了点“扶摇现在在兵家之地”的消息，使战王爷很自觉地带来了黑风骑给他借用。他算准了，有黑风骑在，就算姚城被算计，也绝吃不了亏。

结果人算不如天算，德王居然把姚城给让了出去，好武成痴的战北野居然在路途上遇见了十强者，平常在五洲大陆最为出没不定、擅长迷阵的雾隐竟然突然出现在无极国，三个巧合造就了姚城喋血的结果，只能说冥冥中自有天意，要她受这一场劫难。

只是……孟扶摇沉思着，长孙无极想必对德王早已心中有数了吧？他是要钓德王的饵呢。也正因为如此，他没有打草惊蛇地在南境暗中布置任何监视德王的武装力量，存心要让德王……造反！

想到这里，孟扶摇浑身的汗毛都竖了起来——这个敢于拿自己的国土和天下来博弈的牛 × 男人！

为什么不在京城内灭掉德王，却放虎出京，还顺手给了他二十万军队来闹事，这其中的深意，孟扶摇觉得自己的小白脑袋开始不够用了，想了想，她干脆拉下被子——唉，等战北野回来找他问一下好啦，这些政治人物，一定懂的。

被子一拉下来，孟扶摇就听见了哭声，呜呜咽咽，在这不算高大的县衙院墙外飘荡。黄昏将尽，暮色四合，在这个无星无月的夜晚，这一缕悲切的哭声听得人心底发瘆。

孟扶摇皱着眉头，一把掀开被子，蹲在床上大骂："闹鬼啊！姑娘我最不怕的就是鬼！有种来我面前哭！"

哭声立止，有人快步过来。姚迅的苍白长脸扒着院墙一晃，幸灾乐祸地进来笑道："是胡桑在哭呢。"

"嗯？"孟扶摇已经知道了胡桑干的好事，还没想好怎么整治她，她倒先哭上了？

"战王爷真帅啊……"姚迅很陶醉，"孟姑娘你，知道不，胡桑都哭了三天了……"

姚迅说得眉飞色舞，孟扶摇听得目瞪口呆。

三天前知道城门被拒事件的始末后，小心眼的战王爷愤怒之余便盯上了胡桑姑娘。跟愚昧的百姓没什么好计较的，灾难面前不能指望他们保持哲人般的冷静和清醒，毕竟人不为己天诛地灭，但是可不能放过用心狠毒的胡桑。他命令黑风骑第一时间集体改装作混混，堵住了所有可以逃往城外的路口。想举家逃走的胡桑，无论选择哪条路，都能崩溃地发现前方有"混混"要买路费，偏偏那买路费又十分离谱——不要钱，只要胡桑姑娘跳个裸舞就成。无奈之下，胡桑一家只好乖乖回家等着挨宰。

混混们又轮流去胡桑家里"买武器"，指名要好铁好工。东西做出来后，却又百般挑剔、一再返工，三天三夜下来，胡桑的爹累瘫在地上，胡桑跪在地上苦苦哀求军爷们放过自已。黑风骑兵们一口口水吐在地上，“呸！你也配咱们和你作对？你也配和孟城主作对？你给她提鞋都嫌脏了鞋！”随即翻出一堆账单，指出胡桑家误工、费料给他们带来的损失。账单上巨额的数字看得胡桑昏了过去，醒来后便听见有人冷冷道：“城西张老爷愿意代你还债，只要你去做丫鬟抵债就得！”

胡桑立即又昏了过去——谁都知道，张老爷是个“丫鬟癖”，他从不娶妻妾，他的妻妾就是丫鬟，玩腻了想扔就扔，简单方便，一次性使用。

就这还没完，对方道：“张老爷只帮你还一半债，还有一半，城北刘老爷说了，你去做洗衣妇人抵了。”

胡桑又昏了——刘老爷家的洗衣妇都是“脱衣妇”。刘老爷是个人体艺术超级发烧友，他家的洗衣妇个个脸盘子一般，身材却是一等一的妖娆。

黑风骑扔下账单扬长而去，扬言每日必来催债，直到那两位老爷平分掉胡桑姑娘的白天和晚上为止。胡桑捧着一沓账单日夜哭泣，左邻右舍无人相助——胡桑咎由自取，再说这些当初曾死守城门不给开的百姓自己也心虚，连求情都没人敢开口。

哭肿了眼睛的胡桑，半夜里扯了根细溜溜的绳子，凄凄惨惨地要上吊。换了三个地方吊了三次，终于让挨揍回来的铁成遇见。铁成默然半晌，给胡桑指点了一条路——你自己去求孟城主，除了她，没有人有权力原谅你。

胡桑感激地跪在铁成脚下砰砰砰磕头，把那天铁成磕给她的头加倍还了回来。

所以现在，就换成胡桑姑娘在墙外哭了。她也真是精明，知道在大门前哭未必有人给她通传，干脆打听好孟扶摇的住处，在最靠近她屋舍的那处围墙外哭，孟扶摇想装听不见都不行。

孟扶摇皱着眉头托腮想了半晌，自己不过就是一时发昏代收了个帕子，怎么就惹出这么多事来呢？果然长孙无极那个人是招惹不得的！传说中的真命天子啊，得罪一点点，都有老天代罚的。瞧，这下好了，这下不是她惩罚胡桑，是胡桑惩罚她来了，她咋就这么能哭呢？看样子，自己一日不让她进门，就一日别想好好睡觉养伤了。

“谁欠了谁的啊？”孟扶摇挥挥手，道，“我不想见她，我也不会假惺惺地和她说我原谅她。叫她滚蛋！理想有多远，她就滚多远！最好自己去死，不要戳我面前来，小心我一个心情不爽，刀子捅上她的肚子！”

姚迅翻翻白眼，“孟姑娘，你没打算真捅？你太好说话了吧，她险些害死你咧！”

孟扶摇看他一眼，“我一向都好说话，有人背叛过我两次，我都没计较。”

姚迅不说话了，悻悻地摸着鼻子去传话，半晌回来道：“胡桑求你接见呢，说一定要当面向你道歉。”

“得寸进尺啊！”孟扶摇心火上涌，一脚踹翻了凳子，“好啊，既然存心找虐，姑娘我肯定成全！”

胡桑畏畏怯怯进来时，孟扶摇还以为自己看错人了。这才几天，怎么好生生一个美艳女子就变成了鬼似的？瞧那薄的、白的，演鬼片都不用化妆。

她这边嫌弃人家，却没想起来自己也比胡桑好不到哪儿去，比人家还要薄、还要苍白，纸人似的坐在床上，让人看见，都觉得她会不会给被子压死。

胡桑怯怯地抬起头瞄她一眼，又急忙溜开眼光，腿却已经软了下去，“孟城主……是我不好……是我起了妒心，鬼迷了心窍……求你饶过我……”她哭得梨花一枝春带雨，在孟扶摇脚下砰砰砰磕头。

孟扶摇冷然盯着她，没觉得她可怜，就觉得可厌。

这世上总有那么一些女子，自认为聪明美艳，世人皆应俯首其裙下，一有不如意，便燃烧起腾腾的报复怒火，却没想过，自己有什么立场和理由去“报复”？

这种人可鄙可恶，实在是浪费人间粮食。孟扶摇很乐意看见她畏罪自杀什么的，可惜胡桑姑娘不肯死，孟扶摇也不好送她去死。不是心疼她，也不是想感化她，这种人还感化她个屁啊，只不过说到底孟扶摇自己是始作俑者，是孟扶摇任性在先。一方锦帕惹的祸，如果当时长孙无极拒绝了那帕子，胡桑的爱情被及时扼杀，后来的事便不会有。是孟扶摇头脑发昏给了胡桑希望再打击她让她失望受挫，她才走上了邪路。

因此，杀胡桑这事，孟扶摇放弃了，毕竟自己有错在先，何况为爱所伤的女子向来都不是正常人群，什么事都做得出。孟扶摇恩怨分明，账算得清楚，她真正该好好追究、必杀之而后快的可不是这个小人物胡桑，而是整个姚城被围事件的幕后黑手！德王啊德王，你洗干净脖子等着啊！

可是不整治一下胡桑，孟扶摇也不甘心，她又不是善男信女，被人害了还要散发圣母光辉抚慰对方。原本有心送胡桑到牢狱里蹲上几天，让她亲眼见识一下国家机器中那些很具有代表性的刑具，杀杀她的戾气，现在看来也没必要了。因为孟扶摇还没想好怎么对胡桑十大酷刑伺候，战北野一掀帘走了进来。

他直冲冲地进来，目不斜视，好像根本没看见屋子当中跪着个胡桑，径自龙行虎步，大步向前，然后……踩到了胡桑的手。

胡桑啊的一声惨叫，抖着瞬间被踩废的手涕泪交流。战王爷却突然“聋了”，好像什么都没听见似的继续向前。因为姿态太旁若无人，步子太虎虎生风，卷起的风直接将胡桑扫到了一边。

那边，元宝大人不知何时突然蹿了出来，捋着胡子目光亮亮地等着。看见胡桑飞了过去，元宝大人立刻将身边一个袋子解开了封口，一堆驴粪蛋骨碌碌滚了出来，然后沾了胡桑满脸。

元宝大人吱吱地笑，奔到尖叫不休的胡桑肩头，小袍子一撩就撒了泡尿，尿得极高、极具穿透力，刺溜溜激起一小泡水花，正好将驴粪蛋稀释，黄黄绿绿地流了胡桑满脸。

孟扶摇哭笑不得，大骂："元宝，你要整人拜托换个地方，脏死了！"又瞪战北野，"没出息，和耗子玩把戏！"

"不关我的事，"战北野在她身边大马金刀地坐了，"别将本王和耗子相提并论。"

他这才"看见"胡桑，突然沉下脸来，盯了她一眼。

他这一沉脸一盯人，室内空气立即便似森冷了下来，寒瑟瑟地冻人。本来还在尖叫哭泣的胡桑不由自主地打了个寒战，往墙角缩了缩。

孟扶摇有点不认识地盯着战北野看，哎，看不出这家伙沉着脸的时候还挺威严的，可惜那个青眼圈有点影响形象。

战北野不理她，只盯着胡桑。他不说话，四周便生了杀气和压力，如带冰的利齿般对着目标大砍大杀。胡桑给盯得连驴粪都不敢抹了，一个劲儿地呜咽着往墙角缩。

孟扶摇沉默地看着，有点怀疑如果这样盯上半个时辰，这孩子是不是就从此疯了。

大概就在胡桑将崩溃而未崩溃的临界点，把握时机十分精准的战王爷开口了。他声音很平静，说话却像拔刀，"害孟扶摇者，我必杀！"

胡桑连哭都不会哭了。

"不要以为你是个没有武功的普通妇孺，我便会放过你。为她，我可以放弃我的原则。"

他看着胡桑，沉默地、没有表情地、压力无声地看着。

胡桑开始发抖，拼命缩成一团，像是要把自己挤进墙角里。她只觉得窒息而惊恐，明明眼前这男子声音平静，她却觉得自己浑身上下都像被他的目光之刀给割了一遍，连心都不会跳了。

看她面色青白、牙齿打抖，三魂七魄给自己的杀气吓去一半，战北野满意了，突然露齿一笑，明朗而坦荡地道："只是我知道，扶摇不会杀你。不是不忍，而是你的死活根本不配她费心。一味执着于私人情爱恩怨的，只会是你这个活在自己狭窄生活里的下贱女人！我尊重她的意见，虽然我有点不甘。"战北野目光灼灼，看着孟扶摇，"唉！遇见你，我总是吃亏。”

胡桑此时才觉得压力一松，无声地舒出口气。她泪眼盈盈地抬起头，看着孟扶摇身边的战北野，英风朗烈、气势凌人，又是一个风采不凡的奇男子。

为什么这样的男子都只出现在她身侧？为什么她无论如何狼狈，都像站在了高处俯视众生的神，光彩难掩、众星捧月，而自己注定了缩于她脚下，带着尘世里的一身污浊和泥泞，抬头仰望她？胡桑不明白何谓人性的制高点，却知道自己这一生都一败涂地。慢慢用衣袖擦干脸上的污秽，她知道，有些东西，却已永远都擦不干净了。

战北野不愿意再看她，“滚吧！”

胡桑咬着嘴唇，施礼退开，将到门边时，战北野好像忽然想起什么般凉凉地道：“哦，忘记告诉你了，死罪可免，活罪难饶，那些账单不能取消。”

胡桑霍然转身，腿一软，又要跌下去。

“但是可以慢慢还，一年还不了就还十年，十年还不了就还一辈子！”恶劣的战王爷慢吞吞道，“得给你找点事做，省得你太清闲了，再想什么坏点子来害人。”

……

看着胡桑踉跄而去，孟扶摇摇头，“唉！狠，狠！”那账单数目……啧啧！胡桑不会去卖身吧？

“你说谁狠？”战北野一把抓起元宝先赶出门去，随即很危险地靠过来，牙齿白得像某些猛兽，“你好像太不知好歹了吧？”

孟扶摇手掌一劈，大喝：“游人止步！葵花点穴手伺候！”

“我还龙虎风云爪呢！”战北野手一挥便打掉了孟扶摇虚弱无力的爪子，“做这个样子干吗，我的王妃？”

“妃……妃……妃你个头啊！”孟扶摇愤怒，“你爱娶谁娶谁去，老娘不伺候！”

“我不会让你伺候我的。”战北野微笑，自顾自道，“我会拨一百个婢女来伺候你，你可以每天换一个……”

孟扶摇打了个寒战，喃喃道：“多么俗气的王府人生啊……”随即便见战北野开始脱靴，“你干吗？”孟扶摇又是一声惊天动地的大吼，“这是我的床！”

“你的床迟早要分我一半，我先习惯一下。”战北野两脚一蹬，把靴子蹬掉，舒舒服服地躺下来，“哎，就是比山洞舒服多了！”

孟扶摇用被子三把两把裹住自己，捏住鼻子，瓮声瓮气道：“你想熏死我？香港脚！”

“你是说我的脚香吗？还好吧。”战北野拎起靴子，“你闻闻？”

靴子被孟扶摇恶狠狠地打出去，战北野无所谓地躺回去，双手枕头，道：“你迟早得适应我睡在你身边，你也该先习惯一下。”

孟扶摇裹着被子，盯着他，道：“战王爷要强人所难？”

“接受我是强你所难？”战北野皱眉，“扶摇，你不会真的看上长孙无极了吧？”

“老娘谁都看不上！”孟扶摇咬牙切齿，“老娘很明确地告诉你们，俺的目标就是周游七国，做自己该做的事，你们这些莺莺燕燕、花花草草，老娘万花丛中过，片叶不沾身！”

“哎，我就喜欢你这一点！”战北野不生气，很满意地笑看她，“看，堂堂天煞亲王和无极太子，到你嘴里，就成了莺莺燕燕，多霸气啊，很配我！”

孟扶摇盯着他，发觉战王爷和长孙太子其实是一样的人——你无论说什么，他都有办法解决你。和他们无论是斗嘴、斗智还是斗武都是十分不智的，最应该做的事，就是当他们不存在。

于是孟扶摇就当他不存在，她睡下去，背对着他，把所有被子全部都裹在自己身上。

战北野也没动她，四仰八叉地躺着，感叹道：“还是睡在你身边好啊，安心！这许多年，我几乎都没好好睡过个觉！”

孟扶摇扒着墙壁，坚决阻止自己因为好奇而转身询问。

“小时候在宫里，我天天睡在我娘的宫门口，她有时半夜会惊起来，赤着脚就奔出去，那时候不能惊醒她，会要了她的命。我便自己守着睡在门槛上，她梦里走路抬脚抬得低，每次都会踩到我，绊倒后正好跌在我身上，我就可以醒过来把她抱回去，她也不会受伤。”

孟扶摇瞪着油灯照过来的战北野的身影，那个坚实高大的影子，不知何时化为小小的孩童身影，睡在冰冷而空旷的宫殿内，门槛硌着他的腰。他不敢睡沉，等着母亲每晚梦游的踩踏。

那是怎样一种无言的凄凉？

孟扶摇鼻子有点发酸，她想起姚迅说过，战北野身世特殊，母亲是前朝皇后、当朝疯妃，战北野多年被兄长排挤，一点一点才挣扎出今日的境况。他的黑风骑名动天下，却始终只能有三千人，那是王爷护卫的标准，是他的大哥所允许的最大限度。孟扶摇相信，如果条件允许，战北野那位皇帝大哥更希望的，是宰了自己这个极具威胁力的弟弟。

经历了那样黑暗的皇族生活，在那样排挤的夹缝里生存至今，战北野居然还能拥有这般明朗豪烈的性子，实在让人有点不可思议。

“后来我有了封地……居然是见鬼的葛雅沙漠。那地方当时不仅穷，还一分三块，沙漠风盗一块、摩罗一块，然后最小的一块是我的。我大哥可真大方！受封那天我问他，葛雅沙漠是不是都是我的？他说是。哈哈，说是就好办了！我狠狠地揍那群盗贼，宰掉摩罗的游骑兵，统统脱光了埋在沙堆里，制成人干后放风筝……后来他们就乖了，葛雅也全部是我的了……可是那些年，我从没有好好睡过一觉。”

孟扶摇鼻子又酸了——今晚这家伙在干吗，开诉苦大会吗？他想用那个通过酷厉手段扩充自己力量却夜夜不能好睡的青年的凄凉，来软化孟城主邦邦硬的心吗？孟城主绝不动容……

孟扶摇竖着耳朵，戒备森严地等待战北野下一波“苦情攻击”。身后却没了声音，只有低而均匀的呼吸声传来。孟扶摇忍不住好奇地转头，一点淡淡的月光从半掩的窗缝透进来，洒在身后战北野的脸上，俊朗刚硬的男子脸部轮廓被勾勒得宁谧柔和，肌肤微微霜白，越发显得眉和睫毛黑得夺人眼目，有种对比鲜明的、惊心的美。他微垂眼睫，呼吸平静，眉宇间有种深眠的放松和欣喜。

战北野睡熟了。

孟扶摇半侧身看着他，看着他难得的、孩童似的睡颜。月光同样照上她的脸，她病容未去的脸上，有温柔和怜惜的神情。

算了……不踢他下床了。

孟扶摇打了个哈欠，懒懒地翻个身，背对着战北野，眼皮沉重地耷下来。

她也睡着了。

“你们这对奸夫淫妇！”

又高又脆的女子高音突兀地传入孟扶摇耳中，她咕哝着揉了揉眼睛，掀了掀身上特别重的被子，翻个身继续睡，嘟囔道：“胡桑，你敢再说一句，老娘立刻宰了你……”

“我杀了你们，我杀了你们……”隐约有人在尖叫，似乎还有又踢又打的挣扎声。窗户不知道什么时候被打开了，清晨的凉风一阵阵扑进来，舒爽而催人清醒。

孟扶摇打个哈欠，懒懒地伸了个世纪最长的懒腰，胡乱揉了揉睡得迷糊的眼睛，正在考虑用哪种酷刑来整治这个扰人清梦的恶客，忽听得有人清清凉凉道：“孟姑娘，既然能一夜大战，大抵这身子是好了，看来，我来是多余了。”

听见这声音，孟扶摇僵住了，小心翼翼地睁开一只眼睛一看——果然，毒舌男回来了。

白衣洁净的宗越立在窗前，在深红九重葛的背景下像一抔晶莹的高山深雪，手里却拎着一团花花绿绿的……雅兰珠！

孟扶摇张口结舌地看着那两人，心说：这是怎么回事，这两人怎么会凑到一起去，又怎么这么凑巧地一起出现?

这一看，她睡得迟钝的脑袋又觉得哪里不对劲。研究了半天，她发现雅兰珠和宗越的眼光不对劲，前者愤怒如一只野猫，后者冰凉还带了点讥诮。

讥诮?

孟扶摇后知后觉地顺着两人的眼光看回来，看到自己床上，然后……

“啊……战北野！你睡觉就睡觉，干吗还脱衣服？”孟扶摇怒火噌噌上冒，抓起被子就对着战北野劈头盖脸地砸，“你个暴露狂！”

软缎面被子闪着光，落在战北野身上——该王爷浑身上下只穿了件犊鼻裈也！换句话说，就在刚才，一幕“春光”落入了战北野的女性追逐者和孟扶摇的男性朋友眼中。

啊……英名不保啊！啊……做人就是不能心软啊！孟扶摇悲愤得摧心挠肝，操起被褥，在那两人异样的目光中大力砸了下去。

孟扶摇的被子砸下去，酣然高卧的战北野才懒懒地睁开眼睛，刚睡醒的眼眸晶亮如琉璃，漂亮得惊人。战北野斜着眼睛对那两人瞟了瞟，一把抓住疯狂砸人的孟扶摇，毫不意外地打招呼：“两位，来得真早！”

“战……战……战……战……”雅兰珠张牙舞爪地尖叫，“你……你……你……你……”

“我在睡觉，就这样。”战北野接得很快，“小公主，你失礼了——一大早闯入人家睡房，好像不是你尊贵的身份应该做的。”

他又扫了宗越一眼，宗越漠然道：“作为大夫，我心急治病，赶往自己病人的房间是正常的。而王爷你——这好像不是你的睡房吧？”

孟扶摇插嘴：“对！我不知道他怎么来的，更不知道他怎么脱衣服的……”

“在下没问你。”宗越不看孟扶摇，“你反正觉得‘睡觉都睡觉了’，问你也是多余。”

孟扶摇郁闷地闭了嘴，摸了摸鼻子。今天怎么这么倒霉，为什么这些八字不合的人一来就是一大堆？还有，宗越为什么那么生气啊，虽然他看起来好像很累很辛苦的样子，可他很累很辛苦跟咱有什么关系，也不能冲着俺发火啊！

战北野还是在笑，笑得牙白森森，“这里现在还不是我的睡房，但很快就是了。而且，”他“温和”地看着宗越，“很快，孟扶摇睡过的所有房间，都会成为我的睡房。”

“啊……你们这对奸夫淫妇……”雅兰珠这辈子只会骂这一句，这是她脑子中能掏出来的最厉害的一句。

“世人相传，天煞烈王文武双全，在下看来，还漏了一句。”宗越不紧不慢地走过来，毫不客气地拉过孟扶摇的手把脉。

战北野抿紧唇，不问。孟扶摇好奇地看着这两个一见面就杀气腾腾的男人，很合作地问道："还有句什么？"

她话一出口，战北野的眼光就恶狠狠地杀过来，与此同时，宗越很满意地答："哦，一厢情愿！"

孟扶摇哈的一声笑了出来，战北野黑着脸，冷冷道："宗先生来得真是及时，就是不知道假如扶摇自刎了，医术通神的宗先生能不能把脖子给接上？"

"战王爷来得也及时得很。"宗越闲闲地答，"就是不知道无极国的莱芜山风景是不是特别好，以至于王爷在山中流连了半个月之久？"

战北野不说话了，狠狠地瞪着宗越，宗越平静地给孟扶摇把脉，看也不看他一眼。

第三回合，依旧平手。

一群人好不容易才坐下来说话，花野猫雅兰珠骂累了，宗越看完诊了，战北野穿好衣服了，吵架、骂架、唇枪舌剑都告一段落，孟扶摇命人把人都给拉出去，一人一杯冷茶，消消气，虽然她不知道他们气什么——她还觉得自己倒霉呢！

冷茶喝完，事情也搞清楚了：雅兰珠是追着战北野来的，反正她的人生目标就是追逐战北野。她一进姚城就听说了孟扶摇诈降闯营、城门喋血的壮烈事迹，膜拜之心大起，一大早就兴冲冲地来拜访孟扶摇。姚迅看见她就发毛，哪里敢拦她，结果雅兰珠便撞见了"奸夫淫妇"。这孩子现在就坐在座位上，一双漂亮的大眼睛死瞪着孟扶摇。孟扶摇被看得浑身不适，一趟趟跑厕所。

至于宗越，他说得轻描淡写——他到穹苍的深山里采药去了，回来半路上接到姚城的消息，紧赶慢赶地赶回来的。

孟扶摇盯着他，忽然道："宗越，你不是给德王治病的吗，你帮我一个忙好不好？"

"我知道你要我在药中投毒，要一个医生投毒，你真是说得出口！"宗越垂下眼帘喝茶，孟扶摇讪讪地笑，宗越却又道，"其实你不说我原本也打算这么干，可惜，做不成。"

"怎么？"

"德王根本没有病。"宗越一语石破天惊，"什么走火入魔、下身经脉不畅都是他欺瞒世人的谎言。从头到尾，我所治病的那个人，根本就不是德王。"

"啊？"

"那人本来就是个谎话篓子！"战北野忽然冷笑道，"比如，他那个王妃明明是被长孙无极逼疯的，他竟然一把揽到了自己身上，对外说是自己责骂王妃，把她骂疯的——遇上这种‘不计宠辱的皇室宗亲’‘忠心耿耿不惜替太子背黑锅的忠臣’，忠义无双、盛名在外，想为难他都师出无名，长孙无极运气还真好。”

孟扶摇怔了怔，想起那一系列事件的起源——德王疯妃。原来她是被长孙无极逼疯的，那么，传说中鹣鲽情深的德王有异心也是正常的了。难为他苦心隐忍了那么多年，直到今日才开始动作。

“既然你没机会下毒，那我就自己来吧。”孟扶摇细白的牙齿咬着下唇，冷笑道，“害人者，人恒害之，等着吧。”

“不成。”战北野立即反对，“有我在，怎么会再让你涉险？我来！”

“你来？你来个屁啊！”孟扶摇一看他就不顺眼，“你以为你是无极烈王？还是准备带着你的黑风骑去砍德王？你不怕引起国际纠纷，我还怕我成了贻害百姓的罪人哪！”

她趴在桌子上兴致勃勃地讨论着计划，那两个男人一边用目光互杀一边给她提建议。正说着，孟扶摇忽听见窗棂微响，走过去一看，长孙无极留下的那最后一个暗卫正脸色煞白地站在窗下。

“孟姑娘，”等孟扶摇出来走到暗处，他满头大汗，来不及寒暄便疾声道，“主子离开东线海岸，丢下战事，往回赶来了！”

第七十五章

此心成结

“啊？”孟扶摇猛地往上一蹿，就差没蹿到房顶上了，“回来了？居然回来了？在哪里？在哪里？已经到了？”她东张西望，四处乱转——不是找长孙无极，是准备找个地洞去钻，她怕挨揍。

暗卫默然半晌，道：“主子还在路上……没人知道他在哪里。”

“啊……”孟扶摇立即镇静了下来，随即想起一个非常严重的问题，“他回来干吗？他为什么要回来？现在他怎么能回来！”

不是吧？东线战事未毕，主帅抛下大军溜营，长孙无极拿国家大事这么儿戏？

她搔搔脸，觉得长孙无极怎么看来也不像玩忽军情、拿战事当儿戏的人啊！他为什么要回来？这个……这个……那个……那个……不是为了我吧？

孟扶摇坚决拒绝自己往那个方向想——别自恋了，当自己是根葱啊，以为长孙无极是爱美人不爱江山的爱德华八世啊？再说自己都没事了，他跑回来干什么？

“都是属下的错……”暗卫十分自责，“那天在城门口，我以为孟姑娘和我都必死了，按照惯例，暗卫死前会尽可能留下线索供同伴追索，我便在城门口留下了只有我们暗卫队伍才能看懂的印记。那天孟姑娘被救，我气力一松便昏了过去，被抬回城救治，孟姑娘也不在城中，闻讯赶来潜近的兄弟看见那个标记，震惊之下立即将消息传了上去。主子收到消息，当夜就离开了东线军营……”

孟扶摇一脸黑线，半晌才结结巴巴地问：“你那标记……说的是什么啊？”

“全员战死，孟姑娘自刎……”

孟扶摇砰的一声撞到窗户，吓了暗卫一跳。她摸着脑袋，苦着脸泪汪汪地道：“不要吧……这也忒恶搞了……”

“那你赶紧再传递消息过去，叫他不要回来啊！”孟扶摇揪着头发，“这都什么事啊？东线战事没能马上结束，德王眼看就要造反，他在这个时候离开军营……完蛋了，完蛋了！”

“我醒来后便立刻联系了，可是我们暗卫是单线联系，我只能把消息送到东线军营。那边消息传回来说，主子已经连夜离开了东线军营。他走得很快，为了安全，走的路线没有通知任何人，留在东线军营的暗卫还没追上他，现在他们也不知道主子到了哪里。”

“这个世界风中凌乱了……”孟扶摇撒着手团团转，想了半天问，“他突然跑掉，东线那边会不会引起骚乱？”

“主子一定有安排的，孟姑娘放心。”暗卫低声道，“只是现在时局不同往常，德王的侦骑耳目赤风队四处撒网，主子这一路过来，必遭伏击……”

孟扶摇听见这句，脑海中突然灵光一闪，心怦怦怦一阵猛跳。电光石火间，她忽然明白了德王放弃姚城的用意——不是为了对付姚城，也不是为了讨好两戎，居然是为了杀长孙无极！

勾结高罗作乱，使长孙无极匆匆离开南境，再陷她入险境，逼得长孙无极千里驱驰、孤身单骑赶回这里，而这漫漫长路，他有很多机会截杀长孙无极于半道！

德王不能让长孙无极死在南疆，南疆势力范围现在是他的，太子在南疆出事，他难辞其咎，将来要窃居大位也有难度，毕竟长孙无极威望太高。但是长孙无极死在南疆之外的任何一个地方，德王都可以把责任推给其他人，甚至可以借着给太子报仇的由头，立即起兵！

这样，名分、大义，他都占全了，再加上以往积累的忠义名声，得天下易如反掌。

至于德王是怎么知道她的身份以及她与长孙无极两人的关系的，孟扶摇就不明白了，按说长孙无极的保密工作一定很上心。孟扶摇想来想去，隐隐觉得哪里不对劲，总觉得这些事情已经够复杂了，真相和全局却还被掩在浓雾中，似乎比现在的还要复杂。

“完蛋，完蛋，完蛋……”孟扶摇想得头皮发炸，满面茫然地抓着头发，十分郁卒地往回走，不留神砰地撞上了一个坚硬的胸膛，她捂住火辣辣的鼻子大骂：“鬼啊？没点声音站在人家前面！”

“你这副欠人一百万两的模样做什么？”战北野眼珠像浸在泉水里的黑玛瑙，亮亮地盯着她，“也没见你为我这么魂不守舍过！”

“这都什么时辰了，你还说这些疯话！”孟扶摇一把推开他，看了看他，又看了看前方扭头看过来的宗越，虽然心底有些疑问很想问问这些政治人物，犹豫了一下，还是什么都没说。无论如何，长孙无极离开东线是无极国的绝顶机密，她没有资格泄露。

孟扶摇继续若无其事地招待那几个家伙，其间经历了无数次斗口、讽刺、明枪暗箭，饭桌上医圣大人和烈王殿下以舌为矛、以目光为枪，交锋得电闪雷鸣、雷霆阵阵。孟扶摇一开始还劝几句，后来就麻木了——唉！毒舌男遇上爆炸男，就是这么个天雷勾动地火的阵势，天要下雨，王要骂人，由他们去吧！

她头疼的是雅兰珠，这孩子像小狗似的，连她上厕所都跟着，振振有词曰：“我要看着你们这对奸夫淫妇！”孟扶摇问她知不知道“奸夫淫妇”到底是什么意思，尊贵的、清纯的、看似很熟女其实就是个萝莉的小公主眨眨眼睛答：“一男一女睡在一起，就是奸夫淫妇。”

孟扶摇立即平衡了——哦，原来她父王母后也是奸夫淫妇。

晚上孟扶摇终于把战北野踢出了门，有雅兰珠这个闹钟般到哪儿都嘀嘀直响的人物在，战北野也别想再睡在她身边。把三个人都安排得远远的，孟扶摇关上门，自己坐在灯下叹气。

长孙无极居然赶回来了，丢下东线战事，丢下几十万大军，冒险一路潜行而归，就为那句见鬼的“孟姑娘自刎”——她会成为罪人的！

孟扶摇扭着手指，在荧荧灯火下发呆。长孙无极匆匆回来，又不能惊动大营，身边带的人一定有限，而德王有备而来，守在半途，到时候什么流寇啊、山崩啊、土匪啊、水盗啊……

她越想越郁闷，忍不住问在一边啃果子的元宝大人：“喂，耗子，据说你一百年才出一只，应该有什么神异之处吧？你能不能预测到你主子现在在哪儿？”

元宝大人啃果凶猛，根本不屑于回答这个弱智的问题。咱家的神异，不是给你这个凡夫俗子用的。

孟扶摇盯着它，忽然发现它今天打扮得很妖艳：袍子居然是大红的，前面开襟，盘着硕大的黑珍珠纽扣，缀满细碎的五彩宝石——这只耗子有专门的衣箱，每件衣服的价值都超过了孟扶摇破衣烂衫的总和。这件以前没见它穿过，难道它知道主子要回来，为表庆祝，隆重地穿上的？

元宝大人看她神色不豫，更加嘚瑟地在她面前走了几下猫步。孟扶摇怒火万丈，揪起那花里胡哨的袍子，就把这只走猫步的耗子给扔了出去。

一团花球直飞向门口，元宝大人在极速飞行中看见对面走来的白色人影，正心喜自己有救了，那人影早已嫌弃地避了开去。啪的一声，元宝大人贴在门上缓缓滑落……

进门的自然是宗越，他站在门口，一身如雪洁净，和夜的黑暗既格格不入又气质协调。

孟扶摇苦着脸看他，道："我吃过药了，你不用亲自看守了……"

宗越不理她，只道："有件东西给你。"

他从怀里掏出个小包袱，摊开，里面是调令、任职令、钥匙和一个上面刻着小小"粮"字的令牌。

孟扶摇翻着那些东西，眼睛亮了，"这是德王武陵粮库运粮官的所有官凭印信，你从哪儿弄来的？"

"我回来时路过武陵粮库，粮库新任的运粮官唐俭对我不逊，我就顺手取走了这些东西。如果不是不大方便，我当时就把他给宰了。"

"你是大夫吗？"孟扶摇喃喃道，"你是不是杀人比救人还多？"

宗越抬眼看了她一眼，手一伸道："还我！"

孟扶摇把包袱一收，笑嘻嘻道："有这个就好办了！我需要一个混入德王军中的身份，没有什么比运粮官更好的了——运粮官不在大帐供职，认识的人少，偏偏又掐着军需命脉。"

她做了个掐的手势，心底恶狠狠地想，老娘惹出祸事，害得长孙无极奔回来，现在联系不上他，也帮不上他，那就只有釜底抽薪，去掐幕后黑手德王了。

掐死德王，斩断幕后黑手，长孙无极自然就安全了。

她收好包袱，一拉宗越，"走吧。"

"嗯？"

"我们去杀人！"

离睢水二十里远的武陵粮库运粮官唐俭及其属下，今晚遭受了一次很无语的截杀。

运粮官唐俭白天无意中丢失了自己的官凭和粮库钥匙，正急得团团转。他发动全粮库上下一起找，自己带着一个副官和两个小厮，撅起屁股在地上一寸寸地摸。

小厮摸着摸着，突然摸上了一双靴子。他大惊之下抬起头，眼前白光一闪，红色的鲜血绸带似的从他眼前飘过，他下意识地伸手一捞，捞着了一手炙热。有人过来狠狠打了下他的手，"要死了还乱摸！"隐约还听见清脆的声气，"战北野，你个沙猪！"

这是他倒下去时最后的意识。

……

小厮倒下去时，唐俭正在屏风后摸索，听见异响直起身来，便看见一双深黑深黑的眸子突然从他面前飘过去，然后他便觉得前心一热，又一冷。

唐俭倒下去时，听见有人在身后淡淡道："王爷杀人如杀鸡，鲜血遍地，四面开花，实在是好手法！"

那个黑眸男子重重一脚踩下来，唐俭听见胸膛处扑哧一声，不知什么炸了，最后听见那人沉而硬的语声："本王杀宗先生你，一定干脆利落，好比杀猪。"

……

粮库副官听见了那声炸裂声响，这人倒精明，头也不抬地就向外疾奔，冷不防面前多了一袭雪色衣角。他看见自己的手突然就青了，青得像这午夜诡异高挂的月，随即全身也僵了，然后直挺挺地倒了下去。

"宗先生杀人果然大家风范，个个都和你一样，形如僵尸。"

"客气！"副官最后模糊的眼角里是雪色飘动的衣角，听见的语声淡淡的，如午夜的风，"总比王爷气质如熊要来得优雅些。"

……

最后一个小厮闻见了满室的血气，听见那些人谈笑风生，似乎还在斗嘴，转眼便杀了三人。他张嘴要叫，头顶突然挂下一个花里胡哨的人影。

那人和他擦身而过，时间一道雪色的弧。弧光如电掠过，划开了他的咽喉，一边划一边咕哝："再多杀一个，我得看着他们这对奸夫淫妇！"声音又脆又快又亮，像个玉做的拨浪鼓……

一室四具尸体，旁边站着四个面面相觑的人。

孟扶摇满脸黑线，将战北野、宗越、雅兰珠都扫视了一圈，抱头呻吟："拜托！我是要潜伏，不是要旅游！这么多人，会露馅的！"

"我能批准你来就不错了。"战北野瞪她，"你伤还没好，我不看着怎么行？"

宗越淡淡道："我是大夫，理应跟着我的病人。"

雅兰珠小辫子一甩，"我得看着你们这对奸夫淫妇！"

孟扶摇无语，脸上的表情一片哀号。宗越拉上窗户，将四人的尸体化掉，着手做人皮面具。

不管出于什么原因，眼下四个人一个都不肯走，雅兰珠甚至特意偷偷跟过来多杀了一个人，四人只好按身材做了分配：唐俭本就是瘦小的男子，孟扶摇和雅兰珠抢着要扮演，为此大打出手。最后孟扶摇指着自己的鼻子来了一句："老娘被人逼着自刎，你还不让老娘自己报仇？"战北野一听立即心疼了，把雅兰珠拎到一边，雅兰珠只好委委屈屈地做了小断。

而在余下的副官和小断的名额中，战北野和宗越险些又打起来。宗越称："该小断两眉倒八、眉眼狭窄，属强取豪夺之辈，和王爷风采十分相近。"

战北野冷笑答："本王倒觉得该小断气质猥琐、贼眉鼠眼，和宗先生风范相得益彰。"

最后孟扶摇大怒，跳上桌子一指，"拜托！战大王爷，你看清楚，那个小断比较壮实，腰比宗越粗！"

战王爷只好去做小断。改装的过程中他目光阴郁、喃喃自语，雅兰珠凑近了听，听见他阴毒地道："腰细的男人，不举！"于是雅兰珠很纯洁地去问宗越："他说你不举——喂，什么叫不举？"

……

孟扶摇满脸黑线……悲哀地预见到之后黑暗的未来。

四个人改装完毕，站在屋当中各自一看：孟扶摇版的运粮官唐俭、宗越版的副官、战北野和雅兰珠版的小断，全套伪装。

说来也是凑巧，前任粮库粮官是无极朝廷任命的，德王自然要换成自己人。而这位运粮官唐俭是德王一个姻亲的远房亲戚，最是会投机不过，他从中州投奔到此，刚刚调来没几天，最熟悉他的就是他带来的副官和两个随身仆人。如今主仆四个齐齐被杀，全套调包，便不怕被这粮库上下察觉。

不管怎么混乱，四人庞大版潜伏终于上演，孟扶摇蹲在地上十分哀愁：唉！见过做奸细的，没看过带着医生、朋友以及朋友的追求者一起做奸细的……

"把这批华州过来的粮草赶紧运过去，天黑之前要到！"孟扶摇穿着运粮官的官袍，站在台阶上叉着手吆喝。

她假冒这个运粮官已经有好几天了，那些粮库兵丁不熟悉主官，没露出什么破绽。孟扶摇当得得心应手，就等着德王有什么动作，自己好下手阴他。

她那个姚城城主的去向，如今写在辞呈上递上了德王的案头——孟城主经此大劫，心灰意懒，挂冠求去，已经不做这个姚城城主了，请德王另选贤能。

战北野的黑风骑也化整为零，消失在南疆的莽莽大山内。

德王最近忙得很，根本分不出太多精力理会这个挂冠的城主。他要起兵，还要截杀长孙无极，虽然孟扶摇跑了可惜，却也鞭长莫及。

今天的日头不太好，阴沉欲雨，气压很低。被宗越勒令穿厚点以保养伤体的孟扶摇，指挥送了一批军粮后满身大汗，正要去休息，却有快马飞驰而来，抬头一看，是睢水大营的一个传令兵。他人在马上，不停地挥鞭，老远就喊："快，快！武陵粮库还有多少存粮？先装车，赶紧送上去！大军要开拔了！"

孟扶摇怔了怔，抬眼问："不是刚刚送过去一批？没听说大军要开拔啊，要打两戎了吗？"

那人急急道："不，是刚刚传来消息，万州光王谋逆，太子在万州遇难，德王殿下起兵勤王，已经派大将杨密先期赶往万州……"

后面的话，孟扶摇什么都没听见。

四周突然静了下来，静得声息全无、悄然若死。所有的动作都慢了下来，她只看见对面的一张嘴一张一合，看见一滴滴的汗珠子洒下来，看见骏马来了又去撕破了她原本平静的视野，看见运粮车轧轧地轧过她的意识……所有的景物都在慢慢虚化，唯有两个字不断轰鸣：遇难、遇难、遇难、遇难……

孟扶摇站在那里，手中抓着的粮库钥匙从僵木的掌心掉下来，眼见便要清脆而惊心地落在地上。忽然有人上前一步，手肘一拐抬起了她的手，正好将钥匙接住。那人随即道："是，谨遵王爷钧令！来人，再开库——"

最后几个字拖得悠长，生生将孟扶摇惊醒。孟扶摇抬起眼帘，正迎上宗越看过来的眼眸。那眼神清亮宁定，带着几分与生俱来的光明洁净。那样的目光静静罩下来，孟扶摇乱成一团的心便突然静了静，好像一簇恐惧的妖火被浸入了深水，获得了短暂的解脱。

身后有人扳过她的肩，一个浑厚的声音笑道："大人，你累着了，后面歇会儿去！"然后半搀着她向后走去，步伐稳定而平静，却是战北野。

孟扶摇感激地捏了捏他的掌心，吸了一口气，摇了摇头，回转身时已经换了一脸笑容。她抹了抹额头上的汗，道："小哥，你看这天气，要下雨不下雨的，实在不舒爽，我这就安排人给开库——对了，不是说太子在东线对高罗作战吗，怎么……遇难了？"

"这个我只隐约听见个大概，"年轻的传令兵并不知道德王起事的内情，满心哀悼着自己爱戴的太子，"我听说是万州光王虚报军情，骗得太子驾临万州，然后又在太子经过万州虎牙山一线天险虎牙沟时，以千斤炸药炸毁绝崖——虎牙沟那地方，只容一马独行，山崖一毁，太子……薨。"

他垂目说完，又急急转身离开。孟扶摇看着那个带来噩耗的身影在地平线上逐渐消失，心底的希望也如那越来越小的影子般，渐渐消弭。

有地点，有人物，路线也对，说得又这么清晰肯定……刚才那一霎，她心中坚决不肯信，此刻却隐隐地逼上来，逼得她不得不害怕。孟扶摇缓缓攥紧掌心，掌心里湿湿冷冷，一手的汗。

不会，不会，不会，不会……长孙无极何等样人，全世界都被他整死了他也不会死，他怎么可能就这么轻易死去?

为什么不会？另一个声音在她心底叫嚣——他万里驱驰，他心急如焚，他护卫带得极少，而从时间计算，他此刻能赶到万州，说明是日夜赶路，着急，焦虑，缺少人手日夜兼行，他没有时间提前去探路、去步步关防，而一线绝崖上早已埋伏多日的千斤炸药，为什么不能是致他死命的撒手锏？他再强大、再聪慧、再运筹帷幄，终究只是肉体凡胎，不是金刚不化!

孟扶摇站在那里，任两股心思把自己绞成麻花，绞成疼痛的两半，有些什么东西正在被一分分、一寸寸地扭碎，她抖着手，无力捡拾。

天边忽有电光如蛇般一闪，随即轰隆一声炸响，一道惊雷气势惊人地劈下来。满天阴霾都被劈裂成乌黑的絮，被乍起的一阵狂风追逐得漫天乱跑。在那些黑色和乌青色的云之间，森冷的雨噼里啪啦地砸了下来。

雨点子硕大如珠，连绵成旗，打得人生痛，瞬间便下成瓢泼大雨。孟扶摇站在雨中没有躲避，心底模模糊糊地想，传说中命定天子上应天象，出生、陨落都必有异常，如今这二月打雷，会不会……会不会……

大雨瞬间将她浇了个浑身透湿，孟扶摇仰起头，雨珠砸得她眼睛痛得要命，可是这点痛好像也不叫痛，事实上她觉得哪儿都不痛，就是有点麻木。

她浑身精湿地仰首立在雨中，湿漉漉的黑发黏黏地贴在额头上，雨水在她脸上流成小溪。

廊檐下的黑衣男子欲待冲过去，却被沉默的白衣男子拦住，两人对视一眼，难得地取得了默契，各自遥立檐下，默然不去打扰此刻心乱如麻的孟扶摇。

很久很久以后，孟扶摇突然竖起手指，狠狠指天，张嘴大骂：“操……你……妈！”

一声大吼，惊得四周冒雨运粮的士卒齐齐一跳，都愕然转首看向他们的运粮官。孟扶摇回过头来，抹抹脸上的雨水，对士兵们龇牙咧嘴地一笑，“这二月打雷的破天气！”

士卒们释然地笑笑，又去忙自己的了。孟扶摇茫然地放下手，不知道自己现在该干什么。身后忽然有人轻轻扶她的肩，道："雨大……小心身子……"

孟扶摇垂下眼睫，顺从地向院子里走去。进门就有雅兰珠接着，她二话不说就拉她去换衣服。孟扶摇怔怔地站在厕间，任这个毛手毛脚、不会伺候人的小公主用干布将她擦得脸发红，又换了干衣服。换完以后她觉得没事可做，顺腿就在马桶上坐了下来。

她茫然地坐在马桶上，拼命地想啊想，想着所有的可能和不可能，想得脑子发木、两眼发花。雅兰珠瞪着她，瞪了半晌，眼圈却红了，帘子一掀出去了，对外面等着的两个男人跺跺脚，道："我不管了！那德行……看得人难受！"

战北野默然，半晌长长地嘘出一口气，低低骂了一声。

宗越却道："恭喜，阁下这回可以乘虚而入了。"

"放屁！"战北野爆粗口，"你能不能说句人话？"

宗越冷然一笑，却突然提高声音道："我看你们都需要再到雨里面去浇一浇！从德王那里传来的信息是可靠的？他的消息能听？就那几句胡话，就在那儿哭哭啼啼、要死要活？"

战北野听得刺耳，骂道："你哪只眼睛看见她哭哭啼啼、要死要活了？"他大步过去，一把扯下厕间的帘子，不管三七二十一，把马桶上正在哲学思考的孟扶摇抱出来，一阵乱晃，"喂，你呆什么呆？醒醒！没那么糟糕，长孙无极那么蔫坏的，哪里死得掉？我都咒他二十五年了，他还一直活蹦乱跳的……"

"我呸！你从娘胎里就会咒人了？"孟扶摇啪的一下推开他，"让开，不要影响我蹲坑！"

她这里一骂人，战北野目中便闪出喜色，那喜色夹杂在淡淡的苦涩中，有种矛盾的疼痛。宗越神色不动，眼底却有放松之色。孟扶摇直接走到他面前，道："你有专门的消息网络，应该多少有点消息，你那里怎么说的？"

宗越沉吟了一下，孟扶摇直视着他的眼睛，平静地道："我要听真话。"

"长孙无极行踪一直成谜，"宗越坦白地说道，"在此之前我也没有太多的消息。刚接到的消息和这个类似，虎牙沟确实崩崖，确实发现尸体，发现他的皇族标记、发现他的马。因为山崩得厉害，所有血肉都被砸在了一起……所以说，并没有人真正看见过他的尸体。"

孟扶摇闭了闭眼睛，半晌睁开，道："那就这样吧。"

她凝视着万州方向，低声道："我想过了，他不会这么容易死。不会！所以我就在这里做我该做的事，然后，等！"

等。

等生死的尘埃落定，等命运的真相揭露，等所有人在这条道路上或结束、或继续的未来。

等你回来。

无极政宁十六年二月十四，无极国原本应该在海岸东线主持对高罗国战事的无极太子突然中道薨于无极万州城外的虎牙沟。那是一座接近南疆的内陆之城，离南疆德王大营两百里、离内陆和南疆交界之城姚城一百七十里。

消息传出，五洲大陆震惊。猜测、惊疑、观望、等待……那些徘徊于各国疆域的窃窃私语，化为卷掠四海的大风，渐渐在苍穹上空聚起。

二月十五，驻守南疆大营的德王匆匆与两戎议和，在当地招募戎兵，扩充兵力至三十万，随即举起“义旗”，派遣心腹大将杨密为先锋，出兵万州。其间德王公告天下，称太子为凶邪所害，为人臣子者，定将弑主谋逆之贼首斩于刀下，不斩此獠，誓不回还！

世人皆赞德王高义，却有一些头脑清醒的士子文人作文讥刺称，德王“此去定将无极之至尊皇位夺于臀下，不坐此位，誓不回还”。

不管世人如何看，德王的起兵依旧轰轰烈烈地进行了下去，先锋杨密很快攻破万州，却并没有在万州停留，而以“清君侧，平民愤”为由，继续向京城前进。

此时德王野心昭然若揭，正如孟扶摇猜测的一般，打着正义之旗，师出有名，是以在无极国向来不得民心的造反，眼看着居然要成功了。

却也只是将要成功而已。

一心向京城前进、做着皇帝美梦的德王不会知道，在他背后，有个女子的身影，正冷然注视着他的脚步，随时等待着在他后心咬上一口，咬出一个致命的洞来。

二月二十四，在先锋杨密即将进入京城之际，战北野一封密令，隐伏在南疆大山内的黑风骑早早出动，化装成京城难民，出现在刚刚进入内陆的德王视野之前。“难民”一番哭诉，听得德王胆战心惊——杨密在京城烧杀抢掠，抢占皇宫、寻找玉玺，有意谋夺大位！

德王心急如焚，连连去信向杨密处催问，奈何所有军令皆石沉大海——都被宗越集中所有线人力量半途截杀毁信了。得不到杨密回音的德王更加心焦，下令全军日夜不休地快军赶路。当时二月天气极其不佳，内陆地区还在下雪，道路泥泞，天气湿冷，出身南疆的士兵不适应内陆气候，很多人冻病、冻死，怨言载道，兵愤极大。德王赶紧又命武陵粮库加紧运送粮草，在这种艰苦行军的时刻，再不能保证粮草的充足，只怕立刻就会发生兵变。

粮草当然没能及时运到。

“运粮官唐大人”一边施施然上告德王，因为补给线太长、道路盗贼众多，无法按时将粮食运到，请务必再宽限几日；一边以德王名义连连向附属众县催粮征夫，穷形恶状地在南疆各县大肆搜刮，搞得民怨沸腾，怨声载道。

二月二十七。

平州桂县。

孟扶摇剔着牙齿蹲在一个粮垛上，摆着手臂大呼：“德王义战，来此收粮——”

话音未落，便被人吐了口水，“又收！才一个月，就收了三次，还让人活不！”

有人愤怒地砸出了空空的米袋，更多人操起钉耙和锄头，满目里喷着怒火，向着孟扶摇怒骂呵斥。这已经是孟扶摇本月第三次来征军粮了，囤子里最后一点米都被榨光的百姓忍无可忍，他们胡乱地操起武器，却不知道自己该干些什么。

于是“慌张的运粮官唐大人”大叫：“不要打我！不要打我！这是德王的命令！义军中戎人兄弟多，他们胃口大，需要的粮食也多些，这也是为大局考虑……”

话没说完，人群里就爆出声声怒吼——

“咱们辛辛苦苦种的粮食，为什么要给戎人吃掉？”

“他们的兵吃我们的粮，我们去他们家里取粮食去！”

“走！”

人群呼啸着、汹涌着，一批批奔出村庄，向着戎寨方向而去。

在另外几个地方，负责收粮的“运粮副官”“唐大人的助手”也说了同样的话，做了同样的事，更多的人扑出来，举着农人的武器走在乡间的路上。从小路走到大路，与更多的人会聚在一起，浩浩荡荡地向戎寨奔去。

人群之后，刚才还畏缩逃窜的孟扶摇缓缓地站定脚步。她神色清冷而坚定，眼底燃烧着炽热的火，那火是精钢、是炼狱、是仇恨、是决心，是下定一切决心，要将面前的虎狼扑倒并一口口咬死的狠辣和执着。

德王大军中的士兵已经是颓兵，诸县百姓的怒火已经被挑起，在她的挑拨下，百姓们攻入戎寨抢夺粮食，不管会给戎寨造成怎样的损失。在德王大军中本就被饥饿、劳累得快要击倒的士兵，一旦听说了自己的家园被侵略、妻儿被欺负、粮食被抢夺，怎么还会安心替德王打仗？

一个小小的运粮官、一番战争博弈的运作，便叫你兵散如水流、兵败如山倒！

孟扶摇沉默着，抿紧唇，仰起头。她的目光，落在遥远的万州方向。

这么多天了，她一直在等，每一秒、每一分、每一刻、每一时都在等，一天十二个时辰，都被焦灼的等待化为碎片，片片都是割体裂肤的凌迟。时间每多走过一刻，她的心便下沉一分，那些希望被时间残忍地收割，她却无从挽留。每夜，她抱着希望入睡，祈祷第二日醒来时能够看见某人衣袂飘飞、神色雍容地俯身看她，对她微笑着说“扶摇，你又不听话”，她已经想好了自己该怎么回答，她会说：“你浑蛋！你吓死我！”然后再狠狠给他一掌。也许他要揍回来？那就给他揍好了！

然而这些想好的桥段总是用不上，每天早晨醒来，她静静地等，如果没有动静，不敢睁眼的她会闭着眼摸索身边，手掌在光滑的被褥中一点点地抚摸过去，触手冰凉……从来也没摸着过期望中的温暖。

这么多天了，德王也开始造反了，他想要挤出的脓包也终于被挤出来了……要是他没事，早该回来了，可是，他没回来。

孟扶摇靠着一棵树，那棵树在那条路的尽头，孤单地立在村口，挂着一轮残缺的深红夕阳。树干瘦削，她却比那树干还要单薄上几分。淡金碎红的云霞里，如一片飘落的叶子似的，悠悠挂着。

她看着那个方向，眼前闪动着虎牙沟崩塌的碎石、凌乱的衣物、模糊的血肉……她指尖紧紧扣着一个明黄的袖囊，那是战北野后来命人去找出来的。她攥得那么紧，像要从那袖囊里，攥出一点微乎其微的希望来。

她看着那个方向，看得那么入神，完全没有注意到更远一点，那个默然凝视她的黑衣人影，眉间已被露水染出了霜。

她只是在想：无极，我已经做到了我要为你做的事，我一直在等你，等你平安的消息。你为什么还不回来？

第七十六章

三人之争

战争在无极大地上继续，一身缟素的德王先锋已经接近京城。当然，杨密并没有“攻破京城，抢占皇宫，图谋大位”，然而在一心肖想至尊大位的德王心中，谁都有可能是和他抢位子的觊觎者。他心急如焚，日夜行军，士兵们在不断逃散，每天都有数以千计的兵丁逃跑或冻饿而死。

南疆大营的粮库并不止武陵一个，然而在德王行军过程中，原本已经联络好的华州等地都不约而同地出现了延误粮草等状况。世事如棋，风云变幻，一些细微的动作，正在悄悄改动这场“复仇起事”的动向和格局，正如蝴蝶在遥远的某处扇动翅膀，千万里外便激起了狂暴的风。

那些改动并不明显，以至于远在武陵的孟扶摇浑然不知。她日复一日地沉默下去，也渐渐瘦了下去，并不是很明显的瘦，身体上所有的骨节却都渐渐突了出来，绷得肌肤发紧，一张脸上眼睛越发大了，看人的时候幽幽地摄人。

战北野和宗越始终在她身侧，这两人互相看着不顺眼，却将孟扶摇保护得很好。铁成和姚迅也过来了，潜在士卒中做苦力，雅兰珠还是每时每刻连上厕所都要跟着她，嘴上说是看着奸夫淫妇，其实只是怕她出事而已。

一群人将孟扶摇看得很紧，都怕她急疯了做出什么事来，孟扶摇却安静而沉默，近乎坚决而执拗地等着那个消息。她没事了便弄只小板凳坐在那里，看战北野一边和宗越斗嘴一边不时地斜瞄她一眼，看雅兰珠噘着嘴死死蹲在她身边，看铁成揽下内院里的所有活计只为能在她面前多走上几回，看宗越没完没了地开补药、恨不得把药铺里的药都用上一遍。早春的阳光淡淡的，有种鲜明的绿意，她在那样的阳光里想，自己何其幸运，居然能够遇见这些温暖而美好的东西，便为这个，这一遭来得也值了。

到了晚上是比较难熬的，她睡不着，听着风声掠过屋檐便想：许是回来了？又责怪自己为什么要那么决裂——自刎什么呢？拖着暗卫首领死什么呢？当时抱着死在戎军手下的心冲回去不就来不及留下暗号了吗？为什么要怕自己的尸身落在戎军手中而想自刎呢？这下好了，“孟姑娘自刎”惊着他了，要不然，以他的性子，怎么可能冒险千里奔驰而归进而遭到埋伏呢？

这样想着，她便睡不着了，黑暗里目光炯炯。

每个夜晚都是相同的，出事后消息传来也不算很多，但是在这样的反复责问折腾下，这些夜晚便度日如年般，漫长难挨。

孟扶摇不知道，睡不着的，不止她一个。

院子里的大树上睡着两个人，两个在床上躺不住的人，一个捧着酒坛拼命喝酒，一个高居树端若有所思。

“他没死。”喝酒的是战北野，“我敢打赌，这小子现在不知道在哪儿使坏呢！”

宗越平静地俯身看着他，“你为何不和扶摇说？”

“我说了她会认为我是在安慰她，她只相信眼见为实。”战北野扔掉一坛换另一坛，“我也在等，如果不出我预料的话，消息就在这两天。”

宗越默然，半晌道：“王爷，你最近喝得很多。”

“我生气！”战北野又换了一坛，抬手要把喝完的坛子砸出去，想了想，又轻轻放下。放下的时候控制不住，咔嚓一声捏破了酒坛，手上的鲜血浸出来，他看也不看，往酒里一浸。

“浑蛋长孙无极！不知道她有多自责、多担心吗？为什么不传个消息回来？”

“我以为王爷你会生孟扶摇的气。”宗越淡淡道，“阁下一番热血丹心，大抵是要虚掷了。”

战北野不答，咕嘟咕嘟喝酒，半晌一抹嘴，道：“她只是因为愧疚、自责才会如此，我会让她爱上我。”

宗越拂掉衣襟上一点落灰，白衣如雪的身影融在浅银的月色中，浑然一体，良久他道：

“自欺欺人！”

战北野答：“彼此彼此！”

月色悠悠地落下去，院子里铺了一层银色的霜。树梢上的对话并没有传入屋中人的耳中，一些沉在夜色里的心事，只有那个人自己才知道。

这一夜孟扶摇又没合眼，天明时分才模模糊糊睡去。她睡着后，从桌上小床里爬出穿睡衣的元宝大人。元宝大人居高临下地俯视着孟扶摇，半晌，摊了摊爪。

我那么明显的暗示都给了你，你居然都不懂，猪头！

它抚摸着自己那件大红袍子，那是它和主子之间的约定，代表着喜乐和平安。作为能和主人心灵相通的神鼠，它老人家都不急，你孟扶摇急什么急呢？

它又忘记了，那只是主子和它之间的秘密，孟扶摇没有读心术，更没有读鼠术。

元宝大人盯着孟扶摇，眼珠子在她被子下扫了扫，那里隐约是一个清瘦的轮廓。元宝大人看看自己越发肥硕的身材，有点良心发现。

它吭哧吭哧搬出装饼子的盒子，跳进去一阵乱翻，半晌，扔出几个字，在桌子上排好。排完以后，它顺便就在桌子上睡了，等着看明天喜极而泣的孟扶摇。

睡到半夜，元宝大人有点饿，于是翻了个身，爪子习惯性地摸——它床边随时都有零食的。它摸到一块饼，顺嘴就啃吃了。

第二天早上元宝大人是被孟扶摇惊醒的，它听见孟扶摇啊的一声短促的低叫，随即，她的眼睛就亮了起来。

元宝大人想：哎，喜极而泣了！

那眼睛越来越亮，有晶莹的东西在里面滚动，珠子似的滑来滑去，却始终不肯落下。半晌，孟扶摇低下头，捂住了脸。她的手指深深地揉进头发中，是一个痉挛的姿势。

元宝大人怔怔地看着她，觉得这个“喜极而泣”看起来不是那么标准。

很久很久以后，它看见孟扶摇甩了一下头发，抬起眼圈红红的脸，盯着那字看了半晌，突然伸手抱过它去。

她手势极为温柔，是和元宝大人相识以来从未有过的温柔。她将元宝大人轻轻放在掌心，用指尖慢慢梳理着它雪白的毛。

元宝大人被吓住了，风中凌乱地瞪着她——这女人欢喜疯了？

孟扶摇不说话，慢慢地梳它的毛，手势轻柔。元宝大人十分惬意，觉得这动作比主子还要温存。这个疯女人今天转性了？不会是想先摸它后掐它吧？

随即便觉得脑袋上一凉，像是有什么潮湿的东西落了下来。元宝大人伸爪一摸，爪子湿湿的。

头顶上，孟扶摇将下巴搁在它的脑袋上，轻轻道：“可怜的元宝，你没主人了……”

元宝大人听得心中先是一撞，不知道是什么酸酸的滋味泛上来，随即又觉得不对。它挣扎着转身看那几个字，顿时发出一声尖叫——明明是“他没事了”，为什么变成“他没了”？谁把那个“事”字搞没了！

神啊！

元宝大人腾的一下跳起来，一个猛子扎入盒子中，拼命地找还有没有多余的“事”字，找了半天，发现盒子里就那一个。它悲愤地回转身，便见孟扶摇温柔而怜悯地看着它，眼神里写着：“可怜的、伤心疯了的元宝！”

元宝大人看着那样的眼神，忽然想到：“她竟然是在为我失去主人而流泪……”

元宝大人怔在那里，半晌又是一声尖叫。它拼命奔到孟扶摇面前，手舞足蹈地用力比画，想要说清楚——“少了个字！”

孟扶摇只是笑着轻轻抚摸着它，笑着笑着，却有眼泪滴下来。

元宝大人受不了了，哀号一声奔了出去。

主子……我犯错了……我没能准确传递消息……你赶紧回来啊……

正如战北野所料，战局几乎就在那日发生了巨大的变化。

三月初二，逼近京城附近的杨密军队，在京城五十里外的沙河渡突然遭遇无极国大军。杨密起先以为是戍守京城的禁卫军，正要打出德王旗号，对方将旗已经冉冉升起，帐下将领冷笑行来，正是奉命出征高罗国的那支大军。将领身侧，明黄旗帜下，戴着铜面具的主帅，正笑吟吟地看着他。

杨密心中一沉，知道上当，大呼：“休矣！”

是日，十万先锋齐解甲，杨密阵前自杀。

三月初三，德王在内陆城池涠州郊野，同样看见了这一支本该在海岸东线的军队。与此同时，他还看见了本该属于自己麾下的杨密的军队。

兵锋如火、旌旗如林，当那些飘扬的旗帜如海一般淹没他视野的时候，德王心中发出末日来临的哀号。

两军甫一接触，德王的颓兵便溃不成军。德王带着残骑仓皇南逃，指望留在最后接应的郭平戎军队庇佑，在南疆打下一块地盘苟延残喘。不想神情木然的郭平戎确实带兵迎了上来，随即将长刀向德王一指。

一场轰轰烈烈的勤王复仇战事，在其自以为一路顺风的前进中，遭遇了一场有备而来、毫无端倪的等候，几日之内便犁庭扫穴、摧枯拉朽般烟消云散。

德王被软禁，对于他的处分，目前没有人能决定，因为能决定他生死的人，不在营中。

三月初四，春日初晴。

一大早，宗越便拿出几封书信前来找孟扶摇，在门口被雅兰珠拦住。雅兰珠嘘了一声，道："让她睡吧，黎明才睡的。"

宗越犹豫了一下，将手中的东西收拢，想了想，道："也好。"

雅兰珠眼睛尖，道："什么东西？"一把抢过去看，看着看着，目光便亮了。随即她哎的一声，眼泪便下来了。

宗越无语地看着她，道："你哭什么？"

"我希望我这辈子也能遇上爱我的人……"雅兰珠抽抽噎噎道。

宗越默然，半晌走开，临走前淡淡地抛下一句："这需要不曾早一步，也不曾晚一步的运气。"

孟扶摇醒来时，习惯性地闭着眼睛等。

她睡得不沉，醒来时觉得脑中发昏，隐约听见远处树枝在风中摇摆的声音、鸟儿在树梢轻鸣的声音、嫩绿的春芽渐渐抽出的声音、落叶掠过桥栏飘到水面上的声音……那桥大概是城中那座玉带桥，汉白玉的桥栏，叶子落上去，声音细细地脆。

那么多声音里，没有她想听见的呼吸声。

孟扶摇叹了口气，将被子拉了拉，拉到眼睛处，把眼睛压紧点，可以阻挡住那些想要流出的泪水。

她没有伸手去摸身侧，摸了又能怎样？冰冰凉的被褥罢了。幻想了很多次长孙无极回来，八成会爬她的床，可是人不能无耻到这个地步，没人爬就是没人爬，连元宝都说，没了。

她用被子蒙住眼睛，继续睡觉。

突然觉得额头有些痒，似有什么东西从眉间轻轻划过。孟扶摇啪地一打，咕哝道："元宝，边去！不要骚扰我……"

这一打，突然就打进了一个人的掌心——温暖，光滑，脉络鲜明，指节修长。

孟扶摇霍然睁开眼睛，还没来得及把被子掀开，眼前突然一亮，一人轻轻揭开被子俯下脸来，低声笑道："怎么这么瘦？"

孟扶摇呆呆地看着他斜飞的眉、如海般深邃的眼睛、光泽晶莹的肌肤，看着他的淡紫衣襟和乌木般的头发齐齐垂落在自己身前，看着他浅浅微笑，支肘睡在她身边，指尖轻轻划过她的额头。

元昭诩！长孙无极！

孟扶摇有点恍惚地伸手去捏，喃喃道："不是鬼吧？"

"如假包换。"长孙无极含笑答。

"你居然还知道回来……你居然还知道回来！"第一句还呢喃如春莺、柔软如春柳，第二句便成了河东那只狮子的怒吼。孟扶摇醒过神，发觉元昭诩、长孙无极终于、确实、肯定回来了，她噌的一下跳起来，披头散发，赤着脚便去踩长孙无极，"我灭了你，我灭了你！"

长孙无极扬扬眉，手一伸便捉住她的脚，手指一扣，孟扶摇立即全身酸软地跌倒在被褥间。长孙无极拖过被子，将她浑身一裹，一裹间已经摸遍了她全身。手顿了顿，他叹息道："怎么瘦了这么多？"

孟扶摇把头埋在被褥里，呜呜噜噜地答："最近在减肥。"

长孙无极看着这个嘴硬心软的家伙，无奈地叹息一声，将她的脑袋从被子里挖出来，捧着她的脸仔仔细细看了。孟扶摇先是眼光乱闪，实在躲不过去就恶狠狠地和他对视，"干吗？干吗！"

长孙无极笑了笑，手慢慢地伸下去，抚了抚孟扶摇的颈。孟扶摇惊得向后一缩，长孙无极道："别动……我看看那道伤口。"

孟扶摇立即心虚了，小声道："没真自刎啊……我刎着玩的。"

话音未落，便见长孙无极稍稍俯低了身子，手指触上了她颈间的肌肤。孟扶摇僵住身子不敢动弹，他的指尖在那道淡粉色疤痕上轻轻扫过，微微地痒。像是有人用春的绽绿的柳条搔了冬的坚冷和寂寞，一地深覆的碎冰缓缓化开，遍地里生出茸茸的草来，绿得澎湃。

孟扶摇身子微微发软，那一地茸茸的草从心里长出来，漫天漫地的葳蕤，所经之处，万木复苏。她在那般烂漫的盛景里想哭又想笑，心却一抽一抽的，开始痛，那疼痛堵塞在她的经脉里，毒蛇般张嘴就咬。她轻轻一颤，长孙无极立即察觉到移开身子，孟扶摇掩饰地咬唇一笑，狠狠地推他，"走开！"

"再等等，"长孙无极凝视着她，"其实我现在最想做的事，不是这个。"

孟扶摇张嘴呆望的样子有点傻，可是再傻也没能阻止某人的狠心。长孙无极抬手，啪的一掌便打在了她的屁股上。他打了人还在雍容微笑，“叫你不听话！”见孟扶摇还没反应过来，另一边屁股上又赏了一掌，“叫你自杀！”

孟扶摇立即想起自己预演了无数次的桥段，觉得好像哪里顺序错了，貌似他把情节提前了？不管了！她跳起来就还手，台词背得顺溜，“你浑蛋！你吓死我了！”

骂完一句，又觉得他好像多骂了一句，不行，这个亏不能吃，场子一定要找回来！她呼地又是一拳，“叫你诈死！叫你瞒我！”

长孙无极手一抬将母老虎拳给捉住，顺手一带，孟扶摇便飞到他怀里，手指一卡便将孟扶摇的腰卡住，三个动作行云流水、无迹可寻，看得出来大概也演练了很多遍，尤其是最近孟扶摇腰瘦得一把掐，他的手不大，居然就那么拢了过去。

“我没有瞒你……”长孙无极深深吸气，抚着她光可鉴人的长发，低声道，“我怎么舍得让你焦心？你瘦成这样，还不得我花工夫把你给养回去？”

孟扶摇听着前一句还挺窝心的，后一句就有点不像话了。她恶狠狠地回身瞪他，道：“少转移话题！我知道你是要诈出德王来，为保守秘密，你这个诈死的秘密确实不能告诉任何人……只是，只是……”她鼓着嘴，实在有点说不出那句“只是我该多少有点点例外嘛……”

“瞒任何人也不该瞒你，政治博弈不代表要将自己喜欢的人牺牲。”长孙无极的读心术永远强大，“其实那晚我离开东线军营时前后派出了三批人，都穿着我的衣服，分三路走，而我自己，走的是水路。”

“水路？”

“对，我从海上过，德王以为我心急之下定然选择比较快速的陆路，可是陆路如果过不去，再快又有什么用？有些事，心急不得的。”

“同意！”孟扶摇满意地点点头，“你永远都那么奸诈。”

长孙无极笑笑，道：“万州那事一出，我便知道暗卫中出了问题，必有奸细，那个情形下我只有掐断和所有暗卫的联系。在掐断之前我得到了你安全无事的消息，立即回返军中。因为暗卫需要清洗，暂时不能再用，好在我还有备用的隐卫。只是这批人的调动有点麻烦，等他们带着我的消息赶到姚城找你通报消息时，你已经离开了姚城。”

孟扶摇啊了一声，她那时跑到武陵戴着人家的脸当运粮官了，身边两大能人守着，别人哪里找得到她？真是阴错阳差，活该倒霉！

“我得到消息也很无奈，当时我确实不能回来。德王十多年隐忍蛰伏，终于被我挤了出来，万不能功亏一篑。好在我和元宝心灵相通，它知道我还活着，迟早会告诉你。”

“告诉我个屁啊！”孟扶摇的小宇宙都要爆了，“它排了三个字——他没了！我老人家要是被吓得英年早逝，就是它害的！”

“嗯？”长孙无极转头，在屋子里找元宝大人，“元宝，我知道你在，钻出你的耗子洞来！迟了，后果你自己承担。”

孟扶摇撇撇嘴，心想这么轻描淡写、没有任何实质性意义的威吓，对那只老油条耗子有用吗？

结果话音刚落，桌子底下便爬出灰溜溜的元宝大人。孟扶摇张口结舌地瞧着，唉！真是人比人，气死人。

元宝大人今天穿得朴素，居然是它最憎恨的灰色——它最讨厌这种老鼠色。它乖乖蹲在长孙无极面前，有气无力地吱吱……

孟扶摇听它没完没了地吱，貌似说得也太多了点吧？不会是又趁机扮委屈、诉衷情吧？这只耗子到底说的什么啊，怎么自己觉得有点心虚呢？再看长孙无极，他含笑倾听，眼神晶亮柔和，那一层笑意淡淡地浮上来，有失而复得的欣喜。

听完了，他淡淡道：“知道错了？”

元宝大人垂下高贵的头颅。

“都是你太贪吃的缘故，一旬之内，不许吃零食。”

元宝大人双爪捂脸，哀痛欲绝。

长孙无极顺手把它拎到一边，“去反省，走的时候带上门。”

元宝大人背着一张纸从窗户洞里乖乖爬了出去，然后在洞那边用口水老老实实地把窗户洞给补好了。

“啧啧，耗子转性了！”孟扶摇目瞪口呆，“它做了什么亏心事？”

“它害你流泪，”长孙无极不含任何狎昵意思地将她揽进怀里，“所以必须要受到惩罚。”

孟扶摇坦然而舒服地靠在长孙无极的肩上，觉得暖洋洋的，有说不出的舒适，心里有块一直拎着的地方终于归位，五脏六腑都好像瞬间被调理妥帖。长孙无极身上淡淡的异香飘过来，她在那样的香气里，飘飘欲仙而又眼皮沉重。

长孙无极在她耳侧低语：“扶摇，我也是犯错的人。”

“嗯？”

“我确实没想到他会对我下杀手。为了杀我，他竟然不惜放弃姚城，害你险些被逼城门自刎。”长孙无极的语气中难得有了几分苦涩。孟扶摇飘飘荡荡地想，他为什么苦涩？

他为什么认为德王不会杀他？这两人不是争得你死我活吗？皇位之争，踏血前行，谁也不可能对谁手软，长孙无极这么个玲珑剔透的人，会想不到德王要杀他？为什么？为什么？为什么……

许许多多的疑问像一团乱麻，绕住了孟扶摇的思绪，她在那团乱麻里挣扎，却觉得施展不开。多日来的失眠和疲倦终于在尘埃落定的这一刻向她侵袭而来，她思索着，眼睫却一点点地垂下来。

坠入黑甜乡之前，她飘荡的意识里隐约听见长孙无极最后一句话："扶摇，这段日子的煎熬、担忧、焦灼不安，亦是我受的惩罚。"

一线淡黄色微光温和地洒过来，隐约听见有人低语："要不要叫醒她吃点东西？"

"让她睡吧……"

孟扶摇睁开眼，从舒畅的睡眠中完全醒来。

她躺着不动，对着屋顶绽出一个微笑——哎，长孙无极那坏东西没被她害死，他回来了！

桌前有人回转身来，执着一卷书，风神韶秀地微微朝她笑，道："睡饱了？"

孟扶摇坐起来，有点茫然地看着透着淡黄色曦光的窗纸，道："我睡了多久啊？怎么还是早上？"

"这是第二天的早上。"长孙无极吹熄烛火，拉开窗扇，清晨沁凉的风吹进来，吹得他的衣襟和乌发都飘然飞起。

孟扶摇愕然道："我睡了一天一夜？"她看着长孙无极的背影，隐隐觉得他的衣袍好像又宽大了些，"你一直没睡？"

长孙无极含笑回眸，"我想看你睡着了会不会磨牙、说梦话、流口水。"

"我睡着了会揍人倒是真的。"孟扶摇笑，目光在他身上又转了一遍。从时间上算，他赶出东线大营，再赶回，再点兵布将迎战杨密、围困德王，这些都发生在不长的一段时间之内。德王兵败不过是一两日的事情，他就已经出现在这里，根本就是事情一解决便又丢下大军马不停蹄地奔来，这段日子，他也没好好休息过吧？

孟扶摇跳起来奔过去，将长孙无极往床上推，"你去睡会儿，我不叫你，你不准起来。"

"我大概暂时还享受不到你的被褥。"长孙无极站着不动，看着前方庭院走来的两人，淡淡道，"我得招待一下贵客。"

"贵客"自然是战北野和宗越。

看见那两人过来，孟扶摇头皮一炸，隐约中好像看见天际电闪雷鸣、大气摩擦，火球一串串在空中乱弹。

两个已经是炸药库，那三个是什么——欧洲火药桶？

自古以来王不见王，如果王见了王，会是什么后果？王灭了王？王吃了王？王宰了王？

孟扶摇心里打着小九九，不会吧？好歹是各国高层政治人物，政治人物的涵养啊、礼节啊、假面具啊、太极推手啊什么的才是他们最擅长的，一言不合、拔刀相向那是市井匹夫，不会是长孙无极、宗越、战北野。

“贵客远来，有失远迎啊，哈哈！”孟扶摇还没想清楚，战北野一声朗笑便传了来。与此同时他“豪爽而大度”地大步上前来，微笑地盯着长孙无极，道，“殿下好！前方战事可好？殿下百忙中怎么得暇莅临此地的，不是应该在湎洲穷追叛军吗？”

都抢着让人家做“贵客”……

“烈王好！”长孙无极微笑答，“在敝国住得可习惯？我无极气候温湿，不如烈王天煞国北地葛雅干燥舒爽，委屈烈王了。至于前方战事，此乃我无极内政，多谢烈王关心！”

好！一口一个“我无极”“你天煞”，清清楚楚，泾渭分明，谁是谁的客人，也不用争了……

“这院子是本王买的，”战北野眉开眼笑地指点给长孙无极看，“虽然粗陋，难得的是景致还算大气，今日能得殿下光降，实在蓬荜生辉。”

孟扶摇瞪着他——你买的？你撒谎不打草稿啊，明明是我买的……

“是吗？”长孙无极微笑环顾，“果然是好。只是烈王既然来我无极做客，就是我无极的贵宾，怎么可以让贵宾自己出钱买房？太失礼了。这样吧，烈王不妨把房契拿给我，我命人寻了这房主，银子双倍奉还，算是我无极的小小心意。”

孟扶摇捂住肚子——不行了，不行了，想笑！战北野，你搬石头砸脚，房契还在我那里呢！

战北野面色不变，“殿下是在暗示我天煞国弱，连房子都买不起吗？”

长孙无极神色不动，“王爷是在暗示我无极国穷，连个薄礼都不配送给第一大国吗？”

孟扶摇蹲在两人中间，听到这里，发觉硝烟味散了出来，赶紧手掌一竖，道：“停，停！这房子虽然战王爷买了，但是已经转赠了我，所以两位，银子给我吧！双倍，谢谢！”

长孙无极微笑，温柔地道：“好，既然是这样，自然依你。”他拉了孟扶摇，彬彬有礼地对着战北野笑，“还没多谢王爷对扶摇的救命之恩。”又对宗越点头，“多谢宗先生护持扶摇！”

宗越此时才开口，比长孙无极还平静，淡淡道：“我和扶摇不是外人，不需殿下相谢。说起来，扶摇是我带到无极的，自然该我对她负责。”他很温和地对孟扶摇笑，笑得孟扶摇打了个哆嗦，“就算不看在我和殿下情分的面上，只看在扶摇将我的贴身之物私藏于怀中的情义，在下也不能袖手旁观。”

……

孟扶摇黑线了……

好狠的宗越啊……不出手则已，一出手必杀！竟然真的早就发现她拿了他的腰带，一声不吭，死藏着到现在才拿出来砸人！孟扶摇瞪着宗越，已经不敢看那两个的脸色。唉！都是狠人哪，她以后不能和他们打交道，一不小心，连怎么死的都不知道。

她这里如丧考妣地在心中哀号，那厢宗越一不做二不休，过来牵起了她的手，“今天的诊病时辰到了，我研制了新药，你试试。”

只要还关心孟扶摇，大夫的话没人敢不听，那两个也不例外。战北野瞪了长孙无极一眼，当先跟进门去。长孙无极扬扬眉，看着孟扶摇被宗越牵走，无声地笑了笑。

孟扶摇甩不掉宗越的手——这家伙其实是第一次碰她，他的洁癖到哪儿去了？孟扶摇十分希望他此刻洁癖复发，把她嫌弃地扔出去，好让她从背后两道意味难明的目光中解脱出来。

唉！真是想不到，三王初斗，竟然是宗越胜出！孟扶摇咧咧嘴，觉得果然当医生就是好，占据了健康的制高点，没人敢得罪。

内室里刚刚坐下，满心不豫的战王爷第二轮炮弹就砸了出来。

他冷笑着睨着长孙无极，问：“听说太子殿下是带着东线大军迎战杨密的，这就奇怪了，东线战事不是没结束吗，大军如何能开拔到内陆呢？还是所谓的高罗国作乱，根本就是殿下您的一个烟幕，只是为了假作离开，诈得德王作乱？”

孟扶摇听得心跳了跳，这也正是她的疑惑。当初长孙无极因为东线高罗作乱匆匆离开，直到她城门自刎事件那里，都没听说高罗国已经平叛。德王一起事，明明应该在东线的大军就出现在内陆，实在让人不得不想到，长孙无极“高罗作乱，两线作战，疲于奔命”，导致德王认为有机可乘乘虚而入的整个事件，是否都只是长孙无极为引蛇出洞的诈称。

长孙无极端起侍女送上来的茶，慢条斯理地吹了吹，“烈王又是从哪里听得消息，说东线战事没有结束呢？”

战北野怔了怔——他是没听说东线战事结束，但确实也没听说东线没有结束。长孙无极这样一问，他反倒不好回答。他想了想，冷笑道：“那是，战事有或无、结束不结束，说到底都由太子一张嘴翻覆，只是可怜了一些被蒙在鼓里、险些丢命的可怜人儿罢了。”

长孙无极放下茶盏，笑吟吟地看着他，道：“烈王殿下以急公好义、耿直勇锐著称，不想今日一见，真令在下惊讶。”

“殿下是在说本王拐弯抹角吗？”战北野大马金刀地坐着，“本王却觉得殿下更擅此道。不过你既说我迂回，我便直接给你看——我说的是扶摇。长孙无极，你看看扶摇，你看看她！你看看她成了什么样子！”

他突然暴怒起来，抬手啪地将手中的杯子掷了出去，杯子在窗棂上撞碎，四面溅开碧绿的茶汁，淋漓落了一地。

“长孙无极，我懒得和你斗嘴皮子！我就问你，你既不肯对她放手，便当担起男人的责任！你让她经历了什么？我来迟一步，这世上就不存在孟扶摇了你知不知道？那时你在哪里？你借我的兵我认了，反正也不是借给你的，是借给扶摇的。但是你凭什么认定这样就万事大吉，你就可以抛下她一跑千万里、丢她一人面对那生死之境？”

孟扶摇目瞪口呆地坐在一边，怎么也想不到一场阴来阴去的嘴皮大战突然就上升到责骂阶段，还直接扯到了她身上。她有点寒地看看自己，小声咕哝道：“看我什么？我觉得我挺好的嘛……”

正给她把脉的宗越眉毛一扬，冷然道：“是很好，体虚气弱，经脉混乱，好得不能再好，所以我们都在自寻烦恼！”

孟扶摇立即闭嘴，不敢说话。

室内的气氛沉默下来，隐约间空气一分冷似一分。长孙无极放下茶杯，默然不语，半晌缓缓道：“这确实是我需要向扶摇解释的事，但是，烈王，好像我没有必要向你交代。”

“你是不用向我交代，我也没打算听你这种整天玩阴谋诡计、连喜欢的人都可以拿来借用的人交代！”战北野冷然站起，一指孟扶摇道，“这些日子，我看着她，也算是多少明白了她的心思。战北野不是死缠烂打的江湖无赖汉，战北野的自尊也没有贱到一文不值的地步！我想过退出，只要孟扶摇自己开心就成，但是现在，我改变主意了！”

他从腰上解下自己的玉佩，啪的一下搁在桌上，气势凛然道：“孟扶摇，这是我的聘礼！”

长孙无极眉毛跳了跳，宗越脸色白了白，孟扶摇直接就跳了起来。

聘……聘……聘……聘……聘礼……这……这……这……这……这怎么越吵越升级了……

“扶摇，我曾觉得，你若是喜欢他，那也没什么好说的。但是我现在觉得，长孙无极不适合你，他会害了你！他长孙家，家国不分，做她的女人就是嫁给政治，一生都难免和阴谋、风雨相伴，他永远不会为你放弃他的国人和天下，而你，你这样的人独立坚韧，你也不会愿意委曲求全、寄托于别人的庇护，跟着他，你会活得很累，甚至会丢命。我不愿意看着我喜欢的女人走上那样的路，所以，今天我的聘礼就撂在这里！你孟扶摇不要也没关系，你长孙无极敢拿出去扔了我就佩服你够小气！总之，我告诉你们，我永不放弃！”

……

有这么气势汹汹告白的吗？有这么……字字皆情告白的吗……

孟扶摇垂着眼睫，刚才那一霎，她真的为战北野感动，这个看似霸气坚强的黑眸男子，内心竟然有如此丰富细腻的情感，炽烈如火，又细致入微。他看得见她的心，看得见关乎她的所有利弊，他是真的认认真真地为她的未来思考谋算过，并因为那个他觉得不如意的结论才不肯放弃他的追逐。

孟扶摇讨厌过他的霸道直接，然而今日方知，战北野的霸道，为的还是她；他的起点和出发点，竟然只是她的幸福。

孟扶摇有点茫然，她不知道自己何德何能，得战北野一心如此，更不明白战北野和她相处时日不多，何以就认定了自己。她却不知道，此时战北野盯着她，心底却一直盘桓着一句话。那是他的母妃在很多年前还没疯的时候，把他抱在怀里，和他一遍遍说过的话，“皇儿，永远不要错过你第一眼就喜欢的人，那是上天给你的缘分。如果错过，便会痛悔终生。”

母妃说这句话的时候，脸上有淡淡的笑意，眼底却有浓浓的忧伤，那一脸恍惚而凄凉的笑影，摧落了玉彤宫满宫的紫薇花。

而此刻，他看着孟扶摇，就像看着母妃宫中那开得正好的花，那当是被人呵护珍爱的美丽，而不是在这政治博弈、风烟血火中沾风染血，逐渐开败。

气氛有些尴尬，空气中流荡着不安的因子。长孙无极一直不变的笑意已去，盯着那玉佩不语，战北野一脸愤怒立于当地，孟扶摇低着头像在受刑，随即听见宗越一声叹息。

孟扶摇受惊地抬起头来，张大嘴看着宗越——不会吧，洁癖大哥，你对我还不至于到那个地步吧？求求你千万不要凑这个热闹……

“我没兴趣凑这个热闹。”宗越好像也会读心术，平静温和地开口。孟扶摇刚松了口气，便见他从怀里取出那条腰带，放在了玉佩的旁边。

孟扶摇的脑袋轰的一下炸了——他是什么时候拿到这腰带的？啊……这都什么跟什么

啊？啊……悔不该当初贪财啊……

“别担心，不是聘礼。我还没打算娶你，你这么丑！”宗越对黑着脸的孟扶摇一笑，指了指那腰带，“我只是告诉你，我赞同战王爷的一些话，所以，今天我把这腰带名正言顺地送你。将来你若遇上难处，有人欺负你了什么的，你拿着这腰带去任何一家名字叫广德的药堂，都会有人帮你。”

孟扶摇颓然往后一靠，欲哭无泪道：“宗先生的好意，我心领了……”

“我送出的东西从不收回。”宗越站起身走了出去，临到门边回眸一笑，他笑起来的样子，和窗外那枝开得浅粉的早樱一般模样，“我想，你终有一日会用得到。”

孟扶摇看着他笔直的身影消失在一树浅樱中，不知道是叹息好还是蒙头跑路好。她咬着嘴唇看长孙无极，战北野和宗越因为她，用不同的方式同时对他责备、发难，她不知道长孙无极此刻是什么心情。

长孙无极依旧没有发作，只是脸色有点白。他神色复杂，眼眸里有些奇怪的情绪在翻动，却并不看战北野悍然挑衅的冷笑眼光。

很久以后，他有点疲倦地向后一仰，低声道：“战兄，你骂得对，此事是我思虑不周，扶摇若为此怪我，也是我咎由自取。”

他语气中的落寞听得孟扶摇心中一颤，突然想起睡醒之前他所说的那句引起她疑问的话，隐约觉得此中有隐情，然而此时实在不是询问的时辰。她只恨不得在地上打两个洞，把战北野和长孙无极各埋一个，省得天雷撞上地火，累及她遭殃。

不想这殃还没遭完。

战北野突然大步过来，将玉佩往孟扶摇面前一递，一直递到她眼前，道：“扶摇，话说到这个地步，也没什么好掩藏的。我便直接问你，这玉佩，你收不收？”

孟扶摇愣在那里。

长孙无极转头向她看来。

第七十七章

两心之战

品质高贵的极品羊脂玉佩，玉质晶莹，毫无杂质，像是一泊凝固的水；其上雕刻着苍龙在野的图腾，一个气势凌然的“战”字镂刻在正中，铁画银钩，尊贵绝伦。

战北野的掌心伸出去，就不打算再收回的模样，他看着孟扶摇，神情坚定而灼热。

孟扶摇盯着那色泽清凉的玉，却像看进了一团燥热的火里，那火钻进她心底，烧得她不知如何自处。这真是尴尬而为难的时刻，收，不能；不收，她又不忍伤害战北野的自尊。这毕竟不是两人私下相处，狠狠心也就拒绝了。长孙无极还在，不收不仅令战北野更加受伤，也会导致新一轮的误会。

孟扶摇发觉自己杀人使坏的时候挺狠，人家对她不好时报复起来也狠，但人家如果对自己好，她便受了良心的束缚，束手束脚地施展不开，真是个憋屈性子。

唉！可不可以现在昏倒呢？太假了吧？

她眼珠子乱转，想了足足一个世纪，最后狠狠心，不收！就在这里说明了，谁的都不收！

当断不断，反受其乱！她犹犹豫豫，岂不是害了战北野一辈子？他这样的人物，他的步伐和眼光都应在五洲大陆、整个天下，而不该在她身上蹉跎时间。

孟扶摇抬起头，咬咬牙正要说话，身边却突然伸出一只手，将那玉佩接了过去。

长孙无极！

孟扶摇脑子嗡的一声，顿时混乱了。她愕然抬头看向长孙无极，战北野已经怒道：“你接这个是什么意思？”

“战兄，”长孙无极淡淡笑道，“何必为难扶摇？男儿争取女子的心，不是你递了、我收了这么简单的，正如我从未视扶摇为我个人所有的禁脔一般，阁下也应当给她选择与接受的自由。”

“我说过不给她这个自由了吗？”战北野冷笑，“长孙无极，你不要句句暗含挑拨。孟扶摇，你也不必为难，怕在这里拂了我的面子。我说过我不放弃，就不会因为你拒绝而从此消失。”

“既然王爷注定不放弃，那么要这块玉何用？”长孙无极微笑道，“我没有挑拨的意思，我收下这块玉，也绝不代表扶摇的意思。我这样做，只是告诉你，这是我和你之间的战争，应该让扶摇置身事外。我们需要做的，不是逼迫她选谁，而是让她自己在长久的时间考验中，决定最终接受谁。”

战北野默然，目光深思地看着对面含笑侃侃而言的男子——扶摇的心，明明偏向长孙无极，他这个胜者却没有趁机摆出占有者的姿态，反而向后退了一步，愿意和他公平竞争。这一步，退得何其大度、何其漂亮，既没让孟扶摇觉得被他嫌弃，又解脱了她因为善良而导致的为难，更有意无意地表白了他自己，刚才如果是战北野感动了孟扶摇，现在就该换成长孙无极了。

这样一个几乎没有输过，在战场、权术场甚至连情场都绝对强大的对手！

战北野深吸一口气，刹那间反觉得心情激越，体内从不消退的好战因子腾腾燃起。他盯着长孙无极，目光闪亮，冷笑道：“好，很好！你我之间，本来就没有共存的可能！”

“多谢烈王大度！”长孙无极欠欠身，“我会用这块玉提醒我自己，扶摇很好，她值得很多人去喜爱，更值得我加倍珍惜；我也会用这块玉警告我自己，这是别人下给扶摇的聘礼，如果我不能做到对她此心如一，这块玉，我就还给应该得到它的扶摇。”

战北野目光又是一闪，孟扶摇眉毛挑了一挑——把战北野的聘礼还给我？你可能吗？长孙无极，你看起来大方，实际上，好生信心十足啊……

“不过，烈王是不是也该有相应的誓言，受到相应的约束？”长孙无极突然一个转折，语气字字如钉，“如果你不能如你誓言般对待扶摇，如果你不曾做到此心坚执，你是否也该自动离开，并将这枚价值不菲的玉佩赠予在下充实国库呢？”

战北野怔了怔，目光变幻，半晌大笑道：“套住我？好你个长孙无极！你这是在监督我呢！我终于知道你收这玉佩的用意了。你明知道扶摇心软，怕她迟早被我打动，怕她会因为我和她的情分而有所顾忌退让，所以你把我的信物收下，再以退为进，用言语挤对我发誓。将来我若有什么错处，你会代她玉碎，纵然到时扶摇不说什么，有你看着，我自己也会羞于继续追求——你好心计！”

“在下何尝不是给自己下套？这是誓言之套，是自认为拥有真心、经得起考验的人必须要付出的代价。”长孙无极微笑，“烈王，你我的战争，敢不敢？”

“有何不敢？”战北野傲然答道，“天下没有我战北野不敢的事！你以为你胜券在握？我要让你看着，我战北野武能征伐天下、柔也能虏获芳心！”

长孙无极笑而不语，将那玉佩收进自己的袖囊。两人目光一抬，刹那间相撞，孟扶摇立即又觉得天上一个雷劈下来，脑子晕了晕，像过电似的。

她二话不说爬上床，用被子把头一蒙。

受不了，受不了！为什么都要这么大度深情呢？为什么都要这么痴心告白呢？为什么都要这么体贴细致呢？为什么都要一句句剖白给她听呢？就不能对着墙角自己说自己的吗？这不是逼得咱听得五内俱焚、六神无主、七荤八素、九死一生嘛……

被子死死压在头上，孟扶摇哀号——求求你们负我吧！负我吧，负我吧，负我吧……

孟扶摇现在深刻地发觉自己是个小人物。

小人物的定义就是，你永远也无法揣摩并掌控得了大人物的计划和心思。

小人物孟扶摇在经历了一个失眠之夜后，终于悟出了长孙太子对于爱情的华丽战术：逼是不逼，不逼是逼，以不逼之术行逼迫之实，不逼其人却逼其心……

好吧，孟扶摇被自己绕住了。总之就是这样，那两个人口口声声说不逼她，要让她自己选择，他们只管努力表现就好，她却觉得自己已经被某人操刀无声地逼入死角，对目前的状况无能为力了。

昨天晚上她被轮番骚扰——其实就是战王爷亲自送药和长孙太子来掖被子。战王爷红着脸欲待亲自喂药，被孟扶摇严词拒绝：我又没断手，喂个屁啊！长孙太子掖被子，孟扶摇目光灼灼地等着他，哀求：你快掖吧！我特意露出半个肩膀以上的部位等你来掖，你掖完了我就可以安心睡觉了！

战王爷最终气哼哼地端着药碗走了，长孙无极掖完了，欲待坐下，孟扶摇奸笑着提醒他——公平竞争！

彼时长孙太子微笑如常，答：“扶摇，相信这世上有绝对公平并坚持遵守的，除了白痴就是一根筋。”

好吧！孟扶摇垂泪，自己和战北野又毫无察觉地被阴了。

好在长孙无极掖完了被子也没做太多出格的事情，也就是就着她半个肩膀以上的部位做了次近距离接触，其直径、深度以及时间，都控制在基本合理的范围之内。

等到这两人结束了当晚的骚扰，小人物孟扶摇跳出现今的身份，以超脱者的旁观心态非常理性地审视了一下当前的战况以及日后的发展，忍不住为虽然聪明骨子里却还是老实男人的战王爷叹了口气。

此时德王事件已告一段落，德王被就近押解到华州。孟扶摇算算时间，今年在天煞国举行的真武大会已经快要接近了，她一定要去见识一下天下武学，好再度提高一下自己的破九霄功法。前段时间她问过宗越关于穹苍长青神殿的状况，宗越在七国有特许，他本人可以随意出入各国，但是穹苍神殿他也没能进去，顶多只能在神殿之外的长青神山采采药。就在那次，他告诉孟扶摇，进入穹苍之国本身就很难，但进入之后也不能代表就能进神殿。神殿之外"九幽、暗境、云浮、天域"四大神境，是个收割人命的地方，等闲高手连一关都过不了。

孟扶摇当时就倒抽了一口凉气，问宗越需要达到什么样的级别才可以顺利过关。宗越看了她一眼，道："你拥有的这种马马虎虎的功法，如果能练到第八九层，大概是可以过了。"

号称绝世的破九霄，到了宗越嘴里竟然就只是马马虎虎的功法，还得练到接近顶级才"大概可以过"。孟扶摇苦着脸，这才明白自己从市井中听来的消息还是不够准确。看来最艰难的未必是收集七国令牌穿越七国，而是自己本身的实力提升。

孟扶摇思考着该怎么和长孙无极告别，并摆脱战北野自己一个人去天煞，不想无意中却听到宗越说，郭平戎的师父方遗墨到了华州附近，可能要去看望徒弟。宗越打算和方遗墨打打交道，看能不能得到锁情的解药和配方。战北野听说这个自然不肯放弃，孟扶摇也不好意思让人家为她奔波自己却溜之大吉，只好跟着一起到华州去。

她还没启程，无极朝廷一封论功行赏的圣旨已经下到了姚城。赐孟扶摇"英毅将军"封号，食邑姚城、睢水，并控两戎之地，赐金珠、锦缎若干。

孟扶摇在姚城接了旨，是日大开正堂，十万姚城军民拥在县衙前，消息传出时欢声雷动。着了御赐三品武官飞蟒袍的孟扶摇从县衙出来时，无数家汉民百姓门前都燃竹设案、洒水垫道，欢呼颂圣之声不绝于耳。

孟扶摇站在台阶上，有点茫然地看着这一幕，喃喃道："有这么夸张吗？"

"为什么没有？"接话的是长孙无极，"你值得。"

“好像我也没做什么，”孟扶摇有点怅惘地笑了，“不过是逞了一场匹夫之勇，还差点惹出祸事来，挺傻的。”

“有多少人能逞你那样的‘匹夫之勇’？”长孙无极深深地看她，“扶摇，知易行难，虽千万人吾往矣！说起来慷慨激烈，真要做，千万人中却没有一个。”

孟扶摇笑笑，对着欢呼的百姓挥挥手，这一霎忽然觉得，虽说不求报偿，但那些流出的鲜血、那些抛却的恩怨、那些为之付出牺牲和努力的东西，最终换来一句值得，还是很幸福的。

她含笑问长孙无极：“你给我走后门了？”

“父皇根本不知孟扶摇是谁。”长孙无极答，“这真的只是纯粹的论功行赏。扶摇，你对姚城有再生之恩、对德王大军有瓦解之功，尊荣的爵位只是你完全该得的奖赏，和你认识我无关。”

孟扶摇挑眉，道：“我要这两城何用，我又不会在这里待一辈子。”

长孙无极转过眼来，默然看着她，看到她心虚地缩脖子，才道：“姚城和睢水永远是你的，你凭自己的能力保护下来的东西，再不能有人可以代替。”

他言语中似有深意，听得孟扶摇脖子又短了几分。她转了转眼珠，道：“我去嘘嘘。”然后一溜烟跑了。她肩头上蹲着顾盼自雄的元宝大人，那只耗子最近终于觉得，其实从孟扶摇肩膀上看过去的风景，也别有一番滋味。比如说，看主子能看得更清晰。

元宝大人认为，虽然孟扶摇不是那么讨厌了，但还是有一点点讨厌的，比如关于主子的归属问题，这是原则问题，不能放弃。不想得到主子的耗子不是好耗子，不想打败情敌的元宝不是好元宝。

那日长孙无极和战北野关于玉佩的归属问题，它在一边叼着颗糖听了个完整，十分击节赞赏，并认为主子奸诈狡猾、步步为营，居于劣势也能翻云覆雨、反败为胜，战傻子八成不是对手。然而从私心里，元宝大人又觉得，战傻子是个对手比较好，把孟扶摇推销出去，主子不就是它的了？

于是元宝大人蹲在孟扶摇的肩上，含着孟扶摇喂给它的零食，严肃思考着该怎么把孟扶摇给卖了。

元宝大人思考了好几天，此时已在去华州的路上。两戎战争还在继续，但注定已是苟延残喘，长孙无极直接把这等小事交给属下大将去做。一行几人游山玩水地往华州走，在他的私心里，自然希望某些人不要跟来的好，一定要跟来也没有关系，迟早叫你们打道回府。

他却没想到，耗子在转着黑心，想把他看上的女人卖给他的情敌。

这日在华州宁山脚下休息，已经做了孟扶摇护卫的铁成早早勘察了周围的地形。按说这群人个个大来头，护卫应该多得要命，可惜几个人都喜欢自由身，长孙无极的护卫从来都在暗处，战北野最相信自己的实力，雅兰珠觉得自己不惹人就是人家的福气了，宗越自然是一向横着走，几个人齐齐把怜悯的目光看向孟扶摇，都觉得她是个需要保护的小鸟。

“小鸟”被呵护得很好，喝茶时战王爷亲自给她添茶，可惜茶水全部洒在了孟扶摇的袖子上。战北野一脸尴尬地急忙去擦，长孙无极雪上加霜地淡淡道：“扶摇不爱喝茶。”

孟扶摇不忍看战北野的脸色，站起来道：“我方便一下。”元宝大人立即跳上她的肩头，做了个“我也方便一下”的爪势。孟扶摇骂道：“肾亏啊你，不是刚才才嘘过吗？”一人一鼠对骂着，去了茶棚后面。

半晌，茶棚后的简易便所里传来耗子的吱吱声，吱得声线悠长、颤颤巍巍的。一线高音拔上去，再危危险险地坠下来，着实惨烈，像是少女被○○ ×× 或者少男被○○ ×× 之后所发出的不和谐音。长孙无极眉毛一扬，忍不住一笑，心想元宝大人拉屎唱歌的习惯又犯了，这歌唱得也越发惊天地、泣鬼神了。

他低下头去喝茶，再抬起眼时，战北野不见了。

长孙无极怔了怔，这才想起，耗子那歌声不是正常人可以接受并习惯的，与其说像唱歌，不如说像是在遭受十大酷刑，尤其当它用销魂的低音哼哼唧唧的时候，会令人联想到某些非正常场景。战王爷八成是当成了它在呼救，并因此很合理地联想到和元宝在一起的扶摇，随即想象继续插上翅膀，飞翔到某些暗夜啊、小巷啊、撕裂的衣服啊、刺破黑暗的惨叫啊等等上面去。

长孙无极淡淡地笑了笑，给自己又斟了杯茶。

好啊，你这耗子……

厕所里，元宝大人蹲在孟扶摇头顶上唱得起劲，一边唱一边对着帘子外探头探脑。哎呀，怎么还不来呢？再不来孟扶摇裤子就要拉上了啊……

孟扶摇拉着小衣哀求它，“求求你，不要唱了，我宁可你去唱《十八摸》……”

元宝大人却已眼尖地看见一抹黑影龙卷风似的飙了来。

“吱——”元宝大人以一个世纪最强高音结束了它的召唤之旅，屁股一摆，从窗户上蹿了出去。

孟扶摇愣了一愣，一边拎裤子一边道：“死耗子，吃错了什么药……”

风声一卷，眼前一亮，一道黑红色的身影掠了来，一把掀开布帘，疾声道：“扶摇，可是遇敌……”

他突然顿住了。

眼前，纤细玲珑的女子衣衫不整，上衫微微撩起、下裳将拉未拉，于是这未能完全衔接的衣着便泄出一抹玉般的颜色，被那黛色的衣衫衬着，像是苍山之巅的一抹雪。

受了惊吓的女子头微微仰起，嘴微微张着，贝齿洁白，红唇鲜艳，因为突然被惊到私密的尴尬，脸颊上渐渐浮现了一点嫣红。那红像是在薄胎的玉瓷碗中点起红烛，隔着那晶莹的玉色，可以看得见朦胧而摇曳的华光。

战北野的呼吸停住，一霎间有种被美惊得窒息的感觉。仿佛看见多年前玉彤宫紫薇花开得最美的时候，他转过回廊，看见母妃在花下悄然独立，微风细细地吹过桐阁春深，回眸一笑的母妃，眼眸中流光溢彩。

他的心，突然痛了痛。

这一痛，他反而有了几分清醒，随即才发觉现在的状况——孟扶摇在解手，根本没有遇上敌人，而她的裤子还没拉上。

战王爷全身立即腾的一下烧着了。

尤其当孟扶摇终于从惊吓尴尬中醒转，开始危险地挑起眉毛的时候，战北野被烧得越发焦黑，无处救火。慌忙后退，战北野也不知道自己该说什么，他退得太急，忘记手里还攥着布帘，刺啦一声，布帘被拽了下来。

蹲在马桶前的孟扶摇的英姿，立刻鲜明地戳在了跟过来的几个人眼里……

一阵沉默之后，“战北野，你去死！”孟扶摇的大吼惊得树上的栖鸟群飞而起，在天空四散着撞开来。

众目睽睽下，战北野的脸色已经成了荸荠色，他讪讪地意图把半截帘子再挂回去，被孟扶摇十分愤怒地一把夺过，跳起来踩了踩，踩的时候顺便把自己还没系好的裤子给系好了。

系完了她立刻变脸，若无其事地拍拍战北野的肩，道：“刚才我骂着玩的，其实就是为了吸引他们的注意力，好让我趁机系裤子而已。”

她拍拍手，潇潇洒洒地走了，留下战北野苦笑着站在当地，不知道是该感谢还是该恨孟扶摇在某些方面的粗神经。

孟扶摇走开，笑嘻嘻的，看起来浑若无事。她把元宝大人的零食匣子翻了翻，过了一会儿，长孙无极又把匣子要了去，也翻了翻。

当晚，元宝大人泻肚子兼不停地打嗝……

当晚在客栈住宿，几个人包了整个院子。都是难伺候的人儿，谁也不肯和谁睡在一起，干脆一人一间。

晚上围在客栈雅间里吃晚饭。菜里有道暖锅，有点像现代的火锅，小巧的黄铜炉子坐着陶罐，里面翻滚着各式肉类和一些时令蔬菜。

孟扶摇来迟一步，洗了澡过来，老远就道："好香！"她刚坐下，两碗汤就递了过来，左手边长孙无极笑吟吟地看着她，道："你喜欢的兔肉。"右手边战王爷道："肉类吃多会上火，这里面的菇不错，很嫩，你尝尝！"

孟扶摇盯着那两碗汤，像盯着两碗毒药。那厢雅兰珠啪地搁了筷子，噘起嘴道："我也没吃肉，我还没喝汤！"

那两人就像没听见，倒是宗越，不急不忙地夹了筷山药给她，道："不如吃这个，清火去躁，补气宁神。"

孟扶摇听着他那语气着实讽刺，忍不住想笑。她拼命忍了，从怀里掏出上次从长孙无极那里搜刮来的胡椒，她已经晒干了磨成粉，在两碗汤里各撒了一点，笑道："这种锅子，有点辣才好喝。来，你俩尝尝。"说着，不动声色便将碗各自推了回去。

长孙无极看了看她，笑笑，一口口慢慢喝汤，战北野却举起汤碗，喝酒一般咕嘟嘟喝了下去。辣椒很辣，他喝得急，忍不住咳嗽，雅兰珠想替他捶背，被他狠狠一眼瞪了回去。

孟扶摇只当没看见，把脸埋在汤碗里呼噜噜喝汤，心里哀号：这日子该怎么过啊！啊……

晚上雅兰珠突然跑过来，抱了自己的被褥说一个人睡不着，要和她一起。孟扶摇哪里不知道她的小心眼，不就是怕战北野爬自己的床嘛！搞错没？当初那是例外，一个个养成爬床的毛病，那还得了！

她心里也颇欢迎雅兰珠来，最起码这样她就不用面对战王爷的送药和长孙太子的掖被子了。两人在床上谈了大半夜，其间孟扶摇问起雅兰珠怎么喜欢上战北野的，雅兰珠抱着枕头，眼神迷离地道："我也不知道。我只记得很小的时候，有回跟随皇兄去拜访天煞国，在天煞皇宫里迷了路，撞进一个很美的宫殿，看见他在给一个很美很美的女子洗头。我从没看见过男孩子给人洗头，我的父王和皇兄都是女人给他们洗头，洗得水热了、水冷了还要一脚踢飞。当时我站在宫门前，看着紫薇花下，他一点点地给那女子洗干净长长的头发，用布一点点拭干她的发，我突然就呆了……"

孟扶摇也听呆了。

很多很多年前，那个无人履足的、住着疯妃的寂寞宫室里，满园紫薇花下，被遗忘的少年皇子半跪在水盆前，给他疯了的母妃洗头，那一缕缕青丝握在少年的掌心，宛如那些流水般过去的日子。在那样的日子里，他和她相依为命，在她痴迷空茫的世界里，始终有他无微不至的呵护，无论寒冬飞雪、深秋落叶、夏日风暴还是春日多雨，因为他的坚持，她凄苦却又幸福地生活下去。

然而苦终究是存在的，总要有人承担的，当那个疯了的母亲空白着自己不知苦痛为何物时，所有的痛和寂寞，想必都是那少年来承受了吧？他自幼年开始，稚嫩的肩便担下了双份的苦，她的，和他的。

孟扶摇突然明白了战北野这明亮豪烈的性格的由来——他不能不明亮，他那疯了的母亲需要阳光般的温暖照耀，来抚慰她因为阴冷而永堕悲哀的心。如果他再阴郁，谁来照亮他母妃黑暗的世界？如果他阴郁，那些虎视眈眈的皇兄，谁知道会不会给他扣上个“心怀怨望”的帽子？

他不能不豪烈勇敢——他从一开始就落在了下风，他要比别人更多地挣扎才能获得基本平等的待遇，他一旦弱，就会被人践踏至底，连同他的母妃一起！

孟扶摇深深地叹息着，看着迷迷蒙蒙睡去的雅兰珠的睡颜。这是个天真的孩子，却也是个懂得爱的孩子，唉！其实和战北野，真的是很相配的一对……

她这样想着，突然就觉得不对劲，雅兰珠好歹也武功不弱，怎么话说得好好的就突然睡着了？随即便闻见淡淡的异香，那种清雅却诱惑的香气。她侧过身，便看见了一双深邃含笑的眼睛。

长孙无极在一室朦胧的清光里微微笑着，如天边那轮月一般迷离而魅惑。他竖指唇边，轻轻嘘了一声。

孟扶摇忍不住要笑，还故弄玄虚什么，明明都点了那孩子的穴道了。

眼见长孙无极嘘完居然就脱鞋上榻，她不禁一惊，低声喝道：“雅兰珠还在床上，你也好意思？”

“我知道你会代我不好意思，所以你把她抱出去吧。”长孙无极微笑，双手枕在脑后，“我不想抱除了你之外的任何女子。”

孟扶摇无奈地笑笑，只好把雅兰珠抱到外间。外间的短榻上只能容一人躺下，孟扶摇发了愁：怎么办？就这样爬回床上去？那不成了我爬他的床了？不回去睡，我的床就这样给他占了？

她还在左思右想，腰突然被人轻轻圈住，长孙无极已经在身后抱住了她。

他的下巴搁在她的肩上，呼吸间气息淡雅，语声更低如这春夜中随风潜入的雨，一丝丝飘进孟扶摇耳中，“扶摇……”

“嗯。”

“扶摇……”

“嗯。”

“扶摇……”

孟扶摇笑起来，回首看他，道：“想不到你也玩这小孩子把戏。”

她的目光在没有点灯的室内依然灼亮，星光似的熠熠生辉。长孙无极含笑看着她，道：“扶摇，你见的我从来不是真的我。自从遇见了你，我便不是原来的我了。”

他语间的热气拂过耳后，丝丝缕缕地痒，孟扶摇忍不住要躲。长孙无极却不肯放开，孟扶摇只得扭着身子低笑，“想不到无极太子不仅精谋算、长策略、善战阵、懂政争，居然还擅长说情话。”

“我本不会说这些，”长孙无极在她耳侧悠悠道，“可惜某人实在是桃花运太好，引得诸般男子尽折腰，我若不学些新鲜词儿，难保不会被丢到脑后去。”

“你这话听起来像个怨妇。”孟扶摇一推他，觉得手底肌肤灼热，不禁红了脸，畏缩地向后一退退到窗边。窗户没关紧，一点星光洒进来，映亮长孙无极似笑非笑的唇角，他脸色微微晕红，眼神却比星光还迷离。

孟扶摇看着他，心底水波似的微微一荡，随即又是立竿见影地一痛。她无奈地吸了口气，转移了话题，“你有心事。”

长孙无极过来牵了她的手，两人在榻上并排半躺着。孟扶摇分了一个枕头给他，长孙无极却伸手去抽她身下那个，“这个才是你的吧？”

孟扶摇无奈地笑笑，骂道：“奸似鬼！”她舒舒展展地躺下去，和长孙无极并肩望着窗外那轮明月。月色下半歇的迎春花和早桃花含苞待放，花骨朵儿淡黄轻红，韵致楚楚，那些斑驳的花影映在浅碧的窗纸上，捺出一笔笔明媚的眼波。

“好了，你有什么话想和我说？”孟扶摇半闭着眼睛，听草节拔高的声音。

“扶摇，这次万州我的诈死事件，你一直不信我真的死了，是不是？”

“当然。”孟扶摇眨眨眼睛，“我很害怕，很担忧，尤其当元宝那死耗子说你没了的时候，我差点就完全信了。可是我心里总觉得，祸害遗千年，你这样的超级祸害，如果就这么死了，实在是完全不合逻辑的事。”

“你说什么都不忘损人几句。”长孙无极捏了捏她的鼻子，半晌道，“扶摇，很高兴你相信我，你能……一直相信我吗？”

孟扶摇嗯了一声。

“你能无论发生什么样的事，都相信我、理解我，并不为那些事的表象所迷惑、动摇吗？”

“你是说德王的事吧？”孟扶摇不答反问，“我其实没多介意。我相信你有难言之隐，等你觉得什么时辰合适了，自然会告诉我。”

“扶摇……”长孙无极突然轻轻叹息，“你令我觉得负你良多……”

“兄台！”孟扶摇回转身，严肃地道，“不要太早感动、不要太过激动，更不要因此加倍心动，不然到最后，这句话就换我来说了。”

“你这执拗的小傻瓜……”长孙无极无奈地一笑，拍拍她的头，“这个问题我不和你争，总之，咱们走着瞧吧！”

“走着瞧吧。”孟扶摇振振有词，“总有一天，你会发现我是为你好。”

长孙无极盯着她，实在有点气不打一处来。然而孟扶摇眼睛亮亮的，一束光似的照得人心底都生出辉光来，实在让人舍不得苛责。长孙无极看了半天，突然一笑，道：“好吧，既然我注定要被你抛弃，还得感激你的抛弃，那么你现在是不是该安慰补偿我一下？”

“什么？”

“借我抱着睡一晚吧！”长孙无极手一伸，将她揽个满怀，悠悠叹息，“我很多天没睡好觉了！”

孟扶摇的腿已经踹出去了，听见这话，腿劲稍收了几分。这一犹豫间，长孙无极已经点了她的睡穴。

长孙无极撑起胳臂，注视着孟扶摇的睡颜，淡淡地笑道：“你这心软的丫头，要是只对我一人心软，该多好呢……”

孟扶摇第二日醒来时，一睁开眼就有点紧张地去看身边长孙无极的衣着。她给战北野搞怕了，实在不想早上醒来时，身边再出现个裸男。

身边倒是确实有个男的，也没穿衣服——元宝大人。

某耗子摊爪四仰八叉地睡着，粉红的肚皮一鼓一鼓。孟扶摇想起这耗子设计陷害她被战北野看春光，顿时怒从心起。她先在它的肚子上画了几笔，又取过一张字条，写了几个字。

元宝大人醒来后，还处于半蒙眬状态，闭着眼睛穿上了袍子。孟扶摇将那字条一贴，元宝大人浑然不觉地飘了出去，背后“此处不可小便”六个字潇洒地飘扬着。

过了一会儿，院子外响起雅兰珠的狂笑，随即元宝大人箭一般射回来，恶狠狠脱掉袍子。看见那字条，跳起来一阵乱踩，干脆袍子也不穿了，雄赳赳、气昂昂地再次踱了出去。

这回雅兰珠直接笑得扑到墙上去了，元宝大人粉红的肚皮上，画着两只波霸……

之后的一整天，一直到到达华州，孟扶摇都没看见耗子。问长孙无极，他含笑答："请往墙角寻。"

孟扶摇看着他，总觉得自从接近华州后，他的神情、语气虽然一如往常，眼神却有些不对，这种异常在进入城中时尤其明显。难道是因为德王被关押在华州，而他要去商议决定对德王的处置？

一行人在华州府衙附近分手，战北野、宗越等人不愿意掺和无极皇族的事务，自去寻了住处。孟扶摇也想走，却被长孙无极拉住，道："有些事，我想让你知道。"

华州知府连同华州所辖的江北道总督诚惶诚恐地在府门前跪迎，长孙无极的步伐突然停住，注视着今日装饰得分外隆重的府衙内外，缓缓道："还有谁来了？"

江北道李总督深深俯伏在地，恭声道："回禀殿下，皇后凤驾，刚刚驾临华州……"

孟扶摇呆了一呆，元皇后？长孙无极的母后？她离开深宫，赶到华州来做什么？

长孙无极步子一顿，半晌淡淡道："哦？是吗？娘娘长途跋涉，需要休息，咱们都不要去打扰她。"

崔总督抹了一把汗，心中暗暗叫苦。元皇后一到就下了懿旨，要太子回来后立即通传，然而现在他哪里敢说什么。全无极都知道，这对皇家母子之间暗流涌动，谁碰着谁死。如今长孙无极这般吩咐，他只好唯唯诺诺地退了下去。

"德王押在你府衙后院地下的铁牢，你没说给皇后听吧？"长孙无极快步前行，状似无意地问。

"没有……没有……不敢有违太子的吩咐。"

"嗯，娘娘来华州，是来散心的，不要用这些军国之事惊扰凤驾，明白了？"

"是……"

"本宫没什么心好散的。有太子在，上至军国大事、下至一日三餐，本宫都不需操心，还散什么心？"冷而威严的女声传来，音质却是软糯的，似是最出美女的无极南江那一代的口音，偏偏这样的软糯却是字字分明，于是那软糯间便生出了韧劲和狠劲，听得人发瘆。

长廊尽头，笔直地立着个着明黄双鸾海牙八幅宫裙的女子，重髻高绾、长裙逶迤，饰七彩凤凰朝日珠冠、八宝琉璃旒金簪、十八珍珠月牙环、垂滴泪般凤坠。珠光闪耀间看不清她的眉目，却有美艳和锋芒之气逼人而来。

无极国国母、长孙无极的母后，元皇后。

元皇后冷然立着，用一种完全不属于母子之间的眼神，打量着长孙无极。

“母后凤体安康！”长孙无极神色不动，微微施礼，“不知您驾临华州，儿臣未克迎迓，母后恕罪。”

“免了吧。”元皇后漠然道，“你不定别人的罪便不错了，谁还敢降你的罪呢？”

长孙无极好像根本没听见这句话，淡淡道：“儿臣还有些杂务，等会儿办完了，再来向母后请安。这华州景致不错，母后若喜欢，儿臣安排当地府县陪您游览。”

“你要做什么去？”元皇后紧紧地盯着他，目光一转，看见他身后的孟扶摇，“哪里来的野小子，见到本宫不知道请安吗？”

孟扶摇上前一步要施礼，长孙无极突然伸手将她一拦，道：“娘娘，这是外臣，不宜面见宫眷，儿臣这就命她退出。”

孟扶摇怔了怔，元皇后的目光突然如利剑般射过来。她打量着孟扶摇，似有所悟，想了想，森然道：“莫不是那个单身闯营救姚城、假扮粮官毁德王军心的姓孟的？”

这两句话从齿缝里迸出，一字字像磨利了的刀似的冷气飕飕，话音一落，不待长孙无极和孟扶摇反应，元皇后已经一拂袖，厉声道：“来人——”

第七十八章

凝冰化冻

与此同时，长孙无极飞快截口，“孟将军，你退下！”

孟扶摇立即一躬身，“是！”然后退后三步，转身就走。

“慢着！”

元皇后冰冷的目光似要在孟扶摇背上烧出一个洞来，冷冷道：“本宫正在说话，你一介小臣，竟敢说走就走？”

孟扶摇背对着她，叹了一口气，长孙无极的娘怎么这么个德行呢？姑娘我是你屁的臣子啊，我为什么不敢走？要不是看在长孙无极的面子上，我还敢踹你呢！

“娘娘！”她回转身，微微一躬，不卑不亢地道，“微臣听命于太子殿下，太子命微臣退下，微臣自得遵行。何况微臣也从未听说过，五洲大陆各国宫眷可以直接指令并处置外臣的。”

“你！”元皇后气得珠冠都在微颤，半晌咬牙道，“果然是个狂妄无礼、不知死活的小子！”

“娘娘，您失礼了！”长孙无极突然接话，语气漠然，“这是我无极的功臣，是在德王一案中居功甚伟的英杰。是父皇刚刚下旨封赐的孟将军，我无极朝廷上下，都对将军的勇毅忠诚十分感激。您作为母仪天下的后宫之首，如此对待功臣，实在有失身份，也令浴血苦战的众将士寒心。”

“功臣？”元皇后微微上挑的尾音不知是笑意还是讥讽，“这世道着实颠倒了，忠心耿耿的老臣被下狱，乳臭未干的小儿成功臣！哈哈，哈哈！”

她笑了两声，缓步上前来，步子踏得极慢，行动间环佩叮当，在这内院楼台的深深长廊间一声一声地响，别有一番迫人的压力。

她行到孟扶摇身前，华光摇曳的珠光遮住她打量孟扶摇的眼神，孟扶摇却依然能感觉到珠光后她利剑般森凉的目光，那么剔肉搜骨地看了一遍，不像看一个臣子，倒像看生死仇人。

“我很想知道，孟功臣是如何‘单身闯营杀七将，一计抽薪毁德王’的？”元皇后一抹霞脂深艳的唇轻启，笑吟吟地看着她，“整个京城都在传唱你的故事，连我这深宫妇人都有幸听闻。平日里想着，该是怎样的勇武男子，不想还这般年轻……”她微笑，“真是我无极朝廷之福！”

孟扶摇后退一步，微微一躬，道：“小子无知，皇后抬爱。”

元皇后缓缓道：“好说，好说。”她伸出平蹙金绣飞凤的衣袖，衣袖里套着珐琅护甲的十指纤纤，亲自去扶她，“皇儿说了，你是功臣，免礼吧。”

孟扶摇将起未起，她伸手去扶，宽大的衣袖垂下，衣袖下伸出的手掌一翻，十指突然向前一钩，正正钩向脑袋低俯的孟扶摇的眼睛！

尖利弯长、有如十柄小匕首的指甲近在孟扶摇的面门，只要一钩，孟扶摇的眼睛就会被挖下！

咔嚓。

极其轻微的断裂声响起，元皇后突然僵住。片刻后，十枚深蓝色镶碎石榴石的护甲跌落在白石地面，四处溅射，响起一连串清脆的破碎之音。

孟扶摇微笑着，抬起头，成剪状的手指自僵硬的元皇后指尖移开。她俏皮地对着元皇后动了动她的“剪刀手”，哈哈一笑，道：“皇后这护甲质量真差，一碰就断了。”

随即孟扶摇毫不客气地手狠狠一甩，元皇后立即一个踉跄，险些栽到长孙无极身上。长孙无极负手身后，根本就没打算去扶她。他看元皇后的神情十分复杂，似疼痛似憎恶，似忧伤似无奈，只是一个眼神，却像是一声悠长的叹息。

元皇后连退几步，才伸手在廊柱上支住身子，抬头狠狠地盯着孟扶摇，半晌，突然笑了，居然又恢复了雍容平静的仪态，和声道：“本宫站立不稳，险些伤着孟将军，多劳将军相救。”

“是吗？我还以为娘娘在练一门新功夫，”孟扶摇吹了吹手指，轻描淡写道，“大抵像九阴白骨爪之类的功夫？可惜功力未练到家。”

“那自然是不能和将军比，”元皇后淡淡道，“将军若非一身好功夫，又怎么能混入德王军营，杀我朝廷运粮官、搅乱德王军心呢！”

“娘娘，请恕儿臣提醒您一句。”长孙无极一直沉默地注视着元皇后，此时突然接口，“德王军是叛军，德王任命的运粮官是逆臣，理当伏诛。孟将军是去平叛，这其间是非大义，您可别记混了！”

“平叛？”这个词好像一把火，烧着了一直森冷镇定的元皇后，她突然冷笑一声，“如何尚未审讯，便以此罪名论定？德王功过未定，太子便要诬陷他谋逆大罪吗？你‘薨于中道’，德王为你起兵报仇，何错之有？怎么便遭了这罪，成为你剪除异己的替罪羊！”

长孙无极凝视着她，这一刻他眼神里的疼痛一掠而过，半晌，缓缓道：“儿臣‘薨于中道’未曾见母后驾临万州；德王拘于华州，母后两日之内便即赶到，世事之奇，真令人感慨！”

他语气平静，却一字字利若刀锋，元皇后听得面色一白，张口结舌地接不了话，半晌才道：“你不过是诈死而已。”

“是，娘娘明察秋毫，既知道儿臣诈死，又明白德王冤屈。”长孙无极笑得讥诮，“儿臣会记得您为德王的辩白之言，并在审讯时力求公允。不过既然娘娘莅临华州不为游玩，只为德王而来，想必未得父皇准许，儿臣作为监国，就得提醒您一句：宫眷不得随意出宫，更不得干预国政，这两条您都犯了，还是早些回宫为是。”

他看也不看元皇后，一拂袖道：“来人！恭送娘娘凤驾回宫。”

“我不回去！”元皇后连“本宫”都不说了，直挺挺地立在当地，手指紧紧抓住栏杆，冷声道，“我就在这里看着，看我的皇儿怎么对付他……”

“送娘娘休息！”长孙无极霍然截断她的话，转身拉了孟扶摇就走。他步子很快，孟扶摇有点担心地看着他眉宇间的铁青之色。这是长孙无极第二次发怒，但是这次的愤怒中，悲哀之意却更浓些。

“长孙无极，你好狠心！”身后元皇后一声尖呼撕破窒息般的寂静，失去珐琅护甲的晶莹指甲因为用力太过咔嚓一声断裂，她的声音比那断裂声还要令人心惊，“你不能杀他！他是……他是……”

紫影一飘，一阵风似的向后一掠，刹那间元皇后身边便多了个长孙无极。长孙无极微微低首，毫无表情地看着自己的母后，淡淡道：“您今天真是多话！”

元皇后抬眼盯着他，气息不住起伏，半晌道："孽子！你干脆连我一起杀了吧！"

"儿臣怎么会杀母后？"长孙无极又恢复了那种淡然的笑意，轻轻道，"只有其罪当死的人才应该死。"

"谁其罪当死？"元皇后接口很快，"德王有议亲议贵之权！"

"心术不正者当死！"长孙无极冷冷答道，突然俯身到元皇后耳边，低声道，"我已忍耐他很久了，我也给了他最后的机会，然而我让一步，人进十丈，甚至触到了我的底线……对不住，母后，我不想背负罪孽，但有些不知进退的人，逼得我不得不背！"

"你也在逼我死！"元皇后也冷静下来，将珐琅护甲断裂的手指慢慢搁上自己的咽喉，对着长孙无极露出一个平静而森然的笑容，"无极，你莫要后悔！"

"用断裂的指甲自杀吗？"长孙无极微笑着，淡淡道，"上次是碎花瓶，再上次是杏仁汁，娘娘，您真是花样百出！"

他不再看元皇后，仰首对远远俯首站在一边不敢抬头看这对天家母子的护卫唤了一声，"送娘娘去休息！"说完转身就走。

他刚走几步，迎面匆匆过来的总督满面是汗，面色惨白地附在长孙无极耳边低声说了几句。孟扶摇隐约听见"自尽"之类的字眼，心中不禁一紧，抬眼看长孙无极。他脸上笑意尽去，目光里翻卷起汹涌而暗黑的潮。孟扶摇靠着他的手，觉得他指尖冰凉。身后元皇后似也感应到了什么，快步追了上来，问："发生了什么事？"

长孙无极头也不回，道："送娘娘回去！"

护卫们犹疑着过去，身后元皇后果然厉声道："退下！这里哪有你们多事的地方！本宫要来便来，要走便走，看谁能动着本宫！"

长孙无极回眸，一笑道："是，娘娘，没人能动您，您爱做什么，大可以去做。但是儿臣提醒您一句，儿臣还是有可以动得着的人的，您动得让儿臣不安了，儿臣便只好直接解决那个祸乱之源。您看着办吧！"

"你！"

长孙无极拉着孟扶摇走开，孟扶摇走到长廊中段，忍不住回首，便见那华艳而高贵的女子浑身发抖地立在长廊中央，那一抹浓重逼人的明黄色，这般远看去却突然多了几分衰弱和憔悴，如一片即将枯萎的叶子，无助地飘落在金玉满堂的华美宫阙。

一声叹息响在孟扶摇心底，这就是天家母子，这就是皇族生活！尔虞我诈、针锋相对，杀机暗隐、冷漠无情。她一直以为，作为五洲大陆地位最高的独生皇子、十五岁便监国辅政的长孙无极，必然是父皇母后唯一的骄傲和荣光，无极皇族这一家，也必然是五洲皇族中最为和美融洽的一家，却不曾想到，母子之间竟然裂痕深深、龃龉重重，两人的对谈寒意逼人，听得她这个外人汗毛倒竖。这宫阙千层楼阁万处，到底掩盖了多少皇家不能说的秘密？

德王和皇后关系不一般吧？长孙无极是因此，才对德王网开一面的吗？

她竟然在无意中得罪了长孙无极的老妈，看人家恨不得剥了她的皮的眼神，孟扶摇就觉得悲哀。得罪大神不要紧，得罪大婶后果严重啊！啊……

长孙无极越走越快，他淡紫色的衣衫在早春的一片莹绿中风般拂过，像一朵走得飞快的软云。孟扶摇盯着他的步子，心里隐隐不安。她认识他以来，这人从来都是从容淡定、风雨不惊的，失态、失措似乎和他绝缘，然而这一刻，看着他明显被内心复杂情绪冲击得有些快而不稳的步子，孟扶摇有些发怔。

发生了什么事，会令他如此震惊呢？

两人跟着总督一路向后院走去，越走越偏僻，越走人越少，直到一排下人房前停下。这些房子看起来很普通，外面还晾晒着花花绿绿的布衣。三人从布衣中间穿过去，总督开了第三间屋子的门。门一推，一股沉重的生铁味道扑面而来。室内光线黑沉黝暗，乍一看用具普通，孟扶摇的目光却落在了一盏普通的油灯上。

果然，总督上前，手伸进灯帽之中一提，西墙轰隆隆提起。总督躬着身一让，却不敢再前进一步，而是站在那道深深的阶梯下面，满面大汗地躬下身去。

无意中撞见皇室机密，总督只觉得大事不妙，看着孟扶摇傻兮兮地一路跟着，那眼神就像在看一只即将迈入屠宰场的呆头鹅。

呆头鹅自己毫无自觉，跟着长孙无极一路沿着铁阶梯下去，还很客气地问总督：“您不带路吗？”

总督抹了一把汗，暗骂哪里来的二百五，连连道：“下官在此为殿下守门……”

长孙无极头也不回地摆了摆手，暗门隆隆闭合，更重的铁锈气味逼来，隐约还有些更为森凉刺鼻的味道。那味道孟扶摇熟悉得很，她怔了怔，掌心一凉。

阶梯一路向下，两人快捷的步子踏在铁梯上嗒嗒直响，悠悠远远地传开去，除此之外再无任何声息。这里死寂、森冷、黑暗、空旷，像生命的永恒眠床，像埋葬了无数死人的陵墓。

长孙无极突然在最下方的阶梯前停住了脚步。他停得极其突然，孟扶摇低着头想心事，险些撞上他的后背，一抬头，倒抽了一口冷气。

血。

满眼的血。

那些淋漓的鲜血，缓慢地从铁栅栏中间流出来，黏腻而浓稠地蠕动着，像是一条条赤练蛇，无声地、瘆人地在地面上缓缓游动。

正对着阶梯的铁墙上，也被大片大片的鲜血涂满，那血迹呈喷射状洒上，在铁墙上绽开大朵大朵的血花。血花之中，几个笔意凌厉的大字，张牙舞爪地写在正中，触目惊心——“以我之命，铸尔之罪！”

那几个字写得充满恨意，笔笔都粗如手指，那些蕴满了鲜血的笔画末端，像承载不住那般的恶毒和仇恨般，盈满的鲜血先是坠出一个弯曲的弧度，随即细细滑落。每一道笔画，都拖曳出无数条细血线，交织纵横成血色之网，似要网住某些来自地狱深处的诅咒。

德王就端坐在这几个字下。他盘膝，睁目，张着嘴，嘴里的舌头已经没有了，一些已经流得差不多的鲜血，从他嘴里缓缓地滴出来。

他坐在正对着阶梯末端的方向，换句话说，任何下到这铁牢的人，第一眼都会看见那恐怖张开的血口。

这般猛烈的视野冲击，有多少人可以承受？

而那几个字……孟扶摇握紧手掌，缓缓转头看向长孙无极。他立在最后一层阶梯上，始终没有走下那最后一步。他站得笔直，衣袖却在无风自动，一点森森的寒意从他身侧散发出来，比那铁锈更沉，比那血腥更重。

孟扶摇走下一步，立在他身后。她总觉得这一刻长孙无极的背影看起来那般衰弱，是她认识他以来最为衰弱的时刻。这一室的血气似已侵入了他的肌骨，以至于他寒到了心底、冻结了血液。

有人用最惨烈的死法作为报复，对着那个他始终无力掌控的人，砍下此生最后，也最为有力的一击。

这一刻似乎很短，也似乎很长。

令人窒息的黑暗和血色的沉默里，终于听见长孙无极一声悠悠的叹息，“你好狠……”

孟扶摇心提了提，长孙无极语气里的苍凉像是一双无力的手，突然攥住了她的呼吸。

随即又听他低声道：“爹。”

满天的雷，突然都劈到了孟扶摇的头顶，炸得她神魂飞散、四分五裂。

铿的一声，孟扶摇撞在了铁梯上，她却已经不知道痛了，一反手紧紧捏住了铁栏杆。那些粗糙而冰凉的铁粒摩擦着她的手，她在那样的疼痛里，恍然惊觉原来这真的不是梦。

德王是长孙无极的亲生父亲！

就在刚才，元皇后喊出的“他是——”孟扶摇以为她要说的是“他是我的爱人”，却未曾想到，那句话之后的空白，竟然是这样一个惊天的秘密。

她眼前金星乱冒，很多混乱的念头在脑海中横冲直撞：德王的疯妃辱骂长孙无极得位不正、长孙无极对德王的忍耐和试探、长孙无极说：我从未想过他真的会下手杀我……他说那句话的时候语气中的苦涩……还有那“以我之命，铸尔之罪”——铸尔逼死亲父之罪！

这是怎样的父子？这是怎样的父母？

孟扶摇打着寒战，牙齿上下交击、咯咯直响。她不是畏惧，只是觉得冷，为这纠结着皇族隐私不伦、散发着血腥气息的身世之谜和最终的结局而感到寒冷，为名动天下、美玉般光滑无瑕的长孙无极却始终在无人知道的背后背负着这样一段难以启齿的疼痛而感到寒冷。她这般冷，却对着一直没有回头的长孙无极张开了双臂。

她从身后抱住了长孙无极，就像那夜潜进她房中的长孙无极抱住她一般。她将脸紧紧贴在长孙无极冰冷的后背上，动作轻柔，就像那日长孙无极将下巴搁在她的肩头。

那夜春风如许、花香淡淡，他们并枕卧在床上看春光在那美好的夜中缓缓曳着裙幅走过；这夜血腥冲天、戾气环绕，他们相拥立在铁锈深重的阶梯上，看着对面一个人惨烈的尸体大张着嘴，以死控诉。

长孙无极默然而立，宽大的衣袖长长垂落，他素来漫然却挺直的背影此刻看来软弱无力，他虽然立着，却像一阵风便可以卷去，卷入冰冷楼台，从此永远寻不着命运的救赎。

他那样站着，不知道站了多久，月光浅浅地照过来，他鬓边一丝逸出的发色泽渐渐浅淡，由黑而灰而白，最后化成了月光的同色。

刹那白发！

孟扶摇震惊地看着那根白发凄然飞舞，那细细的发丝像一根铁鞭，狠狠地抽在了她的心上。

她的眼泪，不知什么时候已断线般滴落。这一刻她觉得自己如此无用，不能拥有命运的翻云覆雨手，抹去人生里最惨烈的那一幕。她只能抱紧长孙无极，抱紧他正在不断细微颤抖的后背。

她道：“无极……你说话，你说话啊……”

她道：“不是你的罪！不是你的罪……”

她一遍遍地重复，眼泪缓缓浸湿了长孙无极淡紫的长衣。那片衣襟渐渐色泽深浓，远远看来也如血般。

长孙无极终于动了动。

他缓缓转身，将孟扶摇轻轻抱在怀里，他指尖的冰冷透过孟扶摇的几层衣物，直达她心底。孟扶摇抬头看他一瞬间苍白得毫无血色的脸，听他淡淡道："扶摇……是否我们生来都带着罪……"

"不！"孟扶摇摇头，"这是欲加之罪，是别人错误的选择，与你何干！长孙无极，你一生智慧天纵，你应该想明白这其中的道理，不能拿别人的错误，来惩罚你自己！"

她突然放开长孙无极，大步走到牢门前，拔出弑天用力一劈，锁链哗啦啦散开。孟扶摇推门进去，行至德王面前，双膝一跪，砰砰砰磕了三个头，道："死者为大，无论生前有何恩怨，这都是我该当拜你的。另外，这也是我提前为惊扰你的遗体道歉。有件事，不管你愿不愿意，我必须做！"

她站起身，上前，抬手合起了德王大张的嘴。

"无论谁有什么错，这都不应该是一个父亲惩罚儿子的方式！"她神情坚决地伸手，合上了德王大睁的眼睛，将他的身体轻轻放倒，顺手毫不犹豫地将墙壁上的血字给擦了。

四周没有布，她用自己的衣袖一点点拭干那些血迹。

擦完她回转身，看见长孙无极不知何时已经下了阶梯，趺坐在地，默默地看着她做这一切。他神情一直都非常安静，安静得像从铁牢顶上一线极窄的窗口洒下的那点月光，清而凉地镀在那深黑的地面上，像一卷不可揭去的无字碑帖。

那些随死亡淡去的恩怨爱恨、是非功过，正如无字碑帖，唯有用空白去评说。刹那间一夜心事蹉跎，独留这夜未央天、琉璃火。

墙壁上的血字可以抹去，那些留在心上的印痕，却又要如何解脱？

孟扶摇缓缓地走过去，从怀中摸出火折子，点亮嵌壁铜灯，随即也坐了下来，坐在一地血迹中，坐在长孙无极面前。

铜灯灯光幽暗、闪烁飘摇，点点昏黄光影在空寂的室内穿梭，将那些过去久已沉淀的往事和不可挽回的现今，密密交织。

"很久以前，有位皇帝，在一次平叛战争中身受重伤，他身边的一个大将背负着他躲藏在山洞中，并最终在最危险的时候代他而死。那位大将本身也是远支皇族一脉，和皇帝同姓，那位皇帝脱险后，对着满朝文武发誓，终其皇族一脉，永不可负将军后代，并收养了那位将军的孤儿，视为亲子。

"自此那位孤儿一脉代代封王，并守护着皇族一脉，亲如一家。大约在三代过后，这一代的皇帝，生来先天不足、体弱多病；这一代的王爷，骁勇善战、忠心为国，被皇帝倚为左膀右臂。两人青年时经常结伴而行，私服出游。

“那一年暮春，两人踏春去京郊一座山，皇帝来了兴致，在半山亭中抚琴一曲，王爷凑兴舞剑。各在酣畅处，却被一个路过的女子打断。那女子说话灵动犀利，将两人的琴艺和剑术都狠狠地讥刺了一通。两人怏怏而归，心里不知怎的都不曾忘记那女子。”

灯火朦胧，映着长孙无极平静的容颜。他眼神邈远，似乎透过此刻凄冷的一幕，看见了很多年前，暮春山花落，清风流影长，清秀的男子于亭中抚琴，勇烈的少年在树下舞剑，一地落花漫天缭绕中，淡黄衣衫的少女俏生生走来，一番灵莺般的言语，从此搅动了这世间情孽，搅动了一个皇族的沉浮，搅动了无数人的命运，并在很多很多年后，仍旧在戕害无辜。

孟扶摇无声地伸手过去，握住了他的手。长孙无极淡淡地笑了，轻轻拍了拍她的手。

“大约又过了段日子，皇帝忙于国事，渐渐地也就将那女子忘了。某日王爷却兴冲冲地进宫，告诉皇帝找到了那女子并说要娶她。皇帝听说那女子出身望族，也颇心动，却不想仗恃帝王之尊夺兄弟所爱，便命贴身太监去那女子府中，送上一帧名画。那是出自前朝国手的《雪中舞剑图》，皇帝想的是，女子既然会武，想必会喜欢这画，并要太监不许泄露自己的身份。只说某日踏青之遇，蒙小姐一番教诲，从此念念不忘，斗胆献画，求小姐垂青。

“那女子接了画，仔细看了半晌，问太监：‘弹琴者？舞剑者？’

“太监以为她问的是画的内容，答：‘舞剑者。’

“女子展眉一笑，道：‘好。’

“一锤定音，皇帝十分喜欢，当即下了旨纳女子为妃。进宫第二年，女子产子。那是皇族这一代的第一个皇子，也是唯一的一个。皇帝更是喜悦，将她册为皇后。

“皇后册立的那一年，王爷也纳了王妃，对方是临江王的长女、皇族郡主。本来同宗不可结亲，但是这位郡主自幼娇养，予取予求，她倾心王爷，非他不嫁，便也就嫁了。当时民风大度疏朗，并不迂腐，世人看来，他们也是极为美满的一对。”

长孙无极仰首看着窗口那一线月色，今夜似是月圆之夜，很多年前的那一夜，在那两对看似美满的皇族夫妻的新房屋檐上，是否也高悬着这样一轮圆满的月？而那样的月夜里，到底发生了怎样的故事，使得以后的岁月中了仇恨的毒，一日日销魂噬骨，直到将结局噬成永久的残缺？

“日子就这么过去，在所有人看来，事情没有任何异常，然而只有当事人知道内里的波涛汹涌。比如那位皇后，她发现自己所嫁非人，更发现皇帝因为体弱，已经不能人道；比如皇帝，发觉皇后心里的人根本不是他；比如王爷，认为是皇帝抢去了他心爱的女子；比如王妃，终于发觉丈夫不算自己真正的丈夫……这些心事，像毒瘤一样埋藏在四个人心里，没有一日，他们能获得安宁。

“然后那个孩子长大了，三岁那年，他失踪了半个月——其实也不是失踪，他是被王妃给抱走了。”

孟扶摇短促地啊了一声。

“王妃——那是个天生有些偏执和疯狂的女子，她冒险入宫，偷偷抱走了那个孩子，把他关在密室里。她并不打骂他，却整日用一面镜子照着他，指着镜子里的人对他说：你看看你的鼻子、你的额角，你是他的！你是他的！这个贱人！贱人，贱人，贱人……她不停息地诅咒着，那孩子听得要哭，那女子便狠狠掐他，不许他哭。她说：这世上人笑不是笑、哭不是哭，摆在脸上的都是假的，只有心里的苦是真的。而心里的苦是不能给人看见的，一旦看见了，就完了。

“那孩子在那伸手不见五指的暗室里待了半个月，整天被那镜子照着，照得他两眼发花，当被救出来的时候，他差点瞎了，而从那以后，他确实也不会哭了。”

孟扶摇突然仰起头，吸了吸鼻子，哑着嗓子道：“停一分钟，我消化一下。”

长孙无极垂下眼帘，用自己冰冷的手轻轻摩挲着她的手指，柔声道：“都过去了……”

孟扶摇盯着他胸前，那里不知何时也一团湿。她伸手过去，把那个偷偷哭的家伙拎出来，往额前一抵，轻轻道：“耗子，别一直躲着，我们抱头痛哭吧！”

元宝大人伸爪，无声地抱住了她的脖子。

长孙无极笑了笑，依旧是笑了笑。孟扶摇偏过头去，此刻她一点也不想看见他的笑，那样永远雍容高贵、淡定不惊的笑意里，深藏了一个孩子被逼挣扎的蜕变，深藏了他不能为人知，也不能为人言的痛苦，深藏了琉璃般光华、完美的长孙太子人后无法收拾的破碎。

她无力弥补那份疼痛的破碎，她只能握紧他的手，妄图用自己的温暖，来暖进那男子凝了冰、结了冻、冰雪一片的心。

“来救那孩子的就是王爷，他直直地盯着那孩子，盯得那孩子害怕起来，才一把抱起他。王爷疯狂地笑，说：我的，我的——哈哈，这是我的！这回你再也抢不去了……

“那皇后当时也在，她挥退宫女，走过来把门一关，突然扑过去抱住他，哭道：‘是你的，是我们的！将来，都是我们的……’他们没有避那孩子，他们以为他没听懂，可是偏偏他懂了。

“那孩子长到十多岁，渐渐有了些才能，他的父皇很宠爱他，早早地放手给了他军国大权，由得他施展自己的政治才华。王爷和皇后都很欢喜，他们商量着，要扶持王爷登基为帝，杀了那皇帝。

“这事让那孩子知道了，他思考了数日数夜，一直没下定决心。那晚他去皇帝寝宫给皇帝请安，一直缠绵病榻的皇帝正在把玩一幅图，看见他并没有收起，反而招手要他过去看。

“就在那晚，那孩子知道了全部的故事。然而他最不能忘记的是，皇帝提起皇后时眼底的柔情、提起王爷时的淡淡歉意，以及看着他的时候温和的眼神。

“那一刻他立即明白，皇帝什么都知道，包括他的身世！

“那晚回到自己的寝宫，那孩子一夜没睡。他仔仔细细地将王爷和皇帝的性子都思考了一遍，不得不承认，无论是做父亲还是皇帝，没有人比后者更好。王爷性子偏狭，多年来更被仇恨刺激得心术不正；皇帝虽然限于体弱，不能有更大的成就，但他宽厚慈和、轻徭薄赋，国民因他而能有安宁的时日。而对那个孩子，他亦从未有任何亏负。他扶着那孩子学步，把着那孩子的手教其写字，把那孩子放在膝上一起批改奏章……在那夜之前，他从未令那孩子察觉自己不是他的父亲。

“血脉和亲情，两者不能并得。那一夜那孩子想出了白发，到得清晨，晨曦里他拔去那根白发，然后以监国之令，接连下了几道旨意。

“那几道旨意，给了王爷更为尊荣的封号、更多的封地，却削去了他的军权。那孩子当时还心存希望，希望王爷能主动就封，从此走远，那些沉在岁月里的旧时恩怨，便也能慢慢淡去了。

“然而王爷以王妃身体不佳为由拒绝就封。失去军权后，他并没有甘心养老，一直韬光养晦、暗中交联。他行事光明磊落，对朝廷总是一副忠心耿耿的模样，朝野上下无人不赞他忠义仁勇。那孩子一直冷眼看着，一方面确实不能随意处置‘忠臣’，另一方面也是希望亲生父亲悬崖勒马，所以只是一直暗中掣肘，却没有真正动他。

“谁知道王爷竟是个胆子比天大的人物，他耐不得这般日子，竟然联合皇后，去暗示这个孩子他的身世，要求他认祖归宗，杀了养父，迎接亲生父亲归位。

“这个要求着实荒唐，那孩子一笑置之。然而王爷愤恨之下，竟然真的铤而走险，勾连外国，并欲煽动在京军中旧部发动兵乱。那孩子知道这事后，知道事已不可为，只得痛下决心，给了他二十万军去平边疆之乱。

“这是考验，也是最后一个机会。王爷如果老老实实平叛，那孩子绝不会难为自己的亲生父亲，然而他……果然作乱了。”

长孙无极没有笑意地笑了笑，道：“后面的事，你自然知道了。这是发生在当朝长孙皇族的故事，王爷是德王，皇后是我母后，那个孩子就是我。”

孟扶摇紧紧抓着他的手，已经不知道该说什么、做什么。这世间为何要有那许多阴错阳差、颠倒翻覆，生生葬送了那些无辜的人的幸福。这个故事里，明明谁都没有错，最终却造成了谁也料想不到的后果。

“扶摇，高罗国作乱是真的，我没有骗你。”长孙无极低声道，“只是我既然能查获在国内潜伏的高罗奸细托利，自然对高罗早有防备。所以我过去没多久，高罗战事就结束了，但是这个消息没有放出来。”

“而我需要向你解释的事，这一刻终于可以解释。”他温柔地理了理孟扶摇眼侧被眼泪黏在额角的头发，亲自替她拢好乱了的鬓角，道，“我确实没有想到他不惜放弃姚城也要设计杀我。我料到了所有事，竟然愚蠢地没有料到，我的父亲要杀我。”

我的父亲，要杀我！

孟扶摇的眼泪滴了下来，滴在鲜血浮荡的地面上。那些凝结的紫色的血被化开，在地面上再次洇出一片淡红，像一朵黄泉彼岸开放的、花叶永不相见的曼珠沙华。

她突然扑过去，抱住一动不动的长孙无极的肩，她的眼泪滚烫地灼在长孙无极的肌肤上，一滴滴都似水银般沉重，穿裂肌骨，直入心底，砸出一大片灼热的疼痛。

长孙无极缓缓抬眼，看着灯下泪水盈盈的孟扶摇。

此刻，一灯昏黄，那些写满沧海桑田寂寞的故事缓缓流过，这个身陷修罗场、面临死境也不曾皱眉的女子，为他的故事哭得热泪翻飞。

元宝大人也扑上来，扑在了他们中间，紧紧地抱住了长孙无极。

“求求你，哭一次，就一次……”孟扶摇摇着默然趺坐的长孙无极的肩，指甲直掐入他衣内，“哭出来！哭出来……”

“求求你……哭出来……”她埋首在他的肩上，一遍遍哭泣着重复。

长孙无极凝视了她半晌，终于伸手揽住她，仰首，看着那一线细微的窗缝里透进的月光。

那是不分今古的月光，那是写尽悲欢离合的月光，那是渡过荒凉之河、于人世的金粉迷离中剥脱、永远冷然遥照、不知世事疾苦的月光。

他以前的人生，也是那样的月光，冷而高远，不属于千帐灯火，不属于平凡岁月，不属于红尘温暖，他陷身权谋几回合，恩怨翻覆如指间沙流过，大梦醒来身是客。

他是王朝的主人，他是人世幸福的过客。他享尽人间奢侈，有些事于他亦是奢侈。

然而此刻，有人和他相拥、为他流泪，她的温暖透骨而来，他不能拒绝地听见凝冰化冻的声音。

很久很久以后，他仰起头，闭上了眼。

月光勾勒出他精致的下颔，勾勒出长睫之下细细流下、微微反光的水滴。

第七十九章

欺男霸女

长孙无极和孟扶摇从那间弥漫血腥气味的铁牢里走出的时候，天色已经大亮，金色的阳光无遮无挡地洒了下来。孟扶摇仰起头，用手挡住过于明媚的日光。那些温暖的照射直直射入心底，她听见僵硬的骨节复苏的声音。她带着希冀转回头来，希望看见长孙无极沐浴在阳光下的神情。

他那狠心的父亲，想用最后一击从此击倒自己不败的儿子，孟扶摇却希望，长孙无极从此能放下负累、获得重生。

死去的人终将带着那些罪孽深埋黄土，所有前尘都将化为野史中一缕苦涩的墨痕，活着的人还有更远的路要走。她相信长孙无极是永远的胜者，当他那偏狭的父亲意图用自己的死拉他永堕地狱时，胜负已定。

长孙无极感应到她的目光，微微笑了笑，握了握她的手。

他掌心的温度已经恢复，是令孟扶摇安心的温暖。

孟扶摇含着眼泪笑了笑，她的眼神晶莹流转，像一方最为珍贵的宝石。

长孙无极看着她，然后眼光越过她的肩，更远地投开去，投向前方伫立的女子。

那里，一株早桃前，稳稳地立着华衣贵艳的女子，依旧环佩璀璨、珠光摇曳，珠光后的眼神却是不安而焦灼的，宽大的飞金绣鸾衣袖下，手指不能控制地绞扭在一起，泄露了她内心的紧张。

元皇后。

长孙无极看着她，随即转开目光，带着孟扶摇走了过去。他一直走过元皇后身边，然后，擦过她身侧，完全忽略掉她张嘴欲言的神情。

元皇后怔怔地看着儿子就那样漠然而过，脸上的神色根本看不出任何端倪。她的身子突然开始发抖，她扶住身后的桃树，指甲深深陷入树身，掐出苍绿的树汁，宛如树在流泪。

孟扶摇垂下眼睫。她心底和长孙无极一样，希望元皇后可以就此沉默，聪明地什么都不问、都不说，然后让时间平复掉所有的伤痕。

然而不是所有人都是长孙无极，在他们走过十几米后，元皇后终于嘶喊出声："他……他怎么样了？"

长孙无极继续前行，头也不回，答："薨。"

元皇后晃了晃，退后一步，撞得身后的树木一阵摇晃，簌簌地落了漫天的粉桃，落了她一头一身。

她半斜着身子，就那么任桃花落满衣襟。这个一看就十分端整、任何时候都不肯失态的一国之母，此刻完全忘记了皇家尊贵仪态的庄严，她面无表情，任凭自己被淹没在一片娇艳的轻粉中。

长孙无极没有回头看自己的母后，他就那么走了开去，直到身后突然爆发出一声厉吼："带我去看！"

与此同时，元皇后提起裙裾，跌跌撞撞地向他们出来的那些房子冲去。长孙无极立即道："拦下！"

宛如鬼魅突然自地底出现，树丛后、屋顶下，飞出几个灰衣利落的人影，毫无表情也毫不犹豫地拦下了元皇后。

元皇后厉喝："尔等贱人，竟敢拦我！"

"皇后凤体尊贵，不当亲涉污秽之所。"长孙无极淡淡道，"何况，德王尚未收殓，于礼不合！"

元皇后怔在那里，清晨的风凉凉地吹着她瞬间苍白后又开始发红的脸颊。半晌，她突然冷冷一笑，斜视着长孙无极，淡淡道："皇后，是吗？"

元皇后缓缓抬手，脱下金钗，取去凤冠，拔了玉簪，扯断珠链，将那些皇后冠带扔了一地，然后，轻轻地迈步上去。

她缀着珍珠的凤履慢慢辗转在那些象征尊荣的首饰上，一一踩碎。

珍珠翠玉被踩碎的声音细微而惊心动魄，听得人心都紧了紧。长孙无极眉梢跳了跳，元皇后冷笑着，开始脱九凤金绣的凤袍。

隐卫无法再待下去，对长孙无极躬了躬身，背过身去。元皇后眉毛也不抬，将凤袍扔于脚下泥泞中，身上只剩下了一袭浅黄的单衣。她低头看看自己腰上系的代表皇族身份的凤纹金丝带，顺手也解了。

最后她取下腰间的凤佩，那精致温润的美玉在她保养得细致的掌心熠熠生光，她将玉放在掌心，对着长孙无极，平伸出去。

长孙无极的目光瞬间冷如霜雪，元皇后抬眉对他挑衅一笑，掌心缓缓向下，一覆。

啪!

玉碎。

二十六年前的纳妃之聘，代表无极国帝后之尊的无上凤佩，此刻一往无回地碎去。遍地翠色晶莹的碎玉，在芳草间溅了开去，滚落如泪珠。

“我已经废了我自己！”元皇后一声声冷笑，“现在，我去看我的故人，不再于礼不合了吧？不再碍着你们长孙家的事了吧？”

她一身淡黄的单衣，黑发披散，毫无缀饰地立于桃树下。二十六年岁月不曾磨去她天生的绝色姿容，她的眉目依旧宛然如青春少艾的少女。此刻，今日尊荣的国母已死，昔日灵俏的少女重来，恍惚还是多年前，衣袂飘拂，身姿灵动，走近弹琴皇帝和舞剑亲王眼中的元家小女。

在二十六年前暮春开始，在二十六年后早春结束。

元皇后一声长笑，“从此没有元氏皇后，只有元家清旖！”

衣裙一掀，脱掉缀着珍珠的凤履，就那么赤脚走在冰冷的地上，元皇后直直地向前行去。她每行出一步，隐卫都不得不退后一步，又因为没得到长孙无极的命令，不敢离开。那些没有表情的脸上，渐渐浸出了汗珠。

长孙无极突然轻轻一叹。

他挥了挥手，隐卫如蒙大赦般退下，元皇后冷笑回过头来，道：“如今你可……”

她突然倒了下去，倒在瞬间掠到她身侧的长孙无极怀中——长孙无极点了她的穴道。

长孙无极沉默地弯下身，亲自抱起母亲，将她送回后院房内。他坐在床边，长久凝视着她眉间的不甘与戾气，又回到桌边写了封信，吩咐一直在院外跪候的江北道总督：“立即加派人马送皇后回宫，将信笺送给陛下亲启。”

孟扶摇一直看着他做这些，直到人去屋空，才上前来轻轻握住他的手，道：“她总有一日会理解你……”

德王的尸体，如果被元皇后看见，那才是真正的残忍。这是长孙无极对母后唯一能做的保护方式。

谁敢说长孙无极不爱母亲？谁敢这样认为，孟扶摇就吐他一脸唾沫！一个连自己化名都下意识地用母姓的人，他的心底，该为亲生母亲留下了怎样的位置？而元皇后的自私和不懂得，又会对他造成怎样的伤害？

“世间行事，逆风而为，如何能奢求那么多的理解？”长孙无极自元皇后被送走后就一直闭目不语，此时才睁开眼，微笑着抚了抚她的头发，“扶摇，知音难求，有你理解便已足够。”

德王畏罪自杀，薨于华州，没多久中州便下了圣旨，只褫夺了德王封号，收回爵位归葬京郊。除了从逆众人，德王亲属一概没有连坐。圣旨之上，还提起昔日君臣相得往事，言语间颇为痛惜。孟扶摇想，那个居于无极深宫的病弱皇帝，对彼此之间纠缠了二十六年爱恨的这一结局，想必也是深痛于心的吧？

她不方便住在华州府衙，正好宗越在华州之郊有座庄园，是当地一个大户被他治好病之后赠送的，孟扶摇便去蹭免费的房住。刚进门就听说那家大户的女儿暗恋宗越，整日往这儿跑，宗越不胜其扰，经常避出去。孟扶摇虽然心情不好，听得也笑了一阵。

听宗越和长孙无极的口气，方遗墨已经抵达华州，但是这人行踪神秘，喜欢深潜于红尘之中，又擅长易容千变万化，一时也摸不清他到底在哪里，只得慢慢寻访。

孟扶摇有一次好奇，问了问宗越十强者的事，才知道十强者成名多年，已经不常在五洲大陆出现。这十个人按顺序排，分别是天机、圣灵、雷动、玉衡、大风、云魂、月魄、雾隐、星辉、烟杀。其中除了玉衡不知男女，云魂和雾隐是女子，十强者前五位，近三十年几乎无人见过。星辉圣手方遗墨排第九，便已经是五洲大陆无人敢于侵犯的神了。

孟扶摇彼时颇为神往，咂嘴道：“什么时我也弄个十强者之一玩玩！这样吧，你、我、长孙无极，勉强加上战北野那家伙，再凑个雅兰珠，咱们搞个五圣者吧！”

宗越当即答：“请别把我和你列在一起，我还想留点清名。”

这毒舌男无时不毒舌，自然被孟扶摇再次追杀。不过是一场玩笑也就罢了，谁也没有想到，有时候誓言未必成真，玩笑却很有可能被命运安排，逐渐走向真实。

趁着这段时间，宗越又拼命给孟扶摇灌补药，有的苦点也就罢了，有的居然会导致她拉肚子。最多的一次，孟扶摇一夜去了七次茅厕，拉得欲仙欲死、忍无可忍，第二天带着元宝在宗越门口静坐示威，表示如果再给她吃那劳什子巴豆，她就天天在宗越门上涂元宝的便溺，让他知道什么是世界上真正最臭的东西。结果人家扶着门框淡淡一句，“毒能生毒，你体内有潜伏了十多年的暗毒，这么长时间下来，早已在你体内生了一堆秽毒。你不想排干净？行，将来死得满身疥疮，不要来找我。”

孟扶摇遥想了一下满身疥疮的自己，只好拎起元宝灰溜溜地打道回府。

这还没完，战北野每日揍完铁成，顺便也会拎了她去揍。先是她被揍，然后偶尔她揍他，最后各揍一半。两人经常揍得鼻青脸肿、各自瘫在地上连根手指都动不了，然后元宝大人就会施施然踱来，考察两人脸上的伤痕多寡，如果战北野伤多些，它就赏孟扶摇一颗它舔过的松子；如果孟扶摇伤多些，它就对着战王爷放个屁。

它还做了个本子，本子上记载着两人对揍的胜负记录。它每天在开揍之前都会自己买一下输赢，当然都买孟扶摇赢，赏金是一颗果子。如果孟扶摇赢了，这果子自然就立刻下肚；如果孟扶摇输了——这果子还是会下肚，因为元宝大人会悲愤地撞墙，撞完后需要食物来抚慰它“受伤的脆弱心灵”。

孟扶摇有时会翻翻那个很抽象的本子，对元宝大人诡异的记载十分膜拜，明明自己一开始十次赢不了一次，这只耗子怎么就记载成了对半赢面呢？明明后来自己十次中能赢一半，这只耗子的记录怎么就成了全胜呢？

长孙无极在此期间回了中州一趟，将德王后续事务处理了一下。元皇后废了自己，不过那对父子没打算废她，她仍旧是无极皇朝高贵无上的皇后。不过孟扶摇听说，元皇后因凤体欠佳，在宫中另辟庵堂，自己搬了进去，从此不见任何人了。

她是要在青灯古佛的岁月中将昔人永久怀念，还是另有想法，已经没有人能真正明白。那些埋葬在时光深处的一语动情、阴错阳差，那些无声逝去的剑凝清光、娇颜如花，从此将写在单调的木鱼声里，声声断肠。

对于元皇后，孟扶摇觉得这几乎是个注定的结局，甚至还是最好的。她始终觉得德王和元皇后是一对性格偏执而自私的父母。当年他们对长孙无极这样一个唯一的亲子，一定是很爱的，随着时间推移、随着长孙无极政治才华展露，这对喜悦的父母也一定一厢情愿地勾画过亲子相助夺位的美妙未来。然而当他们发现这个孩子有自己的想法和计划，根本没有打算成全他们，甚至还在处处掣肘、相助“外人”对付亲生父母、使他们不得团圆时，那爱，就渐渐成了恨。

那样的恨，使德王铤而走险踏上了反叛之路，使元皇后心怀怨意对亲子日渐冷漠，使德王反叛事败之后自认为决然无幸，便以死控诉“无情无义不认生父”的孽子。

他却不知道，长孙无极如果真的不想认他，这世上早就没了德王；他也永远不会知道，长孙无极根本不会杀他。

偏执造就悲剧，徒留一声叹息。

还有件事让孟扶摇有点不安，听说德王疯妃失踪了。当御前侍卫按例去查封德王府、催请王妃移居时，发现那个院子已经人去屋空。那满地稀脏的秽物都已不见，甚至连原先看来堆得厚厚的灰尘都被发现是假的，是粘在地上的。在那个肮脏的草铺之后，还有个机关，里面是间密室，干净整洁，看得出曾有人居住过。

这个消息让孟扶摇怔了半晌，这才恍惚想起，当初闯进疯妃的屋子，从进去到出来，她那么激烈的动作，那么厚的灰尘竟然没有扬起，地上确实也没有脚印。

到底是诈疯还是另有隐情，此时已不得而知，唯待时光流逝，最终揭示真相。

长孙无极回来后，也加入了摧残孟扶摇的大军。他一向和战北野不同风格，并不直接和她动手，却每日让她背书。他也不逼她，根本不喊她过来，只是微笑着摊开一些奇奇怪怪的书，抓过元宝大人一起研究。元宝大人只要和主子在一起就都是高兴的，看不懂也在那里吱吱啊啊的，好像很来劲的样子。好奇宝宝孟扶摇每次都被勾了去，然后便上了这主宠两人的当，眼花缭乱地看那些行功图、阵法图、五行奇术，甚至有时连堪舆之术和巫蛊之术也有。孟扶摇很无语，长孙无极这是要把她往全能神棍的方向培养吗?

她有时也怀疑，瞧这三个人很有默契地操练她的样子，竟像是知道她内心的隐秘一般，但她又确实没对任何人泄露过。有一次，她旁敲侧击地问战北野，战王爷直爽敢言，不像那两只难伺候，她攻关、套秘密一般都选他。战北野立即大笑，“你这性子，就是个惹祸精，又不听话，又喜欢一个人乱窜，万一哪天没看住你，你一个人又惹祸摆平不了怎么办?把你的实力往上拎拎，才是根本解决之道。”

孟扶摇默然，感动之余也觉得自己不知道运气到底是好还是不好。自己是会惹祸，但是招惹的祸事常常也和这几个人有关，保不准没有他们，她就是个最清净、最与人无忧的乖宝宝。但是这个问题和鸡生蛋还是蛋生鸡一般，早已无解，她也就只好捏着鼻子，继续被三大帅哥每日采取不同的方式操练。

那三人互相看不顺眼，明里暗里斗个不休，唯独对她的事一向有共识，逼迫她提升实力的同时，也不忘记摧残她的手下。宗越派出手下的一流探子，去教姚迅刺探、潜伏、信息通联之术。姚迅兴致勃勃地向孟扶摇汇报自己的计划，他打算将他的神掌帮会合起来，利用三只手天生的灵活敏捷，训练成长孙太子“暗隐二卫”那样的组织。孟扶摇从鼻子里笑了一声，挥挥手，由着他去折腾。

战北野的黑风骑一直在姚城休整，首领却跟到了华州，在铁成被揍的间歇，负责教他战阵骑术兵法等等。孟扶摇现在的身份已经可以开府，在节制姚城、睢水原有的五千白亭军的同时享有自己的护军。战北野就是把铁成作为将来孟扶摇的护军首领来培养的，可以想见，将来孟扶摇麾下第一支护军，脱胎自百战强军黑风骑，又将是何等威风。

孟扶摇并没有注意到，那些靠着自己个人能力和性格魅力获得的零散势力，在几大强者颇有远见的培养下已具雏形。她的心思并不在五洲大陆，一直以来的目标也只是为了离开而已。一个迟早要离开的人，搞那么大摊子做什么？挣点钱做路费比较要紧。于是，鼠目寸光的孟姑娘，有一点空闲，心思都放在了挣钱上。她的俱乐部、舞厅生意在战争结束后继续推广。现今她身份不同了，发展起来更是便利。下一步她的目标是将舞厅分出等级，推广到百姓中，只有百姓才是广大的受众群体。而因此带动的布业、制衣业、纺织、棉麻等，她都有所涉猎。孟财迷闲着没事算账，一想着财源滚滚的未来，便笑得十分猥琐。

这日是华州第一家俱乐部开业的日子，孟扶摇作为老板自然要出席。她一直被关在华州这座别业里摧残，几乎没出过门，也想好好玩玩，泡泡妞啊、钓钓凯子换换胃口什么的。尤其当听说华州有一家盛名在外的菊花道象姑馆，里面的小倌儿个个绝色时，这对于前世算半个腐女、爱看 BL 小说的孟扶摇实在是个莫大的吸引，她一定要去实地观摩。但这个宏伟计划自然不能让太多人跟着，尤其那几只彪悍的。所以她打算一个都不邀请，他们有本事知道，就自己去。

一大早，孟扶摇起来穿衣服。最近跟她形影不离的元宝大人蹲在它自己的衣箱前，寻思自己该穿哪件才配得上这个隆重的日子。元宝大人认为，作为永恒的主角，它不打扮得完美风骚，实在对不起观众的膜拜。

孟扶摇笑眯眯地看着它翻了半天没个决断，才从口袋里摸出一件……裙子。

元宝大人愤怒，严重抗议孟扶摇对其性别的侮辱。

孟扶摇微笑凑近它道："知道不，你家主子唯一一次称赞我美，就是我穿这种裙子那次。我告诉你，他对这种裙子最没抵抗力了，你要想抱得主子归，一些必要的牺牲还是要有的。再说，合格的小受，穿女装也是情调嘛，对不？"

元宝大人目光闪烁，意有所动。孟扶摇继续昧着良心道："这种裙子最适合你的身材了——细腰丰臀、水波一般的曲线，销魂！销魂……"

于是元宝大人销魂地穿上舞裙，孟扶摇叹："着实'细腰'丰臀，水桶一般的曲线……"

她把元宝大人揣在袖囊里，鬼鬼祟祟地一路出门了。门外……没人，院子外……没人，花园里，宗越在观察自己培植的药草，白袍、白便鞋，一身家常打扮，一团云似的飘在自已深紫淡绿的药圃里。看见她，他很随意地打了个招呼："这么早？"

孟扶摇心虚，还没想好出门的托词，宗越已经道："清晨天地之间浊气上升、清气下降，这个时辰出门散散步挺好，吸吸天地灵气，也省得你越活越笨。"

孟扶摇无语，对于宗医圣开头温暖、后面毒舌的语言风格早已习惯。今天她不想和他斗嘴，只嘿嘿笑道："是，是，难怪宗兄你越活越抽象，敢情天地灵气吸多了。"

宗越瞟她一眼，不理她。孟扶摇快步蹿过花园，在二进院子里遇见战北野。战王爷正抓着铁成操练，看见她目光一亮，招手道："来，来，来挨揍！"

孟扶摇心想这也是个不知情的，不禁心情大好，脚一划在地上画个圈，道："今天我们玩个新鲜的！"

战北野偏头笑看她，道："什么？"

"咱们比挨打。"孟扶摇嘻嘻笑，"站在这个圈子里，躲避的范围不能超过这圈子，谁出圈谁就输。"

"好。"

"按照性别优势，你先挨打。"

"好。"

战王爷乖乖站到圈子里，孟扶摇微笑，"不许出圈啊！出圈就是输！输了三天之内不许说话！"

战北野目光睥睨，"我会输吗？"

孟扶摇挥拳，"接着！"

一拳击出，虎虎生风，战北野漫不经心地睨着，那拳击到一半，突然拐了个弯，捂到了肚子上，孟扶摇挤眉弄眼，"哎哟，怎么突然肚子痛？俺要出恭……"一溜烟跑了，一边跑还一边挥手，"别出圈，等我回来……"

战北野摇摇头，骂："这粗俗的女人……"然后老老实实地等在圈子里。

孟扶摇奔到茅厕，腿一抬，从茅厕后墙翻了出去。内心哀悼战王爷实在太实心眼，尿遁这一招自己都用第二次了，怎么还上当呢？

从围墙翻出来，第一进院子大门在望。孟扶摇欢欣鼓舞，照壁后忽然转出一个人来，该人露出闲淡从容的微笑，道："扶摇，早！"

孟扶摇满腔的兴奋立时被这一声和煦的道早灭了个干净，她伸出爪子，快快挥了挥，道："早——"

"今天穿得漂亮。"长孙无极笑看她，"深紫的袍子大黄花，着实配得好。"

孟扶摇讪笑，“是啊是啊……你穿得也漂亮……好漂亮的颜色啊……”

长孙无极微笑，“这种颜色我穿了很久，难得你终于发现了它漂亮。”他探头向里望了望，道，“宗先生起来没？我有点医术上的问题要请教他。”

“啊？”孟扶摇目光一亮，喜出望外，连声道，“在，在！在花园种草呢！”她殷勤地牵着长孙无极的衣袖指给他看，“喏，最后一进院子里，你知道的。”

“好。”长孙无极二话不说，抬步就走，孟扶摇呼的一声便要蹿出去，腿刚抬起，便见长孙无极突然回身，问，“还没问你呢，这一大早去哪儿？”

“啊？”孟扶摇高抬着腿，小心翼翼地放下来，转了转眼珠答，“天天吃庄园里的早饭吃腻了，听说外面的豆腐脑做得又香又嫩，我买回来请你们吃。”

“难得你愿意请客，我记得好像是认识你来的第一次。”长孙无极不动声色地讽刺了一下某人的小气，继续前行，道，“那快去快回。”

孟扶摇心中一喜，也不计较他的讽刺了，脆脆地答应一声，得意扬扬地一溜烟跑了。

终于顺利地跨过大门，孟扶摇舒坦地吐出一口长气。奶奶的！日日被苦大仇深地压迫，这下终于解放了，老娘今天要好好地玩！

她看时辰还早，决定先到菊花道那里品菊花。得意扬扬跨上马，突然对袖子里道：“元宝啊，那边一棵串串红，花是甜的，要不要吃？”

一听见有吃的，元宝大人立即探出头来。孟扶摇一指，元宝大人便扑了过去。

“喵！”花丛下突然钻出一只猫来。

元宝大人攀在串串红上的身子立即僵住，它扒着花，慢慢地向下看。那只猫满眼好奇和思索地打量着它，严肃思考着这只打扮得奇形怪状的东西到底是死敌耗子，还是亲戚兔子。

孟扶摇坐在马上笑得开心。

今天出门是要做坏事的，可不能给元宝跟着。问题是这货十分灵敏，和它主子之间又能心灵互通，自己带着它肯定不成；不带它，万一它有什么办法招呼一下它主子，它那主子赶过来自己便什么都玩不成了。干脆找点事给它做，让它没空串联。

前几天她看见这串串红下有个猫洞，里面有只幼猫，正好，可以实地论证一下这世上有没有不怕猫的耗子。

元宝大人终于确认了下面这团黄色的东西是那种叫作猫的动物，立即一声尖叫，啪地从花上跳下来就想跑。可惜它忘记了它穿的是孟扶摇坏心献上的舞裙，那东西拖拖拉拉，曳着长长的裙幅，元宝大人跑没几步，骨碌一滚；爬起来再跑，又是一滚。无奈之下，它抓起地上一根细细的断枝，后腿一撤，前爪一扬，摆出长孙无极第一次遇见孟扶摇时，牛 × 破阵的剑势。

那只幼猫被“武林高手元宝大人”牛 × 闪闪的起手式吓了一跳，有点畏缩地退后一步。元宝大人立即横枝一指，第二式平沙落雁，姿势着实潇洒。

可惜它屁股后面雪白的毛渐渐滴滴答答湿了一片。

孟扶摇哈哈一笑，没良心地一扬鞭绝尘而去，丢下可怜的元宝大人拖着粉红的裙子继续和猫对峙。

转过一个弯，再转过一个弯，意气风发的孟扶摇渐渐看见了前方一个巷子里挑出的一幅绣帘。

那帘子着实别致，绣着一朵金黄的菊花，千丝万叶，风中摇曳。孟扶摇目光发亮地看着，高呼：“菊花，我来了！”一踢马肚，飞快地冲了进去。

一分钟后。

孟扶摇拼命打马，“掉头！给我掉头！”

巷子窄，马转不过来，在原地团团乱转。孟扶摇没奈何，蹲在马上对堵在巷子里的那俩帅哥打招呼：“幸会，幸会！”

宗越平静地看着巷子里一朵形状少见的花，头也不抬，“这巷子里的天地灵气确实要多些，难怪你散步能散过了大半个城，真不容易。”

战北野抱着胸，斜着眼睛看她，他脚下居然画着一个圈。看孟扶摇一脸黑线地看过来，他指指脚下的圈，狡黠地道：“我没出圈。”又道，“过来！还没揍完呢，你方便的路途和时辰可真长！”

孟扶摇崩溃，干脆丢掉缰绳，腾地向后便蹿。

“既然来了，何必走呢？”有人微笑着，将炮弹般弹出来的她接个正着，顺手捏了捏她的脸，道，“这豆腐脑确实又香又嫩。”

孟扶摇讨好地笑笑，点头如捣蒜，“还行，还行！”

有见过帅哥陪着逛男妓院的吗？

有见过带着美人玩美人的吗？

孟扶摇自认为自己是空前绝后、创了纪录的一个，而且相陪的帅哥不是一个，还是三个。这真是人生莫大的……悲惨。

她本来都已打算打道回府了，结果那三个浑蛋居然说来了就来了，大家一起见识一下，看看这世上还有什么样的男人能这么吸引孟姑娘，让她不惜撒谎骗人也要赶来。如果实在值得学习，他们也不介意拜个师、学个艺什么的。

孟扶摇被挟持在正中，跑也跑不掉，骂也骂不成，干脆死猪不怕开水烫，伸手左一捏长孙无极，右一捏宗越，色眯眯笑道："两位小倌儿着实美貌，来，给大爷我香一个！"

她斜瞟着那尊贵又剽悍的两只，等着他们发作她打道回府，结果长孙无极微微一笑，道："大爷，一捏三千两，谢谢惠顾！"

宗越则淡淡道："大爷，我脸上有毒，你的手今天要痒一天。"

……

一路被挟持进了院子，男老鸨迎了出来，眼光一瞟便露出诧异和兴奋之色，就像老鸨看见美人便想骗入窑子赚钱一样，长孙无极三人的美色顿时震住了老鸨，连同孟扶摇——她男装易容，轮廓也是很清秀的。

孟扶摇剔着牙齿，看着老鸨的目光顿时大怒，面上却不动声色，道："妈妈桑，要你院子里最美的清倌儿，要四个。"她又指指战北野，"不用客气，用力宰，这位付账。"

老鸨看着战北野，他阅人多矣，一看就知道这几个人根本不是来逛象姑馆的。战北野却哼了一声，摆摆手，"去，找最好的，本……我也想见识一下她的眼光。"

孟扶摇郁卒地望天……兄弟们，你们永远也不能理解腐女澎湃而纯洁的内心……

"美人……哥哥见到你真是三生有幸……哕……"孟扶摇深情地拉着小倌儿的手，念到一半台词没能念下去，奔到一边吐去了，吐完了大骂："这是受吗？这也配做受？那腰也就比大象细一点！"

战北野挥挥手，道："换！"

那两位悠然在下棋，偶尔抬头看看。长孙无极道："我看还行嘛，比刚才那个一脸白麻子的好，你就将就了吧！"

宗越啪地放下一个棋子，淡淡道："我倒觉得这个干净些，刚才那个耳后有一点泥垢。"

孟扶摇奄奄一息道："我玩够了，可不可以回家？"

"不成。"回答的是战北野，"我还没见着你喜欢的类型。"

被解救的元宝大人从长孙无极的袖子里爬出来，幸灾乐祸地看着主子替它报仇。孟扶摇恶狠狠地喵了一声，元宝大人立即缩了回去。

"美人……哥哥见到你真是……哕……"

"美人……哥哥见到你……哕……"

“美人……哥哥……唠……”

“不玩了！”孟扶摇吐光胆汁后终于拍案而起，“要菊花没有，要命一条！要杀要剐，随便！反正老子死也不……”

“风陌见过公子。”门口处传来的语声清雅、宁静，微带点颤颤的尾音，使听的人想起星光自天际曳着一抹尾羽流过，或是一朵花怯怯开在风中的样子。

孟扶摇愕然转首，便见拉开的纸门前立着风姿楚楚的绯衣男子，乌发如墨、肤光胜雪，一双细长而明媚的眼睛闪亮如星。

竟是个少见的美人！

孟扶摇张大嘴，不明白这么个美人是怎么突然出现的，走错路了吗？

身后，宗越凉凉道：“小心口水。”

孟扶摇如梦初醒，赶紧迎上去，“美人……哥哥……”

这一句出口才发觉，美人已经不年轻，眼角有浅浅的细纹，却看不出实际年龄，反倒更添了几分岁月积淀的魅力。孟扶摇盯着美人的红唇，目光发亮。

战北野若有所思地摸了摸自己下颌的一点胡楂儿，沉思着，敢情这女人喜欢老的？

长孙无极停了棋，看向那个自称风陌的小倌儿，眉头微微皱起。

那男子姿态大方，不待孟扶摇邀请已经走了进来，目光盈盈一转，笑问：“是哪位公子需要伺候呢？”

孟扶摇赶紧奔过来，“我和你谈谈情、谈谈情……”

那三人目光齐齐地往她身上很有力度地一落，孟扶摇后背立即起了一身冷汗，她咬牙坚持着，拉着美人不肯放。不行，这个实地现场观摩的机会可不是随时都有的，将来回到现代，保不准就是个吹嘘的资本。

孟扶摇拼命抵抗着背后的目光攻势，拉着美人风陌谈天说地。说着说着，她发现自己开始跟不上风陌的谈锋。这个男子竟然博闻广见、学识非凡，但凡文史经书、医药星象、诸子百家、琴棋书画，竟然无一不通，除了武功他自称不懂，其余无论谈什么，他都信手拈来、行云流水。

孟扶摇倾倒得五体投地，绝品小受啊！这么好的气质，这么牛的学问，唉，沦落在这风尘真是可惜了的。她目光亮亮地看着风陌，心里思索着为他赎身的可能。

长孙无极和宗越早已不下棋，各自倚在室内一角静静聆听。战北野慢慢拭着自己的剑，默然不语。孟扶摇听到中途，目光在室内一转，看见或倚或坐的紫白黑绯四色出众男子，或高贵、或温雅、或俊朗、或秀逸，皆是人间难见的超拔风神，不禁怔了怔，突然生出目眩神迷、不知身在何处的感觉。

她慢慢沉默了，想着自己来异世走这一遭，遇见的这些绝品出众的男子，到底是缘是孽呢？

那风陌是个知情识趣的人，见她突然沉静下来，立即住口，抬起衣袖，姿态优雅地举起案上酒壶，浅笑道："今日相遇，便是缘分，风陌敬四位公子一杯。"

孟扶摇立即很高兴地一饮而尽，战北野哼了一声，也喝了。宗越淡淡一笑，道："抱歉，在下不喝酒。"

长孙无极举起酒杯，缓步踱到风陌身边，笑道："风公子妙人，今日一见，在下折服，该在下敬公子一杯才是。"

"不敢。"风陌敛容垂眸，"在下微贱之人，不敢当公子抬爱。"他双手举起酒杯，和笑吟吟单手擎杯的长孙无极一碰杯，长孙无极的酒杯突然一斜，透明的酒液倾泻出来，泼了他一身。

"哎呀，实在失礼！"长孙无极赶紧取出汗巾替他去擦，风陌一让，笑道："没事，不劳公子，在下得换件衣服，就此告退。"行礼如仪地退了出去。

长孙无极将酒杯缓缓放下，目光中若有所思，宗越道："没有武功？"

长孙无极不答，半晌道："嗯，许是我多虑了。只是华州什么时候多了这么个人物，有些奇怪。"

孟扶摇哈哈一笑，道："太子殿下，你是太子，不是探子，你治下一个州的一个青楼多出一个美人你也要知道，那不是要累死？"

"你就看得见美人！"长孙无极瞟她一眼，"你永远是当看见的看不见，不当看见的看得清楚。"

宗越抬头看看天色，道："午时了，我要回去坐息，这里我会派人注意着。"

"哎呀，午时了！见鬼！"孟扶摇突然蹦了起来，大步冲了出去，"我的开业剪彩！"

华州"天上人间俱乐部"开在闹市中心，孟扶摇赶到的时候，百姓正围得人山人海地看热闹。孟扶摇早早命人在俱乐部前搭了看台，选了些姚城舞女表演她教的现代舞，并随机赠送蛋糕点心——前世孟扶摇因生活所迫，是个厨艺高手，大学时还特意学过西点制作，尤其擅长蛋挞，所做蛋挞细腻软滑、入口即化，这些技术，自然都要拿来赚钱。

眼见人气不错，孟扶摇笑得开心，姚迅从人群里满头大汗地挤出来，道："您来了尽站着做什么？赶紧准备剪彩啊！"又问，"那几位呢？"

孟扶摇哦了一声，道："有点事要办，可能稍后便来。"随即跟着他上了台。台上桌上放着两把金剪，孟扶摇伸手去取，忽然一只手伸过来，将那把剪刀抢先夺了去。

孟扶摇怔了怔，抬眼看那人。是个公子哥儿打扮，长得勉强能看，就是一双吊梢眼老像是在斜眼看人。她偏偏头，低声问姚迅："这傻帽儿是谁啊？"

姚迅道："您不是允许有那什么……咕咚吗？这是江北道总督的李公子，也入了份子的。"

孟扶摇哈哈一声，道："股东啊？成啊！"对那不客气地盯着自己、莫名其妙满脸敌意的李公子笑了笑，伸手去拿另一把剪子。

不想那李公子突然伸手，将那剪刀拂落在地。

孟扶摇眼光落在险些扎上她靴子的剪刀上，又慢慢抬起眼，笑意不变，问："李公子？"

那李公子鼻孔朝天，嗯了一声。

"你需要剪刀剪鼻毛吗？"孟扶摇微笑，"这个不好用，用那个。"她走到后堂，从武器架上拿来一把开山斧，在手中笑着一颠一颠地晃，"结实耐用，久剪不坏。"

"放肆！"李公子勃然大怒，"你一介三品虚职武官，敢对本公子这般说话？"

"哦？"孟扶摇彬彬有礼地问他，"敢问阁下几品？请尽早告知，下官好行庭参礼。"

"我爹是当朝从一品实职总督，封疆大吏！"李公子紫涨了脸皮，"本公子拔根毛都比你的腰粗！"

"是吗？"孟扶摇笑，突然伸手，闪电般揪下李公子一撮头发。

李公子杀猪般的惨叫声里，她笑吟吟地将那撮头发放到自己腰前比了比，摇头，"这一把得有百把根毛哪，怎么还是没我腰粗？李公子，做人要诚实！"她正色拍了拍李公子的肩，"或者你身上还长着比我腰粗的毛？那就拔下来看看。别客气，我们要以客观科学的态度来对待现实。"

"反了！反了！反了！"李公子捂着秃了一大片的头皮，暴跳如雷，"都说你在姚城作威作福、独断专行、仗势欺人、欺凌弱女，如今看来果然不错！来人！"

呼啦一下拥上来一大批士兵，人人背着武器，连镣铐什么都是齐全的，竟像是一直等在那里似的。

"把这个欺行霸市、欺男霸女、无恶不作、当街伤人的无耻徒，"李公子肺活量极好，指着孟扶摇，一连串不停顿地大喝，"给我拿下！"

第八十章

此刻温馨

铿啷啷，锁链兜头一甩，熟练地套上孟扶摇的身。

百姓哗然一声急忙四散，暗叹这家店主倒霉，在开业的好日子遇上这等事，八成是得罪总督公子了。

孟扶摇用手掂掂那锁链，偏头看着李公子，好奇道：“欺男霸女？我欺了哪个男，霸了哪个女？”

“你在姚城欺凌弱小，本公子路见不平！”李公子阴笑着看她，“你逼迫得弱质女子无家可归，整日风吹日晒、奔波劳苦，只为还你的巨额勒索！”

胡桑？

孟扶摇眉毛挑一挑，这回是真怒了：那死女人竟然这么不知进退，还想挑唆了人来对付她！这李公子八成是看上胡桑美貌，也就不管三七二十一地为美人出头，真是吃饱了撑的！

这小子也昏聩得不知道礼法制度了，他爹是总督，他也是总督吗，竟然当街锁拿自己这个三品爵的将军？胡桑啊胡桑，你眼光真差，找靠山也不选准点！

她阴险地笑起来，正在思考该如何整治一下这混账的狗屁李公子，忽听他大声吩咐卫兵：“给我准备状纸，我要亲自代胡姑娘告倒这个家伙，先把他押到府衙大牢！”他突然放低声音，凑到班差头领耳边低声道："和那个姓方的老家伙关在一起，那人不是谁近他谁死吗？也让这小子尝尝滋味……"

他声音极低，孟扶摇却听了个清楚，刚要伸出揍人的手突然一收。

姓方？老家伙？谁靠近谁死？听起来很像某个自己正在寻找的人啊……

虽说出现的位置有点奇异，但这种人都神出鬼没、游戏人间，行事出格也是正常。说不准对牢狱突然产生了兴趣，进去玩几天也是极有可能的啊。

孟扶摇沉思，哎，不入虎穴，焉得虎子，去看看？反正方遗墨也不认识自己，不会有危险的，看一下就出来好了。

疑问句立即变成了肯定句，孟扶摇对赶过来的姚迅使个眼色，示意他不要管，自己乖乖地跟着那班衙差走了。

李公子冷笑看着，觉得自己虎躯一震，王八之气迸发，那小子果然乖乖拜服，不禁很得意。他顺手摸了摸自己秃了一块的头顶，顿时怒从心起，抬手就是一巴掌，"下贱小子，该本公子教训你了！"

他那一巴掌挥出去虎虎生风，用出了吃奶的力气，不想挥到一半，手掌突然诡异地向后一折。

咔嚓一声骨裂声响，李公子一跳八丈高，抱着手掌哀号，他的手刹那间翻了一百八十度，生生和手腕折成了平行。

孟扶摇笑吟吟地看着，吐出嘴里的瓜子壳，道："菊花道的瓜子就是好！香！脆！断起骨头来也劲道！"

她凑到疼得脸都扭曲了的李公子面前，低声道："本将军今日心情好，愿意给你个面子。你不要给脸不要脸，赶紧乖乖把我收监，就按你们说的，和那姓方的老家伙一牢房——快点！听见没有？"

李公子吓得一抖，又是惊恐又是疼痛地盯着孟扶摇，实在不理解世上还有这种怪胎人种，明明这里的人困不住她，她偏偏要自找苦吃地进牢房。

孟扶摇摇摇晃晃地直奔府衙大牢，欢欣地唱："找呀找，找朋友，找你找到牢房里……"

府衙的牢房和所有的牢房都差不多，阴森黑暗，但是孟扶摇最血腥最恐怖的牢房都见识过，自然不在话下，她感兴趣的是那个"姓方的老家伙"。

此人现在就坐在离她三尺远的地方，从头到脚都十分抽象和难以理解。孟扶摇观察了他一刻钟，觉得此人十分深邃犀利，介乎乞丐和高人之间，其可能性各占百分之五十。

她转着眼珠，自对方的乱发中努力寻找“高人的眉目”，思考着开场白，“请问你是不是方遗墨？”这话实在有点傻。

“请问你……”

对方突然倒下来睡觉，将一双脏得看不清颜色的大脚板直伸到孟扶摇鼻子边。

孟扶摇盯着那双黑铁颜色的脚板，觉得这造型实在和“星辉圣手”这样漂亮拉风的称号不搭界。不过那脚底居然还生出好大一颗痣，痣上生着飘逸的毛，是不是这就是“星辉”的由来？

研究脚底板研究了半天，孟扶摇突然发觉不对劲了——毛为什么在飘？

风？四周怎么忽然起了风？

这是密牢，连个窗户都没有，风从哪儿来？

风从四面来。

唰！

一道风突然掠过她头顶，快而锋利。

孟扶摇霍然弹起，一个团身大翻滚避过，落地时一缕乌发如黑云般悠悠飘落。

她惊骇地看着那缕断发，背上惊出了一层冷汗。还没来得及思考，身后又是一缕利风！

这回是直向着她后心，迅猛的力道绝对可以一“风”捅死她！

来不及再避，孟扶摇砰的一下倒地，风声从背上掠过，哧的一声，背后衣衫裂开一条大缝，冰凉。

只差一毫，她就要被剖开背脊！

风声快如雷电，化成一柄柄利刃，薄而透明而无声，在窄小的空间里纵横飞舞。这小小的囚室里，大自然里平静和缓的风突然成了杀人无形的利器，被神祇般的力量无声操纵着，刺、砍、戳、劈，刀刀要置孟扶摇于死地。

更糟糕的是，那些“风”每一出现都诡异玄奇、角度刁钻，似无形的天神之手，召唤着这自然力量，化为一套神奇的刀法，纵横天下，无人能当。

孟扶摇在这样神异诡奇的力量面前，被逼着使尽了自己全部的能力，她不住地翻滚躲避、挪移跳跃，深紫身影在狭小空间里飞腾如电，那些动作太快、太迅捷，到得最后已经超越了感知，完全成了本能，就看见那道影子飞旋来去，化出淡淡叠影，再在人的视野里瞬间漂移。

哧！

又是一风掠来，这回正向着趴在地上的她的眉心！

孟扶摇大骂，二话不说，伸手一拽那脏脚板，“你给挡着！”

脚板一拉，那人一动不动的身子轻得超乎想象，竟然一拉就被完全拉起，竖在空中。

风声顿止。

满天风刀停息，四周突然立即又安静无声了。

孟扶摇呆呆地看着自己抓着的脚板，半晌骂了一声：“早知道早点抓你挡刀！”

那只脚板突然一踢！

啪！

孟扶摇被狠狠踢了出去，重重地撞在栅栏上，撞得四肢百骸都像散了般剧痛。孟扶摇挣扎着爬起来，怒气勃发，“你敢踢我！”立刻恶狠狠地扑了过去。

那人在一脸乱发中睁开眼，目光像一柄巨锤般霍地砸过来。那目光深邃宏大，宛如不断产生旋涡的无底黑洞，带着强悍玄奇的力量，砸得孟扶摇身子一顿。

可惜孟扶摇这人一向凶悍，顿了一顿后继续扑，一拳狠狠揍向对方肚子，“叫你暗害我！叫你教出狗屁徒弟！”

她认定了这人果然是方遗墨，除了他谁还能这么牛 × 闪闪，天地自然之力也可以拿来做武器？既然当真在这里狭路相逢，这人一开始就下了死手，那说明他已经认出了自己，既然这样，还有什么好犹豫的？先下手为强，后下手遭殃，不过是个你死我活而已！

她扑上去，不给他任何机会再使那该死的风刀，“泼妇十八式”，头撞、手抓、腿踢、口咬，同时还阴险地用上破九霄的功力和招法，那头撞出去是铁头，那手抓出去就准备挖心，那腿踢必踢宝贝蛋儿，那口咬只咬咽喉。

她扑打得杀气腾腾，如猛虎出柙，那人就只闭上眼睛，吐了一口气。

孟扶摇又觉得眼前一黑，好似被一榔头砸到心口，断线风筝般飞了出去，再次砰地撞到铁栅栏，还是原先一模一样的位置。

差距这么大……老子不是已经是大陆一流高手了吗？怎么人家一口气就能吹死我？

孟扶摇呸地吐出一口血沫，恶狠狠地将跌乱了的头发向后一撩，又爬了起来，再扑！

砰！

再次撞回一模一样的位置。

再爬，再扑！

砰！

地面上积了一摊的血，孟扶摇爬得一次比一次慢，扑得一次比一次软，但她好像没感觉一般，继续摇摇晃晃地站起。

她搬着自己的腿，一步步挪过去。

我选择战死，此生永不再自杀！

再扑！

砰！

砰！

……

第十次，孟扶摇抹一抹嘴边的血，一点点支起身子，摇摇晃晃地喘了半晌，扶着墙一步一步地慢慢晃过去。她眼神有点散，腿和手都软得抬不起来，行走间嘴边的血慢慢滴落。她偏头，就着肩膀的衣服蹭去血迹，继续向着对方狞笑。

那老者却突然叹了口气。

孟扶摇眼前一黑，下意识地等着这一次被撞上铁栅栏的剧痛，却没有任何动静。那老者突然盘坐而起，深深打量着孟扶摇，眼光奇异，半晌道：“你终于来了。”

他看起来干瘦，声音却洪亮得惊人，几个字震得孟扶摇耳朵嗡嗡作响。她愕然睁大眼睛，吃吃道：“啊？你早知道我要来？”

“我等了你十三年。”

“啊？”孟扶摇惊讶得口水都飞了出来。不是吧？方遗墨在十三年前就预见了自己和他徒弟的过节，预见了自己要找他要锁情解药，预见了自己被投入大牢和他在这里相遇？

太神奇了吧！

“十三年前，我问那老家伙，我的隔世弟子在哪儿，再不来我死了怎么办？老家伙给我指了这里，说只要在这里等，迟早可以遇见。我却没想到，这个迟早，居然迟了整整十三年。”

这说的什么？怎么一个字也听不懂？

“昨晚我想，你再不来，我就只好杀人了。”老人轻描淡写道，“我只有一天时间了，你不来，我没了传人，我就杀了这个国家的皇帝。”

“啊……为什么？”孟扶摇结结巴巴地问，我不来，你杀长孙无极他老爹做什么？

“谁叫他的牢狱不抓该抓的人。”老者理所当然地答。

孟扶摇黑线，半晌小心翼翼地问：“您……不是方遗墨？”

“方遗墨？”老人语气里突然有了回忆，仿佛这是个沉在久远记忆里的名字，勾动了他往昔那些大风起兮、四海啸傲的岁月，他淡淡道，“三十年前那一战，他还没死吗？”

“没死，没死……”孟扶摇痛哭流涕，立刻扑上去狗腿地抱住老人的大脚板，“师父……我是你等的弟子对不对？做师父的要为弟子撑腰对不对？方遗墨唆使他弟子欺负我啊……”

便宜师父，不用白不用，不用过期作废！没听见说，保质期只剩一天了嘛！

老人低下头，看着孟狗腿哭得眼泪飞花的脸，半晌露出了困惑之色，道：“这就是我十分刚勇、天下难得的铁骨弟子？”

孟扶摇呃了一声，讪讪道：“您老千万得透过现象看本质……”

“反正来不及了……”老人闭上眼，手指抚上孟扶摇头顶，“你骨骼是难得，大抵是没错的，如果错了，我再回来要你的命吧……”

孟扶摇又呃了一声，觉得人生真的处处充满了戏剧性和危险性啊。

头顶忽然一震，一股暖流灌顶而下，洋洋而入，如大风在体内鼓荡、跌宕游走，扫清体内积瘀血沫、余毒渣滓，再一点点垫实体内经脉。那些本有些浮躁的真气被渐渐抹平，再如潮汐般渐渐涌起。

孟扶摇的眼睛亮了：武侠小说中的狗血奇遇当真落在我身上了吗？某个在奇异地方等候我的高人，将毕生的功力传授于我，从此我武功大涨、独步天下，要杀谁杀谁、要砍谁砍谁……

她陶醉在美梦中流口水，却没发觉，体内那大风般飞卷的气流渐渐超越了她体内真气和经脉的堤坝，正一点点冲击着她的内腑……

“住手！”

竟然是宗越的声音。孟扶摇愕然睁开眼，想要回头看，却发现自己根本动不了，也无法发出任何声音。而那沛然莫御的真力还在源源不断地冲入，根本不管她是否承受得起。孟扶摇就像一个在不停被吹大的气球，渐渐鼓胀而起，难受得血脉偾张、头晕眼花，太阳穴扑扑跳动。她觉得自己只要张开嘴，吐出来的就一定不是语言，而是自己的所有内脏。

原来平白无故给你东西，未必是好事啊……

“前辈请住手！”宗越的声音响在头顶，这个一向平静的毒舌男此刻声音竟然充满了急切，孟扶摇眼角只瞥见他雪白的衣角一飘，似已冲到牢门前，“前辈住手！她的功力和您相冲，不能接受您的真力！”

“那有什么关系？”老人嘎嘎地笑，“我把她原来那烂功法废去了便是！”

孟扶摇听得眼前一黑，就要晕去，废了我的破九霄？那是我吃了无数苦、练了十三年的神功，如今要被你一朝废去？你干脆杀了我吧……

“请前辈开恩！”宗越急急道，“无须废去，只是她经脉虽经过固本，却仍旧不足以承担前辈的力道，请前辈徐图缓之！”

“缓之？拿什么来缓？我只有一天寿命了，我的心愿还得她完成，必须是她！”老人慢慢道，“谁叫她来得迟，我肯给她就不错了。”

砰的一声，牢门被踢开，雪色衣角飘了进来，宗越进门后二话不说，伸掌就按向孟扶摇的头颅。

“小辈狂妄！”老人一哼，衣袖一拂，宗越手臂一抬，铿然一响如金铁交击，宗越脸色一红，再一白，渐渐变成了透明色，透明得发青。

“你有痼疾，擅动真力必减寿命，年轻人还有大把好年华，何必找死？”老人淡淡道，“让开！我要做的事，这天下无人可以阻挡。”

孟扶摇抬起眼帘，感激地看着宗越，用眼神示意他让开。唉！反正我就是个倒霉蛋儿，这人爱怎么折腾就怎么折腾吧，没必要耽误了你。

宗越怔怔地站着，不看孟扶摇，他笔直的身姿突然微微佝偻，站成了一株压了雪的松。空气极其沉静，有种犹疑和不安的气氛在缓缓流动。

良久之后，他退后一步，又一步。

孟扶摇垂下眼睫，也不看他，怕他尴尬。他绝不是这老人的对手，离开是完全正确的选择。

“医仙之徒宗越见过前辈！”身后突然响起双膝重重落地的声音，“请前辈看在三十年前家师救命之恩的分儿上，放过她！”

孟扶摇震了震，眼角余光瞄见一地摊开的雪色袍角。宗越跪下了？为她跪下了？他后退，只是不想她看见他为了她下跪？

这个无比骄傲的、毒舌的、气质如雪、言语也如雪的洁癖严重的男子，为她跪下，向陌生人哀恳？为她跪倒在泥泞肮脏的牢狱地面之上？

孟扶摇心一阵阵紧缩，缩得热血上涌、头晕眼花。她宁愿自己此刻炸裂而死，也不想看着宗越为她退让到这个地步。男儿膝下有黄金，这黄金不值得为她这个傻鸟浪费……

“你是谷一迭的弟子？”老人也有些惊讶，转目看宗越，“难怪你看出她和我真力不谐……”

“跪他个屁啊！”大喝声突然炸起，声音和人都像一枚炮弹，黑线一条直射而来，声势惊人，所经之处也起了腾腾的风，卷得所有物事都东倒西歪。人未到，牢狱的门已经被罡风撞散，“吃我一杵！”

战北野到了。

老人乱糟糟的眉毛一挑，他空着的那只手虚空一弹，空气中顿时风刀咻咻、寒气四射。唰唰唰唰几声，战北野的头发立即像狗啃般，被割得一段段四处飞散，黑衣上也出现了无数口子。他不闪不避，任那些口子绽开、鲜血飞溅，来势丝毫不减。老者眉毛一皱，眼神惊异，手指连弹，每一弹战北野的身子都像被巨木撞得一顿，连撞三次、连顿三次，然而一分也未曾阻住他的冲势。他大笑着冲来，金刚杵在身后抡起，砸出狂猛的风声，“砸死你！”

老人惊异之色更浓，大笑，“现在的小辈，都是这么不知上下吗？”他森然伸出手去。

一直跪在他面前的宗越突然抬头，一笑道：“是！”

他一伸手，指间现出一枚圆润的黑珠子。他跪得极近，手指一弹，黑珠子便飞向老者大笑的嘴。老者急忙闭嘴，那黑珠子却突然在半空碎裂炸开，化为碎末烟粉，一些落在老者衣襟上，一些飘入他鼻中。

“什么东西……阿嚏！”老者突然打了个喷嚏，手一松。

紫影一飘。

只是一个极淡的影子，淡得仿佛不像人类的影子，淡得仿佛是从那盏壁上油灯中化出来的浅浅光影，然而那影子一出现就遮没了所有的光亮，手指似玉琢、手势如拈花，递到了老者眉宇之间。

不过轻轻一指，宛如乌云遮月、风过流云，缥缈难捉而又无处不在，刹那间满室都似乎是那一个极隐约而又大光明的手势。

那老者眼神终于变了。

宗越奇毒，他不敢张嘴吐出风刀；战北野金刚杵狂猛，他必须要抽出一只手应付；而这淡淡紫影，出手阴毒奇准，更在那两人之上，攻的是他身上唯一的一个罩门。

他不得不放开按在孟扶摇头顶的手。

这松开的刹那，三个人目光齐齐一亮。宗越飞身而起，黑珠连弹；战北野金刚杵舞出刀插不进的光幕，直逼在老者面前；长孙无极那招本就是虚招，手一抄，已经极其快速地抄起了孟扶摇。

那老者发觉上当，霍然回首，手指一弹。

一声细微的咔嚓骨裂之声响起。

孟扶摇霍然回头，长孙无极却毫无所觉般飘了出去，犹自不忘低头对她一笑，道：“惹祸精！”

孟扶摇要笑，笑没出来又苦起脸，看起来着实滑稽。

长孙无极将孟扶摇往身后一放，对眼底涌起怒意的老者道："前辈何苦为难我等小辈？"

"是很有几分本钱，不过，五洲大陆的小辈现在都这么嚣张吗？"老者冷然道，"我多年不涉足红尘，倒不知道现在世道这般颠倒了！"

他冷然看着几人，眼神不满中隐有欣赏和惊异。他在他们这个年纪时还达不到这等修为，纵横一世的老者心里生出淡淡的寒意，却不知道，在他面前这几人本就是五洲大陆年轻一代中的顶尖人物，是概率产物而不是普及品。

"大风前辈纵横天下，您面前没有我等说话的地方。"长孙无极谦恭依旧，"只是，如果有更好的解决办法，何必一定要伤人性命呢？"

大风！

孟扶摇惊异地瞪着面前的老者，她以为是星辉，不想却是大风。排名十强者前五的五洲大陆顶级存在、早已是多年不涉红尘的传说人物，不想却在无极国华州的一个牢狱中，等了她十三年。

"什么更好的办法？"大风冷笑，"我马上要死了，我和圣灵之间的那个约定难道要被带入黄土？我这辈子一直输在他手下，难道这样了我还是要输？不可能！"

"您和圣灵大人约定，谁先死谁就输。如果有继承全部衣钵的弟子，那也可以看作生命的延续，圣灵大人早已有弟子，您却一直未曾寻到合适的徒儿。无奈之下，您欲待用毕生真力灌就'不死体'，是吗？"

"你怎么知道这事？你怎么知道我的打算？"大风乱发里的目光当真如飞荡卷掠的风，袭向长孙无极。

长孙无极笑而不答，只道："不死体造就世人难以匹敌的金刚身体，却将从此摧毁一个人全部的精神意志。前辈，这种法子太过有伤天和，实不可取。"

"我只管我能赢就行了。"大风冷笑，"除非圣灵舍得将他的弟子也搞成不死体，否则我赢定了。"

"您没机会赢了。"长孙无极仍旧在微笑，不急不忙地拂拂衣袖，"刚才晚辈看过了，您大抵只剩半个时辰寿命，所以一直拖着您说话。如今半个时辰也差不多了，剩下的时间，我三人要想拦住您，大概还是没问题的。"

战北野得意扬扬接口大笑，"所谓'更好的办法'那是没有的，骗你的！"

"小辈找死！"大风一声咆哮，扑身而起，他一起身，原先单薄笨重的身体立刻轻盈灵动，满室真气流动、枯草乱舞，所有人头发衣衫猎猎飞起，当真飘逸如风，也狂猛如风。

然而他一起身，便发现自己确实已经是强弩之末。他虽然飘得灵动，那灵动却如无根的浮萍；他虽然飘得狂猛，那狂猛却如倏忽而散的浮云，而那三个小辈渊渟岳峙、奇诡狂猛、飘逸如神，联手威力便是他在全盛时期也不得不顾忌，再加上一个刚刚收了他部分真力也差点被他整死、一肚子怨气冲上来的孟扶摇，要想占据上风，已经不可能。

三招过后，大风突然住了手。

“杀了你们，又有何意义……”他一瞬间苍老了许多，微喟一声，“最后的时辰到了……”他伸手从怀里取出一本簿册，扔到孟扶摇脚下。

“老子不要你的秘籍……”孟扶摇义正词严地大喝。大风冷冷道：“想得美！什么秘籍，这是个路线图，将来你如果去扶风，扶风鄂海罗刹岛海域下有我掉落的一些东西，你去给我捞上来。”

“我捞你个屁啊！你个老不死的险些害死我……”

“不管怎样，你没被我害死，你的真力因祸得福已经得涨，如果运用得好，你终生受用无穷。”大风盘腿坐下去，不看她，“如果你觉得自己确实是个欠情不还的小人的话，你就不用理我这个死人的最后遗愿了吧。”

“我一定不理！我就是个小人，你想得美……”孟扶摇骂了半晌，偏头看看闭目不语的大风，伸手过去试试呼吸，道，“啊？死了？”

那三个人似笑非笑地看着她。

孟扶摇哼一声鼻孔朝天，道：“走了！”

那三人微笑依旧，站着不动，看着她大步噔噔噔走出几步，在门口停住，浑身发痒一般磨蹭半晌，又转了回来。

“哎……说不定是个好东西，捡了捡了……”那三人看着某人自说自话地把册子捡了起来。

孟扶摇捡起册子，往怀里一揣，眼珠子溜了溜，看了看那三人的脸色，直觉地就想跑，然而眼光在三人身上一转，她那腿就迈不开了。

三个人……都受伤了。

宗越脸色白如霜雪，战北野被风刀伤得血迹斑斑，长孙无极……那骨裂声，是他的吧？

这就是十强者，强弩之末犹自威力惊人，她行走五洲大陆至今，遇见的最强高手三人联手，在那将死的老者面前，竟然齐齐挂彩才抢出了她一条命。

孟扶摇悲哀地望天，觉得自己果然是个倒霉蛋儿，走哪儿都招惹祸事，还都是顶级的。

她悻悻地走回来，往那三人面前一蹲。

战北野白她一眼，道："干吗？等我们背你啊？"

"你错了！"孟扶摇有气无力道，"我准备背你们出去以示赎罪，你三个猜拳，谁先背？"

"得了吧你！"战北野大步上前，一把拎起她，回首对那两个一笑，得意扬扬道，"你两个一个内伤、一个断了只手，就剩我方便揍她了，两位没意见吧？"

"客气客气，请便请便！"那两位答。

某夜，某个庄园，某间屋，传出某人杀猪般的号叫，透过朦胧的窗纸，隐约可以看见某人被按在床上——不用误会，只是孟扶摇在治伤而已。

她虽然在接收大风功力的时候先前撞在栅栏上的内伤被顺手治愈，但脸上那些青青红红可不会凭空消失。被战北野捺在床上，一点点涂膏药，孟扶摇内心希望是长孙无极来涂，因为某人最大度，其余两个不是下手阴毒就是粗手笨脚，很有可能借机报复。可惜长孙无极这回和那两个很有默契，捧着手说哎呀没骨折过，还挺痛的，转了个身就睡觉去了。

孟扶摇只好哭丧着脸接受战王爷的摧残，直到被涂成猪头。涂完后她内心的阴毒无法排遣，于是怨毒地嘿嘿笑着踱到庄园门前，那里跪着李大公子。

先前孟扶摇被押解出府衙大牢的时候，正看见那李公子带着一堆人杀气腾腾地过来，手里提着鞭子、水桶、盐什么的，看样子是准备对自己刑讯逼供来了。

孟扶摇一看这家伙就气不打一处来，要不是他找自己岔子，她至于差点被整死吗？那三只至于齐齐受伤吗？她至于因此被押解回府、再次面对永无止境的摧残吗？

她嘿嘿笑着迎上去，正准备好好折腾一下那傻鸟，不防长孙无极早已看穿了她的打算，啪地对着恶狠狠迎上来的李公子甩下一面玉牌。

牌上"长孙"二字熠熠闪光，震得李公子当时就呆了。李总督匆匆赶来，跪在地上磕头如捣蒜，长孙无极只淡淡道："总督大人公务严明，不想教子也甚是有方。"

李总督惨白了脸，甩手就给了儿子一个耳光。李公子还没摸清长孙无极的身份，捂着脸还想辩解，李总督一声怒骂："孽子，敢对太子殿下无礼！"

可怜的李公子当即吓尿了裤子，满怀心思为美人抱屈，自以为出师有名，不想却惹了不能惹的人。李公子涕泪横流，孟扶摇小人得志，哈哈大笑着，被战北野赶紧拎走。

李总督不放心，犹自驱赶着李公子在庄园门外道歉。从早上跪到下午，养尊处优的总督公子哪里受得了这个，与其说是跪不如说是趴，趴那里都快睡着了。

冷不防呼啦啦头顶一凉，一阵暴雨当头浇下，李公子被浇得惊跳而起，抬头一看，月明星稀，哪儿来的雨？再一转头，墙头上蹲着笑得不怀好意的猪头孟扶摇，她叼着根牙签贼兮兮地笑，“公子爷，跪得太舒服了是不？给你人工降雨。”

李公子现在见她一分火气也不敢有，抖着湿衣砰砰砰磕头，“将军恕罪，将军恕罪……”

“我问你，”孟扶摇把那牙签一扔，唰的一下扎在那家伙裤裆上，扎得那家伙满脸是汗，盯着那牙签不敢动弹，才道，“你怎么知道来找我岔子的？胡桑叫的？”

“啊……是，不是，是我自己……”

“嗯？”

“是我路过姚城，看见胡桑姑娘当街卖针线。我中州闺秀很少抛头露面操持买卖，我一时怜悯就问了问，她什么都没答，哭着收拾摊子走了。我问了四周的人，才知道……她是得罪了你……”

“什么一时怜悯，贪图人家美色吧？当街卖线的闺秀多呢，你管得过来？”孟扶摇冷笑，心里却明白了几分。原来不算那丫头搞鬼，不然真留不得了。

“是是，是我贪图美色，是我多管闲事……”李公子点头如捣蒜，小心翼翼地去取身后那一堆东西，“区区薄礼，聊表歉意，请将军一定赏脸……”

孟扶摇掀起眼皮，看了看那堆补品、绸缎、燕窝、人参之类的东西，厌恶地挥挥手。李公子脸色白了白，孟扶摇却又若有所思道：“喂，给我准备三斤猪骨来，要上好的，再新鲜地黄一两，赤豆、薏仁各二两，当归、党参、枸杞子、天麻、黄芪、淮山、杜仲、肉苁蓉、牛腩、山楂……品质都要一流，准备得好，我就原谅你。”

“是是！”猪骨、地黄等等嘛，容易，只要不是人骨头就成。

孟扶摇挥挥手，李公子如蒙大赦，拎起东西要走，孟扶摇却又道：“慢着。”

李公子惨白着脸转身，便听孟扶摇厚颜无耻地道：“这些东西你既然送来了，打回去也太不给你面子，这样吧……拿去卖了，回头把钱给我。”

“是……”

“记得在标志着云在九霄的店中转卖，别的号你卖了我就打断你的腿！”孟扶摇眨眨眼睛，云在九霄标志的店都是她的，等一下记得吩咐姚迅，告诉那些掌柜的，看见李总督的公子来卖东西，价钱一定要压得低低的，到时李公子卖出的东西价钱不足，他自然得掏自己腰包补上差额还给她，自己店里还可以狠赚一笔，哈哈！

“还有，”孟扶摇看着李公子，觉得这个家伙是个有后台的总督公子，性格也挺能屈能伸的，满意地点了点头，“我那天上人间俱乐部以后就交给你了，亏本你负责，赢钱我们二八开，我八你二。”

“是。”

孟扶摇终于挥挥爪，李公子连滚带爬地跑了，不多时派人送了她要的东西来。孟扶摇满意地看了一遍，拎着东西进了厨房。

当晚她在厨房里大砍大杀，并拒绝任何人进入。战北野听说了，搬只板凳在厨房门口坐了，说怕她炸了厨房，得防备着。元宝大人在厨房窗缝里钻来钻去，不住向主子回报厨房里的最新进展，长孙无极听了，笑了笑。

他斜倚床头，出神地看着厨房方向，春夜月影横斜，一枝迎春曳在淡碧色的窗纸上，映得他眼眸蒙眬。半晌他道：“元宝，我有时觉得，她犯点错误也挺好。”

元宝大人愤怒：见过偏心的，没见过这么偏心的！

晚饭开在庄园的清波阁，之前孟扶摇就给每个人飞刀传书，一张烂纸上写着她比纸更烂的行书，“清波阁便宴，可能有毒，可能难吃，可能含有任何不明意义物质。申时开饭，过时不候，爱来便来，不来拉倒！”

牛 × 哄哄的请柬没能吓到同样牛 × 哄哄的客人，申时不到，一个不少。

孟厨娘端上菜来，三人操着筷子一起探头过去，嗯……颜色不错。

战北野探头过去闻了闻，嗯，香味也合格。

宗越最不怕毒，浅浅尝了一下颜色最丰富的那道菜，半晌，眼睛亮了亮。

孟厨娘双手抱胸，鼻孔朝天——搞错没，姑娘我一手好厨艺啊，尤其我娘常年生病，药膳更是一流的。

她蹲在椅子上，兴致勃勃地给那三个终于放下心、含笑起筷的家伙滔滔不绝地介绍那些花花绿绿的菜色，“猪骨地黄煲、十全滋补牛腩、赤豆薏仁饭、骨碎山楂粥……”

她笑得面上光彩盈盈、眼波流动，得意扬扬地想，没听说五洲大陆有药膳，除了宗越，那两个未必知道这几道菜有壮骨补血、补气化瘀的功用……

她却没注意，战北野操筷大嚼，下筷如飞，他黑眸闪动，大吃十全滋补牛腩；宗越含着一抹浅浅的笑意，慢条斯理地吃赤豆薏仁饭；长孙无极优雅地喝汤，细瓷勺子和汤碗不发一丝声响，偶尔给元宝大人碗里舀一勺汤或粥，笑道：“多吃点，过了这顿，等她良心发现有下顿，不知道要到哪年哪月。”

孟扶摇毫不脸红地笑道：“那是，我是将军，不是厨娘，我的无限才华，不能浪费在局促的厨房锅灶中……”她取了筷子坐下来，顺手夹一块骨头到长孙无极碗里，托腮笑吟吟地看他，“光喝汤不成，垫不了肚子，得吃肉。吃，吃！”

哎，姑娘我想看高贵的长孙太子啃骨头……

长孙无极低下眼帘，瞟了一眼骨头，微笑，“谢谢！”

他筷子轻轻一摁，巨大的骨头无声碎去，长孙无极慢条斯理地剔去骨头，不急不忙地吃肉。

孟扶摇哀怨，奸计未逞，只好转移方向，夹了块老牛筋塞给战北野，“王爷啊，这个好！劲道，够味！”

战北野筷子一抬，半空中夹住那块牛筋，笑道：“是吗？我也觉得。不过美食不能独享，你劳苦功高，理当有你一半。”然后轻轻巧巧一夹，老牛筋一断两半，战北野殷勤地让着孟扶摇，“请，请！”

……

半晌后，捂着腮帮的孟扶摇给宗越挖当归，“来来，肉食者鄙，咱做医生的不吃肉，吃点补药。”

宗越接了，顺手回敬一块，“肉食者鄙，补药也鄙，你吃这个最合适，解毒发汗。”

那是一块硕大的生姜……

夜将深时，明月高照，清波阁上灯影流光，清波阁下清波涟漪，远处湖岸上正对着花圃，那些瑞香、山茶、玉兰、海棠、芍药，粉紫嫣红，挤挤簇簇、幽香暗送，却不抵阁中酒菜之香与笑意芳香。

孟扶摇埋在堆得高高的碗里，一点一点地找碗底的饭——那几个人很有默契地整完她，又良心发现。战北野最先夹了菜过来，她的碗很快就堆得像山高。明明做菜请别人吃，最后竟然是她吃得最多。

最后孟扶摇撑着肚子瘫在椅子上动弹不得，长孙无极微笑着递过一杯茶来。孟扶摇捧着茶，斜靠在椅子上，看战北野在她身侧，饶有兴味地要了纸笔来就桌铺开，以元宝大人为模特儿，画“据桌大嚼图”。元宝大人不甚满意，要求重画，被战北野抓了来，用脚爪盖了印。

侍女将亭中纱帘卷起，又燃起描金纱灯，灯光荧荧，共一轮明月倒映碧水，闪耀万千银光粼粼。灯下长孙无极和宗越摆开黑白子，纤长的手指闲敲棋子，白衣紫袍衣袂散飞。远处湖面上，飘了一层粉紫的落花。

孟扶摇含笑看着，眼神渐渐蒙眬，那些流水倒影、午夜花飞，那些精致眉目、含笑低语，那些摊开的画卷、轻浅的呢喃，都化为飞旋的笑影，嵌入她酒窝微起的唇角。

一生里，这是最为娴静闲适的一刻。

第八十一章

惊心邂逅

孟扶摇最近总往菊花道跑，倒不是看上了谁，而是她总觉得风陌那个人可惜了的，那般风雅有识之士，该当与书卷为伴、共玉管紫毫，不当如此明珠蒙尘，沦落在象姑馆。

她有钱，也很爽快地逼着老鸨同意了赎身，谁知道风陌竟然不肯走。孟扶摇好心被当作驴肝肺，十分悻悻。她并不是多管闲事的人，只是前世好歹是个知识分子，最看不得文人落难，不想还真有人自甘沦落风尘。

彼时，风陌对着她不解的目光微微一笑，浅绯衣袖擦过黑木小桌，给她斟了一杯香气馥郁的菊花茶。袅袅淡香里，他道："我在等一个人。"

孟扶摇抬起满是疑问的眼睛。

"多年前，她说在这里等我，之后我飘零五湖很久未归，再回来时她已不在。原先的屋子被拆了，改建成了这座馆子。很多景物都已面目全非，不过院子有些东西还留着，后院里她种的那簇紫云英没被除去，所以，我舍不得离开这里。"他微微地笑了，是那种有了年纪却魅力更具的男子独有的风情，眼角的浅浅鱼尾纹舒展开一个美妙的弧度，"至于这是个象姑馆……那又有什么关系呢？"

孟扶摇默然，垂目看着碧绿的茶水里淡黄的菊丝缓缓绽开，像是心灵深处的触角悄然舒展，牵连着某些不能触及的往事。在前世那个地方，也有人在等着自己，每个人都有等待自己及自己等待的人，每个人却都在浮躁的人生里被迫不断前行并改变轨迹。能够坚持在原地守候如一的，又需要怎样的坚持?

她心底起了潮潮的露水，那是一种寻见共鸣而泛起的感动，风陌的坚持，让她觉得遇见了知音。

风陌这样的人，也确实适合做个知音，无关风月，不涉隐私，下一手好棋，弹一手妙琴，更难得的是，没有琴棋高手遇上三流菜鸟的不耐和讥笑。孟扶摇走出再蠢的棋步，他也不过包容一笑，细心指点。一盘棋从早晨下到午间，孟扶摇扒着棋盘一步步苦思冥想，他便微笑等着，眼光偶尔飘过纯木长廊上落了一地的紫云英。

孟扶摇觉得，在这里，她终于寻见过往十八年生命不曾有过的心灵平静，那些一直跟随和折磨她的责任和磨难，被那双细长而明媚的眼睛里露出的通透笑意渐渐抚平。她迷恋这份难得的安宁，喜欢看见下棋时风陌对她的臭棋无奈而包容的神情；喜欢看见他抚过飘落的紫云英花瓣时轻柔而温存的手势，像掬起一捧散在记忆中珍珠般的梦，还有他小心拈起花瓣时，那带着淡淡思念和浅浅回忆的眼神。

过了一小段日子，是风陌的生日，风陌自然没有告诉孟扶摇，孟扶摇却记得他有一次闲聊时提起过他幼年时父母为他庆生的往事。那天下午两人继续喝菊花茶谈诗书，到了晚间，当风陌再次在桌前坐下的时候，捧上来的不是棋盘，而是一桌精致的菜色。

雅室门口站着孟扶摇，抱胸挑眉看他，说：“生日快乐！”

风陌默然看着她，看到孟扶摇以为自己脸上沾了米饭或者身上撒了肉酱。仔细检查了一番后，孟扶摇愕然看着风陌，笑道：“你是在感动吗？”

风陌笑而不答，招手唤她过来。孟扶摇往他身边一坐，眨眨眼睛道：“哎，这样就感动了？那我还有件礼物呢，拿出来你会不会抱着我哭？”

“你可以拿出来试试。”浅红风灯的光影下，风陌的眼神微微发亮，眸光流转，如水横波。

孟扶摇神秘兮兮，掏出个盒子。风陌含笑接了，孟扶摇急不可耐地催他，“打开，打开！”

黑檀木盒子沉香淡淡，盖子启开，光芒璀璨炫人眼目，风陌的眼神，渐渐变了。

那是一座极其精巧的水晶房子，两进院落，矮矮的花墙，天井里有口小井，正房门前三层台阶，廊檐下摆着指头大的纺车，后院里种满小小的紫云英。

这不是象姑馆，这是很多年前她等待他的农家院落，是在他的故事里无心提起、再被孟扶摇有心记住，直到在这样一个日子里，将回忆的轮廓化为这座水晶院落。

那些凝固在过往时光里的往事，日日在心间带血磨砺，却依然可以化为这般美丽的物像，璀璨光明，令人不忍触摸。

风陌久久凝视着那房子，孟扶摇有点不安地等着，那段故事的结局他从未说过，也许是个悲剧？她有点害怕自己精心送上的礼物会最终触及别人的伤痛。

风陌却浅浅地笑了，他笑起来，细长明媚的眼睛微微一眯，有着惊心的风情。他将那盒子小心地收起，道："我真是有些舍不得了……"

"舍不得什么？"孟扶摇懒懒地趴在桌上问。

"舍不得这般礼物。"风陌刚才语气里的淡淡遗憾已经散去，"很多年了，第一次有人这般接近我，第一次有人送我这样的礼物。"

"不值钱，别见笑。"孟扶摇挥挥手，给风陌斟酒，"来，好日子应该喝几杯。"

酒杯在半空中一碰，细瓷相撞，音色清脆玲珑，远处的夜鸟被惊醒，咕咕轻啼。

"每喝必醉"的孟姑娘很快就醉了，大着舌头问风陌，"她还会回来不？"

"我觉得，回不回来已经不重要了，"风陌坐在她对面，眼神奇异而温软，温软里又生出淡淡的魅惑。他伸手抚了抚孟扶摇光可鉴人的长发，对着满园飘飞的紫云英出神。

半晌，他轻轻道："孟姑娘。"

"嗯？"孟扶摇抓着酒杯，傻兮兮地看过来。

风陌薄薄的唇角勾起，露出一抹柔雅而纯粹的笑意，"我想问你……你喜欢我吗？"

"嗯？"孟扶摇醉眼迷离地抬头，眼前叠影微晃，绯衣摇曳。今天醉得好像特别快些，还有，对面的风陌好像特别美丽，那眼神勾魂摄魄，比三个长孙无极加起来还摧心挠肝。

她趴在桌上流着口水，在眼皮闭起之前，呜呜噜噜地答："喜欢……"

风陌笑起来，浅绯衣袖在桌上缓缓拂过，像一瓣桃花落了枝头，载了五色迷离的春光之梦。他笑得身子微颤，乌发长长地泻下来，和孟扶摇的头发覆在一起。他伸手去拂开那头发，抱起孟扶摇，低声道："女人啊女人，都是这样……"

他突然顿住了。

春夜寂静，夜鸟微啼，远处小溪潺潺流过。

风陌放下孟扶摇，缓缓回身，一瞬间语气已经恢复了平静，冷冷道："何方高人，出来一见。"

语声依旧，语气却已截然不同。如果说刚才还是象姑馆的风尘小倌儿所应该有的温柔谦恭，现在便已经是威凌天下、俯视众生的冷漠与威严。

黑暗中，缓缓浮现出淡紫的身影。

"果然是你。"风陌又恢复了笑意，指了指醉得人事不知的孟扶摇，"喂，你听见没有，你喜欢的女人，刚才说喜欢我。”

“前辈，”长孙无极好像根本没听见他的挑衅，淡淡道，“您玩了这许多年的把戏，不腻吗？”

“腻什么？在没遇见可以抵抗我的女人之前，我永远都不会腻。”风陌冷笑，“看，女人都是这样，朝三暮四，水性杨花，男人一离开她们身边，她们就要出墙，没一个例外。”

他风姿曼妙地托腮，看着孟扶摇，十分扼腕地叹息：“我以为她会是个例外……”

“用上了您独步天下的摄魂术勾引，您凭什么认为这些修为不如您的女子可以抵挡？”长孙无极一笑，“以您的身份，想杀人尽可以杀，何必要找这等借口为难这天下无辜女子？”

“这就是个被背叛以后心理变态、拿天下女子玩弄出气的老花痴！”长廊外的树上，突然探下个花花绿绿的身影，操着一口从孟扶摇那里学来的怪话，拨浪鼓一般清脆快速地道，“喂，没良心的老花痴，要不要试试我扶风三大蛊术之一的‘鸟蛊’？”

风陌斜瞟雅兰珠一眼，冷声一笑，“你父王亲自来，也许我还会正眼看一眼，你？”

他不屑于说下去，抬手一指暗处，道：“还有两个，一起出来吧，省得老夫费事一一打发。”

他看起来韶年玉貌、明珠美玉般的姿容，却自称“老夫”，听起来着实滑稽。可惜没有人笑，对着这样一个成名天下三十年的人物，连长孙无极都戒备地退后了一步。

因为那是“星辉圣手”，方遗墨。

院墙后跳下战北野；正门里走来宗越；前方树上，雅兰珠一声轻叱：“去！”

扑啦啦漫天飞起各色飞鸟，所经之处暗雾升腾，它们飞扬的翅羽间发出鬼泣一般的怪声，听得人心神一乱、怪相频生。当头一只五色彩羽，眼珠深红，一条彩线般曳过长空，直扑方遗墨。

方遗墨一声长笑，衣袖一拂，长廊之上的花架轰然落下，那些藤萝如网一般坠下来，立时将大部分鸟都罩在其中。鸟儿们扑扇着翅膀拼命挣扎，那只领头的鸟嘴喙如刀，头一甩便撕出一个大洞，鹰隼般俯冲而来。

长孙无极三人的出手，也在飞鸟扑进的刹那到了方遗墨面前。

紫光如匹练，黑影似飙风，白色身影乍现又隐，如雾气飘散在天地间。窄窄的院落里一层紫黑白绯四色交织，飞旋闪烁，罡风起落，像一道腾腾翻滚、千变万化的虹。

方遗墨身姿轻逸，穿行在年轻一代最有实力的高手之间。他的动作看起来并不快，但每一出手都有着令人咋舌的精准和力道，每一出手都迸出银芒万千，在诸般复杂色彩中穿插往来，曳出凤凰一般的灿亮尾羽。黑暗的未点灯的院子里光彩万丈，宛如从天降落了耿耿银河。

这才是真正的星辉。

不似郭平戎，需要星辉的独门武器才能使出那般华丽而璀璨的星光，而是生于指掌之间，曳于起落之时，每一扬手抬足、拂袖转身都散出星芒万点，自遥远处飞射而来、直奔永恒，如自然之力般不可抗拒。他所拥有的星光，无限宽广而又无处不在，以只属于自己的步调掌控、牵引着全部战局，有那样极致的精美和灵动的武学高度，方遗墨自己本身就已经是永不陨落的星辉。

星光如梦，一个沉醉华美不可惊破的梦。

第四百招。

最后仅剩的那只首领鸟蛊，呼啸若泣、不死不休地奔向方遗墨的面门。一路冲来，一路五彩羽絮四处纷飞，落到哪里，哪里就草枯花死，而那碎絮又无处不在，方遗墨不得不微微顾忌地身子一让。

这一让，由他全盘掌控的战局立刻露出了缝隙。

战北野的金刚杵银光突然变成了金光，凝成一片金色的光墙，向方遗墨当头罩下。

长孙无极手中突然多了一柄银色如意，如意首端寒芒闪烁，每一个纹路都微微凸起。他在那金色光墙之间唯一一道缝隙中穿过，冷光一闪，如意首端突然弹飞而起，射向方遗墨的颈项。

宗越横空一掠，与地面平行飞起，他肘间突然露出一柄剑，一柄极细极长造型诡异的剑。他不攻方遗墨任何部位，却突然身子一横，快如闪电自方遗墨身前横过，肘间暗剑直直地抹向方遗墨的双膝！

此时方遗墨抬腿会被截腿、挥袖会被毒，连呼吸都不能随意使用，他只有退，暂退，退向身后。

那三人一鸟，不死不休地立即跟来，方遗墨脚尖堪堪踏上廊檐木板，罡风已经追到。方遗墨手指一弹，身后的屏风立即被拔起，凶猛万钧地迎上三人的攻势。

方遗墨冷冷一笑，道：“真是找死……”

他突然顿住。一只手轻轻按上了他的后心。

有人笑声清脆，带着点骨子里改不掉的飞扬，“谁说女人都这样？你以为老娘和你一样花痴啊？”

风声刹那止歇，院子里的人，除了方遗墨都微微笑起来。

一手按在方遗墨的后心、一手抓着屏风，孟扶摇笑得最得意，“终于等到你后退进屋，终于等到你用物件砸人，不然我还真的不敢随意接近你。”

方遗墨深深吸了口气，也在笑，“好，好！”他明媚的眼神掠向后方，宛如询问老友一般温存地道：“没中毒？”

“之前没有，之后也没有。”孟扶摇笑，“从你的菊花茶开始，就没有。”

“你居然从一开始就在防备，”方遗墨微笑，“我还是低估了你。”

“老实说我还真不敢相信，堂堂十强者居然会去做个小倌儿。传说中说你行事不羁，随心而为，果然不假，只是既然要找你，怎么会不把你的故事研究清楚？”孟扶摇道，“此地是你的故居，别人不知道，我们还是查得出的。你告诉我的故事中说这是她等你的地方，其实正好相反，是你曾在这里等过私奔的她。”

方遗墨的身子颤了颤，突然声音一冷，道：“你再说一个字我便杀了你。”

孟扶摇沉默下来，半晌道：“你记住，我不再说不是因为害怕你杀我，而是不想揭你疮疤。”她摊手，道，“锁情解药。”

“你也记住，我答应你，不是因为被你所制，而是因为，我喜欢那个礼物。”方遗墨默然半晌，从怀里掏出一张纸扔在宗越脚下，“我懒得研制解药，既然没有人值得我救，为什么要有解药？这个方子，你有本事就把它解决吧！”

他有点狡黠地笑了，“我很想知道你会怎么将这个药方中药性相冲、一遇就死的九狐花和万蛇草调和在一起，而不置人于死地。”

宗越捡起药方，目光一掠，眉头已皱起，随即道：“这世上只有解不了的心，没有解不了的药方。”

方遗墨冷笑不答，只对孟扶摇道：“以我的实力，体内真气已经自动形成防护，你顶多只能重伤我，却不能杀我。你确定，你要结下我这个生死仇家吗？”

“难道我们以前就不是生死仇家吗？”孟扶摇好奇地问他，“难道你的菊花茶和酒里面的毒都是糖精？难道你来华州就是为了和我谈谈心？”

“我答应你，我可以救你一次，再杀你。”方遗墨漠然道，“你自己想清楚。”

“我觉得不上算。”孟扶摇想都没想，“反正你都要杀我，反正我不是你的对手，反正我死定了，我稀罕你救我一次做什么？”

“是吗？”方遗墨微笑，看向长孙无极四人，“你别忘记，今晚他们也成了我的仇人，你若一掌劈不死我，而他们也没能拦住我的话，将来我的复仇名单上，必然要多几个人了。”

“劈你半死还拦不住你吗？你自视也太高了吧！”孟扶摇哼哼，心里却在盘算，顶级强者临死拼命的威力实在很难估计，唉！自己冒点险无所谓，怎可以连累别人？

看着她的神情，长孙无极突然道："扶摇，做你该做的事。"

战北野则道："我才不相信你劈他个重伤我还踩不死他！来，扶摇，试试看！"

孟扶摇笑了笑，突然一松手，将方遗墨推了出去。

"不过是个伤心人罢了。"她道，"你是个活在过去的人，就算有一百座水晶房子，也再照不亮你的心。"

"你在菜中和礼物中都没有下毒，我感谢你。"方遗墨一抬腿上了屋檐，握着那座水晶房子，淡绯衣袂飘在风中，像另一轮浅红的月亮，"你为我保留了一些真纯的东西，让我觉得，这世上终于有了可以去触摸的温情。"

"我从来都比你真，所以我比你快乐。"孟扶摇挥手，"方先生，得罪你的女人只有一个，不要再迁怒无辜了。"

"那是我的事。"方遗墨深深凝注着她，"我徒儿的仇，我发过誓要报，所以我答应你，救你一次，再杀你一次。那次如果再杀不了你，我和你恩怨就此了结。"

"恩怨都是自己想出来的。"孟扶摇叹气，"随便你。"

方遗墨笑了笑，道："至于下次遇见你，是救你还是杀你……看你运气。"

他一卷衣袖，飘然而起，射在苍穹里远去的身影，当真如一抹碎光万点、永不磨灭的星辉。

孟扶摇托腮注视着他的背影，喃喃道："变态年年有，今年特别多。"

远处，战北野夸张地伸了个懒腰，笑道："你阴来，我阴去，好大一个套，终于把鸟给捉到了。"

孟扶摇看着对面走来的长孙无极，轻轻地笑起来。

解药药方到手，真武大会的日子也已经临近，孟扶摇准备启程。事先和长孙无极说起，长孙无极沉吟半晌道："我知道你一定要去，但望你答应我，以无极国英毅将军的身份去参加，比武时点到为止，珍摄自身。"

孟扶摇知道他是希望无极国将军的身份能为自己多提供一层保护，笑嘻嘻道："咦？有的吹嘘为什么不吹？将军总比平头百姓牛！放心，我很虚荣的。"

长孙无极抚抚她的头发，道："其实我希望你更虚荣些。"

孟扶摇远目望天，装作没听见。还有什么比无极国太子妃更虚荣的身份呢？和长孙无极说话，就是得提着一万个心。

“我离开太久了，必须要回中州一段时间。”长孙无极将元宝塞给她，“来得及的话，我会去磐都找你。元宝大人托你带着，出去见见世面，省得过于鼠目寸光。”

鼠目寸光的元宝大人目光麻木地蹲在长孙无极掌心，用沉默来抗议自己被送来送去的命运。

孟扶摇接过耗子，好奇地问：“耗子是不是和你心灵相通得厉害？是不是大哥大似的，嘀嘀一声，你就知道它在哪儿了？”

“没这么神奇，”长孙无极笑，“我只能知道它是否还活着，以及大概在哪个方向。所以你一定要小心，不要让元宝离开你。”

“还是你带着吧，这是你的宠物。”孟扶摇想了想，把元宝大人又塞回去，“无极……”

“嗯？”

“我还是那句话，不要对我太好。”孟扶摇狠狠心，话说得很快，“我觉得我现在实力也不错了，把大风的功力消化完，我能再上一层。真武大会后，我也许就往北而行一路游历大陆去了。这一去不知道有多久，保不准遇上哪个牛人，我就嗝屁了……”

“我也还是那句话，”长孙无极把刚露出欢欣鼓舞之色的元宝大人又塞回来，揽过她，用自己的额头轻轻靠了靠她的额头，“这是我的事。”

孟扶摇苦笑，同样的话，她也暗示性地和战北野说过，得到的答案大同小异。好在不管怎么样，暂时是要分开了，距离也许能冲淡感情，她希望能因此拉开自己和他们的距离，对他们、对自己，都会是种解脱。

宗越已经提前一步离开华州，去四海五湖地寻药了，方遗墨那张诡异的药方让他好像遇见了宝，没日没夜地扑在上面钻研，吃饭时犹自在自言自语：“减轻分量？添一味墨莲叶？不成……”孟扶摇梆梆梆敲碗，“饭吃到鼻子里啦……”

喜欢宗越的那个姑娘再次来的时候没见着他，眼泪汪汪地托孟扶摇转交一个荷包，荷包里一个护身符。那女子说护身符是从无极边境青州大德寺求来的平安符，由主持禅师开光的，最是灵验不过，托孟扶摇转交宗越。孟扶摇有心拒绝，见她盈盈欲泪的小模样儿，只好收下。

于是某个平常的吃晚饭的日子，孟扶摇和战北野约好第二天教他踢足球、和雅兰珠约好第二天去逛集市，然后在那个月黑风高的夜晚，她背了个小包袱，用果子塞了元宝的嘴（防止它给战北野通风报信）、用障眼法迷了长孙无极的隐卫，跳窗而出，一路奔出了华州。路过姚城时，铁成带着一队卫士在等她，一群人会合了，鬼鬼祟祟地直奔无极边境。

快马疾行，一日夜便到了边境青州。从青州过时，路过叠翠山，孟扶摇想起宗越的追求者说的大德寺就在上面，一时好奇，便带了铁成去爬山。

爬到一半，忽听得刀剑交击声传来，夹杂有女子的惊呼。

孟扶摇皱皱眉头，闲事？历来管闲事的都没好下场，她想了想，伸出两只手，喃喃道："猜拳，猜赢了我就去管闲事……"

还没来得及作弊，铁成已经冲了过去，一声大喝，那边已经乒乒乓乓交起了手。

孟扶摇无奈地过去，便看见是一队车队被困在山腰树林一角，正中一辆马车的车身已经倾倒，几个护卫打扮的人正和一队衣着破烂的汉子交战。大部分护卫已经受了伤，倾倒的马车前，还蜷缩着几个瑟瑟发抖的侍女。

看样子是哪家上山进香的大户，遇见了剪径的强盗。

孟扶摇的眼睛缓缓转过一圈，却落在了那辆翻倒的马车上。

马车已经毁坏，半扇车门斜斜落下，隐约可以看见车里坐着一个女子，姿态端雅、垂眉不动，月白色裙裾垂落在地，曳出流水般的波纹，远远看过去，凝定得像座神像。

在这流血厮杀之地、翻倒马车之中，面临杀身之险，依然不动如山、神容宁定，这会是怎样的女子？

孟扶摇这一刻终于起了好奇心，大步上前，大喝："奶奶的！给我住手！"

自然没有人住手，没人理会这个清瘦的少年，铁成倒是傻兮兮地住手了，对方立即一刀砍下来，铁成赶紧去挡，孟扶摇已经大骂出声："我的人你也敢揍？"

她长袍往腰上一束，噔噔噔直冲过去，什么花招都没有，一伸手拔出铁成腰间另一把剑，唰地横剑一砍。

三只臂膀溅着大蓬的血飞了出去，草地上顺便还被削掉了一层草皮。

一只臂膀砸上了那座车身，骨碌碌滚在那打坐的女子面前。孟扶摇斜眼瞟过去，看见她终于抬起眼帘，拿起那只断手，端端正正放在自己前方的草地上，然后闭目喃喃低语，看样子居然是在念咒。

孟扶摇更加好奇了，这妞儿太有个性了，人家要抢她，她还要为人家的胳臂念咒，是出家人吗？

她一边目光灼灼地盯着那女子，顺手啪地砸昏了一个偷袭者向那女子走过去，一边走一边踢飞了七八个。

满地滚着受伤呼叫的强盗，这实力差距实在太大，强盗们发一声喊，终于作鸟兽散。孟扶摇看也不看一眼，蹲下来，装模作样地敲敲那歪倒的车门，笑道："这位姑娘，打扰了。"

车里的女子抬起了眼帘，孟扶摇怔住。

她看进了一泊沉静而深邃的秋水明眸，不是纯黑，带点微微的褐色，眸色深而远，像是在遥远岸上看见一道深沉的海岸线，又或是重山万里之外升起的一抹星光，似是沉凝的静，奔向它时却发现飘摇翻覆的动。

这是双极其特别的眼眸，特别到孟扶摇竟然觉得隐隐有几分熟悉，像是某些影像刹那间奔来，砰的一下贴在了记忆的窠臼里，严丝合缝，分毫不差。

就是那双眼睛……但是，是谁的眼睛？

孟扶摇突然开始头痛，像是被谁劈了一斧，裂出些被剥离的血肉。她有点茫然地注视着那女子，伸手扶住了车门。

那女子却对她微微躬身，“谢过公子救命之恩！”

她眉弯如月，娴雅文秀，月白的裙裾亭亭泻于地面，裙上暗纹隐绣佛莲，微风拂动间气质出尘，而眼色祥和宁静，毫无红尘伧俗之气。

她和宗越气质有点相似，都给人洁净的感受，但是那感受也有很大区别，宗越的洁净带着遥远的冷和锋利；她的洁净，却是温和妥帖，朴实而令人亲近。

孟扶摇看了看自己满身的血和灰，突然觉得在这样一个人面前，自己有点污浊。她退后一步，努力将自己的笑容调整到文雅的角度，答：“客气客气，请便请便！”

说完她抽身就走，不想再为自己找麻烦。反正这群人看来身份不低，完全可以赶到大德寺寻求帮助，不需要她来多事。

身后却有人突然出声挽留，是个小姑娘的声气，“公子……你帮人不帮到底吗？”

那女子立即低声阻止，“明若，别乱说话！”

我帮人为什么要帮到底？我是你大姨妈啊？孟扶摇回转身来，笑容可掬地对那小侍女道：“姑娘，我妈喊我回家吃饭，失陪了。”

“强盗还会来的！我们给你金银，求你保护我们！”那小侍女突然冲了上来，拉住孟扶摇的衣袖，“你要多少有多少！”

真是一群依赖他人成了习惯、以为金钱可以买到忠诚的孩子！孟扶摇摇摇头，笑嘻嘻地从怀里掏出一沓银票，塞到那侍女手里，“我也有金银，你要多少我有多少，求求你放开我的袖子！”

“明若，退下。”那女子开了口，声音里毫无烟火气。

孟扶摇一笑，大步走开，身后，那不甘心的小侍女却红了眼眶，跺跺脚，再次冲了上来，“你是无极国人，你必须送我们去中州！这是璇玑国佛莲公主，是你们太子的未婚妻！”

第八十二章

谁的莲花

太子的……未婚妻？

孟扶摇突然停下了脚步，有点困惑地眨了眨眼睛，那个……未婚妻？

心里好像突然塞了一团乱糟糟的东西进去，烟熏火燎地戳在了五脏六腑，刺毛毛的，不舒服。连咽喉里好似都被什么堵了一把，哽在那里，咽不下去吐不出来。孟扶摇拼命地清喉咙，喀喀喀地咳嗽。

未婚妻……

太子的……

她有点茫然地抬头，这一刻眼神特别清醒，居然看见十丈外一棵树上最上端一枚叶子后面有一只毛虫，颜色特别难看。她怀疑自己心里那种刺着的感觉，八成就是被这毛虫钻进去了。

她站在那里，有点忘记了该如何动作，这一刻的手脚好像有点不是地方，又好像不是自己的。天空压得很低，铁锅似的倒扣下来。

哐当一声，铁成的剑掉在地下，他张口结舌地看着孟扶摇，口吃道："她……你……"

"她什么她？我什么我？"铁成这一开口反倒成了救星，孟扶摇觉得那倒扣的铁锅突然被砸破，她自己也被从黑暗的穹窿里救了出来。她立即恶人先告状地打断铁成："好好说话！”

铁成给她那样的眼光一望，反而说不出话来，涨红了脸，翻翻白眼望天，狠狠地将剑往地上一插。

袖子里有什么东西蠢蠢欲动，好像是元宝大人奋力挣扎想要爬出来。孟扶摇不喜欢把耗子放在胸口，怕人家看见了以为她多长了一个波。元宝大人每次要想出来，都要无处着力地挣扎一番。孟扶摇心中正在烦躁，干脆把袖囊的扣子狠狠扣上，免得耗子出来骂人，她还不会翻译。

她缓缓回身，仔细看着和蔼微笑的佛莲公主，这是他的……未婚妻？气质真好，真……配他。

“佛莲公主是吗？”看着那双眼睛，孟扶摇终于平静下来，欠欠身，“刚才失礼了。”

小侍女得意地鼻孔朝天哼了一声，低声道：“我就说报上公主名号，一定会乖乖听话。”佛莲公主轻叱道：“明若！”转身微笑向孟扶摇回礼，“婢女无知，请勿介意！”

她弯眉如月，笑意娴雅，天生佛子般圣洁慈和里又有着少女般的柔雅气韵，孟扶摇怔怔地看着，想，这才叫女人，这才叫气质！公主，公主啊……

她扯了扯嘴角，回礼，“既然婢女无知，我自然也就不介意了。”

佛莲公主怔了怔，大概没想到还有人这样说话。小侍女明若早已气得脸色通红，狠狠地盯着孟扶摇不语。

“铁成，”孟扶摇站在那里，谁也不看地仰头想了半晌，招呼铁成过来，“你带着卫士护送佛莲公主去中州，见到太子再去找我。”

“要我送她？”铁成瞪大眼，指着自己的鼻子，看见孟扶摇肯定的眼色，顿时大怒，一剑劈倒身前一棵树，一屁股坐到树桩上，愤愤道，“我不干！”

“我这是在命令你，不是在请求你！”孟扶摇勃然大怒，“你不去？不去？那滚回你老家吧，老子这辈子都不敢再用你！”

“我……”铁成张了几次嘴都没说出话来，孟扶摇转过身不理他，铁成无奈，只得悻悻道，“我去，我去……我去就是！”他说到最后几个字，越发气苦，又是一剑劈下去，树木遭殃。

佛莲公主一直微笑地看着，此刻才上来谢礼，“看这位壮士腰牌，公子似是无极有职官员？不知可否告知名姓职司，改日本宫请太子亲自相谢公子。”

请长孙无极谢我？孟扶摇有点想笑，却又笑不出来。那甚得宠爱的小侍女明若又忍不住插话：“你是几品官？想升几品？太子若知道你救了公主，一定会好好谢你的，你要什么都可以！”

孟扶摇看着她，看得小丫头有点畏缩，才笑吟吟道：“是吗？真是太好了，我想要当无极国的皇帝，不知道可不可以呢？”

明若大惊失色，白着脸抖着嘴唇，“你……你……你……你大逆不道……”佛莲公主眼光也缩了缩，却又立即笑开，温和地责备小侍女：“公子在说笑呢，你当什么真？”

孟扶摇瞟她一眼，实在不想多看见这人，伸手一让，道：“公主，无极境内强盗不多，你们运气不好而已。有我护卫护送，想必一路定可无虞，在下还有要事，先走一步。”

“多谢公子，公子请便！”佛莲公主福了福身。孟扶摇走了几步，突然回头，漫不经心道：“公主光降是来大婚的吗？以您的身份，不是应该知会中州朝廷派员迎接吗？如何会轻车简从，以至于在边境遇匪呢？”

“公子说笑了，”佛莲公主垂目羞涩，当真如一朵凉风中不胜娇羞的莲花，“本宫自幼入世修行，不以世俗尊荣为念，曾经发下宏愿，要以信女之身拜遍天下名山古刹。这次原本是往轩辕去参拜明光寺坐化圣师的，路过无极国，临时起意，来……看看故人。”她轻轻咬着下唇，脸色已经微红了。

“我家公主是佛陀圣女转世，口含莲花而生，五洲大陆最为虔诚圣洁的皇女，所以封号佛莲。多少人求见她一面不可得，今日叫你见着，是你三生有幸。”小侍女明若神情骄傲，睨视着孟扶摇。

“我也觉得，”孟扶摇笑，声音琅琅，“三生有幸，不虚此行。”她微微一躬，转身大步走开。

虔诚？圣洁？是啊，一个看着护卫拼死流血救护她还能神色如常地端坐不动诵经的居士，真是超级虔诚！一个对着宰了自己很多护卫的强盗的手臂也能诵经超度的居士，真是超级圣洁！

孟扶摇仰起头，眼前飘过佛莲刚才那一霎微酡的双颊……哎，虔诚圣洁的居士提起男人时的娇羞之态，真是风情万种！

她大步走在一色深翠的山林之间，心底恍恍惚惚地想，佛陀转世、口含莲花……莲花……长孙无极掌心的莲花！

原来那是他的莲花，原来长孙无极不愿给人碰触的秘密，就是这朵养在深宫、含莲出世、圣洁无比、虔诚超级的佛莲花！

他将那朵莲花深藏在掌心，从不愿被人提起或碰触，大抵那朵莲是他心中最为圣洁、最为不可亵渎的珍宝，他不愿尘世间絮叨不休的好奇污浊了她？

唉！一个掌心生莲、一个含莲出生，不是天造地设的一对是什么？

孟扶摇大步向山下走，找到等在山下的马，一抖缰绳，一踹马肚，马儿立即发疯般驰出去，和那朵佛莲所去的方向背道而行。

那马被孟扶摇连连催策，跑得心急火燎，像是后面有三万追兵。

飞驰间，隐约有细微的歌声从马上一路抖抖颤颤地传了开去，“一个是阆苑仙葩，一个是美玉无瑕，一个是镜中月，一个是水中花……”

天色阴沉下来，乌云一层层堆积滚动，月色有点暗昧，像是蒙了灰的磨砂玻璃，又或是一块磨出了毛边的布，皱巴巴地贴在铁黑色的天际。

孟扶摇抬起头，有点茫然地看看四周……这是到哪里了？好像已经出了无极边境？

她想了半天，隐约想起自己好像已经奔驰了一天一夜，一路冲过青州，过了无极和天煞的边境。现在这片莽莽丛山，应该在天煞和无极之间。

孟扶摇看看天色，有点阴沉欲雨的样子。已经错过了宿处，只好找山洞什么的栖身了。她将马拴在山下，徒步上山，在半山腰处很惊喜地发现居然有一处草屋，三间屋子带个院子，有点破落，墙上有些腐烂的兽皮，像是废弃了的猎户人家的屋子。

孟扶摇简单收拾了一下东西，生起火来，坐下来时才想起，元宝大人这一路怎么这么安静呢？她赶紧从袖子里掏元宝，将那家伙拽出来一看，眼珠子明显呈波纹光圈状——没法出来透气，它这一路被颠晕了。

在地上蹲了半天，晕马的元宝大人才恢复生气，跳起来叽里呱啦地骂。孟扶摇懒得听耗子骂架，想起刚才过来时看见有落地的松果，不如捡几个来堵耗子的嘴。

她起身走出去，元宝大人追到门边骂，骂了几句突然住了口，胡子动了动，有点狐疑地往空中看了看，又转了一圈，嗅了嗅，突然跳了起来。

它蹿到门边，叽里呱啦大叫，却已经找不到孟扶摇的身影。元宝大人喊了半天，空山寂寂，人踪全无。有心去找，可是主子吩咐过，任何时候都不要离开孟扶摇身边，这山这么大，两人走岔了怎么办？孟扶摇和它可没心灵感应。

元宝大人只好蹲在墙角画圈圈，等孟扶摇回来。

孟扶摇其实听见了元宝大人的呼唤，可惜这声音听在孟扶摇耳里和刚才的骂人也差不多，她头也不回地大步走去，对面是一处断崖。她刚才从这崖下过来，嶙峋的崖尖稍稍凸出，像一柄伞遮盖着下方的山谷，崖壁光滑得几近直角，上宽下窄。孟扶摇站定了脚步，看着那崖沟，突然想起当初那个长孙无极薨于道路的假消息，那时说他葬身于虎牙沟，虎牙虎牙，是不是也像这样的一道山险？

想到长孙无极，她脑子里立即蹿进了那朵莲，顿时脑袋又痛了起来，也说不清是脑袋痛还是心痛。孟扶摇抬手啪地给了自己一巴掌，长孙无极有老婆不是好事吗？自己不是一直希望不要和他有纠葛吗？这下终于有了一脚踢飞他、严词拒绝他的理由。下次他再敢和她信誓旦旦，她就老大耳光扇他，扇完了告诉他，我见过你老婆了，你个有妇之夫，吃着碗里看着锅里，我代表全宇宙“小三”终结者，灭了你！

孟扶摇想着扇长孙无极耳光的痛快，无声地哈哈笑了一阵，笑到一半，弯起的唇角渐渐撇了下来，她抱着肚子，慢慢地蹲了下来。

可是……可是……为什么要骗我呢……

她蹲着，姿势很难看，像是想要拼命挣出什么东西来。可是有些东西，随风潜入、润物无声，不知不觉已浸入肺腑，须臾之间想要啪的一声放出来，几无可能。

天边风滚滚地吹起，乌云一聚又散，哗啦一声，雨便下了下来。初时并不猛烈，眨眼间便沉重起来，在地上打出一个个水泡。孟扶摇蹲在雨里，傻兮兮地抬头，反应迟钝地抹了把雨水。

这一抬头一抹眼，突然发现对面崖上有些不对，隐约间有什么东西动了动。那种动，不是树木被雨打伏的动，事实上那片崖光秃秃的，根本没有任何树，那片轮廓，倒像是人！

孟扶摇的目光缩了缩，仔细在那崖上下掠过，这才发现，整个崖上都是伏兵！

那些黑色的岩石，是人；那些崖壁上起伏的线条，是人；那些一大块一大块看起来很像巨大岩石的东西，应该是装着滚木礌石的箩筐，而在那些黑色的人影手中，隐约可以看见一些森冷的反光，应该是刀刃或弓箭的利器。这是一支训练有素的军队，以绝大的耐力顶风冒雨、伏击守候，在这深山雨夜中，等待着一场嗜血的捕杀。

他们等的是谁？

这是天煞和无极的交界处，向西是天煞内地，向东是无极腹地，如果有什么人物死在这里，很可能会引发一场两国间的扯嘴皮子大战。

孟扶摇笑笑，她现在的心情，更加不想管闲事。她站起身想走，突然又停住了脚步。

哎，看看是谁先！

孟扶摇身子一振，如夜鸟般展开身形，攀上一处崖壁。远远望向来路，雨势渐大，在深山中回旋往复、四处相撞，激起更加巨大的隆隆之声。

前方黑暗里，突然驰来黑色的骏马，那马极神骏，扬蹄之势有若飞腾。马上骑士也是黑袍，衣袂飘飞间，隐约有红色镶边一闪。

那黑马之后，犹如一片黑云般卷过一支军队，军容严整、蹄声整齐划一，即使冒雨前进、相隔甚远，依旧能感觉到那般森严杀气，扑面而来。

战北野，黑风骑!

孟扶摇心中轰然一声——居然是要伏击战北野!

这里是进入天煞内地的必经之道，战北野大概是追她而来，战北野的大哥，终于耐不住性子，要对他动手了!

八成是长孙无极的虎牙沟事件给了他灵感，这明摆着是想杀了战北野再栽赃长孙无极!

孟扶摇一蹿而起，奔上山头，张嘴就喊："停住!停住!"

她用上内力的声音不可谓不响，可惜雨势太大，山风猛烈、雷声轰鸣，她和战北野不仅隔着一个山头的距离，甚至还隔着一座山的高度。而战北野带着黑风骑，马队本身的扬蹄之声也足以盖过任何声音。

"停住——有埋伏!"

那黑衣黑骑头也未抬，以迅猛如龙之势不断狂飙向前，眼看着已经接近断口。

孟扶摇大骂一声，抬头看看对崖。对面是如被刀劈的两座相对的崖，各自有埋伏，而自己所在的这座山头比对崖稍高，相距甚远。从山头往下爬一截，两山便已山势接近，那里有个平台，倒是可以冒险飞越，虽然那距离实在有点考验人类的极限，但是她已经顾不得了。

孟扶摇奔到崖边，对面已经有人发觉，只是隔得距离远不能射箭。有人爬起身来，盯着对面那个乱跳乱蹦的影子，突然看见那影子一抬脚，从崖上跳了下去。

断崖上的伏兵啊了一声，呆住了——自杀?

孟扶摇从崖上跳了下去。

时间紧迫，她要先冲到两山接近处的平台上才能有办法给战北野示警，这需要她在几秒内赶到。爬，是绝对来不及了。

她大喝一声，宛如霹雳炸破，硬生生把千仞陡崖当成了平坦大道，直挺挺对着崖下就奔。

呼的一声，巨大的冲力如炮弹般从背后撞来，撞得她心腑一震，扑面的风像神祇狠狠甩过来的一巴掌，打得人无法呼吸。自然引力的天神之手紧紧攥向孟扶摇，意图把这个挑战人体本能和极限的人推入崖下，摔成肉泥。

孟扶摇吐气，体内全部的真力立刻被毫无保留地调动，连同大风潜藏在她丹田的真气一起。那些真气被她罔顾极限般拼命催动，和自然之力抗争，渐渐如金钟罩般流向全身。因为使用过度，那些真力开始翻腾，如滚热的岩浆般，欲待冲体而出。

孟扶摇死死咬牙，忍住体内欲待炸裂的压力，在风雷之中越奔越快、越奔越猛，最后竟然成了崖壁上直泻而下的一条黛色长线，以奔腾狂飙的气势滚滚而下，再在临近失控落足的最后一刹戛然而止。

噗！

一口鲜血喷出，在连绵的雨幕中绽开血花。孟扶摇最后和自然引力相抗的急刹车，如被巨锤击在心口，但是也在这拼死无畏的抗争中，刹那突破。

蹄声隆隆，已近断口！

横身一滚，孟扶摇滚上平台，头一甩，一个翻身如豹子般跃起，齿间已经叼了柄箭。

孟扶摇一抬头，眼神如鹰盯住了对面，那里有黑衣人影伏在石后，怔怔执弓。他们目睹了刚才那一场绝世难逢的崖壁狂奔，看见那条纤细人影完全违反自然力量生生从绝崖奔下，震惊得忘记了一切反应，直到孟扶摇滚向石台才惊觉她要做什么，下意识地抬手就是一箭，不想孟扶摇在那样狼狈求生时刻，居然还有这般精准的眼力和反应力！

黑云如卷，狂飙而来，战北野的骑队只差两三个马身便近断口，他心急孟扶摇的去向，雨夜狂追，来不及探路也来不及小心慢慢行进，因此不知深山里、头顶处有无数阴沉之眼等待着他撞入罗网，更不知就在他头顶数百米上，两座断崖之间，雷声隆隆、大雨倾盆中，孟扶摇为了他和黑风骑的安危，和天地自然之力及武器装备齐全的伏军上演了一场无声的生死之争！

飞骑卷近，离最前面的战北野，还有一丈之地！

一丈之地，便是生死之地！

孟扶摇一扬头，齿间利箭呸声吐出，一伸手拔起身边一棵大腿粗的树，抬手一抡！

树身如巨箭，带着劈破空气、分裂天地的凶猛气势呼啸奔雷而去，巨大的冲力瞬间将树上枝叶粉碎，直直射入对崖人群。

以树做标枪，砸你没商量！

砰！

树木撞入伏击的人群，接连撞倒十几人，漫天里飞着鲜血内脏，并卷着几具尸体轰然落下。

啪！

被树木撞出胸口大洞的尸体正正落在战北野的马前，鲜血溅上战北野的靴子。

尸体正堵在断口入口！

战北野的马只要再前进一步，便要中伏。

战北野霍然抬头，雨夜里景物朦胧，黑色的崖连同黑色的雨沉沉压下来，对面崖顶之上飞旋跳跃着纤细的身影，看那动作，竟像在躲避箭雨。

孟扶摇！

一声厉喝，战北野自马上飞身而起，三两步便攀着崖壁奔了上去，半空里留下他一声大喝："纪羽！你知道该怎么做了？"

"是！"

黑风骑首领纪羽抹了一把脸上的雨水，单手竖起示意骑兵有序后退。他震惊的眼神一直停留在对崖，那里，纤细的身影辗转腾挪，快如流光，在箭雨中翻腾。他的目光又落在被树木撞下的尸体身上，就是这具尸体，被撞出山崖示警，使他们这千余性命不曾被这用心险恶的雨夜埋伏葬送。

纪羽又看了看这座断谷之口，如果他没记错的话，这里原先根本没有这座窄口，没有可以这般阴险设伏的地方，也正是因为如此，久经战阵的烈王和自己在心急之下，在雨夜之中，才未曾注意到地形的改变，险些闯入死地。

纪羽感激地遥遥看了一眼山崖，手一挥，"退！"

山林不适合骑兵作战，对方有备而来，前方必然有壕沟陷阱等物，此时不退，更待何时？

战北野已经冲了上去。

他身形在山崖雨雾间飞腾，直奔对孟扶摇发射箭雨的断崖之上，脚尖刚刚点上崖面，一轮更密集的箭雨立即飞射过来。

战北野不避不让，眉毛一挑，大喝："断！"

跃起半空，抡杵下劈，金刚杵抡出一片浑金的光幕，挟着怒气和万钧之势，狠狠劈落！

轰隆！

半截凸出如伞的崖面，生生被战北野劈断！

大片大片的碎石连同人体一起跌落，半空里惨呼和惊叫声在深邃的山林中传出很远，满山都是那似要灭了天地的崩塌之声，人力之威，竟可至此！

战北野在山石劈落的刹那，反身一贴贴上了崖壁，山石刚落完，他飘身而起，刚才还重如泰山，现在便轻似鸿羽，一飘便飘到了崖上。

他上了崖，便是崖上伏兵的死期！

惨叫声和血花同炸，弓箭与断臂齐飞，战北野直直撞入人群，劈手就夺，夺完就砸，砸完还踩，踩完便踢！

另一座对崖的伏兵眼看战北野上了崖，操起弓箭猛射。可惜黑夜暴雨，准头极差，倒被战北野时常扔过一支胳臂或者半条腿过来，砸倒一片。

山崖地方有限，伏兵不过近百，战北野几个回合便杀个干净，然而一声呐喊，那些静默的树木和草丛间突然都拥出了人群。

满山皆兵，只为等待战北野和他的千骑儿郎自投罗网。当伏击被破坏，剩下的便是围杀。

战北野立于崖上，黑发黑袍被猎猎山风卷起，他暴雨中一个侧首，眼神睥睨，俊朗的侧面有如刀刻，凛然若神。

"想杀我？做梦！"战北野突然绽出一声霹雳大喝，恍似九天之上雷霆乍亮，惊得这天都开了开，滑出呼啦一道闪电，照亮战北野突然飞起的身影。

他飞起，一撒手丢掉沉重的金刚杵，以比先前孟扶摇奔行在九十度崖壁上更为彪悍的姿势，抬腿就跨向对崖。

对崖七丈，亦是人力极限，暴雨中，黑袍身影怒卷如云，赤红衣角一闪，已在半空。

孟扶摇仰起头，她衣衫尽湿，乌发贴在额头上，越发显得颜色如雪。看见战北野悍然渡越断崖，她将手中作为武器的一棵细树往地上一插，叉腰大笑，"战北野，掉下去我就笑你！"

咻！

一团火花突然在战北野身后炸开，那颜色极为灿亮，即使沉沉雨夜也不能掩盖，刹那间炸出内红外黄的火球，直袭战北野的后心！

"卑鄙！"孟扶摇跳脚大骂，啪的一下把手中的树掷了出去。树身撞上那火球，轰的一声，立即变成焦黑的两段，溅飞的火星落在战北野身上，哧的一声便燎掉了他一截衣袖。

只这刹那间，他又近了些，只差一人距离便到崖侧。

孟扶摇刚刚舒一口气，又是咻咻两声，这次的火球来得更快更狠，一枚冲着战北野，一枚冲着她，而孟扶摇身侧已经没有足够砸飞火球的树。

"奶奶的！"孟扶摇一声大骂，忽然冲了出去，冲向战北野，她冲出去时一分力气也没保留，直直地将自己如同一枚炮弹般发射出去，刹那间便身子悬空，身成一线，狠狠撞上战北野。

撞飞了只差一毫便要踏上崖侧，也只差一毫便要为背后暗枪所伤的他。

悬空被撞的两人顿时翻翻滚滚落下，战北野一仰头，看见崖壁已经远离了两人，毫不犹豫地将孟扶摇翻了一下，把她的身子翻到自己之上。这样即使栽落，也有自己身子垫着，她也许还有一线生机。孟扶摇却在电光石火间露齿一笑，“停！”

她手腕一振，两人的身子突然停在了半空。孟扶摇毫不停息，伸手就要将战北野抡上崖，战北野却横臂一挥，轻轻巧巧将她先送了上去，“你先去给我揍那个用火枪的！”

“好！”孟扶摇肩膀一触到崖壁便弹跳而起，抬手就是一扬，大笑道，“看我天女散花针！”

对岸那人下意识地一让，却发觉哪有东西过来？大怒之下再次抬起火枪，突然发现对崖有一双森冷而又炽烈的目光冷冷地盯紧了他。

那目光远超寻常人的乌黑，如一段深海铁木，带着金属般的沉和万年海水打磨锻造过的黑亮，冷冷看人的时候，便如巨木撞过来，撞得人心口一紧。

战北野立在崖端，负手而立，衣袂飞舞。他微微斜眼看着对岸那端着火枪的锦衣男子，道：“果然是你来了。”

“我来，便足够收拾你！”那男子冷笑，下意识地将枪口抬了抬，对准战北野。

“你终于耐不住了！”战北野嗤声一笑，“你应该把你整个火枪队都带来，就你一个？不够分量。”

“你可以用你的性命来试试够不够。”那男子哈哈一笑，抬起枪口。

他突然怔了怔，对崖的战北野和那少年，突然都不见了。

男子愕然睁大眼，以为自己花了眼，擦了擦额头上流下的雨水。当他手放下的时候，突然心中一跳。随即他便看见孟扶摇秀眉飞扬、眼眸如星的脸突然出现在他眼前。

怎么可能？

男子以为自己被雨浇得昏了神，明明刚才人还在对面，就是插翅也不能飞得这么快，怎么可能突然出现在自己的枪口前？

孟扶摇却对着他露齿一笑，笑得白牙森森。随即她手指一弹，啪的一声。

一枚石子弹入了枪膛，听见轻微的咔嗒一声，代表着五洲大陆最高武器水平、极其珍贵和有限的火枪，彻底报废了。

孟扶摇笑得更加亲切，轻轻道：“我代战北野的外公，问候你。”

黑光一闪。

瞪大眼睛惊异地看着孟扶摇的男子，突然觉得心口一凉，随即全身力气都失去了。他喉间发出破碎的咯咯声，低头艰难地看向自己的心口，那里破了一个大洞，有鲜血突突地冒出来。

孟扶摇的弑天乍现又隐，插入某个跃动心脏的胸膛，再带着滴溜溜的血珠拔出。她顺手把匕首在男子脸皮上擦干净了，咕哝道：“其实我也不知道为什么战北野的外公要问候你。”

她嘿嘿一笑，冲着满崖呆若木鸡的士兵挥手，“同志们辛苦了！”

唰的一声，她突然从崖上呈弧线消失。对面，战北野收回牵扯着藤条的鞭子，喃喃骂：“这个疯女人！”

刚才孟扶摇在崖上看见对岸伏兵杀出时，便顺手收集了山壁上一些垂下的藤条，将那些藤条接起，和自己的鞭子缠绕在一起，便是这藤条，使她飞身撞出战北野而不至于落崖、使战北野上崖后两人得以合作，由战北野抡出藤条缠身的孟扶摇，飞身渡崖，神出鬼没地杀掉了那个锦衣男子。

回到崖上的孟扶摇拍拍手，问战北野：“那是谁啊？”

战北野静了静，答：“我三哥。”

孟扶摇愕然，随即便见战北野目光投向山林深处，那里层层叠叠的人头如乌云般冒了出来。

战北野声音沉冷，也如将雨的层云，“扶摇。”

“嗯？”

“我们要开始逃亡了。”

第八十三章

密林逃亡

雨夜、深山、密林。

附近的几个山头，冒出了一拨又一拨的伏兵，看人数足有上万。天煞国皇帝这回是下了决心，不出手则已，一出手必杀。

这附近的一片山脉已经被包围，孟扶摇仰头看着层层叠叠从各条山路中出现的人群，忍不住惊叹："战北野，你们天煞该搞搞计划生育了，有事没事这么多人！"

战北野皱眉看着她，半晌无奈一笑，道："这个时候，你还有心开玩笑。"

"没有玩笑的人生是苍白的。"孟扶摇摊手，"好了，战大王爷，想好怎么逃生了吗？"

战北野抬起头，道："在山中，想要包围谁都不是件容易的事，何况包围我？"

对上孟扶摇满是疑问的眼神，战北野傲然一笑，指着这茫茫山脉，道："从七岁开始，我就在外公的教导下熟读天煞地形舆图，外公手中的舆图，是他一个喜欢踏访名山大川的食客历时二十年亲手绘制的。大到山川河流、小到乡间密道，都详尽备述。大哥皇宫里那张，比起那图来，粗糙了一百倍都不止！所以我作战长胜，天时、地利、人和，地利何其重要？一个几乎掌握了所有作战地形的将军，其便利难以估计。我知道这座长瀚山脉里有一条可绕出山脉的道路，另外还有一处道路直穿长瀚山脉而过，自山脉北段出，直通磐都！"

"那还等什么？"孟扶摇眼睛亮了，"我们走后一条路啊！"她看看已经顺着崖壁投放绳索、试图攀缘的士兵，抬手就用数枚石子射死几人，“要走就快走，等下人全部过来，走也走不了。”

战北野却有犹豫之色，半晌道：“扶摇，我发命令让纪羽带人来保护你，你和他们走绕出山脉的那条道路。”

“那你呢？”孟扶摇有点疑惑地看着战北野。

“我走另一条道。”战北野深深吸了一口气，“扶摇，对不起，我该保护你的，但我必须赶紧赶往磐都，大哥既然对我下了杀心，我母妃就很危险，我不能和你一起走。”

“你要走的那条道，出来后离磐都最近，但也最危险，是不是？”孟扶摇盯着战北野，“你带着纪羽走那条道，我自己负责自己。”

“不行！”战北野截得很快，“那条道纪羽属下未必走得过去，带着他们也是折损人力。刚才纪羽已经带人绕过长瀚山，第一时间赶往磐都。这是我和他们的约定，如果我遇袭，他们不必救我，保存实力，立刻赶往磐都营救我母妃。所以纪羽留下助我的人手不会很多，陪你走第一条道都未必够。”

“战北野！”孟扶摇突然笑起来，“你看我像是需要借你的人保护自己，然后放你去独闯危险的人吗？”

她一拉战北野，道：“第二条路，一起走！鬼挡杀鬼，佛挡杀佛！”

她噌噌噌往上爬去，战北野无奈地看着她道：“哎，方向错了！”

孟扶摇扒在崖壁上，回眸一笑，“在此之前，咱们先去接耗子。”

接耗子，说起来容易，做起来，也是一场血肉碰撞肌骨的厮杀。

孟扶摇和攀绳而下的士兵迎面相撞，二话不说一刀断绳，栽下去的人正迎上战北野的剑尖。

爬上崖之后，先期赶来的士兵已经冲了上来，有人在更远处喊：“主上有令，提其人头来见者，赏骁骑将军衔，白银万两！”

“本王就值这点钱？”战北野大笑，“大哥陵墓的白玉门还价值三万呢，改日我去把那门拆了，谁砍得到我一刀，我就赏他！”

他拔剑，剑柄上一颗火红的宝石，亮如兽眼，剑光闪起，人头乱飞。那些尸体倒撞下去，在山路上滚成一片，鲜血染红碧草，再被大雨冲没。战北野毫不变色地一路前奔，脚下不时有骨骼被生生踩碎，孟扶摇跟在后面，跳啊跳地避开，始终不离战北野后背一丈方圆，将所有来自背后的袭击都挡下了。

等到冲回草屋，两人又是一身鲜血。孟扶摇一脚踢开木门，白光一闪，元宝大人扑了出来。

孟扶摇大叫："耗子，是我！"

扑得太快的元宝大人唰地泄了气，直挺挺地掉下来。孟扶摇手一伸接住，元宝大人抱住孟扶摇的手指，吱吱呜呜地哭。

它等急了，又听见外面的喊杀声，不知道孟扶摇到底遇见了什么。如果那女人出了什么事，难道就这么把它丢在深山里？难道要它用爪子奔回中州报信？

元宝大人越想越恐慌，孟扶摇那傻女人可不知道它百年一出，八成看它就是只耗子，有什么人遇险还会记得回头去找丢掉的耗子？

万幸……死女人居然回来了！元宝大人拎紧的心一松，立刻泪奔。

孟扶摇见它悲愤得可怜，想想这家伙总是被遗弃的悲惨命运，赶紧讨好地从怀里掏出先前捡的松果，往元宝大人面前一递。

那松果沾了雨水、泥巴和鲜血，黑乎乎、脏兮兮的几团，看起来实在不具有诱惑性和可触碰性，然而平日里对自己白毛爱惜得近乎变态的元宝大人沉默地盯着那松果半晌，慢慢地伸爪抱住。

孟扶摇可没体会到元宝大人的心理历程和悲壮牺牲，咧嘴一笑，将它往怀里一塞，"耗子，咱们要开始逃亡喽！"

"从这个山头过去，先进入一片密林。"战北野和孟扶摇趴在草屋窗口，快速指给她看，"密林里有诸多猛兽，还有些无声无息但随时都有可能咬你一口的好朋友。过了密林，有一段沼泽，这沼泽据说在密林中，又有说在密林外，没人知道具体方位，只能自己步步小心。如果没遇上追兵的话，可以直接进入一处隐蔽在藤蔓后的山洞。那是个溶洞，从那里一路往下……后面我也不知道了。"

"啊？"孟扶摇黑线，太不负责任了吧？

"我外公那食客，原先是天煞西南大鲧部族酋长之后，家业零落，投身外公门下，在他的记录中，长瀚山脉号称'死亡之山'，指的就是这条道路的危险。这条道路他没亲自走过，只在族中记载中照搬了一些记录，提到溶洞之后是'万灵归真'之地，我怀疑那是古鲧国首领停灵之所，应该是一个人或者一群人的大墓。"

孟扶摇呃了一声，十分兴奋地摩拳擦掌，"《鬼吹灯》当中学的，这下可以派上用场了！"

"胡说什么呢！"战北野恨铁不成钢地看着这个傻大胆，"鲧族是我们天煞最为神秘的一个种族，族中禁忌极多，墓葬禁忌自然更多。你跟着我，一切小心。”

他一抬头，看着前方慢慢包围过来的黄衣天煞士兵，眼底闪过森然之色。他从墙上扯下几块兽皮，随手抄起一个旧锅，兜起孟扶摇生的那堆火，啪地一脚踢开门，手一扬便将那锅还在燃烧的火炭砸了出去。

啊的一声惨叫，火炭砸到一个士兵身上，又溅了开来。众人纷纷躲避，堵得严实的山道出现缺口，战北野一拉孟扶摇，“走！”

两条人影如鹰掠起，踩着众人的头颅直奔半座山头下的那处密林。更多的人追了来，却在一地泥泞中不断滑倒。山头上不知道谁在指挥，士兵们层层自树木山石后现身，张弓搭箭，箭雨一层层落下来。

战北野兜起兽皮盖住孟扶摇，拉着她顶风奔跑，皮毛天生的柔韧光滑使箭矢难以深入，那些箭矢追不上这两道黑旋风，纷纷落在了水洼中。

孟扶摇边跑边接箭，攒了满手的箭之后便胡乱一撒，她的真力岂是这些不入流的士兵能比的？每一出手必有一大批人倒地。到得后来，孟扶摇空着手做个撒箭的手势，兵们便齐齐跳开。

孟扶摇朗声大笑，道：“姐撒的不是箭，是寂寞！”

元宝大人从她怀里努力探出头来，鄙视地仰望着孟扶摇。

“小心！”战北野突然一声低喝，伸手将孟扶摇狠狠一捺，孟扶摇被捺得栽了一个踉跄，脚步一滑滑出三步。隐约间听见箭矢破空声响，那声音极其凶猛，沉重无伦，啪的一下，射入她刚才即将跑到的位置。

孟扶摇目光一跳，霍然回首。

侧面一座山头上，金衣的男子持弓而立，隔了那么远，依旧能感觉到他在冷笑。

他身后是错落的人群，一排跪一排立，手中都是金色长弓，背后还背着一些形制古怪的武器囊。这些人从装束到神情到站姿都和先前的普通士兵有了很大不同，恒定、冷静、目光森然。

孟扶摇眼光一寸寸冷了下来，道：“好准的眼力，好强的计算能力！”

不仅强弓劲矢，膂力非凡，而且能算准她的行进速度，将箭矢提前射入她将要到达的地方，若不是战北野警觉，她就算能避开，也难免会受点小伤。

“天煞之金。”战北野声音沉沉，“大哥御林军中精英的精英，擅长追击、刺杀和单人对战。所有的队员都必须在真武大会中进入决赛，所有的队长都是历届大会的前五十名。而首领古凌风，”他一努嘴，示意那个射孟扶摇的金衣人，“上届真武大会第七名。”

孟扶摇笑了笑，道："如果他运气够好，挨得到这次真武大会，我会让他见识一下满地找牙是个啥滋味。"

咻!

半空里呼啸而来无数金箭，金线般在空中连成一线，穿破雨幕，在两人脚后跟插了齐刷刷一排。

山头上古凌风傲然扬了扬弓，做了个"速速受死"的唇语。

战北野一声冷笑，单腿后踢，那些金箭被他踢起，一片黄云般再次射回。

古凌风冷然举弓作势下劈，那些箭却突然转了方向，击到半山一棵果树上，满树树叶和果子都被震落，砸了古凌风一头一脸。

战北野哈哈笑着，拉着孟扶摇往前一扑。

前方，密林。

这是一片极其茂密的林子，所有的树都拥有数目众多的年轮，翠绿的枝叶层层挤在一起，遮没天空。

此时已将天明，林中光线却依然幽暗。空气中飘荡着积年落叶连同兽骨腐烂相混合的气味，一进林子，便觉得气息阴沉，安静瘆人，有无声的压力沉沉地迫来。

战北野挥着剑，在前方劈砍着荆棘树枝，他掌中剑即使在这黑暗的林中也异光闪烁，剑柄上红宝石亮得妖异，如天神之眼。

脚下突然传来嘎吱一声，细微的碎裂之声吓了孟扶摇一跳，抬起脚来才看见是腐脆的骨头，她不禁笑道："我还以为见了鬼……"

她突然顿住，仔细看了一眼这骨头，道："还真是鬼。"

战北野瞥了一眼那骨头，道，"这林子以前有人进来狩猎，据说大多死于非命，大约便是那些猎人的骨头，可能路上还有他们挖下的陷阱，千万小心！"

他挥剑砍断一棵纠缠的刺藤，突然厉喝："谁？"

前方人影闪动，战北野一把将孟扶摇拉向身后，那人却远远低喝："殿下！"

"是你。"战北野松了口气，皱着眉头看自己的黑风骑首领纪羽，"不是叫你立即带人绕路回磐都吗？你不在，谁来主持大局……"

"殿下，小七是黑风骑副首领，已能独当一面。"纪羽沉声答，"就由属下和这十名挑出来的黑风骑士，陪殿下走这一路吧。"

战北野默然，半晌无声一叹，指了指孟扶摇，道："保护好孟姑娘，我就允许你留下。"

“是！”

孟扶摇微微地笑了，抱胸看天。唉，和他争什么，到时候谁保护谁还说不准呢。

“我们进入这林子，普通士兵不敢追，古凌风一定会追进来。”战北野冷冷笑道，“他不服气我很久了，看来我得送他个比较特别点的纪念。”

他蹲下身，开始挖坑，接连挖了几个浅浅的，只容一个人的靴尖进入的小坑，错落着前后分开，用缠树藤绷在坑上，虚虚地挽出套，固定在左右树身上。再命纪羽在小坑后侧挖了几个大点的坑，坑底插上尖树桩，随手劈了几块树桩做成木板，架在大坑上，木板上盖上浮土连上藤蔓，远远牵了出去。

他们做这些的时候，孟扶摇从怀里掏出从宗越那里搜刮来的瓶瓶罐罐，对着那些藤蔓什么的胡乱撒了一气。

随即几人各自上树，等，独留战北野持剑而立。

少顷，金衣闪动，古凌风果然带着属下进了林子。这些精兵十分小心，前进中不断向前方投石，确定没有陷阱了才继续向前。

古凌风则仗着内力高强，提气独行在前，脚尖毫不沾地。他一掠进林中，便看见拄剑而立、仰首向天的战北野。古凌风怔了怔，还在思索这人为什么不逃，对面战北野突然一声大喝，二话不说，抡剑斜身便劈！

他这一劈直有开山之力，毫无花哨却雷霆万钧，巨大的剑风拔地而起，卷得枝叶飘飞，剑上起了淡淡的红芒。剑身尚在丈外，剑芒已到古凌风眉间，淡红的光芒映上他的眉宇，杀气凛然。

这样毫无保留、杀神般的一剑，古凌风不敢硬接，他下意识地向后倾身，一个倒仰铁板桥，脚步一错，试图在不大幅度后退的情形下避开这一剑。

脚步这一错，便不可避免地移动了半步。

嚯嚯！

一声很低的微响，听在古凌风耳中却觉得心神一紧，随即脚下也一紧，低头一看，却发现靴子被几根藤蔓紧紧缚住。他心中一惊，下意识地后撤半步，结果后撤的那只脚又是一陷，踏入了战北野计算好的另一个浅坑。

古凌风惊而不乱，拔剑一挑便将藤蔓挑断，冷笑道：“这点伎俩也能困住我……”

他突然停住，瞪着面前氤氲的一片粉雾，这些粉雾附在藤蔓上，在他含怒大力挑断藤蔓的那一刻升腾而起，阴险地沾上了他的衣甲。

古凌风眼珠都红了，立即闭气，想也不想便向后跃起。他身后属下见首领遇险，都不顾一切地扑了过来。

一向后，一向前，道路中段的集合点。

“撤！”一声清脆的低喝，地面上一阵簌簌声响，遮在陷阱上的木板被牵着藤蔓的纪羽等人拉开，卷着落叶碎骨飞速后撤，现出黑洞洞的陷阱。后退和前扑的两批人撞在一起，齐齐落入洞中。

“啊！”惨叫声起，一瞬间便死了四五人，战北野哈哈一笑，倒拖着剑便走。

身后陷阱中，却有人突然冲天而起，无声无息，金剑一展便刺向他的后心！

古凌风瞬间脱去金甲，一脚将一个属下蹬入陷阱，踩着他的尸体跃身而出！

头也不回横剑一拍，战北野比平常剑身宽许多的巨剑拍得地面落叶飞卷、罡风大作。灰尘扬起，古凌风眼睛一迷、气息一窒，下意识地后退，随即觉得劲风里突然生出一股锐风，无声无息却又快捷无伦地逼来。

古凌风身经百战，立即心知不好，仰身一倒，顺手抓过一个冲来的属下一挡，随即便听扑哧一声，脸上被温热微腥的液体溅上。

心知人肉盾牌起了作用，古凌风松了一口气，隐约听得一人轻声一笑，笑得像冰玉相击，带着点轻蔑和睥睨，笑声随即远去。

古凌风睁开眼睛，将那属下的尸体扔在地上，想起那笑声里的轻鄙之意，不禁更加恼羞成怒。一回首，对着怔怔地看着自己的属下怒吼：“看什么看，追啊！”

金衣御林军们仍旧默然，看他的神情十分怪异。古凌风还想骂，突然觉得肩膀有些僵木，他伸手一摸，竟然摸掉了一块肉。

古凌风骇然变色，一侧首便见自己肩部不知什么时候已经焦黑，他心中轰然一声，知道自己着了道。这人也是狠人，霍然拔剑，剑光一闪，肩上一大片血肉飞出。

“一半继续追，一半送我回京治伤！”古凌风捂肩恨恨回首，眼神阴鸷地盯着幽影变幻的密林深处，“我记得你的声音！总有一天，这笔账我会找你加倍索回！”

“哎，这见鬼的鱼，为什么死活都叉不中？”孟扶摇挽着裤脚，赤足站在一处山溪边，拿着树枝做的木叉叉鱼，“白白浪费了我一百八十次优美的插戳动作！”

一行人走了一天，黄昏来临时选了这一处较高的山溪之侧休息。纪羽等人去打猎，孟扶摇一向不喜欢坐享其成，自告奋勇地要去捉鱼，结果捉到现在还没捉出个结果。

元宝大人双爪抱胸蹲在石头上，以一副看好戏的神情等着孟扶摇第一百八十一次插戳成果。

战北野斜斜靠着山石，嚼着微甜的草根，一眼一眼地瞟孟扶摇洁白纤细的小腿、细致精巧的脚踝。看的次数多了，被孟扶摇发觉，她毫不客气地一叉子扬起溪水甩过去，水珠子哗啦啦洒了战北野一身。

战北野眉一挑，丢掉草根，大步过来。孟扶摇戒备地摆出打架的姿势，战北野却接过她的叉子，道："这种鱼是我们天煞深山特产，特别溜滑，你是叉不中的。"又道，"回去穿上鞋袜，山间早晚寒气重，不要着凉。"

孟扶摇这才知道他原来是怕自己着了风寒，一时有些怔怔的，半晌才讪讪地去穿了鞋袜。战北野随意用叉子在水中搅了搅，将水搅浑，那些鱼没法透气，只得浮出水面，一浮出来就被"守潭待鱼"的战北野抓个正着。有些鱼跃起蹦上石头，连元宝大人都趁机用爪子踩着了一条，那货立即得意扬扬地四爪扑上死死压住那鱼，扭头对孟扶摇嚣张地吱吱笑。

孟扶摇悻悻，喃喃道："原来这就是'浑水摸鱼'的由来。你一介王爷，怎么对野外生存这么熟悉？"

"和摩罗族打仗的时候，我曾经带兵一直追入摩罗腹地，带着三千人在摩罗的崇山峻岭里将他们的大将军王一直追到自杀。"战北野笑出一口晶亮的白牙，"当时没有补给，也没带吃的，最饿的时候就抓着一条蛇，蛇皮我都和他们分啃了。像这些掏鸟蛋、捉野兔、找野果、抓鱼的事我都干过。兵们都累，没道理再要他们服侍我。"

"我现在知道为什么这个天煞之金的首领始终名声在你之下了。"孟扶摇生起火，一边往火堆里添枯枝，一边笑吟吟道，"一个会用属下垫陷阱、会用属下替自己挡刀的首领，是永远不能达到众望所归的王者高峰的。"

"古凌风毕生里以我为对手，可惜我只当他是个屁。"战北野朗声笑，"啊，好臭！"

孟扶摇哈哈一笑，笑到一半便止住了。她慢慢地随手抓了身边的落叶树枝添火，盯着火堆不语，眼珠子湿润润黑亮亮，像一对隐藏着无数浮沉心事的水晶珠。

"小心！"战北野突然劈手夺过她手中欲待拿起的"枯枝"，手指一搓，寂静中响起咔嚓一声骨裂之声。扶摇这才回神，愕然一看，才发现那竟然是一条毒蛇，扁头、灰褐色，生着点淡绿的斑纹，混在满地断枝落叶中，竟可以假乱真。

战北野扔掉死蛇，立即拉过她的手仔细检查，"伤着没？你怎么这么不小心！"

他语气嗔怪，翻来覆去地看她的手，神情焦急。火光映着他的脸，他额头上竟浮出细细的汗，在夜色里莹然生光——久经战阵、谈笑用兵、千军万马直当等闲的战北野，竟然因为看见她掌中一条蛇而惊出冷汗。

孟扶摇心中一动，生出股淡淡的歉疚，下意识地缩回手，勉强一笑，道："没事，没事。”

“扶摇，”她在沉默，战北野则在沉默地看着她，“我路过姚城时，听说铁成随你走了，现在他为什么不在你身边？”

“我派他另有要务，”孟扶摇慢慢答，“他办完会来追我。”

“什么要务比保护你更重要？”战北野不放松，继续问，“铁成不像是肯离开你的人。”

“我勒令他去的，就这样。”孟扶摇答得言简意赅，转过头去。

“为什么？”战北野坚持打破砂锅问到底。

“不为什么！”孟扶摇忍无可忍，气势汹汹地嚷了一声，“我高兴！”

战北野不语，也不怒，默然地盯着她。孟扶摇骂出口又有点后悔，瞟了战北野一眼，吸了吸鼻子，道：“呃，对不住，我有点累。”

“扶摇，你不高兴。”战北野突然截住她的话，“从山崖上我看见你的第一眼开始，我就觉得你有点不对劲。发生了什么事？”

孟扶摇张了张嘴，发生了什么事？没发生什么，不过是遇见了一个人而已。而这个人，只要存在，她迟早都会遇见，早点遇见也没什么不好。

她叹了口气，有点哀怨战王爷那么豪烈的一个人，偏偏在有的地方心细如发。她却不知道，战北野的心细如发完全是有限的，比如雅兰珠，就绝对享受不到这一根发丝的细微度。

这话如果去问战北野，等于对着他交代了自己的心事，难免令战北野伤心难堪，何必呢？

“是和长孙无极有关吧？”她不说话，战北野自己却开口了，他语气里有淡淡的落寞，却依旧在笑，“你向来只有因为他才会出现真正的反常。”

孟扶摇心中咚地一跳，抬眼看他。战北野专心烤鱼，抬头对她一笑，“看我干吗？怕我受伤？唉，你有这份心，我真安慰。”

“我才没有！”孟扶摇立刻严正声明，“我说过，我对你们都没有非分之想。我最希望的事，是你们走你们的阳关道、我走我的独木桥。”

“是我们对你有非分之想好了。”战北野明朗地笑了，“我一想到长孙无极和我一样被拒绝，我就平衡了——哎，扶摇，你拒绝就一起拒绝，可要坚持到底，不然我可不放过你。”

“得了吧你！”孟扶摇无奈地笑笑，想了想，道，“我是派铁成护送佛莲公主去中州了，我在路上无意中救了被强盗打劫的她。”

“佛莲？”战北野皱起眉头，“凤净梵？璇玑国主最小的十四皇女？号称含莲出生的那个？”

“你也认识？”孟扶摇看着他，突然想起如果佛莲是长孙无极的未婚妻，作为天煞皇族一员，战北野为什么会不知道？

“谈不上认识，听说过。”战北野漫不经心道，“她去中州做什么？”

孟扶摇咬了咬唇，犹豫了一下还是说了出来：“她说自己是长孙无极的未婚妻，去探望他。”

“未婚妻？”战北野一怔，手中的烤鱼险些掉入火中，“我怎么没听说过——啊，不对！”

“怎么？”孟扶摇盯着他，隐隐有些紧张。

“你这样说我想起来了，好像长孙无极确实是订过亲，大概是十多岁的时候，听说还送了对方一幅内含兵法的璇玑图，但是后来便没听说过什么消息。按说如果他真的订婚，早就该大婚了，为什么到现在还没有？”

战北野说着说着，突然发怒，“好啊，他长孙无极有老婆，还信誓旦旦地说什么一心于你、矢志不移？”

孟扶摇默然不语，元宝大人却突然蹿了过来，噔噔噔爬到两人中间，拍胸脯、打屁股、指天誓日地叽里呱啦。战北野和孟扶摇皱眉盯着元宝大人，不知道它到底要表达什么撕心裂肺的内容。元宝大人发现鸡同鸭讲完全无法沟通，急得仰天长吱，又想去找它的零食盒，这才想起零食盒里饼子吃完还没补充，大急之下居然伸爪去拔屁股上的毛。它发狠一根根拔了，打算拼字给孟扶摇看。好容易拼了一个“不”字，孟扶摇挪了挪已经发酸的屁股，道：“耗子，等你拼完天都亮了，你屁股上的毛也秃了，为了我的睡眠体力和你的宝贵的毛，你算了吧！”

她翻个身，就着火堆躺了下去，战北野等她睡熟了，脱下外袍小心地给她罩上。

元宝大人小心地收起自己浪费的四根毛，捧在爪心，忧伤而孤独地坐在石头上，看着天际的那轮弯月，良久，发出了一声因沟通不良而郁卒的悠长叹息：“吱——”

夜渐深，万物渐渐睡去。

纪羽带着十名黑风骑精英睡成一个半圆，面对着密林来路，护卫着中间的战北野和孟扶摇。孟扶摇睡在一处青石上，石后是一泊潭水，再就是天堑难越的岩壁。这是战北野精心挑选的宿营地，背靠山壁，可拒三方来敌，最是安全。

经过一天的跋涉奔波，人们都十分疲倦，睡得酣然。

弯月如钩，将淡青的光芒投射在潭水的波心，波心里有隐约的水纹荡漾，一圈圈掠开去。

那些波纹渐渐波动剧烈，将那一弯惨青的月打碎，随即，某些尚未看见形状的物体，自潭水中无声地冉冉升起。

第八十四章

山林之夜

惨青的月色下，潭水中靠着山壁的地方，缓缓升起一道诡异的影子。远远看去，那影子似乎有头有身、四肢分明，明明静止着升起，却在不住地蠕动。

月光将那影子投射在山壁上，那团“东西”突然一点点分裂开来，两条特别柔软的“手臂”以一种奇异的韵律不断伸缩。

岩石上，元宝大人翻了个身，睁开眼睛，嗅了嗅鼻子，突然一骨碌爬起来。

它回头一看，唰的一下跳起来，扎入孟扶摇怀中。

孟扶摇正睡得香，梦里大耳刮子扇长孙无极呢，被元宝大人这一撞醒了一半，下意识地感应了一下，没觉得有杀气，四周静寂无声，于是放下心来，迷迷糊糊地将元宝大人一推，骂：“好好睡！别投怀送抱的，你我男女有别！”

元宝大人愤怒，上蹿下跳吱吱地喊，这下所有人都醒了。对面战北野一睁开眼，手一伸便抓住了用来当枕头的剑，腾身跃起四面一看，皱了皱眉道：“耗子，你吵什么？”

元宝大人拼命对着那片崖壁指，众人看过去，只是一泊宁静的潭水、一方寻常的崖壁。

“做噩梦了吧你？”孟扶摇睨元宝大人，“想跟我睡就直说，装模作样干什么？”

元宝大人气苦，再次指天誓日、吱吱不休，孟扶摇和战北野虽取笑耗子，却也知道耗子并不是单纯的耗子，也绝不会为了要和孟扶摇睡觉就半夜惊魂。纪羽等人提剑在附近林中睃巡一圈，战北野和孟扶摇将四周都搜索了一遍，确认确实没有异状，才各自坐回。孟扶摇抓过沮丧的元宝大人，往自己肚子上一放，道："石头硌着你做噩梦了是不？姑娘我牺牲一下，提供你人肉沙发。"顺手压倒元宝大人，道，"睡觉，别再吵吵，接下来还有很难的路要走呢。"

战北野添了点柴火，将火堆燃得更旺些，仔细看了看地形，在孟扶摇后侧睡下。

疲惫的人入睡是很快的，不一刻林中又沉静下来，元宝大人这回被战北野的披风盖着，又被孟扶摇的手压着，没法子动弹，却不肯睡，目光亮亮地竖耳朵听着。

月色下、潭水中、石壁前，慢慢又浮出那诡异的影子，射在深黑的崖壁上微微蠕动，有些似乎像发丝又比发丝粗很多的末端，在崖壁上缓缓招展。

那影子慢慢近前来。

元宝大人突然张嘴，咬住了孟扶摇的腰带，头一甩，刺啦一声，腰带被撕破。

孟扶摇直直跳了起来，大叫："耗子，你干什么？"

众人顿时又都醒了，孟扶摇一边手忙脚乱捆腰带，一边四处察看，发现依旧没任何异常，顿时大怒，骂："不就是先前不给你拼字吗，犯得着这么报复我？"

元宝大人眼泪汪汪，悲愤地扑倒在岩石上，对着那方崖壁骂人家全家。

战北野坐了起来，道："耗子怎么闹成这样？我倒不安了。这样吧，扶摇，你继续睡，我来守着。"

孟扶摇打个哈欠道："我来守就是，反正耗子打定主意不让我睡了。"

纪羽上前来，道："殿下，属下兄弟守夜并没发现什么，不过在这林子中还是小心为上，您和孟姑娘继续睡，属下带兄弟们守夜。"

战北野沉吟了一下，心知如果自己要守夜孟扶摇定然也不肯睡觉，然而两人多日奔驰打斗都已精疲力竭，休息不好更对付不了日后的险路，只好道："都小心些。"

"是。"

孟扶摇和战北野再次躺下去，孟扶摇害怕元宝大人再次非礼，把它往身侧一个树洞里一塞，道："明早再放你出来。"

元宝大人沦为"狼来了"的那个孩子，悲愤地扒着洞口看月亮。树洞太窄，他身材太好挤不过去，只好老老实实待着，看着那影子再次缓缓升起，比刚才更近地近前来。

纪羽带着手下几个卫士，一半面对林子坐着，一半坐到战北野和孟扶摇身边。他们背对着潭水，目光如鹰，四处睃巡。

没有人想到潭水中会有什么异常——这只是一方很小的潭，三面围着绝崖，崖上连株可疑的草都没生。潭水清澈一望见底，众人在里面洗过脸、捕过鱼，都知道绝不会有什么问题。

他们的注意力都放在了最有可能潜伏危险的林中。

那影子，无声无息地逼近来，已经到了孟扶摇睡的那方石下，慢慢越升越高、越升越接近孟扶摇。月光斜斜地射过来，那影子依旧是一团影子，看不出实体的痕迹。

元宝大人蹲在树洞中，一双黑宝石似的眼睛乌溜溜地盯着那团影子，突然深吸一口气，鼓鼓的肚皮一缩，一仰头大叫起来。

月下，树洞中，元宝大人用尽全身力气做出大叫的动作，奇怪的是，竟然没有一点声音发出。那种声音，不是往日耗子版的吱吱声，人类听不见。

属于百年神物的独特次声，音节古怪，带着掌控自然的神力，那声音冲喉而出，如一线钢刀般逼向潭水。

那团烟雾般的影子静了静，随即，突然化为实体，迸射开来！

坐得离潭水最近、背对着潭水守卫的一名黑风骑士正警惕地扫视对面林中，突然后心一凉，似乎被潭水溅上。他正疑惑潭水怎么会突然溅开，随即便觉得侧脸也一凉。

有什么冰凉柔滑的东西擦过了他的脸，咝咝一响，舔在了他的唇上，随即往他脖子上一绕。

那骑兵反应极快抬手一抓，将那东西一把抓下，两手一拽已经拽断，淡碧色的液体溅开来，骑兵警觉地避开，头一低看见左手中半截灰褐色蛇身，蛇头尖扁，松了一口气，笑道："不过是条水蛇。"目光一掠看见右手中物事，顿时一愣。

那依旧是半截蛇身，尖扁蛇头，根本不是想象中的蛇尾。

双头蛇！

骑兵心中轰然一声，知道自己遇见了天煞密林传说中的双头崖蛇，这种东西据说一出现就是一大群，而且报复心极强，你杀它一条，它杀你全家。

骑兵霍然回首，便见自己身后，群蛇挨挨擦擦绞扭在一起，硬是组成了一个"人"的形状，不过现在这形状看起来似乎有些分散，蛇群有点慌乱地窜开，只有两条充作"手臂"的大蛇张开毒牙尖利的嘴，阴绿的蛇眼死死盯住了他。

骑兵看着这蛇，下意识地想起身砍杀掉，突然觉得头再也扭不过去了，然后脖子、胸膛、手臂、腿……全身的每块肌肉每根骨骼都在慢慢僵硬，一点点地将他的生命固化。

最后的意识里，他隐约想起刚才那舔在他唇上的蛇吻。

月光无声。

照见潭边、石上，一个永远的扭头回望的姿势。

群蛇被元宝大人次声逼得实化迸射的那一刻，众人立刻惊醒。战北野在睁开眼睛那一刹，立即将孟扶摇扫下了青石，一翻身抓住了自己的剑，反身对着潭水就是一劈。

水柱轰然溅起，将蛇群又冲散了一半，那个诡异的“人形”已经只剩下了两条“手臂”和半个“头颅”，在惨青月色下的潭水中，挤挤擦擦地游动。

黑风骑兵们冲上来，面对潭水结成阵，战北野盯着那团蛇群，冷声道：“既然已经杀了一条，剩下的就全杀了，少一条是一条！”

这些听过传说的骑兵都知道他话里的意思，冷然点头。战北野又道：“这东西喜欢结成人形对人全身上下攻击，让人防不胜防，并且身体坚硬滑腻、行动快捷如风，先想办法冲散它们！”

孟扶摇一个翻滚翻下来，看着那些和黑风骑士对战的蛇。那么多蛇绞在一起，居然行动灵活，“手”抓“头”撞，迅捷如风，真的就像一个人在战斗，时不时还发暗器似的飞出一条狠咬一口，再瞬间缩回，不禁愕然道：“这是什么东西？为什么逼得这么近我们都不知道？”

“这是双头崖蛇，据说受过大鲧族巫师的诅咒，身形凝烟化雾，在接近人体之前人难以察觉，喜欢以‘人身’做攻击，遇上它们的人一般都是死路一条。而且这种蛇一旦被杀一条，后果会很麻烦。”战北野快速答完，道，“晚上我们杀的那条蛇，可能就是它们中的一条。”

“那条蛇不是单头吗？”孟扶摇愕然问。

“这种蛇幼年时是单头，成年后才长出双头，住在崖壁缝隙里。是我疏忽了，我以为这种蛇随着大鲧族的毁灭而消失了，不想居然还存在。”战北野叹了口气，道，“错怪耗子了。”

孟扶摇一脸愧疚地对树洞看了看，道：“等一下道歉去。”又从怀里摸瓶瓶罐罐，“毒死它们先。”

“没用！”战北野拉住她，“这东西不怕毒，小心误伤别人。”

“用雷弹？我记得你的骑兵有配备这个。”

“蛇在水中用不成雷弹，一旦有蛇逃生、寻隙攻击，我们的人防不胜防。”战北野突然一笑，道，“是个麻烦东西，但有时麻烦东西很适合借用。”

他突然从怀里掏出个小瓶子，将里面一些红色的粉末往自己身上倒了倒，又灭了火堆，往火堆里弹了弹。

孟扶摇好奇地问他：“这是什么？”

战北野很牛气地答，“胡椒粉。”

孟扶摇黑线，喃喃道：“这五洲大陆有胡椒粉吗？难道穿越的不是我，是你？”

“什么叫穿越？”战王爷耳朵很尖，随口问。

“就是周游各国。”

战北野哦了一声，解释道：“上次在华州客栈喝汤，你加了胡椒粉后味道确实好很多，我便命人弄了些来。这蛇是瞎子，对气味却十分灵敏，仇人的气味它们会不死不休地追逐过去。”

孟扶摇眼睛突然亮了，“你把胡椒的味道留下，还有什么比这个气味更鲜明刺激的呢？一旦追兵来……”

“对！”战北野哈哈一笑，“等一下我们走，东西都留下，天煞之金追过来一定会上来察看，翻动火堆沾上胡椒粉，然后……就等着双头崖蛇不死不休的报复吧！”

他掣剑，腾起，自黑风骑士头顶飞越而过，淡红光芒一闪，轰然一剑，便将那已经毁坏得不成模样的人形蛇群一劈为二，随即大喝：“退！”

蛇群居然如人体被劈裂一般左右分开倒下，那些被劈成两半的双头蛇每一截又是一个单独的个体，在水中飞速一掠，如风行水上，箭似的又冲了过来。

众人却已远远逃开，孟扶摇第一个逃——她赶到树洞前赶紧先掏出元宝大人，也顾不得是否会被人看成第三波了，往怀里一揣，眨眼间已经奔到十几丈外。

战北野最后走，顺手夹走了那具永远诡异扭头的战士尸体，同时砸出一大把石头，向着四面八方所有的方向。

那些蛇追了出来，听到四面八方都有声音，一时不知往哪儿去追。众人早已爬上树，从树梢间腾跃远去，一直奔到远处才停下来。战北野亲自挖了坑，将那死于蛇吻的骑兵葬了。

纪羽等人并没有悲戚之色，战士死于战场，份所应为，他们只是默然注视着战北野。那是他们的王，勇毅、果决、视兵如子，跟随他征战沙场死去的儿郎，只要有可能，他都会亲自埋葬；受伤掉队的，他绝不轻易放弃。所以黑风骑中有不成文规定，无论是谁，一旦受伤落入山穷水尽的境地，就立即自尽，绝不拖累战北野。

孟扶摇过来，对着那士兵的埋骨之所默默一躬。她有些自责，元宝大人示警，她应该谨慎些、更谨慎些，那么这个还很年轻的士兵就未必会死。

战北野轻轻拍了拍她的肩，低声道：“不是你的错，是我的错，我不该睡下的。”

“都别争了，”孟扶摇勉强笑，“是耗子的错，谁叫它不会说人话。”

她低头从怀里摸出元宝大人，那货浑身的毛湿漉漉的，耷拉个脑袋似睡非睡。孟扶摇傻傻地盯着它道："咦，耗子，你什么时候下水了？"

元宝大人哪有精神理她，它这压箱底的宝贝可不是轻易能使的，使一次便元气大伤，必得沉睡上几天，尤其它现在又不在穹苍，没有某些必要的东西补给，越发蔫不拉唧。

孟扶摇想起长孙无极家的绝世爱宠借给自己居然搞成了这样，难得生出了点愧疚之心，咕哝道："我决定了，看在你的分儿上，给你家主子的三个大耳光减为两个。"她小心地将元宝放进自己背上的包袱里，那里有衣服垫着，睡得更舒服点，至于掉毛，当没看见吧！

一行人继续向前，密林里所有的路看起来似乎都一样。士兵们轮班砍着藤蔓和荆棘，还是不能避免被一些灌木丛拉破衣服。孟扶摇将装着元宝的包袱挪到自己胸前，她每隔一会儿就会不由自主地摸一下耗子，生怕把它搞丢了——这林中和以前走过的密林感觉都不同，那些浓密的树荫深处似乎时刻深藏着无数双眼睛，阴森地注视着他们，在暗处盘算着他们还可以支撑多久，等待着他们随时随地遇见危险、成为它们的大餐。

和昨天不同的是，一直窥视并跟随他们的猛兽少了很多，似乎察觉到他们得罪了不该得罪的东西，生怕被殃及。以至于纪羽他们猎兽时，打了半天才打到几只刺猬。

中途遇见了天煞之金的追兵——林子大，也没路，走着走着便有可能撞在一起，那一小队士兵正被一群双头崖蛇如附骨之疽般追着，纪羽他们看见人影闪动立刻上树，眼见着追兵在那蛇的追击下死的死、逃的逃，群蛇扑上去撕咬尸体时，才居高临下地扔了个雷弹，这蛇再猛也是肉身，在土火药的威力下肉碎骨飞。纪羽挖了深坑将蛇尸掩埋，以免被其他蛇群发现。

晚间宿营的时候，再不敢靠着潭水或山壁睡觉，一行人干脆砍掉了一圈比较小的树木，清出一片空地，用那些树木搭了些简易屏障，士兵们居高临下地分班守卫。

孟扶摇将元宝大人放在肚子上，照样是一副酣然高卧的样子。战北野却一直在她身侧盘坐调息，隔一阵子便睁开眼，听风从林端呜呜掠过的声音，听夜枭在树梢头阴阴地叫，把月色叫成一片凄迷。更远处野狼在嚎月，啸声孤独而凄凉，极具穿透人心的力量。

孟扶摇睡得一动不动，和她肚子上那只一模一样。

战北野却突然笑了笑，道："装得累不累？"

孟扶摇依旧闭着眼，却突然扯了扯嘴角，道："我在深刻地思考。"

"思考什么？"

"思考你要我对你三哥说的那句话是什么意思？"孟扶摇坐起身，"你外公是被他害的？"

“我外祖父老周太师，人称‘贰臣第一’。”战北野拨了拨火堆，淡淡道，“在天煞正史和野史中，老周太师大概都注定要遗臭万年。你知道的，天煞的前身是金朝，战氏家族和周家同朝为臣，我父野心勃勃，攻入磐都，欲取金朝而代之。当时身为太尉的外公，未经抵抗亲献都城，被封为太师，他的女儿既为前朝皇后又是今朝皇妃。他历两朝主子，两朝高官荣宠不衰，为此饱受时人羞辱，有人专门作诗讥刺‘皇后还换皇妃去，太尉又封太师来’。他若上街，人人不肯近他三尺之地。”战北野微微一笑，深黑的眸瞳里乌光深潜，“但在我眼里，他教我兵法、为我求来最好的师父、带着我爬府中最高的藏书楼、亲自挑选他认为对我有用的书，他是最好的外祖父。”

孟扶摇轻轻叹息。

“外祖父晚景凄凉，女儿疯了，隔着宫墙就像隔了万山，再没有见过。我十八岁还没封王，住在宫中西僻角里，不敢在宫中随意走动，怕遇上年轻少艾的娘娘们，惹得她们惊惶回避。外祖父听说了，怕这样下去我迟早会被兄弟们扣上不堪的罪名，在玉阶前陈请三次，才换来了我的郡王之封，却又不许我在京开府建衙，远远发配到葛雅。我本来指望着在京开府，还能接他和我住一起，有我照拂，老人家晚景可慰，然而葛雅……他再经不起长途跋涉，就在我去葛雅的那年，他死了。太医说是自然寿终，只有我知道，不是。”

“为什么？”

“我走之前去向他辞行，他在看书，一句话也没说，直到我出了门，他才说了句：‘你这一去不知什么时候回来，如果我在你回来之前先走了，你记得将来给我迁骨回老家颖川安葬。’那年我奔丧回磐都，晚上在太师府家庙里打开棺材捡骨时，发现骨中发黑，他是被毒死的。”

“查出凶手了吗？”孟扶摇静默半晌，轻轻问道。

“左不过那几个人，”战北野盘膝而坐，看向磐都的方向，眼神像一截沉重的乌云在缓缓移动，带着些藏刃于鞘的深潜杀气，“战南成、战北恒，还有那天死在你匕首下的战北奇。战北奇大概也只是个匕首的身份，握刀的手，还轮不上他。”

他转过眼，对着默然盯视他不语的孟扶摇笑了笑，这一瞬又笑得风华坦荡，如阳光般畅朗，“都过去了……别为这些事影响了心情，睡吧！”

他将火堆挪了挪，将烤热的那一方地面让出来，又亲手试了试地面，确定地上没什么可疑不安全的地方，才示意孟扶摇来睡。孟扶摇心知拒绝也没用，挪身过去躺着，睡了一会儿睁开眼，见战北野抓着自己的外袍，目光灼灼地盯着她。

孟扶摇无奈地扯扯嘴角，知道他想给自己盖他的袍子，又不想被她拒绝，两个人扔来扔去地扯皮，便想等她睡着再盖。她想了想，只好伸手道："借衣服盖一下。"又推战北野，"快睡快睡！"

两人分头躺下，虽然累，却也不敢睡得太熟。孟扶摇闭着眼睛，隐约听见有个士兵起身悄悄向外走，立即被同伴叫住，问："去哪儿？"

"方便。"

那人笑，"哪里不能方便？还想在这深山密林里找茅厕啊？"

"孟姑娘在这里呢……"那士兵小小声道，"味道传过来，不尊重。"

拦住他的人不作声了，半晌挥手笑道："你是刺猬肉吃多了，肚腹不调，快去快回。"

前方有人悄悄蹑足远去的声音，孟扶摇闭着眼睛笑了笑，心里有淡淡的暖意泛起，脑海里浮现出那士兵的脸，大概是眼睛大大、额头上有道疤的那个？年纪不大，却已经身经百战了。唉！这些铁血儿郎，居然也有这么细心的一面。

她慢慢睡着了。

天将明的时候孟扶摇醒来，睁开眼便很高兴地想，哎，今夜无事。

随即便听见纪羽低沉地命令："再去找！两人一队，不许落单！"

孟扶摇霍然坐起，道："怎么了？"

"少了一个弟兄。"答话的是战北野，他盘坐如昔，眼神清醒，竟像是没睡，"出去解手便没回来。"

孟扶摇怔了怔，道："昨夜去解手的那个？去解手就不见了？那怎么到现在才去找人？"

"他昨夜闹肚子，一直没停歇。前几次都没事，天快亮的时候他最后去了一次，随即便不见了。"

战北野攒着眉，注视着林中浮荡的白色雾霭。在这连绵无际的密林之中，置人死地的因素实在太多了，随便一处潜藏的危险，都有可能吞噬一条健壮的生命。

再次去搜索的士兵们回来了，依然没有找到。纪羽沉思了一下，道："别找了，继续赶路。"

战北野没说话，半晌起身，在地面上做了个记号，随即道："走吧。"

孟扶摇深吸一口气，她知道，以战北野的性子，是不会轻易放弃任何一个属下的，然而为将者在危急关头必须懂得取舍，在这密林中耽搁下去，死的人只会更多。

她看着战北野一路前行的身影，他背影挺直，行走间黑袍翻飞出赤红的衣袂，一团火似的燎入这荫翠丛林。这样一个男子，似乎永无颓丧软弱之时，仿佛那些写在久远时光里的疼痛的故事从来就不曾磨砺了他与生俱来的自信和骄傲。

然而她知道，这个男人睡觉时永远枕着他的剑，每睡一刻钟必定抬手摸摸自己的剑，每睡半个时辰会下意识地挪动地方——他是不是从没有过坦然高卧、一夜无梦的好眠?

他的那些梦，是不是永远涂满了灰暗和血色的记忆？贰臣之家、疯妃之子、被放逐的少年、外公的被毒杀……

孟扶摇仰首，无声叹息。

这一仰首，她的目光突然定住。

上方，一株参天大树下垂的浓密绿荫里，突然探出一张熟悉的脸，面无表情地瞪着她。

年轻的、惨白的脸，大大的眼睛，额头上有道疤——是昨晚那个出恭失踪的士兵。

孟扶摇一惊之下便是一喜，还没来得及欢喜呼唤，突然又觉得不对，那惨白的脸色、青色的瞳孔、散光的眼神、僵木的姿态……那是死人!

她一惊一喜再一惊间，呼吸有异，前方的战北野立即察觉霍然回身，一抬头便看见那士兵的尸体，见孟扶摇伸手要去拉那士兵，立即奔来，道："我来。"

他来势极快，后发而先至，电光石火间已经打下孟扶摇的手，极其谨慎地拔剑，去割那系住士兵的藤蔓。

那藤蔓却突然一缩，如同生命体遇见危险般，避了一避。

战北野怔了一怔，那藤蔓突然啪的一下横甩过来，直甩向孟扶摇的脸。

孟扶摇二话不说拔刀就砍，刀子砍上去藤蔓立断，喷出大量灰绿色气味难闻的汁液，战北野拉着孟扶摇急退，纪羽等人飞身扑过来便挡，此时那士兵尸体无人接住，自行落下，顿时呼啦啦拽下一大堆藤蔓，一片网似的罩落下来。

这藤蔓生满红色倒刺，一看就是有毒植物，而且汁液饱满，四处乱溅，众人不敢砍戳，怕被汁液溅着麻烦，都下意识地后退、再退、再退……

孟扶摇原本在最后面被他们挡住，这一退便在最前。战北野一回首看见她，立即将她一拉，护在自己身前。他身侧一个士兵看见王爷在最前面，背对着一切未知的密林后退，立即冲到了战北野身后为他试路。

随即便听扑哧一声，声音极低，如同踩破一个水泡，那个士兵和战北野的身子突然矮下了一截。

倒数第三个的孟扶摇也突然觉得脚后跟一软，身子不由自主地向后便倒，忽觉身后有人大力一推，推得她向前一冲，飞离原地，堪堪被赶来的纪羽接住。

孟扶摇刚落在实地立即回身，随即便倒抽了一口凉气。

身后是一片看起来毫无特征的沼泽，那士兵和战北野都陷了进去，瞬间便被拉下，尤其以战北野情况更为糟糕。他明明刚陷入沼泽，完全来得及拔身而出，不知道怎的竟然陷得比那士兵还深，淤泥刹那间已经到了他胸口处。

孟扶摇咬着嘴唇，知道陷在那里的本应该是自己，被藤蔓逼出的人们中，最靠近沼泽的那个本来是她，是战北野以身相代，并在她落入沼泽边缘的刹那不顾危险地动用真力送她到安全地带，以至于现在自己将被沼泽没顶。

更糟糕的是，这沼泽是流动的，不断将那士兵和战北野向着中心推移，离孟扶摇越来越远。

此时自责无用，唯有救人而已，孟扶摇低喝："纪羽，挡住那该死的藤蔓！"然后一翻身跃上一块山石，抽出腰间的软鞭，抬鞭便要射出。

她的手突然僵住。

救谁?

那士兵比战北野落得更接近中心，他是为了战北野和孟扶摇才落入沼泽的，虽然他现在状况略好些，但以他的实力，支撑的时间未必能比战北野长，一旦先救战北野再去救他，他必死无疑；然而战北野落入沼泽后使用真力，下陷速度惊人，没顶也是须臾之间的事。

依孟扶摇的心，她自然要救战北野，可依她的良心，她根本不知道自己该救谁。

都是命，都是为了护持她而陷入险境的命!

这一霎她急得要发疯——这不是普通的沼泽，这沼泽巨大的吸力容不得她犹豫!

战北野抬首，这刹那他又落下许多，淤泥及胸却依旧毫不犹豫霍然一喝："救他！我能支撑！"

那士兵在泥泞间艰难转首，看着战北野，这一刻这个面容普通的青年眼中满是热泪，在满是泥泞的脸上冲出两道水沟。

他低声道："殿下，有您这句话，王虎死而无憾……"

战北野立即怒道："你要干什么？我命令你……"

噗!

鲜血飞溅，冲上小半人高，再簌簌落下，落了战北野满脸。

半截舌头从王虎口中喷出，啪嗒落在沼泽中，立即被卷入无声的旋涡，半米周围的淤泥被染成一片艳红，那些膏脂般的红色，映照上王虎血流满面的脸。

他张口，只剩半截舌头的嘴呜呜噜噜道："来生还做您属下……"

战北野死死地看着他，良久，闭上眼，紧闭的眼帘间渐渐浸出点湿润的水光，和脸上的血混在一起，无声落下，宛如血泪。

嚯！

鞭子飞射而出。

王虎嚼舌自杀的那一刻，孟扶摇的眼中也漾起了水光，然而唯因如此，她绝不能浪费这个青年以自尽让出生存机会的牺牲，几乎在鲜血飞溅的那一刻，鞭子便出了手。

鞭子精准地搭上战北野的手腕，孟扶摇大力一拔，竟然没有拔动。这沼泽吸力不仅巨大，竟然还在慢慢回旋伸缩，孟扶摇不敢胡乱用力绞断鞭子，只得小心地慢慢将战北野拉起。

刚拉出半只手臂距离，沼泽中央突然传来一声裂响，随即便见一处横倒在沼泽上的枯枝突然爆裂，从枯枝枝干内爬出一大批红头、黑身、铁螯钢牙、看起来就十分瘆人的巨大蚂蚁，如恶魔之瓶里源源不断泻出的毒沙，黑云烈卷，刹那间便卷过沼泽淤泥，到了战北野身后！

第八十五章
烈血牺牲

"靠！"孟扶摇爆粗，"趁火打劫的混账！"

然而现在不是骂人的时候，她在和沼泽角力，鞭子绷得笔直，随时要断，根本不敢在刹那间猛力提起战北野，而那红头黑身的蚂蚁，孟扶摇以前在太渊某处丛林见过，它们出没的地方，一般都只剩下嶙峋的骨架，动物的或人的。

一想到战北野会变成那样一副骨架，孟扶摇便激灵灵打了个寒战。

此时根本急躁不得，她掌心用力稍有不稳，鞭子便断了，这附近的藤蔓又有毒，不能拿来替代，她心急如焚，却也只能按捺住自己，屏息静气，以自己能做到的最快、最稳妥的速度，向上拼命拔战北野。

纪羽等人此时也避开那藤蔓冲了过来，一看这情形，脸色便白了。

那群蚂蚁来得极快，刹那间便盖满了一大片沼泽。有些蚂蚁已经冲到了战北野身侧，张口就咬，孟扶摇眼前顿时一黑。

战北野却出奇冷静，他根本没有看孟扶摇，一直盯着那群蚂蚁，看见那东西终于逼近前，立即张嘴一吹。

一口真气吹出，蚂蚁们顿时翻卷着滚了开去，然而战北野的身子，也立刻向下陷了陷。

孟扶摇睁开眼睛，她的冷汗流过额头，淹着眼睛，火辣辣地生痛。她却不敢擦汗也不敢眨眼，双手交替着，慢慢将战北野往上拉，她在心中飞快计算了一下，战北野每吐出一口真气，会下陷半根手指的距离，而自己只能在每次使力时拉出他一根手指，这样下去，虽然慢点，还是能安全拉出他的。

然而天不遂人愿，就在她换算出这个结果的刹那，一片寂静中突然传出极其细微的嚓的一声，鞭子上出现了一道细小的裂痕。

这声裂声宛如死亡号角，顿时震得所有人脸色一片煞白，孟扶摇心底轰然一声，险些一口血喷出来。

这见鬼的运气！

鞭子已经不能再使力，一旦断了就没有时间再救战北野，可要她看着战北野慢慢下沉，她死也办不到！

孟扶摇脸色苍白，牙齿咬在下唇里，盯着那点慢慢扩大的裂痕，眼珠子乌黑晶亮地发着幽光。

战北野却突然道："扶摇。"

孟扶摇沉默。

"带他们走，纪羽知道路，出了山你就离开吧，不要去搅天煞的浑水。"

孟扶摇不理他。

战北野却突然慢慢拔出了他身侧的剑，这个动作使他又微微下沉了几分，鞭子上裂痕越发明显。

孟扶摇发急，大吼："战北野，你干什么？"

战北野只看着她，突然将手中的剑轻轻放在了淤泥上。

平放的东西没那么容易沉落，那长剑在淤泥上光华依旧，青鲨皮黄金吞口，垂深红如火的丝穗，剑刃明锐如一泓秋水，剑柄上雕刻着苍龙在野图腾，寥寥几笔便将飞龙在天的睥睨姿态尽显。苍龙的眼睛是一枚硕大的红宝石，红得纯粹热烈，像是心头血。

"扶摇……"战北野声音压得很低，"看着我的剑，剑柄上雕着的是天煞皇族苍龙在野的图腾，那血晶石双眼，是无上尊贵的剑神之目。在我们天煞皇族的传说中，剑神化身为龙，降我战氏皇裔。每个天煞皇族子弟，都有属于自己的、不容任何人碰触的剑神之目，中指指腹按在那个位置，便永无人可以代替。"

他中指按在红宝石上，掉转剑柄，"扶摇，你的匕首太短不利安全，这剑交给你，从此后，全天下除了我自己，只有你可以碰触天煞皇族最为神圣的剑神之目，以及……我的一切。"

孟扶摇突然甩过头去。

她不要听，她不要接受！

这些话是什么话？遗言？

谁规定这个时辰她就必须要听临别遗言？不到最后她不听遗言！无论如何鞭子还没断，就算鞭子断了，她也一定要想出办法！

孟扶摇只思考了一秒钟。

林子里的风寂寂地掠过来，掠起她如缎黑发，遮住这一刻她决然的眼神。

她突然深吸一口气，一偏头对纪羽道："你们全给我背过身去，走开三丈远。"

纪羽怔了怔，看了看战北野。孟扶摇断喝："背过去！"

纪羽咬了咬牙，道："都背过去！"然后当先走开。

士兵们默然跟过去，一个瘦小的士兵慢吞吞走在最后，不住地回头。孟扶摇没空理会，她盯着那不断扩大的裂痕，鞭断只在须臾之间。

她闭起眼，开始脱衣服。

放下包袱，解下匕首，脱下有点厚的外袍，以及身上所有有分量的东西，连靴子都除了，赤足站在泥泞里，最后从包袱里掏出火折子，还有一瓶她贪图享受带着专门用来烘烤野物的油。

战北野吹完一口蚂蚁，回头时便愕然发现孟扶摇在脱衣服。她身上很快只剩下单衣，如雪的肌肤和纤腰长颈一点点显露在淡白缭绕的晨雾里，短短的上衫遮不住雪锦般的腰线。那是一束恰到好处的收拢，风从林间穿过，将那薄薄的亵裤贴在纤长的腿上，勾勒出若隐若现的诱人轮廓，而因此引发的关于丰盈、关于弹性、关于肌肤的润泽和曲线的优美的想象，比完全显露更令人热血偾张。

战北野的脸色却立即变了。

他自泥泞中挣扎转头，刹那间眼色赤红，连那蚂蚁逼近都未曾察觉，大喝："别！"

孟扶摇笑了笑，她这一刻心神激荡，难得还能维持着那鞭子不断，轻轻退后一步，将鞭子拴在树桩上。

几只蚂蚁爬上了战北野腰侧，他毫无所觉，只是死死盯着孟扶摇，不看那雪肤玉肌，不看那纤腰长腿，只看着她的眼睛，"求你，别！"他的声音里竟然带了破音和哭腔，那变音的厉喝回荡在深寂的林中，满林子都是那声，"别！别、别、别……"

孟扶摇让开他几欲滴血的疯狂目光，只低声道："为了我们的母亲……"

她抓着火折子和油，决然站起。身子却突然一僵，随即一双手伸过来，轻轻接过了她掌中的东西。

孟扶摇转动眼珠看过去，发现竟然是刚才那个瘦小的士兵。他此时竟也脱了衣服，只穿了一条犊鼻裈，露出来的上身和腿都精瘦，看起来比她还要轻上几分。

他闪着眼神不看孟扶摇，有点羞涩地笑了笑，道："孟姑娘，这太危险，我来。"顿了顿他又道，"劳烦您照顾好王爷和其他兄弟。"

孟扶摇看着他，眼圈渐渐红了。

那士兵却已头也不回地走了过去，他精瘦的两片肩像骨刀削似的，削痛了孟扶摇的眼睛。

战北野盯着他，这一刻他的眼神比孟扶摇更疼痛，他道："华子，你南方家中还有老母亲。"

那士兵依旧是那羞涩的笑容，答："所以请王爷和兄弟们代为照顾了。"

战北野张了张嘴，还想说什么，然而那少年已用一脸羞涩却决然的笑容阻止了他。少年走到沼泽边，深吸一口气，突然躺倒滚了过去。

如果接触面积增大，体重又较轻的话，在沼泽上滚行一时不会陷下去——这是在南方丛林待过的人都知道的道理。

那脱去一切负重的少年滚了过去，滚向战北野身边，滚向那群张开铁螯欲待噬人血肉的食人蚁。

蚂蚁们久攻战北野不下，早已急不可耐，看见鲜活的肉食自投罗网，立即一窝蜂地涌了过去。

那少年微笑着，飞快地将那瓶油涂在了自己上身，蚂蚁们不顾一切地爬上来，瞬间他的全身便被蚂蚁覆满，全身都是那半黑半红的巨蚁，如同穿了件黑色的蚁衣。

那少年连五官都已被蚂蚁盖满，那些蚂蚁不住地从他七窍里钻进去，等待撕咬他的内脏。此时已经看不清他的五官，只能看见他脸部肌肉因那噬骨惨烈的疼痛而不住扭曲，连带着那黑红色的蚂蚁一起蠕动，像是一道道狰狞的斑纹狂舞。

他努力挣扎着，意图用手中的火折子点燃身体，然而他低估了这种蚂蚁的可怕，刹那间怒卷掉他全部意识的疼痛令他失去了自燃的力气。

他挣扎着，喘息着扭头看着岸上，那里，纪羽带着剩下的士兵跪在岸边。

看到他的求助眼光，纪羽脸色白如死人，一行眼泪从这铮铮男子清俊的脸上静静流下，泪光里，他却依旧冷声道："放！"

士兵们咬着牙，齐齐手一扬，点燃的火折子准确地投射到那个士兵身上。

艳红的火花刹那在那黑红相间的身体上绽开，耀亮这一方阴暗的沼泽。那些无声无息燃烧起来的火，霎时令那少年便成了火人。起火处的蚂蚁瞬间被烧死，大部分赶紧爬落逃生，黑云般一批批地卷出去，那少年却突然哈哈大笑起来。

他笑得声音嘶哑，声声带血，狼牙棒似的满是尖刺和杀气。那些惨烈的疼痛和决心，冲裂了这晨间诡异的薄雾，冲裂了这层层毒物窥伏的阴沉丛林。

他燃烧着躺在沼泽中，突然用尽力气再次开始滚动，冲着那些四散逃开、意图再次爬上战北野的身的蚂蚁。他用肌骨血肉燃起猛烈难熄的火焰，所经之处，巨蚁一片片灭亡。

他围着战北野一圈圈地滚，熊熊火焰在战北野身侧燎出一道火圈，有些火星落在战北野的头发上、眉毛上，哧一声便燎掉头发或是燎出一圈火泡，战北野连眼睛都不眨。

他和孟扶摇，一个在沼泽中动弹不得、一个在岸上被点了穴道，却都绝不转头地注视着这一幕，眼睁睁地、不允许自己逃避地看着这少年滚入蚁群，用最惨烈的自焚方式，来保全他想要保护的人。

那是他们不能逃避的责任、不能摆脱的负累，只有当某一日他们用仇人的血偿还了这样的牺牲，才能真正放下一切、面对那些死去的人。

大片大片的蚁群被压死烧死，数量再多、再凶悍的蚁群，也不能抵挡这般凶猛的攻击，它们终于开始后撤，那一道铺开的黑云终于慢慢收束、汇聚，越来越细、越来越远，直至逃回那断枯枝巢穴，如同恶魔将瓶中泻出的毒沙再次收回。

蚂蚁散尽，现出那少年的身躯——那已不是人类的身体，只剩了挂着零碎血肉的骨架，焦炭色的、碎成棉絮状的血肉，随着移动一点点掉了下来。

他却依旧活着，依旧在滚。

众目睽睽下，这具非人的骨架滚到断了一半、不能再用的鞭子旁，伸出只剩几个指节的手，也不知道哪儿来的力气，抓住鞭子，用力一扯。

鞭子断开，那少年将断开的鞭子一收，拉在一起死死打了个结，又用力拽紧。

他这几个动作，几乎和常人做得一样流畅，而他的伤重得令人无法想象，早就该死去。

在蚂蚁袭身的那一刻、在火折子在他身上燃开的那一刻、在一团火球滚在战北野身侧为战北野驱赶蚁群的那一刻，他都可能死去。

然而没有，这个还是少年的士兵，用一个近乎奇迹的举动，证明了关于忍耐、关于决心、关于忠诚的最高定义。

没有人能明白，是什么样的坚持和信念使他支撑着，硬生生冲破了人体所能承受的最大痛苦，冲破了死亡定律，完成了这最后一件最关键的事。

完成了，也就放松了。那少年闭不上已经没有了眼睑的眼睛，他只是微微睁大眼睛，露出一点释然的神情，然后那神情慢慢淡去，如水波里的晕纹般渐渐散开。

他死在了鞭子上。

临死时，他只剩一副骨架，零碎地挂着焦炭般的血肉。

鞭子上永远留下了他的手，保持着那个打成结的姿势，定格成永恒。

孟扶摇静静坐着，在山间的薄雾里泪流满面。

战北野却突然低下了头，发出一声野兽般的低号："啊——"

林间燃起一丛火焰，一些零落的血肉和肌骨被焚化成灰。

战北野跪在火堆旁，亲手将那骨灰收殓。那少年的身体始终挂在鞭子上，没有人可以取下，也没有人忍心去取，孟扶摇的鞭子做了他的陪葬。

一将功成万骨枯，而在雄主崛起前的道路上，一样遍洒无名者的热血，以白骨凿穿前路的重重屏障。

将那骨灰亲自背在背上，战北野喑哑地道："走吧。"

十一人已去其四，纪羽依旧率领着剩下的六人开路，战北野和孟扶摇沉默地跟着，却有意无意地拉开身形走出阵法，照拂着前面那七人。

他们已经实在不愿意再看见那般惨烈的牺牲。

孟扶摇的目光掠过战北野的手。他手上密密麻麻全是血点，很多地方都被咬破——在她准备赤身滚过沼泽、用命来救他的那一瞬，战北野忘记了对付蚂蚁。

靠近他身侧，孟扶摇拉起他的手，从怀里取出金疮药给他敷上。战北野下意识地缩手，道："宗越给的金疮药何等宝贵？留着有大用，不要浪费在这等小伤口上。"

孟扶摇不理，仔细地涂好药才道："你是我们这个队伍里武功最高的人，用在你身上不是浪费，而是给大家攒得更多生机。"

"我倒觉得是我害了他们。"战北野苦笑，他的声音很低，"更糟的是，我居然还自私地在庆幸。"

"嗯？"孟扶摇抬起密密的长睫。

"我庆幸华子在最后一刻替代了你。"战北野沉沉地看着她，眼神如月光下金色的稻田，动荡起伏，满是对孟扶摇仍然活着的庆幸和回想前景的余悸犹存，"否则，那具死在鞭子上的尸体就是你。如果那样，我宁可自沉。"

孟扶摇默然，半晌道："你有很重要的事要做，你要去救你的母亲——战北野，如果你这一路仅仅是为了和你大哥抢位置，我也许会犹豫，但是你为了你母亲甘冒奇险，我便一定要帮。”

“帮也不能帮成这样。”战北野眼神疼痛，“答应我，无论如何，先保护好自己。”

“我会保护好自己。”孟扶摇注视着渐渐散去的雾霭，淡淡道，“在那座什么都未可知的大墓里，我还要保护好你们。”

她眼神平静，语气淡而坚定，下意识地去摸胸前的包袱。这一摸，她的目光便一直，随即发出了一声她原本绝不可能发出的尖叫：“耗子呢？”

耗子挂在沼泽旁不远的藤蔓上。

孟扶摇跌跌撞撞地奔回去，想起自己曾经在沼泽旁解下包袱，元宝大人很可能就在那时滚了出去——至于滚出去是什么后果，孟扶摇不敢想。她只是用最快速度奔回沼泽附近，趴在地上拼命搜索，既希望发现元宝大人，又害怕发现的是一具小骨架或小干尸。

结果她在先前逼得他们退入沼泽的那丛垂落的藤蔓上，发现元宝大人挂在上面。

孟扶摇屏住呼吸，仔细观察着死活不知的那只——很安静、眼睛闭着、毛色有点枯涩、身上有点脏……和先前没什么区别，看不出生命迹象或死亡迹象。

孟扶摇把脑袋偏转一百八十度，趴在地上拼命观察元宝大人的粉红肚皮——还在极其细微地一起一伏波动。

“呼——”孟扶摇一口气泄出来，险些瘫了。松完一口气，她开始大骂：“死耗子！要睡哪里不能睡，干吗要睡在这见鬼的地方！连个招呼都不打，吓死我了！”

元宝大人被她的骂声惊醒，懒洋洋地撩起眼皮看她一眼，懒洋洋地爬起身，懒洋洋地掀掉当被子的藤蔓叶，懒洋洋地一脚踢开绊脚的藤丝，迈出风情万种的猫步，向孟扶摇走来。

孟扶摇眼珠子都快掉出来了。

这还是刚才张牙舞爪、闪着尖刺喷着灰绿色有毒的汁液，硬生生将他们逼入沼泽害死两条人命的毒藤吗？这明明是元宝大人家里后院花架上的丝瓜藤！

“丝瓜藤”乖乖垂伏在元宝大人脚下，那些红色的细密小刺仍然在，但是好像对元宝大人没有丝毫影响。孟扶摇看着元宝的眼神，几乎像是在看超人。

她却不知道，元宝大人发出次声后虽然立即陷入虚弱期，但出于动物自我保护的本能，这时候的它自然散发出人类闻不见，却能令其余危险动植物避开它的气味。只是这气味轻微，也只够保护它自己而已。

而且元宝大人确实也是不怕一般毒物的。

它迈着猫步，尊贵地踏上孟扶摇的掌心，躺倒，继续睡觉。

孟扶摇看着那家伙半晌，很有一口咬下去的冲动，最后却只得悻悻地再次把它塞怀里。正要起身，她突然发觉藤蔓间有什么异常的颜色一晃。

她站定，皱眉想了想，拔出匕首欲待上前，身侧战北野已经将长剑探了出去。

他的长剑击在空处，收回时隐约听得撞上坚硬物体的清脆声响。战北野眉一皱，轻轻咦了一声，从地下捡起一块碎石，手指一弹石子飞射，却没有预想中的撞击声传来，孟扶摇已经道："这后面是空的？"

她退后一步，仰头看这藤蔓，这是先前走过的路，这些藤蔓原本是从一株参天古树上垂下的。古树极其巨大，中间居然是空心的，掩着半片山崖。众人因为对双头崖蛇的忌讳，看见所有崖壁都下意识地避开，才没有注意到后面另有玄机。

战北野退后一步，和纪羽交换了一下眼神，都恍然道："难道是这里？"

纪羽道："那书上记载，洞前有古树两株……这里是一株啊。"他仔细看了看，啊了一声，道，"原来两株古树年深月久，树根处长在了一起，看起来就像一株。可笑我还一直在找两株古树掩映的洞口。"

孟扶摇拍了拍怀里的元宝大人，赞道："我现在觉得，你丢得很好，睡觉的地方也妙，若不是你丢了，我们就要走很多冤枉路，保不准又遇上什么麻烦。"

元宝大人睡得浑浑噩噩，浑然不知睡觉也能睡出大功来。

站在洞口，远远地一阵寒气逼来，阴沉透体。这山间本就湿度高雾气重，但这洞中寒气尤其瘆人，只站了一会儿，众人身上的汗就全都干了。

溶洞的喀斯特地貌向来光怪陆离、千姿百态，那些历经亿年才能形成的石笋，和洞顶垂下的钟乳石、石幔、石花连接在一起，化为两头粗中间细的石柱。火折子的光芒照进去，闪耀着一片银白璀璨的荧光，如玉琢，如冰雕，别有炫目之美。

洞内宽窄不一，宽处像个小型操场，窄的地方也就能容个两人并行。一行人排成长列，走得谨慎小心。孟扶摇始终记得自己先前在藤蔓后看见的一晃而逝的影子，那是个什么东西？

火折子的光影摇摇晃晃，将每个人的身影在地面上拉得纤长，和那些石柱的影子混在一起。孟扶摇听着那些空洞的脚步声，不知怎的只觉得有些紧张，手心里慢慢沁出了汗来。

突有温暖的手伸过来，轻轻握住了她，掌心干燥，手势坚定。孟扶摇侧头，在摇曳的火光里看见战北野俊朗英挺的侧面，轮廓如刀削斧刻般深而立体，眼神却是晶亮柔软的，看着她，像看见一洞光明，好像正走向的不是遭受诅咒的大鲧族墓葬之地，而是前方风景无限、春暖花开。

孟扶摇笑了笑，慢慢将手抽出，用口型道："我很好。"

战北野收回目光，这一霎他眼神微黯，却依旧对她风骨畅朗地一笑。

孟扶摇回报以笑意，笑容却突然凝住。

前方，纪羽头顶，不知何时出现了一个半人高的黑色影子，无声无息地从洞顶倒挂而下，直直地啄向纪羽头顶。

孟扶摇抬腿就冲过去。

纪羽却头也不回，突然拔剑。

他拔剑速度快得像剑本来就在他手里，出剑的刹那长剑便如烟光暴烈，刹那直蹿而起，直直刺入头顶那团黑影。

哧!

一股鲜血飙射，溅上洁白的钟乳石，那黑影一声尖叫，呼的一下从纪羽头顶掠过，扇起一股带着死气和血气的风。

纪羽的剑光却已毫不罢休地追了过去，半空里横剑一劈，那东西顿时被劈成两半，犹自保持着高速飞行的姿势，直至撞上一处石笋，和石笋一起碎裂倒地。

一地碎石里，露出黑色的翅膀，竟是个巨大的蝙蝠。

孟扶摇瞪着那蝙蝠，喃喃道："莫不是个蝙蝠祖宗，大得都成精了……"突然觉得前方黑了一黑，起了一阵带腥气的风。她抬起眼来，然后便咳嗽起来，一边咳一边道："我收回我刚才说的话，这不是个蝙蝠祖宗，这是个蝙蝠孙子……"

前方一个窄窄的洞口处，突然出现了大片黑色的云，呼啸着冲来。仔细看，却是一大群蝙蝠，大得超乎想象，最小的也有刚才那只那般大。

战北野拔剑飞出，比纪羽更快，一边前行一边低喝："结阵，七星！"

训练有素的黑风骑士们立即各站了方位，武器齐齐一展，欲待再次将孟扶摇护在中心。孟扶摇却抢先占了天枢的位置，弑天黑光一闪，抢先一刀，劈向当先的一只蝙蝠。

那蝙蝠腹上毛色微金、眼珠碧绿，一张嘴利牙森森，见孟扶摇竟然敢主动挑衅，顿时大怒，翅膀一拍，立时卷起一阵腥风，如钢板般拍过来。

这畜生以为这一拍孟扶摇不挡也得让，不想孟扶摇一笑，身子一转突然不见，蝙蝠的背后突然出现一个黑风士兵，一刀便砍下了它的翅膀，而孟扶摇的匕首也瞬间换了方位，捅进另一只巨型蝙蝠的肚腹。

鲜血飞溅，兽尸横飞，百战精兵加上两大高手，和变换千端的七星阵，纵然这些蝙蝠狡猾巨大，也不过是一场一面倒的杀戮。尤其黑风骑兵们，将这一路来同伴惨死而又无能为力的郁结全数在这些蝙蝠身上发泄，杀得毫不留情，地上很快积了一层黏黏的血，空气被那些腥臭阴冷的气味浸润，沉沉地坠在人的呼吸间。

蝙蝠们见势不好，当先一头蝙蝠突然发出一声怪叫，余下蝙蝠齐齐飞起，向外冲去。几人都杀得腻了，一身脏血地停下来，还没松口气，忽见那蝙蝠群飞上半截，突然一个转折俯冲，冲到孟扶摇等人插着火折子的洞壁前，一伸爪抓了那几个火折子就跑。

“奸诈！”孟扶摇大骂，抬手一掷，弑天化为黑光飞出，一刀穿死几只蝙蝠，除了战北野，其余几人武器纷纷出手，电射偷火折子的蝙蝠。火折子已经剩下不多，接下来的路没有火折子绝对不成，这些蝙蝠竟然有着接近人类的智商，力攻不成，便想断了他们的后路。

眼看那些中刀的蝙蝠坠落，火折子翻翻滚滚落下来，然而黑光一闪，竟然立即有蝙蝠赶过来，齐齐翅膀一挡，将火折子生生挡住，叼了飞走。

孟扶摇目瞪口呆地看着这些“高智商”的蝙蝠，喃喃道：“这是蝙蝠还是刺客？一击不中返身便走，攻敌必救，声东击西，这见鬼的长瀚山，生出来的东西怎么都这么牛？”

“大鲧族本就是传说中的异术之族，不然也不会在百年前就被朝廷派兵灭绝。”战北野握紧手中的剑，道，“清点一下，火折子还剩几个？”

清点的结果很让人沮丧——火折子只剩下两个，先前在沼泽中，为助那士兵自焚惊蚁，已经用去了太多这东西，剩下的还够不够支撑，实在很难说。

“省着点用吧。”战北野吹熄火折子，“大家都不是弱手，用你们的耳朵代替眼睛。”

他拉过孟扶摇的手，道：“别拒绝，现在我们只有走在一起，才最安全。”

孟扶摇笑了笑，没有再抽出手，手指细细地在他掌心抚过，半晌笑道：“嗯……你的手居然不大……啊，你竟然是个断掌，‘左断掌主兵符，男人断掌掌朝纲’，恭喜恭喜！可惜这种掌相脾气大、性子拗、重情重义、个性坚执绝不半途而废，唉，典型的不见棺材不掉泪……”

“你嘀嘀咕咕什么？”战北野笑，“神棍似的。”

孟扶摇正要回答，突觉脚下一滑，有什么东西滑了过去。那东西滑得极其轻微，甚至不像实体，就像一道风浅浅掠过，孟扶摇甚至感觉得到那“风”掠起裤脚，有微凉的冷气透进来。

她二话不说，抬手就对地面一砍，感觉匕首触及那东西险些一滑，哧的一下从那东西背脊上过去，微凉的血液喷上手背，孟扶摇突然想起了一件东西，脸色白了白——双头崖蛇。

火光一亮，是战北野赶紧亮起了火折子，他看见地上果然是双头崖蛇，脸色立即变了，赶紧蹲下身，仔细检查孟扶摇的脚踝，“被咬没？伤口，伤口呢？”

“没。”孟扶摇缩脚，“没咬我。”

话虽如此，众人都禁不住面面相觑。在这里发现双头崖蛇实在是件糟糕的事，这种蛇凝烟化雾毫无声息，根本无法凭听力辨明，偏偏火折子又不够了，现在用了，等一下进墓是死；现在不用，被蛇咬死还是死。

战北野却道：“为什么没咬你？”他的眼光抬起，看向前方，前方是一方嶙峋石壁——已经到了尽头，没有路了。

“墓就在这附近。”战北野望了望四周，“没那么糟糕，那蛇不咬人一定有原因，这附近应该就是大鲧墓葬。都小心些，给我活着出去。”

众人慢慢散开，就着那点微光搜寻墓葬的入口，孟扶摇喃喃道：“蜡烛、手电、尺、表、刷子、指北针、镁条、火柴、铲子、笔……唉！”

“这都是什么？”有人在她耳边问。

“盗墓……哦，不，考古……”孟扶摇眨眨眼，看战北野，“奸诈。”

“扶摇，你到底来自哪里？”战北野深深看着她，“你从来都不像这五洲大陆中人。”

“我来自这墓葬之中。”扶摇开玩笑，心底却生起淡淡的惆怅。假如有一日，自己回到五洲大陆，会不会在某次考古中，走进属于这一世人们的陵墓，在那些宝顶、耳室、壁画、棺椁之中，重遇故人？

会不会掀开重重内棺，掀开丝绸、金丝玉甲包裹的古代湿尸的黄金面具，看见自己永生难忘的面容？那将会是怎样的一种穿越时空、前世今生恍然如梦的感受？

孟扶摇摇摇头，将心中这一霎奇异而堵心的感受抛到一边，伸手拔出一个黑风骑士的铁锥，选准一块地面，斜斜地向下一插，拔出一点土，看看，放在一旁；再插、再拔，五次三番。

战北野默然立在一旁，看着她的奇异举动，眼底有深思的神情。

孟扶摇仔细看了拔出来的土和上面的铜铁、陶木等附着物，又嗅了嗅土块和铁锥上的味道，叹了口气，“五花土……可惜不是洛阳铲……不过也能看出个大概了。”

她站起身，道：“就在这溶洞下，不知道大鲧族的人是怎么把墓室造到洞下面去的，不过下面应该有下行洞。”

她在地面大概画了个位置，道："很大的墓，看样子还是七辐七券的拱顶，里面葬的可不会是一般人物……从这里试试。"

她所指的这一小块地方，在洞中微偏向下的地方，有些阴暗，也生着石柱，看起来毫无异常。

有黑风骑兵走过去，在地面上一番搜索，摇了摇头。

他站起的时候，碰着了身后一个石笋，那石笋突然裂开。士兵无意中望了一眼，突然变了脸色。他啊的一声惊叫冲喉而出，刚叫出半句声音便凝在了喉咙中。

孟扶摇和战北野刹那间一左一右闪电般掠过去，战北野抢在孟扶摇之前冲到，人在半空，剑芒红光一闪，护住孟扶摇的同时已经劈向那石笋。

那石笋却突然骨碌碌滚倒，仿如有生命一般让过战北野，直向孟扶摇脚下滚来！

第八十六章

步步危机

石笋冲来，快得像底下长了轮子，孟扶摇翻身跃起，匕首一闪便要劈裂石笋。

电光石火间突然看见那石笋内竟然隐约有个人形的东西，苍白无色。孟扶摇心中一惊，赶紧收刀，刀尖在石笋上擦过，石笋不能抵挡那般锋刃，嚓地裂开，滚出一个白生生的物体。

纪羽一声唿哨，所有人立即散开，刀剑在手，戒备地注视着那东西，那东西却仿如自己有生命般，始终向着孟扶摇身前滚。孟扶摇刀尖点地森然一指，雪亮的刀光在黑暗的洞窟内光芒闪耀如银河倒挂，那东西似乎畏惧这般神兵，滚到她三尺远处停下。

这一停下，众人立即看清了那东西，竟然是个裸身的童女尸体！头微向侧偏，俯身双手抱腿、浑身毛发全无，皮肉白得异常，和石笋几近同色，是以埋在石笋根部，一时竟没人发觉。

“曲肢葬人牲？”孟扶摇喃喃低语。前世她参与过广富林文化墓葬遗址考古发掘工作，曾经发现过曲肢葬，然而这具童尸的形状又有异常，既不属于仰身曲肢，也不属于侧身曲肢。这一霎她才想起，现在是在异世大陆，朝代更替和人文文化都和前世存在区别，前世考古学的年代测定、金石学、文化层器物层分型，甚至各朝墓葬规制禁忌风俗如今都已不适用，她能用上的，只有一些在考古过程中形成的直觉和基本推断。

比如，这个人牲，孤零零一个化在这石笋里，就很不合常规。而这石笋应该也不是石笋，孟扶摇仔细查看了一下，发现这东西竟然是一层薄薄的玉。大概原先是一块巨大的玉石，中间被挖空，放进了这具童尸。

这一看，竟然看见童尸的手指微微翘起，指向一个方向。孟扶摇用刀将她扶正，果然指的是石笋向下的地方，那里因为石笋的断裂，已经出现了一个空洞。

有风从洞底穿出，回旋呼啸在空旷的溶洞中。众人注视着那白如玉石、静静依在孟扶摇脚下的女童尸体，看着她的皮肉在钟乳石的映照下闪耀着惨青的光，心底都有些发瘆。

纪羽扶起那刚才推倒石笋的士兵，他刚才只是瞬间被惊吓定住了，此时一脸羞赧地低着头。众人却都宽容地朝他笑笑——就算身经百战，在这步步危机的溶洞里，脚下就是史称最为诡异的大鲧族的千年墓葬，突然看见这东西，惊住是正常的。

然而那士兵抬眼看了那童尸一眼，突然再次惶然大叫：“她刚才是仰着头的！不是这样的！”

这一声惊得孟扶摇浑身一爹，纪羽皱起眉头，“你是不是惊吓过度，看错了？”

“不！”那士兵疾声道，“我刚才看得真切，她抬着头，还对我看了一眼。她的眼白是青色的，所以我才……我才……”

“烧了她！”突然说话的是战北野，他大步过来，手中长剑对那童尸一指，剑锋红芒闪烁，那童尸竟然若有感应般又试图滚开，却被孟扶摇的刀锋挡住。

“这应该就是大鲧族的‘镇门贞女’，选阴年阴月阴日出生的女童，从生下开始就不见父母生人，日日只喂掺杂了秘方的羊乳酥酪，养得肤质晶莹。然后在五岁时以极残忍的方法放血杀死，用来永镇墓穴入口。这东西怨气极重，不能留！”

“不！”孟扶摇想了想，摇头道，“这东西如果烧了就能解决，大鲧族也不会用她来镇墓了。放在这里，肯定还有别的打算。”

她四面看了看，目光落到纪羽腰间荷包上镶着的一颗玳瑁上，不禁一喜，道：“这个好，来来，先奉献出来！”

纪羽面有难色，犹疑了一下才取下来。孟扶摇哈哈一笑，道：“小情人送的？没事，下次我帮你解释。”

纪羽脸色微红，别过头去。孟扶摇见这个性坚毅的青年也有这般神态，不禁笑得更加挤眉弄眼。众人皆会心一笑，阴森森的溶洞里气氛顿时略略舒缓了些。

孟扶摇将那玳瑁一劈两半，一半捏成粉末撒在那童尸身上。玳瑁粉撒下，童尸突然一缩，霍然抬头！

她青色的瞳眸在黑暗中闪着妖异的光，目光毫无焦距，却又似看着所有人。所有人接触到这样充满死气的目光，都不禁从小腹升起一股凉意。她的腹部，一块透明的肚皮上隐约透出土黄色的光，光芒越来越盛，像是一簇色泽妖异的火。

四周温度突然灼热起来，像是有人在四周用大鼎煮起了热汤，没有蒸汽，却令人感觉到了那般噬骨的温度。

众人齐齐后退一步，孟扶摇站立不动，战北野立在她身边，挡在她身前。孟扶摇却将他一推，道："你阳气太重，这东西怕你，反而会生出事端。放心，没事！"

她上前一步，注视着那双青色的瞳孔，低声道："去吧。"

玳瑁粉落下，那双青色的瞳孔渐渐转白，肚子也一鼓一鼓，似乎有什么东西在体内冲撞而不得出，震得那尸体不断砰砰作响，土黄色的光不断闪烁，良久渐渐消逝。

孟扶摇一直紧张地盯着，见光芒消去才嘘出一口长气，将半边玳瑁还给纪羽，道："玳瑁是辟邪圣物，是盗墓贼最喜欢用的东西之一，好生收着。"

走到洞口边，孟扶摇道："可以下去了。"

纪羽抢过来，将玳瑁攥在掌心，当先要滑下去。孟扶摇抢过来，探头进去仔细看了看，道："别滑！双手双脚撑着洞壁慢慢下去，千万不要图省事滑下去！"

纪羽二话不说，按孟扶摇的要求慢慢爬了下去，其余人跟着。战北野这回拒绝了任何人在他后面，坚持殿后。

孟扶摇走在中间，一边走一边侧头摸洞周的土，突然沉声道："快！熄灭火折子！"

她语气紧张，听得众人都是一颤，手拿着火折子的一个士兵立即一口吹熄火苗，熄灭了才问孟扶摇："为什么？"

孟扶摇的眼睛在黑暗中亮如星辰，却没有回答，只道："先下去，如果我没有猜错的话，下面应该有某样东西。"

这个下行洞不算很长，爬不了一会儿下方出现光亮，洞口渐渐左移，越发开阔，已经不能双手双脚撑起。众人攀着洞壁，踩着凸出的石头一步步下移，又行了十几米，最下面的纪羽突然啊了一声。

与此同时，众人都闭上了眼睛。

华光璀璨，深红、碧蓝、翠绿、玉黄、莹紫，五色华光自洞的下方直冲而出，远看去像一片七彩云霞自黑暗的地底深处冉冉升起，堂皇、富丽、通透、晶莹，璀璨迷离，炫目惊人。

举世难逢的巨大水晶宝石矿脉，其价值几乎无法估量。

然而众人震惊的并不仅仅是这个。

这些水晶，全是庞大高耸的柱状水晶，顶端锋锐如剑，倾斜交错、纵横如林，姿态森然地矗立着。可以想见，如果众人刚才按照下行洞的习惯一气滑下去，那最终的结果必然是直直地落入水晶剑林，穿在这些美丽的巨大晶体上，成为大鲧族千年墓葬永恒的祭品。

这片水晶丛林，看似美丽万千，实则却是千年屹立在这里，等待攫杀生命的必死杀着。

事实上，在水晶丛林的西北角，确实也有几具白骨，姿态挣扎、痛苦地穿在水晶之尖，大概是很多年前的盗墓贼打了盗洞下来，却倒霉地被穿成了人干。众人看着那几具尸体，就像看见了自己，都激灵灵地打个寒战。

战北野在孟扶摇身后低声道："你怎么知道下面有这个？"

怎么知道？孟扶摇笑了笑，所有成规模的墓葬都有防盗措施，流沙积石、三合土、灌汞燃火、假棺疑葬、塞石顶门……而在以山为陵的墓中，却有利用自然条件来杀人防盗的。孟扶摇曾经在发掘一个山陵战国古墓时看见过利用山石布阵的，一时想起，多了个心眼而已。

这是她的职业直觉，无法解释，身后战北野也不再问，却突然发出了一声低低的叹息。

此时已经到了洞口，纪羽当下下去，洞中十分光明，洞壁上满是大片云母和玛瑙，与水晶交相辉映，在地面上拉开纵横的黑色投影。水晶丛林之前，则是一具巨大的怪鸟像。状如白鹤，羽毛却是赤红的，生着怪异的花纹，只有一只脚，白色长嘴。

孟扶摇仰望着那怪鸟像，喃喃道："《山海经》章莪山篇：有鸟焉，其状如鹤，一足，赤文青质而白喙，现则其邑有火——这是司火之神毕方。"

战北野却突然上前，嗅了嗅那神像周围的气味，脸色便变了，"火油……"

"是的，这神像中空，里面全是易燃的火油。"孟扶摇静静地道，"如果我没估计错，从神像之下还有引线一路埋着，直通洞口，而洞口的土，是硝土。"

"所以你叫我们灭了火折子？"战北野眼色都变了，"不仅如此，连那童尸也不能烧，一旦烧，我们脚下就会爆炸是不是？"

孟扶摇笑而不答，心底却对大鲧族生出寒意。这个墓葬的设计师就是个变态，仅仅门口那个童尸，最起码就下了三重杀手。他算准这不祥的东西一定会被进墓者毁灭，毁灭的方式不外乎火烧、刀砍，于是便埋了火线直连这地下神像。一旦上面洞口附近有了明火，就有可能导致下方爆炸；如果进墓者选择乱刀分尸那童尸，那童尸肚子里另有妖虫，破体而出无一幸免。就算有人连过两关，一般人到此时也会放松警惕，下行洞顺脚就滑下去，那么还有一关必杀的水晶剑阵等着。

此时战北野也想通了其中可怕，突然道：“扶摇，你救了我们三次。”

孟扶摇笑笑，摇摇头，“你救我，我救你，何必算这么清楚？”她大步过去，绕过神像，从水晶阵中穿行而过，最后在一扇石门前停住，道：“这后面就是墓道了。”

石门上用不知道是朱砂还是鲜血写着些怪异的字体，孟扶摇头也不抬，喃喃念道：“诸敢发我丘者，令绝毋户后。”

战北野正仔细辨认着难懂的大鲧族密文，听见这一句，愕然问：“你懂大鲧文？”

孟扶摇笑嘻嘻答道：“全天下的墓主，都只会这一句诅咒。”

战北野看着她，一笑，“我真喜欢你的傻大胆。”

孟扶摇当没听见，扒在门上看了看那巨大的门轴，道：“也不知道是向里开还是向外开，试试吧。”

试出来的结果是向里开，却推不开。孟扶摇用匕首伸进门缝上下挑了挑，道：“有门额和地楸，两边还有立颊，似乎还有锁扣、鸳鸯扣，挺复杂的顶门器。”她手一伸，道，“胖子！撬棍！”

身后一片沉默，孟扶摇怔了怔，才想起自己说了什么，一时有些茫然。她缓缓转头，水晶光芒里人人面色古怪地看着她。

孟扶摇扯了扯嘴角，讪讪道：“口误！口误……”

两个黑风骑兵递过两柄刚锥，问：“这个行不？”

“将就。”孟扶摇接过，上上下下开始搬弄，身后那群人的眼光齐齐灼在她背上，着实有些尴尬。孟扶摇估计此刻战北野正用“原来你是个盗墓贼”的眼光打量着她，唉！太糗了，一世英名付诸东流！

不过说实在的，孟扶摇现在的技术展示确实属于盗墓范畴而不是考古，国家考古发掘时，在某些疑难设施面前，为了不破坏遗址，保持高度完整性，向来会在后期请一些“民间人士”来帮助发掘。孟扶摇这一手，就是跟一个老“发丘道人”学的。

半晌，咔嚓一声，死人家的门终于被孟扶摇捣鼓开了。

一股带着千年陈腐气息的气味自深邃幽暗的墓道里冲出来，直直撞向门口的众人，孟扶摇早早拉着战北野让了开去。

一眼过去，墓道长约五十米，一览无遗，没有任何封墙石门，和前世里汉唐两代以重重巨石封堵的墓道全然不同。孟扶摇微微放下了心，如果墓道里巨石太多，凭现在的火药技术和分量，根本炸不开巨石。

一行人小心翼翼地进入墓道，此时孟扶摇才吩咐燃起火折子，仰头看去，墓道上方绘着壁画，色彩鲜艳，大多是一些祭祀战争图形，偶有神像也是形貌怪异。孟扶摇眼光从壁画的一个角落掠过，隐约觉得哪里有些不对。然而光影一掠便即过去，举着火折子的黑风骑兵已经经过了那片壁画，此时火源宝贵，孟扶摇也没有时间停下来研究。

她一边前行，一边砸出先前捡起的几块水晶，不断试探前路是否有机关。那骑兵在前面走着，不住地回答纪羽的低声问话，突然僵了僵身子，似是看见了什么东西，身子一歪撞上了墓道的墙壁。

轰隆一声，墙壁破裂，大片金黄的流沙如泉水般泻出，流沙落在地面，灌入一道很难察觉的缝隙，缝隙刹那填满，随即又是轰隆一声。

骑兵身子一矮，整个人突然直落下去。

呼！

走在最后的战北野衣袂带风声起，突然到了最前面，黑影一掠便已拎起那骑兵，此时他身下轧轧声响，地面突然翻转，露出一个直径四五米的陷坑，陷坑中利刃闪烁，似待噬人。

战北野拎着一个人，半空里生生一个翻身，一脚蹬上墓道顶端，借着那蹬力一掠两丈，已经过了那陷坑。

身形刚刚落地，又是轰隆一声，他刚才脚踏过的墓道之顶突然裂开，大量的封土杂着尖利的碎石落下，暴雨般倾泻，瞬间便将那个陷坑填满，犹自不断下落。隐约听得坑满后，不知哪里传来咔嗒一声。

孟扶摇早已振臂大呼："过去！赶紧过去！墓道要封了！"她身侧墓道墙壁破裂，流出大量黄沙，瞬间在脚下堆了一层，不出多时，这里将会被黄沙填满。

纪羽早已一脚一个将黑风骑兵踢过去，"快！"又大喝，"孟姑娘，赶紧过去！"

"你先！"孟扶摇一脚踢走一个骑兵，又对对面欲待冲过沙石烟幕来接她的战北野大叫，"你不许过来，不然他们一起要回头送死！"

战北野冲出一半的身形僵住，刹那间连脸上的肌肉都扭曲了。

山石落得飞快，眼看就要过不了人，半人高的缝隙还在不住合拢，合拢的缝隙里露出战北野焦灼的脸，他突然咬咬牙，一转身劈风般将过来的几个黑风骑兵齐齐点倒，随即抬腿直奔。

此时纪羽和孟扶摇身前还剩下两个不肯走的黑风骑兵，而黄沙已经要埋到膝盖。两人对望一眼，各自跃起，将人抓起一踢，孟扶摇踢的那个骑兵堪堪穿过那个只剩几十公分宽的缝隙，撞上飞驰而来的战北野，战北野不得不伸手接下，退后一步，纪羽踢的那个却突然游鱼般一滑，轻功竟然十分了得，一滑滑到孟扶摇身后，二话不说便是大力一推。

缝隙只剩一人平平躺过那么宽，再不过，就谁也过不了了。

孟扶摇正盯着要冲回来的战北野心急如焚，没提防这骑兵还有这一手，被大力推得直飞向缝隙，百忙中只来得及死死拉住了纪羽。

石块不断落下，沙土迅速灌满缝隙，更糟的是，顶端的一块条石突然松动，足有半吨重的巨石轰然压下！

巨石压落的方位，正对着即将穿过缝隙的孟扶摇，此时她人在半空，无法变幻身形，眼看便将被巨石压成肉饼。

战北野突然扑了过去，他手中长剑连鞘一竖，连肩一顶往上一迎，生生顶住了下落的巨石。

噗！

一口鲜血喷在巨石上。

巨石之重，何止千斤？再加上霍然下坠的巨大重力，那样以人力硬扛，就算是天生神力的战北野，也不得不溅血当场。

碎石落沙声响里响起细微的咯吱声，那是巨石压得战北野长剑微微弯曲的声音，或者还有战北野骨骼被重力压迫发出的挤压声，战北野却一步不让地死死扛着，血迹未去的嘴角，刹那间再次浸出血丝来。

那个最后过来的黑风骑扑上来，用兵器顶，用肩扛，也死死顶在巨石之下。

呼的一声，孟扶摇终于从只剩一人宽的缝隙中穿过，战北野单手一拉，将她拉到安全地带。

又是一声，纪羽的身子也过了来，却迟了一步，在他身子堪堪过来的那一刹，一块几十斤重的巨石突然落下，尖利的石尖正正对准纪羽的左臂。

咔嚓一声，细微的骨裂声响起，纪羽的左臂被压在了石下。他脸色刹那间血色全无，却根本没有看自己的手，只是立刻决然地推开战北野，将那柄快要折弯的剑一拨。

长剑迸出，弹在墓道里锵然落地，战北野踉跄后退，又是一口血喷在地上。

剑光一闪，血花飞溅。

纪羽一剑将自己被压住的左臂砍了下来，随即他一个翻身，滚落在地。

巨石轰然落下，将墓道一分为二，永远堵死。

纪羽的一只手臂，永远留在了大鲧族墓葬的墓道中。

和他的手臂一起留下的还有留在巨石对面的那个骑兵，他将孟扶摇推出的刹那，便已注定必死。

纪羽扒在巨石上，断臂上的鲜血突突直冒，他不管不顾，只是拼命擂着石门，对着那边狂喊："三儿！三儿！"

对面无声，却有隐约的骚动声响传来。

孟扶摇扑过去，将耳朵贴在石门上，隐约听见沉闷的挣扎声、扑腾声、压抑的喘息声、惊恐地从咽喉里发出来的嘶吼声。

对面发生了什么？

那巨石隔就的一半墓道里，突然又出现了什么？

而那个将生的机会让给她、孤单落下的士兵，他现在又遇见了什么？难道不仅仅是要将人活埋的流沙？

听他那般惊恐欲绝地喘息和嘶吼，一定遇见了十分可怕、超越他能承受程度的事。作为一个心存必死之念、本身也杀人无算的黑风精英，又有什么事能令他在临死前恐惧如此？

唯因不知，所以越发想象得恐慌。

孟扶摇抠着那方巨石，想象着他那一刻面对空寂无人的墓道、必死的结局、突然出现的鬼魅、绝望的挣扎，那一刻令人发疯的恐惧和孤独的苦痛感受。

她心底亦泛出苦痛的血来，喉间腥甜，她将头砰砰地撞在巨石上，却不知为什么要这么撞，觉得唯有这样撞才可以阻止自己内心为那青年衍生的疼痛。可无论怎么撞，她都无法再救他，只能眼睁睁"听"着他在生命的最后，和未知的恐惧搏斗至死。

一只温暖的手掌突然出现在巨石前，她的头，重重撞上了那掌心。

掌心有血，还沾着点泥灰，生生垫在了她的脑袋和巨石之间，挡住了她自虐的行为。

那是战北野的手。

护着她的额头，将她从巨石前拉开，顺手拉出纪羽，战北野一直很平静，甚至没有对巨石那边看一眼，他只是无声地将孟扶摇揽进怀。

这是不含任何狎昵意味、纯粹宽慰性质的拥抱，他的怀抱宽阔而温暖，他身上有这一路前行染上的烟尘气、血气、钢铁气，更多的是与生俱来潜伏在血液里的淡淡男子香，那是高山之巅承了新雪的青松般的气味，旷朗、舒爽，令人只是闻着，也能感觉到那般深入骨髓的遒劲和刚直。

孟扶摇靠着他的肩，允许了自己一刹那的软弱，这一刻的拥抱，无关男女之爱，只是对牺牲者同一心意的缅怀。

纪羽沉默着任属下包裹好断臂之伤，坐在地上看着那永不能开启的石门。这里的每一个人都是他兄弟中的兄弟，是他发誓一生生死相随的伙伴，尤其三儿，是他的老乡、他的发小，他带着三儿走出家乡，走进令他们一生荣耀的黑风骑，并相约要让黑风骑因他们而名动天下，然而最终，他却不得不将他们抛下。

三儿转过他身侧推向孟扶摇的时候，他来得及将三儿拦住，然而刹那，他没有。

在孟扶摇和三儿之间，他选择了孟扶摇，因为那是王爷所爱的人。

王爷身世凄凉，孤独至今，那么多年里，他曾无数次祈祷过王爷能遇见温暖他的人，如今王爷终于遇见，那个女子，光明、鲜亮，如明珠美玉般熠熠生辉，她将是王爷此生的救赎和向往，他有什么理由不去保护她？

兄弟……原谅我的抉择。

很久以后，战北野缓缓放开孟扶摇，纪羽转过身，有些心事抛在身后、留在心底，而路还要继续。

一行人沉默着继续向前，墓道里再无机关，满壁的壁画却十分诡异，随着他们举着火折子前进的步伐逐渐淡去。孟扶摇低声道：“被氧化了。”

她眼角掠着那壁画，想着自己先前看见的那个异常，她依稀觉得那是个绝不同于整个壁画风格的画像，却没来得及看清楚。

墓道连接着甬道，小砖砌成，拱形券顶，两侧有象征庭院的天井；天井左右各有造型特异的小龛，供奉的不是神像，却是两个金盏，金盏下有字。

战北野上前，喃喃读道：“以我神浆，奉我魂灵，过墓者饮，违者不祥。”

孟扶摇愕然道：“叫我们喝？当我们是猪啊，墓室里的东西能喝吗？哪怕看起来是琼浆玉液，喝完了也会做鬼的！”

她凑过去看那金盏里的东西，顿时险些吐出来。那是半盏漆黑的、酒似的液体，散发着微腥的气味和淡淡的酒气，金盏底有白白的一团东西，弯曲着，像个未孵化的卵。

“老娘是猪才会喝这东西！”孟扶摇抬脚要踹，“看着就恶心！”

胸前突然动了动，某大人睡眼惺忪地探出头来，孟扶摇盯着睡得毛糟糟的元宝大人，诧异道：“你居然还会醒？”

元宝大人不理她，直直地看着那金盏，眼神十分诡异。孟扶摇看得起毛，喃喃道：“耗子，你不会中邪了吧？”

元宝大人却突然吱吱大叫，指着那金盏叽里呱啦个不休，指指那酒，又指指孟扶摇的嘴，然后，一仰头，做了个痛饮的姿势。

孟扶摇这回看懂了，眼珠子差点没掉出来，“你……叫我们喝？”

元宝大人大力点头。

“兄弟！”孟扶摇抓着它到角落里，头碰头低声商量，“你睡昏了吗？这是墓里的酒啊，墓里无论什么东西都不能下肚的，保质期过了哇啊……”

元宝大人：“吱吱！”

“我说个故事给你听：以前我那一世，有几个盗墓贼去盗个大墓，棺材前放着的就是酒，比这个美多了、香多了，盗墓贼就喝了，然后出墓，太阳一照，皮肉成灰……”

元宝大人：“吱吱！”

“兄弟……那东西实在喝不下啊……”

元宝大人揪住孟扶摇的衣襟，啪啪扇她耳光。

“好吧……”被扇了的孟扶摇摸摸脸，无可奈何地回去，道，“耗子叫我们喝。”

战北野一皱眉，道：“好！”

孟扶摇咧了咧嘴，伸手去取那金盏，顿时几双手齐齐伸了出来。不过谁也没有战北野快，他一把接过，不容反对道：“我先。”

不待孟扶摇来抢，他闭着眼睛灌了一口下肚，众人都紧张地盯着他，战北野抹抹嘴，笑道：“还好，没想象中那么难喝。”

又等了一会儿，见他平安无事，众人才轮次闭眼睛喝了，只在最后一个黑风骑兵那里卡了壳。那青年皱着眉头，道：“王爷、孟姑娘，这个我不能喝。”

孟扶摇要劝，那青年苦笑道：“小人从军前是个酒鬼，整日沉迷酒乡、不事生产，全靠娘子卖针线过活。我那娘子是十里八乡的贤惠人，从来没责怪我一句。那年冬下大雪，她出门卖针线，步行十里路，回来时掉入了冰洞……可怜那时她还怀着一个月身孕……”他眼眶红了，再也说不下去了。

孟扶摇沉默下来，那青年仰首向天，吸吸鼻子，道：“小人当年在她坟前发誓，今生今世再不沾酒，违者，天诛地灭……”

孟扶摇看着他，再次拉着元宝大人去墙角，问：“不喝这酒会不会死？”

她打着主意，若是会死，她打昏这青年灌进去，不算他违誓就是。

元宝大人犹豫着，对孟扶摇这个问题有点含糊，这酒不喝好像不会死，但是……它摇了摇头，半晌，又点了点头。

孟扶摇黑线，瞪着它，正犹豫着，忽听身后一声惊呼。

她霍然转身，便见甬道尽头，那扇主墓室的门突然开了。

一片未知的黑暗展现在他们面前。

孟扶摇倒抽一口凉气，道："怎么会突然开的？"

战北野沉思地看着放回原位的酒杯，道："酒杯之下有机簧，连接着主墓室的门。当酒喝尽，分量改变，机簧弹开，墓室门才能打开。"

孟扶摇看着那酒杯，想这墓室的设计者是个玩心理战术的高手。从入口开始，处处都利用人性自我保护的心理，入口处的不祥童尸、墓道里的惊影撞壁连环机关，到得此刻，只要是能进到这里的盗墓贼，都绝对不会喝这酒，那么这最后一道门就永远也不会打开。而能进来的、敢喝这酒的，应该都是知道大鲧族墓葬秘密的核心人物，可谓安全性极高的设计。

当然，这人再神机妙算，也算不出这世上还有元宝大人这种剽悍的存在，并且会这么凑巧地也进了这墓。

前方，墓室门开启，战北野拦下了所有想要前去探路的士兵，单人执剑，走在最前。

孟扶摇则坚持殿后，将纪羽和剩下的士兵驱赶到中间。

甬道很短，墓门却甚为宽大。孟扶摇经过门时特意看了一下，发现这门竟然没有门轴，而是整块的条石，厚达一米。可以想见，便是现代的爆破技术，都未必能轰得开。

她一步跨进门去，突然眼前一黑。

随即，前面纪羽的背影，不见了。

无穷无尽、浓厚如墨汁的黑暗滚滚而来，如一重一重的妖雾裹住了她。那些妖雾忽聚忽散，凝化成各色狰狞的形状，或是双头扁身的崖蛇，或是铁螯钢牙的巨蚁，或是遍生倒刺的毒藤，或是翅膀大如蒲扇的蝙蝠，或是曲身青瞳的女童尸……像是地狱之神放开了诅咒之门，将地底无数的冤魂放出，又或是天神搅乱了这尘世的烟灰，将一天清明尽皆收去，换了这三千界妖物肆虐。

孟扶摇睁大眼睛，怒喝："退开！"然后呼地迎着那雾劈出一掌。那些雾气荡了起来，这一路来遇见的毒物淡去，却又立即换了淡淡的白色烟气，浓如牛乳，烟气里，出现了熟悉的人影。

潭水边永恒扭头定格的士兵、为了不臭着孟扶摇而被毒藤倒挂的尸体、沼泽中咬舌自尽的王虎、遍体燃起熊熊火焰滚向蚁群的华子、墓道里将孟扶摇推出自己却永远孤独留下对付黑暗和绝望的三儿……那些一路上在孟扶摇眼前死去的人。

他们流着血、掉着肉、落着身上的各种器官，摇摇晃晃地向着孟扶摇走来。当先的是那个生生烧成骨架的少年华子，伸出一双只剩下白骨和焦肉的手，伸向孟扶摇。

他道："底下好冷……我的衣服呢？"

孟扶摇喘息起来。

脑海中一阵阵眩晕，一波波如浪般冲散理智和意识，却有根心底的弦，一寸寸死命扯紧，扯得心尖都在剧痛。她惶然瞪大眼睛，看那少年如此真实鲜明地站在她身前，烧得看不出五官的脸上，居然隐约能辨出一个诡异轻蔑的笑容。他俯下烟光缭绕的脸，那般近、那般真实，真实到孟扶摇能感觉到他肌肤里散发出的焦臭和血腥气味那般汹涌而又无声地逼了来。

他轻轻道："孟扶摇，你当时准备救王爷时，已经看见我神情有异，你内心深处是不是也在等待我制住你？不然以你的武功，我凭什么能制住你？你是不是觉得，我们做士兵的比你更应该牺牲？"

诛心之问。

孟扶摇从指尖刹那冷到了脚尖。

是不是，是不是，是不是？

是不是当时自己根本不想那般牺牲？是不是自己是在自私地等待被华子制住？

不！不！不不不！

孟扶摇低声地嘶吼起来，她喘息着向后退，拼命挥手驱赶那些幻影，"不！没有！不是这样！我……我当时在脱衣服，脱衣服的人因为心神波动，反应会迟钝……不是你说的这样！"

"华子"的手定在半空，虚虚地浮着，他似乎没想到孟扶摇在这种情况下还能保持清醒和辩解意识，他的脸在烟光后忽聚忽散，每次聚拢，孟扶摇都觉得眼前一晕，每次晕过，她的意识便要模糊一分。

就在她将要陷入黑暗的前一霎，忽然脖颈一痛，被一只大板牙狠狠啃了一口。一双小小的爪子蹬上她的肩，又开始啪啪啪扇她耳光。

孟扶摇阒然一醒，一跳而起，呸地吐了一口唾沫，大骂："妖物！竟敢幻化英烈！"

忽地烟光散去，"华子"等人齐齐消失。人的唾液本就有辟邪功用，何况一切阴邪魔物都畏惧浩然正气，道涨，则魔消。

孟扶摇靠着墙壁喘息，想起先前那士兵莫名其妙地撞上墙壁、三儿在巨石那头的挣扎和怒吼，是不是也是因为遇见了这东西？

利用人心深处自我疑问的脆弱之处控人心神，使人坠入永恒黑暗？

她挣扎着拭了拭额头上的冷汗，抱过元宝大人，蹭了蹭它顺滑的毛，很贱地对它的几耳光表示了感谢。

此时乳白烟光散去，黑雾重来，四面伸手不见五指。孟扶摇将元宝大人放好，试图点燃火折子，然而那黑雾如同铁一般沉沉落下，火折子的光芒一片惨绿，除了照出她自己脸色铁青外，照不出任何人和物。孟扶摇熄了火折子，慢慢向前行去，一边小心地行路，一边低声呼唤："战北野……纪羽……"

没有回音。

孟扶摇伸手四处触摸，四面都空荡荡的，她像自从跨进这座墓室门，就进入了一个异次元的空间，瞬间与所有人隔离，独自在一片未知里寻觅。

她的声音渐渐紧张起来，没有人、没有回音，战北野呢？纪羽呢？黑风骑兵呢？人都到哪儿去了？

她喊："战北野！战北野！"

声音幽幽地撞在黑雾中，再悠悠地荡回来，满室里都是"战北野、战北野、战北野"的回音。

孟扶摇的手伸向前方仔细摸索着，突然指尖碰到了一个物体，微凉的、穿着丝锦衣物的、有一定高度的。

她惊喜，下意识地呼唤："战北……"

第八十七章

历劫归来

她的声音突然卡在了喉咙里。

那不是战北野！战北野不可能站在她对面一声不出！战北野也没这个“东西”手感这么薄！

孟扶摇急退。

她退得像一抹电，穿越重重黑幕，退向自己来时的方向，那些淡黑的烟气被她快速飞退的身形搅得微微动荡，那一块幕布被悄悄掀开一线，现出一点景物的轮廓。

孟扶摇看见了那线微光，厉叱一声，弑天插入那条似有似无的线，一劈！

黑雾被无声无息地劈开，孟扶摇抢身而出，在那烟气再次聚拢之前，抢出了雾层。

眼前景物突然一变。

依稀是墓室模样，头顶和四周都有壁画，那是盛世的画卷，祭祀、狩猎、战争，大片大片臂上绘着双头蛇的壮年男子自巨大的山腹里拥出，执着刀剑迎上巍巍军队。他们驱赶蛇群、蝙蝠和一些形状古怪的异兽，而那些军队射出的剑雨，如乌云般覆盖了整座山脉。

这画的大概是大鲧族被朝廷派兵征剿的故事，孟扶摇掠了一眼便错开目光，看见室中有一座水池，四面砌着莲花扶栏，四角有陶俑执戟卫士，面目森然。孟扶摇点亮火折子，看见地下密布着很多小坑，凸凸凹凹，想必是机关阵法。

她举着火折子四面照了一下，依旧没有看见任何人。战北野和纪羽，还有她刚才摸到的那个东西，就像全都凭空消失了。

在这幽深诡异、步步机关的千年古墓中，相伴而行的人突然全部不见了，只留自己一人面对未可知的前路——那种感受，令胆大包天的孟扶摇也不禁颤了颤。然而瞬间她就命令自己镇定下来。无论如何，以战北野的实力，谁也不可能瞬间置他于死。既然自己没事，他一定也没事，只是恐怕遇上了和自己一样的事，现在也正在焦急地寻找她。

这墓室的设计者，融合了汉族和鲧族墓葬设计的精华，尤其擅长控神夺心的战术，他们从踏进墓室的那一刻，想必就已经堕入了对方含着诅咒的阵法中。

既然是阵法，就没有不能破的，孟扶摇干脆将宝贵的火折子灭掉，就着地面的微光，静静地思考并等待。

地上散落着一些水晶珠子，反射着细碎的微光。孟扶摇看着那些闪光的、晶亮的东西，心中突然咯噔一声。她隐约间觉得有什么不对，却一时想不起来是什么不对。

如果有什么事突然闪电掠过，瞬间消逝，最好的办法就是回溯记忆。

她慢慢地想，刚才自己在想什么。

珠子……反光……

反光……脑海中电光一闪，孟扶摇浑身汗毛一奓。

对！反光！

刚才她在浓雾中点燃了火脸色的？

那说明，对面有镜子！

可是刚刚冲出浓雾时，看见的墓室里面根本没有镜子。

难道这一瞬间，她已经换了方位？她现在所站的地方，根本不是一开始进入的墓室？

孟扶摇深吸一口气，再次点亮火折子。这个墓室里没有棺椁，四面堆着各色陪葬品，玛瑙瓶、水晶杯、珊瑚树、金银制品，还有一些大大小小的陶罐。

她向墙边走去，想观察一下那墙壁。

身后突然有人轻轻搭上她的肩，呼出的气息拂动了她的头发。

孟扶摇惊喜地回身，道：“战……”眼角突然瞥到一点黑色细长的影子，淡淡地洒在地面上，有两个尖尖的头。

那根本不是人形！

孟扶摇回身回到一半，唰的一下硬生生扭过来，头也不回地向前一冲，手臂抡起，弑天向后划过一道雪亮的弧线，嚓！

身后那黑影一阵扭曲弹动，呼的一声极其灵活地避开了她的反手一刀，孟扶摇回头，惊得脸色都变了。

那是一条巨大得超乎想象的双头崖蛇！

说是一条，其实应该是两条，这种喜欢绞在一起的蛇，这回也是两条一组。两条便绞成了一人半粗，直立而起，比孟扶摇还要高些。地上两个头、地下两个头，四头、八只阴冷的蛇眼，死死地盯住了孟扶摇。

原来这墓中竟然有双头崖蛇的蛇王，看样子是一公一母，难怪先前在溶洞中，那双头崖蛇没有咬她，原来是要把食物留给祖宗呢。

孟扶摇横刀一摆，刀光如水映得她眉目一半森凉。来吧，不过是两条大弹簧，姑娘我接着！

那蛇四头齐摇，盯着孟扶摇，却一时没有进攻。它们不断吐出淡黑色的烟雾，孟扶摇看着那雾气，恍然发觉，先前那缠绕住她的雾气似乎就是这玩意儿搞出来的。

一人两蛇，在森冷阴暗的墓室中对峙。那蛇不知怎的，看她的神情有几分犹豫，然而最终抵不过血液里天生的扑杀爱好，忽然身子一弹，巨大的尾部狠狠横扫过来。

说是尾部，其实也是头，绿光荧荧的眼珠子飞在半空，嘴一张，满是利齿、毒液四射，淡绿色，腥臭无比。

半空里风声呼啸，眨眼间蛇头已到近前。那嘴张大到足可吞下一个人的弧度，甚至隐约可以看见深红的内腹。孟扶摇一抬腿飞身而起，毫不退缩地迎了上去，悬空一个翻滚，已经在蛇腹之下，匕首一竖，便要将那东西剖腹。

那巨蛇反应也极快，半空中居然也能反身一退，腾腾一滚，灵活度不下于一般高手。孟扶摇却比它更快地扑了过来，二话不说便是劈、砍、刺、戳，泼风般一阵攻击，甚至用上了接近第六层的破九霄功法。匕首上起了碧绿荧光，刀风凌厉，所经处石板溅起了火花，老远擦过便是一道深沟。孟扶摇的身形千变万化，比那天生柔软灵活的蛇更快捷灵动，那蛇每一次飞速移动，孟扶摇的刀都在前方等着。那蛇虽然体骨坚硬、四头灵活，也挡不得她带上真力的杀着，蛇身上渐渐便多了许多血痕。

孟扶摇打得凶狠，揍得变态，存心要将这一路来的悲痛和憋屈都发泄在这对双头守墓蛇身上。

“叫你拧、拧、拧！一对该死的黄鳝！”孟扶摇恶毒地咒骂，“老娘帮你解鞋带！”

她呼地一刀直劈那双头蛇绞在一起的头，那两个头赶紧左右一让，底下两个头昂起，咝咝向孟扶摇袭来。孟扶摇看也不看，毫不客气地一刀直劈，大有一副“老娘就拼着被你咬一口也得撕开你”架势。

对着这样泼妇似的打法，一直十分默契的双头蛇终于开始惊惶，下意识地左右一分。两头分开的刹那，孟扶摇突然松手，当的一声匕首落地，她双手一分，各自扭住了一颗蛇头，脚尖飞踢，地上两个小陶罐闪电飞起，正正迎上蛇头，砰的一下，蛇头撞了进去，孟扶摇立即将那罐子往莲花栏杆里一卡。

罐子在莲花栏杆里卡得紧紧的，那蛇拼命挣扎，另两个头在地面上不住地扑腾，却再也无法飞起。

孟扶摇捡起匕首，奸笑着逼过去，道：“老娘知道你不怕一砍两段，砍两段你会变成四条，老娘会更麻烦，老娘困住你这主要的头，看你那个副头还能折腾个什么劲！”

她正要将那剩下的两个头给解决了，忽听身后一阵东西倾倒滚落的声响，随即还有些细碎之声传来。孟扶摇霍然回首，便见刚才那堆陶罐不知何时已经全部倒地，骨碌碌滚了一地，有些罐子口里慢慢爬出黑色的东西来。

而那四角四个陶俑身上黑色的陶片开始慢慢碎裂，一片片剥落，簌簌地掉在地上，现出内里的金甲。

孟扶摇蒙了。

受过诅咒的怪蛇也罢了，这又是什么东西？粽子？

好吧，大鲧族是传说中擅长巫术诅咒的妖族，她早该想到墓里面不会有正常尸体的。

可惜孟扶摇不是盗墓的科班出身，她至今还没有亲眼见过粽子，更没养成和粽子对面干架的习惯。何况那群黑色的东西，像普通家犬般大，细弱的四肢着地，长着张发红的似人非人的脸，看起来比蛇还毒几分，所经之处黑雾腾腾、妖氛再现。孟扶摇害怕自已再生出幻象，在这种地方一旦不能保持清醒，那就是个死！

于是，她落荒而逃。

两脚将蛇头踹烂，孟扶摇夺路而逃，身后碎裂之声越发响了，空气里温度瑟瑟地降了几度。蛇死了，雾气却越发浓厚了。孟扶摇看见那些一团团的黑东西骨碌碌地滚爬过来，挡在她面前，啪的一下弹开身子，里面竟然是红的，像几天前吃过的剥了皮的刺猬。

“刺猬”们扑过来，老远就腥气逼人。身后，陶俑渐渐剥落干净，那金甲卫士慢慢抬起手来。那粽子动作极其僵硬，似乎随着那群黑东西的动作而动，缓缓抬手，手心一张，手心中各有一颗珠子。

它的“目光”随着孟扶摇的身形缓缓转动着，掌心里的珠子不断慢慢调整着方向，就像狙击手对着视镜中的目标在调整准星。

孟扶摇被逼得走投无路。

那群“刺猬”所经之处，黏腻的红汁四溅，溅到哪儿都哧哧冒烟。地下有阵法，“刺猬们”险恶地想把她逼到阵法中去，而四角，陶俑粽子们掌心紧紧对着她，一旦调整好方向，她就是那四颗珠子交叉中心的祭品。

孟扶摇无处可去，突然飞身跃起。

她一跳便跳到半空，身子一斜，便够着了墙角一株珊瑚树斜伸出的枝丫，一荡便荡了过去。抬脚一踢，遍地金银明器齐齐飞起，砸向那群“刺猬”，砸向四个陶俑粽子，还有些四散开去，砸上了墙面。

那群黑面红肚皮的东西下意识地一让，它们一让，陶俑粽子慢慢移动的掌心也一缩，慢慢合拢。

孟扶摇松了一口气，一背心冷汗地往墙上一靠。

轰隆。

身子突然一空，孟扶摇猝不及防地向后一倒，随即便觉得腥风扑面。抬眼一看，刚才还在她对面的黑色“刺猬”状东西突然便奔到她眼前，腥臭的口水快要滴上她的额头了，当先一只抬起猩红的指甲，长长的利爪已经快要抓到她的眼皮了。

孟扶摇心中一沉，我命休矣！

眼前突然黑影一转，旋风般一晃，一双钢铁般的手一把抓住她的肩头将她往后一带。落入一处实地，孟扶摇下意识地一刀捅过去，对方沉声道：“是我！”是战北野的声音。

孟扶摇心中气一松，险些又掉下去。身子被战北野一拎，战北野大喝：“小心！”

孟扶摇赶紧抓住他，什么都没看清楚就大叫：“你去了哪里？”

“我一直就在这里。”战北野手中长剑挥舞，剑光如电纵横，答，“遇见和你一样的事。”

孟扶摇这才看见自己现在身处一间墓室墙角，战北野护在她身前，纪羽和剩下的几个骑兵也在。这里也是穹顶壁画、遍地碎裂陶罐、呼啸着的黑色怪物，乍一看还是刚才自己那间墓室，还是自己遇见的那批怪物，仔细看却发觉陪葬品少了些，四角也没有陶俑，很明显已经换了一批。

她想了想，问：“墙壁是翻板的，或者是可以移动的？”

“对！”战北野一刀捅死一个冲上来的黑色怪物，“我们一进墓室就被隔开了，这阵浓雾是障眼法，那段时间内墙壁做了移动，这大概是三间墓室，一间主墓室、两间耳室，你刚才那间是耳室。”

孟扶摇刀光无声地自一个怪物喉上抹过，带出一抹鲜血，问：“怎么知道这是主墓室的？”

战北野头一摆，“你看。”

水池后，隐着一扇小门，门上也有绘画，那风格却迥异一直以来少数民族风格颇浓的笔法，用笔干净简练、色彩素淡。画的是一艘船，船上有一个淡青衣衫的汉人男子，正凭栏临风、负手遥望海天一色。寥寥几笔，画中的阔大、疏朗，还有一种烟气般氤氲的神人之姿，尽皆显于壁上。

孟扶摇看着那画，顿时想起自己先前过墓道时觉得哪里不对，原来就是这个——当时壁画的最下角就画着这幅图，因为风格截然不同，自己一眼看过去就觉得不对劲。如今看来，那就是墓主人了。

可这人看上去明明是汉人，大鲧族供奉祖先的墓葬中，葬的怎么会是一个汉人？

此时也来不及细想，孟扶摇道：“路在那里是不是？怎么过去？”

“大鲧族墓葬据说墓下有墓，空山深处、万骨存留，所以这墓室下面应该还有通道，只是不知道是水道还是旱道。”战北野皱眉看着地面，道，“这些东西太多，最关键的是，阵法要被发动了。”

孟扶摇这才发觉，随着那黑色怪物被杀得越来越多，它们的血渐渐流过地面，一点一点注满那点下陷的坑。坑每满一个，便会顺着画好的浅沟流向下一个，眼看着那些坑已经满了大半。

“好狠的杀着！”孟扶摇倒抽一口冷气，这不是存心要让进入者陷入两难境地吗？不杀这些东西活不了，杀了不可能不流血，流血便会引动阵法，竟然是一个死局！

烧死也许可以，可是火折子已经先一步被蝙蝠叼走，剩下的连路都不够照，更不要说烧成大火。

雷弹众人不敢用，在这里发雷弹，难保哪里不会塌或是引发阵法。

这墓室的主人，始终在做两手安排——既给本族中人留下了活命过关的渠道，也给外来侵入者留下一重又一重的关卡。

能进这墓的盗墓贼，熟知典故，不会喝那一看就很危险的酒，但是假如有人傻大胆或是出了什么别的意外，这酒被喝了，进入到了这里，那么还有最后的血灌阵法。

孟扶摇苦笑着，道：“假如我们都是中原一点红就好了，一剑封喉，血只流一滴。”

“没用。”战北野下手依旧毫不犹豫，“这东西就像个血囊，刺破哪里都是一大蓬血，存心拿来给我们刺的。”

“为什么这里没黑雾？”孟扶摇突然发现了一处异常，“这东西所在之处，不是一直都有雾的吗？”

“纪羽把那剩下的玳瑁磨碎，撒在了这间密室里。”战北野道，“他那玳瑁不是普通玳瑁，是扶风鄂海罗刹岛深处得来的宝贝，珍贵无伦，辟邪的效用十分了得，如今可惜了。”

“我赔。”孟扶摇立即答，“赶明儿我叫姚迅下海去找。”

战北野没有回答，一剑杀掉两个怪物，眼见那血即将灌满地面的凹坑，那些乌光闪动的血液似有生命般微微跃动，他突然道：“扶摇，等一下我抱着你试着越过那阵法，这样快点……”

“想都别想！”孟扶摇打断他，“你当我是猪吗？那阵法要是能跳过去早就跳了，你想抱着我过去，只是想用自己的后背做挡箭牌而已。要我靠你的牺牲去活命？你算了吧！”

战北野皱眉道：“你这女人怎么这么多疑？”

孟扶摇冷笑，正要驳斥他，忽听身后一声低号，与此同时那几个黑风骑兵已经大叫起来。

孟扶摇和战北野齐齐转头——黑风骑兵从来不会一惊一乍，发生了什么？

这一眼看过去，两人都呆了呆。

几个骑兵正中，纪羽身边，一个骑兵突然缩起了身子，十分痛苦地低号起来。他的身子渐渐缩成一团，头和脚碰在了一起还在继续缩，满头头发大把掉落，身上的衣服也一点点裂开，如黑色布片蝴蝶般飘舞。随即，那些裸露出的肌肤也一点一点裂了开来，绽出鲜艳的血肉之色。

他的四肢渐渐收缩，缩成细弱的爪子一样的东西；四肢慢慢苍白，血液都似乎涌向了腹部，腹部变得赤红；一张脸慢慢变形，血液一点点渗出来，由鲜红转瞬又化为黑色，一块块凝结。

飘摇的火光照着他的脸，五官扭曲，狰狞如壁画上走下来的凶神。他身侧一个举着火折子的骑兵近距离地看见这样的脸，被惊得手腕一颤，火折子险些落地，被战北野一伸手捞住。

孟扶摇心底发寒地看着那个还在不断痛苦抽搐收缩的骑兵，看着他团成一团的身体、细弱的四肢，目光再呆滞地转向下方那群黑色外皮红色腹部的怪物……难道，难道……

“老德，老德！”纪羽用仅剩的那只手欲待去拉那骑兵，“老德！”

“别碰他！”发话的是战北野，这一刻他的脸也痛苦地扭曲了，看起来和那骑兵竟然有几分相像，“他中毒了！”

中毒了……

孟扶摇盯着那骑兵，突然认出他是先前拒绝喝酒的那个。

因为对过往劣迹的悔改、对死去妻子的誓言，他最终没有喝那酒，所以这群人中，只有他在踏进这间墓室后中毒了。

她心底泛起丝丝的冷意：这是命运的安排吗？这是轮回的惩罚吗？对一个真心赎罪的人，却又何其冷酷！

众人惊呆在那里，看着那骑兵痛苦地挣扎，看着他慢慢地、一点一点地渐渐变成底下那群怪物的样子。

那些怪物……是人。

眼见着自己朝夕相处的同伴即将沦为那些怪物的一员，无可挣扎地成为这诡异阴森墓室里永久的灵魂体，一路坚毅行来、不露怯色的黑风骑兵们终于经受不了这般心理折磨，一个汉子突然转身，重重地扑在墙壁上。

半晌，他深埋的胳臂里，传出呜呜的哭泣声。

那样的哭声回荡在空旷的墓室里，苍凉、心酸、悲愤，充满对悲惨命运的愤恨和无能为力的无奈。

火光闪动，照见前方壁画高船上神情潇洒的男子，他依旧仰首长天、目光深远，不为所动地向着那个永远的方向乘风破浪。

纪羽痴痴地看着那已经完全变形的骑兵，喃喃道："我该逼他喝的……"

他话音未落，那死命挣扎的骑兵突然一声厉号，一个翻滚，跃入了怪物群。

众人呆住。

都是一样的乌黑一团、一样的细弱四肢、一样的血红肚腹——当他混入怪物群，他们就再也认不出自己的战友了。

这要他们如何再出手？

每一刀，都有可能捅入一路艰辛相伴走来的战友的肚腹！

那些怪物却开始欢呼起来，它们似乎对自己的队伍里多出一个"人"十分欣喜，竟然齐齐地停住手，围住了它。

这些久困在山腹地底的"人"，似乎十分希望看见一些新鲜的东西，并为之兴奋舞蹈。

那个骑兵落入怪物群，向前滚了滚，滚到另一边的墙壁边。他已经缩成了一团，怀里却始终紧紧揣着个东西，乌黑的、圆的。

他开始撞那墙壁，却因为肢体变形残酷的疼痛撞不动，那些新"同伴"却都欢欣鼓舞地奔过来，陪着他一起撞。

众人一时都不明白他要做什么，都僵立原地怔怔地看着他。随即便听轰隆一声，墙壁翻转了，另一面耳室一闪出现，那些怪物下意识地拥了进去。

那个骑兵最后进去，墙壁合拢的最后一霎，他在怪物群的拥卫下回首，那已经不像人的脸上，唯有眼珠还留有一点活人的气息。那眼眸里光芒一闪，留恋、诀别、寂寞、凄凉……和决心。然后，墙壁合上，他不见了。

众人痴痴地看着，想着他那最后一刻的眼神，想着他，一个英武高壮的汉子，一个一顿能吃三斤肉、一刀也能砍三颗头、作战最勇猛的伟男儿，从此，就这么和往日横扫葛雅的黑风骑兵永久告别、和自己正常人的身份告别、和所有的伙伴朋友亲人告别、和地面上的阳光鲜花空气流水告别，缩成这非人的一团，和这群谁见谁厌、谁见谁杀的猥琐怪物沦为一体，在这阴暗的、污浊的、永不见天日、永不能超生的墓室地底，永远地活下去。

就这样……活下去?

那……太残忍。

每个人都僵立如死，每个人都在心中掠过一个念头：不如死去……

轰！

一声低沉的爆炸声传来，墓室晃了晃，所有人也都晃了晃。

每个人的脸色都刹那间白如雪，战北野缓缓闭上了眼睛。

咔嚓一声，极细微的声响，孟扶摇霍然回首，大呼：“不好！”

地上那些浅坑，不知何时竟然已经满了，就在他们为身边同伴的变化心惊失色的时刻。他们都沉浸在失去同伴的哀痛之中，忘记了他的血也是血，也曾大量流出、流向地面的浅坑。

他们的注意力集中在那一群，却在潜意识里拒绝想起，他们的同伴，那一刻和那群怪物已经一样，他的血，也一样是这诡坑里的上好祭品。

坑满!

战北野一把抱向孟扶摇，几乎就在他手刚伸出的那一刻，一声暴响，地面齐齐下陷，水池塌陷，现出一个腰粗的洞。大簇大簇的水花狂喷而出，水桶粗的水柱激射上穹顶，再呼啦一声向四面射开，如巨龙般卷了来。

几乎在刹那间，水便涌满了半间屋子，所有人都被水流冲散。水底不住有突突之声传来，那个阵法同时在水中发动，乱箭攒射，有人闷哼一声，一片鲜红顿时弥漫开来。

战北野死死抱住孟扶摇，大喝：“这是九宫阵！按我教你们的九宫步法方位游，游到后室门那里去！”后室地势较高，更重要的是，那里应该有出口。

抱着人游，要想游出阵法步法谈何容易？孟扶摇挣扎，“放我下来，我懂九宫步法，让我自己游！”

战北野不肯放，死死将她抱紧，“扶摇，水太大，我不能让你和我冲散！”

他厉喝：“阿海，你水性最好，负责抱住纪统领！”

“是！”

战北野抱着孟扶摇，一马当先地逆着水流奋力向前，同时还要惦记着底下的乱箭。带人逆游、在水中转换身形都是极具难度、极其耗费体力的动作，何况墓道里身顶巨石时他已经受了内伤。游未到一半，他已经脸色煞白，额上不知道是水还是汗，一片晶莹得发亮。

饶是如此，他竟然丝毫没有减速，只在游过一大半的时候微微一震，随即立即继续。孟扶摇一低头，看见水里一条血丝锦带般飘开，顿时惊呼：“你受伤了！放我下来！”

“闭嘴！”

战北野猛力一蹬，身子一弹，在鲜血更快涌出来的同时，他终于触到了后室的门。

孟扶摇紧张地回头，便见后面的士兵也游过来了，都难免挂彩。游在最后的是背着纪羽的那个阿海，他挣得满面通红，一步步向前挪移。纪羽在他背上大呼：“放开我！我是废人，不要害了你！”

战北野飞快地解下腰带，往孟扶摇手中一扣，另一半扣在自己的手腕上，匆匆道：“我去接。”他把孟扶摇向上一送，孟扶摇攀住后室门，躲避着已经到了胸口的水。一眼看见顶端有个小洞，正是开门的地方，她二话不说伸手进去就扳。

手伸进去，碰着的竟然不是顶门器或是虚无，隐约间觉得冰凉、微薄，如丝绸般的触感，像是个人，像是先前她在某个墓室里摸到的以为是战北野的那个“人”！她甚至能感觉到某种东西的呼吸喷到自己的手背上，极其细微，却令她浑身奓起。

孟扶摇的心咚的一声，眼前一黑，心道完了，只要对方此刻一动，砍下自己的腕子，剩下没人能伸手进这洞开门，所有人都得死在这里。这样一想，便觉得天崩地裂，天崩地裂里又生出极度的愤怒——走了这么艰难的路，死了这么多人，到头来在最后关头遇上了这事，老天也太可恨了！

她咬牙，怒火熊熊，愤恨中万事不管，手腕丝毫不缩，呼地一拳就揍了出去。

不管你是粽子还是鬼，不管你要干什么，老娘遇鬼打鬼、遇佛杀佛，先下手为强，揍死你！

猛拳击出，拳风虎虎，却如击在空处。那东西，还有那点似有若无的呼吸，突然都不见了，她击在了黑暗的虚无。

孟扶摇心中一喜，来不及多想，赶紧去摸门闩，随即咔嗒一声，门开了。

门开了，手却缩不回来，这洞口实在太小，孟扶摇狠狠一拔，一大块皮肉留给了后室的主人。

根本顾不得肘上火辣辣的痛，大喜之下的孟扶摇赶紧回首，这一回首，顿时一惊。

水位激涌，已经迫及颈项，而后方，那背着纪羽的阿海，经过莲花池出水口时，突然不知被什么东西吸住，飞快地向下落去。

落下的刹那，阿海奋力将纪羽掷出，掷向快速游来的战北野。

战北野一把接住纪羽，伸手要去抓他，却抓了个空，阿海被吸力巨大的出水口生生吸了下去。

阿海的身子魁伟，正正堵在了出水口，激涌的水势被挡，眼看要淹到众人头顶的水位终于定住了。

战北野伸手要去拉他，阿海突然一震，随即大力仰起头。他脸上露出了一个古怪的笑容，似疼痛、似放松，那笑容在水波里摇摆不定，看得战北野一愣。

然而阿海马上摆摆手，两手紧紧抓住水口边缘，死死地压在那里，示意众人赶紧趁现在水位停住的时候进入后室。众人哪肯放弃他，孟扶摇手停在开门处，快速说道："解下腰带，系在阿海腰上，然后全部聚集到门边。我喊一二三，你们一起冲，然后大力把阿海拽过来。"

立即有人解下腰带，潜下来游过去系在阿海腰上。阿海脸上古怪的笑容再现，从水面上看向水下，他脸色先前苍白如死，此刻却又涨得通红。孟扶摇知道他潜水时间不能过长，眼看人都在身边聚齐，立即大喝："三！"狠狠地将门一推。

轰的一声，后室门开，大片水流立时凶猛地冲过来，将众人狠狠地抓起、重重地冲撞进去。水花激溅里，隐约有白色物体一飘而过。孟扶摇被战北野紧紧抱在怀里，被水淹得眼睛生痛，只看见这后室根本没有棺椁，水流中漂浮着坐着的高伟男子，长发披散、青袍白氅，丝绦飘散在水中，飘然若飞。

只是这一霎的光影捕捉，下一秒她和战北野便被水流冲得撞上了后室的墙。那里被水流生生撞出一个洞，所有人都被大水推着、旋转着、碰撞着滚了下去。

风声急速，光影飞旋。

那是滔滔的、瀑布一般的河流，河流飞速奔腾如时间流过，经过茂密的丛草、经过地下的溶洞、经过深黑的崖壁、经过万人的殉葬坑，河岸上大片大片白骨盘坐，睁着黑而空洞的眼眶，无声地看着这几个经过千百年前无人能进的大鲧圣地的闯入者。沙砾里戳着断骨，一些头颅讥诮地望着天空，思索着关于生命和牺牲的永恒命题。

长长的河岸上，绵延了数里的白骨之林，那些白骨在孟扶摇旋转、眩晕、飞快流逝的视野里化为一条条、一道道白色的线，呼啦一下从她的脑海中闯过。她嗅见空气里沉闷而腐臭的死亡气息，千百年来魂灵不灭，尽皆飘飞在这山腹河流的上空。

战北野始终将她的头按在他的怀中，用自己的身体替她抵挡一切碎石、水波、断骨冲力，无论被天地之力的巨大水流冲成怎样狼狈的姿势，冲得如何天旋地转、不辨方向，他始终神奇地将孟扶摇抱在他心口上方，她和她心口上的元宝大人，被他紧紧地按在了自己胸前，在这样湍急的河流里，居然没有吃到很多水。

直到他们撞上一处青石，发觉水势已缓，而斜上方，一道山崖缝隙隐约在望。

孟扶摇挣脱出来，立刻伸手去拉战北野——他身上伤痕累累，在撞上青石、发现出路的那刻，一直绷紧的弦一松，他险些脱力晕过去。

摇摇晃晃地在青石上站稳，眼见着其余人也依次被水冲了下来，战北野低低喘息着，眼底露出了欣慰的笑容。

他一个个将骑兵搀起，指着那道缝隙道："我们走出来了。"

众人趴在山石上喘气，露出劫后余生的欣喜。

砰的一声，最后一个骑兵随水流了下来，他是那个一直牵着阿海的骑兵，这么剧烈的翻滚中，他也一直拽着那根腰带不放。他扒着石头欣喜道："我把阿海给拽出来了！"他回头笑看阿海，道："你这小子看起来块头大，其实还挺轻的……"他的话突然被堵在了咽喉中。

不仅他，所有刚刚露出放松笑意的人，都突然冻结了笑容。

腰带仍在，阿海仍在，却只剩下了半截。他的身子早已齐腰断去，那露出的截面被水冲得发白，皮肉发卷，看起来不像一个人的半截身体，倒像一个石膏像。

孟扶摇闭上了眼睛。

阿海……早已经死了吧?

在被水流吸进出水口的时候，他便被出水口处的某物咬断了下半身。

饶是如此，他依旧掷出了纪羽，依旧神色不露，用自己的半截身体死死堵在了出水口，为他们的求生抢得了时间。

他浮在水下那个光影迷离的笑容，其实已经是一个死者的笑容。

而他们，欣喜地攥着那截腰带，以为攥住了战友的生命，到得最后却发现，那不过是一个被放飞的灵魂。

纪羽湿淋淋地坐在岸边，痴痴地看着阿海的尸体，脸上已经没有了任何表情。

战北野的手指深深嵌入了青石中，青石上慢慢显出一个深切的抓痕，抓痕上有血。

又有人惊呼起来："小罗呢？"

战北野浑身一颤，抬头一望，才发觉人果然少了一个。

一个脸色发黄的骑兵颤声道："他先是在我身边的，我和他都中了一箭。他说他水性好一直护着我，在后室洞口里我俩撞在一起被堵住，他让我先下去。后来我听见了后室的门关上的声音，再后来我便不知道了……"

后来发生了什么，再也无人知道。

那出水口里咬掉阿海半截身体的未知物体，那后室里盘坐不腐、衣袂飘然的墓室主人，都可能会成为未及逃出的小罗的最后噬杀者。

战北野沉默下来，坐在白骨历历的碎石地上。他依旧脊背挺直，湿透的眉宇黑如乌木，良久慢慢道："等他半天。"

昏黄的光影从崖缝里射进来，照亮这一片狭窄的深谷，照见那些零落的、或生或死的人，沙砾里死白的人骨幽幽地反着光，再慢慢淡去，换了月色和星光。

新月如钩，悬在崖壁缝隙正中时，一片死寂沉默里战北野站起身，平静地道："走吧。"

所有人都默默站起身，跟着他，踏着这凄冷的月色，一步步攀上了崖。

崖上长草萋萋，连接着连绵的山脉，一条山路蜿蜒向下。山路尽头，更远的平原上，巍峨的城池在望。

立于崖顶，战北野的黑袍在风中衣袂飞舞。他冷冷地看着那座巍巍大城，看着飞鸟难越的高厚城墙，看着那城里平静闪烁的灯火如星光一闪一闪，看着某个灯火最聚集、最辉煌的方向，眼底，缓缓掠过一道森然的神情。

随即他转过身，看着阿海的新坟，看着阿海新坟旁跪着的黑风骑十一人中的最后三人。

最后三人，两人有伤，一人残废。

风嘶吼着从崖上奔过，狠狠地撞在山石上，似乎要让某些猛烈的力度撞出带血的、不甘的悲愤。

新坟静默，坟上黄土平整，跪在最前面纪羽慢慢用手捡尽沙石，突然开口，低低地唱："黑山莽莽，风雷泱泱，在彼归来，哀我儿郎……"

"在彼归来，哀我儿郎……"剩下的骑兵都低低唱起，低沉而浑厚的声音在坟头上悠悠旋开，散在崖顶的晚风中。

那些属于逝去的人的挽歌，永久地留在了长瀚山脉的西子崖端，日复一日地飘荡，呼应着这个时代最为隐秘、最为悲壮的死境逃亡。

战北野的目光，最后落在了遥遥相对的孟扶摇脸上。

少女眼底的泪光比星光更亮，照见他心底那些熊熊燃烧的火焰。那火焰如此猛烈地噬啮着他的全部意志和灵魂，他听见了自己的全身血液奔腾嚎叫的声音。

他看着她，慢慢开口，乌黑的目光如深黑的夜色，罩满这四海宇宙。

他说："扶摇。"

"嗯。"

"你且等着，天煞之死。"

天煞千秋七年春，天煞烈王战北野在长瀚山脉平谷峰遇袭，被逼潜入号称"死亡之林"、从无人可以全身而出的长瀚密林。所有人都以为他必死无疑。然而数日后，他竟然神奇地自长瀚山脉西端出现，三日夜间穿越千里山脉。没有人知道他是如何渡越那片死亡地带的，这成为天煞烈王此生永远不曾为人所知的秘密。

也正是这一事件，开启了天煞国另一个新的时代。那一个时代里，最优秀的男子和最优秀的女子齐聚七国风云舞台，上演了一出又一出变幻千端的传奇。

在历史关于天煞烈王这段经历的记载里，只有寥寥几句，"千秋七年，春，王奔于野，三日后出。"没有人知道，这十三字的历程里，记载了多少血泪辛酸和惊心动魄；没有人知道，十三字历程里，有一个少女的身影，伴随着那些平淡而暗含疼痛的字眼，一起存在。

时代的巨轮缓缓转动，碾过那些蠢蠢欲动的阴谋算计，碾过天煞即将如故纸一般褶皱纵横的未来。

千秋七年，天煞，谁的千秋？

三

天煞雄主

扶摇皇后

第八十八章

双莲之会

时间一视同仁地向前行走，不因国域区分而有所不同，这是天煞千秋七年暮春，这也是无极政宁十六年的暮春。

这一年暮春，有人在天煞长瀚山脉中和诸般毒物粽子搏斗，一次次死里逃生；有人在微笑品茶、泛舟湖上，共佳人丽婢赏湖光山色。

翠湖轻舟之上，重重丝幕中，眉目秀丽的娇童秀女各执管竹丝弦怡然弹奏，悠悠清音，同白玉茶盏里的袅袅淡香、湖间氤氲的雾气交融在一起。

水光粼粼，映得人眉目荡漾。一方浅紫镶暗银龙纹衣袖拂过花梨小几桌面，轻轻执了壶斟茶，执壶的手指纤长。

“这霜叶茶，是我无极霜山特产。茶树生于峭壁之上，经霜犹绿，入水不沉，再以珉山玉湖之水三煎三沸，取其清、幽、醇、净……公主请尝。”

白玉茶盏碧水幽沉，映照出主人完美得无懈可击的笑容。轻衣缓带、闲坐舟中的主人，轻轻地将茶盏推过去，一边等候的侍童跪接了，走下几步，在座下主客半尺距离处恰到好处地停住，高举过头。

完全的尊崇备至，皇家礼仪。

左侧客位，同样保养精致、纤长如玉的手指拈起茶盏，以袖掩口浅浅一啜，随即轻轻放下，笑道："果然是好！轻浮美妙，余韵不绝，深得茶家精髓。若非本宫是修行之人，只怕也要贪恋这般口舌之妙了。"

她撩起眼波，含笑一顾上座，眼底微微流露出一丝失望，只是那波光转瞬即逝，快得像根本没有出现过。

佛莲公主，如一朵莲花般稳稳端坐，姿态娴雅。

"公主远道而来，一路可顺当？"主人自然是长孙无极，正微笑相询，神情殷殷，"本宫失礼，竟然未曾令礼部接得公主。"

"本宫游走大陆，参拜名山古刹，来无极不过是顺路，"佛莲微笑，"不敢劳动贵国有司，太子费心了。"

"话虽如此，公主护卫不多，安全堪虞。"长孙无极低头仔细地亲自用沸水洗壶，手指在温热的杯身上轻柔地转动，淡淡道，"我无极虽然治下民风尚可，但也难免有些强虏盗贼之辈出没于道，难得公主只这几位本国护卫便能迢迢远路安然行来，实在令人庆幸之余，不免忧心。"

"信女子自有神灵护佑，百邪不侵。"佛莲公主合十，轻宣佛号。

她身后，小侍女明若眨眨眼，眼底掠过一丝疑问之色。她有点不明白公主为什么不提一路护送的铁成，不明白公主为什么不按承诺的那样为那个派出护卫送她的年轻人请功，不过她聪明地抿了抿唇不语，无论如何，公主总是对的。

长孙无极望着佛莲公主，笑意不改，突然轻轻道："公主此来，是来归还《璇玑图》的吗？"

佛莲公主身子颤了颤。

空气突然静默下来，笙箫声依旧，听在有心事的人心中，却有些遥远了。

"太子说笑了。"半晌佛莲垂下眼睫，"《璇玑图》怎会由本宫保管处置？您应该去问本宫父皇才是。"

长孙无极笑而不答，身子微微一仰，出神地看着水光潋滟的湖水，手指轻轻叩在花梨桌面，声响清脆，咚、咚、咚。

那声音每次响起，佛莲公主的脸色便白几分，她轻轻咬唇，不无幽怨地看着长孙无极。长孙无极居然不避目光，抬起眼帘笑吟吟地看着她，直看到她再次垂下眼去。

"公主既然光降我无极，诚然本国之幸。前日邂逅神僧空山大师，他还和我提起公主，有心一见，共研佛理，"长孙无极想了想，道，"苍山行馆离空山大师的华严寺很近，让礼部给您安排在苍山行馆，如何？"

“听凭太子安排。”佛莲欠了欠身，笑意平静，眼神里却有微微失落。

“公主不是应该安排住在宫中吗？”小侍女明若突然插话，“她很想念皇后呢。”

“明若，不得多话！这是你说话的地方吗？”佛莲微侧首呵斥明若，又向长孙无极致歉，“小婢被本宫宠坏了，不识礼数，太子恕罪。”

“无妨。”长孙无极依旧微笑，却连一个字都不肯多说。

“只是……”佛莲公主眼波流转，嫣然道，“多年未见，本宫确实很思念皇后娘娘，还望太子有暇，为本宫安排觐见一次。”

“这是自然。”长孙无极淡淡道，“皇后近年来对佛理也甚有心得，如今公主光降，她一定欢喜。只是她近期在闭关，吩咐过本宫不见任何人，母后训示，本宫不敢违背。不过修行者讲究机缘，想公主和皇后如今都是佛门信女，此番虔诚感天恪地，定有机缘相见的。”

“那便好。”佛莲不再多说，浅笑盈盈地举起茶盏，“太子贤孝之名，五洲大陆尽皆景仰，净梵谨以茶代酒，敬太子！”

“不敢当公主盛誉。”长孙无极轻举茶盏，遥遥相对。

一对皇室尊贵人儿言辞优雅、礼仪完美，互视一笑。

湖上御舟之内，揖让恭谦的对话还在继续，城郊，铁成带着一队护卫匆匆回赶，扬起的烟尘里他回望城郭，一口唾沫呸在尘埃里，“不要咱们送进城，正好！”

他扬鞭，心里十分高兴佛莲拒绝他送入城的提议，这样他就可以早点赶去见孟扶摇。

孟扶摇关照他一定要把人送到长孙无极面前，他倒是有心遵守，但是人家公主十分客气却又万分坚决地拒绝他送自己入无极皇宫，铁成也不好硬跟着。何况他早就腻了这见鬼的莲花公主，整天端着个架子，笑得像庙里的泥胎木雕。

让她去和长孙无极那个笑起来也让人摸不着够不到的家伙面对面地阴笑吧！

“驾！”铁成痛快地、解脱地，奔往天煞。

“你的黑风骑现在在哪里？”孟扶摇蹲在气势雄浑的磐都城门不远处，在大斗笠覆盖下鬼鬼祟祟地对战北野咬耳朵，“我记得你说过，为了保存实力，黑风骑主力已经先期赶回磐都，你用什么办法联系他们？”

“他们应该都在城中。”战北野指了指城门口一处不显眼的记号给孟扶摇看，“化整为零，伺机救人。”

他神情间微微放松，眼底闪耀着欣喜的光，这是数日间他第一次露出喜色。孟扶摇看着他，知道他看似若无其事，内心却一直对黑风骑兵的牺牲深痛于心，同时还在担忧母妃和其余骑兵的安全。如今骑兵主力仍在，他母妃也安全无虞，战北野一直高高拎着的心，终于略放松了一些。

他们现在都戴着当初宗越做的面具，运粮官唐俭和他的副官的脸在这天煞国内更是无人认识。纪羽和那两个幸存的骑兵被战北野勒令留在城外养伤并接应，本来要孟扶摇也留下的，孟扶摇哪里肯理他，毫不客气地跟了来。

城门口人流不息，士兵守卫森严。最前方，着金甲的天煞之金的卫士正沉着脸抓着画像一个个比对，不用看就知道是在查战北野。战南成一日未看见战北野的尸体，一日便不能放心。

对视一眼，各自在对方眼底看见了冷笑的神情，孟扶摇和战北野大摇大摆地过去，守门士兵对着画像打量了一番，挥手放行。

两人刚走几步，一柄金杆长枪突然伸了过来，横在前方。枪尖灼亮，在高挂的日头下闪着澄澄金光。

战北野停住，视线慢慢从金枪枪头滑上执枪人的脸。那是一个天煞之金的卫士，眉目冷肃高傲，将那枪慢慢挑向孟扶摇的下巴，道："抬起头来。"

战北野眉一扬，眼底闪过一抹怒火。

孟扶摇立即悄悄捏紧了他的手，同时乖乖抬起头，猥琐地对卫士笑，"官爷，什么吩咐？"

那卫士不作声，眼珠子莫测高深地盯着她，半晌道："这么热的天气，你穿这么高的领子做什么？"

孟扶摇心跳了跳，谄笑道："官爷，小人有点隐疾，那个……长了些不好看的疙瘩。大夫说不能见风，另外也少见人，恐传染给人，不信您看看……"边絮絮叨叨边去解领扣。

哎，前几天元宝大人在她脖子侧啃了一口，那疤痕还在吧？

"停！"金甲卫士嫌恶地一抬枪尖，指住孟扶摇的手，"得了这种传染人的病，也敢出来贻害世人？滚回你老家去！"

"老家就在城内，大盘胡同第三间，院子里有棵歪脖子柳树的那个。"孟扶摇怯怯地抬手指那个方向，赔笑，"官爷？"

"滚吧！"那卫士眼尾也不扫她一眼，手指一转，长枪灵活地在指间扫了个枪花，啪的一下打在孟扶摇的屁股上，"滚！"

孟扶摇立即很夸张地捂着屁股跌出去，"哎哟！"

她一栽几丈远，栽进城门，滚在泥泞里不住地揉着屁股，坐在地上挤眉弄眼地唤战北野："大哥，来扶兄弟则个！哎哟，屁股都摔成两半了！"

城门内外守军们都哄笑起来，那马上卫士金枪指着孟扶摇大笑，"就你那瘦身板，跌断了正好做洗衣板！"

哄笑声里，战北野直立不动，他全身上下，只深黑飞扬的眉微微挑了挑，那一截铁黑乌木似的目光，缓缓抬起，沉沉地扫向那卫士。

那卫士正看着孟扶摇大笑，忽然觉得背心一冷，有如突生芒刺，刹那间竟然起了一种穿心凉的感受，笑声立止，霍然回首。

孟扶摇突然一瘸一拐地扑过去，扑到战北野身前，一把揪住他的衣襟，大叫："哥啊，你咋又犯失心疯了？桩子似的戳在这里干吗，乡亲们还等着过城门哪！"

她左摇右晃，搬着战北野的头拼命看他的眼睛，似在关心自己的"哥哥"是不是眼瞳迷乱在犯"失心疯"，实则在用眼神恶狠狠警告战北野——你敢在现在发作，老娘就跟你没完！

她的脑袋挡住了战北野的目光，那卫士原本满面狐疑，听她这一番惊叫，眼中倒露出了释然之色。刚才他被后背上那种目光刺得险些跳起来，那目光似剑似戟，森冷狂猛，杀气隐隐，令他这百战老手也不禁在刹那间便流了一身冷汗，原来，那不过是个疯子。

疯子的眼神嘛……倒也确实是这样不正常的。

那卫士轻蔑地瞥了一眼战北野，金枪一挥，"谁家疯婆娘生出的疯儿子，牵出来丢人现眼？还不滚！"

战北野身子颤了颤，孟扶摇眼神冷了冷。

随即两人都恢复了正常，孟扶摇牵着战北野的手乖乖过去，一边道谢一边点头哈腰，"是，是……"

她腰俯得很低，一脸谄媚相，突然啊了一声，上前一步，在灰土地里捡起一件东西，随手在衣襟上擦了擦，偏头喃喃道："什么东西？"

那卫士漫不经心地从马上瞥过一眼，顿时怔住了。

那是一颗指头大的珠子，虽然蒙了灰，但依旧看得出通身碧光盈盈，隐约有白线般的光芒流转，如一只狡黠眨动的灵动猫眼。

那是品相极好的猫眼宝石，一颗价值千金。

孟扶摇傻兮兮地抓着那珠子看着，喃喃道："这石头长得好怪！"她伸手将宝石举起，举到卫士马前，"官爷，您掉的？"

她高举着手，洁白的掌心摊开，映着碧绿莹润的猫眼宝石，在日光的照耀下光华流转，看得那卫士呼吸紧了紧。

他犹豫了一霎，随即慢慢伸手接过那猫眼宝石，淡淡道："嗯，难为你看见，谢了。"

孟扶摇眉开眼笑，就差没摇尾巴了，"该当的，该当的！"

"走吧。"那卫士紧紧攥着掌心的宝石，挥了挥手。

他原本还想搜一下这两人的身，如今却被这掌心的宝石灼得连心都在发烫。那透过日光一闪一闪的翠绿幽光，晃得他眼神迷乱——这颗宝石，足可抵他三年的俸禄啊……

孟扶摇一瘸一拐地被战北野扶着走过了城门。

在刚刚穿过城门洞的刹那，阴影里两人的神色都变了。

孟扶摇在笑，那笑是阴险的、狡猾的、带着杀机和算计的。

战北野则默然不语，纯黑的瞳眸只看着孟扶摇，半晌道："对不住……我总是让你受委屈。"

孟扶摇哈哈一笑，道："在这等人手下受点折辱不算受委屈，在生死大事面前不受委屈就成。"

她眨眨眼睛，得意地笑道："何况我给他的教训可重多了。"

"那珠子上是哪种药？"战北野问。

"宗越给我的毒药有三种，一致死、一致残、一致蠢。"孟扶摇挑挑眉，"我本来不想和他计较的，可是这人心里已经存了疑，为了你的安全，不能轻忽。其实我已给了他机会，我在他马下先弹出点药物，如果他人品好一点，不贪那珠子，那他顶多致蠢；然而他自寻死路，接了那猫眼石……嘿嘿！"

战北野深深看着她，"扶摇，其实你还是很善良的。"

"我本善良，奈何世道逼良为狼！"孟扶摇大笑，拉了战北野的袖子奔向酒楼，"请我吃饭！"

战北野抬头，看着前方的街道。那条深灰色的宽阔的长街两旁店铺云集，挑出的各色帘子飘满了整条街，其中一家帘子是红底黄字，写着"醉扶归"。

他注视着那面酒旗，眼底幽光一闪，伸手一指，道："走，这是个喝酒的好去处。"

醉扶归果然出好酒，刚进店堂便嗅见馥郁醇厚的酒香，很多人是扶着墙进来（饿的），再扶着墙出去（醉的）。

战北野很大方地点了一桌子菜，孟蝗虫踩着板凳据案大嚼，顺便还和周围食客讨论贴在墙上的告示。堂堂烈王的画像自然不会贴在酒肆里通缉，那画像是"江洋大盗"纪羽的，孟扶摇指着那张像叫："哎，这人看着眼熟啊！"

众人齐齐扭头，"啊？"

孟扶摇拖过战北野，"像我大哥！"

众人齐刷刷地扭回头去，"嘁——"

孟扶摇满足了，笑嘻嘻地喝酒，顺手端了一杯酒放在桌子夹层，她在上面喝，元宝大人鬼鬼祟祟地探头到桌档下面喝。

元宝大人睡过了几天，终于恢复了精神气，以功臣的姿态盘踞于孟扶摇的胸口。它喝一口，眯眼感叹一下，觉得跟着孟扶摇唯一的好处，就是想喝多少就喝多少，不像跟着主子，每次都不许超过三杯，忒小气！

不多时，一人一鼠都醉了。

喝酒的时候，战北野只给孟扶摇夹菜，他喝得很少，眼睛很亮，给孟扶摇斟酒很殷勤。

其间发生了一点小小的插曲，一人和另一人猜拳，输了的面红耳赤，拍着桌子大骂："老子今天没钱了，明日酉时你去西门胡同鲜花深处拿，过时不候！"

另一人骂："老子怎么知道你几时过来？"

"老子在姚家帮工，三百个雇工的那家，他家雇工三班轮换，逢八休息，轮到我休息时我自然会过来。"

"我哪有闲工夫等你？！"

"罢罢！申时我也许有个空子，你早些在那儿等我。"

"行！"

这段对话吵得满堂都听见了，众人笑嘻嘻地听了，继续喝酒。

那两人骂骂咧咧地扯着闹着走了，雅间里的门突然吱呀一开，出来个老态龙钟的太监，佝偻着背一摇三晃地过来。店小二小心地扶着，"花公公，慢点您咧！"

花公公醉得老眼昏花，咂巴着嘴道："这天怎么黑了？天黑夜路不好走哩，赶紧给我收拾着，我那西跨院的小球儿，还等着酒喝咧！"

店小二一迭连声地答应着去装酒，老太监晃晃悠悠过来，正绊上战北野从桌下伸出的长腿，哎哟一声跌了一跌，大怒着骂："哪个混账行子，绊你家公公？"

战北野伸手去扶，"对不住公公，您包涵个！"

老人压着战北野的手，艰难地爬起身来，斜眼瞟瞟，一把抓住战北野的衣襟，颤巍巍道："一句对不住就成了？我老人家人老骨松，给你这一摔，半条命又去了一半——你说，你怎么交代？"

一众常来的酒客都听得发笑——这老酒鬼日日都来，日日喝醉，日日“跌跤”，几乎每天都有人因为“绊着了人老骨松的老人家”而赔钱的。老家伙八成就靠这个，才天天都喝得起醉扶归的一等好酒。

众人齐刷刷地将同情的目光投向战北野——又一个冤大头！

老酒鬼花公公揪着战北野不放，战北野无奈，浑身上下掏摸了一阵，好容易才摸出个剪碎了的银角子，犹犹豫豫地往花公公掌心一放，“给公公去看看跌打医生。”

老酒鬼将银角子在掌心掂了掂，又用快没牙的嘴啃了啃，才道：“便宜你！”他提过店小二递来的酒，顺手将战北野赔出来的那个银角子往店小二掌心里一扔，“赏你了——”

“谢您咧！”小二捧着银角子，笑得见牙不见眼。

众人又齐齐地嘁了一声，觉得这老狗实在可恶，敲诈这么个没钱的主儿玩。

又喝了一阵，天色暗了，店小二过来问住店否，战北野答：“两……”一转眼看见小二诧异的神情，立即道，“一间。”

他连拖带拽地把孟酒鬼往后院客栈里送，一边拖一边向小二解释：“我这兄弟什么都好，就是贪杯。”

“难为您咧！”小二想要帮一把手，“我给您抬着？”

“不用。”战北野朗然一笑，一把扛起孟扶摇，“这样方便。”

他扛着孟扶摇进了房，脚尖一踢关上门，大声吩咐：“送盆洗澡水！”

“好咧——”

死猪样的孟扶摇被往床上一扔，顺势打个滚抱着被褥缠绵，“元宝……你怎么这么大了……”

元宝大人歪歪斜斜地从她怀里出来，抱着个茶杯不放，“吱吱，吱吱吱吱……”翻译过来大抵是：孟扶摇，你的腰怎么和屁股一样粗了……

战北野立在床边，不错眼珠地看着孟扶摇，良久，坐下替她脱了靴子、取下不太透气的人皮面具，又将被褥展开，盖在她身上。

他做这些事时，很慢、很认真，好像做完这次便没下次般，细致小心。

面具揭下，少女鼻息微微，脸庞略出了点汗，被淡淡的酒意逼得两颊和额角都微红，肌肤却晶莹如雪，那点嫣红便像是生在雪线之上的芙蓉花。

二楼的窗扇未掩，风从堂前过，掀起少女丝缎般的头发，那朵花便似盈盈开在风中。

战北野的手指在孟扶摇颊边停住，极其细微地颤了颤。

他的指尖感受到那般温软如玉的美妙触感，眼中看得见韶年少女的颜色风华，那是一种惊心的美，从眼底到指尖再到心间，随之震颤出轻微的疼痛，如心尖上那一点，被天意的指尖扣住，辗转拈磨，痛，却痛得悠悠。

窗外星光烂漫，一簇藤萝攀墙而上，开出节节高升的花朵。红，红得鲜艳热烈，像一枝枝饱藏着心思和希望、等待一飞冲天的炮仗花。那般轻轻一碰，便浓艳得像要炸了，在夜色里炸出滚烫鲜红的汁来。

战北野乌黑而热烈的瞳眸，也似这夜色里饱满的花朵般，欲待喷薄而出。

他轻轻地俯下身去……

孟扶摇突然翻了个身。

这一翻便翻到了墙角，手一打，有意无意地将战北野推开。然后她面对墙角，背对战北野，抱着被子，继续呼呼大睡。

战北野定住，定在床边，四面的空气沉寂下来，听得见两人舒缓里略带紧张的呼吸。

半晌战北野才开口："你没醉成那样，何必装？"

孟扶摇的肩头僵了僵。她缓缓睁开眼，看向墙壁的眼神微有醉意，眼底却是清明的。

她没有装，更没有故意想伤害战北野。她在店堂里是醉了，但是她的功力经历几番磨难，再上一层，已经突破了五层大关接近六层，这个层次的破九霄，已非任何酒意能侵。

小二问他们要几间房的时候她开始清醒了，却不好插嘴，毕竟现在是两个男子却要两间房是很奇怪的，磐都现在一定戒备森严地等战北野入网，她不能太过扭捏，给他添麻烦。

后来她装没醒——战北野今晚一定有行动，也一定不会允许她跟着，她原本打算等战北野放松警惕走后，自己再悄悄跟上去。

不想这个暮春的夜晚，夜风温软会惹祸，不想战北野亦可温柔细致如此。

当他的气息迫近，那熟悉的青松般微涩而清爽的男儿香缓缓迫来，她终于失措，能做的只能是背身相向，以一个拒绝的姿态将他推开。

对于战北野这样的人，这样的一个姿势已经足够。

孟扶摇咬唇，手指抓着帐子边沿，屏住呼吸——人生里有太多的情不自禁，因此她不会和战北野生气，但愿战北野也不要钻牛角尖，就这么当作什么都没发生，也不至于伤着自己。

战北野却不肯如她祈祷的这般轻轻放过，他本就不是肯轻易放弃的男子。

"扶摇。"战北野坐在床边不动，深深呼吸，眼神波光明灭地看着她的背影，那近在咫尺的背影，看来却远如天涯，"告诉我，我真的永远迟了那么一步吗？"

孟扶摇连呼吸都顿了顿。

这个豪烈刚直的男子，竟然也会用这样近乎沉痛的语气，问出这样的言语。

风声沉默，炮仗花在夜风里喷薄着红艳的香，每个人的心底却都有一片苍白。

半晌，轻轻一叹，孟扶摇坐起，转头看向战北野。

她看进一双深黑的、因极度的热烈被压抑而极度沉静的眼眸中。她迎上这样的目光，她的眸光是明亮的、直视的、毫不避让的，“战北野……”

“不是你不够好，不是你来得迟，是我，”孟扶摇笑了，笑意里满是深深的无奈，“是我在错的时间，来到一个错的地方，所以我再没有权利去选择对的人。”

夜色沉沉，星光如神女发间的碎钻，洒落在苍穹乌鬓之上。

战北野立在孟扶摇身前，神色已经恢复如常。孟扶摇的那句话不过换来他若有所思很久，随即朗然一笑，“这世间没有什么事是必须一定的。你说你来错了？我偏要叫你知道，你从没来错这五州大陆，从没来错我眼前！”

他说完便大步出去，坐在屋子台阶上等孟扶摇洗澡。元宝大人蹲在他身侧排排坐，月色照亮了一大一小两团黑影。

战北野仰首看月，月光勾勒出他线条鲜明的侧影。这暮春将夏的月色宁静温柔，将他有些燥热的心绪慢慢抚平。他突然偏头，看了看元宝大人，道：“你家主子忒好运气！”

元宝大人酒意未去，醉眼蒙眬地思索着这句话，觉得好像其实也不是这么回事。它个人认为，遇见孟扶摇的人，运气都不太好。

它抱着果子慢慢啃着，心里迷迷糊糊地想着，想当年在穹苍……

身后传来开门声，孟扶摇一身清爽地探出头来。她换了紧身黑衣，痛痛快快地问战北野：“接下来我们去哪儿？”

战北野回身，依旧神情朗然，眼眸亮得像星光都聚在了眼底，“你说呢？”

“那对猜拳猜输了约定去拿钱的家伙，还有那个花公公，都是你的人吧？”孟扶摇笑了，“一句一个暗号，我听不懂。”

“那是我外公在世时为我布下的线。他为我做的，比你想象的还要更多。”战北野泛起一抹缅怀的笑意，“他们告诉我，母妃被关在西华宫花园后面，每日有三百护卫轮班看守，每班一百人，每隔八个时辰换一次班，他们约我今晚申时见面，商量营救方式。”

“那老太监呢，说了什么？”

“花公公是来传递宫中别的消息的，我扶起他时他已经给了我字条，而我那锭银角子，里面也是信物。”

“那锭银角子，不是赏给小二了吗？”

“那是障眼法。他是宫中的公公，一定有人暗中缀着他，”战北野笑，“所以银角子‘赏’了出去，但赏给小二时已经换了一个——花公公年轻时跑江湖，玩把戏是一流的。”

他忽然敛了笑容，低声道：“可怜他一把年纪，并不爱喝酒，却为了外公一个嘱托，在那醉扶归生生醉了多年……”

孟扶摇愕然道：“不是最近才特地去等你的？”

“不是。花公公从二十年前便日日在醉扶归买醉，这是全皇宫都知道的事。他是服侍过先帝的老人儿，宫中上下都要照应三分，”战北野笑意冷寒，“所以在这非常之时，也只有他能够照常出宫，因为大家都习惯了。”

“花费二十年去养成一个习惯，以备二十年后某个非常时刻的不时之需……”孟扶摇咝的一声倒抽了口冷气，低声道，“令祖父非凡人也！”

说话间，两人已经越过重重屋脊，到了城北一处七拐八弯的庭院。战北野伏身屋檐之上，轻轻敲了敲瓦面。

半晌，底下传出同样频率的敲击声。

战北野眼神一闪，点点头，拉了孟扶摇准备下去，却突然身子一顿。随即孟扶摇便嗅见了一阵熟悉的气味，似有若无地飘了过来。

血腥气！

第八十九章

深宫之夜

极淡极淡的血腥气味，丝丝缕缕飘过来，不是战北野、孟扶摇这种尸山血海里闯过的人，根本不可能闻得见。

孟扶摇下意识地摸了摸怀里，想看看元宝的反应，摸了个空才想起那个元宝版危险警报器没跟出来。它酒喝多了不停地打嗝，又不能自己逼出酒气，带着它就不是警报器，而是指示器了。

战北野却毫不犹豫，拉着孟扶摇便退。

底下突然吱呀一声，门开了，一个灰衣汉子，正是今天在酒楼里打暗号的那位，抱着流血的手指走了出来，喃喃地骂："敲什么不好敲，偏敲坐在火上的热水罐，这不，罐子裂了，割了我的手！"

他竖起手指，对空中晃了晃，月色下手指上还在流血。孟扶摇掀开瓦片一看，底下炉子上确实有碎了的陶片，火已经被浇熄，地上有一大摊水。

战北野释然，和孟扶摇双双落下。那人立即无声一让，示意两人进屋。屋内还有一人，隐在暗淡的光影里，看见战北野进来便要施礼，战北野手一拦，沉声问："娘娘如何？"

"宫里的消息，娘娘安好，放心！王爷，您一日不出现，皇上便一日不会动她。"

"我要去接她，"战北野直截了当，"你看有难度吗？"

"有！"那人答得毫不犹豫，"三百名护卫还在其次，皇上和恒王在西华宫内外布下重重陷阱，就等您自投罗网。"他简单地画了西华宫的布局，道，"这个塔楼，我怀疑有火枪。对面重莲宫宫墙比西华宫高，正好可以居高临下架火枪。另外，娘娘被禁止往前院去，说明前院还有埋伏。

“三百名侍卫看守得密不透风，就是换班也没有丝毫空子可乘，甚至在换班间歇时人数更多——他们提前一刻钟换班，再延后一刻钟离开，秩序井然，无人敢懈怠。恒王说了，走失娘娘，全队不问缘由，全部砍头。

“我们试图掘地道，但是西华宫的位置在后宫中心，左边是正仪大殿、右边是凤翥宫，帝后虎视眈眈，也是全宫侍卫最密集的地方。如果要挖地道，实在太长、太危险，而且挖到内城时，被石板堵路，没办法继续。”

那人手指口述，仔仔细细地将西华宫上下内外可能有的机关陷阱诸般布局都说给战北野听，又说了他们试图搭救采用的种种方式。孟扶摇托腮听着，越听越觉得，这简直就是个不可能完成的任务，是存心要让战北野去送死的。

战北野一直仔细听着，油灯昏黄，屋内影影绰绰，看不清他的表情，只有眸子依旧亮黑，扫过去时沉重若铁。那两人一直神态平静，侃侃而谈，相貌虽然平凡，气质却甚宁定。

听完后，战北野嗯了一声，半晌没有言语，听了那两人“王爷慎重”的劝告，点了点头，道：“是，不宜打草惊蛇，要从长计议。如今听得母妃安好，我也算放下了心。”

他笑了笑，道：“你们做得很好，务必继续小心。”

那两人躬身应了，战北野和孟扶摇出了门。一出院子，战北野的步子便加快了，孟扶摇看他的方向，竟然不是回客栈，连忙提醒：“哎，路痴，方向错了！”

“没错！”战北野咧嘴一笑，白牙亮得发光，“我热，我要散步。”

“散你个球啊！”孟扶摇翻白眼，“这还没到夏天，你热？全城都在等你入网，你散步？”

战北野答得很妙：“怎么，不行？”

“行，行！”孟扶摇气结，仔细看了看周围的建筑，突然狐疑道，“你不会是要去皇宫吧？”

战北野笑意散去，默然不语。

孟扶摇呃了一声，怔了怔才反应过来，“你刚才——在说谎？”

战北野扬眉，转身就走。孟扶摇扑上去拉住他，“你疯了，你没听见刚才他们说的话吗？铜墙铁壁等你去撞得头破血流，就算你把黑风骑三千人全带着也没用，何况你还没来得及将旧部聚齐，为什么要这么急？为什么不能等人齐了、计划周全了再一举出动？”

战北野不说话，拂开她的手，只管埋头向前走。

“你给我站住！”孟扶摇大怒，追上去，“我不能看着你去送死！”

“我不去，母妃才会死。”战北野转身，语气平静，“最起码，今夜我一定要让她看见我。”

孟扶摇张大嘴看着他，她这才发觉，战北野语气平常，眼神里却翻涌着重重苦痛与担忧，那种沉重的焦灼如黑色的风般迎面扑过来，看得她的心都抽了一抽。

“母妃虽然疯了，但是天生和我之间极有默契。”战北野轻轻道，“大抵是因为疯，她心思极为敏感，能感应到四周的危险，感应到她和我都处于危机之中。这些日子我出生入死，她知道；我忧心如焚，她一定也一样。但是我能扛过去，她能不能？”

“她本就孱弱，再这般日夜恐慌担忧，如何能坚持到我慢慢计划、从容救她？”战北野眼底泛起一点晶莹的光亮，“白天我让花公公带去了信物，今夜她一定在等我。无论如何我要让她见我一面，哪怕不能救出她，这一面也会是支撑着她坚持下去的理由！”

孟扶摇盯着战北野的眼神，这一霎，她终于完全明白了他明知长瀚密林鲧族墓葬的可怕却依然坚持走那条路的决心，三个日夜穿越山腹、几经生死磨难，眼看着属下逐次牺牲、自己也险些丧命其中，都只是为了能早一刻到达母亲身边！

孟扶摇突然又想起逃出大墓后小罗失踪、战北野等待的那半天，如今她才知道，他是抱着怎样焦灼如焚的心态坚持等他的部下，等着大家都心知肚明、绝无生还机会的小罗。

从长瀚绕路、快马疾行需要十天到达磐都，战北野千辛万苦，搏命换来了七天的时间，却浪费了十分宝贵的半天去等一个明知没有希望生还的人。那半天，每一分、每一秒都是煎熬，煎熬着那对为彼此担忧的连心母子、煎熬着战北野对母亲的担忧。

不抛弃，不放弃。

这个既孝且义、对谁都不肯失却希望的男人！

她张了张嘴，却什么话都没说出来，只是伸出手，紧紧拉住了战北野的衣襟。她道：“一起！”

战北野立刻要拒绝，孟扶摇飞快地道：“你若拒绝，我便永远消失在你面前。”

战北野目光灼灼地看她，半晌道：“我宁可你永远消失，只要你安全。”

孟扶摇气结，挠墙，挠了半天，发狠道：“刚才那图我也看了，我自己去！”

战北野哈哈一笑，把她从墙边拎开，道：“知道你会说这个，走吧！”

磐都最近警备森严，入夜了便不许人随意走动，各家青楼赌肆生意被扰了不少，都早早地便关了门，街上冷清得不见人影，但是就连一只猫蹿过，都会立即有人探出头查看。

看得出来，战南成和战北恒费了极大心力，一定要捉住这个坚决不肯死的、让他们睡觉都不能安枕的兄弟。

好在以这两人的轻功，在那些守兵眼里也不过是两条恍恍惚惚掠过的黑影，不多时，两人便已经潜到皇宫北门附近。

伏在宫门广场外天街通行令司屋顶上，等待广场塔楼上缓慢旋转的弩箭转方向，孟扶摇悄悄问战北野："刚才那两个是什么人？"

"外公以前的幕僚。他去世后，他历经两朝所经营的所有朝中力量和旧属就都给了我。"战北野答，"不算小的力量。"

"外人看你就是个光杆王爷，带着再强悍也掀不起大风浪的三千护卫。"孟扶摇拍拍身下瓦，咧嘴笑，"比如下面这个官厅，貌似就是光杆王爷的办公场所。"

"是啊，那段时间我学会了签印。"战北野煞有介事地答，"我签的印端正好看、姿态庄严，人称'磐都第一签证王爷'。"

孟扶摇笑，笑出点眼泪，她转了头悄悄擦去，若无其事地转移话题，"哎，什么时候给我签个证，扶风啊、穹苍啊、轩辕啊、璇玑啊什么的。"

"穹苍那国很少有通行令，他们和我们没什么邦交，他们不邀请，谁也不敢去。"战北野答，"何况我早就得了提醒，被要求不能给你通行令。"

"谁提醒的？"孟扶摇霍然扭头目光灼灼，"哪个浑蛋？"

"长孙无极那个浑蛋！"战北野不怀好意地看着她，"他说从咱们的心意出发，就算不好阻止孟将军的远大理想什么的，但是推波助澜这事，也是万万要不得的。"

孟扶摇黑线，长孙无极那个杀千刀的！坏她大事，她还想趁战王爷比较老实，自己帮他几个忙，到时候再从他手里骗几个通行令呢，这下全泡汤了！

她越想越恨，却又无处发泄，某个浑蛋远在无极，大抵是在和未婚妻卿卿我我。他自己耍流氓还要坏她的事，孟扶摇再次头顶冒烟，眼神青幽幽地开始挠瓦，把瓦当成了长孙无极的皮，挠得凶狠且欢快。战北野看得好笑，拉过她的爪子，拍了拍道："可以走了。"

两人腾身而起，黑烟般穿越广场，在那两队守兵相向交错而过的刹那掠过他们身侧，高达十五米的城墙在他们眼底也就是小菜一碟。掠上去后战北野顺手一挥，拔出巨大车弩上的铁箭，往刚要失声惊呼的守兵喉上一插，顺手就把那弓弩给毁了。

孟扶摇游鱼般游进塔楼后值守的小屋，把剩下那个守兵解决，两人换了衣服，战北野嫌小，孟扶摇嫌大，对望一眼，两人都哈哈一笑。

皇宫共分八门，北门又称长信门，天煞中央官署集中拱卫在这一带。这是文武百官日常请见出入的门，在八门中守卫力量中等。战北野并没有选择日常出入罪奴粪车、在八门中守卫最薄弱的西门，依他对他家老大、老六的了解，平时最容易出入的西门，此时想必是最难进的那个。

战北野熟悉地形，带着孟扶摇避着守卫一路疾行，径直往皇宫中心而去。越往里进守卫越多，到了后来，每走几步便要躲一躲。好在战北野对宫中地形之熟悉，也到了令人发指的地步，有一次前面和后面同时来了守卫，眼看就要撞上，孟扶摇已经准备暴起杀人了，战北野将她一拉，神奇地转入一个掩在树丛后的小房，轻易地躲了过去。孟扶摇看着黑暗中他亮得惊人的眼睛，想起这位十八岁了还没出宫，那些被迫住在宫里的日子，想必他早已熟透了这里的一草一木吧?

战家父子忽视、敌视这个儿子，不放他出宫开府，却未曾想到，此举多年后反助了他一臂之力。

饶是如此，两人寸草不惊地一路行到西华宫外时，也耗费了太多时辰，此刻天色虽然浓黑，却已是黎明前最黑暗的那段时间，很快，天就要亮了。

对面的重莲宫沉静无声，加高的宫墙上看不出端倪，但可以猜得出，整个西华宫，尤其是后院方向，一定全在重莲宫的监视之下。

西华宫内灯火辉煌，亮得连一只蚂蚁爬过都能看见。

孟扶摇有些焦灼，战北野却神色沉着。他做了个手势，两人游上西华宫外墙，侧面对着重莲宫，这是重莲宫俯瞰西华宫的唯一一个死角。

趴在墙上，隐约能嗅见风中传来花草馥郁的香气，鲜花深处，是西华宫花园。

鲜花深处，有细微的声音悠悠传来。

那声音细弱无力，游丝般飘摇飞荡，在夜半宫室花丛深处，如蝴蝶般翩翩飞起，然而那蝶也是深冬的蝶，枯脆的翅膀载不动尘世冰霜的风，一点点欲振乏力，却仍旧在霜雪中奋力一点点地飞。

仔细辨认，隐约听出是一个女子在低声哼歌的声音，“漠漠长野，浩浩江洋，吾儿去矣，不知何方……苍山莽莽，白日熹熹，吾儿未归，不知其期……”

歌声音质微哑，不知是天生的，还是已经唱了很久坏了喉咙，然而那简单的字句里，句句思念、句句深情。

夜半、深宫、古老而简单的地方小调、细弱而悠远的女子吟唱之声。

孟扶摇心里惊了一惊，觉得有点毛骨悚然。突然眼角捕捉到亮光一闪，她转头，便看见伏在墙上仔细凝听的战北野脸上正缓缓流下两道细细的水流。

那水流在那几乎从不流泪的男子眼中缓缓聚集，慢慢盈满，浅浅坠落，细细流下。

那点水光反射着月色，亮得惊心动魄。

孟扶摇的手指，抠进了宫墙。

这一对凄凉的皇族母子。

母亲日夜不睡，在最靠近宫墙的花丛深处不断歌唱；儿子含泪，隔着一道宫墙，听那近在咫尺却不能见面的母妃思念他的歌声。

母亲已经疯去，却灵醒地知道儿子的一切处境；儿子日夜奔驰、不计牺牲，只为赶回她身侧，却最终只能隔着宫墙想象她枯槁的容颜……

咫尺，天涯。

孟扶摇将额头抵在冰冷的墙上，热泪盈眶地想起前世里病床上的母亲。她是不是也在日日等待自己、在思念的间歇唱着小时候那首《乖娃娃》？她是不是也会在夜半无眠，走进月光下的花丛中，用瘦弱的手指抚过那些半歇的花苞？

她无声的眼泪湿了那一处深红的墙面，战北野侧首看着她。他眼中泪痕已干，却在这一刻多了一分怜惜和叹息的神情。伏身墙上不能有太多动作，他探过手指，轻轻抚了抚孟扶摇的肩。

孟扶摇勉强对他一笑，眼睛里光影摇曳，碎了一天的星光。战北野看着她，像看进一个自己与生俱来的伤疤，疼痛而不可割舍。

这个会因他而哭泣的女子，这些他注定要一生珍视的人……

歌声在飘摇，战北野目光里亮起灼灼的烈焰，他一振身，便要冲过宫墙。

“吾儿未归……”

“恭静太妃。”

突如其来的男子声音惊得孟扶摇和战北野齐齐一颤，孟扶摇手疾眼快地一拉战北野，生生将他欲起的态势拉了下去。

“夜深了，您还是进屋歇息吧。”这声音隐约像太监声气，似乎正在劝说战北野的母妃。

没有回答，她依旧在唱她的歌。

“请太妃进屋！”这是另一个男子的声音，年轻、阴冷、语速缓慢，那个“请”字，语气很重。

太监侍卫们得了指示，随后便闻步声杂沓，似乎有人去搀扶太妃。太妃的歌声乍止，人却似乎不肯合作，隐约间响起挣扎声、喘息声、踢打声、拖拽声，接着哎哟一声，有人大叫：“她咬人！”

孟扶摇在挣扎声响起的那刻，立刻伸手摁住了战北野。她满面哀求，看着刹那间眼珠赤红、连头发都似乎要竖起的战北野，用目光无声地恳求，“别，千万别！”

宫内此刻侍卫云集，正张网以待，那年轻人大概是他弟弟，他此时现身，不啻送死。

战北野伏在墙上，全身都在颤抖，手指深深地抠进墙内，指节处血肉模糊。

他极慢极慢地转头，看着孟扶摇。他可以不怕死地冲进去面对战北恒的陷阱和罗网，只为救得母妃远离那些人粗鲁的拉扯，母妃那般畏惧生人，从不愿让除了他之外的任何人碰触，他一想到她此刻的惊恐无助，便恨不得以身相代……然而，他不能。

他不是一个人，孟扶摇还在他身侧。

他要为母妃负责，又何尝不要为孟扶摇负责？他怎能为一己私心，害孟扶摇陷入危险？

战北野闭上了眼睛。

他将额头抵在墙上，无声地、幅度极小却极其用力地死命抵着，毫不怜惜自己地辗转摩擦。那些深红的漆面被磨掉，再慢慢染上另一抹鲜艳的红，那些红色逐渐扩大，他却不肯停息，似乎只有这样，才能抵御住内心明知母妃被欺辱却不能救她所产生的巨大痛苦。

孟扶摇咬紧牙，牙齿深深陷入下唇。她转过头不去看战北野，拼命逼着自己思考该用什么办法救出战北野的母妃，哪怕是只见一面也成。那个可怜的女子，好像真的已无力再继续坚持。

宫内的挣扎仍在继续，孟扶摇按着战北野，实在很怕他经受不了这般度秒如年的煎熬而暴起。

一片混乱中，突然隐约听人开口："罢了。"

似乎是中年男子的声音，带着久居上位者的威严。身侧战北野眉头跳了跳，孟扶摇立即明白，原来战南成也在。

宫内一片沉静，那女子没有哭泣，竟然在人们放开她的那一刻又开始唱："吾儿未归，不知其期……"

一宫的人沉默地听着，良久，天煞国皇帝似乎在轻声叹息，道："朕小时候，似乎听过这歌。"他语气里有些遥远的回忆和怅然，慢慢道，"皇太后去得早，不过朕依稀记得朕六岁时，在她膝上听过这歌。"

众人更加沉默了，战北恒似乎在咳嗽。

恭静太妃却突然不唱了，半晌，结结巴巴道："不该唱给你听。"

战南成哦了一声。

恭静太妃大声道："你要杀他……你杀他……"

这一刻她居然思路清晰、语言毫无滞碍，她甚至知道战南成要做什么，全然不像个疯子。她铮铮在对着天煞皇朝的皇帝大声指控：你要杀你弟弟！

战北野震了震，满宫的人更加鸦雀无声。

“朕要杀他又如何？”战南成默然良久，竟然爽爽快快地认了，“卧榻之侧，岂容他人酣睡？”

“他不稀罕你！”太妃把“酣”字听错，更加激动地为儿子辩护。

战南成似乎笑了笑，大约是觉得自己和一个疯了的女子对话实在有些无稽，冷冷道：“闹了这半夜也该够了，点了太妃的穴道，送她回寝殿，其余人各守各位。”又对战北恒道，“恒弟，随朕去御书房。”

“是。”

步声橐橐而去，随之离去的还有一大批侍卫。前方巡查的侍卫向这面宫墙过来，孟扶摇和战北野游向另一面墙，继续躲在阴影里。

远远地，孟扶摇看了出来的皇帝和王爷一眼，计算了一下距离和他们身边的人数，觉得要想从这里冲过去挟持那两个实在不大可能，只好放弃。

又等了一阵，等到人最困倦、最松懈的深夜时分，两人正打算悄悄掩进去，忽听见里面的开门关门声。有人走近这面墙，懒懒地倚上墙根，打了个大大的哈欠，道：“一连这么多天，经常整夜整夜没的好睡，累死人！”

另一人道：“我算过时间了，现在烈王根本不可能出现在磐都，就算插了翅膀也飞不过来，何必让我们从现在开始就日夜守卫？”

先前一人道：“我还听说，烈王死在长瀚山了呢！”

“真的？”发问的似乎是三个人，两个惊喜，一个失落。

“数万精兵围剿，他被逼入死亡之林，你们知道的，那地方从来没人能活着出来。”

一阵沉默，半晌，一人低声道：“可惜了，烈王一世英雄……”

“存志！小心你的话！”立即有人呵斥他，“那是陛下亲令围杀的逆贼！”

那人默然，半晌愤然道：“老孙，你这话怎么说得出口？三年前你家崽子出天花，有个名医能治，可是你出不起银子，借遍亲戚还差大半，眼看你家崽子就要送命，如果不是回京述职的王爷无意中得知后慷慨解囊，你家崽子坟头上的草都有一尺高了！”

那个老孙被呛了一下，不说话了。那叫存志的男子哼了一声，站起身来，道：“我去方便。”

他走了几步，拐到宫后茅厕，刚解开裤子，眼前黑影一闪，他惶然抬头，却看进一双大而明亮的眼眸里。眼眸的主人很和善地对他笑了，顺手替他拉上因惊吓未及扣好的裤子，悄悄道：“嘘——”

这夜半跑进男厕所替人家拉裤子的，自然是孟扶摇。

那个叫存志的男子张嘴要叫，孟扶摇手掌一竖，那男子顿时觉得气息一窒，连口也开不了。他惊骇地瞪着孟扶摇，不知道她要下什么杀手。

孟扶摇身后，却缓缓转过一个黑影来。那男子眼神顿时一阵变化，先是惊讶，随即欢喜，随即又生出惊恐来。孟扶摇盯着他的神情，道："存志兄，你刚才的话我们听见了，多谢你仗义！烈王殿下来做什么，我想你很清楚，你可愿帮我们一把？"

那男子犹疑着，低声道："王爷尚在，真是令小人欢喜。只是……小人劝王爷，娘娘是救不走的，这宫里宫外，除了这茅厕，步步都有机关、步步都有陷阱，就算拼了小人的命，也没法帮您救出娘娘来。"

"我只想见她一面。"战北野低声道，"我要她看见我安好。"

那男子沉吟不语，孟扶摇突然道："这男厕相邻，还有个女厕，是不是？"

"是。"那男子道，"看守的人多了，便造了这两座茅厕，相距很近，后窗相对。"

"让娘娘来这女厕，他们母子不就可以见一面了？"

"不成！"那男子答，"娘娘的身份，断不可能出来使用这种简易茅厕。"

"李代桃僵嘛！"孟扶摇笑了，叽叽咕咕地和那男子说了几句，那男子想了想，点了点头。战北野立即道："扶摇，你要做什么？"

"做该做的事！"孟扶摇拍拍那男子的肩，"存志兄，拜托你！事若有成，将来总有机会谢你。"

"王爷名重天煞，厚待部族、驱逐摩罗、护我边境百姓安宁，这样的一代贤王，不当受此待遇。"那男子躬身，"能为王爷驱策，是小人的荣幸。"

孟扶摇注视着那男子，看进对方诚恳清澈的眼眸中，目光微微闪了闪，舒了口气，道："去吧。"随即塞给他一个小瓶。

那男子攥着小瓶，小心地去了，战北野和孟扶摇怕被别的用厕所的人撞见，缩回厕所上方一处暗影里待着。

此地已靠近宫内，两人不敢说话，战北野在墙上慢慢写字："你打算干什么？"

孟扶摇写："如果可能的话，带她走。"

战北野目光一闪，厉色一现，伸手就要来抓孟扶摇。孟扶摇一让，指指下方。战北野无奈，狠狠地一瞪她，写："不许你动歪脑筋！"

孟扶摇写："老娘的脑筋就没正过。"

战北野气得一个倒仰，正思考着要不要把她点穴带走算了，底下突然匆匆走来一个宫女，低头抱住肚子往茅厕奔去。

孟扶摇一笑，飘身闪了过去。

战北野立即明白她要做什么，大急之下便要追。孟扶摇半空中忽然回首，一个极其凌厉的眼风，竟然震得天不怕、地不怕的战北野怔了怔。

这一怔，孟扶摇已经从两个厕所之间的暗影里落入了女厕，手一抬，点了那个闹肚子的宫女的穴道，顺手扒了她的衣服，对着那宫女的容貌简单地易容换装。

听得身后突然风声微响，孟扶摇立即极其滑溜地一让。

她一边换衣，一边在狭小的空间躲避着连连出手、势必要拦下她的战北野，只说了两句话。第一句是："她快支持不住了！"第二句是："相信我。"

身后风声一歇，战北野怔怔地停了手，孟扶摇已经换好衣服，抬首对眼神挣扎的战北野嫣然一笑，对男茅厕指了指，然后头也不回地走了出去。

她一出茅厕，立即弯腰弓身，捂着肚子，做拉稀不胜状，匆匆往殿中走去。

那名叫存志的卫士有意无意地在殿前逡巡着，抓着长枪的手指翘起，指向内殿暗间。

孟扶摇向他飘过一个感激的眼色——刚才她请他在巡逻过内殿窗前时，想办法将瓶子里的药粉投入宫女居住的小室，这人很机灵，很快就做到了。

她急步跨入内殿，眼光扫过殿中，一眼就看出外殿两个守卫的太监，竟然都会武功。

见她回来，一个太监招呼着："兰儿，闹肚子了？窗户记得关上，仔细冒了风。"

孟扶摇含糊应着，走了过去。那太监眼一抬，突然惊道："咦？你不是……"

话音未落，孟扶摇早已一手一个将两人劈昏，顺手将两人拖进帐幔后。她快步进了内殿，依样炮制，转眼间将宫女们都制住了。她不知道其中谁是太妃可信的侍儿，为了安全，此时只有将她们全部放倒。

珠帘光影摇曳，丝幔微微飘荡，八宝铜雕小香炉里香气淡淡，淡白的烟雾里，那女子正沉沉地睡着。

孟扶摇轻轻地在榻前蹲了下来，看着太妃。战北野和她眉眼很相似，眉宇间都有一种宁折不弯的气度，只是她苍白消瘦，鬓边已经微苍，虽仍能看得出五官明艳，但昔日国母风华早已不再，剩下的，只是多年混沌迷蒙岁月里无穷无尽的悲凉。

孟扶摇犹豫着，此刻冒险到了这里，却不能确定战北野疯了的母亲能不能按照自己的计划顺利见到儿子，她毕竟已经疯了很多年……

沙漏无声微响，金黄细沙无声无息地摧折着时间。孟扶摇想着这一刻战北野焦灼等待的心情，狠了狠心，伸手解开了太妃的穴道。

太妃缓缓睁开了眼睛，她一眼看见孟扶摇，眨眨眼睛，眼神十分迷茫，却并没有立刻尖叫。

孟扶摇松了口气，轻轻伏到她榻前，道："战北野托我来，战……北……野！"

她咬字十分清晰，太妃的眼睛立即亮了，低声道："小……野？"

"是，小野！"孟扶摇眼底微微含泪，为这母亲此刻的清晰，她指了指窗外那茅厕，道，"女厕，他等你。"

"等……我？"

"对！"孟扶摇去解她的衣服，太妃畏缩地一让，孟扶摇拍着她的背，柔声道，"换了衣服，就可以见到小野。"

太妃一听可以见小野，立即不躲了，合作地张开双臂让孟扶摇给她换衣服。孟扶摇和她换了衣服，对着一个宫女的模样简单地替她易了容，带她到窗边，再次悄悄指给她看，"女厕！您低头过去，进去就能看见小野，不要说话。"

"不说——会杀小野。"太妃突然清清楚楚地冒出了这一句。

孟扶摇鼻子一酸，眼睛已红了。她鼓励地点点头，道："对，不让他杀！"

"他杀不掉。"太妃嘻嘻一笑，神情欢快，刹那间绽放出小女儿般的娇俏风华。

孟扶摇点点头，轻轻推了推她，送她到殿门口。太妃低下头，小心地完全按照她教的那样迈出了门槛。

她看见太妃拢着衣裙慢慢前行，完全没有认错方向地向着厕所去了，看见那个叫存志的卫士有意无意地隔开了其他人的视线，看着她一步一步，终于没有人打扰地步入了女厕……

一切顺利得令人难以想象。

孟扶摇静静地立在窗前，看见太妃的背影终于没入女厕的黑暗中，提着的心微微放下。想着太妃一抬头就能看见对面男厕窗户里出现战北野的脸时的惊喜，想着战北野看见母亲无恙时的安慰，想着明明已经疯了多年的太妃一提到和儿子有关的事竟然便神奇地灵台清明，想着在战北野身边，总有着那些最伟大、最为尘世俗人不能理解和拥有的情感：忠诚、信义、爱戴和亲情。

她神往地想着，含着泪，微微地笑起来。

随即她向后退去，穿着太妃的宫装躺在了床上，等待太妃回来，或者不回来。

内心，她希望战北野如果可能，干脆就带他娘走算了，反正自己总比他娘能自保，但她知道，战北野不可能弃她而去。

她笑着，双手抱头躺在榻上，觉得自己完成了一件好幸福的事。

她的笑容，突然冻结在了唇边。

殿外，太监的细嗓音极具穿透力地传来，"陛下驾到——"

第九十章

绝不放手

孟扶摇霍然坐起，目瞪口呆地看着殿口方向。

见鬼的战南成怎么会去而复返，哪里出了问题？现在进退维谷，该怎么办？

孟扶摇坐在床上发了一秒钟的呆，很快就决定，一不做，二不休，把战南成给宰了！

外殿太监宫女们先前都让她塞进了帐幔后，床榻前还伏着两个宫女。如果满殿里一个宫女都没有实在可疑，孟扶摇解了那两个宫女的穴道，立即躺下，背对着她们睡觉。

两个宫女揉揉眼睛支起身来，有点迷糊自己怎么会突然伏在床边睡着了，看见孟扶摇背身睡着，两人小心地退了开去。

战南成跨进殿来。

他心事重重，锁着眉，负手迈进殿中。刚才接到消息，在长瀚山脉发现了战北野的尸身，这令已经睡下的他立即又爬了起来。想了很久，他忍不住又往西华宫来了。

孟扶摇侧身睡着，盯着粉白墙上映出的淡淡人影，全身都在蓄势以待，等待他再进一步，便要动手。

战南成却在一丈外停住了。

他出神地注视榻上曲线玲珑的背影，眼神里飘过一丝怪异的情绪，挥挥手，命宫女退下。

殿内很快只剩下了一睡一立的两人，俱呼吸轻微，安然不动。榻前铜香炉内青烟缕缕，迤逦飘游，似一层绰约朦胧的纱幔拉开，隔在两人之间。

孟扶摇僵僵地睡着，只觉得背后那目光微带热度和力度，在自己身上搜索游移，却始终不曾再进一步。她等得发急，又怕战北野担忧之下随时会不顾一切地冲出去，忍不住在心底大骂——再不过来给我抓，咒你生儿子没JJ！

身后的战南成却突然开了口。

他的第一句话是一声叹息般的呼唤："静妃……"

孟扶摇怔了怔，才明白这大概是太妃当初的封号。只是战南成为何不叫她恭静太妃，却叫她静妃？

"朕接到消息……心头大石终于放下了。"

什么消息？

战南成却又是一声叹息，"只剩下了你。"

嗯？

一阵沉默，沉默里，战南成突然后退一步。孟扶摇惊得立即动了动，却隐约看见战南成拖过一张椅子，坐了下来。

居然还想搞长期抗战！

孟扶摇被背后那目光扫得痒丝丝的，十分难受，既指望他靠前来，又怕战北野冲进来，忧心如焚却又不能动弹，只觉得浑身都似长了虱子，却又抓不得、挠不得，透心地焦灼。

战南成又是一声叹息。孟扶摇听得浑身都起了鸡皮疙瘩——这更年期提前的老男人！

"朕还记得，当年第一次见你时的模样……"战南成突然转了话题，语气里是深深的回忆，"那时朕第一个攻入金国皇宫，先去了盛仪宫。门一拉开，便见素衣的你端然席地而坐，缓缓抬头，笑道：'将军远来辛苦。'"

他语气顿了顿，低声道："烛影吹破花间雪，一轩明月上帘栊……"

花间雪、明月光，多年前，绝色倾城的一代皇后自尘封的岁月里款款而来。战南成目光透过虚无，注视着那个深潜于自己记忆中的永恒的影子，眼神迷蒙，如三秋细雨。

"当时我看着你，觉得你不似一朝国母，倒更像是个青春少艾的邻家女子，娇俏、玲珑、高洁而天真，然而那尊严的气度，除了你，却又再不能有谁配做国母。"

孟扶摇颤了颤——这是一个"继子"对"继母"应该说的话吗？

"你本不该疯的，大军逼宫的情形下还能对冲进宫来的敌人一笑、以皇后慰问子民的尊贵风华慰问敌军的女子，又怎么会疯？然而也许正是因为你的刚强不折，你才会疯——

父皇强要了你，你怀了孕。”当极度的坚刚被折断，其创面和碎裂声更为凌厉而无可挽回。

孟扶摇闭上眼——原来是这样，原来是这样！

身后的影子微微动了动，似是战南成要站起。孟扶摇心中一喜，忽听殿门外有怯怯的敲门声。

战南成此刻正被往事和现实交织在一起的怅然情绪冲击得心神迷惘，听见这声音，不耐烦道：“滚下去！别扰朕！”

门外，太监立即躬身退了下去，退出西华宫，对守候在外面的一个传报太监道：“没眼色的东西，害咱家挨了骂！叫他滚！”

那太监低声道：“那人说是关于烈王的紧急消息，烈王已经到了……”

“别说烈王，烈皇帝都没用，陛下正怒着呢！”老太监一拂袖，尖声骂，“叫他滚！”

他噔噔噔走了，传报太监不敢再说，退出宫去。

宫外，相貌平凡、手指有伤的男子听了他的回复，仰首长叹，道：“天意……”

他不再说什么，转身低头，匆匆没入黑暗。行不出两里，穿过一个小巷时，他突然看见一双黑色的靴子出现在眼前。

他慢慢抬眼，便看见一生里最后的一抹亮光——刀光。

倒下去时，他听见此生最后一句话：“背叛王爷者，杀！”

长街寂寂，尸体被扔进水沟，无声沉落。这个发生在磐都某个胡同内的一场无声刺杀，看似无关紧要，实则影响深远。一场错过，悄悄改变了一国的历史和格局，成为帝王和藩王的命运转折点，最终，颠覆了一个王朝。

因为这场错过，战南成失去了获得战北野下落的第一手消息以及围杀战北野的最好机会。

因为这场错过，战北野逃过一劫。

此刻，这个插曲还不为当事人所知，孟扶摇盯着拒绝了太监的战南成，无声地吐了口气。

刚才，太监敲门的那一刻，她的心突然怦怦地跳起来，隐约有种不祥的预感包围了她，她紧张得差点就立即动手。

战南成的心思却根本不在那个关键的消息上，他心神不属、神情恍惚，站起来后没有坐下去，而是原地踱步几圈，突然下定决心似的，向“太妃”走来。

战北野在厕所里。

女厕太小，他等在男厕，倒挂在屋顶上，以一种很难受的姿势，眼睛都不眨地盯着女厕的门。他的心此刻也跳得极快，记忆中他就没有这么紧张过。多年前他在沙漠中弹尽粮绝，被摩罗大批骑兵包围、被逼肉搏那次，也没这么紧张过。

他掌心里湿湿的，都是汗，抓着屋顶的横梁，随时都有脱手的危险。他的手指干脆抠进梁中，不顾那粗糙的毛刺刺进皮肉——眼看着孟扶摇进了内殿后悄无声息，他的心提到了喉咙口，若不是那般隐约的疼痛刺着，他真的会冲出去拉她回来。

自己不出力，却让心爱的女子去冒险，这实在不是他会做的事，然而孟扶摇离开前的那一眼坚决而凌厉，她说，相信我！

对她这样一个女子，学会相信她，是不是也是必须经历的过程？

他一生习惯于去保护女子，如同对他的母妃，他以为所有的女子都是脆弱的、必须要有所依附的，然而孟扶摇让他知道，世界上有另一种女子，刚强坚韧、独立自信，永不愿依附于任何人的羽翼而活。

战北野抿紧唇，盯着黑暗里那个方向。他掌心里的汗慢慢干了，目光渐渐平静了下来。

是的，相信她！

然后，他看见一个宫女低首敛裙，一步步迈出殿口，用和刚才进去的孟扶摇很相似的姿态，慢慢地行了过来。

战北野的眼泪，突然便欲冲到眼眶——那是他的母妃。

她那般慢而轻的步姿，他闭着眼睛听也能听得出。

战北野紧紧咬着下唇，眼睛一眨不眨地看着自己的母妃一步不错地向女厕行来。

恭静太妃心无旁骛地走着，她不知道此刻的危险，不知道他人的担忧，不知道自己现在同时处于战北野和孟扶摇关切的目光的交集点，一个在女厕、一个在窗前，两人都在看着她，都在用全部的心神和意志，数着她的步伐。

她只记得孟扶摇的话——不说话，低头，女厕，小野。

她月白色的身影，终于缓缓融入了女厕暗沉的黑暗中。

然后她一抬头，便看见对面窗户里探出的儿子的脸。

恭静太妃痴痴地望着，她不说话，眼圈却渐渐红了。

她踮起脚，探出手，穿过满是灰尘的女厕窗户的木格栅，努力伸手够着，想要够到一尺远的男厕去，摸摸儿子的脸。

战北野立即无声地掰断了男厕的木条，将自己的脸凑了上去。

男女厕之间是一丛浓密的灌木，遮住了两厕之间的空隙，遮住了那母亲缓缓抚摸儿子的动作。

到了此刻，母子反而都不再流泪了，战北野害怕母亲触摸到他的泪水；做母亲的，觉得此刻实在欢喜，要哭也应该是别人去哭。

他们各自站在散发着臭气的、黑暗的男女厕里，隔着一尺宽的距离，无声地相视而笑。

她的手缓缓地摸在儿子脸上，顺手拔去他脸上好久没空理去的胡楂儿，她不喜欢那东西。

她拔得手重，不知道收敛力度，胡子下渗出了微微的血珠，战北野却连眉都不皱，很合作地凑了凑，让她拔得更顺手些。

就在这时，他们听见了那声“陛下驾到”。

战北野身子霍然一跳，太妃猝不及防地手一划，一根被太妃拔了一半的胡楂儿被扯了出来。指甲划过战北野的脸，他却浑然无觉，肩头一耸，便要跃起。

然而跃到一半时，他突然停住了，对面，母妃正惊恐地看着他，她不知道那声传呼代表什么意思，她只看见了战北野的震惊，这样的震惊立即传染了她。太妃原本因为看见儿子而宁定的眼神开始惊乱起来。

战北野看见母妃那样的眼神，立即深吸了一口气，按捺住了自己。

不能冲动！

事情还没糟到最可怕的程度，扶摇机智狡黠，武功也高，未必不能和战南成周旋，如果自己冒失地冲出去，反倒可能给她带来危险。

还是她说的，相信她！

他深深地呼吸，伏在臭气弥散的厕所梁上，攥紧母妃的手，安抚地拍了拍她。

然后，等。

战南成向床边走来。

他凝视着女子清瘦的背影，香肩细致，形状似一只精巧的蝶，掩在薄薄被褥下的腰线惊人地窄，却在窄到极致时又有恰到好处的起伏，于是那起伏便成了春水、成了远山、成了杨柳、成了所有文人骚客笔下曼妙瑰丽的诗。

那诗撞进他眼底的同时也撞进了他心底，他的呼吸微微急促起来。

记忆的帐幕霍然打开，如同那日他一手拉开长廊上的纸门时，满园的丁香被带起的风声摧落，飘进室内，盈盈落花里她抬起头来，玉似的下颌如明珠般莹润，那唇却比丁香更娇艳。

她说，将军辛苦。

仿佛一语成谶，从此后他确实过得辛苦——那是前朝的后、父皇的妃，再以后是太妃，和他再没有半点关系，也不能有半点关系。天煞帝王，那惊鸿一瞥的刹那心动，此生永不可对人言。

此刻，那个终于让他微微放心的消息让他撤去了心防，他突然觉得轻松自在——这天下都是他的，这孤独的女子从此脱离了那个勇武的儿子保护，成为他完全的子民，他为什么不能再靠近些，看看她？

他走近，眼神迷茫，仍沉浸在很多年前的那个暮春里。他微微俯低身子，呼吸粗重地喷在榻上女子的肩上。

他伸手去扳那细巧的肩……

刀光一闪，宛如极西天际亮起的惊电一抹，刹那间穿越长空、划裂九万里彤云浓雾，直奔敌首！

孟扶摇用了此生最大的力气，出了最快的招！

满室里都是飒飒刀光，雪光如练，渗人发肤，雪光里孟扶摇暴起如鹰，低喝："为王爷报仇！"

哧——

刀光刚出现的那刻便到了战南成的胸口，战南成十分警醒地急退。他眼神暴怒，却并不和孟扶摇过招，而是意图飞快地退向室中。

孟扶摇冷笑，"机关？"手中刀光突然碧光大亮，向他的头颅恶狠狠地横劈过去。战南成下意识地一偏头，头一偏便觉得咽喉一紧，已经被瞬间弃刀的孟扶摇捏住了。

"蠢货！这是虚招——虚招你都不懂？"孟扶摇哈哈一笑。

战南成冷哼一声，突然手指一错。孟扶摇立即手上加劲，战南成浑身一软，然而那手指一错，速度迅捷，啪的一声，战南成指间两个戒指一碰，突然冒出一重烟雾、一簇星火，前者直袭孟扶摇，后者则哧的一声掠上墙壁，火光一闪，顿时轰然一声。

轰然一声里，殿外的卫士齐齐惊呼着奔来。

轰然一声里，战北野厉喝，一脚踹飞了男厕屋顶，梓木盖屋顶旋转着飞了出去，一连砸死了数个卫士，落地时不知触到了哪个机关，啪啪啪啪一阵箭雨四射，又射死了一轮。

战北野将太妃抱在怀里，让她抱紧自己的脖子，又用布条缚了她的眼睛，低声道："您什么都不要管，抱紧我！"

太妃靠在儿子沉厚宽广的胸前，微笑着点头。

啪！

战北野一脚踢开茅厕的木墙，尘烟弥漫里他冷笑着飞出，并不向宫外奔，却一把拎起几个死在附近的侍卫的尸首，挡在自己身前，转身向内殿冲去。

扶摇，我来接你！

他身后，重莲宫灯火大亮，杂沓的脚步声起，宫墙之上唰唰唰唰联排架上弩箭，两侧偏殿特意架设的木楼之上，乌黑的巨炮正在加紧装填。

战北野一路前冲，每冲一步便有新的尸首倒地，每倒地一具尸首他便脚尖一挑，将那尸首挑起做新的盾牌，谁攻得最勇猛就死得最快。一些人冲上去，将人肉盾牌一砍两段，正好被战北野拿一半挡剑，剩下的一半垫脚。

他势如疯虎，所向无敌，西华宫的机关大多设置在向外逃的路途上，内殿之前为了方便安全，反而障碍较少。其间有道撤板深沟，暗藏着连珠箭，战北野却在混战之中一眼看穿了陷阱，抬脚就将一个士兵踢到了机关前。那士兵一声惨呼被射成马蜂窝，战北野早已踏着满地鲜血即将冲进内殿。

“拦住他，陛下在里面！”无数卫士拥上来，在最上面一层台阶上结成人墙。刀光如林、剑戟相向，森然指向一人闯宫的战北野。

轰的一声，战北野刚刚踏上最下面一层台阶，那台阶突然翻转陷落。

战北野大喝一声，拔地而起，在半空中身如鹞鹰，翻惊摇落。

身后，重莲宫里，一人低喝：“射！”

嗡！

大片箭矢攒射如乌云，在渐露黎明之色的鱼白天际青光一闪，铺天盖地，向战北野的后心射来。

外殿的争斗，是血与火的悍勇厮杀；内殿的争斗，却是计谋和心理的惊心肉搏。

烟雾微黄，一看便知是毒烟，刹那散开，直喷孟扶摇的面门。

孟扶摇眼睛都不眨，让也不让，抓着战南成便往毒烟里送。

战南成连眼睛都红了，他怎么也没想到这女子应变这么凶悍灵敏，正常人在这种情形下都是直觉避让，她却想拉着自己一起死！

孟扶摇犹自不肯放过他，很猥琐地嘿嘿笑道：“和天煞皇帝死在一起，区区实在光荣！”

头顶上突然传来一声冷哼，那声音冷淡而缥缈，似有若无，一团云似的，轻软游荡。

那哼声出口，淡黄的烟雾立时散去。

战南成死灰般的脸色立即绽放出光彩，若不是孟扶摇还死掐着他的咽喉，他大概就要狂喜地欢呼出声了。

孟扶摇的眼色冷了一冷，她攥紧手中的刀，刀光闪动，映出梁上那人的影像。依稀是个女子，灰白的长发、灰白的长袍，一团云似的气质流动，她虽然坐着不动，给人的感觉竟然像在不断飘移，看得人眼花。

她懒洋洋地“浮”在屋梁上，有点百无聊赖地搔了搔头，顺手拔了一根白发在掌心出神地看，淡淡道：“天煞的皇帝真没用，我不过来迟一步，居然就险些被个女娃子宰了。”

战南成脸色铁青，孟扶摇却嘻嘻一笑，道：“哎，这位梁上客前辈，可别小瞧了天煞的皇帝，人家打架不成，别的本事不小，玩阴谋诡计啊、设伏兵陷阱啊、谋杀亲弟啊、觊觎寡母啊……都不错。”

战南成脸色已经不似人色，牙齿咬得咯咯直响，看向孟扶摇的眼神直欲噬人。孟扶摇毫不退让地盯着他，丝毫不掩饰自己眼神里的憎恶，森然道：“怎么，想杀我？真巧，我也很想杀你！要不是考虑你这条贱命还有点用处，刚才我就一刀刀零碎割了你，你这个猪狗不如的恶心东西！”

她越说越气，黑风骑那八名死去的骑兵的脸、战北野噙泪隔墙听母亲唱歌的脸，都在她眼前晃来晃去，晃得她心痛如绞、怒上心头，抬手就是啪的一个耳光，“看你就生气，先揍了你再说！”

皮肉交击的脆响在室内回荡，一些冲进来欲待护驾的士兵看得脸色惨白、双腿发软。孟扶摇睨着战南成阴笑，“叫，叫啊！叫更多的人进来，进来看天煞的皇帝被我扇耳光，快来看啊！每增加一个人我就多扇一耳光，免费送上，不要门票。”

战南成胸膛起伏、浑身颤抖，脸色先是涨得通红，随即又慢慢惨白，惨白又渐渐成了铁青之色——他看得出，孟扶摇这种泼皮说得出做得到，堂堂天煞皇帝，当众被一个贱民左一耳光、右一耳光地连扇，他以后还有何面目做人？无奈之下，他只得用眼神示意，“退出去！”

士兵们如逢大赦，满面冷汗地退入外殿。横梁上那云般的女子懒懒地开了口：“小姑娘，莫要太嚣张，当着我老人家的面，你左扇右扇的，也太不给我面子了，扇上一两次，也就够了。”

“前辈啊，我越听您说话越喜欢！”孟扶摇眉开眼笑，“听您的，扇一到两次。”

她反手一甩，啪又是一耳光，面对根根青筋都隆起、愤怒得不能自抑的战南成，无辜地道：“前辈要我扇两次的。”

……

梁上的女子笑了起来，她一头灰发看起来苍老，声音也懒得让人听了便想睡觉，笑声却清脆玲珑，如银瓶乍破似的亮而锐，“你这孩子，我挺喜欢，可惜……”

她说得好好的，突然一声幽幽叹息，叹息声里，她的袖子似乎动了动。

袖子方动，孟扶摇立刻刀光一竖，啪的一声，碧光和一道鬼魅般出现的灰白暗光狠狠撞上。孟扶摇身子一倾，弑天把握不准，向后一拉，那灰白光芒竟然如层云叠雾般滚滚而来，一撞、再撞、三撞！

三撞，终止，半晌，被锋刃和激荡真力割断的黑发，悠悠地坠了下来。森亮的刀锋逼在孟扶摇眉心处，只差一毫，她便要破相。

孟扶摇眼睛都不眨，面不改色地将刀放下，笑道：“哎呀，前辈，多谢你帮我剪了这费事的刘海！”

灰衣女子突然道：“你体内真力有大风的风乍起，你是大风的徒弟？”

她探下脸来，一张白得没有血色的脸上五官清秀，眉毛生得尤其平直秀致，像名家笔下写得最完美的一个“一”字，眼神却虚虚幻幻地没个着落，看不出年纪，四五十岁也可，二三十岁也可。

孟扶摇转转眼珠，听这女子口气，八成是十强者中人。十强者中，玉衡不知男女，云魂和雾隐是女子，这又是哪位呢？还有，根据宗某人的说法，这三人中，有一个是和大风结过怨的，但不知道是谁，所以这个回答，可要千万小心了。

她死抠着战南成的脖子，用刀挡在他和自己的面门前，笑嘻嘻答：“俺不认识大风前辈，只在前段日子在某处牢狱中邂逅过一次，险些被他杀了，还被硬灌了些真气，险些废了我的武功，大概就是这见鬼的风乍起？”

“大风挺有眼力。”灰衣女子仔细看了孟扶摇一眼，“你根骨好，我看也挺适合我这一派的，可惜……”

孟扶摇立刻再次竖刀。

呼——

脚底突然卷起一道暗流，无声无息却又气势凌人，如同飞云横渡苍穹，不觉其快却转瞬千万里，悠然中自有威凌天下、不可抗拒的自然之力。孟扶摇只觉得脚腕一紧，还来不及应变，便被那道气流头上脚下地扔了出去。

她翻翻滚滚地跌出去，撞在墙壁上重重一下，咳了咳，吐出半口鲜血。

那灰衣女子又道：“可惜……”

砰的一声，孟扶摇这回横着撞在了桌角上，撞掉了半颗牙齿。

“可惜……”

砰！孟扶摇自地上滑了出去，蹭掉了肘间的一块皮。

“可惜……”

咔嚓！孟扶摇挡在面门前的抓刀的手指突然诡异地翻了过去，断了。

……

然而战南成始终在她掌心。无论被以什么样无声无息的暗劲砸了出去，无论吐出的是血还是牙、蹭掉的是肉还是皮、断掉的是骨节还是指节，孟扶摇都绝不放手。

她的匕首始终不离他咽喉之间，每次栽倒，匕首都晃来晃去晃得战南成心惊胆战；每次滚出去，锋利的匕首都要在战南成身上划出一道或两道裂痕；每次她的鲜血溅出一滴，战南成也一样要赔出不止一滴鲜血。

灰衣女子终于停了手，那种驾驭天地之力、满室风云游动的气息立止，她拢起袖子，虚虚浮浮地看了孟扶摇半晌，摇头，“我真没见过你这样狠、这样无赖的女子。”

“前辈，”孟扶摇呸了一口，顺嘴将含着鲜血和口水的断齿吐到战南成脸上，就着战南成的九龙金线腾云十八幅龙袍拭了拭嘴，依旧笑容不改，“您想清楚，我打不赢您，但是以我的实力，只要我不怕死，想保住人质还是不难的。您就算杀了我，我也拖他垫背，我一定要他明白，什么叫点儿背！”

“你何必如此？”灰衣女子高踞于梁上，皱着眉头俯瞰她，“值得吗？为什么？”

孟扶摇默然，眼前光影一掠，潭水侧死于蛇吻的骑兵、毒藤里倒挂的惨白的脸、沼泽里咬舌的王虎、被烧成骨架的华子、墓道里推出她的三儿、引爆雷弹的老德、只剩半截的阿海、不知所终的小罗……如电般一闪。

她将匕首缓缓搁在战南成的咽喉处，看着寒气透体，一丝鲜血自那尊贵皇帝的咽喉间流下，她眼底露出森然的笑意，道：“为那些牺牲的人。”

灰衣女子有些想不通地盯着她，半晌道：“你这样的人才，怎么总是动不动就拼命？你放了他，我叫他以后饶了你就是。”

“现在是我饶不饶他，不是他饶不饶我。”孟扶摇笑容可掬，“您搞错了。”

灰衣女子无奈地看看战南成，喃喃道：“当初就不该接受战家礼聘的……”她想了想，道，“我给你一根我的白发，将来这东西也许会救你一命。”

孟扶摇盯着这既暴力又天真的十强者之一，肃然道：“前辈，白发将来我一定会长的，说不定比您的还多，所以不劳相送。”

“唉……”灰衣女子烦躁起来，扯断手中一直摩挲着的白发，“那我只好杀了你了。”

战北野人在半空，身前台阶陷落、身后重箭如雨，怀里还抱着他的母妃，只剩下一只手可以对敌。

他此时若将母亲掷出，借力一跃，便可以脱离那陷人的陷阱和背后的箭雨。他却将母妃揽得更紧了些，随即一声大喝："起！"

他一脚踢出，生生钩起那翻落的台阶石板。那是整块的汉白玉石板，长可数米，重达千斤，被他单足踢起，直上半空！

石板飞起，正迎上身后的箭雨。再厉害的弩箭也穿不透坚固的石头，纷纷折断，而此时战北野的身形也不可避免地下落。

他下落，下方便是插满钢刀的地坑。

战北野又是一声大喝："住！"声若雷动，惊得第一层台阶上欲待举枪齐刺逼战北野入钢刀阵的侍卫齐齐一顿。

一顿间，战北野一字马横劈，半空中腾起一个几乎不可能达到的韧度，两条长腿，生生架在了陷坑的边缘。他一旦架住身形，便稳定得似是飓风不能移的磐石，一抬头，乌黑的眸光如沉铁般撞了过去，看得侍卫们又是一窒。

双腿一错，旋身飞起，战北野手一伸，数十柄长枪齐齐到了他手中，再猛力一抡，呼呼风声里，前后左右的侍卫统统跌了出去，乱七八糟地撞在一起，满地翻滚呻吟，还有些撞进陷坑的，惨叫连连、鲜血溅起。战北野哈哈大笑，踩着那狼狈一地的人的脑袋，直扑殿门。

殿门前拥出更多人来，被战南成挥退到外殿的侍卫层层叠叠地挡着，意图阻住战北野。

"谁挡谁死！"战北野一向言简意赅，也一向说到做到，长剑一闪，连穿三人，鲜血飙射中，他冷笑道，"我很喜欢杀人，谢谢你们提供脑袋！"

他眉间染血，满身血肉泥泞，挥剑间带出一蓬一蓬的鲜血，彩虹般飘散在锦绣华堂之中。那些跌落他脚下受伤半死的侍卫被他毫不客气地一脚踩碎头颅，啪！啪！一声又一声。

爆裂的鲜血和碎骨、到处流淌的器官和脑浆。

以杀，止杀。

战北野到了此刻，不想再理会这些是否是他天煞的子民，他只知道，多耽搁一刹，孟扶摇便会多一分危险，谁拦在他面前就等于要杀孟扶摇。那么，挡我者死，遇谁杀谁！

这样酷厉的手段，如杀神再世的凛凛之威，惊得侍卫们心惊手软。他们虽然碍于职责所在不敢退却，抵抗的力度却软了许多，很多人且战且退。战北野毫不客气地横冲直撞，杀出一条血路，直奔内殿。

一冲进内殿，他没看见战南成、没看见灰衣女子，只看见孟扶摇，看见孟扶摇半身是血，看见孟扶摇肿起的唇，甚至看见她隐在衣袖后断裂翻折的小指。

他看得眼睛都红了。

然后他才看见了一样狼狈得满身是血的战南成，听见了横梁上灰衣女子那句："那我只好杀了你了！"

他立即冲了进去。

他来势汹汹，衣袍卷动卷起凌厉的风声，钢刀似的扑面袭人。灰衣女子却只抬眼瞭他一眼，懒懒道："又来一个！唉，我要多费点力气杀了。"

战北野冷笑，毫不犹豫地扑向她，大喝："要杀她，先杀我！"

第九十一章

此心坚执

灰衣女子浮在横梁上，虚虚地点点头，“一起杀。”

孟扶摇突然道：“战北野，你站住！”

战北野不理她，满心愤怒地直奔灰衣女子而去，孟扶摇立即大叫：“哎哟！”

风声一歇，战北野唰地停住，一旋身到了孟扶摇身边，“怎么了，哪里痛？”

这回换孟扶摇不理他了。孟扶摇白了他一眼，对灰衣女子道：“云魂前辈，您是战家礼聘的供奉，您要杀谁都是您的自由，但是对这么个女子，”她指了指战北野怀里的太妃，“这个饱受人间苦难的可怜人，您也要杀？”

“叫他放下她，我不杀不相干的人。”云魂无所谓地答，也不去问孟扶摇是怎么知道她的身份的。

“您杀了我们，留下她一人在这里，她能活命？”孟扶摇大声嗤笑，“我不杀伯仁，伯仁因我而死，这道理您不知道？”

“我叫战南成别杀她。”云魂皱起细细的眉毛。

“哎，相信一头猪也不能相信战南成啊！”孟扶摇沉痛地道，“猪都比他有人性！”

“那怎么办？”云魂有点茫然地瞪大眼睛，居然问孟扶摇，“你看呢？”

“唉，难办啊！”孟扶摇愁眉不展，“这样吧，我们死在这里，留下她在宫里绝对也是个死，那前辈您就是戕害无辜了，不如我们都出去给你杀？死在外面也比死在宫里好。”

她话音刚落，战南成噗地喷出一口血。他不能说话，只得恨恨地看着刁滑无耻的孟扶摇，又用哀求的眼光看唯一的救星云魂。

云魂不说话，这个似苍老似年轻、似天真似老成的女子眼中笑意如云般忽散忽聚，总是一阵恍惚一阵精明的样子。她拢着袖子，漫不经心地看着太妃，淡淡道："我看她挺顺眼的，而且难得世上还有个比我还惨的，不能杀。"

孟扶摇大声应是："是啊！害了她，您就是天下最惨的那个了！不成，一定要有人给您垫底！"

云魂笑笑，注视着孟扶摇，手指虚虚地点了点，"丫头，别把我当傻子，我只是有所不为而已。"

孟扶摇笑嘻嘻地看着她，心想十强者果然都是怪胎，一个为找徒弟蹲了十三年牢狱的大风，一个被情人欺骗就以身色诱、拿天下女人出气的星辉，一个忽天真忽精明、喜欢拿自己白发送人的云魂，其余几人，却不知是何等风采。

无论如何，总算钻了空子，幸亏战南成这个人人品太差，姥姥不亲、舅舅不爱，云魂明显不喜欢他，只不过是碍于责任不能让他死罢了。

"我允许你带着战南成和这个女子出宫。"云魂懒洋洋地从怀里摸出一包零食吃着，碎屑簌簌落下来，落在战南成头上，"但是你也不可以占便宜太过，出宫后，你们两个和我一战，但不论生死，战南成都必须要放。"

孟扶摇转头看向战北野，这是他的仇人，应该由他决定。

战北野只道："杀他的机会多的是。"

他看着孟扶摇，满心的疼惜和感激。他今日本想只见母妃一面，没抱着奢望能救走她，不想阴错阳差，事态不断演变，扶摇李代桃僵制住了战南成，却又冒出来个十强者云魂，而他带着母妃，眼看再无可能从千军万马中安然走出，偏偏扶摇一番言语，竟然看出了云魂心性，挤对得她答应出宫决战。只要能出宫，黑风骑赶来接应，母妃的性命便能保住，这对他来说，是何等重要！

都是因为扶摇，这个在任何劣境中都绝不放弃、能从不可能中拼出可能的奇迹般的女子！

战北野的目光掠过遍体鳞伤却嬉笑如常的孟扶摇，就在刚才，他没冲进来之前，扶摇是如何和这十强者之一的云魂对峙、死死保住手中的人质的？

他仰起头，无声地看着雕龙飞凤的藻井，他怀里的太妃突然轻轻道："媳妇……"

战北野身子僵了僵，呼地吐出口长气。梁上云魂笑道："对，媳妇！不是媳妇能做到这地步？你好福气，这丫头确实够配你家傻小子！"

孟扶摇无奈地咧咧嘴，道："前辈，您就没听过'红颜知己''生死朋友'这类的词吗？"

“红颜知已？”云魂突然一声冷笑，宛如被这句话给刺着了，声音突然尖厉起来，“还不出去，我等着杀人呢！”

孟扶摇吐了吐舌头，一拉战南成，大喝：“还不走，等着我背你哪！”

一行人从内殿走出来时，整个西华宫都被镇住了。

孟扶摇站在台阶上，笑嘻嘻地推着左右脸颊上各一个大爪印的战南成，道：“同志们辛苦了！请同志们继续辛苦一下，把那什么弩箭啊、大炮啊、地道啊、机关啊，都换个地方。”

她指挥着那群乖乖听令的侍卫，把弩箭塞到炮筒里，再把炮筒对着附近的人工湖打，于是两炮成功炸膛；把弩弓和武器都扔进各式机关里，就听咔咔咔咔一阵响，弩弓和机关又毁了大半；她连后期赶来包围的火枪队都没放过，火枪被统统扔进了石阶翻板之下的陷坑，战北野一脚踢起厚重的石板，轰然一砸，尘烟漫起，造价千金的珍贵火枪全部被毁。

带领火枪队的是回府后又赶来的六皇子战北恒，这个双目细长微挑的男子面色苍白、神情阴冷，一直冷冷地注视着战北野不语。火枪队被战南成勒令缴枪时，他目光闪烁、嘴唇嚅动，最终一言不发。

云魂一直把手拢在袖子里，漠然地看着。她是战氏老皇生前多方讨好礼聘到的皇族供奉，答应过他在危急时刻会保全皇帝性命，别的事她可懒得管。

一行人在上万侍卫的包围下缓缓向外走，从高处看下去就像巨大的金色一团包裹着小小的一簇，随着那一簇的移动而移动，却始终不敢靠近。

出了西华宫，孟扶摇命令：“牵马来，爷爷我走累了！”

战北恒手一挥，立即有侍卫给孟爷爷牵过几匹神骏的马。战北野抱着母妃冷笑着看着，孟扶摇也在笑，很痛快地一跃而上马背。

战北恒看见孟扶摇上马，眼神一闪。孟扶摇却根本没坐下，而是顺手将战南成先往马背上一墩。

“啊！”一声惨叫，洒落几滴血珠。战北恒霍然变色，战南成浑身都在颤抖，一点细细的血液从他的长袍里流下来，顺着裤腿滴到地上。他的脸痛得变形，死死盯住了战北恒。战北恒被看得退后一步，口吃道：“陛下……我……”

“陛下啊，戳着哪里了啊，不会是子孙根吧？”孟扶摇站在马上放声大笑。她掉了个牙齿，笑得有点不关风，鼻青脸肿的，着实难看又难听，满宫侍卫盯着她歪七扭八的笑容，却都觉得心底发寒——这个大胆又精细、放肆又谨慎的女人！

孟扶摇轻蔑地一瞥战北恒，“在爷爷面前玩花招，你还嫩了点！”她一甩手，将藏了针的马鞍扔到战北恒脸上，“给我换！换你们屁股下那个！”

重新牵了马来，云魂也上了马，侍卫御林军都在后面跟着。刚驰到二道宫门处，忽听前方一声炸响，随即呐喊声起，马蹄声、嘶喊声，震得地面都在隆隆作响，半天里燃出鲜亮的火光，映红了人们的脸。

众人霍然抬头，便见前几道宫门守卫的侍卫连滚带爬地向回跑着大呼：“黑风骑攻皇城啦！”

仿佛要响应他的呼喊般，前方又是轰然一声大响，似是雷弹炸上厚重宫门的声音。与此同时，数千人的呐喊如巨雷般在宫门前响起，“杀！宰了那昏君！”

“反了！”战北恒怒喝，在火把的照耀下，他的脸色铁青，“区区三千人，竟敢强攻宫门，当我三万御林军和驻京皇营军为无物吗？来人，传令——”

“哎呀，什么时候天煞皇帝换人做了？”孟扶摇的声音比他更高，眨眨眼睛问战南成，“您退位了？还没？您还没退位，怎么就有人这么积极地角色扮演上了？”

战南成怨毒地盯她一眼，又森冷地看向战北恒。战北恒迎上皇兄的目光时心中一寒，心知今日已经得罪皇兄到底了，他若能活下来，自己绝无好下场。然而战南成一向大权独揽，自己说到底也就是一个光杆王爷，只象征性地管着御林军，其实他们听令的还是战南成。至于驻京的皇营军，要么是帝王手令，要么是三大宰辅同时签令，否则任何人也调动不了。战北恒心中飞快地转了几圈，终究是无可奈何，只得无声地低下头去。

战北野长剑一指，喝令前方城门守卫：“开门！”

战南成无声地挥挥手，宫门次第打开，一行人走出，数万御林军跟随在后，倒像是专程护送。最外面一道宫门开启时，众人一眼便看见刀在手、箭在弦的黑风骑，正杀气腾腾地追杀着外宫城守卫。趁着御林军因为皇帝被制多半集中在宫内，黑风骑将外城门这些力量不足的守卫杀得个痛快淋漓，门开了依旧旁若无人地驰骋来去，一阵风似的大砍大杀，天街外平整的汉白玉广场上，溅开了大片大片的血花。

宫门开启，黑风骑齐齐转头，看见被挟持的着龙袍的战南成，一阵欢呼。

战北恒森然道：“我等已弃械罢战，阁下还要驱策黑风骑以强凌弱吗？”

他并没有看出来战北野的身份——战北野戴了几可乱真的人皮面具，说话很少，还改了腔调，更关键的是，他们兄弟因为不合，几乎很少见面，根本连普通的熟人都算不上。

在战氏兄弟心里，孟扶摇和战北野是一对为战北野报仇、前来救他母妃的烈王属下。

战北野冷声一笑，道：“以强凌弱这事，你战氏皇族做得，别人就做不得？”

此时黑风骑迅速集束队形，冲进宫门迎接战北野。马尚未至，杀气迫体，马一勒停就是齐齐嚓的一声，看得战南成和战北恒都眉毛一跳。

两骑当先过来，都是少年，有着超绝的好骑术，前者精悍利落，一身的杀气和野气；后者幽瞳如夜，坐在马上也看得出颀长如玉树。

孟扶摇看见那人，一声惊呼险些冲出口去。

云痕！他怎么会出现在这里？

云痕一抬眼，看进孟扶摇惊愕的眼眸中。他先是露出疑惑之色，随即目光在孟扶摇易过容的猪头状脸上扫过一圈，最后看进了孟扶摇的眼眸中。

随即他眼睛亮了，那般幽深如星火的眸，一旦亮起来，便漂亮得像漫天的星光都被聚集到了一樽琉璃瓶里，华光四射、璀璨炫人。

孟扶摇知道他认出了自己，立即对他露出一颗半门牙的完美笑容。

云痕又看了看她的脸，这清冷少年露出了点无奈的神情，上前到战北野身边，接过太妃。太妃下意识地要让，战北野附在她耳侧轻轻道："我的兄弟。"

太妃立刻不动了，由云痕接过去。立即有一批黑风骑士过来，将太妃护卫了，一阵风似的驰走。

孟扶摇看得目光闪了闪。她总觉得战北野的力量很神奇，超过了他一个光杆王爷应该能达到的限度。比如黑风骑哪儿来的那些五洲大陆顶级的装备？上好的弩箭、一流的皮甲、珍贵的雷弹，这些东西在五州大陆不仅要有钱，还要有门路才能得到。这些东西也绝不会是战南成给他的，战北野的俸禄更是少得可怜，他是从哪儿搞来这些的？

还有这群人，他们是怎么隐身在这警备森严的磐都，又是怎么快速得到消息聚集的？看着他们很有默契地接走太妃的样子，他们在城中的落脚处又在哪儿？

战北野那位"贰臣第一"的外公，到底不动声色地给他留下了多少潜伏力量？

这些问题，现在都不是问的时候。孟扶摇迎上云痕关切的眼色，无声地笑笑，对云魂道："前辈，在京中打架实在是太惊世骇俗，咱们去城外如何？"

云魂无可无不可地点点头，有点忧伤地看着天边渐渐淡去的月色。

此时小七突然过去和战北野咬了几句耳朵，战北野随即道："西郊落凤山有处平台，适合决战。"

云魂又点点头。她拢着袖子，闲闲地看天，不觉得这两个小辈能逃出自己的掌心去。

战北野又吩咐黑风骑副首领小七带队离开，那少年膀子一横，道："不成，总得跟几个过去。"

战北野要拒绝，那少年又大咧咧道："给你们收尸。"

孟扶摇扑哧一笑，觉得战北野这个王当得实在窘。还没笑完，突然看见云痕凑近她，然后某大人从他袖子里慢腾腾地爬了出来。

这下换成孟扶摇窘了，元宝大人不是在客栈醒酒吗？他们去过客栈了？

元宝大人很熟练地噌噌噌爬上她的肩头，抱着她的脸，仔细端详了一下她的断牙、断指、猪头脸，那种“只有我和我主子能欺负这女人别人都别想”的小宇宙立即噌噌爆发，一甩头看见战南成，顿时认为这个人一定就是罪魁祸首，跳过去就是一个“团身后空翻分腿一百八十度劈”。

战南成脸上顿时多了个浅红的鼠爪印，和孟扶摇赏他的五指山相映成趣。

元宝大人体操动作做完还不罢休，蹿上战南成头顶，嘿咻嘿咻地开始抠他头顶那九龙翡翠冠上的宝石，将那些价值连城的翡翠美玉都扒了下来，一一抱进孟扶摇的袖子里。

孟扶摇老怀大慰，热泪盈眶地拍拍元宝大人的脑袋，“娃贴心啊，知道给你家老大挣医药费……”

此时一行人已到了落凤山，在山脚弃马而行。落凤山半腰处，一处下临绝壁的平台，云魂露出满意的神情，道：“你们葬在这里，风水挺好。”

战北野附在孟扶摇耳边，低声道：“扶摇，我们一定要坚持到今夜月升。”

孟扶摇眨眨眼，看了看天色——现在才刚刚黎明，要坚持到月升？当初强弩之末的大风，集齐了长孙无极、宗越、战北野之力都不是他的对手，眼前这个仅次于大风、十强者中排第六的云魂，他们两只半残的，能坚持到天黑？

战北野道：“取其弱点……扶摇，你不许拼命，我定保你无虞。”

孟扶摇伸手点了战南成的穴道，示意小七带走看守，慢慢道：“只不过一天而已，小意思！”

她微笑着上前一步，身侧，战北野立即跟上一步，一直默不作声的云痕突然也跨前一步。孟扶摇立即大力推他，“不许逞能，不然我把你推下崖杀了。”

“你推吧！”云痕不为所动，“推下去我再爬上来。”

孟扶摇气结，战北野却突然笑了笑，道：“云兄，听说你在太渊另有奇遇，今日一见，确实进境不小。”

云痕微微一笑，道：“比不得孟姑娘进境快，不过，应该也配和她并肩作战了。”他看向孟扶摇，幽瞳里星火闪烁，问她，“配不配？”

孟扶摇摸着鼻子，觉得自己运气真差，原以为云痕是个老实孩子，不想居然也变得牙尖嘴利。

她一低头，便看见蹲在地上的元宝大人，突然也迈出了一步。

……

孟扶摇瞪着地上那小小的一团，完全失去了语言功能。那只也不理她，站在那里，慢吞吞地从口袋里摸出个果核，抱在爪子里。

孟扶摇口吃地问战北野："敢情，这是元宝大人的新式武器？"

战北野啼笑皆非地看着耗子，道："别闹了，耗子，这不是玩的。"

元宝大人根本不屑理他，倒是对面的云魂看着元宝大人，并没有露出恼怒或好笑的神情，突然目光一变，道："你们哪儿来的这东西？"

孟扶摇摊手，道："朋友的。"

"什么朋友？"云魂打破砂锅问到底，对元宝大人的兴趣竟比决斗还大，"谁？"

孟扶摇微笑，"前辈，打死了我，我再告诉您。"

云魂想了想，突然道："把这个给我，我不和你们打了。"

孟扶摇被呛了一下——不是吧，元宝大人竟然值钱到这个地步？早知道她就开个拍卖会卖掉算了。

元宝大人对于云魂的提议，则是剽悍地吐了一口口水。

云魂拢着袖子，懒懒道："怎么样？一只鼠，三条命，世上没有比这更划算的生意了。"

她瞟了三人一眼，悠悠道："你们三人都不弱，是年轻一代中数得着的高手，我在你们这个年纪也未必能达到这般修为，但是不管如何，你们现在和我动手，下场还是死。"

她说得平淡，孟扶摇却知道她没一个字虚言，成名天下三十年的强者，不说浸淫几十年的纯净雄厚真力，光是对敌经验和驾驭自然之力的独门法则，便不是他们这些江湖实战经历不足的菜鸟可比的。

三条命……一只鼠……

她蹲下身，盯着元宝大人，那货回头看着她，目光贼亮。孟扶摇摸摸元宝大人，沉痛地道："我以前真的不知道你这么值钱……"

她站起身，对着一副胸有成竹模样的云魂微笑，"前辈……"

云魂眉毛懒懒地一挑，手掌一摊，来接元宝大人。

"您还是来杀我吧。"

有些抉择做起来简单，真要实践，唯有"惨烈"两字可以形容，比如拼命。

一向刁滑的孟扶摇，在那句话说出口、云魂一怔的刹那，脚一蹬，炮弹般冲了出去。她人在半空，弑天已如黑色闪电般，直劈云魂的天灵！

对于顶级大师，任何招式、假动作、花哨玩意儿都已失去了存在的意义，唯有快，比快更快，靠速度和力量，拼着砍一刀是一刀。

同样是人中翘楚的那两人，比孟扶摇还要明白这个道理，孟扶摇正面冲出，那两人已经一左一右滑了过来。一如风雷之烈、九万里长空霹雳之震，一如夜风之疾、三千仞绝巅摆荡之威，平台之上风声烈卷，满地碎石都被风声激得哧哧倒退，落入半山绝崖，很久才听见那落地的袅袅回音。

空山寂寂，满山里都似乎荡着那般劲烈的回声，一层层漾开，惊破山间的岚气和雾霭。烟云深处，在那超拔出众的少年少女面前，刚刚升起的日光都似乎被迫散，暗淡了几分。

遇上自然浩瀚的风云吞吐，那般人力之巅的威猛，依旧高下立现。

云魂只是懒懒地笑，一拂衣袖，平平淡淡地一划，便挡住了三个人三个方向的攻击。她浑身气流涌动，行动间如飞云流雾，身子若隐若现，那些无声无息、无踪无迹的真气暗流，出现在各个刁钻的角度、各个不可能的方向，如坚硬而透明的水晶屏障般，将那般飞舞翻腾变化万千的攻击全数挡了下去。

砰——

冲得最快的孟扶摇最先被弹飞出去。

嚓——

战北野明明已经靠近她身前，凌厉的剑风在丈外哧的一声划破了她的衣襟，却在靠近她的最后一毫距离内，突然无声无息地被倒退着逼了出去，倾斜成四十五度的身子扯成了一面迎风的旗，靴跟在地面上猛力摩擦，擦出一连串火花，直到撞上山壁才堪堪停住。

哧——

云痕的快剑一向比孟扶摇都要快上几分，如今更是快得追风蹑影、五色迷离，目光已无法追及那般光影，只能捕捉到剑光重重幻影的轨迹。他最快的一剑“分光”，从剑光之幕里疾射而出直射云魂面门时，那女子突然手指一抬，只一抬间，云痕眼前便突然没有了她，只剩一团云。随即云层中伸出一双看似软绵绵实则坚硬如铁的手，将云痕轻轻一推，一声裂帛声响，云痕的剑锋倒掠过对方一抹衣角，身子一错，居然从肘底反手又是一剑。云魂已到了再次冲过来的孟扶摇身后，懒懒地笑着，将孟扶摇往云痕的剑上一推。

云痕惊得目色都变了，忙不迭地收剑，心神一乱，身后云魂猛然一吹，云雾层层遮起，孟扶摇和云痕顿时都失了对方的踪迹。孟扶摇怕自已撞到云痕身前影响他出剑，忙滑身而闪，这一闪，突然觉得脚下一空。

不知何时已经换了方位，身后就是悬崖，孟扶摇直直栽落！

云痕立即扑了过去，在半空中大力一扑，生生将孟扶摇扑住。这一扑，山石嶙峋顿时割破了他肘间的肌肤，鲜血顺着山石的纹理滴落，滴上孟扶摇的脸。

“拉住我……”趴在山石上的少年眼神急切，因惊慌而手指冰凉。孟扶摇抬首对着他和赶来的战北野一笑，抹了一把脸上的血，借力跃起。云痕手一甩，她跃得高过日头，凌空下劈!

罡风四荡，云气驱散，云魂身形再无遮掩。她仰首，便见一道虹霓般的刀光直直灌顶而来!

“好！”

云魂由衷地一赞，不得不退，咻地白光一闪，元宝大人趁这退开的刹那突然射出，张嘴就去咬云魂的咽喉。

云魂忍不住笑道：“你这小东西也来欺我！”

她弹弹手指，元宝大人立即骨碌碌滚了出去，被孟扶摇接住。这刹那空隙，战北野和云痕已经再次攻到。

云魂赞：“默契很好！”衣袖一拂，游走于三人之间。她已知三人实力确实非凡，再不似先前般漫不经心，那些飞舞的暗流也越发强劲，无穷无尽、绵绵不绝。

云魂自有精明之处，她看出这两个男子对孟扶摇都十分上心，所以一直将攻击重心放在孟扶摇处，逼得战北野和云痕不得不时时放弃联手攻击。然而孟扶摇的勇悍亦令她心惊，这个本已满身是伤的女子，居然像她这种已经悟透自然之力的顶级强者一般，真力不绝、意志不灭，无论被打伤多少次，无论被甩飞多少回，下一个回合，都绝不会让谁去单打独斗。

元宝大人在人缝里穿插不休，这只耗子十分眼毒，对招式空隙看得极准，往往一爪抓出，攻敌必救，而云魂对元宝大人明显兴趣不小，无论耗子怎么挑衅，她都不舍得下死手，于是耗子越发有恃无恐，冲得勇猛，咬得欢快。

四人一鼠的大战整整持续了一个多时辰，一个时辰后，元宝大人先举白旗退出，伤痕累累的三人互望一眼，都看见了对方脸色青白、呼吸不继，再打下去，对方不杀，自己也要活活累死。孟扶摇转转眼珠，举手。

云魂愕然，正待发出的招式收了回来，道：“做什么？”

“元宝要换尿布。”孟扶摇义正词严地答，“不换它会长痔疮。”

被专门拿出来卖的元宝大人翻翻白眼，你就不能换个文雅点的拖延时间的理由吗？比如元宝大人要练舞、元宝大人要唱歌，不行吗？

云魂呆了呆，没想到孟泼皮会说出这句话来，半晌道：“换吧。”

孟扶摇装模作样地拉了那两人，捧了耗子转过山石。一转过来，三人齐齐一瘫，孟扶摇觉得全身骨头都要碎了，龇牙咧嘴道：“战北野，天黑……天黑支持不到啊……”

云痕微微喘息，半晌才开口道：“为什么要等天黑？”

“我也只是猜测，或者说是一个希望……今天是满月之夜……”战北野沉吟着，苦笑道，“撑吧，就看我们有没有这个运气了。”

三人抓紧时间调息治伤，孟扶摇把宗越给的金疮药像不要钱似的分发了，“吃！吃！死了想吃也没用了。”

云魂一直恍恍惚惚地坐在山石后面，估计尿布换完了，招呼道：“喂，继续。”

这一战又是一个时辰，几个人轮番被摔出去、扔出去、踢出去、滚出去，平台上到处是鲜血斑斑，这一轮的战利品是云魂的一截袖子、半个指甲以及白发三根。

孟扶摇举手，“元宝要喂奶……”

下一轮，三人共添十八道伤痕，赚到云魂小臂剑伤一记，战北野给的。

孟扶摇举手，“元宝要嘘嘘……”

下一轮，云痕一剑挥去，咕咚一声，突然从半空栽了下来，被孟扶摇拼命接住，两人撞成一堆。孟扶摇喘息着举手，“元宝……要嗯嗯……”

再下一轮，孟扶摇喃喃着：“天黑……天黑……”试图爬着去揍人，被战北野拉了回来。他支剑站起，摇摇晃晃地对着云魂，“前辈……请……”

天色将近黄昏，漫天云霞如火般燃着，烧得半天赤橙黄绿一片绚烂，深红的日头自苍青的山后缓缓降下去，每降一分，都似多出一分生的希望，每降一分，战北野眼底光芒闪烁得都更盛一分，云魂的神情却都要烦躁上一分。

云魂的脸色也很差，激战了将近一天，纵横天下三十年无敌手的她，竟然被逼得使尽全力也无法诛杀三名小辈，她眉间泛出淡淡的白气，眼底微微发青，唇边有血丝沁出，又被她不耐烦地抹去。

她有些焦躁地看看天色，一改先前懒散的神情，突然冷哼一声，身形一掠，素白的手掌微屈成拳，掌间亮光一闪，多了一柄玉如意。如意辉光闪烁，亮若白虹，刹那间便挟风雷之声重重地撞上战北野的胸膛。

战北野拼尽全力轰拳而出，砰然一声，两人相撞，云魂后退一步，喷出一口血，战北野则如断线风筝般飞了出去。

他重重地摔落在孟扶摇身旁，摔在一地碎石泥泞里。在他身侧，云痕已经晕了过去，孟扶摇则在不住地喘息。她挣扎着一点点挪到他身侧，道：“我眼发花，看不见天色……天黑了没有？”

战北野心底一酸，手轻轻覆在她的眼睛上，道：“快黑了……”

“还没……来啊……”孟扶摇有些失望，随即又笑了，扎手扎脚地往地上一摊，喃喃道，“战北野，我们终究没能坚持到底……”

战北野缓缓拭去她唇边的血迹，看了看悬崖边气息起伏、生出怒色的云魂，突然也笑了笑。他笑得平静温和、心满意足，全然不是平日里那种暴烈豪放、爽朗明锐的大笑。

他道：“扶摇，我觉得我一生最快乐的就是此刻，一起作战、一起杀人、一起拼命，然后……死在一起。”

磐都硝烟滚滚、杀气腾腾；千里之外，中州花红柳绿、歌舞升平。

时间拉回到数日前，大抵是孟扶摇刚刚踏上天煞土地、在西子崖前沐浴阳光时，那阳光也同时照进了无极皇宫的御书房。

书房里一室明亮，满地嵌金十二扣的明砖闪亮如玉，倒映着斯人埋首伏案的颀长身影。

门轻轻开了，太监小心地捧着中书阁拟定的奏章节略进来，搁在明黄的书案后。

长孙无极看见那数量可观的奏章，微微向后一仰，眉头不易察觉地皱了皱——以前他从来不觉得处理国家公务有什么不习惯，如今却觉得，管理一个国家确实是有点烦，事真多。

太监看看他的脸色，小心地退后，顺手卷起了帘子。阳光被细细的竹篾割成细缝，一点点在地面上书写整齐的诗行。长孙无极看着那层层叠叠的光影，突然道：“公主近期都在做些什么？”

“在各寺谈讲，拜访有道高僧。”太监自然知道他指的是谁，“曾经请见过一次，奴才们按您的吩咐，只说不在。”

长孙无极嗯了一声，道：“公主出来也很久了，璇玑皇后想必很思念担忧。听闻公主在无极境内曾经遭遇盗匪？你命礼部修书，向璇玑致歉，称未能接到公主，护持不力，险些令公主陷身贼手……他们知道该怎么写。”

太监立即躬身，“是。”他俯低的嘴角微微勾起点笑意，知道太子终于不耐烦要赶人了。璇玑那位出了名的妒妇皇后，对声名卓著、享誉七国、能够巩固她后位的佛莲公主十分上心，如今听说她遇险，还不赶紧派人接回？以后公主再想借拜佛之名畅游大陆，只怕都难了。

他转身想去传令，突然想起一事，回身道：“启禀太子，前几日皇后娘娘不知怎的听说了公主驾临，曾经说过要礼部安排会见。”

长孙无极正在批奏章的手一停，隐在细碎光影后的容颜没有波动，只眉毛微微挑起，半晌，淡淡道：“然后？”

“礼部答复说请报太子。”太监指了指那卷奏章，“节略就在其中。”

“哦。”长孙无极随手一翻，翻出一卷来瞄了一眼，往旁边一个描金盒子里一搁，道，“留中。”

“是。”

太监退了出去，长孙无极却似突然没了兴致继续伏案，轻轻将案上书卷一推，起身下座。暮春的风从大开的窗户飘进来，拂起紫檀花架上的白玉兰花，满室逸开清雅馥郁的香气。

长孙无极立在风中，看着远处御花园里绯衣的宫女挎了藤篮去采花，年轻女子娇俏纤细的身姿看在眼底，渐渐虚化成另一个相似的影像。长孙无极微微笑起来，拈过一朵花叶肥厚的雪白花瓣，用指甲在上面轻轻地写……

身后突然传来熟悉的暗号声，长孙无极拈花的手一停，却没回身，只嗯了一声。

“天煞生乱，烈王在长瀚山脉遇伏失踪……”

长孙无极霍然回身，道：“她呢？”

灰衣人影一抬头看见太子的眼光，吓得一惊，竟然畏葸地退了一步才低声道：“据查，战南成设数万伏兵于长瀚谷口，当时有一人冲崖相救，事后和烈王一起失踪。另外……”他不敢说下去了。

长孙无极闭上眼睛，半晌后睁开，平静地道：“说。”

“他们被逼潜入长瀚密林，那林，号称死亡之林，据说从无人可以活着穿越。属下们冒险进入，发现一些只剩骨架的尸体，从遗留的血肉来看，是数日内新亡的。属下们欲待再探，只行出一日，便折损三人，无奈之下，只得回转……”

同样是顶级精英的无极上阳隐卫，在一个林子内一日折损三人，这也是上阳宫从未有过的纪录。

没有人说话，没有人动作，室内的空气却越来越沉、越来越冷、越来越令人窒息，似有人在用巨大的冰块挤压着人的呼吸空间，压迫得人胸肺欲裂、无处可逃。灰衣人俯身立着，满额渐渐沁出汗珠。

长孙无极一直沉默着，没有任何反应，他指间写满字的白玉兰花却突然慢慢地、无声地枯萎下去，掐在掌心的翠绿饱满的茎叶渐渐折出一个不能承受的弧度。

啪！

Best Time

白马时光

扶摇皇后

FUYAO HUANGHOU

第一卷·下

天下归元 著

百花洲文艺出版社
BAIHUAZHOU LITERATURE AND ART PRESS

第九十二章
爱之追逐

我们要死在一起。

战北野躺在地上，身侧是处于半昏迷状态的孟扶摇和已晕去的云痕，连元宝大人都浑身湿透地鼓着肚皮喘气，山崖上的风鼓荡着，掀起他们的衣袂，那些衣袂破碎而带血。

云魂慢慢地走过来，眼底有很奇怪的神情。她俯视着战北野，看进他坚定无畏的眼眸中，半晌，淡淡道："你们，虽败犹荣。"

战北野吐出口长气。他知道云魂这句话发自肺腑，也知道这句话重逾千斤。十强者排行第六的云魂的这句评语，会很快传遍五洲大陆，等同于承认并奠定了他们年轻一代顶级高手的地位。

五洲大陆垂三十年，再没出过可抗十强者百招者，尤其当十强者前五位绝迹江湖后，云魂就是实打实的天下第一。然而今日，他们三人足足和传奇类人物云魂激战了一天，令这位天下第一的人物仗恃着自己无比丰富的经验和修炼半甲子的顶级真气、用尽手段，依然挂了彩、受了伤。这等于说明，如果单打独斗，三人都已有足够的实力和云魂单独斗过百招。这是足可骄傲的战绩，之前没有过，之后也未必能再有。

战北野在笑，笑得风骨卓朗，琅琅道："其实我挺感激你的。"

云魂的目光缓缓在他紧紧攥着孟扶摇的手上掠过，看见他染血的手指万分疼惜地轻轻抚过孟扶摇断掉的小指，看见他纵是在接近油尽灯枯的此刻，依旧用手按在孟扶摇后心试图为她恢复点真元，云魂的眼神微微震动，震动里生出点浮薄的疼痛，像是被一些触动内心隐秘的东西无声地刺了一下。

她怔在那里，突然就发起呆来。

天色渐渐暗了下来，金红的夕阳渐渐没入蟹青色的西山之后，长天之上，烂漫无垠的红渐渐淡去，换了黛色的青，四面的光影沉暗下来，将人的影子涂抹得干净。

夜色将至，明月将升，将升而未升。

云魂终于轻叹一声，道："我发过誓的……保护战氏继承人，不放过战氏的敌人。"

她伸出手来，手掌中云气缭绕。战北野盯着她的手，没对自己做任何防御，却始终将掌心偷偷按在孟扶摇的后心，等着云魂下杀手的那一霎，就将孟扶摇推出去。

后面不远处小七带人等着接应，一定能接下孟扶摇。

那一团云雾，刹那间便到了战北野心口前！

战北野低声一喝，最后一丝真力全数透体而出，不是向着下杀手的云魂，却猛力向后一推，"小七，接着！"

小七冲了上来，看见孟扶摇的身子被战北野推出飞向自己，居然没去接，只是头也不回地也一声大喝："你们接！"他呼的一下绕过孟扶摇，二话不说，一枪就对着云魂搠了过去。

战北野气得嘴都歪了，怒喝："你这混账，给我滚！"

小七桀骜地回嘴："救了你再滚！"

他冲上去，左一枪、右一枪，没头没脸地对着云魂猛劈。这个地痞流氓出身、从三岁克死父母后就开始在街上流浪打架、被战北野收留并亲自传授武艺的少年，并不像表面那样粗莽，他看出了云魂毕竟是女子，天生体力受到限制，激战一天后真力必然受损，对这样的人不能再玩招式，倒不如死揪着拼力量。

他挥枪，枪势虎虎生风，每一枪都用尽全身力气，带得山崖上风声都似被绞碎；每一枪挥出去，他都似乎能听见自己筋骨肌肉被调动使用过度发出的不堪负荷的细微拉扯声，感觉到全身上下都在突突微颤，似乎随时要软成烂泥，然而下一枪，他依旧一模一样地挥了出来。

山崖上，沙石都被那般猛烈的风声卷起，云魂眉宇间透出怒色，冷然道："你这样的小角色，也敢挑衅我？"衣袖一挥，小七顿时重重地飞了出去。

然而那少年飞到一半，单手在地上一撑，又把自己给撑了回来，还是一模一样的一枪！

云魂的细眉挑起，挑得快成了竖起来的两道“一”——今天遇见的人都怎么了？为什么他们不懂退缩，不懂自保，不懂逃生？为什么他们只知道用自己的血肉肌体和生命，傻乎乎地一直坚持？

她烦躁地伸手，一次次将小七掷出去，她不屑于杀这种小角色，堂堂十强者，欺凌一个奴仆，传出去，声名着实不堪。

那些斑斑的血痕里很快添了小七的，他哈哈地笑着，死命挡在战北野身前，累得快要晕去时，便从地上抓起一把沙子，狠狠地往脸上一擦！粗糙的沙砾将他的脸磨得火辣辣地疼痛，在那样的疼痛里，他一抹脸上的血，再一次舞枪冲过去。那一柄高竖的长枪没有挑着任何旗帜，却有一种坚持和信念气凌天地，以鲜血为墨，以苍天作旗！

战北野说不出话来，也再没有力气呵斥他，只是默默地扭过头去，看天际那一轮月。

月终于升起，今夜，是满月之夜！

金黄而圆润的月，终于在小七那一阵拼死拖延后升起于山崖之巅，云海浮沉，月在其中。

今夜月色分外明亮，照得苍山青翠如洗，银光从遥远的苍穹深处奔来，刹那间便到了天涯尽处。

云魂霍然回首，看见天际满月，面色微微一变。她凝神倾听了一下，突然无声无息地飘了起来。

她飘起后，玉如意光芒一收再涨，终于毫不犹豫地重重砸向小七的天灵！

噗——

不是天灵被砸碎的声音，而是玉如意被卷入网中，撞上某件软物的声音。

那是一张美得炫目的网，每一根经纬都光亮如银、滑润明洁，轻轻一颤便银光荡漾、迷离如梦，如绝世名琴奏出春风十里时优雅起伏的弦，又或是豆蔻楼头自佳人纤手中细细流出的锦纱明丝，不动时是一泊玉般静水，飘飞时便是一抹最为纯净的月光。

绵绵缠缠的月光，曾惜美人迟暮，曾叹繁华凋落，曾映王朝烽火，曾见多情离别、岁岁年华更替、不分今古、银辉如恒的月光。

那月光在人怀中，那人在月中。

月色清凉高远地洒下来，月中的那个人，淡得也像是其中的一抹光，他纤长的手指白得也如月色般，牵着那张缠绵的网，斜飞着弧度优美邪魅的眼角，瞟着云魂。

他曼声道：“躲我干吗呢？”

云魂的脸色一变再变，自从那男子出现后她就迅速转身，再不肯回头，手抬起又落下，不知道该如何是好。有两次她似乎试图将自己灰白的长发往衣领里塞，但是塞到一半又立即放手，手足无措地转过头去。

那男子似乎根本不介意她的诸般小动作和拒绝的身姿，悠然上前几步。这人自出现便一直光亮迫人，让人感觉是藏在月色中才这般炫目逼人，然而他行出这几步，才发觉他天生就像一轮月色，周身真气流动、光晕朦胧，走到哪儿，哪儿就新添了一抹惊艳的华光。

他一头银色长发，行动间光芒粼粼，一张宜嗔宜喜的容颜美至不辨男女，直令人觉得夺目，含着笑意的唇角如一弯新月，高远却又有奇异的风情。他给人感觉是冷的，眼眸却是热的，尤其看向云魂的时候，就像一轮诡异燃烧的月。

他一伸手拍开小七，远远地将他扔了出去，道："气息浊臭，不要熏着阿云。"

云魂一听那声阿云，二话不说便想跑，却被那缠缠绵绵的网立即扯住。那男子慢慢收着网，将云魂拉得一步步往自己身前来，哀怨地道："阿云，你这么狠心，总躲我，要不是满月之夜我感应加强，我还找不着你。"

云魂僵着背，坚决不回头，瘦削的肩膊向前倾着，一副死命抵制那网和那人闺怨的模样，却没看见那男子唇角的诡异笑意。

她激战一天，已是强弩之末，哪里抵得过那男子有备而来。她挣脱不得，不禁发怒，"月魄，你再缠着我，我就和你决一死战！"

"这话你说了三十八年，共计二百一十七次。"月魄眼光邪邪地在云魂全身上下掠过一遍，那眼神不像是看，倒像是在抚摸，"来吧，决一死战吧！"

那个"吧"字被他说得缠绵荡漾，听得人几欲喷鼻血。云魂背对着他，隐约可见连脖颈都红了。她结巴着，再也说不出话来。

月魄也不说话，只看着云魂的背影，先前的嬉笑放荡都无声收敛，眼神里渐渐浮上寂寞和萧索。

这两人默然对峙，那厢被扔出去的孟扶摇借着那点真力又奔了回来，奔到战北野身边。她呼哧呼哧地喘着气，看着月魄，呆呆道："这就是你要等的人？"

战北野欣慰地吐出一口长气，"终于等到了。"

"你认识？"

"不。"战北野有点狡黠地笑，"我只是知道一个传说，据说月魄追云魂追了很多年，云魂不知道出于什么原因，死活不肯接受他，整天东奔西逃地躲避。后来月魄趁云魂不注意，在她体内种了点引子，月圆之时，凭他的'月引潮汐'，便可以感觉到云魂的方位……"

"停！"孟扶摇越听越狐疑，手掌一竖打断了他，"你就这么确定他会来？假如他有事呢？假如他离得远呢？假如他根本就不在天煞呢？"

战北野无辜地答："所以我说要看运气嘛……"

"你叫我们坚持到天黑，就是因为月魄'可能'会来？"孟扶摇崩溃了，抱着一点小小的希望问，"那他来，一定会救我们？"

"不知道。"战北野老老实实地答，"月魄喜怒无常，一切行事全凭心情定夺，而这心情拴在云魂身上，所以……他有可能帮我们，也有可能更快地杀我们。"

孟扶摇黑线，因云魂对他的态度而决定喜怒？那岂不完蛋了！看云魂那别扭的德行，月魄八成又要第二百一十八次碰一鼻子灰，到时候他们不是死得更快？

"给你害死！"孟扶摇哀号，"耍人不带这样的！"

"扶摇，"战北野执着她的手，"不这样说，我们早在半天之后就已再无力量继续，那早就死了。"

孟扶摇默然，半晌吸吸鼻子，微笑着拍拍他的肩，"是，给一个希望，便有了坚持的勇气。"

战北野看着她那歪七扭八的笑容，眼神里飘过一丝幽暗。

有些事，也许根本就没人给希望，他却依旧不想放弃，比如，眼前的这个女子。

孟扶摇没注意到他的神情，她一直盯着那对男女，眼珠子转啊转，突然拐了拐战北野，兴致勃勃地道："喂，月魄是男的女的啊？啧啧，人妖！"

她声音低得如游丝一般，那边月魄居然听见了，他回眸一笑，曼声道："你可以亲自来试试。"

孟扶摇脸红也不红，趴在地上，死狗般看着那美人，道："月魄前辈啊，区区有一句劝，您老要不要听？"

月魄缠缠绵绵地拉着那网，眼光只在云魂背影上流连，明明那女子相貌和他比起来天差地远，他看她的眼神却像在看着绝世佳人。

他随口答："嗯？"

孟扶摇肃然道："这句话很重要，不能白说。"

月魄这回终于转头正眼看她，"果然是个刁滑女子！要我保你们的命是不？可以，条件是这句话要对我有用。"他笑了笑，慢慢道，"没有用……我先杀了你。"

"行。"孟扶摇一把甩开战北野的手，答得干脆。云魂却霍然回头怒道："月魄，你凭什么干涉我的事？"

"凭我追你追了三十八年，凭我敢在这些小辈面前坦承追你追了三十八年。"月魄不生气，话却说得字字都像磨过的金刚石。云魂一接触到他的眼光，立时就哑了，唰的一下又掉过头去。

孟扶摇从地上慢腾腾地爬起来，战北野挣扎着要去拉她，“扶摇，别冒险！我们还有别的机会求生！”

孟扶摇喝令：“耗子，上！”

元宝大人扑上去，用肥壮的身子堵住了战北野的嘴。

战北野呸呸地吐出元宝大人，支肘欲起，想要拉住孟扶摇，可惜他和云魂最后单独拼的那记实在太狠，好不容易支起半个身子，轰的 一下又倒了下去，险些压死元宝大人。

孟扶摇不回头，支着刀慢慢走向月魄。那美丽的男子回转头来，手中银网依旧不放。近看他才发觉，这人竟然容颜不老、永驻青春，和星辉远看风姿动人、近看年华却已老完全不同，孟扶摇看着他明月般光洁的脸颊，也不禁在心中油然生出妒意——世间还有人这般得天独厚、姿容不改，让天下女子还怎么活？

她瞟了一眼云魂，那女子僵硬得跟木偶似的，攥着自己灰白色、远远不及月魄华光流溢的银色长发不语，手指一直在紧张地绕啊绕，不住地扯断自己的白发。

孟扶摇笑了笑，对自己的想法更坚定了几分。她慢慢过去，走近月魄，附在月魄耳边，低声道：“我要教你如何追女人。”

她前面几个字轻得几乎听不见，后面两个字略微清晰了些，正好在云魂可以听见的范围内。孟扶摇眼角瞥到，云魂又僵了僵。

月魄狐疑地看着她，“你？牙没长齐的黄毛丫头，你懂？”

孟扶摇露出一颗半门牙的标准微笑，答：“牙不在多而在精，追女人不在年纪而在悟性。”

她靠月魄极近，几乎擦着他的肩，月魄心有所思并不觉得什么，云魂的眼光却有意无意地瞟了过来。孟扶摇奸笑着拉月魄，“前辈，我们到一边慢慢谈。”

“不行，她会跑！”月魄不肯放开网。

“我向你保证，她不会跑。”孟扶摇凑在他耳边轻轻道，“想要知道她对你的感情吗？跟我来！”

她明明鼻青脸肿，却笑得像妖女似的，眼神却在月下闪烁着明珠似的光。月魄看着这样亮得迫人的眼神，终于松开了网，却道：“她若跑了，我便杀你。”

“请便！”孟扶摇笑得胸有成竹。

果然，云魂不走，她背对着月魄大声道：“我要把这几个人杀了再走！”

“行行！”孟扶摇笑，“等我和月魄前辈谈完情，您想怎么杀就怎么杀。”

云魂衣袖下的手指捏得紧紧的，苍白的手背透出淡淡的青筋，一言不发地转过头去。

月魄瞟了一眼云魂的背影，若有所思，随孟扶摇转过山石才道："二百一十七次以来，她第一次没有主动逃。"

"前辈，不是我骂你，你真蠢！"孟扶摇蹲在山石背后，叼着根草，张嘴就骂。

月魄立即转头，"嗯？"他鼻音很重，月色森凉。

"知道她为什么不接受你吗？"孟扶摇一句话，又把森凉的带着杀气的月色换成了楼头红罗帐顶的柔曼月色，"自卑！自卑！"

"自卑？"一把年纪的美丽男子愕然地喃喃着，"自卑干吗？"

孟扶摇仰天长叹，这男人竟然比云魂还奇葩！

"你过来！"她一把扯过月魄，指着地上的一处水洼道，"看看你自己，容颜不老、青春永在，美得是个人都会嫉妒。"

月魄盯着水波里那个影子，恍然道："咦？好像是。哎，我不照镜子好多年。"

孟扶摇强忍着揍人的冲动，继续开导："你得天独厚，容颜永驻，而她，她呢？她却少年早白，容貌平平。"

"那也不能不要我啊！"月魄答，"美丽又不是我的错。"

"你的武功好像也在她之上吧？但是定排名的时候，你因为对她的情意让了她是不是？"

月魄默然，半晌道："她不喜欢输给我嘛！"

真是笨蛋啊——孟扶摇翻了个白眼，愣是不懂得女人就是口不应心的动物，你输给她，她才伤心呢！

"我问你，你是不是平日里说话无拘无束，尤其喜欢和女子调笑，说些风流话？"

"你怎么知道？"月魄慢慢理着手中的网，"其实除了她，其他人在我看来不分男女。"

"傻咧你！"孟扶摇恨铁不成钢，"你看来不分男女，可她分啊！"

"啊？"

"你这般美丽，本就让她自惭形秽，你又让出排名，她觉得你大概是不屑于和她争，你容颜绝色又喜风流调笑，自不缺美色投怀送抱，而你又心无拘束，还不知道男女之防，看在她眼底，却是个什么感受？"

月魄如被雷劈一般，呆住了。

这个美丽的男子怔在月光下，皱起弧度完美的眉，喃喃道："难道这么久，我都错了？"

孟扶摇看着他，觉得这些顶级强者其实一个个也蛮可怜的。他们痴心练武练到绝顶，把心智都练出问题了，更因为长久处在高处，反而再不能看见人世间一些最平凡的道理。以他们的身份，世人皆畏惧多于爱戴，见之如避蛇蝎，以至于这么多年，竟然没有人敢冒险点拨一下这深陷情网却又情感弱智的一对。

“喂，你的意思是说，”月魄突然一把揪住孟扶摇，“她不是不喜欢我，而是不敢喜欢我？”

“对！”孟扶摇很哥们儿地拍拍他的肩，“你太美、太强、太风流，看起来太不可靠，她怕芳心错付，将来反被你伤得更狠，倒不如从来都不接受，还能多看你几次。”她奸笑着，凑近月魄的耳边，低声道，“不然，为什么她每次都能被你‘找着’呢？”

月魄睨着她，半晌道：“小小年纪，情圣似的。”

孟扶摇嘚瑟地笑，“夸奖，夸奖。”

她鬼鬼祟祟地看看另一边烦躁的云魂，笑道：“瞧！吃醋了，吃醋了……”

月魄突然道：“我瞧那两个家伙也对你有意思，你和我这般故作亲热，他们怎么不吃醋？”

孟扶摇怔了怔，半晌挑了挑眉，“好朋友，吃什么醋？”

月魄曼声一笑，“你真当我白痴吗？”

孟扶摇看着他，翻了翻白眼，道：“信任！信任你懂不？你们两个之间，就是缺乏信任。”

“信任……”月魄若有所思，突然道，“我和她其实青梅竹马，在三十八年前，我就一直喜欢着她，我以为她也知道。我原本打算那年年底就向她求亲，结果，那年中秋她生了场怪病，病好后头发全白了。那时我在游历江湖，听说了便回去看她，路上遇见仇家，幸得雾隐相救。雾隐说想拜访我的家乡，我便带她回去。那天我和雾隐双双去看她，雾隐一推门，她正揽镜自照，一回头看见我们两人，镜子便碎在了地下……”

孟扶摇沉默下来，微侧身，看着焦躁地原地踱步的云魂，想起她总是微微恍惚、想起她不断扯断自己的白发、想起她别扭而又古怪的性子、想起身为十强者的她说自己是天下最惨的人、想起她听见那句“红颜知己”时受伤的神情……

想起三十八年前，青春少艾的女子一夜之间头发全白，正伤心欲绝、自暴自弃时，却见情郎携着姿容完美的女子姗姗而来，那一刻，她又是怎样的疼痛，以至于痛到了三十八年后的今天？

原来，不过是一个一直为爱患得患失、不敢面对只好逃离的可怜人！

她也有点恍惚地笑了，为那些尘封在久远岁月里带着故纸香气的故事而漾开了悟的笑意。

她凑近月魄，轻轻道：“想不想知道她到底对你是什么心意？”

“嗯？”

“就是这样！”

孟扶摇突然一拳击出，拳风虎虎，她头发披散，厉声大喝：“你不给我活，大家一起死！”

拳风激荡，击上相距极近的月魄的身，他本就背对着悬崖，猝不及防，身子已经落下！

灰光一闪，快得好像原本就在这里。

云魂以人力难以想象的速度刹那间掠了过来，她不看任何人，甚至都不管杀人凶手孟扶摇，直奔悬崖之下，惶急大呼：“月——”

她撞入山崖之下，以一往无前、绝不回头的力度。

她撞入了一个等候已久的怀抱中。

山崖下，月光般的男子牵着一袖银光，静静地张开双臂，等候着睽违了三十八年的拥抱。当轻盈的灰发女子果真毫不犹豫地奔下绝崖、奔入他的怀中时，那男子瞬间红了眼眶。

他放开手，任银网悠悠摇荡，荡住了两人的身子。他伸臂紧紧地揽住她，将下巴搁在她头发上，仔细地、温存地、轻轻地摩挲，他的声音低低的，柔和如这一刻半山云雾间的月色，少了几分调笑和魅惑，多了几分凝重与心酸。

他道：“阿云，这声呼唤，我等了三十八年。”

云魂在落入他怀中那一霎，就已经明白发生了什么，她欲待挣扎，却因那从未听过的语气而心酸心惊。她埋首他怀中，淡淡的男子香缭绕全身，熟悉而陌生，她亦有三十八年未曾闻见过。

月色沉静而清凉，照见半躺于深黑山崖乳白云雾间那沉默相拥的人儿。

云魂被月魄拥着，既羞且喜且心酸，恍惚间不知身在何处，隐约间只听见他道：“原来这皮相也坏事……”她随即动了动。

她不知道月魄在做什么，却只贪恋这一刻的温暖，静静地不动不语。

月光照见那月光般的男子，照见他突然轻轻吸气，随即一吐，吐出一点跳跃的银光。随即那一头银白光亮的头发突然慢慢暗淡下去，淡成了灰白色，比云魂的还要枯涩几分。

而那不辨男女、光洁青春的绝色容颜上渐渐出现了岁月的细纹，那些镂刻在眼角唇角的纹路，瞬间让他老去了二十年。

随即他笑了笑，拔身而起，轻轻落上崖顶。他始终没有放开云魂，那女子被他紧紧揽着，自觉羞赧，又别扭地背过身去。

孟扶摇突然啊了一声，指着月魄瞬间老去的容颜和一头白发，惊骇道："你……你……"

月魄向她一笑，突然一拂袖，掌间银光平平地飞向她，"这是我们师门独有的练气之宝，须练至五十年以上、真气极度精纯的高手才可能有，我的不老容貌就来自于此，如今我用不着了，便宜你吧！"

孟扶摇接了，掌心里敛了银光，小小的、圆润的一团，舍利子似的半透明。她有点犹豫地看着——这个谢礼，太重了点吧？

云魂霍然抬头，看见月魄容颜的那一霎，啊的一声，眼泪瞬间流了满脸。

她半晌说不出一个字来，只含泪痴痴地看着月魄的脸，看他的笑容如常妖娆，那老去的风华依旧，看那三十八年不老的容颜，今日一朝为了她，竟至自弃。

他明白了她仰首看他的疼痛后，便甘心俯低自己的一切。

"前辈，人生难得有心人。"孟扶摇突然开口。

她仰头看着山石上那对人儿，静静道："月魄前辈向你证明了，没有什么比你更重要，也请你以后放弃你无谓的自卑，学会信任他。"

云魂回过头来注视着孟扶摇，半晌无奈一笑，道："我是该谢你，还是该骂你呢？"

"只要不杀我就行。"孟扶摇耸耸肩。

"战南成我还是要带走，这是我的誓言。然后我会辞去天煞皇族供奉，从此不再插手战家之事。"云魂一弹指，弹出个小小的盒子，"我想，还是要谢你的，送你个小玩意儿，这东西我到手几十年，一直没明白到底有什么用处，你若有这机缘，便便宜了你。"

孟扶摇眉开眼笑地接了，觉得今天虽是很吃了点苦，但生意着实划算。

月魄回眸一笑，牵着云魂、拎着战南成飞身而起，没入月色星光、云山雾海，身影渐渐远去。孟扶摇立于崖巅，想着刚才月魄的笑容平静而圆满，竟比初见他那一刻的惊艳更美。

她回身，看着摇摇晃晃立起的战北野，看着缓缓睁开眼睛的云痕，看着满面鲜血咧嘴笑的小七，看着又慢悠悠掏出果子来啃的元宝大人，头顶月朗风清、云开雾散，亦是人生里挣扎得来的圆满。

从落凤崖回来后，孟扶摇和战北野、云痕立即被接到磐都城西一处普通宅子养伤。那宅子看起来和所有磐都民居一模一样，内部结构却惊人地复杂广阔，机关密道重重。在那座宅子的地下，孟扶摇见识了“贰臣第一”的老周太师深谋远虑的布局和计划——那个在金朝末期乱政时一直保护着大批能人重臣，在金朝覆灭已成定局的情形下，宁可背负着被世人诟骂的千秋罪名，以太尉之尊带头献城以降的老太师，用一生的时间来广收门客、广施惠泽，为自己的唯一后代留下了无可比拟的宝贵力量和财富。

这位老人，在明知有人欲待谋害他的情形下，依旧恳请将战北野远远封王，并主动提出将其封在贫瘠的葛雅沙漠——一位饱学硕儒曾告诉他，葛雅沙漠的前身是个富饶的大陆，后被风沙覆盖，沙漠深处有覆灭的古国遗址，那个富盛的王朝留下了难以计数的珍宝。那些珍宝，后来成了战北野黑风骑顶级装备的来源之一。

天高皇帝远的葛雅，成为战北野练兵的最佳地点。在那片广袤的沙漠深处，除了黑风骑，还有战北野以边军换防吃空额等多种手段招募的数万精兵，在他的军队里，甚至有以巨额财富招募来的彪悍骁勇的摩罗兵。

老周太师的投诚，使他最终能以太师之尊保住了当时许多文武之臣，那些人虽然大多被削去了权柄，还有些人随着王朝更替心意已变，但还有一部分人，历经宦海浮沉，如今各据一方实力。这些将旧事和感激默默压在心底的人，始终在等待一个机会，来回报很多年前那位不凡老人的恩惠。

八方云动，风雷将起，当蛰伏多年的蛟龙悍然昂首，带来的，必将是天摇地动的翻覆。

在密室里养了一阵子伤，战北野在某个日光明媚的早晨走出黑暗，对迎面向他微笑的孟扶摇道：“扶摇，我要走了。”

孟扶摇嗯了一声，平静地看着他。这段日子他虽然在养伤，同时也在一批批地见人，和一群不知从哪儿冒出来的幕僚整日整夜地商讨计划、研究路线。在他伤养得差不多的这天，她知道，他要离开了。

战北野注视着她明亮的眼眸，心底有豪气万丈，更有离情千丝。此去关山，万里血火涤荡，再回来时一切是否如常？他很想对她说：扶摇，跟我走！然而，他不能。

他不能这么自私，他要改了这天地、换了这朝野，他已经置她于乱世，再不能继续置她于危险。她为他折掉的骨、断落的齿，如同折在他心底某处的血脉，永远突突地冒着血液，有着伤痕难愈的疼痛。

战北野的手缓缓伸进怀中，抚摸着一个小小的锦囊，那里是那半截断齿——那日在内殿之中，他偷偷捡起，揣在怀中。如果这一生，不能拥有和她交换信物的那一日，他有了这个，也算有了属于她的东西，他会留存到死，然后和他的骨灰同燃。

他道：“扶摇，我已经命人去通知宗越，让他回来给你治伤。另外，黑风骑我留给你……”

“别！”孟扶摇拒绝得很干脆，“带走。我知道你在京中的力量无法和皇营军以及驻京京军对抗，所以你才要送你的母妃回葛雅，然后带领你的精兵，和那些联络好的力量起兵一路打过来。但是你回葛雅的这段路一定要有人护送，我本想亲自护送你，可是我还有重要的事要做，所以，我们各自做各自的，谁也不用担心谁。”

她笑了，目光闪亮。她确实有更重要的事要做——真武大会战南成这个皇帝会亲临武场，第一名会获得战南成的当面嘉奖，还会获得一部分天煞军权！

她要拿真武第一，她要夺天煞京军军权，她要杀了战南成！

她要在战北野打到磐都之下时，亲自为他打开城门！

她小小的脸庞因这些决定而光辉四射，明亮至不可逼视。战北野深深地看着她，欲待伸手去抚她的脸，却终于半途缩手，最终朗声一笑，“扶摇，且看你我，天煞金殿再相会！”

送走战北野，孟扶摇进入了没日没夜的苦练期。她要做的事很多，和云魂一战，她的真力又有提升，她必须抓紧时间把大风的内力融合。她还得研究月魄的练气精华到底和自己的真力合不合，顺便还研究了一下云魂给的那个盒子——巴掌大、黑色、没有边沿，看起来根本无法打开，也看不出是什么质料，她研究了很久只好先搁开，等那个虚无缥缈的机缘。

云痕留在了磐都——他来就是为了参加真武大会的，太渊分裂成上渊和太渊后，云家护驾有功，现在是太渊国的新贵，以他的身份，自然要代表太渊参战。当初太渊宫变，他受伤后被孟扶摇抛下，是战北野派人悉心照料，自此两人便有了交情。这次来磐都，云痕联络上黑风骑，知道战北野遇险，立即前来接应，如今战北野托他照应孟扶摇，他自然责无旁贷。

雅兰珠在战北野离开后的第二天便拼死拼活赶了来，发现迟了一步后号啕大哭，拔腿又要去追，被孟扶摇拉住——这孩子劳师动众地一追，战北野的行踪岂不是闹得天下皆知？孟扶摇巧舌如簧，大肆吹捧雅兰珠的武功，让雅兰珠以为真武大会没有她这个第一必然会失色不少，于是也乖乖地留下等比武，准备弄个第一名，回去向父王和母妃炫耀。

这日孟扶摇练武练得无聊，带了雅兰珠、拖了云痕偷偷溜出来闲逛。真武大会召开在即，此时的磐都武风浓烈，满街都是带刀佩剑的江湖客，茶楼酒肆挤满了来自各国的武人，经常是一言不合便大打出手，抢先预演了淘汰赛。

三人去了醉扶归，在那张坐过的桌子前坐下，看见花公公一如既往地喝得烂醉，一如既往地被傻小子绊倒，一如既往地敲诈人家赔偿，雅兰珠看得咯咯直笑，孟扶摇也笑，眼神却微微酸楚——这个不爱喝酒却为战北野整整醉了二十年的老人！

花公公临出门时，她上前搀了一把。老人抬头看了看她，接过了她递过来的一个蜡丸。

孟扶摇坐回原位继续喝酒，和雅兰珠猜拳，忽听隔壁一个酒客道："此次大会，其余各国大可不必派人来了，来了也是自取其辱。我们上渊的比翼双剑，年纪轻轻便执掌玄元宗，雷动诀名动天下，普天之下，谁是敌手？"

"比翼双剑确定要来？"另一人问，"听闻燕氏夫妻忙于政务，未必有闲。"

"师兄会来。"说话的是一个神情倨傲的少年，"他就算不来，我在也一样。我可是得过师兄亲自指点的，雷动诀早已烂熟于心。"

众人一阵附和，谀辞潮涌。那少年的神情越发骄傲，环视四周傲然不语，一众酒客都默默低下头去——这少年在这酒楼已经连摆了数日擂台，剑下从无敌手，手下确实有两把刷子，怨不得人家骄狂。

有人突然哈哈一笑，"喂，什么叫比翼双剑？"孟扶摇趴在桌上，大声笑问雅兰珠，"比什么翼？一对鸭子、一对鹭鸶，还是一对蝙蝠？"

雅兰珠眨眼睛，"莫不是一对鸡翅？"

两人顿时笑得拍桌子、擂板凳。酒楼里鸦雀无声，都用怜悯的目光看着孟扶摇——这小子不知天高地厚，竟敢得罪雷动诀的传人，这下只怕要死无全尸了。

孟扶摇一边笑一边抹眼泪，"我的亲娘啊……鸡翅双剑……"

忽然寒光一闪，一柄剑直直指到孟扶摇的鼻尖，"你敢辱我燕师兄？找死！"

第九十三章

让我去痛

“哦？”孟扶摇恍如不觉那般凌人杀气，抬头笑问，“谁是你燕师兄啊，我怎么没听过？”

众人又是哗然一声，都觉得这小子要么不知死活，要么就在装傻。上渊双璧近来声名鹊起，出身尊贵，男才女貌，是武林中无与伦比的佳偶，燕惊尘更是玄元三大剑派之一的玄元宗的新任掌门，怎么会有人没听过？

孟扶摇只在笑，笑得和煦且纯真，那少年以为她怯了自己，不禁有些得意，冷笑道：“那是你无名之辈孤陋寡闻，我们上渊双璧，普天之下谁没听过？你今日辱我燕师兄和裴师姐，便是和我玄元宗过不去。我们大人大量，也不和你计较，跪下来磕个头也便罢了。”

噗！

一根脆骨吐了出来，溅到那少年脸上，蹭了他一脸油腻——孟扶摇给了这骄气冲天的少年一个最为简单的回答。

她随即回头对雅兰珠和云痕笑道：“走吧，我心情好，不想打架。”

云痕自听见燕惊尘的名字便默然不语，幽瞳中暗光一闪，默然起身。

“站住！”

那少年想也没想到，竟有人敢对玄元宗这么放肆，脆骨上脸，他愣了一愣才反应过来，在众目睽睽之下直怒得七窍生烟，二话不说，长剑一闪，隐起风雷之声，直扎向孟扶摇的后心。

他的剑势极为凌厉，舞起时有微微的雷鸣之声，手腕一振便是数朵剑花，炫目闪亮，酒楼里一阵哄然叫好声。

有人大呼："雷动诀！果然不愧是天下一流的绝顶武功心法！"

有些善良的酒客则惊叫："小心，快逃！"

一片喧闹声里，凌厉的剑光刹那便到了孟扶摇的后心，风声猎猎，势必要将孟扶摇捅个透心穿。

孟扶摇仿佛什么都没看见、没听见般，照直向前走。

一些人的叹息已经即将逸出了喉咙，然而他们的叹息只叹了一半便突然止住，随即慢慢瞪大了眼睛。

前方，风声突歇，剑光如落花般瞬间枯萎。

那一柄百炼精钢的长剑，不知何时已经被稳稳捏在孟扶摇的掌心。她捏着那剑，就像捏着一截软泥，若无其事、漫不经心。

穿堂风掠起她的长发，她微微靠近剑尖，似乎近视一般认真端详，然后，轻轻一抹。精钢打造的长剑突然便被她捏薄、捏长，捏成细细的钢丝。孟扶摇三绕两绕，绕成一个动物形状，眯眼看着，很满意地点了点头。

满酒楼的人都倒抽一口气，有些眼光厉害的，隐约想起，刚才剑光离孟扶摇的后心只差毫厘的瞬间，她突然一抬手，黛色衣袖一闪，闪出目光不可捕捉的虚影，一霎间便捉住了那少年的剑尖。

抬手就捉住了附着雷动诀心法的快剑，需要何等的眼力和内力？江湖中，什么时候出现了这么一个绝顶少年高手？

刚才还很张扬的几个上渊武人此时都哑了声，有些惊惶地对视了一眼。他们原以为，凭玄元宗这些日子雷厉风行的作风、新掌门举世无双的雷动诀，真武大会的魁首必是手到擒来，不想今日酒楼里，一个不起眼的少年竟然抬手就让玄元宗近日风头最劲的弟子狼狈受挫。

其余酒客却都兴奋起来，看来今年的真武大会，并不是想象中那般没有悬念。

那长剑被孟扶摇挽成花的少年僵在当地，难以置信地瞪着孟扶摇慢条斯理地用钢丝编织。孟扶摇将手中编好的一对狗在掌心掂了掂，扔到他怀里，淡淡道："玄元派永远都只会背后伤人这一招，麻烦下次玩个像样点的。还有，这对狗儿帮我带给你们掌门，算作我给他们夫妻的贺礼。”

她拍拍手，转身就走。身后突传来一声羞愤的怒吼，随即嚓地一闪，一片黑色的牛毛般的细针自那少年袖底射出，直打三人。

孟扶摇理都不理，雅兰珠哼了一声，欲待出手，却被孟扶摇一拉。走在最后的云痕衣袖甩出如钢板，细针无声落地，那针颜色青蓝，一看便知有剧毒。云痕冷然回首，一言不发，清冷的幽瞳盯住了那再次在背后偷袭的少年。他目光里星火缭绕，冷光慑人，看得那少年激灵灵打了个寒战，忍不住后退了一步。

他这一退，突然发现，原本还在前面门口处的孟扶摇，竟无声无息地站在了他背后。

他这一惊非同小可，霍然跳开，然而已经迟了一步，身后孟扶摇冷冷道：“不接受教训的人，就必须给你个更重的教训。”

她抬手，手指拂出。她的动作看起来不快，那少年盯着她的手，却发觉这手势包罗万象，他无论向哪个方向逃，都躲不过她的下一变招。他惊恐地瞪大了眼睛，刹那间寒意直渗入心底。

嚓。

一声轻微的裂响，血光溅起，伴随着啊的一声惨号。

孟扶摇一出手，便穿了那少年的琵琶骨。

她收回手，冷然俯视着捂肩满地打滚的少年，道：“你得罪我，不至于受罚如此，然而你不仅骄狂，还心性狠毒、滥杀无辜，你这样的人会武功，迟早会有更多的人遭殃，那么我就辛苦一下，解决了你。”

满地鲜血殷殷，如血色写意，一幅横陈，孟扶摇立于鲜血之上，语气平静而煞气微生，满酒楼的人屏息不语，静得连一根针掉在地上的声音都听得见。他们此刻认真注视着孟扶摇，才发觉这个不起眼的少年一旦动武，一身的铁血杀气凌厉迫人，一看便知是从尸山血海、白骨堆里冲杀过的百战精英。

几个夸夸其谈的上渊武人已经悄悄溜走，剩下的少年的同伴畏畏缩缩地过来将他扶起。那少年也硬气，痛得在地上辗转也始终没有呻吟。他满头大汗、面色焦黄地死盯着孟扶摇，咬牙嘶声道：“玄元……门下，尊严不容……侮辱，留下你的……名字来，本门燕掌门……定会如数……回报！”

留下你的名字来！

孟扶摇微微仰首，看着酒楼外艳阳如许，那一片灿烂阳光，如水般在她眼前铺开，现出那年大雨倾盆中少年俯首一笑的温暖，现出玄元山上决裂之夜她一剑割裂的衣袖，现出演武场林玄元不顾身份的偷袭，现出后山洞中裴瑗伸手将她往绝崖下一推……

那些都过去了，却也代表了开始的隐瞒出身的岁月。

在那样的岁月里，她孟扶摇是一个谁都可以轻视的小卒，是被欢喜的男子鄙弃的废物，是被玄元剑派上下合力欺辱的对象。

时光滔滔，变幻命运，当初猥琐无用的丑女，如今也该到了让玄元上下乃至全天下听清这个名字的时辰。

孟扶摇笑起来，笑容明朗、亮烈。

她俯首看着那少年，琅琅道："告诉燕惊尘，我孟扶摇，接受你们的挑战，并决意践踏你玄元门下的尊严。他最好赶紧收拾包袱离开天煞，否则，我会让武林史上再无玄元！"

孟扶摇从客栈回到宅子时，赫然发觉铁成已经带着护卫赶了回来，而正厅里，坐着一个正在慢条斯理喝茶的人。

此人白衣如雪、气质洁净，用着自己专属的茶杯，喝着自己单用的茶叶，周围三尺之内，别说是人，连只苍蝇都不敢靠近。

宗越。

孟扶摇一看见他，直觉就是想绕道。她刚转了半个身，就听见毒舌男淡淡道："一段日子不见，孟将军惹桃花的本事越发见长，身边什么时候都不缺人。"

云痕眉毛一挑，目中闪起怒色。孟扶摇拉了拉他的袖子，低声道："这人就这德行，别理他！好歹是个大夫，用得着。"她转身笑嘻嘻道，"是啊，这不，你看你不也赶来凑数了？"

宗越慢慢品茶，道："我嘛，好歹是个大夫，用得着。"

孟扶摇讪讪地笑，在他面前转来转去，坚决笑容露齿。宗越就当没看见，稳稳坐着喝茶，半晌才突然发现般道："咦，你化了新妆？真是仙风道骨、超凡脱俗，一枝独秀、半壁江山！"

孟扶摇摸了摸半颗断齿，叹道："个性就是这样塑造的……"

宗大夫好容易终于毒舌完了，拉着孟扶摇进了内室看她的断齿，又命人着手准备材料。补牙在古代算是个技术活，不过难不倒天生巧手的宗越，他用白锡、银箔、汞合成"汞齐"，也就是如今的假牙，怕银牙会影响美观，还特意巧手雕琢了一个极小的玉套。孟扶摇捧着那颗几可乱真的牙啧啧赞叹，真不知道他是怎么做出来的。

宗大夫拉她进室拔牙，半颗牙不好装，干脆拔了装全颗。雅兰珠和云痕以及元宝大人就听见室内叫声如杀猪，一阵阵地号："哎呀——痛呀——哎呀——"

雅兰珠目光呆滞地问云痕："这人当初伤成那样都没皱过眉头，现在拔颗牙，怎么就叫成这样？"

云痕也思索不出孟扶摇的行为模式，将疑问的目光投向和孟扶摇待的时间最久的元宝大人。

元宝大人抱着果子在啃，根本不屑于回答这么弱智的问题——拼命的时候，叫痛又没人理，叫了干吗？现在有人理，自然要叫痛了。

果然，晚上孟扶摇要求上满汉全席补身，以抚慰她受伤的牙床。宗越凉凉地答："牙还没凝固，你只能喝稀粥。"

喝着稀粥的孟扶摇愁眉苦脸，哀叹不绝。宗越不理她，自己数着药囊里的药物，突然微微叹息一声。

孟扶摇好奇，问："怎么了？"

宗越淡淡地答："解药还差一味。"

"真的？"孟扶摇欣喜不已，结果就听见他答："我打听过了，这最后一味，只有穹苍长青神殿有，我进不去。"

孟扶摇目光呆滞，将稀粥喝到了鼻子里，半晌，哀怨地一叹。

看来自己上辈子和长青神殿有缘，千丝万缕、这般那般，最后都要集中到那里去。

她想起月魄给的那个珠子，掏出来给宗越看。宗越脸色立即变了，听孟扶摇说了来龙去脉，半晌才叹息道："好人不长命，祸害多幸运，看来真是这个道理。"

孟扶摇当没听见前面那句，惊喜地问："好东西？"

宗越取过那珠子，小心地掰成两半，用雪莲和酒泡了，陈放在阴凉处，道："夜半时服了，运气三周天，以后调息都在夜半月最明时，保你更上一台阶，终身受用无穷。"

孟扶摇小气兮兮地看着剩下半个，道："那一半呢？"

"你现在不能用那么多，那一半留着。"宗越答，"等你再上两层的时候再用，效用加倍。"

孟扶摇想了想，从怀里摸出云魂给的那个盒子，道："江湖游医，你帮我治了这么多次病，我都没给你付过诊金，这个盒子送你吧。"

"原来你还记得欠我诊金。"宗越习惯性地刺了她一句，接过盒子看了看，一时也没看出什么，道，"这东西也许可以用药溶出缝隙来，我先收起来，不好弄再还你。"

孟扶摇摆摆手，哈欠连天地要睡觉。宗越端坐着不走，屋外柳树的阴影打在他脸上，有一种奇怪的笑意明灭。他忽然道："我回来时从璇玑边境过，正遇上璇玑国前来迎接佛莲公主回国的銮驾。"

孟扶摇心跳了跳，眯了眯眼，道："与我何干？"

宗越目光一闪，扯出一抹笑意，道："你果然见过她，否则你会直接问佛莲公主是谁。"

说漏嘴的孟扶摇立刻大大地打了个哈欠，道："路遇而已。此公主个性独特，人生观、世界观、道德观非同常人，我不敢对她有兴趣。"

"只怕你没兴趣也没用。"宗越闲闲地道，"据闻，佛莲公主在回国途中忽蒙神佛指引，称天煞将出佛之圣徒。作为五洲大陆含莲出生的出名圣女，公主虔诚，是一定要亲眼见圣徒出世并有所拜会的。"

孟扶摇呃了一声，道："可怜的佛祖，什么时候能摆脱被她拿来当万能盾牌的悲惨命运呢？"

宗越意味深长地看着她，半晌道："既然你对这个消息不感兴趣，那我就走了。"

他施施然出去，留下孟扶摇咬了个被角在床上入定。半晌，她小小声地对身边小床上的元宝大人道："喂，耗子，在长瀚密林，当初你到底想和我说什么？"

元宝大人坦然高卧，跷着二郎腿抖啊抖，不理睬孟扶摇。

谁叫你当初不肯听我解释，害我损失了四根毛！现在你想听，我也不说给你听了。反正都要来了，让你们当面去闹吧，啊哈哈哈哈……

耗子十分解恨地睡着了，留下某人蹲在床上，在黑暗中目光灼灼，活生生像两盏雪亮的探照灯。

次日，孟扶摇去天煞武功司登记，凡是参加天煞真武大会的各国武人都必须在武功司录名。孟扶摇在名册上写下自己的名字，负责记录的官员盯着那名字看了半晌，时间之久令孟扶摇担心是不是自己的身份露馅了，却听那官员道："孟扶摇？无极国英毅将军孟扶摇？"

他这声一出，全屋子的官员都拥了过来，看稀奇似的看着孟扶摇，七嘴八舌地问："你就是那个无极传奇将军孟扶摇？"

"你就是那个单人闯戎营、独力杀七将的孟扶摇？"

"听说你力保姚城，却在城门口险些被逼自刎？"

"听说无极国反叛的德王大军事败，是因为你潜伏在大营里应外合？"

"听说德王是你杀的？"

“听说德王临死前大呼：‘恨与孟扶摇生于同时！’是不是真的？”

“听说无极太子十分青睐你，曾经在上阳宫亲自设宴宴请过你？”

……

真是越传越神奇、越听越离谱，孟扶摇目瞪口呆地听着，喃喃道：“谁这么牛？不是我吧？”

她向来做小人物做惯了，实在有点受不了一夜成名的感受，众人好奇探究的目光，还有身后其他报名者既羡且妒的眼神都让她如芒在背，她干脆抽身就向外走。还没走几步，身后内室帘子一掀，一人冷然道：“不过是个攀附皇室才飞黄腾达的贱民，你们这些人，身为我天煞官员，竟然长他人志气、灭自己威风！”

孟扶摇听得那语声熟悉，回身一看，目光立即缩起如针尖——古凌风，天煞之金的首领。

长瀚山那个暴雨之夜似立即奔来眼前，孟扶摇似乎再次听见了那震耳的雨声，闻见了箭矢发出的淡淡的铁腥味。就是那夜，就是古凌风带领的天煞之金的包围逼迫，逼得战北野和她不得不奔入长瀚密林，接受那九死一生的考验，才直接引发了后来的一连串事件。

这个踩着部下身体翻出陷阱的凉薄家伙，居然还没死吗？看样子，他也要参加真武大会？

孟扶摇笑起来，笑得十分开心，一边开心地笑一边对古凌风弯弯腰，道：“古统领吗？幸会幸会，久仰久仰！”

古凌风目光睥睨，“你也知道我？”

我知道你快死了……

孟扶摇微笑，答：“自然，古统领刚厉决断、有所必为，在下闻名久矣！”

“孟将军还算识进退，”古凌风斜视她一眼，“真武大会时，在下会留你一命的。”

“多谢，多谢！”孟扶摇再次弯腰——真的很值得感谢啊，我都没打算留你的命，你还想着不要我的命，太高风亮节了！

她一边弯腰一边向外走，大抵腰弯得太勤、姿态太谄媚，没注意撞到了一个人。那人身子一让，手虚虚一抬，道：“兄台小心！”温和的声线、得体的举止。

孟扶摇身子僵了僵，随即一笑，低声道：“兄台也小心。”眼角扫到一角红色的衣袂，绣着飞舞的金鸾，华丽而高贵，色彩已经够夺目，还垂着金黄的腰带丝穗，真是没有最张扬，只有更张扬。

孟扶摇眼风飞快地一掠，在一面深红色面纱前停住，然后满意地迅速将眼光溜开。

身侧有一些人在打招呼，有点殷勤，有点敌意，“燕掌门伉俪也来了？今年真武大会可谓好戏连台喽！”

有人则悻悻道：“是啊，燕掌门近年来好生威风，横扫上渊十八门派，麾下声威一时无两，如今也要来争夺真武魁首了吗？”

有人道：“天煞古统领、无极郭将军、轩辕昀公子、扶风雅公主、太渊无痕剑、璇玑华小王爷……如今再加上后起之秀上渊双璧，今年的真武魁首之争，有戏看啦！”

那人只微笑着，谦和地四处拱手，“不敢，不敢……”

身侧云痕冷哼一声，孟扶摇一拉他，快步向外走去。正在四处应酬的那人突然回身，一道含着探究的目光落在了她的身上。

孟扶摇早已大步跨出门去，将那对“贤伉俪”远远地抛在了身后。

晚上吃饭时，孟扶摇含着个筷子若有所思，问宗越：“怎么办？我怎么不知道我的名气都传到天煞来了？这下我想在天煞搞七捻三有难度啊，战南成是不会要别国将军入朝的。”

宗越专心吃饭——他只吃自己面前的菜，并拒绝别人的筷子伸入，更拒绝有人边吃饭边和他说话。不过孟扶摇一向无耻，她想说什么从来不管宗越的脸色，宗越眼看自己的饭有被她口水喷溅的危险，赶紧移过饭碗，答：“那好办，你和无极决裂就是。”

孟扶摇目光呆滞地道：“怎么个决裂法？”

“这事交给长孙无极操心，他有一千个办法让战南成相信你是个四肢发达、头脑简单、嫌弃无极国待遇不佳、有心投奔天煞的利欲熏心的小人。”难得宗越说长句都不打结，“但前提是你必须拿第一。只有拿第一，十分缺人才的天煞才会笼络你。”

“哦。”孟扶摇叼着鸡腿找了纸笔写信，“尊敬的太子殿下，请想个办法，让战南成对我形成四肢发达头脑简单嫌弃无极国待遇不佳有心投奔天煞的利欲熏心的小人印象……”他要是读断气了，正好。

“我看今年拿第一有难度。”说话的是云痕，他只吃青菜，还要慢慢挑掉里面的姜蒜，“扶摇，你注意到没有，燕惊尘夫妻有点不对劲。”

孟扶摇默然。她当然注意到了，只那一眼她便发觉，燕惊尘不仅武功进境飞速，甚至连内功都似有变化，那变化也像不完全是雷动诀的功劳，倒像是另练了某种邪门武功，眼下有着淡淡的青气。而裴瑗，虽然没能看见她的脸，但孟扶摇记得当初裴瑗是被战北野废了武功的，然而今日看她的步伐，分明是武功又恢复了。这到底是怎么回事？

还有，当初太渊宫变，燕惊尘为了她不肯救裴瑗，裴瑗被气得当场吐血，经历过这一场，如何还肯嫁他？难道当真爱他爱到什么都不计较？还是贱到觉得除了他，全天下男人都不是男人？

孟扶摇脑筋打结地想了半晌，觉得燕惊尘夫妻本来就是诡异人种，不是她这种正常人能揣摩的，只好放弃。她笑嘻嘻地问云痕："无痕剑是你吧？这名字好，比那个什么比翼牛多了。战北野说你另有奇遇，什么样的奇遇？"

"太渊分裂后，我曾经领兵和上渊作战。"云痕言简意赅，"追兵追得太久，我一个人和部下走散误入深山，遇见个脚底长疮的老道士。我背他出了山谷，临别时他拍拍我的背，说：'好心性，好根骨，老道士送你个谢礼。'我当时听了也不以为意，回去一看，背上不知何时被人写了一套剑法和内功法门。剑法只三招，可变化无穷，我到现在还没完全参透。"

孟扶摇噗的一声喷出正在啃的鸡腿，引得元宝大人怒目而视。宗越早已抱着饭碗闪到一边，吩咐管家："麻烦以后给我另开了饭在房里，像这个样子，我没法好好吃饭。"

孟扶摇哪有空理他，抓着云痕的袖子问："是个邋遢老道士，一看就很猥琐？头上长疮，脚底流脓，满身虱子乱爬？"

云痕想了想，道："我没注意虱子。"大意就是承认了该道士确实很猥琐。

孟扶摇长长地吐出一口气，将鸡腿一扔，两眼无神地看着屋顶，喃喃道："又来祸害人了……"

云痕转目看她，"你认识？"

"认识，认识得很！"孟扶摇咬牙切齿地答，随即拍拍云痕，道，"你运气说好也好，说不好也不好，总之，以后再见着这老家伙，一定要避。他没事就装个瘸子啊、疯子啊，在路边勾搭人，看顺眼的也许有好事，看不顺眼的就一定倒霉。你不可能回回都好运气，还是离他远点吧。"

云痕看着她，幽瞳里星光一闪，道："我觉得他是我的恩人，否则我要如何追得上你……的进境？"

他那句话说到一半时，孟扶摇心中一跳，说完后立即释然，高高兴兴地大力拍他肩膀，"哎，没事！咱们自家人，打不起来。"

云痕看着她，眼神里有些更为深沉的东西飘过，半晌道："孟姑娘，燕氏夫妻很奇怪，你不要掉以轻心。"

"嗯。"孟扶摇蹲在椅子上捋袖子，"来一个宰一个，来两个宰一双！"

真武大会如期召开，共分四轮。第一轮初赛，选出四十人参加第二轮，再选出二十人参加第三轮，最后一轮则是由抽签决定对手，直至决出名次。

第一轮因为人多，在磐都城西商山庆元寺的演武台举行，第二轮、第三轮在天街广场举行，最后一轮，则在天煞皇宫正仪大殿中举行。

孟扶摇用了三分之一实力，便顺利地过了第一、第二轮，同样，各国派来的最精英武者自然也在其列。燕惊尘夫妻和她不在一个组，没能对上，不过孟扶摇特意去看过，果然两人武功都大有进境，且内力奇异、剑法一展，不仅有雷鸣之声，还有淡淡的烟气生起，却不知道是什么功法。

在这两轮比试中，孟扶摇声名鹊起，原本天下武人都将夺冠的目光集中在古凌风、郭平戎、轩辕国轩辕昀、雅兰珠、云痕、燕惊尘几人身上，如今都多看孟扶摇一眼。只是孟扶摇故意藏拙，在第二轮比试中成绩平平，也就是个十七八名。大家也只觉得无极国这个少年将军很是不错，这个年纪，这修为已相当了得。除了极少数眼毒的，大多数人还没把她和那几位并列，更没把她和“真武冠军争夺者”这种字眼联系在一起想。

第二轮隔三日就是第三轮比试，孟扶摇离开比武场时，听见几个看比武的天煞贵族小姐兴奋地窃窃私语，道：“最后一轮一定要去看……”

“是啊，只是在皇宫正殿呢，怎么能拿到邀请？”

“想办法呗！机会千载难逢啊，除了这事，还有什么事能见到他呢？”

“听说本来也没工夫过来的，后来不知怎的就接受邀请答应了。五洲大陆真武大会历来都邀请各国皇族做仲裁的，以往太渊国主、扶风大族长都担任过，不过他可从来没出席过……”

“哎呀！不行不行，我得赶紧回去想办法！我家姑奶奶认识大长公主，我得去磨她给我说情……”

“等我，我也去……”

一行人匆匆离开，孟扶摇鼻子朝天，摇头笑笑。真是什么年代都有人追星，却不知道是什么剽悍人物，竟引得这些豆蔻少女春心荡漾。

她这轮比武和云痕、雅兰珠不在一组，欲待去找他们一起回去，忽听身后有人唤：“扶摇。”

孟扶摇站住，深吸了口气。这人，一旦讨厌起来，怎么连声音都觉得这么难听呢？

她运足真气，做好防备，才回身，挑眉，道：“燕掌门，贵师弟终于将我的话传给您了？”

身后一棵杨树前，正站着燕惊尘。他依旧温醇亲和、俊秀挺拔，只脸色有些青灰，也瘦了些，倒多了几分清逸的味道，只是这清逸和云痕的骨秀神清、气质微凉比起来，又少了几分自然。不过他依旧是个出众的男子，立在树下的身姿有几分倚马斜桥红袖招的味道，引得路过的女子频频地看过来。

他看着孟扶摇，眼神深深，隐隐藏着几分难以自抑的疼痛——眼前这个女子虽然是少年装扮，但是挺拔、自信，眉宇间气度傲而不骄、神采非凡，如果说当年隐瞒真容的她还只是一块璞玉，如今便是尘尽光生、华彩璀璨，照破山河万朵。

他吸气，牵动内腑都似在隐隐疼痛。这是扶摇，这曾是他的扶摇，然而他终究错过了，那一场错过如利刃日日削痛他，那样的鲜血淋漓里，他一次次后悔：当初为什么要嫌弃她？为什么要和她明白说要娶裴瑗？如果先瞒着她，也许还有转机……当初那话一出口他便后悔了，他还是不够了解扶摇，不够了解她的刚强柔韧和内心永不可磨灭的骄傲，于是，一句话，一生错。

不过，也许还有机会……如果用言语再也不能挽回错失，那么他不怕尝试别的方法……

他的手指微微蜷起，掌心里沁出丝丝的汗。他温和微笑道：“扶摇，我师弟年轻无知得罪了你，我已经惩罚他了，所谓挑战之说，再勿谈起。无论如何，我是不会对你动手的……”

“但是我会对你动手。”孟扶摇漠然道，“你既然这么让步，愿意收敛你的门下，我也不好再对玄元宗赶尽杀绝，但是你，我们擂台上见！”

她转身要走，身后燕惊尘苦涩地道：“扶摇，你当真就这么讨厌我，连和我对面说话都不愿意吗？”

“不，我不是讨厌你，”孟扶摇回身，摇了摇手指，燕惊尘目光一喜，孟扶摇已经接了下去，“我是恶心你，和你说话，我想吐。”

她不再理会燕惊尘，大踏步走了出去。身后燕惊尘突然道：“扶摇，请再给我一个机会，也……给你自己一个机会。”

孟扶摇头也不回，决然地摇头，“燕掌门，利欲熏心的人，不配得到任何机会。”

身后一阵沉默，有高高低低的呼吸声传来，燕惊尘似乎在调整气息。孟扶摇冷笑着继续前行，想动手吗？很好，今天就让裴瑗做寡妇。

她快步前行，突然觉得有些不对劲，这里不是演武场附近，还一直人来人往的吗，怎么突然人都没了？四周景物变幻，烟光迷离，山间像是起了岚气，淡青色的，朦朦胧胧，一层层如烟纱般罩下来。

这样的烟纱重重，一点点如春蚕吐丝般绕起，慢慢裹住了人的呼吸、手脚、意识、血液，孟扶摇听见自己心跳越来越缓，血液在血管里如老牛拉慢车般流动，而手足酸软，无力抬起。

她心底一沉，赶紧试探内腑，却发现自己根本没中毒。这些烟，与其说像毒雾，倒更像一种武功，无声无息、鬼魅般控制人身甚至自然，这样的武功，根本不是燕惊尘能有的！

她一直加倍提防着燕惊尘，哪怕背对他，她的全部精神都在探测他的举动，他根本不可能在她的目光审视下做任何手脚。

到底发生了什么？

烟光里，突然有人桀桀笑了一声，声音粗哑难听，像是过长的指甲刮着坚硬的石板，磨得人牙根发酸。

随即，孟扶摇便倒了下来，倒在了无声靠过来的燕惊尘怀中。

风声荡荡，烟光迷离，烟光里，那粗哑的声音哈哈一笑，道："宝贝徒儿，人我给你弄来了，怎么谢我？"

燕惊尘抱着孟扶摇，冲烟光里弯了弯腰，低声道："如您所愿。"

他低头凝视着孟扶摇，看她浓密的长睫静静垂落，神情平静安恬，那般温顺地在他的臂弯，再不复一直以来冷漠凌厉、张牙舞爪的模样。而这样近地抱着他，亦是他渴盼很久的第一次，在以前那无数寂静凄冷的夜里，他无数次对着她的幻影伸出手去，然后抱着一怀冰冷的虚空。

他微笑起来，满足而疼痛，手指流连而细致地抚过孟扶摇的脸颊，姿势轻柔，眼神决然。

他低声道："扶摇，你说过，有些错误，就像快刀划过的伤口，一开始什么都发现不了，时间久了，便要疼痛流血……那么，让我去痛，胜于被你擦肩而过、漠然相忘。"

第九十四章

以身事魔

烟光散尽，却已经换了地方。这是一处隐僻的山坳，一辆马车在掩映的林木中等着。

那层淡淡的烟气也在渐渐收拢，现出黄衣的枯瘦老者。他非一般的瘦，像是一把撑着人皮的骨头架子，高突的颧骨上，一双蛇眸色泽微褐，看人时明明正视也像睨视，目光充满邪气，有让人说不出的不舒服。

他桀桀笑着，打量了一下孟扶摇，道："女人……女人都丑得不能看。"

燕惊尘勉强笑了一下，一低头，抱着孟扶摇匆匆上车。还没坐稳，那黄衣老者也跟着飘了上来，紧紧挨着燕惊尘坐了，手一搁，便搁在了他腿上。

燕惊尘僵了僵身子，那黄衣老者立即察觉，转过头来阴恻恻道："怎么，有了这女人便立刻嫌弃师父了？你当初是怎么说的？早知道你这样，我杀了她。"

"师父说笑了。"燕惊尘立即抬头一笑，道，"怎么会呢？不过是怕车夫看见……"他说到后来，声音渐低，身子却往黄衣老者身边凑了凑。

那黄衣老者满意地笑了笑，伸手拍了拍他的手，却不放开，抓了在掌心慢慢摩挲，道："这才乖……瞧师父我多疼你，你要这女人，我便是不高兴也为你办来了，你要怎么报答我？"

这是他第二次问起报答，燕惊尘不敢再不答，勉强笑了笑，垂下眼睫道："师父对徒儿有再造之恩，徒儿……什么都是师父的……”

黄衣老者又桀桀笑起来，似乎对这个回答十分满意，亲昵地凑到燕惊尘耳边，悄悄道：“晚上……晚上……可怜见的……”

他抚了抚燕惊尘的脸，喜不自胜地笑着，又道：“我不喜欢女人气息，我先回去。”

燕惊尘欠欠身，“是，您请便！”

黄衣老者身形一闪，如烟光散去。燕惊尘一直绷紧的肩膀稍稍放松，怔怔地看着黄衣老者消失的方向，突然一把抓起一方面巾，拼命地擦自己的脸。他擦得那般用力，以至于脸上肌肤几被擦破，现出淡淡的血丝。

感觉到火辣辣的疼痛，疯狂擦脸的燕惊尘仿佛惊觉自己手重，赶紧放下面巾，摸了摸脸，想了想，又从怀里掏出一盒生肌散仔仔细细地在伤口上涂了。

不能留下任何痕迹，否则被那个多疑的老家伙发觉，又是一场絮絮不休的追问，然后……

他涂药的手渐渐停住，脸色渐渐惨白，呼吸渐渐急促，一些不堪回首、不能面对的场景翻腾而来，那些苍白和鲜红、那些腐朽的气息和无休无止的辗转、那些在光鲜亮丽的白日和痛不欲生的夜晚中挣扎的日子。

那些翻涌的东西撞得他连五脏六腑似也在震动，一阵一阵，难忍地疼痛。

燕惊尘怔怔地坐着，日光的光影被车帘割碎，斑驳地落在他苍白的脸上，映得他眉目模糊。他的手终于缓缓落下去，落在孟扶摇平静的睡颜上。

他抚过孟扶摇飞扬的眉、长睫覆起的眼、唇线优美的唇，他抚得细致而专心，仿佛想将这暌违很久的容颜，用自己的手指一一深刻进心底。

扶摇，当你在七国奔行、当你在无极创功立业、当你渐渐光彩万丈地走上七国舞台名动天下，你可曾想到，有一个人，为了追上你的步伐，为了不顾一切地得到你，他……亦放弃了一切？自甘堕落，献祭于魔，此生永无救赎。

马车在微微摇晃，竹帘簌簌作响，那鲜绿的色泽，看来似乎犹有几分山林的绿意。那是干净的、清洁的气息，生于自然水土，享受日光雨露，然而，那样的干净和清洁，自己此生已再不能拥有了。

燕惊尘微微笑了起来。

少年掌门、雷动名诀、横扫上渊、名震天下……

那些光彩万分的事迹和头衔，谁看得见背后的放弃和挣扎？

他笑了，放肆地笑，笑得无声而接近疯狂。

在那样破碎的笑容里，却有一滴滴泪渐渐滚落，滴上孟扶摇的脸颊。

燕惊尘并没住在天煞为参加真武大会的武者统一安排的会馆，他住在恒王战北恒的别业。战北恒和玄元剑派交好，玄元剑派自传入新任掌门燕惊尘之手，便更名玄元宗，由燕氏夫妻共同执掌，战北恒素来好交往各国贵族武者，燕氏夫妻这类人，都是他交往的对象。

燕惊尘从后门进，直接进了一座窖藏物品的地窖，下去前问身边的小厮："夫人在何处？"

小厮答："夫人比武完毕回来过，又被恒王妃邀请了去赏花。"又道，"桑老先生吩咐，让您回来就去见他。"

燕惊尘手指僵了僵，半晌嗯了一声，下了地窖。地窖里光线暗淡，陈设却精致，桌椅床帐齐全。燕惊尘将孟扶摇放下，取走了她的匕首扔在一边，自袖里摸出个黑黝黝的链子，将她的手腕锁在床柱上，又留恋地看了半晌，这才一咬牙，匆匆离去了。

前院雅室内烛影摇红，黄衣老者自斟自饮，喝上几口，便瞥一眼窗外，眼神淫邪。

燕惊尘匆匆过来，看见窗上的人影，顿了顿，半晌跺了跺脚，开门进去了。

夜色沉静，月上中天，风声徐缓地从林间穿插而过，搅乱得木叶轻鸣，如困于夜色中抵死纠缠的呻吟；池塘里荷叶半卷，偶有水珠从光洁的翠盖上泻过，珍珠般滚落池心。

半掩的帘幕后，压抑着低低的喘息，凌乱的床褥间伸过枯瘦的手，手的主人喷出浊臭而腐朽的、属于垂暮之年者的难闻气息。

平日里，这般的气息并不是第一次忍受，然而今日，仿佛因那女子近在咫尺，便觉得更生了几分凄凉和羞辱，那厌恶更多了几分，他忍不住微微一让。

只是极轻微一让，不过指甲长的距离，老者却已发觉，手指霍然顿住，停在半空，半晌阴恻恻道："看来老夫还是帮错了。"

"师父！"燕惊尘惊慌起来，"不是您想的那样！徒儿……徒儿只是有点不适……"

"是吗？"老者漠然看着他，"既然不舒服，那就休息吧。"他自顾自地穿衣起身。

燕惊尘避开眼光，半晌道："夜了……您去哪里？"

老者回首，笑得有几分诡异，"没尽兴，去熄火。"

燕惊尘脸色剧变，霍然坐起，在床上跪挪过去，拉住他的衣襟，"师父……徒儿已经好了……您，您还是……"

"你想到哪里去了？"黄衣老者笑得和蔼可亲，亲自给他盖了被子，道，"好好休息，累坏谁也不能累坏你。你可是我的宝贝徒儿，真武大会决赛，雾隐、星辉、云魂、月魄的弟子都参加了，你也得给我争气才行。老夫当年一着之差，生生败在雾隐、星辉之手，落在十强者之末，这口气几十年了还没咽下，如今还指望着你给我挣回这脸呢！”

“徒儿……定不负师父所望。”燕惊尘垂下头，涩涩地答。

“那就对了！”烟杀哈哈一笑，转身离开。燕惊尘看着他的背影，怔在床上，手中被褥，被慢慢攥紧。

烟杀一路走得飞快，直奔那地窖而去。地窖门口看守的人看见他不敢多言，都垂头让开。烟杀下了地窖，行到床边，看着犹自未醒的孟扶摇，半晌，露出一个古怪的笑容。

他静静地看着孟扶摇，眼中黄光闪烁，身周渐渐起了淡灰的烟雾，将他的身形裹得似有若无。

“就是这样的女子吗？”烟杀喃喃道，“不过就是年轻些罢了。”

他桀桀冷笑，道：“杀了你，小崽子就安心了。”他手指一伸，五指指甲如爪，边缘乌黑，中间微黄，指尖烟气缭绕，直伸向孟扶摇的咽喉。

满室幽凉，烟光快捷地散了开去，杀气森森。

嗞——

指尖在离孟扶摇咽喉一厘处突然停住，空气中刹那间生出窒息般的沉静，烟杀枯瘦如骷髅的脸上神色不变，也不回身，缓缓道：“你果然跟来了……”

他语气悠悠，含着说不清的失望，随后缀来的燕惊尘听得神色一变，扑通向地上一跪，疾声道：“师父，有什么错都由徒儿担，与她……与她无关。”

“你真是个死心眼的孩子！”烟杀回身，冷冷地看着他，“你看不出人家对你无心吗？你值得？”

“师父……她是被我伤了……”燕惊尘垂下头，“是我嫌弃她，伤了她的骄傲。她是不爱便恨的鲜明女子，恨我是该当的。只要我向她解释清楚，她……会原谅我。”

烟杀沉沉地看着他，半晌道：“痴儿，痴儿！早知今日，何必当初？”

燕惊尘以手拄地，清瘦的背脊微微颤抖着，低声道：“是！我当时就后悔了，我以为我可以抛却，然而手一放，我便知道我错了。”

“惊尘，你和我说这个，不怕我不高兴？”烟杀收回手，森然地盯着燕惊尘，“我以为你只是想玩玩而已，不想你竟然真的情根深种——惊尘，你是我的人，我烟杀的人，岂能有二心？”

“师父！”燕惊尘霍然抬头惊呼。

烟杀盯着他，蛇眸寒光闪烁，冷冷道："惊尘，我不高兴，我不高兴了！"

燕惊尘颤抖着爬过去，抱住烟杀的腿，"师父！我错了……求您！求您……"

烟杀俯视着他，眼底没有任何表情，半晌沉声道："我终究是心疼你的，但心疼也得有个限度，否则你便越了分寸。"他桀桀笑起来，突然一指孟扶摇，道，"你不是想得到她吗？那么我就再心疼你一次，你去上她，上完之后，杀了她！"

"师父！"

"这是我最后的让步！女人，上过不就是得到过了？你上过她，也算了个心愿，此后死心塌地跟着我，再不能有什么花花心思。你若不肯，"烟杀冷笑，"老夫说不得，也只好勉为其难一次，尝尝女人破瓜的滋味，再送她下地府。"

室内再次沉寂下来，响着高高低低的呼吸声，悠长沉厚的是烟杀的，平静舒缓的是浑然不知自己命运刹那被人决定的孟扶摇的，急促不安的是面临抉择的燕惊尘的。

"老夫耐性有限，给你半炷香的时辰决定。"烟杀一拂袖，紫铜香炉里刚燃起的香被齐齐截去了一半。

地窖里气息沉闷，烟杀身侧缭绕的烟气更让他看来幽深如鬼魅。他冷笑着负手而立，每一口气息呼出，室内光影便动荡一分。

香炷烟气三行，细小的红光在香炉中明灭，像诡秘眨着的鬼眼。

燕惊尘跪在地下，手指紧紧抠着青砖地，瞪着那半截香，满头的汗珠滚滚而落，滴落在地上，噼啪有声。

香炷渐短，烟杀的冷笑愈烈。

燕惊尘突然一咬牙，霍然从地上爬起，直直地向孟扶摇行去。

烟杀露出满意的笑意，他退后一步，跷着二郎腿坐了下来。

燕惊尘在床前停住，慢慢地俯下身子。眼前少女虽经易容，却依然看得出轮廓秀致的容颜平静而安详，胸部起伏，气息微微，似在做着一个波澜不惊、意蕴优美的好梦。

燕惊尘深深地看着她，像看着一场隔着水晶屏障、无缘参与的盛宴，又或是笔笔盛世风流、令人徒自向往的古人画卷。美丽、炫目，令人无限憧憬，却又永远无法接近。

他沉默着，慢慢摩挲过孟扶摇的脸庞、颈项、手腕……

身后的烟杀突然冷冷道："你打算摸她到天亮吗？"

燕惊尘手僵了僵，直起身子，开始脱衣服。

烟杀含着笑意看着，然而他的笑意突然在唇间凝结，怒喝一声："小心！"一蹿而起，指尖烟光一展！

轰！

床上，一直睡得安详的孟扶摇突然跳起，头一抬，怒火爆射，被锁在床柱上的那只手腕大力一抡！

床柱和半个床头竟被巨力生生拔起，携着剧烈呼啸的风声和绝不犹疑的杀气，霍地挥出！

砰——

呲——

她床柱挥出的刹那，烟杀的指风也到了，两股劲道轰然相撞，又是一声大响，如腰粗的床柱粉碎，木屑粉尘溅起一人高，簌簌地飞在尘灰中，再落了人满脸。

正在床前脱衣服的燕惊尘正在两股巨大力量的交接点，一个要杀，一个要救，猝不及防之下，他喷出一口鲜血，向后便倒。

孟扶摇跳起，手中已经脱离了床柱的锁链还系在手腕上，她二话不说，锁链一甩，银光一闪，当头就对着燕惊尘的天灵盖抽下。

烟杀已到了近前，一探爪便将昏迷的燕惊尘抓回，向后一抛，身子一飘，拦在了孟扶摇身前。

孟扶摇站在床上，甩着手中的锁链，冷冷道："一对恶心男人！"

烟杀幽深的蛇眸盯着她，眼底一阵青光明灭，声音更冷地道："你活得不耐烦了！"

孟扶摇跨下床，一伸手抓过自己的匕首，掂在掌中，道："烟杀是吧？实在浪费这么有意境的名字，你应该叫阉杀。"

"娃儿胆大，"烟杀还是那难听的桀桀笑声，"给你全尸！"

"老狗猥琐，"孟扶摇也笑，"乱刀分尸！"

两人都在笑，笑着笑着，突然便撞到一起！

一道烟，一道狂风！

烟杀的身形便是一道微黄的烟带，在灯火幽暗的地窖里迤逦飘摇，看似柔若无物、不动声色，然而那烟带所经之处，桌椅无声分裂，帐幔散为碎屑，连墙面上的灰泥都在不住地剥落，可以想见，如果那道烟光卷近人身，将是何等的伤害。

烟杀连手臂都不用动，只需要呼吸控制，便可将那烟带如臂使指，其灵动之处，又上一层。

孟扶摇的身形却是一道风，来势凶猛而又暗劲深藏的大风，有什么能吹散浓密的烟气？那就是风！

她冲过来的样子似是要将自己连头带脚都扑入烟杀的杀着中，卷起的风不仅将那些灰泥都再次吹散，甚至连桌椅都翻了个滚。由于冲速过快，她的靴跟在地面摩擦出了一长声吱，声音未尽，她已经到了烟雾后的烟杀眼前。

刀光一闪，黑而亮，九天之上、层云之间的闪电，直捅烟杀的胸膛。

烟杀咦了一声，道："你是大风的……"他话说到一半，孟扶摇匕首一抖，银辉一亮，满室突然一亮，仿佛新生了一轮明月，尽是那温存而柔和的月光。

烟杀的眼睛瞪大了，嘎声道："你是月魄的……"

他连惊两次，立即醒觉。孟扶摇匕首快得超出他的想象，刹那间已经奔至眼前。他赶紧闪身一避，却听刺啦一声，前胸的衣服被划开一道长长的裂口。随即听见孟扶摇大笑，笑声里她毫不停留，一扭身，再次闪电一退，掠至燕惊尘那里，手中的锁链一甩，又是一模一样地一抽。

烟杀还没从刚才的震惊中醒过来，不明白孟扶摇怎么会突然在对战中又想起要杀燕惊尘，下意识地就掠过去。谁知孟扶摇完全是虚招，算准了他宝贝这个徒弟，必定会来救，锁链一甩，脱手飞出，那银光的轨迹尚在燕惊尘身前挪移，她的人已经奔到了地窖口。

和烟杀这种变态硬拼什么，赶紧先逃走！

她刚才奔到燕惊尘那里时，顺手撒了点无关紧要的粉末。那是元宝大人最近迷上的一种花粉，该大人最近迷恋香薰，时常将自己熏得香气袭人，还留了点在孟扶摇的袖子里。此时孟扶摇来不及从怀里掏其他毒药，人在半空，便已将袖子撕开，粉末飘扬，撒了燕惊尘一身。

烟杀奔过来，看见粉末脸色一变，急忙去把燕惊尘的脉。孟扶摇趁这机会，一抬腿便冲出地窖，两下踢死守在窖口的玄元宗门下，直直地冲了出去。

这一冲，便和一个人撞了个满怀。

鼻端嗅到的是浓而贵气的牡丹香气，额头擦到的是滑润而细腻的明光软缎。

真是人生处处有相逢！

孟扶摇人还埋在人家香气馥郁的怀中，头还没来得及抬起来，二话不说就是一剑，黑光一亮即没。

哧！

鲜血如飘带般溅开，在夜色中飞扬出去。

裴瑗扶着肋下，踉跄着退了出去，红衣上鲜血尽染。

孟扶摇可惜地摇摇头——裴瑗果然进境了，在这种猝不及防的状态下，还能刹那扭身避开要害，白瞎了自己抽冷子出的这一剑。

她一击未杀，毫不停留，身子一个起落间，踩着裴瑗的头顶，直直越过后院，越墙而出。

她这一连串地暴起、伤人、战烟杀、偷袭燕惊尘、寻隙逃出地窖、撞裴瑗出手不中又逃，快得几乎像是在同一时间发生，也就是寻常人眨几下眼睛的时间，她已经从恒王府别业奔出。

恒王府之外，穿过几条深巷便是热闹的民居聚集处，孟扶摇身形快如流光，自那些巷子中快速穿过。

巷子深黑，间距狭窄，孟扶摇衣袂带风，风声瑟瑟，不断冲破这夜色里的黑暗和雾气。中心大街不夜的繁华就在前方，只要冲到了那里，任烟杀如何变态，也不能当街杀人。

前方的雾气，突然浓了些。与其说是雾，倒不如说更像烟，浓厚的、迤逦的、淡黄浅灰的烟气。

孟扶摇霍然停步，一翻身便要换个方向，然而换的那个方向依然是不变的烟气。

烟杀还是追来了！

孟扶摇吃过他的亏，知道这人的功力诡异，大抵是无声无息锁人经脉的那类，她不敢再像先前和燕惊尘对打时那样静止不动，而是不停地穿插飞越，全身真气鼓荡流动，试图在那无处不在的烟带中找到突破口。

烟杀的声音，从那层层烟气后难辨远近地传了来。

“女娃子很了不得！”他的声音如水波般不住漂移，让孟扶摇无法辨明他的方位，“你体内竟然有大风和月魄的真气，甚至还有些我没看出来的顶级功法——你的师父到底是谁？”

“我为什么要告诉你？”孟扶摇笑，“我又不是你妈，没有为你答疑解惑的义务。”

烟气突然一荡又收，似乎一个人被气着了呼吸加粗的模样。孟扶摇目光一闪，立即冲了过去。

她早就看出烟杀的烟气是由呼吸控制的，那么，激怒他才是找出他弱点的唯一法门，所以她一直怎么恶毒怎么来，反正这老家伙也没打算留她活口。

她人在半空，匕首已经到了刚才那烟气的缝隙处，狠狠地一戳！

“小辈狡猾！”烟气一散，现出烟杀的身形。老者衣袖一拂，劲气滚滚而来，逼得孟扶摇身形一滑，瞬间滑出三丈。

她这一滑，就完全滑了开去，仿佛踩着月光、乘着风，如飞云流水般，倒退成一道平直的线。她仿佛没看见背后的墙，轰的一声就直直地撞了上去。哗啦一声大响，墙上生生被撞出了个洞，孟扶摇的身形立刻没入洞中。

洞后华光摇曳，珠帘深垂，红罗帐内芙蓉春暖，夜半打洞惊起了鸳鸯——当然是野鸳鸯。

孟扶摇一回头，看见床上惊惶爬起、尖叫成一团的裸身男女，目光特意在某些重要部位转了转，又飞快地掠过四周的摆设，迅速确认了这是一家妓院，忍不住咧嘴一笑，道："抱歉！继续，继续！"她一伸手，从怀里掏出颗丸子弹过去，"没给我吓得倒阳吧？送上神龙壮阳丸，以示慰问。"

她一抬头，对已经跟进来的烟杀一笑，唰的一下又倒弹了出去。

她不停地向后冲，撞过珠帘，撞过房门，撞上栏杆，撞进大厅，所经之处，珍珠四散、房门粉碎、栏杆崩开、花瓶碎裂，哗啦啦、咔嚓嚓一阵天崩地裂的巨响，夹杂着人们的惊叫声、走避声以及对面街上人群蜂拥而来的询问声，顿时将天煞主街闹成了一锅沸腾的粥。

孟扶摇要的就是这个效果。

和十强者打过几次交道后，她渐渐摸清了十强者武功的精华根源所在：他们都是能掌握自然规则、将自然之力融入自身真气法门形成自己独特自然真力的强者，也因此，他们在最适合自己的环境中会有更强大的发挥，比如烟杀，黄昏前，山林中山岚升起、烟气缭绕的时辰，他的武功发挥最为强大，以至于白天自己尚未察觉时，便已着了他的道。

换句话说，红尘浊气、万家灯火这种离自然较远的环境，烟杀的武功定然受限，妓院当然更好，哈哈，真是意外之喜！

孟扶摇得意地笑着，乒乒乓乓地撞着，一直将如附骨之疽般紧紧跟随的烟杀引到了闹市之中。烟杀动了真怒，一掀衣袂，死追不休，势必要把这个不知死活的女子毙于掌下。他隐约察觉身后不知何时突然多了几道黑影，但是那些人的武功还不在他的眼里，无论如何，他要先杀了这个疯女子再说！

此刻，夜未深，人影、花影乱如潮，灯火辉煌的闹市里人流如水涌来，其中不乏参加完真武大会后夜行买醉寻欢的江湖客。他们盯着飞奔如电的孟扶摇，被那惊人的速度和力量惊掉了下巴，再看看追缀不休、身形如烟的黄衣老者，有些见闻广博的江湖中人立刻惊呼："烟杀！"

轰然一声，群情震惊。十强者在五洲大陆早已是神般的存在，别说寻常武人，便是武林各大有头有脸的门派，等闲也见不着这些被神化了的人物。如今十强者之一的烟杀突然出现在天煞闹市某妓院中，当众追逐一个不起眼的少年，看那样子，竟然是想杀人家而没杀成?

众人托着下巴，偏着头，看孟扶摇身形如黑旋风滚滚一路横撞，看烟杀灰烟缭绕，如一道凝着的烟线紧缀不休，看这绝不可能却偏偏发生在闹市的强者巅峰之战，都早已看得呆了。

孟扶摇突然回身。

她后退得飞快，回身更快，刹那间便突然止住了那般凶猛的冲势，丝毫不受惯性影响地唰地扭身，一抬手就是双拳崩出!

拳出，大风卷起，气流如崩!

轰然一声，人未至而拳风至，拳风起而风声起，大厅四面彩灯的丝穗刹那间齐齐上竖，硬生生被那超拔凌厉的拳风激起；墙上的字画被气流一卷无声地收缩，美人图立刻变成了老妇图。一个胆子大、远远躲在一边想看清楚打架的嫖客，呆呆地端着手里的茶忘记了喝，突然脸上一热，杯中茶水无声地泼出，洒了他满脸。

孟扶摇的拳已经到了烟杀的前心!

烟杀一声冷笑，枯瘦的手一伸，手中竟然是一柄附庸风雅的扇子，他横扇一挡，烟光乍起，孟扶摇的拳只差毫厘，便再也递不进去了。

烟杀撇唇一笑，正想说几句诸如什么“你能逼得我动用武器，也算你不枉这辈子”之类的场面话，却见对面的孟扶摇突然抬首一笑。

烟杀怔了怔，心中直觉不好，这女娃子不是个好东西，笑起来肯定没好事。他下意识地便要挥扇，孟扶摇抵在扇面上的拳头突然一弹，弹出一截乌黑的锋刃!

锋刃乌黑，刀光却雪亮，刀光如月光，犹如自沧海奔来、自苍穹飞降，刹那间迷迷蒙蒙又辉光万里，照亮了丈许方圆!

拳本就近在烟杀的胸口，拳里弹出的刀光立刻刺破了扇子，无声无息地刺入烟杀的胸膛!

烟杀急退，身后突然传来一声低喝：“聚！”随即一股大力涌来，如铁墙般，生生阻住了他后退的脚步。

烟杀眼风一掠，看见身后那几个黑衣人竟然突然纵行成列，一个手掌抵在另一个的后心，当先一人掌心如铁，直直地拍在他背后，拼命将他往孟扶摇的匕首上推。

烟杀大怒，他称雄一世，竟然被几个小辈逼到了这等地步，干脆也不再退，扇子一收，横扇一划。

烟光如惊涛拍岸，迭浪层层，挟着无穷怒气狂飙而起，瞬间卷向孟扶摇。

月光却如一线银针，凝神聚魄，穿越广袤却稀薄的烟气，直线射入。

当烟光遇见月光，血溅！

淡灰的烟气和淡白月色泾渭分明，刹那相撞，随即两色之间，无声无息地绽开两朵艳红的血花，在四周辉煌的灯火里，色泽鲜明而诡异。

两道人影，各自翻跌开去。

烟杀胸口鲜血飙射，孟扶摇那一剑那般悍然，最终还是伤了他的心脉。

孟扶摇以匕首支地，死狗一样大口喘气，每喘一口气便喷出一点血沫。老变态那含愤一击果然不是玩的，接得她浑身的骨头都要散了。

她蹲在那里，四面的围观者轰然便欲拥上前，想看清楚这个居然能和十强者平分秋色的少年绝顶高手，突有两人快步而来，一人二话不说，横剑一掣，剑气于三丈外便森寒透人，惊得人惶然后退；另一人平静负手，漫步而来，看似走得不快，人人靠近他三尺之地，便觉得心神一窒、浑身不适，不得不向后退去。

人群很合作地散开，两双手同时搀起孟扶摇。一人道："你……唉！"另一人却道："半天不见，原来你添了新爱好，居然喜欢在妓院打架。"

孟扶摇抬头，看着神色匆匆的云痕和看似淡定、衣服上竟然有了灰尘的宗越，嘿嘿地笑了笑。她血葫芦瓢似的大嘴着实难看，看得云痕目光一闪，拔剑就对着烟杀遥遥一指。

烟杀捂着胸，怨毒地看了孟扶摇一眼，突然衣袖一挥，一阵浓厚而微臭的灰烟腾腾升起。众人赶紧后退，等烟气散尽，烟杀的踪影已经不见，只在地面上多了一摊鲜艳的血迹。

人群再次意图拥上来，宗越赶紧扶起孟扶摇就走，难得地居然没嫌弃她又是灰、又是汗、又是血的脏兮兮，孟扶摇这个无耻的家伙赶紧抓紧机会糟践之，愣是将自己身上的灰在宗越身上蹭了个痛快。宗越明显在忍耐，忍啊忍啊，突然停了步。

孟扶摇以为他终于要爆发了，下意识地一躲，却见宗越的目光盯在了对面屋檐下一个少年的身上。

月色皎洁，在屋檐下打出浓浓淡淡的阴影，阴影里少年容色明灭，依稀能看出风姿清丽。他的个子似乎稍微矮了些，但身材匀称，不觉蠢钝，反倒觉得玲珑。他不看今日引起轰动的孟扶摇，只盯着宗越，目光晶莹闪烁，神色复杂。

他道："和先生一别久矣，近来可好？"

宗越立刻又恢复了他那拒人千里、干净疏离的神气，淡淡道："托昀公子福，很好。"一转身，有些粗鲁地拎起孟扶摇，道，"磨蹭什么，还不回去疗伤？"

孟扶摇那个冤屈——拜托，磨蹭的人是你，停下来和人寒暄的是你，你恶人先告状，好生无耻！

咦，昀公子？轩辕昀公子？不就是这次二轮决赛的第一个过关者吗，据说是月魄的弟子的那个？他和宗越是什么关系？

感觉到那少年依旧站在原地，默默地注视着他们远去，她好奇地从宗越的臂弯里挣扎回头，突然看见月色星光下，那少年眼底光芒一闪。

孟扶摇怔住了——那是泪光。

十强者之一的烟杀，于天煞闹市中和人拼成平手，甚至被逼逃走！

这不啻此次真武大会期间最为惊悚的消息，以风一般的速度在磐都传开，真武大会的参加者都在试图找出那晚那个神秘的黛衣少年。然而那夜闹市纷杂，交手只在刹那之间，双方动作又快，谁也没看清孟扶摇的长相。众人将真武大会的佼佼者排了又排，连燕惊尘都被排上了，愣是没人想到是孟扶摇。

此刻轰动磐都的新番少年高手正如死狗般躺在床上，哎哟喂呀地被江湖游医宗越下手诊治。明明是内伤，江湖游医偏偏找到了一处比头发丝粗不了多少的血口，十分严肃地称："此伤口须好生保养，用药内服外敷，按摩加快药效。"元宝大人自告奋勇，用它粘满糖汁果汁的爪子殷勤地帮孟扶摇"按摩"。

孟扶摇一掌拍飞之，大呼："宗越，你心情不好，不要拿我出气！"

话音未落，宗越立刻放下药碗，直着腰，头也不回地走了出去。孟扶摇和元宝大人齐齐蹲在床上，爪子含在嘴里，一脸呆滞地看着他离开。半晌，孟扶摇捅捅元宝大人，"喂，耗子，宗越是不是来'大姨妈'了？"

富有"大姨妈"到来经验的元宝大人十分不赞同地摇摇头。它个人觉得，何止是来"大姨妈"，八成"姨妈们"一起都来了。

宗越出去，云痕进来。他一直守候在门口，将宗越的异常也看在眼里，却不似孟扶摇那般好奇心重，只将药碗端起，道："不喝就凉了。"

孟扶摇郁闷，只好闷声喝掉。云痕眼睛一眨不眨地看着她，道："午后你比试完就不见了，叫我们好找。最先去的就是燕惊尘那里，还险些和恒王府护卫打了一架，谁知道你又冲了出来——到底发生了什么？"

孟扶摇笑笑，简单说了经过。她先前被烟杀以内力制住，神志却未完全丧失，燕惊尘把她锁在地窖之后，她渐渐清醒。大抵是月上中天的缘故，她忽觉体内渐生光明，如潮汐般渐渐涌动，一一冲开了被困的经脉。烟杀进来要杀她的时候，她已经快要恢复了，被燕惊尘那么挡了一挡，她终于来得及完全正常，给了烟杀一记。

云痕静静听完，叹了一叹，道："你现在又受伤了，第三轮怎么办？"他沉思着，突然伸手要去把孟扶摇的脉门。

孟扶摇立即手一缩，戒备地瞪着他，"干吗？"

看着云痕默然不语的神情，她突有所悟，道："你想把功力渡给我，好撑过第三轮？你疯了！万一遇上高手，你要怎么自保？"

云痕说得轻松，"我退出就是。"

"你退出，回太渊以后的日子怎么过？"孟扶摇盯着他，想起云痕那位心思深沉的养父。如果云痕半途退出了真武大会，他将会受到什么样的待遇？

她轻轻叹息，拍了拍云痕，道："没事，放心！"她笑笑道，"说不定我会遇上燕惊尘，正好，他也受伤了。"

她沉默下来，想起地窖里自己闭着眼睛，感觉到燕惊尘的手轻轻摸过她的脸、颈，正欲暴起的那一刻，突然觉得那双手摸上了她的手腕，然后，手指使力，将锁链的环扣微微拉开。

他当时……到底想要做什么？他为什么……没有先脱她的衣服？

还有，他真的为了武功提升，就和那个恶心的老男人……

孟扶摇微微叹息，将手往眼上一遮，不想再去思考这些问题。无论他想做什么、无论他那样做是否打算放了她、无论他多么委曲求全牺牲巨大，单是他请求烟杀强抢她的行为，便已是不可饶恕。

爱是成全，不是强取豪夺。可惜，有的人永远不懂。

她沉思着，神色不豫。云痕看着素来欢快的孟扶摇突然暗沉的表情，有些不习惯，下意识地想说些轻松的话题，想了想，笑道："对了，听闻金殿比试的仲裁已经到了天煞边境，天煞皇帝派人去接，结果，礼部的人在那里看到了一出好戏……"

第九十五章
思慕之深

“哦！”孟扶摇将手遮在眼睛上，懒懒地答了一声，又静了静，才拖着声音问，“怎么……啦？”

“是那个佛……”云痕一转眼，发现孟扶摇已经进入半睡眠状态。想起她今天被掳逃生、对战烟杀，又受了伤，着实辛苦疲惫，哪里还有精力听闲话？他笑了笑，给她盖上被子，吹熄了灯火。

灯火一暗，室内陷入黑暗的沉寂。云痕却并没有立即离开，他立在室中，沉静不语。月光穿窗而入，如水般款款展开，照见他静静俯视孟扶摇的眼神，清亮、鲜明，有星火闪烁，如玉之凉、如水之深。

扶摇，属于你的大风将起，也许我终究只能附着于你飞舞的尾翼，然而我依旧庆幸我的幸运，使我没被你扔下太远。

终有一日，我亦要腾空跃起，和你并行。

孟扶摇养了两日伤，这两日之内她被江湖游医好生摧残。宗越认为她就是个叛逆种子，关照了她小心燕惊尘还是着了人家的道，现在带伤上阵，活该！他一边冷嘲热讽，一边没日没夜地抓着孟扶摇治伤。孟扶摇哀号：“我要打架，你总得让我休息好吧？”

宗越毫不理会，冷然答道："你见过谁两日内就能治好内伤的？现在只能赶紧为你把伤势镇下去，你还得祈祷比武时不要遇见内功纯阴的对手，否则伤势引发，别说拿第一，你第三轮都别想过！"

他说话时脸色如雪，毫不动容。自从那日找到孟扶摇后，他就一直这副德行，弄得最近几天元宝大人连放屁都要小心夹着，害怕他以污染空气为由将它丢进茅厕。孟扶摇也不敢顶嘴，暗恨那个轩辕旳八成和宗越八字不合，等她遇见他，一定要狠狠揍之。

三日后，第三轮比试如期开场。一大早，台下便挤满了人，黑压压的一片人头。五洲大陆民风好武、武者为尊，这种盛会自然人人趋之若鹜。孟扶摇到的时候，差点挤不进场，她连连叹息，天煞傻鸟为什么不趁此机会卖门票。

按照规则，各自抽签，签分为红、黑两种，按抽到的相同号数两两对战。比试由战北恒主持，在抽签之前，战北恒宣布最后一轮规则修改，由第三轮决出的十人先抽签对战，败者落入后五名；前五名的争夺则实行挑战制，谁认为自己一定能拿第一，上去下战书就是，谁在比武台上待的时间最久，谁就是真武魁首。

规则一出，底下哄然，这不等于车轮战？第一个上去的，岂不是要面对四轮高手的攻击，不就是个输？这赛制也太不公平了！

战北恒面对群情汹涌，含笑抬手向下压了压，道："各位只觉得这赛制不公，然而抽签岂不更不公？前十高手，实力自有高下，假如第六名抽上了第一名，那自然是稳输；但假如他遇上了第五名，又谁知鹿死谁手？关系到真武前五的名次高下，差一名便天差地远。既然是以武称尊，我真武大会当然要擢选最具实力的高手，不论运气，就拿实力说话！"

他又含笑看向郭平戎、古凌风、轩辕旳、雅兰珠、云痕、燕惊尘等人，问："几位意下如何？"

郭平戎没有表情，只擦着自己的剑。孟扶摇自从当初将军府一战后，还是第一次当面看他，只觉得这位郭将军武功没退步，整个人的精神气却似乎早已泄尽，神情木然、目光呆滞，只知道不停地擦自己的剑，也不知道当初长孙无极对他用了什么手法，把好好一个人搞成了这样。孟扶摇想着，不禁抿嘴一笑，大概，是当初太渊密林里对付齐寻意的属下时所用的手法吧？符合长孙无极那德行——斯文、优雅，恶毒得不动声色。

古凌风是主场代表，自然不肯示弱，朗声一笑道："就是王爷说的，以实力说话！"

轩辕国那位轩辕旳公子不仅年轻得让人惊讶，气质也是少见的娴雅，容貌尤其清丽。他来比武场后一直像在寻找谁，眼光转了几圈，便浮上了一层失望之色。此时见恒王询问，他还没开口脸先红了红，细声细气道："听凭王爷吩咐。"

雅兰珠把玩着自己的小辫子，漫不经心道："我就是来玩的，多几个人打架才好玩。"

云痕则默然点头，燕惊尘微笑一揖，温文尔雅地答："王爷英明。"

孟扶摇的眼光从他脸上掠了掠，他脸色不太好看，眼下青灰更深了些。那天两力相撞，他虽在其中，也只是擦着边而已，按说伤得还没她重，怎么脸色难看得像半个死人？孟扶摇恶毒地想，八成是纵欲过度吧！

几个最有实力问鼎魁首的人没意见，别人自然也没什么说的。战北恒点了点头，手一挥，小厮捧上了签盒来。

孟扶摇盯着古凌风，很希望能抽着他，趁此机会宰了他——比赛规则规定要点到即止，非必要不可伤人性命。她一定会温柔地点，点他到姥姥家去。

签盒搬过来，一个很大的盒子，为了表示公平，两边开了两道槽，大家同时伸手进去摸。孟扶摇盯着那两道槽，心想天煞到底是什么意思，何必要在这上面玩公正？反正都是闭着眼睛摸，先后又有什么区别？还有，搞那么大、那么长的盒子做什么？那么大的地方，散落二十根签，摸也要摸上一阵——这是为了拖延时间？想干什么？

她心里疑惑，便留了个心眼，动作慢腾腾地过去，眼光在众人手上扫射——如果有猫腻，那一定是在手上，只有伸进盒子时无人看见的手，才好做手脚。

然后，她看见了古凌风的手。

那手上五指平短，指甲微红，分明是练过什么毒掌，更重要的是，他的中指之上戴着一个黑色的戒指。戒指像是普通的黑曜石，镶石巨大，除此之外并无异常。可孟扶摇相信，只要那戒指一动，戒面上肯定会出来一些不太美好的东西。

看样子，古凌风和战北恒之间已经有了默契，对真武第一是势在必得了。

古凌风站在她斜对面，他身边左侧是轩辕旳，右侧是郭平戎，正对着云痕。

孟扶摇手伸下去，拉了拉云痕的袖子，示意他注意古凌风的手。云痕目光一闪，极慢极慢、不易被人察觉地点了点头。

二十个人，都把手伸了进去。

孟扶摇手伸进去后，先弹了弹自己的袖子，袖子里有某大人——孟扶摇比武时不肯带它，它坚持要求跟来看戏，打滚、撒泼、装死、上吊，孟扶摇被闹不过只好带着，原本是打算抽签后就把它扔给台下的铁成，现在……正好。

元宝大人无声无息地进了签盒，抱着个果子，坐在黑暗里慢慢地啃，目光灼灼地盯着古凌风的手，然后，它牵着孟扶摇的手指，慢慢靠向那个方向。

古凌风的手，正向左边的轩辕旳靠去——月魄的弟子是个劲敌，先期表现也最好，古凌风要先拿他下手。

元宝大人立即抓住孟扶摇的小指，向左摆了摆。孟扶摇抬头看看轩辕昀，有些犹豫。突然想起三天前那夜一回首时看见的泪光，她心中一软。

她的手，慢慢地靠了过去。

黑暗中，二十双手，除了另怀心思的三双，其余的都在各自摸着签。

孟扶摇的手，突然闪电般一伸，指尖一弹，一缕劲风飞射，惊电掠空，直射脉门！

劲风逼近，古凌风惊觉不对，下意识地缩手，横掌一拍。孟扶摇的手早已更快地等在他的退路上，五指如铁，屈指节似爪，刹那间一捉一掐。古凌风竖指连弹，孟扶摇抓起一根签唰地一抽，古凌风再退，指尖戳向孟扶摇的掌心。孟扶摇却突然缩掌成拳，拳如凤眼，狠狠地一敲！

闪电般的瞬间，黑暗的盒子中已过手三招！

嚓的一声微响，凤眼拳突，敲在古凌风的腕脉上。古凌风再也想不到居然有人在黑盒中认穴也能认得这么准，五指一软，孟扶摇反手一捞，古凌风的腕脉已在她掌中。

古凌风一惊之下非同小可，另一只手赶紧去救。然而一直等候着的云痕的手已经到了，快捷如风，一叼，便叼住了他的腕脉。

两只手同时被制，古凌风脸色死灰。他抬头看向身侧，寻找是谁出的手，无意中碰见孟扶摇的眼光。含着笑意的、讥诮的、森冷的、奇异的拥有火般热烈和冰般阴凉的，目光。

他遇见这样的目光，怔了一怔，随即觉得浑身如被浸入深水般一冷，恍惚间想起某个深山雨夜，自己一箭射出，对面山头上隔着雨幕回首的朦胧影子，似乎也曾射出过这般钢铁般坚硬的目光。

他突然知道了她是谁，然而已经迟了。

孟扶摇无声一笑，掐住他手掌的手指一错，一撇，一掰，再狠狠一折！

"啊！"古凌风发出一声惊心的惨叫，叫声惨厉，号破了这众目睽睽的比武场，惊得台上台下的人齐齐地跳了起来。

孟扶摇不动声色地笑着，松开了手。就在刚才一刹那，她已经废了古凌风整个手臂的经脉，连带着劲气上行，钻入了他的心脉。他不仅练毒掌的手再也无法毒别人，小命从此也交代了八成。

古凌风的惨叫仍在继续——云痕如法炮制，废了他另一只手。然后，元宝大人欢欣鼓舞地奔上去，在每只手上都狠狠地咬了一口。咬完之后元宝大人呸呸地吐掉血水，飞速钻回孟扶摇的袖子里。

孟扶摇微笑着拈着随便抓的签条，抽出手来。

这一切只发生在刹那之间，众人只看见二十人伸手进到那个长盒子的槽中，人人都似乎在凝神摸签，然后，古凌风就惨叫了起来，再然后，他便抖着鲜血淋漓的手抽出了盒子。

战北恒霍然立起，喝道："怎么回事？"

其余十九人都取了签，一脸无辜状地退开了，大会仲裁飞快地上来察看古凌风的手，却惊愕地发现他手上竟然是咬痕——被动物咬的。

战北恒听了回报也愣住了，他原以为是其他参赛者动了手脚，谁知如今却是动物咬的，他难以置信地亲自查看，最终只得默然不语，脸色阴沉地回到主座。

天煞的种子选手，竟然在第三轮一招未出就莫名地出局了！

众人都交头接耳、议论纷纷，有些天煞国人不忿，站起来大声道："王爷，其中定然有鬼，请彻查其他比武者！"

战北恒神色阴冷，雅兰珠却笑嘻嘻道："是啊，我们都很可疑，我们刚才不仅把手伸进去了，还把嘴伸进去咬了古统领一口。"

底下一阵哄笑，笑声里，云痕冷冷道："贵国这个签盒做得着实奇妙，大抵是花样搞多了，反咬了自己的手。"

战北恒神色变幻，最终毕竟心虚不敢追究，挥手命人将古凌风送下去，冷声道："比武继续——"

孟扶摇微笑着退后一步看自己的签，刚才她先是拿了一根，用去抽古凌风的手了，签条掉落后，她顺手又捞了一根。

黑，七！

此时仲裁已经将各自的签条读过，其中郭平戎对燕惊尘、璇玑成安郡王华彦对云痕，雅兰珠抽到红五，结果查遍所有人的签都没有黑五，那根签属于古凌风，留在了签盒里，于是雅兰珠好运地轮空了。

轩辕昀作为前两轮表现最佳的高手，一直为众人所关注。此时出名高手都已定下对手，剩下的是第二轮中名次稍后的比武者，众人的目光轮流看着，看是哪个倒霉鬼轮上了，要和这个风头最劲的少年对战。

轩辕昀在众目睽睽下小心地递过签，细声细气地道："红，七。"

仲裁将目光投向剩下几人，其他几个都露出释然的笑容，一副瞬间轻松的模样。仲裁一扬签，问："哪位是黑七？"

在众人左顾右盼间，孟扶摇微笑着跨前一步，指指自己的鼻子，“区区。”

轰然一声，又是一阵兴奋的议论，有人大声道：“唉，这场别比算了！”

“早点认输，换人换人！”

“没意思，没意思，还以为能看到巅峰对决。”

孟扶摇笑眯眯地转身，挥手，“哎呀，不要赶人家嘛，重在参与，重在参与！”

她在哄笑声中大踏步下台，等着自己的第七场。坐下没多久，身侧人影一动，宗越无声无息地过来了。孟扶摇在他身侧坐着，本来好好的，突然就开始抓耳挠腮。

宗越淡淡道：“怎么，长虱子了？”

孟扶摇笑，“是啊，眼虱子，左一眼、右一眼地看得好可怜见的，弄得我觉得我真是罪过，电灯泡似的卡在这里——江湖游医，我们换个位置如何？”

宗越眼也不抬，细细地把着她的脉，道：“你如果少说几句废话，大抵还可以活得久些。”又道，“张嘴！”

孟扶摇乖乖地张嘴，宗越弹了颗药丸到她嘴里，道：“我原本不打算过来的，听说某人运气不好，抽着了那人，只好跑一趟。我跟你说，你好自为之！”说完便起身，头也不回地离开了。他白衣如雪的背影不掠烟尘，那般慢而坚定的步伐，远远看去，只觉得似远山雪线之上的碎雪飘舞，冷而疏离。

孟扶摇下意识地一转头，果然就见那羞涩的小正太昀公子，又兔子似的眼圈红红的了。

“唉……”孟扶摇郁卒地捧着脑袋，向元宝大人叹气，“真是人生何处不相逢，一旦相逢就抽风啊……”

郭平戎和燕惊尘是第三场。奇妙的是，两人都不是最佳状态——郭平戎内力虽然未失，但因为灵机被毁，反应和机变都远远不如鼎盛时期；燕惊尘虽然受了轻伤，通过三天将养也算恢复得差不多了。他根基不如郭平戎扎实，天赋却好，剑法灵动轻盈，起落、点射，烟气缭绕，有出尘之姿，更对比出郭平戎的“拙”，两人堪堪战个平手。第三百招上，燕惊尘以半招险胜。

燕惊尘比试时，裴瑗就坐在台下。他夫妻虽然号称“双璧”，但这种单人比试是不能双双齐上的。裴郡主坐姿端正，双手叠放于膝上，比起某人坐没坐相、站没站相的惫懒姿态，气质不知道好了几万倍去。某人一边吃着零食一边瞟她，瞟她肋下，瞟她面纱，瞟她腰身，眼珠子转啊转的，笑眯眯地不知道在打什么鬼主意。

第六场是云痕和华彦，那位来自璇玑的少年王爷出身成谜，不同于古凌风、郭平戎、轩辕旳、燕惊尘是云魂、星辉、月魄、烟杀之类的名家弟子，却功力浑厚、尤善枪法。这个轩昂的男子和云痕对面一立，风姿飒爽如一对玉树，看得众人一阵叫好。

孟扶摇跳到椅子上，大肆举臂挥舞，“阿痕加油！阿痕加油！”

她袖子里的元宝大人被她挥得眼珠如三百度眼镜，一圈一圈的都是旋涡。它愤恨地爬出来冲孟扶摇龇牙，孟扶摇连忙歉意地将它放进掌心，以示温存。

云痕无奈地看她一眼，摆摆手，无声地对华彦一让，“请！”

“请！”

一声“请”字尚在嘴角余音未了，下一瞬，华彦突然如一道爆破的雷般冲了出来。枪尖一摆，空气中立即响起了连环的爆破音，气流涌动，噼啪炸响之声不绝，卷得云痕的头发都向后方直直竖起。

孟扶摇怔了一怔，紧张得捏紧了手指，道：“这家伙这实力凶猛啊……”她捏啊捏、捏啊捏，忘记了元宝大人还在她掌心里……

云痕面色不变，低喝，“好！”猱身扑上，两人瞬间缠战在一起。

这才是真正实力相仿的一场战斗，和先前燕惊尘以轻灵战拙笨的讨巧相比，云痕和华彦都是实打实的战斗，招数、内力、功底、技巧……完全是一场全面而华丽的五洲大陆贵族武者都精擅的武技展示。一个枪风如虎出林，一个剑气似龙在天，金色的枪风和淡青的剑光纠缠在一起，劈、射、砍、穿，华光缭绕、劲气纵横，看得众人不间断地叫好。

孟扶摇却担心地沉默了下来，她发觉，华彦的内力使用太猛，一旦到五百招外，必将后力不继，但云痕毕竟新学剑法，功底似有不足，和华彦那特别浑厚的内力比起来，他有着天生的缺陷，现在看起来不落下风，却很难支持到五百招外。

她扭紧了手指，心中已经在想着等一下要怎么安慰落败的云痕。

四百招过去，云痕未落败象，只是脸色白了些、嘴唇有些发青，然而剑气凌厉如旧，战意炽烈如旧，纵横飞舞的剑光如海波逐浪，涛飞云卷，惊艳如初。他将脚下那一方比武场当成了自己的属地和战场，寸步不让!

云痕不让。一让，便让出了此生的所有尊严和执着。

他已经很累了，累到眼前发花，累到心跳如擂鼓，华彦倒踩七星的步法在他眼底已经快成了真正的金星乱冒，纵横的枪风逼住了他的呼吸，他觉得连血液都在一寸寸地凝结，每一剑挥出，那些凝结的血液都似要成块成块地掉出来。

于是他咬破舌尖，将血含在口中。在那样清锐尖利的疼痛和微腥微甜的气息里，那金光乱晃的枪尖早已幻化成那年玄元山上初见时孟扶摇的剑光，那剑光翻滚着摇落，刹那间惊破了东风。而那日山顶清风里那少女的黝黑眼神，如冰雪般明亮，又像一朵花开在旷野，寂寥着骄傲，不肯被那伧俗世事摧折。

他记得那双眸子，太渊皇宫再遇，匆忙之下他一时没能认出，事后他静静回思，那眼神便如陌上花、水底月，无时无刻不晃动在他的记忆中。

他记得她用匕首反手插入腿中时流出的鲜血，记得她巧舌如簧的计谋和常人难及的镇定，记得那样一个既骄傲又散漫、既狡黠又清高的女子。

扶摇！我可以输给你，但绝不能再在你面前输给别人！

第五百招！

华彦开始微微喘息。他的金枪太重，虽然威猛沉厚，但一旦使用超过限度，就等于是在戕害自身。来之前他师父曾特意教导，如果遇见无痕剑或雅兰珠、燕惊尘，才可以使这种战法，一旦遇上功力同样深厚的古凌风、郭平戎，则万万不能。

抽到云痕，他暗暗欣喜，于是大胆采用了这个战术，却万万没想到，使剑轻灵又没有他因奇遇打造的深厚内力的云痕，竟然能拼命支持到了五百招。

枪法一旦失力，威力顿时大减。云痕深吸一口气，忍住胸肺间欲裂的疼痛，立刻抢攻。

第五百八十七招，他一剑如落蝶般点在金枪枪身，长枪脱飞！

华彦也是光明磊落的男儿，武器脱手，不再纠缠，立即坦然认输。

他目光明朗，上前一步，诚心诚意地对云痕一揖，道："佩服兄台！"佩服这等坚持的意志、这等不让的心态、这等逆境中不输的气势，属于真男儿的勇气和风骨，千载不灭。

云痕挺直如昔，肃然还礼，在众人钦佩和赞赏的目光里下台，步伐稳当地迎着孟扶摇走来，深深地注视着她，笑了笑。

孟扶摇抱膝看着他，叹息一声，无声地递过一方手帕。

云痕接过，捂在嘴上，咳嗽。孟扶摇缓缓道："我不想看见你连血都不肯在我面前吐，那我这辈子还不如不再出现在你面前。"

云痕笑笑，直着腰坐下去。孟扶摇从怀里摸出药往他手里一塞，站起身，扭扭脖子，踢踢腿，微笑道："轮到我了。"

云痕拉住她，孟扶摇回首，清冷少年的眼眸中星火旋转、心事浮沉，千言万语尽在眼神中。孟扶摇对着那样的眼神怔了一秒，随即坦然一笑，道："放心，我不跟你学，我要输便输，绝不会偷偷咽下自己的血。"

她在众人善意而又微带嘲谑的目光中往台上走去。她坐的位置需要经过第一排燕惊尘夫妻，当然也可以绕路避开，孟扶摇不让，直直地过去。位置有点窄，需要人站起相让，燕惊尘看见她过来，浑身立刻开始发僵，木木地站了起来。孟扶摇却看也不看他，笑眯眯地径直走过燕惊尘，经过裴瑗身边时，突然身子一斜，脚一钩。

裴瑗原本没有在意她，突然觉得脚下大力涌来，身子向后一斜，她下意识地伸手去抓可供抓住的物体。孟扶摇立即手疾眼快地将自己的手递过去，微笑着大叫："燕夫人怎么了？"

叫声里，她的手扣住裴瑗的手，手腕一旋，裴瑗身子一个踉跄，转了一个半圆，面对着后面的看客。因为回旋之力太过凶猛，她脸上的面纱飘飘地扬起。

全场发出意味深长、尾音上扬、充满惊叹的一声："哦——"

裴瑗尖叫起来，她甚至还没明白这刹那间发生的事，就突然发现自己眼前一亮，面纱飞起，那张掩饰许久、连亲人都不曾看过的脸，就暴露在了天下武者面前。

那脸上，叉叉疤痕虽已愈合，却一直没有完全平复，呈淡淡的红色，如蚯蚓般隆起。说起来也没狰狞到让人看了恶心，偏偏她五官精美、肌肤细腻，越发对比出惊心的丑来。

燕惊尘转头，怔怔地看着裴瑗——这许久以来，她一直戴着面纱，一会儿说练武需要，一会儿说长了风疮，他们夫妻一直分房睡，有名无实，他竟从没亲眼看见过裴瑗面纱后的脸。

原来，她的脸已经毁了……

他闭了闭眼，又将目光转向孟扶摇。少年打扮的女子眼眸如宝光流动，黑如墨、白如玉，易过容的肌肤呈淡蜜色，透出莹润如珍珠般的色泽，小小的一张脸，轮廓也让人心惊——秀致得心惊。

燕惊尘缓缓抬手——却不是去搀他的夫人，他已经忘记了夫人这回事，他只是将手按在了心上，那里仿佛有无数块被烧热的尖利碎石在不住地磨砺，所经之处哧地冒起白烟，鲜血淋漓、焦土一片。

那些因年少懵懂、因阴私贪欲而错失掉的美好感情！

那些无知间自作的孽，那些错上加错、永坠地狱的伤！

他僵在那里，没听见他的"夫人"一声惨叫，没看见她捂着脸奔出会场，他木偶般呆立着，瞬间，老去十年。

孟扶摇站在台上的时候，轩辕昀已经在那里等候。这个清丽少年，使用的武器是一柄宝光灿烂的月牙钩。孟扶摇看着这个月魄的弟子，决定不使用月魄给她的练气之宝——唉！不能害人家打翻了醋坛子。

台下的看客们开始懒洋洋地嗑瓜子，等着三招之内解决这场注定没有争议的比试。

两人斯斯文文地对揖，“请——”

声音未完，孟扶摇已经扑了出去。她带起的风声呼啸，震得四面空气都动了动，啪的一声，台上兵器架突然倒地，长戟、短钩骨碌碌地滚了一地。

台下喊了一声，这孩子，想挣扎求胜也不能这么猴急啊！

孟扶摇其实只是在想三招之内解决轩辕旳——她的内伤没好，不能久战。

对面，轩辕旳羞羞怯怯地笑着，指间光芒一掣，一轮新月如锦带般铺开，月光不分边界、无处不至，刹那间将孟扶摇的攻势全数封挡。

孟扶摇却根本没有近他的身，一翻身如鹰隼之越，呼的一声越过他的头顶，头也不回地反手一刺，掌间雪光如电，直戳他的肩井。

轩辕旳一扭身避开。他的身形当真也如一抹月光，流水般无声滑过，场中只看见他一抹月白色的影子飘游挪移、流光渡越，轻逸灵韵之中，又有万年亘古、风雷不可摧折的凝与定。

孟扶摇却又是另一种风格，她携惊雷、带烈电，卷大风、破九霄！

她用拳，拳出如虎兕出柙，携着山野之王的暴吼。一拳出而万物低伏，拳风所经之处，场间铺地的坚硬木板齐齐地被掀起爆开，一片一片如船头般依次翘起，啪啪啪啪一阵连响，那些翘起的“船头”因冲力和惯性被依次弹飞，一个撞中下一个，漫天飞起横七竖八的巨大木板，呼啸旋转着，直罩轩辕旳当头！

惊呼声起，数千看客撒了瓜子，齐齐跳起。

满天里都飞着巨大的木板黑影，掩去了轩辕旳银光灿烂的月牙宝光，孟扶摇飞身而起，擦着木板渡越长空。她的黛色衣襟猎猎飞卷，仿如九天之上踏着浓云而来的操纵电光之神，那般无处着力，她依旧能翻起、跳跃，踹、踩、踢、射，那些木板在她脚下仿佛有了生命，刹那间便上下左右、毫无空隙地包围住了轩辕旳！

而她自己依旧没有放松地俯冲而下，肘间黑光一闪，弑天贴在肘后，这是和宗越学的用剑方式，最快、最狠、最灵活，一击必中！

她要将这一剑搁上轩辕旳的颈项，然后，结束这场战斗！

她俯冲而下，似九霄之上飞凤狂舞，雷霆万钧、冰雪一片，台下的鼓噪声全数被荡起的罡风远远地卷开去，她只是向着目标，心无旁骛、一往无前。

轩辕旳还在对付那些成阵的木板，月牙钩曳出一道道雪色弧光，那光芒仿佛天生就有崩毁的力量，往往离木板还有数寸距离，那大块的木头便已无声碎落。然而只是这么一耽搁，孟扶摇就已经到了。

她如黑云罩顶般无可抵挡，匕首的寒光闪在轩辕昀眼底。

台下哎呀、惊叹之声如潮水般涌起，轩辕昀却突然轻轻一笑。

这个清丽的少年手中的月牙钩突然一震，嚓的一声，月牙钩上突生“双翅”，竟是两片如羽翼一般的闪亮小刀，一出现便寒意弥漫、气息冰雪，场中气温都降了十度。

当月光插上翅膀，那是怎样的华丽和炫目？

轩辕昀依旧羞怯地笑着，手腕一振，掌中长了翅膀的月光速度突然快了一倍，轻轻一滑，带上玄冰寒气的长钩已经到了孟扶摇的面门，刹那间寒气逼体，连血脉都似要凝固。

孟扶摇知道自己上当了——这人和自己一样，藏私！

这人甚至练的都是玄阴真气，直到现在才拿出来。早先他一分不露，诱使她真力全出，想要速战速决，结果在这旧力将去、新力未生的时刻，他突然来上这么一手，纯粹是想趁机引动她的伤势！

难怪宗越明明不想来却又半途赶过来给自己送药，原来他就是担心这个轩辕昀。

玄阴真气寒气弥漫，孟扶摇真力使用过度，内伤开始隐隐作痛。

轩辕昀的钩光却已经飘了过来。

他的钩光极其灿烂，如一轮皓月盈盈当空，华光辉耀间，众人睁不开眼睛，都用手遮着眉努力想要看清楚这超出了期望值、瞬息万变、精彩绝伦的巅峰之战。

华光里，轩辕昀靠近孟扶摇的钩光突然在最关键的时刻停了停。他身子一偏，飘到孟扶摇身边，极其快速地道：“让我见他，我输给你。”

孟扶摇一怔，差点没被呛着。

这孩子，真武魁首不要，只为了能见宗越？毒舌男真是魅力无穷啊……

轩辕昀的钩光停在她的面门前，等着她的回答。孟扶摇只笑了笑，也快速地道：“那是他的事，我没这权利。另外……我不需要你让。”

“让”字还停留在她的舌尖，余音未绝，轩辕昀立即飞速后退，然而他终究迟了一步，或者说他停下的那一霎，就已经注定错过了打败孟扶摇的最好机会。

孟扶摇一声低喝，五指一张。

她掌心里突然冲出极其灿烂的光芒，先是一团白亮的罡气，随即那一小团白光迅速扩大。那光芒远超那银辉铺漫的月光，显得更为夺目亮丽，中心炽烈，边缘如火，无边无垠地向四面冲开。场中剩余的木板立即脱离地面，似有人拖动般飞速贴地哧哧向后溜，逼得坐在前台的看客不得不起身躲避，有人动作慢了一步，立即被那木条插在腿上，如被尖刀刺破般鲜血淋漓。

前方恒王和仲裁坐的高台也是用木板搭起，那坚固的用铁条固定的木板，突然也被无声无息地卸落，恒王险些狼狈地栽下场中。

高台上，垂幔哗啦向上一扬，如巨龙般昂起，再齐齐一收，在那耀目的光芒中砰地消散。

破九霄第六层“日升”——沧海霞映，云山照破，如旭日之升！

日光一出，何曾还有月光存在的地方？

轩辕旳连眼色都变了，同样是光之罡气，他自然识货，知道自己绝对不能硬接。他退，退得像一抹电，速度绝对不比孟扶摇先前凶猛下击来得慢。然而，一双手的手指已经轻轻搁在了他的咽喉处。

和他寒冰般弥漫冷气的月光不同，这手指是热的，火般的热力燃烧，他僵着脖子，能感觉到自己咽喉上的肌肤因那般腾腾的热力，被激得一片片地起栗。

崩毁的比武场荡过沉寂的大风，风扬起少年的衣袂，那背影纤瘦而刚毅，一抹日光淡淡地照过来，照见她的手指正稳稳捏住了对手的咽喉。

那片光芒渐渐敛起，浓缩为她指尖的一点白光，在那要害处起伏闪烁，耀得全场数千人皆鸦雀无声。

仲裁张了张嘴，几次都没能发出声音，最后才嘎声道：“孟扶摇，胜！”

全场明明都知道了这个结果，却依旧在抽气，那声音风似的卷过偌大的比武场上空，听起来像是巨人在打嗝。

轩辕旳不敢眨眼，等着孟扶摇收手，孟扶摇却不收，他被那白光逼得眼泪都快流出来了，看着孟扶摇，眼圈又委屈地红了。

孟扶摇暗骂，兔子！

她哪是不想收啊，她是收不了！

拼着迅速聚拢的真气，越级冒险使用第六层破九霄，现在她可比轩辕旳惨多了，全身的骨头都快要脱位了，内腑里波涛汹涌，真气左冲右突、无法控制，感觉只要手指一动，一口血连带着所有的内脏就要喷得轩辕旳满头。

她僵在那里，别人还以为她是在炫耀战绩不舍得放手，却也不敢说什么——黑马啊，超级大黑马啊！就这一手太阳灿灿的，一招就解决了几乎坐稳魁首之位的轩辕旳，硬生生地将他赶出了十名之外。

本以为毫无悬念的一场比武，三招一定解决，果然是三招解决，就是输赢掉了个个儿。

他们张着嘴、瞪着眼，看着台上以拉风姿势定格的孟扶摇，没人想过要把这个胜利者给解救下来。

燕惊尘站在那里，痴痴地看着孟扶摇的背影。他从刚才站起来就没再坐下，孟扶摇第一招击出，他就眼前一黑，那些被巨力击飞散开的木板打在他腿上，他浑身僵木、毫无所觉。

当孟扶摇最后一招定局，满台上下都是那逼人的灿烂日光的时候，在别人的惊呼声里，他短促地啊了一声。那一声，用尽了他最后的全部力气。

别人不知道，修习雷动诀的他却明白，那一招，是破九霄——远超雷动诀之上、天下第一的大无上心法，比雷动诀要珍贵百倍的破九霄！

扶摇……扶摇……

燕惊尘不知道自己在呼唤什么，心一点点疼痛地沉了下去，沉至心渊深处。那种痛摧肝裂肺、深入骨髓，他痛得天旋地转、无法呼吸。

那些自作聪明的抉择，那些因错误抉择而一错再错的命运，那些早早写在命运里的惩罚……

“你会后悔，迟早！”

噗——

燕惊尘喷出一口鲜血，灿烂地开在一片尘灰的地上。

燕惊尘在吐血，孟扶摇的汗却在一点一点沁出背心，她觉得自己在向走火入魔的方向逼近，那种眼看着身临深渊却完全无能为力的感觉让她眼前发黑。她抬起眼帘，求助地看着指下的失败者。轩辕昀那个傻小子，却只知道眨眼睛流泪。

救命啊——这姿势虽拉风，定久了，也会出人命的……

身后突然有人靠近，带着淡淡的碎冰般的男人清凉的味道，一只温度微冷的手掌牵过她，平静地道：“累了吧？我们走。”

他牵过她的手掌稳定而有力，掌心里透过冰雪微凉的真气，自经脉迅速上行，一点点抚平了她此刻的燥热和血气翻涌，体内奔腾冲突的暴戾真气慢慢平静下来，如细流缓缓归进大海，然后，她觉得自己能动了。

她活了！

孟扶摇松了一口气，感激得眼泪汪汪，回头，低声道：“云痕……”

在这关键时刻，远远坐在台下、根本看不见自己神情的他，竟然看出了自己的险境！

这一手对症下药的真气输送，帮自己渡过了强行越级的刹那最难以渡越的关口，如果不是这一刹他牵过的手，她孟扶摇今日很可能会成为一个死在台上的胜利者，死了以后还要被标明：该君兴奋过度，暴毙！

云痕只是浅浅地对她笑着，眼神里星火簇簇、流光溢彩，如一段斑斓的星河。那样的目光里，有为她的胜利而生出的欢喜，有看到她渡过难关更上一层的安慰。

他是那种远居高山上、支枕听河流的男子，清空而坚毅，弹指击去，如玉般清越作响。

他牵着她，慢慢地向右侧台下走去。

“拉住我！”

“噩运在左，我带你向右。”

被云痕拉回去的孟扶摇，这几日不可避免地成了磐都风头最劲的人物，全磐都的人都在议论这匹本届真武最大、最离奇的黑马，议论她逼得最强高手轩辕昀出局，战胜后又站在台上乐不可支地不想下来。此传言连元宝大人都在随铁成逛街时听见过几次，回来它也乐不可支，抱着肚子狂笑孟扶摇。好在耗子语没人懂，孟扶摇还傻兮兮地陪它笑，耗子越发开心，决定要把这件事告诉主子去。

休养了几日，伤还没好全，苦命的黑马又要被拉到场上去遛了。最后一轮正仪大殿的皇宫比试，孟扶摇三人到达的时候，发现殿上看客虽不多，殿侧却围了整整一圈屏风。在那些半透明的屏风后，珠围翠绕、环佩叮当，香风微送、媚色怡人，挤挤簇簇地不知道埋伏了多少美女，隐约还能听得到莺声燕语：

“快来了，快来了。”

“快看快看！”

“你别挤着我——”

“哎呀！你踩着我的脚……”

孟扶摇进来时，美人群一阵骚动，她们齐齐地看向一个方向，有人还不顾身份，站起来用扇子围着脸娇呼。

孟扶摇那个开心啊，俺终于一举成名了！她大踏步地从殿上过，咧着嘴，对那些自己的崇拜者连连挥手致意。

“崇拜者”们瞟了她一眼，齐齐地转过头去。

……

孟扶摇愕然，傻傻地站在殿中，忽听一声传呼，“陛下驾到——”

一行人从内殿转了出来，隐约间仪仗迤逦、气度威严。

孟扶摇一听这声就唰地别过头去。她突然想起了一个严重的问题：貌似还要向战南成行礼？真是郁闷……

她不满地扭着小脑袋，寻思着要不要用什么法子来逃避向战南成行礼——腰闪了？手折了？尾椎骨受伤了？眼角瞄到一行人缓缓上殿，在前方殿上分主宾坐下，似乎还揖让了一下。真是一群斯文败类！又听见屏风后骚动剧烈，女人们你绊着我的裙子、我扯断你的袜带，乱成一团，香喘微微，她不禁更加愤怒：还有一群花痴！

她突然觉得有些不对劲——气场不对！

非人哉！

还有，眼角的余光里，殿上右侧那方浅紫银绣衣袂，是什么？

她僵硬地、颈骨直直地、骨节咯咯嚓嚓地，扭过头去。

前方，大殿玉阶之上、苍龙在野镶金嵌玉宝座屏风之前，一人正半侧着身子和战南成说话。紫金冠、碧罗带、浅紫银龙王袍，乌发如墨、肌肤如玉，雕刻精致的铜面具遮住了他轮廓优美的半张脸，露出的眉眼依旧光辉灿烂、有如天神。

感觉到孟扶摇的瞪视，他浅笑吟吟地转过头来，眼波在她身上一转。孟扶摇顿时觉得全身上下、从里到外包括内衣以及内衣的带子都被他眼睛里的小钩子钩过了一遍，钩完一遍还不罢休，那人优雅地、缠绵地、华光流溢地、气度雍容地、令人又恼又恨又不禁沉湎地……对她一笑。

随即，孟扶摇听见他含笑的语声，隔着高远的大殿，悄然传入她一人耳中，“扶摇，我想你想得好苦！”

第九十六章

重重心思

孟扶摇险些跳起来——撒谎，叫你撒谎！

叫你不分场合、时间、地点、无时无处、无所不在地撒谎！

她的第一直觉——奔出去，找根钉耙，劈头盖脸地暴打之。

她的第二直觉——此行为太不淡定，予人以可乘之机，要不战而屈人之兵！

她的第三直觉——沉默是最大的鄙视。对头，无视之！

于是她扭脸，目不斜视，满脸严肃，随着众人对着殿上行礼，也不记得计较是不是要给战南成下跪了。

战南成脸色不是太好看，毕竟天煞参加比武最有希望夺冠的古凌风莫名其妙地出局了，其他几位只有一个进了前十，魁首注定无望。但他仍维持着大国皇帝应有的雍容气度，含笑叫起，又亲自介绍长孙无极："蒙无极国昭诩太子青眼，不远千里，亲临主持这最后一轮的金殿比试仲裁，敝国不胜荣幸！"

长孙无极欠欠身，微笑道："在下无能，忝为仲裁，不过不敢负陛下抬爱罢了。"

战南成又道："太子辛苦！初到天煞，未及接风便匆匆前来仲裁，敝国实在失礼。"

长孙无极又客气道："理所应当，陛下无须多礼。"

两人对视，俱一笑。屏风后骚动愈烈，云鬓花颜挤挤挨挨，莺声燕语低低不绝，实在不像是个比武场，倒像是个怡红院。

战南成神色中颇有几分无奈，他当然不愿意好好的真武大会搞成这样，怪只怪长孙无极成名太早、威望太高，又是各国皇族间早已被神化的人物，坊间早早便有了文人骚客歌颂他的野史传记，这些皇族内眷的姑奶奶，在漫长寂寞的深闺里，多半都是靠读他的传记做些白日春梦来打发无聊的日子，如今他好不容易来一次天煞，这些女人早早就闹翻了天，没日没夜地跑皇宫、求门路，只为看上他一眼。

眼见女人们闹得不像话，战南成也有点尴尬，清清嗓子故意转移话题，笑道：“贵国孟将军着实少年英杰，三日前那一战轰动京华。无极国果真人杰地灵，羡煞我等！”

长孙无极的目光在面无表情、眼神恶毒的孟扶摇身上掠过，顿了一顿才答：“敝国之幸。”

孟扶摇抚了抚手臂，做掸鸡皮疙瘩状。幸，幸你个头啊！我看见你，我就觉得我真不幸。

长孙无极微笑，居然遥遥伸手一拢，不引人注意地做了个捡取鸡皮疙瘩的姿势。孟扶摇瞪着他，实在觉得这个人是个魔星，皮厚心黑，杀人越货，三千里外飞剑取人头。

她退后一步，退到云痕身后，揉揉鼻子，不打算再和那个魔星对阵。云痕微微侧头看她，又很敏感地看看阶上的长孙无极。他并不清楚长孙无极和孟扶摇之间的纠葛，只觉得孟扶摇自进了殿就不对劲，她这么胆大无畏、张扬恣肆的人，竟然出现了不自在的神情——是因为昭诩太子吗？

云痕的眼神黯了黯，不过孟扶摇避到他身后，他又眼神一闪，微现出一丝笑意。

最后一轮比试依旧是由战北恒主持。他先念了名单，剩下的十人是：孟扶摇、云痕、燕惊尘、雅兰珠，还有来自轩辕的常涛、来自上渊的韦山瑞、来自太渊的澹台宇、来自天煞的沈铭、来自璇玑的唐易中、来自扶风的巴古。

名单读完，他才发觉不对——燕惊尘怎么没来？

好容易过关斩将到了这金殿比试，在真武大会最后一关，怎么还会有人缺席？

战北恒眉头微微皱起，和身侧的内侍低语了几句，吩咐他去传唤。内侍刚匆匆下阶，在殿门口与一个传报太监撞了个满怀。那太监急急道：“启奏陛下，太渊燕夫人求见。”

裴瑗？她来做什么？孟扶摇皱了皱眉，这女人嫌昨天出的丑还不够吗？

战南成怔了怔，道：“宣。”

悠长的传唤声报出，众人齐齐回头看去。日光将大殿前长长的汉白玉阶照得亮白，其色如梨花雪。那女子踏着光影走来，昂着头，依旧是灼目的红，长长的影子一点点镀在深红镶铜钉的殿门上，似是单薄了些，腰却挺直。

孟扶摇看着她露在面纱外的眼睛，心中微微颤了颤——这个女子，眼神里竟然全是死气，像一泊化了血的水，静，却诡异逼人。

裴瑗谁都不看，直直入殿，行礼之后也不起身，伏地琅琅道："启禀陛下，民妇夫君惊尘夜来不适，无法再参与真武盛会。但民妇夫妻既远道而来天煞，不愿不战而归，民妇既与夫君同体，请代夫君一战！"

"荒唐！"战南成立即拒绝，"取得真武大会最后金殿比试资格的是燕惊尘，不是燕夫人你。你若代战，对其他落选者还有何公平可言？"

"民妇不过是未参与争夺魁首之争而已。"裴瑗昂起头，"惊尘能取得的资格，我也能！"

战南成怔了怔，看向战北恒。战北恒道："妻代夫战，倒是有先例的。毕竟燕惊尘平白失去了比试机会，对他也不公平。"

战南成沉吟一下，神色已经和缓下来，又微笑着问长孙无极道："太子才是大会的仲裁，还是您来决定吧！"

孟扶摇皱了皱鼻子，一对奸诈的狐狸，你们的态度已经表明了，还让长孙无极说什么？

长孙无极淡淡地看向裴瑗，半晌道："夫人自认为有实力取得资格，无极不敢驳斥。不过口说无凭，要想使天下英雄心服，还得用实力说话。"

裴瑗立即道："请太子指出十人中任何一人和民妇比试，如若输了，民妇自请惊扰御驾之罪！"

"那好！"长孙无极微笑，目光在十人中一转，对孟扶摇笑了笑。

孟扶摇以为他要指自己，好把裴瑗赶出大殿，立即捋袖子，准备揍裴瑗，不想长孙无极的目光居然从她身上滑过去，向雅兰珠笑道："劳烦雅公主。"

雅兰珠怔了怔，随即笑道："好！反正上场我轮空，少战了一场，正好可以练练拳脚。"她不急不忙地走过去，吹了吹拳头，笑嘻嘻地一摆手，道，"来吧。"

裴瑗背对着孟扶摇，孟扶摇看不见她的表情，却发现站在她对面的雅兰珠看起来还是以往那天真活泼劲儿，但是眼眸里的神情已经根本不是那么回事。雅兰珠盯着裴瑗的眼神深黑，闪着琉璃般的光。

裴瑗……有什么不对劲吗？

孟扶摇突然觉得，长孙无极挤对裴瑗自愿挑战，又指了雅兰珠应战，这一系列动作似有深意。他是不是看出了什么？

她疑惑地看过去，殿中已响起一声清叱，彩光和红光鲜艳地纠缠飞舞，裴瑗和雅兰珠已经战在了一起。

裴瑗一出手，孟扶摇就知道她果然没有撒谎。她本身功力虽然不及燕惊尘，但对雷动诀比燕惊尘更熟悉，剑法也绝不逊于他，天知道这短短一年，她是怎么进境到这个程度的。而且很明显她的真力和燕惊尘是同一个路数——都是师从烟杀。

孟扶摇觉得这对夫妻简直全身是谜：他们是怎么结为夫妻的？她的真气法门是烟杀还是燕惊尘教的？他们夫妻看起来那么怪异，这场结合是否另有隐情？烟杀又是怎么肯让燕惊尘娶她的？

她在这里一边沉思，一边注意着场中战况。雅兰珠出身扶风王族，那个国度秘法无数，雅兰珠武功底子非常好。尤其她追战北野追了这么多年，练出一身牛 × 的轻功，纵横飞腾时就像一道亮丽的虹，炫得人头昏眼花。她偏偏还用了一对古怪而小巧的武器，像两只铜盅，时不时撞出或清越或刺耳的声响，声音乱七八糟、色彩五颜六色，真是她人到哪里，哪里就人人发昏。

裴瑗却截然不同，她中规中矩地用剑，每一剑都携着烟光和风雷之声，气流沉厚，发力千钧，存心要以沉稳的真力压住雅兰珠的轻灵跳脱和扰乱战术。不得不说这个方法很有用，花蝴蝶般的雅兰珠步子渐渐慢了下来，不得不和她硬碰硬。两人的武器不时撞在一起，发出砰嚓铿然之声。

第一百二十七招，中规中矩的战况终于发生了变化——雅兰珠真力不竭，裴瑗却显得有些后力不继。她到底被毁过武功，无论如何也追不上底子极好的雅兰珠。眼见着那彩袖翻飞如霓虹，她的眼色冷了又冷，突然微微抖了抖剑身。

那剑光里还是带着烟气，烟气却突然有了不同，由原先的淡灰变成淡黑，隐隐还有着极淡的腥气。她一剑射出，嘴角噙着一抹冷笑，直取雅兰珠的面门——她所有的攻击，都只对着雅兰珠的脸。

雅兰珠习惯性地扭头侧身一避，那剑尖却突然一爆，烟气里爆出一颗极小的黑珠，直打雅兰珠侧过头去后露出的耳窍。

这个角度极其诡异，孟扶摇心中跳了跳，隐约觉得不好。随即便看见那黑珠突然一伸展，露出小得微乎其微的爪子！

活的！这是什么东西？

这东西快若流星、近在咫尺，一旦射入雅兰珠的耳窍，会是什么后果？

孟扶摇险些跳起来，随即便见雅兰珠扭到一半的身子，突然硬生生地转了过来。

空中那个黑爪子竟然跟着呼啸而转，不死不休地追过来。然而雅兰珠这一转，竟将自己柔若无骨地转了三百六十度，这一转让她变成再次正面对着裴瑗，然后，她突然举起了自己的“铜盅”。

那个“盅”突然开了一线，一缕红光在那缝隙里一闪，那飞得正欢的黑爪子身子陡然一颤，随即便如被吸力吸住般，慢慢地被拽向那缝隙中。

以孟扶摇的眼力，能看得出那黑爪子在空中死力挣扎，拼命想要挣脱。然而它无论如何也抵不过雅兰珠那诡异武器里的红色东西，最终被吸入了缝隙中。

裴瑗剑势顿时一缓，明明只少了颗黑珠子，她脸色却突然灰了一层。雅兰珠嘻嘻一笑，道：“在玩蛊祖宗面前玩这个？姐姐，你好可爱！”随即她双“盅”一敲，高高兴兴地道，“小宝又有零食吃了！”

孟扶摇恍然大悟，难怪她看那对小盅觉得熟悉又古怪呢，原来是养蛊的盅！长孙无极一定是看出了裴瑗哪里不对，怕她在殿上使坏，干脆就指了出身扶风王族的雅兰珠。

还有谁，能比扶风三大巫族出身的雅兰珠更擅长整治一切邪术巫蛊呢？

裴瑗扶剑后退，雅兰珠收起双盅后往回走去。裴瑗退到一半，突然滑步一冲，二话不说便是朝着雅兰珠的后心一剑！

雅兰珠走到一半，感觉身后风声一紧，一抬头看见裴瑗的身影已经当头罩下，百忙之中抬手一架。

铿然一声，雅兰珠的双盅脱手飞出，裴瑗的剑却凌厉无匹地砍向她的天灵！

人影一闪，一道浅紫的光掠过。

那光原本还在殿上，突然便出现在了殿中，如一朵云、一道光、一抹风、一声呼吸般轻盈，又或是神山之巅飘落的鸿羽、九霄之上浮沉的飞云，刹那凌空，渡越红尘。

那光飞射而来，一散又凝，凝出长身玉立的浅紫身影。他只是手指虚虚一抬，便接住了裴瑗的剑尖。

裴瑗努力往下劈，却再劈不下去；想要抽回，也抽不回。

长孙无极微笑着，温和而又绝对不容抗拒地抽走了裴瑗的剑，道：“燕夫人，可止。”

他淡淡的一句话，威严自生。双目猩红、神情暴戾的裴瑗张了张嘴，最终没敢说出话来。屏风后又是一片惊艳的抽气声，随即便是一阵叽叽喳喳的赞叹声：“不行，我要昏倒了……”

“啊……静如处子，动若脱兔，天神之姿……”

孟扶摇竖着眉，于满腔对裴瑗的愤怒中，忍不住喃喃骂道：“骚包！”

换得那人回首宛然一笑，又是一声低低的传音：“扶摇，你吃醋时最美！”

孟扶摇吸气，闭嘴，退后三步。某人皮厚，骂也无用，反正骂就是不骂、不骂就是骂，她在心里骂遍，也就是了。

此时战北恒过来，抢先道："雅公主武器落地，燕夫人胜！"

砰的一声，孟扶摇的小宇宙爆发了。

真是没有最无耻，只有更无耻！

她跨前一步，好奇地盯着战北恒，笑道："王爷，你们天煞国真是高风亮节、不惧苦累，令人感慕啊！"

战北恒戒备地盯着她，道："孟将军此话何意？"

"您千里迢迢，传书相请无极太子来天煞主持真武大会金殿比试的仲裁，却不忍太子辛劳，时时抢先、处处代劳，此番苦心，实在令人感动泪奔……"她仰头看长孙无极，纯真地问道，"太子，泪奔否？"

长孙无极抬起长睫，深深地看着她，眼神里半笑不笑。他也不看尴尬的战北恒，半晌，淡淡答："孟将军向来深知我心。"

我知你个屁啊！孟扶摇肚子里大骂，面上却笑颜如花，谦虚道："偶尔，偶尔而已。"

战北恒扯着嘴角，笑也不是，责也不是，尴尬地站在那里。战南成一看不是个事，赶紧打圆场，"北恒，你冒失了！这仲裁之事，自然该太子主持。"

"无妨！"长孙无极悠然往回走去，"恒王英明，诸国皆知，自然是没错的。"

裴瑗惊喜地抬头，长孙无极又道："燕夫人先前并没有认输，再次出手，虽背道义却合公理。但先前燕夫人武器也曾为雅公主击落，如此，两人算平吧！"

裴瑗脸色白了白。今日真武魁首之争，金殿之上，长孙无极看似宽和，一句轻描淡写的"虽背道义"的论断必将传遍天下，从此后，她怕是再不能行走江湖了。

孟扶摇不甘心，还想把裴瑗踢出去，一转眼看见裴瑗眼角森冷地盯着自己，又见雅兰珠牙痒痒地盯着裴瑗，一副想要生吞活剥了对方的架势，顿时恍然大悟——等到最后一轮混战，雅兰珠一定无心争夺魁首，一定会盯着裴瑗死缠不休；裴瑗要应付雅兰珠，也一定不会再有机会对自己使坏，那么，她就等于无形中去掉了两个劲敌。

哎，这个心机比海深的家伙，连相处得交情不错的雅兰珠也要算计，无耻！

下面依旧是抽签，孟扶摇对唐易中、云痕对雅兰珠、裴瑗对沈铭、韦山瑞对澹台宇、常涛对巴古。

孟扶摇松了口气，她正在为难，如果抽到云痕或雅兰珠怎么办，打败他们？雅兰珠也就罢了，这孩子就是玩票性质，打败她，自己并没太多愧疚，顶多就是负了长孙无极安排的苦心；但是云痕正当男儿建功立业之时，自己怎忍剥夺他这么宝贵的机会？

云痕对雅兰珠，八成是雅兰珠败，这孩子爱玩爱闹，没云痕刻苦，更不及他成名多年、作战经验丰富，否则刚才也不会被裴瑗从背后偷袭了。孟扶摇叹了口气，瞟了一眼长孙无极——你玩花招，雅兰珠还不是没能进最后五强争夺战？

长孙无极悠悠地笑着，对孟扶摇的挑衅视若不见，端了茶浅浅啜饮，还时不时和战南成笑谈几句。

孟扶摇愤怒，这世上就有这种人，根本不知道“愧疚”两个字怎么写！

她一掀衣袂，大踏步迈了出去，这回她是第一场。

那位倒霉抽到她的唐易中苦笑着抽出双剑迎上前来，还没开战先鞠一躬，道：“璇玑唐易中，请战孟将军。”他那一个躬鞠得殷勤。孟扶摇正要回礼，忽听他低声道，“在下愿意速速认输，保存孟将军实力，还请孟将军手下留情。”

孟扶摇似笑非笑地瞟着他——这家伙滑头，看出了她怒火上行正想找人狠揍之，又知道自己实力无论如何也胜不了她，提前卖好来了。

她一个躬弯下去，也低声答：“放心，我只揍该揍的人。”

此该揍之人，殿上高坐者也！

两人砰砰嚓嚓地打起来，着实好看。双剑舞如花、单刀曳似虹，也就是好看而已，不出一百招，唐易中一蹦三丈，将自己空门大开地扑了下来。

这种长空鹰搏兔的战姿，向来只有强者对弱者并且实力迥异时才可以用，唐易中对孟扶摇用这招，等于把自己送上门来，孟扶摇只好笑纳。

她一脚把唐易中踢了出去。

唐易中夸张地在空中翻了三个筋斗，才歪歪倒倒地落地，落地后脸不红气不喘，“满面羞愧”地“弃剑认输”，大声道：“佩服！佩服！”

孟扶摇忍着笑，煞有介事地回礼，“承让，承让！”她忍不住多看了这个相貌平平的家伙一眼——真是个妙人儿，精明且豁达有趣，以后若去璇玑，倒是可以结交一下。

殿上战南成鼓掌，笑道：“此战极妙！”又问长孙无极，“太子以为如何？”

五洲大陆皇族都擅武，自然看得出这场比试形同儿戏。长孙无极淡淡笑道：“甚妙！这位唐兄实力不弱，本可支持到两百招上，难得他为人淡泊。”

战南成哦了一声，道：“太子真是诚厚，朕本以为太子要为孟将军说上几句。”

“陛下圣聪，在下岂敢蒙蔽！”长孙无极出神地注视着盏中碧色的清茶，浅浅一笑。

“这位孟将军，听说很得太子钟爱。”战南成试探道。

长孙无极静了静，才答：“此子英秀，实为人杰，为上位者，皆当爱之。”

“哦……此次孟将军若在真武夺魁，无极国打算如何奖赏他呢？”

“敝国十分遗憾郭将军未进前十，”长孙无极顾左右而言他，“否则，以郭将军百战军功，忠事王朝又是极得人心的积年老将，若能夺真武三甲，金吾大将军之位，必在其指掌之间。”换句话说，无极朝廷根本没考虑过给没什么军功、没什么资历的孟小将军什么煊赫的职位。

战南成目光闪了闪。他隐约听说过，这位孟将军虽得太子宠爱，但更像是个男宠。据说太子出入行止常带着他，不避他人。而孟将军的职位也很值得推敲，那般护城、破军大功，封的却不是实职，不过是个尊荣的虚衔，和他的功劳不甚相符。那功劳听起来也着实虚幻，单骑闯戎营、一人杀七将、城门被逼自刎、潜伏德王大军？那么忠烈豪壮的事迹，会是这个流里流气的小子能干得出来的？八成是长孙无极为了提拔他编的吧？

今日金殿之上，看他和长孙无极的神情，也有些不对。联想到男宠之说，战南成目光一闪，觉得越看越像。长孙无极不是喜欢闲事的人，为何肯接受仲裁邀请，莫不是为他而来？瞧长孙无极的神情，坦然中却有几分不豫，不像作假。他如果对孟扶摇故意撇清，战南成倒不敢信，毕竟长孙无极七窍玲珑心的声名在外，战南成对他的话只敢信三分。然而他那微妙的神情，让战南成多想了几道弯。

他又忍不住看孟扶摇，也是那样看似神情自然，却对长孙无极很是不满的样子，而且不似做作。难道这两人之间真出了问题？孟扶摇当真如他听说的那样，不满男宠身份，远来天煞，欲待另搏一份功业？

战南成轻轻抚着膝盖，在心底无声叹息：天煞武将人才凋零，北奇莫名其妙地死在长瀚山脉，古凌风如今也成了不言不动、将死的废人，最优秀的两名将领双双摧折，偏偏战北野到现在都没被擒获。这个弟弟的存在，像一抹阴影，浓重地压在天煞皇族心头，战南成隐约感到危机逼近，却苦于没有英才可用。要不是被逼如此，他怎么会将主意打到别国将领身上？

他的手按在腿上，感觉到某处依旧存在隐隐的疼痛，忍不住阴冷地看了战北恒一眼——西华宫那一夜，那藏了针的马鞍让他吃了不小苦头，到现在还在每日治疗。他怕自己真的会因此废了，堂堂天煞皇帝，却遭遇如此命运，他每一想起都会怒火上升，忍不住浑身颤抖。

那夜那个黑衣少年，若让我抓住了你是谁，一定要零割碎剐了你！

殿上对谈的两人旁敲侧击，各转心思，殿下的争斗依旧如火如荼。裴瑗已经胜了沈铭，接下来是云痕对雅兰珠。

雅兰珠甩着十几个辫子笑嘻嘻地跳到场中，对云痕勾勾手指：“好好打，别指望姐姐让你。”

云痕笑了笑，起身时看了孟扶摇一眼。他眼神里有一些很奇怪的东西，看得孟扶摇心中一跳，却又不明白那到底是什么意思。等到两人动手，孟扶摇渐渐开始明白了那眼神的含义。

如彩光一样满场飞蹿的雅兰珠，有着极妙的轻功和招数，内力却不及云痕，而且她这几日也熟悉了云痕，自然不会用她那个藏了蛊的蛊，那么，对上轻功和剑法本就不弱于她、内力还比她强些的云痕，自然绝无胜理。

然而场中却不是那么回事。

那只七彩的蝶盘绕飞舞，化出瑰丽的轨迹，一圈一圈地缠绕住云痕，云痕的剑气明明可以瞬间破开那些彩雾，却显得暗淡了些，在雾中左冲右突，那青白的剑光扫及的范围越来越小。从外圈看去，就见彩虹般的色彩渐渐包围了那片闪亮的青白色，将之一点点逼在中心。

怎么会这样？云痕第三轮是受了伤，但好在不是严重的内伤，经过宗越的调养，已经好了大半，怎么突然弱到了这个地步？

这场他的精神气和上场简直天差地别，那些勇气和坚持呢？他远来天煞，不也是为了争夺真武三甲的吗？

第三百零八招，彩光一收，青光一灭，雅兰珠掌中一柄短枪抵在了云痕的喉头，清脆地笑道：“你输了。”

云痕笑了笑，笑得十分清亮坦然，随即撤剑无声地一礼，转身就走。

雅兰珠立在场中，看着他的背影，眼神里也多了些奇异的神情，那是佩服。随即她的眼光向孟扶摇一掠，翘起唇角，笑了笑。那笑容，是羡慕。

孟扶摇沉默了。

她明白了云痕那个眼神——放弃和牺牲。一怀壮志的少年，为了她，所做出的牺牲。

他也看出了长孙无极试图留下雅兰珠的用意，他担心如果自己胜了，未必能克制得了来势不善的裴瑗阴毒的巫蛊，所以，他把五强之位让给了拥有蛊王的雅兰珠。

太渊最有希望的魁首争夺者，五强稳占；注定要在天下武人面前实现自己最高价值的少年，仅仅是为了她的安全，便放弃了自己走上真武前五位置的梦想。

天知道他为这个机会准备了多久，天知道失去了这个机会，会有什么在等待他！

孟扶摇的手指抵在额心，拼命掐住自己欲待流出的泪。

她当初对裴瑗还是太客气了，她早该杀了裴瑗！

最后一轮，满心郁闷的孟扶摇正想着干脆第一个上去摆擂，正好大开杀戒，不想台上的长孙无极突然对战南成道：“陛下，这最后一轮，改为明日再战如何？”

战南成皱眉，道：“太子何意？”

“今日一战，诸位多半已疲惫，再战只怕力有不逮。”长孙无极手指虚点，微笑道，“尤其雅公主和燕夫人都战了两场，如果让她们现在直接参加最后的前五之争，对她们也不公平。”

战南成沉吟，长孙无极微笑，“在下一路行来，听闻此次真武大会光风霁月、力求公平，连签盒都花了心思，自不敢有拂真武公正真义……”

战南成立即答道：“好。”

孟扶摇手拢在袖子里，望天。行，迟一天就迟一天，迟一天我也一样宰！

她感觉得到裴瑗的目光有意无意森冷地掠过来，这个女人，命中注定不能和她共存。她唯一奇怪的就是，燕氏夫妻都知道她的女子身份，为什么竟然没有告诉战氏兄弟？燕惊尘没有告诉也罢了，裴瑗为什么也不说？还是裴瑗自负太高，觉得这个秘密没什么用，只想自己杀了她？

孟扶摇冷哼一声，大步出殿，头也不回，不管身后那缕牵丝般黏在她背上的目光——长孙无极，有种你今晚不要来找我！

可惜，她认为的有种，和某人认为的有种，从来都不是一回事……

当晚，孟扶摇吃饭时拼命给云痕夹菜，“来！吃，多吃点！”她不停地往云痕碗里堆菜，似乎是想用那些鸡鸭鱼肉来补偿自己的愧疚。

云痕只是平静地吃，孟扶摇给多少他吃多少。孟扶摇夹着夹着就夹不下去了，她突然想起，云痕不爱吃荤，平日里吃得也很少，根本吃不下这么多油腻腻的东西。他却都平静地吃了，只因为不想拂逆了她的好意。

孟扶摇放下筷子，看着他一切如常的神情。他还是那个清冷少年，沉静而锐利的气质，像秋风原野上一竿独自向风的青竹，不因世间沉浮跌宕而失却光亮，只向着一个方向舒展着枝叶，翠叶因风摇落，心思却静若明渊。

他不失落，不沮丧，不觉得自己对孟扶摇有功，不觉得那样的放弃是牺牲，甚至不试图安慰她——越安慰她就会越愧疚，他知道。她的好意，对他显得苍白而多余。

饭桌上的气氛沉闷下来，雅兰珠啪的一下放下筷子，不满道：“不就是我不小心赢了云痕嘛！人家又不是故意的……”

孟扶摇笑笑，夹了一块东坡肉给她，“是，不关你的事。来，吃肉。”

“这么肥，我会吐。”雅兰珠拒绝。

“正好，明天吐到裴瑗身上。”孟扶摇头也不回地答。看见元宝大人捧着个肚子蹲在一边，眼珠骨碌碌乱转，她不禁好奇，“耗子，怎么了？‘大姨妈’来了？”

元宝大人抬头，给了她一个猥琐的笑容。

孟扶摇被那笑惊得一爹，突生不祥的预感。随即便听见外间先吃过饭出去的铁成忽然一声怒喝，随即呼的一声，猛烈的刀风卷起。

众人都吓了一跳，以为有敌来袭。宗越一拂袖，一道白光已经射了出去。

白光射出厅门，如泥牛入海，毫无动静，连铁成的声音都不见了。宗越眉毛挑了挑，云痕和孟扶摇已经长身而起，奔了出去。

先奔出去的是孟扶摇，她本就靠近门口，一转身就到了门槛处，探头一看，立即向后一退，把后面的云痕也撞了回去，然后立即大力关门、上闩，还拖过凳子往门后顶。拖了一个凳子还不满意，又拖一个，再拖一个，拖第三个时，她拖不动了。

那上面坐了人，浅紫衣袂，淡淡银纹。

孟扶摇手僵住，视线慢慢上移，便见那见鬼的人稳稳地坐着，含笑下望，道：“扶摇，你真体贴，知道我累了，还帮我拖凳子来。”

孟扶摇目光看进那眼中半秒，二话不说，拔刀！她的刀光亮得像穹苍神山上的雪，快得像掠过长青神殿上空的流星，一刀出，腿断——凳子的腿断了。

四条凳腿被她齐崭崭地砍下来，只剩个凳面，孟扶摇收刀，大笑——叫你坐！叫你坐！

她的笑声突然被呛在了喉咙里。

对面，凳腿砍落的刹那，白光一闪，元宝大人推着个木墩子飞快地滚了来，恰恰滚在断了凳腿的凳子下，稳稳地将凳子支了个正着。

……

汉奸和狗腿是这世上最该被灭绝的生物！

孟扶摇咬牙，收刀，眼光在神色古怪的宗越和默然望着他们的云痕身上掠过。她实在没办法在这里和这位腹黑祖宗纠缠，一脚踢开门，直奔自己的房间，怒喝道：“长孙无极，你有种就不要跟来……"

"我没种才不跟来！"长孙无极拎着元宝闲闲地跟在她身后，"扶摇……"

"闭嘴！"

"吱吱！"

"闭上你的鸟嘴！"

元宝大人委屈——明明是鼠嘴，怎么就成了鸟嘴？

孟扶摇一脚又待踢开自己的房间门，突然觉得不对——这叫什么？引狼入室？她霍地回身，往门上一靠，道："有话就在这里说！"

"你真的确定要在这里说？"长孙无极含笑向四面看了一看，"你确定？"

孟扶摇疑惑地抬头一看，一把抓起窗台上的花盆就扔了出去，"偷窥者，杀无赦！"

砰的一声，花盆砸入院子中花树后的暗影里，鸡飞狗跳，狼奔豕突。

砸完花盆的孟扶摇拍拍手，道："太子殿下，你有话就赶紧说，说完我好睡觉。还有，不要问我为什么生气，虽然你有问这句话的理由，但是我提醒你一句，你问了我会更生气！"

"我知道我问了你会更生气，"长孙无极抱着元宝靠在树上，"扶摇，我真庆幸你是个掩饰不住的性子。"他顿了顿，意味深长地微笑，"多亏了你这性子，我才多少感觉到，我和你这场似乎注定要永远面对拒绝的追逐，也不是全无希望的。"

孟扶摇冷笑，"太子殿下，是，我承认我生气了，我不会装模作样地一边说我不在意一边在人后伤春悲秋地吐血，但是请你不要自恋地认为我是因为爱上你才会生气，我只是觉得，哪怕是朋友，也不当一边信誓旦旦地满口赤忱，一边隐瞒事实左右逢源，这人品问题，很严重！孟扶摇很生气！"

"好吧，我知道你不会承认。"长孙无极有点无奈地叹息一声，走了过来。孟扶摇立即向后一跳，道："别过来！"

太子殿下根本听不见。

孟扶摇又跳，"再过来，我和你决裂……"

哐当！

她绊到门槛，身子向后一栽。这一栽她便暗叫不好，不是怕自己后脑会和大地做亲密接触，而是怕某人会趁此机会和她做亲密接触。

于是她更快地一个翻滚，想要摆脱劣势，可惜某人永远比她快一步，她只觉得身子一停，后背突然多了一只手。那只手一旦占领阵地，立即毫不停息，瞬间连点了她七处大穴。

孟扶摇气苦，眼泪汪汪地望着天——老天爷，你助纣为虐枉为天！

长孙无极抱起她，喃喃道："怎么又轻了呢？有时真想把你拴在我身边……"他坦然抱着孟扶摇进屋，再坦然地在某些窥视的目光中把门关上。

屋内灯火未起，长孙无极也不燃灯，只将孟扶摇轻轻放上床，取了水，就着星月之光细细地洗去她的易容。他眼神绵邈，如牵丝般柔长，淡紫烟锦衣袖拂过她的脸颊，如春风般滑润腻软，执着面巾的手指一点点拭过额头、眼睛、脸颊、鼻子，最后是嘴唇。

他的手指停在她的上唇，在某个位置，手势极轻地按了按，似是怕按痛了她，随即悠悠一声叹息。他道："扶摇，你总是令我担心……"

孟扶摇不能动，只能用目光杀他——伪君子！

长孙无极对她的目光视若无睹，拭完脸又去拭她的手，洗去她故意染上的微黑色彩。他的手指在触及孟扶摇的右手小指时又停了停，然后，隔着面巾，轻轻握住了那根有点变形的手指。

他就那么长久地握着，微微仰着头，似是要将那稍稍凸起的骨节轮廓，借着此刻的长久触摸深深刻进心底。月色淡淡地射进来，他沉在暗影里的身姿气韵，静而微凉。

随即他松开面巾，换了只手，把住了孟扶摇的脉门。

孟扶摇只觉得浑身气息一震，一股绵长而又沉厚的真气自脉门处如流水般涌入，迅速流遍全身，向她内伤未愈处奔去。那真气运行的轨迹极其熟悉，正是长孙无极的内家真力。她下意识地要提气拒绝，眼前却突然一黑——某个无良的人，又把她给整睡着了。

孟扶摇被某人开恩点醒时，只看见靠床望着月色的长孙无极的背影。他长发披泻，气息懒散，听见她坐起的动静，头也不回，轻轻道："扶摇。"

孟扶摇板着脸，不回答。

"佛莲不是我的未婚妻。"

第九十七章
冤家路窄

孟扶摇怔了怔，随即冷笑道：“长孙无极，你要推卸责任也不能这么胡咧咧！这里是五洲大陆，你是一国太子，她是一国公主，以她的身份，如果不是事实，她能对一个陌生人说自己是你的未婚妻？”

她越想越觉得荒唐，笑得利齿森森，一伸手抓过长孙无极的手臂，恶狠狠地张嘴就咬，“咬死你这个满嘴荒唐言、一肚黑心肺、都云太子奸、谁知其中味的五洲大陆第一老千……”

长孙无极任她咬，微笑道：“哎，痛！”

痛什么！孟扶摇根本就没能咬下去。长孙无极的肌肤不似战北野那种铁似的质感，真力却无处不在地流动，孟扶摇随口一嘴下去，自己倒被那真气弹了牙。她摸着酸溜溜的牙齿，悻悻地甩开长孙无极的手，骂：“你以为她是个花痴，不管尊荣脸面、身份地位，抓着一个男人就乱说是人家未婚妻……”

“她就是个花痴！”

淡淡的一句话，比一个雷还要惊悚万分，孟扶摇直接被劈得跳起来，连声音都变了，“什么？”

长孙无极回过头，明明只是相差了一个时辰，他看起来竟然突然有了几分憔悴，在月色下侧脸微白，玉似的半透明。他淡淡道："佛莲，不是个正常女人。"

孟扶摇瞪着他，没注意到他的脸色，她直接被那句话雷昏了，怔怔道："怎么说？"

"应该这样说——佛莲不是可以拿五洲大陆平常女子心性、行为来评判的女子，她看似雍容，其实极为偏执，信佛也多半只是为了调整心性。"长孙无极皱起眉头，"我还是喜欢叫她凤净梵。凤净梵确实和我订过婚，我曾以亲手绘制的《璇玑图》作为聘礼，但后来，我退婚了。"

"啊？"

"我退婚很是费了一番周折。当时父皇病重难愈，国内不太安定，众臣惶惶不安，我那时还年轻，尚未监国，不足服众，邻国扶风犹在虎视眈眈。我打算出使扶风解决外患，父皇担心那时得罪璇玑，璇玑会和扶风联手对付无极。当时我坚持退婚，并使了些手段，逼得璇玑国主最后终于应承下来，但是，他对我提出了一个要求。"

"嗯？"

"他说，凤净梵自小性子与他人不同，又对我情根深种、非我不嫁，公开退婚这般打击，只怕会伤及她性命，只能秘密退婚，待凤净梵年纪大些、身子好些，寻着心仪之人有了归宿，才可以对公主提起、对七国公布。在此之前，请我为了凤氏颜面和公主性命，秘而不宣。"

"你答应了？"

"一是因为当时国事不稳，不宜再得罪璇玑，二是我那时还年轻，觉得此事其错在我，公主也很可怜，她一个女子不能担当的，自当由男儿承担，便应了，只要求退回《璇玑图》。"

"退了？"

"没有。"长孙无极的笑意有点冷，"璇玑国主借口甚多，先说图在公主处，她十分珍爱，贸然索要也会伤了她性命，后来又说图失踪了，不在宫中，答应一定为我找回。结果，找了这许多年，也没能见到图的影子。"

孟扶摇怔怔地咬着手指，半信不信，又问："凤净梵真的不知道你已经退婚？"

"我看未必！"长孙无极答，"我试探过她，看她那模样，应该是知道一些的，却又装作不知道。"

孟扶摇喃喃道："你二十六岁还没大婚，她也年纪不小了，宁可这样蹉跎着，难不成是在等你回心转意？"

长孙无极笑而不语，算是默认了。

孟扶摇搔搔脸，难怪长孙无极没提过这事，原来他心里根本就没未婚妻这个概念。她随即又想起一个问题，“你还没说，你为什么要退婚？”

长孙无极沉默下去，半晌答：“所遇非人。”

“胡说哉！”孟扶摇一向反应极快，“不要拿你对我的心思来做借口，你要求退婚时还没见过我呢！”

“那订婚，就是个错误。”长孙无极深深地看着她，“既然错了，无论如何，一定要改。”

孟扶摇哧地一笑，道：“遇见我，何尝不是你的错误——算了，不提这个。对了，原来你是真武仲裁，我听云痕说你在天煞边境闹了一出好戏，还没来得及问他，现在问你也一样——什么好戏？”

“不就是想把某个惹你吃醋的人打发回去嘛！”长孙无极浅笑，拈起她的秀发，慢慢地在指上绕圈，“她说有佛之圣徒在天煞出世，我偏要说没有。灭个国也许不那么容易，要灭个把‘圣徒’，还是很容易的。”

“我吃个劳什子的醋！长孙无极，你最大的毛病就是自恋。”孟扶摇想了想，忍不住叹了一口气，抱膝坐在床头，“听起来很合理。好，长孙无极，我原谅你的撒谎。”

她干脆利落的语气惹得长孙无极微微一笑，那笑颜如曼陀罗一般在半明半暗的月色中一绽，惊心的、怒放的美，看得孟扶摇心中一跳，暗暗怨念：那倾城绝艳的男色啊……

长孙无极侧转身，额头轻轻靠上她的额头，温热的呼吸拂上她的脸颊。他轻轻掐住孟扶摇的脸，笑道：“扶摇，我最喜欢你的明朗，我要维持住这样一个你，不让你被世事磨折掉那般鲜亮。”

夜很静，夏夜凉风里散开淡淡的异香，听得见窗下夏虫轻鸣，一声声绵长柔软。那般的肌肤相触、呼吸相闻，心跳声盖过了夜的奏鸣曲。

半晌，孟扶摇不自在地拍开他的手，转头哑声道：“色狼滚开，少占便宜！”

长孙无极不理她，“别急着感动，我话还没说完——我不喜欢你言而无信。”

“啊？”孟扶摇竖起眉毛，我有吗，我有吗，我有吗？

长孙无极伸指，细细地在她脸颊上描摹，轻轻道：“某人好像曾经答应过我，无论发生什么样的事都会相信我、理解我，并不为那些事的表象所迷惑、所动摇。”他吐字极轻，语声里半是调笑、半是温存，手指轻轻穿过她的头发，“结果……做到了吗？”

呃……奸人！她一退，他立刻反攻，这么快就来兴师问罪了。

可惜孟扶摇什么都肯吃，就是不肯吃亏，她蹲在床上仔细回想了一下当初在华州客栈时的对话，突然鬼鬼地笑起来，伶牙俐齿地反驳：“你又混淆概念，我当时好像根本没答应你。”

长孙无极笑笑，孟扶摇得意扬扬，“叫你次次占我上风，也该你输一次了。”

“扶摇，你错了。”长孙无极躺到她身边，慢慢理着她睡得乱七八糟的长发，淡淡道，“看似我次次占了上风，其实……对你，我从来都是输的那一个。”

谁爱，谁输。

那般心思托付，那般情意绵长，那般辗转反侧，那般忧心牵挂……

那般爱里，没有说出口的、带着痛的折磨。

而之所以会痛，也只是因为在乎而已。

孟扶摇轻轻吸了一口气，这刹那间，她内腑又开始隐隐作痛。那种久违的、熟悉的疼痛，如烈火般灼着她的经脉。她皱皱眉，向后退了一点，暗暗叹息着提醒自己——锁情，锁情！

长孙无极似也察觉了，回眸看了她一眼，不再说什么，只伸手揽过她，为她盖上被子，道：“天煞气候偏寒，虽说是夏天，晚间也要盖被子，别着凉。”

孟扶摇觉得有被子也好，避免单衣薄衫的肌肤容易接触。不想那人给她盖了，自己也拖了一半过去，恬然道：“自然，我也怕着凉。”

孟扶摇绝倒，长孙无极却又悠悠道：“不指望你心疼我，我自己爱护自己，不成吗？”

孟扶摇那一点点的良心又被某无良太子的雄厚功力给逼了出来，只好捏鼻子不语。忽然瞥见面前桌上元宝大人嘿咻嘿咻地过来，背上扛着一大堆东西，往两人面前一墩。

孟扶摇愕然，长孙无极道：“元宝说，有好戏给我看。”他拉过孟扶摇，很主人翁地分了她一半枕头，道，“来，一起。”

好奇宝宝孟扶摇便舒舒服服地看了，然后……鼻子便气歪了。

果真是“好戏”！

元宝大人踱上桌来，正对着两人站定，先摆动短爪，舞了几个不伦不类的蛇舞动作，然后对着空气一挥掌，做揍人状；又舞，再跳起来，做“大骂”状；又舞，再爪子一挥，做“塞人”状……

孟扶摇看懂了，它在告状！它在说那夜水潭边双头蛇无声逼近时，它老人家好心示警却被自己误会的事——这只心胸狭窄、好记仇的耗子，不是已经跟它道过歉了嘛！

长孙无极微笑地看着，道：“元宝，世人鼠目寸光，不理解你的睿智是难免的。”

孟扶摇无语，这是骂谁呢？

元宝大人连连点头，又扭过肥肥的屁股，在身后那堆东西里扒拉了一阵，先搬出个小茶壶往桌上一墩，又抓起根针。

它舞着寒光闪闪的针，对着茶壶左劈右砍，然后霍地扔掉针，冲上前去用双爪捏住了茶壶的壶盖，随即定住，仰头，不语。

它长久地定着……

孟扶摇险些吐血——这不是模仿那日她双指捏上轩辕旳的咽喉，强行越级，真气逆涌、动弹不得时的那副模样？就是外界传说中的“孟扶摇战胜轩辕旳，站在台上乐不可支地不肯下来”那个流言的耗子版？

看着元宝大人骄傲地昂头定格的模样，孟扶摇也昂头长号一声，伸爪就想把耗子捏扁。

长孙无极一拦，目光闪闪地微笑，“扶摇啊，人不能和元宝一般见识啊……”

孟扶摇盯着主子回归后有恃无恐的元宝大人，寻思着该用什么法子报复之。

元宝大人不知死活，犹自未休，放下道具，又回身撅着屁股在翻。它扒在一方砚台前忙个不休，看那模样很像是在梳妆，孟扶摇正疑惑它这回又出什么幺蛾子，元宝大人突然回眸一笑。

它雪白闪亮的大门牙被涂黑了半个，夜色中乍一看，活脱脱就是个断齿。

它在学她的缺牙！

是可忍，孰不可忍；模仿可忍，揭丑不可忍！

孟扶摇嗷地一下跳了起来，大喝：“天王盖地虎，宝塔镇鼠妖！”然后砰地丢过一个枕头，将无耻的元宝大人砸了出去。

元宝大人哧的一溜，撇着“半颗牙”对着她猥琐地笑。

身侧长孙无极微笑着哦了一声，道：“原来牙掉了是这样的，挺美……”他一伸手按下孟扶摇，道，“明天还要比试，早点休息。”

孟扶摇哭丧着脸被按倒。那足可乱真的假牙白装了，耗子学得真像，连断掉的斜面都一模一样！

她嘟囔道：“总有一天扒了你的皮绣十字绣……”说着沉沉地闭上了眼。不知道为什么，她刚才明明才睡了一觉，现在反而更加疲惫，体内有什么东西在慢慢冲击着丹田，冲得她舒适而又昏昏欲睡。她眼歪口滞地向枕上一倒，口齿不清地道：“明儿个找你们算账！长孙无极，你不许睡在这里……”尾音犹自在唇边盘旋，人却已经睡着了。

长孙无极笑起来，给她掖了掖被子，仔细端详着她微微瘦了些的脸颊，又把她大摊的手脚都收回被子里，才招手唤元宝。那货赶紧奔过来，乌溜溜的眼睛亮亮的，往长孙无极身上蹭，蹭啊蹭啊蹭……

“你做得很好，”长孙无极轻轻抚摸着元宝大人顺滑的白毛，“以后都要这样。”

以后？还有以后？元宝大人瞪大了眼睛，不是吧，苦差还没结束，它还要和孟扶摇继续死磕？那为什么不早说？早说它刚才就不往死里得罪孟扶摇了。这下完蛋了！啊……

“她不是个安定的性子，谁喜欢她，谁就没好日子过。”长孙无极悠悠地笑了，“我又很难时时跟着她，所以，只好拜托你了！”

元宝大人悲愤，为什么是它被派出去保护孟扶摇，为什么不是孟扶摇被派出来保护它？为什么它就不能做主子的爱人，让他不惜自身也不惜家宠地去爱护它？啊，玉树临风的帅哥在这里，主子，你为什么不仔细地看看它？

主子没空看它，主子就那样倚着床边睡着了，半边脸被洒上月光，白日里高华遥远的眉目，在夜色里看来柔和而闲逸，像芬芳而皎洁的碧水之岸那层层绽放的涟漪。

那些于涛飞浪涌的心海深处，永不因时光而凋谢的心情的涟漪。

孟扶摇第二日醒来时，觉得真的是神清气爽、神完气足，像是打了鸡血一样爽。强行提升的破九霄第六层“日升”渡过了最危险的时期，终于大功告成！大抵是宗越用药得当，她现在虽然内伤还没痊愈，但相信只要不出意外，任何情形下都可一战。大爽之下，她十分兴奋地伸手一捞，准备拖过长孙无极或者元宝来练练拳再说。

这一捞却捞个空，睁开眼才发觉太子殿下不在。哎呀，真好，难得他高风亮节，不占便宜，不过话说回来，昨晚他点倒她之后，她的便宜有没有出现过被占现象，可就无从查考了。

元宝大人倒是在，它蹲在对面桌上自己的小床前，垂头举着个白旗晃啊晃。孟扶摇噗地一笑，一把抓过它敲了个栗暴算是惩罚，高高兴兴地出门去了。

走过花园的时候，看见宗越在栽花。孟扶摇想起轩辕旳输了以后并没有离开天煞，每日都守在她出现的地方探头探脑地试图跟踪，可惜孟扶摇身后除了铁成带人护卫，还有长孙无极的隐卫，轩辕旳跟了两次未果，最接近战果的一次是跟到了只隔两条街的地方，结果他兴冲冲地过去，却撞上了一堵墙，墙上画了一只小乌龟。

小正太盯着那只乌龟，眼圈又红了。

当晚他就睡在了那墙下。这个看起来金尊玉贵的公子哥，居然就那么露天蜷缩于一堵破墙下，有时爬起来痴痴在看那只小乌龟，有时爬上墙头四处张望周围的灯火，似乎是想在那些繁星般密集的万家灯火中，找出属于宗越的那盏。

负责孟扶摇安全的铁成躲在暗处看见，难得起了恻隐之心，回来告诉了孟扶摇。孟扶摇听了也唏嘘，命铁成给轩辕旳送了被子去。铁成在墙头空投了被子后就躲了起来，听见那孩子抱着被子喃喃道："是你吗，是你吗……"声声低回，愁肠百结，硬是让粗莽汉子铁成也险些听出眼泪来。

孟扶摇看见宗越心中一动，不怕死地问他："江湖游医，真的不见那昀公子？人家为了你，可是连真武魁首的机会都让给我了。"

"如果怕欠人情，你可以再让回去。"宗越淡淡地答，"只要你别来烦我。"

孟扶摇吐吐舌头，灰溜溜地向外走，在二道门处看见云痕。他正负手看着院子中一棵树，看得入神，仿佛那上面有什么绝世武学——那上面只有几只乱叫的蝉而已。

孟扶摇看着他的背影，抿了抿唇，不知道该说什么、做什么，只好悄悄地想要走过去。云痕却仿佛背后长了眼睛般，突然道："扶摇，裴瑗来者不善，你要小心。"

孟扶摇鼻子一酸，嗯了一声。云痕转身，对着她清和地笑了，独属于他的清越气质，不为跌宕、磨难摧折。

他道："等你凯旋。"

孟扶摇又嗯了一声，逃也似的出了门。门一开，却觉得有阻力，她又用力推了推，才发现好像是被什么东西挡住了。

孟扶摇心情郁郁，怒上心头，抬脚就是一踢。砰的一声，门被踢开，门外有什么东西骨碌碌地滚了出去，隐约还有人低低地哎哟了一声。

大门开处，有人于满地泥灰中抬起头来，怯怯地揉着眼睛，又去揉被撞到的屁股。孟扶摇仔细地辨认了一下那灰头土脸的人，才发现居然是轩辕昀那个小正太。

他怎么找来的？看他那样子，是在这里睡了一夜？

轩辕昀歪歪斜斜地爬起来，看样子是睡僵了。他扶着门框对孟扶摇哀求，"孟将军……我……我好容易才找到这里，你让我见他一面，就一面……一面……"

孟扶摇看着他，觉得那种酸酸的心情又来了，慢吞吞地道："说了几次，昀公子还是不明白。宗越那人是牛性子，你越纠缠他越不会见你，你越要我介绍他就越生气，你何苦来？"

"我……我要回去了……我出来一趟不容易……"昀公子眼圈又红了。孟扶摇看到他的兔子眼就头疼——这孩子怎么是个泪包呢？看这娇生惯养的模样，还出来混什么混！还要和宗越纠缠，宗越是人吗？吃了你，你连骨头都不剩！

想起这孩子的姓氏，孟扶摇心中一动，问："公子姓轩辕，是皇族吗？"

"她是轩辕摄政王轩辕晟的女儿，真名轩辕韵。"突有凉凉的语声传来，孟扶摇回首，便见那个比白水还干净的人站在初夏的阳光下。那么炽烈的光底下，他看起来竟然依旧是凉的，如一捧雪似的冷入心底。

轩辕韵看见他，惊喜地张嘴，失口唤道："阿越哥哥……"突然触及宗越的目光，惶然闭嘴。

宗越看着她，目光复杂难言，那眼色里有暮色昏沉、有大风四起、有雪原茫茫、有孤峰千仞、有远途旅人的疲惫、有久羁于旅的忧伤，最终都化为那深雪一般清明的苍凉。他默默地看着轩辕韵，半晌，无声地转身往回走。

轩辕韵还愣着，孟扶摇赶紧推她，"还不跟着？"

那孩子跳起来，感激地看了她一眼，连袍子上的灰都顾不上掸，赶紧跌跌绊绊地跟上去。

孟扶摇看着他们的背影一前一后消失在二门内，微微绽露出一丝笑意。宗越总算为轩辕韵的诚意所感，打开了一线心门，就看那孩子是否能继续打动他了。看那孩子柔中带刚的性子，宗越这个嘴硬心软的，未必能缠得过呢。

她轻轻地笑起来，想起那声柔软的"阿越哥哥"，那么一个带着童年清纯气息的称呼……到底承载了宗越怎样的过去呢？

最后一场，前五之争！

依然如前的金殿比试，孟扶摇进殿时，就见长孙无极正和战南成谈笑晏晏，着实是哥儿俩好的模样。

看见她进来，长孙无极微微转首，水光流荡的眼风飞过来，眼神和心事一般幽微惑人。

孟扶摇错开眼光，拒绝开放雷达天线接收这样的眼风——金殿之上，俩"男人"眉来眼去？你不怕羞，我还怕丑呢！

她静下心神，调匀气息，既然已经走到了这一步，自然要争个对得住自己、对得住云痕和宗越的名次来，还有，宰掉自己要宰的人！

今日观战的人和昨天一样，虽不及第三轮那般受众广大、人山人海，却是格调层次极高：天煞皇族、天煞所有武官、各国有头有脸的门派掌门，甚至还有部分各国皇族的席位，只是人还没有来齐。

大殿四周除了武器架，所有器物都被撤走，空出极其宽阔的地方。天煞国风喜好粗犷大气，民居都不事修饰、古朴沉肃，正仪大殿尤其体现了这一风格，造得比寻常大殿要大上数倍，观战席位和帝座、仲裁席都离得远，一色杏黄锦案排开，几乎坐满了人。大多数人的眼光都好奇地盯着孟扶摇，听说这小子很牛，不鸣则已，一鸣惊人；听说这小子很轻浮，赢了轩辕旳后赖在台上舍不得下来。

长孙无极在殿上，靠着深红锦案，似笑非笑地注视着台下。殿下两侧席案旁的人于是更加忙碌——除了要忙着看孟扶摇，倒有一多半人还要顾及看长孙无极。听说他不喜热闹，很少公开露面，为什么这次接受了天煞的邀请？听说长孙无极貌丑心黑，难道面具下的脸，还有不可告人之处？

按说这类高级别的比试，仲裁应该不止一位，不知道是战南成嫌人多碍事还是出于尊重长孙无极，他就只请了长孙无极，并指定战北恒副裁。反正这最后一轮，天下顶尖武者几乎都在场，谁也别想当着所有人的面玩猫腻。

辰时，前方空着的席位上开始填人。内殿里，天煞皇族陪着各国来客依次入座，孟扶摇数着各国皇族的席案，发现竟然多了两桌。

三声金钟响，比试将要开始，最后两桌的客人终于到来。

走在前面的，是位四旬左右的中年男子，面目温雅，风度翩翩，言笑举止间有儒雅之气，若不是一身王公冠带华贵煊赫，看上去更像是个三村学究。他腰间深紫绶带上垂着青玉麒麟，应该是轩辕国那位久掌大权的摄政王轩辕晟。

走在最后面的，是一对兄妹模样的男女。前者是个苍白瘦弱的男子，也是冠带华贵，但看着怎么都觉得撑不起来，轻飘飘的，像一阵风都能吹走似的，后者……

孟扶摇目光一缩：人生又相逢——佛莲。

美丽娴静的佛莲公主、气质圣洁的佛莲公主，五洲大陆盛传含莲出生、慈和宽悯的那朵莲花，依旧一身月白素衣，衣角却以乱孱针法叠绣着金线莲花，莲瓣层层含露欲滴，鲜活如真，更有莲叶田田、浅碧微翠。随着莲步姗姗，裙裾微拂，不断摇曳，清雅中不失尊贵。她恰到好处地仰起颈项，那般含笑地、高贵地、散发着内敛而又不可忽视的光辉地，姗姗而来。

人群里低低地嗡了一声。这个殿里的人都身份高贵，自然不会像寻常武夫那般惊呼议论，但也免不了交头接耳。各国皇族都知道无极和璇玑联姻一事，只是各自都有国事繁忙，平日也不会操心长孙无极和凤净梵大婚了没有。如今两人十余年来第一次同时公开出现在这个难得的场合，众人顿时想起，长孙无极已有二十六岁，凤净梵似乎也已二十岁左右。两人这般身份，又已早早订亲，怎么会到现在还没大婚？

佛莲公主倒是不在意众人的眼光，眼观鼻、鼻观心地和兄长在位置上坐了。隔邻轩辕旻含笑招呼道：“凤四皇子和佛莲公主是吗？公主驰名七国已久，直至今日方才得见凤颜，真是令小王甚幸！公主潜心佛学，不想竟也对这武尊大会颇有兴致？”

“王爷抬爱！”佛莲优雅回礼，笑道，“本宫是不懂武的，兄长却爱这个，路上遇见了便陪他一起过来。再者……”她微笑着看向孟扶摇，“本宫刚刚发现一位故人，于是觉得来此更有必要了。就算不懂武，也可为他助威呢。”

他们低语声声，却瞒不过破九霄突破第六层、耳聪目明的孟扶摇。她无声地磨磨牙，望着天。好，好！真是故人！你为什么要叫佛莲公主？你为什么不叫缠黏公主？长孙无极那厮说得还是太客气了，什么偏执？让我看就是个 BT。

她磨了半天牙，又忍不住幸灾乐祸地看向长孙无极——是吧？赶了半天还是赶不走了吧？人家根本就没打算另寻良人！这不，等不及了，一路撵着你就是不放！

她一边幸灾乐祸，一边又觉得有点堵心，却又不想搞清楚自己为何会堵心，干脆扭过脸去。

殿上，长孙无极方才的笑意已去，却也没什么表情。他偏过脸和战北恒说话，对众人的目光视若不见，对佛莲也完全视若无睹。佛莲倒是毫不介意地静静笑着，柔雅地偏头和自己的兄长絮絮而谈。她那个病歪歪的兄长看起来倒是神情不豫，时不时地瞪长孙无极一眼。

此时人终于到齐，钟鼓齐响，仪仗排开，战南成上殿就座，一转眼看见了佛莲公主，怔了怔，随即笑道：“太子可要公主上来就座？”

长孙无极还是不看佛莲，只淡淡道：“谢陛下好意，无须。”

大殿空间广阔，他声音不高，殿中战北恒还在说话，大部分人都没听见这句拒绝，佛莲公主却突然拂了拂袖。凤四皇子疑惑地别过头去看她，佛莲微笑道：“一只蚂蚁爬上案几，我给送了出去，蝼蚁尚且贪生呢。”

“妹妹真是怜悯众生。”凤四皇子赞赏地点点头，又转过头去。

佛莲微笑着，将指甲探出衣袖，不动声色地慢慢在金砖地上碾。她的指甲修剪得尖利，像小刀似的，一点点碾过地上那点微物——小小的蚂蚁，整整齐齐断成三段，触须、头、身……

殿中，战北恒在复述规则，众人都沉默地听着。

最后一战，混战！

最后五人：孟扶摇、雅兰珠、裴瑗、澹台宇、巴古。

混战，意味着谁先上谁就最有可能吃亏。五人沉默着，看客都心领神会地开始喝茶，觉得这个最难的开头，一定是要磨蹭一阵的。

结果，战北恒的话音刚落，一人就蹿了出来，五彩玲珑、小辫子乱飞、大咧咧地站在场中对着裴瑗勾手指，“老妖婆，出来受死！”

裴瑗面纱外的双眼喷火，冷笑着跨了出来，道：“你想死，我也成全你！”

孟扶摇立即无耻地起身跨前一步，“哎，我也想你死，两个打一个成不成？”

全场绝倒——见过无耻的，没见过这么无耻的！好歹还是个魁首呼声最高的呢，一点都没有自重身份的自觉。

战北恒道：“可两两对战、可依次挑战，但不可同时多对一。”

孟扶摇摊手，道：“我上来了就不打算下去，那么雅兰珠你先，我就在一边蹲着。”

“何必让孟将军闲着呢？在下等先请一阵就是！”身后，澹台宇和巴古齐齐跟了上来。

澹台宇微笑，“她们女人打她们的，我们男人打我们的就是。”

孟扶摇眉一挑，知道这俩家伙大抵是想先解决掉她这个风头最劲的，然后再去捡裴瑗和雅兰珠两败俱伤的便宜，当下也就笑笑，道：“成！谁先？”

澹台宇上前一步，对她拱拱手。

孟扶摇的目光却在他身后的巴古脸上掠过。这个沉默寡言的汉子，短发、肤色很黑、面容轮廓很深，有点山地部族的容貌特征，人不胖，气质却很“重”——不是沉稳的那种感觉，倒更像是练过一种奇异功力的压迫感和沉重感。这个人在前期一直表现平平，却一直毫无窒碍地闯入前五。

孟扶摇看着巴古，隐约觉得他的气质有点古怪，对面，澹台宇已经冲了过来。

这个高个子青年，使一柄比他个子还长的混铁长鞭，鞭分三色，也分三段，每段均以活扣连接，舞起来不同寻常鞭子流利，却一波三折，更加奇诡。中段还在左侧，前段却已可能在右侧，瞻之在左、忽焉在右，瞻之在前、忽焉在后，似一条既坚硬又柔软的怪蛇，角度刁钻、光影乱窜。更厉害的是，这种类似三节棍的武器，环扣处一般都最脆弱，但这个长鞭环扣处所用材质非金非铁，设计精巧，看得出来很难对付。

澹台宇扬眉一笑，手腕一振，长鞭分三个角度攻来，角度难测。他手中这个武器，来自于天下顶尖高人之手，号称坚不可破，澹台宇对此也极有信心。

孟扶摇来了兴致，喝了一声：“有意思！”随即迎了上去。她自己本就是个出招刁钻的，破九霄拥有内功、拳、刀三套功法的完整体系，孟扶摇在此基础上又加入了个人长时间混迹江湖的一些实战经验，对死老道士原本教的刀法大胆地做了探索和改进，这套刀法一直在对战经验中不断地摸索完善，如今也到了该实践的时候。

刀出，九霄之电裂天而来，那是黑色的闪电，自高山奔下，刹那间穿越风沙瀚海、剖开沉厚的大地背脊，所经之处泥沙齐涌、乱石飞溅，却又一线直裂、切地无声。那些点射、穿插、横切、竖劈，每一刀都卡在了节点上，每一刀都正当鞭锋。

她原先出招中的风雷之声，因为大风功力完全被吸收，终于圆满流转，化在了属于她自己的真力之中。那些外溢的力度被收敛，便成全了她自己如臂使指、更进一层的功力。她这次的刀法，不再虎虎生风，却猛烈而轻盈，隼利又平静，平静里蕴藏着无穷的力，涛生云卷，皆由她决定。

叮、叮、叮、叮、叮、叮、叮！

第一百一十招，孟扶摇的刀尖接连和澹台宇相撞七次，全部击在了鞭的中段环扣处。这七次每次相击，手法和力道都有细微差别，一层比一层紧，每层都击在前力未尽、后力初生处，形成回旋之力，如波逐浪，盘旋不休，随即嚓的一声，那看似坚不可摧的鞭子终于出现了裂缝，如蛇被打中七寸般，突然一垂。

善于抓住时机的孟扶摇立即向前一冲，横刀一拖——当！一节铁鞭落地，在金砖地上溅起火花。

澹台宇白着脸色向后一退。这鞭子非同等闲，尤其环扣处的机关掌握在自己手中，刀砍不断，试图硬攻的人往往被伤于鞭下。这是他的家传神兵，当初父亲传给他时就骄傲地说过，此鞭无人可破！他也确实仗着这武器打遍本国，少有敌手，不想今日，居然被人给破了。

孟扶摇一招得手，绝不放过，澹台宇退，她便进，错步一冲，又是连击七声，当的一声，中段落地。

这声当发出来的时候，孟扶摇突然觉得心跳了跳，似乎有人揪着她的心尖抖了抖的感觉，随即全身劲气一泄。但也就是在刹那之间便又恢复了正常。

她也没在意，笑吟吟地一抬刀，对澹台宇一指，道："还继续吗？"

澹台宇神色灰败，收起三截断鞭，道："在下认输。"他拖了鞭子下得台去，底下懂行的看客都在交头接耳，对那鞭子指点不休，露出惋惜之色。

孟扶摇心情甚好，哈哈一笑，道："巴先生。"

"巴古。"那汉子半合着眼睛答，口音有些怪异。

孟扶摇皱皱眉头，她不喜欢这个阴阳怪气的巴古，冷笑道："好吧，八姑，咱们直接动手如何？"

巴古抬起眼帘，淡淡道："我已经开始了。"

孟扶摇又一怔，随即便觉得心口处一紧，如被无形大锤嗵地一撞，撞得她心中一痛，未愈的内伤险些被激发。她顿时想起先前和澹台宇对战时那心跳的感受，顿时明白了巴古那句话的意思——这个看起来很沉厚的人，竟然在她和澹台宇对战时便已经出手偷袭了！

孟扶摇大怒，刀光一闪便扑了过去。敢阴老娘？老娘会阴人的时候，你还不知在哪个角落里玩尿和泥巴呢！

她扑过去，黑色刀光如黑泉倒挂，哗啦啦泻了下来。那一道匹练似的刀光，里层亮白，那是破九霄第六层“日升”的纯正色彩；外层呈朦胧浅白，那是月魄练气之宝所拥有的独特颜色。刀行之处，风声将气流卷成旋涡，层层相撞！

动了真怒的孟扶摇，一次性地将破九霄、大风和月魄的真力，全数使了出来！

刀出，不同先前吹云落雨般无声，而是华光万丈、杀气凌人，刹那间便到了巴古的胸膛！

对面一直静静站着的巴古依旧没有移动，他突然诡异一笑，随即单手对着孟扶摇一张。

他手心里竟然画着一只眼睛，眼角上挑、眼瞳墨黑、眼神诡异，那眼睛直直地“盯”着孟扶摇，似要“看”进她内心深处去。

孟扶摇裹着那万丈华光冲了过来，巴古依旧没有动弹，他握了握画着眼睛的那只手，那“眼睛”便似突然眨了眨。

华光如扇，缓缓铺开。

华光里，突然出现了孟扶摇久违的陌生而熟悉的场景。

洁白的墙壁、洁白的被褥，床边标号的小柜和柜上的花，穿着粉色衣裳轻盈行走的护士，小推车里满满的药品，铁架子上晃着的吊针……还有，病床上穿着蓝白相间病号服、憔悴而羸瘦的……母亲！

她在那样的华光里无比真实地存在着，孟扶摇甚至能听见护士温柔的询问声、母亲含笑的回答声、吊瓶撞在铁架上的丁零声、别的来看望病人的家属的脚步声……

而孟扶摇更看见了自己的刀，正直直地向着母亲的心口奔去。

心神俱摧，天崩地裂！

刀光铺开，母亲抬起头来，向着携刀冲来的孟扶摇虚弱地微笑，她说：“扶摇……”

妈妈！

孟扶摇刹那间将真力死死一收，全身血液刹那被狂猛的反弹真力激得暴涌，一口血迫到了喉间！

孟扶摇诡异地看见隔时空的母亲并为此险些神魂飞散的时刻，战南成正和长孙无极微笑着寒暄，经过孟扶摇破澹台宇长鞭那一战精妙手法的展示，一直表现平平的巴古和一直表现精彩的孟扶摇的对战便实在没有了期待，众人都错开了注意力，说闲话的说闲话、喝茶的喝茶、拉关系的拉关系，更多爱八卦的人，都将注意力转到了那对著名的未婚夫妻身上。

战南成便在问长孙无极：“恕我冒昧，听闻太子和佛莲公主订亲已久，为何至今仍没有大婚？朕还指望着，什么时辰能叨扰一杯喜酒呢！”

他呵呵地笑，全场各国皇族大多听见了这句话，齐齐竖起了耳朵。

佛莲公主缓缓放下茶盏，直起腰，垂下眼睫，手交握着搁在膝上。

整个大殿中，除了打架的那两对，所有目光都集中在了长孙无极身上。原本有些喧闹的大殿，突然诡异地沉静下来。

众目睽睽之下，长孙无极沉默着，长久没有回答。

第九十八章

此情深处

所有人都在看着长孙无极，没有人知道此刻孟扶摇正身陷险境。

他们只是纯粹好奇，并没有期望得到什么意料外的回答。只有佛莲，她跪坐于案前，一动不动，手缩在衣袖内，衣袖却无风自颤。

那些目光笼罩下的长孙无极，沉默了一霎时辰，似乎在沉思什么，随即他一笑，提声道：“本宫和公主之间，已无……”

他突然截住语声，霍然回首看向场中，随即身形一飘，飞快地掠了出去。

众人还在等着他的回答，不防这个一直极其淡定的人突然露出了急若星火的表情，连话都只说到一半便飞了出去，不禁都齐齐露出愕然的神情。

佛莲的袖子突然不抖了，她身侧的凤四皇子转过头来，笑道：“这昭诩太子，怎么这么个性子……”他突然看见佛莲的脸，愕然道，“咦，妹妹，你怎么了，脸色这么难看？”

佛莲侧首冲他一笑，道：“哥哥放心，妹妹自幼有诸天神佛护佑，向来都能化险为夷的。”

凤四皇子觉得她这话答得有些奇怪，却也没有多想，又转头去看场中。

佛莲稳稳地坐着，笑，笑出了几分寒意。

孟扶摇临阵收刀，巨大的反冲力量顿时全部加在了她一人身上。她只觉得心中轰然一声，随即耳中一阵乱鸣，全身都被巨力重重地一碾，碾得她一口鲜血激上咽喉，一仰身倒翻出去。

对面，一直在等待机会的巴古突然动了，他跨前一步，手一伸，掌心里突然多了一只乌青的鬼头爪，一抓，便抓向正无力后退的孟扶摇的前心！

此时看客们方将注意力转回，随即便发现，刚才还是孟扶摇稳赢的战局刹那间天翻地覆，孟扶摇气势无匹的一刀突然在挨近对手胸膛时自动收回，随即便被狂猛的真力反弹，半空里一个筋斗倒栽了出去，而巴古的鬼头爪，已如流星赶月般赶到了她的胸口。眼看孟扶摇的招式已老，好像还身受重伤，竟然无力躲避，众人不禁齐齐地惊啊了一声。

巴古露出了狞笑，孟扶摇在半空中拼命挪身想要避开要害，却发现自己经脉刹那间错乱，动弹不得。

她绝望地闭上眼睛，眼睫合起那一霎，掠到紫影一闪。

长孙无极到了。他来得像一抹飘萍般轻，出手却如巍巍山海般坚实，衣袖一拂间横空一斩，便刹那斩断了巴古的攻击！

风声停歇，风声歇而长衣舞，长孙无极一手负于身后，一手向前轻点，从衣袖里伸出的手指，静静地插在鬼头爪那个狰狞的鬼头双目间。

巴古看着被插了双眼的鬼头爪，脸色慢慢变了。他森然抬头看向长孙无极，一字字道：“昭诩太子，阁下贵为大会仲裁，竟然插手争斗，公然袒护你无极一方，不觉得做得太过分了吗？”

长孙无极淡淡看着他，道：“本宫却觉得，本宫是在袒护你。”

巴古阴冷地道：“太子这个玩笑不好笑！”

“本宫也懒得和你玩笑。”长孙无极慢慢收回手，笑道，“我只问你一句：阁下当真是扶风国人吗？”

众人轰然一声，都讶异地瞪大了眼睛。真武大会有严令，参加者的国籍不得瞒报、谎报，一旦发现作伪，立即取消其资格逐出大会并予以严惩。如果这个巴古在身份上作假，那么他根本就没有资格留在这里。

巴古脸色剧变，立刻道：“自然！”

“哦？那么是本宫错了？”长孙无极一笑，突然看向巴古的头顶，扬眉道，“阁下那假发，怎么突然掀起了一块呢——啊，前额怎么还有个印记？”

巴古一惊，赶紧伸手去摸头，这一摸却没发现异常。他怔了怔，抬眼看到四周恍然大悟的神情，立即明白是自己上了长孙无极的当，脸色瞬间惨青。

长孙无极笑起来，一边笑一边负手往回走，淡淡道：“阁下还是自己掀起假发来吧，若是劳动陛下的天煞金卫出手，只怕会不太好看。”

座中见识广博者看着巴古的神情，也不禁相互交头接耳。光头、前额有印记的人，在整个五洲大陆是个特别的存在，也只有一种，那就是穹苍的苦行者。这类人奉行“苦修今世”，从不出没红尘，众人也只是听说而已。难道这个自称扶风国人的巴古，竟是那个最神秘国度的苦行者？而他那假发明明没有异常，前额印记更没露出来，长孙无极又是怎么发现的？

长孙无极头也不回地往回走去，巴古怔在当地不知动弹，忽听耳侧有人低低传音道：“穹苍修行者向来不许涉入红尘俗世，阁下不仅犯了这真武大会的戒，更犯了穹苍例条。当真不怕本宫传信穹苍，为阁下请来一纸神谕吗？”

巴古抖了抖，将惊骇的目光投向长孙无极。这个别国太子，当真如传言一般可怕。他那么小心，一直隐藏着身份混入最后一轮，直到刚才的魁首争夺战时，才稍稍使用了一点独属于穹苍的手法，并且掩藏在了类似扶风的巫术手段的障眼法下，不想还是被他看了出来。

他下意识地将目光向裴瑗一溜，赶紧又收了回来，怕又给上面那个窥测人心的长孙无极发现了。他有心不承认，死扛到底，却又实在畏惧长孙无极最后那句话，犹豫着站在原地，不知该做何决断。战南成沉着脸看着他，问长孙无极：“太子看如何处置是好？”

“在下已尽仲裁义务。”长孙无极淡淡道，“严格说来，刚才巴古使用的已经不是武功，而是禁术，亦是违背大会宗旨的一条。如何处置，由陛下圣裁。”

“好。”战南成点点头，道，“现剥除巴古……”

“慢着！”说话的竟然是刚才长孙无极隔开两人后、一直半跪着拄刀支地喘息的孟扶摇。

长孙无极刚要坐回座位，听见她这一声，不禁身子一僵，再回首时神色如常，眼神中却满是无奈。

他那眼神一掠而过，瞬间长睫掩下，遮住了眼中神情，他平静地问：“孟将军有什么要说的吗？”

孟扶摇拄着刀仰起头，狠狠咽下逼到咽喉的鲜血，大声答：“我不能白白被他暗算了！我要和他打到底！”

满座震惊，看孟扶摇的目光有如看白痴——巴古被取消争夺权，裴瑗和雅兰珠斗到现在还没休止，看那两人都已精疲力尽，无论谁胜都将是惨胜，孟扶摇哪怕是受了伤，再要夺这个第一都易如反掌。倒是那个巴古，状态极佳又有一手诡异禁术，孟扶摇现在怎么可能是他的对手？

送到面前的魁首不要，却要到巴古的手下送死？何况现在她再和巴古决斗，就已经脱离了真武大会范畴，属于私人仇怨，不再受大会规则的限制保护，会出现什么结果，真的很难预料。

这人真是个疯子！

孟扶摇半跪于地，视满殿震惊如无物，只死死盯着巴古——她不是疯子，也不是吃点小亏就被刺激得疯狂不管三七二十一胡乱报复的傻帽儿，只是因为，那一霎她真的看见了妈妈！

不是幻影，不是虚拟，而是真实的场景！她很确定，那一霎的医院和母亲，并不是以往场景的回溯。那一刹她看见了母亲床头柜上的花，那是一枝深红的梅花，是梅花。

孟扶摇的手指深深抠进金砖的缝，不那么用力，她怕自己的眼泪会立即泉涌而出。在那样的泪光闪烁里，前生久违的记忆如画卷铺开，亮光一闪，门缝被推开。

门被推开，那个女子轻盈走来，将一朵茉莉放进花瓶里，笑着亲了亲床上的病人，又仔细端详着花瓶里素淡的花朵，不满地嚷嚷："唉，这花颜色太素淡，赶明儿家里院子里梅花开了，掐一枝最好看的插着，要最鲜亮的！"

"行了，扶摇，你去吧！"床上的母亲微笑着，"云南气候湿热，带点霍香正气水。"

"哎！"她挥挥手，开了门出去，又突然探进头来，道，"不知道要去多久，万一有事耽搁了，梅花开了我还没回来，叫隔壁强子给你每日换花。"

"傻孩子，现在才夏天，哪会到了冬天还没回呢？"母亲微笑……

那是她和母亲最后的一次见面，相隔至今，已十八年。

那年，那个时空，关于梅花的约定，从此长痛于她心。那许多辗转难眠的夜里，她无数次目光炯炯地坐起来，想，母亲是不是还在等她，等那朵永远不会由她亲手插上的梅花？一直没有等到她的母亲，又会以什么样的心情，在那些弦月微光的夜里细数离人的归期？

就是那年夏天，她刚刚定了职称，涨了工资，第一次有钱将母亲送进医院住院，她和母亲约好冬天时掐最美的那朵梅花，然后，那个誓言被命运融化。

然后，就在今天，在这异世时空一个前世里再怎么也不会想象出的决战的场合，在那个诡异的对手对她张开掌心的眼睛的刹那，她看见了那朵约定的梅花，看见了母亲！她清楚地看见母亲靠在床头微皱着眉头叹息，看见她鬓边又多了许多白发，比她离开时要多很多。

正是因为那朵花和那样的母亲，孟扶摇才确定了，巴古那双眼睛开启的世界，不是自己回忆的倒影，而是那个时空真正的影像投射。她甚至因此确定，前世的时空和五州大陆确实不一样，现在的十八年，并不是那里的十八年。

母亲的病，活不过十八年。从那只眼睛里看见的母亲，虽然老了些，却不是老了十八岁的模样。

孟扶摇含着眼泪舒了口气，几乎要双手合十感谢上苍，幸好前世和五州大陆不是一个平行时空，而且母亲还活着！一直以来，她那已经快要绝望的坚持，今日终于被证明并没有错！

正因为如此，她才不能放走巴古，这个唯一给了她希望的术士，她要从他身上得到母亲更加确切的消息！

孟扶摇支着刀，微微喘息着站起身来，弑天平指，毫不犹豫地指向巴古。

她不看长孙无极——无论他答不答应，都不能阻止她的刀锋所指。

长孙无极却在看着她。

看她眼底的泪花，看她执拗的神情，看她摇摇晃晃却绝不后退的站姿，看她全身都在发抖唯独伸出的刀锋平定如一泓深渊。

他用眼神微微叹息，那眼神里疼痛如流光掠过。他看着她，就像看着沙漠里的绿洲，近在咫尺却又遥不可及，似乎刹那相望，却又远如千里。然而爱她，哪怕无时无刻不在担忧着命运的失重掉落，也得，放她飞。

大殿内沉静如水，所有人都在等待一个回答。

长孙无极最终平静地答："既然孟将军提出挑战，那么，请便！"

孟扶摇吸了一口气，突然有点想哭。

要长孙无极说出这句话，很难吧？

她似乎总在为难他。要他不停地面对抉择，要他在保护她和放飞她之间踌躇，要他在服从自己的心和成全她的心之间无休无止地为难。

有一种放手，难过拥有。

孟扶摇轻轻咽了口唾沫，将口中的药丸咽下。刚才，长孙无极掠下场中，横袖一斩的刹那，趁着那风声将歇未歇，负在身后的手，将一枚药丸弹进了她的怀中。

她半跪在地不动，也是为了更方便地将药送入口中。

眼见魁首将要到手，他的一番苦心却要被她付诸东流，孟扶摇轻轻笑起来——自己真不是个东西！

在那样的笑容里，她深吸一口气，全力压下内腑里翻涌的血气，轻拭刀锋，手指在极为锋利的锋刃上掠过，一掠，便是一道血线。

深黑刀身刹那大亮，泛起微微的红光——以主人之血喂神兵之器，可破邪术。

红光越来越亮，黑色的弑天尝遍敌人之血，第一次领受主人的血液，辉光愈盛，艳红夺目。

巴古注视着那柄看起来平平无奇却突然华彩万丈的刀，似乎想到了什么，眼神突然微微一变。

他分神的那一霎，孟扶摇立即动了。

她扬刀，劈地！

黑红刀光携千钧之力，如一道九天雷锤，重重地轰在地上！

嚓——

质地极其坚硬的金砖地，被这用尽全身力气的一劈硬生生劈出一道狭长的深沟，砖屑飞溅中，一道灿亮的白光如瀑布泉涌，呼啦一下从贴地的刀尖蹿了出来，转眼间便穿越深沟，直达巴古脚下！

没有人可以把武功练到脚底！

如此刁钻古怪的角度！

巴古全身都在戒备着孟扶摇那看来注定气势凌厉的一击，却没想到她竟然会把凝尽全身力量的一击用来劈地，刚刚一怔，那亮得令人无法直视的白光已经到了脚底。破九霄第六层的迫人威力，没有人敢硬接，巴古嗷的一声，下意识地直蹿而起。

他应变极疾，跳起的那一霎，鬼头爪霍然张开。鬼头的眼睛虽然被长孙无极插碎，血口深处，竟然也是一双诡异的眼睛！

孟扶摇却不在他对面，她在他的去路上等着他。

她一劈裂地后毫不迟疑，立刻纵了出去，身形如飞燕般一展已在巴古头顶，头下脚上，正正和火箭般拔地而起的巴古对冲到了一起！

我在你头顶，你有本事在脑袋上也刻上眼睛！咱俩脑袋相遇，看谁脑壳硬！

孟扶摇森然一笑，弑天横卷！

这一卷如迎风之旗，满身里卷起浩荡的罡风。那风却不是无形之风，风如飓风，起初中心灿亮、边缘浅白，那是“日升”和“月魄”的真气精华，随着她的身形一展，那灿亮和浅白突然各自延伸，如扇面铺展，刹那间融成一片纯净，如牛乳般莹润的白，然后，在那如沧海怒吼的狂风里，再如极光般灿然大亮。

亮到极处时，白光又逝，那风却更加猛烈了几倍！

“日升”“月魄”“大风”三种绝顶真力，在孟扶摇陷入绝境拼命之时，终于完全融合！

极致神功三合一，日月之下，四海罡风！

呼啦一声，正在慢腾腾拼命纠缠对战的裴瑗和雅兰珠，齐齐被横扫了出去。

哧的一声，正殿丹墀下那对重达千钧、岿然不动的黄铜龙首巨鼎，突然慢慢地向后退去，步步后移，所经之处，留下了一道沉重的擦痕。

呼呼几声，满殿案几上的杏黄锦布都被卷起，在空中浮沉激荡、盘旋飞舞，如天女散花似的煞是好看，可惜连同带落了几上的果品茶盏，乒零乓啷碎了一地，瓷片碎屑在地上骨碌碌地滚着，溅了一地碎玉也似。

战南成正在喝茶，不防这风突然涌起，杯中滚烫的茶水竟然全部竖了起来，他怕被烫着，赶紧松手。茶杯落下，水和茶杯竟然分离，依旧是一道水柱激到了眼前，战南成躲避不得，眼看就要被烫着，一只手轻轻伸过来，接住茶杯向上一迎，稳稳地将一杯茶再次递进他掌心。

战南成松了一口气，勉强抬头微笑道：“多谢太子！这风……太古怪了……”

长孙无极竟然没有答他的话，而是转过头去，看着那风的中心，眼神里有微微的担忧。

此刻，风起！

女子们惊惶地掩紧裙裾，男子们愕然仰头张嘴。

满殿激荡的风的中心，竟然是静态的、平和的，所有繁复的动作最后都化成了一个动作——孟扶摇倒立于巴古头顶，刀尖插入他的头顶。

一缕鲜血从巴古头顶缓缓流下，很细——孟扶摇那一刀只插在了他的头皮上，并没深入。

风声渐歇，她轻轻落下，一落地便是一口鲜血喷出，倒比巴古失血更多。然而她的手依旧没有松，刀尖下移，抵在巴古的眉心，她低声道：“你那眼睛……是什么禁术？”

巴古默然，嘴闭得很紧。孟扶摇森然道：“只要你再给我看一次刚才那场景，我就不杀你。”

巴古抿了抿嘴，似在犹豫。

玉阶上一直平静观战的长孙无极，手突然按在了案几之上。

他看着巴古，眼神淡淡的，没有表情，掌心贴近案上，那里，是一对他刚才抠下来的鬼头爪之眼。他将掌心覆在鬼眼之上，轻轻一按。

巴古突然痉挛起来。他在孟扶摇刀下痉挛，全身如被牵机，四肢古怪地微微抽搐，呼吸急促，面色紫涨，目中神采却突然大亮，他喉间发出呵呵的低声，慢慢地扭着身子，似乎想转身去寻找什么。

孟扶摇顿时急了，刀尖一刺，刺入他眉心一分，怒喝："你干什么？"

她本就重伤，拼尽全力一招制敌后，早就真力枯竭，此刻心火一动，又是一口鲜血溅在巴古脸上，还有些星星点点落在地下。

血色艳红，灼人眼目。

玉阶上，长孙无极的手突然停了停。

他的目光在那血色上转了转，又从孟扶摇苍白如纸的脸色上掠过，眼里飘过一丝幽暗而疼痛的神色。他缓缓地将手松开，随即停了停，看看巴古，又往下按了按，然而当看见孟扶摇那般焦灼的神情和激动的眼色，他的手又顿住了。

在停下与继续间辗转，如是三番，刹那仿佛千年。

那般细微的起落，仿佛只是指尖无意轻弹，无人注意到这一刻那如蝶落花、如风行水的浅浅动作里，一个人内心深处的无穷挣扎。

最终，长孙无极缓缓地放开了手。

他闭上眼，没有人能听见，那一声悠长的心之叹息。

手松开，巴古恢复了正常，而且似乎忘记了刚才那一霎的扭动。他睁开眼，看着孟扶摇，突然道："看见又怎样？不如不见。"

"那是我的事！"孟扶摇抵紧刀，一口口咽下激涌的血，怒喝，"想死就快点！"

她神志已经有些不清楚，连话都说错了。巴古直了直脖子，似乎想要反抗，目光触及孟扶摇火般炽烈的眼神，倒被灼得一跳，半晌道："以我的能力，只能给你看很短的时辰。"

"成！"孟扶摇体内烦躁欲焚，五脏六腑都似被大力揉起、卷压再不住地乱晃，如撕裂般剧痛。她死死咬着牙齿，不让自己在下一个瞬间昏过去，她还没看到自己拼命要看的，怎么可以昏倒?

两人在殿中僵持，别人不知道他们在做什么，以为孟扶摇又犯了上次打败轩辕昀时那个毛病，便又笑谈起来。凤四皇子接过太监捡回的锦布铺在案上，撑着胳臂对佛莲笑道："这个孟扶摇，着实强悍！听你说，见过？"

"应该是他。"佛莲紧紧盯着孟扶摇，"这位易过容了，但是哥哥你知道的，我善于嗅人气味，他先前走过我身侧时，我闻见那气味和大德寺前救我的那位一样。"

"那下场了你得去谢谢他。"凤四皇子道，"这么个人才，今日一战必将名动天下，你借着这一面之缘，早点博个交情也是好的。"

"哥哥说的是。"佛莲抿了抿唇，笑，"如此人物，怎可不见？"

她笑意凉凉，是很标准的高洁莲花之姿，如风行水上，莲枝摇曳，曳出碧裙千层。光影变幻，那些翻覆的层层绿叶间，无人得见那悄然滚落的露珠。

那些熟悉的气味啊……竟在不该出现的人身上出现了呢！

巴古终于再次对着孟扶摇张开了掌心。

"眼睛"一眨，幽光再现。

时空被神秘的禁术劈开了一道裂缝，隔世的画卷缓缓拉开。

还是那间病房，依稀是傍晚时的天色，昏黄的光影投射在洁白的被褥上，射在母亲白发隐然的鬓边。母亲神情专注，在看一本书。

那本书很旧，边沿已经卷起，还有点脏，封面花花绿绿，还画了只歪歪斜斜的小鸭子，其画功之拙劣，无与伦比。鸭子旁写着一行很烂的字，大大小小不一：孟扶摇的书，谁偷揍谁！

孟扶摇的眼泪，刹那奔出——那是她的书，幼时唯一一本儿童读物《小王子》，母亲连加了一个月的班给她买的。她爱若珍宝，每日里都要翻上无数次，还要加上记号。母亲说画条龙，因为她属龙，她不喜欢，龙长得跟蚯蚓似的，她喜欢毛茸茸的鸭子，于是决定自己以后就属鸭子。

怕被人偷，她还加上了几个字，如果没记错的话，母亲手指挡着的那块地方，还有个骷髅头，画了个红色的叉——诅咒，谁偷毒死谁。骷髅头旁有小瓶子——"敌敌畏""必杀死"！

呵……从小看大，她是个心性多么残忍的娃啊……

孟扶摇含泪轻轻笑了起来，她看见了那本书，比印象中的更旧些，那些破烂的边角都被小心地粘补过，还是有些捧不上手，书大概被母亲摩挲得多了，边缘发亮。她看见，母亲的手指，细细地摸过那只丑陋的鸭子。

那只手枯瘦，泛着属于病人的苍白色泽，指节凸出，满是针扎的瘀痕。孟扶摇颤颤地伸手，想要握住那睽违了十八年的手，却摸进了一怀破碎的光影中，母亲虚幻地动荡起来。她赶紧缩手，不敢再惊破这一霎的场景。

那近在咫尺的人，摸不着。

母亲还在看着那鸭子，神情中满是爱怜，仿佛看见了散发着奶香气息的女儿伏在她膝前，咿咿呀呀地在画着图，属于女儿的手泽香气，历经多年后似乎遗香犹在。

她摸着那鸭子的手突然缓缓向前一探，似乎从那般稚嫩的笔画里，摸出了女儿的轮廓来。

然而，也摸不着。

隔着时空，一对母女的触摸，彼此错过。

孟扶摇的眼泪终于溢出了眼眶，顺着脸颊悄然滚落，再混着嘴角的血痕，化为粉色溪涧，落上衣襟。

小王子说：正因为你在你的玫瑰上花费了时间，所以才使它变得如此名贵。

正因为那十八年的坚持如此艰难，所以此刻孟扶摇的眼泪重逾千钧。

满殿沉寂，人人失声。他们不明白孟扶摇在做什么，只看见她定在巴古身前，突然落泪。人们疑惑地看着她，却为她眼神里的巨大凄凉和疼痛所震撼，不自禁地沉默下来。

长孙无极半侧着脸，素来稳定的手指微微颤抖。他放开手中一直平静端着的茶盏，将手拢进了袖中。

有一种疼痛，他无法分担，却不能不陪着一起痛。

孟扶摇突然不哭了。时间宝贵，眼泪会让视线模糊，看不清母亲的脸，那就太浪费了。

她努力眨眼睛，扑簌簌眨掉眼泪，随即听见砰一声响，那间病房的门被撞开，光影里有一大堆人闯了进来。

当先的那个，好生肥硕的身材——胖子！

古墓里哭爹喊娘遇见塌方的胖子、险些被孟扶摇戳了菊花的胖子！

他身后跟着小李、老汪、大头……都是考古队的同事。胖子手里居然抱着个火锅，小李拎着大袋的保鲜食物。他们欢笑着撞进来，为刚才还凄清冷寂的病房添了几分红尘的喧闹。他们摆开火锅和羊肉片，大声嚷嚷着：“今天冬至，阿姨和我们一起吃火锅！”

病床上的母亲含笑抬头，说：“又劳烦你们来看我……”

“阿姨，别客气，该当的！孟扶摇那家伙不在，我们……”话说了一半的小李被人捅了一下，赶紧闭嘴。

母亲还在笑，将那本书仔细合起，轻轻抚摸着那封面，说：“她在呢……她在我心里。”

妈妈……

孟扶摇忍不住向前一冲，便要扑进那隔世的温暖和向往里。不防眼前光影一颤，水波纹似的动荡了几下，随即所有的场景渐渐淡去，化为白光消逝。

孟扶摇大急，急忙伸手一抓，却只抓到了冰冷的虚空，险些把巴古的鼻子抓下来。

巴古一脸的汗，看得出来，能维持这么长时间，他也已经到了极限。他手心一拢，道：“你答应放了我。”

孟扶摇盯着他，犹自打着自己的主意。

巴古看着孟扶摇的眼神，似乎悟到了什么，急忙道：“这种禁术，我一生能用的次数只有三次。刚才就是第三次，你不要再多想了！”

孟扶摇一瞬间万念俱灰，万念俱灰里又生出了满心仇恨，她霍然抬头盯着巴古，眼神像饿了半个月的狼。巴古被看得浑身一颤，大声道：“你要失信！”

孟扶摇却突然将他一推，道：“滚！”

她像个泼妇一样，把巴古狠狠地推出去，口齿不清地一连串大骂：“滚、滚、滚、滚、滚、滚、滚！”

巴古白着脸，神色青灰地盯着让他在天下武者面前丢尽颜面的孟扶摇，手指节握得咯咯直响。他突然感觉到背后有道目光森冷地刺着，芒刺一般戳得生痛，回身，便看见玉阶上的长孙无极安然高坐，居然在对他微笑。那笑意看得他抖了抖，巴古再不敢做什么，低头快步走了出去。

此刻，场中只剩下了孟扶摇和裴瑗——雅兰珠在刚才孟扶摇一招起风的时刻便被卷到了场外，她内力不足，早累晕了。

裴瑗趴在地上喘气，她五个指尖都呈鲜红色，却不是鲜血，也不知道是什么东西。

裴瑗趴着，孟扶摇蹲着，一个趴着似乎再也挣扎不起，一个蹲着不停地吐血。

真武魁首争夺战，此刻终于接近惨烈的尾声。

到了这时候，众人反而不知真武魁首到底会是谁了——本该毫无疑义地拿到魁首之尊的孟扶摇，看那个样子，谁过去一个指头都能把她推倒。此刻两人纯粹就看运气，谁能拿出最后一分力气将对方推倒，谁就能赢！

孟扶摇抱膝蹲着，在自己的一摊血泊前痴痴地看着自己的影子。这里面的人是谁？当初的那个红发魔女又在哪里?

她看得那般入神，完全没有注意到身侧起了惊呼。

裴瑗以肘支地，正挣扎着爬起身来。她爬得极慢，挣扎起半个身子又立即倒了下去，然而她喘息半晌，又绝不放弃地再次支起身子。

她挣扎了足足有一盏茶时辰，终于摇摇晃晃地站了起来。

孟扶摇却始终蹲着不动，她似乎研究自己的影子研究得浑然忘我。她如此不甘——那血泊倒映着这金殿藻井、四壁腾龙，却再也倒映不出她想看到的人和事。

她痴痴地用指尖蘸了血，在地下慢慢勾勒，一个圆的……一个弯的……

有人在耳边不断地轻声呼唤，试图在关键时刻唤醒她，那是属于他的优雅醇和的语音，“扶摇……”

裴瑗喘着气走到近前来。

再一弯过去……然后两个小三角……

“扶摇！”

裴瑗终于走到了孟扶摇身后。

孟扶摇心无旁骛地继续——还差一笔，画出蹼来……

大殿之上，名贵明亮的金砖地上，众目睽睽之下，那幅敌人逼近之下笔力幼稚的画，终于完成——鸭子。

最后一笔画完，裴瑗的手掌也抬了起来，五指指尖鲜红若血，如血沙般当头向孟扶摇插下!

“扶摇！”

孟扶摇霍然抬头，然后她倒了下去。

她倒下去，身子立即滑出。裴瑗骤然失去她头顶的目标，重心不稳，向下一倾，前心和孟扶摇滑出的身子刹那交错。

刹那，交错，黑光一闪。

一抹锦带似的鲜血随着黑色刀光悠悠飘洒开来，再大蓬地激到半空，热烈而蓬勃，如一束火焰飘摇的火炬——燃烧掉一个人身体里全部生命的火炬。

裴瑗的咽喉里，发出了一声短促的啊的声音。

那一声呢喃如梦，梦境刹那破碎，融化在森冷的虚空中。

她软软地倒了下去，像一朵突然开败的花瞬间枯萎，或是一缕云被山风吹走，甚或是哪一年的北雁在壮阔的天际刹那飞远，再也没有飞回的那一日。

二十一年韶华结束于今日，那些爱而不得、得而不能爱、乱麻一般的恩怨纠缠，如束丝遇见利刃，铮的一声，全断了。

徒留回音悠长，散在了风中。

也许，从她遇见孟扶摇、从玄元山后山的那一拂，她人生的万丈深崖早已注定。

因为一个她在乎而孟扶摇已无心的男子，她们碰撞至今，然后，她落在了中途，而孟扶摇，吹干剑尖的血，继续向前。

世事如此空旷又如此狭窄，容得下沧海之阔、天涯之远，却容不下狭隘的心机和阴私的算计。

裴瑗躺在地上，觉得四周都起了风，悠悠地荡着，似要将自己吹过西山去；又觉得极度的热里生出极度的冷来，那冷似是初见他那一年的雪，一层层覆上眼眉。她冰凉的手牵在师傅手里，她怯怯地看着陌生的庭院。梅花树前扫雪的俊秀少年回过头来，一笑，如春日初融。

他说：师妹，早！

那年的她，只看着他，忘记了回答。

裴瑗微微笑了起来——怎么可以不回答呢？这一生的最后一次机会。

她闭上眼，呢喃：“风大雪寒，师哥……保重！”

真武之争，落幕！不过是血泊里最惨烈的结果。

战南成张了张嘴，几次都没能将那句恭喜说出口。一片静默里，半晌，战北恒才涩涩道：“无极，孟扶摇，胜！”

看客们立即热闹起来，对着那些鲜血和尸体现出虚假的繁华和欢喜。很多人拥上来祝贺，隐约间战南成似乎还在说着什么庆功宴，那些不厌其烦张着的嘴和喷出的唾沫星子几乎要将孟扶摇淹没。她茫然地看着他们，不知道这些混账在说些什么，吵得她头昏，还有，他们居然踏坏了她的鸭子！

有人挤上前来，牵过她的手，是勉强恢复过来的雅兰珠。她一一推开那些人，不管那些看客是什么样的煊赫身份，她毫不客气地嚷：“让让！我们要回家！”

我们要回家。可家在哪里？

孟扶摇就这样茫然着、飘浮着，被雅兰珠拉了出去。她隐约感觉到有一道目光温暖又疼痛地挂在她背后，丝丝缕缕不肯扯去，却再没有力气去理会。她只想快点离开这里，然后倒头睡上一觉。也许在梦里，她还可以重温刚才看见的一切。

人群让了开来，她们行到殿外，却依旧有人不知趣地拦在面前——月白绣莲的精致裙裾微微飘拂，静雅如莲。

那朵莲花圣洁地道："恭喜孟将军夺魁！本宫在此相谢当初相助之恩，并在磐都醉香居设薄宴以待，为孟将军……"

"你可不可以闭嘴？"

佛莲愕然失声。孟扶摇抬起头来，眼底全是血丝，她兔子似的看着佛莲，硬是看出了狼的眼神来。她咬牙，极度清晰地道："烂莲花，求你了，你去全世界人面前装纯都成，但是请不要装到我面前来，尤其是现在！你知不知道，我一看你装我就想吐？我今天吐得已经够多了！"

佛莲如被锤击，白着脸色连连后退，拼命扶着柱子才没让自己倒下去，再开口时，声音都变了："你……你……"

"我讨厌你，就这样！"孟扶摇直直地走过去，撞开她的肩，"老子心情不好，活该你倒霉，说句脏话给你听。"

孟扶摇转头，和佛莲近在咫尺。她笑得白牙森森，在佛莲耳侧低声道："莫装 B，装 B 被雷劈！"然后哈哈一笑，又笑出一口血。她一抹嘴，舒展双臂，大步走出去，道，"痛快！"

不管那朵莲花如何抖成雨打残荷，孟扶摇头也不回地一路出殿，穿过一重重宫门，在那些或羡慕、或惊讶、或嫉妒、或意味深长的目光中，一步步走出这为之流血拼命的修罗场。那一层层宫门在她面前缓缓开启，黄昏的日光被晚霞照得如同艳红锦毯，长长的甬道延伸出去，一望无际地铺开在她面前。那样的路终于被她踏在脚下，她终于走到今天。她终于要到了自己想要的东西，然而老天玩笑地给了她一个附赠品，犹如玩具盒里跳出来的惊喜，弹到了她心的最痛处，痛得她满腔鲜血。

出宫，跨上马，她道："珠珠，你先回去，我想一个人静一静。"

雅兰珠担忧地看着她，刚要拒绝，突然侧了侧身子，道："你小心点。"

孟扶摇点点头，一扬鞭，骏马飞驰，泼喇喇穿越人群，穿过大街小巷、穿过万家灯火，直驰旷野，向着最接近苍穹的方向。

城门十里处，有一处小小的山包，一湾溪水潺潺流过，夜色里，粼光闪闪。

她下马，痴痴地看着。记忆中老家也有这样一泊水，纯净清澈，小时候她常在里面摸鱼。

夜风轻缓，飞花零落，这个凉薄的夜里，谁会在烛光摇影里照亮迷失者的路，谁会用自己的体温来焐热迷失者寒冷的心事？

身后突有人缓缓靠近，轻轻道：“扶摇，勇者不畏哭。”

他的声音轻而温柔，带着人生风霜里积淀而出的凝定不惊的醇和沉。只是今日这一语中，依旧带了那感同身受的疼痛，仿佛温润的玉石裂了缝，折射出更为璀璨而温存的美。

孟扶摇霍然转身，扑入那温暖的怀中。

第九十九章

放你去飞

她扑在他怀中。

此生里眼泪从未这般不值钱过，瀑布般大股大股地向外涌，瞬间湿了他的肩头，那一片浅紫成了深紫，和小溪旁生着的紫色兰草一般的色泽。

孟扶摇死死地埋在长孙无极怀里，将自己的眼泪、鼻涕和鲜血毫不客气地赠了他一肩。她呜呜噜噜地哭，要借着这人看来虚幻其实无比真实的怀抱，将自己这十八年来无处发泄的一腔积郁都泼洒出来。

她哭："她白发又多了……"

她哭："好歹让她住到冬天了……"

她哭："我看见她生老年斑了……老年斑……"

她哭："看样子烈士称号是到手了，不然哪儿来的钱住院呢……"

她哭："胖子他们还算有良心，知道去陪她……"

她哭："一群傻帽儿！火锅，火锅她能吃吗？"

她哭："谁给她擦身洗澡呢，那群粗手笨脚的护士吗？她们又能做到什么程度呢？她那么有自尊的，有些事……有些事谁能帮她啊……"

她哭："她还在等着我呢……"

最后一句让长孙无极的身子颤了颤，孟扶摇立即住口。她哭了一阵，心头的积郁如被水洗过，透出点月白天青的亮色来。她隐约想起，有些事，还是不能痛快地说太多的。

她那个回归的执念，此生难以对人言，对敌人，说出去不啻自找麻烦；对朋友，还是找麻烦——长孙无极算是诸人中智慧最具、最通透大度、思想最开明的一个了，他懂得让她飞，懂得给她自由，然而就算是他，也绝不可能愿意让她飞出五洲大陆、飞出这个时空，永远地飞出他的生命。

有些疼痛，只能自己背。

孟扶摇举起袖子，擦擦眼泪，随即腿一软便往地上栽去——她提着的一口气泄了下来，再也没力气了。

长孙无极一伸手拢住了她，就势抱住她坐下来，坐在初夏的夜的草地上；抱着她，静静地看这夜月朗风清。

月弯如眉，浅浅一蹙，薄云如纸，透出点玉白色的光来。身周流萤飞舞、溪流淙淙，紫草散着淡淡的幽香，夜虫伏在草中不知疲倦地低鸣，音质脆而明亮，一声声如玉槌般敲击着这夜的幽谧。

旷野里风有些大，吹得人衣袂鼓荡。月光下，两团影子黏合在一起，却又轮廓历历分明，属于他的和她的，一丝一毫也错不得。两个人这般相拥着看月光，都看得眼底潮湿——原来在这般的深邃和广袤里，一个人或两个人，也不过是两颗石子，沉在岁月的深渊里，身周是永无止境的遥远、寂寞和荒芜。

长孙无极的淡淡异香在这冷处反而越发浓了些，远处不知道是哪家禅寺传了悠远的钟声来。孟扶摇迷迷糊糊地嗅着那样的香气，听着那清凉洪大的钟声，心底如走马灯般掠过那些前尘旧事，于虚幻与真实之间迷离游走，恍惚间若有所悟，却又一片空无。

长孙无极轻轻道：“扶摇。”

孟扶摇轻轻嗯了一声。

“世人苦苦执念于得到，并为此一路奔前，其实得到就在近处。”

孟扶摇偏了偏头，有点反应迟钝地想，他这话是什么意思？

“扶摇，你可有执念？”

孟扶摇老老实实地答：“有。”

“我也有。”长孙无极仰起头，向月轻嘘，“小时候，我希望母后不要总对着我叹气，让我觉得她从来就不曾欢喜过我；少年时，我想找到我可以保护的人，好让我觉得我还是被人需要的；再后来，我突然发觉，我所寻找的一直就在近处，前方的路那么远，我希望能和她一起永远地走下去。”

孟扶摇默然，良久，轻轻答：“有些路，是注定要一个人走的。”

头顶上，那人长久地沉默着，于烟月溶溶中沉默出难言的孤清来。四野空旷，远处花树被风吹过，落花如雪。

孟扶摇闭着眼睛，只觉得心中似酸似苦，那点苦慢慢浸入内腑来，那样复杂的滋味。命运如此不肯温顺，如蹲伏在暗色里不愿被驯服的兽，她自己被咬得遍体鳞伤也就罢了，却还要无法避免地害得无辜的人也因此受伤。

实在无颜再在长孙无极的温暖里贪恋下去，她挣了挣身子，欲待起身，却被长孙无极更紧地抱住。她侧身去推他，长孙无极却突然趁势扳过她的肩。

眼前光影一暗，他的唇温温凉凉地落了下来。

落在她的唇上。

缠绵。

那般旖旎的唇齿滋味，明明只喝了茶，不知怎的却带了几分馥郁而醉人的淡淡酒香，由一种柔软辗转向另一种柔软，由一种纠缠潜近另一种纠缠。他的吻是风是月、是云是雾、是一切造物中最纯净的自然，如梦境般无声潜入，一寸寸将她的世界填补。她荒芜他就饱满，她干涸他就润泽，清洁如许，却又浓厚如斯。

仿佛第一次与温泉拥吻般，他依旧如此深情幽婉，吸吮辗转间，轻柔如花间词人笔下的诗行，然而那吻又渐渐生了力度，疼痛的、带着挫折和抑郁的力度，他似乎欲将这般力度永久地覆上她的唇，好让她长远地记住属于他的味道和记忆。那些唇齿的相遇与邂逅，每一次都如电光相击，碰撞出无声的呻吟和战栗，她因此喘息渐急，那喘息却又被他毫不容让地堵在了彼此契合的双唇间。他一点点吻去她唇边未拭净的鲜血，再将那般咸甜的滋味与她共享。

感觉到身下人的挣扎，他拢得更紧了。相遇至今，他放开了她太多次，放她由着心去飞，她摇曳的翅尖如刀掠过心间，裂出血迹殷殷。今夜他却不想再放，便勉强她一回也罢!

他不要这人生长亭短亭，不要这人生电急流光，如果终有一日心血化碧，他将成为被她遗忘的时光，那还有这夜带血的疼痛的吻，来记录这翻覆沧桑的一程。

那样沉重而凶猛的吻，不再是素来优雅从容的长孙无极所有，却又真真实实地碾过孟扶摇的心。她闭着眼，终于放自己彻底地软下去，腰在他臂弯里不住后折，弯成垂柳一般的弧度，眼底的泪却渐渐沁出，细流般无声落入长孙无极的唇角，再被他含血吻去。

四野花落如雪，夜来长风拨弦，溪流边青柳繁丝摇落，飘入更远处的沉静春山。月光自春山之巅掠过，在茸茸碧草间如水起伏，照亮了跪坐相拥的人，照亮了她脸颊上的泪和他唇间的血，照亮了她在他怀里轻轻战栗，肩膊精致清瘦，如一只欲待飞起却又无奈牵绊的长空之鹤。

这一吻漫长如此，这一吻短促如此。

他终于放开了她，将吻一路游移向光洁如玉的额头，轻轻一触，随即抵着她的额头，不动。

两人呼吸相闻，丝丝缕缕地纠缠在一起。孟扶摇低低的喘息飘散在寂静的四野，脸色苍白中终于泛起欲醉的酡红，那般难得的眼波流动、娇媚如春，难以比拟的艳光。

长孙无极深深地看着她，低声道："扶摇……你要我拿你怎生是好……"

孟扶摇沉默着，良久笑了笑，道："我发觉，我们之间，连那句随缘都不能说。有些东西，从一开始，老天爷就没有给。"

她脸颊上晕红渐去，眼神由迷乱恢复成清亮。她直起身，跪坐着慢慢整理自己乱了的头发。

是的，不能说，不能放纵，不能沉迷。如果从前，她还曾因为那些时空变幻、现实阻碍，犹豫过自己的坚持是否值得，产生过动摇之心，从今日开始，她再也不会折回前进的路。

妈妈在等她！

她最畏惧的十八年光阴，已经确定了不再是隔开她和妈妈生死距离的障碍。

还有什么理由，阻止她奔回的路途？

长孙无极缓缓放开手，那般无奈苍凉的手势，在虚空中轻轻一挽，却只挽了这夜露少许。

对面的人沉静而悍然，那沉静里是不容更改的决心，那悍然里是绝不犹豫的坚持。

他默然看着孟扶摇，看着自己放手得来的苦果，那苦果只能咽在自己心底，那般哽哽地，堵在了心的通道间。

半晌，他道："扶摇，我亦不放手。"

言出，换得她一声悠长的叹息——有何可说？有何可劝？正如他劝不了她一般，她亦无法自私且假惺惺地去劝他。

长孙无极突然笑了笑，道："我相信诚心天地可感，我相信纵然世间有命运主宰凌驾于一切意志之上，也终究会有办法打破它。"

他轻轻牵过孟扶摇，道："睡吧！你累了一天，有些事，想多了也伤人，先忘却的好。"

不容孟扶摇拒绝，他手指一拂，又习惯性地点了她的睡穴。

看孟扶摇噙着一抹苦笑沉入睡眠，长孙无极伸手，缓缓抵在她的后心，闭目，真气流转一周，在她丹田之内飞速地转过一圈。

良久，他松开手，静静地俯视孟扶摇的睡颜，手指温存地抚过她微肿的唇，轻轻道："既然注定如此，且让你飞得更高。与其看你在执念折磨下挣扎苦痛一生，不如助你冲破青天。"

那日之后，孟扶摇回到战北野的密宅养伤。她对外间盛传的真武魁首诸般传言毫无兴趣，每日只拼命练功养伤。她的破九霄进了第六层，也将大风、月魄的真力和破九霄顺利融合。其实她自己一直有些奇怪，按说她应该没有这么快就能融合那三种顶级真气，事实上她做到了。果然还是死老道士说的对，只有在不断濒临生死之境的战斗中，才能更快地激发并提升自己的潜力，达到寻常修炼不能达到的速度。据死老道士说，他二十四岁时练到第六层，在本门中前无古人后无来者，被引为奇迹。如今看来，前无古人还算，后无来者可就没他的份儿了。

孟扶摇想到老道士吃瘪，心情甚好。她虽然顺利提升，受伤却重，融合的真气也不稳定，时有时无，需要很长一段时间休养。如今她目标已定，只剩下心无旁骛地修炼，而在破九霄未臻圆满之前，她不会心急火燎地贸然跑到穹苍。机会只有一次，她一旦去了穹苍，就绝不允许自己失败！

那么，还是按计划做自己想做的事，养伤期间，在天煞搞搞破坏吧。

长孙无极"回国"了。战北恒亲自将"回国"的长孙无极送出磐都，临别相赠香车一辆，里面全是天煞贵族女子托他转送的荷包啊、玉佩啊、兜肚啊、如意啊等等，长孙无极不以为意地一一笑纳，真的带着那香车走了。

这只是明面上的，事实上……孟扶摇叹了口气——那人换了张脸待在她身边呢。据他自己说，他父皇近日身体好转，已经能视事，否则他也很难赶来天煞。既然大老远来了，他就歇一阵再走。

孟扶摇不觉得他有什么歇的必要，不过看他气色不太好，想着人家奔波千里来了，自己要赶人实在太过无耻，也就默然不语。

轩辕韵也走了，这是个真走的。她父王回国，她不敢不跟着回去，临行前眼泪汪汪地又想来见宗越。孟扶摇那日金殿比武之后迷迷糊糊地回来，也不知道两人谈得怎样，自认为想必地下党已经对上暗号接上了头，就自作主张地放她进去。结果轩辕韵在药圃里被宗越最近养的一群毒蜂蜇了回去，而孟扶摇当晚的药汤，色泽、形状和气味都无限接近某人体排泄物，臭不可闻。

宗越倒还是老样子，那声“阿越哥哥”除了在初初唤出时激起过他眼底的波澜和疼痛，之后便仿佛风过无痕。他的心思像午夜里遥远荒村里的一盏灯，看似清晰温暖，却又遥远无声。

休养了几日，她便接到了战南成的邀宴书。临行前长孙无极提醒她：“战南成确实有意延请你，我教你的诸如兵法之类要好好表现，政事却不需要精通。战南成需要的是可以笼络的、智慧尚可的勇武之将，而不是文武全才、璇玑在握的人杰，你不要逞能过头。”说完又塞了样东西给她，道，“如果发生了一些让你很愤怒却又无法反击的事，你再打开。”

搞诸葛亮锦囊妙计啊？孟扶摇嗤之以鼻，“我这辈子会有‘很愤怒又无法反击’的事吗？”话虽这样说，她还是应了，揣着请帖和雅兰珠去赴宴。

宫门前遇见香车宝马擦身而过，香车之侧有天煞官员陪着，马车经过她的时候停下来，一个苍白瘦弱的少年探出头来打招呼：“原来是孟将军，去赴宴的吗？”

孟扶摇抬眸，对上凤四皇子客气的笑靥。长孙无极“走了”，这对兄妹还没离开？看这弱鸡的样子，还不知道她恶骂烂莲花的事吧？烂莲花呢？这几天八成都躲在屋子里哭吧？

想到曹操曹操就到，马车车帘突然一掀，佛莲半张脸掩在马车后，笑吟吟地向她道：“孟将军，好巧！”她笑得依旧雍容圣洁、气韵祥和，还是那种和长孙无极形似而神不似的尊贵优雅。

孟扶摇瞪着她，咝的一声，一口凉气从头顶凉到脚底。

她在笑？她居然在笑？她居然在对着自己笑？

这辈子她从未服气过哪个女子，现在她服气了凤净梵！

一个女人，被人骂成那样，居然还能不动声色，居然还能对着骂她的人笑出来，真是不可思议！是不是那天自己实在伤重骂错人了，还是烂莲花患有间歇性失忆症？或者是此人的脑子会自动清屏，将所有不和谐的字眼全部删除？

然而烂莲花下一句话完全破灭了孟扶摇的幻想，她听见那句话后甚至觉得眼前一黑——这世上，怎么可以有人这么强大啊……

佛莲微笑道：“孟将军伤可好些了？净梵正想着，那日净梵实在是失礼，明知将军伤重还缠着将军邀宴，怨不得将军怪我。”

凤四皇子笑道："孟将军大抵是对妹妹有点误会吧？等一下宴中，妹妹多敬将军一杯酒也便是了。将军如今名动天下，真英雄，当得起佛莲一杯酒。"

当得起，当得起！你大概觉得你家佛莲的酒敬给我是抬举我，我却怕喝了烂肚肠哩……孟扶摇举袖，捂唇，喀喀地咳嗽，道："重伤未愈，不敢领受，谢了，谢了！"

那两人还在殷勤地邀请，"马车宽敞，同车而行如何？将军既然伤势未愈，骑马怕是容易疲惫。"

"我天生贱骨头，坐不得高贵的车，一坐我就三魂齐灭、四肢不灵、五脏不调、七窍生烟……"孟扶摇捂着唇，伸手一引，"请，请！"

那两人礼仪完美地又客气了一番才离去，孟扶摇放下袖子，僵着脖子，对身侧的雅兰珠道："珠珠，快掐我一把，看我是不是还活着？"

雅兰珠直着眼睛，气若游丝地道："我还指望你来掐我呢，我到现在还没回魂哩。"

两人木木地转头，对望一眼。半晌雅兰珠道："人才，人才啊……孟扶摇，你给人家提鞋我看都不够格！"

孟扶摇搔搔腮帮，道："珠珠，你看人家那才叫公主！你跟人家比起来，就是菜市场为一毛钱尾数吵得不可开交的大妈！"

"是啊！"雅兰珠深有戚戚焉，"这么一位高贵无瑕、大度雍容、脸皮和城墙一般坚实的公主，我实在羞于与她一同列席啊……"

"那档次不是差得一般二般啊——不行，和她坐在一起，我会自惭形秽的。"孟扶摇决断迅速，一拨马头，道，"珠珠，烦劳你，代我和战南成说我拉肚子，我回去慢慢拉了。"

"我也想泻肚子，我现在不泻，等一下看见她我一定会泻，一起一起！"雅兰珠跟着拨马头。

可惜已经迟了。

两队人迎了出来，礼部官员带着内侍亲自来迎，早已看见了孟扶摇、雅兰珠。看见两人居然在宫门前拨转马头，礼部官员赶紧上前拉住，一番好说歹说。这些人职责在身，孟扶摇坚持要走也是为难人家，无奈之下只好跟着进去。

她晃晃悠悠地坐在马上，安慰雅兰珠："珠珠，就当宴席上有人不小心扣了个屎盆子，眼不见、耳不闻便是了。"

雅兰珠叹口气，答："早知道就先垫了肚子再来……"

进了赐宴的武德殿，天煞皇族、武将、尚滞留在磐都的各国皇族和门派掌门早已济济一堂，见她都含笑招呼。佛莲坐在上首左第三座，见她进来，抬首一笑。孟扶摇看着她，半晌，吸了口气，也一笑。

既然你不识羞，既然骂不死你，那就换别的方式吧！

礼部官员低声请她先进内殿，说陛下请孟将军内殿一会。孟扶摇转转眼珠，知道主题来了，赶紧跟他进去。

果然战南成在里面，奇怪的是竟然没有战北恒。孟扶摇行了礼，战南成说了几句闲话，便问："孟将军在无极官高爵显，少年得志，名动七国，实在令人敬佩！"

孟扶摇扶着茶杯，缓了一缓，让自己唇角掠过一抹几不可见的苦涩笑容，才答道："陛下过奖。不过是区区虚衔武职，算不得什么的。"

战南成目光一闪，笑道："虚职尊贵清闲，等闲人也不能有啊。"

"那是，那是。"孟扶摇扶着茶盏，敷衍道。

"不过话又说回来，"战南成微笑道，"朕幼时读书，每至前贤英烈传便要掩卷，想那男儿当世，黄金若粪土、肝胆硬如铁，振长策而御宇内，执槁朴而震天下，或沙场万里奔驰，或两军取敌之首，那是何等痛快淋漓！可惜，朕一介天子，终日困于这寂寂深宫，着实无趣得很！"

"陛下尊贵，御下有无数骁将为您驱策，为将者不如将将者，天人何人能与陛下相比？"孟扶摇笑，一叹。

"将军春风得意，为何叹息？"

"陛下一言，勾起草民郁郁之思。"孟扶摇叹息，"草民自幼不好诗书，只爱兵法武艺，也觉得天下男儿都应如此。学成文武艺，卖于帝王家；人头做酒杯，饮尽仇雠血，"孟扶摇叩膝，仰首，目光熠熠地大叹，"方不负此生矣！"

"孟将军说笑了。"战南成微笑，"如今你不也在无极跻身三品武将之列，功成名就，天下谁人不敬？"

"草民倒宁可卸印绶、脱将袍，换陋甲、着战靴，去那塞外三千里沙场，和人拼个人头滚滚、白刀子进去红刀子出，才叫痛快！"孟扶摇哈哈大笑，笑了一半呃了一声，赶紧坐正了请罪，"草民失礼。"

"无妨，朕就喜欢你这样的爽气男儿。"战南成含笑，亲手将她扶起，"真性情，真血性也！"他绕了半天，终于问起正题，"看孟将军神情，眉头常锁，郁郁不欢，莫非……有什么不如意事吗？"

"能有什么不如意？不过是憋屈了难受！"孟扶摇一拍大腿，身子一仰道，"实话和陛下说，草民从当那劳什子虚职将军以来，还是觉得当初进戎营杀人那一日最痛快。现在每日画画押、圈圈笔，闲来和一群官儿吃酒谈笑，什么意思！”

“无极太子甚是宠爱将军，异日升迁指日可待。将军前程无可限量，怎可如此自弃？”

孟扶摇挑起眉，不语。战南成连连催问，她才十分碍难地吞吞吐吐一句：“太子宠爱……我反而更别想操刀子上阵了。悠悠众口，着实难熬……想我堂堂男儿……”

她说得吞吞吐吐，战南成听得目光闪闪，和心里的消息一印证，便不再问下去，反而慢慢笑了。

他更为亲热地招呼孟扶摇坐近些，问：“孟将军精擅兵法，可否请教一下步骑合围之术？”

“陛下客气，草民只略懂一二。”孟扶摇坐过去，在早已准备好的沙盘上流利地指指戳戳，“协同作战，步军当依傍丘陵、森林、险阻、草木丛生之地，若地形不利，必得挖掘战壕，步骑兵各分预备队和战斗队，轮流出击。敌若侧击我两侧夹击，敌若围击我以圆阵对之，弓箭手则应在各分队侧翼外层按梯队阵势列，此法不至于伤及自身，后方骑兵也易于内侧反冲……”

半个时辰后，孟扶摇摇摇晃晃地由天煞皇帝亲自陪同着出了内殿。战南成满面春风，牵着孟扶摇的手，险些亲自送她到座中。孟扶摇硬是咬牙忍了又忍，才忍住了想要掐着那手把他送到姥姥家的冲动。

他们一出来，也就开宴了。不过是罗列珍馐、皇家富贵，孟扶摇埋头大吃，坚决不去看斜对面那朵烂莲花。可惜她不理人家，人家却不肯放过她。宴席到了一半，佛莲拉了拉凤四皇子的衣袖，由他陪着，亲自擎了酒杯过来，含笑道：“本宫向来最是敬慕英雄，真武魁首孟将军，那是一定要敬上一杯的。”

众人目光唰的一下转过来，都笑道：“孟将军，好福气！佛莲公主的酒，可不是等闲人能喝得到的。”

是啊，等闲人谁喝得到呢，谁喝谁烂肚肠！孟扶摇直起身，接过酒杯，笑得比她更假，“是啊，佛莲公主圣洁之名享誉七国，我一介粗人，怎么配喝公主的酒？”

她擎着杯，不喝，将酒杯在手中转啊转，半侧身面对众席，笑道：“众位莫以为公主是真的好武，所以抬爱敬在下一杯。实则是当初和公主有一面之缘，算是半个故人，说起来真是在下的福气。”

她这一说，众人都来了兴致，道：“不想孟将军和佛莲公主曾见过面，却是何时何地呢？”

“在无极国叠翠山，”孟扶摇笑，“当时公主遇上一队强梁，护卫不敌，在下恰好路过，小小地帮了一把。”孟扶摇笑得谦虚，“那一面，真是令在下印象深刻。”

“原来是英雄救美人！”有人接口笑，“孟将军别卖关子，大家都等着听呢。”

“其实也没什么，公主的护卫自然是英勇的，强盗自然都是凶恶的，所有的美人遇险，桥段都是雷同的，唯有其间展现出来的人性是牛得令在下惊讶的。”孟扶摇微笑，“公主的气度真是镇定，对佛祖着实虔诚。当时鲜血飞溅，马车倾倒，护卫一个接一个在马车前倒下，公主盘坐马车之内，淡定从容，及时为护卫们念经超度，死一个超度一个，死一个超度一个……”

众人听着这话，乍一听什么都没有，再一听回味无穷。一殿的人都是人杰，不会连几句话都听不懂，渐渐地都笑不出来了。佛莲端着杯的手，抖了抖。

孟扶摇犹自不罢休，继续道：“护卫们死得及时，公主超度得更及时，窃以为那些忠心护主而死的冤魂，大抵还没来得及下地府，就被公主举世无双的超度速度给揪出来送上天堂了——噫吁嚱，身为公主的护卫，死于公主身前，真是几辈子修不来的福气，最起码，一场法事的银子免了！”

满殿默然，连举筷声都不闻，只听见孟扶摇一个人在夸夸其谈，大肆赞扬凤净梵的圣洁、高贵、对忠心护主的侍卫死于前面色不改的淡定。

“更难得的是，那日，在下终于见识了真正的众生平等、大乘博爱。”孟扶摇肃然道，“在下亲眼看见，某个护卫死守马车之前，拼命阻止强盗入内侵扰公主的玉体。此护卫被一强盗一刀捌死，在下当时见着，一腔贱血立刻不高贵、不淡定地激动了，上前砍断了该强盗杀人的胳臂。此胳臂落于公主身前，公主一视同仁，将胳臂端正与护卫尸体同放，一同超度……”

“噗……”

雅兰珠霍地喷出了口中的菜，见众人都转眼来看她，连忙大力挥手，“继续，继续！精彩，精彩！着实令人膜拜！只是不知道该死不瞑目的护卫和那只胳膊同时升天时，会是什么感受呢？”

佛莲捏着酒杯，静静地站在那里，垂着眼睫一言不发，不仔细看，根本无法发觉她衣袖在微微颤抖。凤四皇子愕然地看着她，又看看孟扶摇，张了张嘴，怒道：“孟扶摇，你在说什么？”

“我在说公主的圣洁、虔诚、淡定、高贵啊！”孟扶摇无辜地看着他，“佛莲公主含莲出生，美名遍传七国，总要有些实际的、亲身经历的光辉事迹供人流传，才好让我们这些粗人更进一步敬仰膜拜啊！”

“你……”

“为公主美名流传，在下万死不辞！”孟扶摇含笑看向凤四皇子，“殿下，难道你觉得我说的不合你意吗？”

不待凤四回答，她转身向佛莲长长一揖，万分惭愧地叹息道：“经此一事，在下突有所悟，觉得和公主比起来，在下真是太不淡定、太多事了！蒙公主教诲，在下终于懂得了圣洁慈悲的真谛——不必辨良莠、不必分忠奸、不必理是非，只管超度就好。”

她笑了，走上几步，立在佛莲正对面，身姿笔直、声音琅琅，“那天回去后，在下感慨万分，夜来辗转反侧，不得安眠，遂中夜披衣而起，自撰挽联一副，不知道公主可有兴趣听听？说起来，那也是为你的护卫写的呢。”

佛莲沉默着，抬起眼帘，迎着孟扶摇的灼灼目光。她眼神幽暗，浮沉点点幽光，那幽光含糊不明，却又深青如将雨前的天色，沉重而亮烈地逼了来，带着针尖般的利和火焰般的艳，逼进了孟扶摇眼中。

孟扶摇不避不让，含笑看着她。如果说佛莲的眼神是带毒的针，她的眼神就是含威的刀，两人目光相撞，都觉得对方眼底火花一闪，亮得慑人。

她不答，孟扶摇也根本不等她回答，举起酒杯，声音清晰，一字字道：“任你丫拼命，我自齐齐超度；管他妈敌友，尔等个个升天。横批，莲花圣洁！”

“好！好！对仗工整，切中现实，字字慈悲，着实精彩！”鼓掌的只有雅兰珠，她笑眯眯的，小辮子乱飞，清脆的拍掌声在静得怕人的殿中惊心回响，“孟将军奇才，公主更是奇才！”

众人齐齐垂下眼帘，拼命盯着自己面前的宴席——天知道这两人是什么时候结的仇怨，孟扶摇竟然在这样七国贵人齐聚的场合当众羞辱佛莲公主，就不怕璇玑国将来报复？

他们看着佛莲的背影，看不见她的神情，这个以宽悯慈和闻名七国的公主，会怎么对待这场突如其来的羞辱？

只有孟扶摇看见了她的神情。

佛莲竟然在笑。她平静地、无邪地笑着，用只有两人听得见的声音低低道：“孟扶摇，本宫过来敬酒，不是来给你羞辱的。”

“你是来害我的。”孟扶摇也低笑回答，“你当然不会蠢到在酒中下毒，但是，你那不知情的哥哥那里有好东西……”她越笑越森然，“你这么客气，这么会劝酒，那么多人拥护你为你助阵，我要不想撕破脸皮就八成得喝下去。可我想来想去，和你的面子比起来，我的命要重要一万倍，那我也就只好委屈你了。”

她退后一步，举起酒杯，声音提高，“有佛莲公主对敌尸超度之德行专美于前，在下实在不敢僭越公主，唯有以美酒一杯，敬献那些为护持公主安危而死难的护卫。”

她肃然将酒缓缓酹于地面。清冽的酒液在金砖地面上无声地铺开，在众人屏息寂静的目光中缓缓流向佛莲裙下。佛莲默然而立，似乎麻木得不知避让。凤四皇子张皇而又愤恨地看了看孟扶摇，又看了看佛莲，伸手拉她，“妹妹，我们回座。”

佛莲突然笑起来，她一拂袖甩开哥哥的手，微昂着头，单手负在身后缓缓回座。她始终腰背挺直，优雅尊严的风度不改，一边走一边道：“本宫实在不明白孟将军在说什么。本宫一介不会武功的弱女子，强敌当前，除了惊吓畏惧、喃喃诵经以求佛祖保佑，还能做什么？护卫拼死救护，本宫恨不能以身代之，但那般情境下，本宫贸然冲上，反倒要令他们分神顾我，更增牵累。至于敌臂……”她撩起眼波，回身淡淡地瞥了孟扶摇一眼，“孟将军难道认为，一个不会武功的女子，能够从漫天飞舞的残肢断臂里分出敌友来？”

她轻轻地、雍容大度地、不以为意地笑道：“不过，无论怎样，难得孟将军体恤本宫那些死难护卫，本宫代他们谢过。”

孟扶摇冷笑，还未开口，佛莲又道：“本宫只是不明白，孟将军的火气从何而来？说起来，本宫和孟将军将来还是一殿君臣，何必如此不留情面、咄咄逼人？难道当真如传言所说，孟将军……因妒生恨？”

孟扶摇正在喝水，噗的一下呛了出来，霍然抬头看她。什么？一殿君臣？她的意思是说她会是无极皇后，自己这个无极将军迟早会是她的臣子？还有那句“因妒生恨”，到底是什么意思？是看出她的真实性别了，还是暗指“孟将军和无极太子有断袖龙阳之私”那个传言？不论是前者还是后者，她在这金殿之上、七国贵族高层齐聚的场合说起这个，她这是被自己给气疯了？

此时众人嗡的一声，又是一场意料之外的震惊。不仅因为佛莲词锋的突然锐利，更为那最后一句话而震动。他们当然想不到孟扶摇的性别，只认为是无极太子的未婚妻竟然当众揭出了太子的断袖之私。无极太子多年不大婚，当真是因为喜好男风？

孟扶摇怔在那里，盯着对面那个坦然侃侃而言的无耻女人，突然明白了长孙无极说的那句“很愤怒又无法反击”的话是什么意思了。他算准了自己离开后佛莲不会死心，八成还会趁他不在时找机会造舆论。当她在七国面前提起两人的婚事时，以孟扶摇现在的身份和立场，就算明知她在撒谎，又能怎么驳斥？

孟扶摇的手缓缓探进怀中，摸着那东西的轮廓，随即笑了笑，问佛莲：“公主，您刚刚在说，一殿君臣？”

佛莲优雅地微笑，“此事天下皆知，本宫也就不必忌讳于人前言及。”

“我倒忘了，”孟扶摇摊手，“不知太子妃殿下何时正位？”

“将军似乎僭越了。”佛莲垂下眼睫，似羞似喜，“太子对本宫已有定论，只是，将军何以认为，自己有资格问这句话呢？”

第一百章

唇枪舌剑

“那是！”孟扶摇微笑，“在下直到目前还算是无极的臣子，自然无权过问皇太子伉俪的婚期，只是……”她话说了半句，随即停下来仰首而笑。

佛莲静静地看着她，居然不问，孟扶摇崩溃了——这女人怎么就这么能装呢？

好在还有个雅兰珠，可爱的珠珠立即眨着大眼睛可爱地问：“只是什么啊？”

真是瞌睡遇上了热枕头，孟扶摇欢欣鼓舞，立即道：“只是，我怎么听说，无极太子和佛莲公主的婚约，早在十年前就已经取消了呢？”

“真的啊？”雅兰珠代表群众发出惊呼，“我们怎么没听说过？”

全殿的人都齐刷刷地转过目光来，惊愕地看着孟扶摇，连一直静观其变的战南成都向前倾了倾身子。

长孙无极和凤净梵早已取消了婚约？这消息实在太过惊悚，众人此时都不肯相信。一是毕竟从未听说过这种风声，二是因为佛莲的态度——如果取消了婚约，佛莲怎么可能当着七国贵宾的面再度提起此事，当真是丝毫身份和脸面都不要了？

八成是这个孟将军被佛莲公主诘问得无言可对，情急之下胡言乱语吧？

诸国贵宾目光灼灼，凤四皇子却忍无可忍地霍然站起，苍白的脸涨得通红，怒声道：“岂有此理！实在太过放肆！陛下，这个孟扶摇满嘴厥词，辱我一国公主在先，又胡言乱语捏造流言中伤于后，请您将这狂妄无礼之徒逐出此皇家尊严华贵之地！”

战南成皱眉看着孟扶摇，他也觉得孟扶摇太过大胆，就算是和佛莲公主有宿怨，也不能在这样的场合胡乱攻击。只是他先前和孟扶摇谈得合契，又知道孟扶摇其实并不是无极人氏，他去掉了心中一块大石，心中实在也先存了笼络之心，犹豫少顷，遂道：“孟将军，你大抵是喝醉了，还是早些回府去吧。”

“陛下打算就这么轻轻提起、淡淡放过吗？”孟扶摇还没回答，佛莲先开口了，她端坐如常，平静地微笑，笑容里却难得地生了寒意，柔声道，“佛莲是半个出家人，带发修行，清静无为，不知怎的得罪了这位孟将军，平白受他侮辱。这也罢了，如今他竟当着七国贵宾的面，暗指佛莲欺骗世人、不知羞耻。凡事可一不可再，便是佛祖也有一怒狮吼。佛莲素日与人为善，今日事关名节、事关我璇玑一国国体尊严，却不得不和孟将军计较个明白——孟将军，你说两国婚约取消，证据何在？”

“是啊，证据何在？”凤四皇子大声接口，目中怒火熊熊，“你若拿不出证据，便是辱我公主、辱我璇玑，敝国上下，誓不与你干休！”

“哎呀，我不过就区区一人，蝼蚁之力，阁下用举国战车来碾压我，不是杀鸡用牛刀吗？”孟扶摇微笑，摇头，“我好生害怕！璇玑，一国啊！”

“孟将军难道只有一张利口足以逼人吗？”佛莲一抬袖，拉住了愤然欲起的凤四皇子，浅笑道，“还是答正题吧，证据呢？拿出来吧！”

“还是公主厉害，永远不偏不倚，直达中心，不会被愤怒冲昏头脑。”孟扶摇微笑看着她，手一摊，在众人紧紧盯随的目光中，漫不经心地道，“证据，没有。”

“什么？没有？”

“这事也由得你胡诌乱言的？”

“当真找死！竟然于金殿之上、七国来宾之前，公然污蔑佛莲公主！”

“公主善名举世皆知，今日竟被你这心思卑陋的宵小所辱！”

轰然一声，铺天盖地的责骂立时淹没了孟扶摇——佛莲在七国中的名声可比新近崛起的孟扶摇好听多了。她广结善缘，常有善举，又经常借拜佛之名游走各国，拜会宫眷，今日她在大殿受辱，委屈中依旧不改尊贵镇定的风范，猝然临之而不惊、无故加之而不怒，看得部分王公心中着实心疼怜惜，更添敬重。反观孟扶摇，一介刚刚发迹的草莽将军，传言中男宠级的暧昧人物，无缘无故地对尊贵的公主发难，咄咄逼人，言辞如刀犹自不罢休，竟然意图污蔑公主，将她置入万劫不复之境，实在是太……太……太……太……太过分了！

"你无故辱我公主清名，璇玑定不与你干休！"凤四皇子一拍案几，脖子上青筋绽起老高。连战南成都皱眉盯着孟扶摇，考虑要不要先把这个混世魔王给请出去，这小子太会惹事了！

群情愤然的当口，当事人却十分冷静——孟扶摇斜倚桌案剔牙，佛莲则岿然端坐，轻轻拉了拉兄长的袖子，巧笑嫣然道："哥哥，无须动气。公道自在人心，今日七国王公、五州武林高人都在场，这么多双眼睛看着，一些人小人得志，肆意伤人，诸家叔伯都心中有谱，自会为侄儿、侄女们寻个公道，你急什么？"

"是呀，你急什么？"孟扶摇大力鼓掌，"瞧你妹妹，多厉害啊！轻轻巧巧，七国贵族就被绑上了她的战车。以后我孟扶摇就成了过街老鼠——人人喊打，七国之下，谁会容我？你拍桌子，打板凳，一跳三丈，不抵你妹妹坐那儿上下嘴皮子一翻——凤四皇子啊凤四皇子，难怪你成不了皇储，玩弄心计的把戏，你可得向你妹妹多学学！"

"孟将军不必在这里东拉西扯，挑拨生事。"佛莲瞟了一眼被戳着痛处、面色铁青的凤四皇子，又抬眼瞟她一眼，冷然道，"更莫以小人之心度君子之腹。本宫不懂你那许多七拐八弯的心思，也不须懂。本宫只知道，凡事凭公义说话，凭证据说话，今日你拿不出证据，便是舌灿莲花也是无用。"

"我灿不出莲花，你灿得出。"孟扶摇眯眯笑，"公主不仅舌灿莲花，全身上下都是莲花套儿，连根头发丝都恨不得用莲花水给泡了，务求从每个毛孔里都能散发出极度圣洁的莲花味儿来，好让天下人都记得您是含莲而生的圣品。这'莲花'一词，就是专为您设的，可别扯到我身上！"

"论起胡扯，没人比得孟将军。"佛莲手搁在案几上，平静地端详着自己晶莹纤长的五指，淡淡道，"还是那句话，没有证据，你便是璇玑永远的敌人，是这殿中所有人不齿的贱人。你说到现在，就一句话说对了——从此后，七国之下，无人容你。"

孟扶摇不笑了，她身子向后一仰，盯着佛莲，森然道："我没证据，你有？大家都没证据，凭什么委屈的就是你？"

"你怎么知道我没证据？"佛莲一抬眼，目光刹那亮如闪电。

"你有？"孟扶摇怔了怔，眼色变幻，又问了一句，"你有？"

"我有又如何，我没有又如何？"佛莲并不正面回答，静静地看着孟扶摇，"孟将军不觉得应该就此给个说法吗？"

"你有，我任你处置。"孟扶摇挥挥手，满不在乎地道，"你没有……我觉得已经用不着我处置你了，你看着办！"

佛莲似乎等这句话等了许久，目光里那种只有孟扶摇看得见的针尖般利的幽火再次一闪，立即微笑道："很不幸，我有。"

"你有？"

"我自然有。"佛莲垂下眼睫，恰到好处地露出一分小女儿的娇态，面向殿中柔声道，"本来本宫羞于提起，只是被今日之事逼到这等地步，说不得也只好和诸位叔叔伯伯承认……"她似是鼓足勇气抬起头，环视周围一圈，眼波流转，含羞带怯地道，"诸位想必都知道，当初无极和璇玑联姻时，聘礼是太子亲手绘制的《璇玑图》。"

众人都点头，这是五洲大陆人人皆知的事，至今各国皇宫里，还以拥有这著名的《璇玑图》副本为荣。当初太渊宫变时，齐寻意就曾用这图吸引了齐太子的注意力，内藏兵法三十二策的《璇玑图》，向来是宫藏的珍品。

"佛莲心思愚拙，极为仰慕太子才华。"佛莲声音越说越低，羞不自胜，连脖子都红了，"是以，自得赠《璇玑图》之日，便日日……带在身边……"

她这一说，众人都露出恍然大悟、心领神会的神情。佛莲公主倾心无极太子，这事各国也多有耳闻，本就不是秘密。再说人家是早早订亲的未婚夫妻，喜欢有什么错？难得人家性情坦荡，亲口承认，想到这里又觉得佛莲可怜——这等女儿家最隐秘难言的心事，今日被这恶毒宵小逼得当着天下英杰的面自认，她贵为一国公主，又是何等难堪？转念又想到，长孙无极迟迟不大婚，年近二十的公主苦苦等待，还要被这传言中以男色勾搭太子的男宠当面欺辱，这等凄惨的遭遇，这金尊玉贵的人是怎生承受下来的？

佛莲公主从怀中取出一方明黄重锦，上面以淡墨色、孔雀蓝、深红、明紫四色绣着灵逸洒脱、若有仙气的字迹。众人中有人隐约听说，当初无极太子作《璇玑图》，由天下第一绣娘蕴娘亲手绣制。蕴娘善绣字，笔意勾连，清隽超拔，往往能得原作者精髓。如今众人一看便知是蕴娘真品，何况诸国宫中有的也藏有此图，虽然不得其神韵，却字迹相同，自然能辨得出真假。

最关键的问题是，蕴娘早夭，她的所有作品都已成为绝品，再也无人能仿造。

佛莲抚着那《璇玑图》，盈然欲泣。她一言不发，只默然将图捧在手中，起身高举而起，向着众人缓缓绕圈一示，话未出口，眼泪已经一滴滴落在图上，将那鲜艳的绣字染得越发明艳惊心。

真是此时无声胜有声。

殿中济济一堂，除了冷笑的雅兰珠和皱眉不豫的战南成，其余眼光皆齐刷刷带着敌意盯过来：不平、愤怒、讥嘲、鄙视、厌恶……林林总总，不一而足。

所谓美人受辱，怯怯不胜，看在男人眼底，向来是最能激发不平之气和保护欲的。满殿愤然骚动里，一个华衣少年突然站起，大声道："孟扶摇，你今日欺人太甚，见公主柔弱便想肆意妄为，视满殿王公豪杰于无物吗？本侯今日便代公主教训教训你！"

孟扶摇斜眼看着他，一言不发，认出他好像是天煞皇族远支的一个什么小侯爷。她跷着腿，看着那少年赤手空拳冲过来——金殿之上是不得携带武器的，大声赞道："好！有胆气，此乃孤勇也！"

她坦然坐着，满面微笑，伸出双手状如怀抱——等你来自找苦吃也。

可惜那小侯爷冲出一半，被一个及时赶出的中年男子喝止："鸿智！陛下御前，不得放肆！"那中年男子看来是这少年的长辈，一边拉他回去一边道，"有些人狂妄无知，自有该收拾的人收拾，要你多什么事？！"

他将人拉了回去——开玩笑，孟扶摇再无耻放肆，也是此次真武大会的魁首，赢的可是真功夫，在她面前强出头，找死吗？

孟扶摇悻悻地叹口气，唉！真可惜，不能将事情闹得更大些。

此时《璇玑图》已经传过一周，众人都频频点头。这般绝品精绣，奥妙深藏，不是传说中的两国聘礼《璇玑图》，还能是什么？

佛莲执着那《璇玑图》，转身，遥遥对着孟扶摇一展，笑得雍容高贵，"孟将军，你说本宫该如何处置你好呢？"

"公主，无须你处置，那小子早就该羞愧自裁了！"

"孟扶摇，要不要天煞之金借剑给你？"

"他便靦颜不死，日后也是行尸走肉，还有脸再见世人吗？"

"呸！"

……

"珠珠啊……"孟扶摇仿佛什么都没听见，抚摩着雅兰珠的衣袖，垂泪道，"真是人至贱则无敌……"

雅兰珠皱眉盯着那《璇玑图》，此刻倒有些不安了。她拉了拉孟扶摇的袖子，低声道："喂，那好像真的是真货，你有没有证据啊？今天闹成这样，那死女人绝对不会放过你的。"

孟扶摇哈哈一笑，道："珠珠，我突然觉得，人和人真是天差地别。"她看了看雅兰珠，想起来，这孩子说起来也算是她的"情敌"吧，怎么这心性区别就这么大呢？

此时已经有人按捺不住，先前那个欲待出手却被半路拉回的某侯爷再次冲了出来，取过一个天煞之金护卫的刀，呛啷一声往孟扶摇面前一扔，冷笑着抱胸看她。

连鞘的刀滑过来，在光洁如水的金砖地面上滑过一道瑰丽的火花。孟扶摇一脚踩住，脚尖一挑掂在手中，弹了弹剑鞘，铿然清越声响里，她点头笑道："留着，你用得着。"

她也不说那个"你"是谁，只睨视着微笑看她等她回答的佛莲，淡淡道："公主，你说你这个是《璇玑图》，但是，谁能证明它就是呢？"

众人被孟扶摇一语惊得霍然一怔，这才想起一个大家都忽略的问题——是啊，《璇玑图》真本谁也没见过，谁敢肯定这个就是真品呢？

"你又在大放厥词，混淆视听！"这回说话的是个来自轩辕的男子，看那衣着，好像是轩辕长生剑派的掌门，他一张清癯的脸满是愤怒之色，大声道，"这图我曾经在宫中见过拓本，和这个一模一样。难道这各国拓本，也是假的？"

"你真相了！"孟扶摇盘膝而坐，大力鼓掌，"都是假的！你们的图，都是从这位各国乱窜的无极未来皇太子妃的手中悄悄拓印下来的吧？知道不，她是造假工厂，你们就是不明真相的购买群众；她是三鹿总公司，你们就是各大奶粉经销商。"

"孟将军，《璇玑图》四百四十一字，纵横两列皆二十一字，纵、横、斜、交互、正、反读或退一字、迭一字读均可成句，句有三、四、五、六、七言不等，分战阵、为将、使兵、谋局四章。本宫相信，普天之下，除了本宫，再无人能更熟悉此图。不过，正如本宫说《璇玑图》真未必是真一样，你说假也未必就是假。还是那句话，证据呢？"佛莲不理孟扶摇的怪话，还是浅笑，"'图穷匕见''垂死挣扎'，是不是就是拿来形容孟将军此刻言行的呢？"

"拿来形容你也一样。"孟扶摇冷笑，慢吞吞地从怀里掏出个东西，往桌上一扔，道，"我的证据就在这里！"

那一卷旧兮兮的布散开，淡紫色，不规则，边沿还带着毛边。皱皱巴巴的布上很随意、很潦草地写着极小的字，倒也确实是《璇玑图》的内容，却没分颜色，更没那般绝品刺绣精致的笔意，别说是世所轰传的名品《璇玑图》，倒像是从某件衣服的衣襟上撕下来、随便抄袭《璇玑图》内容的破布。

这东西拿出来，说那是《璇玑图》，实在没有任何说服力。众人安静了一瞬，都哄然一声笑了起来。有人前仰后合，有人笑得直拍桌子，还有人笑出了眼泪。

"妈呀……就这也敢说是《璇玑图》真品，当咱们都是瞎子不成？"

"大哥，我撕幅袖子下来，你给照抄一下《璇玑图》，咱也可以扯出去和七国王公说，这就是《璇玑图》！"

"这要是《璇玑图》，我家满月小儿昨晚尿的床也可以说是破九霄图谱了，哈哈……"

“小子，男子汉大丈夫，爽快些，别在这儿继续丢丑了！你若现在自裁，大家伙儿还瞧得起你些！”

……

一片哄然声里，孟扶摇的脑袋也有些大了。她盯着那块布，满脸黑线，娘的！摸着了锦囊里的东西是布，她想这一定是长孙无极的《璇玑图》，便十分拉风地抛出来，不想居然是这么块没有说服力的破东西。长孙无极那浑蛋，这玩笑也是开得的？

她恨恨地攥着锦囊，将之当成长孙无极的脑袋揉啊揉，突然觉得手底有东西，再一看，锦囊里还有张字条。她抽出来，眼光一溜，随即笑了。

她这一笑，倒把正笑得开心的众人看愣了。一直浅笑着看众人讥讽孟扶摇的佛莲最先把目光转了过来，嘴唇一撇，道：“孟将军是准备要写绝笔诗了吗？要不要佛莲也送你一副挽联呢？”

“挽联啊，”孟扶摇抓着那《璇玑图》站起来，慢悠悠地晃过去，道，“留着你自己用吧。”她走近佛莲身边，佛莲立即警惕地退后一步，其余王公贵族都起身过来，叱道：“你要做什么？离公主远些！”

孟扶摇在佛莲身侧三步远处停住，手一摊，笑道：“我能做什么！我双拳难敌四手，不会蠢到冒天下之大不韪对公主动手的，我只是在告别这个美好的世界之前，突然对一切美的事物发生了极大的兴趣，比如——我好喜欢公主身上这件衣服的质料，想知道这是什么衣料，也许可以买来装裹我自己——公主愿意满足一个将死者最后的愿望吗？”

她满脸艳羡地看着佛莲，盯着那月白色闪着淡蓝暗光、华贵厚重的裙裾，好像真的十分喜欢。佛莲皱眉看着她，心底绝不认为孟扶摇这个小流氓会突然对她的衣服感兴趣，却又想不出孟扶摇这么问到底用意何在。她还没想清楚怎么回答，凤四皇子已经冷笑着抢先道：“你这无耻之尤者，此刻前倨后恭也无用。不过我们璇玑国人素来宽容，便让你死个明白——这是我璇玑月华锦，取光华如月之意，是我璇玑独产，一等一的上等锦缎。怎样，你知道了？就怕你想用这个装裹，也没处买去！”

“哦……”孟扶摇点点头，仿佛没听出他语气中的恶毒，又很好奇地问，“这锦很特别啊，行动间有幽光闪烁，隐约还似有图案，只是看不出来是什么图案。”

凤四还要回答，被佛莲一拉，却有一个璇玑国长空帮的帮主冷笑着接道：“自然是圆月图案，否则怎么会叫月华锦？”他大概极其不忿公主被辱，忍不住要多说几句，道，“我们璇玑的月华锦，和另外两大名锦一样，出产极少，向来不对他国出售，便是本国，也只有皇室宗亲才偶尔得主上赐予。能这般裁成衣物使用的，也只有公主才配。你算什么东西，敢问这个？”

“哦……”孟扶摇又是长长的一声，道，“买不到啊！真的除了你们皇室，谁也没见过？”

“是！”那帮主答得斩钉截铁。

佛莲突然笑了笑，道：“孟将军，你也算明白你用这锦装裹无望了，今日之事，也就这样了吧！本宫不打算处置你，但望你自己能坚持着活下去。”

她在一片齐声歌颂其大度雍容的赞语中保持着从容的微笑，接着便要收起手中的《璇玑图》，孟扶摇突然低低一哼。她的哼声自丹田起，自舌端出，沉而有力，如利剑般直达中心，别人听起来没什么，听到佛莲耳中却是如霹雳般狠厉猝然。佛莲惊得手一抖，《璇玑图》落地。

图落地，她眼神微变，伸手便捞。可惜她动作再快也比不得孟扶摇，几乎她刚伸出手，另一双白皙的手就伸过来，指尖一拈，便将那《璇玑图》拈在了手中。

佛莲一抬眼，正遇上孟扶摇笑吟吟却杀气凌然的眼神。她将那《璇玑图》拈在指尖，轻轻对佛莲的面门一扔，看似是要将那图还给她。佛莲下意识地伸手去接，那方锦布却飞快地滑走，如流水覆过她的脸，再滑过她的指尖。她甚至感觉到了那一刻月华锦的滑润和冰凉，像一方在深渊里浸透了寒气的月亮，沉入了心底。

她的手指在半空中抓了个空，像是个痉挛的手势。她突然间想到了什么，尖叫起来：“她要毁图！她要毁图！”

众人大哗，立即有人来势汹汹地冲上来，还有人冲得过急，绊倒了宫廷御案，菜品汤水溅了一地。那人却因为愤怒，也忘记了请罪，直奔孟扶摇而来。

这狼崽子太过分了，撕裂他！

孟扶摇退后一步，双手扯平《璇玑图》，高举过头，大喝：“都别过来，谁要过来，我可就真撕了！”

众人吃了一惊，都迟疑地停了脚步，互相看了看犹豫不决。身后佛莲的尖叫声犹自回荡，看得出她将这图当作命根子一般心爱，真要害这图被撕了，岂不是要了她的命！

“孟扶摇，你不要欺人太甚！”天煞一个三品武官怒喝，“使诈夺图，撕毁证据，这事你也做得出来！”

“我撕图做什么？蕴娘绝品，撕一件少一件，你们不可惜，我还可惜呢！”孟扶摇高举着那图，笑嘻嘻道，“乖娃，莫冲动！将军我取图，只是为了要你们都给我睁大眼睛，看清楚这图是什么质料而已！”

众人怔了一怔，下意识地抬头去看那图。那方明黄锦布被孟扶摇高擎手中，在满殿明烛宫灯的照耀下，华光璀璨，暗影流动，在那些细密的字迹间，有一圈一圈满月般的暗纹，似一轮轮饱满月华，若隐若现。

月华锦!

人群后的佛莲突然轻微地晃了晃，扶住了殿柱。人群中一些反应特别快的人已经开始皱眉沉思，大部分人还不解其意，此起彼伏地呼叱："那又怎样？"

"还看什么，刚才不是已经看过了吗！"

"你这厮不要想再拖延时辰，速速受死！"

"你们这些厮，真是白痴！"孟扶摇叹气，高声道，"刚才我都白问了？月华锦是什么东西？是他们璇玑独产的名贵重锦，从不对外售卖，只能皇室自己用！那么无极国太子向她下的聘礼，怎么会用月华锦？无极太子给别国女子下聘礼，自己国家的名锦不用，却要用那个'拒绝对外售卖的绝品月华锦'？"

她微笑着问："诸位大多有老婆，没老婆的也迟早会有老婆，敢问诸位，假如你家在天煞，要娶一个太渊女子为妻，你打算以一把精钢锻造的好剑为聘礼，那么你是用你们天煞自己的乌铁去锻造该剑呢，还是千里迢迢奔到太渊去寻找太渊明铁，再带回天煞找人锻造，然后再送去太渊下聘？"

众人沉默下来，仍有一部分人大声道："那也有可能是璇玑国主赠的！太子拿去制了《璇玑图》再来下聘，以示对公主的爱慕和尊重。"

"哎哟！阁下真是心思细腻，想必是泡妞高手。"孟扶摇笑眯眯道，"我知道，你一定是那种奔到太渊找明铁再用太渊明铁送给太渊老婆的傻帽儿，但是无极太子和你不同，人家是正常人，人家没你这么强大的逻辑和剽悍的思维。"

她手一抖，收回《璇玑图》，又展开一直握在手中的自己那方旧布，同样迎着光展开，大声道："给你们看一个正常人会有的选择——世人皆知，璇玑月华锦、轩辕烟锦、无极银锦是驰名五洲大陆的三大名锦，也是俗称的'皇锦'，基本都是只有本国皇族才可以使用。以无极太子身份，下聘所用的绣品，自然是代表本国的银锦——也就是你们现在看见的，和月华锦形似而神不似的这幅衣襟！"

衣襟展开，发旧的布料本不起眼，然而被烛光灯光一照，那般淡紫的色泽背后，突然生出连绵的淡淡银光，银光星星点点，如撒满苍穹的星子，闪烁跃动，瞬间提亮了有些过淡的布料颜色，普通的一幅旧布，立时光华流动、优雅魅人。

无极，银锦。

有人立时联想到前几日的真武大会上，身为仲裁的长孙无极穿的淡紫锦袍，那衣服就是这样，银光暗隐，如水波般流动，和月华锦无时无地不月华照人不同，那衣料，似乎只在某些特定的角度才会显现暗银微光，低调而不奢华，和这幅衣襟完全一致。

人群安静了大半，很多人回身向佛莲看去。她脸色白如霜雪，颈项虽然昂着，梳得一根发丝都不乱的发髻上那金步摇却在微微颤抖。她仍旧端端正正立着，冷笑道："便是你这写了《璇玑图》的衣襟是银锦，那又能证明什么？谁又能证明，无极太子的《璇玑图》用的是银锦不是月华锦？太子特立独行，谁又能肯定，他不会选择别国名锦？"

"我看你才是不到黄河心不死！"孟扶摇一笑摇头，"好吧，就算太子用的是月华锦，是你父皇赠予的，但两国交往，礼物互赠之类的事，各国礼部和皇史馆都会有详细记载，咱们要不要去查查？你璇玑不愿提供，无极国是一定乐于提供的。"

不待佛莲回答，她步步紧逼，"再好吧，提供这史料一来一回的，好生麻烦，咱不要浪费国家的人力物力，就在这里现场解决——佛莲公主，据你说，你对《璇玑图》熟悉得天下无人能及，那么请问，《璇玑图》有多少解？"

"四章，一百一十五句。"佛莲立刻答，随即冷笑道，"你若能多解一句，那我服你。"

"我不需要你服，不过大抵你是必须要服的。"孟扶摇弹弹掌中的《璇玑图》，微笑，"很不幸，是一百一十六句。"

"怎么可能？此图我精研十年，再无任何读法成句！你又在大放厥词，当真视这天下饱学之士若无物吗……"

"你又来了！"孟扶摇头痛不胜地截断她的话，"这回又把全天下饱学之士都拉来做我的敌人，你累不累？不过这可不是我说的。"

"谁？"佛莲的声音都变了。

"你说呢？"孟扶摇拉长声音，睨着她笑。

佛莲一直苍白的脸色瞬间涨红，红如鲜血，那血色突突地涌上脸颊，甚至溅上了眼底。她用那样带血的眼神看着孟扶摇，森然，恨毒。

孟扶摇视若不见，将图对着殿下一扬，道："第一百一十六句为——斜读图中第一行、第一字，第十行、第十字，第六行中间六字。此句八字，非兵法战策，而是一个人的生辰八字！戊午、乙丑、辛未、癸巳！"

她微笑着，问："敢问佛莲公主八字几何啊？"

她问："按年日来算，图中所示的生辰八字，和公主殿下的年纪好像不甚相符？"

她问："公主殿下精研《璇玑图》十年，可惜，这最重要的一句，怎么偏偏就没看出来呢？”

满殿静默，甚至能听得见烛身上烛泪缓缓流淌的声音。空气中多了种尴尬无措的静默，冲在最前面的一些人松开了拳，一些人在无声地缓缓退后，还有一些人，惶然地看看孟扶摇，再看看佛莲。

佛莲立在那里，这八字报出的刹那，这个一直拼命尊贵、平静、慈和、圣洁的公主殿下，那些尊贵、平静、慈和、圣洁统统被那八个字引起的无声飓风给扫个干净，连同脸上所有的表情、眼底所有的情绪、全身所有的血色和一个人全部的精神气，都统统被席卷而去。

她立在那里，还是那个佛莲，却突然成了死的、僵的、冻结的、麻木的行尸走肉般。

如果一刻钟前她还是美丽娴静、完美无瑕的公主，现在她不过是具着了公主冠冕的草人。

然后，她就突然直直地倒了下去。

孟扶摇立即一声大喝：“昏啥！”

那个“啥”字，破音如霹雳，风一般卷过大殿，震得满殿宫灯齐齐跌落，烛火刹那一振又熄，殿中光线立时幽暗深沉。那些隐在暗处的层层帐幔被风声惊动，轻轻飞起，恍如无数憧憧鬼影在其中蠕动。

这样的雷霆喝声，刺激得所有人都忍不住抬手捂耳，佛莲也不例外，于是她昏不成了。

她抬手捂耳，手还没抬起，身侧突然多了一个人。那个人好纯真地对着她笑道：“莲花，我被你逼了这么长时间都没昏，你这么急着昏做啥？好歹把事情说完了再昏嘛！做人要厚道，要对得起你的粉丝，你看看，你这一昏，让你的拥趸们多尴尬呢！”

佛莲极慢极慢地放下手，死死地盯着孟扶摇，眼神里仿佛爬出无数条蛇，每条都死死地缠住了孟扶摇。她用那样带着毒气的腻滑眼神在孟扶摇身上绞了一遍，突然惨然一笑，道：“不过如此，谁爱谁输。”

孟扶摇不语，半晌道：“你到现在还觉得你那是爱？你不过是占有欲！说实在的，佛莲，你若是个正常点的女人，谁高兴费那闲工夫和你作对？宁拆十座庙，不毁一场婚，让太子殿下有个好老婆，谁不开心？可惜，你让人忍无可忍！”

她一拂袖，大步离了佛莲身边。殿上的战南成此刻才缓缓笑道：“不知道孟将军手中怎么会有璇玑真本？”

“回陛下！”孟扶摇一俯身，琅琅道，“敝国太子和佛莲公主取消婚约、《璇玑图》早已收回一事，我无极朝臣人人皆知，并甚为不齿某公主对此绝口不提之行为。太子前日离开天煞前，曾和草民说过，当年婚约取消之时，应璇玑国主之请，答应等公主成年之后再对天下公布，然而不承想公主至今仍以太子未婚妻自居。此举不仅令太子为难，也伤公主清誉。草民当时就自请劝说公主，只是觉得以草民身份，所言所行难服悠悠众口。太子便给了草民此图，并道除非公主再次在七国王公之前提起，不可当众出示，免伤公主尊严——陛下，草民实在是听见她那句‘一殿君臣’，怒从心起才致失礼朝堂，还请恕罪！”

战南成叹息一声，默然半晌，才神色为难地轻轻道：“公主也是爱之深切……来人，送公主回……”

他话说到一半，突然被一声凄厉的高呼切断。那声音带着丝丝血气，突兀地拔地而起，夹杂着一声拔剑出鞘的厉响，如锐利的冰晶般，戳破飞龙舞凤的大殿藻井、戳破这一刻尴尬的寂静，“长孙无极，你好狠！凤净梵做鬼也不饶你！”

第一百零一章

爱之真义

叫声未毕，剑光嚓的一声拉开了一道白虹，照得幽暗的大殿都亮了一亮。惊呼声随之响起，凤四皇子颤声大呼：“妹妹！”随即有人大叫：“公主不可轻生！”有人滑步上前，劈手夺剑，厉喝声、惊呼声、惋惜声、救援声乱七八糟地响在一起，接着，当啷一声，长剑落地。

钢铁之质敲击上金砖地面，声响清脆，激得人们都颤了颤。孟扶摇背对佛莲，却连头也没回，只在眉间浮起一抹讥诮的笑容。

真要想死，会在人堆里自刎？公主殿下真是连死都不忘记做戏。

佛莲倒在凤四皇子怀里，哀哀哭泣，不住地泣问：“为什么不告诉我？为什么不告诉我？”

凤四皇子抱住她，热泪涟涟，连声道：“我也不知道这事……父皇母后定是怕你身子禁受不住，想要等你好些再慢慢说的，谁知道会出这事……”

他霍然扭头，怒视孟扶摇，厉声道：“孟将军，你现在满意了吗？将佛莲逼到伤心自刎、欲待求死的地步，你现在开心了？”

“我有什么开心不开心的？”孟扶摇抱着臂，环视周围面露不忍之色的人们，慢吞吞道，“我看见各位在为撒谎者唏嘘，就觉得这人生真不公平！刚才我被人逼着要自刎时，怎么就没人为我唏嘘一声？若是刚才我拿不出《璇玑图》被逼自尽，诸位只怕都会拍掌叫好吧？说真话的被千夫所指，说假话的被人人怜惜，原来这就是七国王公，这就是真理公义！”

被她目光扫到的人，都不禁面露尴尬之色低下头去，有人低声道：“公主也是被蒙在鼓里的嘛，谁叫无极太子秘而不宣呢！”

“放屁！”孟扶摇勃然大怒，“你脑子里灌的是泥浆还是猪粪，居然怪到了太子殿下身上？要不是你们璇玑国主请求太子等佛莲那永远都好不了的身子好了再对七国公布，太子犯得着秘而不宣？太子殿下是有错，他唯一的错，就是当初对你们伪善做作的璇玑太心软！”

她龇牙咧嘴地笑着，大步跨了过去，吓得刚才说话的那个璇玑人士退后一步。孟扶摇不理他，从地上捡起那柄佛莲自刎未成的长剑，虚虚地往自己脖子上一搁，作势一划，“啊呀！我要自刎了啊！”

雅兰珠立即扑过来，大叫：“孟将军不可轻生！”她伸手夺剑，孟扶摇立即撒手，抱住雅兰珠，假哭，“为什么不告诉我？为什么不告诉我！”

雅兰珠沉痛地抚摸着她的背脊，“告诉你，你会对月流泪、对花吐血的……”两人相拥在一起哈哈大笑，雅兰珠捂着肚子，一步三摇地扑到墙上大呼：“哎呀，妈呀！不成了，不成了……”

孟扶摇将长剑一扔，一脚踩裂，轻蔑地道：“瞧，在人堆里自刎，我也会！”

满殿冠冕楚楚的贵族掌门愕然，孟扶摇大笑着对战南成弯了弯腰，谁都不看地挽了雅兰珠出去，跨出高高的正殿门槛。两人的身影渐渐消失在长长的汉白玉阶上，唯有边走边笑的对话声远远传来，“长孙无极，我做鬼也不饶你……”

“孟将军不可轻生！”

“哎呀！你干什么抢我的剑啊？让我死，让我死——”

“不是你自己递过来的吗……”

“长孙无极，我凤净梵做鬼也不饶你——”

“拜托！我胃纳不好，吃夜宵时听见你说这个更没胃口。”宗越端起饭碗，头也不回地走了出去。

“公主不可轻……”啪的一声，元宝大人一扬爪，一根鸡骨头精准地空投进了夸夸其谈者的嘴中，正好卡在她上下牙之间。

孟扶摇愤怒地将碗重重一搁，“话都不让我说囫囵了，这还让人活吗？”

云痕叹口气，道：“我们已经听你说了三遍了。”

孟扶摇沮丧，鼓着嘴将碗一推，“不吃了！”抬腿就走，从头到尾都没看某人一眼。

某人安静地吃着馄饨，若有所思。元宝大人蹲在他面前，用一种“主子，你有麻烦了”的表情同情地看着他。

长孙无极笑笑，摸了摸元宝大人。元宝大人立即欢欣鼓舞地献上自己啃了一半的果子，谄媚地表示：“麻烦都是孟扶摇的，主子是永远胜利的。”

长孙无极将那半个果子塞回元宝嘴里以示嘉奖，起身拎着它直奔某人闺房去了。云痕默默看着他的背影，半晌，别过头去。

雅兰珠乌溜溜的大眼睛瞟着他，含着半口汤，突然呜呜噜噜地问：“云痕，什么感受？”

云痕回首看她，清冷的眼眸里星火一闪，没回答也没发怒，而是推开椅子行到窗边，负手看着窗外渐浓的夜色。

他青竹也似挺直的背影镀在那一窗苍青的夜色里，看起来孤冷而亮烈。纵然是那般带着坚硬力度的亮，依旧不可避免地抹上了一道暗色，浮着浅浅光晕般忧伤着。

身后，雅兰珠锲而不舍地跟过来，偏头看着他的背影，突然道：“其实我知道是什么感受。”

云痕回身看她，雅兰珠笑了笑。这一刻，这花花绿绿的女孩不再是绚烂的、花哨的、张扬的、快活的，反而突然多了几分淡淡的、和云痕相似的忧悒。

她道：“我喜欢战北野，追了他五年。”

她脸上并无丝毫羞赧之色，很坦然地认认真真看着云痕，道：“五年，从十二岁到十七岁、从扶风追到天煞、到太渊、到无极再到天煞，追到最后追成了习惯，追到最后，我成为扶风的笑柄。父皇和母后一次次责骂我，关我在宫里不让我出来，我一次次砸窗户、挖地道、装死上吊、收买丫鬟逃出去。父皇和母后又没收了我的月供采邑，想让我没银子出去混，我便卖了首饰、扭了金盘、敲了镶珍珠的梳妆盒，连宝座上的宝石都被我挖了下来，全扶风都知道雅公主是个花痴，追男人追得迷了心窍——他们越不让，他们越笑话我，我越不想放弃。他们懂什么？他们给自己的娘洗过头？他们为自己的部下流过血？他们能在沙漠里不吃不喝死追敌兵只为了给当地百姓一个安定日子？他们脑满肠肥地睡在榻上，一脚蹬翻给自己洗头的女人——他们是世人承认的男人，是爷们儿，却不是我承认的。”

云痕震了震，转身看她，想说什么，却最终没有开口。

雅兰珠突然有点迷离地笑了笑，道：“我追他五年，追到我成了习惯，追到他也习惯了。很多时候，当我觉得很累很累、当我想家的时候便在想，哎，再等等，再坚持一下，战北野现在逃避我，可是终有一天他会将这习惯变成自己生活里不可分割的一部分，那时候他便再也离不开我雅兰珠——五年了，五年的时间，渐渐让战北野会因为我的追逐而无奈、为偶尔看我追得狼狈笑一笑，于是，我觉得这个日子越来越近了……然后，孟扶摇出现了，然后，他一眼就喜欢上了她。”

她偏了偏头，大眼睛在夜色中乌光闪闪。她问云痕：“你说，我应该是什么感受？”

云痕怔了怔，突然觉得难以启齿，半晌才道：“不是她故意的……”

“瞧你，瞧你们！第一反应都是替她解释，好像生怕我吃了她。”雅兰珠打断他的话，咯咯地笑起来，笑容里却生出浅浅的无奈，“孟扶摇很苦，可是她又真的很好命，她遇见的，都是懂她、爱她、维护她、守护她的人，和她比起来，我经常觉得自己贫瘠得一无所有。”

她坐下去，手拢在五颜六色的裙间，微微晃着身子，悠悠地看着天边闪烁的星子，慢慢道：“今天在殿上，我看着佛莲，看她自堕陷阱、丑态百出，想着，她也不过是因为爱、因为想得到而已，说到底，我和她是一样的。然而看她那个样子，我突然出了一身冷汗，我不要变成她，太可怜了！

“我喜欢战北野，喜欢他的堂堂正正、正大光明。那么我也要做一个堂堂正正、正大光明的人，才能配得上他。否则，我自己要先瞧不上自己，战北野又怎么可能瞧得上我？”

雅兰珠站起来，扒着窗沿，将一只爬在窗棂上的蚂蚁放在掌心，看着它张皇地四处奔逃，似是想起被她追逐得狼狈逃窜的战北野，忍不住脆脆地笑起来。

她道：“第一次见孟扶摇，她对我说：珠珠，革命尚未成功，同志仍须努力！哎，多有意思的话啊，我一听就喜欢上她了。”

她道：“在华州客栈的时候，我睡在她床上，后来不知怎的就到了外间，早上醒来发现被子盖得严严的。我的被子早上从来都是落在地上的，于是我就奇怪，被子怎么没掉啊？”她转头看云痕，“你猜，你猜猜，被子是怎么没掉的？”

云痕想了想，道：“是她给你拢着的？”

雅兰珠皱了皱鼻子，“拢着的我也能蹬掉——是她搬了椅子来死死地压住了被角。那时我在想，这人真滑稽，还管我掉被子，我母后都没管过这个。唉！真多事，难怪我觉得那么热。”

云痕看着她，眼睛里渐渐生出了笑意。

“后来长孙无极传了死讯来，”雅兰珠对着那只蚂蚁眯眯笑，凑近去闻它的泥土味，

“她什么动静都没有，安静得让我害怕。我就蹲在她面前看她，想着假如是我接着了战北野的死讯，我会是什么反应？我肯定不会像她那样，明明都在笑，却整个人都空了。我会疯、会闹，会拿把刀出去宰人，再在战北野坟前自刎。可是孟扶摇，看她那个样子，我第一次想为别人哭。”

云痕晃了晃身子，手按住窗棂不语。雅兰珠笑嘻嘻地看着他，道：“难受了吧？就是这个感觉！我也是人，我也一样会嫉妒、会吃醋、会在战北野拼命追逐她的时候想宰了她，可是我知道，如果我真的那样做了，战北野就真的永远不是我的了。”

她慢慢地在木质窗棂上用指甲画了道长而笔直、没有尽头的线：“孟扶摇教会了我，要坚持。”

她将那只蚂蚁送回原路，拨了拨它的触须，纠正它错误的方向，轻轻道：“送你回家。”然后她爬上窗子，双臂张开，迎风大声道，“要坚持！”

她玲珑的身影爬在高处，五颜六色的小辫子散开，一只紫色、一只金色的裤腿灌满了风，整个人像是迎风扯起的一道彩色的风帆。

云痕微微退后一步，仰头看着这个孩子——他一直觉得她只是个孩子，甚至从来没有注意过她。在孟扶摇闪亮剽悍的光环下，这个和她有点类似的孩子的光芒被掩盖了，然而今日他才发现，爱玩、爱闹、孩子般的雅兰珠，她的内心有着不逊于任何人的成熟和智慧。也许她终生都不能达到孟扶摇的成就，然而从人性的光辉与丰满来说，她是孟扶摇的并行者。

这个小小的、养尊处优的公主，这个背负着天下笑柄、不断追逐自己所爱的公主，这个眼看追逐有望却被人横刀一插灭失了希望的公主，她有一万个理由去恨孟扶摇，然而她选择了抬起头，去看更远的地方。

有人多自私，就有人多宽广。

他看着她，就像看见层云低压的深黑苍穹里极远处一抹鱼肚白般的光，那般细微不可见，却又那般光芒璀璨、予人振奋的力量，只是那一抹光，便无声地告诉了所有人，天将亮。

雅兰珠回过头来，她吼了一嗓子，颇为激动，脸颊红扑扑的，气息起伏，突然跳下来，拽着云痕就走，“咱们这一对倒霉蛋儿在这儿傻看着干吗？走，喝酒去！”

“元宝大人，我警告你，你再跟着我，我就把你煎了、蒸了、煮了、炸了，做满汉全席！”孟扶摇趿趿拉拉地走着，头也不回地对着后面吼。

元宝大人委屈，谁要跟着你呀！跟着你的明明是俺那无良的主子，俺不过是个被他拎着的陪衬品，你专拣软柿子捏！

拎在主人手中的元宝大人抱臂哀怨地望天，思考着一个严肃的命题：自己是不是和孟扶摇八字犯冲，自从遇见她，堂堂穹苍享受供奉的“天机神鼠”便沦为了保镖护卫附赠品、陪衬品，地位江河日下，前景暗淡无光。

主子突然低头看看它，读出了它心底的窦娥冤，安抚性地摸摸它的大脑袋，安抚性地将它……换只手拎着。

孟扶摇一回头，便看见某人依旧怡然的微笑，顿时小宇宙噌噌冒烟。她也不回房了，直直地站住，一脸假笑道：“太子殿下，我突然觉得我有必要和你道歉。”

“嗯？”长孙无极浅笑，笑容如月华流溢，“说出来，我再决定要不要原谅你。”

孟扶摇磨牙，嘶嘶道：“我拆了你的美满婚姻，我发现我错了，我不该拆的，你俩实在是太配了！”

“哦？”

“都是撒谎高手！”孟扶摇想起那朵莲花就觉得反胃，“一个没有《璇玑图》却偏说自己有，一个明明有《璇玑图》就偏说自己没有！”

长孙无极看着她，眼神似笑非笑，半晌道：“扶摇，烦请你自己仔细回想一下，从认识你到现在，也许我有没对你说明的事情，但凡我说出口的话，可有过假话？”

孟扶摇翻翻白眼，仔细思索了一下，发现好像……真的没有。

“从现在开始，出现了！”她振振有词，强词夺理。

长孙无极笑了笑，突然一伸手拉住她，大力一拽，身子往上一纵。

“哎呀，你做什么？”

孟扶摇嚷完，发现自己呼的一声坐在了墙头上。这座院子墙头较高，坐在上面，眼前是一览无遗的磐都大街小巷。简单有序的道路、沉朴厚重的建筑、鳞次栉比的民房，远处气势沉雄的皇宫，午夜的凉风连同未熄的万家灯火都扑面而来，激得人心神一爽。

“人在高处待着，因为看见的东西更多、更复杂，心思也就会更加清明。”长孙无极话中若有深意，听得孟扶摇心中一动，随即便气歪了鼻子，“所以带你上墙头吹吹风，好醒醒你的脑子！”

“我一向清醒明智，智慧无双。”她转头，恶狠狠地推长孙无极，“下去，下去！墙头窄，你妨碍我的视野。”

“和你平行的人，永远不会妨碍你的视野。很多时候，妨碍你的只是你自己。”长孙无极今晚特别哲学，“扶摇，你是在讨厌我撒谎吗？”

“自然！”孟扶摇转头看他，目光亮得像一对猫眼宝石，“我没那么矫情，不喜欢还不肯承认。”

长孙无极微微笑了笑，不知从哪儿整出件披风披在她身上，道：“风大，小心着凉！”随即才道，“我送出去做聘礼的那份《璇玑图》，确实没有拿回来。”

“嗯？”

“世人都以为《璇玑图》只有一份，其实却是两份。”长孙无极微笑，“它来自一件披风的两幅衣襟，各写了一半内容，真正的璇玑全图八百八十二字，共八章，我给你的，是其中的另一半。”

“既然你拿出来的只是你那一半，那送出去的那一半为什么不在佛莲手中？”孟扶摇疑惑，“她甚至拿貌似银锦的月华锦来冒充《璇玑图》，甚至好像根本没见过真品？”

“这就是我为什么要退婚的理由，”长孙无极看着她，笑容深深，“所遇非人。”

“你是说，你的未婚妻另有其人？”孟扶摇霍然转头看他，“谁？”

“不，我只是怀疑而已。凤净梵拿出假图，也有可能是真图真的遗失了，她无奈之下才作假替补。”长孙无极似在思索，含笑的眼角瞟过她，“有些事迟早会水落石出。不过，扶摇，我得感谢你，你终于帮我解决了那个女人。”

“不是应该觉得可惜吗？”孟扶摇笑吟吟地看着他，“那么美丽，那么高贵，声名那么完美，连气质都学得和你很像，真是苦心营造的天成佳偶，唉！被我活活地拆散了，好缺德！”

“还有更缺德的事。”长孙无极折了根草闲闲地尝着，淡淡道，“听说他们连夜离开了天煞，我让人在边境线上等着。战南成试图对我做的事，我会原样奉还。”

“你派人暗杀佛莲……”孟扶摇刹那间听明白了他的意思，惊得身子往上蹿了蹿，瞪大眼睛，“嫁祸天煞？”

“嫁祸不嫁祸的并不重要，关键是凤净梵得死。”长孙无极转过头来，轻轻抚了抚她的头发，“得很快去死。”

孟扶摇咬着唇，不说话，她有点说不出话来。长孙无极虽然没有明说，她何尝不知道他是为了她才要杀佛莲的。以长孙无极的心性，其实根本不屑暗杀，更不屑杀佛莲那样的女子，但他依旧选择了违背自己的原则最快速度地出手，纯粹只是因为不想让恨透了她的佛莲再有机会搞出任何对她不利的变数。

以长孙无极的手段，完全有很多办法不动声色、不枝不蔓地解决和佛莲的婚事，他却纵容她采取了最激烈的一种，造成了两人间不可调和的深仇大恨，然后再出手为她收拾烂摊子。

做对他而言这么蠢的事，只是因为他想她活得更随心、更痛快些。

孟扶摇怔了半晌，掉过头去，红着鼻头道："对不起……我总是不够相信你。"

"你不够相信我，有我自己的原因。"长孙无极又试图给她编辫子，他好像对她的头发特别感兴趣，"我总是讳莫如深、不够坦白明朗，这样的性子，怨不得你不信我。"

"不会了，以后不会了！"孟扶摇一怀惭愧，觉得长孙无极真是好人啊，被冤枉了还记得替她解释。她一激动、一热血，顿时觉得自己良心不足，正在思考要以什么样的方式报答一下这样的君子，忽听身后那位君子凑近她耳侧轻轻道："嗯，扶摇，你贴身穿的那件是什么东西，怎么还有两根带子？"

贴身、带子……正想着报答方式的孟扶摇脑子转了好一会儿才反应过来——他在说她自制的罩罩！她穿着单衫，单衫外还有披风，他是怎么看见她的罩罩的？

这见鬼的君子！

孟扶摇一声怒喝，抬脚就踹——无耻之尤，早知道还是让你和佛莲配成双！

腿刚抬起，就被长孙无极按住，他一手按在她腿上，一手竖在唇间，"嘘——"

孟扶摇直觉地要骂他故弄玄虚，随即隐约听得墙下对面小巷中有步声一路传来，便也回过头去。

夜色浅淡，小巷深深，前方谁家苦读的士子夜深不寐，深黑的剪影映在窗纸上。窗间透出一线昏黄的微光，如月牙般洒在小巷深处。

深处，是一片混沌的黑暗，渐渐剥离着一个人形轮廓，有人慢慢从巷尾的暗色里走了出来。他走得很慢，怀中似乎抱着什么东西，一边走，一边低声呼唤，那语声被风带过来，隐约听出几句："魂兮归来……"是个半夜为亡人招魂的。

孟扶摇轻轻叹了口气，看那影子，对方很年轻，在这夜半踽踽独行、一路呼唤，想必是个为长辈招魂的孝子吧？

她不欲打扰这阴阳间的沟通，转身意图下墙，一转头，突然看见那人走进了那月牙般的昏黄亮光中，光线映亮了他的眉眼，清秀、温润，带着淡淡的忧伤。

燕惊尘！

孟扶摇怔在墙头，忘记了离开。

她坐在长孙无极身边，看着燕惊尘孤寂的身影自巷子深处慢慢浮出，看着他怀里那个光滑的青玉罐，看着他慢慢地、轻轻念着"魂兮归来"，将手中的纸钱一点一点撒开。那些灰白色的薄纸如蝶般旋转着飞离他的指尖，再被风无声无息地带过墙头，消失不见。

一个人在世间的所有痕迹，如风筝断线般飞远。

一张纸钱似乎犹在恋栈不去、浮游飘移，冉冉扑上孟扶摇的掌心。

孟扶摇伸手拈住，那薄而软的触觉刹那传入心底，在心上唰唰扫过，扫出些柔软的疼痛来。她抬起眼帘，看着专心招魂的燕惊尘，突然想起，今天是裴瑗的头七之日。

按照太渊风俗，亡者头七之日，亲人要在她走过的地方再走上一遍，为其招魂。

孟扶摇的目光落在那小小的青玉罐上，那个红衣的、艳丽张扬如牡丹、走到哪里都要无限度彰显自己存在感的女子，如今真的化为这沉默简朴的小罐里一抔灰白的粉末了吗？她那不甘的灵魂，是会安于这样窄小的栖身之地，还是会挣扎着欲待挣脱？

而燕惊尘，这个玉堂金马的贵介公子、公侯之家的继承人，这个一生顺利光亮却在遇见她之后步步嗟跌的少年，要如何走完剩下的路？

有些相遇，天生不公，如她和燕惊尘。玄元山那一场遇见，从头到尾，只为了造就她前行千里的路，然后她离开，头也不回地走远。他却不肯承认那一场无缘，于原地蹉跎，因为失去而不停地做着错误的选择，然后再度失去。

想起战北恒别业里自己听见、看见的一切，孟扶摇指尖微凉，为这命运的冷酷而默默无言。随即觉得掌心一暖，有人轻轻握住了她的手，将她怔怔捏着的那张纸钱抽去，再用自己的五指包住了她的手指。

他温暖的掌心有着光滑的触感，如丝缎般从指尖拂到她的心底，熨帖而柔和，像一场拥着轻盈羽被进入的沉酣。

他总是在任何时辰都能及时读见她心底的感触，并用自己的方式告诉她——我陪你一起。

孟扶摇抬头看着他，想着，自己终究是幸运的，不是所有人都可以享受到这般温暖的、不求索取的陪伴。而那些人，燕惊尘、裴瑗、佛莲，他们依然是爱着的人，只是，有的人错在爱的过程，有的人错在爱的方式。

她遇上了过程和方式都最正确的人。

然而命运总要和她开玩笑——她好运地遇见，却不能好运地拥有。

眨眨眼睛，拼命眨下眼底泛起的酸涩之意，孟扶摇看着燕惊尘被灯光拉长的孤独而萧索的影子，抿着嘴，在长孙无极掌心写道：我想杀了烟杀。

长孙无极顿了顿，答：好。

孟扶摇无声地吸了口气，笑了笑。

燕惊尘——我杀了你妻子，只好杀你师父作为补偿了。

燕惊尘不知道，这一刻高踞墙头看着他为亡妻招魂的那一对人，在这一瞬间做了个关系他一生的决定。他还在安静地撒着纸钱，冰凉的青玉罐抱在怀里，被他的体温焐得微热——这是他第一次这么近地抱裴瑗。

那个高傲的女子，终究以这样的方式，静静地蜷在了他的怀中。

手底的罐口，如霜雪一般凉，像是去年冬天的雪，纷纷扬扬降在燕京城郊的孤山上。他在雪地里喝着闷酒，满地里堆着乱七八糟的罐子——那时他刚刚遇见烟杀不久，“有幸”被他看中收为弟子，最初的欢喜过后，到来的便是噩梦。更糟的是，这事还隐约被几个素来和他明争暗斗的贵介子弟猜到了，燕京贵族间渐渐流传着一些不可言传只可意会的玩笑——用暧昧的语气、狎昵的眼神、窃笑的暗示、猥亵的动作来表达的玩笑。

那样的玩笑，是横在他面前的一堵无形的墙，看不见、摸不着，却那般森冷地矗立在他面前。他因此遍体鳞伤，却没有任何力量来打破它——世人的口舌，本就是世间最阴冷的陷阱，杀人无算，越挣扎，越添伤。

然后，她出现了。继太渊宫变、上渊建国后，第一次出现在他面前。

他以为她要来讥讽他、嘲笑他，便用袖子懒懒地遮住脸。她却在他身侧坐下来，也抓过一壶酒，以平日里她这种尊贵郡主绝不会有的粗鲁姿势拍开泥封，毫不犹豫地喝了个干净。

酒坛喝空后，她将坛子远远地抛出，看那一线青光穿云透雾、坠入深谷，听那碎裂声在崖下回声尖锐地传出，然后她道：“我嫁给你。”

他霍然回首。她不看他，轮廓精致的侧面平静而坚定，这一生的大事她一锤定音，然后她起身，道：“三天后，你来下聘。”

他羞于再登裴家门去下聘，怕再次遭受一番羞辱。烟杀却很高兴，道：“难得有个自愿的幌子，其实老夫不在乎这个，你却脸皮薄。她肯嫁你，你这一生也就完整了，老夫亲自给你提亲去。”他去了，高高兴兴地回来，说，“准备成亲吧。”

后来他才知道，裴瑗用那三天说服了愤怒的裴大将军，也和烟杀谈过，至于她付出了什么才得到了这样的结果，这一生，他怕是再也寻不着答案了。

他也永远不会知道，那些名为夫妻却分住两院、她独守空闺就一盏孤灯看着他院子里的灯火时的心情。

在那之后，那些流言便散尽了——裴瑗的下嫁，是对那些猜测最有力的驳斥。

她牺牲了多少，他便负了她多少。

她爱着他，他爱着那个她，那个她却爱着那个他。

人生里有多少滑稽的连环套，套住了一生的纠缠和情孽。

燕惊尘缓缓地抚摸着那个青玉罐，将脸缓缓贴了上去。青玉罐那般凉，有点硌人，像她的气质，带刺般张扬着，冷而傲，不温良，甚至带毒，然而只有他知道，她将一生的热度，都只给了他一人。

只是从此以后，那点飘摇的、温暖他的灯火，便被森凉的命运噗的一声，吹熄了。

燕惊尘抱紧了那个青玉罐，慢慢地、苍凉地回身。墙头上的人默然凝视着他的背影，眼神里也生出了淡淡的悲凉。连元宝大人都钻出长孙无极的袖子，挤在两人中间看着燕惊尘撒着纸钱离去，圆溜溜的黑眼睛少少地湿润了些，想着：想当年，在穹苍，那只美艳的黑珍珠……

燕惊尘拉得长长的背影，嵌在孤清的夜色里。

夜色里却有喧闹的声音传来，有两个人大声唱着笑着，摇摇晃晃地进了巷子，清脆的声音，敲破了这一霎忧伤的寂静。

"哥啊，再喝……再喝三坛！"

"我没醉……呃……我没醉！"

"别……躲我！你这死鬼……姑娘我花似的，你偏躲！"

"呸呸！呸呸！"

花姑娘大声地唱着笑着，走着歪歪斜斜的"之"字步，眉开眼笑，乐在其中，苦了她那个倒霉的酒友，极有分寸地小心搀着她的手臂，一路歪歪扭扭、碰碰撞撞地过来。

墙头上的孟扶摇黑线——雅兰珠什么时候和云痕跑出去喝酒了，还醉成这德行？

雅兰珠开始唱歌："哥哥你大胆地向前走，妹妹我死追着不回头。哥哥你跑死了三匹马，妹妹我累死了九条牛……"

孟扶摇呃了一声，一个猛子扎到长孙无极肩上，拼命堵住自己的笑声——哎呀，我的妈呀，这货篡改歌词的本领着实太高超了！我就哼了一遍，到了她嘴里，怎么就死了马又死了牛呢？

她笑得肩膀直颤，在微光下像一只无声振翼的蝶，长孙无极微笑着顺势将她揽在怀里，仰起头，心想着这歌词其实挺朴实、挺贴切的，用在自己身上也合适。

元宝大人蹲在主子肩上，鄙视地盯着孟扶摇——你还好意思笑？不是你，我们这些贵族哪懂什么叫粗俗！

巷子里那对醉酒夜归的人不知道这墙头上的把戏，犹自一路乒零乓啷地撞过来。

他们和燕惊尘对面而行，燕惊尘皱了皱眉，怕他们撞坏了自己怀中的罐子，赶紧将罐子换了只手抱着，身子一侧，等他们过去。

雅兰珠经过他身侧时，突然身子一歪便要吐。想吐也便罢了，偏偏她是个公主，习惯对着漱盂吐，她昏头涨脑地眼珠子四处乱转，一眼瞥到燕惊尘怀中有个疑似漱盂的物体，伸手就去抓。

燕惊尘眉毛一竖，劈手就要去推她。云痕闪电般将雅兰珠一拉，抬手一架，怒道："她醉后无心，阁下怎可出手如此之重！"

两人胳臂一架，一抬头，灯光下互相一看，都啊了一声，道："是你。"

燕惊尘沉着脸瞟了云痕一眼，放下手，一言不发地便走。云痕看着他，眼里幽光闪动，雅兰珠突然又歪歪倒倒地撞过来，眼看要撞上墙，云痕只好去抓她。正好雅兰珠也在手脚乱舞，刺啦一声，云痕半边袍子被酒鬼撕了下来，一个东西叮的一声落地。

云痕却没听见那坠落声，他手忙脚乱地去扶醉成烂泥的雅兰珠，扶在哪里都不是，只好拎着她的衣领拖了便走。忽听身后燕惊尘道："站住。"

云痕回身，一眼看见燕惊尘手里抓着一个小小的青金石的燕子，脸色顿时变了。他将雅兰珠往墙边一放，便要扑过来。

燕惊尘将手一缩，沉声道："这东西你是从哪里来的？"

"还我！"

"哪儿来的？"

"我叫你还我！"

燕惊尘将那燕子往自己怀里一塞，冷声道："这是我燕家子弟一出生就拥有的标记，非燕家直系子孙不能有。你今日说不出这来历，我便不能还你。"说完抱着罐子转身便走。

云痕立即扑了过去。他身子未到，燕惊尘半回身，一道剑光如锐电般拉出。云痕冷哼一声，手底白光一振，铿然便是一阵大响。

两人竟然打了起来。

墙头上孟扶摇直着眼喃喃道："怎么打起来了？"她离得远，听不清楚两人的低声对话，只隐约看见燕惊尘捡起了一件东西，云痕讨要，然后便上演了全武行。

长孙无极拉着她的手看着那个方向，悠悠道："有些事，纵然被时间掩盖了很久，终究还是要被命运捅破的。"

小巷里风声呼啸，云痕和燕惊尘的打斗却很快就到了尾声。

燕惊尘单手使剑，根本不是云痕的对手，云痕却无心作战，只想速速逼他将东西还回。

十几招一过，云痕的剑光全数压倒了单手作战的燕惊尘。

燕惊尘抿着唇，看着虽然剑气纵横却处处容让的云痕，眼底闪过一丝疑色。他突然将手中的青玉罐向前一递，疾声道："我妻子的骨灰！"

云痕剑光快如流电，刹那奔前，燕惊尘话音未毕，他的剑光已经抵达罐身，听见这一句，云痕大惊失色，猛力向后一挫，剑上真力反涌，他顿时被撞得向后一退。

一柄秋水般的剑，轻轻搁上了他的咽喉。

墙头观战的孟扶摇本以为云痕必胜，不防这战局瞬间颠倒，大惊之下，喃喃骂了一声"卑鄙"便要掠下去，却被长孙无极拉住。

随即，她看见了燕惊尘的眼神。那浪滚波翻、汹涌无限，充满震惊、疑问、不解、困惑的眼神。

她也看见了他的口型。他在说："弟弟。"

第一百零二章

为我珍重

那声“弟弟”的呼唤飘在晚风中，声音虽低，听在耳中却如此惊心。

云痕宛如刹那间被那声呼唤击倒，突然就僵硬在了燕惊尘的剑下。他站在那里，明明是未动的站姿，不知怎的却让人感觉他在那一线昏黄的微光里一寸寸冻结下去，结成了冰。

燕惊尘却在微微喘息，惊疑不定地看着云痕，从他的眉目一直细细地看下去，直到看出浅浅的激动来。

远处高踞墙头的孟扶摇这时才发觉，云痕和燕惊尘分开来看的时候很难将两人联系到一起去，然而这样面对面站着，便觉出形貌上一衣带水、血脉相近的相似来：都是一般的颀长而清瘦，一般的白得有些透明、能够看出淡青血管的肌肤，一般的高而挺、特别直的鼻梁……以前没发觉，只不过是因为这两人的气质太迥异了。

云痕却似乎不愿意接受燕惊尘打量的目光，他突然转过头，好像没看见脖子上架着的剑，就那样从燕惊尘因为震惊而忘记收回的锋利剑身旁擦了过去，这一擦便在颈项上拉出了一道血痕。燕惊尘吃了一惊，赶忙撤剑，云痕不管不顾鲜血涔涔的颈项漠然走开，拽起扒着墙呜呜噜噜唱着歌的雅兰珠就走。

燕惊尘还剑入鞘，急急追上，一把拽住云痕的衣袖，“云痕，你是不是安姨的那个孩子？”

云痕的肩颤了颤，从孟扶摇的角度能看见他脸上迅速闪过一丝青气。他霍然回首，道：“滚开！”

燕惊尘接触到他的眼神，惊得手都颤了颤。他下意识地一让，云痕直直地挥开他的手，寒声道：“我警告你，不许提那个名字！你，和你们燕家，谁都不配提！”

“云痕！”燕惊尘向前一冲，“当年的事我不太清楚，我只是隐约听说过……但是，但是……其中是不是有误会？你跟我回去，我们问个明白。”

“回去？回哪儿去？”云痕半侧着脸，清俊的侧面漠然如冰雕，连眉目都似冻结了霜花般寒意逼人，“燕掌门，请你搞清楚，你是上渊列侯，我是太渊臣子；我的父亲叫云驰，你的父亲叫燕烈，我为什么要跟你回去？”

燕惊尘犹不死心，还待劝说，云痕目光一冷，横剑一拍，竟然是拍向那青玉骨灰罐的。这回换成燕惊尘被吓了一跳，连忙飘了出去。云痕大步走开，行出几步，半回身，不看燕惊尘，只看着那黑暗的墙角，森然道：“燕掌门，今天的事，你若再对谁提起，或者再妄想认亲什么的，不要怪我的剑不客气！”

他的身影很快没入巷子尽头的暗色中，只留燕惊尘怔怔地立在当地，用疑问和无奈的目光，送别这次的相遇。

孟扶摇怕云痕尴尬，在他出巷子前翻下墙头。她一路沉默着飘进院子，飘回房间，飘到了自己床上，坐下来才发觉某人竟然也不自觉地跟了进来。她立即回魂，将他往屋外推，嚷嚷着：“出去，出去，我的床上只能有一个男的！”

长孙无极含笑问：“哦？”

元宝大人目光亮亮、不知死活地探出头来，对着主子指了指自己鼻子——这个男的，就是玉树临风、区区不才、在下我啊！

长孙无极依旧在微笑，突然喃喃道：“要不要阉了你呢？”

元宝大人立即伸爪一引，谦恭地做退让状——这个唯一的男的，自然只能是惊采绝艳、举世无双的主子您！

孟扶摇立刻用弹指神通将元宝大人弹了出去，大骂：“从此以后你这个男的也别想再睡我的床！”

“扶摇，我来不是想睡你的床。”长孙无极淡定如斯，打断了某人猥琐且自恋的猜想，“我只不过是来借你那剩下的半个月魄练气之宝一用而已。”他自顾自地找到那泡着的半颗宝贝，开门飘了出去，临走前还回眸一笑，“我可没兴趣和一只耗子、两个人睡一张床，何况还有一个是酒鬼。”

“嗯……谁是酒鬼？这里明明只有一人一鼠啊！”孟扶摇悻悻然，接着便见云痕拖着雅兰珠匆匆而来。她这才想起，雅公主喝醉了，照顾这个酒鬼的重任除了自己还能有谁？

果然照顾酒鬼着实不是人干的活，孟扶摇忙了一夜，也听了一夜的“哥哥你大胆地向前走……”天快亮时，雅兰珠突然翻了个身，抱着她，口齿不清地喃喃道：“我们永远不要做孟扶摇和凤净梵！”

雅兰珠说得没头没脑，孟扶摇却立即听懂了。她伸出欲待拍雅兰珠睡觉的手停了停，再落下时手势轻柔。她轻轻拨开雅兰珠汗湿的鬓发，低声道：“好，永远不做孟扶摇和凤净梵。”

之后她攥着条毛巾睡着了，醒来时已天光大亮，雅兰珠趴在她的肚皮上，元宝大人趴在雅兰珠的肚皮上，正门外悠长的传报声传来——战南成邀她去御苑打猎。

自从真武夺魁，孟扶摇便搬了家，她可不愿战北野那个苦心经营的秘密据点，就此暴露在天煞皇族面前。反正她有钱——姚迅在无极做生意做成了大款，尤其那个半路被孟扶摇绑上自己船的江北总督家的李公子，居然是块天生做生意的料儿，两人狼狈为奸，大赚女人钱，但凡丝绸、首饰、服装鞋帽、胭脂水粉之类的统统包圆。这几天姚迅也过来了，送了银子来，顺便打算在天煞推广孟扶摇的高雅娱乐。于是孟扶摇腰包鼓鼓，连元宝大人的马桶都换成了金子的。

孟扶摇的新宅子很招摇，她硬生生买下了三个大户院子，联成里外七八进，一进比一进装潢骚包，寻常人只能进到她的第二进。其实她只是为了将附近这块地面都圈入自己的势力范围，从她院子的第六进一个房间的暗道下去，走出不多远，便是战北野那处秘密据点。

战南成邀请，不过是双方的又一轮试探。孟扶摇颠儿颠儿地换了衣服准备过去，在花园里被宗越拦住。毒舌男上下打量了一下她的劲装，道：“又要去骗人了？”

孟扶摇望着天，这娃什么时候能开口说句好听的呢？真是白瞎了那么好的气质！

“既然要骗，干脆就帮你骗得更彻底些。”宗越递过来一个小小的蜡丸，“找机会掰开，撒在战南成的袖子上。”

“哦。”孟扶摇接了，也没问什么用途，突然若有所思地道，“其实我很想什么时候杀了战南成算了，省得忍着呕吐感和他周旋。可惜战南成自从上次被挟持，现在越发小心了，谁也近不得他的身了。”

“你现在杀了他也没有用，战南成有太子，在外还有有权调动皇营的中枢三大臣，他死了，会有动乱，但未必能动摇大局。”宗越一口否定，又赶她，“啰唆什么，挡着我药圃的阳光了！”

孟扶摇愤怒地一脚踩烂了一株月见草，趁爱花如命的宗越杀人之前狼奔而出，百忙中还对蹲在窗台上看好戏的元宝大人做了个暗示——等宗越离开后，元宝大人会代替她去好好“照顾”那些宝贝药草的，比如撒撒尿啊、施施肥啊什么的。

战南成派来迎接她的车马在门口等候，一路到了天煞皇宫之南的岳山御苑。皇家仪仗一路排开，半山坡上扎了好些帐篷，拱卫着正中的金顶大帐。好些人聚在帐外候传，孟扶摇仔细一打量，笑了——都是熟人咧！

那谁，不是前几天在大殿上扔剑给她叫她自裁的某某侯爷吗？那谁，不是在某公主“自刎”时大叫“公主不可轻生”、很善解人意地救下某公主的某将军吗！

孟扶摇笑眯眯地过去，正聚在一起谈论的众王公贵族见到她立即三缄其口，各自摸胡子的摸胡子、望天的望天、扯话题的扯话题——“啊，张小侯爷，今日这天气着实是好，着实是好，哈哈……”

“呵呵，王将军，你今天这袍子足够精神啊，哈哈哈……”

“啊，张小侯爷，今日这天气着实是好，乌云盖顶蜻蜓乱飞——啊！有只蜻蜓落在你冠上了，我给你掸……啊！不用客气，马上就好……”

啪！孟扶摇一巴掌掸掉了张小侯爷的发冠，顺脚一踩将发冠踩碎，对披头散发、满脸铁青的张小侯爷微笑道：“总算把那只该死的蜻蜓掸掉了……”

张小侯爷眉毛一竖便要发怒，孟扶摇又尖叫：“哎呀！小侯爷这剑真漂亮，那天您要是扔了这剑给我，保不准我一喜欢，就拿这剑自杀了。绝世剑下死，做鬼也风流……借我看看成不成？哎呀，不要这么小气嘛！就看一眼就看一眼……”

嚓！“绝世名剑”一折两段，孟扶摇满脸无辜地掂着那剑，“原来是个假货！”

她谦恭地将剑塞回僵住的张小侯爷手里，微笑，“只好委屈侯爷当鸳鸯双剑来用了。”

拍拍那青筋暴起、想动手却又被她轻松折剑那一手镇住的张小侯爷的肩，孟扶摇哈哈一笑，一转身，刚才围成一圈的王公们早已作鸟兽散。

孟扶摇耸耸肩，大步跨向主帐。战南成在帐门前看着，将刚才一幕尽收眼底，却没任何表示，只和蔼地笑道：“孟将军真爱开玩笑，只是这般纵情心性，容易得罪人。”

“草民是个粗人，”孟扶摇一摊手，咧咧嘴，“在哪里都一样，看不惯那些揖让恭谦、装模作样的德行，喜欢就是喜欢，不喜欢就是不喜欢，得罪我，我揍！”

战南成哈哈一笑，看出来心情愉悦。他亲自挽了孟扶摇的手臂，道：“孟将军千钧力气，还是去揍那些野兽比较合适！”两人各自上了马，战南成一抖缰绳，道，“孟将军，御苑之西有猛兽，以你的武功，想必猎杀那些畜生比较痛快，去吧！”

“草民还是陪着陛下吧。”孟扶摇笑，“草民是太渊猎户出身，打猎这事，还是给各位王侯将军玩个痛快！”

此时参加御苑狩猎的王公将相们都放了马、撒了鹰，一路烟尘滚滚地驰向各个方向，呼哨声、欢呼声不断响起。孟扶摇老老实实地跟在战南成护卫身后在御苑之南猎了些小兽，将那些兔子、獐子挂了一马。天色将昏时，战南成回头笑道：“回去吧，也累了。”

孟扶摇点了点头，正要拨马，突然身子一定，随即一扬鞭，快马驰回战南成身边，道：“风中气味似有不对，陛下快走，草民殿后！”

“这里会有什么危险？”战南成失笑，“孟将军小心太过……”

他的话声突然僵住。

身后突然起了一阵带了腥气的风，树木摇撼、山林低伏，林木间各色小兽都在惊惶逃窜，在一色荫翠间划出一条条白红褐黄的光。所有人的坐骑都开始瑟瑟发抖，腿软着往地上栽下，任凭主人连喝带拉也不起作用。随即树叶一阵簌簌大动，隐约有黄光一闪，一声低沉凶猛的低吼自战南成身后响起。

嗷——

腥气越发浓烈，树叶大片倒伏，斑斓猛虎跃出，硕大的头颅一摇，一双凶睛怒目盯住了近在咫尺的战南成。

战南成的坐骑一声长嘶，双腿一软跪了下去，登时将还在惊怔此地怎么会出现猛兽的战南成抛下了马背，直直地滑向虎口！

血盆大口就在眼前，腥臭的涎水几乎要滴上战南成的脸。战南成惊惶地拔刀，刀却压在身下拔不出来。眼看着狰狞的虎首就在眼前，利齿如无数小匕首般寒光闪烁，战南成眼前一黑，绝望地大叫一声。

“护驾！”

一声清越的厉喝刀子般掷出来，连同那个深色人影一起飞跃长空，刹那落在战南成身前。来者身形快如流光，落地后绝不停息，黑光一闪，一刀劈在了猛虎眉间！

血光爆裂，溅了一身虎血的孟扶摇头也不回地大喝：“蠢货！护驾！”

惊呆了的护卫此时才知道赶紧奔上前，将战南成护在当中。战南成惊魂未定，青着脸色看孟扶摇一刀劈入猛虎眉间，顺势横肘一顶，嚓的一声瘆人的裂骨声响起，刀尖硬生生穿裂了猛虎鼻骨，自鼻梁穿进，右眼穿出！

猛虎嗷的一声仰头狂吼，震得林中地面都在微微颤抖。它拼命甩头，甩出黏腻浓稠的血浆，滴滴答答地溅得满地都是。战南成盯着那插着黑刀的血肉模糊的恐怖虎头，一边在护卫的护持下后退，一边余悸犹存地勉强笑道："多亏了孟将军……"

他话说到一半，忽听身后又是一声山摇地动的大吼，林木一分，又是一条斑斓黄影挟着浓厚的腥风扑出！

居然还有一头！

那虎毫无预兆地自身后扑出，一跃数丈，瞬间越过侍卫结成的人墙。蒲扇般的巴掌左右一拍，便将两个守在战南成身边的侍卫拍开，直扑战南成！

战南成只觉得眼前一黑，那热烘烘、气味浓厚的虎身已经当头压下！

他这次拔出了刀，刀光一闪，也是不错的刀法，一刀砍在了那虎腰上，只换得那虎身子一扭、尾巴一剪将他扫了出去，随即那虎一个猛扑，高高地扑下。

战南成跌在地上，心底只觉今日休矣，没想到流年不利竟至如此程度，南苑从无猛兽，不想今日竟然出现，并且一出现就是前后夹击的两头！

唯一能救自己的孟将军，武器还留在那只虎的眼骨中，又如何来得及？

"陛下莫怕，我来救你！"声到人到，黑影一晃，一人如风般从战南成身边掠过，二话不说，一拳击出！

砰！

肉体和肉体猛烈相击的声音沉闷而慑人，仅那一声碰撞，便能听出彼此用力的凶猛和杀气悍然。撞击声之后又是嗷的一声虎吼，这一声却低沉压抑，宛如吞着血、咽着肉，生生地闷在了嗓子里。

劫后余生的战南成和侍卫们齐齐抬头看去，齐齐地啊了一声。

孟扶摇竟然一拳直直地打入了大张的虎口，赤手空拳从锋利的利齿间穿了过去。那拳不仅顶住了那虎欲待咬住战南成的上颚，甚至直接打裂了那只吊睛猛虎的咽喉，拳心从猛虎的后颈穿出！

只一拳，虎死！

这种杀虎手法、这种凶悍拳势，闻所未闻，见所未见！孟扶摇情急之下赤手入虎口的悍勇，更令战南成感激且震惊。

孟扶摇收起拳头，手臂从虎口中穿过，衣袖早已撕破，更因为先前冲出后出拳时动作太快，臂上被利齿深深地擦出了几道血槽。她若无其事地整了整袖子，将臂上血迹在虎身上擦了擦，又回身去另一只虎尸上取回自己的刀，转身对脸色青白的战南成躬身，"陛下受惊了。”

“孟……孟将军……多谢你……”战南成的目光自两具死得极惨的虎尸上掠过，又看了看孟扶摇血迹殷然的手臂，语气极为感激。

“陛下言重了，草民分内之事。”孟扶摇莞尔，十分高兴今天天煞之金只是担任外围和大帐警戒，陪着战南成的都是一大批武功不低实战经验却很一般的御林侍卫。唉！真是成全了她表现自己的机会，瞧她刚才多骚包啊！

在成功收获了战南成饱含感谢的目光之后，孟扶摇以“伤势未愈，用力过度，有些脱力”为由，甩着她功臣般划满齿痕的胳膊，在众人既羡又妒的眼光中打道回府，一进门就挥着手臂咋呼道：“兽医，兽医，多谢你啦——”

眼前白光一闪，某道圆球飞快地蹿到她身边，兽医随即白衣飘飘地出现了，神情平静目光却杀气隐隐，那眼神不像个光明清洁的大夫，倒像个暗夜潜行的杀手。孟扶摇啊的一声，立即想起自己走之前干的好事，赶紧拎起被追杀的元宝大人落荒而逃，一边逃一边问元宝大人：“你做了什么好事，兽医竟然要宰了你？”

元宝大人指手画脚地答：“吱吱！”

孟扶摇默然，开始考虑要不要跟它的主子学元宝语。一双手突然伸了过来，抓了她的胳臂往房中一拖，道：“孟扶摇，你什么时候可以完完整整出去，再完完整整回来？”

孟扶摇愕然低头看着自己，再愕然抬头，道：“哪儿少了？哪儿少了？”

长孙无极忍不住被她气得一笑，叹息一声，按着她在凳子上坐了，又去取柜子抽屉里的药箱。他低头细细地在里面翻找合适的金疮药，从孟扶摇的角度看过去，可以看见他长长的睫毛垂下，在眼下覆出一片弧度柔和的暗影。那眼神柔和而平静，带着淡淡的怜惜，怎么看都不似政坛上出名的翻云覆雨、手腕高超的长孙太子，倒似某位淳和安静的邻家少年。

那样的邻家少年——对谁的影子心有所属，便揣了一怀的春色如歌。踏青时邂逅桃花如血的春光，于芳草如丝间有所触动般微微地笑。

孟扶摇心中动了动，为这一霎光影里的长孙无极。她立即便觉得心底一痛，与此同时臂上一凉。她轻轻吸了一口气，长孙无极立即抬眼看她，“痛？”

痛，痛的却不是你手指按着的地方，而是那处血脉连接着的、最终端的根源，是我的心。

孟扶摇垂下眼帘，脸上却在笑，龇牙咧嘴地笑，“见鬼，你是在帮我疗伤还是趁机泄恨？瞧这手重的！”

“这外敷的明肌膏，要按摩了药力才能更好地渗入肌理，将来不留疤痕。”长孙无极不理她，执了她的手臂轻轻地揉。孟扶摇只觉得他指尖似个小火炉，揉到哪儿哪儿就起了火，烧得她浑身不自在，忍不住便要挣脱，“行了行了，别揉了！你家将军我别的什么都没有，就是疤痕多，以后说不准还会更多，你治不过来的。”

“是吗？”长孙无极突然抬眼一笑。孟扶摇盯着他那个笑容，直觉不对劲，霍地跳了起来，可惜已经晚了一步，她手臂还在人家手中呢！长孙无极执臂的手一翻，直直滑上了她的脉门，手指一扣，她立即浑身酸软，随即眼前天地一倒，长孙无极把她翻到了床上。

孟扶摇大惊，直着喉咙尖叫：“元宝，元宝，快来，再不来捍卫你家主子，你这辈子就没希望夺取他的贞操了……”

元宝大人奔过来，长孙无极转头对它一笑，立即把它笑到了墙角去画圈圈。

“元宝，你待在某人身边越久，越发智慧江河日下、大脑暗淡无光。”

元宝大人羞愧地垂下头——修炼需千年，堕落却只在一念之间。一失足成千古恨，鼠生不堪回首啊……

长孙无极成功地一句话灭了爱宠，俯身看着瞪大眼睛、张着白森森的牙齿随时准备在他接近时咬上一口的孟扶摇，笑了笑，道：“听说阁下英明神武、勇冠千军。”

孟扶摇啊了一声。

“听说阁下闯长翰密林、盗大鲧古墓、闹天煞皇宫、斗云魂月魄，屡战屡败，屡败屡战，断一颗门齿、添满身伤疤，英风豪侠，令人神往。在下自听闻始，便着实仰慕，思之寤之，辗转求之，求之不得，梦魂难安！”

孟扶摇张大嘴，口水差点滴出来——他……他……他……他……他在说什么？他……他……他……他好像在生气？他……他……他……他好好的干吗要生气？他……他……他……他早不生气了，为什么到现在突然生气？

长孙无极继续对她笑着，笑得那叫一个尊贵优雅、和蔼可亲，“今日难得有机会，将军愿意给在下观摩诸般记载将军英勇伟绩之伤疤，在下不胜感激……”

他……他……他……他什么意思？孟扶摇脑子呆滞地转了三圈才反应过来，“啊！你要脱我的衣服！”

“错！”长孙无极继续尔雅地笑，纠正她，“是我要亲眼观摩将军的伤疤。”

“那有什么区别啊……”孟扶摇泪奔，“长孙无极，你这个流氓，你要敢动我的衣服，我就阉了你……”

刺啦——

凶猛的、要阉人的孟将军呆住了。

孟扶摇立刻就要放声大号，某人手疾眼快地一指点了她的哑穴。

孟扶摇恶狠狠地咬着枕头，将之当成长孙无极。

一根微凉的手指点上来，按在她的背上，指尖似乎蘸着些药膏，凉而滑润，抹在那些深深浅浅的伤疤上，一点一点细心地涂过。

日光散漫地从窗扇中泻进来，光斑中飞舞着浮游的尘絮，迷蒙中自有一种温软透彻。光斑下，长衣轻垂的男子手指轻柔地一一处理着那些新旧不一的伤痕——那些淡红的伤，渐渐倒映上男子深邃邈远的眼神，微微泛出些血色，似将心上细密的疼痛，写上了眼底。

空气中有难挨的沉默，那般厚重地压下来，孟扶摇突然有些心虚、有些惶然，怔怔地松开了嘴里啃着的枕头。

头顶上的手指慢慢地移过那些伤疤，良久才淡淡道："扶摇，你要痛快地过日子，我不拦你；你要淋漓尽致地拼命，我虽不愿，也不拦你；但是我很不喜欢你凡事必须要做到十分的性子，不喜欢你懂得爱惜别人却不懂得爱惜自己，不喜欢你对有些事明明可以不必如此却非要以最激烈、最决绝的方式去碰撞。比如，今日你去打猎，要施恩于战南成，为什么还要让自己受伤？只为了让他更震惊、印象更深？你告诉我，你值得吗？"

孟扶摇眼泪汪汪——我当时没武器啊……我没考虑那么多啊……

不过……她心虚地眨了眨眼，好像是可以不必受伤的……长孙无极这种生物，活得累不累啊？连她拳头揍狠了也要操心。

"扶摇，你可以奋勇拼命，但不应好勇斗狠，我但望你今后多多爱惜自己，莫要再和我说什么'头掉了碗大一个疤'之类的话，"长孙无极涂完那些新旧伤疤，将瓶子收好，慢条斯理地道，"你可想过，我听见这些话、看见这些伤疤时心中的感受？"

孟扶摇垂下眼睫，眼神四处乱闪，不去接触长孙无极的目光——好吧，我错了，你看了我，我也不计较了，哥哥，你可不可以把衣服给我穿上？

那人优雅地起身，将药瓶放好，理了理衣袖，淡然道："我知道你这人是个榆木脑袋，向来听不进去别人的话，为了让你印象更加深刻——衣服你自己穿吧。"

他施施然飘了出去，留下孟扶摇气歪了鼻子——你点了我的穴道，我怎么穿衣服？

长孙无极走到门口，突然停了停。孟扶摇大喜，以为他想起来给她解穴了，结果他扶着门框，好像方才想起来一般道："对了，以后你若再胡乱拼命，还是照此办理。"说完，指尖一弹，毫不犹豫地扬长而去。

孟扶摇满面郁卒地抬头望天——他只解了她的哑穴，存心逼着她向雅兰珠求救，以雅兰珠那性子，一定要笑话她足足半个月以上，她想要不印象深刻都不成了！

不就是嘴快胡咧咧说了错话嘛……悲愤！

什么才叫真正的狠人，这就是！

当雅兰珠被孟扶摇拼命喊了过来，替她解了穴之后，果然捂着肚子笑了半天，笑完了却拍了拍她的肩，道："我不得不说，你这人虽混账，运气却真好。"

孟扶摇白了她一眼，看着雅兰珠满脸艳羡地走了，她自己抱膝坐在黑暗里，良久，幽幽地叹了口气。

天色将黑时，她爬了起来，想起云痕昨天酒醉——这人居然是个不能喝酒的，回来后有些发烧，到现在还没爬起来——便下厨做了莲子八宝汤。她本来只做了一碗，想着兽医也辛苦，又加了料；再想不能重色轻友，雅兰珠好歹也帮她解穴了，再加；又想元宝大人爱吃甜食，再加；最后很不肯承认地又加了料——至于加给谁？不知道！

她端着好大一锅汤，往各房亲自送去。云痕还在睡着，脸色很难看，似乎还隐约做着噩梦，低低喘息着，不断微微挣扎着，额头上沁出大滴大滴的汗来。孟扶摇放下碗，取了汗巾帮他拭汗，他却突然一把抓住了她的手。

孟扶摇吃了一惊，下意识地将手向外抽，云痕却攥得极紧，似乎溺水的人攥住了浮木般不肯放手，甚至用上了内力。孟扶摇怕他陷身噩梦、真气不稳，自己贸然和他角力会害他受伤，只好不动了。

此时的姿势有些尴尬，云痕躺着，大力将孟扶摇往自己身前拉；孟扶摇拼命抵着，身子别别扭扭地半倾着，从某个角度看去，就像孟扶摇倾身在云痕身前一般。

屋子没有点灯，月光照得房内半明半暗，他们隐身暗处，寂静中听得呼吸相闻。孟扶摇直觉有些不妥，空着的那只手想去点灯，摸索了半天反将蜡烛碰掉在地上，只好无奈地一叹。

黑暗中那人却突然将她的手靠近脸颊边，轻轻摩挲。孟扶摇身子一僵，赶紧不管不顾地伸手去拨，却听云痕低声道："娘……"

孟扶摇怔住，听得那人微微地叹息，呼出的热气喷在她手上，湿湿的。那阵热气过去，便只剩下凉凉的水汽，像是某种久埋在心底黑暗处的、深渊般沉黯的心情。

"娘，你爬出来没有？爬出来没有？"

什么意思？

"你把我推出来了……你自己怎么就爬不出来了呢……"

“那些泥土……好腥啊……”

泥土？

孟扶摇僵在黑暗中，看着苍白的、微微痉挛的云痕。这个清冷沉默的少年，从来都将满怀的心思长压于心底，直到昨日酒后在小巷邂逅燕惊尘，那些埋于记忆深处的疼痛回忆，都似被燕惊尘那声“弟弟”从噩梦的深渊里唤出，缓慢蠕动着，爬回那带着血色的、疼痛的前尘往事里。

被活埋的母子，母亲推出了儿子——是这样吗？是这样吗？

孟扶摇的手指颤抖起来。云痕的身世，她猜想过，堂堂燕家如何会让亲生子流落在外成为宿敌的养子，一定是有段不堪回首的过往，却不曾想到，竟会这般凄惨。

她颤抖的手指被云痕捉住，他似是感觉到她那份心情的微颤，更紧地抱住了她的手，五指深深扣住了她的手指，喃喃道：“我拉你上来……我拉你上来……”突然大力一拉。

孟扶摇正在震惊地想着云痕的身世，冷不防被这一拉身子一斜，栽在了云痕胸前，云痕立即将她大力抱住。

孟扶摇立即挣扎欲起，忽然觉得身后似有微响。她在云痕身上扭头，便恶俗地发现——长孙无极正站在门口，深深看着她。

第一百零三章

御风成旗

孟扶摇尴尬地趴在云痕的胸膛上，对着“捉奸者”傻笑。

长孙无极没有表情，像个游离的梦一般沉在黑暗里，迎上孟扶摇傻兮兮的笑容，无声地挑了挑眉。随即他推门过来，看了看两人暧昧的姿势，又看了看云痕，伸指在他前心一抚，又瞥了一眼孟扶摇，道：“你还赖在他身上，当真要他做泥土压身的噩梦吗？”

孟扶摇哭丧着脸，心想这人骂人都别具一格，我是泥土吗？我是世上最美丽的土……她慢慢拂开云痕的手指，刚抽开，云痕立刻惊慌地对虚空中乱抓。长孙无极横掌一截，飞快地点了他的穴道，立即把她拎到一边，道：“阁下汤也给人送了、汗也替人擦了，也借人抱过了，现在可以轮到在下喝汤了吗？”

孟扶摇听着这话，怎么都觉得古怪，却没办法驳斥。看长孙无极的眼神，浮光荡漾，似笑非笑，看不出喜怒来，却又觉得定然是不甚妥当的。以她的经验，但凡长孙无极觉得不妥当，她就是想妥当也妥当不起来，只得悻悻道：“喝呗！”

她懒洋洋地端了汤碗过去，长孙无极又折磨她，“就在这里喝？在别人的屋子里？”

大爷，你怎么这么难伺候啊？还有，你怎么满身都散发着某种酸溜溜的味道呢？真是不大方！孟扶摇郁闷，只好拎了罐子跟在他身后，看长孙无极慢悠悠地往花园走去。花园里开满了合欢花，花如少女的艳唇，粉簇成团，晕染出一色绯红，掩映着白石桌椅。长孙无极坐了，道："这里好，月朗风清，纤毫毕现。"

孟扶摇翻了翻白眼——他是不是在暗讽她和云痕"暗室独处，混沌不清"？唉，真是个小气男人！

长孙无极托腮看着她，突然道："阁下打算要我用眼睛来喝汤吗？"

被他折腾来折腾去的孟小厮只好恨恨地添汤，汤汁四溅地向他面前一推。长孙无极笑笑，向罐子里看了看，道："看这分量，谁都算上了，却忘记给你自己煮一份了吧？"

孟扶摇没好气地道："我就是个苦命厨娘，只有伺候主子们的命！"

长孙无极又是一笑，执了羹匙慢慢舀汤，突然道："我刚才来找你，可不是要存心打断你们的。"

孟扶摇沉痛地道："那你为什么不自觉点、大方点，说句'请继续，我什么都没看见'，再潇洒地走开呢？"

长孙无极不理这个厚脸皮的痞子，继续道："我是因为……接到了凤净梵的死讯。"

"啊！"孟扶摇张大了嘴。

长孙无极微笑着，立即将那勺汤喂进了她口中，道："先犒劳天下最尊贵的厨娘。"

咕嘟一声，孟扶摇声音很大、气质很不雅地把汤吞了，视人家的温柔缠绵如无物，急急地拉住长孙无极的袖子，道："死了？真杀了？呃……不是真的吧？"

"信报传来，他们在天煞边境符山遇见了互相争夺地盘的流寇，凤净梵无意中被乱箭射死。"长孙无极慢慢地喝汤，眼神中有思索的神情。

"凤四皇子呢？"

"受惊逃出，和妹妹失散了，后来回头去找妹妹的尸体，却只在崖边找到一只她的绣鞋。"

孟扶摇皱起了眉头，这才发觉长孙无极的语气不对，"你是说，没有尸体？"

"嗯。"长孙无极手指叩着桌面，望着北方，"出现了变数。刺杀凤净梵是我手下隐卫自己策划的，他们精擅暗杀，这等任务从无失手，这一次却出现了很奇怪的现象。"

"嗯？"

"他们失去了部分记忆。"

"啊？"

长孙无极转眼看向她，"他们的记忆，从伪装流寇争斗开始，到故作无意卷入凤净梵，直至凤净梵中箭落崖那里都很清晰，在她落崖后那一段，所有人却都出现了记忆模糊甚至大部分人不记得自己有模糊的情形。他们的记忆出现真空，直接在凤净梵落崖那里跳到了胜利会合回来回报给我。在他们看来，这是一次正常的、胜利的暗杀。”

“那你又是怎么发觉不对的？”

“是我的隐卫首领，因为不放心亲自参与了。他跟随我最久，学过一些东西，总觉得哪里不对。他有个习惯，喜欢随时随地看时辰，我曾经特意赐了他一只西域金表。他核对时辰时，发现有半刻钟的时间，他们好像没有任何动作和记忆。”

他抬眼望着苍穹深处，天上的星光倒映着他的眸光，他眼神里有种疑惑的、厌倦的情绪。他想着那日金殿最后一轮真武比武时发现的那个人，慢慢道：“也许，有个我很讨厌她出现的人，终于不出预料地出现了……”

孟扶摇偏头看着他，好奇地道：“你也有讨厌的人？我还以为你这辈子就没有正常人的情绪哩。”

“懂得喜欢就懂得讨厌，我很庆幸我终于懂得了。”长孙无极微笑，目光亮亮地看着她，直到孟扶摇不自在地转过头去。这一转头的瞬间，她突然想起了什么，道：“我记得，你有一门武功是能消除人的记忆、控制人的心神的，难道……”

长孙无极浅浅地笑起来，道：“扶摇，有时候你确实是很聪明的。”

孟扶摇默然，半晌道：“长孙无极，我一向不是喜欢寻根究底的人，这么久了，你的来历出身还有你身上的一些奇异的事，我从来都没有开口问过。不过，你当真打算永远都不告诉我吗？”

长孙无极放下碗，坐到她对面，两膝相抵，执了她的手裹在掌中，轻轻道：“扶摇，但凡应该告诉你的事，我都说了，但凡我不告诉你的事，都是因为你知道后会有害无利。”他轻轻叹息一声，“我想，我还是亲自去一趟符山比较好……”

“不用去了！”

悠远平静的女声淡淡地传来，水波般悠悠晃晃、不知远近，似乎响在头顶，又似乎远在天涯。那声音听起来很“空”，每个字平仄起落都没有区别，虚幻无边、摸不着的感觉。

长孙无极的眼色微微一变，他突然推开了孟扶摇一点，手按在了白石桌上。

随即，孟扶摇便看见白石桌上突然生出了一条裂缝。

那裂缝出现得无声无息、突如其来，起初只是浅浅一线，像是月色的光影，随即越来越深、越来越大，剑似的向前延伸，一路伸向长孙无极那个方向，眼看着就要抵达那罐八宝莲子汤了。

半空中那个女声似在笑，那笑声中毫无笑意，声音却突然多了几分妖娆，“师兄，好享受！我远道而来，不请我喝一碗吗？”

长孙无极手指一点，那不断延伸的裂缝突然一止，堪堪停在了罐子边缘。他扬眉浅浅一笑，“太妍，你一向不吃零食的。”

“偶尔吃一次也没关系啊！看看这莲子汤是个怎样不俗的神品，能让不爱红尘、不贪人欲的师兄，这般花前月下、一副凡间小儿女样。你喂我喝？”

迤逦的语声里，那点裂缝又向前延伸了些许。

长孙无极手指一抹，生生地将那裂缝抹平，淡淡道：“不过是红尘烟火、寻常滋味，定然是不入太妍你的眼的，没得污了你那向来只食花饮露的高贵胃口。”

“我能高贵得过师兄你？天纵奇才、后来居上，连我，都向来只有仰望的份儿。”那女声突然又冷了下来，妖娆尽去，多了几分淡淡的讥诮，“你喝得，我却喝不得？”

她最后一个“得”字，突然变成破音，声音扬起，雷电般向上一冲，戛然一声，那罐子突然裂开。

罐子裂开，汤汁却没溅出来——长孙无极在她声音起调的那一霎立即抬手，手势虚虚往罐子上一罩，那生生裂成两半的罐子中流动的汤汁霍然一收，随即安静下来，竟然还维持着刚才的形状，一滴未洒。

长孙无极盯着那汤，眼底突然露出了厌烦的情绪，抬眼看向前方一处屋檐，冷冷道：“你喝得，你不止喝得，所有我能得到的，你也可以得到。这话在很多年前我就和师父们说过，所以，现在你可以走了。”

“我为什么要走？”随着长孙无极目光所向，那方屋角之上突然出现了一个小小的影子，一团粉白地融在月色中，看上去软软的，也像一团夜合的合欢花，和刚才那个或空或锐、或妖娆或讥诮的成熟女声给人的感觉截然不符，然而那声音又确实是她的，甚至更厉了几分，“长孙无极，我最讨厌你这个！我说过，我不要你让，你也不配让我！”

话音方落，砰的一声，石桌粉碎，漫天石屑飞扬。那些石屑簌簌飞舞，先是慢的，随即便似闪电般一冲，攒成长蛇般灰白的一条，直射向长孙无极的眉心！

长孙无极衣袖一展，先展在孟扶摇身前，避免她被那些飞散的碎石所伤，然后才伸出两指霍然一剪，宛如剪中蛇身七寸般，无声地将“石蛇”剪成两段。

那“石蛇”却一断又分，呼地在半空中一展，于虚虚实实中一阵飞速重排，突又幻化成一面石扇。那女子遥遥虚虚地一抬手，那石扇猛然横扇斜拍，对着长孙无极当头拍下。

长孙无极单手一划，刚才汤碗底一点未尽的汤汁化为一串晶莹的玉珠飞在空中。那些“珠子”在他指尖连成佛珠般的一串，宛如真实珠子般哗啦啦有声地甩出，撞上石扇，将之撞成了一片灰白的粉尘。

他淡淡地笑，“既然这么想喝，那就给你尝尝。”

太妍冷哼了一声，手指一挥，那些灰白石屑旋风再次化为蝶、化为云、化为狂风中的树、化为深海里的蛟，从各种角度或轻盈或诡异或凶猛或刁钻地袭向长孙无极所有要害，却都被长孙无极以那点汤汁堪堪对付了过去。他不似太妍那般变幻千端，始终都是以那串汤汁之珠，却或分或合、成列成阵，每一次细微变化都会带来无穷的变数。那些指掌间的点戳起降、排列组合，浩瀚无边。

这般细微却凶狠的战斗中，他依旧在笑，淡淡道：“恭喜师妹，我说你怎么会突然履足红尘，原来是神法大成了。”

“对！继你之后，我大成了。”太妍这回声音又变了，轻俏而厌恶地道，“永远都是‘继你之后’——长孙无极，我想，没有了这个你，就不存在我这个‘后’，你说是不是？”

她尾指一弹，一个极其轻巧的手势，平地上忽然起了呼啸的风，满地的合欢花都拔地而起，呼啸着卷成一把绯红的巨杵，直捣长孙无极的胸口！

“那么，没有你这个‘后’，我就是唯一——太妍，你说是不是？”长孙无极语声平静，手指一弹，那串“珠子”突然凝成一团，沉甸甸的半透明状电射而出，直直撞上“杵”端！

轰！

很难想象那些柔软的花朵和汤汁也能拼出那般巨大的震响，很难想象世上还有这般美丽的战斗——漫天的花朵之杵被莲子汤之珠狠狠撞开，飞扬出一片浅紫嫣红。那些被震散的绯色的花散出无数针尖般的深红触须，如美人散在风中的裙裾般悠悠一扬，抑或是九天仙子的御光之旗在深黛色苍穹中和玉白月色下艳丽张扬地一展，刹那间摄目惊心。

孟扶摇一直坐着，紧紧地盯着这不动身形、手指间的战斗，为那迷离而炫目的变化而热血沸腾。她的破九霄到了第六层后，便每层分三级，必须要一级一级地提升。第六层第二级“斗转”，她至今还没找到修炼的法门，今日长孙无极和他这个突如其来的师妹太妍这一战，却让她若有所悟。

她顶着满头白灰，兴奋地盯着长孙无极和太妍的手，在每个变化中生出的千万个变化里拼命思考，寻找着那些变化的起源和轨迹。她看得太专注，手指下意识地微微弹动，学着那般神奇的动作，没留意到屋檐上太妍目光突然一转，眼色一冷。

啪！

孟扶摇突然脸颊上一热，一股大力挥上脸，她整个人向后一倾，这才听到屋檐上太妍冷声道：“鼠辈竟敢偷学神艺！该死！”

长孙无极霍然回首，目光大炽！

孟扶摇支住身子，摸了摸脸，只觉得脸上火热，半边脸颊已经高高肿起，顿时大怒——扇我？竟然敢扇我？

老娘活了两辈子，活了几十年，还没被人扇过耳光！

打人不打脸，你找死！

她跳起，二话不说便冲了上去。

却有人比她更快，一直端坐原地的长孙无极突然动了。他身形一展便直射向对面屋檐，穿越那些未歇的花雨。人在半空，衣袖一拂，轰然一声，那半边檐角直直坠落，坐在上面的太妍正全神贯注地等他的招，不防他竟然先攻其身下，太妍身子直直坠落，半空里赶紧一个翻身，如柳絮、如杨叶般姿势极其轻盈美妙地翻落在地。她冷哼一声，正要抬手攻击，长孙无极却已落在那半边屋檐，居高临下地又扬了扬衣袖。太妍一惊，下意识地向后一退，结果身后墙上的窗棂突然断裂，窗子吱吱嘎嘎地倒了下来。她只好向前掠，这一掠便迎上了奔上来的孟扶摇。

孟扶摇捋着袖子狂冲而上，看见她被逼到自己的方向，赶紧一个巴掌招呼上去。太妍一偏头，身子突然到了她后面，曼声一笑，“凭你，也配打到我？”

她话音未落，便觉眼前紫影一闪，随即啪的一声脸上一热、颊上一痛，也是一个热辣辣的耳光！只听得长孙无极带笑的语声：“我打就是她打，一样的。”

“长孙无极，你好生无耻，竟然和人联手攻我！”太妍抚着脸，怒极反笑，“你羞不羞？”

“既然你学会了偷袭，我为什么不能学会围攻你？”长孙无极冷然看她，“太妍，你和我斗了这么多年还不肯罢休，那也由得你。但是我警告你，你如果敢迁怒他人，滥伤无辜，那么我也不介意亲手诛杀同门！”

“长孙无极，我也告诉你，只要你在一天，我就会永无止境地和你斗下去。”太妍突然妖娆一笑，“既然我神功大成，师尊们已经准我再入红尘，那么我有的是日子和你耗！你要做的，我就破坏；你要保护的，我就伤害。我要向师尊们证明，谁才是真正的第一！”

她指着孟扶摇，“比如这个，今天的一耳光只是个前奏，只要我以后心情不好、有时间了，我随时都会来扇她的耳光。”

孟扶摇盯着她——这个万恶的……侏儒！

呃……好吧，挺精致的侏儒。

太妍看起来竟然就是个小孩子，十一二岁的身量，脸也粉粉团团的，还有些婴儿肥。若不是那成熟的语音和一双神光璀璨的眼睛，她活脱脱就是个粉嫩精致的小姑娘。

侏儒都是丑恶的，她却不是。孟扶摇看着她的脸和身形，再听着她那变来变去的语音，实在觉得这个人和她的样子很不搭调，也不知道是先天就这样，还是后天造成的。

这个太妍，看样子很早就和长孙无极不对盘了，她是不是觉得，扇她孟扶摇就等于扇长孙无极？那她岂不是亏大了？

太妍对孟扶摇惊异的目光视而不见，似乎并不在意自己奇特的形貌引人注目。她摸摸脸，似乎想摸准脸上那个耳光的轮廓，冷笑着盯着长孙无极。

长孙无极淡淡地看着她，眼神里只有不耐和疲倦。他似乎懒得和太妍斗嘴，只有意无意地挡住孟扶摇。他怀里，一直在睡觉的元宝大人突然探出头来，愕然盯着太妍看了几眼，顿时大惊，“吱吱！”

“吱吱！”这一声却不是元宝大人发出的，太妍袖子里突然爬出只看起来和元宝一模一样，甚至比它还肥上三分的、全身毛色黑光油亮的兔子版耗子。该耗子看见元宝后两眼放光，双爪一合就待冲过来，“吱吱！”

元宝大人咻地缩回头去，死死地往长孙无极衣服深处钻——我没看见，我没看见，我没看见……

那只黑“元宝”犹自不罢休，肥腿一蹬就待蹿起——“吱吱！吱吱吱！”却被太妍皱着眉头一把揪住尾巴塞了回去，“珍珠，给我争气点！天底下的公耗子又不是死光了，非要找那只最丑的！”

元宝大人愤怒了，立刻又钻出头来，含泪控诉：“吱吱！”

黑珍珠立刻也含了一包泪，回头骂太妍：“吱吱！”

……

孟扶摇连那一耳光都忘记了，在一片吱吱声中抱头崩溃——天哪，世间妖孽何其多，居然还有个黑“元宝”！

太妍终于一把将那黑珍珠塞回了袖子里——它骂了主子还不罢休，甚至开始双爪捧心背情诗，一时吱吱声吵不可闻。

太妍冷笑着看长孙无极，眼角一瞥闻声赶过来的宗越、云痕等人，二话不说，转身就走。

长孙无极看着她的背影，突然道：“她呢？”

“有本事你就再找出来，杀了她就是。”太妍勾唇一笑，突然凑近长孙无极，在他耳边低声道，“我那前无古人、后无来者的奇才师兄，我说，你好像退步了……”

她哈哈一笑，不待长孙无极回答，衣袖一卷，一步跨上了身旁的墙。她每一落步，墙上便多出一个齐齐整整的脚印，她便那样负着手，如履平地地走在墙上、走上屋顶，再一步步虚虚地跨在空中走向墙外。她走得慢而平稳，仿佛平平静静地走在地面上一样，大地吸力对她似乎完全没有作用。

她走过的墙面，砖石无声地一块块呈脚印状落了下来。

众人都凝神看着这般超凡绝顶的、完全脱离正常限度和规律的轻功展示，孟扶摇却突然蹲下身，捡起一块碎石，抬手就扔了出去，“叫你显摆！叫你装！”

啪——

碎石居然真的击上了太妍的背心，啪的一声，在正要跨上墙头的她背上绽开粉白的灰尘痕迹。太妍不防孟扶摇无耻地来了这一手，晃了晃，险些真的栽下墙头。她努力平衡着身子，才勉强维持着刚才的高手风范，在空中纵出一道粉白光影，电射而去。

孟扶摇拍着大腿哈哈大笑，“姑娘，我就知道你那手轻功危险得很，旧力才去新力未生时最弱，果然，露怯了吧？哈哈！”一转手摸了摸脸上的指印，眉毛又竖了起来，“我也跟你没完！”

“长孙无极啊，长孙无极！”孟扶摇趴在长孙无极面前，托着腮盯着他的脸，“看在我这个又被你连累的倒霉蛋儿的分儿上，你不觉得你有必要解释一下你这个从石头里蹦出来的师妹吗？”

“太妍是我师叔的女儿，性子十分好胜。”长孙无极笑笑，拨开她的头发看着那个五指印，见基本淡去了才满意地道，“在我入门之前，她作为师门的孩子，是天资最好也最受器重的一个。后来我被师尊看中，入门学艺，她便渐渐讨厌了我。你也看见了，就是这样，一逮着机会便要和我作对。”

“她那身高是怎么回事？先天的？”

“不，是练师门姹女功练的。太妍太好胜了，从小就事事都要拔头筹。姹女功损人体质，按例要在十五岁后再练才合适，她为了争第一，十二岁就练了，结果身高、体形就永远留在了那个年纪，说起来也颇可怜。只是她自己不觉得，她认为，个子超过她的女子都是丑的。”

孟扶摇噗地一笑，道：“哎，你说她，为什么要这么围追堵截地和你作对呢？”

她眼珠乱转，想，这不会是一种另类的表达喜欢的方式吧？自己前世小的时候，小男孩追小女孩，都是要揪她小辫子惹她哭的。

“你不了解太妍，在我师门那个地方长大的人，是不太可能有红尘之欲的。”长孙无极一眼看穿了她心底的小九九，似笑非笑道，“假如有个人，从你出现的第一天就用各种方式试图挤走你：你练功她挖陷阱，你睡觉她放毒兽，你比武她在你第二天要穿的衣领里插麻针，你出外历练，她跟着用尽一切办法砸你的锅——你觉得，这是喜欢？”

孟扶摇默然，嘀咕：“你这是什么见鬼的师妹？还有，听她的口气，她在和你争什么东西？长孙无极，不是我说你，你已经贵为一国之主，天下还有什么身份能高出你去？便让了她也罢，省得这样叽叽歪歪地讨人厌。”

“你认为她那性子，肯要让出去的东西？”长孙无极叹息一声，低声道，“这大抵是我这一生里，除了你之外最为无奈也最束手无策的事了。”

孟扶摇眼珠乱转——我没听见啊，我没听见！

“睡吧。”长孙无极拍拍她道，“如果你睡不着，我不介意陪你一起……”

“我好困！”孟扶摇一溜烟奔回房里，奔得比兔子还快，留下长孙无极和元宝面面相对。半晌，元宝大人亦一声悠悠长叹——啊……黑珍珠，你怎么就没肥死啊……

听太妍的口气，似乎凤净梵被她给作对地救了，然而不几日，震动京华的消息传来：璇玑国佛莲公主和凤四皇子在天煞边境遇刺，皇子逃生，公主中流矢而亡。

璇玑国主为此十分伤恸，他育有子女虽多，却一直没有立皇储，据说私心所属便是这位柔雅大方、盛名极著的佛莲。如今出了这事，他那个悍妇皇后当即就在宫中撒泼，整衣备车，要奔到天煞找战南成算账，好歹被璇玑国主给拦了。夫妻俩居然还在宫门前大打了一架，国主脸上多了几条线条利落的血印子，以血肉的牺牲按捺下了他家那只母老虎，又急急修书一封谴责战南成，要求其交出凶手。

战南成到哪里去找凶手？只好责成符山所辖的乌县查凶，却迟迟没有回报。战南成皱着眉头在宫中长吁短叹，正遇上孟扶摇去给他请安——这段时间她和战南成相处得很愉快，给他提了不少军伍整饬的建议。战南成出行常带着她，起初还隔得远，后来便少了防备，由着她时常请见。

她听了这件事便笑道：“这有何为难？三条腿的蛤蟆不好找，两条腿的凶手多的是！”当即带着自己的一批护卫，连夜奔出数百里，将符山附近的几家山匪都剿了个干净。

然后她老人家施施然拎着几个头颅，掼在了在磐都等候消息的璇玑使臣面前。那些头颅故意没防腐，夏日天气里已经烂得不堪，使臣和等着辨认凶手的凤四皇子还没坐稳就被熏得跑了出去，扒着墙吐得一塌糊涂。孟扶摇拎着头颅，一路追着跑，“哎哎，先看清楚！为公主报仇要紧……”

凤四皇子以袖掩面，闭目转头，手一挥，凄声道：“罢！罢！罢——”

那便罢了，谁叫你自己不肯看清楚的。

孟扶摇进宫给战南成回报，两人相对笑了笑，战南成目光闪烁地问她："可是君所为？你我坦承相交，但说无妨，朕绝不对他人言。"

孟扶摇对他眯眼一笑，道："陛下，符山事出当晚草民还在酒楼喝酒，想来陛下也是知道的。不过如果可能，草民倒很希望这事是自己干的。"

战南成哈哈大笑，自觉和孟扶摇更为知心。孟扶摇又掏出一张纸条，神秘兮兮地给战南成看，"陛下，遇见大逆之物！"

战南成一接过，脸色就变了——字条上歪歪斜斜地写着："苍龙在野，御风成旗！"

战南成将字条一揉，重重地捶在御案上，又负手急步绕室而行，低头沉吟未绝。从他半垂的脸看过去，他眼神闪烁，神情愤怒，愤怒中又有几分犹豫，思量不语。

孟扶摇只作不知，天真纯蠢地问他："不知道是什么暗语，在四野乡村中传唱，陛下可听说过吗？"

"不过是狂妄无知的宵小之辈而已！"战南成答，突然停了步看着她，半晌深深道，"孟将军，你既愁在无极无用武之地，可愿在天煞建功立业、铸一番不世功勋？"

妈妈咪啊，你终于问出来这么一句话了！

孟扶摇在心底热泪盈眶，面上却是一片轻佻的兴奋之色，立刻道："好啊！草民前些日子已经辞了无极的官儿，现在就到陛下麾下做个大兵吧！最好是去边军，从小队长干起，那才痛快！"

"你如此人才，怎好叫你去艰苦的边军做那大头兵？"战南成一挥手，"且在皇营飞豹军中领个副统领之职。虽是个四品，不及你原先职级，不过你好好做，将来龙虎大将军便是你的！"

"微臣遵旨！"

天煞千秋七年，七月流火，苍龙起于野。

自从磐都一别后有足月没有消息的战北野，不出声则已，一出声便震动天下。

七月十三，抵达葛雅的战北野几乎没有任何停息，立即召回隐藏在葛雅深处的部下大军，连同西北道边军副将边鸿宇，杀边军主将刘撷，以"帝王无道"之名举起反旗，浩浩兵锋、猎猎战旗，瞬间席卷了天煞北国大地。

早在他尚在回葛雅途中时，那些潜伏在朝野、士卒、市井之中的培植多年的力量便开始了舆论攻击，从磐都到葛雅，关于烈王北野忠心为国却遭讥谗，于长瀚山遭兔死狗烹、鸟尽弓藏之杀手，以及战南成薄待功臣、为君无德种种般般的流言便传得满天飞，甚至还有听起来言之凿凿的离奇传说——“战氏立国图腾为神赐，先祖有言，两代之下，苍龙在野，正合烈王名讳。天命之主，即将出世。”诸如此类的说法正以转瞬千里的速度在天煞大地上悄悄蚕食着人们的皇家正统意识。

七月十五，乐城下。

七月十七，云阳下。

七月二十，奎溪下。

七月二十四，太京府总府金彦在苍龙旗卷近城下时，主动献城。

七月二十六，天煞之北与中界土地的最后一道屏障金水城被破，三千军士齐解甲。

七月二十七，明伦首府献城……

八月初三，苍龙大军在天煞沂江之前驻马，一路势如破竹的兵锋终于遭遇了起事以来第一次大规模抵抗。在天煞国土上最大的一条分割南北疆域的大河之前，两军隔着滔滔河水遥望，人喊马嘶之声透过江上的水雾隐约可闻。森然的杀气在江水上空凝结成深黑的层云，一场大战迫在眉睫。

八月初三，夜，奔腾汹涌的江岸边，一处高石峭拔蹲伏，石上有黑衣黑骑的男子身姿凝定地遥望南方，于月光下镂刻剪影如铁。

江风怒吼，长空漫越，掀飞他深黑的衣袂，衣袂间有赤色勾纹，火焰般闪在一色深沉的江霾之间。一轮明月孤照，照上他远超常人、更加乌黑的眉目，照见那衣上的仆仆征尘，照见他凝望着天煞腹地中心大城的目光，那目光深沉而充满了牵萦与思念。

扶摇……我用两个月的最快时间，打回了天煞内地，打到了离你最近的地方。

你……还好吗？

在烈王北野侵掠如火惊动七国之时，磐都城内相对这一场叛逆，在不停息地、十万火急地频频调动兵马粮草，和那短兵交接、来势如火的战争相比，某一两个人的职位起降已经不那么显眼，比如，某个在真武大会夺得魁首、著名的有武功没脑袋的嚣张小子，放着堂堂的无极武爵不要，跑到了天煞京军皇营中当了个副统领。

一方是惊动天下的滔天巨变，一方是朝野中一个不起眼的武职职位的起用，看起来，互不相干，谁也不会将这两件事联想在一起。没有人知道，这两者之间暗含的机谋和密不可分的联系，正如这四海棋局瞬息万变，没有人能从这一刻漫不经心的某个落子，推算出未来一国风云大势的终局。

八月初三，夜，风雨磐都，明月孤江。

孟扶摇从她的新单位回来，摇摇晃晃、嘟嘟囔囔地往回走，一路抱着树、伏着墙、对着阴沟傻笑——她刚才又请喝酒了。新来的副统领大方又傻气，人家说几句好话便会眉开眼笑地掏银子请客，没几天就已经把同僚们请了个遍，全部混成了好哥们儿。要不是碍着战事紧急怕触怒了皇帝，副统领大人恨不得把全营的好哥们儿都拉出去喝酒嫖花姑娘。

她今晚又喝多了，碰着树就喊美人，撞着墙就唤帅哥，这可苦了铁成、姚迅，一边一个拉着，还抵不过她的力气。

回孟扶摇的宅子需要经过一片小巷密集的平民住宅区，孟扶摇熟门熟路地在那些巷子里穿行，不停地数着地下掠过的那些影子，突然在一个巷与巷的拐角处撞到了一个人。

“哎呀，美人！”孟扶摇捂着鼻子，闭着眼睛道歉，“哥哥我不是有意撞上你的胸的……”

“扶摇——快逃！”极低极低的话声，轻得仿佛一缕月光、一抹风，就那么突然撞入孟扶摇的耳中。

她一怔，有些迷蒙地抬起双眼，那人已经和她擦身而过，快得也像一抹掠身而过、从不停留的风，转眼消失在小巷的深处，只留下一抹淡淡的、熟悉的气息，带着点她曾经流连过的阳光的味道。

孟扶摇的眼眸，突然便更黑了几分。

她随即发觉，今夜是个十分闷热、将雨而未雨的天气，空气中有淡淡的烟气飘散盘旋。那些湿润的烟气重重地挤压在狭小的窄巷空间内，如铁板般挡着四周的天。

头顶的天，不知什么时候，那点昏黄的月色已经不见。

孟扶摇突然跃起。

她跃起，抬腿，一脚先将姚迅踹了出去。姚迅猝不及防，瘦长的身子风筝般飘了出去。他轻功极为了得，半空中一翻身，便待越过巷子的墙，却没能越过去。

烟光一展，天色一暗又一亮，四面都起了淡黄浅灰的烟气，遮天盖地，如锦幔一般扑了下来。

哧——

第一百零四章

天上人间

烟杀！

死老头养好伤了？他居然不顾身份，在这暗夜黑巷里意图伏杀她！

孟扶摇眼底闪过一丝轻鄙——十强者个性再古怪，好歹都风标独具、自有宗师风范，这个烟杀，留在十强者之列实在是个败类，清除之！

烟气越来越浓，隐约有桀桀笑声刺耳刮心，孟扶摇竖眉，大骂：“哪家的老鸹子半夜学鸡叫，还让人活不！”

“女娃子永远这么不知死活。”烟杀桀桀的笑声还是那样忽远忽近，“老夫最近有些杂务耽搁了，今日才寻着时间来取你狗命。痛快点，自裁吧！”

“行！”孟扶摇挑挑眉，醉醺醺地扔过去一块烂砖头，“痛快点，用这块板砖砸上你的脑袋吧！”

“哼！”烟气一浓便收，半空一展，收束成棍，霍然横扫！

呼！

漫天起了大漠黄沙般的旋风，一半从天降，一半从地起，如同兜天兜地掀起的一床巨大的毯子，铺天盖地、不管不顾地对着孟扶摇和她身后的护卫们当头罩下来。那“毯子”如此巨大，覆盖了周围方圆里许，孟扶摇身边那几个人与之相比有如蝼蚁，往哪个方向逃窜也逃窜不开。

孟扶摇也没有逃。她突然抬头，古怪地笑了笑，这一霎她的眼神极亮，如束光劈裂了那混沌的烟雾，哪有一分刚才酒醉的痴茫？

“老狗，你上当了！”

喝声未毕，她突然一拳击在了身侧小巷的墙壁上，轰的一声，墙上的“砖块”齐齐掉落，露出里面乌黑的生铁。她脚一踢，站立地方的地面突然下陷露出一个深洞，孟扶摇立即和护卫们跳了下去，随即大笑道：“请君入瓮！”

她落在那个早已布置好的陷坑里，伸手一扳机栝，轧轧连响之中，整条“小巷”墙灰剥落，竟然全部是生铁板连接制成。随着机括运作，那些铁板迅速翻起合拢，将立在“小巷”中央、正在运功的烟杀裹在正中！

烟杀发出一声刺耳的怒吼：“无耻！”

孟扶摇无耻地微笑着，一伸手从陷坑里取出早已准备好的长枪，和护卫们齐齐跳出——这铁板阵只能困烟杀于刹那之间，要宰，就要抓紧时机！

铁板阵连接缝隙之间，烟气明灭、一闪一暗，烟杀转瞬就能冲出！

孟扶摇脚一踩陷坑边缘，飞身而起，飞到一半，身后铁成一声大吼，横枪一扫，在孟扶摇脚下一点，送她旋风般直上五丈，落在铁盒子之上，孟扶摇立即用长枪闪电般向下一戳！

姚迅、铁成和护卫们也奔了过来，在地面上齐齐扬手一掷。清一色的长枪交错飞舞，在铁盒的盒身上穿插而过。

一声厉号，烟气一烈，轰然大响声中，铁盒炸开，碎成千万黑色铁片，飞舞在夜色中。

哗啦！

苍穹之上突然亮过一道炫目的白光，在乌黑的层云之上如金蛇狂舞，云层似乎也被震了震，震出些零星的雨滴来。先是细碎的雨星，随即便连绵成片，被风吹得四处摇荡，荡出满天的晶莹水光来。

遍地都是黑色碎铁，落了雨，闪着些诡异眼睛般的色泽。潇潇雨幕里，地面上的水很快汇集成小小的溪流，向四面八方延伸开去。那些溪流里，有一支，是淡淡的红色。

烟杀立在那里，肩上有一个深深的血洞，膝上也有血，鲜血正突突地冒出来，将土黄的长袍染得颜色浑浊。

他脸色铁青地立在那里，深呼吸。随着他的呼吸，他脸上的烟光忽明忽暗，每次暗下去再亮起来的时候，那烟气便重上一分。看得出来，他接连两次在孟扶摇手下受伤，已经动了真怒，大抵是想要拿出压箱底的杀着了。

孟扶摇却不会给他这拼死一击的机会。

她低低一笑，弑天一闪，带着月白色的微光，大风鼓荡地扑了过去。

风起，日升，月盈！

继真武魁首之争最后一战之后，孟扶摇第一次在实际对战中使用了自己融合了大风、日升、月魄真力的功法，三大真力在她这段时间的苦练中更加融会贯通，淙淙如流泉、浩浩似江洋，所经之处，风声不烈、光芒不显，却气息窒人、寒光摄心，那些起落转承、点射劈捺，比寻常人所能达到的极限还要再快上三分。

快！武之真谛，就是快。在真力雄浑、超越自己的人面前，追月蹑风、瞬息万变，永远不能给人摸到自己的轨迹！

孟扶摇化成了光和影，化成了腾腾刹那千万里的旋风，游移盘旋，来自无限广大，去向中心却唯一——烟杀的所有要害！

烟杀已经无法和她比快了。他受了伤，行动受碍，肩上那一记犹重。那是孟扶摇下的杀手，寻常高手早已被一枪捅穿，更关键的是，那枪之上，喂了毒！那翻腾合拢的铁盒子四角之上，喷了毒！

他中了毒，受了伤，被逼着和孟扶摇一战。

铁成等人要上来助拳，被孟扶摇一瞪眼睛骂了回去："这样子还要你们帮，我也别活了！"

她百忙中眼光瞥过对面屋舍的檐角，那里施施然高坐一人，浅紫衣袂飘散于半空之中，居然还闲闲地撑起了一把伞，他膝上蹲着观战的某白毛飘扬的大人。一人一鼠，微笑着一动不动，只用目光笼罩着她。

那个一直放她飞、却又始终纳她于自己关怀视野中的人。

孟扶摇微笑，回首，安安心心地去打架、去杀人。

那两个，高踞檐上，安安心心地袖手看她打架、杀人。

烟杀雨夜伏人反被伏，势竭；猝不及防之下先中毒后受伤，身竭；遇上精力充沛、有备而来又打法凶悍的孟扶摇，力竭。

再强的强者都有一个限度，三势已竭，只好，气竭！

第三百二十八招。

烟杀掌中挥舞如飘带的烟气越来越细，孟扶摇突然一个虚招，以一个极其繁复、复杂的手势——来自那晚看长孙无极和太妍对战时的心得——那般眼花缭乱地一舞，烟杀抬手一封，手突然落了个空。

与此同时，孟扶摇却步转身，黑发如大幅乌缎扬起，在雨丝中那般瑰丽地一扬，落下时她返身一撞，流星狂风般一撞，直直地背向烟杀，撞进了他怀中！

极其大胆古怪的一招，烟杀从没想过对面战斗中有人竟然敢将后背的空门完全露给他，并将空门彻底送上门。

烟杀怔了怔，很要命地怔了怔。

嚓！

黑刀如极光，在雨幕中一闪。

孟扶摇手一扬，拔刀，刀身带出鲜血如流泉，在这午夜细雨中激射而出，如惊鸿般拉开，瞬间跨越黑暗，再被雨丝刹那浇淡，虚化般慢慢消弭，如一场夜色里无声落幕的生命之舞，刹那惊艳，却终归寂灭。

雨落无声，两个人都湿漉漉、血淋淋的，孟扶摇还背靠着烟杀的前心，感觉那身体迅速冷了下去，那些缭绕不尽、缠黏不休的烟气，都像是突然从那个贯穿前后腹的伤口中泄尽了。

她扬眉，抬腿后踹，砰的一声将那个如麻袋般的躯体踢了出去。那沉重的躯体被踢得飞出，在雨地上一滑数丈，淹没在了水泊里。

淡红的水流在地面上到处蜿蜒，那些血和平常人的血一样颜色，似乎没有因为死者身份惊人而有所区别。

十强者之一、名动天下三十年、属于传说和传奇的人物烟杀，竟然于这样一个最平凡的雨夜死于陋巷、死于一个年仅十八岁的少女手中。

这一战如若有人眼见，必将不敢相信自己的眼睛。

不过还是有人亲眼看清楚了一切——前方黑暗处，燕惊尘缓缓回首，眼里一片幽暗。他看见了整个对战过程，从烟杀出手到中埋伏，从孟扶摇对战到烟杀被杀。

他怔怔地站在那里，难以置信地望着那一片黑暗的虚无，似乎什么都没看见，却又似乎看见了命运的森凉和仁慈。

他微微仰头，看着雨中拄枪而立、一手持刀含笑回望的少女，她衣袂和长发飞扬，纤秀笔直的身影如天之神女，周身的气质温暖又凌厉，没有盛气凌人的傲然，却依旧令人觉得光芒璀璨、不可逼视，令人觉得自惭形秽、不可靠近。

不可靠近了……他曾经的孟扶摇！

他仰望着她，自真武之争她展示了破九霄之后，他再一次感觉到了距离的遥远和缘分的冷漠。那个女子，那个立在光影中的女子，从此只能成为他生命里高悬的画卷、飘摇的灯光，他看得见那般高而远的美，却永不可触及。

她已走得离他太远。

哪怕他不惜此身，哪怕他陷身污秽，哪怕他牺牲一切那般奋起直追，却最终不配摸到她的衣角。

她生来就该属于人世巅峰，那高处俯瞰、威凌天下的绝顶，玄元山上的那场爱恋，只不过是命运给他恩赐与她一遇，他竟没有机缘奢求更多。

那些相思的胭脂扣，扣住的始终是注定被远远落下的自己。

他的目光，缓缓落在了雨巷里烟杀的尸体上。

那是他的师父，他的恩人和仇人，他以为自己一生都不能脱离他的需索和羁绊，如同一生都不能摆脱那些暗夜低靡污秽的痛苦，然而今日，因她的手，他解脱了。

他得以解脱，他知她的苦心——她杀了他的妻，再杀他的噩梦以补偿。

这般恩怨分明而又悲悯其中的补偿!

而他，从此后是继续缠绕着痛苦，还是放开着忘却?

燕惊尘立在雨中，衣衫尽湿。他看孟扶摇放下枪，看孟扶摇抬起头，看孟扶摇的目光带着他从未见过的笑意落向对面屋檐上那个观战的男子，她眼神温软而快乐，一笑间神光离合。

那个男子撑着伞，微微倾身浅笑下望，看她的眼神沉静而包容，博大如四海宇宙。

那相视的一瞬，燕惊尘突然觉得自己在无限缩小，缩成了天地间浮游的微小尘埃。

他默然立在雨中，最终慢慢走向烟杀的尸体。他和孟扶摇擦肩而过，没有回头，只是蹲下身，抱起了烟杀的尸体。

那苍老的身体在他怀中彻底松弛，再也不能给他造成任何伤害，而那些纠缠爱恨，终将如同这老去的肉体，归于尘土。

燕惊尘抱着烟杀站起身来，无论如何，师徒一场，他有责任葬了烟杀。

他抱着烟杀一步步远去，自始至终，没有回头。

孟扶摇立于原地，看着那人的背影渐渐沉入黑暗，眼底平静，眼中光芒闪烁。

燕惊尘，恩怨今日终了，但望你能走好以后的路。

身后，铁成他们在收拾那些铁板碎片。这一带的民房其实都早已被孟扶摇买了下来，在更远处圈了围墙禁止人进入，并在夜间赶工，生生在一条宽巷子内布置出了这个铁板制造的假巷子。这个巷子整个就是一个机关，孟扶摇佯醉在墙上扒扒、在树上伏伏，其实不过是在一一启动那些机关而已。

在磐都郊山上养伤练息刚刚赶回来的烟杀，一回磐都就进入了她的视线。她买醉寻欢，等他也已很久。天时、地利、人和一样也占不着的烟杀，如何能够不败?

一柄天青色的油纸伞轻轻移上她的头顶，遮挡了那方潮湿的天空。伞下那人的宛宛笑颜，温柔和煦，涂亮了森凉的夜色。

孟扶摇仰起头，对他露出一个尘埃落定的笑容。

天煞千秋七年，八月初三，夜，天煞大将占克己大军夜渡沂水，试图偷袭苍龙大军，却被根本没睡、严阵以待的战北野当头一击，泅水而来的敢死队从岸边冒头时，迎面便撞上了黑风骑森凉铁黑的长枪之尖。

八月初三，夜，十强者之一烟杀被杀，死讯震动天下。消息传到其他几位十强者耳中，人人震惊。其中那对追逐了三十八年的爱侣互视一笑，同时想起了落凤山上那个强悍而坚忍的少女。

满头银发的美丽男子，慢慢说了句日后全天下都在不断传扬的话，“这只是个开始。十强者君临天下的时代终将过去，而新的超越者，终于诞生。”

下一个目标，战北恒!

天煞皇族早先子嗣不少，但是在长久的政治倾轧中渐渐凋零，老二、老四、老八、老九统统英年早逝。战北野如果不是有他那个深谋远虑的睿智外公，早早将他外放到葛雅，只怕也早已尸骨无存。老三战北奇死于长瀚山后，现在战南成身边剩下的，只有一个战北恒。

作为战南成身边存活最久甚至还颇受信任的唯一皇子，战北恒自然不会像他表面展示出来的那般平庸无能。据孟扶摇对他的观察，此人阴柔奸狡、城府颇深，而且，很能忍——雅兰珠曾是他订亲的妻子，却生生抛掉和他的婚约追逐战北野，她自己成为天下笑柄的时候，他又何尝不被连累?然而这个恒王真的很恒，不仅若无其事地同意退婚，甚至退婚后再见雅兰珠时也只当陌生人，真武大会两人见面，战北恒一点不豫的神色都没。

这样的一个人，留着是个祸根。有他在，孟扶摇就算杀了战南成，也有可能是为他做嫁衣裳，所以孟扶摇早已决定了，要杀战南成，先宰战北恒。

杀他的方式——借刀!

现在的孟扶摇是战北恒手下的将领——战北恒代管天子御营，是孟扶摇直属上司的直属上司。他圣眷隆重、门庭繁华，日常拜会、求门路者络绎不绝，以至于门口的石狮子被等候的各地官儿倚靠摩挲得黝黑铮亮，干脆换了一对铁狮子，号称铁狮之门王公。像孟扶摇这样下属的下属，恒王殿下是不会有空理会的。

孟扶摇上门拜会了三次，三次都被鼻孔朝天的门政留下拜帖，人却没见着。她也不急，回来和长孙无极说起，这家伙恩宠这般重，也算皇朝异数。长孙无极却道："战北恒近来的恩宠是否犹重了些？"

孟扶摇想了想，说："是啊。"

"由来鲜花着锦、烈火烹油，盛极必衰。"长孙无极微笑，"自古无终生不易的君臣，战南成这是对战北恒起了疑心了。"

孟扶摇转转眼珠，扑到长孙无极膝下，仰头好纯洁地看着他，"殿下，扶摇忠心为主，对无极从无二心，如今改投门庭，也不过是权宜之计而已。看如今殿下这般恩宠我，莫非我也死期将至？求殿下莫要恩宠，莫要恩宠……"

一桌子人齐齐喷饭，雅兰珠喝道："孟扶摇，你好生无耻！"

长孙无极抬腿虚虚一踢，笑道："滚你的吧！本宫看到你就讨厌，你还可以祸害千年。"

孟扶摇哈哈大笑，摇摇晃晃出去了，第四次奔至战北恒门前。她也不投拜帖了，在战北恒家不远处的巷子里堵着了守门的门政，二话不说就狠揍一顿，揍完道："叫你瞧不起我，不给我进门！老子以后见你一次揍你一次！"

门政哭丧着脸，"孟统领，这个……这个……不由小人做主啊……"

"瞧不起老子？老子叫你破财！"孟扶摇骂一声，吩咐，"等一下我去拜会，你接了拜帖，须得好生隆重谦恭地将我迎进去，在候见处侍候我吃茶说话，也不用再递帖子给恒王，只要做到这个就成。以后但凡我来，都这样办理，我便不揍你。"

不用递帖子，去见恒王干什么？只为了在候见处吃茶说话？门政想不通，不过孟扶摇这个要求对他来说反而轻松，急忙应了回去。过了一会儿，孟扶摇两手空空地晃荡而来，帖子还没递，呼啦一下大门便开了，门政殷勤地挤过人群迎了出来，一个躬深深地弯下去，极尽礼仪地将孟扶摇迎了进去。等在门口晒着骄阳的官儿们霍然扭头，齐齐看着孟扶摇——这小子牛！恒王府家奴的眼睛一向长在头顶上，什么时候这么客气谦恭过？八成是恒王的亲信！

过了一会儿，孟扶摇在门政的恭送下摇摇摆摆地出来了，高声大气地道："突然想起有急事，先去办了。恒王这里，等一下再来听候传换吧！"

众人一听，更觉得牛——想走就走、想来就来，和恒王交情非同一般啊！

呼啦一声，这些苦于不得其门而入的官儿齐齐拥上，孟扶摇走不得几步便被包围。一张张艳羡讨好的脸凑近来，七嘴八舌，口沫四溅。

“敢问将军尊姓？”

“在下齐县首府刘某某，见过将军……”

“将军英姿勃发、意态非凡，在下一见便觉倾心，渴盼接纳，将军可有闲？今夜南市望琼楼席开一桌，请将军赏光……”

……

孟扶摇眉开眼笑，道：“日头晒啊，边上说话，边上说话。”

于是到边上说话，说不多时便被塞了满手的礼物，大多是请托她“代为向恒王殿下美言几句”。有些官儿还扯着她的袖子涕泪涟涟，“可怜我在京多日，至今未见着殿下一面，眼看盘缠用尽，还未谋得一个实职，孟大人帮着则个！帮着则个……”

“好说！好说！”孟扶摇一一笑纳，塞着满袖子的金银珠玉，满载着众官儿期望的目光，扬长而去。

隔一日，换个时辰再来，照样照此办理，照样揣了一怀的礼物回去。

再一日，继续来收礼，此次背着个筐……

孟扶摇接连在恒王府门前收了几日礼，再去的时候，那被揍得和她演双簧的门政看见她，急急迎上，“孟将军，王爷在花厅等你。”

孟扶摇哈哈一笑，回头吩咐：“将我的礼抬上来！”

护卫们抬着好大一个箩筐，尽是她这几日收的礼。战北恒在花厅里等她，见了那箩筐忍不住失笑道：“孟将军好大本事，竟然在本王府门前收本王的礼！”

孟扶摇将手一引，“原物璧回。”又笑，“不如此，王爷焉得见我？”

两人相视大笑，战北恒命人看茶，“世人只知孟将军武艺无双，不想心思亦如此慧黠。”

孟扶摇一笑，道：“不过讨王爷一笑而已。王爷帐下能人异士多如牛毛，寻常行径怎能入得您的眼？无奈之下，只好做此惊世骇俗之举罢了。”

战北恒眯眼看她，眼神收缩如针尖，一丝笑意也没有，“将军是陛下驾前红人，据说龙虎大将军之位都是为将军虚位以待，本王不过是一区区闲置王爷，什么也给不了将军，将军为何要费这许多心思，硬要投本王门路？”

“为将者以吞吐天下为志耳，青云之路，谁可给谁不可给，自然自己清楚。”孟扶摇咕噜咕噜大口喝茶，笑，“王爷说自己给不了，属下却觉得王爷可以给属下更多。”

“你好大的口气！”战北恒变了眼色，阴冷地注视着她，“我还能给你什么？你想要的是什么？”

“哪有自己什么都不献上就先问人家要东西的道理？”孟扶摇对他蛇般的目光视若不见，满不在乎地笑，“属下想和王爷要什么，现在说还为时过早。属下寸功未立，就想和王爷要东西，怎么好意思？这样吧，属下先送王爷一个小小的心意。”

她起身凑近战北恒，附在他耳边，微笑，“王爷命不久矣！”

“你们没看见战北恒当时的模样，”孟扶摇啃着骨头，眉飞色舞，“就像是屁股下突然生了根刺，差点跳起来撞到我的下巴。”

宗越闲闲地喝茶，他一向是孟扶摇一说话就端着饭碗到旁边去吃，此时头也不抬地道：“孟扶摇，拜托你啃骨头时专心点，牙硌掉了我可没法子再装第二次。”

孟扶摇黑着脸回头瞪他，“江湖游医，拜托你不要揭人疮疤好不好？”

“你满身都是疮疤，也无所谓揭开哪个。”宗越突然将茶杯一搁，问她，“我用雪莲泡着的那半个月魄之宝，你给弄到哪里去了？”

孟扶摇怔了怔，这才想起那东西好像某日被长孙无极拿走了，至于拿到哪里去了——她一向不甚在意身外之物，何况既然长孙无极拿去，爱拿多少就拿多少，她想都没想过要追问下落。

她下意识地要去看长孙无极，目光转到一半就收回，眼观鼻、鼻观心地道：“啊……那个啊！我怕老鼠偷吃，换个地方放着了。”

“这里的老鼠只有一个。”宗越冷笑。

元宝大人翻翻白眼——我不是老鼠，我不是老鼠，还要我说几次！

“我拿了。”说话的自然是长孙无极，他神色平静，“我拿去观察药性了。”

“观察药性？”宗越立即转过头来，对着他冷笑，“无极太子才华绝世，但我没听说过你连药理也是天下第一。”

“医术天下第一自然是你。”长孙无极还是不动气，“但是医术天下第一，不代表用药天下第一。”

“你这话是什么意思？”宗越在椅上直起腰，脸色白如霜雪，素来温和干净的气质霍然一变，眼色浓得像深霾聚集的夜色，“你是说，我用药错误，在害扶摇？”

长孙无极不说话了，也开始喝茶。

孟扶摇听到这里也呆住了——长孙无极什么意思？难道说宗越用药不对？怎么可能！

自己这两年受伤无数，哪次不是让宗越给治好的？有些伤重得换成谁也得损伤真元，在宗越手底，却一直没有真正动摇到她的根本，甚至还固本培元。破九霄以最快的速度步步精进，连大风、月魄的真力也顺利融合，要是有什么不妥，自己不是早就死千万次了？

她担心地看看宗越——他性子看似温和，实则高傲，在医术一道独步天下已有多年，向来为世所尊崇。此刻长孙无极这个说法直指他的医道，可以说是极大的攻击，其严重程度，不啻攻击某身高八尺的壮汉不能人道。

“喂，别说了……”她拉着长孙无极的袖子，“那什么，我们去睡觉吧……”

话一出口她便咬了舌头，哎哟一声捂着嘴欲哭无泪——真是倒霉，一急连话都不会说了，瞧这话说的，真没水平……

偏生那个向来有机可乘就绝对要乘的家伙立即回眸，微笑道：“好，等这事完了，我们去睡觉……”

……

宗越依旧站在那里，笔直地看着长孙无极，沉声道：“太子殿下还没回答我的话。”

长孙无极垂下眼帘，半晌皱了皱眉，道：“宗先生，你我既然都无害扶摇之心，有些事也便点到为止吧。我乏了，失陪。”他站起身，转身欲走。

铿！

一道白光拉出，弧线流畅的弯刀，森冷地横在了长孙无极身前。

慢慢垂眸看了看直对心口的刀，又看了看漠然持刀而立的宗越，长孙无极一摆手，拦住了欲奔出的孟扶摇等人，也拦住了屋外一直潜行守护的隐卫，轻轻笑道：“宗先生，刀不是用来对着朋友的。”

“在下不配为太子殿下之友。”宗越淡淡道，“而且在下一直很讨厌太子殿下的某些习惯——永远话说半句，永远居高临下，永远做出悲悯施舍的德行——被悲悯施舍的人甚至都不明白自己为什么就被悲悯了。”

孟扶摇默然，想着长孙无极暗指宗越用药错误，又什么都不解释地拔腿就走，生生将宗越那口气堵在了那里，竟是不给他自辩的机会，难怪宗越会生气。

她这里想着，脸上便带出了点不以为然的神色。雅兰珠和云痕的表情和她也差不多，只有元宝大人冲出来，又开始叽里呱啦地指手画脚，孟扶摇看着元宝大人，一把抓了它塞进袖子，“别添乱！”

长孙无极突然转眼看了看她，这一刻他的眼神有些奇怪，似是无奈，似是叹息。

他默然半晌，突然伸指轻轻推开那柄刀，慢慢坐了下去，道：“宗先生一定要我说吗？”

“有何不能？”宗越平静地答。

“我只问宗先生几个问题。”长孙无极一旦下定决心便不再犹豫，淡淡道，“扶摇在落凤山受伤后，体内被云魂真气涤荡，是不是曾出现过真气不稳的现象？”

“是。”宗越答得爽快，“不过我自然为她治了伤，甚至用了千佛灵草给她去除瘀血。太子殿下觉得这有什么不对吗？”

他语气挑衅，长孙无极却根本不理会，又道：“那好。那么扶摇参加真武大会第三轮时，突然出现了强行越级提升真力，并险些在台上爆血而亡，还是云公子以寒阴内力强自压下，这个宗先生应该也知道吧。”

宗越目光闪了闪，颔首：“对。我也没忘记在为扶摇平血疏脉的同时，将那份不属于扶摇真气的寒阴内力去除——你到底要说什么？”

“我只想问一句话，”长孙无极一笑，“扶摇是怎么将大风、月魄和她自己的真力顺利融合的？”

宗越张了张嘴，想要回答，突然似想到了什么，脸色一变。

“扶摇在那段时间内连受重伤，根本没能好好休养，但是她的真力居然还在以神速增进，甚至违背常规，提前很久便将三种顶级真力融合。”长孙无极说得飞快，“人的精力有限，不可能处处顾及，长于此处必弱于它处。她真力飞速提升，那么经脉呢？那些受损的经脉又在什么时辰修复？那些经脉不是铁树，刀砍剑斩之后还能继续生长，就算是铁树，经历那般连续的戕害，也必会伤及根本。”

他道：“所以我想问宗先生，这等神迹、这等违背真力生长流转规律的进境，扶摇是怎么做到的？”

他道：“我想问宗先生，听没听过揠苗助长、过犹不及的故事？”

宗越安静了下来，脸色连变几变，原先的白如霜雪更白上了几分，增了透明之色。灯光浅浅地照了过来，照得他的眼神清透又迷蒙，如灯前一盏清冽而又波光荡漾的酒。

孟扶摇又一次听呆了。

难怪她一直惊讶自己的进境速度，死老道士号称绝世奇才，也比她晚了整整六年才进入破九霄第六层；难怪她一直觉得真力不稳，总在晋级后要花比修炼更多的时间来稳固真气；难怪她常常疑惑，自己不停地受伤，而且还都受的是重伤，寻常人养伤需要日子，养伤期间真气都会停滞进境，自动选择保护体内经脉，她却好像连养伤都在进境——原来如此！

宗越用药压下了她的经脉之伤，使她的身体机能自然而然地选择修炼而不是保护内腑。可是也不对啊，如果她经脉真的一直没能好好休养，现在早该出问题了，为什么她还能基本如常？无论如何，她坚决不相信宗越会害自己，他这样做，何尝不是为了保护自己？如果不是在真武大会期间顺利晋级并融合，她应该早就输了吧？

此时一室沉默，众人都呼吸粗重地看着宗越。宗越自己倒渐渐平静下来，半晌居然一笑，道："是，长孙无极，我承认你问得对，但你又怎么知道，我就一定没有解决的办法？"

"我知道宗先生有恃无恐，应该心中有解决办法。我也知道宗先生从无害扶摇之心，所以我存疑已久，却从未提起。"长孙无极仰首看着窗外斜枝摇曳的花，眼中有温软的神情，半晌轻轻道，"只是宗先生，无论如何，这种办法毕竟冒险，万一扶摇哪次出了岔子，而你又不在，到时可如何是好？将扶摇置于险地，我心不安。"

"扶摇没有足够强大的武功，更会让人不安！"宗越立刻反驳，"她那个性子，爱招惹祸事，一生都在冒险受伤，等她不时停下来休养、按部就班地修炼，她如何来得及有足够的能力应付一次又一次险境？何况她到现在都控制得很好，并没出问题，连我准备好的办法都还不需要用上……"他突然停住，慢慢地睁大眼睛，这个一直温和平静的毒舌的男子，脸上第一次出现了惊讶了悟的神情，"是你……是你——"

长孙无极立即打断了他的话，直起身来走了出去。经过他身边时，突然侧首道："我只是不明白，先生一向沉稳，为什么在这件事上，会如此急切？"

清清淡淡的一句话，却仿佛巨雷突然劈在宗越头顶，他竟然就那么僵住了，僵在满室灯火下。他的脸色一变再变，终于变得惨青，那青中又生出白来，如霜般薄薄挂了他脸上一层，以至于在灯下看过去，他就像个突然被风吹得冻住了的纸人。

满室静寂，几个人都不知道长孙无极那淡淡的一句话到底戳到了宗越哪里的痛处，竟然让这个温雅的人突然变色如此。

孟扶摇愣在那里，直到被雅兰珠扯了扯袖子才回过神来——无论如何，这场争吵是因她而起，她有责任劝架。

孟扶摇轻轻走过去，拉着宗越，低声道："我知道你是好心……"

宗越突然一拂袖，重重地拂开孟扶摇。他用力如此巨大，孟扶摇猝不及防，连退了三步，云痕和雅兰珠齐齐上来扶。云痕怒道："宗先生，你何必迁怒扶摇！"

守在窗外的铁成二话不说，跳进来就是一刀。孟扶摇连喝："住手！住手——"宗越又是一袖拂了出去，将铁成甩了一个踉跄，刀飞出手，插在了凳子上，险些戳到雅兰珠，又是一阵鸡飞狗跳。

宗越却已经平平地飞出窗外，白衣如雪的身影如一片经了霜的柳叶，那般轻而疾地越过长空，瞬间没入了溶溶月色中。

孟扶摇追出去，他的身影已经不见。她顿了顿脚，不知道好好的一顿饭怎么就成了这样。她一转身，看见元宝大人居然没走，正蹲在地上瞪着她。

孟扶摇看看它，它看看孟扶摇。孟扶摇向左走几步，想绕开它，元宝大人立即也向左移了移；孟扶摇向右绕，元宝大人立即也向右移了移。

总之，它坚决要堵在孟扶摇的必经之路上，坚决要让孟扶摇看见它的存在，坚决要让孟扶摇看见它纯洁无辜的目光，由此衍生出对它主子的愧疚之心。要知道，孟扶摇这种无耻的生物，不提醒她，她是不晓得惭愧的。

孟扶摇终于忍无可忍，一脚把它踢飞了，然后大步迈向长孙无极的居处——由第三进院子的某个房间的暗道下去再穿过暗道进入另一个院子……好麻烦！

真的勇士，要勇于直面自身的错误，她孟扶摇，向来是个女勇士。

她门也不敲，大咧咧进去了。长孙无极好像睡了，室内没有点灯，黑黢黢的，只能隐约看清床上人的轮廓。他似是侧身睡着，以肘支枕，呼吸安详，满室里飘移着那般绵长而令人沉湎的呼吸。孟扶摇也宁静下来，静立在黑暗中，听着那人的呼吸声，只觉得心情幽谧，岁月静好。

她突然微微笑了起来，觉得解释不解释、道歉不道歉，真的不那么重要了。无论如何，长孙无极是知道她的，而她也是知道长孙无极的。那还有什么好说的呢？

她转身，轻轻向外走去。

身后突然传来懒懒的语声，带着笑意，道：“夜半闯人睡房，什么事都不做便走？”

孟扶摇回身，笑，“美人，大爷我不忍辣手摧花。”拍拍屁股就准备溜。那家伙突然语气幽幽地起身，轻轻一声叹息。这声叹息像锁链似的捆住了孟扶摇的脚步，她的手扶在门框上，艰难地、一脚门外一脚门里地扭头。

长孙无极在榻上翻了个身，面向她伸出手，“来，给我抱抱。”

孟扶摇拔腿就走。

“一个被你冤枉的人，想要个安慰的拥抱都不可以吗？”

孟扶摇踉跄了一下——为什么有人就这么擅用怨妇攻势呢？还有，孟扶摇，为什么你要长良心这种东西呢？

长孙无极招招手，一股柔力涌来，把那个良心泛滥的家伙拖到了自己身前，顺手抱住。

手一抬，抽去孟扶摇的发簪，光滑的乌发顿时泻了满身满床。

长孙无极埋首在她发间，满足地无声厮磨了一阵，才低声道："怎么想起来过来的？"

孟扶摇挣扎着呜呜噜噜地答："元宝逼我过来的。"

"哦？你自己就没有一点点想要过来？"长孙无极笑了，目色在黑暗中柔和如一朵将开未开的花。

"我只是想问你，"孟扶摇终于抢到了呼吸权，仰头大吸了一口气，才道，"我之所以没有出现问题，是不是你一直在替我调理经脉？"

长孙无极笑而不答，慢慢捞过她的头发，用手指将一小束纠结在一起的头发理顺，道："拜托你束发前先把头发梳顺了，你瞧你，散开后就头发打结。"

孟扶摇咬唇望着从来不肯承认自己为她做过什么的家伙，眼眶微热。最近他气色看起来有些不好，脸色总是有些憔悴，她还以为他是忙于国事累的，不想还是为了她。

只是，如果仅仅是调理护持经脉，会让他这个牛人累成这样？

孟扶摇细眉蹙起，正想问什么，忽听一阵沉厚悠扬的乐声远远传来。

那曲调古老哀婉、音色古朴醇厚，有种洗尽沿华、谢罢舞裙的纯朴之美，如古道飞雪中细吹清伽，阴山雪花扑面而来，抬目所见之处，大漠苍茫、天地一色。于这一刻中回思江南温软，淮扬柳、谢家燕、小桥流水落桃花，前尘未记，恍如前生。

这音色非箫非笛，不同箫的清越、笛的明亮，却别有一番回旋的滋味，如口中苦茶，品久了便品出沧桑与韵味来，一层层在舌尖盘旋不去，直入心底，让人想起那些如茶滋味般跌宕起伏的命运和人生。

两人相拥着静静地听，一曲终了，孟扶摇已微湿了眼眶。

她喃喃道："埙……我居然亲耳听见了埙曲……"

长孙无极若有所思，突然轻轻推了推她，道："去吧。"

孟扶摇起身，对他笑了笑，直直地走了出去。

循着那声音，穿过院子，过了花园是一座凉亭，凉亭顶上，白衣如雪的男子向月吹埙，金红色云龙纹的古埙在他掌中闪烁着华丽而沉厚、久经岁月积淀的神光。

他白衣垂落亭檐，飞燕似的无声飘舞，似一些久经埋藏的心事难以出口，意图以某些手势来沉默地说明。

孟扶摇跃上亭顶，静静地在他身侧坐下，无意中一侧头，宗越立即也侧过头去。然而孟扶摇竟然于这刹那之间，捕捉到了他脸颊上一抹淡淡的反射月色的亮光。

那是……泪光？

孟扶摇心跳了跳，宗越竟然在流泪?

这个温和却风骨自生的男子，她从未曾想过，这一生会看见他落泪。

宗越已静静地开口。

他道：“今天是汝涵的忌日……她已离去七年。”

第一百零五章

时光之错

孟扶摇的心又跳了跳。

汝涵是谁？他的……妹妹？爱人？

她沉默着，不想开口问。宗越既然已经提起，那就是终于愿意主动和她谈起过去，她只负责听就好。

“她是我的未婚妻子，与我指腹为婚。小时候我是不喜欢她的，那么一个黄毛丫头，大户人家的女子，竟然喜欢舞枪弄棒。她看起来也不喜欢我，当众说我手不能提篮、肩不能担担，是十足的废物。我们曾经一怒而别，发誓娶谁也不娶你、嫁谁也不嫁他。”

他笑了笑，抚摸着手中的古埙，眼神遥遥地投向深远的天际。那些两小不无猜、青梅恨竹马的日子，早已压成了旧书中一枚薄薄的树叶书签，透着年华的苍老经络，枯脆易碎。以至于他从不敢轻易撷取，害怕在指端触及的那一刻，啪的一声，就化为永久的记忆粉尘。

“后来，那一年，我家中……遭变，家里人死的死、逃的逃，我在家族护卫的保护下日夜驱驰三千里，死里逃生无数次，终于逃得一命。当时对头势大，无人敢为我家喊冤辩白，其实那也是常理，世人明哲保身，何错之有？

“很久很久以后，我才听说，在我家势败之后，还是有人站出来说过话的，那就是她。

她背着从我家废墟里找出的先祖功德碑碎片，一步一步背到我仇人家里，然后当着他的面将碎碑掼在地上。在尘灰漫天里，她戟指大骂：‘三代以上、先祖圣灵之前磕头盟誓、永不背叛的兄弟，竟至悍然操刀！公忠贤德者薨、谋权篡夺者王，昭昭日月，不照精诚！’当时满庭人人变色，唯她颜色不改，又道，‘我为越之未亡人，亦是该杀之列，请杀！’被我那仇人当堂拒绝后，她又负碑而去，绕闹市三周，于众目睽睽中笑称：‘聂汝涵必杀此獠！’”

负碑闯殿、闹市显冤，那个逝去七年的铮铮女子，从淡淡几句话里迈步而出，依稀红颜风骨、风标绝世。宗越眼底泛起浅浅的水光，孟扶摇忍不住合掌一赞，心驰神往，“好女子！”

宗越欣慰地看了她一眼，低声道：“我就知道你会喜欢她，你们有些地方，很像，不过相处越久越发现不同。只可惜她不似你能屈能伸、刚柔并济，她太过刚而不折、矫矫不群，不然也不会……”

他声音低了下去，孟扶摇叹息一声，抱膝望月无言，心底却掠过一个疑问。听宗越那口气，他那仇家应该是个势大的狠人，为什么聂汝涵挑衅如此、公然辱骂，对方依旧没杀她?

“当时我却并不知道她做了这些，我甚至以为她和我那仇人是一丘之貉。当时国内贵族都知道，聂汝涵名为聂家千金，实则却是我那仇人托养于聂府的私生女。不过汝涵自己不知道，她性烈如火，没人敢告诉她。自此后她真的开始不顾家人阻拦，四处拜访名师学艺，要学成武功代我报仇。聂家人拿她没办法，便去求助她那亲生父亲。我那仇人便命人找些假冒的‘名师’教她学‘惊天之艺’。汝涵很高兴，没日没夜地学了。她是贵家小姐，不可能出去找人比试，她便和家里武师比武，自然每次都是赢的。她便觉得自己武功有成，当真去刺杀她父亲，自然是刺不着的。她不甘心，不知从哪里听说我还没死，便想着找到我，一起杀。”

孟扶摇听得绝倒，要不是因为实在气氛悲凉、佳人已逝，她险些就要笑上一笑。唉！这个刚烈可爱的女子，若还活着该多好，毒舌男也许就不会这么寂寞着毒舌了。

宗越转首看她一眼，眼里也有浅浅的笑意，道：“你想笑就笑吧，她是飒爽的女子，不会介意这个。”

孟扶摇轻轻道：“我想，她更愿意看见你笑。”

宗越默然，半晌转过头去，轻轻抚摸着掌间金红色的埙，良久，再开口时，声音微哑。

“她在江湖飘荡，她那点武功自然是不够看的，然而她那亲生父亲是个行事滴水不漏的，派了很多人悄悄跟着她，一旦逢上危险场合，便不动声色地用飞针替她打发了，以至于误打误撞地，她竟然在江湖上小小地博了个‘天针魔女’的名号。”

孟扶摇这回真笑了——啊，天真魔女。

“那一年，在别国，她真的遇上了我。当时我在和人决斗，她无意中撞见，啊的一声便明白了自己的武功层次。我却因为看见她而分神，在对手手下落败受伤。她救了我，照顾我很久，我醒来时却一掌将她推开，误以为她身后那些隐伏的侍卫，是为了来围杀我的。

“那晚下着大雨，我们在一个山洞中，我在洞里，她冒雨跪在洞外。她不求我让她进去，却说：‘阿越，我今日才知道什么是真正的武功，我被误了……阿越，我听说你学医学得很好，你帮我，你帮我提升武功，我们一起回去杀了他。’我嗤之以鼻，直接叫她滚。她看了我半晌，爬起来走了。”

那夜山雨潇潇、山风怒吼，洞里洞外的未婚夫妻，因为命运森冷的误会，最终没能相拥在一起取暖，而此后，也再不会有相拥的机会。

“再见她，又是一年后。在一处客栈，我看见她和一个青衣男子有说有笑地进了客栈。我在楼上打量她，觉得她气色不佳，好像有点真气瘀塞的模样。也不知道这一年，她从哪儿练出了真气，我有心叫住她为她疏通治疗，然而看她对那男子笑得爽朗的模样，又觉得不快，便自顾自地回了房，而他们开的房，恰好在我隔壁。

“半夜时，我听见隔壁房门微响，当时心中愤恨，想着她果然是个水性杨花的女子，没理会她着实是再正确不过。接着隔壁的床便吱吱嘎嘎地响了起来。那时是夏天，用的是竹床，一有动静，真是响得不堪。我听得心烦气躁、怒不可遏，有心去杀掉那对奸夫淫妇，又觉得如若让我看见那样一幕，实在是天底下最肮脏的事……”

他仰起头，闭上眼，突然沉默下来。良久，浓密的睫毛底绽出晶亮的水珠，他轻轻道：“我最终没有过去，最终没有过去……”

前尘往事撞入摇摇欲坠的破碎记忆，带来揪心的疼痛。宗越气息起伏，金红色的埙在他微微颤抖的掌心里有些不堪力量地发出破碎的呻吟。孟扶摇轻轻伸手过去，取走那埙，道：“她的遗物吧？别弄坏了。”

宗越轻轻嗯了一声，半晌才平复了气息，转首对她一笑。他那笑意着实不像笑，孟扶摇闪着目光，掉转过头去。

“那天清晨，我便结账要走人，出门时正逢着小二敲隔壁的门，我目不斜视地从那门口过，不打算多看一眼。却不防小二一推，门开了。”

门开了。

多少年前那扇门缓缓开启，日光泻入，照亮了那间小小的房间。那日光如此之亮，灼痛了他的眼睛，从此后，他便多了一处永痛于心的黑暗。

从此，那扇门在记忆里永不闭起，心锁万千，锁不住阴霾一层。

“她，死在了榻上，地下是那个青衣男子的尸体。”

孟扶摇短促地啊了一声。虽然从宗越的叙述里，她知道聂汝涵绝不会是水性杨花、和人彻夜欢爱的女子，然而她这般突兀的死亡，依旧让孟扶摇因命运的寒冷而惊异。

宗越语气却平静了下来，似乎说到这里，不过是痛的最痛，痛到极致便也麻木了，无所谓更痛一分。他柔和的侧面沐在月色里，月光照着他比寻常人更浅几分的发色和唇色，那般浅樱般的色泽，让人想起春风里开得婉转的花，然而那花，其实早已冰封了。

“那夜，那青衣人想来冒犯她，大抵她是心中有数的，所以刀在枕边。但是两人大概有挣扎，挣扎中，她虽然杀了对方，但是那堵塞虚浮的真气突然走岔，后来那竹床一直吱吱嘎嘎，是因为她走火入魔，临终时痛苦辗转所致。

“她至死身子扭曲，一手按心，一手远远地探出去，不知道想触摸什么……”

孟扶摇咬住了嘴唇。

那样，凄凉地死去……

小城客栈，灯火全熄，一个在黑暗中的竹床上为生命做着最后的挣扎，一个在隔壁因误会而怒火熊熊，最终没有迈出那关键的一步。

她死时，不知自己无声呼唤的他就在隔壁；她死时，他不知她从未负他。

聂汝涵在生命的最后一刻探出的手，是否是在濒死的虚幻中努力摸着那坚硬而薄的板壁，把那幻想成爱人的胸膛？

她却永远不知道，板壁之后，就是他真实的温度。

咫尺，天涯。

宗越不再说话，孟扶摇却明白了他所有的解释。

关于那个“急切”的缘由，不过是来自于那般永不可解的心结。

当年，如果他帮助汝涵提升武功，便不会有她后来病急乱投医、胡乱强练真气，以致后来在危险中轻易走火入魔、暴毙客栈。

当年客栈相遇，如果他一见汝涵气色不对便为她医治，也就不会发生后来的事了。

这两个葬送了他一生欢喜的错误，造成了他日后的急切之心。他那么努力地帮孟扶摇提升武功，是因为他害怕孟扶摇在遇见危险时，会像汝涵那样，因功力不够而不足自保，最后反害了自身。

他那么努力地帮孟扶摇控制伤势，一有问题就立即用药物压下，拒绝给她自身调理循序、渐进自愈的机会，是因为他害怕孟扶摇会像汝涵那样，错过了那个最快治疗的机会，会在某个突如其来的事件里害了性命。

宗越的“医圣”之名，有很大一部分来自他治病疗效极快。他一旦接受病人，必全力以赴，不眠不休、没日没夜地务求在第一时间治愈。以前孟扶摇以为这是他的个性所致，现在才知道，所有的急切，来自于一个永远不可挽回的错误——那些沉在梦魇深处的、不可追记的往昔！

孟扶摇一声叹息，悠悠地散在风中。宗越轻轻接过她掌中的埙，爱惜地抚了抚，凑近唇边，一段流水般婉转、山岳般沉厚的乐曲从他唇间流泻而出，带着古意的忧伤，还有些可追不可挽的记忆，是那秋日落花廊下女子蹁跹一舞，舞姿轻盈，不曾踏碎红枫，然而再怎么温存的挽留，时光和年华都已老去，落叶也再回不了原先的枝头。

一曲《伤别离》。

人们总在伤着别离，推拒着相聚。

他慢慢地，在凉亭之上、夜风之中、明月之下，吹着他古老的埙。

那年，小小的锦衣华服的人儿，闪着冰雪般明亮的眼眸，叉着腰骂他——你这瘦鸡十足废物，日后都保护不了我！当年的小小少年嗤之以鼻，多年后蓦然回首，却发现，一语成谶。

那年玄元山上，珍珠帘开明月满，那掠过柳枝的少女，惊飞一树簌簌的绿叶。他在那般漫天的绿尘中抬起头来，看见她惊鸿一瞥的眼眸——冰雪般明亮，如一片飞入眼底的雪花。

再就是在碧水之上，那一飞袖的援手。她长发垂落在水面迤逦，身姿那般优美地将弯未弯，一抬首，目光胜雪，看得他那般心底一震，竟想起多年前那个和他青梅不竹马的女孩。那般不豫突然涌上心头，他干脆弃了自己很重要的腰带，只为了更快地走开。

走开，走不开，命运那般兜兜转转，无极红石山前相遇，她拦路抢劫的泼皮强盗劲儿，活脱脱就是当年揣着草包武功懵懂无知地闯江湖的“天真魔女”。

突然就那么想留下她，于是，一斛春就成了强抢小厮的借口。

小厮天生我才，绝非天真魔女。他陪着她，从德王府走进姚城，看她在饭桌前为红尘温暖垂泪，看她为救胡老汉一家杀戎人斩草除根，看她在那奸猾的苏县丞面前前一刻侃侃而谈后一刻翻脸杀人，看她迅速收服县衙衙役、驱策他们报假信，从苏县丞的尸体里探出优美的手臂，卡住凶悍谨慎的阿史那城主的咽喉……

那样一个凶狠又善良、狡诈又坦荡的女子。

那样一个随意又自爱、宁可选择以锁情化毒也不愿为活命委身他人的女子。

他终于渐渐发觉，她是她，她不是汝涵，哪怕那双眼睛同样出奇明亮、哪怕那性格同样外在刚烈，然而内心，她们是如此不同。

汝涵用刚烈拒绝柔软，她则用刚烈包裹柔软。

姚城被围，她竟选择诈降，孤胆入敌营，于万众唾弃中她虽千万人吾往矣，一腔热血丹心却遭霜雪之冻，竟险些在城门被逼自刎。

他当时正在穹苍采药，消息好容易传到，手一震，一株千辛万苦采到的龙珠草落入深渊。他却已顾不得，急急下山，数天内跑死了几匹马，险些跑得他旧疾复发。

回来看见她无恙，一口气就那么长长地吐了出来，心深处有些什么东西，瞬间缓缓坍塌。

长孙无极的“死讯”到来，她被击倒却依旧站着，钢铁般静而冷，她不哭，她要让仇人哭。

他看着她沉静麻木却不动声色地做着那些事，想起发誓要杀自己亲生父亲为他报仇的汝涵，她用单薄的、千金小姐的背脊背着沉重的功德碑，一步一挪地走了三里路，在大殿之上重重地掼下碑石时，她被压得吐血，然后抹去鲜血，再背着碑石绕闹市三圈。

他至今都不明白，那时还没练武的汝涵，是怎么背得动那碑石的？

这样的一些女子，她们在世人惊讶的目光中走过，历风雨霜雪不改坚执；她们因坚持而魅力独具，在十丈软红里矫矫不群。

他于是便以为，他只是欣赏这样的女子，希望有着汝涵的烈却比汝涵更温暖、更广大的那个女子被保护、顺利前行，不要再像汝涵那样，凄凉终了。

然而，当真如此吗？

昨晚，长孙无极那一声轻轻询问，如响雷劈破了他心底的迷障，他在那样的豁然一亮里，看见了自己那些自号冷漠却牵扯不去的心意。

汝涵，是他不曾情深、奈何缘浅的未婚妻，他们一生相遇相处的次数屈指可数，以至于现在他记得那样亏负的疼痛，却已在记忆中漫漶了她的面容；孟扶摇却是一路相伴前行的人生、越来越明亮越来越清晰的、不住吸引人追逐的风景。

而他为何如此？为何如此？为何明明知道她不是汝涵，还这般害怕她遭受汝涵的命运？

因为在意，而惧失去。

那些写在心思最深处的感情，早早霜冷长河，却又终于缓缓激流扬波。

只是那波浪终于激涌，却再也漫不上相思的堤岸。属于她的千里长堤，也许早已照上了另一轮明月光。

宗越浅浅地笑起来，举埙而吹，淡淡的发掠过淡淡的唇，在月下浅绯如樱。那样代表着生命之弱的色泽，像是他这一生看似饱满的表象下永久的苍白。

《伤别离》。

她在身侧，我伤别离。

一曲埙曲，叹无声。

宗越始终那样淡淡地吹着，眉宇间月光深深。孟扶摇抱膝坐在他身侧，长发散在风中，静静看着他柔和的侧面，想起那个一生追逐、一生撞壁的女子，想起属于她和他们的森冷命运，想起自己身侧这些玉堂金马的天之骄子，长孙无极、战北野、宗越、云痕、燕惊尘……

是不是所有立于高处的人，都注定要比寻常人多受一番红尘的伤？当他们拥有了身份、财富、地位、学识，神便要收回一些属于人间的平凡幸福，给那般美满镀上命运的烙痕。

情深不寿，强极则辱。

她轻轻站起身来，这一刻属于宗越和他的未婚妻，这个悼念的日子，谁也不该轻易打破。

她慢慢离去，不知道凉亭之上、月光之下向月吹埙的男子，心中真正飘过的那个影子，正和她的背影重合。

直到她离开，宗越始终没有回头。他轻轻抚着埙上的音孔，平静地笑，“汝涵，为什么我觉得，和她遇见，是你于冥冥中给我的惩罚？”

孟扶摇并没有听见这句话，她有些失魂落魄地回到自己的房间，失魂落魄地爬上床，然后爬进一个温暖的怀抱。

轻轻呃了一声，孟扶摇推他，“我今天没心情，不想玩笑，不想揍人，你可以走了。”

“我知道你今天没心情。”那人不动，伸了修长的手来牵她，将有点苍白的她纳入自己的怀抱，嗯，位置大小刚刚好，多么契合的相拥，“所以我负责来送你点好心情。”

两人之间还有一点空隙，元宝大人立即爬进来，填满。

孟扶摇忍不住一笑，又拒绝，“热。”

那人立即很合作地调节温度，他真气本就偏阴寒，一经流转，凉凉的，甚为舒服。他又把元宝拎到肩头上，孟扶摇这下倒有点不舍得了，抓过他的掌心来蹭了蹭，道："长孙无极，你难得这么乖！"

头顶那人笑了笑，胸膛微微振动，"对你这样的，硬不得，软不得，只好乖点，也许还能获得孟将军勉强一顾。"

"说得真可怜。"孟扶摇笑起来，睡意渐来，眉眼花花地道，"不知道多少人被你的佛口蛇心给骗了去！"

长孙无极含笑低头看她，那女子身姿婉娈，沉在一室明灭的月光中，因为疲倦，有点眼眉困顿，素日明朗的气质中便多了几分烟笼雾罩的迷离慵懒。那扇在他掌心的浓密长睫，让他想起猫儿，一般懒，带了点黑夜中潜行的神秘。

那在掌心扇动的睫毛，扑扑地痒，长孙无极微微笑着，轻轻道："听见什么故事了，这么丢心失魂的？"

孟扶摇沉默了一瞬，和他说起了汝涵的故事，末了总结道："由来误会害人，真是再也错不了的事！"

长孙无极却道："不，不是，之所以会有这般致死的误会，是因为还不够爱。"

孟扶摇不服气，反驳："你看宗越，那般怀念，还不叫爱？"

长孙无极笑而不答——男人不是女人，不会将愧疚、怀念和爱混为一谈。不过他不必和小傻瓜解释那么多，好歹那也是个情敌。

孟扶摇心不在焉地揪着元宝的毛，又问他："长孙无极，为什么你、你们，特别容易经历些寻常人经历不了的事？"

长孙无极笑了笑，堵住大怒要咬人的元宝的嘴，将它塞到床角，用枕头压住，拍她的背哄她睡觉，道："我们本来就不是寻常人嘛。"

孟扶摇听得一笑，觉得这个人真自恋，旋即明白了他的意思——皇族豪门，本就是世间倾轧最烈、最黑暗、最肮脏的门庭，撑在皮子外的高贵和掩在骨子里的污秽同存。纵观七国，哪家豪族门楣没有染过血，哪家巨户枯井里没有投过尸，哪家皇宫没有飘荡过权争失败者的冤魂？

她轻轻叹息，道："以前我听过一句话，一公主在国破之前，掩面而哭：愿生生世世莫生帝王家。那时我以为，她不过是倒霉，遇上灭国之灾的公主自然是最惨的。现在我才知道，便是太平年代的公主皇子，也一样很倒霉——长孙无极，有没有这样一个皇朝，平等、明亮、权力制衡，虽然有着不可避免的黑暗和不公，但在尽着最大的努力公正、公平？"

长孙无极沉默着，半晌答："等你来建造。"

孟扶摇笑起来，掩着眼睛往榻上一倒，"我真是昏了，一个读史的人，问出这么傻的问题！在封建体制、生产力低下的五洲大陆谈平等和权力制衡，不等于是和中国男足谈论什么时候拿世界冠军、和凤姐谈论人类的自知之明一般荒唐吗……等我来建？我要真的留在这里一辈子，我就建；现在，没空。"

她疲倦地闭上眼，感觉头顶有人轻轻靠近，温醇的语声如春雨掠过耳畔，"为什么没空？"

"回家。"孟扶摇翻了个身，懒洋洋地回答，又软绵绵地挥手，"出去记得带好门。"

她沉入睡乡，没有听见回答，只在黑暗的幕布落下的那一霎，感觉到额头曾被午夜微微湿润的风拂过。那风久久盘旋不去，夹杂着缠绵而温柔的叹息。

日子恢复了平静，因为月魄之宝引起的争吵和长夜里对一个逝去女子的共同怀念，已被拥有和聆听的人珍重收起，不忘却，也不提起。前路还是要走的，向后看，看见倒影；向前看，才是阳光。

孟扶摇和战北恒最近相处得不错——她那日一句"王爷命不久矣"雷倒了战北恒，险些被他喝命侍卫赶出门去。然而孟扶摇当时坦然高坐，慢条斯理地喝茶，道："属下一腔热血，甘冒奇险予王爷醍醐灌顶，王爷还要逐我出门？行！我出了这门，下次可就不会进来了。"

说罢她整衣便走，还命令王府侍卫："好生给我引路，下次你们就见不着将军大人我了！"

战北恒被这个似精明似愚钝、似大胆似无知的浑小子将军气得哭笑不得，却也喝住了侍卫，留下孟扶摇喝茶聊天。两人喝了好几次茶之后，战北恒才终于漫不经心地问："当初那话，怎解？"

"无解。"孟扶摇答，"王爷心知肚明，无须我多说。"

战北恒睨着她，很久之后才道："那你又待如何？好好的陛下驾前红人不做，却跑来给我通风报信？"

"男人嘛，醒掌天下权、醉卧美人膝。"孟扶摇嘻嘻笑，"龙虎大将军算什么，从龙开国之臣才是真正的宏愿！"

战北恒又一次被她给刺激得跳起来，"大胆！来人——"

孟扶摇微笑着端坐不动。

战北恒话到一半，果然止住，瞪着她，气得呼哧直喘，“你……你……你……你……你……你——”

孟扶摇很可惜地站起来，摊手，“哎呀，不拖我上金殿了，不抓我午门砍头了？我本来还想着能和亲王殿下一同黄绫裹枷，死在落龙台，是很荣幸的事呢，唉，可惜可惜！”

战北恒手按着桌子，拿这个惫懒的小子没办法——能当真就因这句话拖他上金殿？皇兄只要问一句“他如何会在你府中和你说这个”，再联想到什么什么，自己这个大逆的罪名，绝对要比他重！

这小子，恶毒！

孟扶摇却道：“我知王爷难以信我，无妨，王爷终有一日会看明白属下的精诚的。”

她摇摇晃晃出王府，去和皇营同僚们相见欢。

皇营统领谢昱为人不苟言笑，处事死板，不得人心，同僚们倒都觉得新来的副统领大方爽气，又不爱插手诸般事务，对他们平日里的一些捞钱手段睁一只眼闭一只眼，好人！

玩了一阵赌骰子，孟扶摇又输了，输得没心没肺地笑，随手掏出大锭银子往那儿一搁，道：“兄弟今天没带散碎银子，就拿这个吧！”

有人为难道：“没秤呢，怎么找给你？”

孟扶摇一挥手，“找什么找？记着，下次输了方便！”说着便向外走去，“兄弟去尿尿。”

身后一阵哄笑，有人道：“还有留银子输的，小孟统领，痛快！”

孟扶摇挥挥手——什么痛快？八成是在背后笑她，还有诅咒自己下次再输的？傻人！

她走出营房，没去茅厕，她自然是从不在外面上茅厕。走了几步，果然迎上一个面白无须的男子，看来眼熟，正是宫中的太监。

那太监似笑非笑地看了她半晌，捏着嗓子道：“小孟统领，陛下召你进宫呢。”

孟扶摇哦了一声，乖乖地跟着去了。她神情坦然，对一众内侍古怪的眼光视而不见。战南成在御书房等她，她大礼参拜了，战南成却没了前段日子的热情和蔼，仿佛没听见，也不叫起，孟扶摇就耐心地跪着，数着地下的方砖格子。

好久以后战南成才撤了书，好像才看见孟扶摇似的，拖着声音笑道：“孟统领最近就任新职，好生繁忙，也不来宫里了。”

孟扶摇眨眨眼睛，答：“陛下，你没宣微臣啊。”

战南成被堵得呛了一呛，半晌道：“你就不能请见？朕看你钻恒王府门子，不是很殷勤吗？”

这么快就忍不住了！孟扶摇鄙视，老战，你和长孙无极那厮真的不是一个级别的，难怪他都懒得出手对付你!

战南成盯着孟扶摇，以为这小子一定要惶恐请罪了，结果她清清脆脆地道："陛下，微臣跪得膝盖酸啊！"

满殿绝倒，战南成脸黑了又白，半晌想起，果然如信报所说，这就个粗人，胆子大到了无边无沿、心机浅到一眼见底，和这小子较劲，真是白费力气。

于是他只好叫起，还赐了座。孟扶摇高高兴兴坐了，和战南成胡乱谈了些皇营事务。战南成看她那坦然劲儿，实在很不舒服，又晓得和她绕弯子没用，只好直接提醒道："你一个外臣，交结王公太勤不好。恒王府那边，想来没有那么多公务要你回报吧？"

"是没有啊！"孟扶摇很直接地摇头，"王爷是微臣的上司嘛，他叫微臣多走动走动，微臣怎敢不遵？"

这话又把战南成给堵了。他闷在那里，觉得这小子什么都好，就是有点二百五，是油盐不进的料儿，郁闷着又觉得放心了些——对于帝王来说，臣子，尤其是武将，如果聪明有城府得狠了，可不算什么好事。

孟扶摇却又高高兴兴地和战南成谈王府的诸般笑话，把那些八卦官儿嚼的舌头都说给战南成听："王爷十八房姬妾，号称十八仙。他们说王爷就是那菩萨，把仙儿们镇得服帖，也不知道从哪儿打熬的好筋骨，八成是太医署给的好方子，撺掇微臣和王爷要个。王爷先还不认，嘻嘻，微臣说微臣想娶三个老婆，日日震旦好快活，就怕伤了我练武人的身子。百般缠磨着，王爷才叫人抄了个给微臣，再三嘱咐不许传出去。微臣嫌那字认不清，自己去他府里医官那里偷偷抄了个——陛下，您要不要？"

战南成听得哭笑不得。这成什么了？君臣谈论王府风流逸事，共享壮阳冲剂？传出去自己不是好大一个昏君头儿！他连忙拒绝，孟扶摇却掏出那张脏兮兮的纸往他手里塞，战南成目光一扫，突然定住了。

那上面有几种药物，是摩罗进贡的贡品，往年他在贡品单上见过，今年却没有了，以为是摩罗没进，也就没问。上次成妃内热想用那药，内库里报说没有，北恒当时就在，却一言不发，不想这东西竟在他府中。

他取过那药方，又仔细看下去，眉头忍不住皱了皱——他通药理，看得出，这药方何止是壮阳？只怕对外伤所致的阳弱之症也有极大的功效，着实是价值千金的宝物。想起当初被挟持那夜，自己在北恒设计插针的马鞍上受伤，之后一直未愈，也曾暗示过北恒，令他寻些良方来。北恒答应着，也献了方子，却毫无功用。不承想他手中竟然有这般奇方，那为何他始终不献?

由此又想到他子嗣艰难，至今膝下不过二子一女，三皇子愚钝，太子又体弱，是个病病歪歪的孩子……这样一想，他背上便起了汗。

背上起了汗，他面上却一丝神色也不露，漫不经心地将方子往桌上一扔，道："朕是不能随意用臣下献上的方子的，不过看你诚心可感，先收了，叫太医署审过再给你。朕自然是不用的，只是民间方子，有些是虎狼之药，还是叫人看过后你再用比较稳妥。"

"谢陛下爱臣之心！"孟扶摇嘻嘻地笑，"微臣还没吃过，有些药实在难寻，花多少钱也买不着，难为微臣那天混进王府医官那里，白抄了。"

战南成微微露出一丝冷笑——你当然买不着了，连朕都没有！

他脑中突然灵光一闪，终于捕捉到了孟扶摇最后那句话，眉毛一扬，问："这方子，是你自己混进王府医官那里抄的？"

"是啊！"孟扶摇天真烂漫地答，"王爷给微臣的那个方子字好潦草，好像也没这个药多。这药方锁在一个好隐秘的抽屉里，孙医官不让微臣走近，微臣使诈支开他，打开锁才拿到的。真是会藏啊！不过微臣以前可是个街头混混出身，别的不成，开锁嘛……嘿嘿！"

她猥琐地笑了，战南成也没有笑意地笑了，半晌一挥手，道："你跪安吧。"

孟扶摇辞了出去，一直行到宫门之外，策马行在宫门外的大道上。夕阳下道路光亮阔展，如一大片浩瀚的水面，而她就扬鞭驱马行于这一片滔滔水之上，长鞭划起，便是一大簇晶亮的阳光。

此时，她开阔明朗的眉目间，才露出一抹其意深深的笑容。

不数日，内廷传旨，孟扶摇原地升职，任飞豹营副统领兼飞狐营统领。

皇营三大营，飞虎、飞豹、飞狐，其中飞狐一直空缺，诸般副统领争得头破血流、难以平衡，最后由皇营总统领谢昱兼任。如今谢昱职位不动，那个兼职却去掉了，归了空降来的、刚任飞豹副统领不久还寸功未立的孟扶摇。这实在是皇朝异数，更奇异的是，直管皇营的恒王对这道谕旨也没有任何意见，各属派系的副统领大部分也没意见——恒王认为孟扶摇是他的人，副统领们觉得反正我得不到你也得不到，大家公平，至于战南成嘛，也认为孟扶摇是他的人。

天煞朝廷史上最左右逢源、上下其手的无耻官儿诞生了。

无耻官儿孟扶摇继续每天跑恒王府，跑了一阵子，终于跑出了问题——和王府十八仙中最受宠爱的第九仙有了奸情，被捉了。

第一百零六章

结发之思

事情的起源是我们的孟将军实在太玉树临风了。

玉树临风的孟将军有一次和恒王殿下在前院聊天，后院里的红粉们大概在练骑马，不知怎的马惊了，一路狂飙，横冲直撞，所经之处人仰马翻、娇呼莺啼，王府侍卫一路追过去，却赶不上那匹摩罗进贡的烈马的速度。想要生生勒马，又怕伤了马上那位最受王爷宠爱的九夫人，于是就这般为难着、娇呼着一直闯到了前院。

马上的九夫人发鬟散乱、娇颜失色，早已吓得语不成声。眼看那马越冲越疾，自己的手早已酸软得握不住缰绳将要坠落，那马还在向王爷冲去。无论是自己落马还是马撞上王爷，都是个死，绝望之下，九夫人眼睛一闭、手一松，等死。

马失了最后一点约束，顿时咴咴咴一声长嘶，泼风般直闯了过来，黑色的巨大马身像一截深黑的移动冰山，狠狠地就待撞上愕然回首的战北恒。

惊呼声里，孟扶摇一扭头。

她扭过头，手一伸，五指散开如花朵初绽，一搭马脖，手指一旋！

咴——

比寻常马更高更壮的、快要和孟扶摇等高的烈马生生被孟扶摇手指一旋，凌空旋了出去！沉重的马身硬生生在空中翻了个跟斗，重重地砸落尘埃，腾起烟灰丈许，在地上深深地砸了个坑!

九夫人掉落。

她盈盈摔落，如桃花离枝，浅粉衣裙在空中漫漫漾开，那般青丝婉转、颤颤惊惊，凄婉而凄艳。

在她倒翻的视线里，看见的是清秀挺直、玉树临风的少年正衣袂飘飘地把那匹马给砸了出去，看见那少年一回首，目光明亮、神光离合。

她心跳得疾，却不知道是因为将要和大地接触还是将要和少年的臂膀接触。

好在从来美人遇险，都要有帅哥搭救的。

孟扶摇从马脖子上收回的手向前一搭，这回落上了美人的脖子。

她很不怜香惜玉地用对付马脖子的手法在美人脖子上一旋，手指看似没有变化，实则弹动出奇异的韵律，美人身子一软，轻飘飘在空中一旋，换了个方向，安全落入孟扶摇的怀抱。

美人抬眸，羽睫微颤，珠泪盈盈，牢牢盯住了自己的救命恩人。

眼前少年，何等丰姿韶秀、才艺惊人……

孟扶摇看都没看她一眼，赶紧把怀中软若无骨的女体往战北恒手里一塞——妈妈咪呀，这擦的什么粉，熏死个人，比最近疯迷香薰的元宝大人还要恐怖。

战北恒抱着九夫人，那女子垂着眼睫，湿润的睫毛下，眼神更水光流荡地偷偷去瞟孟扶摇，瞟啊瞟啊瞟……这一瞟，便瞟出了问题。

九夫人从此贤惠了许多，什么奉茶啊、献食啊之类的侍女干的事都抢着亲自干，有一次居然还洗手做羹汤，此过门以来从未有过之创举直接令战北恒黑了脸。孟扶摇却没心没肺地吃着，大赞道：“九夫人好手艺！王爷好口福！”

彼时九夫人笑靥如花、眼波荡漾，那水光里船儿摇啊摇，就等那看中的船客坐上去。可惜船客是个榆木脑袋，只知道扒着盘子吃零食。

九夫人明媚地忧伤了，九夫人四十五度角望天，天空倒映着那个没良心的人儿的倒影。九夫人觉得，汤还不够鲜，也许还需要加点料?

孟扶摇用一百八十度角偷窥九夫人——可怜啊，青春少艾的女子排在那十八分之一，战北恒再金枪不倒、再宠爱逾恒，每月也顶多能轮上三次……不人道啊，不人道。

她心事重重地回了家，进门就被元宝趴在身上一阵猛嗅，然后回头对长孙无极叽里呱啦一阵叫。孟扶摇拎着它的耳朵疑问，元宝大人不屑地抱臂扭头。

长孙无极翻译：“它说你用劣质香粉，身上还有女人的味道。”

孟扶摇抽抽嘴角——这叫什么话，我不就是个女人吗，难道我以前没有女人味道?

想了一阵子又觉得，其实、也许、大概，是没有的。

以后的日子，女人香还是不断沾染，长孙无极笑得越发诡异，孟扶摇若无其事。然后，在某个月黑风高的夜里，孟扶摇和战北恒拼酒，战北恒没赢，孟扶摇没输。战北恒喝得被丫鬟用春凳抬回内府，在春凳上晃晃手，道："孟统领，慢走……不……送……"

孟扶摇对着花厅里的巨大珐琅花瓶挥手，"王爷慢走……不送……"

然后她打了个酒嗝，在堂中转了三圈，认为这是自己的家，便准备回内堂睡觉。她走着走着嫌热，扒了外袍搭在臂上。走到一处拐角，有卫士迎上来，她正要呵斥他们退下，身边黑暗里突然伸出一双纤纤柔荑，将她拉了过去。

那手很香，有着经香薰专家元宝大人鉴定过的"劣质香粉"的味道，那手轻轻牵着孟扶摇的衣袖，一直将她牵到了花园里一处闲置的厢房。那里是供王爷赏花休憩的地方，一明两暗，陈设精致，寻常很少人使用，九夫人经过长久的实地考察，终于选定此处为表白衷情之所。万事俱备只欠东风，而今夜，东风带着酒气来了，很好，很好!

宝榻香暖，玉帐金钩，金香炉沉香袅袅，鸳鸯被褥上睡倒母鸳鸯。

孟扶摇立即扑了上去，扑在柔软的……锦褥间。蹭了两蹭，大抵觉得和某人的掌心一般光滑微凉，于是靠住，不动了。

九夫人风情万种地等了半天，某人却打起了呼噜。九夫人再次明媚而忧伤地望天，决定既然把人拐上了床，机不可失，时不再来，无论如何要上了再说。

她去解孟扶摇的里衣。

里衣扣子甚多，解到第三个时，孟扶摇有点酒醒了，啪的一下，一掌推出去，骂："你这流氓，又占我便宜!"

九夫人低笑，在孟扶摇耳边吐气如兰，语声荡漾："官人，妾身不占你便宜，你来占妾身便宜吧……"她的手指刚刚将孟扶摇的衣衫剥了一半，突然啊了一声，道，"这带子是什么……"

孟扶摇的酒又醒了三分之一，突然想起来自己的罩罩——啊，这宝贝若被人看见，我刚开始发育的胸岂非不保?

她立刻爬了起来，拨开九夫人转身就走。九夫人不依，浅笑着伸出雪白的大腿，玉足一钩。

孟扶摇衣带半解，被她钩了个正着，身子向后一仰倒在榻上。九夫人娇笑着扑上来，孟扶摇一个翻滚让开了，忙着去拢自己半解的里衣，又找自己的外袍。刚刚寻着扔在地下的袍子，身后又被八爪鱼抱住。八爪鱼指甲尖利，那般一撩一钩，刺啦一声，里衣被撕裂一半。孟扶摇大怒，扑过去就揍。八爪鱼认为此举极具雄风，媚笑着迎了上来，孟扶摇揍不下去，又被拉到了床上。

两人在床上厮厮打打、纠纠缠缠，衣服都纠缠得差不多了，九夫人喘息咻咻，软蛇般滑腻腻地钻入孟扶摇的怀抱，“好人……”

好人正在忙着撕掳，一道灯光突然遥遥地照过来，照上了红罗帐，照上了九夫人的身子。

九夫人大惊，抬手遮着眼睛一看，花园里迤逦来了两行宫灯，将这三间雅室照得灯火明亮。门前的灯光里，站着黑着脸的战北恒——偷情到一半，丈夫出场，千古不易之定律。

床上的野鸳鸯一阵慌张，九夫人慌的是偷情被捉；孟扶摇慌的是里衣撕裂，罩罩的带子会被发现！

她百忙之中顺手抓过一件衣服便往里衣里一塞，抬起头醉眼迷离地对战北恒笑，“王爷……你家母狗思春了，麻烦牵回去。”

战北恒身侧的亲信王府侍卫长却一声冷喝：“孟扶摇，你好生大胆，竟敢调戏王爷的爱妾！”

“有吗？我有吗？”孟扶摇摊手，低头看自己，“我衣裳整齐……”她的话突然顿住，灯光亮亮地照过来，照见她的衣裳——她身上竟然塞着个兜肚！

桃红兜肚，绣着莲叶鸳鸯。

战北恒脸上明明白白地写着——奸夫淫妇！连我爱妾的兜肚都穿上了，还敢说没奸情？

孟扶摇悲愤——黑灯瞎火的，怎么偏偏抓了个兜肚！

九夫人只会掩面嘤嘤哭泣，哭得孟扶摇心烦气躁，爬下床抓起衣服就走。战北恒铁青着脸看着她居然这么甩手就走，大喝：“拿下！”

于是就拿下了，孟扶摇根本没反抗，她咕咚一声，栽到地下，又睡着了。

战北恒低头看着酒气熏天的孟扶摇，有点疑惑这家伙为什么没动手。以这小子的武功，真要硬闯，这王府有谁能拦得住？真要闯了也罢了，家丑不可外扬，他也就捏着鼻子罢了。谁知道这家伙就这么真给他拿下了，这下可要怎么办？当真拿了送到磐都府大牢里去？这又算是个什么罪名？给百姓和宫里知道了，反倒是自己难堪。

他立在灯下半晌，无可奈何地看着那个呼呼睡得很香的无耻之尤者，又狠狠瞪了一眼还在捂脸哭泣的九夫人，手一挥，“关进柴房！”

孟扶摇被关进恒王府的柴房里写悔过书。

她趴在地上，用九夫人的兜肚做纸，用柴房里的焦炭做笔，认认真真地写，“我真傻，真的！我单知道醉酒的人自控能力降低，会出现某些难以控制和预料的误会，我不知道这个误会也会发生在我身上。我那天晚上在王府喝醉了酒，嫌热把衣服脱了，叫王府的九夫人看见了，大抵是怕我着凉——九夫人很贤惠的，属下们脱衣服她次次都记得——九夫人便来拉我要我穿衣服。我不穿，我要回家。九夫人不应，几番撕缠，我低头一看，只见衣服撒得一地，没有我的袍子了。而我的袍子是不会轻易不见的，我各处去一找，果然没有。我急了，在床上四处摸，摸啊摸啊摸，直到下半夜，摸来摸去，摸到了被子里，看见被褥里有衣角闪光。我说，好了，终于找着了！拿出来一穿，衣料是相似的，式样是不同的，面上还绣了花呢……我真傻，真的！”

她写完，慎重地交给看守柴房的侍卫转交王爷。兜肚直直地摊着，侍卫送过去的时候忍不住看了一眼，结果直接崴了脚。兜肚悔过书送到战北恒手里时，战北恒正在喝茶，结果还没读完，茶全喷了。

此篇绝世悔过书，不知怎的便传到了王府外，一经面世便风靡磐都，一时间满街哄抢、洛阳纸贵，以至于磐都人现今早晨见面，招呼语已经由“吃了没”改为“我真傻，真的”。

兼之每天半夜，孟扶摇必通过柴房窗户爬出去到隔壁大厨房偷酒喝，喝完必醉醺醺地敲柴火，大呼：“我真傻，真的！”战北恒开始头疼，放了她吧，拉不下这个脸；不放吧，自己都莫名其妙地成笑柄了，那家伙还一脸无辜。九夫人哭哭啼啼，一言不发，倒弄得他骑虎难下。他为此暗骂那夜叫醒他的侍卫长——早知道就让他们偷情算了，偷完走路不就什么事都没了？

兜肚风波闹得磐都满城风雨，柴房里偷情统领哭天喊地，王府中恒王殿下焦头烂额，如此僵持了两天，第三天终于有人来搭梯子了——战南成传宣孟扶摇。

一大早，统领府的一位“管家”沉静地在恒王府门前请见，门政不敢怠慢，赶紧飞报战北恒。战北恒如蒙大赦，赶紧将那个瘟神请出柴房。那位“管家”含笑在花厅门前等着，战北恒看了他一眼，又一眼，觉得这人面貌平平，但颀长沉雅，着实好风度、好气质，明明谦恭地站在角落，偏偏所有人经过的时候都会第一眼看见他，都会忍不住多看几眼。这人刚才来接孟扶摇和他对答时也是不卑不亢、礼数周全。孟扶摇那小子就是一渣滓，到哪儿找来这样的人才？

孟渣滓醉醺醺地来了，一见那“管家”，先是眯了眯眼，然后顿了顿脚步，好像有点想落荒而逃的模样。又看见战北恒坐在上面看着，她这才咧了咧嘴，招呼：“你来了啊。”

“管家”笑了一笑，微微躬身，“老爷安康？小的来接您回府。”

战北恒恍惚觉得孟扶摇好像颤了颤，不过他很快就确定自己眼花了，明明孟扶摇笑得开心，“好说，好说！”她过去牵了他的袖子，歪歪斜斜地躬了躬身道，“谢王爷大人大量，属下……呃，属下走了啊！”

那管家反手握住孟扶摇的掌心，牵着她慢慢向外走。忽听战北恒冷冷道：“就这么走了？”

两人回身，孟扶摇醉眼昏花还没说话，那管家先微笑道：“不知王爷还有什么吩咐？”

战北恒挑眉看着他，冷哼一声道：“把她带走。”他拍拍手，从后堂里慢慢走出位罩着斗篷、娇怯不胜的美丽女子——九夫人。

孟扶摇脸青了，连忙摆手：“不……不……不……不……不……不……不……”

战北恒看着她，好气又好笑道：“孟统领，难道你觉得，本王会要一个你染指过的残花败柳？”

“冤枉啊！”孟扶摇扑到战北恒膝下，“属下别说染指，毛都没碰一根啊！我真傻，真的……”

“停！”战北恒赶紧叫停，悻悻道，“孟统领，你也太胡闹了，你看中了九夫人，和本王直说就是。一个女人，难道本王还舍不得？非要闹得这般偷鸡摸狗、满城风雨的，难不难听？”

“我真傻，真的……”

“停！”战北恒挥手，“走吧走吧，这女人随便你处置！”

孟扶摇仰头纯真地看着战北恒，“我可不可以不要？”

“可以。”战北恒冷笑，递过一柄剑，“那统领请顺便帮本王把这个贱人给杀了吧，省得脏了本王的手。”

刚才还眉开眼笑的孟扶摇立即泄了气，怏怏地道：“那好吧。”

管家似笑非笑地看了孟扶摇一眼，道：“恭喜老爷，看样子，小的要为您操持喜事了。”

孟扶摇傻傻地笑一下，打了个酒嗝，呼啦往管家身上一倒，咕哝道：“该干吗干吗去！”

那管家盯了孟扶摇半晌，一伸手将她抱起来，向战北恒欠欠身，“王爷见笑。”

战北恒头痛不胜地挥手——快走，快走。

管家抱着孟扶摇进了轿子，还不忘吩咐再抬一辆轿子来给九夫人坐。他也不出轿子，抱着孟扶摇坐着，稳稳地笑道：“老爷，装醉是逃避不了惩罚的。”

孟扶摇眯着眼睛抬起头，嘻嘻地笑了。她还是醉的，这几天在恒王府摆脱了某人的监视，也为了做草包统领做到底，她喝了个痛快，大脑正处于极其愉悦的飘飘然状态，看花是红的，看天是蓝的，看轿顶是旋转的，看青衣小帽的长孙无极是闷骚的。

她的手抵在这个闷骚的人的胸前，偏头笑眯眯地看着他，道：“长孙无极，我怎么觉得你穿这个青衣小帽，比穿太子正装还骚包呢？”

“是吗？”长孙无极笑吟吟地看着她，在他特意选的极其狭小的轿子里，侵占了孟扶摇可以活动的空间。

他的膝抵着她的膝，他的臂上是她的颈，软软的一弯，云似的兜着，乌黑的长发如流水般泻下来，流过手背，光滑如缎。

他微笑着，眼中神光如酒，酒液清冽，倒映着她微熏流媚的眼眸。她脸颊上开着一抹桃红，娇艳的春便永远于此停驻。

她呢喃：“长孙无极，你不要乘人之危……”不过换得他更深地俯下身去……

心深处忽然有什么立即牵牵扯扯地痛起来，她动了动身子，微微一偏头。

他伸指，轻轻钩起一缕头发，在指尖温柔地绕了绕，然后，拉过自己的头发，两发交结，欲待系起。

此刻，结发。

孟扶摇突然大力挣扎起来。

她看见他眸光流溢，看见他深情如许，看见他修长的手指轻轻执起彼此的头发，日光淡淡地从窗缝间泻入，照见那两缕同样润泽乌亮的头发，她几乎可以想象出，那发相结，会打出世上最美、最亮、最润的结。

在那发丝将结的一刻，她的眼前突然闪过一缕白发、一双手、一本卷起边的童话书。

她霍然跳起。

在这狭小的、几乎无法挪动的空间大力跳起。

轰！

轿顶被掀了，孟扶摇兔子般从轿顶蹿了出来。

训练有素的统领府轿夫早已得了嘱咐，一般的动静不用理它，所以轿子晃啊晃啊、动啊动啊都当不知道，然而孟扶摇全力跳起的力量岂是他们可以抵抗的？四人只觉得被大力一撞，双手一软，轿子落地，再一回首，孟扶摇已经踩在了轿子的废墟上。

她身后，气质优雅的“临时管家大人”负手施施然从支离破碎的轿子废墟中走出来，依旧在微笑，“统领大人醉了，以为这是她的练功堂。”

孟扶摇一昂头，大力将脑袋一扭，望着天。姿势剽悍决绝，脖子上却很可疑地有一层淡淡的粉红。

长孙无极招招手，跟随的护卫立即牵来两匹马，太子殿下亲自递过缰绳，微笑怡然，“请上马！”

原来有马！孟扶摇大怒，用眼神责问：那你怎么还一定要拖着我坐轿子？

一颗红心，两手准备嘛！太子殿下微笑，轿子是一定要坐的，八成也是要坏的；马也是应该备的，轿子坏了以后有代步的。

……

孟统领娶小妾了。

统领府为此摆了几桌喜酒，请军中同僚都来喝酒。席间自然有人取笑“兜肚”统领，喝得醉醺醺的新郎官答：“我真傻，真的！”

哄堂大笑，笑完送人进洞房。看着孟扶摇高高兴兴地进了洞房，众人都艳羡——这小子就是运气好，嫖了王爷的女人，王爷也没和他动真格的，干脆一转手送他了，早知道俺们也去勾搭个……

战南成自然也听说了那个著名的“我真傻”，饶是他忧心忡忡，也忍不住笑了笑，只是很快又眉头深锁——沂江隔河而战的朝廷大军，在战北野手下屡屡没能讨得到好，更不妙的是，继最早投附战北野的一些军事力量之后，国内一些持观望状态的边军和驻军将领也有些不安定的模样。眼下他迫切需要一场胜利来扭转不利局势，然而，这场胜利在战北野手下，看来完全是遥遥无期。

战北野本就是天煞皇朝第一名将，甚至放眼整个五洲大陆，他也绝对是数一数二的牛人。据那些闲得没事的军事学家分析，除了至今没在战场上亲自出过手的无极太子没人知道深浅，战北野完全可以说是当仁不让的第一。

这也是当初战南成一旦要杀他就出动数万大军围剿的原因，一旦不能速杀，将后患无穷，如今，这后患便来了。

战南成长吁短叹，甚至更添几分忧愁——太子最近不知怎的突生怪病，总在莫名昏睡、精神萎靡，太医看了却说不出个所以然。遍请天下名医，也没个明确说法。

这般郁郁着，战南成越发觉得寂寞，随即又奇怪，以前也是这样过的，怎么突然就觉得寂寞了呢？想了很久他才想起来——最近孟扶摇在休婚假，有段日子没进宫了。

平日里听这小子胡言乱语觉得烦，一旦听不到了，反倒觉得空落落的。战南成笑了笑，暗骂，这见鬼的小子，娶个妾，还休什么“婚假”！

暮气渐渐下来，乾安宫中点起灯烛，老太监花公公指挥着小太监挂好宫灯，眉开眼笑地说着什么。战南成慢慢踱过去听，却听他在说孟统领家的风流逸事——孟统领在家开舞会，新姨娘穿了个露背装，啧啧……一群太监吱吱嘎嘎地笑，回头看见战南成，都变了脸色。

战南成突然起了兴致，哎，那小子新娶了老婆，是不是老成了些？看看去，也算散散心。

他自从上次遇刺后就很少出宫，这次出宫也是前后跟了一大串，悄无声息地迈进孟府时，果然看见府里热闹得不堪。孟扶摇带领了一帮丫鬟小子，邀请了军中同僚携带家属，正在办假面舞会呢。

孟扶摇看见战南成倒是高兴，行了礼之后便要拉他戴了面具跳舞。战南成虽然好奇，却坚决拒绝了——笑话，戴了面具混在人群里？谁抽冷子给一刀，朕不就完了？

孟扶摇也不勉强，便陪他坐着，又叫了新姨娘来参拜皇上。战南成在战北恒府上也是见过这位小妾的，如今见她打扮得稀奇古怪，眉目间喜气盈盈，也忍不住一笑，婉言抚慰了几句，就让她下去了。

九仙花蝴蝶一般去了，满场乱窜。孟扶摇凑过来，再三请战南成去内堂里休息，说这花园里热闹得不堪，怕吵着陛下。战南成摆摆手，坐着没动。他心底阴霾阵阵，压得心绪不欢，倒想好好看看这红尘欢乐，纾解纾解。

他靠着凉亭栏杆，让孟扶摇去跳舞，自己喝着茶，想着太子莫名其妙的病，眉头深锁。

忽听见凉亭后面的一簇矮树后，有两个女子在对话。

一人道：“孟夫人，你好福气，瞧你家统领给你打扮的，这红宝珠串，怕不价值千金？”

“是啊！”是九仙那个没心眼的，扬扬得意的声气，“我家老爷说了，好女就要珠宝衬，钻石恒久远，一颗永流传。”

她似在炫耀着腕上的玉镯，银铃般笑道：“妹子，跟你说，看人要看准，我是有福，看准了我家老爷，换成以前……哼哼！”

战南成听着，本觉得一国之君这样听两个妇人的壁角不太好，正想走开，听到这里倒忍不住笑了笑。想九仙这个女子真是大胆无耻，明明是不光彩的事，当初要不是他们被关柴房那两天，自己暗示北恒干脆做个人情把她送了孟扶摇，这两人早该卖窑子的卖窑子、降职的降职了。换了别人，这都是恨不得藏着掖着的事，她倒好，自己倒提了起来。

那和九仙对谈的妇人也静了静，似是想不到九仙竟然会这么胸大无脑，半晌才勉强搭了一句，道："听说，恒王殿下当初待夫人你也很不错的……"

"好什么！"九仙嗤之以鼻，"整天净说把最宝贵的东西都给了我，要我好生收着，却不过是些烂纸片子人儿，用盒子锁了，还动了我屋子里的地，神秘兮兮的。我是不认识字，他又不许我问，看着又不像地契——王爷啊……就是个闷葫芦儿……"

两人的话声渐渐远去，凉亭后，战南成沉默着，缓缓放下茶盏。默然半晌，他直起身来，向外走去。

跳得一头汗的孟扶摇匆匆过来，见他要走，愕然道："陛下怎么这便要走了？是微臣不好，不该自己玩的。"

"不干你的事，也该回宫了。"战南成摆摆手，笑笑，道，"这夜太深，走夜路容易出事。"

"是。"孟扶摇立即乖觉地躬身，"属下派一队飞豹营兄弟送陛下。"

"嗯。"战南成微笑着看她，"换你自己的飞狐营吧。飞豹营经常在大内，也该换换班了。有时候，靠得太近的人，未必是好的。"

孟扶摇一笑躬身，送他出门。眼见着战南成匆匆离去的背影在夜色中消逝，良久，孟扶摇露出一丝飘忽的笑意。

那笑意浮光掠影，像一朵开在夜色中的有毒的曼陀罗。

三日后，惊天霹雳震翻京华。

当代天煞皇族中地位最尊贵的亲王、掌握内廷外政诸般重要事务、陛下最爱也最信任的幼弟，号称天煞铁狮之门、不倒王爷的战北恒，突然被执下狱！

八月十九，禁卫军趁夜无声地包围了恒王府，迅速控制了王府的所有侍卫，外廷中书大臣亲自带队，对王府进行了查抄，并直奔已被关闭的旧日最受宠爱的小妾九仙居处，掘地三尺。

八月二十，恒王被执于天牢，褫夺王爵，获罪待审。

呼啦啦大厦倾，凄惨惨灯将灭，三天之内，禁卫军缇骑如奔雷、如乌云，自大开的深红宫门里潮水般泻出，源源不绝地流入磐都亲贵之族，他们四处出动，查抄余党，捉拿共犯。战南成则频频下旨，以雷霆之势，对所有战北恒以往势力可以涉足的机构军队都进行调动清洗。那些以往标明恒党的，或者和战北恒走得过近的，一个也逃不掉。磐都人心惶惶，笼罩在一片风声鹤唳的惊恐氛围中。

此案轰动磐都，战北恒素来门客三千、广施善缘，很多人意图为其申冤，不料朝堂之上刚刚有人提起，战南成便冷笑着扔下一堆东西——那是在王府内查出的许多违禁物事和内用贡品，还有木偶、人牲若干，上刻太子及今上生辰八字。

巫蛊大案!

所有人立即噤声，满头冷汗地退了下去。历朝历代，巫蛊之案向来是不能触碰的禁忌，特别是皇族，对巫蛊之术尤其忌讳万分，一旦涉及，百死莫赎。

每个人心底都飘过一句话——恒王，完了!

此案来得雷霆万钧，事前毫无风声，恒王连丝毫准备都没有，便已成阶下囚。以往亲信死的死、换的换，他在京多年，虽然很多事务都是代管兼理，但这些年慢慢安插的人脉也不在少数，这些人大多受了牵连。但是，令世人惊讶的是，和恒王走得最近的、连自己小妾都是恒王旧人的孟统领，竟然是唯一没有受到牵连的，依旧在安安稳稳地当她的统领，甚至还有更受器重之势。这已经不是皇朝异数，大抵可以算是奇迹了。

据说恒王之案掀起时，也有人弹劾孟扶摇撺掇恒王、有不臣之心，不过却被战南成留中不发。彼时战南成凝视着奏章，仔仔细细地将整件事思索了一遍，怎么想，都觉得孟扶摇不可能于其中做手脚——当初这小子根本不肯要九夫人，是自己命令战北恒赐给他的；自己那天去统领府完全是临时起意，事先并没有任何人知道；而去府中看舞会时，孟扶摇也再三邀请他进内堂休息，根本没打算留他在花园中听见那段话……一切不过是巧合，谁能拥有这般惊人的智慧，将这许多巧合都算得一步不错?

战南成想了很久，觉得凭孟扶摇那种人怎么可能设出如此草蛇灰线伏延千里的局? 于是孟扶摇继续安稳地做她人缘极好的新番统领，白日里在大营里混混日子，晚上回家琢磨害人。

此时，天煞千秋七年八月下旬，天气很长一段时间都密云不雨。天煞朝廷的气氛也像这天气一般乌云盖顶，政令、军令、粮草辎重、军队源源不断地发出去，奔向沂水之岸，依旧不能抵挡势力越发庞大的苍龙之军。朝廷大军被打得摇摇欲坠，一次比一次丧胆心惊，眼看沂水一渡，整个天煞腹地便再无可挡苍龙之军的城池，整个天煞，尽坦于敌前!

天煞千秋七年八月二十四，夜，气氛紧张的磐都，气氛休闲的孟统领府。

花厅里，孟统领正满室融融地打她的自制麻将，输了的罚吃花生米——不许用手拿。

其实孟扶摇是想看帅哥们用嘴啃花生米，那该多么萌啊……她笑眯眯地洗牌——想当初我可是麻坛高手，就靠这个挣宿舍姐们儿的零花钱，你们就等着当着大家伙的面用嘴舔花生米吧! 啊哈哈……

第一局，云痕输，该人冷冷地抽剑，孟扶摇脸白了——啊，哥哥，你不想出丑就和姐姐我说一声，不用拿刀动枪的吧?

云痕出剑，剑光一闪，放着花生米的那个桌角如豆腐般应声而落，花生米弹起，落入了他的嘴中。

……

第二局宗越输，江湖游医慢条斯理地瞟了花生米一眼，衣袖抖了抖，然后——花生米就不见了。

孟扶摇不依，是吃花生米，又不是让花生米毁尸灭迹！宗越对她微笑，"这是最新化尸粉，下次给你试试？"

……

第三局，长孙无极终于输了。孟扶摇目光灼灼，道："不许用武器，不许用药物！"

长孙无极微笑点头，十分合作。孟扶摇欣慰，终于可以看到太子殿下不雅一回了。

结果殿下弹弹手指，蹲在桌边的元宝大人立即颠颠地捧了花生米，一颗颗送入他口中。太子殿下优雅地咀嚼着，点点头，"很香。"

……

三局未毕，窗户被敲响，孟扶摇脸色一沉，走到窗边。黑暗中乌光一闪，一个小小的蜡丸射入她的掌中。

孟扶摇笑道："八成那家伙告捷了……"她走到桌边摊开蜡丸，几人都关心地凑了过来。

桌上素笺一张，纸质很不讲究，还染着些血火硝烟的味道，只轻轻展卷，便似可以感觉到那铁血战场的气息扑面而来。

纸上更不讲究，龙飞凤舞写着几个墨迹淋漓的大字："扶摇！沂水终渡，等我相会！"

第一百零七章

血色江山

一室灯火，两个凑过来的脑袋——雅兰珠和元宝。

还有三个端坐不动、神情各异的帅哥。

云痕垂下眼帘；宗越漠然喝茶；长孙无极洗着牌，眼神从那字条上一掠，似笑非笑。

纸条墨迹淋漓、笔画深刻，笔触潦草而气势逼人，那寥寥数字写得入木三分。同样，相思、期待之意也入木三分。

孟扶摇刺啦将字条一揉，抓在手中，对好奇地凑过来看的雅兰珠傻笑，“战北野说他快打回来了！”

雅兰珠因为不想做三大帅哥的灯泡，很自觉地让出了麻将桌，一直因为爪子痒而心情不豫，听着孟扶摇敷衍搪塞的语气，不屑地撇撇嘴道：“按那家伙的性子，不用看我也知道，八成是写什么‘××已灭，等我杀回’之类的词儿。”

孟扶摇膜拜地仰望着她，“珠珠真乃神人也！”

雅兰珠眼神黯了一黯，随即笑道：“和你比，谁都是神人。”抓了元宝大人回榻上聊天去了。孟扶摇望着她有些落寞的身影，想着雅兰珠一定心知肚明那句“等我”不是对她说的。这个苦苦追逐战北野多年、因为一次洗头便认定他是自己良人的少女，因为自己的出现，再次无限期地延长了那般追逐的路程。她还要等多久，才能等到属于自己的梦想？

一个女人又有多少青春，能经得起这般挥霍的追逐？

孟扶摇托着腮，仔细思考着将战北野和雅兰珠配成对的可能性。然而想起那次自己胡乱撮合长孙无极和胡桑造成的后果，想想长孙无极那么宽容大度的人都不能忍受这种乱点鸳鸯谱，还把自己狠狠整了一顿，换作战北野那个大炮性子，还不立即把自己骨头给拆了？算了算了，顺其自然吧！

她这里眼珠子乱转，无心牌局，那几个还在专心打牌，长孙无极蓦地将牌一推，道：“和了。”

孟扶摇凑过去一望，哀号：“我的银子啊……”

当晚，孟扶摇输掉了一座房子、十亩良田、一打婢仆，连带新娶的小妾都输给宗越了。宗越不要人，要求孟扶摇拿银子来抵。孟扶摇含泪从九仙手上往下捋红宝珠串，被九仙狠狠地踩了一脚。

九仙自然已经不是真的九仙了——王府里那个是真的，喜欢上孟扶摇要强上她的也是真的，孟扶摇早已在和战北恒的相处中仔细考察过他的妾们，终于选定了这个最受宠、最大胆的九仙，并买动内院小厮，用兽医宗越提供的烈马爽身粉惊了她的马，然后孟扶摇便顺理成章地英雄救美。当那个九仙被顺利送给孟扶摇后，孟扶摇立即将她远远送了出去——将来她知道了战北恒的下场，也不会再回来找死，算起来还是孟扶摇救了她一命。而战南成看见的九仙，是长孙无极手下的隐卫改扮的，反正战南成也不可能对一个深居王府的小妾之一有什么深刻的印象。

至于王府里原来九仙居住的屋子地下的那些好东西，包括医官屋子里的违禁贡品等，都是战北野外公手下的秘密力量起的作用。老外公颇有战国平原君风范，手下网罗了各类人才，不乏鸡鸣狗盗之辈，挖个地道、做做小偷都是一流的。诸方能手、群策群力，算计一个战北恒，那还不容易？

可惜孟将军算计别人容易，遇上自己面前那几位就废柴了。云痕精于算数，玩不到两遍，便把每张牌都记得清清楚楚。宗越打牌就像他开药，行云流水，熟练自然，比她这老手的手势还熟。他不算牌，也不记自己的牌，专门记孟扶摇的，孟扶摇需要什么牌，他绝对不打什么牌。他抱着的宗旨就是，我无所谓赢，你也别想赢。长孙无极更好，闲闲散散地打牌，好像也输，并不是每把都赢，乍一看平平无奇，不如那两个精彩，但是一局打下来，孟扶摇便发现，他每输两次就必赢一次，且必定会把输掉的银子赢回来，最后算下来绝对不亏——能把麻将这种概率性、运气性的娱乐玩到这么精准的地步，那已经不是玩麻将，而是在玩智慧了。

孟扶摇崩溃，玩到半夜，将牌一推，大呼："三个欺负一个，不玩了，换人！"拖了雅兰珠上桌，她自己在一边看着，结果看着看着，就黑了脸。

雅兰珠一上，那几个牌也不算了、张数也不记了，控制输赢的也不控制了，大大方方地打，高高兴兴地输，元宝大人还在一边泄牌——竖起一根爪子，一条；两根爪子，二条；依此类推，亮出屁股是白板，吐出的舌头是红中，等等。

玩到天亮，孟扶摇输掉的一座房子、十亩良田、一打婢仆及红宝珠串统统都到了雅兰珠手里。孟扶摇怒极掀桌——果然人品有高下、偏心无国界，忒伤心！

她忧伤地去换了衣服，直奔——法场。

今日，磐都曲水主街落龙台上，斩战北恒！

落龙台，天煞四品以上官员及王公贵族特享的魂断之地。

今日微雨蒙蒙，落龙台上被洗得湿湿滑滑。白石地面上纹路清晰，因浸透了无数人的鲜血而脉络微红，台周黑石雕刻的狰狞苍龙盘旋飞舞，张大利齿森森的龙口，等待着新鲜血液的献祭。

台上早已摆了监斩案，孟扶摇和主斩的中书大臣寇庆鸿揖让过，自在下首坐了——她是副监斩。

巨大的镶龙铡刀寒光熠熠，四面垂了竹幕——天煞开国以来，首次为亲王行刑，战北恒将成为落龙台建成至今有幸吞噬的最尊贵人物。为了给尊贵人物相配的待遇，除了文武百官观刑之外，其余百姓都被远远地拦在三条街之外。便是行刑，也是在竹幕内进行，以免天家龙子的龙头四处乱滚，有伤体面。

盛夏已将过，初秋的凉意丝丝沁人。雨丝将落龙台下深红的花朵打湿，有种凄惨的艳。

长街上传来辘辘的车声，吱吱呀呀的，很单调，在一片寂静中听来有几分瘆人。渐渐地，牛车里漠然坐着的黄绫裹枷、披头散发的战北恒出现在百官视野中。

看着昔日金尊玉贵、威权不可一世的恒王殿下如今这般惨状，天煞文武都露出怅惘悲凉的神情。他们仰头看着阴霾灰沉的天空，想着沂水终渡挥兵而来、亦如乌云压城的烈王北野，都在心中生出隐隐的不祥预兆，仿佛今日恒王的末日也将是天煞皇朝的末日，而即将从战北恒脖腔里流出的鲜血，不过是更多鲜血流出的开始。

铁帽亲王能刹那间头颅落地，玉阶金宫为什么就不能在转瞬间崩毁？

这一刹，整个磐都都失了声。

这一刹，整个天下都转过眼，惊异地注视着天煞这一场离奇的杀王大案，等待着其后掩藏着的更多阴谋和风暴。

这一刹，孟扶摇注视着战北恒，心中想着的却是死于他暗杀之手的老周太师。

那个目光远大、不计荣辱的两国贰臣，用一生的时间来为摧毁这个王朝做着努力，并在死后多年，为自己报了仇。

战北恒木然地下了车，木然地被引上落龙台，四面的竹幕唰唰垂下，遮挡了最后一点天光。

生命的终场，也将落幕。

寂静无声里，竹幕里突然传出一声撕心裂肺的呼喊："帝家无情，陷我沉冤！"

携着巨大疼痛的呼声，如巨杵般撞向沉沉的天空，似乎将那些乌云都撞开了些许，却也只是一霎微移便瞬间合拢，仍旧如锅盖般罩下来。

孟扶摇却突然站了起来。她在众目睽睽下平静地站起来，斟了一杯酒，淡淡道："我去送送恒王。"说完也不看众人震惊的神情，转身就走。

"孟大人。"身后监斩官低声呼唤，提醒她注意此刻的立场。

孟扶摇转身，高台之上声音清晰、一字字道："恒王便纵有千般不是，也已受了天朝国法。他向来待我厚重，我怎能任他于这凄风苦雨之中连杯暖身子的酒都喝不上，便这么上路？"

百官们在她清澈的目光下，惭愧地微低了头。

竹幕里，战北恒却微微湿了眼眶——当此绝路，百官为避嫌都在躲避他，唯有这个二百五统领，生死关头见血性！

孟扶摇掀帘而入，带动层层光影。战北恒泪眼模糊地抬头看去，见那少年端了酒过来，半跪在他身前，恭敬地将酒杯奉到他唇边。

那少年微微地笑着，平和而纯粹、坦然而明朗。战北恒看着这样的眼神，一腔郁怒渐渐消散，有点惭愧地想起自己将她关进柴房的旧事，歉疚地笑了一下。

他并不知道战南成那晚在孟府的遭遇，也不知道人偶是从九仙房内起出的，他如果知道眼前这个诚恳的少年就是将一国亲王置于死路的罪魁祸首，别说笑了，只怕他便会立即扑上去，将对方的肉一块块地咬下来。

然而他现在只想着别的——战南成，你连我都杀，别怪我不客气……

他在笑，不喝那酒，却低声道："孟统领，人待我不仁，我也无须义气，说件事给你听。你记着也好，不记着也成，算是我最后的谢礼。"

孟扶摇目光一闪，哦了一声。

“陛下有暗疾，每到秋天必定发作。往年他发作时会到南方，以狩猎为名休养，今年不可能了，也不知道他会用什么方式治病……”

“哦……”孟扶摇微笑，“真是令人担心，是什么样的病呢？”

“那就无人得知了。我只知道，我战家未得皇位时，他没有这病，还是父皇得天下之后的事……”战北恒住了口，就着孟扶摇的手喝完了那杯酒，随即道，“最后还有你来送我，我很感谢你。”

孟扶摇低头看着他的眼睛，目光一闪。她本想借敬酒这一刻，告诉战北恒真相，活活气死他，然而看这一刻战北恒感激涕零的表情，又觉得，拿命就可以了，何必做得太绝？让他带着人世间最后一点自以为是的温暖上路吧，下辈子，也许还能做个好人。

她收起杯子，微笑着退了出去，竹幕掀开又合拢，将少年纤细的身影慢慢遮没，清秀的脸在竹幕那一条条细碎的横影中幽然一闪。

所有的背景都被虚化，唯有雨丝掠过那明亮的眼波。那眼神有飞燕般的伶俐和苍鹰般的凌厉，在灰暗的秋日细雨背景中那般闪着，看起来有几分熟悉。

战北恒皱起眉头，思索着。

某个火把熊熊的夜，宫闱深处，一个少女在马前冷笑睨视的眼神突然闯入他的脑海。

那眼睛……那眼睛……

宛如冬日的湖水突然遭遇地裂，大泊大泊地狂涌而出，当头罩下，浇了他个冰凉透心！

战北恒突然蹦了起来，戴着重重的镣铐蹦了起来。

他大呼：“你——”

嚓！

刀光一闪，匹练似的在半空拉开银虹一抹，呼啸着落下，世界刹那一凉。

鲜血激飞丈高，呼啦啦喷上四面的竹幕，淋漓拖曳，勾勒成图，竖如山抹皱褶，横如水积沧海。

冥冥鬼神之笔，作画血色江山！

第一百零八章

两心纠缠

落龙台终于饱吸了龙子的鲜血，在秋雨中恢复了沉静。监斩官们向战南成回报，战南成自然早已听说了孟扶摇不避嫌疑送战北恒上路一事，不仅没有不高兴，反倒露出了点放心的神色——这小子果然不是凉薄之人。

孟扶摇冷眼看着，微微露出一丝冷笑——不过是帝王心术而已，咱整天在全天下最深沉的某个未来帝王身边，没吃过猪肉还没见过猪跑？对付那家伙水准不够，对付你还不是绰绰有余！

她骑了马回家，从皇宫到她的住处要经过一片紫竹林，算是城中心唯一僻静的地方。万千紫竹在风雨中摇曳，竹露清响，声声清脆怡人。孟扶摇在竹林间的小路上骑马而行，悠然听着，道：“这大概可以算是此刻风雨磐都唯一宁静如初的地方了。”

身后却没有回音，孟扶摇皱了眉头。铁成不爱说话，好歹姚迅也该开口凑趣吧？这家伙最无耻、最会拍马屁了。

她抬眼，身前一点竹叶，滚过细细的露珠，那点水光一闪便逝，照见一团粉红色的影子。

孟扶摇突然蹿了出去。

她手一拍，头也不回地从马上飞出，人往前冲，身周的竹叶突然唰的一声齐齐向后一射！

射到一半，竹叶齐齐一折，又唰的一声射了回来，千刀万针，一半攒射向孟扶摇的后心。

孟扶摇如游鱼般一滑，身子一旋，让过那簇竹叶刀，手一伸，虚空拢着那簇竹叶，任那淡碧微黄在掌心之下浮沉，笑吟吟地看着那团小粉红，道："太妍，没人教过你男女授受不亲吗？"

太妍从僵直的姚迅身后探出头来，白里透红的小脸，梳着老成的堕马髻，怎么看怎么不搭调。她皱眉望着孟扶摇，道："世间男女，在我看来都一样，蝼蚁而已。"

"是吗？"孟扶摇惊呼，"那么太妍，难道你现在抱着蚂蚁的腰，还靠不着蚂蚁的肩头？你真的好娇小！"

太妍宝光璀璨的眼睛瞟她一眼，道："你在骂我？没人告诉你，骂我的人会付出什么代价吗？还有，说我不如他高？我杀了他，他不就比我矮了？"

孟扶摇立即出刀！

太妍刚说出"我杀了他"几个字时，孟扶摇的弑天已经拔出，黑色刀光一闪，直投太妍。

太妍冷哼一声，大咧咧地抬手去接，不防那刀却半空一折，转了个方向，霍地砍向马腿。刀柄在马腿上一敲，骨裂声里，骏马惨嘶跪地，太妍不防虚招，顿时身子一歪。

她应变自然高超，一歪之下已经腾空而起，手却仍不放开姚迅。孟扶摇抬手，飞快地在一株紫竹的上端卡了一样东西，太妍下意识地想看，却因为个子太矮根本看不见，只好一脚踩在姚迅身上，再次飞升而起。腾空的那一刹觉得脚下有风声掠过，孟扶摇低头蹿了过来，一把将姚迅接了下来。

太妍抬头看那卡了东西的紫竹，却发现只是一根牙签。她脸色一紫，一翻身立上一枚细细的竹叶，以和容貌绝不相符的神情盯着孟扶摇，道："你很诡诈。但是高手过招，不是凭诡诈就有用的。"

孟扶摇笑嘻嘻地看着她，这个侏儒武功虽高，对敌经验却明显极其不足。凭自己渐渐痊愈的伤势和现有的破九霄功力，要跟她打个平手也不是难事。再说，何必一定要和她打架呢？以她那个"长孙无极要做什么我就一定要破坏什么"的性子，为什么就不能拿来反向利用呢？

"我说你堵在这里想做什么？"孟扶摇笑，"杀了我？再扇我一巴掌？那你还说那么多废话干什么？"

"我杀你做什么？"太妍面无表情，"我是师门正宗，和长孙无极那个半路出家的不同。非本门敌人，我是不杀的。”

孟扶摇顿时大喜，又听太妍道：“我只是叫你带个信给长孙无极，师尊有话要问他，叫他仔细听着。”

孟扶摇觉得这话奇怪，愕然道：“他师尊来了？”

“没有。”

“那他怎么听？”

“你只管带到就行了。”太妍不耐烦了。

“你自己为什么不去？”孟扶摇才不管她不耐烦。

太妍默然，眼神阴霾，半晌才道：“你再多问一句，我真杀了你。”

“不问就不问。”孟扶摇耸肩，“太妍太小姐，拜托你专心练功、专心等着杀长孙无极，不要有事没事就来坏我们的事。还有，你杀我就杀我，不要在我进宫的时候闯到皇宫大内什么的惊扰陛下，那是我要保护的人。”

太妍森然道：“什么时候轮到你来命令我啦？”她扭头就走，走了几步突然回身，道，“你大概以为你会做长孙无极的皇后吧？”她用古怪的眼神看了孟扶摇一眼，那眼神幽深、森凉，像一块沉在深渊里的碎玉，狠狠地嵌进了孟扶摇的眼底。

她道：“你真可怜！”

孟扶摇被那眼神撞得心中一乱，指着自己的鼻子，道：“我？可怜？”

太妍漠然看了她一眼，身形一闪，已经不见了，留下孟扶摇愕然地望着天。身后突然传来簌簌的竹叶声，还有阵淡淡的异香。孟扶摇没回头，道：“你又来接我了？我又不是小孩子，再说太妍也没讨到好。”

长孙无极笑笑，道：“小孩子都比你要省心些。”

孟扶摇翻翻白眼，问：“刚才那句话你也听见了，什么意思啊？”

身后的长孙无极没回答，他的气息沉在这雨中紫竹林里越发幽凉，今天他似乎有些心事，有点神不守舍的模样。半晌，他将孟扶摇揽进怀里，低声道：“扶摇，什么时候，我们努力的方向可以一致？”

孟扶摇仰头看着他，他眼神里幽光明灭，浅紫锦袍倒映着深紫竹叶，整个人看起来有种模糊的斑驳。孟扶摇抵着他的胸，感觉到他的气息竟然有些不稳，突然也觉得心情低落，不知道哪里涌出点腥甜的气息，恶恶地堵在心口。她幽幽地叹了口气，道：“长孙无极，放弃吧。”

长孙无极身子僵了僵，默然不答。孟扶摇想了想，又低声道：“其实太妍倒不像太恶毒的性子，武功也高，但是她那身高……唉，真要能有个配得上你的好女孩，我也就放心了。”

长孙无极静默半晌，突然笑了。

他笑，截然不同于平日的温柔雍容，森冷而锋利，他一拂袖，突然推开了孟扶摇。

这是自从遇到孟扶摇以来，他第一次主动推开她。

孟扶摇默然退后，什么也没说，低头靠着一株紫竹，无语。

“孟扶摇……”长孙无极看着她，“你又要犯乱点鸳鸯的毛病吗？你是上次洗得还不够清醒吗？你难道不懂，你此刻的‘体贴’是对我最大的讽刺吗？”

孟扶摇苦笑，半晌道：“我要真想替你乱点鸳鸯，就不会那么恶形恶状地对付佛莲了。”

长孙无极看着她，淡淡地笑了一声，道：“扶摇，哪怕再不愿意，我也从未拦住你追逐你自己的路，那么也请你将心比心，不要管我的追逐。”

孟扶摇默然望着天，要我不管你的追逐……问题是你追逐的对象是我好不好？你整日这般深情款款、摸摸抱抱，你以为我是木头啊？木头还有陷入流沙的时候，我一个大活人就不会陷入你温情的陷阱啊？你说得简单，你就不晓得我坚持得有多艰难？我坚持得牙也咬酸了、骨头也挣痛了、生理期也紊乱了，连荷尔蒙都分泌少了……我容易吗我！

眼前的男子沉在竹林幽僻的暗影里，尊贵而沉静，像一尊不可撼动的神——这是个神般的男人，完美而无懈可击，连给出的温情都坚实如玉，谁也找不了碴儿和错。是，他没错，他永远不会错，于是她便成了错的那个，她无情，她凉薄，她没心没肺，她无耻冷漠……孟扶摇闭闭眼睛，突然觉得无比烦躁。她为什么要来到这里？为什么要遇见他？为什么要陷身在爱与不爱的泥淖里，整日为不得不拒绝他而内疚——她内疚些什么？她自己不也是受伤害的那个？她比他还多一层两难的痛，而他只要不管不顾、什么也不用理会地去追女人就成了，这么不公平！这么不公平……还说什么将心比心？

她开始磨牙，不明不白地恶从心底起、恨向胆边生——与其日日因彼此受着温情的攻陷而受折磨，不如一了百了干净，彻底气走他，再让时间慢慢愈合彼此的伤口，那才是最人道的处理方式！不就是决裂吗？姑奶奶没谈过恋爱，肥皂剧却看过不少，知道什么词儿可以打倒你！

“长孙无极，我讨厌你的追逐！可不可以请你以后消失在我面前，我不想再继续欠你的情了！然后永远也还不了，再背着这样一辈子的债无比痛苦地活下去！所以请你放过我，也就是放过你自己！好了，这个就是我的真心话，我这辈子就说这一次！再见，谢谢！希望以后永远不见！”

练破九霄就是好啊，瞧这肺活量，真是让人激动得热泪盈眶……孟扶摇抹了一把“激动”出的热泪，恨恨地一甩手，掉头就走，也不去看身后长孙无极的脸色。

她昂头挺胸地向前走去，眼睛亮亮的，头昂得过高，让人怀疑昂那么高的目的只是阻止某些液体顺利流出。她步子踏得很重，却忍不住总在那些步子踏出的间隙竖起耳朵寻找身后的声音。身后却一如既往地安静，安静得如一泊死水，连紫竹摇曳的声音也不闻。孟扶摇无比想回头，想回头看看他到底是什么神情、到底在做什么。然而她伸手死死卡住了自己的脖子，一直拖着脑袋走到避在竹林一侧的铁成等人身边，恶狠狠地道：“走！”

身后突然起了风。

极细极细的细流从脚底旋起，带得一枚薄薄的落叶，打了个飞旋，悠悠地飘上孟扶摇的脚面。

哪儿来的风？在竹林的另一头……

孟扶摇霍然回首，一眼就看见竹林另一端，深紫竹叶之梢出现的粉红的小小身影，那身影冷笑着，手中华光一闪，直捅一直默立当地的长孙无极的后心！

孟扶摇立即扑了过去。

她扑得那么凶猛，像一头怒豹、一只狂狮、一头下山的母老虎，所经之处漫天紫竹叶霍地一扬，乱成了一片深紫的锦幔，又瞬间被她穿行而过的风揉捏成一团，狠狠丢弃在身后。她人未至，黑色刀尖已经拼命地去迎那柄淡青色的奇形武器。她拼命去够，以至于手臂大力拉伸发出骨节摩擦的细微的嘎吱声，响在静寂的空间里，像一声小小的爆炸。

该死的太妍！此刻的长孙无极一定反应最慢！

另一个方向，隐卫们也拼死扑了上来。然而太妍剑出的那一刹衣袖一挥，三丈之内，除了孟扶摇，再无人可以穿破她的罡气扑近。

青光冷冽，直插后心，长孙无极回首，手指一扬，递向刀光来处。然而无论是太妍还是孟扶摇，都已看出他确实慢了一步。

孟扶摇也慢了一步——她毕竟隔得太远。

哧——

极细微的兵器入肉声，听得孟扶摇连心都凉了。

太妍的尖笑声同时响起，有几分张狂、几分解脱、几分得意、几分心酸。她笑了，“我终于赢了你一次！”掌间直入的剑尖半途而止，却狠狠地向上一挑！

那一剑，不入后心，却要生生剖开长孙无极的背脊！

扬起的剑锋灿亮如流星闪电，掠着血珠，毫不犹豫地划裂肌肤，眼看便要毫无阻滞地一路划下去。剑身突然一停，孟扶摇的手掌死死挡住了剑身。

鲜血从掌心滴滴答答地涌出来，顺着剑身的槽流下去，流入长孙无极后背的伤口，两人的鲜血混在一起，再慢慢落入深紫落叶覆盖的地面。

孟扶摇面不改色，伸指去捏太妍的剑尖，想要将那剑捏断。那剑却不知是什么质料做的，滑不溜秋，孟扶摇手一滑，又是一道皮开肉绽的伤口。

她怒极，干脆也不去捏那剑，冲上来横肩一撞，直直地撞向剑身，竟是要用自己的肩撞出那还停留在长孙无极背后的剑锋。

长孙无极突然伸手，一把带开她的身子，手指一旋，将她旋到自己身后，这个动作令他后背还没撤开的长剑更深入了几分，鲜血狂涌而出，浅紫锦袍立时成了深紫。太妍手一颤，瞬间眼神有些恍惚，长孙无极已经拂袖。

他拂袖，丝袍瞬间刚硬如板，沉厚而坚硬地甩了出去，甩上剑身，奇异的震动一波波传来，太妍手一软，不由自主地放开了剑。长孙无极反手拔出长剑，手一扬，剑光如电，不射她的要害，却射向不远处的一泊水塘。

太妍半空一个翻身，赶紧去接那师门赐下的剑。那剑撞在塘边的石头上，突然更快地回射。太妍赶紧又一翻身躲避，伸手去捞剑。

身子刚纵到一半，突然定住。长孙无极的手指，已经按在了她的眉心处。

他满手鲜血，按在眉心便是一个深红的指印，令太妍粉团团的脸看起来像个善财童子，然而她眼神绝对不善财，甚至是惊恐的。她惊恐地看着那根手指，嘶声道："你敢对我用禁法……"

"你又忘了，翻天指除了禁闭记忆，还可以给你留下终生的印记。"长孙无极淡淡地看着她，眼神平静无波。看着太妍瞬间死灰的脸色，手指一摁，将她摁了出去，"我觉得这才是最合适你的惩罚！"

太妍一个翻身，从紫竹叶翻落，赶紧伸手对额头一抹，这一抹，抹下鲜血，但是额头上那指印居然没有抹去，那般鲜亮深红地镶在那里，看起来十分滑稽。

太妍脸色一白，眼泪差点冲出眼眶。她跺跺脚，一声不吭地愤然转身离去。孟扶摇也顾不得她，风一般冲上来，一把抱住长孙无极，惶急地在他身上摸索，"你怎么样了，你怎么样了……"

她摸着长孙无极的后背，沾着一手淋漓的血，那血鲜艳得惊心，她惊得声音都变了，抖着嘴唇慌乱地撕自己的衣服要给他裹伤，手却抖得厉害，居然怎么撕都撕不动那块布料。感觉到长孙无极的身子有些软，她赶紧抱着他坐下来，又去撕衣服。长孙无极突然一伸手，按住了她的手。

他手心微凉，带着些殷殷的鲜血，手势依旧温柔，轻轻挪开了孟扶摇乱撕的手，反手抹上了她的脸。这一抹，便接了一指晶莹透亮的液体，顺着他的手指滴落，将手上鲜血冲成淡淡的粉红色。孟扶摇痴痴地盯着他的手指，用手背碰了碰自己的眼角，这才发现，不知什么时候她已经泪流满面。

这个认知让她心底一酸——原来人的感情会真的背叛自己的意志，再怎么死撑着，该疼痛的时候还是会流泪。她怔怔地看着自己的眼泪，更多的泪水顿时汹涌而出。在那般喷溅的泪水里，她往长孙无极怀中一扑，放声大哭，“是我不好，是我不好……我不知道我是怎么回事，突然失了魂、迷了心，说那些混账话……是我不好……打我吧，打我吧，打我吧……”

她一边哭，一边用手去堵那个伤口，在自己怀里和长孙无极怀里拼命找金疮药，胡乱地将那些宝贝药丸往长孙无极嘴里塞。掌心里的伤口似乎同时割在了她的心里，割得她心上纵纵横横的全是伤痕。那些伤痕也在突突地冒血，血肉模糊地裹住她的心，害得她心跳得如此急又如此缓，让她几乎找不到自己的心在何处。

长孙无极却在她怀里轻轻地笑了，将沾了她眼泪的手指放在唇边，似在品味那泪水的微咸，又抬手摸了摸她的头发，有点疲倦地闭上了眼睛，道：“让我睡一会儿……”

他当真闭上眼睛，安静地睡了。孟扶摇盯着他苍白的脸、闭起的长长眼睫，心上突然如被战车碾过、被霹雳劈过——他……他……他……他……他不会是死了吧？

她抖着手，颤颤地去摸长孙无极的脉门，居然摸了几次都没摸着。好容易摸着了，随即吐出一口长气瘫软在地。她默默地瘫在满地潮湿的紫竹叶上，忽然魂飞天外，不知道自己该做什么。

有隐卫过来，试图抱起长孙无极，她已恢复冷静，推开他道：“我来。”

我的错，我来！

长孙无极和孟扶摇，陷入了冷战期。

其实这样说也不太准确，应该这样说：孟扶摇自己没脸见长孙无极，于是两人便不见面了。

她每天哀伤地躺在屋檐上喝酒，对着月亮唱些歌词乱七八糟的歌，醉了便睡在屋瓦上，半夜时翻身踢被子，顺便踢掉几块屋瓦——长孙无极在养伤，他伤得不轻，需要静养，宗越、云痕管不了她，连长孙无极家那只爱宠，最近出来进去的眼睛都长在额头上，根本对孟扶摇视而不见。

孟扶摇每天喝着闷酒思来想去，越发觉得那天发生的事不对劲——自己那突然的恶从胆边生也不对劲，虽说那想法是真实的，确实也压抑在她心底很久了，但是那样恶性的爆发，实在不像还算冷静的她会做的事，除非有个引子。什么引子？不会是长孙无极的言语，问题应该出在太妍身上。

她仔细回想，所有的疑虑都定格在太妍对她说最后一句话时的眼神上。那眼神当时她只觉得奇怪，事后想起却觉得不对。长孙无极这一门的武功，不是有偏重于精神控制那一类的？太妍当时是不是对自己动了什么手脚？

所以太妍莫名其妙地半路拦截了自己却没动手，只是为了控制了她的部分精神，放松了她的警惕，然后利用她来打击长孙无极，再乘机偷袭——她早该想到的！能培养出长孙无极这种人的师门，太妍又怎么可能没有心机？是自己太蠢，以为作战经验不足就代表着智商不足，真是一头无可救药的猪！

孟小猪想通了全部关节，却觉得于事无补，她还能把长孙无极背上那个洞给想没了？她害他受伤……她害他受伤……一想起来，她便恨不得自绝于人民。她这辈子存在的唯一最重要的意义，是不是就是要害他身心皆受伤？

孟扶摇忧伤地看着月亮，再次懒洋洋地敬了人家一杯，喃喃道："嫦娥你丫的，叫你丫跑，叫你奔月，叫你也穿越时空，这下回不去了吧？回不去了还害人家猪八戒生生地从元帅变成和尚，你自觉不自觉？"

"在说什么呢？"有人在她身边坐下来，抢走了她的酒壶，对着嘴喝了一口，笑道，"家里的酒都给你喝完了，害得我没酒喝。"

"家？"孟扶摇两眼无神地喃喃，"我没有家。"

"孟扶摇，心在哪里，哪里就是家。"雅兰珠转头，眼睛亮亮的，如两颗黑珍珠，"你的家，在这里。"

"哧——"孟扶摇回她一个剽悍的笑。

"就知道你不承认！"雅兰珠无可奈何地摇头，"也不知道几天前谁跟鬼似的一身鲜血地负着长孙无极撞进家门，直着嗓门喊宗越、宗越，愣是把我吓了个半死，还以为你俩殉情了——孟扶摇，我当时真应该找个画师把你那副模样画下来，看你还怎么嘴硬！"

孟扶摇沉默下来，半晌把脑袋往裤裆里一夹，薅韭菜似的薅着头发，"奶奶的，我好纠结啊……"

"纠结你个头啊！"雅兰珠拿酒壶敲她，"你上次还和我说，要活在当下，记得不？

活在当下！”

“我活在当下会害人家从此后只能活在过去啊……”孟扶摇继续号。

雅兰珠忍无可忍，一脚将屋瓦蹬了个坑，然后将孟扶摇给踹了下去。

轰隆隆一阵响，夹杂着叽里呱啦的怒骂，然后突然归于寂灭，仿佛那张骂人的嘴突然被人给堵了。

雅兰珠扒着踹开的破洞，毫无愧疚地对底下喊话：“长孙无极，你没被砸坏吧？我把那个口不应心、偏偏连喝酒都要睡在你屋顶上喝的无耻家伙踹给你了，你好好接收啊……”

第一百零九章

温馨融融

孟扶摇落了下去。

雅兰珠那一脚踹得又突然又狠，连日酒醉反应迟钝的她，居然真的就这么扎手扎脚、姿势难看地落下了。好在她再神志迷糊，也还记得底下是养伤的长孙无极，可别砸着他了。

她半空里一翻身，脚尖一点承尘的横隔，便要再纵回去——她还是睡屋顶吧，她还没想好怎么面对长孙无极呢！

承尘突然断了。

孟扶摇踩了个空，一怔，再翻了个身，换手去扶屋柱，柱子上突然多了一团白球。

该球的黑眼珠子直瞪到她鼻子前，恨恨地和她大眼瞪大眼，霍地一个“腾身回环倒立转体三百六十度”，我踹！我踹，我踹，我踹踹踹！

啪！

粘满糖汁的爪子直接蹬到孟扶摇脸上，恶狠狠地将猝不及防的缩头乌龟蹬了下去。

砰——

孟扶摇砸到被褥中，死鱼般弹了弹。

感觉到身下温软，她赶紧摸了摸，害怕砸到长孙无极身上。忽听有人低笑道：“摸什么呢？”那声音低而柔软，像一团柔丝，在暗夜中绕啊绕，缠得人手脚发软。

孟扶摇僵住，缩回爪子，讪笑，“丢了点钱，下来找。不在你这里啊？抱歉抱歉，实在打扰！”

她始终不看长孙无极，爬起来就要走。身子突然被人一拉，随即身上一重，一股淡淡的异香夹杂着药香覆盖下来。

孟扶摇嗷的一声就要大力推开某人，那人却语气虚弱地道：“你推吧，大不了我再伤一次。”

孟扶摇望着天——长孙无极就是个良心压榨机！

好吧，不推你，省得我这个不知轻重的碰到你的伤口！孟扶摇咧嘴笑，被压得说话也瓮声瓮气：“好吧，贵重物品，轻拿轻放。”

她试图轻拿长孙无极，那家伙却将头搁在她的颈侧，赖着不肯下来，低声道：“借个地方给我歇一下也不成吗？”

床上那么大地方，你为什么非要借我的脖子放你的脑袋?

正当她决定坚决不上当、要将身上那人扒下来的时候，长孙无极又轻轻道：“我师门的武功，修炼全身肌肉精血，每一处都是武器，每一处都流动真气。然而在未至绝顶之时，每一处也都是空门。所以我轻易不会受伤，一旦受伤，外伤就等于内伤……”

他吐气时的气息拂在孟扶摇耳后，撩动她的发丝，簌簌地痒，孟扶摇微微躲了躲，心却一点点软了下来。

半晌，孟扶摇无可奈何地低声道：“不许乱动。”

长孙无极隐约一声轻笑，低声道：“扶摇，在你彻底接受我之前，我不会动你。”

“你动得着吗？”孟扶摇恼羞成怒，“认识郭平戎吗？那就是榜样！”

长孙无极一笑，偏头过去咬她，在孟扶摇啊的一声惊呼里，他笑，“你舍得？”

孟扶摇哼了一声，偏过头去。她渐渐沉默下来，半晌，幽幽道：“对不起……”

长孙无极侧身撑肘看着她，“嗯？”

孟扶摇瞪了这个无耻的人一眼，不说话了。

长孙无极笑起来，伸手去理她的乱发，道：“你终于肯说这句话了。”

“可是我还是觉得，我那天说的，也不完全是错误的……”孟扶摇悻悻然。

两人在黑暗中相对沉默，各自想着各自的心事。此刻心情无关风月，想的却是比一时风月更长远的事。

良久，长孙无极突然问：“你惦记的是谁？”

孟扶摇沉默很久，终于答：“妈妈。”

“她在哪里？”

孟扶摇这回的沉默得更久，才道：“很远的地方。”

长孙无极看着她眼底忧伤漫漶，如流水般泻出来，眼神里也多了几分淡淡的疼痛，良久，他慢慢道：“扶摇，我帮不了你吗？”

孟扶摇用沉默作为回答。

帮？如何帮？那太残忍！她要逆天而行，难道要他也跟着赔上他这一生的幸福？

无论如何，我总是希望你能好好地做五洲大陆尊贵的皇帝，在那个最适合你的位置上君临天下、翻覆风云，做一个很好很好很好的……皇帝。

孟扶摇眯起眼睛，努力想象龙袍皇冠的长孙无极，又想他身侧该有一个什么样的皇后，然而怎么想，都觉得那个女子面容模糊，谁都套不进去。

她慢慢地，自失地笑了一下。

“睡吧，你也几天没休息好了。”长孙无极拍拍她，声音温柔，“不要自苦，你自苦就等于苦我，我们加起来就是双倍的苦。你算算，可值得？”

孟扶摇忍不住笑了笑，长孙无极凑身过去，吻吻她的额角，道：“你这小傻瓜！劝你是没用的，咱们……走着瞧吧。”

孟扶摇又恢复人样了。

她砸了酒坛子，穿了新袍子，雄赳赳、气昂昂地去上班了。

蹲在一旁的雅兰珠和元宝大人看着她的背影，互视一眼，都在对方眼睛里读到这样一句话：“欠踹！”

孟扶摇骑马走在街上，此时的磐都平静森严依旧，只是那般的平静之下，却不能避免地让人感觉到骚动的暗流，尤其在城东贵族聚集地，那种不安的气氛更加明显。有人在试图出逃、有人在悄悄囤积米粮，这个安宁了多年的天下第一大国，终于因为一个人的即将到来，而开始慌乱。

孟扶摇仰头，看着天边那片久凝不散的阴霾，不知道为什么，她的心底也隐隐有些不安。仿佛在很远的地方，有些她难以掌控和预料的事情，在缓慢地发生着变化。那变化看不见、摸不着，却像暴雨前的一簇乌云，极缓极缓却又绝不改变方向地向自己移动过来。

然而无论她怎么想，也想不出有什么不妥。怔然半晌后，她只好一扬鞭，继续向前。

磐都进入了备战期，皇营御林军、禁卫军全部集结待命，战北野的苍龙大军已经渡过沂水，正踩着一败涂地的朝廷大军的零落盔甲悍然前行。苍龙大军虽然战斗力凶悍，如同来自沙漠的狼一般将多年不经战事的天煞军队打得抱头鼠窜，却军纪严明，不惊百姓、不杀俘虏，主动献城者还有优待，因此这一路阻力较小、行进极速，只差个一日夜，便要逼近磐都城下。

天煞朝廷为此展开了多日廷议，争论是集中军力就地在磐都展开守城战，还是将京城军队拉出去阻在磐都之外六十里的丹水城，以三路军队分兵钳制战北野的前锋，不让敌人逼近磐都。两派人马争得脸红脖子粗，挥拳、捋袖吵得不可开交，今日又在吵。战南成坐在御座上，疲倦地看着底下争论。他最近气色极其不佳，众人都以为是恒王逆案伤了他的精神，只有孟扶摇看着，不禁在心底冷笑，不断猜度着他到底是个什么病根子。

廷上争论的，都是有权决定国家大事的一品大员，孟扶摇这样的从三品是没资格说话的。她站在班里，闲闲地剔指甲，忽听战南成唤她："孟统领对此有何意见？"

众人都住了嘴，齐刷刷地看过来，眼神里一半好奇、一半鄙视。

这傻小子能懂什么？

"啊？"孟扶摇赶紧放下爪子，出班而立，恭声道，"陛下神威，无论在丹水还是磐都，都一定能出师大捷、所向披靡，让逆贼望风而逃……"

"喊！"众人齐齐扭头——无耻！

战南成不胜疲倦地揉着眉心，道："孟统领，你想说什么，尽管说就是。"

"生我者父母也，知我者陛下也！"孟扶摇咧嘴笑，"那微臣就说了？"

战南成苦笑着颔首。

孟扶摇霍然转身，手臂抡圆了，就是一个好大的圈，"你们这些傻瓜！"

众臣脸色齐齐青了——这小子，怎么张嘴就骂人？

当下中书三大臣之一的奚睿怒道："孟扶摇，这朝堂之上，也是你撒野的地方？"

孟扶摇跳上丹墀，指着他的鼻子道："奚老头子，陛下准我畅所欲言，你却骂我，不许我说话，你是要抗旨吗？你此时抗旨，意欲何为，莫非你有不臣之心？你为什么会有不臣之心，难道你是想改投逆贼战北野……"

奚老头子抚胸，咳嗽，摇摇欲坠，未及一回合，败阵。

战南成眉头方皱，孟扶摇又是一个大转身，朗声道："陛下，此两策皆不可取！"

满殿轰然。皇营总统领谢昱冷笑道："孟统领有何高见？"

"我的高见就是，"孟扶摇毫不脸红，"迎战六十里到丹水，等于弃磐都于危险之境，一旦敌人分兵绕路，磐都危殆。何况磐都为天下第一重城，坚墙利炮、易守难攻，想要守城，不在磐都守跑到丹水去？荒唐！"

战南成点头，力持丹水迎战的奚睿老脸通红，愤声道："你说的不就是守磐都？有什么新鲜的！"

"守，也要看怎么守！"孟扶摇对他挥拳头，"你们有谁仔细分析过战北野逆军的组成？他的主力是他的沙漠骑兵没错，但是还有两支联军，是早期跟随着他的金彦、明伦两府都督，这两个逆贼对战反贼忠心耿耿，是战北野的左膀右臂，你们不会不知道吧？"

"知道又怎样？"有人咕哝，"无论如何，苍龙军还是主力，那战力……"

"呸，长他人志气、灭自己威风的东西！"孟扶摇一唾，"不能力敌，为什么不可以智取？"

"你又知道怎么智了？"有人冷笑。

"取将必先取其军心，金彦、明伦两府都督是领军在外的封疆大吏，按照惯例，家眷都在京……"孟扶摇阴笑，"牵上城，宰之！"

众人默然——这小子，阴毒！

也有人疑问："若两府都督大义灭亲——哦，不，不管他们家眷的死活呢？再说他们也是辅军，就算退出，也动摇不了大局……"

"咦，关两府都督什么事？"孟扶摇睁大眼，"我想逼的是战北野啊！不是说苍龙军都是北地汉子出身，彪悍勇猛的同时也是最重义气的吗？如今将对战北野有恩义的两府都督的家人捆上城，战北野会做何选择？他若是退兵，便是功亏一篑；他若不退，就算日后两府都督一点芥蒂都没有，不怪他，继续追随他，他又如何有脸面再统帅万千雄兵，如何有脸面面对为他洒血洒泪再破家的兄弟？他麾下那些热血汉子，又如何肯为这样凉薄的主子卖命？"

众人吸了一口气，默默无语。真是无德阴毒人，灭门绝户计！

天煞民风淳朴，崇尚光明坦荡的真男儿，虽说兵不厌诈，但这种绑人无辜弱小、直攻人心的计策，素来为天煞武将不耻。文臣虽然未必就想不到，却觉得一旦首献此计，日后史笔如刀，自己难免要背负千古骂名。再说做臣子的，谁当皇帝不是当呢？是以，虽然也有精于算计的人心中掠过这种想法，却都没开口。

不想今日朝堂之上，被这个二百五统领赤裸裸地说了出来。

谢昱冷笑道："你当金彦、明伦两府都督都是傻子，不知道先把家眷接出来？"

孟扶摇睨视他，"听统领的口气，你是到那两府都督家中去过了？没见着人？既然你有这个计策，为什么没先对陛下说起呢？"

谢昱脸色白了白，御座上，战南成目光一闪。

孟扶摇又笑起来，道：“其实，两府都督的家人在不在京中，根本没关系，我随便绑几个妇人、小孩上城，说那是两府都督的家人。都督就算不承认，我便让那妇人哭丈夫、小孩叫爹爹、老母亲唤爱儿，做戏做得十分——都督千里征伐，不会带着自己的真家眷吧？都督家眷到底在不在，士兵们未必都清楚吧？人嘛，一般都会更相信眼睛看见的东西。在万千士兵眼里，那城楼上哭喊得如此真切的，怎么会不是都督家眷？都督不认，不过是大义灭亲、顾全大局罢了，在那种情况下，都督不认是大义，战北野不认又算什么？哈哈，你们说，让战北野对着那些假家眷依旧进退两难、被迫放弃，不是更让他气得吐血吗？”

她眉飞色舞、手舞足蹈，“岂不快哉！”

“……”

大殿中一片沉默，众人面面相觑，迅速达成共识——以后千万不要得罪这小子！精擅攻心之计、拿捏人心，还极度无耻！

孟扶摇厚颜无耻地眯眼笑，“这可比绑战北野自己的娘上城头还要有效。他可以为大局不顾自己的娘，却不可以不顾人家的娘……哈哈，何况，两府都督的家眷，本就在我手中。”

“在你手中？”战南成的目光立即转了过来。

“陛下！”孟扶摇肃然躬身，“自从战逆举事、金彦府都督献城开始，微臣便觉得其中必有勾结之处，所以提前一步加强了城防。我飞狐营的弟兄，早已截获两府都督的家眷，一直关在我府中。微臣要在磐都城下狠狠地给战北野一个教训，好让那些按兵不动、还在观望的封疆大吏懂得谁才是真正的主子！”

“好！”战南成喜动颜色，“爱卿当真忠心为国！”

“食君之禄，分君之忧。”孟扶摇指天誓日，“微臣愿为马前卒，为陛下斩杀战獠于阵前！”

“你是人才，如何能当马前卒使？”战南成愉悦地笑了，青白的脸上都微微绽了红光，“传旨，原皇营总统领谢昱调任兵部侍郎，皇营总统领一职，”战南成顿了顿，微笑着看了看孟扶摇，满殿寂然，孟扶摇纯洁地抬头，“由原皇营副统领、飞狐营统领孟扶摇接任！”

“微臣谢恩！”

“见过无耻的，没见过这么无耻的！”雅兰珠用筷子在饭桌上指点江山，“竟真的用一张嘴，硬生生在最后关头把皇营总统领骗到了手。皇营啊，京城目前最大的武装势力、三营近十万兵，还没有空额——哇，你发了！”

孟厨娘穿着围裙，冒着腾腾的油气，死狗一样将最后一道菜端上桌——自从长孙无极养伤，她便开始亲自下厨了。我们的孟将军才艺比较特殊，有气质的琴棋书画一样不会，生活类的厨艺、缝纫都还凑合，以至于现在孟府里的厨子烧饭，那几位贵族阶层一概拒吃，生生地被她把嘴给养刁了。

云痕还问过她："扶摇，你看起来也不像个能干的，怎么厨艺这么出色？特别是最普通的蔬菜，居然也能做出好滋味来。"

孟扶摇心酸地想，如果你们也有个病歪歪的娘、有着经常囊空如洗的口袋，每日要捏着薄薄的工资在菜市场转悠，努力在医药费和伙食费之间做出基本合理的平衡，并高难度地达到在病人的药费和营养费支出之外还能兼顾到饭菜口味的调理……你们也能用青菜做出青菜十八烧的！

她哀怨地一屁股坐在饭桌旁，操起筷子准备开吃，结果发现自己不过就是脱个围裙的工夫，桌上的菜居然都换了位置——我的糖醋排骨、我的麻辣牛肉、我的开阳白菜炖三丝，为什么都脱离了我这个兵马大将军的军营，改投到了敌军麾下？

"敌军"高踞主位，左牵骨、右擎牛，开阳白菜、三丝卷全桌，一旁帅哥倒酒、美男夹菜。

毒舌男亲自帮着笑眯眯端坐在美人中间的雅女王夹菜，态度比对孟扶摇要好了几百倍，某人看得眼睛都红了。

云痕将所有的好菜都往雅兰珠面前放，放不了就架着，盘子堆起三层高，桌上的菜呈现极度的荤素不平衡现象。亏得云痕技巧高超，架得好比云霄飞车，居然还不倒塌……某人嘴里发出吱吱磨牙的声音。

某人将最后希冀的目光投向她的死忠太子，死忠太子抬眸对她笑笑，然后——亲自给雅兰珠斟酒。

孟扶摇崩溃了！

一群见色忘友、见利忘义、见菜忘厨娘的猪猡！偏心也不能这么个偏法！

孟扶摇大怒着将筷子一搁，大骂："老子天天白天上班晚上烧饭，半夜还要去换药、做按摩……"她突然用筷子堵住自己的嘴——呃……说漏嘴了。

长孙无极斜倚在椅子上，抬起长睫看了她一眼，眼神很愉悦。

很好，就要这样经常说漏嘴。

孟扶摇不甘心，换个词儿继续骂："老子天天烧饭，你们这群闲人还要我洗碗、洗菜……洗……"

“今天是雅公主的寿辰。”对面，毒舌男淡淡的一句话，便砸死了孟扶摇。

孟扶摇张口结舌，愣在那里还没来得及说话，寿星公主已经双手捧心，明媚而忧伤地道：“我真傻，真的！我单以为我做寿大家都会很开心，却不知道还是有人会不高兴的……”

孟扶摇嘴角抽了抽，举袖捂脸——我真傻，真的！须知道耍人者人恒耍之，一篇绝世牛文诞生的后果，就是自己搬起石头砸了自己的脚。

袖子放下时她已经换了一脸谄媚的笑，站起来，亲自将自己面前最后一盘宫保鸡丁换到雅兰珠面前，“哎呀，珠珠，你生日你不早说嘛！你不说我怎么知道你生日呢？你看我一知道你的生日就欢欣鼓舞、雀跃万分……”她一屁股挤走云痕，亲亲热热地坐到雅兰珠身边，“珠珠，想要什么生日礼物？以前你都收什么生日礼物？我们来个特别的！”

“以前啊……”雅兰珠偏着头，大眼睛眨啊眨，“去年这个时候我刚到太渊，那天晚上客栈不远处有家人办喜事，鞭炮放得欢，我坐在屋檐上拿了壶酒，放一声炮就敬自己一杯，放一声炮就敬自己一杯，哎呀，好热闹……”

屋子里静默下来，孟扶摇的手僵在了雅兰珠肩上。

“前年这个时候我在扶风，我被逮回去关了起来，父王和母后为了安慰我就给我办了个寿宴。我要求人越多越好、排场越大越好，趁着人多我又溜了。溜得太急，连包袱也跑丢了，后半夜我饿得要死，在一家老农家用扭断的金钗换了半个僵饼。我抱着饼子，就着皇城里的烟花灯火慢慢啃，想着那些烤猪、肥牛、宫廷御宴和这半个饼也差不多，我闻到那味道，也算吃过了……”

“……”

“大前年是在天煞，我在葛雅沙漠里迷了路，一群沙漠风盗抢劫我被我给宰了，可我也让他们临死前戳破了水囊。那天晚上月亮好大，大得像宫里的冰碗子，我看着那月亮，想着要是冰碗子多好啊，我一定要狠狠地吃得一点不剩！以前我总是嫌多吃不掉，那一刻我好后悔……后来我想，我不能渴死在葛雅，那种死法太难看了，有人会认不出我的。我就去喝那些风盗尸体的血，嘻嘻……”

“别说了……”孟扶摇扶着墙站起来，一片静默里，她也不看雅兰珠，勉强笑了一下，“我去添几个菜。珠珠生日，这几个菜太简慢了。”

雅兰珠看着她的背影，突然笑了笑，敲着筷子清清脆脆地道：“孟扶摇，我说这些不是要讨你们同情，我只是要告诉你，感情里的事，总是要苦的，越执着越苦，甚至还要寂寞、还要流浪、还要面对危险，可是那又有什么关系？只要你敢，再苦也可以甘之如饴，最怕的是，连敢都不敢的。”

她慢慢夹了一筷子菜吃着，给身周的美人们也各夹了一筷子，笑道：“别一个个都故作无动于衷其实却好关切的死样子。说真的，我挺满足的，今年的这个生日真是个意外之喜，我突然觉得我什么都有了。有人爱固然重要，可是有些感情一点不比这个逊色分毫，对吧？十二岁之前我的那些宫廷寿宴、十二岁之后我那些流浪中过的生日，加起来都没今天让我快乐——孟扶摇，你给我滚回来！还添什么菜，你想撑死我啊！”

长孙无极突然笑道：“雅公主，当初和我订亲的为什么不是你，不然我现在也解脱了。”

雅兰珠瞟他一眼，笑嘻嘻道：“把某人的某句话送给你——革命尚未成功，同志仍须努力！”

长孙无极一笑，雅兰珠又举杯绕场一周，“我不偏心，这句话送给所有人——革命尚未成功，同志仍须努力。”

太子殿下脸色黑了一黑，无可奈何地吃菜。

孟扶摇吸了一口气，背对着雅兰珠，看着窗外那轮挺圆的月亮，想着那个在千里戈壁中一轮燃烧着的月亮下喝着尸体血液庆生的十四岁的小姑娘，良久，微微抬手，弹掉了眼睫上的一颗水珠。

她抓起和她一样忧伤地看月亮的元宝大人，笑道：“只添最后一道菜。”

雅兰珠啃着蹄髈，呜呜道：“不要荤的啊……”

孟扶摇过了一会儿神秘兮兮地回来，手中捧着一个金盘，盘中盖着银盖，道：“大菜！”

雅兰珠挑挑眉，“你神神秘秘的，又搞什么……”伸手去掀盖，然后噗一声，将满嘴的酒喷了出来。

盘子正中，坐着打着鲜艳红蝴蝶结的元宝大人。

“献上我的生日礼物——纯情忠贞的处男元宝大人……的处男舞。”孟扶摇肃然伸手一引，元宝大人慢条斯理地起身整了整蝴蝶结，优雅地对雅兰珠行了个背手礼，爪子向前一伸。

雅兰珠抽了抽嘴角，看着这个华尔兹的邀请礼——她在孟扶摇身边这么久，自然也学过这种舞，然而……和元宝大人跳？

元宝大人肃然等着，它决定了，要把自己的第一支舞献给珠珠，主子都要靠边站。

雅兰珠看着肃然等待的元宝大人、看着含笑抱臂靠在一边的孟扶摇、看着身侧那几位微笑着给她夹菜想撑死她的美人，眼睛越发亮了，像是有无数颗珍珠在其中滚动，那般滚来滚去，却始终没有落下来。

良久，她嘴角微微翘起，慢慢伸出手指，钩住了元宝大人的爪子。

她道：“元宝，不许踩到我的手啊！”

一室静默，月光游移，在桌上照出硕大的、滚圆的光斑。光斑中，雪白的毛球抱着纤细的手指，陶醉地跳着它无声的华尔兹，那手指合作地随着它的动作移动，做出蹁跹起落、摆荡飞旋的姿势……不取笑、不轻慢、不觉得滑稽，和那个小小毛球，一模一样地认真而虔诚。

所有珍贵的心意，都值得虔诚以待。

一曲终了，元宝绅士地将那根手指礼仪周全地送回，月光下又是一躬。

雅兰珠笑着，道：“这傻元宝，还做全套礼仪哪！这下你可亏了，你的第一支舞就是我的了……”她突然说不下去了，抬手捂住了眼。半晌，她的指缝里，有晶莹的珍珠滚落下来。

元宝大人噌噌地顺着她的手臂爬上去，用蝴蝶结慢慢地擦、慢慢地“吱吱……”

孟扶摇突然大步走了出去。

她直直地走到门外，做了个手势，然后头也不回地向前行到花园里，这才接过跟过来的负责传信的黑衣人递来的蜡丸，道：“去吧。”

她慢慢展开蜡丸，看了纸上龙飞凤舞的字迹一眼，眼底闪过莫名的、复杂的情绪，然后慢慢地将纸揉碎。

她回去，靠在窗边探头对着里面笑。雅兰珠已经恢复了平静，笑吟吟地问她：“战北野又有消息来了？明日他就要到了吧？”

“嗯！”孟扶摇目光亮亮地对她笑，“他要我代为恭祝你十七岁生辰，年年有今日，岁岁有今朝。”

“真要天天都这个好日子，我还吃不消呢！”雅兰珠笑了，目光坦荡地深深看着她，“谢谢！”

孟扶摇僵了一僵，随即也笑了笑，道：“你客气起来，真让人吃不消。”她从窗前走开，道，“我去洗手，你们自便。”

她没去洗手，而是默然坐在了花园里。远处的灯光射上一池碧水，粼光变幻，荡出一片灿烂的银彩。池水上的睡莲有些憔悴，在白石的弯弯桥栏下静默地歇着。风从水上掠过，带来掺着菊花香气的舒爽气息。一朵小雏菊正俯身在她手指边，盈盈的、娇嫩的，像一枚珍珠戒指。

身侧有人坐了下来，一地菊花丛微微低伏，似为那容光所惊。那人却只是轻轻地笑，将那嫩黄的小雏菊在她雪白的指间比了比，道："好漂亮的颜色！"

孟扶摇没转头，喃喃道："她说谢谢——你说她在谢谁呢？"

长孙无极笑了笑，半晌道："雅公主是极聪明的人。"

孟扶摇叹口气，道："也许，我又弄巧成拙了。"

"不，"长孙无极转头，深海般幽邃的目光投入她明亮的眼眸中，"正因为她是聪明人，所以，才更为懂得你的心意。"

孟扶摇叹了口气，向后一仰，用手遮住眼睛，道："我经常觉得，我就是个罪人……"她突然住口，狐疑地嗅了嗅，道，"什么味道？"

长孙无极笑道："变个戏法给你看。"

孟扶摇一偏头，立即黑线了——太子殿下正从他那超级宽大的袖子里掏出——一盘菜。

红烧丸子。

孟扶摇抽抽嘴角——难怪她觉得桌上好像有点不对。别人也许未必会在意，她这个厨娘对自己烧出了多少道菜还是有数的，不想居然被这个馋嘴的给偷渡了。

"你想吃我给你做嘛，用得着偷吗？堂堂一国太子，桌上偷菜，你羞也不羞……"

长孙无极不理她，有点沮丧地凝视着那盘已经色香味都不怎么样了的丸子，喃喃道："我以为丸子应该是最能保持口味的菜，不想搁了阵子，还是不像样儿……"

孟扶摇突然停止了她的絮叨——他是因为她在桌上没吃什么，怕她饿着，特意为她留下的？尊贵优雅的太子殿下从桌上偷菜……真是想象不出那个场景。

唉！可惜太子殿下偷菜的眼光实在不敢恭维——丸子一冷，就黏在了一起，根本没法下嘴。

孟扶摇想笑，咧了咧嘴，却笑不出来。她弯下身去，抱住脑袋静了一会儿，然后接过丸子，用手抓着就往嘴里塞。

长孙无极却将那盘菜拿了过去，"冷了，别吃了，仔细闹肚子。"又拉她起来，"别懒，去做夜宵。"

孟扶摇赖着不动，"我不饿。"

"可是我饿！"某人毫不客气地拉她，"我还在养伤，你要保证我的营养。"

孟扶摇翻了个白眼，太子殿下这伤真难养啊！

"我去做夜宵，你得给我烧火。"

"成！"

……

一刻钟后。

厨房里好一派其乐融融、执炊的景象——扎着头巾的俏美厨娘轻捷地在锅台前忙碌，掌间神奇地飞出一个个雪白的馄饨，那纤手比馄饨更白，手势轻盈若舞；灶台后宽衣大袖的男子则倚壁坐着，闲闲地将柴火往灶台里放，腾腾的火光明亮热烈，映亮着他风华绝代的眉目，那容颜如玉、辉光四射，虽身处灶台污脏之地，却不改其姿。他偶尔抬眸含笑看向忙碌的女子，眼神绵邈，空气中有温馨的气氛氤氲……

半个时辰后。

厨娘柳眉倒竖，抓着馄饨皮子愤然叉腰。

厨房里浓烟滚滚，宛如有人放火或者杀人后烧尸灭迹。

灶台下柴堆后簌簌一动，钻出个乌眉黑眼的，他一边咳嗽一边掸着衣料华贵的浅紫锦袍，那袍子也已经乌漆墨黑、看不出本来颜色了。该人尊贵地执着一根柴火，气质优雅地皱眉研究自己明明可以控制体内真火、人间战火，为什么就控制不了区区灶火?

孟扶摇忧伤地望着天。

瞧这生活能力差的，这万一要是被人玩了狸猫换太子什么的，流落民间，可该怎么活呢?

她望着望着，又觉得欢喜——太子殿下终于被俺发现了一件他做不了的事，俺还以为他上至灭国下至绣花都能搞得定呢!

太子殿下看看她的表情便知道她在想什么，过去拉她，“锅边烫，小心被热气熏着，我来煮馄饨，你去烧火。”

孟扶摇鄙视地看他一眼——就有这种人，耍诡计也要玩深情款款。

半晌。

“长孙无极，你这是煮馄饨还是煮粥……啊，我的馄饨呢？皮都煮没了……”

……

一个时辰后，吃完了烂馄饨的孟扶摇刚刚爬上床，一边爬一边对元宝大人嘟囔：“我这个苦命的，眼看就要上战场害人，劳心劳力又劳神，还得半夜洗厨房、做夜宵、打扫卫生，我这是欠了谁的呀我……”

元宝大人答：“吱吱（你自找的）。”

自找苦命的那家伙确实苦命，她刚刚躺下，便听得远处一阵轰隆隆起了巨响，地面都在微微颤抖，床上金钩乱晃，叮叮当当地撞在一起，随即响起巨大的擂门声。孟扶摇披衣起床，便见西边城门处火光映红了半边天。

“苍龙军攻城啦——”

孟扶摇快步抢出，奔上高楼，仰头看天际深红，喃喃道：“这家伙不要命了，来这么快！”

霍然一声厉响，火光升起处，一支鸣镝尖啸着直上云霄。那般穿裂之势极其凶猛，如一线火剑瞬间撕开了黑夜的幕布，将苍穹狠狠地一扯两半。随即那巨箭在半空炸开，竟然哗啦炸出一面旗帜来，上有苍龙于烈电层云中飞舞，张牙舞爪地凌空下攫。那深红的旗帜在半空中被气流扯得一阵扭曲展动，旗上苍龙便犹如从云端狞厉下扑，气势逼人！

满城哄然，为这先声夺人、来势汹汹的苍龙军气势所震，长街之上无数人奔出，万人仰首，怔怔地凝望。

唯有孟扶摇人在高处，目力非凡，将那瞬间夺目出现又消失在云层黑暗中的旗帜看了个清楚，也看见了那旗上墨迹淋漓的几个巨大的字——

“我来也！”

第一百一十章

翻覆乾坤

“我来也！”

这是独属于战北野狂霸气质的通知方式——专门用来通知孟扶摇。

孟扶摇仰头看着那方被火烧红的天空，看着那苍龙飞卷消失于云层中央，目光闪亮地笑了一下。

大半年的苦心经营，从真武到朝堂，慢慢铺设、步步上升，直至今日，她终于抓住了天煞腹心要害之地三分之一的军权，彻底走近了战南成身边。当初战北野离开时她所发的誓言，终将兑现！

不过现在她还有更重要的事要做，为山九仞，怎可功亏一篑？

她下楼，换了衣服便要出门，身后突有人道：“我陪你一起去。”是云痕的声音。

孟扶摇转身，遥遥火光的映衬下，少年的眼眸清亮透彻、幽火浮沉。他看着孟扶摇，道：“太子有伤，身份也不宜暴露，宗先生也不方便，我陪你去。”

孟扶摇默然，云痕又道：“太渊家里来过好几封信，要我回去，我没回，就是等着这一天。等你大功告成，我也好放心地离开。”

孟扶摇看着他，不知道该说什么。想起几人各属一国，都有自己的事业，因真武大会在天煞一聚，待此间事了，大抵都要离开的吧？比如宗越，八成也会和云痕一样，是因为不放心这最后一战才留到了现在。自从前段时间见过轩辕韵，他越发神神秘秘，消息传递十分频繁，有时还会在夜间出去，不知道在准备什么。

孟扶摇想着，人生聚散如飘萍，说到底，每个人都有自己要走的路，而在那样的路上，谁都难免孤独。

看她出神不语，少年默默地转过头去，两人在远处升腾的红光和喧闹里相对无语。红光映得两人面色鲜丽，眼神里却各自有些幽暗的色彩。良久，孟扶摇长长地嘘了一口气，道："要走的时候，不许偷跑，得让我送你。"

云痕嗯了一声，自去换了一身护卫衣服。孟扶摇等他的时候，让原本打算跟着她的铁成回去，又唤过姚迅来吩咐了几句。

她带着云痕直奔皇营，宫中调令还没下来，按照天煞朝廷律令，将领有统兵之权、无调兵权，她必须要依令行动。孟扶摇匆匆赶到宫中请见战南成，在宫门口遇见一个神色惊慌、带队奔出宫门的太监。那太监一见孟扶摇犹如见了救兵，急忙上前拉住她的袖子，道："孟统领，请速速随奴才进宫……"

孟扶摇盯着他仓皇失措的神情，目光一闪，面上却比他更急地一把推开他，烦躁地道："这都什么时辰了还进宫！陛下没有调令给我吗？没调令我自己上城打去！"

她说罢转身就走，太监大急，一把抓住她，惶急中连声音都带了哭腔，"孟统领，陛下他……陛下他……"

"嗯？"孟扶摇回身，"陛下怎么了？"

"我的好统领，随奴才去看看吧，求您了！"太监拉着她的袖子，孟扶摇点了点头。云痕随之跟上，太监下意识地要阻拦，孟扶摇道："我的亲信护卫你也要拦？你算什么东西？"

那太监缩了手，赶紧谢罪，带着孟扶摇一路疾行，直入战南成的寝宫勤政殿。

孟扶摇看着黑沉沉的宫殿，皱眉道："中书三大臣没有来吗？"

太监低头不语。天煞贵臣都十分厌恶阉人，害怕这些阴人蛊惑圣心、搅乱朝政，每见之必恶颜相向，没错误也要找出错误来整治，有错误更是动辄便死。今夜陛下出事，他作为勤政殿总管太监，一旦通知三大臣，下场必定是个死。他情急之中想起孟扶摇，这位很受宠爱的年轻统领每次进宫都谈笑风生、出手大方，宫内上下都对她很有好感。有她在，自己也许还能逃条命出来。

孟扶摇唇角微露笑意，已经明白了这个太监的私心——很好，天助我也！

她快步进殿，穿过烛火沉沉的外殿，厚厚的丝幔层层垂落，将殿中遮挡得一丝光线也不透，地面上明黄的加厚地毯落足无声。孟扶摇挥开那些迷宫似的帐幔，抓抓挠挠，像是个拂之不去的噩梦。殿角有篆烟几许，催得人慵懒欲眠。

在内殿的最后一层，战南成躺在榻上，脸颊青白，双眼赤红，呼吸浊重。见孟扶摇掀帘进来，帘幕的缝隙里微露一点外间的烛光，他立即烦躁地挥手，“放下，快放下！”

孟扶摇放下手，抬眼看了看殿角四周，那里立着两名卫士，高大、沉默，气势沉雄、忠心耿耿地守卫在战南成的榻侧——那是战氏家族豢养的卫奴，忠心、勇猛而愚钝。战南成以前嫌他们麻烦、蠢笨，从来都不带着，自从上次被挟持后，这些卫奴便寸步不离。如果孟扶摇没猜错的话，战南成的榻上应该也有机关。

她如今已算是战南成的宠臣，但是至今为止，也未能踏近他身前三步。此刻战南成病发，是更加警惕还是放松了戒备？孟扶摇试探地脚尖前进一步，战南成立即转过头来，气喘吁吁地道：“退下，退下……”

孟扶摇不动了，恭谨地退步行礼。战南成道：“外面……外面怎么样了？”

孟扶摇神色不动，“战北野攻城了。”

战南成震了一震，拼命支起身子，道：“给我传旨……传旨……”

孟扶摇回首示意太监送上纸笔。那太监还要去传太书阁值夜的秉笔大臣，孟扶摇森然道：“这都什么时辰了，还敢延误？难道我不认识字？”

战南成烦恶道：“别吵……别吵！传旨……着谢昱和你……带禁卫军和皇营守城……御林军由寇中书统带，守卫宫禁……让中书三大臣都过来……再派人，再次联络在辅京的平靖王……”

孟扶摇笔走龙蛇，唰唰写就，道：“请陛下用御宝，并赐虎符。”

战南成抖抖索索地按了按榻前扶手，取过一方印章，刚要盖，目光一扫，突然惊呼道：“你……你怎么写了这个……”他抓着章的手指要挪开，孟扶摇微笑着抓过他的手，在圣旨上按了印。

战南成浑身哆嗦，戟指指她，目眦欲裂，“你——你——”

两名卫奴目光迟钝地转过来，战南成的另一只手也在悄悄地探向枕下。孟扶摇微笑地看着，没有上前，反而退后一步，卫奴立即不动了。

孟扶摇随即取出一个小小的杯子和一小壶酒，轻轻地，当着战南成的面，将壶中的酒慢慢倒入杯子中。

水声。

酒水清冽一线，落入杯中，发出淅淅沥沥的水声，平静而安详，听起来毫无杀气，缠绵悠长。然而对有些身患怪疾的人来说，这却是催魂鼓、夺命钟！

战南成蓦然浑身一蹦，直直地从榻上蹦起半米高，再重重地摔到被褥上。他抽搐着，嘶喘着，挣扎着，眼角和鼻孔都有细细的血丝冒了出来。

他在榻上痛苦地挪游，游成垂死的鱼、痉挛的虾，那些斑斑的血迹不住地沾染在锦绣被褥之上，凄厉如艳色荼蘼。

卫奴不动——这些自幼被摧毁了正常意识的奴隶，接到的命令是：如果有人接近陛下意图攻击，击杀之！

然而现在孟扶摇站得远远的，只是在倒酒而已。

她平静地将壶中酒倒进杯中，再将杯中酒倒回壶中，周而复始，循环不休。

战南成的痛苦，便也生生不休。

他翻滚着嘶吼："别——别——"

孟扶摇停了手，问他："虎符呢？"

战南成抬头望了她一眼，他已经虚弱得没有扳开机关的力气，满头汗水混着嘴角的血迹滚滚而下，那眼神却怨毒无伦，像是从地狱中爬出的欲待噬人的恶鬼。

孟扶摇不为所动——如果有谁眼睁睁地看过同伴战友在自己面前生生被蚂蚁吃成骨架再惨烈地自焚而死，这辈子就再也没什么不可以面对的场景。

害人者，人恒害之，如此而已。

见战南成不回答，孟扶摇从怀中掏出火折子，凑近那壶酒。

战南成的脸色立刻变了，他惊恐地盯着那个火折子，就像看见自己被褥里突然多了一万条毒蛇一样。

"别——"他语不成声地低喊。

孟扶摇立即对着他摊开了手掌。

战南成抖索着，迟迟不肯说话。孟扶摇将那火折子在掌心里抛啊抛，轻描淡写道："死不可怕，可怕的是死前受尽折磨，陛下，你喜欢后一种方式？"

战南成闭上眼，他已经没有力气去思考或者去恨什么，只在心里朦朦胧胧地觉得，从长翰山追杀战北野开始，他便犯了个无法挽回的巨大错误，然后他便陷入某个深谋远虑的陷阱，真武大会、年少魁首、在无极沦为男宠郁郁不得志的二百五统领、北恒被杀、他的病提前发作……原来从一开始，他就堕入了他人步步为营、时时算计的彀中。

他没能杀了战北野，于是他终将丢掉自己的性命。

而他……他是谁？他和战北野，一个举兵掠他国土、一个为官夺他性命，里攻外击，自己输得好惨！

对面少年的笑意若浮光掠影，如水中花，动荡摇曳在他的视野里，那眼睛波光潋滟、素净如雪，清冽得就像是落在冰川之上的黑色蝴蝶。

战南成被这样的目光击中——自己才是最傻的那一个，居然相信了无极太子和他之间不着一语的眼神说辞，这样华光厉烈的眼睛，怎么可能是一个受尽委屈的男宠所有？

战南成终于闭上了眼，举起因疼痛而令指甲生生折裂的手指，对着殿顶指了指。

孟扶摇一抬头，便看见殿顶两侧不引人注意的角落里各有一个装饰性的兽头，兽口微张，金光一闪。

孟扶摇笑了，度量了一下那兽头的位置，选了左侧的兽头，指尖一弹，一点金光掉落。

她掂着虎符、抓着圣旨向外走去，身后突然风声微响。她反手一抓，那东西竟然滑开她的手。孟扶摇头也不回，立即刀光一闪向后一斩，猛烈的刀风将厚重的幔帐齐齐掀起，那东西依然从她刀尖下滑了过去。

孟扶摇心中一惊，赶紧滑步便掠。那东西却死追不舍，呼啸着撞了上来，快得像是声音和光——你没发现时，它已到达。

百忙之中孟扶摇执刀回身，打算硬接。一回身便觉得腥气扑面，一双深紫的眼睛刹那间逼近眼帘。那眼睛一眨，便是一道紫色的黏液，四处飞射！

孟扶摇的刀已经拍了出去，正好将那液体激得溅开，绝大部分被阻在了孟扶摇的罡气之外，却有睫毛般细长的一丝，近距离地直落她的眉心。

孟扶摇心中一冷——自己得意之下，竟然大意了！

哧——

一柄剑突然插了过来！

薄而长的利剑、银光漫越的剑光，刹那间在暗色中亮出流星般的弧度，比声音、比光更快地插向孟扶摇的面门，激得她发丝俱舞、眼睛不能睁，寒光烁烁，锋锐凌人。

然后，那剑刹那一停，擦着孟扶摇的眉睫停下。

来得快捷，停得更快。剑身银光晃动闪烁不休，明明极其贴近孟扶摇的面门，只差一点便会插瞎孟扶摇的双眼或是插穿她的太阳穴，结果却连孟扶摇最长的那根睫毛都没斩落。

剑身准准地停在她的眉睫前，紫色液体正好溅上！

暗室、无光、近在咫尺的要害、细丝般的毒液——这精准到言语无法形容的一剑，需要何等惊人的腕力和眼力？

哧的一声，那紫色液体竟然瞬间扩散，将明洁的剑面污染得一片浊黑，而液体落入的那个中心，被慢慢地腐蚀出一个洞——好厉害的毒！

孟扶摇松了一口气，感激地瞟了一眼云痕——你又救我一次！

她立即拔刀去宰那紫色怪物。云痕收剑，收回的时候他使力艰难，腕节似乎因为控制力度太狠发生错节脱臼了，而他背心里全是冷汗，里衣紧紧地黏在身上，如绳索一般。

刚才那一剑——是他一生里使得最好的一剑。

那般千钧一发的时刻，一直等在帘外的他听得风声不对，一掀帘进来什么都没看见，先看见了即将迫入她眉睫的毒液。他想也不想便出手了，现在回过头来再想刚才那一剑，却发觉那一剑刺出时他还根本就什么都没看清楚。

以他的功力，那么仓促的一剑只会将孟扶摇戳一个洞，那么，他是怎么刺出的，又是怎样将那一剑控制得妙到毫巅？那样绝顶的一剑，因为怎样的力量才能奇迹般实现？

云痕嘘了一口气，闭上眼睛，感激上苍！

身后，孟扶摇大步过来，一边拭刀尖的血一边道："想不到这最后取虎符也是个联动机关，右边那个兽首里竟藏着这个怪物。"她看了看地下那血肉模糊的紫色一团，又道，"云痕，你的剑法越发精进了，这一剑我也使不出呢。"

云痕笑笑，孟扶摇对他脸上望了一望，愕然道："你怎么了？出这么多汗？"说着掏出汗巾要给他擦汗，想了想，抿嘴递过去，道，"我粗手笨脚的，嘿嘿……"

云痕接过，却直接塞在了怀里。孟扶摇红了红脸，当没看见。云痕看了看榻上已经昏迷的战南成，道："不杀？留着夜长梦多！"

"这是我要拜托你的事。"孟扶摇道，"战南成现在不能杀，我矫诏命文武百官在勤政殿外殿齐聚，要困住有权应急调动军队的中书三大臣。三大臣资格老，等急了一定会闯殿，留着战南成和卫奴，可以取信他们并拖延时辰。这里拜托你随机应变，以我的护卫身份守在这里，如果事情有变，请你杀了战南成；如果事情成了，最后还是请你……杀了他！"

云痕震了震，孟扶摇无可奈何地笑道："战北野心软，杀兄这事他未必做得出来，留着战南成却绝对是个毒瘤——让他做个干干净净的皇帝吧，弑兄之罪，我来替他背！"

她笑了，笑容坦坦荡荡，"反正我看来是做定了老周太师第二，天煞'贰臣第一'。哈哈！"

云痕深深地看着她明朗无畏、勇于冲破并承担一切的笑容，半晌掉开目光，道："好！"

孟扶摇眉开眼笑地看着他，递过从战南成身上解下的一个卧龙袋，道："挟天子以令诸侯，丈夫当为也！"又把那酒杯水壶给他。云痕接过，诧异地问："战南成什么病？怎么这么怪异，听不得水声，见不得光？”

“我也不知道。”孟扶摇耸耸肩，战北恒临死前告诉了她战南成的病，她回去后便去问了江湖游医，江湖游医仔细地问过战南成的神情气色，甚至连指甲颜色都问过了，捣鼓了几天后给了她一点药粉，让她涂在官袍的袖子上去见战南成，什么也不用多做，多挥挥袖子就成了。战南成一般不让人近身，但她前日在金殿献策的时候，手舞足蹈，大挥特挥，估计那倒霉皇帝多少该吸着了。至于战南成到底是什么病，她只觉得这恐水畏光的模样有点像狂犬病，却又不全像。狂犬病可不存在季节性发作，向来是一发作就死的，八成是江湖游医做的手脚，用这种大概属于神经毒范畴的药粉加重了战南成原有的症状，中伤了他的中枢神经，使之受刺激后痉挛。

唉！可怜的战南成，被多少牛人同时算计了啊……

孟扶摇放心地对云痕一笑后，掀开帘幕，对帘幕外听傻了的那位勤政殿总管太监露齿一笑，“听得爽不？”

那太监脸色霍然惨白，退后一步，扑通一声跪了下去，拼命磕头，“孟统领饶命！孟统领饶命……”

“我杀你干什么？”孟扶摇笑着拍拍他的肩，塞了颗药丸到他嘴里，“给你吃糖——甜不？吃完了给我传旨去。”

太监迟疑地接过她的矫诏，手指还在不住地颤抖。孟扶摇微笑道：“好好传旨，回来我再赏你糖吃。”她突然神色一冷，森然道，“陛下现在是个什么样儿、皇朝现在是个什么样儿，你最清楚。该怎么做，你可明白？”

那太监抬起眼帘，窥了一眼黑沉沉的内殿，那里蔓延着将死者细微沉重的呼吸，一声声写尽属于天煞千秋七年最后的历史；更远的城门之外，年轻勇猛的名将正跃马驰骋——注定的死亡、注定的终局，谁还会为这样血色的泯灭赔上自己的全部未来？

他恭敬地弯下腰去。

孟扶摇含笑，伸手一引，“恭喜你，成为烈王殿下的第一批从龙内臣！”

太监的眼睛亮了亮，迈着小碎步出去了。孟扶摇微微冷笑，太监这种阴人，因为自身的凄惨遭遇，最是阴私狗苟，最注重个人利益，威胁镇服于前、荣耀收买于后，不怕他翻出天去。

她大步出殿，在宫门外翻身上马，铁成和她的护卫们赶来了两辆大车。孟扶摇点点头，径直往皇营去了。皇营飞虎营统领简双金正急得像热锅上的蚂蚁，看见她急忙迎了上来，道：“大人，可是请来了调兵之令？”

孟扶摇摇头，皱眉叹气道："陛下不见人，我没见着。"

"怎么会这样？"简双金连连搓着双手，"对方攻势猛烈，十万皇营男儿却按兵不动，这……这算个什么！"

"简统领是在质疑陛下吗？"孟扶摇斜眼睨他，"陛下圣聪，岂是你我可以猜度的？"

简双金阒然一惊，连忙低下头去，讪讪道："属下不敢！"孟扶摇冷哼一声，当先回了议事厅，简双金在她身后跟着，低声道："大人，将在外，君命有所不受。陛下没出调令，还可以请中书三大臣以各自的三分之一印纽签章出令……"

中书三大臣的调兵印纽吗？孟扶摇唇角泛起一抹淡淡的笑意——姚迅应该已经完成任务了吧？"神手"不用很久，早就发痒了，如今一偷便是个大的，他小子一定很高兴，希望那三大臣还能留下件内裤穿穿……

她停住脚，看了一眼这个皇营出了名的莽撞冲动的直汉子——要杀他容易，只是此时杀他未免会打草惊蛇。再说这家伙挺骁勇善战的，留给战北野将来用也好啊……

念头不过刹那一转，孟扶摇随即便含笑回身道，"简统领说的是。磐都被围，事出紧急，天朝武将当不畏于承担守城之职。陛下若没有调令，咱们便去请三大臣；三大臣没有令，咱们自己拉队伍上城头！有什么罪责，将来我一身担着便是！"

她说得慷慨激昂、气壮山河，简双金听得热血沸腾、热泪盈眶，大声道："绝不让统领一人承担，自有属下一半！"又惭愧地低声道，"属下……惭愧，先前险些疑心大人……"

孟扶摇拍拍他的肩，双眼深沉地望向远方的苍穹，深情地道："疾风知劲草，板荡识忠臣……"

天空里霍然一个雷劈了下来，将一棵树劈得风中凌乱、外焦里嫩……

简双金还在自责，孟扶摇雍容地道："好了，大战在即，烦请简统领去各营整顿查看一下，另请唤姚、刘、王、苏四位副统领过来，我有些细务要和他们商量。"

简双金十分高兴地匆匆去了，孟扶摇在议事厅等着。半晌四位副统领过来了，这几个都是当初和孟扶摇掷骰子、赌牌九玩出来的交情，彼此之间也都熟不拘礼。四人一进门便笑道："不知大人相召，有何吩咐？"

孟扶摇高踞座上，端着杯茶慢饮，轻衣缓带，意态翩然。她挥挥手，议事厅正门霍然关上。

四人一怔，孟扶摇又一摆手，她的贴身侍卫送上两个盘子，一个盘子里满是拇指大的明珠，一个盘子里则是一柄匕首。

明珠在昏暗的议事厅内光芒闪耀、夺人眼目，四人都算见过世面的，可也从没一次性见过这么多、这么大的高品质珍珠，俱双目灼灼，被明珠照亮。

孟扶摇满意地看着他们的反应，淡定地喝着茶——这几个，都是她选拔出来专门结交的、在统领级的掷骰子和玩牌九活动中锱铢必较、寸钱必争的人物，这样的人物，怎么可能有什么坚毅的心志和坚定的气节？

她老人家自进皇营就日日搞赌博，那可不是白搞的。送钱收买人心还是小事，借玩牌九猜度心性、拉拢可以拉拢的人，才是最重要的关键。

暗室欺心，珍珠如雪，当四人的目光和呼吸都被那浑圆的宝贝压迫得不稳定的时刻，孟扶摇搁下茶碗，细瓷底撞击花梨木桌面的声音清脆，惊得四人轻颤着抬起头。

"我来送你们一场富贵。"孟扶摇指指珍珠，众人露出困惑的喜色，孟扶摇又指指那匕首，"或者，一场杀戮。"

一刻钟后，议事厅的门徐徐开启，孟扶摇依旧微笑着高踞上座，明珠和匕首都已不见，四位统领坐于下首，带着点紧张的笑意看着她，袖子里都有点重。

又过了一会儿，其他统领得到传命来了议事厅。皇营三大营，每营按例应配一名统领、两名副统领，但是配额未满，比如飞狐营统领就是孟扶摇兼的。现在除了孟扶摇和负责巡营的简双金以及先到的四位副统领，剩下的还有皇营副总统领、飞虎营统领副统领各一、飞狐营副统领一名、飞豹营副统领一名。

皇营副总统领郑辉是当初前总统领谢昱的亲信，谢昱降调兵部，他原以为自己升任总统领有望，不想陛下当堂将这一要职授予了乳臭未干的小儿孟扶摇。郑辉自然不可能服气，对孟扶摇向来是阳奉阴违。此刻他瘦长苍白的脸儿挂着，比寻常人更长更尖的鼻子像柄剑似的戳在那里，坐下后便半翻着白眼望天。

孟扶摇双手按膝，毫不动气，笑吟吟地望着他，道："各位统领，兄弟刚才进宫接了陛下谕旨，我们皇营承担宫禁保卫之职，等一下便要去和御林军换防。"

议事厅里的众人都怔了怔，飞豹营副统领愕然道："我们皇营向来是城防主力，现在逆贼攻城，应该立刻派我们上城作战，怎么会和御林军换防？"

孟扶摇抚膝，愁眉不展，"陛下圣裁，兄弟也不能违抗。"她站起身来，道，"劳烦各位，准备换防吧！"

"慢着！"

孟扶摇慢慢转身看向左侧首位，果然不出意料，是郑辉开了口。他耷拉着眼皮，细长的鼻子抽了抽，慢条斯理地道："大人，皇营是打仗的军队，不是给娘娘、公主们看大门的御林军，这等命令，大人居然一言不发地便接了旨，为什么没有跟陛下据理力争呢？”

“敢问郑大人，我该如何据理力争呢？”孟扶摇笑了，和蔼可亲地问他，“我该和陛下说，哎呀，陛下，你们御林军战力不行，长久给皇宫看大门刀都生锈了，不如让我们皇营去打架，该看大门的还是去看大门？”

郑辉窒了窒，半晌不屑道：“大人不去说，我去说！”起身便走。

“站住！”

一声大喝如同惊雷，震得满堂衣甲辉煌的统领齐齐一跳、头脑嗡嗡作响。八宝架上一只青花珐琅瓷瓶生生跌落地上，啪嚓一声摔得粉碎，青蓝色的瓷片碎屑四处乱蹦，几个副统领畏缩地将脚向后缩了缩。

郑辉也被这一声大喝震得一阵心跳如擂鼓，这才想起这位出名的二百五统领是这一届真武大会的魁首。他有心想走，却又不敢，僵僵地站住。只听得上面一直态度温和、满面春风的少年统领突然雷霆震怒，气势如狂风暴雨，刹那间砸下！

“郑辉！”

她舌绽春雷，怒不可遏地厉声道：“我不能不提醒你了，我这是在给你下命令，不是在同你商量！你如果觉得我的命令无法执行，那就说明我们之间不再是上下属的关系。解决这个问题有两个办法，一是我不做这个总统领，二是你不做这个副总统领。而我现在还不打算不做总统领，那么你如果还继续抵制我的命令的话，我就只好给你两条路，一是由你立即带领诸将执行我的命令，二是由我立即带领诸将……”

郑辉被这一大段霹雳般又快又清晰的词锋震得头脑发昏、心跳如奔马，僵在那里还不知道该如何反应，下意识地等着听她最后一句话。孟扶摇突然一掀衣袂，踏着满地碎瓷，如怒龙苍鹰般扑来，“杀了你！”

她飞扑时狂涌的真气将满地碎瓷卷起，呼啦啦四处乱飞。统领们都下意识地举袖遮面，于衣袖的缝隙间，只看见深黑色衣袂在半空中划过一道漆黑的刀锋般的弧度，一闪间便割裂了沉凝的空气，再一闪，人已经到了僵立的郑辉面前，双指如凤首，一啄，一捏！

咔嚓。

极轻微的一声，宛如核桃被捏碎的声响，所有人瞬间都被震惊得钉死在了座位上。

唯一动的只剩下了郑辉——他被生生捏碎的喉结诡异地涌动着，喉间发出怪异的声响，脖子软塌塌地缩了进去，身子却直挺挺地倒了下来。

砰然一声，他倒在满是碎瓷的地面上，撞击出沉闷的回响。渐渐地，他身下流出细细的血液，那是被碎瓷割破肌肤流出的血，不多也不浓，如蛇般慢慢蠕动着，蠕动到统领们的脚下。

统领们想缩脚，想逃开，却突然发现自己动不了了——刚才郑辉刹那被杀，他们都被镇住了，那一刻，先前被孟扶摇用明珠收买的那几个同僚已经悄悄制住了他们。他们看看郑辉的尸体，再看看身侧的同僚，半晌，都沉默下来，没有一个人反抗。

孟扶摇立在郑辉的尸体前，慢慢地笑了一下。

杀最少的人，取得最大的效果——长孙无极说的。

以她的准备和能力，她完全可以杀掉所有的统领，可是，何必那么费事呢？何必把人都逼上绝路引起不必要的反抗带来变数呢？让他们看见上司的死，再让他们看到同僚已经背叛，不是更容易让他们放弃挣扎、彻底归顺吗？

人，都有从众心理，大家都拼命——带我一起去死；大家都投降——那也不差我一个。

孟扶摇立在血泊中，有点累地仰起头，看向城头方向——都是时间不够啊，她这个空降部队，在最后关头仅仅来得及取得总统领这个位置，占据权力的制高点，却不足以完全建立自己的威权，让皇营上下跟着自己去反叛。她能做的，就是尽量把磐都这三分之一的最强军事力量的关键所在、那绞人凶猛的长蛇七寸，打垮！

让四位副统领整队开拔去皇宫换防，其他几位统领和简双金关在一起，孟扶摇舒了一口气，离开皇营大营向外走去。刚走出营门，就迎头撞上一个人——谢昱。

孟扶摇眯着眼睛看着他，心道：这小子居然没有按照圣旨去勤政殿朝会？这下有点麻烦了。

谢昱阴沉着脸看着她，刚要开口，孟扶摇抢先说了话。她微笑着从怀中掏出虎符和自创的谕旨，道：“谢侍郎来得正好，是要陪我去接收禁卫军吗？陛下让我统领皇营和禁卫两军，负责城内防卫和守城。”

谢昱看见那谕旨，眉头跳了跳，拿过来仔仔细细地看了，又仔细看了那半边虎符。他是带久了兵的，自然识得这些东西。他面色白了白，仍漠然道：“孟将军年轻，恐怕不能担此重任。中书三大臣刚刚给我下了调令，让我暂摄禁卫军，和孟将军协同作战。我的意思是，陛下信重将军，将军还是去宫中保卫陛下；城头上的事，我来便成。”

“哦？”孟扶摇挑眉笑道，“中书三大臣出调令了？可否容我一观？”

谢昱又犹豫了一下，才慢慢从怀中掏出一纸谕令递给孟扶摇。

孟扶摇一看就笑了，她笑着指向谕令下方，那里，本该是三叶印痕的印章处，却只有一枚叶印。她含笑挑眉看着谢昱，有趣地道：“在下只听说过三叶齐至中枢大令，却从没听说过这一瓣叶子也可以算作大令的。”

谢昱的脸抽了抽，半晌才冷冷道："此事是寇中书下令，在下执行，但有什么罪责，寇中书和我自会在陛下驾前领罪。孟统领，你还是接令吧！"

"没这个说法。"孟扶摇将那谕令还给他，冷笑道，"谢侍郎的要求着实荒唐——手持三分之一的中书调军令，居然就想剥夺手持陛下圣旨和军中虎符的在下的军权，难道谢统领认为，寇中书那三分之一中书令，比陛下的圣旨和虎符更神圣？"

这话已经很重了，谢昱却不动声色地答："寇中书已经带领禁卫军上城抗敌了，他说了，他一个文臣，能为陛下马革裹尸、战死沙场，胜于锦绣珠围、老死富贵，这话对在下也一样。孟统领既然不肯接令，在下也不勉强，在下自会去和皇营将士们谈谈。"

孟扶摇眉头一跳——谢昱这混账，居然是战南成的死忠。他把持皇营多年，为人刚毅，军纪严明，很得士卒爱戴，威权也极重，比她这个空降来不过一两个月的统领的话语权不知道强了多少倍。一旦他出现，就算她降服的统领们不再反水，士兵们也会跟随他走，那她的一番动作，就等于付诸流水了。

这个念头在脑海中一闪而过，她随即便笑了，手一摊，道："咱们争什么？不都是为了皇朝大业、千秋万代、为陛下威权统治死而后已？谢侍郎是天煞老将，老成持重、经验超卓，我年轻识浅，自然唯谢侍郎马首是瞻。"

谢昱神色一喜，细细打量她一眼，颔首道："如此最好。"

"但是，"孟扶摇又道，"毕竟谢侍郎持的是不全的三大臣调令，在下持的却是圣旨和虎符；谢侍郎敢于藐视圣旨，在下却不敢。谢侍郎想的是马革裹尸，在下想的却是忠君之托。这样吧，咱们折中一下。"

她回身指了指皇营，道："三分之二的皇营军队在皇宫守卫，三分之一跟随在下，随谢侍郎和寇中书的禁卫军防卫城头。将来陛下若有什么怪罪，也请寇大人和谢大人代为斡旋，如何？"

谢昱嫌恶地看了这个滑不溜秋的"弄臣小人"一眼，想了想，道："好。"

他心中盘算了一下，孟扶摇只带三分之一皇营军上城，在他眼皮底下，无论如何也翻不出浪来。有他在，孟扶摇指挥得了皇营？陛下不知道怎么回事，今夜频频发出乱命，自己和寇中书拼命抗旨，只为了救皇城于危难之间。等到进宫的奚老中书见到陛下，劝得他不要过于信重孟扶摇，拿到新旨，到时再将皇营全部拿回手中便是。

磐都坚墙利炮、高墙天下第一，更有城防五重，瓮城、羊马城、吊桥俱全，还有专门对付骑兵的壕沟三段。城内兵精粮足、武器完备，比起战北野补给线过长，又以最快速度不眠不休千里奔驰的疲兵来，优势不言而喻，谢昱很有信心——只要他拿回皇营，定能将战北野毙于城下！

他狐疑地看了笑得坦然的孟扶摇一眼，心想寇中书一再说这小子心思叵测、不可不防，如今看他肯交出军权，未必就像寇中书说的那样嘛！

孟扶摇将他的神情看在眼底，唇角微露笑意。她点了皇营飞狐营，和谢昱一路往城门疾驰。谢昱看见她身后的铁成赶着大车，有点诧异地望了一眼。孟扶摇道："陛下让我将金彦、明伦两府都督的家眷带上城头，按原计划行事。"

谢昱神色一喜，点了点头。此时两人已到了城门处，老远便见火光耀眼、喊杀震天。城门着黑衣的守军和着紫衣的禁卫军如蚂蚁般奔上奔下，角楼上机弩轧轧作响，呈三百六十度旋转，密集地投射着箭雨。

两人拾级登楼，刚上城楼便见胡子花白、衣衫凌乱的寇中书笨拙地一枪戳中了一个登墙的苍龙士兵的脸，被那士兵负痛的一掌打出老远。众人惶急地冲上去把他拽下来，寇中书还在死命挣扎着向上爬，大声喝令："射！给我射！礌石、滚木、热油、沙袋！"

他喝声嘶哑，一回首看见了谢昱和孟扶摇。黑衣的孟扶摇静静地沉在艳红明亮的火光里，在漫天的箭雨里漠然而立，脸色有些苍白，看向他的眼神却是黝黑的。那眼神让天煞忠心耿耿的老臣心中一跳，然而那感觉刹那便逝，下一瞬，孟扶摇含笑迎了上来，"寇大人忠心为国，一介文臣竟然身先士卒，末将佩服！"

寇中书气喘吁吁地挥了挥手，孟扶摇走到城墙边，向下看去。然后，她看见了战北野！

城下平野沉阔、火光熊熊，奔杀列阵的步骑兵之间，一个身影黑衣黑马，在一队精悍凶猛的骑兵的跟随下，如怒龙般在阵中纵横驰骋。他掌间金杵沉重而亮丽，在夜色火光中挥舞出流星般的金色弧光，而他偶尔抬起掠过的目光，即便隔了这么远也依旧能感觉到那种硬度和力度，如金刚石般熠熠生辉，灿然凌厉地撞裂夜空，炸出满天碎星。

而他所经之处，人们便如海浪般左右分开，由他黑光一线，直奔城墙。那些大块大块砸下的礌石，在他指掌之间如孩童玩具般，瞬间被金杵粉碎。在不断的轰然声响里，一块礌石甚至被他抡臂一甩，生生甩回到城墙上，将厚实的填了米浆的城墙砸了一个人头大的坑！

真正的悍将，英锐、凶悍，身先士卒、勇冠三军！

战北野一杵抡出，顺势向上一看，蓦然浑身一震——他看见了孟扶摇。

高高的城墙之上，一个堞垛之后，轻衣薄甲的清秀单薄少年双手撑在堞垛之上，以一种截然不同于周围守兵紧张激烈的闲散状态含笑下望，她深黑的衣袂和银色的发带飘散在空中，漫然自在。她身后，是默然矗立的巨大的皇城的背影。

她的清净，在那般忙碌披血作战的士卒之中看来，是那般镇定而雍容，万事不惊——为上位者的万事不惊。

战北野看着她，胸口如被重击，手一软，金杵竟然险些落地。他赶紧紧了紧五指，却发现掌心里全是汗水，那般湿湿腻腻，抓握不住武器。

阔别半年，半年来的日夜思念，那思念如此厚重，一日日叠加，比眼前这城墙还要高、还要厚，矗立在他的日里、夜里、睡梦中、行路时，走到哪里都是她的影子，走到哪里都能撞见她——走路时想她扬鞭挥马的样子，喝水时想她爱喝比较热的水，吃饭时想她不太雅观的吃相，睡觉时想那夜两人同榻时他望着她的背影秀丽而清瘦，如一弯新月般近在咫尺、远在天涯。

那般地想……那般地想，兜兜转转、轮轮回回，不可摆脱、不可逃避地想。

他亦想了无数次，他们会在什么样的情境下重逢？金殿上、大街中、原先的府邸里？他们会以什么样的方式重逢？她笑着迎上来，还是他笑着迎上去？

他甚至有一次在睡梦中突然惊醒，满面冷汗地爬起来就要点齐兵马冲杀回磐都，被部下死命拉住——那晚他梦见她死了，满身鲜血地蹲在地下，对着一泊血迹在画着什么，然后，倒下。后半夜他再也没睡着，坐在院子里抱着膝，看月亮到天亮。

又有一次，梦见她没等在磐都，自己跑了。醒来后他怔怔地想，也许吧，孟扶摇是干得出这种事的，那自己打下磐都就去找她，还是干脆不打了？

结果第二天看见黑风骑、看见独臂的纪羽，他又上路了——男人有男人的责任，有些事，由不得自己放纵。

现在，他终于在阔别半年后再次看见了她！看见她的这一刻，他才惊觉以前那般刻骨铭心的思念还不够浓、不够深，那般的日夜折磨、思念，原来和这一刻比起来都单薄得像张纸。看见她如被雷击，望着她便想奔去，她的身影于他，像是干涸将死的沙漠旅人终于遇见了生命的绿洲，爬也要爬过去，不管生死。

于是他当真过去了，挥舞着他的金杵，从箭雨里、从刀丛中。

孟扶摇却对他轻轻竖起了手指。

她迎着那遥远却依旧能令人感觉到无比炽烈的目光，竖起食指和中指，做了个剪刀形，俏皮地一竖——“胜利”！

战北野停下了，愕然地看着她。孟扶摇却回身，看着谢昱将那两府都督的家眷押了上来。

那几个荏弱的妇人、青涩未去的少年，被层层捆绑着，由孟扶摇的护卫看守着推上城头。

谢昱一把抓过一个妇人，举着盾牌，探身出城墙喊话："战北野，这是金彦、明伦两府都督的家眷！"

底下列阵冲杀、猛攻城墙的士兵猛然停了攻势，他们惶然地回过头去，战北野的眼神瞬间更黑得如乌木一般，慢慢竖起手掌。

谢昱的唇角露出笑意，身子向外更探了探，道："两府都督最早跟随你，随你征战千里，不计此身，为你抛却富贵、遍洒热血，如今他们的家眷就在这城头之上，只要你再下令攻城一步，我就立即杀人，让你们北地男儿看看，你们忠心追随的逆贼，是个什么样的凉薄货色！"

喊杀渐止，风凉月冷，火把在平野之上如无数星光燃起，毕剥之声隐约可闻。城上城下，无数双眼睛投向人群中心那个沉肃俊朗的男子。

此刻万军静默，等待一个人的艰难抉择。

谢昱将刀搁在一个少妇的脖子上，喝令："退兵！"

战北野默然，森然的目光如铁，撞向谢昱。

谢昱不为所动，手中雪亮的刀更紧了紧，"退兵！你自缚上城，否则你就是千夫所指的罪人！"

战北野慢慢抬起头看着城墙之上，他的黑色衣袍卷在风中，英挺俊朗的面容在火光的照耀下如刚玉，坚毅而硬朗。他凝神看着城墙上的弱女少年，看着一边神色平静的孟扶摇，终于慢慢地，退后一步。

这一步之退，如天堑之越，如兵溃千里！

谢昱眼底爆射出喜悦的光！

嚓！

雪光亮起，宛如九天之上穿越云层的雪色蛟龙，自云端昂首而起，呛然龙吟探首人间，转侧间饱饮鲜血！

一道银光，突然自那被捆的"金彦府都督的弱女家眷"口中吐出，狠厉而悍然，凶猛而迅捷，刹那没入谢昱的眉心！

鲜血自眉心缓缓流出，成一条直线落入尘埃。谢昱的身子，永远僵硬在了城墙之上、堞垛之外。他的喜悦，也永远凝结在了战北野退后一步的那一霎，到死时，脸上的神情一半惊讶、一半欢喜，酿成一个古怪的笑容。

他慢慢地放开手，最后看了一眼一个人——孟扶摇。

那少年负手立于城墙一侧，身前、身后都是他的护卫，正对他展开笑容，那笑容平静、安详、和煦、深意无限。

那样的眼神，让他在临死前终于读懂了一切。

终于还是……输了啊……王朝……将死。

这是谢昱一生里最后一个想法。

随即他软了下去，栽出堞垛，自天下最高的城墙上直线坠落，砰的一声，重重跌落在战北野的马前。尸体落地时又重重地弹起，摔碎的红红白白的头颅和黄土沙尘，被激起半丈高。

此刻，万里江山沉默肃立，静看一个王朝最后一个忠诚有为的将军的死亡。

冷月之下，万军无声。

战北野缓缓抬起头，看向城墙之上、风云之间含笑的黑衣少年，看着那个调皮的、不符合此刻沉肃气氛和气势、却只能属于她一个人的胜利手势。

战北野的身子突然僵了僵。

城墙之上，少年身后，一个护卫打扮的男子突然缓缓踱了过来，不动声色又不着痕迹地站在了她身侧。

他站在她身侧，一个如此合适的位置，从眼神到笑意，都恰到好处地将她完全笼罩。

他淡淡看了一眼，眼眸掠向城下，一段目光便是一束王者香，那般雍容璀璨、风华绝代的眼神。

第一百一十一章

磐都再见

战北野看着城楼上。

她的眼神原本在战北野身上，然而那人出现的那一刻，她转过头去，有点惊异地说了句什么，然后那人答了句什么，随即便见她眼神里光彩烂漫，像是漫山遍野的花都一刹那开了。

那花开在城头上、烈风里，在遥远的深黑的皇城背景中，美得不可方物，远得无法捕捉。

战北野突然抬起手，慢慢按住了心口某个位置。

有风刮过去了，凉凉的，一个带血的洞。

半年时间，千里来回，隐踪密行地逃亡，马不停蹄地整备力量，不眠不休地研制计划，千里转战的艰辛……半年，仅仅半年，渡越危机重重的天煞大地，再领兵杀进一个又一个城池，争霸之刀挥起又落下，刹那穿越血火大地、劈裂万里疆域——他创造的是军事上的奇迹，然而只有他自己知，那其实是相思的奇迹。

他曾七天七夜不曾下马，最累的时候从马上栽落；他曾怕延误时机带伤前进，至今身上未愈的伤口仍在流血；他曾孤军冒险夜闯营，从敌营中横穿而过，险些深陷敌营；他曾三日急行军，只为赶在头里偷袭敌军，好抢得作战先机——他那般凶猛地和天作战、和地作战、和敌人作战、和时间作战，只为了早一刻赶到磐都。他兵锋如刀、战旗猎猎，却从未丝毫偏移过前行的方向——她的方向。

然后今日，在城楼之下，两军最后相遇，他终于见到了她，却是这般的相遇。

他按着心口，突然之间有些茫然。那些疼痛和辗转，那些冲锋和奔行，那些心急火燎的进攻和来不及整休的步伐，就是为了这样的相遇？

却原来相思如针，戳得人遍体是洞，每个洞冒的，都是心头血。

战北野终于缓缓放下手，长长地嘘出一口气。他掉转头，手臂重重向下一挥——“攻！”

号角吹破深红的晨曦，喊杀声猛如雄虎出柙，大军如火，刀枪似林，平地上卷起带着血气的风，苍茫大地上战潮滚滚。

战北野勒马仰望，岿然立于其中。他的黑发拂在微风中，猎猎如旗，战旗！

这万里江山舆图不抵心头羁绊，且拿来擦了他涂满征尘的战靴。没有了尴尬的地位、没完没了的谋害和家族的牵绊，他便能在追逐她的路上走得更自由、更远。

谁说长孙无极向前一步，战北野便得黯然后退一步？

他不要这般的相遇，他也不认这城头一站的输！

谁认输？谁会输！她笑颜如花、心在天涯，她青春少艾、云英未嫁，只要她还没着凤冠佩霓裳迈进你的上阳宫，将她的名字写入长孙家谱，我战北野便绝不认输！

长孙无极，我和你抢定了孟扶摇！

孟扶摇并不知此刻城下的战北野，一瞬间沧海桑田。她有些讶异地看着护卫装扮的长孙无极，用唇语问他：“你怎么来了？”

长孙无极淡淡一笑，道：“关键时刻，怎能不来？”

孟扶摇笑笑，以为他说的是天煞皇朝覆灭的关键时刻，根本没想到别的地方去。她一转眼，看见寇中书以及原本在城头负责指挥防守的几个将领都已被护卫假装的“两府家眷”制住，正面色死灰地狠狠盯着她，又见城楼上下士兵一片慌乱，她忍不住唇角翘起。长孙无极却提醒她：“磐都守兵精锐悍勇，素来以天下第一大城城守为荣。想要他们不战而降，你得费点口舌……”

孟扶摇得意扬扬地笑了笑，拍拍他道：“兄台，允许你崇拜我！”

她跨前一步，朗声道：“陛下已驾崩！”

轰然一声，城楼上还在抵抗的士兵几乎全部回过头来，惊慌地看着孟扶摇。

孟扶摇平静地道：“宫城已下，陛下驾崩，诸将授首……众位兄弟还要在这里平白拼了性命吗？此刻弃暗投明者，便是烈王殿下的从龙有功之臣；若再负隅顽抗，则……”她指了指楼下攻势凶猛的苍龙军，“百万雄军，三尺龙泉，便为汝设！”

士卒们面面相觑。孟扶摇望着那几个将校级下层军官，意味深长地道：“烈王仁厚，天下景从，否则也不能挥师直进、数月之间便直逼磐都城下。如今大势已去，识时务者为俊杰，是从龙得新帝封赏、从此后封妻荫子飞黄腾达，还是逞无意义之莽勇死于城上、任家中老小无所可依死于战火——诸位自决吧！”

她不再看沉默动容的诸人，转身便要下城。身后寇中书突然恨恨地吐出一口带血的唾沫，大骂：“你这无耻贰臣！”

“你说对了！”孟扶摇大笑，“在下一生最为崇敬的，便是贰臣！如今在下终于做了贰臣，着实心里痛快！”

满城瞠目，愕然地盯着这个向来特立独行、如今连“愿做贰臣”这样的话都说了出来的孟扶摇。天下人皆重名声颜面，他为何不惧？悠悠众口，史笔如刀，他当真不怕遗臭万年？

孟扶摇只是笑着，想着那个著名的“贰臣第一”——老周太师，可安息矣！

寇中书犹在骂，又大呼：“为人臣子者当忠事王朝，诸兄弟怎可临阵变节、不战而降……”

啪！

孟扶摇一颗石子打掉他三颗牙，堵住了他的嘴。她上前一步，凶狠地道：“你当然要忠事王朝，战南成赐你官爵、华宅、美姬、金珠，一人之下，万人之上，你这辈子享尽了他给的福，你要尽忠完全应该，没人拦你，但你凭什么要拉这些苦哈哈的、一天好日子都没过过的下层兄弟陪你一起死？战南成倒行逆施，迫害忠良，兄弟们跟从新主那叫大义所在！三十年风水轮流转，你陪你的主子下地狱，咱们跟咱们的主子上云端，走着瞧！”

城头上一阵静默，仅闻城楼下喊杀之声远远地不断冲上城来，那些凌人的杀气越发感觉得鲜明。众人心中都在暗暗盘算，孟扶摇采取亲情攻势，话又说得直白诱惑，连大义名分都给她占上了，反而更投了这些下层军官的心意——是啊，当官的尽忠理所应当，自己凭什么去送死？自己死则死矣，家人又何其无辜？再说烈王名重天下，以仁厚爱民著称，要和这样的人死战，也实在是提不起劲来。

城头上防御松懈，城下猛攻便立竿见影。一个高大的苍龙兵终于第一个爬上城头，下意识地举刀就对着身前一个士兵砍去。那士兵一见刀光耀眼，唰地转身，扯下一截里衣白布衫便对着那苍龙兵挥动，狂呼：“我们降了！”

一言出，惊破了最后的僵持和寂静，顿时呼声如潮：“我们降了！”

哐啷啷……兵器掷地声响成一片。有人挑起白旗，有人开始逃窜，更多人拥下城去开城门。寇中书痛苦地闭上眼——无坚不摧之天下第一城，终毁于小人之手！而向来以磐都不破神话为荣，并一直以坚守城池著称的磐都守兵，竟然因区区几句口舌，便终弃了武器！

他却不明白，形势、名分、亲情、大义，本就是攻心四大计。

孟扶摇不理他，含笑偕同长孙无极下阶。城门本就在苍龙军凶猛的攻势下摇摇欲坠，数百名守城士兵合力将门打开，深黑的巨门缓缓开启，拉开那一线明亮的日光。

一骑黑马踏着满地碎琼一般的日色卷尘而来，正迎上走下最后一层台阶的孟扶摇。

马上骑士风尘仆仆，却仍是身姿英挺，坐在马上，像一截不弯不折的青松；黑袍翻飞出深红的赤色花纹，像一团山崖间亮起的火，腾跃于四海苍茫云山万里之间。

他直直地迎着孟扶摇，飞马奔驰、毫不停顿。

孟扶摇含笑立在最后一层台阶上，注视着战北野黑亮炽烈的目光，等着他招牌式的大笑，等着他对她挥手，说：扶摇，我们终于磐都再见！

结果，战北野什么都没说。

他扬鞭，策马，如箭般飞驰，经过孟扶摇身侧时竟不停留，在她愕然的眼光中擦身而过，然后，一俯身，手一抄，便将她捞了起来！

孟扶摇还没反应过来，已被战北野扔上了马。他单手策缰，另一手卡住孟扶摇的腰，快速自长孙无极身边飞驰而过。身后护军呼啦一声如黑毯般卷过，尘烟滚滚直奔城中。

长孙无极立于原地不动，微笑着，在满地灰尘中轻咳，看孟扶摇被战北野以迅雷不及掩耳之势卷走，无声地摇摇头，低头对怀中的元宝道："你看，强盗就是这样炼成的。"

元宝大人捋捋胡子，沉默地想：不在沉默中爆发，就在沉默中灭亡……

又想：或者是这样——一旦在沉默中爆发，八成会在沉默中灭亡……

长孙无极抱着元宝，身子微微后仰，看着那瞬间卷去的烟尘，悠悠道："我们要以德服人……"

马上那倒霉被掳的孟扶摇，被卷出三里地后才反应过来，顿时大怒，狠狠一个肘拳便捣了过去，"战北野，你是人不？放我下来！"

这一拳捣得极重，战北野身子一缩，闷哼一声，手却没有放松。孟扶摇觉得肘底触感有异，半偏着身子一看，他深黑的袍子似乎更黑了些，有一圈深色液体在慢慢扩大，鼻端隐隐嗅到些血腥气……孟扶摇望着天想：为什么我总是干些弄巧成拙、无心添乱的事呢……

城中一片纷乱，战北野的军队忙着接收城防，占据烽火台，接收粮库、军库、武器库，另有一支军队跟随战北野直奔皇宫。

头顶上，战北野一声不吭，只管将孟扶摇紧紧按在怀中。他的披风沉沉地罩下来，浓郁的男儿气息夹杂着淡淡的血腥气和硝烟气息，不断钻入孟扶摇的呼吸。孟扶摇仰起头，在灰暗的视线里皱起眉头——她发现了战北野身上血腥气的浓重程度，八成伤口不少。此时她有很多办法可以挣脱他，但是无论哪种挣扎方式，都有可能撕裂他的伤口，除非点他的穴道——孟扶摇叹息，现在哪里是点他穴道的时辰呢……

战北野不是长孙无极，不会厚颜无耻地用自身的伤来赚取某个明明心很硬偏偏良心又特别容易泛滥的家伙的让步。他根本没有想到孟扶摇此刻的心理历程，只为怀里佳人不再恶狠狠地挣扎、捣乱、揍他而窃喜。一阵狂猛奔驰后，最初在城楼下看见长孙无极站在她身侧时的颓丧、愤怒渐渐被发泄，他微露笑意——哎，半年不见，好像孟扶摇终于学会了温柔？想到这里，他的欢喜里又多了几分郁闷——她的温柔，不会是长孙无极那家伙教出来的吧？

马身起伏，两人的躯体轻轻碰撞，战北野因为她在怀中而不由自主地绷紧了身体。感觉到她颈间散乱的头发拂起，有一根扬起来，搭在他微微出汗的下巴上。他不愿用力扭头扯断那根长发，便微微用牙齿咬了咬。只是一根极细的头发而已，他竟然也似从中品尝到了属于她的味道——清甜。

他单手控缰，抓紧时机瞟着。从他的位置，只能看见她的头顶。她头发束结刚被他无意中扯了一半，松散的发间露出发旋。他悄悄吹开发丝，数着那发旋：一个、两个、三个……哎，她竟然有三个旋儿，难怪性子会倔强如斯。又看见她小而洁白的耳垂，珍珠似的莹润两朵上，居然没有耳洞，他立刻觉得这世上还是没有耳洞的耳朵最美，要是在轮廓那么漂亮的耳垂上扎上两个洞，那才叫暴殄天物。

这么想着，他便忍不住想去捏，想知道那莹润的感觉是否能一直传到手底，或者还想往下移移，落在她精致清瘦的肩上。他觉得半年没见，她好像又瘦了些，如下弦月似的通透明亮又轻盈欲折，美是美，但还是壮实点比较好，看着安心……

战北野的眼光掠过那肩，低低地冷哼了一声——既然长孙无极和宗越都在，为什么没能保护好她？看来还是自己来比较放心。待得此间事毕、乾坤事了，他要给她满满的、自由的、再无人可以阻拦的，他的一切！

这么想着，他便有些欣喜的恍惚，卡在孟扶摇腰上的手轻轻移向她的肩。

只是手那么一动，便让出了肋下的一点位置。

呼的一声，一个漂亮的大仰身，黑色轻俏的身影立刻从他肩后翻了出去，稳稳地落在他背后。孟扶摇轻快的声音随即在他耳后响起，带着盈盈的笑意和微微的嗔怪，“战北野，你属狼的啊？毛手毛脚的，小心我砍掉你的爪子！”

战北野漂亮的黑眉皱起，向后掠了她一眼——孟扶摇，你懂不懂什么叫情不自禁？

孟扶摇自然是不懂的，在她看来，所有男人对她脖子以下、膝盖以上部位的非经她同意的触摸都算是色狼——包括长孙无极在内。

好在她向来不是小里小气、喜欢紧盯着一件事拼命计较的类型，和战北野久别重逢，让她也很高兴，忍不住附在战北野耳边叽里咕噜地汇报了她这段时间的战果，从真武抢魁首到使计入皇营，再到算计战北恒、殿前献策步步掌权、谋害战南成，再到今天所做的一切事情，叽叽呱呱说得口沫横飞、眉飞色舞，当然，她很聪明地省去了自己受的那些伤啊、攻击啊、鄙视啊什么的，专拣牛的、顺利的来讲。饶是如此，她却没发现，战北野越听脸色越黑、越听越脸色难看，到最后几乎和锅底差不多了。

“我跟你说，那个见鬼的战南成，藏个虎符的地方还那么奸诈，那右边的兽首里不知道是什么见鬼的玩意儿！哎呀，我的妈呀，眼泪都是杀人武器，幸亏我满院红杏不出墙、一树梨花压海棠……”

“孟……扶……摇！”

低沉的吼声将她兴致勃勃大吹战果的语声打断，孟扶摇愕然地睁大了眼睛，看到战北野脸色无比难看地转过头来，眼底冒着灼灼的火。他的眼睛里全是血丝，脖子上、额头上青筋全部绽起，神色甚是怕人。

“你昏头了！谁要你这么多事的？那是天煞皇宫里的护国神兽、是天下最毒的紫魑！它何止是眼泪有毒，它的一根毛落在你身上你都会立即死上一万次！”

孟扶摇眨眨眼睛，对他那句“谁要你那么多事”很有抵触情绪。她想了想，还是决定伟大宽容地理解他，仍忍不住咕哝道：“还不是给我宰了……”

“那是你运气好！”战北野又一次恶狠狠地打断了她，“天煞当年第一剑手、曾经拿过真武大会魁首之位的薛无邪，就是死在了紫魑的爪下！那东西只要抓破你一丝油皮，大罗金仙也救不了你！你……你……你……你……”他气得浑身颤抖，差点控缰不稳，“你真是不知天高地厚！虎符也好，皇营大权也好，值得你拿命去换？昏聩！”

“你才昏聩！”大炮筒子立即被点燃，孟扶摇从马上蹿了起来，大怒，“战北野，你这混账！大半年不见，一见面你就又掳又骂的，吃错药啦？老子高兴去抢军权，老子高兴去夺虎符，关你屁事！”

“当然关我的事！你的生死安危怎么会不关我事？”战北野的声音比她更高，“我宁可自己在城下打上十天半月，用自己的力量攻城夺位，也不要你这样为我冒险——孟扶摇，你将你自己置于何地，你又将我堂堂男子置于何地？”

他指着自己的鼻子，越说越激动，“我，战北野，想报仇想当皇帝，到得最后却要靠……靠一个女人出生入死地为我里应外合打开城门，我有何颜面见天下人，我有何颜面见你？”

“我呸！瞧不起女人？女人怎么啦，你不是你妈生的啊？”孟扶摇小宇宙噼里啪啦地直冒烟，张牙舞爪地就要去挠面前这个大男子主义的混账东西，“老子比你差哪里了？你能做的我为什么不能做？这天煞万里疆域都是你打下来的，你怕我抢你什么功劳？放心，你战北野永远牛，我孟扶摇永远多事！放心，我从来都没认为你要靠我孟扶摇才能打开城门，我只是……我只是……”她突然顿了顿，有点气息不稳，咬了咬唇才道，“我看够了那些牺牲！能兵不血刃地解决，为什么不努力？王者之争一定要血流漂杵吗？那些爹生娘养、和我们一样贵重的命，为什么不能少死几个？”

战北野怔了一下。他身侧一直护卫着两人、默然听着两人吵架的黑风骑兵都震了震，所有人都转过目光，看着愤怒的、姿势不雅地叉着腰的、恶狠狠站在战北野马上的少女，半晌再默默地转开头，用不赞同的目光瞟了一眼他们的王。

战北野第一次被自己忠诚的部下鄙视了……

孟扶摇犹自怒火冲天，大力踩着战北野的披风，“沙猪！”

战北野闭了嘴，唇线抿成平直坚硬的“一”字——该死的，这女人又误会了！他哪里是嫌她多事，哪是怕她抢功，哪是觉得她冒死为他里应外合夺城是丢面子？为了区区尊荣、虚名就要拿万千铁血男儿的命来填的事，他战北野亦不屑为！他只是……不愿她去冒险而已！

刚才在马上，他听见她干的那些事，越听越心惊、越听越害怕，险些手软地丢了缰绳。那是刀尖上的跳舞、血池里的泅渡，稍不留神便是性命之危。偏偏这女人还不知天高地厚地说得扬扬得意！她这样一种胆大无边的性子，若真出了什么事，他用尽这一生所有，也无法挽救！

身后的披风被孟扶摇踩得乱七八糟，他无可奈何地干脆解下来给她踩，心里着实有几分冤枉——刚才那句“靠一个女人为我打开城门”他其实没有说完整，他真正想说的是“靠我心爱的女人为我打开城门”。可是这四面都是人，要他如何说得出口？

战北野懊恼地恨恨一甩手，唉！他就是不会说话，说什么都会被这只母老虎误会！偏偏他又没办法解释，搞不好越解释她越误会，只好闭嘴。

他郁闷地捏紧缰绳，手背上绽起青筋——两人分隔半年，好不容易见面，居然一见就吵，这叫个什么事？

身后孟扶摇踩累了，居然没走，板着个脸坐了下来，道："宫里情形你还不明吧？人都让我赶到勤政殿去了，你张个口袋往里赶鸭子就成。战南成我拜托云痕杀了，不用脏你的手。你去了，如果够聪明的话，记得当殿哭上一阵，说些什么词儿，比如说，'臣无篡逆之心，千里驱驰只求造膝陈情于陛下御前，臣之忠心可昭日月，奈何陛下竟不等臣归便龙驭宾天，满心悲怨无处可诉……'有些戏嘛，明知做出来也没人信，但还是必须要做的。要是哭不出来，这里还有两个选择。"她啰啰唆唆地说着，从口袋里掏啊掏，掏出几瓣大蒜、一根辣椒，"居家、旅游、催泪之必备良品！"

黑风骑兵再次转过头来，默默地看看她，又看看战北野，这回是羡慕的眼光——这世上，有多少女人能一边骂你一边又算无遗策地帮你谋划行事啊……

战北野盯着孟扶摇，心中一暖，黑亮的眸子微微润泽了几分。他清清喉咙，正准备用自己能发出的最温柔的嗓音对她说：对不起……

谁知那女人继续啰啰唆唆地道："我累了，你这么牛，我帮你太多那叫瞧不起你，下面的事你自个儿办吧，我走了。"说着便要下马，想了想又道，"你要是想找我，我和珠珠她们都住在南二巷子的统领府。你去的时候给我记清楚，前天是珠珠生辰，我曾说过你带信为她祝寿，你别忘记了，到时候对景的时候别出了岔子。"

她说着，战北野的眉毛又竖了起来，好容易忍耐着听她说完，冷冷道："我为什么要记着？"

孟扶摇被呛了呛，怒道："我曾说是你托我代向她祝寿的！"

战北野黑眉压得低低的，眼底闪动着怒火，声音更冷地道："与我何干？"

孟扶摇刚落地，被这句话顶撞得差点一个踉跄，她霍然转身，喝道："对！与你何干？那我又与你何干？"

战北野震了震，霍然扭头，他那乌黑的眸子死死地盯着孟扶摇，眼神里跃动着无数闪烁的爆裂的火光。孟扶摇被这样的眼光灼得怔了怔，退后一步，战北野却突然跳下马来。

他跳下马，大步跨到孟扶摇身前，二话不说就抓过她，俯下脸去……

腹下突然一痛，森冷的刀锋顶在了某个部位上。

战北野顿了顿，也只顿了一顿而已——有种你就真的做了我！

可惜他喜欢的那个女人实在不够娇弱，也不喜欢那种烂俗的被强吻后必然会咬对方舌尖然后再被迫喝人家血的言情桥段。

孟扶摇突然伸指卡住他的下巴，手指一转，轻微的啪嚓一声——战北野的下巴被她卸了……

一招得手，立即退后，孟扶摇皱眉看着将下巴复位的战北野，无视满街瞠目的眼神和黑风骑的震惊，冷然道："战北野，半年不见，你真是长进了，竟然进步成了一个强迫他人当街宣淫的登徒子，真是可喜可贺！"

她说完转身就走，有个黑风骑看着主子的眼神，试探着想拦，被她剽悍地一脚连人带马踢飞了出去。

战北野注视着她的背影消失在长街尽头，眼神幽暗如深渊——他又错了！他总在错，他一遇见她就错！一错再错，将她推得越发远了。以往那些深藏于骨子里的自己引以为豪的理智和冷静，一遇见她就如雪遇见了火一般瞬间消融。又或者，他早已被思念的劫火焚化成灰，早已不剩了原来的自己。

明明知道她倔强、她骄傲、她外圆内方、她不喜欢被人强迫，他也一直努力地调整自己以往保护、支配女性的习惯，尽力给她自由的、不让她觉得约束而因此更想摆脱的爱，然而这个明明聪明无比的女子，在感情上却常常蠢笨无比。她撩起他怒火的本事比他打仗的功力还强，他被烧得千疮百孔，再被她击得一败涂地。

扶摇，谁能越了你心事的河洲，不必总在对岸彷徨徘徊？

战北野黑袍飞卷、默然不语，立在长街之上、宫门之前，对满街士兵、百姓视若不见。他背影笔直，却不知怎的，看来总有点茕茕孑立的味道。

身侧的黑风骑沉默着，不知道该说什么。那个特别的、善良又毒辣的、闪亮得让人移不开目光的女子，他们很希望她会成为他们的国母，不过看她那厉害劲儿，殿下的追逐之路，大抵会很艰难。

良久，战北野霍然翻身上马，狂抽一鞭，直驰而去。他抽鞭的手势高高扬起、重重落下，丝毫没有了素来爱惜马匹的模样。他的黑发被风扯起，大力扬在身后，似一团黑色的烈火。

愤怒的、郁卒的、一腔爱恋奔来却被不幸地遭遇当头泼下的冷水而生起的怒火。

孟扶摇一边大步往回走，一边愤愤地踢着小石子，将路边的石子踢得四处乱溅、星火乱射。

"我真的昏了，竟然想让尊贵的、骄傲的、牛 × 的烈王殿下垂下他那高贵的头颅去对一个真心待他的小女子撒谎！"

"我真的昏了，竟然认为那个自大狂在阔别半年会懂得体贴、理解、珍惜这种宝贵的情绪！”

“我真的昏了，竟然用热脸去贴人家的冷屁股！”

“哦？你贴了谁的……尊臀？”

带笑的声音传来，孟扶摇正沉浸在对战北野的愤怒中，听得这一声，直觉地接道：“战北……呃，没有！”她头也不抬，把脸一捂，转身就走，“哎呀，我想起云痕还落单在宫中，我得去接应他！”

“我已经派隐卫潜入宫中去接应他了。此时宫中大乱，满宫太监、宫女都在逃窜，禁卫军群龙无首，能把门守好就不错了，也顾不上找他麻烦。”长孙无极款款走来，微笑着拉住她的袖子，“跑什么，元宝大人很想你。”

元宝大人翻了个白眼，昨天晚上我还是和她睡的，想个屁啊！你们真讨厌，动不动就拿我做幌子！

“我可不想看它那老鼠脸。”孟扶摇严词拒绝，“腻了！”

元宝大人愤怒——我还不想看你的猪拱嘴呢！

“那么……”身后那人还在笑，拉着她的袖子，“我想你了，成不？”

“恶心！”孟扶摇鄙视，“一刻钟之前我们才刚刚见过。”

“就在这一刻钟内，我突然开始想你。”某人严肃地道，“这一刻钟的分离，让我突然惊觉，有些事其实是不能放纵的，就像手中流沙，手一松，就随风飘远了。”

孟扶摇越听越心虚，这人说话真是讨厌，永远都那么多暗示、比喻，曲里拐弯、真真假假、虚虚实实的，让人恍惚！唉，刚才那一幕大抵是比较轰动的，不会真的让他知道了吧？

长孙无极还拉住她不放，孟扶摇霍地回身，飞快地将脸向他面前一凑，然后更快地缩了回去，奸笑道：“看过了？不想了？好了，我要回去补觉了。”

她绕过长孙无极，匆匆地往自己的房间走去。没走两步，就听得长孙无极叹息，“眉目朦胧未曾识，但见双唇艳如血。”

孟扶摇轰的一声，烧着了。

身后长孙无极踱过来，含笑扳过她的肩，指尖轻轻地从她被吻肿了的唇上掠过，眼神里掠过浓浓的不豫，却什么也没问，半晌，只淡淡道：“心情不好？”

孟扶摇被他这么一问，顿时将满腹的委屈都给勾了出来。她垂着头站在他面前，像个小学生似的，吸吸鼻子，道：“战北野那个沙猪……”

长孙无极笑笑，摸摸她的头，揽住她的肩往屋子里走去，一边走一边道：“嗯，我得想个法子，帮你去向那个家伙要点补偿……”

天煞千秋七年九月初五，烈王北野下磐都。皇营三营未战解甲，城楼守兵亲启城门，随即苍龙军以雷霆万钧之势直扑皇宫，击溃御林、禁卫两军。至此，磐都之内拱卫京畿的所有武装力量全数臣服于烈王脚下。

秋日满城枫叶飘红，在千级阶梯的汉白玉宫门广场上铺了层艳丽的华毯，迎接新王朝的新主人。黑衣烈焰的烈王殿下踏着满地红枫、于梧桐细雨之中到达皇宫时，满殿衣朱腰紫的王公官员皆跪迎出舞阳门，当然这些臣子中也有拒不事新君的——三大中书两人死节，烈王下令厚葬，又博得一阵称颂陛下宽厚贤德之声。

寇中书被拘于殿，当庭大骂，拒不下跪。烈王毫不动气，亲自下座解缚，又感慨道："寇中书疑错我，我心昭昭，可鉴日月。"随即又说了一番伤痛兄弟之情的话，引得满座唏嘘，最后赐金还山——史书上又美美地记了一笔。

不过，据某些眼尖的臣子说，当时殿下脸色阴沉，看来心情并不甚好，寇中书骂完后他的眉头跳了跳，有要发怒的征兆，但是不知怎的，他捏了捏手里的东西，便又按捺下了。那东西……此人当真眼尖，他说不是瓣大蒜就是根辣椒。

当然没人相信他的话——烈王殿下千里征伐，攻城夺位，终于坐上金銮殿宝座的那一刻，他捏着辣椒或大蒜干吗，难道那是他的护身符？忒荒唐了！

当日战南成驾崩，却连丧钟都没响——礼部为表达迎接新帝之喜庆，取消了。

战北野倒是去了停灵的梓宫，将自己一个人关在里面，很久才出来。一直守候在门前的纪羽和小七隐约听见他说了一句："你被她杀了，如若冤魂不灭，千万要记在我账上。"

纪羽和小七互视一眼，默默地叹了口气。

当日新帝宿于偏宫，他还没即位，得即位后才能迁移正殿。那晚偏殿灯火一夜不灭，淡白的窗纸上映着战北野默默向灯的孤独身影，别有一番人在高处多寂寥的滋味。

纪羽和小七又对望一眼，再次默默地叹了口气。然后纪羽出宫，到南二巷统领府拜访，却见府门大闭，门上有人以鬼画符般的字迹写着："老子不见客，皇帝老子来了更不见！"门缝里却插着一封信。

纪羽铩羽而归，带着那封信怏怏地回到宫里。他以为战北野不知道他去了统领府，不想小七悄悄告诉他，殿下一直没睡，时常探出头来看看，直到见纪羽很快回来了，才再次砰的一声关紧了门。

纪羽赶紧将那封信送上，战北野目光一亮，喜不自胜地接过，关了门仔细去看，看完却愤愤地一拍桌子，低喝："可恶的长孙无极，抢我先机！"

第一百一十二章

杯具误会

天煞千秋七年，也是整个天煞国的末年。

那年深秋，战旗如刀，划裂天煞大地的同时，天煞国内的暗杀和渗透亦在同时进行。那个逝去多年的人用一生时间储存、潜伏的力量，终于在多年后浮出水面，一朝躁动，数万横尸，天颜将改，风雷先行。

在潜伏磐都的战北野秘密智囊的指挥下，无数铁杆保皇派被诛杀，再被不动声色地毁尸灭迹；无数文人学官写诗作文，为皇朝正统辩言、替新君造势；无数潜伏于各地的面貌平常却掌握要害、熟知民情的微末小吏，在一批批分赴各地的神秘人的暗助下夺权争位，尽可能地把持一方军政。

风起于九霄之上，亦生于青萍之末，在轰轰烈烈地用武力刀锋卷过天煞大地的同时，也在以另一种方式进行着政治、思想、民心、臣意的蚕食和侵吞。文武之道，刚柔并济，玩弄政治亦如八卦图，阴生阳及，生生不息。在具有丰富政治经验的逝去老臣的完美布局和圆转手腕下，天煞政局在极短时间内，基本实现了最平稳的过渡。以致多年后，当史学家们总结天煞之死时，通过细微的蛛丝马迹的追寻，得出了这样一个结论：致死天煞者——战北野、孟扶摇、老周太师。

千秋七年九月十六，战北野在皇宫永德大殿即位，改国号大瀚，年号永继，以千秋七年为永继元年。

从此后再无千秋，也再无天煞。

至于为什么要改国号为瀚，其原因，战北野知道，孟扶摇知道，纪羽知道，永久地将灵魂留在了深邃幽深的长瀚密林的八名黑风骑兵亦知道。

那些属于英烈、属于忠勇、属于牺牲和大爱的过往，不曾被一起走过的人们忘怀，他们用了不同的方式来缅怀和纪念——孟扶摇潜于朝野，战北野挥兵北上；孟扶摇纤手覆乾坤，战北野抡袖卷风云。最后，以天煞之死、大瀚之生，祭不灭英灵。

战北野即位那天，晴空万里，明灿灿的日光将千阶之上金碧辉煌、焕然一新的永德大殿映照得如在云端。一身纯黑绣金龙八幅海锦龙袍的新君冷然自大殿之巅回望，他目光所及之处，无边无垠阔大的广场之上，百官凛然叩首，齐齐如草偃伏。

鸣金钟、响玉鼓、授玉玺、册宝书，四面不靠的明黄镶万龙宝座之上，坐下了大瀚王朝的开国帝君。

新朝建立，论功行赏，第一位就是名动天下的贰臣同学孟扶摇。

这位不动声色潜伏朝野弑君夺权、城楼之上计杀谢昱、鼓动三寸如簧之舌降伏守兵，又神奇地保全了十万皇营力量移交给新君的孟贰臣，论起功劳来，确实是当之无愧的第一，比最早从龙作战的金彦、明伦两府都督都还要重上几分。要知道，在伴君如伴虎的朝野之上耍嘴皮子，比在战场和大兵拼刺刀要累人多了。

可惜这位第一功臣很有些居功自傲的样子，按说好不容易建立了功勋，应该好好在新帝面前表现一番才是，结果她老人家称病不朝，奏章上就写了五个字——“更年期到了”。

战北野盯着那个奏章思索了很久，他记得这是一句骂人的话，但是凭他对孟扶摇的了解，她绝对不会骂她自已，那这句话八成就是送给他的。

可怜的新帝毫无面子地捏了捏掌中的大蒜，无可奈何地准假，封赏还得继续——封原皇营总统领孟扶摇为瀚王，授世袭罔替之爵，以长瀚山及周围六县为封地，自掌军政、盐铁、通关诸权。

一言出而百官惊——他们知道孟扶摇的封赏必重，但绝没想到会这般重！

大瀚王朝已经没有亲王，原天煞战氏同宗自新朝建立后便再不可能占据王爵之封，而依惯例，外姓之臣最高爵位便是公爵。虽说孟扶摇功勋无人可及，等同开国重臣，当得起这般厚爵，然而十八岁的孟扶摇日后还有立功之时，按说应该保留封赏，以做日后进身之阶，如今这一封便是王爵，以后岂不功高震主、赏无可赏?

众人都以为大瀚朝再无亲王，不想陛下竟如此大方！

更大方的是，这是铁帽子藩王，封地等同封国——亲王是真正的掌权者，有自己的军队和官员体系，轻易不受朝廷律政干涉。虽说长瀚贫瘠山脉多，但那里好歹也是大瀚国土，陛下生生将六分之一国土给了外姓，就不怕养虎为患，将来反噬自身？

还有些爱抠字眼的，跪在地上抠着金砖缝儿琢磨起了这个瀚王的封号——本朝国号大瀚，孟扶摇偏偏被封了个瀚王，这……这是个什么意思？这……这不符合帝王驭下之道啊！须知帝王恩宠如坐火笼，烧得猛了反伤自身，难道这其中有什么深意？难道——陛下要鸟尽弓藏？

一众臣子猜得翻江倒海，战北野只管高踞御座、面色阴沉，将手中大蒜当成长孙无极，捏啊捏啊捏……好你个长孙无极，借花献佛，无耻之尤！

他原本打算得好好的，将离磐都最近、最富饶的三个州封给扶摇，她当得起这般回报；他想好了，要当朝赐封，给扶摇一个惊喜。不想长孙无极一封信，登时将他的如意算盘打乱了。

那人在信中说，鉴于扶摇功劳之重，恳请陛下破例给予藩王之封，以作扶摇将来永生难替之坚实后盾。如若畏惧群臣抵制与天下窃议，他长孙无极愿私下给予陛下补偿。顺便还提了提他曾帮的一点点小忙，很谦虚地说那其实不算什么，陛下如果有一分记着他的好处，也不须回报他，且将这份功劳记在扶摇身上，给她封赏便好。封地嘛，他说他劝过扶摇，藩王已是特例，不好意思再要好地儿，害陛下难做，就长瀚山吧，扶摇说她对那地儿有感情！

战北野看完那封信，气得差点没当场点兵去宰人。

明明他根本不会吝啬给扶摇最好的封赏，偏偏被长孙无极说得好像是他不情不愿，还要长孙无极用自己的帮忙来折抵才能给扶摇藩王之封。

明明他想好要给扶摇的惊喜，现在成了长孙无极用来讨扶摇欢心的惊喜。

明明是他大瀚的国土由他来支配，现在却成了长孙无极盘子里的菜，抢先端上去给扶摇不算，还自作主张地帮扶摇挑挑选选，选了那个见鬼的长瀚山脉。而他还不能拒绝，不仅因为那长瀚山脉确实是最不容易受到群臣反对的贫瘠封地，还因为——扶摇喜欢。

他明明要给，变成他不想给；他明明要给好的，变成他不得不给差的；明明是他早就想要给的，变成是长孙无极为她争取的……

噫吁嚱，悲乎哀哉！太子之奸，奸过贼老天！

而最让战北野郁卒、愤怒、无奈、悲哀的是，长孙无极抢了长瀚山！

长瀚山是什么定义——大瀚、无极两国边境，唯一可以挥师直入无极的军事通道，如今归了扶摇建立封国，她便成了横亘在战北野和长孙无极之间的保护屏障，将来战北野要想报这一箭之仇、要想通过长瀚，可能吗？

扶摇绝对不会让他跨越长瀚去夺取无极的，他真要那么做了，很有可能得先面对扶摇的反击和怒火。以扶摇的力量，给他制造大麻烦绰绰有余，到时他自顾不暇，还有什么可能去动无极？就算扶摇不对他动手，她一怒而去，他这辈子也就永远别想得到她！

多么阴毒的灭门绝户、釜底抽薪之计啊……

什么都被他抢先，什么都被他算计，连心意满满的都是他的，到最后战北野还得拱手献上长瀚，明明知道给了扶摇就等于给了他无极，却不能不给。

太子殿下的忙，果然从来都不是白帮的……

那一夜，战北野对着那封信沉思到天亮。他其实可以不用理会封地长瀚的请求，直接给扶摇他原本想好的那三个州，然而他不能不想到，长孙无极一定已经向扶摇暗示过这个打算，扶摇深谙政治，一定也知道封地长瀚的意义，她没拒绝就说明她默许了，自愿成为两人间的屏障。在这种情形下，他如果拒绝，那后果将难以预料。

长孙无极的一封信，给他出了个选择题——要么丢掉侵吞无极的机会，要么丢掉扶摇！

可怜的战北野，一夜间生出了白发。

那般此心郁郁、那般踌躇不决、那般前瞻后顾、那般不合他战北野雷厉风行作风，都只不过是因为爱而已——爱她，不愿拂逆她。

在爱情争夺战上，他本就落后了长孙无极一步，如今若再为长瀚封地一事触怒扶摇，他的机会，将无限趋近于零。

江山美人，终不能恣意兼得。

到得天亮，战北野终于慢慢伸手，将信撕得粉碎。

罢了！这大瀚天下，本就有一半都可算是扶摇帮他夺来的。没有她，他的皇位坐得不会这么容易，如今为她牺牲些许，该当！

他本就不是野心勃勃、志在天下的人，夺取皇位只是为了更好地保护母后、为了当初那个“天煞必死”的誓言而已，长孙无极用尽心机，其实也只是疑心病重罢了。何况将扶摇封在大瀚，大瀚就算是她的家了，她和他做了邻居，近水楼台先得月，他不仅可以更多地看见她，而且有她在，长孙无极不也没办法窥视大瀚？

战北野微微露出一丝笑意——长孙无极，别以为你算无遗策，只要她在我家，我总比你方便！无论什么机会，迟早都会有的！

新君即位，要忙的事情很多，战北野一直没能来统领府。当然，他不会忘记拨款，令督造司在磐都选择好地段建造瀚王府。

孟扶摇对此不予理会，封赏下来后，她马马虎虎递了个折子谢恩。折子上的字是很丑的、纸是很劣质的、墨汁是发臭的，还盖着元宝大人优美的爪印。战北野抓着看，看了很久。

九月十八，孟扶摇送走了云痕。

秋日天高气爽，最白的那朵云下青衣少年微微地笑着，笑出了孟扶摇离别的泪。

她斟了一杯酒，酒液清冽，倒映着碧云天黄叶地，倒映着她目色中的离情依依。

云痕接过雪瓷浮雕梅花小酒盏，指尖微微擦过孟扶摇的手指，细腻光洁、如丝缎般的触感，让他忙不迭地缩手，微微红了脸。

对面，那少年打扮的女子坦荡光明地笑着，笑意如被日光洗涤过、被月光漂染过，清洁纯净。她执杯的手指似也带着梅花的香气，暗香浮动，有种高贵的妖娆。

前方水湄之上，谁家的轻舟上有人轻拂琵琶，拂落了十里长亭繁密的桂花。那属于漂泊旅人的曲调，如今听来却有分契合心意的触动，如心上被谁的纤指拨了弦，长调如水流，共鸣声声。

犹记当年初见，化了丑妆的女子一抬首的眼神清亮明锐，险些撞散了他的幽瞳星火，她拔剑、上步，剑光游龙飞舞，从此舞乱了他十八年冷若深渊的心。

他带着那样的恨意而来，想要杀了那半个仇人林玄元，最终却携着那样的恍惚而归——她一笑间容光潋滟，蓬莱沧海般的眼波溺得他晕了一晕，随即，鲜红的血珠如珊瑚串在他的视野里散开，桃花扇般明艳而摄人心魄。

便动了心，似乎也太过轻易，然而对于有些人，想要不动心，才叫真正的难。

到了今天，他与她见过的次数并不多——有时他庆幸，幸亏不多，她是迷毒一般的存在，五色斑斓，每一面都光华亮丽、予人惊喜，哪怕只是刹那的邂逅，也注定能留下独属于她的虹痕。三次见面，仅仅三次，他便如同一步步坠入桃花源，此间令人欣喜而目不暇接，却始终清清楚楚地明白，自己也许只是过客。

云痕淡淡地笑起来，此时还能抽身而去，再待下去，他怕连朋友都做不得。

将酒杯在指尖转了转，将那杯身上遗留的三秋桂子和初冬梅花的香气深藏心底，云痕笑了笑，一饮而尽，“保重。”

孟扶摇微笑，“你也保重。”她顿了顿，努力措辞道，“你回去后，如果有什么……特别的事，不要忘记通知我，我最喜欢热闹了！”

云痕看着她，幽瞳里星火亮如极光。他知道她的意思——真武大会上他名次不佳，和燕家的纠葛又有暴露的可能，她怕他会遇到麻烦。

云痕轻轻笑起来，道："孟王爷，好歹等到了你封王拜相，这么强大的朋友，我怎么舍得不借力呢！"

他难得开一句玩笑，孟扶摇眯眼笑了起来，纯真地道："当官嘛，就是要搜刮朝廷，再给朋友沾光的……"

她肩上的元宝大人也纯真地咧开嘴，想：金马桶已经用腻了，可以叫孟王爷给自己打个黑珍珠版的了！

云痕笑了笑，对同来送行的雅兰珠挥挥手，大步上了车。他的护卫前段时间一直在城中另外居住，此时都拱卫在车旁等他。

孟扶摇看着他的车队消失在官道深处，幽幽地叹息一声，道："挥手自兹去，萧萧班马鸣……"

雅兰珠呀了一声，道："哎呀，孟扶摇，你居然会念诗！"

"我会的多着呢！"孟扶摇眉飞色舞，揽着她的肩悄悄凑过去道，"我背一首更好听的给你：床前明月光，地上鞋两双。一对狗男女，Have，Nothing，On……"

"咦，最后一句是什么？"纯洁的雅公主如听天书，不耻下问。

孟扶摇暧昧地笑着，正在考虑要不要污染一下小公主，身后突有人道："大抵就是没穿衣服的意思。"

"咦？难道你也是穿越过来的……"孟扶摇话说了一半，呃了一声止住，悄悄回头。身侧雅兰珠已经雀跃地奔了过去，"战北野！战北野——"

一株柏树下，停着黑马黑袍的男子。青绿的树荫和淡白的树身衬得他色彩凝重眉目黑，看人的时候眼眸乌光如箭，如铁壁深渊般具有坚硬的力度，让人想起远山之上躯干笔直的铁木，岿然凌空，风过，铮铮作响。

孟扶摇看着他，心想：几日不见，怎么气质突然又好了几分呢？皇帝真是个好职业啊，居家、旅游、提升气质之必备良品！

战北野的目光在雅兰珠身上淡淡扫过，下意识地落在孟扶摇身上，然后在孟扶摇"你敢不理她，我一定叫你一辈子后悔"的眼神中再次悻悻地落回雅兰珠身上，勉强笑了笑，道："雅公主，好久不见！"

"是啊，好久不见！"雅兰珠仰起头，手搭在眉檐上，对着居高临下、全身沐浴在阳光中的战北野笑，"二百零十三天零五个时辰。"

战北野窒了窒，深黑的目光正式瞟了她一眼，想了一阵子，若有所思地道："我怎么记得是一百九十七天零三个时辰？"

孟扶摇脸色黑了一黑——你什么意思？你算的是你和我分别的时辰吧？你算就算吧，为什么要说给雅兰珠听？

她脸上神色狰狞，雅兰珠半偏着头看了她一眼，孟扶摇赶紧收拾起青面獠牙。雅兰珠若无其事地转回头去，笑嘻嘻道："是吗，那么是我记错了。"

战北野看着她，眼神柔和了一点，硬邦邦地道："前天是你的生辰吧？抱歉，没来得及去给你祝寿。"

孟扶摇在雅兰珠身后恨恨地揍了自己脑袋一下——死人战北野，你用这种方式服软道歉，好歹也要有点诚意行不行？算分离时辰没算错，算人家生日怎么就这么不上心？

"没事。"雅兰珠好像没发现这个错误，开开心心地笑了，"反正你以前也没记得过。"

战北野不语，从怀里掏出个盒子递过去，道："寿礼。"

雅兰珠惊喜地接过，孟扶摇咧嘴笑，以示鼓励。战北野脸色更黑了，沉声道："勤政殿总管公公给选的，我也不知道是什么。"

孟扶摇笑到一半又撇下嘴去——见鬼的战北野，你就不能把一件好事做到底吗？

战北野却觉得自己已做出了好大让步、经受了好大委屈、表达了好大歉意，他不再管雅兰珠，转过头，目光灼灼地盯着孟扶摇，"我还不知道你的生辰是哪个日子。"

孟扶摇鼻孔朝天，"我是从石头里蹦出来的，你去问石头吧。"

战北野忍了忍气，转移话题，"我们去看你的新宅子好不好？长瀚那边我已经派人去给你造王府了，你喜欢在哪个县？乔县临水，景致较好；甘县在六县中物产最为丰富……"

"我说陛下，你很闲吗？"孟扶摇牵起雅兰珠，"来送云痕都迟到了一步，却有空问我选在哪个县开府。"

战北野眉毛一扬，怒气将起，不知怎的又忍了下去，顿了顿道："扶摇，我知道你在为那天的事气我……"

"啊……珠珠，我记得城中有家酒楼的酒特别香，我们去喝好不好？"孟扶摇大声盖过战北野的语声，一把拉过正竖起耳朵的雅兰珠赶紧走，"我请客，你出钱……"

她火烧屁股、夹尾逃窜的背影落入战北野翘首而望的视野中，良久，他苦笑了一下。身后，小七粗声粗气地道："陛下，揍她！"

战北野霍然回首，瞪他。

小七怡然不惧，大声道："我们那儿的婆娘也有不听话、不知好歹的，好办，捆起来往柴房一关，一顿家法鞭子就收拾了，以后就会收心养性，乖乖地相夫教子，再没错的！”

战北野听得又好气又好笑，忍不住骂了一声：“夯货！”

“陛下，好女人是揍出来的，听我的，没错的！”小七锲而不舍。

战北野满腹烦躁，心绪不宁，一头记挂着孟扶摇，一头还想着御书房那一大堆让人看了想死的奏折，哪有心思理这个夯货的叽叽歪歪？他不耐烦地策马回宫，随口道：“有本事你去关、你去揍！”

他心中郁郁，恨恨地一扬鞭，黑马如龙疾驰而去，在官道上扯出一条深黄的烟线。

小七稍慢一步，坐在马上端着下巴。一根筋的鲁莽少年，在很认真地思考最后一句“圣旨”……

所以说，人倒霉，说句话也出岔子。

所以说，误会就是在语言和语言的碰撞中，牛 × 地产生的……

“我是一匹来自北方的色狼……”

“两只老虎，两只老虎，跑得快，跑得快……”

“吱吱，吱吱，吱吱吱……”

夜色降临，两人一鼠合唱团自大道尽头互相搀扶着，跌跌撞撞地自地平线上出现，护卫们不远不近地跟着，不敢接近那两个酒疯子——一个会抱住人哭、一个会抓住人打，谁也碰不得。

好容易到了统领府，长孙无极和铁成迎出来，铁成架走了雅兰珠，长孙无极一手拎着酒鬼、一手拎着醉鼠，把自己两只沉迷酒乡的醉宠拽回了房中。

酒鬼瞟瞟是他，伸出一半的拳头立即很识相地缩了回去——揍天、揍地、揍皇帝，就是不要揍太子，太子有毒。上次害他受了一点点伤，瞧她做了多久的厨娘、换药师和按摩师啊……不过话又说回来，太子的身材还是很好的、还是很养眼的、被她看了个痛快的……

某人呵呵呵地笑着，不经意地笑出了几点口水……

长孙无极亲自把她打理齐整了、用被子裹好了，坐在床边有点发愁地看她，道：“你这个酒性不改，地位越来越高，越来越没有人能管你，我要不在，你喝醉了谁来拾掇呢？”

孟扶摇呵呵地笑了，伸爪去摸眼前晃来晃去的美人脸，又觉得眼花，两只爪子一起上，将之定住，色眯眯道：“美人，本王……拾掇得了一个朝廷，还拾掇不了……呃……自己？”

长孙无极笑笑，取下她的狼爪，捏在掌心，用自己的指尖一个个慢慢去对她的指尖。他微微仰起头，似要通过这般的十指相扣，读懂她此刻迷蒙涌动的内心。

他半仰的容颜沐浴在月色清辉中，沉静中别有种荼蘼般的浓烈，微蹙的眉间拢遍红尘心事，绮丽如烟。

半晌他道："你一怀心事，半生挣扎，你路在前方心在彼岸，你……竟不肯为谁停留。"

孟扶摇就着他的掌心呼呼大睡，粗鲁地流着口水。

长孙无极慢慢缩回指尖，遥遥望向远处某个方向，半晌道："扶摇，我接到师尊传信，得回师门一趟。"

孟扶摇翻了个身，嗯了一声。

"有段日子内，我可能得不到你的消息。"长孙无极皱起眉头，轻轻拍她的肩，"你要小心。"

孟扶摇打了个酒嗝，抓过元宝大人晃了晃。

"元宝还是留给你吧。"长孙无极犹豫了一下，"你尽量保护好自己，少用它的能力。"

孟扶摇嗤了一声——我要靠耗子救？省省吧！

长孙无极不说话了，倚在床头，将她揽在怀里。孟扶摇枕在他的腿上，懒洋洋的，不想动。她被他独有的氤氲异香浅浅包裹着，半悬半浮里，仿若陷身迷离梦境，梦中浮云迤逦不绝如缕，孤城华美，媚若明花，九天之上，俯瞰十万里烟尘，无数雪色花朵悠悠降落，将三千玉阶覆了一地乱玉碎琼。不知道哪里的桐花，如紫云般飘过，絮云深处，一人回眸一笑，玉貌绮年、姿容倾城。

她在那样的梦境里沉醉，于那人怀中、属于他的香气和体温的温柔包裹里，做了一生里最为华美不可方物的梦。

一梦如斯。

天光照亮那方床榻时，温度渐冷，淡香终散。

孟扶摇没有起身，闭着眼睛，脸朝下趴着，那样趴着，温度似乎还在，香气似乎还在。那香可真奇异，她一直觉得是暖香，如今靠着床褥仔细闻来，却又似带着雪气一般的冷香，或者只是因为，那能带来温暖的人，已经离开？

昨夜那醉，其实未醉。心里知道他终究是要离开的，只是不想面对而已。

她一生里总在拼命逃离，却又畏惧离别，尤其当那般热闹繁华的相聚后的离别，越发凄清冷落如华筵终散，独自一人收拾空空的碗盏，指间泻过那些写着灯火和温暖气味的残羹。

可是，有些事不是畏惧便要退却的，如果她现在学不会适应离别，日后她会更寂寞、苍白如雪。愿时间锋利如剪，能剪去心上有意无意印下的折痕。

孟扶摇起身坐在床上，床单上有印子，是他抱着她安坐一夜留下的，她伸手，要去拂平床单，却最终停了手。

在轻絮浮沉的日光里沉默半晌，她起身洗漱。今天是她正式受封的日子，赖了这多么天，好歹该给新帝一个面子，去上上朝。

吃完早饭，她将铁成叫来，命他带着一部分护卫去长瀚封地，姚迅已经先一步带着战北野的丰厚赏赐去了长瀚。铁成却不同意，很简单地回答她："你在哪里，我在哪里。"

孟扶摇只好道："那你今天先待在家里，雅公主宿醉未醒，得有人安排照应，宗先生又不在，也不知道去了哪里。我这里为了安全一直没请管家，现在姚迅不在，你就不用跟我上朝了。"

铁成想了想，终于同意了。孟扶摇换了王袍，对着铜镜搔首弄姿很久，才坐了轿子去上朝——她现在名气太大了，一出门便会被围观，她为此特地给自己打造了一副黑水晶墨镜，相当良好地找到了前世明星般的感觉

春宵苦短日高起，瀚王难得上早朝。孟扶摇一大早出现在候班房内时，大大小小的官儿呼啦啦跪了一地。有些新贵不认识她，悄悄扯了人问，然后才恍然大悟——哦，这就是那个在城头上公然说要做贰臣的孟大王。

孟扶摇很低调地坐在角落里，喝着茶，应付着没完没了的请安。

"王爷安康……"

"好说好说，病得快死了。"

"……"

"王爷吉祥……"

"好说好说，今天天气不错。"

"……"

"王爷。"

"好说好……"

这声音很熟悉，孟扶摇抬起头来。

"陛下请您散朝后去行宫一趟，有要事相商。"

孟扶摇狐疑地盯着小七——战北野有什么要事不在朝中说、不在宫中说，要专门找她去行宫说？只是在众目睽睽之下她也无法疑问，只好点了点头。

小七施了礼，一本正经地出去了。孟扶摇看着他的背影，虽觉得奇怪，但想到这家伙素来是个不会撒谎的，便释然了，八成是战北野自己搞的花样。

金钟数响，众人雁列进殿站班，高穹大殿，煌煌天威，连咳嗽声都不闻。大殿中设了金案，陈放着金册和金印。孟扶摇站在中间，一边等一边百无聊赖地数格子，顺便估量那金印的分量大抵有几斤金子。忽听太监一声传呼，“陛下驾到——”

百官们呼啦一下又跪了下去。

孟扶摇这才想起这个严重的问题——她要对见鬼的战北野折腰！

此时满殿都跪着，唯独孟扶摇站着，越发显得她戳在那里碍眼。孟扶摇摸摸鼻子，慢腾腾地打算跪。忽听上面战北野沉声道：“听闻孟卿最近膝盖着了风寒，不知痊愈否？”

“啊，陛下！”孟扶摇眉开眼笑地立即揉膝盖，“不成啊，老寒腿啊……”

百官鄙视地瞪着那十八岁的“老寒腿”，孟扶摇若无其事，岿然不动。战北野黑眉下黑瞋瞋的眼沉沉地扫过她的脸，道：“那便免跪吧。”

“微臣谢恩！”孟扶摇答得欢快，觉得战北野这个同志在某些时候还是挺乖的，可以酌情原谅他一点点。

金钟又鸣，她在金案前站定，按天煞旧例，亲王册封需有两位正副使，正使一品、副使从一品，然而今日为孟扶摇册封的竟然是两位前朝老臣，实打实的两朝正一品，这又是个额外的恩宠。百官中起了低低的声浪，战北野一个眼光扫过去，声浪立止。

新帝即位虽然不久，百官也多少摸清了点战北野其人。新帝虽说仁厚，脾性却并不宽和，行事雷厉风行、宽严相济，甚至极通政事。他即位短短时日便将本如乱麻的朝政捋顺，但凡人事、军马、刑狱、户政、经济无一不熟，由此便可见一斑。虽说众人不明白他当初一个闲散王爷从哪里学得这么娴熟的政务，但是新帝在短短时日内已经迅速建立起自己的威权是铁打的事实。大瀚雄主的雏形已现，此时他一个淡淡的眼神，人人便凛然拜服。

两名老臣读完册封圣旨，一人捧金册，一人奉金印，在小七的引领下走向孟扶摇。除亲王本人外，其余人等是不得触摸金册和金印的。老臣将托盘奉上，孟扶摇早已躬身听旨听得极其不耐烦，赶紧笑嘻嘻地伸手接了。

她接得漫不经心，也是实在没想过在朝堂之上、在战北野眼皮子底下，由战北野亲手写下的金册会有什么不对，也就没注意到小七突然咧嘴笑了笑。

亲王册封规格很隆重，仪式却简化了。战北野知道孟扶摇那个性子绝对不耐烦烦琐的礼节，虽然他很想近距离地多看孟扶摇几眼，在她恶狠狠的“快点结束，老子要撒尿”的眼光里，也只好早早地结束了仪式。

仪式一结束，本来应该在朝堂顺便站班的孟王爷就不站了，人家“老寒腿”发了，告个假，优哉游哉地出了殿。

刚拐了个弯，小七跟过来道："王爷，陛下说请你务必在行宫等他下朝，有要事相商。"

孟扶摇瞟着他，道："什么要事非要去行宫？我就在宫里等他。"

小七从口袋里摸出张纸条看了看，又塞回去，背书般道："陛下说，宫里不方便。"

孟扶摇又好气又好笑地看着他，伸手就去抓他的袖子，"还有锦囊妙计？"

小七闪身一让，又抓出张字条看了看，板着脸道："陛下说了，想知道为什么有锦囊妙计，去行宫等他。"

他袖子里的手指悄悄将那两个字条捏碎——字条是空白的，什么都没有。他说的所有话，以及故意呆呆地抓小字条出来看的动作，都是陛下秘密智囊团里的老家伙们教他的计策——专门用来对付聪明谨慎、偏偏好奇心特别旺盛的某人。

孟扶摇果然被逗起了好奇心，哈哈一笑，道："他也会玩花招了，好啊，我去！"

她出宫上马，跟随小七一路奔向磐都之北渝山上的行宫。行宫不大，前后共五重宫殿，小七将孟扶摇往最里面引，在内殿华音阁的台阶前停了下来。

孟扶摇看见华音阁前有座玲珑的小桌，四个雪白的小玉凳做得十分精巧可爱，忍不住欢喜，道："这凳子好看，我不进殿了，气闷，就在这外面吹吹风、品品茶挺好。"说着过去，一屁股坐下。

轰！

凳子突然向下一陷，地面出现一个大洞。对战北野的部属全盘信任的孟扶摇，毫无防备地落了下去。随即桌板一横，轰隆一声，地面被封住了，孟扶摇头顶顿时不见了天光。

孟扶摇大惊，一转身发觉这好像是个地底通道的封闭石室，连忙伸掌就劈。刚一运气，袖子里的金册突然当的一声掉在地下，金册裂开，散出点淡淡的烟雾来。

孟扶摇急忙闭气，可惜室内空间太小，烟雾来得又快，她还是吸进了一丝。

她脑中一昏，赶紧闭目坐下运气调息。昏昏沉沉中，只听见头顶小七的笑声："哈哈！陛下，我这不就关成她了？下面，我替你揍她！"

第一百一十三章

无心插柳

战北野？他设计我？

孟扶摇捧着头，有点昏昏沉沉地想——战北野要设计我？想揍我？他今天在朝堂上用那么坦荡的眼神和我对视，然后心里在盘算着揍我？

孟扶摇脑子转来转去，一会儿觉得貌似战皇帝还没差劲到这地步，他又不是不知道自己的性子，一会儿又觉得，从他那天大白天在大街上就敢强吻自己的德行来看，也未必就做不出来。

头顶上小七砰砰砰地走着，似乎踩了什么机关。随即孟扶摇身后的石壁突然一翻，飞出几根绳索，嚯嚯嚯交替着一缠一勒，石壁后机簧晃动，绳索一收，便要将孟扶摇捆到石壁上。

孟扶摇立即飘了起来，身形一闪，于绳索交替的缝隙里一穿而过。眼看那绳索勒空，她突然伸手从身后抓过刚才一起掉落的玉凳往里面一塞，绳索霍然收紧，将那玉凳勒在了墙上。

孟扶摇眼神微眯，看着墙上被绑的凳子，那绳索上方连接着地面的地方正在微微抖动。小七在上面看不见地下的动静，只从露出地面的绳索形状上看出绑住了东西。他自然以为是孟扶摇，兴奋地道："哈哈！终于绑到了这恶婆娘，我来揍你！"

他扳着机关就要下去，突然又停住，偏头喃喃道："她又不是我老婆，我揍什么？自然是该让陛下来揍！"

一拍大腿，小七很"聪明"地掉头就走，在园门外粗声粗气地吩咐守卫："看守好这里，一只苍蝇都不许飞出去！"

"是！"

孟扶摇听着小七步声远去，嘴角抽了抽——这世上，还真是有人活得不耐烦了！

她直起腰来，伸了个懒腰——以她的功力和长久浸淫江湖游医补养药物早已修炼出来的身体素质，哪怕她现在因为一直在调养还不是巅峰状态，小七的区区迷药都不足以将她迷倒，昏上一昏就已经很了不起了。

孟扶摇伸手顶了顶头顶，皱了皱眉头。顶上的石板极其厚重，以她现在的姿势，要破开很有难度，只好从别的路出去。她静下来，仔细看这石室，这才发现这里并不像个单纯的地底石室，倒像是一条很古老的暗道。暗道已经有些年代了，墙面斑驳，地面灰尘很厚，不像有人经常出入的样子。

目光在石室内扫了一圈，被死老道士摧残多年所学的奇门八卦以及后来由太子恶补的东西立刻派上了用场，孟扶摇紧盯着墙上的一个麒麟标志，伸手在那凸出的后腿上掀了掀。轰隆隆一阵微响，隐约有机簧轧轧联动之声，孟扶摇听得声音不对，霍然一个大翻身翻了出去。身子刚刚跃起，唰的一声尖锐之物刺破空气的利响，一蓬针不像针、箭不像箭的利器如暴雨般飞射而出，强劲迅捷，瞬间向四面散开，笼罩了整个石室！

那密如雨、黑如乌云的小箭如烟花般咻咻四射，区区转个身都困难的空间顿时纵横交织的都是箭光，别说大活人，便是只刺猬也得在每根刺中间再插上几根。孟扶摇无处可逃，身子一翻贴上室顶，拼命缩腹含胸将身子摊开。黑暗中利针从她鼻尖嗖嗖飞过，近得她能嗅见针尖上喂毒的森凉气息。那丝丝寒意掠体而过，像是刹那间穿越的冰雹雨，冷入骨髓。

她觉得自己眼睫毛一眨都有可能夹住一根针——那暗器实在是太密集了！

孟扶摇屏息静气、一动不敢动，像只壁虎似的趴着，好一会儿才听见机簧发出轻微的嚓一声，暗器射完，四面墙壁发出轻微的咚咚声。孟扶摇飘下来，惊魂未定地检查了一下自己的衣服，发现前胸部位已经出现了破洞，只差毫厘便要被射中。

阿门！幸亏俺只有 34B……

孟扶摇此刻深切地感受到，人在江湖混，胸还是小点比较妥当，接触点相对短，关键时刻，那就是一条命啊……

四面的墙壁上，密密麻麻的全是针眼。这是坚硬的条石墙壁，硬度极高，这么细的针居然都能深深地打进去，那机簧的力量可想而知！

小七那个混账，想杀了老娘啊！

到了此刻，孟扶摇反而对此事的始作俑者又多了一份怀疑——战北野绝不会对她下杀手，孟扶摇对他这点信任还是有的。不过也就只剩这一点点信任了，战皇帝最近表现实在不怎么好，孟扶摇目前对他的评价本就在零分以下。此刻她蹲在黑暗里转转眼珠，自己猜想，八成战北野不知道地下有这个恐怖的机关，不过无论如何，小七是他的人，驭下不严，管束不力，或者他有故意暗示或放纵的企图？反正、总之，这笔账都要坚决地记在他头上！

墙上机簧射尽暗器，终于开了一线暗门。孟扶摇盯着那黑沉沉的地道，反倒有些犹豫了——要不要去？开门机关就那么狠，谁知道里面还有什么。可是她现在又实在不愿意乖乖地蹲在这里等人来救或者来揍，那也太没面子了！孟大王彪悍拉风，从来就没有这么糗过。

思前想后，她决定，被欺负了不想反击的孩子不是好孩子——整战北野！

她在外袍上撕下几条碎布，十分心疼地咬破指尖滴了几滴血，在地上洒几滴，在碎布上洒几滴——嘿嘿，滴血疑踪，人却不见，让你去猜吧！你战北野是知道世上有种化尸毒的，偏偏宗越不在，验不出这针箭上的毒，你就越想越怕吧！等我从密道出去，绕到你们背后观察一下，要真是你的主意，你等着倒霉；要不是你的主意，小七倒霉你更倒霉——急死你！哈哈！

她恨恨地将碎布拢起来，还很诡异地拼了个人形——其实拼成人形才叫不合理，但是她相信，拼成人形才会更有杀伤力。

孟扶摇闪身进了暗道，身后暗门立即缓缓合拢。孟扶摇想着那个麒麟标志，心里觉得有些怪异——战氏家族的图腾是苍龙，战氏行宫里的暗道怎么会用麒麟做标志？还有，麒麟貌似是哪个国家的图腾来着？忘记了。

暗道很黑，还有点粗糙，没有皇宫暗道惯有的青石甬道和壁灯，地面也凸凹不平。一进去，泥土气息和地道特有的陈腐气息迎面而来，却并不过分，显见有出口和通风口。孟扶摇小心地走着，不敢去摸墙壁，隐约感觉墙上似乎是麻石，缝隙特别严整，和地面的粗糙正好成反比，却不知道为什么会出现这种状况。

她手中扣了一把碎石，走一步扔一下，行到暗道一半都没有任何动静，她却不敢放松警惕，不住地指尖微弹，在那些相同的咻咻声中想着心事。

叮——

一声异响叫停了她的脚步，孟扶摇眼瞳一缩，挑出一块大点的石头，蓦然一砸。

哧——

前方一丈处的地面突然无声滑开，露出丈许方圆的一个大洞，洞下居然是水，滔滔的、奔涌的、湍急的水，是活水！

这地道居然建在水下？

孟扶摇观察了一下地道的走向，觉得不可能全是在水下，那水道是在一个拐角处，很明显这地道延伸出了一截在水中，难怪四壁坚实、抹了膏泥。孟扶摇仔细想了想磐都的地形，想起渝山之侧三里处有一条汀河，那河水据说是直通城外的，难道她现在已经从地下出了城？

这里的机关不多，但着实厉害，这水道无论谁落下去都要被立刻卷走。孟扶摇跳过水道，地面又无声无息地合拢，这机簧好像经常使用，否则怎么会一点声音都没有？

接下来的路又恢复了平静，孟扶摇终于走到暗道尽头——没有密室，没有任何东西，尽头就是光秃秃的墙，墙上和先前进来的地方一样，有一个麒麟标志。

因为有前车之鉴，孟扶摇自然不敢再去随便动那麒麟。她目光一扫，看见麒麟之下，还有个微微的小凸起，从格局设计来看，这个才应该是真正的开门枢纽。孟扶摇舒了一口气，暗自庆幸，幸亏自己刚才谨慎没去动那麒麟。她身子一侧，小心地伸指将那凸起一按。

哗——

整面墙突然向上缩起，随即，巨大的浪潮呼啦一下奔涌而入，激涌的河水瞬间从半人高的空间奔腾灌入，如一把透明的巨人之锤，呼啦一下锤在了孟扶摇的胸口上，将她狠狠地推出去，撞在身后的墙上——她身后本来是空而长的暗道，但就在凸起被按下的刹那，孟扶摇身后两米处突然无声无息地竖起了一面墙。

孟扶摇被水冲撞在墙上，撞得头昏眼花、金星四射，整个河水的自然之力简直等同于高手当胸一拳，刹那间她唇边已经绽出血色。更糟糕的是，由于身后那堵墙突然竖起，这里被生生隔成了一个两米长宽的窄室，河水倒灌飞速，刹那间水已经淹到她的脖颈，水面还在不断上升。

头顶上可以呼吸的空间越来越小，孟扶摇挣扎着，一个猛子扎下去，想从刚才倒灌河水的缝隙里潜水出去。然而那里已经再次关闭，只留下手掌宽的缝隙继续进水。眼看着水将没顶，已经过了嘴巴，孟扶摇一张嘴就灌进去几大口水。空气越来越少，水面越来越高，黑暗的壁顶沉沉地压了下来，压得她胸口如坠大石、呼吸窒息，想要大口吸气也不可能，那会灌进更多的水、更快死亡——再过几秒钟，等水灌过她的鼻子，她就真的要被淹死在这个见鬼的石室了。

战北野，我出去后一定要宰了你……

这个念头只一闪而过，孟扶摇无力地笑了笑，自己的命能不能保住还不知道呢，哪还来得及想这些有的没的！她拼命挣扎，在水中四处游动，明知道这样会让氧气消耗得更剧烈，却不想放弃任何求生的希望，直到她触到壁上那个麒麟。

冰凉的、比水更冷的金属触感传入手底，孟扶摇犹豫了半秒。

这个麒麟之后，很有可能就是刚才那劲道绝世强大的机簧飞箭，自己此刻根本无法闪躲，一旦中箭，就是马蜂窝的下场。然而不被射成马蜂窝，就要被淹成气球，没的选择。

水势已经到了孟扶摇鼻下，孟扶摇额上青筋迸起，被压迫得突突跳动。满面热血上涌，挣得面色通红，通红过后又渐渐转为苍白，巨大的压力迫体而来。她觉得自己下一秒就要窒息炸裂而死，这感觉太难受了！

宁可死得快些！孟扶摇一伸手，掰下了那个麒麟的机关！

轰！

闭目待死的孟扶摇听得声音有异，并不是先前的机簧轧轧声，随即觉得头顶一凉，空气涌入。她大喜之下哗啦一下从水中蹿起，一抬头看见头上居然别有洞天，已经开了一处缝隙，隐约是个石室。她赶紧湿淋淋地爬上去，身下石板立即又无声合拢，将那些水流阻隔在了下面。

孟扶摇死狗一样瘫在地上喘了半天气，想起刚才自己一条宝贵的小命差点葬送在那见鬼的密道里，愤然之下恨恨地骂道："战北野，我一定要叫你也水深火热地来这么一回……"

她歇了半天才吭哧吭哧地爬起来，打量了一下。这个石室和先前小七陷她进去的那个很像，但是大了很多，足有五丈方圆。对面有桌椅长榻，堆着些衣服杂物。这个大概才是暗道的密室，刚才下面那层墙壁上的机关，两个都是出口，一个是死出口，向着河底；一个是活出口，向着这个密室。机关的设计者竟然也是个心理战术的高手，算准了进入这密道者经过先前麒麟中射出来的彪悍毒箭必然会余悸犹存，不敢去动这个真正的机关。

孟扶摇坐在地上悻悻半晌，半天才缓过劲来，这才想到这个暗道的设计手法怎么有点像大鲧古墓里的那种风格呢？难道这两者之间有什么联系？

她还没想明白，突然听见隐约的说话声传来。

声音很模糊、闷声闷气的，像是隔着很远的距离在对话。

黑暗的石室，难见微光，四周飘散着奇怪的气味，像是石头本身的气味再加上水汽和淡淡的血腥气息，令人不由自主地联想到荒郊树林、冷月清溪下半掘的坟坑里尚自滴血的尸体……然后，在极度的黑暗和寂静里，突然出现模糊的对话声，其效果十分惊悚。

孟扶摇惊得头皮一奓，唰地跳了起来。

她下意识地就要去摸火折子，摸了一手湿才想起火折子早就被泡没用了，只好静下心来盘坐在黑暗里，仔细听。

空气中恍若有雾气氤氲，黑丝带般缓缓飘动。不知道从哪里传来夜鸟被惊飞尖啼的声响，扑闪翅膀的声音划破黑暗。

孟扶摇明亮如冰雪的目光在暗色中越发闪烁。半晌，她突然飞身跃起，顺着声音来路一路摸索，果然在壁顶摸到一个小小的洞。耳朵凑上去，声音立即清晰了许多，原来这里有个通风孔，上头应该就是外面了，有人正在上方交谈。

这半夜三更，在城外林子里窃窃私语的，能是什么正经事？孟扶摇立即将耳朵凑了上去，仔细听。

“据说就在这附近，可是兄弟们找了好些日子也没找着。”

“八成是假的吧？文懿太子当初全家都被赐死，财物没入宫库，就算跑掉了一个，哪儿来那许多财力在各国建立地下势力？”

“空穴不来风，摄政王说，一定要仔仔细细地找，揪出他的老巢来。”

“人都抓着了，要问什么，审审便是了！大刑之下，何愁没有交代？何必让我们在这里劳民伤财，还得偷偷摸摸地半夜掘坟……”

“摄政王雄才大略，他要找宗越的老巢，必然有他的道理……你少些唠叨，仔细说漏了嘴！宗越在各国地位极高，交游广阔，一旦给人知道他被我们抓了，要添很多麻烦……”

宗越！

孟扶摇已经听不见后面说的是什么了，她脑子里嗡嗡作响，惊诧地瞪大了眼睛。

宗越被人抓走了？摄政王？整个五洲大陆，有摄政王的只有轩辕。

是轩辕晟抓走了宗越？听那两人的口气，宗越好像是什么文懿太子的后代？孟扶摇没有研究过轩辕的国史，只隐约知道轩辕晟是在多年前发动政变后占据摄政王位的。但是为什么他一直没有自己当皇帝，而是选择了同宗的一个少年做傀儡，其原因她没问，当时告诉她这件事的长孙无极也没说，不想居然和宗越有关联。

宗越游走大陆，地位崇高，消息灵通，身边有无数秘密力量，行事也十分神秘，再加上他和轩辕韵的关系，看起来确实挺符合这个身份。孟扶摇轻轻抽了口气，将耳朵贴得更紧了些，想要听清楚那两人是否能泄露出宗越被抓到哪里。不想上面突然没有了动静，只听见隐约的风声微响，老鸹子突然惨惨地叫起来：啊——啊——

那声音嘶哑瘆人，听得孟扶摇浑身一冷。想起刚才那两人说这里是乱葬岗，她忍不住笑了笑，心想，不说话，不会是突然遇见鬼了吧？

然后，她便听见了如鬼一般的脚步声。

极轻，极轻。

像是枕头里掸落的轻羽、树梢上飘落的幼鸟的绒毛、柳树尖尖上最轻的柳絮，几近无声地飘了过来。要不是孟扶摇耳朵紧贴着地面，感觉到了那几乎没有的振动和共鸣，她根本就不会发觉。换句话说，寻常武林高手，更不可能发觉。

那脚步飘了过来，步伐中有种奇异的韵律，轻飘而快速。过轻的东西一般是没有速度的，但是这脚步不是，随风扬起，一扬便似千万里。

咻——

只一声。

"嗯。"

随即便归于寂静。老鸹子叫得更加惨烈，地面上却已经完全无声。

孟扶摇凝神听着，想着最后那一声嗯是个什么声音，忽然觉得耳朵一凉，似乎有什么液体突然落入了耳中。

她顿时一惊——糟了！听见宗越的消息听得太入神，耳朵贴洞那么紧，万一被上面人发现，只要灌一滴水银下来，她的小命可就要报销了！

这一吓非同小可，她赶紧偏头想把那滴液体倒出来，又伸手去摸，手指感觉黏腻，就着通风孔微光一看——鲜红！

血！

上面那两人，一瞬间就被杀了？

孟扶摇嘶的一声抽气，敢情那声嗯是两个人同时发出来的？难怪听起来有些怪异。对方剑太快，只出一剑，同时杀了两人，那声闷在喉咙里的嗯，竟是刚才还活生生的两人最后发出的声音！

这么快的剑，这么干脆利落的杀人手法，让孟扶摇叹为观止，觉得自己以前杀人都忒温柔了。

地面上的血还在顺着通风孔滴滴答答地往下落，瞬间在地面上积了一小摊。看来对方杀人还是喜欢宰猪式，不玩优雅的一点红。

孟扶摇盯着地面上那摊血，突然发现那血色反映的光影有些变化，好像……哪里在动？

孟扶摇立即警觉地一个翻身贴上壁顶——她今晚遇见的怪事够多了，小心为上。

果然她的直觉没错，她刚刚藏好身形，对面下方的石壁便无声地移开，带着雾气的月光无遮无挡地洒进来，在地面上铺了一层银白的地毯。

月光中间、银毯之上，无声无息地出现了一个黑衣的人影。

高挑、修长，紧身的黑衣被月色勾勒出紧致的身线，那身体充满了弹性和力度，却又毫不粗壮，带着奇异的、野性的美感；束起的乌发亮如丝缎，微微披散。他披着一身月色走进来，步姿带着奇异的韵律，让人想起丛林之中五色斑斓、飞驰的豹。

真是好身材！孟扶摇差点吹口哨，脸还没看见，这身材就足够看了！

孟扶摇屏住呼吸，色眯眯地打量着那男子，无声地往壁顶上又贴紧了几分——此人身材虽然好，那武功好像更好，现在她还不想打架！

那男子走进来，不知道按了什么地方，密室门缓缓降落，那男子径自走到堆放衣服杂物的地方，点起蜡烛，从桌子上拣起一件衣服。

孟扶摇看了看那蜡烛的光影，再次无声地将自己移到黑暗里。然后她继续探头下望，然后她……差点瞪掉了眼珠子。

对面，蜡烛的微光里，那男子在……换衣服！

那穿着紧身衣的身线就已经让人移不开眼光了，脱了那更叫……惊艳！

极其漂亮的肌肤，在浅黄的烛光下看来如同流动的晶莹的蜜。不同于江南精致男子般的荏弱苍白，反更具原始野性的性感。烛火勾勒出他的周身，曲线紧致收束，每一寸肌肤都在昭示着惊人的弹性和爆发力，却又绝无肌肉虬结，只是那般恰到好处地风华流溢而又诱惑天生。

那男子始终没有回头，换的竟然仍是一件黑衣。他将先前那件溅满鲜血的黑衣团成一团握在手里，继续迈着他那奇异韵律的步伐，打开密室门，走了出去。

孟扶摇又等了一会儿，确定他不会回来才慢慢移下地来。她的破九霄功力日渐深厚，闭气时间比寻常人要长很多，也幸亏如此，不然就算隔得远，也早被这厉害男子发现了。

在墙上摸索了一阵，孟扶摇凭记忆找到机关，打开密室门走了出去。外面果然是个乱葬岗，歪歪斜斜地竖着些断裂的墓碑，散落着一些被野狼拖出来的白生生的骨殖。枯树的枝丫上挂着惨青的月亮，老鸹子立在树梢上，有一声没一声地叫着。

四周有浓重的血腥气，孟扶摇四顾一圈，那两人的尸体却已不见了

孟扶摇怔怔地立在冷月下，回头看了看出来的门，那里掩在枯枝败叶下，再看不出端倪。想着今晚当真是奇遇迭起，小七一个无心的设计，竟然会令自己一再遇险——密

室飞箭、水洞没顶、血水灌耳、美人脱衣……到得最后，还听见了这么个令人震惊的消息。

宗越被轩辕晟给掳回轩辕了！

孟扶摇看了看轩辕国的方向，露出了一丝冷笑。她想都没想，一路回城。

以她的轻功，都不用报出身份叫开城门，直接从城墙上越过。回到统领府，她先去了宗越的屋子，屋里一切如常，看不出主人离开的样子。孟扶摇伸手摸了摸床褥，一手的冰冷，看那床铺的样子，好像好久没有人睡过。她怔怔地站在屋中，开始反思——自己对毒舌男好像有点太漠不关心了，明明知道他最近忙碌、经常外出，却从没想过要问他在做什么，如今连他失踪，自己都是最后才知道，甚至找不到任何他的熟人或下属来验证询问。

也许，自己心里，已经习惯了依赖宗越的帮助、习惯了他毒舌着解决问题，根本就没想过他会遇到麻烦。另外还有个原因，是孟扶摇自己都不愿面对的——她是不是在潜意识里想要和他们尽量保持距离，好在将来能够撕掳得干净？

此刻站在人去屋空的宗越房中，孟扶摇突然醒觉自己的自私——对于那样一次次帮过你的朋友，就算给不了爱情，给句关心也是应该的吧？出于朋友的立场，去过问一些应该过问的事，也是应该的吧？像她这样，避嫌一样躲得远远的，是不是太没心没肺了？

孟扶摇决定不再自私了，总在用着江湖游医的药，也该轮到她给他治治病了。

孟扶摇飞快地收拾了些盘缠，顺手将呼呼大睡的元宝大人打进包袱，又望了望雅兰珠的屋子，觉得她应该会选择留下来，于是扛着包袱便走。门一开，便见铁成抱剑坐在她门前。

孟扶摇无可奈何地笑笑，揉揉眉心，道："我没打算抛弃你，我只是要赶路，先走一步。你在这里等无极的隐卫联络你，再……"

"我跟着你。"铁成不为所动，"至于隐卫，留个暗号就行——我知道他们的暗号。"

孟扶摇笑笑，将包袱扔给他背着，道："那么，走吧！"

他们的对话声散在风中，迅速了无痕迹，根本飘不到想听见他们去处的人们的耳中。

而心急救人的孟扶摇也早已忘记，还有个倒霉蛋儿即将面临她"生不见人，死不见尸"的惨况……

深夜，两条黑影飞快地掠过寂静的街道，旋风般卷过高高的城墙。守城的士兵隐约觉得有凉风掠体而过，揉揉眼睛抬起头来，只看见枯黄的落叶在地面上慢慢打着旋儿飞起。

那两条人影，早已电急流光般消失在磐都城外的官道上。

"我们去哪里？"

"轩辕。"

清晨，渝山行宫。

从山下到山下，所有道路都已经被黑衣金甲的皇营军封锁，三步一岗、五步一哨，禁卫森严。渝山脚下附近的樵夫习惯性地上山砍柴，都被拦在了山下。他们抬起头，遥望着翠绿深黄山林间隐约飘拂的明黄龙旗，惊异地吐了吐舌头。

“听说昨夜陛下连夜上山？”

“不知道又怎么了，没听见什么动静啊！”

“听说跑了个江洋大盗！”

“哦……”一阵或惊讶、或害怕的叹息声。

一个大早进城卖菜的农夫挑着担子经过，听见了，笑嘻嘻地凑过来，说：“是啊，昨夜可真不安生，总听见老鸹子叫，叫得人毛毛的，出门看，却什么都看不到。”他住在城外的渝水之西。

“怕不就是江洋大盗在那儿杀人。”有人取笑他，“还不快去禀告陛下！”

那农夫瞪他一眼，摇摇头，挑担走开。

战北野没有听见最后这句关键性的话，听见了他也不太可能立即联想到孟扶摇的去向。他现在满脑子乱哄哄的，只有一个念头——扶摇失踪了！

更糟的是，这不是普通的失踪，极有可能，她已经遇到了生命危险！

昨夜接到小七的报告，他差点没当场吐血！一脚将还在扬扬得意地邀功的小七踢了个筋斗，当即狂奔出宫，连御驾都没摆，从御马监里随便拉了匹马就连夜直奔渝山行宫。御马监的马和马鞍是分开保管的，他来不及等马鞍装上。一路疾驰，到行宫时大腿已经被磨破、鲜血淋漓，他却根本没注意到，丢了缰绳便直奔华音阁。

他一路上心乱如麻，不停地想着等一下将扶摇放出来，扶摇如果误会了他，他就……他就……他就该怎么办？他不知道该怎么解释。

小七是他的忠心部属，如果不是因为这个，凭小七根本不可能算计到扶摇。所以小七做的事也就等于是他做的，责任在他！扶摇如果真的要怪罪，他确实也无话可说。

然而还有更糟的事等着他——机关打开，里面根本没有扶摇。

小七看着空荡荡的石室也蒙了，搔着脑袋讷讷道：“咦……我看见她落下去的。”

战北野原先以为是孟扶摇逃了，倒是心中一喜，不想再一眼看见那几滴血、看见人形的碎布，再看见明明很细却深深地打入坚硬石壁的数量惊人的毒箭，眼前顿时一黑。

他跳了下去，捡起布片，认出那确实是扶摇的衣服，心中一沉。

攥紧手指，手中布片凉凉地握在掌心，战北野只觉得那布片像是一双冰凉惨白的手，死死地拉扯着他的心，拉得他心跳如擂鼓、手脚发软，额头大滴大滴地渗出汗来。

他脸色如此难看，小七也知闯了祸，扑到石壁上一阵乱找，像是想要从石头里挖出孟扶摇来。他一阵乱碰，无意中碰着了那麒麟，暗门无声地滑开。

战北野精神一振，抢先要进，被护卫们死命拦住。小七扑跪在他脚下，砰砰地磕头，“我惹的祸，我去！”然后抢着带侍卫冲了进去。

结果没出多少时间，小七就被仅剩的几个侍卫湿淋淋地拖了回来——他们踏上水道，一半侍卫被水卷走不知所终，还有一半陪着小七走到最后。当时他们很谨慎地拉成长线，将小七护在中间。前面几个被翻转的石壁堵住的时候，后面几个及时将小七给抓了出来。他们隔着一道石板，生生地听着那头的同伴在逐渐灭顶的水中挣扎呼救直至声音消失。小七扒在石壁前，将厚实的石板挠出一道道的白印子，指甲全部被挠掉了，血肉模糊地翻着。

战北野看着小七鲜血淋漓的手，看着侍卫们惊惶的目光，怔怔地后退一步，靠在石壁上，脸色已经不能用难看来形容。侍卫们都不敢抬头看他的眼神，小七痴痴地跪在地下，什么都不说，也不再磕头，突然一蹦而起，伸手一掣，一道雪光如惊鸿般亮起。

战北野立即一拳将他狠狠地揍了出去。

他出拳极猛，小七被他打得飞了起来，重重撞在墙上，咔嚓一声，手臂生生被撞得脱臼，软软地垂下来。

战北野狠狠地盯着他，一夜没睡的他脸色惨青，唇上冒出了短短胡楂儿，眼中全是血丝，那些血丝片片连起，像血网、像火焰般罩下来，“现在死的是懦夫！你给我起来，去找！生要见人……她没死！给我去找！天涯海角，找不回，这辈子你就不要回来！”

他一伸手，从身侧一个使鞭的侍卫身上抽走鞭子，扔在小七面前，“背着这鞭子，去找！找到后，把鞭子给她！让该抽你的人狠狠地抽你，直到抽得让你记住，莽撞任性和自以为是，是死都买不来的教训！”

小七趴跪在地上，闷声不吭。他单手抓过鞭子，负在背上，咬着嘴唇重重地向战北野磕了一个头，歪歪斜斜地站起来，大步向外走去。站在战北野身侧、一直忧心忡忡地看着他的纪羽下意识地上前一步，战北野立即怒道：“再动一步，你也不用回来了！”

纪羽默然停步。战北野笔直地站着，一动不动，直到小七的背影即将完全消失在华音阁门外，他才微微侧了侧身子，向小七离去的方向看了一眼。

那一眼，先是满满的愤怒，渐渐化为深深的无奈，最后转为不可磨灭的疼痛——他一生里，从未亲手驱赶过自己的兄弟。然而今日，他亲自逼着这孩子流浪天下，而从今日起，那个因天真纯朴被他所喜的小七将注定死去，那些他一直努力保护的、属于这个少年宝贵的、浑金璞玉、纯真无垢的品质，将被他亲手掐灭。

是他溺爱出了小七们的骄纵任性，到头来，他让他们自己经受教训和疼痛的苦果，他是何其自私的主上！

战北野立在清晨萧瑟的秋风中，一夜之间，朗朗玉山将摧，憔悴如霜。

他身侧，纪羽凝望着他的眼神中泛起微微的泪光。

战北野却什么人都不看，只是默默地立着。等到山下去统领府寻找孟扶摇的侍卫回报说统领府已人去屋空，他的眼神一点点，如烛光般暗淡下来。

他最终亲自走了一遍那暗道，最后在那道堵死的暗门前，狠狠地、石破天惊地、石屑翻飞地一掌拍了下去！

“扶摇，你去了哪里！”

大瀚永继元年九月二十，大瀚唯一的藩王在受封后失踪，失踪的缘由来源于一句无心的言语，和一个目的天真的玩笑。

大瀚全国进入了紧急的寻人状态，虽然这个消息秘而不宣，没有惊世骇俗地用“寻找瀚王”这个标题，但是全国上下、各地府县都在如大海捞针般寻找着一个“爱易容、带着只白耗子和一个黑皮肤护卫（此护卫也可能易容）”的少年。盖因此条件实在太过模糊，全国府县抓着此文书都在挠头，甚至连邻国都收到了大瀚新皇的国书，国书一反战北野素来谁的账都不买的睥睨德行，十分客气地谈天气、谈和平、谈经济、谈政治，最后再十分技巧地、轻描淡写地提起“若贵国有司发现一位什么什么样的少年，请务必及时通告敝国，恩德所降，毋任感荷，谨肃……”

说实在的，这等找人法，实在是可怜的大瀚新皇的无奈之举。在将全国掘地三尺、连地下石头都翻起来看看有没藏人都一无所获之后，逼于无奈，他只好采取五洲大陆通缉法。至于能不能将那个没良心的找出来，实在是要看某人的运气了。

大瀚永继元年，皇朝翻覆、更改历史的一年，历经战火和鲜血重重洗礼的大瀚，初初恢复表面上的宁静。它的邻国轩辕，却又因为一个人的到来，即将掀起逐浪滔天的皇城风云。

轩辕昭宁十二年，日月昭昭，四境安宁。

轩辕国境边，一个黑衣少年，肩上蹲着个白老鼠，眯着个眼睛得意扬扬地看着前方城关，满目狡黠。

她突然目光一亮，一拍身边的敦厚少年，低声道：“看，美人！”

番外二

系我一生心

无极德治三年，春末夏初。

横贯中州的洛水清澈如玉带，自外城流向内城，水流如镜，倒映通衢大道人烟繁华，倒映十里御街，彩绸飞扬，披红挂绿，一派富丽喜庆色彩，染得春风都似有了颜色。

鹅黄柳绿的春风里，有人轻轻在溪边，掬起一捧晶莹的溪水。清澈的水流从洁白的掌心四散流开，溅落如珍珠，激起一圈圈柔曼涟漪。

“年华逝去，亦如流水。”出神地看着滴落的水珠，乌发白衣的男子，语气清淡亦如这水的微凉。

这潺潺洛水，流经整个中州，而此刻的她，是否也在无极弘光殿前，流水濯素手，明镜映韶颜？

光阴催换，似水流年，如今的她想必更加芬芳明艳，而他，却已被那时光摧枯拉朽，不成模样……

“陛下，小心着凉。”有人从身后过来，轻轻为他披上一袭紫貂披风，素手纤纤，细心地束上丝带，那人始终没回头，却微微呛咳起来，厚重披风里双肩微缩。

“陛下……”明艳的女子黛眉轻皱，担忧低唤。

男子于四月春风里回首，那一霎眼神有些恍惚，随即一笑，道：“没事……意润，回马车吧，无极国迎接的官员应该快来了。”

安意润小心地扶起了他，觉得厚裘下男子身体越发轻弱，心中不由一恸。

“陛下，您这身子，本不该……”忍不住便想说出一直想说的话，却被那一回首的眼神，震得忘记后半句。

她有些怔忪，扶着他的手指微凉。

陛下的身子，一年不如一年，这半年来国事几乎都在卧榻上批复，朝中后宫，都已经做好了最坏的准备，她所生的唯一的皇子，也被细心看护，并被带离轩辕正殿承明殿，却没想到在这个时辰，陛下竟然会因为无极国一纸邀请，便强撑病体远赴他国，去参加那一场别人的婚典。

无极、穹苍两国之帝长孙无极，与大宛女帝孟扶摇结缡之礼。

这毋庸置疑是旷世婚典，五洲大陆有史以来最高贵的联姻，但却不应成为已经是风中残烛的轩辕皇帝带病出行的理由。

安意润望着张灯结彩的中州城，遥想着那位号称五洲传奇的新人，即使远在轩辕，养在深闺深宫，她也不可避免地听说过那个女子，风华绝世，才能无双，九霄之上，步步生莲。

她的眼神里，带着淡淡的向往之色。她出身平凡，父亲做过的最大的官就是七品县令，然而就是这般卑微的出身成就了她，承庆帝轩辕越因为身体原因，不愿将来大去之后，外戚专权，于是草根之女飞上枝头，她成为轩辕唯一生下皇子的妃嫔。

轩辕后宫，出身平凡的妃子也很多，安意润不知道为什么就是自己，得了那一份天大的幸运。她常常失神于陛下的眼眸，他那样看着她，如斯深情而又如斯寂寞，像透过她看着一个遥远的影子，云山之外，迢迢而永不得。

就如此刻，他眼眸倒映中州洛水，却像看到另一个天涯。

“带了妆盒没有？”宗越半合双目，在车中养神半晌，突然问。

她有点丈二和尚摸不着头脑，却急忙奉上自己的妆奁——陛下看似温和清淡，其实却是极冷的人，他也许并不会要求太多，她却不敢不温柔。

“粉就不用了，”宗越不看那些，淡淡道，“免得显得更苍白。”

她怔在那里，突然觉得从心里开始寒冷起来。

“嗯？”

依旧是清淡的一声，她却不敢不动作，抖着手，打开了金镂银刻的胭脂盒。

她想取自己惯用的水红色“格双唐”，宗越却指了淡樱红的“天宫巧”。

微白淡唇一抿，浅浅樱色红。

同色胭脂晕开掌中，施之两颊薄薄一层，苍白气色顿去，光华潋滟，风姿如玉。

她怔怔看着，想起那年入宫初见，九龙屏风前玉琉金冠的男子淡然下望，那一刻她看进他琉璃般的眼眸，因他浅樱色的唇而瞬间红透脸颊。

不过两年。

她觉得自己眼眶似有些湿润，赶紧别过头去，车外，悠长的传报声已传来。

无极礼部官员，前来迎轩辕皇帝銮驾。

三日后，无极皇宫正殿弘光殿，帝后结缡大典。

从承景门正门入，安意润有点诧异地看着皇宫装饰，无极国重水德，尚青色，但是皇宫内外装饰，连正殿琉璃瓦都是明亮鲜艳的正红色，又想起一路过来，虽然四处张灯结彩，但是并没有看见浩浩荡荡的迎亲仪仗。在她想来，虽说无极皇后本身也是大宛女帝，但是绝不可能从大宛千里迢迢远嫁而来，想必在中州另辟府邸，届时前往宣召迎娶册封升舆，皇后凤辇绕城而行，过皇宫正门入正殿，完成一应礼节后被迎入帝后寝宫才对。

她在那里奇怪，四周宾客却没有异色，宗越更是噙一抹笑意，喃喃道："她又要玩什么把戏……"

百官在外跪候，一应各国贵宾被请至弘光殿偏殿等候吉时，一行人从正殿侧边过，对面也过来一大队人，走在前面的宗越眼睛一亮，抛下安意润，大步过去。

他走得过快，无极国引导的官员和侍卫们都赶紧跟过去，安意润跟不上，只得和宫人落在后面。

"娘娘难得驾临我无极皇宫，反正吉时未到，等会儿您和轩辕帝君也不在一殿之内，不妨先由奴婢引您看看四周景致。"负责引导的无极皇宫女官看她被抛下尴尬，笑吟吟打圆场，安意润感激地点点头，有点诧异无极国无论民风还是皇宫，都给人自由开放的感觉，和冷凝紧张的轩辕皇宫截然不同，竟然可以任她在此刻的皇宫赏玩，难道无极的帝后，就不怕有人别有用心意图捣乱吗？

果然不愧为俯瞰五洲的绝世帝侣，气度心胸，非常人可比。

一行人穿回廊而行，女官含笑指着前方一道水桥道："届时皇后娘娘仪仗，会经过浮波桥，进入正殿……"

她的语声突然顿住，手指直直平指前方不动了。

安意润正俯身看桥下活水，感觉到不对，抬起头来，顺着女官手指的方向，便看见前方白石广场上，一个衣着怪异的女子，正大步迈过广场。

她高挑苗条，满头黑发高高扎起毫无装饰，穿一身上红下黑的紧身短装，有点像男子骑装，却比男子骑装更利落优美，黑色长裤束在高筒红色长靴内，走起路来大步生风，即使是远远看去，也有种特别的令人眼目一亮的劲儿，像一团火焰，鲜明地燃烧在白色的广场上。

安意润突然便觉得自己的翟凤绣金镶珍珠八幅湘裙十分累赘，满头金玉琳琅翠钗珠簪十分傻。

那女官的嘴还张着，手指还直直向前戳着，眼珠子瞪得大大的，啊啊的说不出话来，和刚才的成熟优雅天壤之别，安意润以为她突然犯了什么急病，忙命自己的宫人去扶她，而对面，那女子耳目灵敏地侧过头来，一眼看见她们，先是不在意地掠过，随即又回过头来，仔细地打量了安意润一眼，突然眉开眼笑，奔了过来。

她往这边一奔，咕咚一声，无极国那女官突然昏倒。

“哎呀！萃华怎么昏了？”那女子刚才还远远在广场中，一眨眼已经奔近，一把搭上那女官的脉门，听了听，展眉笑道，“激动过度，我看是最近太辛苦，你们送她去休息。”

她身后几个侍女接了人匆匆离开，那飒爽女子转过头来。

安意润忽觉炫目。

日头还未完全升起，一线明光射在远处精致巍峨大殿正红色的琉璃瓦上，灿烂至夺目，然而衬在这女子绝世容光之后，也不过是个僵硬呆板的背景。

一瞬间安意润失去全部的神智，脑海中只反反复复一句话：世间竟有如此女子……

“哎呀！你是别国宫眷吧？”那女子倒是自来熟，拉着她的手喜滋滋道，“我正想找个外人帮我参考下我的新想法……这宫中人太没个性，我说什么都说好好好，一点建议都没有，还一个劲儿催我……来，来，咱们一起去看看。”

她满嘴的词儿安意润根本听不太懂，只隐约知道似乎是要自己去参酌什么，心中觉得不妥想拒绝，然而这女子那般笑目朗朗地看过来，她竟然无法出口推辞。

看这女子虽然衣着奇异，但气质高贵明艳，举止做派绝非等闲，能在这无极皇宫自在行走，想必是无极国哪位得宠宫眷或重臣外命妇，安意润觉得自己远来是客，还是不要拂了主人的意好。

久居轩辕沉闷深宫的女子，到了这无极，只觉得一切都鲜活新亮，突然也便活泼了几分，想要肆意大胆来一回，便笑道：“好。”

那女子眉开眼笑，拉了她便走，又对所有跟随宫人道：“你们都留下。”

无极宫人立即停步，轩辕宫人却犹豫不肯，安意润看着对方明亮的眼睛，忽然觉得在她身边定是安全的，也道："本宫去去就来。"

"走啦。"那女子一拉，她便身不由己地被拽了出去。

那女子拉着她过广场穿回廊，七绕八绕，长筒马靴踩在金砖地上格格脆响，安意润羡慕地望着她，暗恨自己的高底绣花鞋如此拖累。

随即她一抬头，突然瞪大眼睛——什么时候自己已经进了还未开启的正殿？

不过，这是正殿吗？

看规制高阔宏伟，正是先前远远看见的弘光正殿，帝王仪仗一件不少，四面已经设了观礼客人所坐的几案，但是正面九龙屏风御座前，搭了一座稍高的台子，两侧以缠了粉红鲛纱的紫藤编织成拱门形状，缀了无数鲜花，桃李鲜妍，灼灼其华。

帝王御座天下至尊，任何人不得染指，何曾见过改装成这种怪模怪样来？

不过真是漂亮啊……安意润眼底闪过一丝欣羡，等下无极帝后，是要携手经过这道美如梦幻的鲜花拱门吗？

"这礼台真是费脑筋啊。"那女子抱胸看着拱门，似乎不满意地大摇其头，"鲜花像了，彩带也好办，紫藤还显得更鲜活灵巧，但是气球呢？气球怎么办？"

"气球？"

"气球！"那女子目光灼灼地转过头来，"难道真要我用猪尿泡？不行的，那家伙绝对不会同意。"

安意润知道这女子说话难懂，也不追问，想了想，笑道："那是个什么东西？"

"圆的，会飞的，"那女子比画，"粉色，拴在拱门上，等下解开，就会飞起。"

"那不是孔明灯吗？"

"哎呀！"那女子目光一亮，"真是一语惊醒梦中人！"

"我就把思路绕在怎么做气球上了，就忘记孔明灯也算是古代的气球。"那女子喜笑颜开，"这下好办了，叫内库灯火司立即赶制十来个小号孔明灯，做成圆形，外蒙粉色丝纱，比气球还有韵味。"

"孔明灯是寄寓祝福的。"安意润也来了兴致，建议道，"你要放些什么愿望吗？"

"愿望……"女子突然沉静下来，默然半晌道，"我其实什么都有了，如果要有什么愿望，我要给我的朋友们……"

"做你的朋友真有福气。"安意润由衷地赞叹，问，"你是无极的宫眷还是外命妇？负责操办婚典礼仪是吗？"

那女子看定她，眼神突然闪过一丝异色，随即不答反问："你呢？你不是无极宫人，是哪国的娘娘？”

安意润微酡了脸颊，低低道：“本宫来自轩辕，封号安。”

“原来是安妃娘娘。”女子看着她的神情更加怔忪，突然失去了一直的明朗爽洁，几次欲言又止，半晌才轻轻问，“承庆大帝，一切可好？”

“好……”安意润答得更轻，突然心情低落。

那女子看着她的神情，眼神中闪过一丝悲怆，不再问了，慢慢向后退，退过拱门，在御座上坐了下来，缓缓道：“但愿他一切都好……”

安意润霍然抬头望定她，一声惊呼险些出口，却被她脸上的悲凉之色震住，只是捂住口，怔怔向上看。

她、她、她竟然就这么坐在了神圣不可亵渎的御座上！

不怕抄家灭族吗？！

然而当她仰望那御座上的女子，忽然便觉得，那是天生便该她坐的位置，没有牝鸡司晨的滑稽和不尊，只有与生俱来的高贵与自然，她只是那般支肘倚颊目光寥远的姿态，便垂拱天下，端抚万方。

安意润心生凛然之感，竟然一句话也不敢再说。

良久，她听见御座之上，鲜花环绕之中，那女子淡淡道：“不求春在四季，不求寿比苍松，不求鲜花着锦，不求铁桶江山，只愿花常开，人长在，一生知己，永不相负。”

“你去了哪里？”和那女子分了手，从正殿绕过一道隐秘回廊，到了偏殿，宗越已经在座上，疑问的目光投过来。

“去净了手……”安意润缓缓坐下来，突然不想提起刚才发生的事。

她有些恍惚，刚才的一切太新奇太不真实，仿佛一场迷离而炫目的梦，过去十八年不曾有过，之后也不会再有，她想将这梦深藏在自己的记忆里，将来好在注定枯寂漫长的深宫生涯中，就着那一点亮色，慢慢回想。

宗越精神不济，只嗯了一声，安意润转目四顾，看见左首席上，是一名黑色锦袍男子，乌木般的发和眼，在明艳春光下入黑曜石般鲜明深刻，仰起的下巴线条平直明朗，如一个落笔有力不犹豫的“一”。

这位想必就是一举夺天煞之国，威凌天下，人称当世战神的大瀚大帝了。

瀚皇十分沉默，不停喝酒，也不要宫人给他斟酒，一杯一杯喝得极快，转眼几案旁堆满酒坛，当真海量。他有风般迅捷的气质，火般灼烈的风神，和懒散清淡的轩辕帝，截然两种类型。

右侧则是彩衣绚烂的女子，九凤花冠垂玉琉，眉心朱红飞凤玉钿，衬得一双琥珀色的眼睛越发明光璀璨，正和她座侧一名青色锦袍的温润男子谈笑，开心处，手中酒杯泼泼洒洒，溅在温润男子的衣袖上，他也不恼，含笑自己拭去，眼神温和。

不用说，这定是扶风女王雅兰珠，和大燕帝君燕惊痕了。

这都是当世绝顶人物，主宰五洲大陆的帝皇，虽然他们言笑不拘，但安意润就是觉得，每个人的欢笑里，似乎都有那么一点淡淡的寂寥和忧伤，那感觉暗流涌动，不能触及，却无处不在。

这些威凌天下的人物，还有什么事能令他们寂寞忧伤的呢?

礼官高高的传报声传来，外间韶乐大作，吉时将至，请各国贵宾移驾正殿。

瀚皇当先站起，经过轩辕这一席时一把挽住宗越，笑道："你还没死?"

安意润吓了一跳，却见自己的帝君并没有生气，只淡淡道："你没死，我怎么舍得死?今天这好日子，不看到你七窍生烟，我怎么能死?"

"很好。"瀚皇也没生气，把住他的臂仔细看了一会儿，点点头道，"那就拼命活长点，到时候谁看谁笑话。"

"你们能不能不要在这喜庆日子里死啊死的?"彩衣绚烂的雅兰珠偏过头怒道，"扶摇的好日子!"

她也仔细看了看宗越，从袖囊里掏出个彩色锦囊递过去，道："毒药，爱吃不吃。"

宗越笑笑，燕惊痕过来，道："轩辕兄，前些日子我命人送来的火蝠珠，用了可好?"

"好。"宗越点头，笑了笑道，"收药收得我手软，你们也真是蠢，忘记我原先是做什么的了?"

"医者救人不能救己，不要这么自负。"燕惊痕劝着，"看你气色倒还成。"

宗越笑笑，安意润看着他樱红的唇，心底泛起微微苦涩，却也有微微安慰，从这些对话听来，各国主宰相互关系竟然不错，这在往年倾轧激烈的五洲大陆来说，真是一个奇迹。

而这奇迹，据说是来自于一个女子的勇气和智慧。

安意润仰望日光下辉煌的弘光正殿。

大宛女帝，孟扶摇，你到底是怎样的人?

韶乐起，百官拜，金水广场万人山呼，弘光正殿威仪堂皇。

那乐声不是寻常的皇家堂皇音乐，调子古怪而好听，让人觉得温馨、美满、幸福和爱情绵长。

贵宾们进殿后，犹自对着那拱门诧异，安意润却已经注意到，拱门上绑了许多粉色小孔明灯，每个灯下，还系了深红锦囊。

一应礼节，很明显不同于五洲大陆寻常封后，也没有设金册金案，客人安排在大殿两侧金案后观礼。

“陛下驾到——”

百官长跪，宾客立起，目光齐齐投向殿外，安意润微微抬起眼角，心中好奇那位名垂五洲大陆多年，号称绝世风华的长孙皇帝，到底是怎样的绝俗容颜。

日光长长的光影转过来，照见携手而行含笑而来的人儿，一片七彩耀光里，安意润突然失去了呼吸。左侧的女子，高挑修长，一身红艳如火月华锦长裙，垂坠如练暗光流动，那般纯正华贵的红，耀亮所有人的眼，长裙不同于一切五洲大陆衣式，线条简练而不失精美流畅，优雅高贵的鱼尾设计，前后一线深 V 领带几分凛然的明朗，中和了月华锦略微柔软的韵味，衬得那鲜亮的红越发色彩逼人，所有的转折装饰处都盘了宝石，却不是常见的珍珠或祖母绿，而是清一色指头大的黑曜石，宝光流动的黑曜石如无数双华彩熠熠的眸子，在一色明亮的火红中闪烁。

这般的美，这般的简练中却又贵气逼人，黑红相间的庄凝中别有明媚艳丽，刹那惊艳。

而她的容颜，却不曾被这举世无双的美裳所压下，衣裙有多华美，容色便有多光彩熠熠，那开阔明艳眉宇间，载得下万里江山，载得下诡谲风云，载得下一路血火，也载得下此刻，悠悠恋慕和浓浓幸福。

大宛女帝，无极皇后，孟扶摇，走向自己的婚坛，走向婚姻的未来，走向五洲大陆之际友朋们欣喜而含泪的目光，以一生中超越加冕为皇那一刻更甚的艳光。

在她身侧，五洲大陆的绝世男子，无极穹苍两国之帝，长孙无极，难得地也穿了黑色，黑玛瑙般流动晶莹的同质地月华锦，衣袖领口精密翻覆刺绣着金线龙纹，和那袭艳色逼人的火红长裙十分相配，而那般高贵优雅的黑，也衬出男子肌肤如玉，容华皎洁，似一轮昭昭明月，那般光华满耀的，升腾于天地间。

他挽她在臂弯，一路行来一路含笑低望，世间万事都已落脚下不值一顾，唯有她在他怀，将所有梦想和缺憾填满。

过往光阴如水流过，历历往事写满这弘光殿金砖之路，这一路以他心血作炭，肌骨为薪，架一腔痴心熔炉铸炼，成就千般筹谋，万种心思，终深埋于她一路足迹之下，助她九霄之上，步步莲生，助她超越梦想，最终纳入她怀。

看着那两人交视的眼神，安意润突然湿了眼眶。

她也许并不十分清楚这绝世帝侣的相爱历程，然而这一刻他们彼此的目光，让她瞬间湿润了心房。

她出神地看着那张脸，想着刚才大殿上仰首喃喃祝福的女子。

是你，是你，只能是你……

大殿里，每个人都不由自主挺直背脊，每个人的神情，欣喜与怅惘交织，快乐和落寞同存。

他和她行到紫藤花架下。

不知何时，那里站了小小的一团，黑色礼服缀满红色南珠，乌溜溜的眼珠子比珍珠还大还亮。

它庄重而滑稽地站在司仪的位置，高高捧起一对指环。

样式简单而高贵的指环，各自镂上彼此的名字——昭诩，扶摇。

当年刻于树叶耳环上的名字，今日终于在彼此与心最近的地方，凝定成永恒。

孟扶摇含笑捧起元宝大人，那只相伴他们走过一路艰难的宝贝宠儿，难得那么严肃慎重，将自己的爱交给了她。

指环躺在她洁白的掌心，熠熠金光。

互相为彼此戴起，彼此的呼吸近在耳侧，都觉得对方的手指那般柔软，气息那般美好，无声里密密交缠，千丝万缕，不愿挣脱。

我愿一生抛弃一切为你禁锢，于你的心上。

他执了她的手，千言万语只化为默默凝视，忽然含笑靠了她额头，轻轻一吻。

如春雨拂过娇嫩如锦缎的花瓣，十二万分珍重，十二万分欣喜。

安意润哗地落下泪来。

她没有见过这样的婚礼，世间一切规矩礼法皇族礼仪，在此地尽抛却干净，唯因如此，这是世间最好的婚礼，真切、美好，晶莹璀璨如梦境，符合世间女子所有不敢触及的梦想。

之前，之后，永不能有人能有此幸福。

她如此快乐，为自己的不曾错过，却也如此寂寞，为自己的永不能拥有。她仰起泪眼模糊的脸，看见那对人儿深情携手，放开了紫藤拱门上的孔明灯，粉色的小灯曳着锦囊悠悠飞起，所有人的目光不自主地跟随。

那灯飘到高处，锦囊突然落下，皇后亲手写下的愿望，落入所有相伴她一路走过的知己手中。

宗越执了那小小深红锦囊，久久没有打开。

安意润没有去探问，那是属于她的帝君的心意和秘密，她不能去惊扰。

不过她想，她知道写了什么。

“愿花常开，人长在，一生知己，永不相负。”

回程的路春光依旧，正如洛水永远流淌不休。

宗越闭目坐在车里，比来时更沉默。

轩辕一行在无极盘桓了半个月，然后决然拒绝无极帝后的再三挽留，启程回国。安意润知道，这是帝君害怕自己身体不支露出破绽——皇后太精明太热情了。

出了城门，礼部官员送出百里外回转，宗越立即命安意润帮他清洗掉那些胭脂。

安意润亲自动手，去溪边取了极干净的溪水，卸去那些胭脂，看着清逸男子苍白的容颜在自己指下一点点显现，她手指抖了抖。

在宗越睁开疑惑的眼光之前，她掩饰地掉头，哑声道：“今早胭脂有些不舒服，臣妾想去溪边洗洗。”

宗越垂了目，应了，她觉得他那遥远而浮凉的目光，再次掠过了她的面容之后的影子。

她端了盆出去，在溪边蹲下，木木对着溪水。

四面起了暮霭，烟光溟溟，溪水中景物有种动荡的摇晃，她突然想起无极皇后那张明艳的，隐约间令她觉得有些熟悉的脸。

怔然良久，她缓缓掬水，清凉的水洗去眉石、胭脂、香粉、口脂……还原一张素净本真的脸。

那容颜明丽，秀眉飞扬流逸，眉宇间有几分开阔之气，正是那点开阔之气，恍似一人。

进宫后诸般种种，如孤帆远影自碧空直流而下，渐渐清晰。

她短促地啊了一声。

她回望中州皇宫的方向，终于，怔怔流下泪来。